客
KE
JIA
REN
家

人

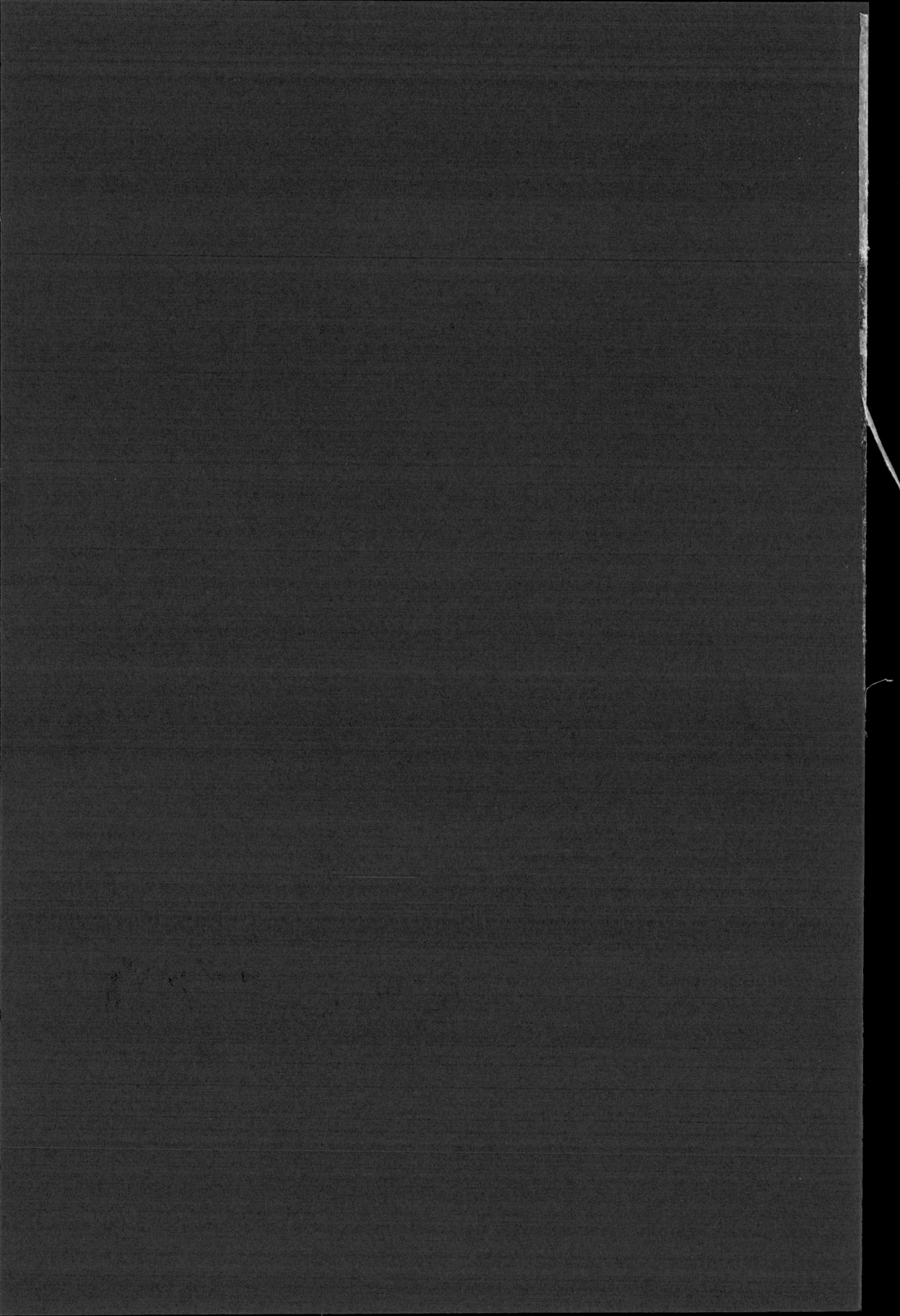

朱秀海 / 著

客家人

KE
JIA
REN

百花洲文艺出版社

目　录

青玉案

当年曾伴神仙住，踏遍了，烟霞路。满眼沧桑长倦顾。对棋顷刻，残弈犹著，陆海已渊阜。 宫商慢起听筝柱。洞外人间已春暮。落白流红无觅处。休言前事，开篇一语，泪雨还如注。

第一章

一

公元1865年5月。这一年是清同治四年。

清晨的北京圆明园，依然是繁花似锦。大清叶赫那拉慈禧皇太后面对已在英法联军攻占北京时变成一片废墟的大水法站着，一动不动。一干太监和宫女在远处侍立，不敢靠近一步。九岁的同治小皇上还是个孩子，频频拉扯母亲的手，喊："皇额娘，皇额娘，这里不好玩，我们别处玩去。"他一直在喊叫，慈禧不回答，同治的手却被她越抓越紧。

圆明园外，总管太监安德海正着急地向前方的御道上张望。一名小太监飞快地跑过来道："来了来了！"话音刚落，慈禧之弟叶赫那拉瑞麟就带着长子文涛飞马赶来，看见安德海，父子二人急忙滚鞍下马。瑞麟急道："安总管，太后在哪里？"安德海道："快进去吧，里面等半天了！"

大水法前，慈禧仍像方才一样石像一般立着。同治还在扯她的手喊叫："别处玩去嘛，别处玩去嘛……"看见瑞麟和文涛躬身匆匆赶来，不闹了，喊："有人来了！"瑞麟对文涛使一个眼色，父子二人急趋至慈禧身后，匍匐在地，瑞麟口称："奴才瑞麟带奴才之子文涛，叩见太后和皇上。太后吉祥如意！吾皇万岁万岁万万岁！"文涛也跟着高声道："奴才文涛——"慈禧并不回头，喉咙里突然发出一声呜咽，放声大哭。二人大惊，瑞麟急急爬向慈禧，道："太后——"慈禧不理他，哭声如同长江大河。同治也被她吓哭了，大叫："皇额娘，你怎么了，你怎么了？"瑞麟一时情急，上前抱住同治道："皇上不哭！奴才在这里！奴才请太后安！姐姐——"最后这一声喊不打紧，慈禧猛地止住了哭声。受到惊吓的同治也不敢再哭，抬头看她。瑞麟不解道："太后……"慈禧转身，一眼也不看他和文涛，扯起同治就走。瑞麟和文涛急忙趴下："太后……"一顶肩舆已经抬过来，慈禧携同治登舆，众太监抬起，飞快地离去。瑞麟和文涛原地跪着，看慈禧和同治的肩舆出园门，面面相觑，不明白发生了什么事。安德海这时走回来，上前将瑞麟扶起，道："国公爷起来吧，太后已经回宫了。"瑞麟喉头抽搐了一下，道："安总管，快说，出了什么事，让太后……让我姐姐这么伤心！"安德海道："奴才不敢说！"瑞麟一把抓住他道："快说，不然我宰了你！"安德海道："国公爷快丢开手，太后说，大清国就要完了，将来她和皇上这一对孤儿寡母，靠谁来活命！"

瑞麟大惊道："什么，太后和皇上……太后真是这么说的？"安德海道："太后还说，洪秀全造反，到今天已整整一十五年，列强趁机打进北京，多好的一个园子，祖宗留下的，花团锦簇，万园之园，被他们一把火烧成了今天这个样子！大清国也是这样，一场由洪秀全点燃的大火把它烧得只剩下一片废墟。天地之间，除了这片断墙残垣，就剩下了皇上和她这对孤儿寡母。太后还说——"瑞麟越发抓紧了他，怒道："太后还说什么！"安德海道："太后还说，你们这些皇亲国戚，八旗子弟，享荣华受富贵，日日管弦，夜夜笙歌，哪里知道大厦将倾，一木难支。这么下去，大清国焉能不亡！"

瑞麟心中大震，松开安德海道："姐姐何出此言！洪秀全反贼，去年已被曾国藩、李鸿章、左宗棠的大军扑灭，今日大清堪称中兴，怎么说到亡国两个字！瑞麟不明白！"安德海道："太后说，什么太平军起事，那是南方山区一群客家人造反！"瑞麟又是一惊。安德海道："客家人自称汉人的一支，一千七百年间，因为战乱、饥荒、北方草原之主入主中原，他们由中原迁往岭南，占据江西、福建、广东三省交界山区，又从那里向广西、四川扩散，如今他们的人遍布大江南北，自视为中国的主人，即使离开中原一千余年后，仍世世不忘恢复中原，与朝廷为敌——"瑞麟打断他道："不不不，这些我都知道，快给瑞麟讲明白，太后今天让瑞麟来见他，到底要瑞麟做什么？"安德海道："国公爷别急嘛。太后说，十五年前，太平军金田之乱初起，别人都说是一场饥民之乱，可她那时就对先皇咸丰爷说过，这是一场客家人之乱。你看那伙反贼最早封的六个王中，洪秀全、杨秀清、冯云山、韦昌辉、石达开，全是客家人，一个萧朝贵，也生在广东花县，那花县也是一个客家县！"瑞麟不觉点头。安德海又道："有一个太平军云上军团，来自粤闽赣三省交界处的云梦山区，是太平军中最剽悍难制的兵团，出自云梦山区的河洛十族客家人。到了今天，太平天国已败，乱军降的降，散的散，这支队伍却宁死不降，一路和官兵血战，现在又冲破重围，过五岭，下粤东，打算退回云梦山区长期坚守。那里可是一千七百年来由中原南迁的客家人根本之地。万一让他们得了逞——"瑞麟再次打断他道："你就拣要紧的说，不要啰唆！"安德海道："国公爷，这就是要紧的！那云梦山区河洛十族客家人是天下所有客家人的共主，这支客家人不灭，她和皇上寝食难安。太后说，就是他们，不让皇上和她这对孤儿寡母好好活下去，他们是大清国的心腹大患！"

瑞麟什么都明白了，回望园门，扑通一声跪倒在地，大叫："姐姐，瑞麟明白了，叶赫那拉瑞麟愿意即刻率一支大军，南下粤东，剿灭客家人云上军团，再挥师北上，将云梦山区河洛十族客家人斩草除根，为大清除去心腹大患，为姐姐和皇上分忧，从头收拾大清的锦绣江山！"

二

时近黄昏，粤东一处海滨山头阵地上，炮声隆隆，炸烟和火光四起。战火在阵地上下呼啦啦燃烧，与炮声相间的是风呼海啸和震耳的杀声。太平军客家人云上军团主帅钟泾洋、副帅原成龙正在这块最后的阵地上率领残部数百人与七万名清军血战。他们人人奋勇，杀得清军血肉横飞，再一次保住了主阵地和背后海滨悬崖顶上那面在战火与浓烟中高高飘扬的太平天国云上军团的大旗。

望着清军又一次大败而去，原成龙收刀，对身边的钟泾洋道："大帅，清妖又被我们打退了！"钟泾洋回头看去，道："告诉弟兄们，一定要坚持到天黑！"原成龙答应一声，沿战壕跑过去，传达他的命令。钟泾洋这时走向身边的钟三爷，道："三叔，瑞麟用七万大军将我们三面围困在海边，不将我们斩尽杀绝，他决不会罢手！我们可以死，但军中的十八个男孩子决不能被他们杀死，他们是十族的血脉，更是十族复兴的希望！一定要将他们送回云梦山区，交给母亲养大！这件大事，就拜托给您老人家了！"说着持刀单膝跪下。钟三爷眼含泪花，急上前将他扶起，道："大帅放心！只要不死，这十八个男孩子我一定把他们送回云梦山区！"钟泾洋马上道："三叔说错了！你没有权利死！就是死，也要把孩子们送回家乡！"钟三爷大声道："知道了！"钟泾洋又对身边的原成龙三弟原应龙道："应龙，你和我三叔一起回去，把孩子们送回家乡！"原应龙急答："原应龙听令！"一名军士奔来禀报："大帅，清妖又杀上来了！"钟泾洋举刀，环顾身边众人，叫道："各位兄弟，杀——！"众将士听了，再次随他跃出阵地，和冲上来的清军杀成一片。

断崖后面的海滩，此时已成了军团的临时营地。一只大竹筏摆在沙滩边，边上是一个个大竹笼，每个竹笼里都有一个孩子。一群身穿太平军军服的女眷们哭成一片。哭声之中，就见钟泾洋妻任氏将两个襁褓中的孩子交给钟三爷，泪落如雨道："三叔，我把梦来梦回交给你了！"钟三爷道："给他们都喝过迷魂汤了吗？"任氏道："喝过了。"钟三爷也不多话，回头将两个孩子放进同一只竹笼，搬上竹筏绑好。另一边，一个女人紧紧抱住怀里的孩子不撒手，钟三爷上前道："快，把孩子给我！"女人大叫："不！要死我们死在一起！"任氏上前道："快把孩子给我三叔，没时间耽搁了！"女人闻声变色，将孩子往钟三爷怀中一推，大叫着扑向大海。任氏及众女人大喊："哪里去！快回来！快把她拉回来！"众女人纷纷扑向大海，将跳海的女人救回，大家相互拥抱，哭成一团。钟三爷点看竹筏上的竹笼，对一直跟在他身边的原应龙道："十八个孩子，十六个都上了竹筏，还有两个……梦长望北在哪里！"原应龙也想起来，回头道："对，这两个孩子跑哪儿去了？我们快去找！"

　　他们说的这两个孩子，一个叫梦长，一个叫望北，都是五岁，分别是钟泾洋和原成龙的长子。此时他们不但不在营地里，甚至也不在山上的太平军阵地里，此时他们已经从侧后爬到了山下清军炮兵阵地后面的弹药堆放场。二人抬头，看到堆积如山的火药和炮弹，前面的清兵大炮，又在疯狂地射击。一队清兵跑过。二人急忙埋头在草丛中。待清兵跑过去，望北看梦长道："梦长，我们到这里来干什么？"梦长从胸前的布囊中摸出一个带引线的黑火药团，又摸出一个竹筒，从里面取出火媒，回头对望北道："你快走，不要炸着你！"望北哆嗦了一下，道："不！"梦长看他一眼道："我们钟家是云梦山区河洛十族的盟主，你们原家不是，你要听我的！"望北却道："你爹是河洛十族的盟主，可你不是！我不听你的！"梦长道："我要点了！"望北道："等等！昨晚上你爹和我爹把我们俩叫在一起，让我们并肩跪着对天盟誓，不管怎样，我们都要活下去，长大成人，做他们没做成功的大事，不是让我们今天就和清妖一起去死！"梦长听了不耐烦，道："少废话！我就是想和我爹娘一起死！你走不走？"见望北摇头，梦长不再理他，回头点燃火药团上的导火索，向前爬两步，奋力将火药团扔向清军的火药和炮弹堆放场，扔完了回头看一眼望北，发现他没走，大怒，爬起来拉起望北就跑。

　　巨大的爆炸声在他们身后响了。清军阵地顿时腾起一团团巨大的火光和炸烟，遮天蔽日，发出惊天动地的轰鸣。被炸坏的清军大炮和炮兵的肢体纷纷升起，落下。奔跑中的梦长、望北也被巨大的声浪震倒在地，急急寻找过来的钟三爷和原应龙赶来，二人不容分说，一人夹起一个孩子就跑。

二人夹起梦长、望北回到海滩临时营地时，众女眷们仍在痛哭。任氏见了，停止哭泣跑过来。梦长向任氏扑过去，喊："娘！"母子二人紧紧抱在一起。钟三爷急对任氏道："快，让梦长喝迷魂汤！"梦长大叫："不，我不喝迷魂汤，我也不走！我要和我爹我娘在一起！"望北也被原应龙夹在怀中，喊："我也不喝，我也不走！我要和梦长在一起！"众人哪里会听他们的，不容分说从一口大锅里舀起一瓢黑乎乎的汤汁，捏着二人的鼻子灌下去，将他们各自塞进一个大竹笼里，捆上了竹筏。钟三爷回头看天色，对原应龙道："天黑下来了，准备出发！我去向大帅辞行！"原应龙答道："是！"钟三爷转身离开去营地里，女人们又痛哭起来。

夜色昏暗。太平军主阵地上，那一面客家云上军团的战旗虽然破损严重，却仍在飘扬。一名亲兵将一包东西递给钟泾洋。钟泾洋回头将它庄重地交到钟三爷手中，道："三叔，这是我十多年间收集的太平天国的重要文告，为了让梦长长大后知道今天我们做过的一切，你把它一起带回去。等梦长长大了，拿给他看，他就会明白一生该做什么了！"钟三爷道："明白了！"钟泾洋又道："河洛十族还有没有明天，全拜托给你老人家了！走吧！"钟三爷眼中闪出泪光，道："大帅，三叔走了！"钟泾洋背身不再看他，猛地挥手："走！"钟三爷不再言语，含泪大步离去。钟泾洋眼望山下，大叫道："弟兄们，杀下山去，吸引住清妖，送孩子们一程！"众将士立即发出一阵山呼海啸般的呐喊，随他最后杀向清军阵地。

崖后海滩营地前，那只巨大的竹筏被推离海岸，漂向大海。筏上竹笼里，十八个被送回故乡的男孩子里，只有梦长和望北还迷迷糊糊地醒着。梦长的胸前仍然挂着那个装炸药团的布囊。钟三爷、原应龙带人奋力操弄竹筏，一股海流涌来，将竹筏带向大海。沙滩上，女眷们哭声动地。任氏大喊："梦长！永别了！梦来梦回，我的孩子，娘再也见不着你们了！"梦长和望北都在竹筏里哭起来，叫："娘——！"回望沙滩营地，就见一名女眷奋力跳入海中，紧跟着又有几个女眷跟着跳海。任氏见了，回头大声道："姐妹们，不要这样！只要这些孩子们能回到云梦山区，河洛十族就还有希望，客家人的事业就没有失败！与其跳海去死，我们不如拿起武器，回去战斗，和我们的丈夫、亲人死在一起！"众女眷听了，纷纷响应，抄起刀枪，和她一起返身奔上前方的战场。

迷魂汤的药效还是开始发挥作用，已经漂向远海的竹筏上，绑在一起的两个竹笼中，望北和梦长的眼皮开始打架。望北忽然睁开了眼睛，大叫道："梦长，快看！"梦长睁开眼，回头远望海边阵地所在的断崖，借助突然明亮起来的月色，他最后一次看见了自己的父亲和母亲。他们带着最后几名太平军将士，与追杀上来的清兵展开了最后的搏斗。清兵最后一次被杀退后，钟泾洋看着任氏，大声道："夫人，咱们的大事完了，跳吧！"任氏上前抱住丈夫，大声道："泾洋，我们一起走！"说着，两人奋力向崖下的大海中纵身一跃，口中发出一声让梦长终生难忘的叫喊："梦长——！活下去——！为咱们的人报仇啊——！"咆哮的大海很快吞没了他们的身影。竹筏上，梦长睁大眼睛，流泪大喊："爹——！娘——！"一个大浪打来，将竹筏淹没，转眼间竹筏又从波涛中浮起。梦长一把拭去脸上的海水和泪水，盯着断崖方向看去，他又看见了最后一批太平军将士跳海的悲壮场景。梦长大声哭喊起来："爹——！娘——！我想和你们一起死——！"竹筏在波涛中颠簸漂浮，艰难地行进。漆黑的夜空中，一场流星雨蓦然袭来，颗颗硕大的流星划破黑暗，瀑布一般向海上落去。

三

一切都平静下来了，只有战火、黑夜和大海的呼啸。

清军大帅瑞麟带着儿子文涛及众将大步走过战场。战场上尸横遍野，太平军和清军的尸体交相枕藉。步兵统领德福匆匆赶来，躬身拱手道："启禀大帅，都查过了，太平军客家云上军团主帅钟泾洋夫妇、副帅原成龙夫妇以下七百一十一名，全被我军歼灭，没有杀死的也全都跳了海！只是——"瑞麟道："什么？"德福道："只是有一群男孩子，天黑后乘竹筏从海上漏了网！"瑞麟皱眉："孩子？"德福道："对。据说有十八个孩子，正在逃往三省客家山区的云梦山区！"瑞麟想了想道："本帅明白了一件事！钟泾洋的云上军团被我们追杀，一路退到海边，无处可退，仍死不投降，和我们血战到天黑……原来是要掩护这群客家男孩子从战场上逃回故乡！"他怒起，看德福、文涛，大声道："德福，文涛，你们两个，马上率本部兵马追上去，将他们斩尽杀绝，一个也不能漏网！"二人大声答应，转身离去。瑞麟又对众将发令："传令三军，连夜启程，杀奔云梦山区，剿灭河洛十族！"

次日清晨，闽粤赣三省交界的武夷山区，崇山峻岭深处，一条不宽的石板道蜿蜒伸向远方，石板道一边是断崖壁立，不见天日，一面是万丈巨渊，深不见底。钟三爷和原应龙率一队满身血污的太平军马队就在这条石板道上飞奔。队伍中有九匹快马，马上各驮着两个竹笼，每个竹笼里都睡有一个客家孩子。忽然，前面出现了一个岔道口，钟三爷正要说什么，前方一队清军由瑞麟的亲兵小校阿邻率领，已呐喊着杀出，挡住去路。竹笼中，梦长、望北被惊醒，睁开眼睛。望北道："梦长，有清妖！"梦长鼓舞他道："望北，别怕！"话没落音，从他们后方，文涛又率一队清军呐喊着杀出来，堵住了退路。望北回头望去，又道："梦长，我们中了埋伏！清妖把我们包围了！"梦长不再说话，两只手在胸前的布囊里摸索，他先是摸出了一团炸药，接着又摸索出装纸媒的竹管，那竹管里的纸媒是特制的，虽然经历了一天一夜，仍然没熄。望北看他，一惊道："梦长，你想干什么！"梦长不说话，眼里闪烁出了骇人的杀气。

队伍前头，原应龙已经变色，回看钟三爷道："三爷，后有追兵，前有拦截，怎么办！"钟三爷左右看了一眼，当机立断道："应龙，这里有一条山隙，你快带孩子们从这里进林子，我带弟兄们留下掩护！"原应龙大叫："不，大帅就义前已将大事托付给了您，您不能与他们同归于尽，快带孩子们走，我和弟兄们留下和他们决一死战！"钟三爷道："不，应龙，望北是原家的最后一条根，你一定要活下来，保护他平安回到家乡！"二人还在争执，前后两路清军已经杀来。一名军士大叫道："三爷，应龙，你们快走，我们留下，和他们拼了！"钟三爷情急道："就这样吧！应龙，快走！"说着，带众人就近拐进一条隐藏在石壁下草丛中的山隙，进入深山密林。留下的太平军军士挥刀大叫："杀——！"他们主动冲上前去，与两路清军对垒，短兵相接，直到最后一人英勇战死。听到前面众清兵的欢呼声，文涛才从队伍后面纵马上前，朝堆积在地下的死人中看，皱眉道："别喊了，孩子在哪里？他们跑了！"

众清军的欢呼声停下来。阿邻一眼发现了那道被茅草遮掩的山隙，道："主子，他们从这里跑了！"德福这时也纵马带大队赶过来，德福看一眼旁边的山林，道："追！"众清兵随阿邻、文涛从山隙中涌进山林，追上去。

另一条山道上，瑞麟正率领七万大军快速行进。大队中间是一辆马车，车中坐着他的小妾月仙和丫头云儿，云儿怀中还抱着一个襁褓。只听云儿对月仙说道："主子，文沚小少爷又睡着了！"月仙道："这山路颠得真厉害，他能睡着就好！"云儿又道："主子，云儿可是听说了，大帅剿灭太平军有功，我们家的老姑奶奶，就是慈禧皇太后，已经给文沚小少爷封了官了！"月仙道："不是大官，只是个五品知府！"云儿道："哎哟，主子真是命好，大帅家里一大群女人，出来打仗，单单把刚生下小少爷的主子带了出来。小少爷真是贵人命好，一上战场大帅就打大胜仗，太后一高兴，人还不到半岁，就成了五品知府了！……"两个人还在议论，大队前方，一名清兵探马飞驰而来。瑞麟勒马，全军停下，月仙的马车也跟着站住。那探马在瑞麟面前下马施礼，大声道："启禀大帅，从海边逃窜入武夷山的客家孩子再次逃脱，进了深山老林，德福将军和文涛大少爷已经率领部下追过去了！"瑞麟听了皱眉，恶声道："怎么，又让他们跑了？"探马点头。瑞麟道："一群老弱残兵，带着十几个孩子，走不快的，传令德福文涛紧追不舍，一定要在这一带山里将他们全部诛杀，绝对不能让一个孩子回到云梦山区！"探马大声回应："喳！"上马转身驰去。瑞麟回头看身边一名将官，问道："这里距离云梦山区还有多远？"将官道："回大帅，至少还有三天的路程！"瑞麟不悦道："不！传命三军跑步跟上。明天天黑前，全军一定要赶到云梦山区！"随着他的这一号令传遍全军，七万清军的行军速度明显加快，夹在大队中间的月仙的马车也更快地奔驰起来。

大批清军在这里的出现已经惊动了一个人。此人不是别人，乃是云梦山区凤凰山寨主子四爷。这一天他正带着一干喽啰，从别处回归云梦山区，听到山下大军行进的声音，吃了一惊，忙拨开草丛，居高临下。一名喽啰上前道："寨主，经过海边一战，钟泾洋的客家人云上军团已经全军覆没。现在这支清军又兵分两路，这一路直奔云梦山区，另一路追杀十族最后十八个孩子！这是要将河洛十族斩尽杀绝啊！"于四爷听了大惊，想了想道："我们快进山里去，帮那些孩子一把！"众人听了，急随他起身，改道进入武夷山深处。

武夷山中，山道狭窄，钟三爷等人正小心拉马驮众孩子前行。四周围忽然传来了清兵的喊杀声。钟三爷当即道："清兵人多，我们人少，大家一起走目标太大，不如分散隐蔽，等到天黑，各自去云下村十族盟主钟家会合！"众人明白只能如此，齐道："知道了！"钟三爷挥手，大家立即拉马分散进入深林。这时又有一名太平军军士飞马而来，叫道："三爷！大事不好！"钟三爷看他，急道："又怎么了？"军士道："瑞麟一边派出三千人马追杀我们和孩子们，一边亲率七万大军直扑云梦山区，明天天黑前就能赶到三河坝镇！"原应龙听了大惊，急看钟三爷。钟三爷临危不乱，道："明白了！慈禧太后此次命瑞麟率七万大军南下，不止是要剿灭云上军团，还要血洗云梦山区！他们也不止是要杀掉从军中逃回家乡的这十八个孩子，更要将河洛十族斩草除根。我大嫂现在一定还蒙在鼓中。——谢二！"报信的军士急应道："三爷，谢二在！"钟三爷道："你马上回云下村报信，就说十万火急，瑞麟正率七万大军杀向云梦山区，我大嫂和十族乡亲要早做准备！"军士道："是！"要走又被钟三爷唤住，道："还有这些孩子，明天早上就会陆续回到故乡，让大嫂和十族乡亲准备接应！"军士答应："明白了！"钟三爷大叫一声："快走！"军士立即上马，飞驰而去。再听清兵的喊杀声，分明更近了，原应龙急看钟三爷，道："三爷，清兵逼近了，我们也快走吧！"钟三爷道："应龙，我们也分开，我带梦长走，你带望北走！"原应龙答应一声，二人各自从竹笼里抱出梦长和望北，放到自己的马鞍上。梦长这时朝望北看了最后一眼，道："望北，后会有期！"望北也道："梦长再见！"原应龙已经拉马离去。清军喊杀声更近了，钟三爷上马，对梦长道："梦长，抱紧三爷爷的腰，咱们走！"这时他是第一次看到了梦长怀里的那只布囊，大惊道："这是什么？"梦长倔强道："你不要管，我不告诉你！"钟三爷笑了一笑，道："好小子，从小就是个倔种，像你爹，走了！"带梦长纵马驰入前方的密林。

　　原应龙带望北驰进一片陌生山林。林子太密，马不能行，原应龙不得不下马，拉马前行。一群清兵就在这时迎面杀过来。原应龙抽刀挡住他们，见清兵越聚越多，急回头对马上的望北道："望北，快逃！"望北流泪大叫："叔，往哪儿逃！"原应龙大叫："回云梦山区，去云下村钟家！望北，叔要是死了，河洛十族副盟主原家就只剩你一个男人了！一定要活下去！快跑哇！"望北听了，从马上跌翻下来，泪眼模糊，仍站着不走，哭道："叔，我不走！我们死在一起！"原应龙奋力和众清兵拼杀，一边回头大叫："快走！你不能死！"一名清兵看见了望北，挥刀向他扑来。望北像是突然被惊醒了，大叫一声，转身在林中狂奔起来。原应龙截住清兵厮杀，一连杀死两名清兵，却被另一清兵一刀扎进前胸。他就要倒下去了，又回头朝望北消失的方向望了一眼，喊出了几个字："望北……一定要活下去……"众清兵丢下死去的原应龙不管，又大叫着向望北追过去。望北在林子里一路狂奔，巨大的恐惧感让他嘴里疯狂发出一声长长的叫喊："啊——！"德福忽然出现在他前面的小路上，听到了他的叫喊，大声对众清兵道："快，捉住他——！"望北的叫喊声忽然中断，原来他被树根"扑通"一声绊倒在地，要爬起来，却没有了力量，一口口吐出了些乱七八糟的汤水。清兵们见了，都狂笑着走过来，将望北围在中心。望北坐起，惊恐地看他们，大喊："你们干什么！别过来！我是河洛十族下一代的副盟主！你们不能杀我！"一侧林中，隐蔽在这里的于四爷听了，吃了一惊，急对众喽啰道："上！"众人突然出现，从背后对围住望北的清兵迅速出刀。清兵们猝不及防，转眼间就被四爷等人一一斩杀。望北一眼瞅见于四爷，又大叫起来："你们是什么人！要干什么！"于四爷一把将他提起，夹在腋下，上马，对众喽啰道："快走！"等近在咫尺的德福和众清兵反应过来，大喊着追杀上去时，这一众人马已经消失不见了。

四

这样一个夜晚，位于云梦山区十里夺魂谷出口处的云下村，河洛十族盟主钟家，一种不祥的预感正在空气中蔓延。钟家的当家人、云上军团大帅钟泾洋的母亲钟母华氏带着留在家中的三名儿媳匆匆走出河南堂——钟家的正厅，后者每个人都为自己战死沙场的丈夫穿着孝衣。跟在他们身后的还有钟母的娘家侄子华邦彦，他是南洋归来的华侨，一身侨民装束。漆黑的夜空中，正在降落瀑布一般的流星雨。众人朝天上望去，二儿媳叫道："娘，快看！"钟母抬头望天，不觉浑身一震。众儿媳急上前扶她站稳，个个面呈惊恐之色，道："娘！"钟母用力推开她们，厉声道："慌什么！"华邦彦也在望天象，面色悄然一变。那天上的流星雨不知从何时开始，已经持续了一阵子，此刻仍在继续。

钟母又看了一眼流星雨，转身要走。就在这时，家人钟福匆匆跑进来，扑通一声摔倒在地。钟母回头看他，不满道："钟福，你怎么了？"钟福爬起来，失声哭道："老太太，大事不好，大爷队伍里回来人了，是谢二，他是冲破重围，受了重伤，爬回来的，他说……他说……"众人心头大震，都回头看钟母。钟母不觉颤声道："他说什么？我儿泾洋，咱们的云上军团，怎么样了？"钟福哭道："老太太，没有咱的云上军团了，大少爷和大少奶奶也……"钟母身子一软，就要倒下。众儿媳惊叫一声，上前扶住，齐叫："娘！"华邦彦上前叫一声："姑妈！"钟母闭上的眼睛已经重新睁开，声音也骤然高亢起来："梦长呢！我的长孙梦长，他在哪里？"

钟福回道："孙少爷和军中的十八个男孩子，三爷正带着他们赶回故乡来。三爷让谢二提前赶回来禀告老太太，说朝廷派了慈禧太后的亲弟弟瑞麟，带领七万大军，正星夜朝云梦山区杀来。他们要把我们河洛十族客家人斩尽杀绝，以绝后患！对了，他们还另派了一路人马，沿途追杀孙少爷和从军中逃回来的十八个男孩子！"

钟母叫道："谢二在哪里！抬进来！我要见他！"钟福道："老太太，人已经不在了，说完这些话，谢二就——"钟母浑身大震，不等他说完，就对众儿媳道："扶我进去！"要走又看众人，厉声道："谁也不准哭！"众人听了，一声呜咽被堵在嗓子里，扶她走回去。河南堂内，钟母站立。众人围绕在她身边。钟母不看任何人，道："云梦山区马上就要遭遇一场大难！马上把家里人喊起来，分头联络十族族长赶到我家来，有大事和他们商量！"钟福答应道："是！"钟母又道："今天事非寻常，要用密语！"钟福哆嗦了一下，道："知道了！"钟母厉声道："快去！"钟福转身快步跑走。钟母又回头，对众儿媳道："焚香，我要祭告先人！"二儿媳急忙回头燃香，递到钟母手中。三儿媳四儿媳上前扶她。钟母道："闪开！"二人松手。钟母转身面向祖宗牌位跪下，双手举香过顶，悲怆而激烈道："列祖列宗在上，钟门华氏今日代钟家后世子孙敬告列位先人，在我河洛十族云上军团再次兵败沙场之际，保佑钟门长孙梦长大难不死，平安逃回故乡！泾洋一死，华氏为钟家生的四个儿子全部战死沙场，每个人都没有辱没自己的先人！华氏本以为钟家的男人死净了，没想到祖宗有灵，还是为钟家留下了一线血脉！只要还有这一根血脉，华氏就不会灰心，钟家就还是那个一千七百年前从中原故土来到岭南的不死的钟家！无论多大的灾难来临，华氏都要带领十族乡亲挺过去！"说完这一番话，她恭恭敬敬地叩头在地。众儿媳随她伏地叩头，然后扶钟母站起。钟母终于回头，拭泪道："老二家的，马上去准备，迎接我河洛十族的儿孙回家！"二儿媳急忙回答："娘，媳妇知道了！"说完这句话，她匆匆走出，去安排一切。

钟母在等待，也在沉思，神情激动。华邦彦在一旁小心地守着她，同时也在注意地看着她。钟母忽然用异样的目光回看了一眼自己的娘家侄子。华邦彦心中不觉一惊，这时就听钟母断然道："邦彦，你跟我进来！"华邦彦还没开口，她已将身子转向旁边的一间内室,四儿媳急忙扶住钟母,陪她走进去。华邦彦刚刚随她们走进内室,屋门就被钟母亲手关住了,等她猛回头望着自己的娘家侄子,泪水已经盈眶。华邦彦大惊:"姑妈——!"钟母突然上前抱住他,头伏在他肩头,爆发式地呜咽了一声。华邦彦心中愈惊,道:"姑妈,你老人家——"四儿媳也在一旁小心地提醒钟母道:"娘,表哥他是客人!"钟母忽然抬头,拭泪道:"邦彦是我的侄子,他算什么客人!"华邦彦心里忽然起了风暴,道:"姑妈要是有大事交代给侄儿,就吩咐吧!"钟母抬头道:"当然有大事!刚才的事情你都听说了!你今天才从南洋回到故乡,来见姑妈,姑妈连一口热茶也没让你喝,就要把一件天大的事托付给你了!"华邦彦心中大动,道:"姑妈……"钟母道:"事情你都知道了!云上军团殁了,一千七百年以来从中原南迁的河洛十族客家人,如今只剩下了从军中归来的十八个男孩子!如今朝廷的七万大军马上就要赶来,将我们斩尽杀绝。河洛十族南迁以来,经历了多少大难,从没有今天这么危急!"

华邦彦道:"姑妈为什么不马上带领十族老弱妇孺逃离云梦山区,躲避这场大难!"钟母道:"从军中归来的十八个男孩子还在路上,在最后一个孩子回到故乡之前,姑妈哪里都不能走!而要等到明天,所有孩子回来后再走,恐怕就来不及了!清军有七万之众,估计明天午后就能进入云梦山区。他们有备而来,进山前一定会部署重兵,四面围困,截断每一条出山的小路,姑妈就是想带着十族乡亲逃出去,也办不到了!"华邦彦想了想又道:"姑妈还有云雾山中的云上村,实在逃不出去,姑妈可以带领这十八个孩子和十族乡亲躲进云上村去!"钟母断然道:"不!"华邦彦吃惊地看着她。钟母仿佛是在对自己说话,道:"仅仅是为了征讨云梦山区的河洛十族,朝廷不需要派出七万大军。朝廷这样做,就是说他们想借此一战将河洛十族斩草除根。不经过一场大战,不杀得天昏地暗,血流成河,尸骨成山,让他们大大地得到一个教训,他们绝不会离开云梦山区。云上村是十族最后的庇护所,应当把它留给下一代人,绝不能暴露给我们的仇人!"华邦彦心中大动,叫道:"可是姑妈——"钟母不让他说下去,道:"钟家是十族盟主,姑妈作为十族老弱妇孺的领袖,没有别的选择,只有号令十族乡亲,无论男女老幼,全部拿起武器,投入这场大血战!"华邦彦怀疑道:"姑妈,谁都知道,就连朝廷大约也知道,如今十族只剩下了老人、妇女和孩子,你真要率领他们和清军作战?"钟母坚定道:"我们这些人一定得死,但十八个从战场上逃回故乡的男孩子不能死。他们必须得走,一定得走,回到家乡后立马就得走!"

四儿媳这时插话道:"娘,您老人家刚刚才说过,清妖一定会堵死所有的大路小路,不让一个人出山,这些孩子就是回来了,也逃不出去了!再说,就是他们能逃出去,中国虽大,哪里有他们的容身之地!"钟母又把目光转向华邦彦,盯着他道:"中国眼下是没有他们的容身之地,正因为这个,姑妈才想把这件大事托付给邦彦!"华邦彦心中再次大动,道:"姑妈,原来你是要我——"钟母急道:"对!你从小下南洋,今天才回来,眼下还没有多少人知道你回到了故乡。姑妈现在要代表十族先人,并以十族盟主的身份,将这些天亮后就会陆续回来的男孩子托付给你,由你带着他们重新逃出山,逃到南洋去!你还要在南洋把他们养大,教导他们,让他们知道自己是什么人!只要他们中间有一个人活下来,河洛十族客家人就不会亡!若是他们都能活下来,十几年后,等他们长大,河洛十族就能在云梦山区死灰复燃,东山再起,卷土重来!"华邦彦"扑通"一声跪下道:"姑妈,十族客家人今天又到了危急存亡之秋,姑妈将这样的大事托付给侄儿,侄儿身为华家的子孙,十族中人,万死也不敢辞!只是——"钟母道:"起来!你不要急,姑妈算定明天中午前孩子们就会回到云下村,瑞麟最早明天午后才能挥兵进山!我们还有半天时间安排这些孩子出山!"她显得越来越沉静和激烈,"瑞麟一定以为,只要四面布下大网,再发大兵进山,就能轻易地将我们斩草除根,一个不留!他小瞧我们了!"华邦彦站起,等她说下去。钟母目光如炬,又道:"进出云梦山区只有一条旱道,一条水路,其余都是小路。旱路是十里夺魂谷这条大道,水路就是顺汀江直下三河坝镇,从那里入韩江,去往潮汕。这次你们不能走十里夺魂谷,我要把它留给我们的仇人,轻轻松松地放他们过天马关,走十里夺魂谷长驱而入,一直杀到云下村来,他们让十族的男人全部战死,逼我的最后一个儿子跳海,我也决不会放过复仇的机会!一旦他们失利,你们就有了机会!你们也不能走水路,瑞麟一定会在三河坝镇设水军拦截。你们只能沿汀江边的小路秘密潜行,天黑前到达三河坝镇后的山林隐蔽,天黑后等大战在十里夺魂谷里打响,牵动守卫三河坝镇的清军增援,你再趁机带孩子们出山!"

华邦彦终于听明白了,点头道:"姑妈,侄儿明白了!侄儿现在就去做安排!"钟母又道:"不要忙!姑妈的话还没有说完!后天夜里你带着孩子们出山,万一出了差错,和孩子们失散了,怎么办?"华邦彦还没有想到这个,口中嗫嚅:"这个……"钟母道:"梦长是钟家的长孙,十族未来一代的盟主,将来河洛十族能不能东山再起，希望就在他身上！望北是十族副盟主原家的长子，据说他们家的男人也已全部战死，他是原家最后的一条根，原家的未来和十族的复兴，责任也在他身上！路上万一遇上清军，保不住所有的孩子，你也一定要保住这两个孩子，至少要保住其中的一个！"华邦彦心中震动，大叫："姑妈，可别的孩子怎么办？"钟母道："别的孩子们你不用担心，这里是客家山区，只要他们不死，就会有客家乡亲收养他们。但是梦长、望北这两个孩子，你破了命也要保住一个，带到南洋去。还要为他们找一个好老师，教育他们长大，让他们知道自己是谁，担起将来复兴十族的责任！"华邦彦点头，道："姑妈，邦彦全明白了！"钟母又道："不，你还没有全都明白。姑妈和你们以十八年为期，今天你把他们带走，十八年后的中秋节，你再把他们带回来，让他们十八兄弟在故乡团聚，重组云上军团，联络天下客家人，再举义旗！"华邦彦的心又激荡起来，道："姑妈，十八年后，这里还会有他们的家？"钟母道："不要以为他们这次真能将河洛十族斩尽杀绝！云上军团不在了，可是河洛十族的女人们还在，姑妈还在！只要我们还在，他们想把河洛十族斩草除根就做不到！姑妈明天送你们走时还要为这些孩子们指婚，十八年后，只要他们回到故乡，立马就能在这里找到自己的一个家！"她又看华邦彦一眼，道："最后一件事。我刚才说过，后天你们只能走汀江边的小路经三河坝镇出山，一旦过了三河坝镇，上了去潮汕的船，你们就能直航汕头，从那里出洋——"华邦彦急道："姑妈还不知道，我这次是带了船回故乡的，我自己的船，就停在三河坝镇的码头上！"钟母道："三河坝镇是汀江、韩江、梅江三江汇流之处，三省山区百姓出山的要冲，瑞麟一定会在那里重兵布防。万一你们当天无法通过三河坝镇出山，又无路可走，姑妈还要另外指给你一条活路！"华邦彦又是一惊，道："姑妈，难道出山还有别的路？"钟母道："三河坝镇后面不远有座高山，名叫凤凰山，山上有一位英雄，人称于四爷。他也是我们十族子弟，只因从小杀人，被官府捉拿，觉得辱没了先人，没脸回乡，干脆不认自己是十族人，就在凤凰山上落了草。虽然没有来往，可姑妈认为此人仁义，有替天行道之心，万一你们到了三河坝镇却走不出去，就回头绕道凤凰山，闯一闯他的山寨，说不定他能帮你过了这一关！"华邦彦点头道："姑妈，侄儿记下了！"

二儿媳忽然推门进来，道："娘，十族女当家人都到了！"钟母回头看华邦彦，道："邦彦，你现在就照咱们商定的去办！老二家的，老四家的，咱们去见十族乡亲，我，钟门华氏，要以十族盟主的身份，号令十族乡亲准备迎敌，为死去的亲人复仇，掩护十族最后十八个男孩子逃出山去！"

五

清晨的云下村外，一片山林围绕着一座茅屋，茅屋外面是一架巨大的水车，一道瀑布流下来，推动水车转动，带动茅屋里的磨房。鸟鸣花香之中，五岁的凤仪和六岁的梅卿一起从村中走来，每人头上都顶着一个大大的面笸箩。忽然，梅卿看见了路边的一朵野花，将头上的笸箩取下，放到凤仪头上，道："哎，帮我拿着。"凤仪吃力地站着，看她。梅卿将花掐下来，放在脸前嗅，拿在手里转着玩，走回来，对凤仪道："走哇，站着干什么！"凤仪道："哎，把你的笸箩拿走，我一个人顶不动。"梅卿哄她道："顶得动顶得动，快走。"凤仪吃力地顶着两个笸箩，随她朝前走。两人走到磨房前，凤仪从头上取下笸箩，拖着走进磨房里去。梅卿也要进门，忽然听到了声音，回头朝山林中一条小路上望去。一串马蹄声就从小路上传来，越来越响亮，这个漂亮的小姑娘的脸上现出了一种专注的和期盼的神情。很快，随着马蹄声，钟三爷和梦长从林中走了出来。

梅卿的目光陡然明亮起来，她第一眼就望见了马上的梦长。钟三爷看见了磨房，听到了水车和石磨转动的声音，来到磨房前下马，回手将梦长抱下来。梦长用迷蒙的目光看着磨房和周围的一切，他对这里的一切十分陌生。钟三爷看一眼磨房，心情激动道："梦长，到家了，前面就是云下村。这是村里的磨房，你在这儿等一会儿，我要进去看看！"梦长无所谓地望着他走进磨房。磨房门外，梅卿却用一双越来越专注和明亮的目光望着梦长。钟三爷走到磨房前了，看一眼梅卿，摸了一把她的头发，道："谁家的丫头，一个人在这里干什么？"梅卿也不答，只看着梦长。钟三爷大步走进了磨房。这时，梦长也终于发现了梅卿，盯上了她。梅卿想了想，突然大胆地向梦长走过去。

磨房内。一盘巨大的石磨正在转动。钟三奶奶和凤仪正给磨好的面粉过箩。钟三爷激动地叫起来："媳妇！"还很年轻的钟三奶奶回头看到他，脸色大变，手里的面笸箩"叭"一下落地。钟三爷冲动地走上前将她抱起。钟三奶奶满眼是泪，叫道："你，你……你活着回来了！"边说边呜咽起来，忽然看了一眼凤仪，急推开他，"干什么，这里有孩子！"但她还是冲动地扑在钟三爷怀里亲吻起他来。躲在一

客家人

边的凤仪看见了，猛地用小手捂住了自己的脸。

　　磨房外，梅卿走到梦长面前，二人对视。梅卿顽皮而大胆，先开口道："你叫什么名字？"梦长不愿意示弱，道："你是谁，你叫什么名字？"梅卿道："我叫梅卿。"梦长不说话，只看她。梅卿又道："你从哪儿来的？来我们这里做什么？"梦长不回答她的话，却道："你在这儿干什么？"梅卿道："我不是这个村的人，我是个孤女，爹娘都死在战场上了。是村里的钟家收养我。他们说已经给我找好了女婿，又说今天他就要回来。我今天到这里来，就是要等长大了要娶我的那个人。"梦长道："他是谁？"梅卿道："不告诉你。你到底是谁？"梦长道："你不告诉我，我也不告诉你。"梅卿大人似的叹一口气，道："我的女婿名叫望北，比我小一岁，一直在河洛十族的云上军团。他是十族副盟主原家的长子，可是我觉得我不是在等他，我在等另外一个。"梦长道："谁？"梅卿道："钟家的长孙，叫梦长。长大了我要嫁给他。"梦长迟疑了一刻才回答："我就是钟梦长。"梅卿微微一惊，不愿相信，道："你会是钟梦长？"梦长不高兴了，道："我就是！"梅卿默默地看他，突然道："你要真是钟梦长，你就是我一直在等的人。来，让我亲亲你！"她不管梦长答不答应，上来搂过梦长的脖子，在他唇上亲起来。梦长被动地被她亲吻，吃惊地看她，对她的大胆既不习惯又十分惊讶。梅卿亲了好久才放开了他，道："好了，钟梦长，你亲过我，就是我的人了，等你长大了，从南洋回来，就得娶我。你可记好了！"

　　梦长吃了一惊，道："你说什么？什么从南洋回来？不懂。"梅卿还要说什么，钟三爷钟三奶奶已经从磨房里走出来，钟三奶奶一脸幸福。梅卿转身，手里仍然转动着那朵野花，没事人一样从梦长身边走开，一路飞快地跑向磨房。梦长用一种迷惑的专注的目光望着她走进磨房去。钟三爷走过来，对钟三奶奶道："这就是梦长！"钟三奶奶蹲下来看梦长，又高兴又伤感，道："原来你就是梦长啊，快回家吧，别的孩子都回来了，就等你了，快把你奶奶急死了！"梦长不高兴地将身子转到一边去，又朝磨房看。钟三爷也回头看磨房，道："看什么呢，刚才那丫头是谁？"梦长不说话，神情仍旧冰冷。钟三爷忽然叫起来："哎呀，你刚才说大嫂一直在等梦长？梦长快走，回家！"说着一把将梦长抱上马，又一把将钟三奶奶也抱上马，自己拉着马朝前走。马走起来，梦长又回头朝磨房望去。忽然，他又在磨房窗口后面看到了那个名叫梅卿的小姑娘。此刻梅卿已经爬上了磨房的窗台，又朝他招了一下手，默默望着他们离去。

　　磨房外的林间小路上，又一次响起了马蹄声。这一次是于四爷及众喽啰带着望北来到。望见了前面的村子，于四爷勒马，一直在马上沉睡的望北也睁开了眼睛。于四爷抱他下马，放在地下，道："小子，前面就是云下村了。你自个儿进村去吧！"不等望北回答，他已经回头上马，对众喽啰道："走！"众人听了，迅速调转马头，原路疾驰而去。望北忽然大叫起来："哎，哎，你们不能走哇，我在这里又不认识一个人！"再要喊，于四爷等人已经不见了。他还要喊，忽然意识到背后有一双眼睛，回头望去，发现一个小姑娘正站在背后的水磨房门前，默默地望他。见她转眼要回去，望北急忙试探地喊道："哎，你是谁？这是哪里？我要去云下村，你认识路吗？"小姑娘听了，居然走了过来，上下打量他道："前面下去就是云下村，你要找谁？"望北已经对她有了好感，道："我找河洛十族盟主钟家。"凤仪道："哦，那就是我们家。你是谁？"望北迟疑，不知道该不该把自己的身份说出口。凤仪已经开了口道："让我猜猜，你是不是我一直在等的那个人。"望北悄悄吃了一惊，道："你在等人？"凤仪道："你是梦长吗？你要是他，你就是我要等的人，我就带你回家。"说着就向望北伸出手来。望北拒绝了她的手，道："不，我不是梦长，我是望北。原家的望北。"凤仪眼里闪过一丝失望，道："哦，原来你是原望北。那你就不是我要等的人了。"她转身走回磨房。望北站着不动，看着她。凤仪又在磨房门前站住了，回头大声一点道："哎，你走吧，你站在那儿干什么？前面走下去就是云下村了。我不能去送你进村，这里不能没有一个人，我还要留下来看磨房呢。"

　　望北迟疑了一下道："可我不想走，你是我来到这里认识的第一个人。我喜欢你。"凤仪咬着嘴唇看他，有顷才道："你不该喜欢我，你该喜欢的人是梅卿。她跟我一样，也是钟家从战场上收养的孤儿。我奶奶，啊，就是钟家的老太太说，要把她许配给你做媳妇，把我许配给了他的长孙梦长。刚才梅卿还在这里呢。"望北仍在看她，嘴里说道："梅卿？她是谁？我不认识她。"凤仪不再说话，仍然目不转睛地看着望北。望北突然道："那你喜欢我吗？"凤仪道："有一点。你要是梦长就好了，可你不是。"望北道："你能送我进村吗？我有点害怕。我只认识你。"凤仪想了想，笑起来，大方地走过来，伸出一只手，道："好吧，扯住我的手，我送你进村。"望北不觉高兴起来，抓住了她的手。因为内心相互喜悦，两个人都笑起来，扯起手朝村里走。到村头路口，凤仪站住了，回头看一眼望北。望北正朝村里看去，他是第一次回到这个地方来，对出现在眼前的景象非常震惊。村子由众多的瓦屋组成，中心一座高大的客家土楼巍然屹立，楼前青石匾额上刻着三个大字：成胜楼。虽然字迹斑驳，笔锋却苍劲有力。忽然，他注意到凤仪一直在看他，道："怎么了？这么看我。"

凤仪道："你不会骗我吧。我怎么看你都像是梦长。"望北笑了起来。凤仪也笑了，道："你笑了。果然你骗了我。"望北正色道："不，我没骗你。我从不骗人。我就是望北。"凤仪想了想，一不做二不休，从脖子下掏出一个香包，道："这是我给梦长缝的，可我不知道长大了他愿不愿意娶我。"望北又道："可我真是望北。"凤仪已经相信他是望北了，又道："望北，告诉你一件事，你们回到村里也待不住，明天就有人带你们下南洋去，过了十八年才能回来。那时候我就长大了。要是梦长不愿娶我，你愿意娶我吗？"望北吃惊地看着她，不知道该说什么。凤仪又道："你要是答应娶我，我就把这个香包送给你。喜欢吗？"望北点头道："喜欢。"他想接过来，又犹豫。凤仪急了，道："你要不要？不要我就不送给你了。"望北想了想，接过香包。凤仪又笑了，道："来，我给你挂到脖子里，要不别人会看见的。"她亲手给望北挂好香包，又端详了一番，才盯着他的眼睛，郑重道："你可记好了，长大了梦长不要我，你一定要娶我，你答应了的。"望北郑重地点了一下头。凤仪很开心地笑起来，拉起他的手道："好了，走吧。"两人高高兴兴地朝村里走，走了两步又站住了，回头朝村前的望夫崖上望去。

梅卿站在望夫崖上，对着村子，大声地唱起一支客家山歌来——

> 生爱恋来死爱恋，
> 两人相好一百年。
> 哪个九十九岁死，
> 奈何桥下等三年。

六

钟家河南堂内，钟三爷夫妇带梦长刚刚站定，众儿媳就簇拥着钟母急急地走进来。梦长回头吃惊地望着祖母，目光里对这个白发苍苍的老人充满了陌生和拒绝。钟母的眼睛已经大亮起来，颤声问道："老三，这就是梦长？"钟三爷点头。钟母热泪盈眶，大叫道："我的孩子，你可回来了！"她扑上前紧紧将梦长抱在怀里。众儿媳一时间都落下泪来。二儿媳强颜欢笑道："娘，今天是个好日子，梦来梦回已经回来，梦长这一回来，钟家就又多了三个男人了！"这边梦长忽然叫起来："放开我！我出不来气儿了！"钟母吃惊地抬头，看清了他怀中的布囊，吃惊道："这是什么？"梦长双手护住布囊道："你甭管！"钟三爷道："梦长，这是奶奶！是你爹娘在军中时常念叨的奶奶，还不快给奶奶磕头！"梦长倔强地看一眼钟母，并不下跪。众儿媳不觉笑起来。四儿媳道："娘，你看他像谁？"钟母道："像谁？像他们钟家的男人呗！"她还是把梦长紧紧抱在怀里不撒手，道："梦长，我的好孩子，你一时半会儿不认奶奶也罢，你回来了就好！"说着又落下泪来。众媳妇和钟三奶奶陪她落泪。没有人注意到梅卿就在这时悄悄地溜进了门，从人们后面朝梦长看过来。梦长这一刻也透过人缝再次看到了她，二人不觉相互眨了一下眼睛。这时，凤仪也拉着望北的手走进来。钟三爷回头看见，大叫："望北，是你！你回来了！太好了，大嫂，望北也回来了！"钟母及众人急忙站起，回头朝望北看去。钟母颤声道："望北，你真是望北？你怎么回来的？谁送你回来的？"望北想起一路上的遭遇，泪水一点点涌出。梦长见了，急上前扯起望北的手，对钟母道："奶奶，他就是望北！"钟三爷破涕为笑道："嫂子，你瞧，就这一会儿，他就认奶奶了！"

　　钟母走向望北，蹲下去看他，道："望北，快告诉钟家奶奶，你是怎么回来的？"钟三爷的笑容忽然落下去，也道："对，望北，怎么就你一个人，你应龙叔呢？"望北哭道："应龙叔让清妖杀死了！是一个叫于四爷的人救了我，把我送到村外头丢下就走了！"钟三爷大叫："什么，你应龙叔也死了？"望北点头。钟三爷回看钟母："嫂子，应龙死了，望北就成了原家最后一个男人了！"钟母猛地紧紧把望北抱在怀里道："好孩子，你回来了就好！不要怕，有钟家奶奶在，你就不是孤儿！"凤仪看一眼梅卿，走到她身边去，眼睛望着梦长，这是她第一次望见梦长。梅卿忽然就不高兴了，瞅她一眼，转身就跑了出去。凤仪不解，回头望她，道："你干什么？"

　　接下来的这个夜晚梦长将铭记终生。夜已经深了，众人散去，祖母拉着他的手走上了屋顶上方的平台。从这里，祖孙二人可以居高临下地俯瞰整个云下村。夜空寥廓，满天星斗，灿烂明丽，一条银河划过中天。梦长回看祖母，发现她目光悲凄，久久地望向浩瀚的北方夜空。梦长的目光也随她转去那个方向的夜空。他望见了，繁星之间，北斗七星格外硕大、明亮。祖母一直不说话，梦长首先开了口问："奶奶，那是……那是什么地方？"钟母没有马上回答，过了一会儿才沉痛道："北方。""北方是什么地方？"梦长又问。钟母这才认真地回头看了他一眼，道："我们客家人的桑梓之地，祖宗埋骨之处。那里有我们的中原故乡。"梦长沉默下来。钟母回头看他一眼，发觉这个五岁的早熟的孩子眼里也闪现出了沉思的光。梦长忽然再次开口，让她猝不及防地说出一个与年龄不相称的话题："奶奶，我在战场上看到我们客家人在打仗，回到村里，这里的人也在准备打仗。奶奶告诉梦长，为什么我们客家人一直都在打仗，为什么我们要一直过这样血流成河尸骨成山的日子？"钟母没有马上回答他，她甚至也没为这个五岁的孩子突然提出这个问题而吃惊，但她仍然过了许久，才深深看他一眼，给出了一个短短的回答："因为我们是客家人。"梦长的心急切起来，因为在他看来这只是刚才那个问题的另一个问题，又大声问道："奶奶，什么是客家人？我们为什么会是客家人？"钟母再次低头望他。梦长像是要解释一样道："奶奶，我都五岁了。"钟母终于在一张矮凳上坐下来，将梦长揽在怀中。梦长却用力推开她的手，大人似的坐到她对面去，这个动作表达了他的独立，他的觉醒，连同他性格中的倔强，让钟母不觉赞许地点了一下头。

人生的重大时刻往往就在这时开始了。钟母忽然回视北方星空，开始像回答一个大人一样回答他的问题："梦长，你瞧，那是北斗七星。这些又大又亮的星星下面有一条大河，名叫黄河。五千年前，我们的先人，就在黄河两岸披荆斩棘，辟田园，建家室。孩子，客家人并不是一朝一代由北方中原故土南迁到客家故乡来的，相比起来，十族中来得最早的就是你们钟家和我们华家。西晋末年，我们两姓的先人就随晋室南渡，辗转来到这人烟稀少、高山深谷的粤闽赣三省山区，披荆斩棘，筚路蓝缕，辟田园，建家室，才有了今天的家园，也为后来的十族人开辟了安身立命之地。"梦长专注地坐着，听着，他已经听进去了。"刚才你问我们为什么是客家人，问得好！就是你不问，奶奶也要告诉你，必须告诉你！居住在岭南各省的原住民称我们为客家人，是由于我们从北方来到南方，他们不当我们是主而认为我们是客；我们的先祖愿意接受这个称呼，则是要后世子孙永远不要忘记我们是中原衣冠士族，不要忘记我们的中原故乡，尤其不要忘记我们这些人就是中华！"梦长大叫一声："我们就是中华！"祖母的话他尽管听不懂，但"我们就是中华"这句话他一下子就明白了。钟母没有让他打断自己的话，她继续说下去："先人们是要后人永远用客家人这个名字，记住自己是谁，在心底埋下一颗种子，抱定一个志向，无论要用多少年，牺牲多少代人，我们也都要驱逐鞑虏，恢复中华！一千七百年过去了，虽然客家先人的遗愿至今还没有实现，但在这个世界上，只要你是一个客家人，就会明白，你不是一个普通人，你是一个背负着祖宗遗言的人！"梦长再次大叫起来："奶奶，什么遗言？"钟母庄重道："孩子，你这一辈子都要记好了，客家先人留给后人的遗言就是奶奶刚才说过的那句话：驱逐鞑虏，恢复中华！"

星光下，梦长的目光异常明亮。他站了起来，望着星空。他在思考。有顷，他回头道："奶奶，梦长还是不懂。我们不是早就有了客家故乡了吗？为什么还一定要驱逐鞑虏，恢复中华？"钟母一下就站起来，并没有马上回答他。梦长这时再看她，发现祖母眼里早就泪水盈眶。这时他听到钟母沉沉答道："孩子，奶奶活了一辈子，你刚才讲的事，奶奶也想了一辈子。是啊，我们已经有了客家故乡，为什么还要一代代地去牺牲，多少母亲失去孩子，多少妻子失去丈夫，多少像你这样的孩子失去了爹娘……今天奶奶老了，可也想明白了。客家人不惜一代代血流成河，不只是为了恢复我们的中原故土，客家人要恢复、要重建的是中华文明之邦，我们是要从那些茹毛饮血的异族手里找回做中国人的尊严！"梦长的神情也不觉严峻起来。钟母继续道："客家人中的每一个名门大姓都是中原的世家望族。如果连我们这样的姓氏都不能矢志驱逐鞑虏，恢复中华，中国还有什么希望，中国人——首先是我们这些中原衣冠士族，还有什么尊严！我们为什么还要生在这个世上！"梦长忽然觉得自己的心疼起来，这个苍老的女人正将口中的每一句话、每一个字刀刻一样印在自己心上。"每个客家人从生下来的那一天就应当明白，只要一天不能实现先人的遗言，自己就只能是客家人！"她终于回过头来，盯着梦长，一字字道，"梦长，我的孩子，你虽然只有五岁，但要记住，你已经不是一个普通的客家人了。你是河洛十族未来一代的盟主，河洛十族又是三省客家人的宗主，三省客家人又是天下客家人的宗主和领袖！你这一辈子，不只要带着十族的下一代去走你爷爷、你爹走过的路，更要带领他们去走一条新路！一千七百年了，客家人可以一代代战败，但不能永远战败，所有死去的先人都在天上望着你长大成人，带着新的一代打赢那最后的一仗，让一代代先人的梦想变成现实！"

梦长离开她，一个人向前走去，在高高的平台边缘站住。这是他第一次独自眺望北方的夜空和北斗七星，也是他第一次真正明白自己是谁，他的亲人是谁，虽然这一切过去在军中也听爹娘说过，但是唯独这一次，让他一下子似乎就明白了所有的事情……但是他已经不能再继续想下去，他的耳边忽然响起了海边战场上的风声、涛声、大炮轰鸣声和激烈的喊杀声，连同爹娘在海滨从悬崖上跳海时发出的一声叫喊："梦长——！活下去——！为咱们的人报仇啊——！"恍惚之间，他意识到所有这一切都是联系在一起的，它们都有了同一种意义。晚年的他会时时回忆起这个夜晚，他喃喃自语道："我当时就懂了，有过这个晚上，我的童年结束了……因为那些过去一直藏在我眼睛里的对于这个世界的疑问和悲悯都消失了，我的胸膛里只剩下了仇恨、责任和使命，我在一天之内突然长大了。"

<h1 style="text-align:center">七</h1>

位于云梦山区出口处的天马关，立于一道蜿蜒曲折的百丈深涧之后，形同一座不大的拱门，只要一块巨石从两侧山上滚下来，就能将它堵住。这座因令元末拖雷率领的三千元军全军覆没、保护了南宋小皇帝赵昺南逃出名的雄关与深涧上的便桥相连接，沟通着山里山外。

清军很快就到了天马关，并不停步，越过关前深涧上的便桥，浩浩荡荡地通过关门。瑞麟在关前驻马，挥鞭催促身边的清兵："快！再快点！"清兵大队不觉跑起来。

钟家院中，一群妇女和孩子正在等待。除了梦长和望北之外，这里还站着送男孩子们回来的十六名太平军军士，以及另外十六名客家妇女，她们每人怀里都抱着一个尚在襁褓中的女孩。见钟母带钟三爷四儿媳匆匆走来，众人急忙站好。钟母目光扫过众人，道："老三，开始吧！"钟三爷点头，看众人道："大家按照原先说好的，对面站好，男孩子一队，女孩子一队，盟主要指婚了！"听了这话，两队成年男人和女人急忙分别抱着自己怀中的孩子一对一对面站好。钟母这时瞅了一眼梦长和望北，道："你们两个也给我站过去！"钟三爷看二人不动，伸手将他们拉过来，在男孩子队前站立。钟母这时又向河南堂内喊了一声："凤仪梅卿出来！"说话间，四儿媳已经走进河南堂，一手一个，将凤仪梅卿扯出来。梅卿自作主张站在梦长面前，将凤仪挤到望北对面去。钟母喝道："错了！"她亲自上前动手将两人的位置互换：

梅卿站在望北面前，凤仪站在梦长面前。四个人不自然地对望，梅卿一眼也不看望北，目光却死死地盯着梦长。凤仪胆怯地望了梦长一眼，又偷偷望一眼望北，急忙低下头去。梦长的目光在二人身上一扫就闪过去了，他神情表明，此刻任何女孩子都不在他心里。钟母已经开口，庄重道："梦长，站在你对面的凤仪，就是奶奶给你指婚的媳妇。十八年后，不管发生了什么，你都要照规矩回来和她成亲，重新撑起钟家的天，做十族新一代盟主，继承先人的事业。记住了没有！"梦长并不说话，也不看凤仪。钟母又看凤仪道："凤仪，站在你对面的是梦长，你一生一世的男人！十八年后，他会回来娶你为妻，你这一辈子都要和他不离不弃，世上有他这个人，你们要一起撑起钟家的天，没有他，你一个人也要撑你这片天。啊，你是女人，还有另一份责任，为他，不，是为钟家生儿育女，不管要遭多少难，受多少罪，都要把你们的孩子养大，还要教导他们，让他们知道自己是谁，长大了继承先人遗志。为了对面这个男人你可以去死，但绝对不能背叛他。你的男人这一辈子要做许多大事，你要像奶奶一样，在没有他的时候，为他和你自己的孩子死守云梦山区，守住这个家！"凤仪听了，不觉看一眼梦长，发现梦长还是不看她一眼。钟母的目光转向了望北和梅卿："望北和梅卿也一样，奶奶今天也为你们指婚，你们也要一生一世不离不弃，做一对好夫妻，生生死死都在一起，共同承担起原家和十族的责任——"梦长忽然大叫："奶奶，我不要媳妇，我只要报仇！"众人吃惊地看他，都笑起来。凤仪又吃惊又生气，瞅他一眼，眼圈忽然红了，转身就跑，被四儿媳一把抓住，道："你哪里去！"望北也悄悄看了梅卿一眼。梅卿厌恶地避开他的目光。钟母又道："大家听好了，我现在以十族盟主的名义为剩下的男孩子女孩子指婚，每一个站在男孩子对面的女人怀里的女孩子，就是这个男孩子的媳妇！你们对面相认吧！"

　　众人回答道："是！"大家对面相认起来。钟三爷看一眼日头，道："大嫂，时候可不早了！"钟母不看任何人，道："今天送这些孩子们出山，万一路上被冲散，将来他们会流落到哪里，我都不能知道！我要在他们身上都留个记号，让他们长大后记得自己是谁。啊，先从梦长望北开始！你们随我进来！"钟三爷、华邦彦、四儿媳听了，扯起梦长和望北，随她走进河南堂。梦长大力挣扎起来，喊："干什么？奶奶，我不要！"却已经被拉了进来。钟母站住，回头道："老三，把梦长和望北的裤子扯下来！"望北紧张地捂住自己的裤腰。钟三爷抓过梦长，伸手去扯他的裤子，一边道："来来来，脱裤子！"梦长双手死死抓住裤腰不放，大叫："干什么？不——！"但他的裤子还是三下两下被扒了下来，钟三爷又将他抱起，按在面前的一张条案上。听到屋里的喊声，梅卿凤仪都从院中跑过来，爬上窗台，朝里面张望。

河南堂内，钟母上前看梦长，满眼是泪，道："梦长，今生今世，永远不要忘了你是谁！忍住！"说着俯下身去，照着梦长的屁股上就狠命咬了一口，梦长"啊"的一声大叫起来。钟母抬头，梦长屁股上已出现了一个血淋淋的牙印儿。钟母急对四儿媳道："快拿金疮药！把梦来、梦回和别的男孩子们抱进来，我要一个个亲自给他们留下记号。你出去告诉那些女孩子的娘，每个人也都要在自己的孩子身上留下一个血牙印，让她们这一辈子都忘不了自己是谁！"钟三爷答应一声，走出去。

这一切结束时已是午后。河南堂内，钟母背身而立，神情悲愤而激烈。三儿媳匆匆进门，禀道："娘，清军大队离云下村只有十里路了！"钟母不动如山，更不回头。钟三爷陪华邦彦走进来，看钟母道："大嫂，邦彦要带孩子们上路了！现在他来向大嫂辞行！"钟母仍不回头。华邦彦跪下磕头，道："侄儿给姑妈辞行。姑妈珍重，侄儿这就带孩子们上路了！侄儿知道肩上的担子有多重，请您老人家放心，侄儿就是粉身碎骨，也不让姑妈失望！"钟母还是不回头，却大声道："把梦长带进来！"钟三爷看一眼华邦彦，华邦彦匆匆走出，将梦长从院中带回。钟母猛地转过身来蹲下，将梦长紧紧抱在怀里，浑身颤抖，大声道："梦长，我的孩子，我的亲人，我的骨肉，再叫一声奶奶！"梦长大叫："奶奶，你弄疼我了！"原来钟母一只手碰疼了他屁股上的伤口。梦长用力在钟母怀中挣扎，两手捂着屁股上的伤，两眼都是眼泪，大叫着跑出去。众人眼里原都含着泪花，却被这一幕情景逗笑了。钟母也笑了，站起拭泪道："站住！"梦长在门前站住了，回头看她。钟母道："记住奶奶的话！十八年后，奶奶在这里等你回来！老三带梦长走，邦彦等等！"边说边又转身过去，不再看梦长。梦长看她，忽然大叫道："奶奶，我不走！我要留下来报仇——！"钟母不回头，怒道："快走！——还不带他走！"钟三爷听了，急拉梦长走出去。华邦彦看钟母，泪花晶莹，道："姑妈，侄儿要走了，姑妈还有什么话要交代！"钟母沉沉道："还有一句话，我不想说也要说！告诉和你一起护送孩子们出山的自己人，十八年后，要是……梦长不能回来，梦来和梦回有一个人回来，回来的那个人就是十族新一代的盟主！万一……他们弟兄三个一个也回不来，望北就是十族新一代盟主。要是连望北也回来，那第一个回来的孩子，就是十族新一代盟主！"华邦彦心中大震，道："姑妈放心，只要我活着，十八年后，就一定带梦长……！"钟母这次不等他说完就喊起来："还站着干什么！走呀！"华邦彦泪如雨下，转身走出。钟母又看一眼四儿媳，叫道："把你三叔喊回来！"四儿媳急急走出，将钟三爷唤回。钟三爷道："大嫂，我去送邦彦和梦长他们上路，马上就回来！"钟母断然道："你不用去送他们！梅卿、凤仪在哪里？带她们进来！"四儿媳又急忙走出，带二人进屋。钟母看钟三爷道："老三，刚才我把梦长、望北他们托付给了邦彦，这会儿我要把凤仪、梅卿和门外那些指了婚的女孩子托付给你和你媳妇。你们两个，马上带上她们走小路去云雾山中的云上村，进山后立马拆毁便桥，把进出的路彻底隔断。不管山外头出了什么事，都不要管！"钟三爷大惊失色，道："大嫂，你说什么！大战在即，你要我们两口子带一群女人和孩子进云雾山？"钟母急道："噤声！这件事除了你我不能让别人知道！"钟三爷道："大嫂，我是十族盟主钟家留在云梦山区的最后一个男人，我不能——"钟母怒道："住口！正因为你是十族盟主钟家留在云梦山区的最后一个男人，我才让你扛起这么重的担子！大嫂是要你们带着这些被指过婚的女孩子躲进云梦山中，逃过大难活下去！大嫂是要你们为十八年后回来的梦长十八兄弟保住十八个家。你怎么什么都不明白，和朝廷七万大军同归于尽不是你们的事，那是我的事，快走！"钟三爷还在叫喊："大嫂，我不能——"钟母大怒道："老三，你怎么不懂得我的心！十八年后，哪怕梦长梦来梦回三兄弟中能有一个人回来，会有多少大事等着你帮他们去做！大嫂是十族今天的盟主和领袖，马上就要带十族女人和清妖大军血战，我走了这一仗还怎么打！快走！我以先人的名义要你们走！我们是死是活，你们不要管！"钟三爷"扑通"一声跪下，磕头流泪道："大嫂——"钟母怒极，道："还不快走！"钟三爷爬起来抹一把泪，转身往外走。钟母猛醒，又叫了一声："等等！"钟三爷站住。钟母道："我差点忘了大事！"边说边急急从身后佛龛取出一个锦盒，打开，从中取出一个项链，上面挂着一只古朴的鼎状徽章，回头道："这是洛阳鼎，十族盟主的信物，你把它带到云上村去，十八年后，等梦长回来，把它交给他！"钟三爷接过洛阳鼎，眼中湿润，三下两下抹去泪水，将洛阳鼎收好在锦盒里，大步走出去。

钟母忽然放松下来，回头道："老四家的在哪里？"四儿媳上前道："娘，媳妇在这里侍候着呢！"钟母仰天大笑。四儿媳吃惊道："娘！"钟母道："他们都走了，让他们去活，我们去死！走，跟娘上战场！"

八

云下村村口，西下的夕阳被大块乌云半遮，向天空放射出箭一般的光芒。一时天地为之通透。瑞麟带清军大队赶来，驻马，掏出单筒望远镜，眺望前方的成胜楼，看了一阵回头问道："那是个什么怪物，像个圆形大谷仓！"文涛上前道："回阿玛话，这就是人说的客家土楼，一座这样的土楼，可以住族几百号人！"德福也道："客家人真是怪物，连房子都建得这么古怪！"他也朝村里望去，又回头，难以置信道："村子里不会没人吧？怎么这样静？是不是听说大帅带大军来剿杀，早跑光了！"瑞麟生气道："不，村里有人！"这时就见一名炮队管带上前道："禀大帅，大炮已就位！"瑞麟道："开炮，把这个土楼给我灭了！"炮队管带大声答应一声，退后几步，对众炮兵道："大帅有令，开炮！"一时间，十多门铁炮轰鸣起来，惊天动地，成胜楼地里化成一片烟火之海。瑞麟又用单筒望远镜朝前方望，有顷回头，对一名步队管带道："上！"步队管带拔刀，对步队大声道："小的们，跟爷上！"众清兵听了，大声呐喊，随他向土楼涌去。成胜楼楼墙高处，一直在忍受着清军大炮轰击的钟母通过望孔看见清军冲近到大门洞前，高高举起的手猛地劈下来，大声道："动手！"霎时间，楼内各箭孔前，排在各支队伍最前面的土枪队突然开火，"砰——""叭——"随着这些枪声，楼下烟尘四起，一个个清军被击中，后来者大叫着往后退去。忽然，他们又像醒过来一样，大叫着杀回来。楼内箭孔前，先前放枪的一排妇女已经退回队伍后尾重新装上火药和铁砂，手持大弓长箭的一排妇女上前，搭箭上弦，将弓拉得吱吱作响，放箭。楼下，刚刚呐喊着冲过来的清兵纷纷倒下，后面的再次大叫着退后。楼墙内，弓箭手又退后，弩机手上前，将弩箭一支支按进机槽，扣动机关，将箭镞射向楼下又一次呐喊着蜂拥而上的清兵。清兵进攻再次受挫。钟母回头，看着弩机手退后，手持火药团的妇女上前，将一团团点燃了药捻的火药团奋力扔下去。随着这些火药团在欲退未退的清兵中爆炸，燃起大火。楼墙内，又一排妇女将一桶桶吱吱叫的热油提到箭孔前，倾倒下去。这些从天而降的热油浇到楼下的清兵身上，清兵大喊大叫着散开，流到地下的油则被火点燃，立马在楼前烧起了冲天大火。一清兵浑身是火，哇哇大叫着狂奔不止。钟母沉浸在激愤之中，再次将手大力劈下，大声喊道："给我狠狠地打！"更多的热油被烧下去，成胜楼前，燃成了一片吞噬一切的火海。

云下村口，望着大批负痛大败逃回的清兵，已经下马伫立的瑞麟大怒，拔刀在手，骂道："妈拉个巴子的，老子自己上去！"文涛急忙抱住他，大喊："阿玛，不可！"回视身后更多清军，大叫道："还不快上！"更多的清军听令，呐喊着冲入战场。德福一把推开文涛，怒喊："向前者赏，后退者斩！给我杀进去，一个喘气的也不留！"一边喊，他一边亲自挥刀带众多清兵杀了上去。成胜楼内炮孔前，钟母也用一只老式单筒望远镜朝村口望着，忽然，她望见了激怒中的瑞麟，回头对三儿媳道："把炮口抬高一点，开炮！"三儿媳回头发令："炮口抬高一寸！"几名妇女抬高炮口，三儿媳高举手中的火把，上前点燃炮捻。土炮发出一声巨响，炮口火光冲天，大批铁砂飞向村口。瑞麟来不及躲避，已经被击中，猛地向后面倒去。文涛急忙将他扶住，大叫："阿玛！"瑞麟嘴里流出血来，手朝前方指去，却说不出话来。文涛将他放倒在地下，回头大喊："快来人，大帅中炮了！"几名亲兵马上抬一副担架过来，七手八脚地将瑞麟抬上担架。德福也从前面跑过来，大喊："大帅！你怎么了！"瑞麟终于说出话来："把它……把它给我轰平！一个活人……也不留！"德福听了，回头向炮兵大叫："大帅有令，开炮，把土楼轰平！"文涛这边急叫："快把大帅抬走！"众亲兵抬起瑞麟就走，清军的十几门大炮开始轰击，成胜楼一时间燃成冲天大火，整幢土楼烧成了一支巨大的火炬。大片大片的屋顶坍塌下来。清军的大炮仍然轰击个不停。炮声和烈火燃烧中，成胜楼开始显得摇摇欲坠起来。文涛还在大喊："给我轰！把它轰平！"

土楼内，一切都在摇晃、燃烧。随着新的一片屋顶轰然塌下来，一段楼墙也跟着垮塌下来。瞭望孔后，众人紧张地望着钟母。钟母却回望二儿媳，问："什么时辰了？"二儿媳道："太阳落山了，怕是到了酉时。"钟母道："传令，点燃烽火！"二儿媳道："是！"说完转身带人离去。就在这时，一发炮弹飞来，在瞭望孔前爆炸开来，一片硝烟和火光中，钟母突然向后倒下去。三儿媳和四儿媳上前扶起她，大叫道："娘——！"钟母胸部负伤，嘴角流血，道："别管我！清军要退，快带大家赶往十里夺魂谷，杀死他们！"三儿媳看一眼四儿媳，急道："老四家的，你留下照看娘！——大家听我的号令，杀出去！"烈火仍在燃烧，炮弹仍在爆炸，但是仍然活着的十族妇女们又从各处站了起来，捡起刀枪，集合成一队，随三儿媳奔下楼墙。

夜色笼罩了云梦山区。云下村后山的烽火台上，一丛烽火在夜色中冲天燃烧起来。很快，在更广大的山间，一支支烽火相继被点燃。接着就见一队队客家男女手举火把和刀枪，从一座座山村涌出来，急速汇成一支支队伍，顺着几乎每一条小路向远处的十里夺魂谷奔去。云下村口，德福也发现了这些出现在各处山野里的火把，大为惊恐，也不管众人，转身上马，就要逃走。文涛看他一眼，急了，大叫："德大叔，不要丢下我！"一亲兵已经拉马过来，道："大少爷快走，走晚了就来不及了！"文涛急忙上马，随亲兵纵马回驰。一名清兵见了，发一声喊："快跑哇！"众清兵听了，军心大溃，随着德福和文涛奔跑起来，十几门大炮也被丢下不管。在他们身后，三儿媳已经带十族女人追杀过来，众人大喊："杀清妖呀——！为战场上的亲人报仇——！"

十里夺魂谷内，德福文涛率大队清兵在没命地狂奔。从他们的头顶，大批石头滚落下来。清兵纷纷被石头击中倒下。文涛大骇，一边纵马飞奔，一边回头向两侧山崖上张望，大叫："这是怎么回事！"忽然，两侧山崖上涌出了众多火把，无数客家妇女大声呼喊，将乱石打落下来。德福被一块巨石击中头部，倒下马去。文涛大叫一声，闭上眼睛，狠命打马，拼死前奔。一阵巨石突然落到他的马前，那马就直立起来，大声嘶鸣。文涛朝前方望去，只见更多的客家人林立在山崖上方，堵死了十里夺魂谷，清兵逃不出去，又都返身退回来。文涛绝望起来，一眼瞥见身边出现了一道无名谷，慌不择路，调转马头就奔将进去。一亲兵在后面大叫起来："大少爷，不要——！"文涛已经听不见。无名谷很长，一片黑暗，文涛的马在奔驰，越来越快。他自己也不知跑了多久，忽然，他瞥见前方出现了一条巨涧，他来不及做任何事情，就连人带马坠下百丈深渊。身后跟上来的人只听见他最后长长地凄厉地大喊了一声："啊——"这一声喊在崇山峻岭之间，久久地回荡着，回荡着……

瑞麟死前曾对身边的人讲，这天夜里，他听到了文涛坠下深渊时的那一声叫喊。这时众亲兵正抬着他急急奔向天马关口。他的身后也是无数客家人追杀过来的呐喊。

九

这个夜晚注定了会很长，故事仍在继续。此时华邦彦及十几名太平军军士带着孩子们正藏在三河坝镇后的山林里。从十里夺魂谷方面传来的山呼海啸般的喊杀声也传到了这里。梦长回望天马关方向，激愤道："打起来了！我也要去打仗！"他挣扎着要走，被华邦彦一手抓住。华邦彦的另一只手则死死抓住望北，回头对众人道：

"我们的机会到了,快出山!"梦长还在大叫:"不,我要去报仇!"华邦彦丢开望北,捂住他的嘴,低声道:"别叫!"他们不知道,一队清兵早就包围了他们。一名清军统领道:"上!捉拿客家孩子!"众清兵发喊一起冲上去。清军统领又喊:"要抓活的,抓住一个,大帅赏银十两!"华邦彦听了清军的喊杀声大惊,急道:"大家快走!"众人一时不知道往哪里走,都道:"我们被包围了,怎么走哇!"华邦彦忽然想起钟母的话,抬头远望凤凰山方向,道:"通三河坝镇的路不通了,我们快去凤凰山!"众人听了,各自抱起自己护送的孩子狂奔起来。望北一把抓住梦长的手道:"梦长,我们也快跑吧!"梦长却抱住了胸前的布囊,道:"不,我要在这里杀清妖,为爹娘报仇!"华邦彦又冲过来,一手拉住一个,带着他们狂奔。没跑几步,望北就被树根绊倒了,趴在地下大叫:"叔——!"还要喊时,一群清兵已经奔了过来,喊:"这里有客家孩子,抓住他!"华邦彦一手抓住梦长,伸出另一只手去抓望北时,望北却已经顺着陡峭的山崖,大叫着滑了下去。梦长大叫:"望北——!"望北也在山崖下大叫起来:"梦长——!"清兵奔过来。华邦彦无奈,抱起梦长就跑。梦长大叫:"不!望北不走,我也不走!"华邦彦用手捂住他的嘴,带他进入一片竹林。清兵呼啸着向他们围过来,越来越近。梦长道:"表叔,他们过来了!"华邦彦拔刀在手,道:"梦长,表叔挡住他们,你快跑!"梦长跑了两步又回头,从布囊中取出炸药团:"叔,不怕,我有这个!"华邦彦道:"这是什么?"梦长道:"炸弹!我在战场上用这个炸过清妖的炮阵地!"说着就从布囊中取出竹筒,打开纸媒,哭腔道:"坏了,它灭了!"华邦彦道:"等等,表叔这里有火柴!"梦长惊道:"什么柴?"华邦彦掏出一盒西洋火柴,擦亮一根,夺过梦长手中的炸药,点燃。梦长一把重新夺回去,高擎着炸药团奔出竹林,迎面向清兵冲去,大叫:"啊——!老子和你们拼了!"华邦彦大叫起来:"梦长——!"他急追出去,从后面抱住梦长:"梦长!"药捻在炸药团上嗞嗞地燃向了尽头。华邦彦目眦尽裂,一把夺过炸药,向前方扔出,回头抱住梦长扑倒在地,滚下了山坡。梦长一边往下滚一边睁大眼望着扔出去的炸药团,嘴里发出歇斯底里的叫喊:"炸死你们!我要和你们同归于尽!我死了就能见我爹娘了!我——"炸药在清军中爆炸,火光冲天。华邦彦一把抱起梦长,高兴道:"好小子,有你的!我们快走!"他不再带梦长朝被清军堵住道路的凤凰山跑,反倒调头朝三河坝镇方向奔去。

这时在凤凰山的大寨里,一个男子浑身是血,被人刚刚抬进来,他的身边是一

客家人

个包在襁褓中的孩子。于四爷匆匆带人赶过来，盯着血污中的男子，道："你说你是谁？这孩子又是谁？"男子道："太平军客家云上军团大帅钟泾洋帐下亲兵，奉了十族盟主钟老夫人之命，送十族孩子出山……"于四爷不等他说完，一指梦来，问："他是谁？"男子道："他叫梦来，大帅的儿子，十族下一代盟主钟梦长之弟……钟老太太说，十八年后，中秋节，今天被送出山的孩子要一起回去，重举义旗，再兴大兵，要是他的长孙钟梦长回不来，钟梦来就是十族下一代的盟主……"于四爷大叫道："你说他是十族下一代的盟主？"男子头一歪，闭上了眼睛。众人看于四爷道："寨主，他死了！"于四爷抱起梦来，目光严峻："原来这孩子是十族下一代的盟主……听说钟家已经没男人了，原来还有一个孩子，好吧，我来替他们养大！"

三河坝镇上，临河的绿营营地里，月仙和云儿抱着文沚站在窗前，紧张地听着外面的喊杀声。月仙心惊道："这是什么声音，外面怎么了？"云儿道："说是逃进山里的客家孩子又逃出来了，还说有的逃进了镇子，外面正在捉拿他们呢！"月仙道："不知道大帅怎么样了，今天我的魂像是不在自个儿身上，云儿，你快出去看看，好像外面有动静！"云儿提起灯笼走出。月仙抱紧文沚，听外面的风声，越来越紧张。突然，她回过头去，原来后窗被人打开，一个浑身血污的男人提刀抱着一个襁褓里的婴儿出现在窗外。月仙大叫一声，手一松丢下怀中的孩子，狂奔夺门而去。男子听着四外的喊杀声，看一眼怀中的婴儿，又看一眼房内被丢在地下的文沚，急中生智，自语道："梦回少爷，事到如今，只有一条路了！"他跳进房内，放下梦回，从襁褓中抱出文沚，又用文沚的襁褓将梦回包裹起来，然后用梦回的襁褓包起文沚，提刀夺门而去。被留在地下的梦回大哭起来，月仙和云儿进门，月仙一把抱起他，大叫道："我的孩子，我的文沚，你原来还在，吓死娘了！"两个女人抱着孩子大哭起来。

阿邻忽然奔进来，大叫道："月仙姑娘，不好了！大少爷阵亡！大帅受了重伤，快不行了，大帅说小少爷是他最后的骨肉，他想再看他一眼！"月仙大惊，半晌，才"哇"地哭出声来。云儿扶她边哭边往外走。二人走进瑞麟的大帐，只见瑞麟躺在榻上，奄奄一息。众将及一帮亲兵围在他身边哭泣。月仙将梦回交给云儿，扑向瑞麟，哭道："大帅，你是怎么了！"众人知趣地闪到一旁。瑞麟睁开眼睛，看她道："文沚！文沚在哪里！"云儿急抱梦回过来，道："老爷，小少爷在这里呢！"瑞麟用迷离的眼神看梦回，孩子的面孔模模糊糊，他看不清楚。梦回又哭起来。瑞麟拉起他的小手又松开，摆手让孩子离开。云儿看一眼月仙，急抱梦回离开。瑞麟回望月仙道："我要死了，现在留几句遗言给你，你回去要奏明太后……瑞麟没有能够将河洛十族斩尽杀绝，辜负了太后的托付……我叶赫那拉家就剩下文沚这一条根了，为了他，我要收你做我的侧福晋，请太后亲自照看他长大，让他知道今天发生的事，继承父志，再来云梦山区，为我和文涛报仇，完成太后的嘱托，将河洛十族剿灭！……阿邻在哪里？"阿邻走过来，流泪道："大帅，奴才在这里！"瑞麟看他道："你不要走。大军退后，你就留在三河坝镇上做绿营管带，替文沚，也替死去的我盯死了云梦山区的十族客家人！"阿邻哭起来："大帅！"再看瑞麟，已经咽下了最后一口气。月仙哭道："大帅，你怎么走了呀，我们孤儿寡母，府里又没有大福晋，我们可怎么活呀！"她一边哭，一边担心地朝门外瞅了一眼。云儿会意，急抱梦回匆匆离开。月仙这才放心了，趴下去大声号啕起来。

　　大山深处的一条小道上，正在三省交界山区做观光旅游的德国牧师穆勒和夫人骑着毛驴走过来。一名当地向导在前面为他们牵着驴绳。穆勒朝前方的云梦山区眺望，用中国话问向导："前面，那就是你们说的云梦山区？"向导道："对，那里就是云梦山区，是有名的河洛十族客家人住的地方。"穆勒夫人一眼看见前方小路走过来的梅卿，吃一惊道："牧师，前面有个孩子！"穆勒夫妇急忙下驴，停在梅卿面前。穆勒道："孩子，你是谁，这么深的山，听说还有狼，你怎么一个人？你家在哪里？"梅卿看他们一眼，坐在地上捂住脸哭起来。穆勒夫人生出了怜悯之心，蹲下去安慰她道："孩子别哭，你怎么了？"梅卿从指缝里看他们，还是哭。向导自作聪明道："我明白了，这里的风俗，生下女孩子不好好养，小小的就送给人做童养媳，说不定是从婆家偷跑出来的童养媳。"穆勒夫人相信了，看牧师道："啊，托马斯，我来到大清国，最恨的就是男女不平等。"她回头看梅卿，道："孩子，你是童养媳吗？他说得对吗？"梅卿不哭了，想了想，点头。穆勒看夫人一眼，夫人点头。穆勒看梅卿道："孩子，不要怕。你从婆家跑出来，是不是没有地方去了？"梅卿点头。穆勒夫人道："我们是德意志大清国传播福音的人，是好人，我们住在广州，你愿意跟我们走，将来做一名虔诚的基督徒吗？"梅卿想了想道："从广州能下南洋吗？"穆勒夫人道："对，从广州可以下南洋。你有亲人下了南洋？"梅卿重重点头。穆勒看她道："原来是这样。不过你要是成了我们家的一个成员，就不用下南洋了。你一个女孩子下南洋不安全，你不如留在我们那里，等着下南洋的亲人回来。"梅卿想了想，又点头。穆勒高兴了，将梅卿抱起，放到驴背上，自己步行。几个人重新走动起来。

三河坝镇外的官道上，一队清兵守护着两辆柩车和一辆马车，慢慢行驶。柩车前分别立着神主牌，上写：故世袭三等忠勇公兵部尚书总督粤赣闽三省一切军务叶赫那拉瑞麟大人之神位；故世袭三等伯叶赫那拉文涛公子之神位。神主牌前供架上，横着一把宝刀。马车上坐着身穿重孝的月仙和云儿。云儿怀里抱着身穿重孝的梦回。

一行车马上了道，月仙才不看云儿，开口道："你是不是知道什么了？"云儿变色道："主子，奴婢什么也不知道！"月仙道："就是知道了什么，也要咽到肚子里去，烂在里头，永远也不要想起来。记住了吗？"云儿从车里站起，"扑通"一声跪下去，道："知道了主子！他就是文沚小少爷，是大帅留下来的最后一块骨肉，是太后的亲侄子！"月仙不再说话，良久才道："可他不是！我的文沚让他们给换走了！我要把他当成自己的儿子来养，知道为什么吗？"云儿不敢说话。月仙哭道："为了有一天再把我的孩子从他们这里换回来！"

数日之后，位于云雾山中的云下村钟家门外，一个男婴被裹在襁褓中，放声大哭。大门吱呀一声打开。凤仪走出来，看襁褓中的婴儿，大叫："三奶奶，快来，有个孩子！"钟三爷钟三奶奶走出来。后者把婴儿抱起，将男婴的襁褓打开。婴儿仍然在哭。钟三爷急道："是个男孩子，快看看他屁股上有没有记号？"钟三爷解开襁褓看了一眼，失望道："没有。"凤仪眼尖，道："三爷爷，他穿的不是我们客家人的衣裳！"钟三奶奶捏搓孩子身上穿的绸缎，道："这孩子不像是——"凤仪又叫："快看，衣裳上面有字！"钟三爷看婴儿的小衣裤，上面写着文沚两字。钟三爷道："文沚，这是什么意思？"凤仪道："会不会是他的名字？"钟三奶奶道："说得对，一定是他的名字，他叫文沚。"她和凤仪看钟三爷。钟三爷道："有了一场大难，河洛十族缺的就是男孩子，这孩子虽然没有记号，不在出山的十八个男孩子里头，但有人能把他送进云梦山中，放在钟家门前，那就是说，他也一定是十族客家人的孩子！"见钟三奶奶还在迟疑，他又道："一定是他的爹娘觉得养不活他，才送到咱家门口来的。不管他是谁家的孩子，既然来到了钟家，从现在起就是钟家的孩子，梦长的兄弟。咱们给他起个名字吧。"

凤仪道："他已经有了名字了！他叫文沚！"钟三奶奶看钟三爷，道："我们家有了梦长、梦来和梦回，就叫他梦成吧，真希望有一天我们客家人一代代的梦想能够成真。"钟三爷道："好，这名字好！梦成，就这么定了！"凤仪看婴儿，高兴道："梦成，从今天起，你有名字了，你不叫文沚，你叫梦成，钟梦成！"

第二章

一

十八年后。

大内西苑内，慈禧太后正坐着赏花。内务府总管保柱匆匆赶来，趴下磕头，道："奴才见过老佛爷。大事不好！叶赫星胆大妄为，射落了太和殿的正大光明匾！"慈禧一惊，猛地站起，怒道："胡闹！叶赫星在哪里？带他来见我！"保柱急道："喳！"爬起来匆匆跑走。

慈禧回到宫中，气仍不消，端坐榻上，一言不发，两旁宫女侍立，大气也不敢出。不大一会儿，叶赫星匆匆走进来，跪下磕头，大声道："叶赫星见过姑妈！"慈禧怒道："见过太后！"叶赫星倔强道："叶赫星见过姑妈！"慈禧道："太后！"叶赫星道："姑妈一定忘记快到什么日子了！"慈禧道："快到什么日子了？"叶赫星抽泣道："再过两个月，就是我阿玛的忌日。十八年前粤闽赣三省交界山区的河洛十族客家人杀死了我阿玛和长兄文涛，阿玛临终时为叶赫星留下遗言，要我十八年后长大成人，向姑妈请旨，率朝廷大军再赴云梦山区，将河洛十族客家人赶尽杀绝，将云梦山区夷为平地！"慈禧心情沉重起来，默默站起，背身而立，道："十八年了，你是说，当初逃到南洋去的那十八个客家孩子，也该回来了？"叶赫星点头道："正是！十八年来，姑妈亲手哺育叶赫星，任我在京城内外、紫禁城中胡作非为，不就是要为大清豢养一只鹰犬吗？现在这只鹰犬已经长大了，可以去为姑妈和大清除去心腹大患了！"

慈禧猛回头道："好！姑妈现在就任命你为钦差大臣，授你一封密诏，让你去到岭南，见机行事，调集粤闽赣三省大兵，截杀从海外回归的客家孩子，将十八年前没杀光的河洛十族客家人一网打尽！"叶赫星大喜，笑道："谢姑妈！有道是君无戏言！请姑妈快写密诏！"慈禧看身边的宫女："拿出来吧！"宫女转身，就将一条写在一段白绸上的密诏取出，递给慈禧。叶赫星不觉大惊："姑妈——"慈禧道：

"小子，小看老太太了！就是天下人都忘了他们，姑妈我也不会忘！拿上它，我再给你几个能干的大内侍卫，和你一起去办差！"叶赫星双手接过密诏，叩头在地。

叶赫星的世袭国公府就在紫禁城不远后海的边儿上。几天之后，一辆远行的马车已经停在院中。四名大内侍卫，加上巴什哈都一副长行的打扮，站在马车前等待。上房内，月仙带云儿及一干侍女两旁站立，看叶赫星趴在地下，对着香案上瑞麟和文涛的神主牌磕头，然后站起，恭恭敬敬地从神主牌前刀架上将一把瑞麟当年上战场用过的百胜刀取下来，佩戴在身上。

见叶赫星转身就往外走，月仙急急叫了一声："等等——"叶赫星站住了，回头不耐烦地看她道："好了好了，我要走了，这是免不了的，你不要哭天抹泪的。"月仙一时想到了什么，忍不住又道："可是文沚——"叶赫星大怒道："你给我住口！我说过了，我现在叫叶赫星，不叫那个倒霉名字了！什么文沚，这是什么名字，水流着流着就不流了。不，我这一辈子，要做叶赫那拉家世世代代最亮的一颗星，今日大清天空中最亮的一颗星！"月仙看一眼身边的侍女。众人会意，急急离去。叶赫星心中一动，变色道："额娘，我知道你想说什么了！住口！"

月仙改口道："文沚，不，星儿，额娘不是那个意思。额娘是担心你，到了岭南那么远的地方，又要打打杀杀，万一有个好歹，额娘我——"叶赫星仰天大笑一番，突然深深看她，低声道："哎，你真担心儿子是死是活？你最担心的是我屁股上的这个来历不明的血牙印！你怕被太后看了去，对你我起了疑心，给你引来杀身之祸！……额娘，儿子走了，丢一句话给你，就是为着我屁股上这个来历不明的东西，我也要去往岭南，将河洛十族当年逃出去的十八个男孩子斩尽杀绝！你明白我的意思吗？不，你不会明白的，你这个人，向来听不懂儿子的话……我走了！"月仙泪眼看着他往外走，又道："你要小心……"叶赫星走两步又回头，逼视她道："别以为我会信那些鬼话！叶赫星生在叶赫那拉家，长在叶赫那拉家，从里到外，每个毛孔里流的都是我叶赫那拉家族世代英雄的血！河洛十族杀了我阿玛和大哥，我和他们有不共戴天之仇，就是姑妈忘了要将他们斩尽杀绝，我叶赫星也不会忘，这一辈子我只会做一件事！"月仙哆嗦起来，道："什么？"叶赫星一字字道："把河洛十族客家人活下来的十八个男孩子一个不剩地全杀光，让他们绝种！"说完这些话，不等月仙再说什么，他已经大步走出去。

二

拥挤繁忙的广州黄埔港，车水马龙。汽笛声、小贩的吆喝声、码头工人的呐喊声，响成一片。突然，大队全副武装的清兵跑步闯过来。码头内外顿时乱作一团。清兵驱赶行客，打翻小贩的摊子，喊："快滚，抓国外回来的乱党了！"刹那间偌大一座码头上，只剩下一排排清兵，再无闲杂人等。一名清兵小校吆吆喝喝地把一叠手画的人头像分发给众兵士，上面是十八年前在海边跳崖的云上军团大帅钟泾洋，喊道："都看好了啊，不是纸上印的这个人！这是要抓的人他爹！从今天起，上头要咱们天天守在这儿，检查每一条从南洋开来的船，每一个从南洋回来的人，只要觉得他和上面画的人有点像，立马抓起来！"清兵们仔细看画像，海上忽然传来了长长的笛鸣，一条大船缓缓进港，停下，抛锚，跳板砰一声落向码头。清兵队列中，一双眼睛顿时晶光大射。

旅客开始下船。清兵逐一盘查。快下完时，从船上走下来两个人。前面是一名中年男人，后面那个男子左边膀子用纱布吊起，面部捂一个大口罩，眼睛上戴了一副墨镜，看不出年纪。二人一下船，就感到被一双鹰鸷般的目光灼烧着。那名清兵小校手拿钟泾洋画像上前，对照走在前面的中年男人，道："不像，出示你的关防！"中年人拿出两本关防给他看。小校看戴口罩的人道："他怎么了？"中年人忙殷勤道："啊，他是我兄弟，在南洋害了伤寒，治不好，回来等死的！人总要落叶归根呀！"清军小校听了倒吸一口凉气，急后退一步，闭气把关防还给中年男子，摆手让两人快过去。那两人暗中对视一眼，穿过夹道而立的清兵，向码头出口走，但是他们都意识到了，那双鹰鸷般的眼睛仍然没有离开他们。

拥有这双眼睛的正是叶赫星。他穿着小兵的衣服藏在大队之中，暗里监视着对每个船客的盘查行动。眼看着两人走远，越来越觉得可疑的他突然大喊一声："钟梦长！"前面走过去两个男人一怔，戴口罩的继续往前走，中年人却在这一瞬间蓦然回头，又下意识地看了一眼身边的同伴。叶赫星也就在这一刻顺着他的目光盯上了戴口罩的青年，大叫："钟梦长！抓住他！"四名随他混在清兵中的大内侍卫一愣，齐声喊道："抓住他！"整个码头顿时炸开了锅。

这两名刚从南洋回国的男人正是十八年前逃离中国的华邦彦和钟梦长。梦长伪称是邦彦的兄弟华邦杰，踏上大陆前虽乔妆打扮，但还是甫一上岸就被发现了。码头

客家人

内的众清兵听到叶赫星及四名侍卫吃喝，马上一起向梦长扑来。梦长忽然叹一口气道："十八年了，他们根本就没有忘记！"华邦彦道："快走！"众清兵又围了过来。梦长一声大吼，和华邦彦一前一后，打出一条血路，到底冲出码头，跃过广场上的车马行人，直奔街对面的教堂而去。叶赫星见了，大叫道："追！"他率领清兵一路狂追到教堂门口，突然听到一声枪响。众人瞬间一愣，被迫停下脚步。华邦彦和梦长这时已经到了教堂门口，对视一眼，梦长急道："表叔，进去！"二人闪身进入教堂。只见一名德国牧师立在祭坛前，正领着众教徒合唱《哈利路亚》。门外的追杀声近在咫尺。梦长正在向周围寻觅逃身之所，身后一个小门突然开启，一只手伸出来将他拉了进去。二人情急之中，也没多想，就遁入小门。小门关闭之时，叶赫星已带清兵冲进了教堂。小门后是教堂楼梯间，光线昏暗。两人面前站着一个姑娘，看不清面目，只听她说："快！跟我来！"两人跟着她跑了一段向上的楼梯。梦长停下，抬头看她，戒备道："你是谁？"姑娘斩钉截道："要逃命就快上来！"三人顺着楼梯一路跑向教堂顶端，姑娘掏出钥匙，匆匆打开钟楼小屋门上的锁，用力推开门。梦长猛从身上拔出一把匕首，把姑娘逼到门前。姑娘用一双吃惊的眼睛望着他，竟不说话。

梦长一脸寒霜，冷冷道："刚才是你开的枪？"姑娘不答。梦长厉声道："你到底是谁？为什么要帮我们？"姑娘毫无惧色，道："这是教堂，自古以来就是罪人的庇护所！"说到这里，竟一把推开梦长的匕首，推华邦彦进门，自己反身关门，只将梦长和自己挡在门外。这回轮到梦长吃惊了，道："你要干什么？"姑娘不理会华邦彦在里面焦急打门，激动道："你是钟梦长！"梦长身处险地，不愿暴露身份，道："我是谁都跟你没有相干！你还是不知道的好。你还没回答呢，你是谁，为什么要帮我们？"姑娘热切地看他，忽然道："我愿意！"这不顾一切的眼神让梦长遥远的记忆闪动了一下，来不及再问，姑娘就已经听到楼梯上的脚步声，将他推进门，重新上锁，匆匆下楼。

深夜，姑娘提着一盏灯，悄悄走上钟楼，走进被翻得乱七八糟的小屋，关门，听外面没有动静，挪开一个柜子，打开一间暗室的小门，向里面轻声喊道："出来吧！"梦长和华邦彦从小门里钻出来。梦长谛听四周的动静，警觉道："他们走了？"姑娘放好灯，道："没有。都在教堂外面，据说全广州城的绿营都来了。"梦长回头看一眼华邦彦，断然说："我们走！"两人快步向外走去。姑娘急看他们一眼，道："等等！"二人回头。梦长道："你还有什么事？"姑娘目光幽怨，盯着他道："今天我救了你们的命！连句感谢的话都没有就走？"梦长随口答道："谢了！"姑娘又问："你真是钟梦长！"

梦长再次回避道："什么钟梦长？他们抓错人了！我不是！"姑娘失望道："那你是谁？"梦长不耐烦道："我是谁都跟你说不着！我们走！"姑娘在他们背后道："你们走不了。我刚才说过，他们调来了广州城里所有的兵马，在外面把教堂围得水泄不通，你们怎么走！"梦长仍不理他，只示意华邦彦快走。姑娘情急起来，突然小声喊道："驱逐鞑虏，恢复中华！"梦长吃一惊，与华邦彦匆匆交换一下目光，接着朝外走去。姑娘跟出，又喊："楚虽三户，亡秦必楚！"梦长和邦彦已经出了小屋。姑娘赶出去，用手里的灯笼照着楼梯看下去，那里已经没有了人。姑娘又恨又失望，大声道："哎，哎！你不是钟梦长，可我是梅卿！十八年前，你在云下村外水磨房前认识的梅卿！"

梦长和华邦彦并没有离开钟楼，他们此刻正双双趴在梅卿头顶的教堂大钟上，向下看着冲下钟楼去寻觅他们的梅卿。华邦彦对梦长低语道："她说她是梅卿！梅卿怎么会在这里！"梦长没有接他的话，过了会儿，看梅卿一路走下楼梯，消失不见，悄声说道："表叔，她走了，快离开！"华邦彦点头。梦长悄悄打开钟楼窗户，二人爬出，手扒砖缝，仅靠手指的力量附在墙上，一动不动，回头望下去，只见下面的小巷里，一队清军跑过去，又一队清军跑过来。邦彦说："梦长，他们把教堂包围了，这里也有他们的人，怎么办！"梦长朝下面花圃中示意："下去再说！"

二人悄然落地。环顾四周，又一队清兵跑过来，急忙紧贴墙根站立，将身子隐在花棵子里。清兵跑过去，并没有发现墙边花影中的他们。梦长当机立断："走！"两人刚要走，两名清兵忽然折转回来，便又重新贴墙站好。两清兵瞅左右无人，拉开架势撒尿。梦长灵机一动，对华邦彦示意，二人突然出手，将两清兵拉入花丛。再站起时他们换上了清兵的衣帽，提上了他们的刀。一队清兵跑过来。梦长道："表叔，跟上去！"两人闪身离开花丛，跟在清军队伍后面跑走。

夜半时他们已经躲开清兵的追捕，上了东江的客船，踏上返乡之路。站立船头，望着故乡的山水，梦长的目光不禁有些湿润。华邦彦看他道："梦长，十八年了，你终于回来了，只是那天出山时失散的十八兄弟，能不能都回来，就不知道了！"梦长坚定道："表叔，全天下的客家人都知道奶奶当年的嘱托，记得今年的中秋节是十八兄弟回归云梦山区的日子，没有人会留着他们的！"华邦彦道："回到云

客家人

下村，你就是河洛十族的新盟主，云上军团的新主帅。要是望北能回来就好了！你是主帅，他就是副帅！你是盟主，他就是副盟主！再加上十八兄弟，客家人云上军团，就又是一支战无不胜的大军！"梦长不再说话，望着夜色中的远方，眼里如同有火焰在燃烧。

三

福建泉州城郊，黄昏的太阳在城墙顶上摇摇欲坠，离城不远一座破败的小镇街上，两旁全是临时搭的茅棚，一些穿得破破烂烂的百姓在走动，一切都显出了极端贫困的景象。一个青年衣衫褴褛，满头是汗，扯着十来岁的小姑娘在街上急急地走着。

小姑娘忽然停下，哀求道："哥，我饿了，走不动！"青年心疼地蹲下来，问道："家里又没有吃的了？"小姑娘点头，青年叹一口气，打开缠腰布，从里面拿出一块银圆来，小姑娘惊叫道："银圆！"青年微笑地点头，说："哥在码头上挣到钱了，哥给你买玉米饼吃！"小姑娘高兴地拉着他的手，说道："哥，还是你好！"两个人向街边一个卖饼的摊子走去。

到家的时候已是晚上，青年拉着莲花走进破败的茅屋，屋里，父亲病倒在床上，母亲正在喂他喝水。青年看他们一眼，高兴地叫道："爹，娘，我回来了！"父母看青年，脸上现出慈爱的表情，互望一眼。青年走过去，弯下腰看父亲，说："爹，你觉得好一点了吗？"又从缠腰布里拿出银圆，交到母亲手上，说："娘，这是这几天的工钱！"母亲接过银圆，看父亲，不说话。

父亲坐起来，青年赶忙扶着，只听父亲说："莲花，你出去一会儿，我跟你哥有话要说。"莲花看青年，大声地说："不！"母亲温柔地对莲花说："听你爹的话，出去吧。"莲花委委屈屈地答应一声，不放心地走出去。

青年看父亲，忐忑地说："爹，什么事呀，这么远让莲花跑一趟，把我喊回来！"父亲对母亲说："把门关上！"母亲点头，走过去，把门关上，还插上了门闩。青年心已大动，却不说话。父亲看他，说："望北，你到咱家，十八年了吧？"青年点头。父亲继续说："十八年了，你不愿意讲，我和你娘也不便多问，可今年不一般，再过八天就是中秋节，我们就是不想问，也得问了。告诉我们，你到底是谁？"

门外响起了窸窸窣窣的声音，望北知道是莲花扒在门缝里，紧张地朝屋里张望。望北深情地看着养父母，说："爹，娘，十八年前，是你们救了我，又含辛茹苦地养大了我，咱家这么难，你们还节衣缩食，一定要让望北念书……我就是你们的亲儿子，这儿就是我的家，你们就是我的生身爹娘！"说完扑通一声跪下来，伏在养母膝前小声啜泣。

养父说："我和你娘也不想让你离开，可我们到底也是客家人哪。你现在就说实话，你是不是云梦山区河洛十族逃出来的那十八个孩子中的一个？如果你是，又是十族谁家的孩子？"

望北抬头，含着泪说："爹，娘，到这会儿，我说实话，我是河洛十族副盟主原家的长子，如今原家就剩下我一根独苗了！"他又忍不住大声啜泣起来。

养父一惊，急切地说："快，扶我起来！"养母和望北急忙将他扶起。养父下床，在一把椅子上坐好，对养母说："你也坐下。"养母疑疑惑惑地坐在他身边，被他的严肃吓到了，说："你这是干什么？"养父郑重地说："望北，孩子，来，给我和你娘磕一个头，拿上你娘为你准备的盘缠，连夜走吧！天亮以后有人问你哪里去了，我们就说你去了厦门港了！"望北跪下来，说："爹，娘，为什么一定要赶望北走？望北做错事情了吗？"养父坚持说："孩子，磕头吧。你没有做错事情。十八年前，十族盟主钟家老太太率十族老弱妇孺和清军拼死一战，才保住了从战场上回去的十八个男孩子。听说当年她就和这些孩子有约，十八年后的中秋节，这些孩子一定要回到云梦山区去，重整旗鼓，复兴十族，再树义旗！我和你娘就是再不想你走，也不该留你！走！"望北恳求道："爹，娘，可是望北……望北觉得，这件事跟望北没有干系了。十八年了，望北现在就是你们的儿子，我走了，你身体不好，家里又没人挣钱，怎么活！"

养母抹着眼泪，说："望北，你爹说了，这些都不要你管。我们只有一个……一个盼望，就是你走以后别忘了咱这个家，要是还有机会回来，就回来看看我们！"

养母从身后拿出一个包袱，打开，现出几块银圆，还有一个香囊。望北的目光立马盯上了那个香囊。养母看他一眼，说："孩子，这里是你换洗的衣服，这个香囊，还是你小时候带到咱家来的，你也带上，万一回去了不便相认，凭着这个东西，他们也会认下你的！"她又把望北刚刚拿回来的银圆也一起放进包袱系好。望北眼泪流下来，接过养母递过来的包袱，重新打开，将里面的银圆拿出几块来放回桌面上，开了门。莲花在一个角落里哭，他没有勇气再去安慰她，看了一眼生活多年的茅屋，一转身，踏上了寂夜镇外的小路。养父养母和莲花站着，望着他一步步走远，莲花伏在母亲胸前，大声痛哭。

养母说："好了好了，不哭。"莲花猛回头，朝望北大喊："哥，你一定要回来呀，你不回来，咱家的人都会饿死的——！"望北心中一震，猛回头，两眼是泪。莲花挣开父母抓住她的手，向望北急奔。望北心中大痛，也回身向她奔来。两人在半途中相遇。莲花扑向望北，望北紧紧将她抱住，莲花放声大哭。

望北眼泪止不住地流，跺脚道："不，哥不走了，哥不能丢下爹娘和莲花！"莲花反而阻拦了他，心疼地帮他拭泪，哽咽地说："不！哥，你一定得走！可你走了，一定要回来，没有你，咱们一家人都会死！"望北站起，拭泪，庄重地说："哥答应你了！我一定回来！"莲花伸出小指头，说："来，拉钩，不回来是小狗！"望北含泪笑，想了想，和她拉钩。

星夜下，她的眸子格外闪亮。

四

望北自此昼夜兼程，赶回云梦山区。一天贪图赶路，过了宿头，夜深时还在深山之中，身边树丛骤响，几名蒙面大汉跳了出来，将他按倒在地。望北知道遇到强盗，暗叫不好，嘴里喊："哎，你们干什么？"一个头领模样的盗匪扯下面纱，抓住他的衣领，将他的头提起来。"干什么？看了还不明白？打劫的！"另一个脸上斜着一道疤的从望北身上扯下包袱，抖开，几块银圆掉在地上，几声脆响在静夜里传出很远，望北大叫："你们不要……那是我的盘缠！"一个大个子盗匪将银圆拾起，掂量了几下，说："怎么就这么几块银洋，太少了！"匪首朝一块银圆吹气，听响声，贼眼眯眯地笑道："少是少了点，可这是真的！"说完将银圆抢过来塞进裤腰，看地下的望北，说："既然让你看见了我们的真面目，就不能让你活下去了！兄弟，对不起，记住今天是七月十六，明年的今天，就是你的周年了！"他举起手中刀要砍，犹豫了一下，又放弃，看着疤脸和大个子说："你们叔侄俩新来的，留给你们砍了，就算是你们交了投名状！"望北心中又急又悔，想不到还未回去共赴大业，竟然就要丧生在几个山贼手里，大叫："不，等一等，我有话说！"

疤脸、大个子却不理他，相视一眼，大个子说："叔，咱们干吗？"疤脸犹豫一下道："既是当了山匪，那就说不得了！"大个子举起手中刀，就要往下砍，望北大骇，急叫："停！"大个子手中刀停在空中。匪首道："怎么了，你还真有话说？"望北恳求道："我说实话。我是泉州城外洛阳镇人，是个穷人，家里还有爹娘和一个没长大的妹子要养活，你们杀了我，他们也得死！"大个子握刀的手松弛下来，道："什么，你是泉州城外洛阳镇人？咱们还是同乡呢。你爹叫什么？妹子叫什么？"望北心中一喜，忙说："我爹叫渠仁甫，我妹子叫莲花！"匪首对大个子说："老六，他瞎编的，想蒙咱们，讨一条活命！砍了他！"疤脸把望北的脸凑着月光仔细看了看，说："他倒是没瞎编。你是老渠家的养子望北，是不是？"望北点头："对，我就是渠望北。"疤脸生气地说："原来是你！你不在家好好挣钱养活你爹娘和你妹子，一个人跑到这里干什么！你搅了我们的生意了，知道不知道！"望北只好说："对不起，我也不知道——"疤脸回头对匪首说："老大，看在乡里乡亲的分上，就饶他一条活命吧！"

匪首看着大个子，说："你也要饶他的活命？"大个子道："是！"匪首走到望北面前，说："既然我的两位兄弟要饶你，我也不好意思不从，但是你知道了我们的事，就不能走了！兄弟，这会儿你有两条路，一条是死，一条是入伙，跟我落草为寇，远学梁山泊好汉，近学凤凰山上的于梦来，占山为王，替天行道，大称分金银，大碗吃酒肉。你挑吧！"望北惦念着回去和十八兄弟会合，听他这么说，心里又是一急，说："大哥，你就放我一马吧，我有急事到一个地方去，完事后还要回家，不然我爹娘和妹子就要饿死！"其他的山匪早就听得不耐烦，起哄道："不入伙就杀了他！"匪首重新把刀举起，疤脸急上前挡住，暗中猛踢望北一脚。望北无奈，只好说："行行，我入伙！我入伙！"匪首放下刀，哈哈大笑，大个子拉望北起来，跟着众匪一起回山寨。

大寨里，众匪站定。匪首坐下道："我叫刘二愣，今天就收了你这个兄弟，以后跟着我一起混饭吃。但是山上规矩，刚入伙的弟兄都要先关几天，等你拿到投名状，大伙儿再喝你的入伙酒！"两个山匪把望北关在一山洞。洞里只有一块大石，上面铺着茅草。望北心急如焚，却又无可奈何，在石头上辗转反侧，闹了半夜。

夜深了，强大的责任感让望北生出了非走不可的强烈欲望。他着急起来，从石头上跳下，跑去开洞门逃走。这时门锁咔嚓一声先被打开，刘二愣带众匪走进来。望北害怕地后退了几步。刘二愣狠狠地说："小子，别想逃。让我发现你想逃，先宰了你！"望北急中生智，道："啊不，我不是要逃，我是……哎哟，哎哟，我吃了不干净的东西了，要上茅房！"刘二愣相信了，下意识地捂住鼻子，回头说："跟两个人，让他上茅房！"

五

如果说天马关是云梦山区的门户，十里夺魂谷就是外界通向云梦山区的必经之路。这天拂晓，梦长和华邦彦一路避开清兵追捕，进入天马门。马已经行半日，两人在林边小憩。华邦彦眼望十里夺魂谷，告诉梦长，当年钟母就是在这里率领河洛十族的妇孺与七万清兵血战，才掩护了梦长等十八男童离开。梦长见这里密林幽深，小溪若隐若现，一片静谧，无法想象当年的杀伐之音。十八年后归来，故乡的一山一水都让他感到无比亲切。梦长双手捧起晶莹的溪水，感动地嗅了一下，道："好甜的水！"一滴溪水从他指尖滑出，落在水面上，发出清脆的一声响：叮咚！这声响让梦长心中一动，没去喝水，抬头朝前面山林望去。华邦彦拴好马，走过来问："梦长，怎么了？"梦长脸色一变，道："表叔，不对！你听，太安静了，连一声鸟叫也没有！"华邦彦大悟，急道："梦长快走！"一边跑去牵马。梦长匆匆喝一口水，拔刀在手，四下张望，道："可能已经来不及了！"刚欲上马，山谷间已响起一声叫喊："杀——！"众清军随即从两侧山林里杀向谷底，呐喊："杀——！抓住钟梦长——！"转瞬之间，已把二人围在垓心。

梦长和华邦彦知道逃已经来不及，背靠背拉开架势迎敌。两人舞动大刀，令清兵不敢逼近。华邦彦拨开一支刺来的长枪，焦急道："梦长，我们中了埋伏！"梦长道："只有一条路，杀出去！"二人边说边奋力向前，左冲右突，砍杀清军。梦长异常神勇，手起刀落，一个个清兵被他砍杀，鲜血四溅。立马在山坡高处的叶赫星看众人抵挡不住，勃然怒起，纵马挥刀杀来，大叫："钟梦长，我来了——！"众清兵纷纷闪开。华邦彦看叶赫星来势凶狠，大喊："梦长小心——！"梦长回头，一眼瞥见叶赫星纵马杀来，躲闪不及，纵身而起，一步上了对方马头，刀锋直取叶赫星心窝。叶赫星躲闪之际，已经落马，翻身跃起，用刀架住双脚落地的梦长的刀。梦长盯着他，道："原来是你！在广州劫杀我不成，又追到了这里，你到底是谁，与我有什么深仇大恨，一定要替朝廷斩杀钟梦长！"叶赫星冷冷大笑，道："钟梦长，你终于承认你就是钟梦长了！甭管我是谁，看刀！"两人棋逢对手，你来我往，刀刀逼近咽喉。梦长不觉赞叹："好刀法！"叶赫星冷笑道："钟梦长，你也不差！可是到了爷的面前，你就死定了！"梦长怒道："看刀！"奋力杀来，叶赫星渐渐不支，步步后退。

巴什哈见势不对，回头对众侍卫大喊："大家一起上！杀！"五个人一同杀过来，围攻梦长。梦长面无惧色，与六人周旋。华邦彦一刀杀死一名清兵，回头大叫："梦长，我来了！"奋力杀过来，替梦长挡住巴什哈。众人杀成一团，刀光剑影，尘起叶落。叶赫星见仍然不能占上风，令旗一挥，大批清军重新杀向梦长和华邦彦，梦长和华邦彦渐渐被逼到山谷一侧绝壁下。两人背靠背，相互保护，与一波波涌上来的清军奋力拼杀。眼看抵挡不住，忽听到山谷中清兵身后传来喊杀声。一名年轻壮汉领头，率一队人马杀了过来，那人勇悍异常，奋刀左冲右突，清军望风披靡。叶赫星闻声回头看去，对天马关外三河坝镇上清军管带阿邻大叫："什么人？"阿邻且战且躲，气喘吁吁地说道："主子，不知道！"年轻人已经杀到叶赫星面前，一刀杀来，道："看刀！"叶赫星被迫应战，那人力大刀沉，刀刀逼得叶赫星步步后退，又回头对梦长大喊："你，上山！"梦长得他相助，三两刀杀翻围攻他的清兵，欲走又回头看他，问道："英雄是谁？"那人左劈右砍，回道："别管我是谁，快走！"梦长不再逗留，与华邦彦杀开一条血路，夺回自己的马，朝山上林中狂奔。

叶赫星见状大怒，喊道："快追！不要跑了钟梦长——！"但他被那壮汉缠住，竟只能看着梦长逃走。壮汉这时也一刀架住叶赫星兵刃道："呔！老子本要和你多过几招，但我老子有令，救了人就走，不奉陪了，后会有期！撤！"说完带众喽啰向山里退去。叶赫星一场大胜转眼化为失败，急火攻心，喘气叫道："抓住他！他坏了老子的好事！不要让他跑了！"众清军又涌上去，将壮汉包围。壮汉待掩护众喽啰撤走，忽然跃起，运起轻功，踩着众清军的脑袋和肩膀一路蜻蜓点水一般冲出重围，奔上山坡。叶赫星气极败坏，眼看壮汉带人进入山林，突然想起一事，喊道："枪！快放枪！怎么忘了火枪！"阿邻忙下令火枪队上前。一时枪声大作，硝烟弥漫，而众人已经进入山林。叶赫星一挥手，下令急追。巴什哈帮他拉过马来，叶赫星

客家人

上马，众随之上马，朝山坡上追过去。

　　且说这边梦长和华邦彦跃马上山，坡上早有一支人马等候，看装束和壮汉是一路人马，一个五十来岁首领当先而立，两人刚要相问，就听见谷中枪声大作，壮汉带领人马退上山来，两支队伍合兵一处，与追来的清兵且战且行。叶赫星下令火枪队："开火！"火枪队站住，开火，山林中枪弹横飞，烟火弥漫，一名又一名喽啰倒地。梦长华邦彦躲在一棵大树后面，不觉大急。这时就听那首领大声咳嗽，在枪声中对壮汉说："不杀他们一个回马枪，我们就不能脱身，趁着林子里有大雾，带人从两边杀回去！"壮汉道："知道了爹！龙队左边，虎队右边，杀回去！"众喽啰分成两队，重新回头杀进晨雾和烟火之中。

　　叶赫星见树林密集，冲进去怕吃亏，只敢在林子外沿下令火枪一排一排地射过去。火枪手排成两排，一排装药，一排放枪，井然有序。突然两侧后响起杀声，壮汉率众喽啰杀出。巴什哈急叫："主子不好，快走！"不容分说拉起叶赫星的马缰就朝回奔跑。叶赫星大叫："你干什么！"但他的马已经受惊，向山下狂奔起来。壮汉从雾中带众喽啰杀来，冲向清军火枪队大砍大杀。一名火枪手大喊："快跑呀！"顷刻间，清兵四散奔逃，巴什哈等人也纵马狂奔而逃。壮汉兵少，也不深追，他从地下捡起一杆火枪，高兴地喊道："我们打赢了！清妖逃了！我们赢了！"众喽啰一起随他欢呼胜利，壮汉下令捡起火枪，回头与父亲会合。

六

　　一棵百年老榕树下，梦长、华邦彦走近首领，拱手致谢。梦长大声恭敬问道："请问老英雄尊姓大名？"首领捋须微笑，道："不用客气。凤凰山强盗于四便是在下！"梦长大为惊喜，道："原来是于四爷，失敬了！云梦山区河洛十族客家人钟梦长谢于四爷舍命相救，不然，今天在下和我表叔的性命就悬了！"于四爷皱眉讶异道："什么……你是谁？"梦长道："在下河洛十族钟家长门长孙，十八年前从云梦山区逃往南洋去的云上军团主帅钟泾洋之子钟梦长！"于四爷更觉奇怪，道："云上军团钟泾洋……他还有一个长子？"梦长说："正是！这位是梦长的表叔，十族华家的掌门人！"华邦彦上前一步，拱手道："河洛十族华邦彦见过于四爷。谢于四爷救命之恩！"

于四爷脸黑下来。梦长敏感地看一眼华邦彦,二人都意识到了此刻首领态度的变化。壮汉带人走回,对于四爷道:"爹,官兵被我们打退了,我们快走!"梦长不愿久留,再次抱拳道:"梦长再谢于四爷救命之恩,梦长和我表叔要赶回云下村,有大事商量,不奉陪了,大恩容图后报!"话音刚落,林间传来急促的脚步声,于四爷蓦然回头,朝林间眺望过去。梦长心下嘀咕:"这又是哪路人马?"就见林间小道上,一队老年夫妇带两名后生及一队妇女急急赶来。那夫妇虽年老,但依然步履矫健。华邦彦一见大喜,叫道:"三叔!梦长,你三爷带人接我们来了!"

梦长激动起来。华邦彦已经急走几步上前,颤声道:"三叔,是我!邦彦!"钟三爷抱着华邦彦的双肩,喜道:"邦彦,真是你?"又回头看梦长道:"你是梦长?"梦长看钟三爷,他已经认不出来了。华邦彦急道:"梦长,愣着干什么!这就是你三爷爷,当年就是他把你从战场上带回云梦山区的!"梦长眼中陡然涌出泪花,快步走来,趴下给钟三爷磕头,大声道:"三爷,梦长回来了!"钟三爷一把将梦长扶起,激动道:"好孩子,你是梦长,不错,你就是梦长!"梦长破涕为笑,说道:"三爷,十八年了,我回来了!"钟三爷抬头望天,叹道:"十八年了,你到底活着回到了故乡!"梦长上前对钟三奶奶,道:"三奶奶,我认出你来了,梦长给你行礼!"钟三奶奶急忙将他拉起道:"好孩子,你回来就好了,不要行礼了!"梦长仍然行了礼。

钟三爷这时就对身后两名后生说道:"梦成梦余过来!"两后生畏畏缩缩地上前,钟三爷笑道:"平时见你们天不怕地不怕,怎么到了这会儿就胆小了,快来见你大哥!"又指稍大的对梦长道:"这个是你四弟,名叫梦成,十八岁了!小的是梦余,是你的五弟,今年才十二岁!"梦长吃惊道:"三爷,原来我在家乡还有两个弟弟!"钟三爷道:"此话回去再说。梦成梦余,快来见过华表叔!"梦成梦余行礼,叫:"华表叔!"华邦彦看梦长,笑道:"梦长,你还没到家,就见到两个弟弟,等你回到家,十八兄弟一定都会回来,和你团聚……三叔,咱们快走吧!"

河洛十族人相见,将凤凰山的人晾在一边,于四爷默望钟三爷和梦长,神情由阴郁慢慢化作愤怒。钟三爷警觉,回头望于四爷一眼,道:"梦长,我们光顾说话,冷待这位爷了!请问这位爷是谁?"梦长笑道:"我来介绍,这位老英雄,就是凤凰山寨主于四爷!"钟三爷一惊,拱手道:"原来是大名鼎鼎的于四爷,久仰!在下河洛十族钟家的老三!"于四爷略一拱手,说了句:"原来是钟三爷!久闻大名！"钟三爷又道："谢谢四爷方才助了梦长一臂之力，河洛十族钟氏一门不会忘了四爷的大恩大德！不过梦长，我们不能多待了，你奶奶和家里人都等着你呢！"梦长一时热泪盈眶，喜道："我奶奶她老人家还在？"钟三奶奶擦着眼泪道："当然，她虽然老了，但还活着，她是咱们河洛十族的神，不能死！"梦长回头向于四爷拱手："四爷，钟梦长感谢四爷和各位英雄的救命之恩，终生不忘！我们就此分手，后会有期！"于四爷的神情看去有些不大情愿，但还是拱了手淡淡道："后会有期！"众人离去。

于四爷默默站立，目送他们走远，突然一马鞭抽在树上。梦来上前，问道："爹，你怎么了？"于四爷刚想说什么，远处又传来雷鸣般的马蹄声。梦来喜道："爹，被我们打退的官兵又追回来了！让我再带人去，杀他一个痛快！"于四爷面如严霜，斩钉截铁道："不，我们回凤凰山！"转身带众人走上了归山之路。梦来不解地看他一眼，对手下喽啰道："我们来断后！"

云下村外的水磨房里，水磨又在隆隆转动，恰如十八年前。凤仪和一个女孩子坐在一起箩面，心中有事，不时扭头朝外面望。万山丛中，一支客家山歌又在这时响起来，唱歌的是一个大胆的客家妹子，那山歌几乎就是冲着她的心来的——

妹相思，
不作风流待几时。
只见风吹花落地，
不见风吹花上枝。

另一边山涧下，男声接唱：

哥相思，
妹有真心哥也知。
蜘蛛结网三江口，
水击不断是真丝（思）。

凤仪春心荡漾，完全沉浸到歌声中去了，干脆放下工作，走到门外去。她望着门外林间的一条小路。当年五岁的望北就是从这条小路上走回来的，她将自己一生中精心缝制的第一个香囊送给了他，从此也觉得将自己的心交给了那个小小的男人。小路上一个人影也没有。她放松了一些，走到林边，掐一朵野花戴在鬓上，转身走回磨房。

山歌仍在继续，凤仪干脆用两个指头堵住耳朵，她忘记了鬓上还戴着那朵花。忽然，她听到了脚步声，回头望时，她希望出现的是她要等的人，望见的却是一个不相识的青年。

从小路上走出来的是望北，他从山匪那里逃了出来。凤仪像是被定在那里了一样，身子软下来，她不敢相信这是真的，用双手捂住了自己的眼睛。

望北望见凤仪，站住，不觉被她的美貌和神情感动，有顷，他大步向她走过来。凤仪不觉将手从脸上放下，望着一步步走过来的望北，一点点变得勇敢。望北在她对面站住，问道："你是谁？"凤仪颤声地问："你是谁？"望北不及答话，凤仪又说："等等，让我猜！你是梦长？"望北叹了口气，十八年后，她还是把他认作梦长，无奈地说了句："不。我是望北！"凤仪一声惊呼，不知是喜是忧，说道："什么？你是望北？十八年了，你音信全无，原来你还活着！"凤仪越来越激动，逼问道："我怎么能相信你就是望北！"望北不觉从脖子下面掏出香囊，取下来，说："你要真是凤仪，就看看这个。还认得它吗？"凤仪接过香囊，认出了是自己的东西，不觉紧紧攥在手心中，转身，不想让望北看出自己的激动。望北看她，想让自己平静下来却做不到。

二人就那么站着，相视了许久，凤仪才说："我也知道这不可能，十八年没有你的一点音信，想着你已经不在人世了，可是我……这些天每天都在这里守着，我对天发过誓，第一个等到的人要是梦长，我就死心了，可要还是你，就是天意——"望北警觉起来，道："凤仪，甭说了！咱们是客家人，来自中原衣冠士族，自古以来守的都是古礼，父母之命，媒妁之言，既然十族盟主当初把你指婚给了梦长，那我们就不能——"但凤仪很快打断了他的话："十八年了，我一直记得，指婚的时候，梦长他不喜欢我……他们以为我小，看不明白，可我看见了，梦长喜欢的人是梅卿。这些天，别人都说梦长要回来了，我该高兴，不，我从小就害怕这一天，害怕梦长不愿意娶我……其实是我自己不愿意嫁给一个不喜欢我的人……"说到这里，她的眼里涌出了泪花。"望北，十八年前，我们也是在这个地方相见，那天我就问过你，梦长不愿娶我，你愿意娶我吗？你说过的，你愿意！"望北无力地说道："可那时我们是孩子，现在长大了，我们不能——"凤仪忽然攥紧手心里的香囊，道："望北，告诉凤仪，我好看吗？你喜欢我吗？你一定从那时候就喜欢我了，要不你不会把我的东西一直留到今天，还带着它回到云下村！十八年了，你一直没有忘记过我，是吗？对我说实话！说呀！"她的语气里已经有了一丝癫狂。望北喉头艰难地抽动着，结结巴巴道："我是没有……可我也……没有忘记你奶奶的话，梦长和你才是一对儿，这是十族的规条……"凤仪再次打断他道："别说了！那就是说，你心里也一直爱着我，就像我一直爱着你……望北，你现在带我走吧！"望北被吓了一跳，大声叫道："不！说什么呢！"凤仪一步步朝前走，望北一步步向后退，嘴里说道："不不不……凤仪，我明白了，梦长要回来，你是太紧张了才说出刚才的话。你心里并不是这么想的，对吧？你要真这么想就错了，你是钟家奶奶从小养大的，早早地她就把你配给了梦长，要是你和我……怎么对得起她老人家！这种事情，在十族族规看来是大逆不道，我们要是那样做了，十族任何人都有权利处罚我们，我们会死无葬身之地！"凤仪上前，勇敢地扯住他，说："望北，这些不是你的心里话！其实你今天是想带我走的，你只是害怕！我一个女孩子都不怕，你一个顶天立地的男人，你怕什么！哪怕是一起死，我都不怕！"

望北心下感动，想到云下村的大事，却越来越冷静，坚决道："我不是害怕，是我不愿意！我不能！梦长一回来，就是新一代十族盟主，我就是十族副盟主，我们肩上担着复兴十族的重负，要继承先人遗志，驱逐鞑虏，恢复中华！我和梦长一样，一生中有大事要做，怎么能为了一个女人背叛河洛十族，玷污了原家的列祖列宗！"凤仪变色，用力推他一把，转身大步往水磨房里走。望北又心软了，喊："凤仪，我不是……"凤仪不回头，大声道："你走！原望北，今生今世，我从来没见过你！"望北叫道："凤仪……"

刚才离开的女孩子跑过来，远远站住，惊讶地看他们。凤仪在磨房门外迅速恢复平静，道："蕉叶，你回来了？什么事？"女孩子看望北，问道："他是谁？"凤仪答道："啊，他是望北。十族副盟主原家的长门长孙！"女孩子高兴道："凤仪，我是来告诉你的，你的好梦成真了！梦长和三爷爷一起回来了！你要做新媳妇了！"凤仪和望北不觉相视一眼，又迅速分开。女孩子惊讶道："凤仪，愣着干什么，快回去吧，我替你在这里看水磨！望北，快跟着凤仪走呀！梦长回来了！你们当年在战场上是兄弟，分开了十八年，这下又要团聚了！"望北听说梦长回来，脸上现出喜色，不觉感叹道："这太好了！"他看了一眼凤仪，正色道："蕉叶姑娘，你说得对，梦长回来了，十八年前出山的弟兄们也都要回来，我和梦长又团聚了，我要去见他！"凤仪眼里悄然涌出泪花，不看他，道："你们先走，我不跟你们一起走！"望北转身欲行，凤仪忽然意识到手里仍然攥着那个香囊，心中一动道："站住，把你的东西拿走！我不要它，它已经脏了！"望北回身，凤仪一把将香囊扔过来，狠狠砸在望北脸上，落到脚下。再看凤仪，已经快步进了水磨房。

　　凤仪走进磨房，遮面欲哭，想起什么，猛回头，望着门外的望北。她看见了，望北正弯下身子，将地下的香囊重新捡起，小心拂去土屑，重新在胸前戴好，离去。凤仪忽然大喘，两眼紧闭，反身靠在墙上。女孩子走进来，吃惊地看她，道："凤仪，你怎么了？快回去，梦长在等你呢！"凤仪的心忽然就沉静了下来，迅速拿过一面镜子，看自己镜中的形容，发现了仍戴在鬓边的花，一把扯去，拿过梳子梳头，又取过一片红纸，抿在唇上。

　　她的手又停住了。她又一次望见了镜中的自己。镜中的她那么美丽，神情却充满了不安与焦虑。她知道这是因为什么，啪的一声将镜子反扣在窗台上，理了理衣服，大步走出去。在这决定命运的一天里，她开始用一种旁若无人的态度做着与自己相关的一切，一点也不在意那个叫蕉叶的女孩子在一旁吃惊地望着她。

七

　　云下村钟家河南堂内，苍老的钟母像神一样坐在堂上。梦长匍匐在地，给钟母磕头，久久不起，泪水涌出，大叫："奶奶——！"这一声喊，让钟三爷夫妇、华邦彦及所有人眼睛登时湿润。钟母却不望梦长，目光直视前方，说："你是谁？"梦长急抬头道："奶奶，我是梦长，你的孙子梦长回来了！"钟母坚决地说："你不是！"梦长震惊地望着她，回望钟三爷，诧异道："三爷，我奶奶怎么了！"钟三爷夫妇难过地避开他的目光。梦长又看华邦彦，道："表叔，快告诉奶奶，我就是梦长！"华邦彦急急上前磕头，哽咽道："姑妈，侄子邦彦给姑妈请安。"钟母又一声断喝："打住！你也不是我们家邦彦！"华邦彦越发吃惊，看钟母，大叫："姑妈，你老人家怎么了！"钟母仍然目视远方，道："你要真是我的侄子邦彦，那我

客家人

问你，十八年前，我就在这里，对你说了什么！"华邦彦猛醒："啊，侄儿想起来了，姑妈说，不但要带梦长下南洋，还要在南洋保护他长大，请人教导他，让他知道自己是谁，将来承担起复兴十族、完成先人遗言的重任！"钟母道："你是怎么保护他长大的，又是怎么请人教导他的？"华邦彦继续伏地，大声回道："啊，姑妈，为了保护梦长长大，我卖掉了自己在南洋婆罗洲古晋的产业，带梦长去了婆罗洲最东部的山打根，避开所有人进入深山，在那里开辟了一个新的种植园，我给梦长改名邦杰，说是我的弟弟，十八年间不让他和一个陌生人接触，也不让他离开种植园，我为他请了一位客家名师钱凤梧——"钟母打断他，只问梦长："告诉我，客家人是谁？"

梦长跪起，庄重道："客家人的故乡在北方。北斗星所在的地方，中原故土，就是我们的祖宗埋骨之地！"钟母站起，钟三奶奶上前扶她，被她推开，只听她大声言道："客家人是什么人？"梦长感到她的声音是如此苍老，就像客家祖先在对自己说话。梦长忙道："居住在岭南各省的原住民称我们为客家人，是由于我们从北方来到南方，不是主而是客；我们的先祖接受这个称呼，是要后世子孙永远不忘我们是中原的衣冠士族，不要忘记中原故乡，尤其是不要忘记，我们就是中华！"钟母重新坐回去，又问："先人们要我们做什么？"梦长说："抱定一个志向，无论要用多少年，牺牲多少代人，也要驱逐鞑虏，恢复中华！"钟母明显激动起来，重复道："恢复中华？"梦长道："客家人不惜一代代血流成河，不只是为了恢复我们的中原故土，客家人要恢复、重建的是中华文明之邦，找回中国人做人的尊严！我们是来自中原故土的世家望族，如果连我们这样的姓氏都不能驱逐鞑虏，重建中华文明之邦，中国还有什么希望，这个国家、这个民族，就应当灭亡！一千七百年了，客家人可以一代代战败，但不能永远战败，所有死去的先人都在天上望着梦长，等我长大成人，带着新一代客家人打赢这最后的一仗，让先人的梦想变成现实！奶奶，这些话都是十八年前我从战场上回到家乡时您告诉梦长的，梦长一字一字全都记得！"

钟母在人群中寻找钟三爷，大声道："老三，请洛阳鼎！"钟三爷答应了一声，浑身因激动而微微颤抖起来。钟三爷转身走向神龛，从中间恭恭敬敬取出一个锦盒，打开，现出其中一个鼎形铭牌，捧起交给钟母。那就是代表十族盟主之权的洛阳鼎了。钟母从中取出洛阳鼎对梦长道："过来，戴上这个，你就是十族新一代盟主了！"梦长心中激动，急忙伏地受鼎。钟母将洛阳鼎给梦长戴上，梦长向祖宗牌位磕头，爬起。钟三爷对众人道："来，我们向新盟主行礼！"梦长见各位长辈要下拜，忙拦住道："不不，各位都是长辈，梦长当不起！"钟三爷坚持道："既然成了十族盟主，你就当得起！来，大家拜盟主！"众人单膝下跪，抱拳，大声言道："拜盟主！"梦长急忙上前，单膝跪地去扶钟三爷，大声道："三爷爷请起！各位长辈请起！"众人站起欢呼："有盟主了！我们有新盟主了！……"屋里屋外，一片欢腾。

　　钟母突然回头看钟三爷，皱眉道："还有一件什么事……可我这会儿想不起来了……你们快替我想想，是件什么事？"钟三奶奶走上来挽住钟母，道："嫂子，给他娶媳妇！娶了媳妇，钟家的事，河洛十族的事，客家人的事，你就可以完全交给梦长和凤仪了！"钟母大声道："对！快给他娶媳妇，今天就娶，现在就娶……她媳妇叫什么？"钟三奶奶道："嫂子，你又糊涂了，梦长的媳妇是你从小到大一手照着自己的样子教导出来的凤仪！"钟母四处张望，说："凤仪在哪里？"众回头朝门外望，钟母吩咐丫头喊凤仪过来，一边解下腰里的钥匙放在桌上，嘻嘻一笑，脸上现出两片少女般的红云，做娇态道："哎，你们这些人，知道我是谁？"众人面面相觑。钟母忽然呜咽了一声，梦长大惊，问："奶奶，你怎么了！"

　　钟母独自痴笑了一会儿，看梦长道："我给你们钟家做了一辈子牛马，你们都不知道我是谁！"梦长扑通一声跪下："奶奶，梦长知道奶奶是谁，奶奶是梦长的奶奶！是钟氏一门的老祖！"钟母似乎被感动，上前抚摩他的脸，有顷，又把手拿回来，现出不认人的样子，道："不，你也不知道我是谁！我还是要把这东西拿走！"她又伸手去扯梦长脖子上的洛阳鼎。钟三爷等急忙去拦。梦长再次站起，要扶钟母坐下。钟母推开他，仍然不依不饶，说："那你们告诉我，我是谁？"众人不解，梦长伤心道："奶奶，你真的老了！"钟母哈哈大笑道："我跟你们开玩笑呢。我叫翠花！华翠花！"梦长又震惊又难过地望着她："奶奶……"钟母用很大的力推开他，喃喃道："走了走了，别挡我的路！华翠花在你们家当了一辈子牛马，受了一辈子苦，这又不是我家，我不在你们家了，我要走了，再不管你们的事儿！"

　　众人看梦长，眼也红了。钟三爷说："孩子，不要难受，你奶奶这样，有些日子了。对了，凤仪在哪里？怎么没看见凤仪？"

　　门前忽然走进来一个年轻人，正与钟母相遇。钟母站住，盯着他问："你是谁？怎么也在我们家？"众人一起朝他看。年轻人伏下身去给钟母磕头，道："钟家奶奶，我是望北！十八年前你从村里送走的望北呀！"梦长听了激动，大叫："望北！是你！你回来了！"他冲上去。望北站起，二人紧紧拥抱在一起，热泪直流。他们自小便是儿时的玩伴。当年一同生在战场上，后又被一同送回云下村，再又被一起送走，现在一别十八年，如今都已长成了顶天立地的男儿。梦长扯着望北细看，道："望北，果然是你！"望北也在看他："梦长，十八年了，我们又见面了！"众人见望北回来，更加高兴。没有人注意到凤仪就在这时悄悄走了进来，目光迅速落在梦长和望北身上。

钟母并没有离开，看见了凤仪，叫道："哎呀，这不是凤仪吗？原来你在这儿！"众人一时回头看凤仪。梦长望北分开，也回头看她。凤仪飞快地瞥一眼梦长，目光迅速掠过望北。钟母笑呵呵地说："你看她，脸红了……你脸红什么？对了，你是他们俩谁的媳妇？是梦长的，还是望北的？"凤仪低头。钟三爷急上前解围道："哎呀嫂子，凤仪当然是梦长的媳妇！"转头给钟三奶奶使眼色："还不把老太太搀走？"钟三奶奶急扶钟母走出。

梦长目光落在凤仪脸上，下意识地皱一下眉头。这是二人第一次对视，凤仪就意识到梦长目光中饱含的陌生与拒绝，心肠陡然硬起来。她抬头，故意咳嗽一声，问钟三爷："三爷爷，我回来了，有什么事吗？"钟三爷道："哦，凤仪，你回来就好，你瞧，梦长回来了！"凤仪低头不说话，也不看梦长。众人都用奇怪的目光看着这一瞬间里一言不发的梦长和凤仪。望北也在看他们，他突然发觉梦长神情阴郁，而且，他还从凤仪强硬的沉默中感受到了一种突然出现的、类似于烧灼鸡毛那样一种非常令人不愉快的气味儿。

好在这种尴尬气氛并没有持续太久，梦成梦余就突然跑了进来，齐声叫道："大哥！"梦长想起钟三爷派给他们二人的差事，急问他们在山外的三河坝镇看到了什么。梦余气喘吁吁地道："大哥，从广州来的清妖走了！"梦长皱眉，与华邦彦对视一眼，他觉得这个消息不大可能是真的，如果是真的，清兵就太容易放过他了。梦成见他不信，又道："大哥，我们奉你和三爷爷之命，赶在天亮前到了三河坝镇，在大街上见到了要见的人，这时正看到广州来的清妖离开镇子。我们亲耳听镇上的绿营管带阿邻对他的部下说，这一队兵马是在广州劫杀大哥和华表叔不成，才赶到这里来的，又不成功，担心进了山出不去，就放弃了，全队人马都回广州了！"梦长还是不敢相信，问道："千真万确？"梦余说："我们亲眼看见的！"梦成道："大哥，为了看清楚，离开三河坝镇后我和梦余又在山头上停了一会儿，亲眼看他们真的上了去广州城的大道，这才放心赶回来的！"

梦长沉吟有顷，回头看梦成梦余："还是不能麻痹大意。天黑后你们再分头带人去出山的大路小路上去查，如果那里没有埋伏——"梦成会意，道："大哥，明白！如果夜里进山出山的大路小路上没有清兵埋伏，那就是说这路清兵真是觉得自己兵少将寡，不敢贸然进山，干脆脚底板抹油，溜之大吉……梦余，我们天一黑就走！"话说到这里，众人才都松了一口气。

钟三奶奶走回来，看钟三爷说："凤仪已经把梦长、邦彦和望北的住处安排好了。你们别站着了，他华表叔和两个孩子刚到家，也让他们歇一歇，喝口水！"钟三爷笑道："好，梦长，邦彦，望北，你们跟她去看看住的地方！"

凤仪给梦长安置的住处就位于河南堂侧后的小院子里。钟三爷带梦长走进来。梦长抬头看去，室内陈设虽简陋，却有着一壁顶天立地的书架，上面陈列着古往今来的古籍。梦长望着"仰止书房"四个大字的匾额，眼睛一下就热起来，道："三爷爷，这就是我们家的仰止书房？我是钟家的长门长孙，可还是第一次走进这间天下闻名的书房。"钟三爷感动中带着自豪，道："不错，这就是我们家闻名天下的仰止书房，就是在这里，一代代培养出了我们钟家的英雄，十族的领袖，云上军团的统帅。你爷爷、你爹，从小都在这里念书。"梦长高兴道："好，我喜欢住在这里。"钟三爷笑道："不会让你住多久的。这两天就安排你和凤仪完婚，一成了亲，你就不能住这里了！"

梦长脸上笑容顿落，走过去查看图籍，想了想道："三爷爷，书是不少，只是没有外国书。"钟三爷奇道："为什么要有外国书？"梦长怅然道："十八年了，华表叔为了保护我，一直把我放在山打根山中，不使我与外界接触，更不让我接触洋人。"说到这里，他沉默有顷，接着说，"可是……虽没有机会接触洋人，但我还是听到了一些事情，觉得外面的世界和中国大不一样。我也听人讲过一些洋书，其中的道理，完全是新鲜的，只可惜没人教我学洋文，不能读这样的书。——对了三爷爷，还有一件事我不明白。"钟三爷坐下来，给他倒水，道："你坐下吧，什么事不明白！"梦长道："梦成的事我听说过，他可能是当年失落在山里的十八兄弟，被好心人送了回来，可是梦余——"钟三爷陡然变色，站起，一把抓住他道："既然你说到这里，快跟我走！梦长，我想让你看一些东西，那时你就知道梦余的来历了！"梦长惊讶地看着他，随他快步走出去。

二人重新回到河南堂。钟三爷吩咐钟三奶奶掩上门，从内室取出一个包袱打开。梦长见里面有一只旧襁褓和一套小衣裤，不明就里，看钟三爷夫妇俩。钟三奶奶慢慢说道："十二年前，也是过大年，五更时候，梦成那时候还小，只有五岁，跟着凤仪出门去放炮仗。大门一开，凤仪一眼就看到大门外放着一个竹筐，里头有一个婴儿。凤仪就把他抱进来给我和你三爷爷看。这一看不打紧，你三爷那一声大叫，当时就哭了！"

梦长回望钟三爷，发现他目光已经湿润，急问："三爷爷，怎么了！"钟三奶奶继续道："梦长，你三爷爷年轻时走南闯北，见多识广，别人谁都没在意，只有他看出来了，孩子身上穿的小衣服，还有这包裹他的襁褓，都不是咱中国人织的布做的，它们都是用南洋婆罗洲土人织的土锦做的！"梦长大奇，见钟三奶奶沉浸在回忆中，也就忍着没有插话，听她说下去，"你三爷爷说，这孩子不是云梦山区谁家孩子养不活，送到咱们家门口求活路的！又说：你们给我听好了！咱们客家云上军团的大帅和他媳妇还活着！泾洋两口子在最后一战中为了保护军中十八个男孩子回归故乡，一直战斗到最后，带着自己的媳妇从悬崖上跳海。我们以为他们死了，但是没有！他们是下了婆罗洲，这是他们在南洋生的孩子！"梦长勃然变色，滚雷一般吼了一声，把茶杯打翻在地："三爷爷，你说什么！"

钟三爷忙稳住他道："梦长，不要喊！你三奶奶没有说谎，这话是我说的！我那时就猜出来了，你爹你娘还活着，就在南洋的婆罗洲！因为他们是钦犯，不能回来，可是照客家人的规矩，梦余生下来却一定要送回客家故乡养大成人！我那时就对你三奶奶说，这是泾洋和他媳妇托人从南洋把梦余送回来了！"梦长已经听不见他说什么了，上前推开二人，抱起襁褓和小衣裤紧紧贴在脸上，跪下去大哭起来。十八年了，他就身在南洋，一直认为父母已经牺牲在战场上，可是今天，他却听到了父母还活在南洋的消息！钟三爷夫妇看着梦长痛哭，也忍不住热泪长流。

过了好久梦长才让自己平静下来，但还是不能相信，道："三爷爷，五岁那一年，我亲眼看见我爹我娘从海边跳了崖，他们怎么能到了南洋，难道他们能游过去？还在那里生下了梦余？"钟三爷说："据我所知，当年太平天国失败后，被打散的客家将士有成千上万人逃去了南洋！梦长，有些话我现在说给你听好了，我也不怕你听了失望。听说就连十八年前和你一起逃出山去的十八兄弟，也有不少后来随着他们的养父母下了南洋！客家人下南洋的事从宋代就有，历朝历代，活不下去的客家人都会走这条路，但他们不会忘记自己是客家人，一旦在南洋发达了，就会衣锦还乡，造福桑梓。——这些人都能活着逃到南洋去，为什么我们家的泾洋大帅就不能！"

梦长努力不让眼泪再落下来，回头道："三爷，我现在只有一个疑问。如果我爹我娘还活着，为什么他们不回来！我坚信只要他们活着，就一定不会忘了家乡和亲人，忘不了十族的事业！……还有，我爹我娘也忘不了梦长梦来和梦回！他们为什么没有自己把梦余送回来！"钟三爷往椅子里一坐，道："这也是我一直想不通的地方。十二年了，梦余长大了，我才想通，你爹你娘没有自己带梦余回来，只可能有一个解释！"

梦长牙关咯咯直响，他已经猜到了那个结果，但还是问道："什么解释？"钟三爷不说话，眼泪落下来。梦长猛地回头向外，一大步一大步艰难地走出去。

八

凤仪的闺房按照客家人的规矩位于钟家的二门以里。这时的她正一个人坐着，面前放着没有完成的新嫁衣，她的心非常不安宁，无心接着缝下去。钟三奶奶敲门走进来，凤仪看她一眼，急忙站起，强作欢颜道："三奶奶，你怎么又来了。"钟三奶奶拉她坐下，拿起嫁衣看，问道："怎么，还没好？"凤仪不好意思地背过脸去。钟三奶奶看她说："凤仪，你三爷让我过来告诉你，你和梦长的婚期就定在后天，这个日子不会变了，你该准备什么，不用三奶奶教了吧？"这虽然是意料之中的事，但还是让凤仪的一颗心陡然激动起来。她站起，走到窗前去。

月光照在凤仪脸上，使这张脸看上去越发苍白。钟三奶奶担心地走过来，她以为凤仪是为出嫁这种大事害怕了。凤仪突然扑进钟三奶奶怀里，只说了半句话："三奶奶，我……"就说不下去了。钟三奶奶将她轻轻抱住，好心劝道："凤仪，女孩子出嫁的时候，都是这样，担心这个，担心那个，男人会不会对我好，公婆怎么样，可是过了那一天，入了洞房，成了他的人，你就什么都不想了，就死心塌地地跟他过日子了！"

但是凤仪突然又从她怀中挣脱了，独自站住，脸上的表情却越来越坚定。突

客家人

然，她再次站起，拉开房门就冲了出去。

这是钟家内室的正室，钟母的房间。凤仪走进来，叫了一声"奶奶"，回手关上房门。钟母一个人闭目坐在太师椅里，一道细细的夕阳的余光照进来，孤独地打在她脸上。钟母似乎睡着了，并没有回答凤仪的呼喊。凤仪上前，扑通一声跪下，再叫："奶奶！"钟母还是没有回答。

凤仪哭道："奶奶，我知道你老人家老了，什么事都不大明白了，可这是凤仪一辈子的大事，凤仪还是要来求奶奶！"钟母不睁眼，不说话，但凤仪知道她醒着，果决起来，道："奶奶，凤仪来求奶奶了，你老人家就答应了我吧，我不想嫁给梦长！"

钟母突然开口："你想嫁给谁！"凤仪吃一惊，昂起头勇敢道："奶奶，凤仪对不住奶奶十八年的养育之恩，凤仪想嫁的人是望北！"钟母又不说话了。凤仪拉住钟母的袖子摇晃，道："奶奶，你睡着了吗？"钟母鼻腔里已经发出鼾声。凤仪流泪道："奶奶，你怎么就睡着了，你不管凤仪了！你从小多疼凤仪，睡觉抱着，出门背着，教凤仪读书念字，舞刀弄枪，唱《月光光》……凤仪虽是个女孩子，可也是个人，我的命，也想像男人一样攥在自己手里！"她希望钟母重新醒过来，可她听到的只是鼾声。

凤仪明白钟母不会再理她了，失望地站起，轻声道："奶奶，你睡吧……凤仪去了！"拭了把眼泪，她转身拉开门往外走出去。钟母慢慢睁开眼睛，望着她走远，只冷冷地自语了一句："风吹鸡蛋壳，自个儿顾自个儿！"

天黑下来。这是望北回到云下村的第一个晚上，可他并不觉得这里就是故乡。他刚才出去看了看位于村子东端的自家的老屋，那里只剩下一片废墟。就是在那里，他也仍然没有找到家的感觉。他心里充满了失望，回到钟家给自己安排的住处，刚一进门，就觉得昏暗中有一个人站着。望北惊问："谁？"一个女子的声音道："我！"望北听出是凤仪，不禁浑身颤抖，说："不不不，怎么是你！凤仪，你什么时候进来的，这么晚了，男女授受不亲，你马上就要嫁人了，快走！"说着自己先要退到门外去。凤仪却风一样刮过来，一把将他拽进门里，回手把门关上。

望北与凤仪对面站立，在黑暗中相视良久。凤仪说："原望北，什么也别说了，快带我走！今晚上就带我走！"语气坚定，不容分说。望北大吃一惊，想不到她是这么勇敢果决的一个女子，道："你、你、你说什么？带你走？为什么！"声音发抖。凤仪一副不管不顾的神情，道："因为我爱的是你，你爱的也是我，我不想嫁给梦长，他心里从来就没有我，只有梅卿！"望北急问："梅卿……她还活着？"他已经从梦长华邦彦口中听到了梅卿在广州的消息，此时只想用她替凤仪找回一点理智。凤仪却领会不到他的真意，只叫："对！她还活着！当年她没死，现在在广州。梦长这次一下船，就在广州一座教堂里见到了她！望北，梅卿当年逃走就是为了梦长！"望北面对她的热烈，连连后退，摇头道："不，怎么会这样，我不相信！"凤仪气愤道："可这都是真的！梦长回来了，我担心梅卿也会回来！她会从我身边抢走梦长！小时候就是这样，只要我有了好东西，她喜欢的，一定会从我手里夺走……再说梦长也喜欢她……望北，明知道嫁给他我会一辈子受苦，我为什么还要嫁！"望北断然说道："不，凤仪，你错了，我不能……道理我都说了，你和梦长十八年前就被指了婚，现在要我和你做这样的事，我做不到！你还是快走！我们两个这样在一起，让人看见了，我的名节，你的名节，都完了！"凤仪啪地给了他一巴掌。静夜听来，这一巴掌格外响亮。望北一怔，呆住了。

凤仪气得两眼是泪，道："原望北，没有想到，你居然是这样一个人！我一个姑娘家，什么都不怕，什么话都说出来了，你竟然……既有今日，何必当初！"说着一步步逼向他。望北一步步后退，靠到墙上，结结巴巴地说："凤仪，凤仪姑娘。当初我也没有做什么呀！"凤仪眼里几乎要喷出火来，道："不！你做了！你骗走了我的心！你亲口答应我，只要梦长不愿娶我，你就娶我！再说一遍，十八年了，别人以为我是在等梦长，可我是在等你回来娶我，带我远走高飞！"望北狼狈万状，道："不不不，你想错了，你快走，我不能再和你在一起了！你走不走？你不走我走！"他边说边躲开凤仪走过去，将屋门打开。

凤仪极其失望，慢慢地看着他，转身向门前走，忽然又回头。望北又惊又怕地看着她，怕她不走。这时外面传来脚步声，两人大惊，望北再次使眼色让凤仪快走，凤仪转身离去，望北悄悄关门，靠在门后大喘。

九

这日黄昏，梦长带着华邦彦和钟三爷在村前的望夫崖上眺望整个云梦山区。晚霞烧红了天边，林间飞鸟还巢，村子里袅袅炊烟。梦长却眉头微皱，面露隐忧。钟

客家人

三爷华邦彦看他，三人陷入痛苦的沉思。梦长忽道："三爷爷，表叔，后天就是中秋节，要是当年失散的十八兄弟再没有人回来，我该怎么办！"两人不答，都知道十八年过后，想要十八兄弟全都回来，这个目标太过渺茫。梦长又道："表叔，三爷爷，这次回到故乡，我才知道，原来过了十八年，云梦山区并没有一支等我回来重树战旗的大军。当年声名远扬的河洛十族，算上老弱妇孺也只有数百人……我现在真不敢把我想到的事情说出来！"

钟三爷生气了，看一眼华邦彦。华邦彦感觉到了他的失望，道："梦长，现在十族兴亡都系在你一人身上，你把话说出来，三叔是不会生气的！快说，没关系的！"

梦长望着天边，痛心言道："离十八年前约好的日子只剩下两天了，我现在有一种感觉，该回来的、能回来的人全回来了！就是说，除了我和望北，再不会有人回来了！"

梦长道："三爷爷，表叔，我想到的事情是：清妖既已发现我回到了云梦山区，即使现在还没有兵临云下村，也会很快来到。他们有十八年前在这里大败的教训，如果下决心卷土重来，一定会动用更多的兵马，做更充分的准备。事情一旦被我言中，仅靠我们几个人加上十族数百名老弱妇孺，是没有办法像我奶奶当年那样，带领十族再和他们打一仗并且战胜他们，保住我们的家乡和十族最后这些人的！"钟三爷越听越恼，要说什么，还没开口，又听梦长道，"我刚才一直在想，为了避免万一，过了节十族乡亲就应当进入云雾山中躲避，至于我、望北、梦成和表叔，也许应当考虑早点离开！"

钟三爷早已变色，再也忍不住，怒道："什么，你们又要走？"过了一会又颤声道："梦长，你说什么！十八年了，乡亲们望眼欲穿地盼着你们回来，重树义旗，光复十族，为十八年前死去的亲人报仇，可你……如果是这样，当年你父亲为什么要率领云上军团在海边进行最后一战，直到全军牺牲，也要掩护你们十八个男孩子回故乡；你奶奶和十族妇孺，十八年前又为了什么，要拼死与清军拼杀，掩护你们逃出云梦山区下南洋去……难道你要让他们的血白流？！"他伤心地蹲下去，泪落如雨。

梦长的心大痛起来，还是坚定地说："我走了，对朝廷来说最危险的人走了，云梦山区也许可以重归平静，乡亲们就能继续活下去。还有另外一层意思，比这个还重要！"钟三爷和华邦彦又是一惊，都抬头看他。梦长道："表叔，三爷，梦长想说的是，哪怕十八兄弟今天全部回到了云下村，我们十族的力量也比现在大两倍、五倍、十倍，仅靠一个云上军团，我们也无法实现先人的遗言！"钟三爷再也顾不上梦长的身份，站起驳道："你住口！要知道你现在是十族的盟主，有些话能说，有些话不能！"华邦彦也插言道："梦长，我们万里迢迢从南洋回到家乡，没能见到十八兄弟，家乡也没有一支大军在等着你，你不会是气馁了吧！"

梦长道："我是想说，即使我们成功地组建了云上军团，能够出山再和清军一决雌雄，这也不过是重复我爷爷、我父亲的旧路，没有获胜的希望，这不是我作为十族新的一代盟主应当去找，而且一定要用一生的时间找到的新路！"

三人长久地沉默下来，梦长最后的话已经击中了华邦彦的心。钟三爷却对梦长的话不满，重新气愤地开口："你在说什么！新路，新路在哪里？你不会是拿你奶奶的话搪塞我们，逃避作为新一代盟主的责任吧！"华邦彦忙道："三叔，你错怪梦长了。十八年了，我亲眼看着梦长一天天长大，可是只有到了今天，我才觉得他长大了，凭他刚才那番话，我就觉得，他可以负担起复兴十族、继承先人事业的责任！"梦长上前将钟三爷扶起，悲声言道："三爷，梦长也想今天就能率一支大军出山，用十八兄弟的死实现驱逐鞑虏、恢复中华的目标，可是梦长知道得更清楚，眼下那对我只是一场梦！"

钟三爷感到了他内心的悲伤，哆嗦言道："梦长啊梦长，你今天这番话让我的心都乱了。你告诉我，你要找的是什么新路，它在哪里？要是说不服我，我怎么会相信你今天不是在搪塞我！"说着他的眼泪又流下来。梦长道："三爷爷，新路是什么，在哪里，老实说连我也不知道！我现在只知道一件事，我不能再带我们这一代十族人去走先人一直没有走通的老路！"钟三爷不愿意再听下去了，大步离开。华邦彦在背后叫道："三叔，你干什么！"钟三爷站住，却不愿回头，道："梦长，告诉我，为什么你会对我们重举义旗这么悲观？虽然十族的力量不大，可只要你把云上军团的大旗打起来，三省山区所有客家人都会闻风而动，不要多久，我们就会重新聚拢起一支大军！"

梦长听了心中大怒，大声道："那又怎么样！当年太平天国的领袖们也在广西金田镇聚拢了一支大军，席卷了半个中国，但十四年后还是败了！"

钟三爷亦怒，猛转身道："虽然失败了，但他们是英雄，他们没有逃避！"梦长感到他的责备像利剑一样在黄昏的雾气中向自己刺过来，说道："三爷爷，梦长身上流的也是河洛十族钟家的血，没有人会逃避！我所以不愿意再起云上军团，是我回国后看得更清楚，即使再起一支大军，我们仍然不能成功！"钟三爷反诘："你怎么知道我们就不能成功？"梦长终于说出了自己的心里话："因为一不得天时，二不得地利，三不得人和！"钟三爷脸上现出困惑的表情。梦长道："当今天下，尚不到只要一点火星，就能燃起燎原之火的时候，任何人想靠一支孤军打天下，都会一败涂地，这就是不得天时！"华邦彦点头。梦长一口气说下去："二不得地利，是说当今我们两手空空，人少财乏。无财不能聚众，无众不能成军。云上军团即使能靠着过去的影响重建起来，也不能持久。三不得人和，是说河洛十族真要东山再起，也不能单打独斗。早在南洋时恩师就多次谈起，我们真要东山再起，不但要团结天下所有的客家人，还要团结天下所有和我们有共同梦想的中国人，组成一支浩浩荡荡的大军，与清妖做最后的生死对决！"

钟三爷渐渐被他说服，但仍然不放弃认输，道："这怎么可能，不是客家人，怎么会和我们做一样的梦！"梦长道："那是我们还没有找到一位雄才大略、能够团结全中国客家人和非客家人，将事业引向成功的领袖。这个人还必须高瞻远瞩，能带领天下客家人找到一条新路，一条必胜的路。恕我不敬，当年太平天国的领袖中如果有这么一位领袖，我爹他们那一代人的血就不会白流了！"钟三爷终于有些气馁了，喃喃言道："新路新路，可这条新路，到底在哪里！"

梦长抬头望远方："我不知道它在哪里，但至少知道它现在不在中国！三爷爷，表叔，我真后悔！"华邦彦说："你后悔什么？"梦长叹道："在海外的时候，没有走出婆罗洲，走向更广大的世界，去接触那些我不知道的人，不知道的事！"华邦彦又吃了一惊道："梦长，今天听到你几次讲要再走出中国，我还以为只是你一时的感慨，没想到你真的想再走出去！"梦长看着他道："表叔，关键在于哪里能找到新路。要是在中国找不到它，我就应当再次走出国门，到外面的世界去寻找！要是真有这么一天，我要走得更远，见识更多没有见过的世面，哪怕真要用上一生，也要找到那条新路！表叔，三爷爷，现在我的思路越来越清晰了，找不到它，不但天下所有的客家人，连同所有的中国人，都没有活路！"

晚上，梦长已经平静，他叫上望北来仰止书房商量大事，没想到两人居然不谋而合，都觉得像奶奶当年说的那样等十八兄弟回来重组云上军团下山与朝廷再争天下，成功的可能性不大，相反走出去给客家人寻一条新路，才是他们现在更应当作的事。说到最后，梦长不禁叹道："望北，你回来得太好了！我现在觉得，只要我们两个人在一起，就没有办不成的大事！"他拉望北走到院子里去，望着南方的星辰，说出了自己的决定："过了明天，我就走！"望北尚没想好如何回答，梦长已经大声说下去，"十八年前，我们的父亲一个是云上军团的主帅，一个是副帅，为了掩护十八兄弟还乡，保住河洛十族最后的血脉，死守海边一座山头，以七百人对付七万人，坚守了一整天，终于等到夜晚来临，送我们从海上逃离，回归故乡。记得那天天黑时，你我的父亲让我们俩跪在一起，向云上军团的战旗发誓，一生一世谁也不能离开谁，为实现客家先人的遗言战斗，活就一起活，死就一起死！……望北，此情此景，你还记得吗？"望北心下激动，道："当然记得！"梦长拉着他的手道："那就好，过了明天，你就跟我一起二下南洋！钟梦长第一次随华表叔下南洋是去逃命，这一次下南洋，我们要一起去见识新世界，为河洛十族，不，是为全体中国人寻找一条新路，一条活路！"望北不语，心下却十分不安。梦长并没有等他表态的意思，断然道："我是盟主，我意已决，这件事就这样定了！"

第三章

一

次日一大早，钟家里里外外张灯结彩，一片喜气，大门外对面放着两张方桌，两支唢呐队对吹《百鸟朝凤》。人们喜气洋洋，向这里涌来。仰止书房内，梦长却正在将炸药一团团分别装进一个个布囊。瞧他聚精会神的样子，丝毫不像一个马上要做新郎官的人。

梦成、梦余走进门，大叫："大哥！"梦长抬头见是他们，忙问："你们回来了？怎么样！"梦成道："事情都查明了，云梦山区四周，没有朝廷大兵！"梦长沉思起来。门外又是脚步声响亮，三人回头，见钟三爷和华邦彦走进来。梦长急忙站起道："三爷，表叔，怎么样？"钟三爷笑道："梦长，你多虑了！我和邦彦派出去的人也都回来了，没有发现朝廷大军！"梦成梦余吃了一惊，他们没想到梦长还派了别人去打探消息。

梦长不语，神情表明他对这个消息深感意外。钟三爷又道："怎么了梦长？你不相信？"华邦彦也道："没有朝廷大兵还不好？至少我们有了喘息之机！"梦长看二人道："我不是不愿意相信，我只是不相信羊不吃麦苗。不，我是不明白为什么！"钟三爷道："为什么！朝廷大军今天没来，不是说明天也不来，后天也不来！快换衣裳，今天是你大喜的日子，到了时辰，好好地做个新郎，和凤仪拜堂！"

梦成、梦余高兴起来，拱手道："恭喜大哥！"梦长不说话，继续往一只只布囊里分装炸药。钟三爷对华邦彦一眼道："邦彦，我们快出去照应十族的乡亲！"华邦彦点头，二人走出去。

梦成、梦余好奇地看着梦长分装炸药。梦成道："大哥，你这是……"梦长抬头道："啊，等会儿你们带人悄悄地把这些炸药埋到村子周围的必经之路上去，每一条小路都埋上！"二人吃了一惊，相视，梦长又道："别紧张，这叫有备无患！"梦成梦余放心了，答道："知道了！"

河南堂上，鼓乐声中，众宾客望着钟三爷钟三奶奶从后堂把钟母扶了过来，面南坐下，望北也在众人之中，此时他相信自己一早上飘忽不定的心已经定了，不，不如说一只一直在飘荡的风筝被系在树上了，它至少这一会儿是安静的了。他默默注视着婚礼开始，觉得自己真的已经不是那只风筝了。这时就听钟三爷对钟母说道："来来来，嫂子，今天是梦长和凤仪成亲的日子，你是一家之主，坐在这里让他们给你磕头。"十姓男女闻言，也上前凑趣。

已经换上了新郎装的梦长和头戴盖头的凤仪被伴郎和伴娘请出来，面对堂上大红的喜字、祖宗神主牌位和钟母站立。傧相高声念诵："恭维吉日良辰，天地开张。钟家君子，娶妻入堂。鸳鸯对鸳鸯，凤凰对凤凰。百年好合，五世其昌。吉时已到，新郎新娘拜堂！一拜天地祖宗！"梦长凤仪下跪。

旁边，傧相正在唱诵："一叩首，再叩首，三叩首……兴！"梦长凤仪被人引导着，机械地行礼。傧相继续高声念诵："新郎新娘二拜高堂！"这次梦长凤仪直接面向钟母跪下。

望北一直站在梦长身边，贴近地望着盛装的凤仪，心里有一种风筝又要飘起来的冲动，他知道这是痛苦，他不想将它视为痛苦但它仍然是痛苦。他要走出去，又被人们挡住。但这时后面的人们往前挤起来，将望北挤到门前去。就在这一刻，他偶然回头望见了门外众人身后那个因身穿洋装而显得与这里的一切格格不入的女子。不知为什么他的心狂跳起来。那女子也看到了他，却没有在意，显然他不在对方焦灼的内心关注的范围之内。望北一直悄悄地盯住这个女子，他看见她悄悄挤进喜堂，透过众人朝前面拜堂的新人看去，神情骤然显得激烈。这一刻众人都在关注婚礼，除了他没有人注意到这位不速之客。那女子只顾望向梦长，目光中全是痛苦，不再注意望北。望北猜到她是谁了：没错，她是梅卿！

二

堂内，梦长凤仪已经转身，扯着一条红绸，走出一道侧门，出去左行三间侧室就是他们的洞房。就在这时那个女子用力挤过来，颤声大叫："等等！"众人闻声，齐刷刷回头，好奇地望着这个异国情调的女子。梦长凤仪这一瞬间也回头看她，梦长的目光陡然明亮，他已经认出了她是谁；凤仪看她一眼，心中则如同雷鸣般一声巨震。钟三爷也在看梅卿，马上目光就转向了别人，口中问道："她是谁？"华邦彦来不及多说什么，急忙挤过去，挡住梅卿，低声道："梅卿小姐，你不能这样——快跟我来，有话好说！"他暗中用力抓住梅卿，硬是将她推出门去。

众人都在议论，河南堂内响起了嗡嗡的声音。凤仪用惊骇的目光从盖头下看了身边的梦长一眼，这一刻她注意到梦长的脸色全变了。钟母闭着眼睛，忽然开口："好了好了，拜堂拜堂。怎么不拜堂了？"梦长转身欲走，却被一只手暗中死死抓住。梦长回头，吃惊地看他，钟三爷道："快和凤仪入洞房！"声音低沉却不容抗拒。梦长的目光迅速掠过众宾客，似乎忽然想到了什么，转身扯起红绸，拉着凤仪走出去。这一刻他再次激情回首，朝梅卿被推出的门外望去。凤仪又一次从他眼中望见了那种会在以后的一生中令她无数次崩溃的毁灭一切的狂热之光。

华邦彦这时已将梅卿带出到大门外。梅卿在挣扎，喊："放开我，我要进去！"华邦彦道："梅卿小姐，你要干什么！"梅卿道："梦长不能和凤仪成亲，他是我的！"华邦彦语气依然平静，这时他仍想开导她，跟她讲道理，道："梅卿小姐，你听我讲！今天不是梦长一个人的婚礼，今天还是云梦山区河洛十族客家人新一代盟主的婚礼。这不是钟姓一家一族的事，而是十族的大事。你有什么话可以跟我说，不能搅黄了它！"梅卿眼里涌出泪光，道："我就是想见见他，我一定要见他！我要问他，当年他答应我的事还算不算！我为了他，六岁就逃离了这个地方，我在广州等了他十八年——他现在回来了，怎么能这样对我！他负了梅卿！"

华邦彦有些生气了，厉声道："梅卿！你听我讲，如果你是为别的事情回来，钟家和河洛十族欢迎你，可你要是为了梦长回来的，就不会有人欢迎你！——对了，你回来了也好，有件事告诉你！十八年前姑妈为你指婚的男人也回来了，你要是愿意，我这就去把望北喊出来，让你跟他见面！"梅卿听了大怒："什么？原望北？我跟他什么相干！我不见他！"她仍然极力要从华邦彦手中挣脱，再次冲进钟家去。

梦成就在这时跑了过来，惊奇地看华邦彦和梅卿，问："表叔，怎么回事？她是谁？你们在干什么？"华邦彦回头急道："梦成，你来得太好了，快去叫望北出来，这里有人要见他！"梦成答应一声，欲进大门又回头，道："表叔，望北要是问我谁要见他，我怎么说？"华邦彦道："你这小子怎么这么啰唆，你就说他十八年前指婚的媳妇回来了！"梦成上下打量了梅卿一眼，答应了一声，转身奔进钟家大门。

梅卿听了怒极，大声哭喊："不，我不要见原望北，我要见的是梦长！"华邦彦不再说话，只是抓住她不放。梅卿想了想，忽然甩开他的手，转身往村街上走。华邦彦松一口气，他本来就想拿望北来吓唬她，见她离开，也不再追，只是故意大声："哎，梅卿，你怎么走了？不见望北了？"梅卿闻言跑起来，一时又急又恨，泪落如雨。

云下村头路口，一辆轻便马车等着。梅卿一跃上车，命车夫快走。车夫问她去哪里，梅卿也无心回答，只说快走。车夫抽了马一鞭子，马车就飞快地行走起来。梅卿满眼是泪，回头朝身后的村街望去。这是她十八年前下决心为了爱的人逃离的地方，现在仍然如故。她没有望见，这一刻望北也从钟家大门内冲上了街道，匆匆朝马车曾经停过的地方奔过来。他在这里没有再看到梅卿的影子，找人相询，说是朝村外去了，望北立刻跑步追过去。他一直追到村外的望夫崖上，向山下出山的路眺望，哪里还有梅卿和马车的影子！

钟家洞房内，孩子们正在乱哄哄地闹。伴娘将一把瓜子花生撒给他们，他们大声叫喊着争抢起来。婚床一侧，盖头下面的凤仪睁开眼朝身边望，又是一惊，她发现不知何时那本该坐着另一个人的地方空了。她心中大惊，猛地站起。伴娘回头问道："凤仪，你怎么了？"凤仪已喘息起来："梦长哪去了？"伴娘奇道："刚才还在这儿坐着呢！"凤仪心潮大起。

梦长趁着孩子们在洞房里大乱，悄然溜出来，一路狂奔，到了村口，爬上望夫崖，朝下面的山道上眺望，望见的只有无边的大山和沐浴在林海上的灿烂阳光。梦长的眼里全是悲愤和失望。一转瞬他已经跑回去，从村里拉出一匹马，跨上向村外扬鞭狂奔。忽听身后马蹄声响亮，华邦彦梦成两匹马追上来。华邦彦大叫："梦长，站住！"梦长不回头。华邦彦喊："追上他！一定要拦住他！"他和梦成拼命打马，追上去拦住梦长的马头。梦长大叫："表叔，不要拦我——！"华邦彦怒极，一鞭子打过去，道："回去！"梦长没有躲避，仍在大喊："表叔，梦长也是个人！我想娶的是梅卿，我不想娶凤仪！"凤仪这时也没命地跑上了望夫崖，正好听到了梦长这一声绝望的、变成了狂风大作般的山间回声的叫喊："我想娶的是梅卿，我不想娶凤仪！……"凤仪的泪水流下来，但她也有了另一种感觉：并没有那么沮丧和吃惊，似乎她和梦长的婚姻一开始就应该是这样的，而这一切全都因为有了一个梅卿！伴娘找过来劝道："凤仪，快回去！让家里人知道了就不好了！"凤仪哭道："我不管！嫂子，我想跳崖！"伴娘急拉住她，边劝边扯，死活把她硬扯了回去。

山路上，华邦彦面对仍在声嘶力竭叫喊的梦长，厉声喝道："住口！你要明白，你不是你自己的，你今天更不是为钟家一门娶亲！你要是娶了梅卿，她会一辈子守在家乡帮你照看奶奶，带领十族乡亲坚守云梦山区吗？她要是不能，你将来怎么能率领河洛十族客家人纵横天下，去实现先人的遗言！"梦长满眼是泪，他终于不再喊了，因为他知道华表叔的这几句话是对的。它们像枪弹一样精确地击中了他那颗已经碎裂的心。梦成及时从他手里夺过马缰，牵着他的马走回去。

回到洞房的凤仪被伴娘重新盖上了盖头。凤仪的心在滴血，她的手里握着那把梭标型的簪子。她已经下定决心，那个男人一回来她就杀了他，然后自杀，为了她今天在自己的婚礼上受到的凌辱。奶奶教导过自己，绝对不原谅一个仇人，哪怕他是自己的丈夫，这才是客家女人。门口传来脚步声，她浑身大震。门吱呀一声开了，梦长走进来，凤仪浑身抖起来，手中的簪子落在铺面上。梦长走过来，重新坐在她身边，仿佛什么事也没有发生一般。她又气愤起来，将簪子握在手里。梦成梦余看他们一眼，就退了出去，还把门从外面锁上。二人离开时想：这是华表叔交代的，你们两个就好好待着吧，谁也别想再跑。

凤仪突然站起。一巴掌打在梦长脸上，梦长一惊，站起来，大叫："你！"凤仪浑然不理，又重新坐回去。门外响起开锁声，门忽然又被推开，是伴娘走了回来。梦长只好回头重新坐下。伴娘见凤仪还戴着盖头，责怪道："哎，梦长，什么时候了，怎么不给凤仪揭盖头呀！"她拿过称杆递给梦长。梦长没事人一样接过来，站起，要用称杆挑下凤仪的盖头。

凤仪闭上眼睛，她在紧张地等待。梦长又把称杆放下。伴娘催道："哎，怎么了，快揭盖头呀。"梦长冷冷道："啊，不急。"他又坐下了，凤仪重新生气地闭上眼睛，将手中的簪子握得更紧，心里在想：好啊，我知道这个夜晚不会那么轻松过去的。可是你以为凤仪会胆怯你就错了。凤仪是奶奶教出来的，客家女人身上有武功，手里是兵刃，无论是丈夫式的仇敌，还是仇敌式的丈夫，想占我们的上风，没门！

三

深夜的凤凰山下，一条细若游丝的山道上，一个影子样的男人纵马飞奔过来。忽然一侧林中响起一声口哨，骑手和马在一根粗大的绊马索的作用下高高飞起，重重摔在地下。一群人七手八脚摁住他。

骑手大惊，结结巴巴问："你们……什么人？"一人上前，正是凤凰山的梦来，上下打量对方，反问："你是什么人？"骑手道："我……潮州府信局替商家往江西赣州府送信的邮差，我是好人！"目光中露出恳求和恐惧。梦来吩咐左右拉他站起，继续问道："你是邮差？怎么能证明不是官兵的细作？"骑手从身上翻出一个号牌，递给梦来，拱手道："各位英雄，这是我们信局的号牌，看了这个，就明白我是不是信局的人了！"

梦来借着月光看号牌上的字迹：通四海信局。自语道："不错，潮州府是有一个通四海信局，专门给闽粤赣三省在潮州的商家传递信件。把你传送的商家信件拿出来我看！"骑手犹豫道："这个……信局有责任为雇主保密，一般是不能让外人看的！"梦来怒道："快！"骑手无奈，拿出一叠信件，交给梦来，梦来不识字，胡乱看一眼，还给他，摆一摆手，示意他可以离开。骑手千恩万谢地将信件重新装起，翻身上马，疾驰而去。

梦来欲上马离开，猛然醒悟，一声大叫："不好！快追上去，我让他给骗了！"众喽啰不明就里，嚷道："少寨主——"梦来懊悔得连连跺脚，道："如果他真是信局的邮差，怎么敢深更半夜走这样的山路！一准是官军奸细！"说完翻身带众人上马，朝远方疾驰而去。

那清兵并没有走多久，回头看追兵赶来，没命地打马狂奔。梦来一马当先追来，清兵见无路可逃，急将身上一个信囊取出扔到路边草丛里去。梦来赶来，一把将他扯下马去。清兵落地，拔刀砍来，梦来一刀将其砍翻，下马，又踢了一脚，发现已经死了。

外号大头的喽啰从草丛中捡出那个布囊，打开递给梦来，道："少寨主，这里有一封密信！"梦来接信在手，想了想，对喽啰说："我又不识字，你拆开看看，上面写些什么！"大头拆信，借助月色一行行看去，抬头大惊道："不好！二十万朝廷大军已经潜入云梦山区，明天夜里就要从四面向云下村合围，半夜子时杀到云下村，其中一队还带着二十门大炮，准备扑向凤凰山，将河洛十族和凤凰山一举荡平！"梦来勃然变色，叫道："快回凤凰山，和爹爹商议对策！"

梦来回到凤凰山已是清晨，抖了抖身上的露水，将信息报与于四爷。后者听了，却不见吃惊，也不答话，只是背身沉吟。梦来大感诧异，良久方敢开口："爹，你老人家今天怎么了？这么大的事——"于四爷蓦然回首打断他的话道："你，知道河洛十族吗？"梦来吃惊道："河洛十族怎会不知道？昨天夜里我们还救了他们的人！"于四爷咳嗽一声，缓缓说道："十八年前，河洛十族遭遇大难，以十族青壮组成的客家人云上军团作为太平天国最后一支主力，被朝廷大军逼到海边，全军覆没，最后剩下十八个男孩子被送回故乡——"梦来抢着说道："爹，这事我听人说过，好像那年这帮孩子刚回到云梦山区，朝廷就派来大军，将他们斩尽杀绝，十族盟主钟家的老太太——"于四爷大声喝道："住口！你怎么这么称呼钟家老太太？你知道她是谁？"梦来越发诧异，道："她是谁？"于四爷回头盯着他看，目光凛然有威，一字字说道："她是你的亲奶奶。你不姓于，你姓钟，也是钟家的后人！"梦来手中的铜茶壶落地，大叫失声："爹……你说什么！"

于四爷平静言道："孩子，不要惊慌！这件事爹早晚都要说给你听，今天是时候了！十八年前朝廷七万大军围剿云梦山区，钟家老太太，也就是你的亲奶奶，让人带着你们十八个刚从战场上回来的男孩子出山，半路上遭遇官兵劫杀，送你出山的人死前带你到了凤凰山，不但把你留给了我，还对我留下了一句话！"梦来知道事关重大，急问："一句什么话？"于四爷道："他对我说，你是钟家的长门长孙，河洛十族下一代的盟主！"梦来这一惊非同小可，再次失声大叫："爹！"于四爷仿佛没有听到他这一声叫喊，继续说出了埋在心中的疑惑。"十八年来，我一直没听说过除你之外，钟家还有个长子叫梦长，我不明白，昨天怎么会突然从南洋回来了一个钟家的长子钟梦长！"梦来已经迅速明白了他在想什么，怔了一下问道："爹，你是不是说，这个钟梦长不是钟家的长门长孙？是冒充的？我才是真正的钟家的长门长孙，新一代十族的盟主？"于四爷迟疑有顷才回答，却说出了下面的话："知道这些天爹一直带队伍到十里夺魂谷走动，为什么吗？"梦来摇头。

于四爷道："十八年前，钟家老太太送你们十八兄弟出山，交代过一句话，她要你们在十八年后的中秋节回云下村团聚，重建云上军团，杀出山外，与朝廷再战。十八年来我一直没敢忘了这件大事，今年就是你来到凤凰山的第十八年，眼看中秋节要到，我天天带人前往十里夺魂谷巡查，因为那里是回来的孩子进山的必经之路，我担心你的这些兄弟可能会在那里遭遇官兵的劫杀。爹一直以为，你总有一天要做十族的盟主，而他们就是你的左膀右臂！"

梦来恍然，大叫道："爹，孩儿明白了！"于四爷看他道："你明白了什么？"梦来道："昨天拂晓爹带我和山寨众人去十里夺魂谷抢钟梦长上山，也是以为他是当年出山的十八兄弟！"于四爷点头道："可爹没想到他竟说自己也是钟家的长门长孙，十族新一代盟主！梦来，发生了这件事，特别是后来钟家的三爷赶来与他们相认，我都不想再告诉你方才的话了，但是回到山寨，过了这一天多，我却越想越觉得不对！万一这个钟梦长是假的，会怎么样！"梦来大叫道："他就成了十族盟主！云梦山区就成了他的天下！"于四爷面色凝重，点头道："对！河洛十族是三省客家人的宗主，在全天下的客家人中享有巨大声望，要是这个人成了十族盟主，他就能让天下的客家人听从他的号令！万一他是假的，身为十族盟主，忘记先人的遗言，不去做一千七百年来客家人要完成的事业，反而拥兵自重，强占一方，为非作歹，甚至为虎作伥，与朝廷狼狈为奸，回头祸害客家人，事情就坏了！"

梦来变色道："爹，你刚才说先人的遗言？什么先人？什么遗言？"于四爷道："驱逐鞑虏，恢复中华！这就是十族先人的遗言。你这一辈子，都要记住！"梦来恍然若有所悟，道："爹，你老人家是十族客家人？"于四爷不愿提起旧事，只道："不要再说了。年轻时我犯了命案，品行亏了，不能再回十族！"梦来高兴起来，道："儿子全都明白了，爹要我去做什么！"

于四爷道："马上带人回云下村，面见钟家老太太，只有她才能证明你是钟家的长门长孙，河洛十族新一代盟主！这件事关乎到十族未来，客家人一千七百年的事业，我不能再犹豫！"梦来热切答道："明白了！爹是要我回去揭穿钟梦长，把十族盟主之位抢回来！"于四爷摇头道："不，爹让你回云下村，不是去争盟主之位，因为盟主之位本来就是你的！梦来，河洛十族盟主并不是那么容易当的！他不但要保护河洛十族，更要带领十族客家人完成先人的托付！"梦来道："难道做盟主和做寨主还有不同？"于四爷皱眉道："当然不同！啊，这件事可以以后再论，时间不早了，你马上带人走，今天夜里最重要的事情是你要下山当着钟家老太太的面揭穿钟梦长，不能让十族盟主之位随便落到一个不相干的人手里！啊，还有那二十万要再次将河洛十族杀光的清兵，不要让他们轻易得了手！"

客家人

梦来起身，一副急迫的样子，问："儿子到了以后怎么说？"于四爷道："后天就是中秋节，是十八兄弟团聚的正日子！你今天夜里就走，赶到云下村，对你奶奶说出你的身份，然后把清军大军围剿十族的消息告诉她。晚了怕就来不及了！"梦来突然又担心起来："我不认识奶奶，我奶奶也不认识我，怎么能让他相信我就是她的长孙！"于四爷道："这个你不用管。你人到了那里，钟家老太太自然会有办法认出你是她的长门长孙！"梦来打消了疑虑，说道："爹，儿子走了！"于四爷点头，看他提刀奔出大寨。

四

梦长和凤仪并肩坐着，已经过了好几个时辰，谁也不看谁，谁也不说话。凤仪不说话是因为怨恨，因为梦长在这个她作为女人一生中最隆重的日子里给自己的羞辱；在梦长，不说话是因为他突然觉得悲哀和痛苦，他觉得无话可说。凤仪不说话在于她的高傲与不屈，在于她时刻准备和身边这个已经做了她丈夫却仍然在蔑视她的男人做最后的拼死一搏，准备和他同归于尽；在梦长，不说话还因为随着黑夜的降临，他内心的巨大的痛苦开始被隐隐的不安所取代，甚至忘记了他仍然没有帮凤仪取下新婚的盖头。

梦成就在这时忽然走了进来，在梦长耳边低声说了句什么。梦长陡然站起，大步流星地走出门去。梦成跟着走出。凤仪一把扯开盖头，警觉地站起。见梦余走进来，凤仪马上颤声道："快，替我盯着你大哥，看他去了哪里！"她这时只能恐怖地想到白天离去的梅卿也许又回来了，这个意念构成了对她的生命的新的一次重击。梦余左右看了一眼，问道："我大哥出去了？"凤仪急促地说："快呀！"梦余答应一声跑出去。凤仪站着，浑身像狂风中的树叶一样抖个不住，忽然大叫："梦成！梦余！回来！"没有回答。她扔掉仍在手中的盖头，从婚床上又摸索到了那把梭标形簪子，紧紧握在手里，急奔了出去。

月上西梢，冷光溶溶。山间的一片草地被月色浸润，泛出温玉般的光芒，一个洋装女子在奔跑。身后的马蹄声越来越响亮，是梦长在她的身后纵马急急奔来，女子边跑边听见梦长在大叫："梅卿，等一等！"梅卿忽然站住了，浑身打战，她知道那样一个时刻就要到了，是不是她盼望的时刻她仍然不知道，但它来了。她牙关咯咯作响，望着梦长纵马赶来，下马，大步向自己走来。她浑身颤抖，不能自已。

梦长走过来，用那样的目光看她一眼，就像他正处在冰和火的双重烤炙之中，他听到自己的牙关在响，有一个声音在阻止他：不要……但是另一个更响亮的声音正将前一个微弱的声音淹没掉：这是你最后的机会，以后你就不再是你自己，你就是另外一个人了！啊！啊！……他猛地将面前的女子抱起，瞬间感觉到她的女性青春的胴体竟是那么柔软，香气氤氲，同时又温暖，一种沁达他肺腑的温暖，这都是他男性的生命没有体验过的，是一种仿佛来自世外的惊奇。梅卿泪花晶莹，忘记了离开之后为什么又要回来，十八年了，这日思夜想但彼此远隔天涯的男儿此刻就在她眼前，自己就在他的怀抱里，月光如梦，她觉得这一切也像是一场梦，一时间只会柔声叫道："梦长，梦长，你真是梦长？"梦长也在呐呐地问她："你果然是梅卿！——你已经走了，为什么还要回来？"理智正在他心里苏醒。他忽然又丢下她，后退了几步，说："不，我已经——"梅卿一时间气极了，赶上前几步，啪地给了他一耳光。梦长眼睛里再次闪过一丝狂乱，重新上前抱她上马，自己也上了马，当即催马而去。那种过了这一刻他就会成为另外一个人的想法重新攫住了他的心。他要抓住这个有着如梦的月光的夜晚，抓住属于自己和她的时刻。马上，梅卿紧紧拥抱住梦长，热烈地吻他，就像在紧紧抱住自己的梦。梦长开始还在躲避，但躲不开就不躲了，反而勇敢地迎上去。马在奔驰，二人在马上热吻，这么长的一吻仿佛自盘古开天地就开始了，历经万古洪荒，直到乾坤闭塞，世界复归于无。

那马居然在云下村水磨房前站住了。梦长抱梅卿下马，看一眼黑洞洞的磨房，大步走过去。梅卿在他怀中挣扎，喊："你要干什么？"梦长不说话，一脚踢开房门。梅卿还在挣扎，极力要推开他："不要！"梦长看着她的眼，问道："真的不要！"梅卿却又不说话了，反而野藤缠树一样更紧地抱住了他，让梦长不能呼吸。二人走进磨房，梦长一脚踢开草室的门。中秋的月光透过窗户，照亮了室内堆在地下的马草。梅卿双手抱紧梦长的脖颈，半是恐惧半是欢欣，颤声道："你……你不要！我不愿意！"梦长觉得自己已经不是自己，他是另外一个同时被冰和火烤炙着的人，这个人不回答梅卿的呼喊，抱她走进去，一下将她扔在草堆上……木门砰的一声关上。月光下，梅卿的牙关在打战，但她没有阻止他。

夜暗浓得化不开，每一丝风都透出令人惊惶的信息。凤仪走出村子，四处寻找梦长。磨房内，梦长和梅卿衣衫凌乱，紧紧抱在一起。秋虫的叫声压得他们透不过气来。梅卿娇声呻吟，责怪梦长道："你不该这样对我！"梦长牙关在响，听自己身上另一个人无情地说道："我不该怎么对你？"梅卿的声音开始变得幽怨："你刚才让我成了你的人，可你白天刚刚娶了凤仪——"梦长的声音开始变得冰冷，火焰在消褪，冰山一样的东西凸显出来，她听到他蛮横道："那你为什么要回来见我！"梅卿给了他一巴掌。忽然，她想起了他们不久前在广州的重逢。"那天，在那个德国教堂里，我第一眼就把你认出来了！"她听到梦长在说，啐了一口："胡说！十八年了，怎么会一眼就认出我！""都怪你这双眼睛，还像十八年前一样撩人！"梦长又道，他在回忆，但又在表达他的情感，他当下内心的缠绵，他不想让这个时刻尽早消失。梅卿的心又柔软起来，道："十八年了，你真的没有忘了我？"梦长的话如同在说给自己一样深情："就像我忘不了云下村、河洛十族、云梦山区一样！"梅卿深深地凝视着他，她觉得心里所有的花都在这一瞬间开放了。"我漂亮吗？"她像所有沉浸在幸福中的女人那样问道。"你是天下最漂亮的女人！"他在回答，但又像是在盟誓。"你爱我吗？"梅卿在继续追问，这样的时刻女人们一般是不会轻易放过的。梦长斩钉截铁地回答："爱！"梅卿说："一生一世？"梦长点头："是的，一生一世！"梅卿陶醉地把头靠在梦长胸口，道："我的命是你的，你的命也是我的？"面前的男人热切地回应了她的话："我的命是你的，你的命也是我的！"

窗外传来脚步声。二人侧耳听去，脚步声越来越近，越来越响亮。梦境豁然消逝，现实突然立在梦长的面前。他几乎在同一刻清醒，站起，一把拉起梅卿，厉声道："我们快走！"梅卿仍沐浴在梦境里，不愿离开，紧紧抱住他。梦长用力将她推开，走到窗前朝外面察看，因为用力过大，梅卿被推倒在草堆上，用意外的目光看他，怒道："你！"但他已经来不及回应她了，水磨房外传来凤仪的声音："梦成，梦余，你们进去，看他们两个是不是在里头！"梅卿猛地朝梦长扑过来，紧紧抱住他。女人这一刻什么都不怕，只要男人履行爱情的誓言。梦长最后与她激情对视一眼，一把将她抱起，从后窗跳出去。

月色下的河谷草地上，梦长和梅卿又在纵马飞驰。梅卿在梦长身后，死死抱住他。今天晚上她不是成了他的人了吗？他不是对她海誓山盟了吗？现在她只有他，只有他就够了，这个世界有没有都不重要了。梦长勒马朝云下村望去。梅卿的幸福感仍然巨大，她不想让它离去，宁愿闭眼不再看外面的夜色。

梅卿心中忽然黑夜闪电般亮了一下，她抬头惊恐地看梦长，道："梦长，快跟我离开云梦山区，不然就晚了！"梦长一惊。梅卿继续道："我差点忘了大事。就是为了它，我离开云下村又赶了回来！"梦长道："什么事？"梅卿用急促的语气道："朝廷又派来了成千上万的大兵，已经进了十里夺魂谷，白天藏在树林子里，夜里才秘密往前开！也许明天，不，说不定今天夜里，他们就会包围云下村！"

梦长猛地睁大眼睛，一把抓住梅卿叫道："你说什么？清妖已经进了十里夺魂谷？你是怎么知道的？谁告诉你的？"梅卿被他的表情吓坏了，道："不是别人告诉我的，我坐船从广州到了嘉应州，雇马车回云梦山区，一路上就听人说这件事。进了天马关，进山的清军躲在林子里，我都看见了！"梦长大怒道："既然看见了，为什么还要回来！"梅卿语气突然又热切起来，她听到自己在含泪叫喊："为了你！可是回到村子里，看见你和凤仪在拜堂，我的心就乱了，就把这件事忘了！"

梦长一把将她推开，大叫道："不好！你快出山！我顾不上你了！"他一跃上马，向云下村飞奔。梅卿原地站着，满面是泪，大喊："梦长，你去哪儿？你不能把我一个人扔在这里！……你把我扔在这里，我可怎么办哪！"梦长什么也听不到了，他的马已经飞起来，耳边此时能听到的只有越来越猛烈的风声了。

五

望北一个人站着，拿起一本书想看，又放下，随着黑夜的来临，惆怅如同倒满水的杯子一样就要从心里溢出来。远方又传来了那一对客家青年男女的情歌对唱，他不觉走到窗前，站着细听。那火辣辣的歌声让他越来越受不了，他情不自禁地取出了那个当初被凤仪掷还回来的香囊，放在脸上，深深地嗅起来。

突然门就被猛烈地推开了。凤仪仍穿着大红嫁衣，满眼是泪，站立在门前。望北大惊失色，将手中的香囊藏起，问道："凤仪，你……怎么了？"凤仪扑上来紧紧抱住他，放声大哭。望北急忙去捂她的嘴，道："凤仪！你别哭！出了什么事！"凤仪哭道："望北，快带我走！梅卿又回来了！"望北大惊："你说什么？"凤仪镇静了些，又道："梦长不喜欢我，他喜欢梅卿，梅卿也喜欢梦长！梅卿也不喜欢你！今天晚上他们搞到一起了！我再问你一次，你能带我走吗？现在就带我走！我要是再在这个家里待下去，梦长和梅卿，两个人都会瞧不起我的！我不愿意这样活一辈子！"

望北赶忙说道："不不不！凤仪姑娘，你说什么呢！今天你和梦长已经拜了花堂，在天地祖宗面前成了夫妻，怎么还能说出这样的话！上次我就说过，我不能做任何对不起十族先人的事！你快回去，这里不是你该待的地方！"

凤仪绝望地看着他，说："什么，你也不可怜凤仪？你要赶凤仪走？望北，我还有一件事要告诉你，就这会儿，梦长和梅卿已经走了，梦长还会不会回来，我都不知道，只要你今晚不带我离开，只要我一回到洞房里，我这一辈子就再也不能为自己做主了！"她再次扑上来抱住望北。"望北呀，就这一会儿，我还是我自己的，我喜欢你，一直盼着嫁给你！就是做不到，我也要——"

望北全身上下惊恐地抖起来，道："你要干什么？"凤仪一不做二不休："我要把自个儿给你！"望北大叫："不！"他以为凤仪疯了，又道："不！凤仪，你把原望北看成什么人了！你也不是你说的这种女人！你是气糊涂了！来人！"凤仪大惊道："你干什么？"望北道："送你回去！"凤仪勃然变色，恨恨地盯着他道："原望北！你……你……你辜负了凤仪！你不用赶我走，凤仪会走的！我这就走！"她转身向门前走去，伸手拉门，又停下，回头："原望北，以后我们不会再见面了。你记好了，于凤仪这一辈子最恨的人不是钟梦长和梅卿，我最恨的人是你！"她用力拉开门，三把两把拭去泪水，奔出。

天已近拂晓。河南堂里正聚集着一大帮人。梦长对一个壮汉道："啊，原来是凤凰山的英雄。天还这么早，你们怎么来了？"壮汉冷笑道："钟梦长，知道我是谁吗？"梦长道："对不起，虽然在十里夺魂谷有过一面之缘，我还真没记住英雄的大名！"壮汉回看众喽啰，冷笑："他果然不知道我是谁！我是钟梦来！"梦长大惊复大喜，急道："你是梦来？失散十八年后，你也回来了！"

梦来却没有他那么激动，仍在冷笑："对，我就是钟梦来，真正的河洛十族钟家的长门长孙，新一代河洛十族盟主！"语毕，举座大惊。

钟三奶奶扶钟母走过来，堂上正中坐下。钟母一副睡眼惺忪的样子，睁开眼睛看众人，钟三爷对梦来道："这就是奶奶，你要真是梦来，快给奶奶磕头！"梦来趋前恭敬拱手道："奶奶，梦来回来了！奶奶在上，受长孙一拜！"说着就要下拜。钟母忽道："等等！"梦来一惊，没有拜下去。

钟母闭眼问道："你说你是谁？"梦来道："我是梦来，是你十八年前让人送到凤凰山上养大的长孙！"钟母还是不睁眼，道："我怎么知道你是不是梦来？"

梦来大惊讶道:"奶奶,不对呀!我爹,就是凤凰山的寨主于四爷,他老人家告诉我,只要我回到家,见到您老人家,您就有办法认出我是你的长孙,河洛十族的新盟主!你怎么能——"

钟母忽然睁眼,站起,走过来绕着梦来看,半晌才道:"哦,好像有这么回事。可我记不清楚了。"梦来的心越来越吃惊,怀疑于四爷记错了大事,但也只能强横道:"不,奶奶一定能想起来,我真是你十八年前让人送上凤凰山的长孙梦来!"钟母却又说道:"我困了,我要睡觉!"梦来急起来,上前拦她,道:"奶奶,你走不得!"钟母回头坐下,马上睡着,打起鼾来。

众人正面面相觑,不知如何是好,钟母忽然又把眼睁开,大叫:"我想起来了,想起来了!"众人又是一惊,一时都看她。钟母对梦来说:"把裤子脱下来!"梦来大惊。梦长心中一动,大声附和道:"对,把裤子脱下来!"梦来后退一步,道:"你们想干什么?奶奶,你是不是老糊涂了?"钟母厉声道:"脱不脱?你不脱,我就不能证明你是钟家的孩子!"梦来大叫:"奶奶——"

钟母把目光移向梦长,道:"还有你,脱裤子!"梦长也自是一惊,一时没有马上动作。钟母继续道:"你也脱,你是不是梦长,我也没验过呢!"梦长看钟三爷。钟三爷点头。梦长转身,麻利地脱下裤子,将屁股转向钟母。钟母站起,走过来查看梦长屁股上那个血红的牙印儿,道:"对,这个是我十八年前送你们出山前为了将来不好相认亲口咬过的牙印儿!"回头看梦来:"你怎么还不脱?"梦来已经傻了,猛醒,大叫:"奶奶,明白了!我也有!"他迅速转身脱下裤子,将屁股撅向钟母。钟母又凑过来,细心地查看梦来屁股上的血牙印儿。梦长已经提上裤子,也和钟三爷华邦彦上前看,相视一眼,激动地大叫起来:"梦来!你真是梦来!"钟母直起腰要走,梦来提上裤子,回头瞪梦长一眼,看钟母道:"奶奶,你不能走,怎么走了?"钟母推开他,嘴里喃喃道:"闪开,华翠花要回去睡觉了,这里没我的事儿了!"梦来大叫:"奶奶,你不能走,你还没说,我和他谁是钟家长孙,十族盟主呢!"

钟母回头,脸上的深情让人捉摸不透,似乎想说什么,又不说了,还是要走。梦来再次拦住她道:"奶奶,不要走,今天您一定要对他们说清楚,我才是你的长孙,十族新盟主!"梦长也道:"奶奶,您就告诉他吧,谁才是钟家长孙,十族盟主!"钟母回看二人,似笑非笑道:"真要我说?"两人点头。钟母嘻嘻一笑,说："我……记不清了！"众人大哗。

钟母又看二人，道："你们俩都说自个儿是，那你们都是！"梦成大声抗议，满堂吵成一团。

梦余忽然带一个客家男人闯进来，道："大哥，白头山来的客家乡亲！"客家男人拱手，急切道："各位请了！"梦长急走一步上前拱手，道："大哥请了！"男人问道："你是十族盟主钟梦长？"梦长应了。男人忙道："我是白头山区济源八族盟主派来的，盟主让我连夜赶来知会您，二十万官兵已经包围并进入了云梦山区！"众闻言大惊，乱道："什么？清妖进了云梦山区！"

梦长大声道："镇静！大哥，你接着说！"满堂的嗡嗡声消失了。男人续道："清妖这次来者不善，他们兵分多路，先将我们和你们隔开，又派人将三省山区所有烽火台全部毁掉，不让我们之间互相联络。盟主说，没有了烽火台，你们就没法子点燃烽火，三省各山区客家人就是想来帮你们，也不能了！"

众人大惊，回看梦长。梦长道："镇静！"回头冲男人拱手："钟梦长代河洛十族谢济源八族盟主，感谢八族乡亲，更要谢谢大哥您！情况紧急，我也不虚留了！梦成梦余，送这位大哥出村！"男人最后向梦长抱拳。梦长回礼，男人匆匆随梦成梦余离去。

梦长猛回头，目光严厉道："三爷爷，表叔，梦来，这位大哥传递的消息是真的！刚才我也从梅卿口中听到了同样的信息，几天前大队清军已经进了十里夺魂谷！"众人面面相觑，着急起来。梦长道："身为盟主，我还是大意了，虽然相信他们一定会来，但来得这么快，事情做得这么周密，还是出乎了我的意料！"

梦成带梦余匆匆走回，焦急言道："大哥，后山上发现清妖！"钟三爷惊道："他们来得好快！梦长，你是盟主，事情紧急，快下令吧！"

梦长清了一下嗓子，对钟三爷道："第一件事，告诉凤仪，带上奶奶和十族乡亲，马上离开云下村，进入云雾山中躲避！"钟三爷转身要走，又回头道："梦长，这件事交给凤仪和你三奶奶办就行，我留下来，和你在一起！"说完吩咐钟三奶奶找凤仪，带领乡亲们迅速转移。

梦长又道："三爷爷，表叔，敌众我寡，我意已决，今晚上我们就和望北、梦成、梦余一起走！"华邦彦和钟三爷又是一番大惊，虽然之前他们听他提起过，但想不到他今晚就要离开，而且是在这紧要关头离开。梦成梦余却很高兴，你捅我一下，我捅你一下，表示心里的快乐。华邦彦道："三叔，事情到了这一步，不能再犹豫。梦长是盟主，我听他的，我去准备！"

梦来一直冷眼旁观，这时忽然招呼众喽啰，叫："我们走！"刚要转身，听见梦长后面叫他。梦来回头。梦长道："梦成梦余，给你们一刻钟时间，快去找望北回来，我们马上走！梦来，你也跟我们一起走！"梦来冷笑道："什么，要我跟你走？"梦长一脸严肃，道："我是十族盟主，还是钟家的新掌门，按照家规和十族律条——"梦来迅速打断他的话道："钟梦长，你是十族盟主和钟家新掌门，我是什么！"眼看弟兄俩又要闹起来，钟三爷在一旁急道："梦来，事情紧急，不要闹了！"

钟母的声音突然在他们背后响起来："别吵了！你们俩都是十族盟主和钟家新掌门！"她不知何时又一个人回来了。梦长皱眉回头叫："凤仪在哪里？还不照顾奶奶离开！"钟母走过来，抚摩梦来脸颊，道："梦来，你是盟主！"梦来大叫："奶奶——！"钟母又走向梦长，说道："梦长，你也是盟主！"众人迷惑不解。钟三爷道："大嫂，你又糊涂了！"

钟母陡然回头，大声道："我没糊涂！梦来，梦长，你们想不想做十族盟主？"梦来道："奶奶，太想了！"钟母道："要想做十族盟主，今晚就带着你的人，护送梦长冲出十里夺魂谷，杀出天马关，一直把他送到下南洋的大鸡眼船上，回来见奶奶，你就是十族盟主！"梦长欲开口，钟母喝道："住嘴！十年之后，你要是能带着你的人回来，重建云上军团，复兴十族，做先人没做完的大事，你就是盟主，要是不能，梦来就是盟主！——梦来，你愿意吗？"这番话说出来，众人都怔住了。看梦来梦长一时间都在沉思，没有迅速做出反应，钟母不耐烦起来，道："不愿意就算了！老三家的，我们回去睡觉！"梦来最早反应过来，大声道："不，梦来愿意！"钟母凝视着他："你愿意？"梦来的语气更坚决了："对，我愿意！可是奶奶的话也要算数。钟梦长一走，我就是十族盟主！"

钟母点头，回身离去，梦长与梦来对视，想说什么，梦来已转身对众喽啰喝道："我在这里的事了了，我们走！"梦余道："哎，你们怎么这样走了？就要打仗了！"梦成也道："钟梦来，奶奶的话你都听见了？她要你带你的人护送大哥离开云梦山区，一直送上下南洋的大鸡眼船！"梦来看了他一眼，又看梦长一眼，冷笑，也不回话，带众喽啰一径离去。众人看梦长，发现他一直没有说话，对梦来带人离去竟也不加拦阻。

后山方向已经响起炸药的爆炸声。梦余叫："大哥，清妖来了！"

梦长大叫："走！"

六

村后山间，梦长让梦成梦余提前埋下的炸药连续爆炸，大团大团火光升起，在拂晓前的昏暗中燃成一道高高的火墙。清兵畏惧，不敢上前，叶赫星大怒，拔刀在手，吼道："快！不能停下！谁敢停下，老子就砍了他！"众清兵爬起来，冒着持续不断的爆炸，冲过烟火，杀向村子。

梦长带华邦彦、望北、梦余离开村子，一路避开清兵，到达十里夺魂谷一侧一座山崖上。这里是进入谷地的必由之路，众人停在这里，望月光下的空谷，听下面的动静。身后云下村方向，依然杀声震耳，梦余回头哭腔说道："大哥，快看，咱们的家，没有了！"众人回眺，只看见一片大火。华邦彦悄悄握住梦余的手，叫："不要哭了！但要记住！"梦余拭去泪水，点头。

钟三爷带梦成悄悄从前面林子里赶过来。梦长问情况如何。钟三爷喘气道："不好，前面也有清军的埋伏！"梦长借着月光朝前看，只能看到不远的山崖，其他都深陷在黑暗里。梦长略一沉思，梦成突然道："大哥，有条路上好像没有清妖设伏！"梦长及众人猛回头看他，梦成左手一指脚下的山谷，道："就是它！"钟三爷怀疑道："这怎么可能！十里夺魂谷是出山的大道，清军焉能不防！"众人望着梦长，后面杀声越来越近，梦长思虑半晌，突然道："三爷，表叔，有可能他们真的只为我们留下了十里夺魂谷一条路！"

望北吃了一惊，道："这怎么会——"梦长说："清军为了将我们十八兄弟一网打尽，动用了二十万大军，堵死了每一条出山的小路，却留下十里夺魂谷不守，为什么？"华邦彦道："你是说，他们故意为我们留下了十里夺魂谷？"梦长望着崖下黑暗的山谷："十八年前，奶奶送走我们之后，率领十族乡亲，召唤三省客家人，就是在这条山谷里，将朝廷的七万大军打得一败涂地。十八年了，他们没有忘记那一仗，也想在这里再和我们一战，为当年的失败复仇！"

身后已经传来清军的马蹄声，一路火把亮如白昼。梦长看众人还在迟疑，道：

"既是这样，我们就闯一闯这条山谷！"他当机立断，率众人顺山崖而下。众人内心惴惴，但迫于追兵，仍随他进入山谷，疾速前行。叶赫星已经率众侍卫巴什哈及大队清军奔进谷内，梦长等急忙身贴崖壁躲藏。一道月光照到了望北苍白的脸。行进中的清兵发现了他，大叫："这里有人！"叶赫星大喜，道："杀——！"众清军向梦长等人杀来。

梦长目眦尽裂，挺刀现身，对众人喊道："杀清妖！"众人拔刀欲出，钟三爷上前挡住，道："梦长，我来挡住他们，你快带大家走！"梦长来不及回答，钟三爷已冲上前去。梦长大叫："三爷爷——！"钟三爷怒声道："快走！不要管我！"他挺刀上前，一人挡住叶赫星等众人厮杀。梦长回头对众人大叫："跟我来！"挥手从侧翼杀出一条血路，率众向前方深谷狂奔。

此时钟三爷已被众大内侍卫围在垓心，一步步后退，直退至断崖边。"当啷"一声，手中的刀被打掉。老英雄最后朝梦长冲出的方向望上一眼，满含热泪道："梦长，望北，一定要回来报仇哇！"叶赫星大喝一声："杀了他！"众侍卫并力上前，四把刀同时扎进钟三爷前胸。老人口吐鲜血，睁大眼睛死去。叶赫星手一挥："杀！"率领众清军向前面山谷追杀过去。

一条无名谷口出现在飞奔的梦长面前。他忽然停下了，听了听前方和后方清军的喊杀声，灵机一动对众人道："我们从这里走！"众人来不及思索，随他迅速进入无名谷。转瞬间叶赫星等已飞马赶至，勒马观察周围山势。一清兵小校叫道："大人，他们一定从这里进去了！"叶赫星大声冷笑道："好！十八年前，钟家老太太就在这条无名谷内逼我大哥文涛堕入前方的深渊，尸骨不全，又用毒箭射杀了我的父亲，今天我要依样画葫芦，让她的孙子十族盟主钟梦长自己跳入深谷！杀进去！"众清兵随他杀进无名谷，一路呐喊："别跑了钟梦长！杀了他！"如同山呼海啸一般。

前方无名谷内，梦长听着清兵杀声震耳，率众人一路狂奔。梦成边走边回头道："大哥，不能再往前走了，再往前走就是万丈深渊！"梦长停住脚步，众人随他停下来。梦长看准一侧崖壁上斜出的一棵松树，从身上解下一条绳索，唰地向上扔去，绳索一端的铁钩噌的一声抓住树枝。梦长用力拉紧，回头招呼众人："快从这里上去！"众人大喜，纷纷抓住绳索攀援而上。

无名谷中，纵马奔来的叶赫星忽然勒马停住。清兵随他停下，奇怪他为什么不

客家人

继续向前追下去。叶赫星朝一侧山崖上望去，变色道："不好，快回头！"巴什哈急问："怎么了？"叶赫星冷冷道："钟梦长已经去了天马关！"巴什哈不明白，叶赫星一指前方，说："我应当想到他们知道前面就是万丈深渊，早在进入这条山谷时就猜出了我要做什么，已经从这里走了！我要请君入瓮，他们却将计就计。发信号给阿邻！"

一侍卫举起一杆火药枪，向天空高高打出一团火光。叶赫星勒马回头，喊道："回去，他们逃过了这一劫，却过不了天马关！"众人随他拨转马头回驰。

梦长已率众人赶到天马关内的山谷。两侧山林中，清兵呐喊着杀出。望北变色，叫："梦长！"梦长站住，神情不变，看众人道："杀过去！"众人呐喊起来，与清兵奋力拼杀，向关口且战且行。清兵却越杀越多，将他们团团围在垓心。

率清军大队赶到的叶赫星远望被围在关口内的梦长等人，心花怒放，对众侍卫道："钟梦长已经陷入绝境。杀！"拔刀奋力向前。众侍卫随他呐喊着杀入重围，清兵纷纷为他们让开道路。

虽然清兵众多，勇悍无比的梦长还是率众人一点一点地杀近了天马关。梦长砍翻身前最后一名清兵，指着关门对众人说："快过关！"梦成梦余飞身向上，杀散关门两侧守军。众人大呼而过。突然，梦长听到头顶上轰隆隆响，如同惊雷滚动，抬头一看，只见一块房屋大小的巨石正从一侧山崖上向关门滚落下来。梦长这一惊非同小可，双脚竟然挪不动丝毫，他看得明白：一旦巨石落下，就将整个地塞住关门。他和众人就再也没有可能冲出重围。望北大叫："快躲开！"说时迟，那时快，只见华邦彦大吼一声，飞身跃上关门，用力挡住了滚落的巨石，回头大叫道："梦长，快过关！"

梦长大叫："表叔！"华邦彦用尽生命中最后的力量，断续道："快……我撑不了多久！梦长，我不能随你们一起走了！快解下我身上的包袱，里面有我和你的关防，还有山打根胡椒园的法律文书，我预先写好了授权书，快带望北他们走！"

梦长眼泪落下来。十八年来华邦彦与他相依为命，既是父亲，又是兄长，梦长一直把他当成生命中最亲近的人，现在又是他，在千钧一发之际挡住巨石，为他和众弟兄留下了最后一线生路。梦长不禁大喊："表叔，我来替你！"华邦彦已经气若游丝，断续道："快……走！我……不行了！你不要糊涂！快把我身上的包袱拿走！"梦长哭道："表叔！"华邦彦的生命在迅速消失，只来得及说出最后一个字："快……"巨石正一点点压迫他的身子，从他的身上碾过，将关门堵上。梦长大叫一声："快过关！"众人相继过关，梦长回手一把扯下华邦彦身上的包袱。巨石就在这一刻将华邦彦压在下面，死死堵住了关门。

七

云雾山位于云梦山区深处，山势险峻，森林茂密，四面为一条巨型深涧所环绕，云上村就坐落在这座大山之中，这里是十族客家人天造地设的最后庇护地。但在这个拂晓，作为十族妇孺最后避难地的云上村也被点燃，成了一支熊熊燃烧的火炬。一同燃烧的还有村子四周的森林。叶赫星抓梦长不成，满腔怨恨，继在云雾山外将云下村焚毁之后，又带着大批早已准备好的云梯，率军跨过巨涧，杀进了云雾山中。他站在云上村村头，挥刀对众清兵道："给我烧光！不给他们留下一点东西！不管是人还是畜生，但凡是喘气的，全给我杀光！"

云上村河南堂钟家的匾额在烈火中堕落，房屋在坍塌。一段被烧塌了屋顶的石墙上，一道不易为人察觉的缝隙里，透出了一双警觉和悲伤的眼睛，这是凤仪的眼睛，她正从那里朝外面张望。夹壁墙内，十族妇女老人和孩子全部藏在这里，一个小女孩张嘴要哭，母亲急忙死死捂住了她稚嫩的嘴巴。

熊熊大火就在她的眼前燃烧，凤仪能够望见整个村子成了一片火海。她倏忽想到昨日还是她在云下村出嫁的日子，钟家里里外外全是喜庆的色彩，自己还在为梦长和望北寻死觅活，今天却已经肩负着率领十族老弱避难的重负，而这个最后的避难所也在烈火中只剩下断壁残垣。十族老小却危在旦夕，她不免忽然生出了恍如隔世的沉痛感觉。

忽然间她什么又都想不到了。她眼睁睁地看着叶赫星带巴什哈和众侍卫走进了燃烧的钟家。叶赫星一脚将地下一具尸首踢翻，余恨未已，举目四顾。阿邻匆匆跑进来道："主子，又搜过了一遍，照主子的吩咐，云上村所有喘气的全部杀光，所有的房子都点了，连一个囫囵的饭碗也没给他们留下！"

凤仪这时听到了叶赫星的狂啸："还是没有杀光他们！还是没有杀光！一定还有人活着！一定还有人活着！"他继续向那道藏着十族全部老弱的夹壁墙走过来，然后就在几步开外站住了，目光遽然向墙上那道缝隙射去。凤仪万分紧张的目光一闪而逝。

叶赫星的目光终于从那道黑乎乎的缝隙闪开了，又去看村外的山林，叫道："继续放火！把云雾山中一草一木都给我烧光！把它变成一座秃山！烧它十天十夜！就是一只鸟，一只老鼠，也不能让它活下去！"

说完，他转身离去，众人随他走开。突然，刚刚的一点疑惑又让他猛地回头，目光再次直直地盯住了夹壁墙上的缝隙。夹壁墙内，凤仪又是一惊，急忙从缝隙处躲开，回头对众人说："快走！"众人随她离开，转向一道地下暗道，凤仪和钟三奶奶留在最后，将暗道口合上。

叶赫星终于大叫："前面那堵墙，给我推倒！"众清兵涌过去，用力把墙推倒。叶赫星走向废墟，在上面寻找蛛丝马迹。他什么也没有找到，激愤道："走！"

巴什哈问："主子，去哪里？"叶赫星斩钉截铁言道："汕头港！钟梦长一定会从那里出海！他走得慢，我们走得快，烧光了云雾山，我们也还来得及在汕头港堵住他们！"众人雷鸣般响应，随他上马，清军在村里村外的烈火中轰隆隆离去。

转移到另一堵夹壁墙中的凤仪见清兵走远，猛地闭上眼睛，大口喘气。钟三奶奶上前抱住她道："凤仪，凤仪，你怎么了！"凤仪慢慢睁开眼睛，满眼是泪："三奶奶，各位乡亲，他们……他们走了！"钟母一直闭目假寐，这时睁开眼睛道："什么，我还没睡醒，他们就走了？走得蛮快的嘛！"她走向前，要推开面前的那道石门。凤仪猛扑上去，紧紧抱住她，浑身颤抖道："奶奶！吓死我了！他们还没走远，你不能出去！"钟母回头看她，厉声道："没有！没有吓住你！你现在是十族的当家女人，什么事情也吓不住你！"她坚持用力推开石门，一个人走出去。

凤仪风一样地奔出。她注意到这时的钟母已站在村头，朝云雾山下眺望。凤仪觉得自己的身子在飘，她一路飘过仍在燃烧、已经成了废墟的村街，站到了老人身后，眼前一片昏暗。钟母突然回头。全村的老弱妇孺不知何时都站在那里，望着她和凤仪，每个人眼里都满含着泪水，但是没有一个人痛哭。凤仪吃惊地望着这些人，回头望一眼钟母。钟母忽然对她点了一下头，道："现在，是你说话的时候了！你为什么不说话！"

凤仪的心仿佛一下子就被灼痛了。她的生命里忽然起了力量，不，是大作的狂风，是惊天动地的雷鸣，是夏日雨季突然而至的暴雨狂雹。她抬头，尽管还是迟疑了一下，但仍然一步步走向了众人。凤仪首先在一个孩子面前蹲下去，抹去他脸上的泪珠，又站起，从身上撕下一块衣襟，去擦一位老女人脸上的血污。众人像群雕一样站着，望着凤仪。凤仪意识到他们在等待什么了。

凤仪忽然就大声地说起来："乡亲们，不要怕！只要我们的人还在，就什么都不要怕！"众人的情绪像是突然得到了释放，一时间男男女女老老少少全都痛哭起来。钟母在凤仪身后，平静地望着眼前的一切。

凤仪的声音越发高亢，她心中有了一种急切，要用自己的声音压过这动地的哭声："乡亲们，清妖又一次毁了我们在云雾山外的家，又毁了我们在云雾山中的家，可我们藏在山里的种子还在，我们云雾山中的田还在，人还在！……从今天起，我们这些女人自己动手，重建我们的家，我们的村子，种好我们的田，等待我们的男人率领一支大军杀回来！河洛十族永远不死！乡亲们，干起来呀！"

她说完了，动手从废墟中捡起一块仍热得发烫的屋瓦。

众人像是突然被惊醒了，没命地拥过来，在废墟里捡起砖瓦和没烧掉的门窗，将它们堆放到一起去。

云雾山顶峰高耸入云。这天黄昏，夕阳西下的时刻，凤仪一个人走上来，向远方眺望。顶峰下，是无边无际的大山，朵朵浮云飘在她脚下的群山之间。

凤仪一个人含泪站在那里，突然大声呼喊起来："梦长！我是凤仪！你不喜欢我，我也不愿意做你的女人，可我还是成了你的女人！"

群山中响起了回声："你走了，可你把山一样的重担交给了我——！把山一样的重担交给了我——！我这个客家女人，十族妇孺的领袖，现在才明白，奶奶为什么要把我嫁给你——！现在才明白，奶奶为什么要把我嫁给你——！

回声在辽阔的天穹下引起了阵阵击碎玻璃般的响声，轻脆，嘹亮。伴着这传至辽远的声音，大滴大滴的泪水从凤仪脸上滚落下来。

凤仪继续哭喊道："还有望北，你也要活着！你活着，凤仪就愿意活在这个世上！……凤仪知道，只有你心疼凤仪——！"

群山仍在回响："因为凤仪知道，只有你心疼凤仪——！因为凤仪知道，只有你心疼凤仪——！"

凤仪听着，哀伤地呼喊下去："要是过了十年，你们都不回来，我就不等了！凤仪就不等了，凤仪就带着十族妇孺战死——！"

在这样的呼喊和回声中，刚开始还显得孤单、瘦弱、无助的凤仪，神情越来越坚定，越来越刚毅不屈。她几乎在一天之间变得强大起来。

八

汕头港内帆樯林立。一艘沟通华南和南洋的大红头鸡眼船停泊在码头上。

梦长一行人早一日已经到达汕头，因码头上到处都是清兵搜查，无法登船，只好待在一家码头前的客栈内，紧张地打探消息，等待机会。这日众人正在客栈内商议脱身之策，忽然听到大军赶来的隆隆马蹄声，梦长急忙拨开窗帘，朝码头上看去，不觉微微变色。

梦长回头，发现望北正望着他，似有所思。梦长道："望北！"望北躲避他的目光，却率先开了口道："梦长，从天马关到汕头港这一路上，我有句话一直想跟你说，可一直没遇上合适的机会！"梦长眉头拧起来，愠道："你想说什么？……不，我知道你要说什么！不要说了，现在不是说这件事的时候！"望北陡然勇敢起来，直视他的目光道："不！现在再不说，就来不及了！"梦长笑容尽落，逼视他道："莫非你……也要走？"望北点头道："对！我一定要走。回云梦山区前我答应过我的养父母和妹子莲花，说我一定回去！梦长，你就让我回去一趟，好歹跟他们见一面，安排好他们的日子，再去南洋找你们，就像你说的那样，为客家人寻找一条新路！"梦长大怒，斩钉截铁道："不行！不要说了！我不会答应的！"他不再谈下去，转身向窗前走去。

他现在居高临下，将前方不远处码头上发生的事情全览在眼中。望北、梦成、梦余紧张地站在他身后，朝码头上望。他们都望见了，大批下南洋的客人正在排队等候检查，然后依次登上大鸡眼船。叶赫星率巴什哈等人在通关处虎踞鹰立，盯着每一个登船的人。大家还看见了，在前面的客人相继登船之后，一队俗称"猪仔"的契约华工开始一个个摊开自己的铺盖卷，接受清兵的严格检查，通关上船。

望北忽然在人群中认出了疤脸和大个子，梦长则在清军中认出了叶赫星。这一刻，一直对梦长的藏身处有着奇怪的第六感的叶赫星猛地抬起头，目光越过眼前排队上船的"猪仔"，投向不远处那座码头客栈。梦长觉得自己的目光与叶赫星的目光一瞬间发生了电光石火般的碰撞，猛回头叫道："快离开这里！"梦余讶异道："为什么！他们发现我们了？"梦长说："这里已经不安全！"隔着这么远的距离，叶赫星不可能真的看到他，但直觉却告诉他，继续留在这家客栈已经非常危险。众人答应，回头收拾行李。

望北望着梦长，又叫了一声："梦长……"梦长回看他一眼，厉声道："望北，我说过了，不行！快走！"望北把涌到唇边的话又咽下去。随众人匆匆离去。

出了客栈是一条胡同。梦长果然听见了身后清兵追赶过来的脚步声。众人急忙靠墙站定，回头察望。巴什哈带大批清兵拥来，包围了他们刚刚离开的客栈，然后冲将进去。梦成看一眼梦长道："大哥，好刺激，再晚一会儿我们就走不脱了！"望北面色苍白，大喘气，看梦成说："我不喜欢这样的玩笑！"梦长对二人做一个闭嘴的手势，悄声道："快走！"众人顺胡同急急跑走。

一个乞丐模样的人突然出现在胡同对面，一眼瞥见望北，叫道："望北！"望北看他一眼，一惊，认出竟是当初将他劫往山寨做山匪的刘二愣。梦长问："他是谁？"望北变色道："快走！"众随他离去。刘二愣被甩掉，自忖道："原来他不想见我？"想了想，他心中一动，急追上去。

梦长已带众人出城，奔向郊外一处树林。望北落到最后，站住，大喘气，道："梦长，我真的还有话说！"梦长回头看他一眼，示意梦成梦余原地站立，自己回头向望北走去。望北毅然决然道："梦长，我真的不能……不能马上跟你下南洋！"梦长变色："为什么！别人都能，你就不能！"望北道："因为我和你们都不一样，我在福建还有一个家！这个家不能没有我！"梦长怒起道："这话不要再说了！我不会答应的！"望北并没有放弃，又道："梦长，十八年前，没有我的养父养母，望北已经死了！现在，他们没有我也活不下去！——再说一遍，我今天跟你下了南洋，他们一定会饿死！"梦长的声音高亢起来，道："望北，你怎么就忘了！从生下来那天起我们就不再是自己的了……我们是河洛十族客家人的盟主副盟主！你还没想过要背叛先人的遗言吧！"望北情绪激烈起来，热切言道："你说什么！就是死望北也不会背叛先人遗言！我就是想回泉州一趟，想个办法把养父母一家的日子安置好，完了我马上下南洋去找你们！"梦成走过来插嘴道："原望北，别来这一套！想和我们分道扬镳，明说好了！"梦长连忙喝止："住嘴！望北是副盟主，你不能这样跟他说话！"

刘二愣就在这时寻寻觅觅地找了过来，小声喊道："望北！望北！"众人吃惊地看着他，不明白这个乞丐一般的家伙怎么找到了他们。梦成、梦余警觉地对视一

客家人

眼，梦余的手在腰里摸索家伙。梦长将一切都看在眼里，用愤怒的目光制止了他，回问望北："他是谁？"望北看刘二愣，生气道："刘二愣，怎么是你！"回头答梦长："就是他在我回云梦山区的路上劫了我，那时他是个山大王！"刘二愣忙摇头道："不不不，我这会儿已经不是了！"

梦长走上来，挡住梦成梦余，看刘二愣，冷冷问道："你到底想干什么？又是因为什么到了这里！"刘二愣一脸苦相道："哎哟，这位兄台哪里知道，这山匪岂是好做的！大鱼吃小鱼，我的队伍太小，让人给灭了。侥幸我逃了出来，想回家又没盘缠，在码头上正巧看见望北，好歹是个熟人，就跟着你们过来了！"梦余鄙夷道："你这小子真够无耻的！差点杀了人家，现在落魄了，又找人借盘缠来了！"梦长不想和刘二愣过多纠缠，对梦成说："给他块银子，让他走！"

梦成不情愿地从身上摸出一块银子，骂道："拿走，滚！"刘二愣伸手来接，梦成又收回手，道："等等！拿到银子，离我们远远的，不能告诉别人，在这里见到了我们！"刘二愣连声答应，千恩万谢，接过银子连滚带爬地离开。梦长忽然觉得不好，急道："快走！"

众人就要离开，林子外面已经传来清兵的呐喊："搜查这片林子，看里面有没有反贼！"梦长神情一变，回看众人，三兄弟会意，急忙随他狂奔。清兵冲进林子来，一小校大喊："前面有反贼！快追——！"众清兵追上来，刘二愣还没走远，大惊，就地滚进一条地沟躲起，看清兵从他身边一路追过去。重新抬头，他眼里已经闪出亮光，冷笑道："我明白了！原来他们就是朝廷要抓的反贼！哎哟……多大一块肥肉，到嘴边又溜走了！我这是什么运气！……不，我得盯着他们！"

前方林子里，梦长、梦成、梦余在奔跑，望北落在后面。梦长回头叫道："望北，快点儿！"望北扑通一声，被脚下一根粗大的树根绊倒。梦长大叫："望北——！"要回头扶他，清兵呐喊着追过来。望北气喘吁吁道："梦长，我的腿摔坏了！你们……你们快走！不要管我！"梦长急跑几步回头来拉他，望北已急中生智，就地一个滚翻，落入一条雨裂沟，用树叶将自己埋起来。

大批清兵正在赶来。危急中梦长从胸前布囊里取出一枚炸弹，点燃，回头对梦成梦余道："我们把清兵引走，掩护望北！"他朝蜂拥而来的清兵扔出炸弹。炸弹爆炸，一时间林子烟雾弥漫，梦长故意大声对梦成、梦余喊："快走！朝这边走！"三人朝另一条小路上跑去。众清兵上当，也顺着那条小路追过去。见清兵走远，望北拖着一条伤腿从雨裂沟爬出，向树林子外面爬去。刘二愣突然从另一条雨裂沟里探出头，喊："望北！望北！"望北没想到他居然没走，诧异道："是你？"刘二愣问道："你这是要去哪？"望北道："快来帮我，我们一起回泉州！"刘二愣吃一惊道："原来你没跟他们一起走，是要回泉州？"望北点头。刘二愣想了想，走过来架起望北下山。

三更时分，摆脱了追兵的梦长又带着梦成梦余回到那片林子里，一路小声喊，寻觅望北。梦成发现了望北藏身的雨裂沟，道："大哥，我记得清清楚楚，就是这里！"梦余四下张望，道："可没有人哪！"梦长皱眉不语。梦成犹豫了一下道："大哥，说句你不爱听的，白天他根本就没摔伤腿，是装的，用这个办法骗了我们，逃走了！"梦长喝道："不要胡说！"但他心里明白，望北真的为了救远在泉州的养父母一家人，离开他们走了。

月色明白。梦长走到林子边缘，居高临下，望汕头港内那条大鸡眼船，道："再过两个更次天就要亮了，我们得快点想办法上那条下南洋的大船！"梦余看他道："怎么上去呀。清妖盘查得那么严，里三层外三层都是他们的人。再说就是能混过去，我们三个人，也只有大哥和华表叔回国时的两张关防！"梦长道："有关防也用不得了，得想别的办法上船！"梦成忽然道："有办法！天亮前咱们摸到海边，想办法弄一条小船，从海面上靠近大船，神不知鬼不觉就上了船了！"梦长略一沉思道："只能如此了！等会儿你们在岸上等，我去弄船！"弟兄三人商议已定，向林子外摸去。

不出一顿饭时的工夫，汕头港内港海面上，一条失缆的小船已在众船之间悄悄漂移起来。梦成、梦余隐身在小船向海的一侧。梦长在船尾划水推动它前行。小船一点点向码头前的大鸡眼船漂来。

第四章

一

海面上，小船慢慢靠近了大船。梦长将身上绳钩解下来，用力甩上去，绳钩发出一声轻响，牢牢钩住了船舷。梦成梦余看梦长，梦长将食指在唇前竖起，示意二人等待。三兄弟等了一会儿，听码头上值夜哨的清兵没有动静，梦长这才拉了拉绳索，对梦成梦余说："上！"梦余紧了紧身上的包袱，道："这个我在行，在家里爬树我最快！我先！"抓住绳索，麻利地向上爬去。

大鸡眼船上，一扇舱门咣当一声打开，接着传来了脚步声，又在船舷旁停住。梦余大惊，悬在半空不敢动弹，海风一吹，不觉打了个冷战。突然他觉得头上在下雨，抬头看去，弓月还在，又觉得这雨水温热，还带着一股骚臭，明白了原来上面有人在对海里撒尿。梦余忍不住小声朝上面喊道："哎！哎！往哪儿尿！尿到我脸上了！"船上人吓一大跳，一泡尿憋回去一半，他定了定神，睁大眼朝下面再看，先望见一只钩住船舷的铁钩，顺钩绳看下去，就看见了噌噌爬将上来悬在舷边被他尿湿了脸的梦余。

他就笑起来，小声道："兄弟，你干吗？"梦余生气道："干吗？上船呀！还不拉我一把！"船上人伸手要拉他，又住手，道："哎，你干什么的？小偷小摸，还是要上来劫船？"梦余吊在半空，大耗体力，急道："快拉我上去，我撑不了多久，你把绳子尿湿了！"那人干脆蹲下来道："你一定得先给我说明白了，让我想一想。哎，我要是帮你，给我什么好处？"梦余见他还在那里啰唆，怒道："我真撑不住了，要滑下去了。你这人啰唆，上去再说行不行！"他开始往下出溜。

那人却急了，道："好好好，我先拉你上来，上来以后一定得给我说清楚！"梦余只道："快拉！"那人一只手轻松地就将他拽了上来，看一眼失望道："闹半天你是个毛孩子！"梦余抹一把脸上的尿水，摸出一把匕首，一下顶在那人肚皮上，说："嗪声，不老实宰了你！"那大个子先是一惊，接着笑了笑，道："你小子没过河就想拆桥，别忘了，是我把你弄上来的！"

梦余听他的口音似是客家人，忙问："客家人？"那人坦然："当然！"梦余收起匕首，道："那好！帮忙帮到底！"他朝下面招手，梦成迅速爬上来。大个子睁大了眼睛，想不到船下还有人。接着梦长又爬上来，回手收起绳钩。大个子见势不对，转身就跑。梦长一把将他抓住。

大个子有点胆怯了，颤声道："你……你们……要干什么？你们真是海盗，要劫船呀！"梦长只是冷笑，三人抬起大个子，从一个下舱口往下走，大个子身躯庞大，三人合力，还只能连拖带拽地将他拖下底舱下方的锚链舱。入舱后弟兄三人迅速查看了一番。锚链舱是船行时存放锚链的地方，舱内很空阔，还有两个大眼睛似的锚链孔用于收放锚链。码头灯火透过这两个大洞，照进舱里来。

梦成、梦余动手，将大个子绑起来，嘴也堵上。舱门外忽然响起脚步声，三弟兄互相看了一眼，会意，迅速从同一个锚链孔里钻了出去。

一群人提着灯笼轰隆隆走下来。其中一个脸上有疤的人一眼就看见了被捆在这里的同伴，大叫道："他在这里！"众人上前，帮大个子解开绳索。疤脸打他一个巴掌道："大个子，快醒醒！"大个子睁开眼来，怔怔地看着他们，道："叔，你们……怎么到这儿来了？"疤脸道："我们还要问你呢，你出来尿泡尿，怎么到了这儿，还让人捆上了！什么人干的？"大个子想了想，下意识朝锚链孔看一眼，摇头道："不知道。"疤脸听了气不打一处来，道："你不知道？你脑子坏了吧？什么人捆了你都不知道？"大个子再次摇头。疤脸生气地对蛇头说："我这侄子小时候就有点傻，罢了罢了，带他走！"众人扶起大个子，走出去。

梦长三兄弟人叠人踩在锚链孔外那只巨大的铁锚上，紧张地屏住呼吸。听到舱内再没有了动静，最上面的梦余才悄悄抬头朝锚链孔里看一眼，小声道："大哥，走了！"梦成在下面低声嚷道："快进去，我撑不住了！"梦余忙爬上去。

三人重新回到锚链舱，梦成看梦长说："大哥，这里不安全了！当时要是听我的话，把那小子扔海里就没事了！"梦长想了想道："不怕！你们俩先睡，我盯着！梦余道："大哥你先睡，我这会儿精神着呢！反正也睡不着！要说上了这条船，就没有安全的地方了！"梦成还要争辩，梦长阻止道："梦余说得对，与其离开，不如留下！"梦余还要问为什么，梦长已经不答。

拂晓时分，舱门一点点被拨开。疤脸大个子一人持一把短刀，摸索着踅进来。

借助锚链孔透射进来的岸上灯火，他们望见了睡在半明半暗处的梦成、梦余。疤脸低声道："动手！"两人向前，一人一个用刀逼住梦成、梦余。梦成、梦余惊醒，叫道："谁！"疤脸压低嗓音道："别吱声！老实说，你们干什么的，不说实话要你们的命！"梦成、梦余哪里会害怕？瞪眼看他们，也不说话。

大个子没看见梦长，知道不妙，回头对疤脸道："叔，少了一个！"话音未落，梦长从舱顶落地，一脚将疤脸手中短刀踢飞，撞向舱壁，发出哐当一响。趁大个子一惊回头之际，梦成一掌击飞他手中短刀，跃起扑了过去。五个人在舱内大打出手。疤脸被梦长一拳打到舱角，梦余也被大个子一脚踢个正着，后背直撞上舱板，摔在地下。疤脸爬起，忽然低低叫了一声："别打了，住手！"众人一时间都停住了手。

疤脸看梦长，问道："你们是什么人？"梦长道："该是我们问，你们什么人？"疤脸拱手道："你们三位，尤其是这位老大，武艺不凡，看得出是师出名门。如果你们也打算劫船，我们就合伙，如果你们不是，小船就在下面，请你们马上离开这条大船，不要妨碍我们做生意！"梦余大惊道："你们不是卖到南洋去的猪仔？怎么要劫船？"大个子冷笑道："我们是卖到南洋去的猪仔，可我们也要劫船！"梦成恍然，道："原来你们卖猪仔下南洋是假，装成猪仔混上来劫船是真！"

疤脸眼里只有梦长，道："这位老大，我们的事你们知道得不少了，你们是谁，上船来要干什么，我们还不知道呢！"梦长坦然道："我们和你们不一样，我们不想劫船，只想下南洋！"疤脸道："既是这样，你们马上走，咱们井水不犯河水，这条船我们劫定了！"梦成怒道："不行！这条船你们不能劫！我们要靠它下南洋呢！"疤脸冷冷道："真的不走？"梦成坚定言道："当然不走！"大个子重新将地下的刀拎起来，握在手中。梦成大叫："动手！"五个人又混战起来。

梦长与疤脸对垒，见对手气度沉稳，刀法谨严，脚下扎实，一时间竟奈何他不得，不禁脱口赞道："好武艺！"疤脸丑陋的脸上绽出一丝微笑，道："你的武功也不赖！"那边大个子一人对付梦成、梦余两兄弟，大个子一边动手一边问："你们到底干什么的，敢挡爷们的财路！"梦余叫道："什么人？我们是客家人！"大个子手中刀招招要命，紧逼不舍，一边道："不要以为我是客家人，你们就想套近乎，那没用！"梦成道："什么套近乎，我们真是客家人！"大个子一惊停手。五个人又停下来。

大个子对疤脸道："叔，他们也是客家人！客家人自己打什么？"疤脸看梦长道："你们真是客家人？"梦长点头道："当然！"疤脸道："一定不把这条船还给我们？"梦长道："一定不还！我们真要靠它下南洋！"疤脸深思片刻道："我有个主意，可以两全其美！"梦成忙问："什么主意？"疤脸道："我们跟你们下南洋，你们帮我们劫了这条船！"梦余不觉失笑，道："什么意思？想拉我们入伙，也做强盗？"梦长心中却猛地一动，急道："好主意！我答应！今晚上就动手，把船劫下来！"梦成、梦余惊讶地看着他，不明白大哥心里在想什么。

疤脸转怒为喜，道："怎么，今晚上就把船劫下来？"梦长急促道："实话告诉你们，我们三个人虽然上了船，但是没有船票，也没有出港的关防。大船离港前官兵一定还要上船来搜检，这个地方也会被搜到，所以，必须今晚就把船长劫了，把船控制在我们手里，让他们听我们的指挥！"大个子不觉大乐，赞道："好主意！老大，你厉害！过去老干这个吧？"说完了哈哈大笑，对疤脸道："叔，这个好玩儿，我愿意，咱们跟他们合伙吧！"梦余听了生气道："别胡说，我大哥没干过这个！"

疤脸目视梦长，道："这位老大，你这个主意好！今晚上咱们合伙把船长一个人劫了，这船就控制在我们手里了。等船到了南洋，你们下船，我们动手劫船上的财物，咱们两全其美，各不相扰！对了，怎么称呼？"梦成刚要开口，梦长急道："姓华。在下华邦彦。他是邦杰，这是我们家老三，名叫邦雄！"

疤脸拱手道："久仰！鄙姓方，他是我侄子，大号义增。我是方仁宝。华家大哥，英雄相见恨晚，一言为定！"梦长还礼道："一言为定！"

二

五个人悄悄地从底舱摸上来。趁着尚未散去的夜色，潜至船长室外。梦长回头示意众人在外面望风，梦长手上用力，门被推开，他闪身进入室内。

船长正在酣睡。梦长回手轻轻将门锁上。船长没有丝毫察觉，翻了个身，继续打呼噜。梦长将床头灯火拨亮，轻拍一下船长。船长睁眼，大惊坐起，叫道："什么人？来——"一个"人"字没出口，早被梦长捂住嘴巴。

梦长看着他，冷冷言道："船长先生，夜里太静，我们说话，不要吵醒了别人。"船长惊恐地点头。梦长松开手，面无表情地看他，有一瞬间没有说话。船长颤声道："你……英雄什么人？"梦长一笑道："码头上如临大敌的清军要抓的人！"船长惊得下意识地向后一缩，惧道："什么，你还是上了船？"梦长笑得更灿烂了，道："虽然上了船，却忘了买票，找你补船票来了！"船长忙道："不不不，你尽管上船，不要船票，不要船票。"梦长收起笑容，面色凛然："船票还是要补的，但船长得马上安排我们中的三个人做水手。明天大船开行前，官兵上船检查，你要保护我们不被查出来。"

船长知道此事非同小可，但又不敢不答应，面如死灰道："你你你……什么人？"梦长淡淡言道："客家人。"船长神情立马大变，兴奋道："你们也是客家人？"梦长反问："莫非船长也是客家？"船长急道："惠州客家。颍州堂。"梦长也道："河源客家。汝南堂。"船长喜道："这位乡亲怎么称呼？"梦长说："华邦彦。"船长知道他不会说出真名，也就不再追问，只道："明白了！幸会！"

梦长放开他道："既然都是客家，那就好说话了。"回头开门道："都进来吧！"梦成、梦余进来，门旋即又被关上。梦长对船长说："这两位加上我，就是要你保护的人。我们三个，只有两份通关文书。到了婆罗洲，你还要帮我们通关！"船长连忙点头道："都明白了！实话说吧，其实每次下南洋，我船上都会带几位被朝廷追杀的英雄。你们三位，这会儿起就是船上的水手了。"

梦成目光炯炯地望着他，道："你最好安排我大哥做船上的大副，让他一天十二个时辰形影不离地保护你。不然，让我整天跟着你也行！"船长又慌了，看梦长一眼，急道："那个不敢！……你们要是不相信我，就这么办！明天早上我就知会船上所有船员，你叫华邦彦，是我表弟，现在是我在船上的助手！……我还要在始发港登船的客人名册上加上你们三位的名字，船到婆罗洲，要通关的时候，就说你们有一份关防让人偷了，再塞一点钱给他们，会让你们三个都过关的！"

梦长还是面无表情，道："谢了。"船长道："谢就不用，天下客家是一家嘛！"梦长接着道："我还是要把丑话说到前头。我是带着炸弹上船的。如果你不听我们的，我就让船和大家一起沉到海里去！"船长面色大变，急道："是是是……不不不……不会的！我一定听你的，一定都听你的！"梦长又道："我也不做你的助手，你把我安排到茶水房烧茶炉子去。我也不会说话，是个哑巴。"一指梦成："你让他跟你走！"船长道："你要这样……也好。"

码头上，大船鸣笛启航，缓缓调正船头，驶向外港。虽然已让巴什哈在船上做了手脚，叶赫星眼里却仍然全是失望和怒火，不然为什么这会儿他的直觉更让他相信梦长就在这条船上，后者居然还是从他眼皮底下溜走了。突然他身后起了一阵骚动，几名清兵拖着被捆绑的刘二愣走过来。刘二愣大叫："放开我！放开我！我是来领赏钱的！"叶赫星回头盯住刘二愣，喝道："什么人！"刘二愣扑通一声跪下，大叫："大人，大人，我要告官！我知道大人要抓的罪犯在哪里！"叶赫星大惊复大喜，上前一把将他抓起，道："快说！他在哪里！"他用力过猛，刘二愣觉得自己的一条胳膊要被他抓折了。他忍痛向远去的大船一指，道："在那上面！"叶赫星勃然变色，咆哮道："什么！"又回头看刘二愣，威胁道："你要是敢报谎信儿骗赏银，就是不想活了！"

刘二愣连忙磕头，道："不不不，大人，昨天夜里我亲眼看见他们偷了一条小船，避开码头，从海上漂过去，爬上了大船！"叶赫星心中大动，转身朝远去的大船放眼望去。

码头旁边就是要塞，上面摆着四门新从德国买来的克虏伯大炮。这几门从没有向外敌开过火的大炮此时奉命向远去的大船发炮，一时山摇地动，烟雾弥漫，火光冲天。已经驶出外港的大鸡眼船四周，炮弹落下一发发，高高炸起一根根水柱。大船见势，急急如漏网之鱼，加快航速逃向外海。

三

叶赫星走进在汕头港的行辕大帐，回头对巴什哈道："把那小子带上来！"巴什哈问："谁？"叶赫星暴躁道："一路上吆喝着要赏银的那一位！"巴什哈答应一声，转身要走，叶赫星又改了主意，叫住他狠狠道："先用大鞭子抽他！他知道什么，全抽出来！"巴什哈回答："喳！"

刘二愣被捆在行刑台上，打得皮开肉绽，大叫："别打了！再打就打死我了！要我说的我都说了！"几名打手回看巴什哈。巴什哈道："接着打！他什么要紧的也没说！"刘二愣大叫："不！你是我的爷行不行？我真的什么都说了！"

叶赫星快步走进来。巴什哈急忙躬身退后行礼。叶赫星上前看刘二愣，道："知道为什么打你？"刘二愣大叫："知道……不知道！"叶赫星对巴什哈道：

"砍了！"转身要走。刘二愣大惊，胡乱大叫道："不，主子，不，爷，爹！我说，我什么都说！"

叶赫星回头喝道："你是怎么认识钟梦长的？"刘二愣一惊，道："钟梦长？谁是钟梦长！"叶赫星大怒："砍了！"刘二愣心下恐惧，大声道："不不不，想起来了！和望北在一起的那个人，是叫梦长！"叶赫星回头盯上了他，问道："望北？"刘二愣忙道："大人，我是因为没有盘缠回家，碰上了望北，跟着他想借盘缠，才认识……不，不是认识，才看见他和那个叫梦长的反叛在一起！"叶赫星听出意思来了，一时眼睛红了，道："你说的是原望北！"刘二愣道："不是，他姓渠，叫渠望北！"叶赫星又咆哮："错了，还是砍了！"

刘二愣渐渐明白了叶赫星的路子，大叫："我想起来了，他是养子，是渠家从云梦山区捡回来的！"叶赫星又回头："果真？"刘二愣道："十八年前捡回来的，我亲眼看见，来时刚刚五岁！"叶赫星点头道："这就靠点谱了。后来呢？渠望北怎么来到了这里？"刘二愣犹豫了一下，方道："这个……大人，他怎么到了这里我不知道，好像是跟着你说的那个钟梦长一起来的！"叶赫星猛醒，惊叫道："他也要和钟梦长一起逃往南洋？"刘二愣仔细回忆昨晚上的情景，说："好像不是。我在城外一片树林子里找到望北，他正跟钟梦长说什么要回泉州，安置好他的养父母，再和他……对，再去南洋找钟梦长！"

叶赫星高兴起来，道："现在这个渠望北在哪里？""现在……后来官兵追过来，渠望北摔折了腿，藏起来，钟梦长三兄弟跑了，他让我扶他到山下，求了泉州的客商，跟他们回泉州了！"叶赫星心中复大怒，道："你做过山匪，想必杀人越货都干过，这事对你不难。回泉州老家去，帮我找到原望北，就是你说的渠望北，把他杀了，割了耳朵来见我，一只耳朵赏你十万两银子，两只耳朵二十万两，外加一个道台！"

刘二愣大喜过望，道："大人，此话当真？"叶赫星说："你见过我有说话不当真的时候吗！"刘二愣连连磕头，道："是！请大人马上把我放了，让我回家，去杀原望北！"叶赫星不理他，眼里冒出凶光，道："你怎么让老子相信你不是在骗老子呢？"刘二愣大叫："大人放心，就是为了那二十万两银子和一个道台，我也要杀了原望北！我不会骗大人！"叶赫星双手负在背后，道："很好。我今天就放了你，以后也不想再见你。什么时候你杀了原望北，我们才能见面。要是下一次让我见到你，发现原望北还活着，我就先要你的脑袋！"说完恶狠狠地直盯着他。

刘二愣不停地叩头，道："大人，小人不会的，小人一准——"叶赫星厉声道："那不一定！今天放你走之前，我还要给你留个记号，要不以后怎么能记得住你！"刘二愣还没反应过来，叶赫星已向马棚外叫道："来人，把他的耳朵割掉一个，两只耳朵长在他脑袋上，我看着不顺眼！"刘二愣大叫："大人，不要！"巴什哈已带人冲进来，拖起他往外走。刘二愣一路仍然大叫不止："不，大人，我一定要杀了原望北，他走到哪，我追到哪，就是走出大清国，我也要找到他杀了……不要割我的耳朵！"

四

那条载满南洋客的大红头鸡眼船已航行了数天。为避人耳目，梦长一直在茶水房里铲煤烧锅炉，装聋作哑。这天晚上，梦成匆匆溜进来，砰一声关门。梦长回头看他一眼，走出去拉开一点门缝朝外望，见外面无人，心情放松了一点，一边关门一边责怪道："你不和船长在一起，怎么跑到这里来了？"梦成道："大哥，船长要秘密见你！"梦长一惊道："什么事？"梦成说："他说有大事跟你讲，不能让第二个人知道，叫你下半夜去。"梦长答应了一声，回头继续往锅炉里填煤，心里已在琢磨船长安排这样一次会见究竟出自什么原因。

转眼已经到了三更，梦成看梦长道："走吧！"梦长想了想道："不，再等等！"四更时分，梦成已经撑不住了，梦长这才换了一身衣服，随他走到船长室外，前后看一眼无人跟踪，这才悄悄叩门。门无声地开启，二人闪身入内。灯光昏暗，梦长看到船长神情慌乱，一副大难临头不知所措的样子。只见他吞吞吐吐道："华英雄，有件事……我今天才知道，想了一天，觉得还是应当让你知道，看该怎么办……我完全没了主意！"梦长惊道："什么事？"船长抹一把冷汗道："船上有一个人，是大船起航时大副私带上来的，原以为只是他的亲戚，没想到竟是官府派上来盯人的细作！"梦成听了他的话大惊，急回头看梦长，却发觉梦长声色不动，只是说："船上有官府的细作？他是来盯谁的？"船长不敢直说，犹豫了一下才道："我……不知道，可看样子怕是和你们三位相干。这还不是最要紧的，最要紧的是他在船上放置了炸弹，打算等船到了婆罗洲靠岸时引爆！"梦长陡然色变，失声叫道："什么？"又突然想到了这是残夜，压低嗓子问："船上有炸弹？"船长重重点了一下头。

梦成大惊，看梦长："大哥——"梦长不理他，只问船长："炸弹在哪里？"船长焦急道："就在锅炉房下面底舱的夹缝里，只要炸弹一响，把船底炸穿，船就完了，一船三四百口子人都完了！"梦长转身走向门口，又回头道："快走！"船长惊问："干什么？"梦长道："带我去看看！"

几分钟后三人已经摸进了底舱。在一盏手提灯的映照下，梦长、梦成看到这里到处是铁的木的舱底结构支架。在一多重支架交接处，船长远远停下，恐惧地指着用绳子固定在那里的一个破布包道："就是它！"梦长看了那东西一眼，朝支架缝里爬过去。船长紧张起来，颤声道："哎哟，我说，你可不要动它！不能动，船不靠岸，他们是不敢引爆它的，那样他们也完了，他们一定是想靠了岸想办法逃走时再引爆它！"梦长对他的话置之不理，动手慢慢揭开蒙在炸弹上的破布，查看炸弹和上面的引爆装置。船长一时间紧张得直流汗，还要说什么，被梦成一眼阻止。这边梦长已经从身上取出一把小剪刀，去剪引爆装置上的导火索。船长失声大叫："不！别动它！"说完转身抱头就跑，跑了两步又停下，回头。他吃惊地发现梦长伸向炸弹的手突然又停下了，有顷，他毅然将剪刀收回，藏在身上，人也慢慢地退了出来。

船长又有点搞不明白他要干什么了，颤声又问："怎么不动它了？你不是要把它拆下来吗？"梦长轻拂身上的灰土，看他一眼道："不。你说得对，我们现在不能打草惊蛇。万一他们知道自己的身份已经暴露，又逃不了，干脆和全船的人来一个鱼死网破，同归于尽，事情就不好了！"船长不停地拭起汗来，道："对对对，要防止他们狗急跳墙，一定要防止他们……不过老放个炸弹在这里我也不放心呀。哎，它不会自个儿炸了吧！"梦长看了看四周道："我查看过了，炸弹是普通黑火药做的，没人点火，它自个儿不会炸……但我们必须防备有人让它爆炸！"

梦成道："干脆现在就冲进大副室，逼他把细作是谁说出来，然后将他和细作一起逮起来，扔到海里喂鱼去，回头把炸弹拆了，事情不就完了？"梦长道："不！"梦成船长不解地看着他。梦长解释道："我们并不知道船上还有没有大副不知道的细作和另外的炸弹。万一还有，动了这一些人，那一些人引爆了炸弹，这船也完了！"梦成急道："那我们该怎么办？就什么也不做？"梦长道："并不是真的什么事都不做，只是表面上一切照旧，暗地里要做好三件事。一，让人盯紧大副和他带上船的细作，要通过他们查明船上还有没有他们的同党；二，一寸一寸地检查船上每个角落，看是不是还藏着别的炸弹；三，暗中派人盯紧了查出的炸弹，我们盯着这些炸弹，那些安放炸弹的人更要盯紧它，不时就会来查看一番，那时，所有在船上安放炸弹的人都会自己把自己暴露出来！"船长听了点头，道："事到如今，也只有如此了。"三人分工完毕，转身出舱。

五

接下来的几个深夜，在大鸡眼船上的每一处底舱里，都有梦长、梦成的身影。两人一个望风，一个钻进船底结构支架里查找新的炸弹。借助一点如豆的灯火，梦长的眼睛又盯住了一包可疑的东西。他小心揭开有人故意堆放在上面的杂物，下面现出又一颗炸弹。梦长回头对梦成道："记下来。又发现一个。"梦成将这颗新发现的炸弹的位置记在一张图上。梦长仔细查看过炸弹，依然没有动它，慢慢退出。到这时为止，他已经把全船各处都仔细查遍了，共发现了三颗炸弹。

次日一早，梦长被外面一种不安的气氛所惊动，从茶火舱里走出来，看见船长和大副都站在船头，朝前方的海面上眺望。梦成也和船长在一起。回头看见梦长出现在船舷边，悄悄走过来。梦长退后一步问："出了什么事？船长和大副在看什么？"梦成低声道："他们在看海！大哥，你快看。"梦长随他的目光望去，四周围海天线上升起一圈厚厚的灰色云障，高墙一样挡住了众人的视野，直达云霄。

梦余这时也跑了过来，惊道："大哥，海上怎么起了这个，怎么回事？"梦长摇头，忽然又抬头，看船长和大副已从船头走回来，脸色大变，看见梦长和梦成，大喊："不好！有台风！快躲到舱里去！"

梦长大惊。这时听大副也在大声地对涌上前甲板的船客道："快进舱里去！我们一直在躲避它，没想到在这里碰上了！"他和船长边说边匆匆从梦长三兄弟身边跑过去，甲板和船舷上的旅客听了都慌了，大喊大叫着涌回到客舱里去。梦长神情严峻，只来得及就势带梦成梦余躲进最近的一间客舱，回手关严舱门，大船就剧烈地起伏颠簸起来，船身开始剧烈震颤，发出巨大的轰鸣声。三弟兄站立不稳，前仰后合，冲撞在一起。梦余叫起来："大哥——"梦长一把抓住舱门边的铁栓，大声道："镇静！抓住东西！不要惊慌！"梦余、梦成急忙抓住身边的器物，不让自已在大船剧烈的起伏颠簸中倒下去。

船体再次大抖起来，伴随着一个跃起后的坠落。光线也消失了，舱内一片漆黑。梦长猛然想起一件事，低声道："邦杰、邦雄，不好，我们快到底舱去，一个守住一个炸弹！"说完奋力拉开舱门，闯出去。梦成和梦余相视一眼，也迎风冲了出去。梦余眼尖，一眼望见在相距不远的海面上，出现了一条主桅上挂着海盗旗的大船，他并没有航行的经历，只是觉得奇怪，大叫："大哥，快看，那是什么船，挂的是什么旗？"梦长的目光朝他目光所指的海上望了一眼，只一眼就惊住了。"一条海盗船！"他大叫起来，"怎么这片海上会出现海盗船！"

现在他一切都明白了，那条挂着海盗旗的船来自何方，这条橡皮筏又是谁悄悄放下去的，所有这一切都是安排好的：海盗船的出现让一直藏在这条船上的人明白他们的机会到了！他和梦成、梦余分别飞快地奔向底舱，第一眼就看见一颗炸弹上已经连接出了一条长长的导火索，导火索已被点燃，咝咝喷出火焰。梦长上前一把掐住导火索，只用手就将它死死掐熄，回头爬向炸弹，三下两下将它拆下，转身奔向另一段藏有炸弹的底舱。突然，他听到了一发炮弹落在船体爆炸开来的声音。梦长大惊，这一刻，他站住了，只停了一瞬间，就向甲板上狂奔而去，他已经顾不得底舱里另外两颗炸弹了。

刚才那发炮弹正落在前甲板上，炸出了一个大洞。接着，又一发炮弹落到左舷下方，将放到海上的橡皮筏和已经下到筏上的大副击中，一阵烟火过后，橡皮筏和大副都消失在海面上。大船船身被炸穿，船体开裂，一点点沉下去。

梦长转身从底舱奔上来，身子已站立不稳，回头望去，大船正向一侧倾斜，水涌上来。梦余、梦成也从另一个出舱口跑上来，三人相视，梦余大叫："大哥，炸弹被拆除了，有人已经点着了导火索——"话没说完，海水迅速汹涌地从海面上升上来，梦成抓住桅杆往上爬，还要把梦余拉上来，最下面的梦长已经半身浸没在水里。突然，桅杆斜着倾倒下来，三人大叫："不好！"大船已整体入水，三兄弟一同落到海水里。

后面飘着海盗旗的大船上，隆隆炮声已经停止，硝烟散去。叶赫星眼望前方，刚刚还存在于波谷浪峰间的大船现在已经不见了，只剩下一些飘浮动荡的残片。他大声道："沉了！它沉了！钟梦长完蛋了！老子送钟梦长去见老龙王了！钟梦长，我们的事情，了结啦！"他在狂笑，但是眼里涌出了激愤的泪光。

忽然间他脚下的大船也像一片树叶一样在巨浪中起伏颠簸起来。众人大叫："怎么回事！怎么回事！"巴什哈一把将船长从驾驶舱的角落里扯出来，叫道："快说！怎么回事！"船长面如死灰，痛哭道："不好了大人，我们遇上台风了！我们要一起完蛋了！"一道大涌升起，几乎淹没了驾驶舱，随即是一个巨浪拍过来，将驾驶舱淹没。大船一头扎进大浪，钻出来。叶赫星喝一口海水，吐掉，大叫："快……扶我回船长室！"

重新在海面上升起来的大船船体猛地大震了一下，发出可怕的格格的响声。巴什哈大惧，叫道："什么声音！"船体又在浪峰上大震了一下。众侍卫惊惶大叫："大人，不好了，船要完了！"叶赫星大叫："沉住气！"船体正被高高腾起的巨浪峰顶重重摔下去。一个孩子的哭声从身后客舱里突然响亮起来："娘呀……我害怕！"大船又发出一声轰鸣，底舱里的喊声消失了。

巴什哈脸色一变，叫："大人，船散了！"随着又一声巨大的声响，船体裂开，海水涌上甲板。叶赫星还要说些什么，更多的海水涌过来，没过了他和巴什哈众侍卫的头顶。他最后挣扎着将脑袋露出水面，大喊："老子……"没有说完，汹涌的海水又把他们吞没了。

清晨，狂暴的大海恢复了平静，西马来亚一处海滩上，横七竖八的尸体、散落的船板和行李杂物、遭遇台风后被刮到海滩上的热带树木的树干和枝叶，狼藉成了一片，触目惊心。梦长、梦成、梦余躺在众尸体中间。他们身后，是同样昏迷不醒的疤脸和大个子，两个人仍合抱住一棵粗大的树干。不远处是死去的船长和船员。梦长对面，正是叶赫星，他的身后是巴什哈和众侍卫。在梦长和叶赫星之间，是一只大鸟笼子。令人惊奇的是，笼中仅有的一只鹩哥还活着，在笼里跳跃，鸣叫。

这只鸟的叫声清脆婉丽，它一直在叫。正是它的长久的啼鸣让梦长和叶赫星慢慢睁开了眼睛。有一阵子，他们都还没有力量相互看一眼，两人的眼睛都久久仰望着南洋的天空。这天空显得高远，辽阔，蔚蓝。他们的意识正一点点苏醒。忽然，叶赫星侧过身子，望见了梦长。良久，他的记忆一点点恢复。梦长侧身过来，也呆呆地望他，所有的人生记忆还沉浸在黑暗之中。

忽然，他们都听到了急促响起的警笛声。

客家人

六

大批英国军警向海滩方向跑步赶过来，他们沉重的脚步声惊天动地。骑在马上的长官模样的人大声用英语喊："快！封锁海滩！扣留所有活着的人！"英国军警迅速散开，向沙滩上的华工冲过来。众华工相互搀扶着站起，梦长、梦成、梦余、疤脸大个子自动团聚在一起，吃惊地望着突然出现在他们面前、如临大敌的队伍。

英国军警已经冲过来，面对他们举枪，瞄准，高喊："不许动！"梦余看梦长，惊慌地道："大哥，这是怎么啦？"梦长高喊："大家别怕！"他的话坚定，无畏，所有的华工都不由自主地瞅他一眼。叶赫星再次满腹狐疑地望向梦长，更加确信他就是自己远渡重洋追杀的人。

英国警官下马，带一个中国人走到前面来，举手示意，喊："女士们和先生们，本人是大不列颠和北爱尔兰联合王国国王陛下派驻怡保地方的警局局长詹姆斯。现在请你们拿出证明你们合法入境的文件，接受检查！"那个中国人翻译了一通，众华工惊慌起来，嚷嚷："他们要什么？"梦成道："像是要通关文书验明正身。"疤脸对那翻译说："我们的船遭遇海盗的炮击，行李都丢海里了，这会儿拿不出来！"

梦长闻言猛然想起一事，在身上摸索，又看梦成、梦余，道："我身上的包袱呢？你们看见了吗？"梦成梦余摇头。梦长懊恼道："坏了！一定是丢海里了，那里面有通关文书！"梦成悄声道："大哥，就是有也不行，那里面只有你和华表叔的两张通关文书，没有我们的！"梦长眉头皱起。梦余这时碰一下梦长。梦长顺着他的目光看去，发现叶赫星一直从不远处悄悄地盯着自己。梦长故意不回视，对那翻译说："这位大叔，你会说中国话，看样子是中国人。告诉他们，我们的通关文书都在行李里，都丢到海里去了！"那翻译作起态来，只问："你们都是哪里人？"众华工嚷嚷："我们是广东大埔……""我是河源……""我们是江西赣州……"

詹姆斯突然对空放一枪。众人大声惊叫，几名胆小地立马蹲下去。詹姆斯对那翻译道："单，你在干什么！"那翻译的表情马上变得卑微，回头道："密斯特詹姆斯，他们说他们的船失事了，行李都丢了，拿不出合法入境文书。"詹姆斯再次举手，大声道："由于你们不能拿出有效文书证明你们是合法入境，非常遗憾，本人要以非法入境的罪名逮捕你们！"

翻译将他的话大声翻译给众华工，众华工大惊，一时愣在那里。詹姆斯大声招呼警队队长汉斯："逮捕他们！"汉斯吹起了哨子，一声接一声，凄凉嘹戾，华工中有那胆小的人马上捂住了耳朵。大批英国军警向众华工逼近过来。疤脸急看梦长道："华家大哥，事太急，我们现在群龙无首，你像个聪明人，我们公推你当个头，快替大家拿个主意！"众华工也向梦长围来，喊："对！快替大家拿个主意，不能让他们把我们抓走！"詹姆斯再次鸣枪，叫道："不准动！"众华工又站着不敢动了。

叶赫星一直望着梦长，此时脸上已多了一种大局在我掌控之下的神态。梦长还没开口说什么，詹姆斯已再次对英国军警挥手。军警冲过来抓人。华工们奋力抗拒，海滩上一场大乱，人嘶马叫。几名英国军警冲过来抓住梦余，疤脸、大个子和两名英国军警摔起跤来，将二人推倒在地。英国军警爬起，退后，拉枪栓，对准梦长和梦成，梦长冲上前挡在梦成面前，喊道："别开枪！"旁边，一小队英国军警也向叶赫星的人冲来。叶赫星是个不怕事儿大的，叫："好哇，连老子这儿你们也敢动手！上！"他自己则麻利地将一名英国军警放翻，巴什哈和众侍卫也动起手来。

詹姆斯大急，连续对空鸣枪，喊："他们拒捕，开枪！"梦长毕竟在南洋待过十八年，听得懂一些英语，见英国人要开枪，大叫："大家住手！"众人吃惊地看他，正在和英国军警撕扯的也停住。梦长大声道："乡亲们，他们手里有枪！我们不能硬拼！"大个子喊道："不跟他们拼，就让他们抓走不成？"梦长不理他，回望面前的英国军警，迎着枪口向前走一步，目光迅速找到单世昌，道："这位大叔，请问尊姓大名？"那翻译刚才一直在瞅梦长，对这位危难时刻迅速成为华工领袖的英雄青年已悄然刮目相看，怔一下回答："姓单，单世昌。""单大叔，请过来一下！"梦长道。单世昌回看一眼詹姆斯，得到詹姆斯允准，走上前来，道："什么事？"梦长道："大叔，告诉他们，不能开枪！"单世昌道："好好好，我告诉他们！"他快步走回去对詹姆斯小声说一句英语。詹姆斯的目光已经盯上了梦长，对单世昌："问他是谁，告诉他，我们可以不开枪，但他必须约束所有非法入境的中国人，不得反抗，接受逮捕！"单世昌又走回来，看梦长，仍然充满戒备，道："局长先生说了，不开枪可以，但你必须要这里所有人不得反抗，接受逮捕！"

众华工又骚动起来，气氛重新紧张。

詹姆斯用鹰隼一般的目光盯着梦长的一举一动，突然大叫："全体听口令，准

客家人

备射击！一，举枪！"所有的英国军警排成长队，举枪瞄准面前的华工们。詹姆斯继续喊："二，瞄准！"众英国军警瞄准。一华工大叫："乡亲们，我们怎么办！"众人惊叫声一片。所有人的目光一时间全转向梦长。詹姆斯举起的手停在半空中，目光也转向了梦长。

梦长回头果断对单世昌道："让他们放下枪，我们跟他们走！"

单世昌急回头对詹姆斯说几句英语。詹姆斯示意一英国警察。后者上前，用绳子绑住梦长双手。梦余惊叫："大哥！"梦长没有反抗，任凭英国警察将自己的双手绑起来。众英国军警接着上前，将众华工的手都绑起来。一名军警走向叶赫星，巴什哈及众侍卫急忙上前挡住，跟在后面的几名英国军警立即对他们举起了枪。叶赫星想了想，哈哈大笑，用力拨开巴什哈和众侍卫，向面前的英国警察伸出双手。

那名英国军警上来将他的手绑上。巴什哈等人也被冲上来的英国军警绑住双手。几名英国警察用两根长绳子把所有华工的手都串在一起。

詹姆斯翻身上马，梦长、叶赫星及众华工被英国军警押着走动起来。

七

走了一天，到怡保时已是夜晚。众人水米未进，又累又饿，被军警带到一个奇怪的地方，关了进去。之所以说这地方奇怪，是它既不是房子，也不是院子，而是两个用整根圆木立起来围成的临时监牢。英国警察如临大敌，守在外面。临时监牢的墙很高，每根圆木的顶部都被削尖，人显然无法从上面爬出去。

他们的到来惊动了怡保的居民。很快木牢外就趴满了各式各样的人。每个人都在喊着要买猪仔。

进入怡保的第一顿饭吃得潦草，每名华工能分到的变了味的米饭只有一个拳头大小，一边吃一边就被赶回木牢里。牢门重新关上。梦长、梦成回到原来的位置上坐下来。一名穿残破船员服装的年轻人坐到离他们很远的地方去，并且故意藏起了自己的脸。此人的出现没有逃过梦成的眼睛。他想到了什么，忽然回头看一眼梦长。

梦长不看他，低声地问："怎么了？"梦成轻声道："大哥，白天我就盯上他了！他是个船员，但不是我们那条船的船员！"梦长不说话，神情越来越严肃。梦成继续道："叶赫星怎么会出现在怡保的沙滩上？大哥想过没有？"梦长还是不说话。梦成道："你就没怀疑过，他的出现和那条把我们船打沉的海盗船有联系？"梦长忽然开口道："去问问那个人，告诉他，要说实话！"梦成用牙三下两下咬开拴在手脖子上的绳子，向那船员打扮的青年挪过去。梦长一眼也不朝那个方向望，静静地等待。

半晌梦成悄悄挪回到梦长身边，低声耳语了一通，一边说一边将绳子重新拴回到自己手上。梦长道："这就对了！为了追杀我们，他不但让人在我们船上放了炸药，自己还抢了一条船跟过来，在海上向我们开炮，想把我们的船炸沉！"梦成道："可惜人算不如天算，他们的船也被台风刮沉了，这样他就和我们一起被刮上了怡保的海滩！"

梦长眉头紧皱。梦成看出他正在激烈思考，道："大哥，现在他和我们一起被英国人抓到这里来了！在英国人眼里他和我们一样都成了非法入境者！报仇雪恨的日子到了，今晚上咱就动手！"梦长想了半晌才道："不！"梦成生气地看他："大哥，怎么了你？叶赫星率清妖大军血洗云梦山区，杀了三爷爷和华表叔，又带船跟随我们下南洋，在海上把我们的船击沉，一心要置大哥于死地！我们和他不共戴天！现在有了机会，为什么不报了这个仇！"梦长道："叶赫星不是一个人，我们只有三个，他们有六个人，个个都是高手！"梦成还想说话，梦长阻止了他，因为牢门外响起了脚步声。

木牢门又被轰隆隆打开，汉斯带数名荷枪实弹的英国警察走进来。华工们都望向他们，梦长梦成警觉了，和大家一起望着汉斯和冲进来的英国警察。汉斯的目光在众人中寻找，终于找到了梦长，用笨拙的汉语喊道："你，出来！"梦长一惊，半晌没有动弹。汉斯不住地催他，他只好站起。从脖子上取下洛阳鼎，交给梦成，庄重言道："万一大哥一去不回，你和邦雄能活下去，就把我们下南洋要做的大事承担起来！洛阳鼎交给你，有一天回到故乡，把它交给凤凰山上的梦来，告诉他，大哥把一生的重担都交给他了！"梦余热泪盈眶，大喊："大哥不要去！"

梦成却转身将洛阳鼎放进梦余手中，道："老五，离家时家里老人嘱咐过，到了南洋，我们俩就是丢了命也要保住大哥。这东西你拿着，大哥的话你也听见了，万一我和大哥回不来，你就照着大哥的话去做——大哥，我要跟你一起走！"

梦长回看汉斯。汉斯耸了耸肩，看一眼梦成，对身后的警察示意。两名警察上前，将绳索从梦长梦成手腕上解开，立即为他们戴上手铐。汉斯闪开路，对梦长梦成

客家人

甩一下头，道："走！"

汉斯带梦长、梦成走进怡保警局的审讯室，他们吃惊地看到不但詹姆斯在这里，在海滩上见过一面的翻译中国人单世昌也在这里。詹姆斯看一眼梦长和梦成，道："让他们坐下！"汉斯及两警察让二人坐进两张为受审者准备的拘禁椅上，然后离开。

有一瞬间詹姆斯目光炯炯地看着梦长，不说话，梦长用沉稳平静的目光与他对视，并不示弱。这双目光中含有的内在的力量让原本对他不屑一顾的詹姆斯走回自己座位时又下意识地多看了他一眼。梦长仍然不回避他的目光，相反，他的目光在这样的对视中越来越安静，而且强大。

詹姆斯已经有点不自在了，他已经见惯了畏缩怯懦的中国人，眼前这个中国人和他的神情目光让他非常不习惯，于是就烦恼，大声用汉语问道："你叫什么？""华邦彦！"梦长道。詹姆斯一指梦成："他是谁？""我的弟弟华邦杰！"梦长回答。

詹姆斯咳嗽了一声，那种不自在的、恼怒的情绪在生长，这个中国人用一种平等的甚至优越的目光望着他，让他觉得自己受到了冒犯。"你们说你们不是非法入境，可你们已经闯进了大英帝国在西马的属地，不是非法入境又是什么？"梦长这时才意识到这个英国人虽然让单世昌留在这里为他们做翻译，但事实上他是听得懂也会说一些汉语的。"啊，局长先生，我们今天早上在怡保海滩上就对你说过了，我们是一些失事的难民。"他像是看透了他内心一样，越发镇静地说，"我们的船在海上遭遇了海盗，被他们开炮击沉，后来又遇上了台风。如果没有发生这些事情，我们——至少船上像我们兄弟三个这样的人——是不会进入西马的！""可你们现在已经进入了西马！"詹姆斯越发恼火了，他叫起来，仍然不让单世昌有插嘴做翻译的机会，"而且没有任何文件证明你们不是偷渡，不是非法入境！啊……"梦长已经明白了，想了想："局长先生，你的意思是，如果我们能够想办法证明自己不是非法入境，你就可以释放我们！""对。如果能有新的文件证明你们的真实身份，排除非法入境的嫌疑，本局长和大英帝国怡保殖民当局当然没有权利继续以非法入境的罪名拘捕你们！可是要快！"梦成着急起来，又要对梦长说什么，梦长还是没给他机会，只对詹姆斯道："局长先生的意思是，我们应当在你规定的时间里为自己搞到新的身份证明，是这个意思吗？"詹姆斯举起一个指头："对，半年。我最多给你们半年时间，你们必须从中国搞到新的身份证明，那时才能排除你们非法入境的嫌疑。"梦长忽然笑了，看单世昌和梦成一眼。"局长先生，可这是做不到的。"

"为什么做不到？""因为我们被你的人拘捕在一家猪仔馆里，我们已经失去了自由，而且据我所知，西马这里没有中国的领事馆。除了我们自己，没有人能从国内帮我们搞到新的身份证明文书。""啊，这件事本局长当然已经想过，"他又突然说起了英语，单世昌也迅速地做出了反应，将他的话翻译成汉语，"我可以帮你们发政府公函给中国政府当局，要求得到你们这些人的新的身份证明文书，但是，这是要向你们收费的。"梦长一时间沉默下来。詹姆斯回头看他："华，你怎么不说话了？"他又说起了汉语。"我不说话，是因为我在想，我们这一船里面，大多是穷人，能拿出钱来付给你们帮自己从国内搞到身份证明的不会很多。即便像我这样的人，本来可以拿出钱来，现在也没有，因为我们所有的行李盘缠都和我们的通关文书一起落到海里去了——"詹姆斯仿佛又烦躁起来，打断了他的话："啊，那就是说，这件事还需要本局长帮你们去做。加上这一段时间你们滞留在怡保需要活着，那会是一笔很大的开销。怡保警局不会无偿供养你们，我们没有这个义务。所以，在西马滞留期间，你们必须劳动，去挣自己的食物，还有为证明自己的身份要花的钱，直到中国政府的文件来到西马。能证明你们不是非法入境为止！"

梦长站不起来，却挺直了身体，大声言道："局长先生，如果我能够提供人证，证明我们的船失事另有原因，而制造海难的罪犯恰恰就在被你当作非法入境者逮捕的人中间，你还会把我们全部当成故意非法入境者吗？"

梦成大吃一惊，看梦长，要阻止已经来不及了。单世昌脸色急变，没有得到吩咐就将梦长的话翻译过去。詹姆斯更是吃惊，看梦长道："你说什么？你不要再次向我重复，什么你们的船不是遭遇了台风，而是被海盗开炮击沉的，这样的谎话，不要再对我讲了！"梦长忽然微笑，道："局长先生，你讲的的确不是真相，真相是，击沉我们船的不是海盗，而是另有其人！"詹姆斯愈发吃惊，又说起汉语来："什么，另有其人？谁？"

梦长眼里不觉露出犀利的光芒，道："他叫叶赫星。我简单地说吧，在中国，我和这个人以及他的家庭有世代的血海深仇。为了杀死我，他不但在我乘坐的大船上安放了炸药，还另外带了一条船，从中国一直追赶到西马外海，用大炮轰击了我乘坐的船，直到把我们的船击沉！"

单世昌已经忘了翻译，直着眼睛看梦长，一脸惊恐。詹姆斯已经听懂了大概，道："什么！这个人为了私仇，竟然在海上用大炮击沉了你们乘坐的船？不！不！这是天方夜谭！中国人，你太会编造故事了！我不相信！我不相信！要是那样，这个人就不止是非法入境，他首先就犯了战争罪、海盗罪、杀人罪、破坏海上航道罪、毁掉他人财产罪！他就要被绞死！"梦长不理会詹姆斯的喊叫，继续说下去："局长先生，可我说的是事实。其一，我乘坐的船是不是遭遇了炮击沉没，活下来的人都可以为我作证；其二，这个用大炮击沉我船的人是不是海盗，那条船上幸存的船员也可以作证！"詹姆斯举手加额，叫："天哪，如果这是真的，如果这是真的……来人！"

汉斯匆匆赶进来。詹姆斯道："快去猪仔馆，把那个……啊，穿船员服装的中国人带到这里来！马上！"汉斯却不走，看他一眼大声道："不，局长先生，我有重要事情向你报告！二号木牢里有一个中国人，自称是中国公爵，现在就要见你！"詹姆斯再次变了脸色，又说起汉语来："天哪！这批中国人里头还有一位中国公爵？不不不，让他等一会儿，我要先见那个船员！我要先调查这样一桩骇人听闻的罪案！汉斯队长，马上把船员带过来！"汉斯转身跑走，詹姆斯又叫住了他道："然后再带那个中国公爵来见我！——不，这里已经有人了，把他带到我的办公室去！"

八

英国警察小队长把梦长、梦成带回木牢，梦余、疤脸、大个子等人嗡啦一声全站起来，迎上去。众人一阵七嘴八舌，梦长示意安静，道："大家聚过来一下，我有要紧的事情跟大家说！"众人全都围过来，梦长把刚才发生的事告诉了他们。

梦长目视众人，严肃地说："各位乡亲，刚才这些，就是英国警局局长对我和邦杰说的话，他还说，无论我们答应不答应，他的决定都是不可更改的。大家说，我们怎么办？"梦成大声道："大哥，我已经说过，不能听他们的！我听说像我们这种人，一旦进了英国人的矿山，想活着出来就难了！"众人纷纷道："是的，我们也听说有这样的事情！"梦成又道："我说乡亲们，我们还是反了吧！打破这个木牢，冲出去！"梦长连忙喝止："胡说！不行！"梦成反问道："怎么不行！"神情激动。

疤脸看了看外面，道："我也觉得不行。大家朝外面看看，英国人全都来了，里三层外三层围着我们，分明是怕我们今晚上暴动！刚才我还听见英国警队队长对他的人说，今晚上要严加戒备，只要有人逃跑，格杀勿论！你跑得再快，还能跑过他的枪子儿！"又对梦长说："华家大哥，你快说两句吧！乡亲们，绝对不能硬来！我们这些人里头，有的是卖了猪仔，有的不是，但不管是谁，都不想今晚上被英国人开枪打死！"众人道："对，华家大哥，快帮大家拿主意吧！"

梦长环顾众人，道："乡亲们，谢谢大家这么信任我。大家要问我的主意，我的主意就是，接受他们的安排，明天大家一起到矿山上去！"

众华工一时愣在那里，有顷，七嘴八舌道："对，万一他们要骗我们，怎么办？"梦长沉沉道："各位乡亲，这件事我也想过了。他们真要这么做，以我们现在的处境，也挡不住！但是——"大个子上前打断他，忿然道："华老大，你这话什么意思！"梦长看大个子，又看大家，目光坚定而勇敢，叫道："乡亲们，我的意思是，如果他们一定要骗我们，以我们现在的处境，我们挡不住他们！但是他们真这么做了，他们就是骗了我们！乡亲们，我们的古人说，人而无信，不知其可。中国人是守信用的，因为这个，我们现在也只能相信英国人守信用，但如果他们不守信用，我们从现在起就要做好另一种准备！"

大个子大声问："什么准备？"梦长不说话。梦成忽然明白了梦长的意思，大叫道："他们不守信用，就是他们输了理！他们要我们死，我们偏偏不死！我们现在就做好准备，首先要抱成团，一条心，准备到了那一天和他们拼个鱼死网破！"疤脸也大声道："这话对！我也是这个心思！"众人议论起来，群情激愤。

疤脸又道："各位，大家安静，还是听华家大哥给我们拿主意！"众人又嚷嚷起来："华家大哥，你快拿主意，我们都听你的！"梦长心中欢喜起来，大声道："大家说得好！有一条最要紧，我们大家现在就要做好准备，抱成团，无论到了哪里，都要像一个人一样。有了这一条，我们就有了力量，不管遇上什么坎都不怕！"疤脸带头鼓掌，众人也跟着拍了巴掌，神情激动。"第二条，我们答应他们！但是，他们也要答应我们，说过的话全部要兑现！"众人都随着他气壮起来，喊："华家大哥说得对！我们听华家大哥的！"

深夜，华工们横倒竖卧躺在木牢地下，都睡熟了。突然，一声枪响划破寂静。一个声音从另一所木牢方向凄厉地响起："不好了，有人被打死了！"众人都醒过来，站起，涌向与另一所木牢相邻的木墙。梦长大喊："怎么了，出了什么事！"

客家人

一个凄凉的哭声从那边传过来。是一名少年边哭边喊："我二叔要逃，让英国人打死了！……我二叔让英国人打死了！"这突然在静夜里响起的撕心裂肺的哭声撕扯着每个人的心。一名华工哭起来。梦长神情悲愤，转身回走，说："就是死地，就是龙潭虎穴，也是我们的命！我们也要大胆地往前闯！闯到底！为客家人闯出一条生路来！"

第五章

一

拂晓，梦长被尖利的警哨声惊醒。汉斯带一队军警奔过来，喝令华工们全部走出木牢。众华工仍被拴在一起，迤逦走上一条通往山区的大路。梦长的目光忽然被一具躺在路边的华工尸体吸引过去。死者仰面躺在那里，目光无神地望着天空，身子下面是一摊凝固的血。梦长想起昨晚之事，腮部肌肉颤抖起来。华工们一时间都望着这具死去的同胞的尸体，陆续从他身边走过，队伍里突然弥漫起一种悲愤的气氛。

离开一座山区小镇大小的怡保，众人走进怡保山区，已是日上三竿。山路崎岖，众人蹒跚而行。梦长向后看去，长长的队伍有七八百人，押送他们的不仅有汉斯的英国警队，还有英国矿山主威尔逊的印度矿警队。队伍走着走着已分为两段，前面是大队华工的队伍，后面的队伍稍微隔开一段距离，梦长在其中看到了叶赫星和他的侍卫们。途中叶赫星似乎一直不在意地浏览沿途的自然风光，忽然一转头向前，梦长立即感到他如冰如电一般射过来的目光。

西马的风景与中国大异，青山绿水，野花四开，在灼烈的阳光照耀下，五颜六色，煞是艳丽。众人虽在难中，仍不禁四处观望，低声交谈，但只要稍作停留，印度矿警队队长拉奥便纵马赶上，挥鞭打在华工身上。众人敢怒不敢言，只好埋头赶路。

突然梦余手指前方叫道："大哥，看！"梦长望去，只见一座小镇隐隐出现在山野之间。再走近些，梦长发现小镇上的房屋全是胡乱搭起来的，高高低低，简陋潦草，但在青山绿水掩映之下，也竟有一股世外桃源的意趣。华工们精神一振，脚下的步子就快了。再往前就是镇头小桥，桥头竖着一块木碑，上写刻着三个汉字：洛阳镇。

众人看木牌，激动起来。梦余对梦长道："大哥，我们家乡就有一个洛阳镇，原来南洋这里也有一个洛阳镇！"疤脸见多识广，道："难道你没听说，世上但凡有人的地方就有中国人，有中国人的地方就有客家人，有客家人的地方就有洛阳镇。这有什么稀奇！"梦成闻言一惊："这里也有客家人？"疤脸还没回答他，队伍已经

客家人

走过木桥，走上了镇街。镇街两旁是一些店铺，招牌上胡乱写着英文和汉语。此刻见有大队人来，店铺门里门外已经站出了众多华人男女。望着新来的人们，眼中现出惊奇。梦长把目光投向这些漂泊异乡的同胞，心中激动，目光也亮起来。

一辆轻便马车这时从一条岔路上猛然驶上街道，冲向队伍。马上乘客急勒马缰，华工们也纷纷逃开，马车径直停在梦长面前。梦长抬头，惊讶地发现车上是一名马来少女，衣着高贵，眉清目秀，虽肤色微黑，却掩不住美丽之色，更奇怪的是她竟然自己驾车，旁边坐着一个侍女模样的女子，一脸惊慌地看着美貌少女。后者也在这一瞬间看见了梦长。二人四目对视了一瞬，她迅速将马车转回到路边停下，让华工的队伍过去。

梦长等人继续向前走去。梦余回头看那少女一眼，道："大哥，好漂亮！"大个子插嘴道："这就是马来女人吧！黑是黑了点，可是不丑！"拉奥纵马赶来，举起鞭子，大声道："跟上！快点儿！"众人不觉加快了脚步。少女却在马车上目送他们远去。

威尔逊的矿山位于群山之间。华工的队伍来到时，雨已经下了多时，此刻仍淅淅沥沥地下个不停。印度矿警队荷枪实弹，在入口及进入矿山的道路两侧站立。华工们个个浑身湿透，在枪口监视下依次走进矿山入口。梦长忽然轻轻碰一下梦成。梦成一惊，会意，目光迅速转向四周，留神矿山内外的地形地物。矿山两侧是深谷，周围悬崖边上，架着带刺的铁丝网，四角还有炮楼，顶上站着荷枪的矿警。拉奥仍大声用蹩脚的汉语催促大家："快！快！"汉斯看着叶赫星等人最后走进，让英国警察留在矿山入口外，自己跟着走进矿山。

矿区小楼上，英国矿主威尔逊，一个人坐在自己宽大的办公室里，悠闲地抽着一支雪茄，居高临下地望着华工们走进楼前的小广场。拉奥大声喊道："列队！站好了！不要动！"众人站好。一名印度矿警走过来，依次从众人手上除去那根拴住每个人的长绳子。梦长朝四外瞥了一眼，发现周围全是持枪的印度矿警，乌黑的枪口对准新来的华工。雨还在下，广场中央，华工的队列前面，一名衣衫褴褛的华工被绑在打人桩上。梦长心头一震。

雨停了，鞭打却仍在继续。被打的人的惨叫一声接一声，响彻天际，震人心魄。梦余再也受不了，将目光移向天空。新来的华工中，一瘦男人突然晕倒在地。两印度矿警走来，冷酷地将他拖到队伍前面去，丢在地下的泥水中。一印度矿警提一桶凉水过来，兜头泼在他身上，瘦男人被激醒。两印度矿警又将他架起，拖回到队伍中，让他站直。瘦男人好不容易站直了，又要倒下。梦成和大个子急忙一边一个，将他架住。

鞭打继续下去时，受刑人的叫喊声就听不见了。雨水顺着每个人的脸流下去。从受刑人所在的地方，血和雨水一直流到新来的华工脚下。梦长仍旧不动如山地站着，脸色铁青，他的目光一直停留在天空。

鞭打终于停下来了。印度打手上前，试了试受刑人的鼻息，回头对拉奥摇了摇头。拉奥走上前，抓起受刑人的头发，看了看对方的脸，丢下，回头喊一声："弄走！"两名印度矿警上前，将死者从打人桩上解开，拖走。新来的华工队伍里，人人面色苍白，一片压抑的沉寂。梦成悄悄看一眼梦长，梦长依然站立，纹丝不动。

一个人走过来。拉奥大声向华工介绍，这是大卫，是矿山上的工头，矿山上的所有事务就由他代替威尔逊先生实施具体的管理。大卫面对新来的华工昂首挺胸道："各位，刚才看到的一幕，是非常不愉快的！威尔逊先生和我并不想这样！如果每个进入威尔逊先生矿山工作的人都像刚才这个人一样，白吃矿山的饭，花掉公司的钱，却懒惰，怠工，他事实上就是偷走了威尔逊先生的钱！"华工们用一片沉默回应了他。大卫继续上前一步，用更大的声音道："你们这些人，我说的是你们，今天来的，你们连猪仔也不是，你们只是一些无法证明自己身份的非法入境者，是罪犯！威尔逊先生拿出钱来为你们提供吃住，让你们活命，你们应当知道感恩！将你们接收到这里来，威尔逊先生和警察当局是有合同的！按照公平交易的原则，你们有充分的义务在合同规定的时间内诚实地劳动，拿回他在你们身上的投资！像方才这样的事情，我希望日后不会发生在你们身上！再说一句，从现在起，你们的全部时间都属于威尔逊先生，任何消极怠工的行为，都会受到和刚才这个人一样的惩罚！拉奥，带他们走，先住下，吃饭，下午就上工！"

这些话一句句像凿子一样击打着大家的心。梦成、梦余再看梦长，发现他仍然像方才一样站着，甚至连姿势都没有稍微改变一点。拉奥已经站到队伍前，大卫突然喊道："等等！"众人回头看他，大卫道："还有一件事！我警告你们，你们现在是大英帝国逮捕的非法入境者，身份等同于囚犯，如果谁想从这里逃走，格杀勿论！"说完掏出枪，砰地放了一枪。

这一枪在众人心中引起的震撼是惊人的。许多人的脸色顿时苍白起来。拉奥大声喊道："走！"队伍走动起来。众人用激愤的目光回望梦长。梦长的目光不和任何人交流，也随队伍向华工宿舍区走去。雨又下大起来，众人的脚步蹚起掺血的水花，刚才晕倒的瘦男人哭了一声，又马上止住了。

二

所谓的宿舍区其实只是一座洞口被严密封闭的山洞。印度矿警押着华工走进去之后，砰的一声关上了作为出入口的铁门，并上了锁。梦长抬头看这个山洞，发现里面靠两边放着许多高高低低的铺位，每个铺位上都留有一些旧的铺盖。梦余叫道："大哥，快看，还有前人留下的铺盖呢！"华工中有人发一声喊："快抢！"众人涌过去，争夺铺位。两华工因为争夺一个铺位打起来。

进入矿山后再没开过口的梦长突然大声怒道："住手！"两华工被这一声喊震住了，停下来看他。梦长道："大家不要抢！我看这地方不小，每个人都能找到铺位！大家不管到了什么地方，不要忘了自己是中国人！"众人安静下来，刚才哭过的华工又哭起来。梦长环顾四周，道："谁在哭！不要哭！"哭声停下来，所有人的目光回到他身上。梦长不再说话，愤怒地整理自己身边的铺位，感到怀疑和不信任正在背后酝酿。

突然一华工喊道："都是你！说什么英国人答应，保护每个人的生命安全，要用人道的方式对待我们，可是现在……"又一人道："对！你得了什么好处，帮助英国人把我们骗到这里来！乡亲们，我们受骗了，我们出不去了！"梦长的手停了一瞬，又动起来，稍微有些颤抖。

疤脸听不下去，喊道："哎，你们说什么？谁骗了你们？这么说华家大哥可不公平！"梦成也回头大叫："没有人骗你们！英国人是答应过保护大家的生命安全——"梦长突然对梦成喝道："你不要说话！大家有怨气，让他们吼出来！吼出来也许会好受些！"声音虽低却似怒吼。众人却不说话了，那个华工又哭起来。众人无助地听着他越来越大的哭声。

梦长的手一直在抖，突然回头道："乡亲们！我们确实是到了死地！我们也许真的受了骗！可是大家认为，我们应当怎么办？"没人回答。梦长继续道："没人愿意这样，但哪怕这里真是一块死地，我们也进来了！我们的老祖宗说过一句话，叫做死中求生！从现在起，大家可以认为自己已经死了，下面要做的只有一件事，抱成团，一条心，死中求生！"现场还是鸦雀无声。

有顷，疤脸突然大声道："乡亲们，华家大哥说得对！就当我们已经进了鬼门关，已经死了，现在要做的是团结得像一个人一样，打碎鬼门关，活着走出去，回到人间！"众人热烈议论起来，有人随声附和。疤脸又道："各位，要想走出死地，我们还是要有个头儿。我看，大家再次公推华家大哥做我们的头儿，领着我们死中求生！大家同意不同意！同意的举手！"众人一愣。有顷，几个人举起手来，渐渐地，举手的人越来越多。最后，手臂像矿山外的森林一般全都高举起来。

梦长慢慢回转身，示意大家放手，道："谢谢乡亲们！要冲出这个地方，从死中求生，靠我一个人不行，但只要大家齐心协力，我们就不一定没有机会活着离开这里！"

此时，在相邻不远处的另一座山洞内，叶赫星在拍击洞壁，洞壁发出一声声巨大的声响。仅有的一线微弱光亮照进来，他的脸庞显得格外狰狞。巴什哈和众侍卫都害怕地张大了嘴巴，却不敢阻止他。刚刚过去的那个夜晚，对于叶赫星也是不顺利的，充满了巨大的挫折和羞辱感。先是，在梦长梦成兄弟被带去见詹姆斯之后，叶赫星和巴什哈也被带去了怡保警局，在詹姆斯办公室长久的等待让叶赫星不耐烦起来，突然出手将一颗美丽的三尺高的珊瑚树打倒在地下，摔得粉碎，发出巨大声响。负责监视他的汉斯及众警察大惊，个个挺枪，瞄准他和巴什哈。巴什哈大惊，叶赫星却面不改色，继续用脚猛踩地下的碎珊瑚，将它们弄得更碎。就在这时詹姆斯带单世昌走进来，看地下的珊瑚树，勃然变色。汉斯一指叶赫星，喊："局长先生，是他！是他干的！"詹姆斯大怒，看叶赫星："你！"叶赫星哈哈大笑，转身回视詹姆斯，一开口说的就是英语："局长先生，我要是不这样做，你会这么快出来见我吗？"詹姆斯冷笑看他："原来你会说英语。"他回视单世昌，道："今天这里用不着你了，你可以走了。"单世昌答应一声，要走又停下来。詹姆斯回视叶赫星，对汉斯道："把这个罪犯抓起来！"汉斯等人冲上前，抓住叶赫星。叶赫星毫无惧色："英国佬，老子问你，你知道老子是谁吗？你就敢这样待老子！又是谁告诉你的，我是为了一己私仇，开炮击沉了一条客船！"詹姆斯道："在我这里，你现在就是一名罪犯！"叶赫星道："不，局长先生，你错了！你不该不知道我是谁，我一开始就让你的手下知会你了。本人，大清朝廷世袭罔替一等公，当今皇太后的亲侄子，简任广东按察使司按察使，有权调动粤桂闽赣四省军马，叶、赫、星！"詹姆斯冷冷一笑道："原来你真的不是海盗，也不是猪仔，你居然是一名中国公爵？"他一掌拍在桌面上，大叫，"可是，你以为我会相信吗！"叶赫星针锋相对道："你爱信不信，老子就是！"柜子后面的单世昌吃一惊，注意力集中起来。詹姆斯转身，突然又看见满地的碎珊瑚，大叫："你这个恶棍，居然打坏了我的珊瑚树！我饶不了你！"叶赫星大笑起来。詹姆斯、汉斯等一惊。叶赫星道："原来局长先生从没见过好的珊瑚，居然把这种东西看成宝贝！大清一等公爵叶赫星今天在你这儿打坏的不过是一棵不堪入目的珊瑚，将来我赔你一棵更大更好的珊瑚也就罢了！"

詹姆斯这一惊可是不小："不要胡扯了！汉斯，把这个十恶不赦的海盗带走！"汉斯等再次把枪举起，瞄准叶赫星，同时一名警察一直用枪口顶着巴什哈的脑袋。

叶赫星让自己平静下来，恢复冷笑，道："局长先生，你刚才说我犯了什么罪？"詹姆斯道："你带着一条中国船，在海上用大炮击沉了另一条中国船，造成了船毁人亡，并且导致将近八百名中国人非法踏上了西马的土地！你这个冒充中国公爵的海盗，胆敢在我大英帝国的西马航道上开炮击沉客船，已经犯下了战争罪、杀人罪、破坏海上航行罪、毁灭他人财产罪！最后你还犯了非法入境罪，刚才你又打坏了我价值连城的珊瑚树，所有这些罪名加起来，我还不该把你送上绞架吗！"叶赫星冷笑："关于我的事情，原来局长先生就知道这些？"詹姆斯又大叫起来："这些还不够吗？这些就足以判你一个绞刑，让你去见你们中国的上帝！"叶赫星笑道："中国没有上帝，再说就是有老子也不信，老子自己就是自己的上帝！局长先生，看来你对我的误解不少，好吧，我们现在就一件件来掰扯掰扯！第一件事，你可以怀疑我不是我娘亲生的，但你不能怀疑我是一位中国公爵！"他最后的话也是在大吼。

詹姆斯不为他的气焰所动："你有什么证据，可以让我相信你不是海盗，而是一位中国公爵，皇亲国戚，甚至还是一名广东的官员！"叶赫星咬牙切齿，突然，他一把把身上仅有的一件内衣扯下来，露出赤裸的上身和胸前一块人肚兜。柜子后面的单世昌偷偷望出去，差一点叫起来。这只大肚兜上绣着一条凤和一条龙，凤在上，龙在下。詹姆斯被惊住。就连巴什哈一时间也惊呆了。

叶赫星道："老子好好的日子不过，远涉重洋，来到你这鸟不拉屎的地方，追击一条客船，那是因为这条船上藏着一名从中国出逃的要犯、重犯、钦犯！钦犯！钦犯你懂吗？就是那种被中国朝廷认定为最顶级、最十恶不赦、祸国殃民，一旦漏网就将能毁了大清的江山社稷，所以一定要缉拿归案的家伙。哎，我说人话你能听懂吗？"

詹姆斯目光陡然严厉："什么？那条被你击沉的船上，有一名罪犯？他叫什么！"

"钟梦长！不，不不，到了西马他已经改了名字！老子在海滩上差点让他给骗了！可我很快就明白了，他是钟梦长！现在的名字叫华邦彦，目前就在你们手里！"

詹姆斯一惊，与汉斯四目对视。汉斯点头。詹姆斯道："把华邦彦带过来，我要让他们当面对质！"汉斯答应一声，要走，詹姆斯又叫："等等！不，我改主意了！"他想了想又道，"你们都出去，我要和叶赫星单独谈一谈！"汉斯回头对巴什哈道："走！"

房间里只剩下詹姆斯和叶赫星两人了。詹姆斯背身立。叶赫星盯着他道："局长先生，开始谈谈吧！我要答应你什么条件，你才会把那个人交给我！"詹姆斯深深看他一眼，不回答，坐回去，找出一根雪茄，点上抽起来，可以看得出他内心仍在做激烈的思索。叶赫星盯着他，又道："局长先生，不要犹豫了，为了抓到这名罪犯，我从北京追到广州，又从广州追到粤东，现在又来到了南洋。你把他交给我，本公爵愿意出一个让你我双方都满意的价钱！"

接下来就有了今天的一切。

让叶赫星恼怒的是，走向这座矿山时他什么都想到了，只是没想到自从他暴露身份后，自己的处境比钟梦长还要糟糕了。为了拿到他答应付出的那笔银子，詹姆斯居然和威尔逊合谋，将他和他的侍从们一起关进了一座山洞，让他在感觉上成了一个真正的囚犯！当然，他也想到了，詹姆斯和威尔逊这么安排他和他的人，也可能是为了防止他到了矿山上杀了钟梦长后逃走，把他许诺给英国人的一切变成竹篮打水一场空。

叶赫星忽然停住了，似乎在静听自己闹出的声响的回声。回声一直在延续，很久才消失。叶赫星心中一动，回头道："巴什哈，还有你们几个人，往里面走，我要看看这个洞到底有多深！"巴什哈脸色苍白，看众侍卫。一侍卫道："主子，奴才看出来了，这是一个废弃的矿洞！"叶赫星不耐烦道："我是说让你们去看看，能不能找到出去的路！"巴什哈突然口吐绝望之声，大叫："不会的主子！既然他们把我们关到这里，一定没有别的口子可以出去！"叶赫星怒道："你怎么知道没有！万一还有别的口子出去，老子就自由了。快去找！"巴什哈看众侍卫，四人在黑暗向山洞深处摸索过去，巴什哈一不留神，摔了一跤。

叶赫星愈发生气了，吼道："怎么了你们！平日里没事，你们个个有惊天的本事，到了这会儿，连个火也打不着了吗？"众人被提醒，蹲下来，找到石块，巴什哈

客家人

把自己身上的绸子衣服撕下来一条，凑上去。一侍卫打火，火星迸出，落在绸布条上，燃起一支火把。叶赫星夺过火把，率先向山洞深处走去，摸索着走了好久，发现前方被堵死了。众人站住。巴什哈瞪大眼睛喊："主子！快看前面是什么——一堵墙！"众侍卫大喜道："主子，是一堵墙，人垒的墙！"叶赫星兴奋地叫道："快去推推！要真是一堵人垒的墙，离出口就不远了！"

巴什哈奔过去，扑到"墙"上又被撞回来。原来将山洞堵住的是一些木箱。他疯狂地扒拉其中一只，发现里面还是一层层木箱。一只木箱倒下来，摔开，里面的东西撒了一地，黑暗中不知为何物。巴什哈喊："这是什么！火把！快过来！我看不清楚！"众侍卫簇拥着叶赫星走过来，照亮地下黑土一样的东西。众人不识，巴什哈蹲下去，用指头粘了一点放到嘴里品尝，突然吐出来，大叫："炸药！"众人大惊，手举火把的侍卫慌忙后退一步，被绊倒在地下，火把落在炸药上，叶赫星大叫道："快！火把！把它弄灭！"巴什哈扑上去，用身体压住火把，将它熄灭，洞内重新陷入一片黑暗，只有巴什哈的大声惨叫经久不息，但最后还是止住了，之后是久久的沉默，黑暗中只听得见每个人粗重的呼吸声。

叶赫星忽然大声冷笑起来。这笑声持续了好久，每一声都令人毛骨悚然。巴什哈终于忍耐不住，大声道："主子，别笑了！巴什哈撑不住了！"叶赫星止住笑声，半晌问道："你们都撑不住了？"众人齐声道："撑不住了！"叶赫星道："英国人已经给了我们逃出去的办法，你们就没有想到？老子这会儿要是把那些炸药给他点着了会怎么样？这山洞，还有这座山，会不会就没有了！"说完抬头看着洞顶。

众人大惊，面面相觑，道："不！主子！要是这样，也就没有我们了！"叶赫星道："那不一定！"众人听出弦外之音，安静下来，听他又道："我听说，一座山上要是发现了矿脉，那就不止是一支，开矿的人会在山里到处挖洞！进来时我就观察过了，这座山很大，怎么知道就没有别的矿洞？还有，我们现在的位置，一定是在深山里，就是在洞里放炮，外头也是听不见的！"

巴什哈略有所悟，道："主子，奴才有点明白了——！"叶赫星抢白他道："你不明白！我们现在已经置身死地，只能死马当成活马医，就用这些炸药将两边的洞壁炸开，要是旁边没有别的矿洞，那就是天要亡我，没什么好说的，但万一旁边还有矿洞，英国人就失算了！他们想坏了脑瓜子，还是挡不住星大爷照自己的喜好做想做的大事！"

巴什哈急切起来，叫："主子，我们现在就动手！"叶赫星却又坐下，淡淡道："不，现在是夜里，太安静了！要等到白天，这是矿山，白天一定有人放炮，那时候就没有人在意哪儿响起了一声爆炸！"

三

这个时刻，在众华工住的山洞里，刚刚下工的他们正在吃饭。几名印度矿警持枪在洞外盯着他们。忽然铁门响，拉奥带一名老华工走进来。梦长和华工们都停止了吃东西，注意地看着他们。拉奥在洞里走几步，随便看一眼，顺手指一个铺位道："啊，你就睡那儿吧！"老华工干涩地说了句："知道了！"拉奥已转身离去。留下的老华工打开自己的铺盖卷，铺在那个铺位上。众华工都站起来看他，梦长、梦成、梦余也跟着站起来。

老华工意识到了，主动回头大大方方地打招呼道："老少爷们儿，大伙好哇！我叫刘松龄，你们叫我老刘好了！以后我们就要在一起受苦啦！"众人戒备地看着他，不回答。刘松龄的目光在人群中准确地找到梦长，二人对视有顷，梦长主动开口："啊，这么说来了一位前辈。前辈，我们这些人新来乍到，以后住在一起，还要请你多关照！"刘松龄也不客气，道："好说。大伙儿都甭看着我了，吃完饭就睡觉吧，明天一大早还要上工哪！"说完爬到铺上睡去，也不管别人都在看他。梦长回头对众人道："啊，大家听大叔的，吃完了早点睡，明天还要上工呢。"

华工们累了一天，上铺之后，鼾声很快在山洞里此起彼伏响起来。梦成上铺前悄声嘱咐梦余："我和你一个上铺，一个下铺，大哥睡中间。不要睡得太死！"梦余答应，麻利地爬到上铺去。

四

来到威尔逊矿山的第一个夜晚很快就过去了。次日天还不亮，华工们就被印度矿警赶着起了床，进入矿洞劳作。他们的主要工作是用镐头、钢钎、锤子在矿洞里向前凿进，寻找并发现矿苗，同时还要用铁铲和手将从崖壁上敲下来的碎石弄进筐子里，挑出矿洞。矿洞内粉尘弥漫，每个人身上脸上全是矿粉，个个汗流浃背，气喘吁吁。

客家人

梦成执钢钎，梦长抡大锤，结成一对，奋力在矿洞里向前凿进，汗水瀑布般从他脸上、脖颈里流下来，和粉尘混合在一起，贴在身上、衣服上，成为厚厚一层。梦成忽然把手中的钢钎丢在地下，怒道："大哥，我不干了！我受不了了！我不是华工！更不是他们的奴隶！"虽然只在这座矿山上待了不到一天，他已经受不住了，吃的是猪狗食，干的是牛马活。"矿主并不把我们当人，只把我们看成会干活的工具！"他大喊。梦长看他，平静道："把钢钎拿起来！"梦余走过来，欲拾起钢钎，梦成一把将他推倒，夺过钢钎，重新杵到作业面上。梦长又将大锤砸下去，一时火星四溅，一块块石头崩塌下来，扬起更多的粉尘，弥漫在矿洞里。

突然，梦长停下来，盯住梦成道："你说对了，在他们眼里，我们就只是会干活的工具！但你想过没有，为什么是中国人来到这里受他们的奴役？"梦成不说话了。"你不是猪仔，但你想过吗？难道猪仔就该受他们的奴役？""大哥，你想说什么？""我想说，不管多难，这一关我们都一定要扛过去！不但要扛过去，还要弄清楚为什么是我们中国人来到南洋受英国人奴役的道理！他们成为主人，对在哪里？我们让自己成奴隶，又错在了哪里！"梦成重新竖起钢钎，选择了一个新的凿位。梦长却蹲下去，捧起碎石中出现的锡泥，大声高兴叫道："矿苗！锡矿苗！英国矿主就是靠这个发了大财！你瞧，我也认识矿苗了！"梦成、梦余忙凑过去看，也跟着欢喜起来。

梦长停住了手中的大锤，朝一侧崖壁方向望去。梦成看他神情专注，像是谛听什么，问："怎么了？"梦长道："你刚才是不是听到了一个声音？"梦成听他这么一问忙说："听到了，好像有人在山肚子里放炮。"梦余凑上来也说听见了。大个子插嘴道："放炮有什么稀奇，在山里开矿，放炮很平常的事嘛！"梦长闻言心情放松，不再想它。众人又干起来。

中午华工们在印度矿警的监视下吃午饭。梦长见老华工一个人蹲在角落吃饭，昨晚已经知道他叫刘松龄，心中一动，端着碗向他走过去，刘松龄并不回避，挪地方让他蹲下。

梦长招呼道："哎，刘叔。"刘松龄忙道："啊，使不得，就叫老刘。"梦长恭敬地说："你是长辈，当然是叔。"刘松龄道："那你客气了。新来的？"梦长点头。刘松龄低头吃饭，不动声色问："哪儿人？"梦长道："闽西客家。大叔，你哪儿人？"刘松龄道："广东嘉应州，也就是梅州。大埔。"梦长道："原来大叔也是客家!"刘松龄抹了抹嘴唇,道:"这有什么稀奇,整个西马,有三万客家呢!"梦长不由得多看他一眼,故作惊奇道:"大叔,你说整个西马,有三万客家?"刘松龄不觉看他一眼,说:"对!大多都在英国人的矿上受苦!"说完两人沉默了。

上工的哨子响起来。梦长和刘松龄一同站起,收拾碗筷。梦长忽然站住,道:"大叔,我们一起干吧!"刘松龄道:"那你们就吃亏了,我老了!"梦长道:"不,就是想和您老攀个交情,我们新来乍到,好多事不明白,想请你多指教。"刘松龄也不推辞,道:"哪里敢指教,不过我在这里的日子到底久些,有事大家可以在一起商量。"两个放下饭碗,朝矿洞走去。

梦长带刘松龄来到作业面上,向梦成、梦余交代了。刘松龄蹲下去,竖起钢钎,梦长将大锤砸上去。刘松龄看着迸出的火星,道:"华家大哥,你这人不错。"梦长笑道:"刘叔,打听一件事,矿山上每天都放炮吗?"梦余心中一动,看梦成一眼。刘松龄诧异道:"放炮?今天矿山上没有地方放炮。"梦长啊了一声,不再问什么,挥起大锤干活。

黄昏,梦长随大家走回山洞,心中一动,回看梦成、梦余:"你们俩跟我来!"梦成、梦余举起一支火把,随他向山洞深处走去。走了一段路,梦余看梦长一眼,问道:"大哥,怎么了?"梦长不答。梦余站住,叫道:"大哥,别往前走了,这是个死洞,没有第二个出口,我昨天来过。"梦长问道:"真的?"梦余点头。梦长转身往回走。

梦成转身,目光从脚下扫过,突然站住,叫道:"大哥,快看!这不对呀!"梦长朝他目光指示的地方看去。梦余已经趴下去,飞快地在一堆新炸开又被遮盖的碎石中扒出了那个被重新堵上的洞口。梦长大惊道:"这怎么回事?"梦余道:"不知道,昨天我和义增过来时还没有这个洞呢,这是新的!"梦长和梦成对视,目光如同电光石火一般一闪。梦成冲上去,帮梦余扒开那个洞口。梦长率先钻进去。

此时叶赫星和众侍卫正在隔壁洞内。忽然听到声音,回头朝洞口观望,看见有火光透进来,迅速熄灭手中的火把,躲进黑暗中。

梦长、梦成、梦余顺洞口爬过来,四下观望。梦成道:"大哥,太黑了,什么也看不见!"梦余伸手在洞壁上摸索道:"好像是另一个矿洞!"梦长吩咐道:"把火把点起来!"梦成摸出火石火镰打火,重新点燃火把。梦长借着火光朝山洞上方望,脑子里急切地思考着这个新发现的矿洞。

梦成叫道："大哥，往前走，说不定能找到出口！"梦余也道："能找到出口就好了！我们可以从这里自由出入！"说着就要往前走。梦长心中一动，道："不，快回！"一转身，已经迅速钻回到洞口去。梦成、梦余仍然站着，愣了一会儿，也跟着钻回去。

叶赫星已从黑暗中站起，他方才已经认出钟家三兄弟。想要做出反应时，三人已经不见了。巴什哈道："主子，太可惜了，是钟梦长！"叶赫星跺脚道："是他们！钟梦长太机灵，没等我回过神儿来就走了！"一侍卫道："不怕，等夜里我们过去，杀了他！"叶赫星微一沉吟，道："不！他还会再回来的！"众人奇道："还会回来？"叶赫星自信道："一定会再回来！他已经发现了这个洞，就是为了有一天逃走，也会再回来，从这里寻找出口！"众人听了觉得有理，巴什哈道："主子，怎么办？"叶赫星道："这是天灭钟梦长！我们也用不着杀他，洞里有这么多炸药，我们做好安排，等他们再过来，把所有的炸药都给我点着，把这座山给我炸平，把他永远埋在里面。星大爷我这一辈子，就再也不会想到他了！"众大喜，齐道："主子圣明！"

五

深夜，华工们已经睡熟。梦长、梦成、梦余悄悄起身下铺，刘松龄也从铺位上走下来，四人无声地向山洞深处走去。

一支火把在黑暗中燃起。刘松龄看着梦长问道："华家大哥，你刚才说你们发现了什么？"梦长道："刘叔，我们发现了一个新开的洞口，可以通到另一个矿洞！"刘松龄诧异道："不会吧，这洞我过去住过。走，去看看！"

众人再往前走，就到了白天发现的那个洞口。刘松龄率先钻过去，看四周，对跟着过来的梦长道："啊，我知道这是什么地方了，这是威尔逊放炸药的矿洞。"梦长忙问："有出口吗？"刘松龄道："往上走，有的。"走了一段路，火把的焰舌一颤，梦长喜道："有风！洞口不远了！"众人精神一振，加快脚步。

一条火线飞快地从他们脚下掠过去。众人一愣，回过神来时，火线已经窜进他们身后的黑暗中。梦长勃然变色道："我大意了！快跑！"刘松龄马上明白了他们的处境，大叫一声："来不及了！"话未落音，他们置身其间的矿山就整个地摇晃起来，巨大的冲击波裹挟着矿石硝烟，和摇晃的山体解体时发出的强大轰鸣一起，汇成一种无法言喻的恐怖的力量，将他们腾空推向一个不可知的地方，埋藏起来。

梦长听到了开初时那一声惊天动地的轰鸣，接着就什么也不知道了。他在最初的一瞬间就昏迷了过去，不知道在这个夜晚余下的时间里，这座矿山一次次整体地被一团团巨大的火光和烟雾托起，又落下去。矿山深腹部的爆炸并不是一次完成的。在第一波的爆炸之后，又发生了更多波的爆炸，爆炸一直在延续，连绵不绝，直到拂晓。

这个夜晚威尔逊不在矿山上，汉斯和拉奥以及全矿的印度矿警都被惊醒了，从宿舍里跑出来，望着眼前地狱般的景象，于惊慌失措中一声声鸣枪，矿山内外一时间枪声四起。没有人注意到叶赫星早在第一波爆炸发生时就拧断洞口铁门上的大铁锁，带巴什哈等人急奔出来，击杀了守在洞外的印度矿警，捡起他们的枪，趁着矿山上的一片慌乱向矿山外逃去。矿山外的山道上，巴什哈听着继续隆隆不绝的爆炸声响，大喜道："主子，这下钟梦长完了！"叶赫星挥手道："我们走！"这时矿山入口处岗楼上的印度矿警发现了他们，大喊："什么人？站住！开枪了！"叶赫星一把从巴什哈手中夺过一支印度矿警的枪，瞄准岗楼上的印度矿警开了一枪，后者应声从岗楼上倒栽葱地倒下来。叶赫星将枪丢还给巴什哈，众人匆匆逃离。

次日凌晨，西马文德港，一条大船鸣笛，缓缓起航。船是叶赫星从怡保派回去的侍卫奉他的命令提前安排的，一天前已从新加坡驶来，停靠在这里的码头上。叶赫星带巴什哈及众侍卫站立船舷，回视这个万山丛中小村子似的异国港口，脸上现出一丝惯常的冷笑。一侍卫忽然朝码头方向望去，回头道："主子，英国人！"叶赫星回头望去，果然看见从文德港通怡保的那条山路上，汉斯纵马带着英国警队跑步赶来，涌进了码头。叶赫星哈哈一笑道："可惜他们来晚了！"码头上，汉斯勒马停住，朝大海上望去，这一刻他已经望见了那条已驶入外港的船。一名英国警察小队长正气喘吁吁地向他报告："队长，我们来迟了！快看那条大船！叶赫星一定在船上！"汉斯气极，大叫："开枪！"众警察持枪朝着船乱打一通，枪弹纷纷落进水里。汉斯叫道："快回去，报告局长先生！"纵马回头。众人垂头丧气，随他离开。

大船上，叶赫星将一切都在看眼里，大笑道："谁说中国人和英国人打仗从来没赢过，老子这次就赢了他们！还是大胜！"众人陪他笑起来。

六

黑暗中分不清日夜，梦长从昏迷中醒来，感觉像是过了一个世纪。他缓慢地动了动身子，听见梦成在身边说："什么时辰了？"一边梦余回答："恐怕是半夜吧。要不怎么这样黑呀！太黑了！什么也看不见！大叔，我们死了吗？"刘松龄的声音听起来有点远，带着嗡嗡的回音："不知道。也许死了，但不知道为什么还没走到奈何桥呀！"

梦长的头脑就在这样的对话中迅速清醒过来，想起了发生的一切，突然开口道："大叔，我们还没死，是吗？"其他三人听到他醒来，急叫："大哥！""华家大哥！"梦长又问："虽然没死，可被埋在深山里了，是吗？"刘松龄道："好像是。"梦长抬一下头，眼前只是深渊般的黑暗，道："我们再也出不去了？"这次都沉默了，没有人回答他。

过了一会儿，刘松龄忽然又开了口："真奇怪，这山都炸塌了，我们为什么没有死？"他开始在身子周边摸索，有顷又停下来道："华家大哥！"声音里有点激动。梦长梦成梦余都回头朝向他发出声音的地方。半晌刘松龄犹豫道："我说句话，大家别当真。"梦长知道他发现了什么，忙道："你说！"刘松龄道："说不定我们还有机会活下去。"梦成立马激动道："大叔，你想到了什么，快说！"刘松龄道："我说过了，不能当真。山被炸塌的时候，我们好像是被气浪掀到一个没堵死的出渣洞里来了！"梦余大叫："出渣洞？什么是出渣洞！"他的声音震得周围的尘簌簌地落下来。刘松龄解释道："就是为了打矿洞时快一点，从半山腰横着打进来的洞，方便出渣。洞打通了，出渣洞就会给塞上。可有时候大家会偷点懒，不把洞全部堵死，那样做工程量也太大了。"梦长大喜，道："大叔，这么说，我们还有重见天日的机会？"刘松龄没把握地说："是不是有机会，你们随我爬一爬看，也许这个出渣的洞没全都被堵上，那我们就爬得出去；要是哪一段全堵上了，就爬不出去！"梦长还是从他的话中看到了一线生机，道："大叔，谢谢你，趁眼下我们还有气力，爬爬看！"刘松龄答应了，带领梦长三兄弟向前方黑暗中爬起来。

虽然发生了大爆炸，但事情过去，华工们当天还是被重新赶进矿洞，继续劳作。矿洞被炸得乱七八糟，碎石这里一堆那里一堆堵住了矿道，大家移石运渣，奋力向前方开凿。在他们心里，梦长三兄弟和刘松龄只是失踪了，看不见四人的尸体，他们不愿意相信他们真的死了。不了解事情真相的疤脸和大个子更愿意相信是矿山暗中勾结叶赫星等人故意制造了这一场大爆炸，为的就是除去他们这批人的主心骨华家大哥。他们暗中商议，利用矿洞向深处凿进的机会寻找梦长等人。但是六天过去了，他们一无所获。

其实梦长等人此时就在那条与他们相距已经不远的出渣洞里。这是大山的深腹，既无亮光，亦无人声。六天过去后，四人早已筋疲力尽，偶尔有一阵窸窸窣窣的爬动声，那声音也很微弱了。四人中梦长的体力最好，爬到前头，但意识早就迷迷糊糊，有时甚至分不清自己是真在爬行还是只在梦中爬行。忽然，他听到身后梦成用嘶哑的嗓音呼唤梦余，急回头问怎么了？梦成带着哭腔道："大哥，梦余怕是不成了！半天都听不到他的动静了！"梦长闻言，霎时间头脑似乎大醒，咬咬牙爬回来，摸索到梦余，将他的身子负在背上，继续朝前爬。"就是死，我们弟兄也要在一起。"他听到自己用一种不像是人的声音在说。话停了仍旧清醒的他又发现半晌听不到刘松龄的动静，叫道："刘叔，刘叔，你在哪？"半晌，刘松龄虚弱地说："我在这儿。"

梦成听到他就在自己右边，道："大叔，想一想，我们这会儿在哪？"刘松龄道："刚才我一直在想。对不起，我原本不想告诉你们，可还是说了吧，我好像记错方向了。"梦长的心一沉道："记错方向什么意思？"刘松龄道："这山洞里虽分不清白天黑夜，可我估摸着也有好几天了，为什么我们还没有爬到洞口？刚才我迷糊了一会儿，忽然想起来，我们可能不是在往山外爬！"梦成叫道："什么，不是往山外爬，难道我们是在往山里爬？"说到后来，他已经没力气了。

刘松龄喘息了一会儿道："你说对了，我们确实有可能是在往山里爬！"梦长大惊："大叔，怎么会这样！"刘松龄连苦笑的力气也没有了，道："除了我没谁能说明白这件事。当初凿我们离开的那条矿洞，英国人要我们打几个斜洞出渣。大伙也没有经验，有一个打着打着就打歪了，打进山里去了，打了差不多二里多路才明白是错了，就放弃了。对不起华家大哥，老刘无能，把大家带进一个死洞里来了！"

梦长呆了半晌，道："刘叔，你是说，我们再也没有机会爬出去了？"从存有一线生机到彻底绝望，梦长也难以抑制声音里的悲愤。刘松龄不答。四人不再往前爬。梦长忽然觉得背上的梦余很重，很重，像山一样，就翻了个身，把梦余安置在自己身旁，眼前忽然就冒起无数金星。黑暗夹杂着幻觉向他涌来，他看到了被压在天马关巨石下的华邦彦，老去的钟母，一身洋装的梅卿，还有绵亘不绝的云梦山区……他觉得自己正一点点融化在无边的寂静和黑暗里。

就这样死去了吗？其实也很好……再没有责任、梦想、艰难……死就是放下一切，无论是作为新一代十族盟主的使命，还是让他至今仍然不能忘怀的梅卿……梅卿，你在哪里？你不知道我其实一直在想你吗？……"叮当！"什么声音！做了这些天矿工，这种已经和他如影随形，就是在梦里有时也能听到它……他知道自己就要失去知觉了，但还是意识到这声音意味着一个黑瘦的华工，正拿着钢钎敲打着前方不远处的岩壁。脑袋里有一根神经很痛地跳动了一下，求生本能命令他保持清醒，并且要站起来，去寻找声音的来源……他觉得自己已经爬起来了，手扶着洞壁……其实没有，他的全身已经不听使唤，而敲打岩壁的叮当声飘忽不定，似乎越来越远，又似乎震耳欲聋。突然，一道光鞭子一样打在他脸上，刹那间，他以为一切都已经结束了。

从眼前薄薄的岩壁上，一个被凿破的缺口处，现出了疤脸和大个子以及众多民工惊奇的脸。有人在大叫："是他们！他们还活着！快救他们——！"

七

半个月后的一个中午，劳累了半日的华工们又聚在矿洞外吃饭。梦长和刘松龄蹲在一起，有过上次一起死里逃生的经历，他们之间已经形成了一种不需要言说的信任。忽然，他们注意到两名印度矿警从别处抬着一具死去的华工尸体走过来，向一侧的断崖走去。众人呼啦一声都站起来了，伸长脖子看过去。大个子惨然叫道："又死了一个！"梦长也站了起来，朝断崖边望过去。刘松龄却蹲着不动。

这时他们身边的一名老华工忽然小声地哭起来。梦余看他道："大叔，你怎么了？"老华工道："又有一位乡亲要回故乡了！我将来也会这样死的……我们回不去唐山了！"梦成问道："大叔，你在说什么？"老华工指着前面的断崖，道："就是它，大家都叫它望乡台。死了的猪仔，他们就从那里扔下去，让鹰过来吃掉。有人说，那些要死还没死的人，能从断崖上望见家乡。"梦长听了这话，心中悲愤难言。一时间没有人再吃饭了，都站着朝那个方向望。

果然就见断崖边，黑压压一群饿鹰乌云般飞过来，盘旋着，发出一声声怪叫，震人心魄。两个印度矿警将那死去的华工扔下崖去。鹰群立即飞向崖底，去啄食死者，它们的怪叫声越发嘹亮凄戾，充溢在天地之间，久久不去。

次日黄昏，收工后，梦长、梦成、梦余带着一身矿尘，走向矿洞后面的一道瀑布。这道瀑布是梦余刚刚发现的。疤脸、大个子也跟着过来，看见瀑布大为兴奋，一边叫喊一边脱得精光，抢先赶到瀑布下方冲洗。梦成、梦余也嬉笑着开始脱衣服。蓦然，梦长脸上的笑容凝固了，这一刻他看见疤脸、大个子屁股上的血牙印儿。梦成顺着他的目光看去，不觉又惊又喜。梦长想了想，一路走一路急急脱下衣服，赤裸着走向瀑布，什么也不说，就挤到疤脸、大个子中间去冲洗。

大个子最先发现了梦长三兄弟屁股上的血牙印，大惊后忍不住对疤脸叫道："叔，快瞧！"疤脸顺着他的目光看去，也是一声大叫。梦长、梦成梦余回头，五人在瀑布下对面立，一时心中起的轰鸣声，盖过了瀑布击打在他们强健身体上的声音。

梦长忽然说道："驱逐鞑虏。"疤脸、大个子同时喊道："恢复中华。"五个人不再犹豫，紧紧抱在一起，疤脸、大个子眼里泪光闪烁。梦长叫道："兄弟！"疤脸哭了，梦长热泪盈眶，道："十八年了，还记得自己是谁？"疤脸任由眼泪和瀑布流在脸上碰撞激荡，点头道："当然记得！"

梦长又问："今年中秋节，为什么没回云梦山区团聚？"疤脸答："本要回去的，路被官兵截断了。活不下去，就做了山匪，后来山匪也做不成，就想到了劫船，假装卖猪仔，没想到真成了猪仔，来到这南洋！你到底是谁！"梦余要开口，梦成一把暗中扯住他。就听梦长道："河洛十族华家新一代族长华邦彦。这两位是我兄弟。"疤脸问道："亲兄弟？"梦长道："和你们一样的兄弟。"疤脸道："明白了。我们是十族谁家的孩子自己不知道，小时候被人从云梦山区带走，都随了养父母家的姓！"梦长道："不管是谁家的孩子，只要没忘记自己是河洛十族客家人十八兄弟就好！"

众人匆匆洗完了离开。疤脸兴奋难抑，道："华家大哥，其实我们一直以为你可能是另一个人！"梦长问道："谁？"但他已经猜到了。果听疤脸说道："十族新一代盟主钟梦长。在汕头上船时，我就听说朝廷派大军到处缉拿他，还为了他再一次血洗云梦山区。那天我就跟义增说，闹不好梦长也会爬上我们的大船，我们会不会把他也给劫了！"梦长道："我是梦长的表叔，和他一起离开云梦山区，中途被官兵

客家人

冲散，不知道他现在是死是活。"疤脸脸上现出失望，梦长安慰道："不要担心，他会活下来的！"大个子终于插上话来道："哎，让我说句话行不行？华家大哥，我太高兴了，原来你们就是我们一直要回云梦山区寻找的十八兄弟。云梦山区没有回得去，却在这里遇上了，这太好了！我想知道，以后我们怎么办？"众人都把目光转向梦长。梦长道："怎么都看着我？"疤脸道："虽然你不是钟梦长，但在我们五兄弟中间，你年龄最大，应当是个头。我们以后都听你的！"梦长道："好吧。你们都没有我年龄大，我就领这个头吧！从现在开始，我们生死与共！"五个人抱在一起，叫道："生死与共！"

八

广州黄埔港，一条大船缓缓靠上码头。张凤翔带一顶大轿在这里等待叶赫星带巴什哈和四名侍卫下船。叶赫星目光阴鸷，抬头，一眼望见码头对面的德国教堂，眉头大皱。

张凤翔快步上前，趴下磕头："大清咸丰十八年进士、广州候补道张凤翔奉太子太保两广总督伍尔泰大人之命，恭迎大人！请大人上轿！"叶赫星本不想理他，从他身边走过去，又想起什么，回头。张凤翔正忙着爬起来。叶赫星道："你先跪着。告诉星大爷，你刚才说你是谁？"张凤翔道："回大人话，卑职是大清咸丰十八年进士、广州候补道张凤翔！前不久卑职还是汕头的地方官，有幸侍奉过大人！"叶赫星道："想起来了，原来是你！不对，这才几天，你怎么到了这里？"张凤翔道："回大人，大约是因为卑职办事干练，才被总督大人简选到广州来当差。"叶赫星道："你刚才说你什么？你奉伍尔泰大人之命，在这里恭候本官？"张凤翔答："是！"叶赫星勃然大怒，一把将其提起，道："你当着老子的面扯谎啊！老子问你，老子并没有事先通报，你们总督大人怎么知道本大人会在今天回到广州？"张凤翔急道："大人息怒。伍尔泰大人并不知道大人何日到港，为能接到大人，他让卑职天天带着大轿等在这里，也算是功夫不负苦心人，居然让卑职等到了大人凯旋！"叶赫星听着有理，丢开他，冷笑道："这些话是你们总督大人教给你的，还是你自己机灵，想出来的？"张凤翔缓一口气道："大人玩笑了。卑职再不济，也是两榜进士出身，这几句话还是会说的！"

叶赫星心情就好转起来，看大轿，问："这不是你们伍大人的坐轿吗？怎么给我抬来了？"张凤翔道："卑职回大人话，我们大人说，大人回到广州，他这个总督就不是总督了，大人才是总督，所以要请大人坐这顶大轿！"叶赫星此前一直郁郁寡欢，这时忽然大笑起来。众人不明他的心思，赔笑看他。叶赫星只对张凤翔说道："还是你们总督机灵。哎，我问你，本大人在南洋，不，西马，干的那些事，这里的报纸有些什么报道？"张凤翔忙从袖口掏出一张香港中文报纸递过去，一边道："有报道。主要是香港英国人的报纸。他们说，一个自称中国公爵的海盗，为了击杀一个仇人，在西马一座英国人的矿山上用英国人自己存放的炸药，炸塌了整整一座山，将他的仇人和不久前因台风失事的一船中国非法入境者全部埋在山洞里，一个也没有跑出来。总督大人看了报，就知道是大人的手笔！"

叶赫星接过报纸，草草看了一眼，交给巴什哈，不再理张凤翔，环顾四周，仰天长笑，道："啊，还是回到大清的土地上好啊，只有回到大清，老子才能找回做爷的感觉！老子过去只骑马，今天破例了，坐坐这广州第一、中国第二的大轿！"张凤翔亲自为他打轿帘，叶赫星正要上轿，忽然举目再望前方德国教堂，眉头又是一皱，笑容落下，不再上轿，竟大步向教堂走去。巴什哈及众侍卫连忙跟上。张凤翔不知发生了什么事，也只得跟着进入教堂。

教堂里空无一人。叶赫星带众人走进来。突然一扇侧门开，穆勒夫妇快步走出。看到叶赫星，穆勒吃了一惊，道："是你！"叶赫星道："对，是本大爷我又来了！上次在你这里走了钦犯，还有人对大爷我开枪，这件事情还没有完，老子还要查！"穆勒突然伸开双臂拦住他，叫道："不！上次我就说过，这里是天主的圣殿，没有你要抓的钦犯，你们快离开这里！"叶赫星一把抓住他的前胸，脸贴脸威胁道："你这该死的外国猪，老棺材瓢子，大爷我看你和你的国家就像看一坨屎，还不快给我闪开！"他用力将穆勒扯到一边，转身推开后面的一扇门，踏上隐藏在门后的楼梯。穆勒夫人将丈夫抱在怀里，看着他带众人隆隆地走进去。

二楼。梅卿房间前，叶赫星走过来，一脚把门踢开。梅卿愕然回头，她正在收拾衣物，认出了叶赫星，大惊道："是你！"叶赫星走进来，脸上现出阴鸷，笑道："对，是我，你还认出来了，果然好眼力！"巴什哈和众侍卫跟在叶赫星身后涌进来。梅卿后退，手在背后迅速摸到一把裁纸刀，紧握在手里，颤声道："你们不要过来！"

叶赫星鼓掌，大笑道："好！原来是个烈性的，本大爷就更喜欢了！还不动手！"梅卿一下将刀逼到自己颈上，叫道："你们过来我就自杀！"叶赫星拍手不止，脸上是残忍的笑意，道："我这一辈子，最喜欢看绝色女子自杀！动手呀，不然我就抢人！"梅卿大急道："你……你以为我不敢！"她做出要在自己颈上动刀的动作。叶赫星勃然变色，一步上前，将梅卿握刀的手抓住，悄然用力，刀当啷一声落地。众侍卫一拥而上，将梅卿架起。梅卿奋力挣扎，大叫道："你们放开我！让我去死！"

众人架着她不放，看叶赫星。叶赫星道："带走！"众人欲往外走，梅卿突然呕吐起来。叶赫星大惊，道："等等！"梅卿呕吐得更厉害了。叶赫星上前看她，惊问道："你这是怎么了！"梅卿愤怒地瞥了一眼，干脆放开了大吐。众人放下梅卿，退到一边去。梅卿回身扶住身边的桌椅，吐得更厉害了。

叶赫星变色，叫道："你……你不会是……"梅卿回头望他一眼，怒喝道："你猜对了！我有喜了！怀孕了！我有了孩子！"她已经不呕吐了，一步步向叶赫星逼过去，狂叫道："怎么着？你不明白女人会怀上孩子？你不是女人生的吗！"叶赫星不觉后退了一步，歇斯底里道："你和谁！你和……和钟梦长！不！这不是真的！"梅卿一怔，一不做二不休道："让你说对了！是和他，是和钟梦长，你又能怎么样！把这个怀了钟梦长孩子的女人抓走杀了？你们抓不住他，就杀了我这个女人吧！"

叶赫星渐渐冷静，站直了，挡住梅卿。忽然，他哈哈大笑。梅卿被他挡住，只能站住，感觉他的大笑如同凉风大起，向她袭来，让她浑身发紧。叶赫星突然收住大笑，目光仍不离开梅卿，冷冷道："啊，本大爷今天不走运！太不走运了！本大爷办完了一生的大事，今天回到广州，本以为会和你有一段艳遇……没想到你居然已经让自己变成了个女人！……钟梦长，你居然比老子来得还早！罢了！既然你让别人用过了，大爷也就不稀罕了！"说完回头要走，忽然想到了什么，对巴什哈道："报纸！"

巴什哈一惊，猛然想起来，将刚才那张香港中文报纸掏出来。叶赫星喝道："给她看看！"脸上不禁现出不加掩饰的扬扬自得和赤裸裸的恶意。巴什哈将报纸塞到梅卿手里："你自己看吧！"梅卿一惊，迅速看一眼报纸，不明白，抬头看叶赫星。

叶赫星道："知道本大爷刚从哪里回来？"梅卿又呕吐起来。叶赫星生气了，道："你不知道，你或者想说，我从哪里回来，你一点都不关心。那我现在告诉你，从南洋！"梅卿一下子就不吐了，猛抬头，惊恐地望着他。叶赫星哈哈大笑，道："一看你这个表情，就知道我想对了！你没猜错，本大爷就是下南洋去缉拿你的心上人、大清的钦犯钟梦长去了！可是本大爷很失望，老天没给本大爷活着把他抓回来的机会。他死了！"

梅卿变色，"啊"地大叫一声，就要扑过来。叶赫星不觉后退一步，冷冷道："钟梦长死了！不久前死在一场大爆炸里头。这场爆炸太厉害了，把一座山都炸塌了！正好你的心上人就在山里，在很深很深的山洞里！这会儿……已经死了，不只是他一个人死了，他的两个兄弟，还有几百个和他一起非法入境西马来亚的客家人，全都给活埋在山里了，一个也没有出来，都死了！我真高兴！真痛快！我实在太解气了！实话说，就连我这样一个和钟梦长有不共戴天之仇的人，都没有想到他会有这么一种死法！此前为了杀他，我血洗了云梦山区，在他下南洋的大船上安放了炸药，这还不够，我还亲自带船赶到西马的海上，用大炮击沉了他乘坐的船，可是他还是活下来了，上了岸，他的命真大，本大爷都以为杀不了他了，可是我错了，钟梦长还是死了，死在西马来亚的一座英国人开的矿山上！不，不，也许他这会儿还活着，还在那个山洞里，可是他要是再想活着出来，就得把整座山扒开，把所有的石头拿走。那得多少人去做这件事，要费多大的功夫，一年？不行。两年？不行。最少要十年。十年不行就一百年。可那时他的人，恐怕早就被山里的蚂蚁吃光了，就剩下了一具白森森的骨架……"

他没有说完，梅卿已经回身捡起地下的刀，大叫着冲他扑过来。叶赫星吃了一惊，一把抓住梅卿的手腕，用力一推，梅卿向后轰然倒下去。巴什哈上前看梅卿一眼，发现她已经昏死过去，回头叫道："主子，死过去了！"叶赫星受了方才的一场惊吓，恨恨未已，叫道："我跟你的事，还没有完！"说完转身大步走出去。

教堂女工奔进来，将昏死的梅卿抱起，叫："梅卿小姐！梅卿小姐！"梅卿缓缓睁开眼睛，突然，她一口血吐出来。穆勒夫妇走进来，目视梅卿。穆勒道："说吧。离开的时候，你说要回故乡找你的亲人，想不到你一去就是三个月，回来你就这样了，到底发生了什么？"梅卿拭去嘴角的血丝，不理他。穆勒夫人道："不，我们都看到了，你怀孕了。"梅卿道："那又怎么样？"穆勒道："你让我们非常失望。你本来是一个天使一样纯洁的女孩子。"梅卿道："我现在也是。"穆勒夫人道："不，你现在不是了。神父和我本来想献给天主的是一个童贞女。"梅卿道："可是童贞女也怀孕。"边说边回望了一眼挂在墙上的圣母马利亚怀抱圣婴耶稣的雕像。这句话让已经发疯的穆勒感觉到了公然渎圣的意味，大怒不已，半晌才说出了一句话：“不可理喻！”说完愤然离去。穆勒夫人急忙跟出去。门外长廊内，气得满面通红的穆勒又站住了，从身上取出为梅卿准备的入德国修道院的文书，看一眼，愤怒地一扯两半，扔在地下，对追上来的穆勒夫人大叫：“马上让她离开！不能让她玷污天主的圣殿！”穆勒夫人看他走远，又从地下将那份一撕为二的文书捡起来。室内，听到了方才那一声叫喊的梅卿挣扎着站起，继续收拾自己的衣物，塞进那只洋皮箱。她知道，离开这里的时刻到了。

九

泉州城郊，一条热闹的街道上，莲花头扎草标，跪在路边，身边围了许多人，听她大声哀哭道：“大爷大娘，叔叔婶婶，求你们了，多少出几两银子，把莲花买了去吧！我爹病得快死了，家里好几天都揭不开锅了，大爷大娘叔叔婶婶再不把莲花买了去，莲花和我爹我娘一家人全都得饿死！求你们了，莲花给你们磕头了！”她要磕头，却一头栽倒在地，昏迷过去。众人叫起来：“哎哟，这孩子不行了！快端碗水来！”一讨饭的老妈妈颤巍巍地端着一碗刚讨来的汤挤过来：“快闪开，孩子是饿成这样了，快让她喝了这碗汤！”几个男女将莲花抱起，撬开莲花的嘴，把汤灌下去。莲花喉咙里响一声，醒过来。众人欢呼：“她醒了！醒了醒了！”

一客商运货的马车在人群后面停下。腿上绑着夹板的望北下了马车，他高兴道：“到家了！各位东家，谢谢你们，一路上多亏你们照顾，要不我说不定就回不来了！”马车离开，他忽然望见了人群中的莲花。莲花也在这一刻望见了他。两人同时大叫：“莲花！”“哥！”

望北的腿不好使，要冲过去，却扑通一声摔倒在地下。莲花已经奔过来，搂住他大叫：“哥，你怎么了！”望北把莲花紧紧抱住，喊：“莲花，你怎么成了这样子！你头上插的是什么！”莲花放声大哭：“哥，你可回来了……！我……”众人围过来，发出叹息。一老者道：“这不是望北吗？你可回来了！快回家去吧，你爹娘快饿死了，你这妹子，是要卖了自己，救你爹你娘呢！”望北大惊，大力摇晃莲花：“莲花，是真的？”莲花边哭边重重点头。望北叫道：“快扶我回家！”“哥，你这腿怎么了？”“什么也甭问，快走！”莲花扶起他，二人快步离开，望北一把将她头上的草标拔掉。

家还是那个熟悉的家，但情形和他离开时大不一样了。养父母分开躺在床上，奄奄一息。

紧闭的屋门被猛地推开，一扇门板咕通一声倒在地下。望北出现在门外，身边站着莲花。望北大叫："爹！娘！我回来了！你们怎么了！"让他惊慌的是，这么大的动静也没有惊动两个快死的人。望北跌跌撞撞扑倒在两位老人床前，泪水横流，大叫："爹，娘，你们睁开眼看看儿子一眼吧！"两位老人还是死了一样，一动不动，连眼皮也不动一下。莲花去试两位老人的鼻息，叫道："哥，还有一口气呢！"望北双手撑地，猛地站起，拖着伤腿向门外走。莲花叫："哥，你去哪里？"望北大叫："我去弄钱，救咱的爹娘！"莲花扑上去抱住他，流泪哭道："哥，还是把我卖了吧，你到哪里去弄钱呀！你弄不到钱的！"望北大叫："不，就是把哥卖了，也不能卖了你！我一定要弄回钱来！"莲花看着他走，大声道："哥，你可快回来，我害怕！"

不远的镇街上，就是蛇头刘二鬼的店铺。店铺前，刘二鬼手提铜锣，边敲边喊："都来瞧都来看啦，各位发大财的机会到了！朝廷和美利坚国签了合约，招收中国工人去美国修铁路，一个礼拜六块大洋，一个月三十块大洋！"一群流民闻声涌过来，喊："真的假的？别是假的！"刘二鬼不理他们，继续吆喝："现如今在咱们福建，两块大洋买一个黄花大闺女。谁要有福气被挑上了，一年就是三百六十块大洋！你干上三年五载，发了大财，回来也盖上一座西洋大宅子，娶一个富家千金做媳妇，再买上一辆马车，穿上体面衣裳，也跟我似的天天到洋教堂里做礼拜，你就成了人上人了！快来报名，机不可失，时不再来！只要一千名，过了这个村就没有那个店了啊！"越来越多的流民将周围围得水泄不通，七嘴八舌："哎，刘二鬼，真有这样的好事？"望洛、望嵩、望伊挤进来，他们的模样一看就是无家可归的流民，后面是带着同样一伙流民的于大宝。

于大宝道："美利坚那么远的地方，就是挣到了钱，能寄回家里来吗？"众人齐道："对，挣了钱能寄回来吗？"刘二鬼道："一看你们就是乡下人！能寄回来不能？不能寄回来，我带你们去干什么？打早些年起，我们大清和美国就通了海邮了，当年那些比我们早去美国的，都发了财了，你们不知道？"众人就议论起来："对，这事儿好像听说过！"于大宝又问："还有，去美利坚国要走多少天？路上管吃的吗？"一流民附和："对，要走多少天？比下南洋时间还长吗？还有，我们去了，还回得来吗？"刘二鬼道："你们这话提醒了我，你们是自个儿去美国发财，路费当然是要自理，路上的伙食也得靠自己。当然了，看你们这些人的嘴脸，没人管你们饭你们是到不了美利坚的。这样好了，只要跟我签约，我管你们路上吃的，到了美国挣到钱，咱们再算账。怎么样，没什么可担心的了吧！还有刚才哪位问去了美国还能不能回来？不能回来我去干嘛，我虽然老了，可还想发了财衣锦还乡，叶落归根呢！"

等望北也出现在刘二鬼的店内，已经是深夜了。直到这时，他身后仍然排着长长的队伍。刘二鬼绕着望北走来走去，像看一头牲口，一会儿摇头道："望北，上头都没事儿，只是这下半截，你这腿，能行吗？"望北道："大叔，我这腿没事，就快好了，要不我卸了夹板走两步瞧瞧！"他三下两下卸下夹板，咬牙忍着剧痛，试着在店内走起来，剧烈的疼痛让他头上冒出大滴的汗珠。刘二鬼看他一眼道："好了好了。我知道你是个孝子，你要救你的爹娘和妹子，可这是到美利坚去修铁路，你可要想好，读书人说那里的人就在我们脚底下，头都朝下活着！不过话又说过来，那里遍地都是黄金，只要你好好干，能吃苦，一个月保证你能挣三十块大洋！"望北望着刘二鬼，泪流满面："大叔，我卖了！什么时候能拿到钱？"刘二鬼大喜道："过几天，你把合约签了，要上船了，我就发钱！下一个！"望北道："大叔，能不能现在签，马上就给我大洋？"刘二鬼想了想道："也行。这样吧，我信得过你，明天你过来签，我先给你两块大洋！"他从兜里掏出两块大洋，放在桌面上，推给望北。

望北看着这两块大洋，就像看着自己的命运，突然，他迅速抓起大洋，一眼也不看别人，匆匆地离开了。

深夜，所有的喧闹都安静了下来。刘二鬼上门板，收拾案上的登记簿，活动一下胳膊腿，高兴地自语起来："哎哟可累死我了！这一天下来——"一个人影推开门闪身走进来。

刘二鬼并不抬头，喊："关门了关门了，今天不报名了，明天再来吧！"来人突然低低叫了一声："哥！"刘二鬼一惊，抬头看他，大叫："二愣，是你！"刘二愣道："哥，是我回来了！"刘二鬼又气又怕，变了脸色，抓住他叫道："赶紧给我走！马上走！你这一阵子又犯了老毛病，在外头打家劫舍，官府都贴出了告示了，等着抓了你砍头呢，你还敢回来！要是让人看见了你，报了官，你就走不了了！"刘二愣推开他道："哥，你放开我！我是有事才回来了。我这会儿只问你一句话，望北回来了没有？"刘二鬼看他一眼，道："没有。"刘二愣转身就走。刘二鬼心中生疑，一把拉住他，生气道："你等等。"刘二愣回头道："望北没回来你拉住我干什么？这小子到底死哪儿去了！你松手，望北没回来，我还是得走！"刘二鬼道："不能！告诉我，你上次一回到家就找望北，为什么？"刘二愣道："那个我不能告诉你！"刘二鬼盯着他看，有顷道："他回来了！"刘二愣大喜："回来了？哥，快跟我走，到他家把他哄出来，然后咔嚓一刀给他宰了！"刘二鬼大惊道："胡说！"刘二愣冷笑道："哥，有件事兄弟也不想瞒你了。你还不知道，打上次回来的时候起，我差不多就算是官府的人了，只要杀了原望北，不但我能得一大堆银子，还能当上道台！"刘二鬼被他的话吓了一跳，直着眼睛看他道："你不是发烧，说胡话吧！" 刘二愣嘻嘻地笑道："真要是干成了这件大事，银子分给你一万两，怎么样？这可比你整天骗人来银子快。"刘二鬼警觉起来，道："我不信你的话，一信你又把我带沟里去！什么一万两银子，外头哄傻子去吧，给我走！"刘二愣恨恨道："哥，你这就是隔着门缝看人，把你兄弟看扁了。二愣就是有一百个不好，也是你兄弟，有了发大财转大运的机会，也先回来跟你商量。告诉你吧，几个月前我在外头遇上贵人了。"刘二鬼欲擒故纵道："我才不信你的鬼话！"刘二愣道："当今皇太后的亲侄子，奉了慈禧老佛爷的密诏，有权号令三省军马前往云梦山区剿灭河洛十族客家人，这件事你总听人说起过吧？"刘二鬼听得入迷，道："是听人说起，可跟你什么相干！"刘二愣道："就是他，割走了我的一只耳朵！"刘二鬼又是一惊："为什么！"刘二愣得意道："为了记住我，以后我帮他做成了大事，他好认得我，给二十万赏银，外加一个道台！"刘二鬼不明白，刘二愣看他一眼又道："你当望北是谁？他不姓渠，姓原，是朝廷要缉拿砍头的新一代河洛十族客家人的副盟主！"刘二鬼大惊失色道："胡说！"刘二愣又笑起来道："现在你有点信了！我遇上的这位贵人，人都叫他叶赫星，叶大人，他说，杀了原望北，割下他的两只耳朵送给他，一只耳朵十万银子，两只二十万，外加一个道台！"刘二鬼哪里肯信，道："不，我还是不信！"刘二愣敛了笑容，胸有成竹道："你不信也罢，原望北又不是你的小舅子，我们先把他宰了，割下耳朵去请赏，拿到银子，你就知道我的话是真是假了！"

刘二鬼终于心动了，道："你到底要我帮你做什么？"刘二愣现出恶人本相，道："打虎亲兄弟，上阵父子兵，肥水不流外人田，今晚上就我们弟兄俩，去望北家，把他引出来，咔嚓一刀结果了！"刘二鬼急道："不不，事情做不成，你就连累了我，我还是不能听你的！"刘二愣又生气，退一步道："那你就帮我找几个人。

客家人

我需要帮手，怕我一个人搞不定他！"刘二鬼想了想道："门外头就有山里来的流民，你自个儿去找，别连累我！"刘二愣一时发狠道："好我的亲哥也，你就是个穷命！人无外财不富，马无夜草不肥，还有一句话，有钱使得鬼推磨。没有张屠夫，我也不吃连毛猪！"说完他就转身往外走。刘二鬼又心痒起来："哎，你怎么走了……再商量商量嘛！"刘二愣已经咣当一声，摔门走出。

这天后半夜，海上有风，直刮进岸上来。望北养父母家小院外，刘二愣借助风声掩护，带望洛、望嵩、望伊人手一刀，黑纱蒙面，只露出一双眼，悄悄摸过来，趴在篱笆墙上朝里面张望了一番，只见灯火还亮着，莲花正守在奄奄一息的父母身边，用很大的声音说话："爹，娘，我哥有银子了，马上就买药回来，还有吃的，你们一定要撑住！"他听不清这些话，就挥了一下手："进去！"望嵩、望伊不动，看望洛一眼。望嵩问："真跟他进去杀人？"望洛看刘二愣一眼："你到底有银子没银子？别我们进去帮你杀了仇人，你又没银子了！那我们可不干！"刘二愣急了，道："当然有银子。我老刘吐口唾沫砸个坑的人，说出的话怎么会不算数！"望洛道："要是有，就先给点儿，也好让我们相信你！"望嵩生气道："先给点儿！这杀人可不是一般的事，人命关天！"刘二愣更急了，道："哎呀，你们急死我了，我身上要是有银子，现在就给你们，不是没有嘛！"望洛道："刚才说好的，万一出了岔子，人没杀死，你也得给银子！"刘二愣道："没错呀！快，杀进去！"望洛回头看望嵩望伊，道："走！"望嵩、望伊犹犹豫豫地跟他向院子里走，刘二愣也提刀跟了上去。院门外的小路上，望北提着药和吃的匆匆走回来，借助草屋内泄露出来的灯光，忽然望见了这几个提着刀的人，他站住了，心中一惊，大叫："莲花，快躲开，有强盗！"刘二愣及望洛三兄弟被喊声惊动，急回头看他。这时听到望北喊声的莲花一把推开门跑出来，大喊："哥，你说什么！"屋内的灯光全照出来，照亮了出现在刘二愣等人身后的望北的脸。刘二愣回头望了一眼望北，骤然起了大声："他在那里，快上！杀了他！"望洛对望嵩、望伊喊一声："杀！"四人回头奔望北杀来。莲花将一切都看在眼里，大叫道："哥，快逃！他们要杀你！"门前小路上，望北听了，一眼瞅见那几个人正朝自己杀来，大惊，转身奔走。刘二愣带人杀过来，生气道："他跑了，快追！"众人提刀狂追过去。

泉州港码头上，同时停泊着几条大船。好几支卖猪仔的队伍正在排队上船。

岸上是黑压压的送行的百姓，主要是些女人和老人，泪水涟涟地站在这里，目送自己的亲人远行。一个凄凉的女声响起来。这是一名客家女子唱起了为亲人送行的客家民歌——

> 阿哥出门去过番，
>
> 阿妹送郎大海边。
>
> 千山万水难见面，
>
> 远隔重洋转来难。

一个衣衫褴褛的女孩子在码头上奔跑起来，在一支支猪仔队伍里寻找着什么人。她是莲花，神情焦急，两眼都是绝望的泪水。一女人看她道："你找什么人呢？"莲花流泪哭道："我找我哥！我哥丢了！都丢了三天了！"忽然，她跑不动了，扑通一声趴在地下，努力抬头朝前方的大船上望去，嘶哑地喊道："哥，你可不能走哇，你要是走了，咱们家的天，可就真的要塌了，莲花也活不下去的！"她的哭喊声那么微弱，在码头上海涛一般喧闹的人声中，根本泛不起一丝儿波澜。

忽然她还是抬起了泪眼。原来那条装载刘二鬼的猪仔的美国船前已经没有人了。所有卖身去美利坚的华工都上了船，被塞进了底舱。底舱低矮又狭小，前面的人被后面的人推进来，后面的人继续朝里面挤，背南瓜的老汉和几名华工被挤到舱壁上。一名华工大声喊起来："别挤了！挤死人了！"但后面的人仍拼命往里挤过去。于大宝也喊起来："别挤了，再挤就要死人了！"刘二鬼自己并没有进入底舱，所有的人中间只有他不住在这里。这时只见他站在舱门外嚷嚷："赶快安置下来，这不是在家里，就这么大地方，挤得下也得挤，挤不下也得挤！船马上就要开了！"最后一个人终于被他推进去。舱内一片乱叫："哎呀，我的茶叶！""我的南瓜，你们把我的南瓜挤烂了！"刘二鬼不管这一切，咚的一声关上舱门，又在上面加上了一把大铁锁。舱内的喊叫声忽然就小了，他再一次回头朝岸上望去，自语道："这个鬼，他的事到底怎么样了！我怎么了，本不该惦记他，可还是惦记……不，我是惦记银子！"

大船鸣笛慢慢驶向外港。底舱里，刚刚坐下的华工又呼啦一声站起，拼命挤向一侧小小的舷窗，嚷嚷起来："挤什么挤什么！"一个苍老的声音叫起来："乡亲们，不要闹了，船开了，我们要离开故乡了，不知道还能不能回来，再看她最后一眼吧！"这一声喊把每个人的眼泪都逼出来，一时间，几乎所有人都在大喊："爹，娘，我们走了！到了美利坚国，我们挣了大钱，就寄回来！"于大宝也在喊："娘，你一定要挺住，要多给菩萨烧香，我会回来的！"码头上。送行的百姓也在望着大船呼喊："孩子他爹，你可要回来哟——！""出了门要记住照顾自个儿，记得回家的路——！"莲花望着远处的大船，慢慢地站起身子，流泪道："哥，你在哪里？莲花找不到你了！你要是在船上，能听见莲花的话，就记好了！你一定要回来！哥呀！你怎么能这么走，爹娘和莲花怎么活呀！"她双手捂脸，大哭起来。周围认识她的人都同情地看着她。忽然，她跪了下去，从地下捡起一根草插到头上，大声道："乡亲们，你们……你们还是把莲花买了去吧！我哥不见了，我爹我娘，就要死了！"她痛哭起来，引得旁边的女人们也痛哭起来。

海边。礁石丛中。几条渔船藏在这里，随着波浪起伏。刘二愣带着望洛、望嵩、望伊找过来，上船，一处处搜查，来到鱼舱前，揭开盖板，朝里面望去，没有发现异常，重新将舱盖盖上，气愤道："不对呀，他就在这条船上，我亲眼看着他跑到船上来了，难道能插翅飞了他！"三天来一无所获已经耗尽了望洛的心气儿，一眼望见停泊在外港的大船，回头对刘二愣说道："哎，我说你可把我们的大事耽搁了，快给钱，我们要上大船，去美利坚修铁路，发大财！"鱼舱里，一直憋气藏在水中的望北将头冒出来，长长地吐一口气。舱口上方，刘二愣像是听到了什么，再次猛地打开舱盖，朝里面瞅去。望北再次沉入水里去。刘二愣将舱盖丢开，要走，被望嵩、望伊拦住。"快给钱！说好的杀死杀不死，都要给钱！"三个人嚷道。刘二愣生气了："人都没杀死，给什么钱，没有！"望嵩怒，看望洛道："他想赖账！"望洛朝二人示意，三个人慢慢向刘二愣逼去。刘二愣害怕，一步步后退，嘴里又软下来："哎，哎，哎，你们干什么！"望洛道："你没有银子，总有一条命给我们吧！"刘二愣大叫："不，不，你们不能这样！"望嵩恨道："你把我们的大事都耽搁了，没有银子，我们不要你的命，太亏了！"望伊也道："对，太亏了！"刘二愣见三人来到自己面前，扑通一声跪下道："三位爷饶命！我身上确实没钱。我的钱——"他突然朝外港的大船上一指，"都在那上头呢，船上的蛇头是我哥，你们要银子不难，到那里找他要好了！"趁着望洛、望嵩、望伊转头看大船的光景，他转身扑通一声跳下海，朝岸边游去。

望洛大怒："这小子要跑，逮住他！"望嵩一把拉住他道："算了，一开始就觉得他是骗子，逮住他也没有银子，正好这里有船，咱们还是上大船去美利坚要紧！"望伊也道："对，上大船，去美国发财！"望洛想了想道："好吧！"三个人找到船桨，解开缆绳，向外港大船方向划去。鱼舱里，望北再次从水中露出头，大口喘气。忽然，他意识到船在划动，大急，悄悄掀开舱盖，朝外面观察，发现望洛、望嵩、望伊正在划船，没有注意到他，望北悄悄爬出鱼舱，溜向船舷，扑通一声跳进海里，奋力向岸边游回去。望洛一回头发现了他，大叫："船上真有人！他跳海了！"岸边，刘二愣刚刚水淋淋地爬上岸，听到望洛、望嵩、望伊的喊声，也回头朝海上望去，立马看见了向岸边游来的望北，跟着喊起来："你们快回来，抓住他！抓住他就是银子！！"渔船上，望洛对望嵩、望伊急叫："快，划回去，抓住他！"三人奋力往回划船，要拦住望北。听到这些叫喊，望北看一眼远方的大船，一不做二不休，改变方向，抱住一块漂浮的木板，向大船奋力游去。刘二愣看见了，在岸上大喊起来："他要去大船了！你们快划过来，我也要去大船！一定要抓住他！抓住他就有你们的银子！"渔船上，望嵩听见了刘二愣的叫喊，看望洛，问："咱们划过去吗？"望伊道："别理他，咱们自己去大船，这家伙是骗子，别再上他的当了！"望嵩道："说得对！"三个人不理刘二愣，自己将船划向大船方向。岸边，刘二愣绝望了，大喊起来："快划回来！你们这些家伙，等等我！"一时间，他什么也顾不得了，扑通一声跳回海里，向渔船游过去。渔船停下来，刘二愣爬上船，连打喷嚏，望洛望嵩望伊看着他。刘二愣急起来，叫："还愣着！快划呀！追上他！杀了他一定给银子！"望洛还是不相信他有银子。刘二愣更急了，又看大船，大叫："有，都在大船上我哥那里！好多的银子！"望嵩道："没有银子，我们先宰了你！"刘二愣哆嗦一下，仍在叫："快划！"望洛终于看一眼望嵩、望伊，道："划！"三人奋力向已经游得很远的望北划起来。

海面上起了风。望北毕竟是在海边长大的，水性很好，继续以极快的速度游向大船。刘二鬼正从船尾甲板上走回来，见一个黑影上船，吓了一跳，倒退一步，低声喊："谁！什么人！"望北道："大叔，是我！望北！"刘二鬼大惊："怎么是你！"望北朝海面上望一眼："大叔，快救我，海上有人要上船杀我！"刘二鬼朝海面上望去，看见真有一只小船正向大船靠近，越发吃惊了："怎么回事？他们是谁？"望北道："不知道！大叔，他们要上来了，快把我藏起来！"刘二鬼害怕了："这个……望北，我不能——"

望北镇静道："大叔，我不知道他们是谁，为什么要杀我，一定是他们杀错人了，快把我藏起来，求你了！事情以后一定能说清楚的！"刘二鬼还在犹豫。美国船长带两名黑人船员走过来。看刘二鬼，又看浑身水淋淋的望北，道："刘，洗过澡了吗，为什么不进舱！"刘二鬼一时无法向他解释，急中生智道："他洗过了！"美国船长道："快进舱！不要在甲板上停留，谁知道你们有没有霍乱！"他对一黑人船员示意，后者一把扯住望北，喊道："走！"望北听懂了，看刘二鬼一眼，刘二鬼也只能眼睁睁地看着他随着黑人船员走下出舱口，走向底舱。

美国船长走了，刘二鬼马上又转回来。大船下面，渔船靠上来，刘二愣朝大船上望，道："快上大船！"望嵩抓住软梯，要朝上爬。望洛道："慢！"他又看一眼刘二愣，道："记好了，银子！"刘二愣急道："知道！快上去！"望嵩又要上，又被望洛拦住："你等等！"他看刘二愣，"你先上！"刘二愣疑惑："你们这是？"望洛道："万一我们上去了，你跑了，我们的银子就没下落了！"刘二愣恨恨道："行，我先上！"他率先抓住软梯往上爬。望洛这时才道："上！"弟兄三人跟着爬上去。

底舱门被打开又锁上。望北被推进去，第一个撞见的人就是于大宝。两人对视。于大宝道："你是新来的！"望北点头道："朋友，我在刘二鬼店门前见过你！"于大宝道："我也是。你叫渠望北，可你没跟我们一起上船。"望北点头道："我没跟你们一起上船是因为有人一直在追杀我，马上他们也要来到船上！"于大宝惊奇道："谁要杀你？为什么？"望北道："我要是知道就好了，刚才他们还在海上，这会儿说不定已经上了船！"于大宝看他道："看你像个文弱书生，不是恶人，那杀你的人一定不是好东西。别怕，既然你上了船，又遇上了我这个朋友，我就要帮你！"望北道："谢谢你！"于大宝道："谢什么，我们都是苦命人，既然上了一条船，就要互相帮衬！"他边说边向里面挤去，一边嚷嚷："闪开闪开，让我们过去！"他体大力重，众人不得不闪开让他带望北挤进去。

船舷上，刘二鬼走了两步，又走回来。原来刘二愣已爬上船来，叫一声："哥！"刘二鬼看清是他，气愤道："我就知道是你！你怎么弄的，追到船上来了！"刘二愣道："什么都甭说了，人在哪里！你一定看见他了！"刘二鬼道：

"不，我没看见！"刘二愣一把揪住他道："好我的哥哎，你想把我的人藏起来，然后吃独食，把我撇在一边——"刘二鬼和他推搡，道："放屁！"刘二愣抓住他不放。"快说，人在哪里！"刘二鬼不得已道："这会儿……他去了底舱！"刘二愣松开手道："底舱在哪？我马上把他抓出来，砍了！"刘二鬼一把拉住他道："不行！""怎么不行？""他已经上了船，和上千个猪仔在一起，你还怎么抓他，杀他！""那怕什么？我就抓了，然后就在这里砍了，割了他的耳朵——"两兄弟正吵吵，望洛、望嵩、望伊一个个也爬上来。刘二鬼又是一惊，道："他们是谁？"望洛已经看清了刘二鬼，道："哎，这不是老刘吗？怎么忘了我们？我们在你那里登过记，要跟你一起去美国发财的！"刘二鬼认出了他，看一眼刘二愣，道："啊，原来是你们仨！怎么和他混到一起去了？"望洛道："什么混到一起去了，我们做人，堂堂正正，是他雇了我们！"他看刘二愣，"对了，我们的事儿，能对他说吗？"刘二愣急忙拦住："不能！"望嵩看刘二鬼，又看刘二愣，突然生疑，大叫："老刘，他是你兄弟？"刘二鬼急忙大叫："不！他不是！"望洛一把揪住刘二愣："你说你哥在船上，还有银子，莫非又撒谎？他是谁！"刘二愣挣扎，回看刘二鬼，喊："不，他就是我哥！"刘二鬼啪地给他一巴掌，叫："乡里乡亲的，你胡扯什么！"回头对望洛等三人道："他是我的街坊！名叫刘小狗子！我怎么是他哥！"刘二愣吃一惊："哥！"刘二鬼断然道："什么都别说了！"他看望洛："你们三个，还想去美国发财吗？""想啊！"望洛道。望嵩、望伊道："我们也想！"刘二鬼道："那好，我带你们进底舱！快走！"望嵩一指刘二愣："他呢？"刘二鬼道："他跟你们不一样，他不卖猪仔！"刘二愣又叫："哥！"刘二鬼再次打断他："什么哥，我要是你亲哥，非打你一顿不可，你卖什么猪仔。对了你们几个在这里等一会儿。小狗子跟我过来！"望洛、望嵩、望伊看着他要带刘二愣走。刘二愣不想走。刘二鬼给他一脚："走哇！"刘二愣跟他离开。

望洛忽然道："等等！"刘二鬼兄弟回头。望洛一把揪住刘二愣，道："你不能走！"刘二鬼道："他为什么不能走？"望洛道："他欠我银子！"刘二鬼看刘二愣，又急了："什么，你欠他们银子？"刘二愣道："哥，我雇他们帮忙，事情没办成，他们却一直逼我拿银子！"刘二鬼回头道："这就不对了吧？我说你们三个，事情没办成，怎么能要银子？"望洛冷笑道："老刘，你也不问问他，他雇我们干什么事！"刘二鬼心虚，道："他能雇你们干什么事？好了好了，你们不是要跟我去美国吗？快从这里下去进底舱，我这里有钥匙，晚了就没地方睡了！"望洛仍然不愿放过他们："老刘，一码归一码，他欠我们银子！"刘二鬼已经把钥匙掏出来："好了好了，你们快下去，有事以后再说！"望洛不接那钥匙，道："那不能。就在这儿说。他一直跟我们说，你是他哥，他的银子都让你带船上来了，这话要是假的，就是他骗我们，我们这就砍了他，扔海里去！要是真的，你老刘就得替他还我们银子！"刘二鬼见他较了真，结巴起来："这个这个，我哪有银子！"望洛当即瞪眼："望嵩、望伊，把这小子扔海里喂鱼！"望嵩、望伊上前一把抓住刘二愣。刘二愣大叫："哥，快救我！"刘二鬼气极了，上前死命给他一巴掌，骂道："不让你连累我，你还是连累了我！"回头对望洛、望嵩、望伊道："你们放开他，他欠你们的银子，我应下了！谁让我是他的街坊呢！"望洛道："老刘，你说话可要算数，不然，我们就不对付他，就对付你！——放了他！"望嵩、望伊把刘二愣松开。刘二鬼拉上刘二愣就走。望洛又道："哎，你带他哪里去！"刘二鬼有点怕他们了："哦，我先给他找个地方，回头就带你们下底舱！我们一起去美国！"

　　望洛三兄弟看着刘二鬼将刘二愣扯走，望伊看望洛："我们怎么办？"脚下一晃，三个人急忙互相扶住。望伊叫道："船在动！"望嵩看望洛："大船要开了！我们真要去美利坚？"望洛横下一条心，道："去，怎么不去！人挪活，树挪死，再说这老刘和他兄弟还欠我们银子！"望嵩道："那我们下底舱去。"望洛道："等等！我们追杀的人也上了船，船一开他也下不去了，也只能跟我们去美国了！"望嵩一惊道："对，瞧这事闹的，杀人的和被杀的上了一条船！"望洛道："这几天我们一直蒙着脸，他认不出来我们，我们却认得出他！"望嵩想了想道："望洛，帮别人杀人，这事做得不地道，到此为止行不行！"望洛道："不行！银子还没挣到手呢！"望伊也说："这一去美国，咱们就能挣到大钱了，干嘛还要杀人！"望洛想了想，正色道："你们俩听好了，从今天起咱们就要飘洋过海去外国，出门在外，要格外小心，还要抱团儿，杀不杀人，以后再说！见了那个人，要装作不认识！"望伊忽然想起一件事来："有人问咱们怎么上来的，怎么说？"望洛道："那还不好说！就说刚乘小船上来的。大船在这里这么久不走，就为了等我们！"望嵩道："万一那人怀疑我们就是追他才上了船，怎么办？"望洛冷笑道："他就是怀疑又怎么样？他一个人对付得了我们三个？对了，我有个主意！"望伊问："你又有什么主意了？"望洛想了想道："算了，这会儿我又不想说了！"

底舱里，望北已经换上于大宝的干衣服，和他一起挤在舱角坐下。望洛、望嵩、望伊三个人挤过来。望北、于大宝不得再次站起。望北看见他们三人，心中悄然一惊。望洛要继续往前挤，于大宝拦住他们道："行了，就到这儿了。"望洛道："干什么，让开让开，我们上船晚了，给点地方！"于大宝蛮横道："没地方。这地方是老子的！"望洛道："你什么老子？想练练？"于大宝笑道："哎哟，真没想到，刚上船，就有人想跟我练练！"眼见双方就要动手，望北上前拦住道："大家都是乡亲，又要一起上美国，就挤一挤吧！"于大宝回头瞅他一眼道："好吧，给你面子！"众人挤了挤，让出一块地方。望北重拉于大宝，二人坐下。望洛坐在望北旁边，望北不觉又看他和望嵩、望伊一眼。于大宝见望北目光警惕，悄悄地问："就是他们？"望北点头。于大宝想了想道："来，我们换个地方。"他挤过去坐在望洛身边，把望北挤到自己身后。望北感激地看他一眼。

船在暗夜里驶向茫茫大海。因为人太多，不能躺下，大家挤坐着昏昏睡去。底舱角落里，望北一直在假寐，不时微睁一眼望近处的望洛、望嵩、望伊。这时，一个人影从舱门前人群中猫腰悄悄向这边摸过来。望北一惊，他发现此人居然是刘二愣，不知他是何时溜进来的。于大宝微睁一眼看望北。原来他也没有睡着。望北点头，于大宝重新闭上眼睛。

刘二愣就靠近过来，朝四周看一眼，见众人都睡着，从袖口里顺出一把匕首，举起来，要向望北刺去，于大宝要动作，却发现刘二愣握匕首的手腕已被身边突然伸出的一只手死死攥住。望北微微睁眼望去，于大宝从底下伸过手来，示意他不动声色。那边刘二愣大惊失色，回看身下那个人，原来是望洛。

刘二愣胆战起来，低声道："是你……"望洛手上发力，刘二愣的匕首落下来。望洛另一只手接住匕首，低声道："别惊动了人，快走！"刘二愣忍痛道："你松开！"望洛松开那只铁钳般的手。刘二愣活动一下手腕子，却不走。望洛冲他瞪眼，刘二愣只好转身恨恨离开。望洛将匕首藏起，重新闭上眼睛。于大宝悄悄松一口气，看望北一眼，他不明白望洛为什么要救望北。望北也摇了一下头。

十一

黄昏，华工们第二次到甲板上放风。刘二愣刚走上来，就被一只手拉向了一个

客家人

隐蔽的所在，抬头发现是望洛、望嵩、望伊正团团围着他。刘二愣转身要走又被望洛揪住，大急道："你们干什么！"望洛怒道："我们要干什么你还不知道？"刘二愣见周围没人，勉强镇静下来道："你放手！我正要问你呢，昨天夜里为什么你要挡住我？"望洛沉沉道："为什么你还不知道？因为银子！"刘二愣惊道："怎么会因为银子！"望洛冷笑道："没有银子，你就不能杀他。就是要杀，也是我们杀，你掏银子！这是生意！你不能坏了规矩！"刘二愣又结巴道："我——"望洛恶狠狠道："还有，就是要杀，也不能在那种地方杀！在那里杀，会把所有人都惊动起来。你小子逃得出去？还会连累到我们弟兄！难道你没看见，他身边已经有保护人了！"刘二愣皱眉道："你是说那个黑大个？"望洛道："他叫于大宝！伸出两根手指就能掐死你！"刘二愣气馁道："你们这是什么意思？……行行行，我跟我哥要银子，你们得了银子，就可以出手了吧？"

望嵩道："我再问你一句，船上蛇头真是你哥？"刘二愣道："当然是我哥！"望伊不信他的话："是你哥他为什么不敢承认？"刘二愣一时语塞，半晌才道："他不承认，是他怕被我连累，可只要你们把事情做成，他就会拿银子！"望嵩、望伊一惊，看望洛。望洛道："不是这么说话。还是你先去拿银子，拿到了银子，不用你出手，我们帮你杀他！"说完，喊一声望伊、望嵩离去。

船舷另一边，望北、于大宝盯上了气急败坏的刘二愣。他刚刚跟着望洛三兄弟走回到后甲板上。于大宝看望北，问："到底为什么，这个刘二愣要杀你？昨晚上望洛又救了你！"望北苦思良久，道："他们本是一伙，从岸上追杀我到船上。昨晚上望洛为什么阻止刘二愣杀我，连同刘二愣为什么要杀我，这一切我要是明白就好了。"于大宝想了想道："想弄清楚事情的缘由也好办。"望北问："怎么好办？"于大宝道："我们不能夜夜防着刘二愣，万一哪天夜里我们睡沉了，让他得了手，就晚了！"望北已经猜出他的意思了，变色道："你不会是要——"于大宝满不在乎道："先下手为强，后下手遭殃。就今天夜里，也不要你动手，我一个人就把他整死了，还不会闹出动静，天明就是有人发现，也死无对证！"望北想了想，断然摇头，道："不行！不能这么干！"于大宝不解，问："为什么？"望北坚定道："不能杀人！""可他却要杀你！""那也不能！"于大宝叫道："我不明白！"望北看着不远处的刘二愣，过了一会儿才道："我们是乡亲。虽然他对我做过坏事，但我们之间却没有私仇……我现在只想知道他为什么要杀我！"于大宝笑道："你真是个书呆子。这种年月，杀人还要什么理由，就是想要银子呗！"望北沉思道："可我们家家徒四壁，没有银子！"于大宝神情严峻起来，看着他道："那就是有别的事！你再想想！"

望北心中大动，一时如醍醐灌顶，抓住于大宝的胳膊，道："兄弟，是有一件事，可我又一直觉得离得太远，不太可能！"于大宝惊奇道："什么不可能？"望北又觉得自己想到的太离谱了，道："不，我还是不能相信……因为那件事和他一点干系都不可能有！"于大宝笑道："跟他有没有干系，那咱看这件事跟银子有没有干系！"望北仍在摇头。于大宝道："看出来了，你这个人就是那种读书人，人家要杀你了你还在想他不应该杀我。告诉你吧，今天但凡人杀人，全跟银子有干系！"望北恍然有所悟，道："要真是那样，这件事牵连的人就太多，事情的背景也就太大了。"他忽然叫了一声："莫非他曾经在汕头港——"话到这里又停下来，摇头："这太难让人相信了！我还是觉得太不可能。"于大宝盯着他，等他说下去，他却不说了。于大宝等不及了，问："怎么不说了？"望北道："不能说了。"于大宝知道这话碰触到了他内心的秘密，不再追问。半晌望北又道："你说得对，我们是不能天天防着他！"于大宝道："这事不用再说了，我说过我有办法替你对付他，这件事就交给我了！"望北默默点头，道："大宝，有你这个朋友真好。谢谢你！"于大宝笑道："你真是个书呆子，谢什么！我说过帮你就要帮你。"望北固执道："可我说过，不能杀人。"于大宝道："这更是书呆子话了。"望北认真起来："我要你答应我，不然就不要你帮我。"于大宝又笑："这话更像书呆子了。"望北想了想又说："等等。告诉我，你为什么要帮我！"于大宝叹一口气道："你们读书人真是没药治了。为什么？我愿意！"望北呆了一会儿，道："我这个人做事喜欢较真儿。如果你不说明为什么帮我，这件事还是不能麻烦你！"于大宝不悦，道："你呆气又上来了啊！为什么要帮你？我喜欢你，我们有缘，在船上一见如故！够了吧？"望北还是不依不饶："不是这个。你要是不说明白，我不能答应让你帮忙！"于大宝不耐烦道："我要生气了！"望北忙笑道："对不起，我就是这个秉性，你要不说明，我真的不敢麻烦你！"于大宝沉吟一会儿，道："我真不想说出来。可看你这个性情，不说恐怕不行，是吗？"望北道："是！对不起了！"

于大宝闻言又好气又好笑，道："别老说对不起。我不耐烦。世上哪有这么多对不起。好，我说实话，我要帮你，是我看上你这个人了，我觉得你虽是个读书人，却不是平常之辈，想高攀你，和你做个一生的朋友，将来生生死死不离不弃。你愿意吗？"望北一怔，兴奋道："当然……当然愿意！大宝兄弟，你这么说话，让我有点受宠若惊，我不觉得我有什么特别的！"

于大宝笑道："别以为我看不出来。第一，你知书识字，这点就比我们这些两眼一抹黑的人强百倍；第二，你这个人和别人不一样，别人遇见这么大的事早吓死了，可你上船后到这会儿，一点儿也不惊慌，刚才还坚决不让我帮你去杀死他……你这种临事不惧的底气哪来的？不是读过书、有大胸怀的人，怎么能这样沉得住气！"望北看着他，心中忽然豁亮起来。于大宝神情忽然沉重，道："美利坚在地球那一面，到了那里举目无亲，连话也不会说，别看刘二鬼说得好，到底什么样子鬼才知道！所以，我们这些人从现在起就要结成生死兄弟，还要找到自个儿的头儿，有难时才能相互帮衬，死里求生！我看出来了，你就是那种临事不惧、有大胸怀、到了生死关头头脑也不会发昏，能一直领着大伙走出死地的人。怎么样，我把不想说的也说出来了！"望北大悟，深深看他，感动道："大宝兄弟，你太抬举我了，我哪里是你说的这种人，可是你能说出这些掏心窝子的话，我还是太高兴了。你的话我觉得都有道理，我们这些人是要从现在起就准备到了美国应付各种意想不到的艰难、关口。对了，你刚才说，想和我结成生死兄弟？"于大宝刚才说得慷慨激昂，这时却突然没了底气，道："你愿意吗？"望北激动道："我怎么会不愿意。大宝，好兄弟，从现在起，我们就是同生共死的兄弟了！"两个人拥抱起来。

两人一对生辰，望北稍微大些，于大宝叫道："哥！"望北飘洋过海去异国他乡，突然交到这样一个好友，结伴而行，感到上天待自己不薄，不禁热泪盈眶，叫道："兄弟！"

第六章

一

广州德国教堂内，梅卿还在呕吐。一名教堂女工替她拍打后背。

门外忽然传来轰隆隆的脚步声，一转眼门被推开，叶赫星带众侍卫走进来。梅卿抬头看他，心中大惊。穆勒夫妇转身挡在叶赫星面前，大声道："我抗议！你们不能这样！这里是一位怀孕的女士的房间！我以天主忠实的仆人的名义要求你们马上离开！"叶赫星笑道："老棺材瓤子，你给我听着！今天我不是来给你捣乱的，我今天的身份不一样了，我是来求婚的！"不仅梅卿和穆勒夫妇大惊，连众侍卫一瞬间也都瞪大了眼睛。穆勒气得发抖道："你说什么？求婚？你向谁求婚！"叶赫星来回走了一圈，道："这个房间里共有三个女人。你的太太，梅卿小姐，还有这个女人。"说着鄙夷地看教堂女工一眼，继续道："我当然不可能向她求婚，更不会向你的太太求婚，那不合适。"突然回身一指梅卿，狂热地说："向她！"梅卿浑身一抖，教堂女工猛地抱紧了她。

叶赫星回头笑道："既然是求婚，当然要有点求婚的样子！花在哪里？"一侍卫从后面把一捧花递过来。叶赫星接过花后大笑道："多漂亮的花！因为是在洋人的教堂里，我也入乡随俗一回！梅卿小姐，怎么样，我的意思你听明白了吗？告诉你，我下南洋以后又去了云梦山区，钟梦长死了，就连他那做凤凰山寨主的兄弟钟梦来也死了，不用说，跟随钟梦长下南洋的钟梦成、钟梦余也死了。钟家不剩什么人了，我打发人去了泉州，追杀原望北，他们告诉我，此人大约被自己的仇人追杀了，如今生不见人，死不见尸。到了这会儿，虽说客家人十八兄弟没有全部被我杀死，但剩下的群龙无首，大约也翻不起大浪来了。想着叶赫星一生的事业差不多已经做完了，剩下的日子还长得很，我就发起愁来。告诉我，我以后该怎么打发那些无聊的日子呢？我自己想啊想，睡不着觉，我头发都愁白了，终于想到了一件事，我还没娶女人呢！"

梅卿一时急火攻心，说不出话来，只是嘶哑地喊："你……无耻！"叶赫星见她这副样子，越发来劲了，道："梅卿小姐，这么说吧，说句酸倒牙的话，我爱上你了。从我们俩第一次在这个地方见面，你就把我迷住了，你把我迷得神魂颠倒，神不附体，六神无主，我简直醒着梦里全想着你！中国古人怎么说的？'一日不见，如三秋兮。''窈窕淑女，君子好逑。求之不得，寤寐思服。悠哉悠哉，辗转反侧。'什么叫辗转反侧，就是睡不着哇……钟梦长不在了，钟家四兄弟都完了，我知道你是多么恨我，可是无论你怎么恨我，怎么不愿意，今天都得跟我走。这没有办法，因为女人和财富都属于赢得战争的那个男人，所以，你已经是我的人了！"

梅卿蓦然抬头道："梅卿可以死，但是不会跟你走！"

穆勒忽然站了出来，挡在梅卿面前道："不，叶大人，她是我的养女，她没有犯罪，你今天不能带走她！"叶赫星勃然怒起，脸上的笑容一扫而光，一把将他推开，大声骂道："你这个老棺材瓢子，我说过她犯罪了吗？我说的是娶她！把人带走！"穆勒夫人见势不好，急中生智道："等等！叶大人，既然你要娶我们的养女，不是抢，那就不能这么匆忙！"叶赫星上下打量她，他以前从没正眼看过她，饶有趣味道："你这个洋婆子，你想说什么？"

穆勒夫人道："梅卿虽是我们的养女，但养女也是女儿，即使我们答应了让她嫁给你，双方也要订个日子，因为她是天主教徒，必须在教堂里举办婚礼。叶大人，如果这些你都能答应，我们就让我们的女儿嫁给你！"

叶赫星回望众随从，嘲笑道："哎，这件事越来越有趣了，本来老子只想来了抢走人了事，不想还被他们搞出了这么多的名堂。"忽然回头目光炯炯看穆勒夫妇道："不对，就是你们答应了，你们的养女会答应吗？你以为我看不出你们这么做，是想对老子行缓兵之计，我们一走你们就放她逃走吗！"穆勒夫人正色道："不，我们是天主的儿女，不懂得你们中国人的什么计谋，撒谎对我们来说就是犯罪。"穆勒拉她一把道："不，婚姻是梅卿自己的事，你不能替她做主！"他之前逼梅卿嫁给吴老板，但现在要把梅卿嫁给叶赫星，他又不愿意了。穆勒夫人不理他，走过去轻轻拥抱梅卿，道："梅卿，我的女儿，听我的话，嫁给这个人吧！一切都是天主的安排。这就是你的命，也是你的一劫，躲不过去的！"穆勒愤怒，大声喊道："你不要逼她！"梅卿与穆勒夫人对视，忽然明白了什么，大声道："不，她没有逼我！神父，还有你，叶赫星，我改主意了，只要能让我把梦长的儿子生下来，我什么都答应你！"

梅卿态度的变化反让叶赫星意外。"什么……你真的答应嫁给我？"他用嘲讽的声调说道。梅卿道："我答应！但有个条件，你必须让我把孩子生下来养大！只要答应这一条，无论你怎么折磨我，羞辱我，让我受苦受罪，我都不在乎！"叶赫星听了鼓掌，笑道："好！这件事越来越像真的了！牧师，我今天就犯一回浑，听你们的。我给你们三天。记住，只有三天，三天后我来人把她带走！——我们走！"众人转身随他往外走。穆勒夫妇迅速对视一眼，吐出一口气。

门前，叶赫星又陡然回过头来，道："不要想骗我！不要想把我骗走了给老子来一个金蝉脱壳，三十六计走为上！洋神父，告诉你们，从我走出教堂的一刻起，我的兵就会把这个供洋神的地方团团围困起来，直到三天后我从你这里带走我的人！——走了！"

二

穆勒夫妇走进圣器室，穆勒随手关门。穆勒夫人道："你把她关在那里，也不是长久之计。还得快想办法，把她送出去。"穆勒道："我是要想办法，但需要时间。"穆勒夫人沉吟起来，有顷道："她是个孤儿，举目无亲——"穆勒忽然道："她不是。"穆勒夫人惊奇道："不是？"穆勒道："在德国像她这样的人就是，在中国她就不是。中国人不止是生活在家庭里，他们还生活在一个大家族里。"穆勒夫人心中一亮道："想起来了，她曾经跟我说过，她是客家人！"穆勒道："还是河洛十族客家人。她腹中的孩子，是十族客家人首领钟梦长的！"穆勒夫人道："河洛十族在粤闽赣三省交界山区，一时半会儿也来不了人救她！"说着又焦急起来，穆勒思索道："不对。这广州城里说不定就有他们十族客家人。我有个线索。"穆勒夫人道："他们在外边把教堂都围起来了，你怎么走得出去。"穆勒道："我是牧师，每天不在教堂布道，就出门访问教友，他们挡不住我的。"说完他就包起一本《圣经》，将胸前的十字架重新戴好，走了出去。穆勒夫人一直目送他走出教堂，才回头离开。

不说穆勒如何与广州城内的十族客家人头领接触，只说次日清晨，叶赫星行辕内，巴什哈正侍候他梳洗，叶赫星忽然回头问："今天第几天了？"巴什哈道：

"第二天。"叶赫星怒道："怎么才第二天，我以为到日子了呢。不。老子不想等了，今天就要去德国教堂里把人弄回来！"巴什哈试探道："主子真要把她娶回来做太太，不，做大福晋呀？"叶赫星道："怎么，你觉得我不会？还是不可能、不合适，会给我惹来麻烦？"巴什哈忙赔笑道："不，奴才只是觉得这件事有点意想不到，难以想象，不可思议——"叶赫星冷冷一笑道："老子娶了钟梦长的女人，还要替他养大梅卿肚里的孩子，你觉得不可思议？"巴什哈啊了一声。叶赫星拍一下他的脑袋，道："这点子事就让你意想不到了？就让你不可思议了？我要是告诉你……不，罢了，快去传话，今天就是黄道吉日，老子今天就要去德国教堂迎娶梅卿，和她拜堂成亲，今天晚上就是老子的洞房花烛夜！"快去准备迎亲的车马大轿，我今天就要让全广州，不，整个岭南，只要有客家人的地方，都知道我，大清一等公爵、当今皇太后的亲侄子，不但灭了十族盟主钟家四兄弟，还把钟梦长的女人娶来做了自己的女人！这个女人肚子里还带着钟梦长的孩子，要一起嫁过来，做我的老婆！"

巴什哈忽然大有所悟，道："主子，奴才……奴才有点明白了！主子要是轰轰烈烈地把这件事办了，整个南中国的客家人都会明白，钟家完了，河洛十族完了，客家人完了！主子只带我们这几个人，就做成了大清开国二百年没做成的大事，一举剿灭了河洛十族客家人！"说完他匆匆跑出。

德国教堂内，穆勒正在布道，他没有了往常的平静，声音里满是悲愤，道："教友们，今日是个特殊的日子，我有特殊的话要宣讲。我要宣的教是天主在这个充满罪恶、丑行、绝望的世界上的救赎行动；是天主和圣母玛利亚的权能与世上罪恶的斗争，并要取得最后的胜利。有教友会问了，教堂在其中的角色是什么？我现在可以清楚地告诉大家，教会、教堂是天主在世上完成救赎活动的一个工具……"教友们感到气氛不对，开始交头接耳。已换上侍祭服装的梅卿悄悄从暗室内走出，立于他的身后，与站在前排教友中的人对视一眼。

教堂门外，大批清军仍然三步一岗，五步一哨，戒备森严。巴什哈一人一马驰来，守在这里的清军统领急忙迎上去。巴什哈一边下马一边大声道："主子有令，教堂给他围死了，只能进不能出，不到午时三刻娶亲队伍离开，一个人也不要放出去！"更多的清军在他身后一队队跑过来，将教堂围得水泄不通。巴什哈仍不放心，对统领说："给我两个人，我带他们进去看看新娘子，别让他们跟主子玩空城计！"清军统领回视身边两名清军小校，示意他们随巴什哈进入教堂。

巴什哈推门就往里闯。穆勒夫人走出，挡在他面前。巴什哈道："是你！快让开，奉主子爷之命，我要先看看新娘子！"穆勒夫人道："啊，请！"说完转身走回去。巴什哈松一口气，带两名小校跟进去。

穆勒夫人带三人一直走到教堂二楼梅卿门外，只见房门大开。穆勒夫人抢先一步挡在门前，回头对巴什哈道："先生们，你们到这里就可以了！你们是来看新娘子的，现在已经可以看见她了！"巴什哈朝里面望去，他看见一个身穿嫁衣且蒙着盖头的新娘子面朝屋门坐着。他的心忽然放下，对两名小校说："你们守在这里，什么时候花轿到，娶走新娘子，你们才能离开！"两小校答应一声，一边一个立到门两侧去。巴什哈转身松一口气离开。穆勒夫人将屋门关上，随他下楼。

两人正走在楼梯上，教堂钟声骤然响起。巴什哈又担心起来，回看穆勒夫人，瞪着眼睛问道："什么声音？"穆勒夫人平静道："教堂的钟声你都听不出来吗？神父今天的布道结束了！"巴什哈掏出怀表看一眼，叫："哎呀，午时二刻了，主子迎亲的队伍快到了！"他丢下穆勒夫人，几步跑下楼梯，要赶到教堂外去。

叶赫星行辕大门外，此时已是鼓乐齐鸣。迎亲的仪仗浩浩荡荡排出，朝教堂方向而去，一街两旁看热闹的人山人海。那顶六十四人抬的攒花镶金镏银雕龙镂凤大轿前，一排二十四盏宫灯前面开路，后面是"回避""世袭一等公叶那拉"的大红底黑字虎头纹的开路牌匾。叶赫星一身新郎衣装，披红戴花，骑在一匹四蹄点墨通体银白雪花西域纯种汗血宝马上，招招摇摇地引导着迎亲的队伍向前行进。

穆勒大步走上教堂钟楼时，已能远远地望见迎亲的队伍正穿过前面一条人头攒动的大街，向这边行来。穆勒大为激动，一把从打钟人手里夺过钟缆，大力摇动起来。钟声一时间变得急促嘹亮，报警一般响彻天地。钟声中，教堂门开，大批教友从门内涌出。一名年轻商人对周围一群男人眨一下眼，将女扮男装成助祭模样的梅卿护在中心，随汹涌的人群潮水般向外涌出。

巴什哈这时也正要从里面挤出去，被人们挤在中间，出不来，大叫道："快让老子出去！"又朝门外的清军呼喊："把他们堵住！都堵回来！"经过一番奋力挣扎，他终于挤出了教堂大门，看众清军已经和汹涌而出的教友们拥挤在一起，互相推搡，乱成一团，急得乱叫："挡住！全都赶回教堂里去！"看清军人多势众，很难保护梅卿挤出去，人群中那一年轻商人忽然急急对面前的清军道："这位是教堂助祭，得了急病，我们要带他去看医生！"清军喝道："不行！上司有令，一个人也

客家人

不能让放走！"年轻商人将一块银子塞在他手里。清军看他们一眼，回头去阻拦别人，大喊道："不能走，都不能走，都回到教堂里去！"年轻商人趁机带梅卿低头穿过清军队伍走出。巴什哈一眼瞅见住院病人，大叫道："有人走了，快把他们拦回来！"清军统领带人赶过来，挡住年轻商人和梅卿。年轻商人情急之中，对周围几名黑衣男人眨一下眼睛，突然拔枪，对空就是一枪。"砰！"枪声一响，现场顿时大乱起来。众黑衣人同时拔枪，清军防线大乱，众人迅速保护梅卿冲出去。

巴什哈被人群挤倒在地，奋力爬起。众教友四散奔逃，挡住了他的视线。巴什哈大怒，对众清军大喊："快开枪！拦住他们！"众清军对现场开枪，正在逃走的人一个个中枪倒下。巴什哈忽然想起来大事，急喊："快进教堂，不要跑了梅卿！"边喊边带清军冲向教堂。

教堂旁边的一个小巷里，年轻商人等已簇拥着梅卿跳上一辆马车。车立即驰走。车上，梅卿问年轻商人道："你们到底是谁？"年轻商人道："什么也不要问！跟我们走就行了！"梅卿也不好再问，闭目随马车而去。

只隔着一条街道，迎亲队伍仍在前进，鼓乐喧天。叶赫星骑在马上，忽然听到枪声，一惊之际，巴什哈已飞马赶来，大叫道："主子，不好了，新娘子……新娘子让人劫走了！"叶赫星大怒道："德国人真敢放走她，老子就敢点了洋鬼子的教堂！"说完一巴掌打在巴什哈脸上。巴什哈溜下马，扑通一声跪倒大哭道："主子，奴才把差事办砸了！"众侍卫也急忙跪下。队伍停下来，鼓乐也停了。

叶赫星仍然骑在马上，怒火中烧，一连声地大叫："知道不知道，你们让老子在全天下客家人眼中成了笑柄！老子本想用这么一件事，彻底灭了客家人的威风，你们这些蠢才却长了他们的威风！"他不停地大喊大叫，扯下自己的新郎衣冠，状如疯狂。"现在怎么办？天下这么大，我到哪里去找到她，还有她肚里钟梦长的种！"

三

赴美国的猪仔船仍在茫茫夜幕下的大海中航行。现在是后半夜了，底舱里所有人都昏昏睡去。于大宝仍用身子将望北和望洛、望嵩、望伊隔开。他不时睁开一只眼，警觉地盯一下不远处的刘二愣。寂静中，一华工忽然大喘着从众人中站起，喊："我透不过气来了！我要死了！"众人骚动起来，华工从人头上拼命爬向舱门。有人喊道："快把他扔出去！大家搭把手！"所有的手立即高举起来，把华工从头上传过去，扑通一声扔在舱门上，又落下来。华工痛苦地抽搐起来，不一会儿就不作声了。舱门前的几个华工相视一眼，拼命拍打舱门，喊："有人死了！快开舱门！有人死了！"没有人回答。底舱深处，就在望北身边，又一华工突然站起，拼命向舱门方向挤过去，大喘道："各位……乡亲，我也喘不过气来！我要透透气！"被他踩踏的人吵嚷起来，也像方才另一边的人一样胡乱把他从自己头顶扔过去，新来的华工一下趴在舱门前的死人身上，继续大喘不止。

　　舱门忽然被哗啦啦打开。刘二鬼带船医和几名黑人船员走进来。两名死者转眼就被抬出去。望北见刘二鬼又要关门，大声喊道："乡亲们，不能让他们就这样把人抬走！这样下去，我们也会死的！"众人安静下来，马上就有人呼应："说得对！事情不能就这么算了！"刘二鬼不理不顾，继续关舱门，一边大声道："吵什么！都给我闭嘴！人死了不抬走，让他们臭在舱里吗？"他边说边用力把舱门关上，并在外面加上大锁。刘二愣和别人一样被关在里面，一时间也觉得喘不过气来了，大喊："哥，快让我出去，我也要死了！"众华工再次扑向舱门，拍打起来，喊："不行！快把舱门打开！我们都要被憋死了！"这时就有一些人想起什么，转身涌向舷窗，挤在一起，朝外面望去。他们看见了，一侧甲板上，几名黑人将两死者抬过来，刘二鬼垂头丧气地跟在后面。众黑人看他一眼，也不说话，用力将死者扔到海里去，然后拍了拍手，什么事也没有一样转身就离开了，留下刘二鬼一个人站在那里，嘴里用哭腔念叨："哎呀我的人哪，这样下去我要赔光了！我不活了，我要跳海！我的鸦片烟——"海上月光很亮，望北、望洛、望嵩、望伊和于大宝瞪眼看着被抛进大海的死者在水面上打个旋，就沉没下去，不见了。在他们身后，一个孩子样的华工忽然大哭起来。众人回头看去，只见他搂住身边一个男人的身子大叫："叔哇，你可不能像他们一样死了啊！你要是死了，我可怎么办呢！"那男人一直在大喘，向舱顶大瞪着眼睛。众人看了他们一阵，那孩子似乎是哭累了，停下来。众人也各自坐回去。舱室内暂时恢复了平静。

四

拂晓时分，底舱一角，那位背着南瓜的老华工突然一阵急喘，接着头一歪，也死了。

众人都无心再睡，刘二愣大力捶打舱门，发出巨大的响声，大喊道："快来人！哥，你要是再不来，我也要死了！"没有人回答他。他不知道，从底舱里传出的喧闹也惊动了船上的美国人，舱门外的脚步声让一直在号叫的刘二愣住了手。望北等众人朝舱门望去，只听一阵开锁的声音，舱门被打开，美国船长带船医刘二鬼及几名黑人船员出现在门外。众华工都站了起来，用憎恨的目光看着他们。

美国船长看一眼舱门前死去的老华工，并不惊讶，对船医示意。船医也戴上了口罩手套，蹲下去胡乱翻了一下老人眼皮，后退，对黑人船员道："抬走！"两名黑人船员上前抬起死去的老人。刘二愣忽然叫道："里头还有一个！"美国船长捂住鼻子，对船医及黑人船员又摆了一下手。船医带黑人船员进舱，众华工自动挤开一条路，让他们过去。这次船医连敷衍似的检查一下也没有，就招呼两名黑人船员将新的死者抬走。

那名孩子模样的华工突然扑上去，抱住死者放声大哭，边哭边叫："叔，你怎么死了！你死了我怎么办！"黑人船员要把尸体抬走，孩子紧紧抱住尸体不放，哭喊道："叔，你不能走！我跟你一起走！我也不活了！"黑人船员生气，一脚将他踢倒在地下，抬尸首往外走。

望北大叫道："不准打人！"众华工也跟着大喊。黑人船员理也不理，将尸体抬出去，舱门随即哗啦啦锁上。几名华工马上扑向舱门，大喊："不要关门！""这样关着还要把人憋死！"但毫无用处，门还是被锁上。众人马上又挤向了舷窗。大家眼睁睁地看着两名死者又被黑人船员抬上甲板，扔到海里去。望伊抱住望北哭起来。望北道："兄弟，你怎么了？"望伊浑身打战，道："我怕……撑不到美利坚……也像他们一样……给扔到海里去……那我就回不到家乡了！"望北紧紧抱住他，回头对大家高声道："乡亲们，我有话要说！不能这样了，这样下去我们谁也到不了美国，我们要结成一条心，在船上争取活下去的权利！"

望洛一把将望伊从他怀里扯过去，恨恨地看望北道："离远一点儿你！他是我兄弟！"望北耐心道："这位兄弟，我们都是背井离乡去美利坚修铁路的苦人，又上了一条船，生则同生，死则同死，为什么还不能好好地相处呢？我先自我介绍一下。原望北，泉州鹿港人，二十三岁，从小跟父亲在码头上扛大活。因为父母病重，妹妹插草标自卖自身，我想救她，一狠心要把自己卖了做猪仔，可还没拿到安家的钱，就遇上坏人，被逼上了这条船。"他边说边盯着望洛的眼睛，"来，拉个手，以后就是兄弟！"望洛拒绝和他握手，冷冷道："把你的手拿回去，想干什么？想跟老子套近乎？让老子跟你走？呸！自打上了船老子就看你不是个好东西！一直想做我们这些人的头，鼓动大家跟着你造反，我们不会上当的！望嵩，望伊，我们兄弟谁也不能跟他结识！"

望北失望地放下伸出去的手。望伊生气地对望洛道："大哥，你说什么！这位大哥是好人！还有……他也姓原！"望北一惊，看望洛、望嵩、望伊道："怎么，你们也姓原？"望伊刚要说话，被望洛打断："胡说什么！我们姓什么都跟你没相干！我警告你，不要以为我们姓原的是中原大姓，客家望族，你出来混世界，就冒充姓原，跟老子套近乎！"望北不为所动，仍在问："请问你们是什么地方的原家？"望洛喝道："云梦山区河洛十族原家。听说过吗？"望北大吃一惊，不觉变色。望洛以为占了上风，冷笑道："看你这样子，就是小地方人，什么也不知道。你打听打听，再来问我们是哪里的原家！河洛十族原家，天下闻名的云梦山区河洛十族副盟主，听说过吗！"听了他的话，一时间舱室内所有华工都朝这边望过来。

有一瞬间望北站着，不说话，众人的目光让他上船后一直轻飘飘的心忽然就山一般定住了，与生俱来的责任感、使命感重新回到心中，这给了他无比的力量。他沉静地望着望洛，有项言道："请教大名！"望洛也在众人的目光中越发骄傲起来，道："大丈夫行不更名，坐不改姓。原望洛。这是我兄弟原望嵩，这最小的是我兄弟望伊。让你知道老子们是谁也没有干系。知道了以后少来兜搭，讨没趣。知道我们的名字什么意思吗？"望北心中忽然起了一阵激动，不露声色道："不知道。但我可以猜一下。洛是洛阳，也是洛水，嵩是嵩山，伊是伊水。你们真的是洛阳堂原家的后人？"望嵩诧异道："你什么人，知道我们家的堂号！啊，我们已经知道你是泉州人，不要说你也是我们洛阳堂的后人！"望北不接他的话茬，接着问下去："请问三位是河洛十族原家什么人？"望洛已扭过头去不理他，这时又回头道："告诉你也没关系。本人是河洛十族原家新一代的掌门人，十族副盟主。这两位是我一门的兄弟。听说过十八年前，云梦山区河洛十族十八兄弟逃出山外躲避官兵的事吗？

客家人

我们三个都在十八兄弟之数。因为官兵追杀，只好背井离乡，前往美利坚做苦工躲避……现在你知道我是谁了吧！知道了就知道了，但不能说出去。你敢说出来，要你的命！"

望北心中早已波翻浪涌，半晌，突然盯着他低声道："驱逐鞑虏！"望洛一怔，脸上现出困惑的表情。"你说什么？"他问。望北久久凝视着他，忽然不想再谈下去了，看大家还在注视他们，回头道："啊，乡亲们，刚才我想说的是，我们大家必须团结起来，向蛇头刘二鬼，向美国船长提出我们的要求。不能这样待我们了，继续这样下去我们到不了美国都要死！"望洛大叫："我说过了，没人会跟着你造反！就是这里有人领头造反，那也该是我！"

一华工忽然叫道："原望北，不要听他的！你说得对，就是为了能活到美利坚做工，也要跟着你，同蛇头和美国船长斗，不能让他们继续这样待我们！"众人大声附和："对，我们听原望北的，他们不能这样待我们！"望洛虽然可着劲儿反对，却已无法阻止。这时大家就听望北道："我们现在马上选出代表，去见蛇头，并通过蛇头去和美国船长交涉，改变我们的住舱环境，不能这么多人全挤在底舱里。我们还要求改善我们的伙食，增加淡水供应！总之，他们最起码应当让我们能够活下去！"众华工嚷嚷起来："说得对！可让谁去见刘二鬼呢？"刚才那位华工道："望北大哥，我们选你做代表！"望北一转眼盯上了刘二愣，想了想道："大家这么抬举我，我当然愿意做这个代表，替大家去交涉，可我们这里有一个更合适的人！刘二愣是蛇头刘二鬼的弟弟，我们一客不烦二主，就请二愣帮我们去见他哥，转达我们的要求怎么样？"众人一时间都不说话，一起盯着刘二愣。刘二愣已经站起来，大喘了一阵才颤声道："这个……我愿意……我去试试。"望北沉沉地看着他道："二愣，不要辜负大家的信任，我们等着你！"

五

底舱门再次被打开时，天已经大亮了。刘二愣走回来，望北忙问："怎么样？你哥怎么说的！"刘二愣哭腔道："不好说！"望北道："怎么了！"刘二愣道："我哥不是东西，他不是我哥！他说，改善住舱的事说都不用说，美国船长不会答应的！原来这狗日的害怕我们身上有霍乱和鼠疫，传染到他们，才把我们一起关在这底舱里！"众人嚷嚷起来："什么？霍乱？鼠疫？""我们没有霍乱，也没有鼠疫！"刘二愣又叫："停！不过我哥说，饭和水的事他可以做主！"望洛上前一把揪住他，怒道："什么意思！"望北叫他放开。望洛不情愿地松开手，刘二愣才大喘气道："我哥说……一天两顿不能变，但是可以每人多加一个糠团子，以前是每人一顿一个，每天两个，现在多加一个，每天三个。淡水每顿多加一桶。就这么多了，无论是糠团子还是水，都是银子！哎呀就为了这些，我嘴皮子都磨薄了！"众人都不相信他，看望北。望北道："二愣，谢谢你为大家做了件好事，每天只增加一个糠团子，每顿只增加一桶水也是改善。但这些还不够，我们还要争取改善我们的住舱环境！二愣，还要再请你回头去见你哥，就说我们大家还要请他去见美国船长，改善一下我们住的地方，不然还要死人！你一定要让他告诉美国人，我们中间没有霍乱，没有鼠疫。大家都是乡亲，只要住舱环境改善了，就不会再死人了！"刘二愣做出一脸为难相道："望北，说实话我真不想再去见他！他说是我哥，其实我们不是一母同胞亲生的。我是我爹从小捡回来的，不过……大家要是还信得过我刘二愣，那为了大家，我就再去见。只要能帮大家伙儿，什么难听的话我都能听，什么难咽下去的事我都能咽下去！"望北知道他的话夸张，但还是对众华工们说："来，我们为二愣鼓鼓掌，打打气！"他率先鼓起掌来，众人也跟着稀拉拉鼓掌。但是舱门已经被重新锁上，大家拍打了半天，也没有回声。于大宝忽然提醒道："这时候再要他们开舱门恐怕不行了，等开饭的时候吧。"众人也只好作罢。

望北一晚没睡，靠在舱壁上打盹。忽然舱门又响起来，被打开，两名黑人船员将两筐糠团子和两桶淡水放进来，马上捂着鼻子退出去，重新去锁舱门。望伊叫了一声："等等！不要锁门！"舱门已经被锁上了。那个孩子模样的华工一眼盯上筐里的食物，大叫："给吃的了，抢啊！"他第一个扑上去，一手一个抓住糠团子往嘴里塞。所有的人像是醒过来一样，发一声喊，一起扑过来疯抢食物和水。前面的人扑上去不愿离开，后面的人要挤到前面去，抢到的挡住了抢不到的，抢不到的从抢到的手里争夺撕扯，所有的人都在愤怒地吼叫、哭喊，拳脚相交，现场瞬间变成了战场。争抢过程中，水桶被打翻，不少人马上趴下用嘴去吮吸地板上淌过来的水，舱内一团大乱。

望洛三兄弟也冲进人群，抢夺起来。望北大喊道："停下！快停下！不要抢！"于大宝叫道："大哥，我们要是不抢就抢不到了！"望北连声喝止，可于大宝

客家人

已经冲上前去。更多的人涌上来，将望北也裹挟进去。他还没有反应过来，已经挨了一拳，仰面倒地，众人从他身上踩过来，他双手撑地，要爬起来，却在地下摸到了一个糠团子。他向后退出，强大的饥饿感让他不觉把糠团子塞进嘴里啃了一口，又啃了一口，两口那糠团子就下去了一小半。忽然就有人将手指一直伸进他嘴里，硬是把剩下的半个糠团子从他嘴边掏出去，马上塞进自己嘴里吞下。望北还没看清是谁，眼睛上又挨了一拳。他完全傻了，趴在地下睁开被打肿的眼睛看着四周大喘。

此时舱内的骚乱愈演愈烈，人们开始还在为争夺一个糠团子各自大打出手，现在打架似乎成了主题，夺东西倒变次要了。望北嘴角流着血，扶舱壁站起，声嘶力竭地大喊："停下！快停下！不要打了！"但他的话没有人听得见。忽然他看见了一个人，原来是望洛！望洛怀里已经抢了好多糠团子，还要冲过去抢。于大宝瞅他不注意，一把将他怀抱的糠团子打翻，顺手抓起两个，一个回手塞给望北，一个大口吞下去。望洛大怒，一拳冲于大宝打过来，两人又在望北面前大打起来。

舱门突然间再次被推开。美国船长带几名黑人船员现身，他自己并不进去，却挥手让众黑人船员手持铁棍冲进来，向疯抢食物的华工乱打。刘二鬼也在他们身后出现了，目光在众人中悄悄寻找躲在底舱一角的刘二愣。望北一瞬间意识到两兄弟这一距离遥远的对视，他的心一动，就多看了一眼刘二愣。这时他才发现，在所有的人中间，只有刘二愣一个人没有主动参与争抢食物和水。

正与于大宝相持不下的望洛打得兴起，没注意到黑人船员已经到了身边，突然间后脑勺上挨了沉闷的一棍，两眼发黑，摇晃一下倒下去。望嵩、望伊大叫："哥！"于大宝来不及躲开，已经被两名黑人船员抓住手拖出了船舱。砰的一声，舱门重新关上，又上了锁。众人马上涌向舷窗，他们看见美国船长和两名黑人船员将于大宝拖上甲板，脸朝下按倒，用铁链子拴住手脚，就动起鞭子来。每一鞭子落在于大宝身上，他就发出一声不似人声的惨叫，望北的心就要抖一下。黑人船员一鞭子一鞭子抽打下去，终于打累了，停下手看美国船长。于大宝的惨叫声早就消失了。

直到中午，于大宝才被拖回来，扔在地下。两名黑人船员马上又锁上舱门走了。望北早就扑了过去，把于大宝的头从地下扶起来。于大宝浑身血污，衣衫破碎，仍然睁开了一只眼，坚强地对望北一笑，道："不要……紧，他们……打不死我！"

望北的心还没有定下来，旁边望伊一回头，把一口呕吐物吐到望嵩身上。望嵩叫起来："你怎么了？别往我身上吐啊！"望伊趴在地下，大口呕吐，已经说不出话来。望嵩脸色一变，也往望伊身上吐了一口。一时间，舱室里许多华工像受了传染，相互呕吐起来。

望北大惊，扑向望伊道："兄弟，你怎么了！"又看大家："你们都怎么了！"望伊没力气回答他，继续一口一口朝他身上吐。望北猛然想到了什么，急看望嵩道："是不是吃的东西不干净？刚才那糠团子，你也吃了？"望嵩点头，他也说不出话来了。望北忽然回头朝舱角望去，刘二愣已经不见了。

望北心中大动，站起来看众人道："你们是不是都抢到了糠团子，都吃下去了！"众呕吐者频频点头。望北已知不妙，大叫道："不好，可能是中毒了！那东西我也吃了半个！"忽然，他脸色也变了，呕吐了一口。地下的望伊已经口吐白沫，开始抽搐。望洛忍痛爬过来，惊慌地抱住他，边吐边喊："望伊，兄弟，你怎么了！"望伊有气无力道："大哥，我……难受！我……要……死……了！"望洛流泪大叫："兄弟，你可不能死！"望北的头一晕一晕的，但意识还清醒，边吐边扑向舱门，捡起一个东西砸门，大叫："快来人！糠团子里有人下毒，好多人都要死了！"众华工被提醒，跟着他扑向舱门，摇晃，用拳头砸，但是舱门外没有人答应。

一华工绝望地喊道："这是谁干的？他为什么要这样！"另一华工叫道："别喊了！没有人救得了我们，我们死定了！"回答他们的是舱内一片呕吐声和哭泣喊叫。有人冲过来，用力要推开舱门，周围的人也挤上去用力，但铁板做的舱门太坚固，纹丝不动。

有人就喊："对，反了！我们反了！"众人呼应道："反正是活不了，反了吧！"许多人一边呕吐一边扑向舱门，重新疯狂捶打起来，但这显然是徒劳的，舱门动也不动。绝望中，人们眼里开始显露出凶光，互相推搡吵闹，舱内眼看又要大乱。千钧一发之时，望北目光落到舱角，那里有一只尿桶。望北心中忽然一动，大叫道："别吵，有办法了！"众人一时安静下来，都回头看他。"抬尿桶！"望北喊道。众人不明白，仍旧愣愣地站着。于大宝道："抬尿桶？"望北叫道："乡亲们，现在没有别的办法了！在老家，有人吃了不好的东西，急了就拿尿汤子灌，把吃的东西都吐出来！快！只有这一个办法，救大家的命要紧！"众人一时面面相觑，望洛和于大宝对视一眼，同时竭斯底里地大叫："快！"

这时就有两名华工用尽气力将舱角的尿桶扯过来。其中之一用上船时发的口缸从尿桶里舀出一缸尿汤。众人猛地捂住鼻子，一华工先呕吐起来，众人跟着大吐。望

客家人

洛一把揪住望北，道："主意是你出的，你先来！"望北大声说："好，我也吃了东西，我先来！"他趴下去，尝了一口尿汤，哇的一声大吐出来，喷到众人脸上、身上。望北继续呕吐，一时间只觉得肠翻胃转，胆汁也快吐出来。于大宝扶住他，将一碗不知从哪里传过来的清水递到他唇边，叫："快喝一口！"望北大口喝水漱口，虽然还是大喘，但已经不像之前那样抽搐了。于大宝神情大震，舀一缸尿汤，尝了一口，跟着大吐起来。望洛这会儿信了，叫一声，也用口缸舀出尿汤，灌进望伊口中。所有人都瞪大眼睛望着他们，等待望伊的反应。望伊哇的一声，将灌进嘴里的东西全喷出来，接着翻身趴在地板上，一口一口大吐起来。

望北已把肠胃里的东西吐了个干净，心里越发明亮，知道这个办法奏效，回头叫道："快，大家都过来，给每个吃过刚才那糠团子的人灌尿汤！"众人都向尿桶涌来。望洛急忙护住尿桶，大叫："不要抢……这是救命的药……不要把它弄撒了……排队，一个一个来！"他自己先瞅冷子尝了一口尿汤，狂吐不止。众人不再挤了，自动排队，一碗碗舀起尿汤，给自己或者中毒的人灌到嘴里去。整个舱室吐成一团，但局面显然正在好转过来。

六

直闹了两个时辰，所有人都呕吐完毕，舱内才安静下来。虽然捡回了性命，但人人都虚弱无比，不顾舱内腥臭难闻，仍然一个个叠股压肩，躺在地板上。忽然舱门上的锁又响起来，门咣当一声打开。众人一惊，抬头看去，只见刘二鬼疯一般闯进来，看大家，大吃了一惊，脱口叫道："你们……怎么还活着！"望北定睛看他，心头一震，果然他不愿意相信的事情还是发生了，这次华工们集体中毒，和刘二鬼大有干系。

望洛早就爬过去，一把抓住刘二鬼，咆哮道："你刚才说什么！"刘二鬼却不管不顾，扯开他的手大叫："你们活着就好！活着就好！望北，大宝，不好了！我们完蛋了！洋鬼子扔下船跑了，这些狗日的，他们把我们扔在海上不管了！"于大宝叫一声："揍他！问他给大家吃了什么东西！"望洛也在喊："要了他的命！"众华工一起发一声喊，向前爬去。刘二鬼转身要跑，一华工扑上来拽住他的腿。刘二鬼扑通一声倒在地下。众华工大喊大叫，扑上去撕他，掐他，啃他，拧他，乱成一团。刘二鬼在众人的拳脚下大喊大叫："别打了！打死人了！乡亲们，我错了！饶命吧！"但众人还是痛打不已。

望北早就没了气力，一直趴在地下不动，这时大声喝道："住手，别打了！"众人半天才停下拳脚，各自趴在地下喘气。刘二鬼浑身已没有一处好地方，头脸被打得稀烂，慢慢抬头寻找望北，有气无力地道："望北，救我！"望北喝道："快说，刚才你说什么？"刘二鬼忽然想起来，陡然又有了气力，哭道："望北，不好了！洋鬼子说船上发生了霍乱，把船丢下自个儿逃走了！……这帮狗日的把船扔在海上不管，自己乘小船上了刚才驶过去的那条大客船，咱们的船眼下自个儿在海上漂！我们大伙儿都完了！"

舱内顿时没有了一点声音。众人面面相觑，个个脸上露出恐怖和惊慌。于大宝一把抓起刘二鬼的头，道："我不相信！你在糠团子里下毒，想毒死大伙儿没有得逞，这会儿又想下什么蛆！快说！"刘二鬼眼泪汪汪道："乡亲们，我知道我错了！我坏了良心，已经受到报应，可我确实没下毒！船医离船前来查过，他说……这是食物中毒！我对不起大家，让大家吃这样的饭食……我该死！可这会儿要紧的不是我，要紧的是大家……洋鬼子真把这条船扔下了，他们走了，我们该怎么办？大家快想想办法吧？想不出办法，前面就是台风海区，遇上台风我们就全完了！"他大哭起来。

这回众人与其说相信了他的话，不如说相信了他的哭声，不约而同地回头看望北。此刻，他们已经明白自己的处境有多么危险，迫不及待地希望刚刚用尿汤救了他们的人还能再出奇策救他们。望北感受到了大家的目光，这目光里既有希望，更多的却是绝望和恐怖。他仍然没有力气，但还是看于大宝和望嵩一眼，道："你们两个，把我……扶起来！"二人用尽最后气力将他扶起。望北目光向刘二鬼投去，一时神色有些骇人，道："告诉我，船上这会儿一个洋人也没有了？"刘二鬼大喘气道："这个……我没去找，也许有，不过我不知道。"望洛又给他脸上一拳，叫道："没有人你喊个蛋呀！乡亲们，我们完了！"于大宝喝道："你住口！大家听我说，现在到了生死关头，我们都听望北的！"望北当机立断，道："乡亲们，快，大家分头去船上搜，只要还有洋人，马上扣留！"刘二鬼一惊道："望北，你要干什么？"望北一字一字道："我说过了，但凡在船上发现洋人，立即扣留！从现在起，我们要接管这条船！"

众人齐声道："我们听望北的，走！"互相搀扶，蜂拥而出。刘二鬼仍趴在地下，要爬起来。望洛走出去，一脚踢在他脸上。刘二鬼又趴了下去，不敢抬头了。更多的脚从他头上身上踩出去。

望北被于大宝和望嵩扶到甲板上，只觉得天旋地转。"让我坐下来，这里风太大，抓紧我！"他道，二人照办。望北坐下，喘息了一阵，放眼望去，只见大船因失去控制，正在大起的风浪中上下颠簸，随波逐流。剧烈的颠簸让甲板上的人立足不稳，大声尖叫，努力抓住身边任何一个可以抓住的物体才能站稳。一华工大哭道："这下是真的回不到家乡了！怎么办！去不到美利坚也就罢了，还要这样死，咱们的命，也太惨了！"

望北看众人："现在要紧的是赶紧控制住船！你们跟我来！"危难时刻，他身上仿佛一下生出了无穷的力量。众人跟他走上驾驶舱，望北透过窗户望着风浪越来越大的海面，道："咱们这些人里头，有没有谁懂得罗经，看得懂海图，知道怎么掌舵使船？"人人面面相觑，没人回答。过了一会儿，一华工道："我在家乡打过渔，使过船，可那是小木头船，没有使过这么大的机器船！"望北又问："有没有人懂得船上的机器？知道怎么开，能把船开走！"众人互视，又摇头。

望北更焦急了。刘二鬼忽然一瘸一拐地跟进来，哭叫道："完了完了，望北，我们都完了，这洋船只有洋人才会使，我们这些中国人哪懂得这些东西！再说也没用，我们已经漂到台风海区了！你们快看！不好了，台风要来了！"说着一指海面。众人吃惊地朝他指示的方向望去，只见海面上起了一道墙一样的灰云彩，那是台风云，在海边上长大的望北知道台风已近在咫尺。众华工嚷嚷起来。刘二鬼突然有点幸灾乐祸。风浪更大了，船体开始大幅度地侧倾、摇摆、震荡，一阵阵发出"咯咯"的声响，随时要解散一样。。

正焦急间，望嵩跑进来，看望北道："大哥，机器舱里有一个美国老黑人！"众人吃了一惊，嘈杂声停下来。望北激动地叫道："真的？"望嵩道："对，大宝和望洛看着他呢。让我来问你，怎么办？"刘二鬼大叫："太好了！还有一个美国老黑人！把他弄过来，我们捆上他，把他扔海里去！美国人扔下我们不管，让我们活不了，我们要报仇，把他们的人也扔海里！"众华工群情激愤，喊道："对！报仇！让他们的人跟我们一起死！扔海里去！"望北大声止住众人，道："大家别吵！不能这样做！"回头对望嵩说："快带我去看看！"望嵩前面引路，望北跟他匆匆走出驾驶舱，又回头看刘二鬼道："你懂美国话，也跟我们一起来！"刘二鬼安静了下来，跟望北、望嵩一起走下去。

三人走进机器舱，老黑人汤姆还被望洛、于大宝一人一边抓住手，用畏惧可怜的眼光看着他们。刘二鬼怒从中起，猛扑过去揪住汤姆，对望洛、于大宝叫道："快，把他捆起来，扔到海里去！我要报仇！"望北上前一步阻止了他，道："放开他！"刘二鬼不得已放开汤姆。望北道："问他，在船上做什么？"刘二鬼同汤姆说英语。汤姆迅速回了一串。刘二鬼回头道："他说他是管这机器舱的。船上的动力都归他管。"望北继续说道："问他为什么没有跟美国船长一起离开？"刘二鬼回头又对汤姆说了一通英语，汤姆脸上现出激愤的神情，很大声地说了一通英语。刘二鬼道："汤姆说，他是黑人，又是机器长，他们弃船时自己睡着了，那些白人就把他一个人丢在船上了！啊，你们恐怕还不知道，在美国，黑人和白人是不一样的！他们受白人的欺骗，大部分是白人的奴隶！"

望北凑上前去，诚恳地对汤姆说："汤姆先生，我现在想问你，除了操作这机器，你还会操纵这条船吗？"刘二鬼把他的话翻译过去，汤姆用不信任的目光看望北，不说话。望北继续耐心道："汤姆先生，你现在和我们一起，也被美国船长扔在这条船上了！如果你能救了大家，也就能救你自己！我们不会伤害你的，你要是能救了我们大家，就是我们的恩人！"刘二鬼迅速将这段话翻译给汤姆听。汤姆眼睛中的亮光一闪，变得平和起来，叽里咕噜对望北说了一通英语。刘二鬼面部猛然现出狂喜，对望北道："这就好了，这就好了！这老黑人说，他在船上干了三十年，懂得开机器，海图，操舵，也都懂一点！"望北振奋道："快告诉他，我们全体配合他，让他赶紧控制住这条船，开船把我们带出台风海区！"刘二鬼翻译他的话给汤姆。汤姆却眨巴眼睛，摇头。

一直没说话的于大宝这时大声喊道："他摇头什么意思？是不是又不行了！"刘二鬼大喊："他说他不能！"望洛逼上汤姆，瞪眼道："你要是不干，老子就宰了你！"望北将他拉开，对刘二鬼道："快问他，为什么不能！"汤姆对着刘二鬼说了几句什么，刘二鬼回头看望北道："他说，他不能一边操纵机器，一边掌舵！"望北与众人相视，略一思索，回头道："他能不能现在就教我们学会摆弄机器，看海图，掌舵？"刘二鬼又将他的话翻译过去。汤姆默默地看他，突然叫一声："let's try！"望北道："他说什么？"刘二鬼说："他说可以试一试，就是死马当成活马医的意思！"望北大喜上前，紧紧拥抱汤姆。汤姆迅速反应过来，由惊惧变为惊喜，回头热烈地拥抱望北。

望北对刘二鬼说："告诉他，从这一刻起，我们生死与共！"刘二鬼翻译过去。汤姆更激动了，眼里闪出泪光，更热烈地拥抱望北，连续大声地："Very good！ Very nice！ The Lord is with us! Let's go！"望北也被他的热情点燃，大声叫："他说什么？"刘二鬼也大为兴奋起来，高声道："他说，好的，非常好，太棒了！上帝和我们同在！现在就去试！"说完众人簇拥着汤姆走上甲板。

此时海上已经狂风大作，掀起冲天巨浪。大船在波翻浪涌中上下颠簸，旋转，一时被推上浪峰，一时又坠入波谷。船舱里所有的华工们随着大船的摇荡颠簸着，摔倒，爬起来，又摔倒，又爬起来。华工们又一个个呕吐起来。

驾驶舱内，望北和汤姆两人已站在舵手的位置上，四只手把住船舵，目视前方海面，汤姆不时大声用英语发出舵令："左舵15！"刘二鬼大声翻译："左舵15！"望北迅速和汤姆一起转舵。大船开始转向，避开一个扑面而来的大浪。汤姆又是一声大叫："右舵30！"刘二鬼要翻译，望北已经听懂了，跟着用英语大喊："右舵30！"汤姆惊奇地看他一眼，他不明白，这个中国人怎么忽然会说英语了。只有望北自己知道，早年他在教会学校学过一点英语，过去以为全忘了，但在眼前这种关系到全船华工生死存亡的关头，刚刚随汤姆进入一种新的语言环境，那些被忘却的英语就重新复活了。二人不再需要刘二鬼帮助翻译，交流起来反而更顺畅了，一个喊，一个马上答应，同时转舵，使颠簸摇荡的大船避开了一个个巨大的迎头浪，虽仍然一上一下地在浪尖上升和沉落，但那种最危险的侧倾却大大减少了，避免了大船瞬间的倾覆。慢慢地汤姆就撒开了手，用惊喜和欣赏的目光望着望北。望北明白他的用意，开始一个人在他的口令下操船。他本来就天资过人，又被汤姆手把手教了一个时辰，反复听汤姆说那些航海用语，心下早就暗暗记熟，再后来，就可以根据前方的海况，迅速做出判断，确定舵角，让大船平安地避开一个又一个巨浪。虽然情形仍然万分艰险，但汤姆已经忍不住要夸望北一句了。"Wonderful！"他情不自禁地喊道。众人问刘二鬼："他说什么！"刘二鬼看望北一眼："他说望北干得好极了！"望北早已听懂了汤姆的话，脸上却没有一丝笑容，他明白，现在这条船和全船的人的安危，都在他的手上。只要一个舵令错了，大船随时可能沉没。

深夜的大海上，暗黑如漆。台风在肆虐，大雨倾盆。大船在数十米高的波浪中穿越，一时被抛向半空，一时又落入浪谷，发出巨大的声响。驾驶舱里的望北和汤姆，机器舱内的于大宝、望洛、望嵩一直坚守在各自的岗位上，不敢有半点懈怠。黑夜和海面一样无穷无尽，望北早就忘记了时间，也忘记了自己早就虚弱不堪，又累又饿。他的眼前只有一座座白森森的洪峰和黑漆漆的渊谷，避开了一个，又是一个。慢慢地汤姆扛不住了，趴下去呕吐起来。一直站在望北身后的望伊上前，吃惊地说道："怎么跑船的人也会晕船！"望北大叫道："不是晕船，他是累瘫了！"望伊大叫："大哥，你怎么样？"望北道："我也快不行了！你上来帮我！"望伊上来帮他稳住舵，慢慢地望北觉得风浪不像方才那么大了，开始悄悄松手，让望伊一个人把舵。再到了后来，他干脆松开了。

又是一个黎明。海面上风平浪静。大船像一片树叶一样安静地漂浮在海面上，船上死一般地寂静。驾驶舱里，望北第一个睁开眼，透过窗户，看明亮起来的天空，一片空旷的心里突然想到了什么，伸出一只手拍打躺在身边的汤姆、刘二鬼和望伊，叫道："快醒醒！看，这是什么地方！外面怎么了？"三人相继醒来，谁也不知道大船什么时候停下来的，也不知道台风是怎么过去的，他们又是什么时候倒在地板上睡着的。望伊第一个扶着驾驶台爬起来，向远方望去，大叫："望北大哥，快看，海上日出！"望北急急爬起，趴在驾驶台上，惊喜地看着海上一轮朝日喷薄而出。刘二鬼站起来，怔怔地望着前方，第一个反应过来，一把抓住望北，摇晃着大喊："望北，我们没死！"望伊也在大叫："大哥，我们没死！"望北激动地拥抱二人，又回头拥抱刚从地板上爬起来的汤姆，大声道："汤姆先生，我们逃出了台风海区，我们活下来了！"四个人都兴奋得流出了眼泪，拥抱在一起，大笑大闹。

底舱里，被风浪折腾了一夜的华工们接连醒来，涌到甲板上来，望着走出驾驶舱和机器舱的望北、汤姆、刘二鬼、于大宝、望洛、望嵩等人，高兴得又跳又叫，不少人流下了眼泪。望北眼睛也湿润了，大声道："乡亲们，我们这个时候还能活着，要感谢汤姆先生，是他帮我们保住了这条船，逃出了台风海区！"众人把汤姆抬起来欢呼。汤姆大哭大笑，挣脱众人，冲上去和望北激情拥抱，疯狂地亲吻望北的脸。好一阵子汤姆才平静下来，放开望北，自己却又抹起了泪花儿。

望北忽然想起了一件要紧的事，笑容落去，看大家道："各位，现在我们要决定一件事，下面怎么办？汤姆告诉我们，我们现在的位置在这里！"说着摊开一张海图，指向茫茫大海中一个点，"这是太平洋，我们现在的位置是这个大洋中偏东的一个点，"他向大家解释，"汤姆说，我们虽然逃出了台风海区，但还没有逃出随后可能会刮过来的台风。也就是说，我们现在的处境仍然危险！"

众人相视，又惊慌起来，大声吵闹起来。于大宝叫："不要吵！听望北说！望北，你说吧，我们该怎么办！"众人也道："望北，我们现在都听你的！你说怎么办吧！"望北看一眼汤姆，汤姆点头，望北回头道："汤姆说，我们眼下在去美国的航路中间，可以选择回中国，也可以继续前往美国。大家说说，我们往哪里走！"望嵩大声道："你问问他，无论是回中国，还是美国，船上的煤够烧吗？"刘二鬼低声问了一句，汤姆点头。刘二鬼高声道："汤姆说，燃料没问题，机器也没问题！可以带我们到美国！也可以带我们回中国！"刘二愣忽然不知从哪里钻了出来，举手道："我说，咱们回中国！"大多数华工举手附和。望北看众人道："大家真的想好了，回中国？"望洛站出来道："对，回中国！美国太远了，美国人也坏透了，竟然把我们扔在海上。这还没到美国，要是到了，不知会出什么事呢！我们不去了！"更多的人喊起来："回中国！回中国，不去美国了！"但有一部分人一直一言不发。

望北转身看着他们道："你们呢？什么意见？"刘二愣还要说什么，被刘二鬼一把拉住。望嵩举手道："不，我反对回中国！我们已经出来了，在海上受了这么多罪，就一定到美国去！"更多刚才没开口的人开了口："我也不回！""回去干什么？还是要饿死！"更多主张去美国的人一起喊："去美国！去美国！去美国！"两种立场的人冲突起来，以至于没人注意这时船上机器的轰鸣声停了下来。

汤姆猛回头看远方海上出现的云带，勃然变色，大声哇哇地叫喊，转身要跑。众人大惊，于大宝一把抓住他，喊："你怎么了？"汤姆朝海上一指，急急对刘二鬼大喊大叫了一通。刘二鬼听懂了，回头对望北变色道："哎呀我的天哪！望北，我们又完了！我们又完了！我们活不了！"望北生气道："到底怎么了？"刘二鬼带着哭腔道："汤姆说，海上又起台风了，就在那边，你们瞧——"他用手一指，大家果然看见，远处海上又升起了一面墙似的灰色云带。

七

大家就又惊惶起来，有人在甲板上乱跑，有人要下到底舱躲避。望北发现汤姆还在大喊大叫，镇静道："大家都别慌！汤姆，怎么了，你慢慢说！"汤姆一时连说带比划，又朝下面机器舱指一下，又朝海上指一下，话越来越快，不但望北听不懂，刘二鬼也听不懂了。正乱着，望伊忽然出现，叫道："望北大哥，船上的机器停了！它不转了！我们走不了了！"望北倾耳听去，果然听不到机器响，看汤姆。汤姆又指一下地下，仍在哇哇大叫。望北醒悟，大叫："走，下去看看！"他和汤姆带众人匆匆走下去。

机器舱内，那庞大的机器果然停了，望北随汤姆猫腰钻进去，看那繁密的机器部件和乱麻船的管道，这些都是大工业的产物，他平生从没有见过，心中不由得暗暗惊讶，对西方工业文明的成就不觉又敬重了几分。汤姆一边走一边敲敲打打，寻找故障点。望北感兴趣地盯着他的一举一动，这个人面对这部庞大机器的镇静让他又感受到了掌握了现代工业文明的人具有的力量。忽然，汤姆站住了，用耳朵贴上机器倾听起来。接着，他竟然开始动手拆卸机器。

望北心中亮堂起来，叫道："汤姆找到机器毛病了！大家快来帮他！"众人都挤过来，接过汤姆卸下的一个个零件。望北跟在汤姆身后，贴近地观察机器的内部结构，心中的惊奇也随着汤姆的动作一点点被放大。

此时船体已开始不停地颠簸，动静越来越大。望北快步回到驾驶舱，和望伊两个人一边大叫，一边用力地把稳舵轮。大浪忽然间就大起来，一波波砸到前窗上。望北大声叫道："望伊，别看浪，看浪下面的涌，船要横着从涌上走！"望伊大叫着回答："知道了！"大船恢复了在剧烈摇荡起伏的海面上的跃起和跌堕，风也大起来，昨夜的景象又重现了。

于大宝跑进来，吐了一口海水，大声喘气。望北大声问："机器怎么样了？"于大宝道："大哥，快去看吧，机器怕是修不好了！汤姆已经不干了！"望北大惊，看望伊道："你一个能行吗？"望伊犹豫一下，立马坚定道："行！"望北道："大宝过来，帮助望伊把舵，我下去看看！"说完匆匆跑下去。他冲进机器舱，发现汤姆倒在地下，疯狂大叫："不！不！修不好了！船要沉了！"刘二鬼等人惊恐地看着他。望北大步过来道："他怎么了？"刘二鬼扑过来抱住望北的腿，大哭道："望北呀，汤姆说机器修不好了，我们这些人，一船的人，没有救了！"望北推开他蹲下去，将汤姆扶起。汤姆看到望北，忽然就安静，流泪大声说几句英语。这一刻刘二鬼也安静了，说道："他说试过两回了，都不行！"

望北盯着汤姆，想了一会儿看刘二鬼道："你问他，没有了机器，他还有办法让船从台风中逃出去吗？"刘二鬼迅速把他的话对汤姆翻译过去。汤姆怔了一下，梦

客家人

醒一般大声道："有!"望北看他振奋的神情也就听懂了,忙道:"什么办法!"汤姆说了一句什么,刘二鬼吃一惊,脸上的笑容换成惊恐,看望北道:"汤姆说,顺风走!"望北道:"顺风走什么意思?"汤姆仿佛听懂了他的话,又叽里咕噜说了一通。刘二鬼很快反应过来,对望北道:"他说,把稳了舵,顺风走,随便它把我们刮到什么地方去,只要船不沉,我们的命就保住了!"众人心情激动,都用严峻的目光看望北。望北迅速下定决心道:"汤姆是有经验的水手,我们听他的!把稳舵,顺风走!"他转身钻出机器舱,回到驾驶舱去。

很快大船的颠簸就不那么厉害了。汤姆重新爬起来,在机器上捣鼓,后来干脆把刚刚装好的机器又拆下来。刘二鬼看出了汤姆的心思,大叫:"他一定是觉得还有戏!我们快来帮他!"众人又蹲下去帮汤姆,汤姆却一把将他们推开,一个人继续工作。望洛又不高兴地骂起来:"这黑鬼……他什么意思!"汤姆不明白,也不回头,工作得更投入,神情也更加疯狂。

大船顺着海风漂流了三天,这日黄昏,到底停在一片波平浪静的海面上。驾驶舱里,望伊第一个瘫软下去。望北、于大宝也无力地倒下去,半晌才相互搀扶着艰难地爬起,向前方望见了日落时洒在海面上的万丈金光。于大宝不禁大声哭泣道:"大哥,台风又过去了!我们又熬过来了!"望北也止不住热泪盈眶。更多的华工涌进驾驶舱,和他们拥抱、欢呼。

刘二鬼、望洛也扶着疲惫不堪的汤姆走进来,和望北拥抱。二人久久深情相视。汤姆忽然说了一句英语,走向驾驶台。望北跟过去,见他走向海图,又朝远方海面上望。蓦然,他容光焕发,大叫:"谢谢上帝!谢谢上帝!"说着就手舞足蹈起来。望北和众人又惊又喜地看着他。

汤姆高声对望北和刘二鬼道:"感谢上帝!它用台风将我们一直刮到了美国!这里距旧金山不远了,要是船上的机器不坏,再有两天,我们就可以到达美国!赞美上帝!"刘二鬼将这些话翻译出来,望洛勃然变色,一把抓住他,吼叫道:"你、你说什么?前面不是中国,是美国?"汤姆似乎听懂了他的意思,点头看他。于大宝上前,一把将望洛扯开,道:"你干什么?快放开汤姆,没有他我们就不会这么顺利地来到美国!"众人有人欣喜有人忧愁,望北却发起愁来,道:"可现在船上的机器坏着,船只能顺风漂着走,万一来了逆风,船往回刮,食物和水都支撑不了几天,怎么办!"汤姆听刘二鬼将这些话翻译过去,想了想,突然喊出了一个单词:

"帆!"望北看刘二鬼。刘二鬼心情激动道:"望北,他说帆!我怎么忘了,船上应当有帆!"望北心中大喜,急忙带人去舱内找帆。

当天晚霞褪尽、星月升起之时,望北已和众人用力在甲板上拉起帆缆,将从帆缆室里找到的三叶船帆升起来。汤姆前前后后地跑着,来来回回跳过每一个障碍,招呼和指导大家把帆缆系牢。那帆被风鼓满,船立即动起来。众人欢呼,望北急对望伊道:"快去把舵!"望伊答应一声,跑进驾驶舱。大船在人们的欢呼声中,转向东方行驶起来。

八

船长室里,望北正和刘二鬼、汤姆一起商议着什么。于大宝砰一声推开门进来。三人见他神色不对,都吃了一惊。望北看他道:"大宝,你怎么啦?出什么事了!"于大宝看刘二鬼道:"你带汤姆出去,我有话和望北一个人说!"刘二鬼看看望北,神情中忽然有了些不安,但见大宝一脸坚决的样子,只好对汤姆说了句英语,扯起他的袖子走了出去。

现在房间里只剩下望北和于大宝两个人。于大宝回头砰一声关上门,回过头来。望北诧异道:"怎么啦?"于大宝道:"脱裤子!"望北一惊道:"什么?干嘛脱裤子?"于大宝道:"让你脱你就脱!"脸上的表情又严厉又狂热,望北从来没有见过,但他很快就想到了什么,脸上一瞬间也变得极为严肃,麻利地脱去裤子,转过身去,露出屁股上的血牙印。于大宝激动地叫道:"望北,看我!"望北迅速提上裤子,回头看他。于大宝已经背身匆匆脱下裤子,将屁股上的血牙印显现出来。望北大喜道:"大宝,你也是——"于大宝匆匆穿好裤子,回头,一时间热泪盈眶,叫道:"望北大哥,没想到你是——"望北泪花闪烁道:"我也没想到你是——"两兄弟激情拥抱在一起。

原来,当天夜里,于大宝找到刘二愣,拷问出了他追杀望北的真相。

过了半晌,两人仍不愿意分开,望北看着于大宝道:"原来你也是河洛十族十八兄弟!"于大宝笑道:"我也没想到能在一条贩猪仔的船上遇上十族新一代副盟主!告诉我,十族盟主钟梦长在哪里?副盟主怎么又到了这里!"望北拉他坐下,脸上的笑容渐渐逝去,道:"说来话长。来,你也坐下,咱们今晚上好好说一说。"于大宝地激动地在他身边坐下来。

望北忽然想起来，问道："哎对了，你是怎么知道我是——"于大宝道："刘二愣说出来的。对了，我还从这小子嘴里打听出谁在背后指使他追杀你！"他把刚才发生的事情一五一十说了出来。望北什么都明白了，问："大家一起中毒的事，也问清楚了？"于大宝拍了一下自己的脑袋道："哎哟！问是问了，可没问明白，二愣说不是他干的。"望北皱眉，他曾想过在这件事情上刘家兄弟最为可疑，刘二愣尤其有这么干的动机，他这个人为了杀死自己一个人能干出把全船人一起毒死的事，可听大宝一说，这件事又在他心里变得扑朔迷离起来。他本有一颗光明磊落的心，只一瞬间就释然了，道："他真和这件事没关系，就太好了，他没关系，刘二鬼就更没有理由对我们下毒。也许是我多疑了，那件事就是平常的食物中毒。啊，刚才你还说，是叶赫星在指使他追杀我？"于大宝严肃地点头。望北想了想不免还是吃惊："居然是他！"他没想到叶赫星不但没忘记他，还有办法放这么长的线将魔爪伸到一条卖猪仔去美国的船上。他最大的收获是终于弄明白了刘二愣一直从家乡将他追杀到这条大船上的原因。于大宝忽然笑起来，道："你说可笑不可笑，二愣说，为了逼他杀你，叶赫星居然割了他的一只耳朵，说是将来好做个记号，一见面就能认出二愣。他还告诉二愣，要是二愣骗了他，他会像满世界追杀你一样把二愣也给杀了，但要是二愣真的杀了你，他就给二愣二十万银子，外加一个道台！"

望北点了点头，这件事真相大白，他却不想再说下去了，毕竟他们已经上了去美国的大船，现在这船越来越靠近美国大陆。"大宝，我有件事问你，"望北道，"为什么中秋节你没回云梦山区团聚？"于大宝面呈遗憾之色，道："本来要回去，被大批官军截断了路！留在家又活不下去，为了找一条活路，就到了泉州港，这不，最后和你一样卖了猪仔去美国！啊，还是快告诉我，十族盟主钟梦长在哪里？"说到这里，他的心义大热起来。望北道："梦长在南洋。几个月前官兵再次洗劫云梦山区，我们一起逃出来，要不是惦记泉州的养父母，我这会儿也会和他在一起。"于大宝惊奇道："你当初是和梦长一起下南洋的？为什么？"望北走到舷窗前去，远望夜色中的大海，良久才沉痛道："一是为了逃避叶赫星的围剿追杀，二也是要替我们河洛十族、为天下客家人找到一条新路！"于大宝不解道："新路？什么是新路？"望北道："我现在也不知道。但梦长是对的，一定要找到这条新路，不然，河洛十族、天下的客家人，中国人，就永远没有活路！"

于大宝歪着头想了一会儿，突然变得垂头丧气了，看望北道："可我们现在却卖了猪仔，漂泊在海上，九死一生，现在又要去美国！"望北回头盯着他，正色道："大宝，记住，我们可不是平常的猪仔，我们是河洛十族十八兄弟，不管是下南洋，还是到美国，都不能忘了，我们并不只是为了让自己一条命活下去，我们要活下去，但那却是为普天下的客家人、中国人找到一个活命的路，为中华民族找到一条复兴之路！"说到这里，他的心早就激动起来，回头透过舷窗望海上的一只夜鸟，只见那鸟儿一直在低低地掠海飞行，蓦然冲天而起，沐浴在拂晓第一缕晨曦之中。"大宝，不要忘了我们是中原衣冠贵族的后人，如果我们不能为中华民族找到一条复兴之路，谁还能为我们的先人实现世世代代的梦想。"于大宝叫起来："你是说，驱逐鞑虏，恢复中华？""对！"望北道。于大宝这时再看他，那目光已经变得如同两团暗夜中燃烧的火焰一样炽烈和明亮了。

客家人

第七章

一

接下来的航程风平浪静，十分顺利。两日过后，第三天的早晨，水天相接处，隐隐地现出了一线陆地。汤姆爬上桅杆，朝前方眺望，大叫道："圣弗朗西斯科！圣弗朗西斯科！我们到了！"众人闻声从船上各处涌上前甲板，大声欢呼起来。汤姆麻利地从桅杆上滑下来，在人群中找到望北，扑上去，激情拥抱他，大声喊道："望北，圣弗朗西斯科！我们到了，我们终于到了！我们活下来了！"边喊边激动地哭出来。

在船上度过了这么长的日子，加上每天都要和汤姆交流，望北当年学过的英语完全被激活，已经能和汤姆用英语，汤姆也学会了简单的汉语，两人兴奋地用对方的母语高声喊叫，拥抱，接下去汤姆还扭胯摆臀跳起黑人的舞蹈。但这样的时刻并没有持续多久。大船继续前进，旧金山在大家的视线里越来越清晰，汤姆的热情却渐渐冷却了下来。望北没有注意到他情绪的变化，看着前方海岸边这座越来越近的异国城市，想到过去两个多月在海上经历的九死一生，望北也像周围的人一样感慨起来。这时又有更多的华工从底舱里涌出来，跑上前甲板和两侧的船舷，向旧金山港望去，大喊大叫，人人热泪盈眶。一名华工趴在船舷上，面向西方磕头，大声哭喊道："爹，娘，你们的儿子没死，我们到美国了！"

忽然，大家望见港内有两艘小艇驶出，尾部拖曳着白色浪沫，高速奔大船而来。"船！美国人的船！""美国人是不是迎接我们来了！"不少人一厢情愿地嚷嚷起来。望嵩挤过来看望北一眼，低声道："大哥，恐怕没这么好的事。我上次听汤姆说，就是船到了美国，要进港也还麻烦得很！"望北皱着眉头不说话，望着两条美国小艇越来越近，艇上站满了荷枪实弹的美国人，个个如临大敌，其中一条艇上，一名长官装束的美国人立在船头，身上佩戴着一支大号手枪。众华工也都看见了，欢呼和喧闹声平息下去，一种不安的情绪迅速蔓延开来。有人开口道："这是怎么回事？还带着枪！""美国人想干什么？"望北心中越来越惊讶，回头看汤姆："汤姆，怎么回事儿？怎么还带着枪？"汤姆看小艇上的标识，猛醒道："检查！这是港口执法船！我们现在已经进入美国水域，只有通过严格检查才能进港！"人们听明白后嚷嚷起来："怎么？还要检查？"望洛凑上前来问："哎，是不是通不过检查，我们就不能进港了？"汤姆点头，脸色越来越难看。

望北见众人不安，朗声道："大家别慌，我们既然九死一生到了美国，就不能上不了岸！汤姆，告诉我们该怎么办！"汤姆道："马上落帆！下锚！停船！望北，你现在就是船长，快到船长室找出船上的各种文件，准备接受检查！"望北回头对众人喊道："大家照汤姆说的做！"于大宝望洛分别带人落帆下锚，众人也急忙分头随他们离开。望北向汤姆招手，汤姆随他匆匆走向船长室。

两人在船长室翻腾了半天，也没找到任何和这条船相关的文件。汤姆一拳砸在舱壁板上，可怜巴巴道："不好，船长弃船时带走了所有文件，我们成了一条没有航行执照的船？"望北一时间没听懂，只是看着他。汤姆一字一字地解释道："没有航行执照，美国海警和海事法院就可以认定我们是一条走私船！"望北大惊道："走私？不，我们不是走私船！再说船上也没有走私货物！"汤姆耸了耸肩，道："可船上有这么多人，他们可以认为这条船走私人口！"望北问："那会怎么样？"汤姆道："船会被没收，所有的人失去自由！""失去自由？""就是被关进监狱，为首的还要被判以重刑，长期坐美国大牢！"

望北的心一沉。大家刚刚经历了千难万险，没有死在海上，好不容易到了美国，却又将面临全体被囚禁的危险。急切中他忽然想起一事，道："不，汤姆，我想起来了！我们有中国政府和美国政府签订的输送华工到美国工作的官方文书，可以证明我们是合法来到美国的！是船长半道上弃船逃走，又遇上了台风，我们才自己开船到了美国！美国据说是一个文明的新世界，什么都讲法律，既然如此，这里的官府就应当查明其中的是非曲直，放我们上岸！"这时望嵩跑进来道："望北大哥，美国船到了！"望北和汤姆对视一眼，来不及再说什么，便匆匆跑回了前甲板。

两条美国执法艇飞快地驶过来，在大船边上停稳。一个海警对空鸣枪，众人又慌起来。刘二鬼转身就想跑。于大宝一把揪住了他，"你是蛇头，想往哪儿跑？"望北心里一下揪紧了，望着船下，这一刻他反而更冷静了，问汤姆："现在我们应该做什么？""放软梯，让他们上船检查！"可已经用不着了。美国执法艇已经在大船的左舷发现了网梯，艇上的执法官一挥手，众海警已经纷纷顺网梯爬上船来。

客家人

望洛见状，忽然对众人喊道："乡亲们，美国人要是对我们下手，我们跟他们拼了！"望北马上制止了他："望洛住嘴！美国人只是要检查！"他怕华工们都挤在甲板上，人多嘴杂，容易出事，又说："大家先回舱内等着，准备接受检查！"众人面面相觑，于大宝看出人们心慌，道："我们一路上都是听了望北的，才平安地到了美国，现在还是要听望北的，都回去等着！"众人觉得他的话有理，方才离开甲板回到各自的舱里去。望北脑子里正飞快地想着应对之法，忽然回头对刘二鬼道："大叔，你快回去，把你手里所有能证明我们是什么人的文书都拿过来，准备让美国人审查！"刘二鬼听了，拍一下脑袋，急急跑走。望北和汤姆留下来，不安地看着海警一个个地上船，然后立即把枪口瞄准他们的胸口。这些美国海警都套着厚厚的制服，脸上蒙着大口罩。望北看汤姆，汤姆解释道："啊，这是害怕船上有瘟疫。"

说话间刘二鬼已匆匆跑回来，手里拿着一叠中文和英文的文书，哆嗦着道："望、望、望北，文书来了！"他还没说完，一只枪口就顶上了他的胸口。望北道："大叔不要慌，拿好那些文书，等一会儿就靠它们证明我们的身份了！"美国执法官这时也上了船，拔出大号手枪，走过来看三人道："谁是船长？"望北看一眼汤姆，汤姆急忙回答："啊，先生，这条船现在没有船长，只有代理船长，这位原望北先生就是。"说着指一下望北。执法官吃了一惊的样子："他？"汤姆点头。执法官一副不能相信的样子，盯着望北道："你是代理船长？"望北道："就算是吧。"

美国执法官的目光就在望北脸上逡巡了好一阵子，才道："把船长执照、本船的航行执照和本次航行的合法文件都拿出来，我们要检查！"望北道："我们没有这些文件！"执法官听了神情大变，抬手就鸣了一枪，对众海警大叫："走私船！逮捕他们！"

众海警就挺枪向三人逼过来。刘二鬼急看汤姆，提醒道："汤姆！"汤姆忙道："等等！执法官先生！"那美国执法官眼中根本没有黑人，对海警一指，下令道："统统逮捕！"一海警伸手扭住汤姆。汤姆看望北，大叫："望北，快救我！"望北也被两海警抓住，他大声对美国执法官道："等等，你们错了！"美国执法官举手止住众海警，盯着望北道："你会说英语？"望北坚定地点头。美国执法官明显地高看了他一眼，道："你想说什么！"望北道："我们不是走私船，我和船上的人除了这位汤姆先生之外全都来自中国。我们有官府的文书能够证明我们的身份！"美国执法官更惊奇了，道："中国人？文件在哪里！"刘二鬼急忙将怀抱的文书托出，抖抖嗦嗦地递给面前的美国海警，后者又将文书递给美国执法官检查。

美国执法官将那些文书翻看了半晌，忽然抬头，冷冷看望北和刘二鬼道："你们是从中国来的契约工人？"刘二鬼迅速回答："对对，我们是从中国来的工人！"美国执法官又道："这些文件上说，中国政府和美国政府签有招募中国人来美国修铁路的合约？"刘二鬼继续点头："对对，是这么回事！"美国执法官听了却道："撒谎！"刘二鬼大惊，道："不不，没有人撒谎！我们一切都是照着合同来的，只是这条船半道上出了麻烦！"执法官一脸狐疑地看着他们，半晌才道："船在半道上出了麻烦？什么麻烦？"

刘二鬼用求救的目光看一眼望北。望北明白了，马上替他回答："执法官先生，我们的船在海上遇到了台风，美国船长带所有的船员弃船离开了我们。我们只能自救，自己接管了这条船，漂洋过海来到了美国！"美国执法官大大地吃了一惊，深深地看望北，突然回头对汤姆道："你叫什么名字？能证明他的话是真的？"汤姆用力点头道："我的名字叫汤姆，汤姆克鲁斯。是的先生！我能证明他的话是真的！"美国执法官听了却摇手道："啊，这件事我会回去查的！我查一下近期海上失事船只的通报就清楚了！——现在我代表美国政府宣布，你们的船涉嫌走私，被扣留了！我命令你们，将这条船停泊在这里，接受进一步检查，没有我的命令不得入港，更不得离开！一旦擅自离开，美国海军有权开炮将它击沉！"望北听了他的话，神情一变，再看美国执法官，已让众海警松开他们，转身下船，重新登上执法艇驶回旧金山港。

二

一整个白天过去了。入夜之后，远处的旧金山港灯火通明，海面上除了点点波光，暗黑一片。驾驶舱内，望北等人都无聊地坐着，用焦急和忧郁的目光向港口方向眺望。忽然，望伊指着前方大叫："望北大哥，快看，来了！"顺着他的手指望去，望北看到一条海关执法艇再次驶过来，不禁长嘘一口气，神情却依然冷峻。他回头看了一眼汤姆和刘二鬼，三人又一同走出驾驶舱。

很快两名海警就攀得上了前甲板，他们每个人都捂得比上次还要严实，连眼睛也被大号护目镜遮住。望北带刘二鬼、汤姆迎上去。一美国海警将一份文件扔给望

客家人

北，叽里咕噜说了一通带有旧金山本地口音的英语，不等望北开口就转身匆匆下了船。刘二鬼还要追上去，道："哎，他们怎么就走了！"望北凑近前甲板上的灯光看那份文件，看不懂，将它交给刘二鬼。刘二鬼一目十行地看下去，摇头道："我也看不大懂。"突然大叫道："不，看懂了！"他跑向船舷一侧，冲着下船去的美国海警大声喊叫："Why！Why！（为什么？为什么？）"两海警不答，他们已经回到执法艇上，只听轰隆一声马达响，小艇就开走了。

望北见刘二鬼一直呆呆地站着，上前问道："大叔，怎么了！"刘二鬼猛然放声大哭起来。望北知道事情不妙。刘二鬼哭了一阵，才两眼是泪，回头悲声道："望北，不好了！我们的船明天还是不能进港！还得等！这一等就不知道要等多久了！"望洛、于大宝等人这时涌上了甲板，七嘴八舌问道："还要等！为什么！""还要等多久！"刘二鬼将手中的文件朝众人怀里乱塞，哭道："你们自己看吧！美国海警局说，虽然我们的身份被确定了，但是关于这条船和船上我们这些人的案子目前正在旧金山海事法庭审理。只有招募我们到美国做工的大西洋铁路公司胜诉，证明这条船上没有发生过霍乱，船才能入港！"

众人闻言大声叫苦道："这什么事儿呀！我们船上什么时候发生过霍乱！美国人还讲理吗？"于大宝忽然明白了一切，回头狠狠地盯着刘二鬼和刘二愣。刘二鬼和刘二愣心虚，转身想悄悄溜走。于大宝一把将前者揪住，目眦尽裂，吼道："刘二鬼，都是你！在船上给大家吃那样的东西，让大家又吐又泻，差一点全都死掉！现在又让美国人一口咬死，说船上发生了霍乱，闹得我们大家千辛万苦到了美国大门口却靠不了港，上不了岸！乡亲们，都是他们哥俩害的我们！把他们扔海里去！"

一时就有不少人响应，扑向两人，将他们抓住。望北急忙高喊："都给我住手！这件事和他们没关系！"众人不服气道："怎么没关系，都是他们害了我们！"

望北思虑良久，终于开口道："乡亲们，听我说！刚才大家吵吵的时候，我一直在想主意。现在想明白了，事情到了这会儿，没有我们想的那么坏！"众人顿时安静下来，望北又道："现在的情形是，两拨美国人要为这条船是不是发生过霍乱打官司，官司不打完，我们的船就进不了港，人就上不了岸。我们最大的问题是不能等！船上能吃的东西和淡水越来越少，我们要救自己，就应当想办法使这场官司快点结束！"众人闻言又吵起来。望嵩大声道："望北大哥说得对！可我们现在被挡在海上，怎么办呢！"他的声音盖过了众人。于大宝叫道："怎么办都得办，就是不能被他们困死在海上！"

众人汹汹然附和道："对！怎么办都得上岸去和美国铁路公司的人见面，把事情说清楚，帮他们打赢官司，让我们早点上岸。不然这样下去都得死！"

望北伸手示意大家安静，又道："大家说得对。对我们来说最不利的情况就是这场官司没完没了地拖下去。为了让它早点结束，我们一定要上岸！"刘二鬼一惊道："望北你说什么！没有得到允许登上美国土地是要坐牢的！"望北看刘二鬼，沉沉道："大叔，为了救一船人，就是坐牢，这件事也要做。我想好了，你和我一起上岸，我们去美国法庭上做证，告诉法官说船上发生的是食物中毒，不是霍乱！"刘二鬼张皇起来，连连摆手道："不不，为什么让我去？我怕那些洋人！"众人大哗，都叫嚷起来，指责刘二鬼："事情都是你干的，你不去谁去？""你不去别人怎么说得清楚！""你一定得去！"

三

深夜，一只木筏悄悄离开大船，划向远方依然亮着灯火的旧金山港。木筏上坐着望北、汤姆、刘二鬼和刘二愣，于大宝、望嵩两边划桨，每个人都把脸蒙得严严实实，只露出一双眼睛。海上风浪不大，木筏不久就悄悄地靠了岸。众人屏息静气下了木筏，匍匐上岸。于大宝、望嵩留在木筏上，见众人消失在岸边的树丛里，才重新划木筏回到海上去。此时汤姆已经带着望北和刘家兄弟越过美国海岸警卫队设置的海滨警戒地带，进入前方的林地。

为了避开当地的美国警察，汤姆连夜带他们潜入旧金山市区，在一个黑人区藏起来。次日一大早，趁街道上行人不多，他们悄悄地来到一家美国律师事务所前等待。直到上午九时，这家律师事务所开门，汤姆才带他们走进去。这名年轻时曾在中国待过的白人律师并不排斥有色人种，站起来两手伸展，做出要热情拥抱汤姆的样子，但终究没有拥抱，高声夸张地喊道："啊，欢迎我的朋友汤姆。汤姆，我们可是有一些日子不见了！啊，这几位是——"汤姆介绍道："尊敬的沙斯先生，这是我的几位中国朋友。"白人律师看望北等三人，一边伸出手来，一脸喜色道："啊，欢迎你们，中国来的朋友！我这个人最喜欢来自神秘东方的朋友了！啊，中国是东方文明的活化石，我崇拜你们的文明！请坐。"望北别扭地和他握手，落座后才有心情放眼看窗外的城市，心中感叹："原来这就是旧金山……"他有了一种新的失望，随后却又被眼前的城市景象振奋起来。真实的旧金山并没有传说中那样繁华，第一层感觉它就是个由天然良港、大量的船只和货物、无数匆匆忙忙的车马和人、众多低矮的木头房子组成的海港城市罢了，但接下来你就会感觉到它不同于中国港口的繁忙、拥挤和喧嚣，而这一切，恰恰表达了这座城市具有的另一种生气勃勃。

美国律师忽然走过来对汤姆说了一通英语，望北和刘二鬼都听懂了，这是让汤姆离开。汤姆失望地站起，对二人道："我是黑人，按照美国法律，不能跟你们一起待在这里！"望北大为惊讶，霍然站起道："怎么会这样？"汤姆已经离开他们往外走。刘二愣不知道发生了什么，还在嚷嚷："哎，你怎么能走呢？帮人帮到底，你不够朋友！"美国律师继续说汉语道："不不不，让他走吧！都说美国人人平等，黑人和白人一点都不平等！但这是法律，汤姆走了，我们来谈事情！"望北尽管心中不平，但还是和刘家兄弟一起重新坐了下来。

美国律师道："我们转入正题吧。各位的来意我已经清楚了。现在的问题是，你们中真有人说得清楚船上发生的事情，船上一直没有、从来没有、既没有长时间也没有一段时间爆发过霍乱？"望北听明白了，道："是的，律师先生，船上一直没有、从来没有爆发过霍乱。"美国律师道："可是有人做证，船上确实大规模发生了和霍乱相似的病情，这又如何解释？"望北回望刘二愣一眼。刘二愣站起来道："律师，这件事只有我能跟你说清楚！"

美国律师的表情显示他对这个意外闯进他的生活里来的中国人越来越感兴趣，又坐近了点，微笑道："你请讲！"刘二鬼紧张起来，拉一下二愣的衣服。刘二愣不理他，对律师说："可是我只想和律师先生一个人谈！"美国律师现出一个诧异的表情，起身道："是吗？为什么？他们都是你的同胞啊！"刘二愣道："他们是我的同胞，可我还是不能当着他们的面说出。"他的语气越来越坚决，刘二鬼就越恐惧，忽然他看望北道："望北，二愣一定是疯了！二愣，这是美国，你不能胡说！"

美国律师的神情表明他似乎越来越快乐了，他已经看出望北才是三人中那个可以拍板做主的人，于是对望北摊了摊手道："先生，你看呢？"望北望着二愣，有一瞬间在紧张地思考，但还是迅速下定了决心，拉刘二鬼也站起来，对美国律师道："好吧，我们出去，你和他单独谈！大叔，我们走！"刘二鬼大惧道："可是望北，二愣他——"望北目光越来越坚定道："无论二愣今天说出什么，只要能从海上救出大家，让我们的人尽早上岸，我们都认！"说完拉着刘二鬼匆匆走出去，还回手关上房门。

现在房间里只剩下美国律师和刘二愣两个人了。美国律师看他，耸耸肩道："啊，他们已经离开了，你有什么话，可以讲了！"刘二愣道："可以是可以了，但在我讲出船上到底发生了什么事情之前，还有个要求。"美国律师大约已经看出他是个什么样的人了，有些无奈地看他一忽儿，忽然开口道："好，你讲。"刘二愣两眼陡然现出凶光，狠狠道："律师先生现在快喊美国警察，把门外那个年轻的中国人抓起来！"美国律师大吃一惊，笑一下，下意识地说了句英语："Why？"刘二愣倒听懂了，急道："再告诉你一个秘密！我不是一个普通的中国人，更不是被人卖到美国来的猪仔，我是一名中国官府的密探！"美国律师脸上的笑容落去，审视地看着他，半晌才道："你是一名中国政府的什么？"刘二愣道："密探，就是官。我很快就是一名道台。"美国律师的表情显示他正在快速思考着这个有点陌生的中国名词，忽然大惊道："道台！我在中国待过，知道你们那里的官阶。道台相当于我们这里的一个市长……刘，你吓了我一跳，原来你是中国的一个市长？"刘二愣得意道："市长还没有，但很快就是了。我之所以化装成猪仔，跟这些真正的猪仔乘船到美国来，是因为我正在为中国官府办一桩很重要的差事儿！"美国律师又思考起来，过了会儿恍然道："差事儿就是工作。请问，你正在办一桩什么重要的差事儿？"刘二愣道："我奉朝廷之命，正在秘密缉拿一名钦犯。他的名字叫原望北，就是刚才和我哥一起出去的那个！"美国律师脸上再次现出震惊的表情，叫道："什么？你是一名中国政府的密探，为了办好你的差事，你化装成一名猪仔，跟这条运送猪仔的船一同来到了美国？"刘二愣表情更不可一世了，道："正是！所以，从现在起，我要求美国人以对待一名中国道台的标准接待我，给我应当的礼遇！"

美国律师已经知道他是一个什么人了，哑然一笑。刘二愣心中乐开了花，想这些洋鬼子真是好骗呀，却不显露出来，正色道："律师先生，你是聪明人，很明白，一看就知道我真是中国政府的官员……我今天到你这里来有两个目的：第一，证明船上确实没有发生过霍乱；第二也是最重要的目的，请你帮我把我正在缉拿的钦犯抓起来，关进美国监狱，然后由我来决定他的死活！"美国律师频频摇头道："No！No！No！刘，你可能错了，你刚到美国，对这里的制度并不了解，我只是个律师，不是政府机关，不能帮你拿获任何你说的钦犯。至于你说的第一个目的，那才是我受理你们案子的原因。你应当告诉我，你有什么证据可以证明船上虽然发生了大

客家人

面积和霍乱爆发一般的病状，事实上却不是霍乱。你能吗？"

刘二愣犹豫了一下，发狠心道："这个……别人不能，可是我能，因为事情就是我做的！"美国律师一惊，不露声色道："太好了，请讲！"刘二愣却又道："不过在你答应帮我抓住原望北前，我是什么都不会说的！"美国律师看他一眼，坐下，又站起，看助理律师，大声严厉道："保罗，送客！"刘二愣变色，大声道："你又要干什么！想让我走？不！我把我的秘密都告诉你了！你要是今天不把原望北抓起来，回头他知道我对你说了什么话，回头就能要了我的命！我不走！自从昨天夜里上了岸，我就不打算回去了！"美国律师见他上了套儿，又道："那好，那你就把知道的事情说出来，为什么船上发生的事情不是霍乱，只是食物中毒！"刘二愣怕律师真赶他走，心下一急，脱口而出道："也不是食物中毒！"美国律师一惊，变色道："什么？也不是食物中毒？"刘二愣自知失言，又不言语了。

美国律师心里已经警惕起来，看助理律师。刘二愣见状大叫："不，我说！是砒霜！我下的砒霜！"美国律师大惊道："砒霜？有人投毒？是你？"刘二愣被迫机械地点一下头。美国律师喊起来："Why？"刘二愣不想说。美国律师威胁道："如果事情是真的，刘，你就涉嫌一桩重大刑事犯罪，我必须向美国司法部门举报你，不然，我就是犯罪！"刘二愣大叫道："不，不要！我能讲清楚的！我这么做只为了杀死一个人！"美国律师道："原望北？你奉中国皇帝之命追杀的钦犯？"刘二愣点头。美国律师一脸不可思议的神情，道："为了杀死一个人，你不惜下毒杀死一船人？"刘二愣无奈，点头。

美国律师神情已大变，想了想，道："我没有问题了。保罗，请外面两位进来！"刘二愣大惧，道："你要干什么！我不要再见到他们！"美国律师冷冷道："不，我只是你们的律师，今天我们之间进行的是有关案情的交谈，我的工作是采集对我方胜诉有利的证据。现在我的目的达到了，船上从来没有发生过霍乱，出现大规模霍乱症状，是因为有人投毒！"助理律师走出门去。刘二愣却陷入了巨大的恐惧中，大喊："哎，哎，哎，你们不能这样，我们先前是谈过条件的！"门开了，望北、刘二鬼走进来。刘二愣也忽然住了口。

美国律师只望着望北和刘二鬼，道："啊，两位先生，我们的工作可以暂告一段落了。这位先生刚才对本律师讲出了非常有说服力的证据，可以证明船上确实没有发生过霍乱。下午我将去大西洋铁路公司，和他们的律师交涉，争取你们的权利。

作为你们的招募人，他们有合同义务尽快帮助解决你们的船靠港、所有人上岸的问题。作为你们的律师，我会提醒他们，我手中已握有无可怀疑的证据，可以在法庭上帮他们打赢官司。啊，最后还要友好地提醒一下各位，本律师按小时收费。今天我们一起度过了两小时非常美好的时光，你们应当付十美元给我！"

望北看刘二鬼一眼，点了点头。刘二鬼无奈，摸摸索索地从身上掏出一块银锭，没有交给律师，而是交到望北手里，道："望北，我不能白为大家花钱……这要算到大伙头上的，将来得还给我！"望北点头，将银锭双手捧给美国律师道："律师先生，对不起，我们刚到美国，没有美国的钱，它就当是我们今天付的律师费了！"美国律师却认得这东西，两眼放光，双手高兴地接过来，掂了掂分量，眉开眼笑道："明白。到时候，我是会为你们做证的，但现在你们必须先回船上去，没有我的消息，不要再偷渡上岸！"望北点头，看刘二鬼兄弟道："大叔，二愣，咱们走！"刘二鬼忽然想了什么，道："等等。望北，你问问律师，我们还要等多久？"望北看美国律师，问道："律师先生，我们还要等多久，才能听到你说的好消息？"美国律师还在把玩那块银子，想了想道："一个月之内，我一定能让你们听到好消息！"刘二鬼叫起来："一个月，这太长了！"望北道："律师先生，一个月对我们来说太长了，你不能让我们漂在海上等一个月！"美国律师却不耐烦了，道："好吧好吧，我尽快！半个月，怎么样？"望北坚持道："不行，还是太长了！"美国律师伸出一根手指，道："一个星期，七天！七天总是要的！"

望北点头道："好吧，那就七天！咱们说定了！我们走！"刘二愣无奈，跟着望北、刘二鬼往外走。美国律师高兴地看着他们离去，将银锭飞快地锁进一只抽屉。

四

转眼到了第六天的早上，一直焦急等待的人们开始渐渐丧失希望，情绪也变得无法控制。底舱里，甲板上面，到处都有人在议论，在哭喊，还有的实在扛不住，嚷嚷着要跳海自杀。望洛上上下下在众人中走动，大声散布谣言，责怪望北办事不力，骗了大伙儿，说我们不用等了，望北早就知道美国人是不会让我们上岸的，我们死定了！一时间人心大乱，哭声动地。一华工叫道："大家别哭，我们去见望北，问

客家人

问他到底什么时候才能上岸，上不了岸是不是要一直在这里等到死！"望洛趁机煽动道："这位大哥说得对，我们落到这个地步，上天无路，入地无门，都是望北的错，他该给我们一个说法！"众一时汹汹然道："对，望北该给我们一个说法！"边嚷嚷边聚齐在一起，向船长室涌来。

望北此时也正在船长室里和刘二鬼谈他们面对的形势。他首先关心的还是船上的食物和淡水还能支撑多久。刘二鬼哭丧着脸回答："食物还能撑三天，淡水最多只能撑两天。"望北道："美国律师答应我们七天给回音，无论如何，我们也要撑过这七天。"刘二鬼还要说话，两人已经听到了外面的吵闹声。刘二鬼急道："这外头怎么又嚷嚷起来了？"望北急带他走出来，面对着众人站住。一时间大声吵吵的人不再言语，都用沉默的目光望着望北。望北已经明白发生了什么事情，不等有人开口，就上前一步，大声道："乡亲们！刚才大家的话我都听到了！原望北无能，辜负大家了！"于大宝道："望北，你说什么！我们到这种地步跟你什么相干！是美国人不守信用，害我们落到今天这个地步！"不少华工附和道："对，这事怨不着望北！"望洛大叫："怎么就怨不得他！上岸和美国人交涉的是他，让我们等的也是他，可我们一天天等到了什么！乡亲们，不能再这样等下去了！大家听我的！活人不能叫尿憋死，他美国人不让我们进港，我们就自己进港！我们这么一条大船，一旦要进港，我看它用什么样的办法能拦得住！"望嵩大声反驳道："你这是馊主意！一上岸美国人就会把我们全部逮起来！"望洛不理他，继续煽动道："乡亲们，听我说！就是上了岸被美国人逮起来，也比被困死在海上好得多！至少我们不会在船上渴死、饿死！大家说对不对！"众人轰然附和。许多人大叫："开船！闯关！开船！闯关！"

于大宝大急，回头看望北："望北，你是怎么想的，快给乡亲们说出来！"望北沉吟有顷，忽然道："我同意！"望洛只是因为绝望，因为他内心里有一种本能要跟望北对着干，毁掉望北在众人心中的领袖地位，万万想不到他竟然会同意自己的主意，一时间也惊呆了。望北继续大声道："乡亲们，我们是应召来美国做工的，但现在被他们无理地挡在美国的国门外，不能回国，上天无路，入地无门，如果没有别的办法，我们就开船闯关，也要上岸！"

众人纷纷响应，望北高举双手，让大家安静下来，严肃道："但这种事不到最后关头，我们不能去做！这是最后的一搏，鱼死网破的干法，真这样做了，我们就是可以上岸，但上了岸以后会怎么样，我们自己就控制不了了！所以，我最后一次请求大家，一定要咬牙熬过这最后的七天！七天后美国人还不放我们上岸，我们就开船、闯关，和他们作最后一搏！"于大宝听明白了望北的意思，大叫道："好！我也早就受不了了！乡亲们，我们听望北的，再熬两天，要是还不能上岸，我们就开船、闯关！"现场一时虽然还是议论纷纷，但紧张的气氛明显地缓和下来。

望伊忽然回头向港口方向望去，惊道："望北大哥，快看！"众人随他回头朝港口方向望去，发现四条美国海岸警卫队的执法船，满载荷枪实弹的美国兵，破浪向大船驶来。就有人高兴地喊起来："天无绝人之路，美国人这不是来了！"众人忽然间都不说话了，因为这些美国船越来越近，看船上美国兵的样子明显不善。望北心中一震，他已经想到了什么，却不愿意相信事情真的会那么发展。这时四条美国船已经来到，最前面一条船上的美国军官大喊："包围中国人的船！"四条船散开，将大船四面包围起来，所有的枪口都对准了大船上的人们。

望北看那名指挥军官上了大船，想了一想，主动迎过去打招呼："哈喽！"美国军官没想到他会说英语，迟疑一下回答："哈喽！"望伊这时也带刘二鬼来到。美国军官看望北，傲慢言道："美国海岸警卫队上尉詹姆斯·怀特，奉长官之命，对'海伦号'客货混装船上的所有中国人宣布，由于你船发生过瘟疫，美国法庭判定你们不能入港，船上所有华工不得离开这条船。这条船也不得私自启锚，离开本港。今日起，我将率领四艘执法船对你船实施监控，如再有人试图离开这条船偷渡上岸，一律击毙。"

刘二鬼绝望地看一眼望北，正要翻译，意识到望北已经全部听懂了。就听望北不卑不亢地用英语回答："尊敬的怀特上尉，美国法庭这样对待我们是非常不公正的。我们是根据中国政府和美国政府及大西洋铁路公司签订的合约合法来到美国的。我们船上也没有发生过霍乱。这一切都已经被查明——"美国军官举手打断他，蛮横道："我不是法官，只负责执行法庭判决。如果你认为美国法庭的判决不公平，可以上诉。现在我已经完成了我的告知义务，再见。"他不等望北等回答，转身顺网梯下船。

于大宝追到船舷边喊起来："哎，哎，你怎么走了？美国律师让我们等七天，我们还要等吗？你怎么不说个明白呀！"美国军官听不懂他的话，且已经下了大船，回到执法艇上。众人回头紧张地看着望北，大家在船上也跟着汤姆说了不少英语，刚才美国军官的话他们也大约听出个八九。望嵩急道："望北，这可怎么

❖ 客家人

办？"

望北只是不语，这一刻他的目光忽然转向了港口，没有人知道他在想什么。于大宝着急道："望北，美国人已经铁了心要置我们于死地，怎么办，就看你的了！"望北目光从港口转回来，事到如今他的内心反倒镇静了，道："怎么办？事情到了这一步，倒好办了！"刘二鬼诧异道："怎么好办了？"望北回头看他，缓缓道："如果不能和平地进入美国，那就只剩下另一条路，用战争的方式进入美国！——不，还是要等！"

于大宝忍不住大怒道："人家都把绳套勒到你脖子上，要吊死你了，你还要等！"望北厉声道："对！要等！"望嵩道："等到什么时候？"望北道："等到船上没有了最后一口淡水，食物也全部吃光的时候，等到大家无论如何都要向对手拼死一搏的时候！"刘二鬼听出他话里的决心和智慧，道："哎哟望北，你真是个天生的领袖，你有领袖的脑子！对，要等，一定要等，要等到船上每个人都觉得就是拼了命也不能再等下去的时候动手！"望北却回头道："大叔，你领会错了！我是在想，一旦我们真走了那一步，船上几百号乡亲是死是活我们就真的控制不住了！这样上岸，我们中的每个人将在美国人那里遭什么样的难，受什么样的委屈，我真的不敢想！"于大宝道："你就铁了心，领着乡亲们干吧！无论上了岸怎么样，都比死在这条破船上要强！"望嵩也道："大宝说得对！"刘二鬼道："望北，我这人平时最胆小怕事了，可这一回，我也要说这句话了，放心大胆地领着大伙儿干吧！不就是个死吗？死在船上也是死！"望伊道："我也是这样想的！望北大哥，不管以后出了什么事，是死是活，我都跟着你！"

望北感动地看着众人，道："好吧。即使真要闯关入港，我们也要做好准备，一定要一闯成功。现在船上没有动力，我们还要等风。望伊，你留在驾驶舱里望风，望嵩，大宝，你们跟我到机器舱去！"

机器舱内，汤姆一个人仍在拆机器。听到脚步声，回头看望北、望嵩和于大宝一眼，也不说话。望北等三人走过去帮忙。汤姆才道："没用的。我拆它，只是想找点事做。修不好了！"望北坚持道："不！汤姆，我们再试试！也许我们修好了它也说不定！"

汤姆搓了搓手道："来，我们把它再装起来。"望北踊跃道："好，马上动手！"汤姆又回头，道："这是最后一次。望北点头，充满信心地道："行，开始吧！"几个人开始把散乱的零件麻利地装到机器上去。机器很快就被重新装好。汤姆、望北、望嵩、于大宝全都默默地盯着它。有顷，望嵩道："试试吧！"汤姆忽然捂住眼睛，道："不！不要！我害怕！"于大宝诧异道："你怕什么？"汤姆道："我怕上帝真的抛弃了我们，抛弃了黑人汤姆！"望嵩急道："望北，你去试，万——"望北道："不要，我们听汤姆的！等一等！"

大家只能继续等。这样的时刻总是极其难熬，于大宝见汤姆一直闭着眼睛独自祈祷，心里起了怒气，站起来，准备去甲板透透气，忽见地下横着一个手柄，绊了他一下。于大宝一肚子怨气正没处发泄，回头一脚踢上去。机器猛地巨响起来。众人瞬间全都瞪大了眼睛。

望北急看汤姆道："什么声音！"汤姆大叫一声，抱住望北，流泪道："上帝，上帝没有抛弃我们！上帝没有抛弃黑人汤姆！上帝与我们同在！"望嵩扑上来，与他们拥抱在一起。于大宝也回头拥抱他们。四人面面相觑，流泪，大笑大叫，都道："上帝没抛弃我们！上帝和我们同在！"良久，大家才平静一些，彼此放开。望北看三人道："机器能开动了，我们闯关就更有把握了，但是，还是要等！"三人已经服了他，都点头道："等！我们等！一直等到上帝再次想起我们！"

很长时间内大家仍看着那台机器，怕它再突然停下来。机器一直在轰鸣。望嵩终于回头，兴奋地看望北道："这机器转起来，就不要再停了。你们谁也不要再碰它，我怕一碰它又不转了！"望北道："不，还是先停下来！再试一次！"说着就要去扳手柄。望嵩急上前用身子护住手柄，大叫："不，我死活都不让你们动它了，我真怕你把它关了，再开时又不灵了！"望北示意于大宝把望嵩拉走。汤姆关掉手柄，停了一瞬重新启动，机器果然又惊天动地地轰鸣起来。望嵩热泪盈眶，大叫："太好了！真的修好了，吓死我了！"

忽然众人回过头去，原来机器舱内已经涌进了越来越多的华工。望嵩吃惊道："你们怎么来了？"这时望洛从人后面挤到前面，喝令："动手！"一群人扑上去，把望北、望嵩、于大宝抓住，按倒在地下，从后面拴住手。汤姆害怕了，一个人躲到机器后面去。三人大叫："你们要干什么？"一名华工道："望北，对不住了，我们实在等不下去，既然你们修好了机器，我们今天夜里就要闯关，进港，上岸！"望北大怒道："不！"望洛道："把他们的嘴堵上！"众人三下五除二把三人的嘴全堵住。望洛来到望北面前，得意道："原望北，我宣布，从现在起，我，原望洛，带领这些人，接管这条船！——把他们带走！"众华工把望北、望嵩、于大宝拖起来走。三人一路上都在激烈挣扎，嘴里发出呜呜的声响。

望洛这时将汤姆从机器后面扯出来，道："老汤姆，好好地看着这机器，今晚上我们就上岸！"汤姆惊道："今晚上？"望洛威胁他道："对，今晚上。你要是帮了我们，我们就带你上岸回美国，要是捣乱，就对你不客气！"汤姆想了想，点一下头。望洛对身后两华工道："你们留两个人在这里看着他，他要是捣乱，马上收拾他！"两华工答应，望洛带其余人轰隆隆走出。

汤姆等望洛带人走远，突然对留下的两名华工眨了一下眼，道："我们快去救望北！"两华工道："为什么？"汤姆道："就是闯关，也只有望北领导我们，才能成功！"两华工相视一眼，想了想道："汤姆说得对，望洛不行，还是要把望北请回来！"三人匆匆出舱。

在机器舱里控制了望北等三人，望洛又带人冲进了驾驶舱，将望伊和刘二鬼捆起来，塞上嘴扔到一边。望洛自己手持舵轮，目视前方，对身边几名华工道："都好了吗？"众人激动地点头。望洛叫道："开船，闯关！"随着一阵巨大的轰鸣，大船的大锚被提起，望洛操作舵轮，船开始破浪前行。

突然，望北带领一群人冲进来。望洛回头，大惊道："怎么是你！"望北叫道："快！把望洛拿下！"于大宝、望嵩上前，将望洛拿住。望洛大力挣扎道："你……你不能阻拦我！原望北，你就是阻拦，也拦不住了，船已经开了！美国人已经看见我们要闯关了！听，美国人的枪声！"说完疯狂地大笑起来。

众人侧耳听去，果然大船四周，枪声大起。一发子弹打在驾驶舱玻璃上，发出一声脆响。望伊大叫："美国人开枪了！"所有人都迅速趴在地下，只有望北一个人屹立不动，大声命令众人："快把船停下来！"望伊上前抱住舵轮，回头急叫："船已经开了，一时半会儿是停不下来的！"望北坚持道："停不下来也要停！"

于大宝冲上前道："望北，怎么处置望洛！他刚才竟然在船上搞起了暴动！"望北道："放了他！快把全船的乡亲们集合到底舱里去，我有话要讲！"于大宝忽然明白了他要对大家说什么，急忙转身跑出去召集众人。枪声仍然在响。一发发子弹打进驾驶舱。众人连同被抓住的望洛，匆匆猫着腰离开，奔向底舱。

底舱里，所有华工都聚集起来了。望北等人匆匆走进来。望北回头看于大宝、望嵩，道："放开望洛！"两人不情愿地把望洛放开。望北回头严肃地望着大家，道："乡亲们，事情紧急，我就长话短说了！美国人已经发现我们的船开始闯关，现在停下来已经不能了！既然这样，我决定，开始闯关！"众人哄哄然。望北又道："安静！乡亲们，我们闯关是为了上岸，但这样做一定会受到美国人的拦阻，他们现在就在大船四周开枪，要杀死我们。以后就是闯关成功，上了岸，也会被逮捕。不过为了活命，为了能够上岸，就是这样也顾不得了！"众人大声附和。望北道："我们闯关是为了活而不是死。为了减少伤亡，我有个想法，我们不闯到美国人戒备森严的旧金山港去，我们给他们来个出其不意，去闯旧金山港外的天使岛！"

众人面面相觑，都诧异道："天使岛？那是个什么地方？"望北道："汤姆曾对我说过，天使岛是美国人专门用来收留、甄别外国人身份的地方。我们闯到那里去，一是可以减少伤亡，二是因为出其不意，成功更有把握。一旦能靠岸，就实现了我们登上美国土地的目标，三是我们在那里上岸，正好可以和美国人交涉，让他们承认我们和美国政府以及太平洋公司的合同，确认我们合法进入美国修铁路的权利！大家觉得怎么样！"众人一时无话，不知如何是好。

五

深夜，这条无法被拦截的大船划过巨浪，以越来越快的航速，冲向旧金山港外的天使岛码头。美国人怎么也没有想到这条船会发疯般地冲向天使岛，基本上没有阻拦。但是大船甫一靠码头，大队美国兵便轰隆隆跑步过来，持枪列队包围了大船。

望北带众人全部集中在中舱，做好了集中被逮捕的准备。突然舱门被打开，一名美国军官带一队美国兵身穿防护服戴防疫口罩冲进来，用枪指着众人，喝道："全体下船！"望北左手挽住望伊，右手挽住望嵩，回头要大家相互挽起手，朝舱外走去。众人自动挽起手来，鱼贯走出舱门，走下大船，踏上了天使岛的土地。大家心里不觉一热，都想到了：终于踏上美利坚的土地！

这天深夜，数百名华工在天使岛上走动的脚步声惊动了这个不大的小岛。众人被比他们人数还要多的美国兵如临大敌般押到一个位于岛尽头的临时隔离监狱，只听一道大铁栅栏门哗啦啦打开，美国军官喝令道："进去！"望洛看了一眼这个有着四面透风的铁栅栏墙的所在，回头大叫："这是什么地方呀！"身后的美国兵立即重重给了他一枪托，喝道："进去！"望洛扑通一声倒地，回头叫："干吗打人！"美国兵赶上前又是一枪托。望北站住了，回头用英语喝道："不许打人！"那美国兵才停下了。众人扶起望洛，继续朝前面的监狱大门走进去。

望洛忽然回头大叫："乡亲们，这是监狱呀，我们不进去！"华工的队伍一时大乱，有人哭道："我没犯罪，干吗进美国的监狱！"望北来不及说什么，美国军官已经对众美国兵挥手。众美国兵向后退去，伏在地下，朝华工们出枪、瞄准。望北忽然明白了，大叫："大家快进去，他们要开枪了！"说着美国兵的枪已经响了，走在后面的几名华工前仰后合地倒在地下。望伊大叫："有人死了！他们真开枪了！"望北急叫："乡亲们快进去！不要乱跑！活下来再说！"众华工被提醒，一时间挤向前去，涌进铁门。望北边被人挤着前行边回头望死去的人，满眼是泪，仍在大喊："快！快进去！一定要活下来！"

全体进入这座四面都是铁栅栏、形同一个巨大鸟笼的监狱后，美国兵的枪声才停下来。一美国兵匆匆跑步上前，匆匆将铁栅栏门上锁，一刻也不停，转身匆匆跑回去。望北等回身扑在铁栅栏墙上，望见外面又匆匆跑过来几名全身隔离服的美国兵，用戴手套的手将被打死的华工尸体匆匆拖走。

暴风骤雨就在这时来临。所有的人都站在栅栏前，望着这北美洲来自海上的暴雨，一时间只见雷鸣电闪，大雨瀑布般倾泻下来。惊天动地的风雨声中，一华工坐下，放声大哭。不少人受他的感染，也都蹲坐下去，哭成一片。望北坚忍地站着，眼里噙着泪水，目光透过雨幕，向远方望去。他在凝视这北美雨中的土地，也是在感受像暴风骤雨一般突然降临在大家身上的命运的沉重。

过了好久好久，直到风雨小了一些，众人的哭声都停息了。望北缓缓回头，看众人一眼，欲言又止。

这时望洛大声叫起来："原望北，你哑巴了！你没什么可说的了！你自以为聪明，现在怎么样了！要是听我的，咱们就跟他们美国人来阴的，直接开船去闯关，大家上了岸，呼啦一声几百号人四面逃走，他们去抓谁？乡亲们，要是听我的，这会儿我们已经上了美国大陆，还会被关到这个鬼岛子上！什么叫求生不得，求死不能，这就是！我们都被原望北给坑了！"于大宝闻言大怒，喝道："原望洛，你住口！要是真照你说的干，还没等我们上岸，美国兵就会开枪将我们全都打死。就是侥幸有几个逃得出去，他们也会带着狼狗满世界追捕我们，逃出去的人也会一个一个被他们打

187

死，打死了还不偿命。你想让大家都跟你一起去吃美国人的枪子儿？！"望洛也没有力气了，回道："不照我说的干又怎么样，现在还不是被关在这里吃美国人的枪子儿？谁能说被关在这里就一定能活！"望北大声喝止道："好了，你们停一停！乡亲们，大家安静，我有几句话要说！"众人听了，停下来。

望北诚恳道："乡亲们，是我错了，我向大家认错！"说着他向大家鞠了一个躬。众人嚷嚷起来。望嵩道："你怎么能这样说？闯天使岛是大家点了头的，你并没有错！"望伊也道："谁也不知道美国人会开枪打死我们的人！"望北举手止住他们，继续大声道："不，让我说，还是我错了！"众人不说话了。望北道："乡亲们，我们九死一生，终于登上了美利坚的土地，可是刚刚过去的这一天我觉得胜过一百年，我会一辈子记住这一天！"众人忽然被他这句话感动了，有人唏嘘起来。"等等，听我往下说！"望北道，"我刚才一直都在想，我到底错在哪里了，为什么会错，美国人为什么要这样待我们！如果我们是英国人，法国人，德国人，哪怕是爱尔兰人，遭遇到今天的处境，美国人又会怎么待我们，还有我们的国家会为我们做什么！"刘二鬼小声嘀咕道："我们要真是英国人，法国人，德国人，美国人肯定对我们客客气气，还会受这么大的罪，被人关在这里等死？"

望北点头，大声道："刘叔说得对，只因为我们是中国人，才有了今天这样的遭遇。大家想一想，为什么我们是中国人就该让他们这样待我们，我们不说他们的错，只想我们错在哪里。堂堂中华子孙，竟然让美国人这么瞧不起，视我们如同草芥！"众人长久地沉默起来。半晌，望伊开口道："因为我们的国家太无能，太穷太弱，干不过他们的坚船利炮。望北大哥，你要说的是不是这个！"望嵩也道："我们的朝廷太窝囊，不能保护自己的百姓！"

望北激烈道："说得好，但我觉得还不全！为什么我们一个泱泱大国，地大物博，人口众多，就落到这种任人宰割的地步……大家不要急着回答我的话，每个人都好好想想，我也要继续想。想这件事时还要记住，虽然眼下美国人不把我们当人，我们自己却不能不把自己当人！"一华工叫起来："人都不把你当人了，你还怎么把自己当人！"望北道："错了！正因为他们不把我们当人，我们才更要把自己当人！因为我们自己知道，我们是华夏先人的儿女，是客家先人的后人，是世界上最高贵，至少是和他们一样高贵和值得尊敬的人！"众人又沉默起来。于大宝道："望北大哥，你心里还有话，想对大家说！"望北道："对，我是有话要说！刚才这位兄弟问我怎么把自己当人。乡亲们,我们没有想到了美国会有这样的遭遇,但是我们已经遇上了,我还想说,以后可能还有我们根本想不到的事情在等着我们。怎么办?"众人嚷嚷起来:"对,怎么办?这才是最要紧的!""望北快说,我们都听你的!"望北道:"第一,我们不自杀。现在自杀是最容易的,但也是最没有骨气的!第二,也不能破罐子破摔,失去希望。乡亲们,我们客家人世世代代遭遇了数不清的苦难,但我们的先人都扛过来了,我们还是我们!现在我想对大家说,无论以后的日子有多难,都要咬着牙活下去,直到争取到离开这里的权利!"众人热烈地议论起来:"望北说得对!""我们不能死!""活下来离开这里!"

望北继续道:"活下去,而且不能放弃希望!大家还记得我们的希望是什么?"望嵩道:"向美国人争取我们的权利,还我们公道,让我们离开这里,去美国本土做工!"众人纷纷道:"对,让美国人放我们去铁路上做工!我们就是为这个来的!"望北道:"大家说得对!为了实现我们的希望,我们的心一定不能乱,要和他们斗。现在除了我们自己人,没有人可以帮我们,我们要自己帮自己!"群情激愤,在众人的高声呼喊中,望北的神情严峻而激烈,忽然,他感觉到自己的话已经发生了作用,众人一颗颗绝望下去的心又复活了,不由得热泪盈眶。

六

梦长在西马怡保英国人威尔逊矿山上的日子,正流水般地过去。三个月后的一个晚上,华工们天黑后才从矿山上回到山洞里休息,还没有坐下,就见拉奥押着单世昌提着简单的行李走进来。在一个空着的铺位前,拉奥对单世昌道:"啊,你白天和他们一起挖锡,夜里就睡这儿!"说完就转身走出去。疤脸捅了一下梦成,小声道:"哎,我们是不是见过这个人?"梦成道:"见过!到西马的头一天,在海滩上,就是他给英国人当通译,让他们抓了我们!后来,我和我大哥又在英国警局里见过他,还是当通译,没想到,这个汉奸也被抓进来了!"梦长开始和他攀谈:"大叔,老家哪里?"单世昌仍旧一脸不情愿的样子:"你问得着吗?"梦长耐心道:"到了这里,大家同是天涯沦落人,问一句也不过分。"

单世昌终于回头看他一眼,神情像只高傲的公鸡,道:"我当然是唐山,能是哪里。明知故问!"梦长哈哈大笑起来,又问:"大家都是唐山,唐山哪里?"单世昌又看他一眼，不情愿道："河源。河源客家。"梦长高兴道："原来是河源客家。我们也是客家。"单世昌道："知道。见第一面，就知道你们是客家，不但知道你们是客家，还知道你们是哪里的客家。"梦长做惊奇态，笑问："大叔知道我们是哪里的客家？"单世昌故意不点破，道："你姓华，不是闽西的华家，就是云梦山区河洛十族的客家。只有这两处的华家是大族。你们是哪里的华家？"他不知不觉就和梦长攀谈起来，没有注意山洞里所有的人都站着听他们谈话，更注意不到听了他方才的话，梦成、疤脸不觉对视了一眼，目光陡然警觉起来。这时只听梦长平静地笑了笑，道："大叔好眼力，我们正是闽西的客家。"单世昌也不把话挑明，道："原来是闽西的客家。我还真看走眼了！"梦长转换话题道："大叔什么时候下的南洋？你说一口那么好的外国话，怎么也进到这里来了？"单世昌生气道："你打听那么多事干什么？我就是进来了，也和你们不一样！只要在这里挣够了钱，还了鸦片烟债，就可以出去了！你们要出去，就难了！"梦长笑容陡落："大叔这话什么意思？"单世昌做作地打了一个哈欠，摊开铺盖卷，道："你不要缠着我了好吗？我困了，明天还要受苦，睡觉了！"

当晚，等大家都睡下去，梦成、梦余走到洞外来。梦余看梦成道："姓单的刚才的话什么意思？什么和我们不一样！我们要出去就难了，他都知道些什么？大哥为什么也不问他？"梦成道："我们不能什么事都等着大哥去办。明天天黑，等他一个人出去方便的时候，咱们悄悄跟出去问个明白！不要让大哥知道！"梦余答应。果然一转眼就是次日晚上，梦成梦余早早地躲在山洞外的草丛里，望着蹲在远处拉屎的单世昌，只觉得阵阵臭味顺风刮过来。那边，单世昌已经站起来，提起裤子。梦成、梦余一左一右从后面摸上去，一把捂着单世昌的嘴将他拖进后方草丛中，按在地下。

山凹里，梦长带梦成、梦余走来。梦成朝草丛里一指，单世昌也发现了他们，挣扎起来，嘴里再次发出呜呜的叫声。梦长上前亲自动手解开他身上的绳子，从嘴里扯掉破布条。单世昌大声喘息、咳嗽。梦长一直不说话，等待他平静下来。单世昌终于缓过气来，害怕地看他们一眼。梦长道："大叔，方才我这两位兄弟冒犯你了。"单世昌站起来，只是上上下下打量他，并不说话，脸上又显出那种高人一等的样子。梦长不觉着急起来，提高声音道："大叔，我是想来问你，方才你对我这两位兄弟说的消息是不是真的？这事情太大，你为什么不说话？"

单世昌乜斜着眼看梦长，突然道："我知道你是谁！"梦成、梦余吃惊，看梦长一眼。梦长不动声色，哑然一笑道："大叔当然知道我是谁。我对你说过。"单世昌冷笑。梦长道："大叔笑什么？"单世昌笑声大起来。梦成、梦余心情越来越紧张，看梦长一眼，对单世昌喝道："笑什么？有话就说，有屁就放，找揍吧你！"梦长再次制止二人，看单世昌，不觉哈哈一笑。单世昌吃了一惊，看他道："你不是华邦彦！"梦长笑道："大叔，我不是华邦彦，我是谁？"单世昌道："我当然知道你是谁，你不是华邦彦，你你你就是钟梦长！"梦成、梦余悄然变色，下意识地回看梦长。梦长无言地沉默着，久久地盯着单世昌。忽然梦长又笑了一下，道："单大叔，钟梦长……他是谁？"

单世昌有点失望，更多的是吃惊，大瞪着眼睛看他，道："你……不是钟梦长！也不知道云梦山区河洛十族？""河洛十族听说过。钟梦长不知道。"单世昌如在梦中，半晌，摇了一下头："真的假的？"梦长不回答，只是盯住他。

单世昌仔细瞅梦长，摇头道："现在吧……我还有点信你的话了，你说不定真跟钟梦长没有相干……"他的表情越来越轻蔑了，"啊，闽西华家，也难怪，你们那里山大沟深，与世隔绝，你们又刚从国内出来，什么大事也没听说过。钟梦长，他是天下闻名的云梦山区河洛十族客家人的新一代盟主，未来一代客家人云上军团的主帅！眼下整个西马，华人中除了我，还没有第二个人知道他到了南洋！说不定就藏身在你们中间！"梦长依然不动声色，道："大叔，照你这么说，这个钟梦长是个了不起的大人物了？"单世昌神气活现起来："当然！全中国的客家人都来自中原，粤闽赣三省山区是天下客家人南迁后的故乡和摇篮，河洛十族客家人又是三省山区客家人的宗主和领袖。在天下客家人心中，河洛十族盟主都是自己天生的领袖。你们想想，他是不是个大人物！"梦长道："大叔是说，就连南洋，不，西马这里的客家人，也把钟梦长视为自己的领袖？"单世昌更气愤了，道："当然！告诉你们，我是不知道这个钟梦长在哪，我要是知道，一定马上去找他，追随他，给他提鞋都成。没有人知道这个人来到西马，对西马的客家人，不，对西马所有人，英国人，土著，华人，有多重要！但是我知道！再告诉你们一句，别吓着你们了！"梦余抢上来插话："什么话这么要紧？"单世昌哼了一声道："哪怕就这会儿，只要钟梦长现身，在西马发一声号令，所有的客家人——西马有三万华工是客家人——都会立马响应他的号令，跟他揭竿而起！英国人的势力够大了吧，就是他们，也挡不住这样一支客家大军！"边说他的眼里边放出光来，"哎呀我真想看到这一天，钟梦长率领西马三万客家人，动员其他的华工，在西马揭竿而起，像我们客家人在国内常干的那样——"

梦长长出了一口气，道："大叔，咱们坐下来好好谈谈，你的话，我愿意听。"说着就拉单世昌在草地上坐下来。"大叔，请告诉我三件事。头一件，钟梦长有这大的影响力，是不是真的？第二件，他是不是真来到了西马，这消息你是从哪里知道的？第三件事，你说英国警察和咱们这里的英国矿主一开始就知道中国官府半年后不会给大家弄来合法身份证明，他们把我们弄到这里来，是想永远把我们关在这里做苦工，一直到死？如果这件事是真的，你又是怎么知道的？"单世昌再次上下打量他，突然站起，道："走走走，我走了！"梦长一把扯住他的手，道："大叔，别走，你还没说出最要紧的事情呢，怎么能走？"单世昌道："我不跟听不懂我的话的人废话！"梦长笑了笑道："好了大叔，你就当我们什么也不懂，就当是给我们发蒙，就当是从头教我们了，说吧！"单世昌道："罢了罢了，我要是不把来龙去脉一五一十小葱拌豆腐说个一清二白，你们今天是不打算放过我了！"梦成道："不错，说不清楚想走？不能！快说！"

单世昌只看梦长，道："在说这件事以前，我还是要先把自己介绍一下。我，姓单名世昌，河源客家。二十年前就来到了西马，二十年过去了，我虽然没有挣下万贯家业，可我至少也不是什么也没学到，告诉你们，我在这里学了一门学问！""学问？什么学问？"梦余问。单世昌又神气活现起来，道："认真说起来，还不是一门学问，那是两门学问，一门是英国话，一门就是英王政府的殖民地法律！所以嘛，这些年我在这里的日子过得还不错，不是不错，简直是人上人的日子！"梦成道："大叔，你又吹牛了！"单世昌鄙夷地看他一眼，继续说下去："第一，我成了既会说中国话又会说英国话的人才，哪怕是英国驻怡保的警察局长詹姆斯先生，到了和中国人打交道的时候，譬如在海滩上逮捕你们那一次，都需要低声下气地派人来请我去做通译，不然他们什么事都做不成。当然了，虽然他们来请，那也得看我愿不愿意去！"

梦长道："大叔，跑题了。"单世昌不理他，继续说下去："啊，我在这里学到的另外一门学问就是英国人的法律。英国人是个奇怪的民族，他们三句话不离法律，法律就是他们的命，办一切事，哪怕是亲爹跟亲儿子，论起和利益相关的事也要上法庭，用法律条文处理纠纷，不像我们中国，从小我们被要求读四书五经，用圣人的话对人心进行道德约束，我们当然也有法律，秦有秦法，汉有汉律。虽然历朝历代都有律条，可那是对待不讲仁义道德的下层人讲的，有一句古话，叫做刑不上大夫，礼不下庶人……"梦成打断他的话头道："扯远了！回来一点回来一点！"单世昌尴尬地看一眼梦长："啊，是远了一点，那就回来！我是说，凭着我在西马二十年学到的这两门学问，我除了成了英国人和中国人之间的通译，最大的成就，就是成了怡保地区第一名也是唯一一名熟悉英国法律的律师——"

梦余又道："又跑题了！"单世昌道："没跑。我是说，正因为我懂得英国话，又懂得英国法律，怡保警局的詹姆斯局长常常会在要和中国人打交道时请我去帮忙，有一回，我也就有幸见到了一个从国内来的大人物，说是什么皇亲国戚，慈禧皇太后的娘家侄子，名叫叶赫星！"梦成心中一惊，脱口而出："叶赫星！"梦长故意用漠不关心的声调问："大叔，这个叶赫星和大叔说的事情也相干？"单世昌道："当然！这个人前不久来到怡保，就是来缉拿钟梦长的！这个叶赫星叶大人居然懂英语。但也因为这个，我才有了机会听到了他和詹姆斯关于钟梦长的谈话！"梦长与梦成、梦余相视一眼，回头："大叔，你是不是想说，英国人原来并不知道我们这批人里头藏着一个叫钟梦长的人？""不！你们来到怡保的当天晚上，因为这个叶大人，詹姆斯就知道你是钟梦长了！"梦长仍然不为所动："可我自己却不知道我是钟梦长！既是这样，英国人为什么没把我当成钟梦长交给国内来的钦差大人？"单世昌眼望梦长，不再说话。梦余喊："哎，你快说呀，急死了！"梦长也道："大叔，有什么全说出来，哪怕只是你的猜疑，也没关系！"单世昌终于又吐出了几个字："不是我猜疑。"梦成恨道："你这人，嘴上半句肚里半句，跟你说话要急死几个人，你到底想说什么！"单世昌终于把话说了出来："叶赫星为了从詹姆斯局长手里抓回钟梦长，和詹姆斯进行了一场谈判，答应出一大笔银子给那英国人，英国人见了钱就像苍蝇见了血，哪里会愿意为一个华人丢掉这么一大笔钱。可他们都是些不见兔子不撒鹰的主儿，为了这笔银子，他们让叶大人放一个人回去，却把叶大人自个儿和他的随从同你们一起关进了这座矿山。"梦成急问："然后呢？"单世昌还是只对梦长说话："以后的事就真是我瞎猜的了，可能这位叶大人从一开始就没想过真为钟梦长付给英国人银子。他们在矿山上用英国人的炸药搞了一场大爆炸，当夜就杀出怡保，逃到文德港，上了一条早就停在那里的大鸡眼船，扬帆回国去了。"梦长深深看他，有顷才道："大叔，你说的这些事情，和你开头说的英国人早就知道国内不会给我们开出身份证明文件，英国警方一开始就打算把我们这些人一直关在这里做苦工，直到死，还是没有相干。后面这件事才是眼下我们最关心的大事！"梦成接着问："这件事也是你亲耳从詹姆斯那里听到的？"单世昌急道："我没有，但我听过别人……啊，就是前天把我押上矿山来的英国警队队长汉斯，不小心说出过这样的话。他说，你在那里挣到足够的工钱还债，就可以出来了，至于他们，恐怕这辈子再出不来了。我问他为什么这么说，他说，有人早就知道，你们中国的政府不会关心那些人的死活，为了他们自个儿的最大利益，按照英国法律，他们完全可以、而且也已经决定了，一直将他们关在这里，不让他们中的任何人活着离开矿山！"听了这话，梦成变色，急看梦长道："看样子他的话是真的！"梦余也道："大哥，怎么办？"梦长猛地站起，转身大步往回走。梦成、梦余、单世昌在背后看他。梦长忽然又站住了，回头看单世昌道："大叔，今天你讲的事，不要再对别人讲，行吗？""为……什么？""至少钟梦长的那一段，可以不对别人讲，因为这事和大家没有相干，反而会乱了大家的心。"单世昌想了想道："也对。那件事当然和你们没有相干，我本来就没想对人讲！"

七

梦长带众人走进山洞，看大家一眼，发现所有人都仍在焦急地等待。单世昌从大个子手里挣脱，悄悄溜向自己的铺位，不让别人觉察。一名华工看梦长道："华家大哥，大家一直在等你，发生了什么大事，给大家说说吧！"众华工轰轰然起来："快，给我们说说！""我们真被人家算计了？"梦长等众人的声音落下去，才望着大家道："对，我们被人家算计了！"一华工喊出来："怎么算计的，快说出来我们听听！"梦长回看大个子："这件事还是让单大叔讲才能讲清楚……大叔哪里去了？"众人回头找单世昌，发现他已经面朝里躺在自己铺上。疤脸喝道："老单，你怎么这么快就睡了，真是中国人说的，事不关己，高高挂起！各位，刚才就是这位时常在英国警局出入做通译的大叔告诉华家大哥，说他今晚上告诉华家老四的话都是真的！"话没落音，山洞里立时群情激愤起来。疤脸这时再次站出来，喊道："大家先不要吵！这么吵下去既弄不清是非，也什么事都办不成！刚才那位说华家大哥当初帮英国人骗了我们，这话我不赞成！如果说有人骗了我们，那是英国人！英国人当时不但骗了我们，还先就骗了华家大哥！"眼看着又有人要嚷嚷起来，带头讲话的华工急忙举手道："大家听我说！"现场又安静了，他回头诚恳地看着梦长，道："华家大哥，虽然大家刚才说了几句过头话，但你大人不记小人过。我们这些人，从没碰到过这么大的事，现在一下子碰到，都慌了。你以前是我们的主心骨，今天还是，你就说说，该怎么办吧！"

站在他身旁的一名华工叫道："我们就是跟他们一命换一命，也不能什么都不做，就这么让他们给活埋了！"众人情绪又激昂起来，喊："说得对！""就是死，也不能便宜了英国人！"

"反了！""暴动！暴动！"疤脸看大家的情绪已经被调动，才站出来喊道："大家安静！华家大哥，你快说几句话吧！"现场安静下来。众人再看梦长，发现他仍在沉默，但从他的脸上，可以看出他此时一直在进行激烈的思想斗争。大个子生气道："哎我说华家大哥，你往常挺痛快的，到了生死关头，你怎么一言不发了？快说话呀！"单世昌忽然从铺位上麻利地滑下来，大声道："我知道华家大哥为什么不说话！"众人回头看他，问："为什么？"梦长、疤脸、梦成等人急回头盯住了单世昌，担心他说出他们不愿让他说出的话来。就听单世昌道："诸位，这件事本来跟我没什么相干，可听大家方才的话，我真是忍不住！你们到了这步田地，大家现在就一个心思，反了，暴动！可这事你们过脑子了吗？头一条，你们在英国人的矿山上暴动，矿主威尔逊有一个印度矿警队，几十条枪，你们呢，赤手空拳！第二条，你们真造了反，也不是造威尔逊先生一个人的反，你们是在英国人的西马殖民地向英国人宣战，向怡保警局的詹姆斯局长和警队宣战，向大英帝国在西马的统治秩序宣战，他们会动用全部武装和法律对付你们……这些你们想过吗？"众人面面相觑，单世昌的话一说顺溜嘴就再也止不住："就凭你们，赤手空拳，啊不，你们手里有一点挖矿的工具，可这些东西抵抗得了威尔逊先生的印度矿警队的洋枪吗？顶得住用洋枪洋炮装备起来的英国警察和军队吗？你们抵抗不住！"

梦长沉沉道："各位乡亲，刚才大家的话我都听到了。我现在想问的第一句话是，是不是我们所有人，都同意暴动！"大家面面相觑。梦成率先举手："我同意！"梦余随之举手。大个子举手道："暴动！不暴动是死，暴动了大不了也是个死！"众人情绪激愤，都举起手来，嚷嚷道："暴动！暴动！""为了活命，只有一条路！""跟他们拼个鱼死网破！"疤脸看着树林般举起的手，又问："有没有人反对暴动！"众人喊起来："没有！跟他们拼了！"疤脸回看梦长道："刚才大个子说得好，事到如今，不暴动是个死，暴动最多也是个死，我也同意！"说着也把手举起来。梦长眉头越皱越紧，他不举手，仍在沉吟。梦成怒声道："大哥，你还犹豫什么！"大个子也道："华家大哥，不能犹豫了！"

梦长环顾众人，严肃道："暴动是件大事，一旦决定了就不能回头。我再问一遍，有没有人反对？"刘松龄忽然从人后面喊："有！"众人放下手，回头看他。他从众人中走向刘松龄，道："刘叔，没人把你当成外人，你有话尽管说！"

刘松龄道："要是让我说，我就说。我不同意你们暴动。"疤脸惊奇道："为什么？"刘松龄道："没用！"众人吃惊。梦长道："刘叔，你仔细说，为什么没用！"刘松龄道："以前有人暴动过，一次都没弄成！所有的人都被打死，从望乡台上扔下去喂了鹰！倒是我，没参加过暴动，活到了这会儿！"梦长迟疑了一瞬，又问："刘叔，真的从来就没有人逃出过矿山？"

刘松龄道："有！可逃出矿山又怎么样？外面还不是英国警察，英国驻怡保的军队！再就是深山老林，上百里不见人烟！是有人逃出去过，但全被英国警察和英国兵追到山里去一个个打死，又把尸首拉回到矿上示众！"梦成不服气道："我就不信，没一个逃得出去！"刘松龄看他道："这才是我想说的呢！这里离唐山上万里路，逃出去又能怎样！告诉你们，也有漏网的，我一个同乡就逃出去过，他逃到了海边，想扒一条船回国，还是被上船盘查的英国人逮住了，后来就没有了下落，听说是直接从船上扔进了大海！"一时间众人都不说话了。疤脸看梦长道："刘叔的话也不是没有一点道理。我们该怎么办？"

梦长沉默，众人的情绪反倒越来越激烈了。梦成高声道："什么怎么办？还是那句话，不暴动是死，暴动也是死，咱们跟他们以命相拼，就是一命换一命，也值了！"梦长道："我和刘叔、和单大叔一样，不同意暴动！只要还有一条生路，我们就不能暴动！还有，我也不同意马上暴动！"众人吃惊，面面相觑起来。

梦长又道："各位乡亲，我知道我上面的话让大家失望了！可我刚才一直在想，我们万里迢迢来到南洋，不是为了在这里搞一场暴动，和英国人同归于尽！即使我们被逼到这步田地，没有把所有应当想到的生路想明白，并且试着走完之前，不能轻言暴动！就是发现所有的生路都被堵死了，只剩下暴动一条路，在所有的准备工作没有做好、不能帮大家开出一条生路前，也不能仓促暴动！"

客家人

次日一大早，众人像往常一样走进了矿洞，但是除了梦长，其他人都不再有心思工作。梦长走向工作面，像往常一样操起大锤，看梦成："来呀，干活！"梦成赌气站着不动。梦长看梦余道："他不愿意跟我一起干了，你来！"梦余手持钢钎走过去，将钎头杵在工作面上。梦成恨起，一把从梦余手中夺过钢钎，当啷一声摔在地下。梦长发怒了，道："干什么！拣起来！"梦成道："我不！我今儿罢工了！"梦长向他走来，喝道："你想干什么！"疤脸、大个子赶紧过来挡在他们兄弟中间，劝解道："哎，有事可以商量，不要动手！"梦成一把将他们推开，与梦长怒目对视，喊："为什么不能马上暴动！你还要想什么，哪里还有别的生路！"

梦长猛然回头道："你们只想到要暴动，在整个西马燃起一场大火，把这里变成三万客家人的战场，可是以后呢？"众人吃惊："以后？"梦长道："对。以后会是什么样，我现在就可以告诉你们。即使我们能够成功地联络到钟梦长，动员起三万客家人和我们一起造反，也不会成功！"大个子叫起来："为什么！"梦长道："我们可以暂时打败目前驻守西马的英国警察和英国军队，但英国人不会罢手，他们一定会出动大批远征军和我们作战，夺回西马，我们那时孤军作战，缺少补充，远离故土，武器低劣，能支撑几天？结果又会是三万客家人在西马被屠杀，血流成河，尸骨成山，重演太平天国失败的景象！"众人哑然相视。梦长激烈道："客家人为了光复中华，一代代人在战场上以命相拼，血流成河！如果我们这一代还这样，又何必万里迢迢来下南洋，留在国内继续举旗造反不就得了！……我们来是想找到一条和过去举旗造反不一样的路，不是又在这里走上了老路！"

众人沉默起来。梦成愤怒地捡起大锤，对梦余发火："愣着干什么？没有暴动了，快来干活，一直到死！"他举起大锤，一锤砸在石壁上。疤脸看梦长道："华家大哥，邦杰的话虽然不中听，可也不是没有道理，不走老路，但是新路在哪里？"梦长道："给我一点时间，我要向一个人讨教！"

八

黄昏，望乡台前，梦长和单世昌一前一后走过来。单世昌心有余悸，边走边不安地看梦长。梦长在崖边站住，远眺北方的天空，神情凝重。单世昌道："华家大哥，你什么事啊？怎么到这种地方来了？这地方不吉利……我要走！"梦长一把扯住他，让他和自己一起面向着北方。单世昌感受到了他的力量，叫道："哎哟，你的手劲儿可够大的，看样子你练过！"

梦长放开手道："单大叔，但凡是客家孩子，哪一个从小没有练过？你也是客家，得帮我们！"单世昌看他道："这个这个……我这个人就是一张嘴，华家大哥，其实我这个人有点小毛病，一点点，我就是喜欢说点大话，你们可别以为我真能帮你们做成什么大事……我也就是瞎吹牛！"梦长道："大叔，别害怕！我们不要你和我们一起暴动，我是想请你替我想一想，除了造反，我们是不是还有别的活路？"

单世昌一惊道："什么，你们又不造反了？这个……"梦长道："譬如说吧，如果是你，遇到这样的事，会怎么办！"单世昌笑一下道："我拔腿就跑！"梦长诚恳道："大叔，这不是开玩笑的时候，事关几百条性命！"单世昌沉默起来，有顷，突然道："哎，你们能不能跟他们打官司？"

梦长吃了一惊："打官司？"单世昌道："要是我碰上这种事，首先想到的一定是和他们打官司！他们可以这么待你们，但不能这么待我，因为我是一个身在西马的自由人……我还是律师，懂得他们的法律！"梦长心中忽然如同有惊雷在滚动，急道："大叔，为什么我们就不能这么做？"单世昌道："英国人的法庭是不会让你们去打官司的，就是打，也不会让你们赢！"梦长道："大叔，先别说输赢，你就告诉我，除了造反，我们还是有另一条路可走的，那就是和他们打官司！大叔，先甭说成不成，你就告诉我，我们能不能和他们打官司，要是能打，我们该怎么做？"单世昌吃惊地看着他，半晌才道："哎呀，你是真的吗？"梦长心中越来越热烈了，道："当然是真的！如果能打官司，这件事就会捅出去，英国人再想照着他们的想法把我们永远变成一群不存在的人，关在这里做苦工直到死，就不能了！"单世昌想了想道："对！对！所以我说，他们不可能让你们和他们打这个官司！"

梦长满怀希望地看着他道："可是我们有你！大叔，你先说一说，按照英国法律，我们可不可以和他们打官司！"单世昌不情愿起来，道："当然可以……这个这个……就你们遇到的这个事情来说吧，就是按照英国法律，你们其实也有权和扣押你们的英国警局打官司，因为你们本来不是非法入境，只是一起海难的受害者。英国法律中有一条，世人生来平等，所有人在没有经过法庭审判被认定为有罪前都是无罪的。哎——！"梦长道："大叔，怎么了！"单世昌叹气道："可惜你们现在的身

客家人

份，既不是英国人，也不像我一样是在英国殖民地获得了合法居留权的自由人，我就是想作为律师代理你们的官司，也不成！"梦长惊奇道："为什么？"单世昌道："你们现在被他们认为是非法入境的嫌疑犯，而且你们已经被他们关到了这里，如果他们不愿意，你们完全没有办法和他们打官司。"

梦长想了想道："大叔，我有一个问题！如果我们是英国人，或者是像你这样的自由人，无论和官府发生了什么样的纠纷，是不是都可以通过英国法庭和它打官司，证明自己无罪？"单世昌点头。梦长思索起来。单世昌看他道："华家大哥，我明白你为什么问刚才的话了？"梦长笑道："为什么？"单世昌道："华家大哥，你知道这些年我在这里明白的最大的道理是什么？"梦长道："什么？"单世昌道："中国和英国最大的不同！"梦长笑道："这可了不得，你快说说，我想知道！"单世昌道："一个人治，一个法治。"梦长道："大叔快坐下，跟我好好讲讲，这是大道理，我特别想知道这个！"

两人就地坐下来。单世昌道："比方说你们的事情，怡保警察局长说你们是非法入境，可你们说不是。怎么办呢？咱们法庭见，按照英国法律，一条条地查，哦，原来有一条，谁起诉谁举证，你说我们是非法入境，你就拿出证据来，你拿不出来，我们就不是！"梦长道："可他们会说，我们没有身份证明！"单世昌道："你们没有身份证明，但英国警局也没有证据证明你们就是非法入境，所以事实上，他们当初并没有权利将你们关到这里来。"梦长大喜道："原来当时他们就错了！"单世昌道："也不能算是错，因为你们毕竟没有身份证明，人却进入了西马，为了弄清楚你们的身份，他们可以采取临时措施，将你们短暂拘留，目的是要让他们有时间弄到合法证据，证明你们是或者不是非法入境。我听说他们当初答应半年后帮你们从国内弄到证明文件，这半年的时限眼看就要到了，如果到了时限他们还没有为你们弄到证明文件，从英国法律的角度来讲，就该释放你们，因为他们没有弄到证据证明你们就是非法入境！"梦长想了想道："可大叔带进来的消息说，他们并不打算这么做，而是相反！"单世昌沉默下去。梦长道："大叔，难道英国人在西马实行的不是英国法律吗？"单世昌道："他们在这里实行英国殖民地法律，不过和英国本土的法律差别不大，除了有一些对非英国人的歧视，基本原则譬如说谁起诉谁举证，没有证据不能证明任何人是罪犯，那都是一样的。"梦长沉思起来。单世昌道："华家大哥，听了我的话，你好像并不高兴？"

梦长道："大叔，刚才你说按照英国法律，英国警局这么对待我们就是违犯了他们自己的法律，我们完全有理由请律师帮我们到英国法庭打官司，但你又说，怡保这里的英国法庭是不会帮我们的，就是我们有理也不会判我们赢！这又是为什么？难道在西马的英国法庭可以不照英国法律办事？"单世昌道："这就是另外一件事了。英国人也是人，中国有句古话：天下熙熙，皆为利来。英国人大老远地从地球那一边漂洋过海来到西马，图的也是利。在这点上他们和中国人没什么不同，要是说有不同，那就是他们比我们更贪婪。"梦长道："他们不懂得这会造成官逼民反吗？"单世昌道："所以他们来到这里，带来的不只是法律，还有警察和军队！"

梦长知道今天的谈话已经结束了，站起来。单世昌随之站起。梦长回头道："大叔，谢谢你，你今天让我明白了一件大事！"单世昌道："什么事？"梦长道："利益！只有让他们相信和我们打官司最符合他们的利益，他们才愿意和我们打官司！"单世昌吃了一惊道："哎哟，你真的好聪明！你这么年轻，又初到西马，看事情居然这么透彻，一针见血，入木三分……怎么，还是要暴动？"梦长笑了笑道："我们什么也没有决定。咱们回吧！对了，你带了英国殖民地法律书籍吗？"单世昌道："我是律师，当然走到哪里都要带着他们的法律。怎么了？"梦长道："入乡问俗。我想借来读一读。"单世昌："那可是英文。"梦长道："正好连英文一起学。"单世昌越发对他刮目相看了，道："啊，好吧。不过不能给我弄坏了，我还要靠它吃饭呢。"二人一起走回去。单世昌道："哎，怎么就这么走了？你还没告诉我，你们是不是要暴动！"梦长神情严肃起来，道："大叔，就我的真心，我是坚决反对暴动的！"单世昌道："为什么？"梦长道："大叔也是客家，我就不瞒着你了。因为我们已经暴动了一千七百年，是该为自己找到另一条路了！"

单世昌心中大惊，不觉又看他一眼。梦长笑道："这么看着我干嘛，走吧。"单世昌却不走，道："你到底是谁？"梦长又笑，道："闽西客家，华邦彦。还以为我就是钟梦长？"单世昌想了想，失望道："你要是钟梦长就好了，西马的客家人，不，全南洋的客家人，全中国的客家人中间，就出了一个了不起的、能带大家走上一条新路的领袖了！"

第八章

一

次日深夜，众人在山洞里睡下后，一个小型武器加工厂已在矿洞深处秘密开工。一侧，是疤脸带领几名华工负责将角铁磨成匕首。另一侧，梦长带梦成、大个子等人将一些矿石粉、木炭、油脂碾碎，配成一团一团的火药。经过几个晚上的工作，火药终于配成，进入了试验阶段。大个子担心道："哎，华家大哥，这行不行啊，到时候要是不响，可就误了大事了！"梦成连吐三口，道："乌鸦嘴！一边去！我大哥就是玩这个长大的！"梦长将配好的一个小药团拿到无人处，插上药捻，回头道："都离远点儿！"众人都躲到岩石缝里去。梦长从容点燃药捻，然后离开。炸药訇然炸开，一团巨大的火光亮起，随后是大团的烟尘。大个子抱紧梦成叫道："成功了！"疤脸激动地看梦长道："华家大哥，你厉害！"这时梦余走过来道："大哥，你要请的人来了！"梦长看大家一眼，道："你们先干着，我出去见人。"众人点头，看他随梦余走出去。

望乡台前，梦长一个人站着，仰视满天繁星，发觉自己还是有些激动了。少顷，刘松龄蹒跚着来到，心虚地看梦长一眼。梦长先开口道："刘叔，这么晚了还把你请出来，是有大事和你商量。"刘松龄知道他往下要说什么，不说话。梦长道："刘叔，我们在一起快半年了，虽然他们让你暗中监视我，可你并没有做对不起客家乡亲的事。我说得对吗？"刘松龄悄然变色，转身欲走。梦长一把拉住他。刘松龄道："原来你什么都知道。"梦长诚恳道："一开始不知道。但刘叔你有个毛病，你说梦话。"刘松龄一拍脑袋，叫："哎哟！怪不得呢。华家大哥，你恨我了吧！这里是望乡台，今晚你把我领到这里来，是要处置我，对吗？"梦长道："不，刘叔，你什么也没替他们做！你相反还帮我们做了大事！"刘松龄松口气道："我拿了他们烟泡，却一件事也不帮他们做，这事你也知道？不过，我也没帮你们做过什么！"

梦长笑一笑道："刘叔，你要是真帮了他们，咱们爷俩儿今天就不能在这里聊天了。直到今天，矿主威尔逊也不知道我们有一个暴动计划，这就是你为我们做的大事！为了这个，我和乡亲们不但不责怪你做了他们的眼线，还要感激你。正因为有你这个眼线在，他们才没有怀疑我们，我们，尤其是我本人，才平安地活到了今天！"刘松龄道："不错，他们是要我做眼线，我也答应了，但从一开头就只是为了骗他们的烟泡，至于害自己人，我也是客家，那怎么会！对了，眼看半年时限就到了，英国警局一点动静也没有，你们真的要暴动？"梦长看夜空中的星辰，沉默了半晌，才回头道："有件格外要紧的事，不知道大叔能不能帮我们。"

刘松龄忙道："什么事？我又不是外人，只要办得到！"梦长道："请大叔帮我联络矿主威尔逊先生，我想和他见一面！"刘松龄大惊。梦长继续道："要是我们谈得好，事情能够和平解决，就可以避免暴动！大叔，这件事会让你承担风险，但我身边确实没有更合适的人。"

刘松龄踌躇良久，突然来了勇气，道："华家大哥，这是大事，你要是想好了，我就去试试！"梦长高兴道："谢谢大叔！大叔打算怎么跟威尔逊说这件事呢？"刘松龄道："威尔逊通过他的手下，那个叫大卫的英国人，每天给我一个烟泡，要我天天盯着你和大家，发现什么不寻常的迹象，就去报告。我明天去见他，别的一句话也不讲，就说你告诉我，想和威尔逊那狗日的见一面，谈一件大事！他要问谈什么事，我就说不知道。"梦长笑看他，道："很好。大叔，威尔逊会答应和我见面吗？"刘松龄道："要是别人，他不会答应。但是你，他说不定会破例！"梦长深深看他，点头道："既是这样，大叔，咱就说定了！拜托了！"

刘松龄走后不久，梦余又带着单世昌走过来。见梦长一个人站在那里，单世昌有些不安。梦长道："这一阵子我一直在读大叔借给我的英国殖民地法，越读越开窍，我在是不是要暴动的事情上有了新的想法。"单世昌安静了一点，问："什么新想法？"梦长道："我们这些人，半年前就进入了英国的西马殖民地，按照他们在这里的法律，只要是发生在西马殖民地的民事和刑事案件，怡保英国法庭都应当受理。"单世昌想了想道："不错。"梦长又道："这是其一。其二，我们因为身份问题和英国警局发生纠纷，他们在没有证据证明我们非法入境前就以这个罪名将我们关押到威尔逊的矿山上做苦工，时间长达半年之久，按照英国殖民地法，已经犯下了非法拘禁罪。"单世昌道："不错。华家大哥，你果然聪明，一看他们的书就明白！"梦长再道："其三，当初他们给过我们的承诺，半年内帮我们从国内弄到证明文书，确定我们的身份，恢复我们的权利。眼下半年时间到了，他们没有履行这个约定，看这个情形，我们有理由认为他们从一开始就拿定主意根本不想履行。"单世昌道："我也这么觉得！"梦长道："大叔，有了上面这三条，他们已经违犯了英国殖民地法，侵犯了我们的人权，理应受到英国法律的制裁，还我们自由并做出赔偿！"单世昌不觉赞叹："华家大哥，没想到这么短时间你就熟悉了英国殖民地法，好！说下去！"梦长笑了，道："说完了。"单世昌瞪着眼道："你没有！"梦长道："法律的部分说完了。下面要谈的就是我们和大叔之间的大事了。大叔是客家人在西马的第一个律师，等你明天离开矿山，恢复了自由身，我们想请你做我们的律师，向英国法庭提起诉讼，代表我们和英国警局打一场官司。"单世昌一时慌乱起来："什么？你们真和英国警局打官司？"

梦长道："大叔，我们想试一试，中国话叫做先礼后兵。我们还不知道能不能信任英国人和他们的法律、法庭。另外，我们自己也想赌一把，看我们客家人是不是也可以不用流血的办法，用英国人自己标榜的文明的办法，解决过去一定要通过暴动、造反、战争去解决的事情。如果能，那就说明英国人说的做的完全一致，我们今天和以后都可以信任他们和他们的法律，这样不但可以避免眼前这一场暴动，还能避免以后所有可能发生的暴动！双方都会因此获益。大叔明白我的意思了吧？"单世昌道："明白了，不过——"梦长想了想又道："大叔，这么说吧，我们中间有人想在这里、在远离中国的西马做一个试验，如果英国人以法律治理天下而不是以人治理天下的办法能够处理各种纠纷，客家人实现驱逐鞑虏恢复中华的目标，就不一定非要继续走血流成河的老路。将来我们也可以走英国人改造自己国家的道路，用当年他们和国王签订契约的办法——"单世昌打断他道："不是契约，他们叫宪法，一个国家所有法律之母——"梦长道："对，用他们当初和他们的国王签订宪法的，制订许多法律、建立许多法庭、进行许多诉讼的办法，解决中华民族人与人、民族与民族之间的冲突，让客家人和所有的中国人得到更好的生活，不再流血！"

单世昌眼睛一直盯着梦长，激动起来，道："我明白了……无论是通过暴动还是通过法律解决眼下的纠纷，华家大哥想的都不只是眼前的这一件事，你想的是实现一千七百年以来客家先人梦想的事。华家大哥，这件事有点意思了！不过……"梦长看出点什么来了，爽快道："大叔有什么难处，可以痛快说出来，我们一起商量！"单世昌呲牙花子，道："你不要误会，我倒没什么。最大的难处不在我这里。据我所知，在怡保和整个西马，还从没有过因非法入境被扣押起来的中国人向英国法庭提起过诉讼，被告居然是英国警局！这件事要是成了，那可是客家人，不，是中国人下南洋几百年来头一次，一定会成为石破天惊的大新闻，将来一定会写到史书上去的！……我扯远了……我想说的是，即使我同意做你们的代理律师，英国法庭愿不愿意受理这起诉讼，我仍然不乐观……也许他们根本不会受理，他们会找出各种各样的理由拒绝立案……我们把事情想好一点，即使英国法庭答应受理这起诉讼……我现在还是觉得像做梦一样……他们也根本不会做出对你们有利的判决。法庭到底是英国人开的啊！这些事情我好像说过，你都想过了吗？"梦长道："想过。"单世昌道："不懂。世上人打官司，都是为了得到一个对自己有利的判决。明知他们根本不会判你们胜诉，还要打这场官司？"梦长道："那我们也不会一无所获。我们会明白英国人说他们以法治国、法律面前人人平等都是谎言！他们会毁掉我们刚刚建立起来的一点点对英国法律的信任，新路走不通，我们就只能回头走旧路！"单世昌变色，道："最后一件事，纯粹技术上的……如果英国法庭意外地接受了你们的诉状，并且开庭依照英国法律做出了判决，却对你们极端不利，这从他们的角度上来讲仍然是合法的，你们也能够接受？"梦余忍不住叫起来："你什么意思，他们在法庭上捣鬼，做出对我们极端不利的判决，我们怎么会接受！"单世昌道："我担心的就是这个，要是觉得对自己不利就不接受，还要暴动，那就趁早别打这场官司。我现在就能断定，即使完全照法律条文，英国法庭也能找到根据，做出对英国警局极端有利、对你们极端不利的判决！"梦余看梦长。梦长一笑道："大叔，你还是没有明白我的意思。即使像你说的，英国法庭对我们做出了极端不利的判决，我们大家的处境也不会比现在更坏！"

梦余猛醒，道："对！最不利的判决只会有两种情况。第一种，仍然认定我们没有合法身份，判定我们是非法入境者，那会怎么样？"梦长道："按照英国殖民地法律，应当马上将我们驱逐出境，这正是我们想要的，将我们驱逐出境，我们也就重获了自由，离开了威尔逊先生的黑矿山！"单世昌如梦方醒，道："对。华家大哥，你把事情想得这么深，太好了！这个官司，我接了！"

梦长道："大叔，谢谢你！现在我们还没办法付给你律师费，但我保证，将来我们在南洋发达起来，一定会补偿给你！"

二

梦长回到矿洞深处，继续配制炸药，忽然，梦成走过来，低声道："大哥，我有话要说！"疤脸几个人也跟着走过来。梦长看他们一眼，平静道："有话就说。"疤脸道："华家大哥，我们刚刚听说，暴动前你要去见矿主威尔逊？"梦长想了想，点头。梦成大急，叫道："不行！威尔逊每天一个烟泡雇老刘盯着我们，盯着你，就是想知道你会不会带我们暴动。现在可好，自个儿送上门去，当面对他说，你要不怎么样，我们就暴动！大哥，你不会是想劝英国人放下屠刀立地成佛吧！你脑子进水了！"梦长怒道："住口！胡说什么你！"疤脸拦住梦成，对梦长道："华家大哥，我相信你这么做一定经过了深思熟虑。我们都是十八兄弟，自己人，你怎么想的都说出来，也让我们听一听，万一有理，我们誓死相随，刀山敢上，火海敢赴，万死不辞！万一真像你们家老四说的，你纯粹是一厢情愿，异想天开，现在打住还来得及——"梦长心情沉重起来，半天不发一语。梦余也急了，道："大哥，你到底是怎么想的，就跟大家伙说说。这会儿暴动都安排好了，你再变卦，会乱了大家的心志！现在要紧的就是心齐，乱了就坏了！"梦成气愤道："甭问他了，我知道为什么！他一开头就反对暴动！他怕死！"梦长大怒，猛回头道："你住口！你说对了，我是一开始就反对暴动！"梦成大怒，冲上前要对梦长挥拳头，大个子忙上前隔开二人，叫道："哎，哎，大事还没办，自己人别掐起来！"又看梦长，道："哎，华家大哥，你总得给我们一个理由吧！"

梦长神情沉痛，良久才开口道："弟兄们，我现在只想问大家一句话。我们是谁？"众人吃惊，面面相觑。大个子道："我们是谁？我们当然是中国人，是中国人中的客家人！"梦长道："说对了，可不全对！我们不但是客家人，我们还是河洛十族客家人，还是河洛十族客家人中最后活下来的十八兄弟！"众人心中震动，沉默下来。梦长道："我们千辛万苦来到南洋，不是为了在西马这个地方带领三万客家人制造一场大暴动，让这里烽火连天，血流成河！我们十八兄弟，是河洛十族客家人最后的男人，肩负着先人的期望。我所以要和他们谈判，争取通过英国法律，通过打官司让我们这些人走出死地，并不只是为了能让大家活下去，在西马，在整个南洋继续为英国人、荷兰人当牛做马。我们活下去，是因为我们肩负着责任，为了这个我们连痛痛快快地去死都不能！"他停了一下，看大家，又道："我也不想和英国人打官司，更不想去见威尔逊，和他谈判，但是，不想也不成！从我们来到南洋第一天起，面前就出现了两条路。一条路是我们熟悉的，也是客家人最擅长的，那就是暴动，每个客家人，无论男女，生下来都是战士，都是造反者，我们要在西马起一支大军，与英国人杀个天昏地暗，你死我活，根本不用训练，只要一位有影响的领袖登高一呼就行了！可这会是个什么结果！下面我说说另一条路……来到南洋，虽然只有半年，我却觉得自己突然睁开了眼睛，我们看到的是一个和中国完全不同、也和客家人理解的世界完全不同的新世界！大家都知道，英国只有我们的福建一样大，可它却统治了三分之二的世界，为什么？我们会说，他们靠的是坚船利炮，但是坚船利炮之后呢？这是我不懂的，现在我们来到了西马，看到的恰恰是坚船利炮之后，英国人正在用什么样的办法，统治这个地方，让自己变得更富有，更强大。英国人也是人，像我们中国人一样，他们之间一定也会有人和人、族群和族群之间的战争，但是我们到了这里，看到的不是镇压与反抗，至少表面上不是，我们听到的最多的就是两个字：法律！即使是要将我们关到这暗无天日的矿山上做苦工，他们打的也是法律的旗号！我们来到南洋，是要为中国寻找一条新路，新路在哪里？新路就在我们不习惯的那些事物中，就在他们有我们没有的那些事物中！我也知道我在冒险，非常可能我明天去见威尔逊就再也回不来，但即便是要冒险，是要死，我也要去试那些我们从没有做过的事情！我当然知道失败的可能性超过百分之九十九，但是因为这个我就不去试了吗？对客家人来说死是问题吗？是危险吗？是失败吗？找不到这条新路，才是最大的危险，最大的问题，最大的失败！"

梦余插嘴道："大哥，可是明知道那是龙潭虎穴——"梦长喝道："住口，好好听我说完！我现在的话对我、对你们都非常要紧！我现在想的不是冒险，不是失败，我现在只能去想，这条新路一旦走通，中国的历史，客家人的历史，中国人的命运，客家人的命运，从此就会改写！如果是那样，我们要做的事情，不让客家人一代代继续失败，打赢客家人光复中华的最后一仗，就有可能成功！将来就是我死了，到了九泉之下，也可以堂堂正正地站在先人们面前，向他们庄重禀告，你们的子孙，已经实现了你们的遗言！"他说得沉痛，眼里溢出了泪花。众人虽表情各异，但都被他的话打动了，陷入了激动的深思。

有顷，大个子开口道："你说了这么多，暴动真的不举行了？"梦长道："不！虽然我们现在盼望这条新路能走得通，但也不能轻易丢掉先人们一代代坚持走下来的旧路。万一仍然只能通过暴动争取生存下来的权利，我们仍然要毫不犹豫地举行暴动！"他看了一眼大家，庄重道："我宣布，从现在开始，全体进入待命状态，随时准备暴动！但还有一句话，大家也要切记在心，就是暴动真要举行，它也不是我们的目的，我们的最终目的仍然是促成英国法庭接受我们的诉讼，为我们开庭并且按照英国法律做出判决！"

梦成听他到了最后还是要谈判，心中失望和愤怒再起，转身要走。梦长厉声喝道："你给我站住！"梦成站住了。梦长目光依次掠过四人，严肃道："第一件事，暴动的准备工作要在明天拂晓前全部完成，只有暴动的威胁一直存在，矿主威尔逊才不敢对我怎么样。当我去和他谈判的时候，他一定会明白，如果对我不利，暴动就会发生！"梦余振奋起来，对梦成叫道："看你，急什么，大哥说了，还是会有暴动！"梦长道："第二件事，我们准备暴动，但不一定真要暴动，到了一定要暴动的时候，那就毫不犹豫，断然出手！再重复一遍，即使到了那一刻，暴动的目的也不是让英国人和客家人在西马血流成河！"

疤脸最先明白了梦长的心，笑了笑道："我终于听懂了！华家大哥，最后这个主意好。既准备谈判，又准备暴动，以暴动促谈判，让英国人为了自己的利益接受我们的要求，从而把一局死棋走活！这叫死中求生，有你的！"梦长只看着梦成，道："如果我去见威尔逊没回来，你就是暴动总指挥。但是暴动的目的不是为了给我报仇，暴动的目标不变，仍然是促成和英国人谈判，逼迫他们同意我们在英国法庭上打官司！"梦成一时间泪光闪烁，哽咽道："大哥……"梦长道："以后该做什么，怎么做，你都知道。这个世上没有我，还有老二，还有你，还有老五，还有望北！将来你们还要找到我们家老三，不管路多难走都要朝前走，一定要为客家人找到一条新路！"梦成再也忍不住，猛地扑进梦长怀里，大声呜咽。梦长帮他拭去眼泪，将他从自己怀中推开，笑道："男儿有泪不轻弹，哭什么。好了，天不早了，大家把东西藏好，回去吧，还要和大家见面呢。"众人急忙回头收拾东西藏好，随他走出洞去。

洞外，梦长、梦余走在前面，疤脸故意慢下来，悄悄看一眼梦成。梦成心中一动，脚步也慢下来。疤脸道："有句话要问你。钟梦长在哪里？你大哥是不是知道他现在何处？"梦成忽有所悟，深深看他，故意道："现在知道不知道钟梦长在哪里，还重要吗？"大个子道："怎么不重要，知道他在哪里，我们好和他联络呀，让他帮我们一把！"梦成想了想道："他已经在帮我们了！"大个子这时也变得聪明了，道："你是说，哪怕我们假传他的号令，怡保和西马的三万客家人也会和我们一起揭竿而起？"梦成不接他的话茬，只道："什么都甭说了，快回去，今晚上不能睡了，明天我大哥就要单刀赴会，天亮前，我们要为暴动做好一切准备！"疤脸、大个子点头，三人朝前看，梦长梦余已经走远了，急急追上去。

三

在这个夜晚剩下的不多的时间里，众华工在自己住的山洞里被召集了起来。大家预感到有大事要发生，齐齐站立，人人严肃地望着梦长，神情激动。

梦长大声宣布了暴动计划："第一步，明天早晨，假若我有可能去威尔逊那里和他见面，从我离开那一刻起，全体立即进入戒备状态，大家按照分工，进入矿山，掌握武器，一旦事情有变，立即控制分散在矿山各处的矿警和所有的英国人，缴获他们的武器，将他们软禁起来，扣作人质，将来作为我们与英国警局谈判的筹码。第二步，立即掌控矿山，在矿山出入口构筑阵地。准备迎击一定会来平息暴动夺回矿山的英国警察和英国军队。矿山只有这一条路与外界沟通，其余全是百丈悬崖，只要控制了这一条路，矿山就会一直在我们手中。我要提醒大家，这场保卫矿山的战斗在一段时间内会很激烈，我们要用一切办法顶住，守住矿山，争取时间，逼迫他们接受我们的谈判要求！"

一名华工开口道："这没问题。尽管他们人多枪多，但我们也不弱，我们有几百号人，客家人生下来就会打仗，我们会用我们的办法打他们个落花流水！"众人也都兴奋地嚷嚷起来。大个子叫道："肃静！"梦长道："最后一句话，也许会有伤亡，但是为了更容易让英国人接受我们的谈判要求，战斗中一定要尽量减少甚至避免双方的伤亡！"华工们点头。

疤脸忽然上前，冲大家道："各位，有件事今天我才能告诉大家。国内粤闽赣三省山区天下闻名的河洛十族客家人的新一代盟主钟梦长，已经到了南洋，来到了西马！"

众人激动起来，欢呼。疤脸道："肃静！钟梦长知道了我们的事，向全怡保、全西马的客家人发出了预先号令。我们这里的暴动一开始，在山头上点起烽火，他就

客家人

会立马下令全西马矿山的三万客家人点燃烽火响应我们。万一英国人一意孤行，出动全部英军对付我们，他就号令全西马的客家人一起暴动，在整个西马树起义旗，占领所有矿山，杀死所有英国人！我们人多，他们人少，就是他们有洋枪，有了钟梦长和他的河洛十族十八兄弟，我们也有绝对的胜算！"众华工发出阵阵惊呼，信心又增加了几分，情绪也更加激动。一名华工叫道："华家大哥，你是怎么和钟梦长联系上的，告诉我们！"众人的情绪更加热烈了，喊："对，告诉我们，钟梦长还说了什么！"

疤脸不觉看了梦长一眼，大声道："大家安静！钟梦长还说，他并不赞成这样一场大起义真的发生，因为这样的起义会让身处异乡的客家人又在一场太平天国式的大血战中尸横遍野！如果一定要有这样一场大血战，也应当发生在国内驱逐鞑虏恢复中华的战场上！与其用暴动的办法死中求生，他更赞同我们以暴动为手段，促成和英国人上法庭，为今天被非法扣押在这里的我们重新找到生路！"众人听了，都相互点头道："原来钟梦长是这么想的！"

一华工大声道："到底是我们客家人的领袖，钟梦长说得对，就是要上战场，也要回中国！华家大哥，你还有什么话要说！"梦长道："从现在起，我们就是一支领导有力、团结一心、纪律严明、令行禁止的军队！每个人的行动都要听从暴动委员会指挥！最后宣布一件事，明天我很有可能要去和威尔逊先生谈判。万一我回不来，暴动立即开始，我现在正式委任我们家老四邦杰接替我，负责率领大家进行这场暴动，直到实现我们的目标！"众人都看梦成。梦成一时显得十分激动。只迟疑了一瞬间，众人就热烈鼓起掌来。

刚才那个华工又叫起来："华家大哥，还有件事情。你认为威尔逊明天会见你吗？还有，如果他不见你，暴动还要立即开始吗？"梦长道："我认为他非常有可能见我。如果他不见我，暴动也要立即开始。那时我们的要求就变了！""什么要求？"众人又喊起来。"要求他见我，然后展开谈判。"众人都道："好！"

于是，当这天清晨，大卫带梦长走进威尔逊的办公室时，发现后者坐在巨大的写字台后面，早就在等待了。二人四目对视，有顷，威尔逊轻蔑的神情中又多了一种游戏的成分，高声叫道："哦，我的朋友，你来了。很好。"梦长让自己平静下来，用英语向他问好："密斯特威尔逊，早上好！"威尔逊一惊，改用英语道："原来你还学会了说英国话？"梦长微笑道："一点点。"威尔逊道："很好。不过为了我们谈话方便，还是说你们的中国话。中国话我也能说，一点点。"梦长道："威尔逊先生能说中国话，哪怕是一点点，我也很高兴。"威尔逊忽然吹起口哨来，走到窗前去看外面的景色。他并没有开口让梦长坐下。梦长态度里有一种自然的威严，一种镇静中表现出的强大自制力，让威尔逊神情中的游戏态度悄然丧失，心情不痛快起来。忽然，他又走回来坐下，匆匆取过一份文书，煞有介事地读，把梦长晾在那里。忽然又带着几分愤怒喊："大卫！"大卫走出去又走进来。威尔逊将文书交给他，叽里咕噜地说了一大堆英语，大卫敬礼离去。

梦长一直站着，平静地看着威尔逊故意对自己显示出的无视与轻蔑。威尔逊重新抬头看梦长，梦长脸上现出一丝微笑，道："威尔逊先生，我们方才说到了学习中国话和英国话。华邦彦最近在您的矿山上学到了不少重要的英语单词，你想知道吗？"他这次说话用的是英语。

威尔逊真的有点吃惊了，面对梦长站着，开始打量了对方一眼。"啊，你还是想和我说英国话，那就说吧，你还学到了什么？"梦长道："Gentleman（绅士）。"威尔逊道："啊，是gentleman。Gentleman，gentleman，祝贺你。为什么是gentleman？"梦长道："华邦彦认为，威尔逊先生一定是一位英国的gentleman。"威尔逊无声地笑起来，道："啊，本人当然是英国的gentleman。英国是当今世界上最文明的国家，英国的gentleman，那是真正的gentleman。你不这么认为吗？"梦长道："啊，当然。不过，尊敬的威尔逊先生，华邦彦刚才是想告诉阁下，英国有gentleman，中国也有gentleman。"威尔逊摇头道："No，no，no，只有大英帝国这种世界第一的文明国家，盎格鲁—撒克逊这样世界第一的文明民族，才有gentleman，中国人，No，no，no！啊，你们只有贵族和平民，贵族，nobleman，可你们的所有贵族并不都是gentleman。贵族只是一种出身，gentleman是另外一种人，一种被文明社会认同的高贵身份！"梦长一直等他说完了才开口道："不，威尔逊先生，中华自古就是文明礼仪之邦，中华民族和盎格鲁—撒克逊民族一样是世界文明民族。华邦彦本人，就是中国的gentleman。"

威尔逊诧异道："你？"梦长郑重点头。威尔逊脸上现出不屑的神情："啊，这倒让我有了兴趣，你可以解释。"梦长道："威尔逊先生，在我向你作出解释之前，我想说的是，今天我是受到你的邀请到这里来的，你是英国gentleman，我是中国的gentleman，你完全可以对我更客气一些，譬如说，请我坐下。"威尔逊的心更不爽了，道："你当然可以坐下，请坐。"一马来仆人进来给威尔逊送上一杯咖啡。威尔逊心中的恶劣情绪迅速增长起来，不愿再看梦长，呷了一口咖啡，道："啊，你有什么事，可以讲了。"梦长却不想就这样放过去，道："威尔逊先生，中国有五千年的文明史。在战国时代，中国分裂成几个诸侯国，其中齐国有一位gentleman，史称孟尝君，有门客数千，他把这些人分为三等，上等人食有鱼，出有车，中等人食有鱼，出无车，下等人鱼车全无。他的一位门客名叫冯谖，既无鱼又无车，就靠在门柱上弹自己的长剑说：长剑回去吧，这里没有鱼。"威尔逊被他讲的故事迷住了，眯起眼看他。梦长继续道："孟尝君听说以后，就给了他鱼。冯谖不满足，又弹着长剑说，长剑回去吧，出门没有车。孟尝君又给了他车。"威尔逊站起来，这个中国人开始让他心烦意乱，他讨厌这种感觉，背过身去叫道："啊，你能告诉我吗？你讲这个中国故事，想说什么？"梦长却正襟危坐，不再说下去。

威尔逊猛醒，回过身来，久久看梦长，忽然道："啊，我明白你讲这个故事的意思了。你这个中国人，和别的不一样。"转头对马来仆人道："给他一杯咖啡。"马来仆人给梦长斟了一杯咖啡。威尔逊道："现在可以解释你的来意了吗？"梦长却将咖啡推开。威尔逊看他一眼道："你刚才的意思不是要咖啡吗？为什么又推开？"梦长道："中国还有一个故事，叫做不食嗟来之食。"威尔逊举手道："啊，这个故事我听说过。你不要讲了。"梦长道："英国的gentleman招待英国的gentleman，就不讲求待客之道吗？"威尔逊忽然痛恨起他来，猛回头盯着梦长，大声冷笑。梦长不为所动，仍然不卑不亢地坐着。

威尔逊竖起一个指头，道："啊，华，你方才讲到的这两个中国故事，不只是要我请你坐下，请你喝咖啡，还要用你的知识向我说明，你真是一位中国的gentleman，因为你对中国文化知道得很多。是这样吗？"梦长道："谢谢威尔逊先生终于相信我是一位中国的gentleman。现在这个房间里，有两位gentleman，可以进入严肃的对话了！"威尔逊笑容遽然消失，道："你说得对，讲故事的时间结束了，华……你叫什么名字？"梦长看出他是故意的，仍旧沉静如水道："华邦彦。"威尔逊道："听说中国人的名字都含有特别的意思，你的名字什么意思？"梦长道："华，就是中华的华，也是花朵的意思，平常说的华美、华丽，表达的全是美好的事物。至于我的名字邦彦，邦就是国，彦嘛就是国家的俊杰，华邦彦，中华的俊杰，中国的gentleman。"

威尔逊久久地望着梦长，这个人越来越让他入迷，一时间方才那种憎恨的情绪也消失了。"华邦彦先生，你是中国的客家人，告诉我，客家人是什么人，他们与一般的中国人有什么不同？"他说。梦长道："威尔逊先生，中国的客家人也是中国人，如果有不同，那就是从血源和家庭世系来说，他们的先人、后代和今天坐在你面前的这个人，全是中国的gentleman。"威尔逊忽然笑起来，摇头道："No，no，no，不过还是请你告诉我，中国的gentleman，和一般的中国人有什么不同！"梦长不觉站起，神情庄严地望着他，道："中国的gentleman，譬如说客家人，他们从生下来就知道，自己是中华文明的传人，他们自己就是中国人的希望，肩负着民族和国家的危亡，与自己的祖国休戚与共！"威尔逊忽然听懂了，心情再次变坏，站立良久，突然想结束这次谈话。"啊，"他说，"你与我相见，有什么事！"

梦长郑重道："华邦彦受全体华工的委托，请威尔逊先生提醒詹姆斯局长先生，当初英国警局与我们约定的时间已到，应当履行当时的承诺，恢复我们的合法身份和自由，让我们离开威尔逊先生的矿山！"

四

威尔逊闻言面窗而立，神情严峻。其后的一段时间里，梦长觉得过得格外漫长。

威尔逊突然回头道："不错，半年时间是过去了，但是责任应算到中国政府头上。他们无视自己的公民因为没有合法的身份证明被扣押在西马来亚却无动于衷。这是你们中国人的问题，詹姆斯局长只是要执行英国政府的殖民地法律！"梦长道："但这不是詹姆斯先生和我们当时达成的协议。由于我们被扣押在威尔逊您的矿山上，我们并没有办法让我国官府重新为我们提供身份证明，詹姆斯先生当时答应我们，半年之内由英国警局负责解决我们的身份证明。如果他没有做到，责任当然在他一方。"威尔逊摇手指头道："不。你们之间有合约吗？没有。如果没有，你的话就没有凭据。没有凭据的事情，我是没有理由代你们向詹姆斯局长提出来交涉的。"梦长心中失望大起，沉沉道："中国有句古话，人而无信，不知其可。又道一诺重千金，一句话说出来，比千金还要贵重。威尔逊先生，我认为，如果詹姆斯先生否认他当初对我们的承诺，我们之间就会发生巨大的纠纷！"威尔逊回头冷笑，强硬道：

"就是这样，你们又打算怎么办呢？"

梦长让自己平静，道："如果是这样，我们想提出另一个请求！"威尔逊神情又傲慢起来，居高临下地看他道："那又是什么呢？"梦长道："我们可以委托律师，请他代表我们，到英国法庭对英国警局和詹姆斯局长提起诉讼！"威尔逊吃了一惊，不觉哑然失笑，道："哦……原来你们要起诉詹姆斯局长和英国警局？"梦长道："不错！"

威尔逊一时间又在窗前踱起步来，良久才站住，回头看梦长道："你们打算以什么理由起诉英国警局和詹姆斯局长呢？"梦长义正严辞道："我们要起诉詹姆斯局长和英国警局，明知我们是一批遭遇海难的难民，却在没有任何证据的情况下，以非法入境的罪名对我们实行拘禁，剥夺我们的自由并逼迫我们在威尔逊先生的矿山上做苦工，形同奴隶。啊，华邦彦今天还要代表我们大家正式知会威尔逊先生，一旦诉讼开始，你也将成为本案的第二被告，因为威尔逊先生配合詹姆斯局长，对我们实施了非法拘禁和奴役。"威尔逊无声地大笑，这一刻他的心情无比放松，道："如果你们觉得可以通过诉讼的方式改变自己的处境，本矿主不会阻止。请问你们要请的这位律师先生是谁呢，不会是单……他叫什么名字来着？"

梦长答道："对，就是单世昌先生，他是一位客家人，中国的gentleman。今天他就将以做工的方式还清债务，离开威尔逊先生的矿山，恢复自由人的身份。单先生已经答应了我们的请求，准备代理我们在英国殖民地法庭上对英国警局和詹姆斯局长本人以及威尔逊先生提出诉讼。"威尔逊的好心情忽然又变坏了，笑容悄然落下，沉吟有顷，猛回头道："你的话说完了？"梦长点头。威尔逊竖起一个指头："我现在却有一个问题！"梦长道："威尔逊先生请讲！"

威尔逊冷冷道："你们打算通过诉讼的方式解决自己和警方的纠纷，那是你们自己的事情。至于这件事能不能成功，本矿主并不关心。本矿主现在只关心一件事！"梦长道："威尔逊先生担心的是，一旦英国法庭根据英国法律做出了对我们不利的判决，我们也许不会接受。我说得对吗？"威尔逊道："你果然是个聪明的中国人。你猜对了，这正是我想说的。当然，这件事不仅仅和我的利益有关系，更重要的是它事关英国殖民地的法律尊严能不能得到维护！"梦长目光中再次现出庄重的神情，道："这也正是华邦彦要请威尔逊先生转告詹姆斯局长的。只要英国法庭以英国殖民地法律为准绳，接受我们的诉讼，最后的判决又是严格依照英国法律作出的，无论是否对我们有利，我们都会接受！"威尔逊仍在怀疑，道："如果判决对你们不利，你们真的能接受？"梦长斩钉截铁道："威尔逊先生，中国人自古认为诚信比生命还宝贵。一言既出，驷马难追！"

威尔逊像看一个陌生人一样盯着梦长，良久，突然道："哦，我没有问题了，你可以走了！"梦长不为所动，道："我还没有得到您的回答。您会代我们向詹姆斯局长表达我们的诉求吗？"威尔逊不动声色道："当然！"梦长说了一声："谢谢！"转身大步离去。

大卫、拉奥马上就走了进来，神情紧张地望着威尔逊。大卫道："威尔逊先生，怎么让他走了？大卫还是以为应当把他抓起来，杀一儆百！"拉奥道："威尔逊先生真要代他去见詹姆斯局长？万一他们做好了暴动准备——"他的话没说完，威尔逊已经猛地转过身，声色俱厉道："马上通知所有矿警，加强戒备！大卫，快去备车，我要立即赶去见詹姆斯局长！在我和詹姆斯局长带警队赶回来之前，要明松暗紧，不要打草惊蛇！无论如何，我的矿山不能变成战场！我的利益都在这里呢！懂吗？"大卫连忙道："是！——威尔逊先生，难道他们真要暴动？"

威尔逊发怒道："如果不是这样，他敢一个人来见我吗！他比我想象的还可怕！他是个魔鬼！他居然敢威胁我，威胁一个英国gentleman！"他怒不可遏。半晌，又回头对拉奥道："你，马上把那个姓单的抓起来。如果有中国人问他哪里去了，就说他的债还清了，离开了矿山！"拉奥一惊道："让这个中国人马上消失？"威尔逊想了想道："找个废矿井把他放进去，是不是让他马上失踪，要看詹姆斯局长处理这场华工暴动的速度！我不能容许任何像他这样懂得英国法律的人帮助中国！"拉奥答应一声，和大卫一起飞身离开。

于是，一刻钟不到，威尔逊乘坐的马车已经驶出了矿山。很快，马车就驶进了山下的洛阳镇，并没有减速。威尔逊一直半躺在车座上养神，一边思索着将要发生的事情。一辆马车突然从岔道上冲上街头，两辆车躲闪不及，车轴撞在一起，发出巨大的声响，同时停下来。

大卫差一点从前排车夫旁边的座位上被摔下来，顾不得车内的威尔逊，跳下来冲马车上的人大喊："怎么回事儿！"马车上的马来姑娘并不理他，只是看他一眼，将自己马车赶向路边。威尔逊生气地看大卫道："不要耽搁，快走！"车夫却说轴瓦坏了，威尔逊催他快换，回头一眼瞥见那马来姑娘将车停到一个挂着"潮记杂货铺"招牌的店铺前，自己跳下车，走进铺子。车夫随后也走进了那间店铺。

店铺内，柜台后面站着店主张德伦，马来姑娘站在柜台外面，就要开口，尚未开口。车夫看张德伦一眼，道："轴瓦。"张德伦也无话，从货架上取下一个轴瓦交给车夫，车夫一边付钱，一边悄悄塞给他一张纸条，转身离去。马来姑娘看车夫出门，才回头看张德伦一眼。张德伦急忙对她笑脸相迎，道："啊，公主来了！请坐！"姑娘是当地马来拉希德部族的公主，名叫玛塔，就是梦长第一次路过洛阳镇时赶马车冲进华工队伍中的那个姑娘。只见她警觉地回头看街道上正在装轴瓦的车夫，问道："你们认识？"张德伦点头："啊，他是威尔逊先生的车夫，有时来买马车上的配饰。"玛塔没有马上放过他，继续问："朋友？"张德伦闪烁其词道："不是，就是认识。"他看出了，他的回答让玛塔有些失望，急忙岔开话题道："公主还是来催那批货吧？"玛塔急问："到了吗？"张德伦道："还没有，快了！"玛塔生气道："你总说快了，可总是到不了。再晚就来不及了！"张德伦沉吟有顷，问道："对不起，我想知道，公主买这批枪要做什么？"玛塔看他一眼，皱眉头道："这不干你事！但是要快！"说完转身就往外走。

张德伦却在后面叫道："公主等等！"玛塔回头。张德伦道："方才公主问我和威尔逊先生的车夫是不是朋友——"说到这里又不再说下去。玛塔想了想，干脆一把关上店门，转过身来道："张老板，你有办法帮我联络矿山上的中国人吗？"张德伦吃一惊道："干什么？"玛塔道："我们可能很快就需要一支军队保护自己。听说半年前以非法入境罪被关进威尔逊矿山上的中国人中，有一位客家人的领袖，名叫钟梦长！"张德伦大惊道："公主也知道钟梦长？"玛塔不接他的话茬，只说自己的话："据说这个钟梦长一声令下，全西马的客家人都会听他的指挥，组成一支大军！"张德伦结结巴巴道："这个……这个……我不清楚。"玛塔再次现出失望的神情，转身大步朝外走出，上马车，警觉地朝街道两端望一眼，匆匆赶车离去。

张德伦等她走后，才悄悄把一直藏在手心里的纸条打开，匆匆读过，神情激动起来。他慢慢地将纸条撕成碎屑，呐呐自语道："天哪，少盟主，我终于等到你了，你到底来了南洋！"边说眼泪就涌出来，最后双手掩面而泣。

这天中午，玛塔的马车和威尔逊的马车一前一后赶到怡保，她亲眼看见威尔逊的马车进了英国警局，停下来对侍女艾玛道："去，告诉我们的人。盯住威尔逊，他来这里干什么，和詹姆斯局长谈了什么，我都要知道。"艾玛点头，下车。玛塔的马车又继续向前方飞奔起来。

五

此刻，在英国警局，威尔逊已经进了詹姆斯的办公室，主要的话已经谈好。两个人都没有坐下，都在用力抽着雪茄，谁也不看谁，两个人的脸色都十分难看。

过了许久，詹姆斯才回头道："这个华邦彦，真的说要请律师，和我本人以及怡保警局打官司？"威尔逊用力点头。詹姆斯又沉默了，他在紧张地思考这个突然发生的变故对他个人利益的影响。威尔逊却仍然沉浸在早上和梦长的会见中，感叹道："啊，我的局长先生，有件事非常奇怪，那个人给了我一种感觉，他好像是认真的！当然……我也怀疑这只是他对我和你玩的一个花招，想掩饰他们真正想做的事，我说的是暴动，可我还是有这样一种奇怪的感觉……万一他是认真的，怎么办？"詹姆斯内心早已恶劣起来，回头将没抽完的雪茄狠狠摁在烟缸里，道："威尔逊先生，你让这个中国人迷惑了！你我都知道他不是华邦彦，他就是眼下在西马的中国人中传得沸沸扬扬的那个客家领袖，名叫钟梦长！"

威尔逊道："那又怎么样？他现在我的矿山上，在你的手里！"詹姆斯道："不，你小看他了。据说作为客家人的领袖，只要他发出号令，全西马所有的客家人都会随他一起造反。这个人出现在西马，本来会成为大英帝国殖民当局的巨大危险，但他好像从一开始就犯了大错，没有承认，或者并不知道自己是这样一个拥有巨大影响力的人，他只承认自己是华邦彦。是他的这个错误给了我们机会！这个机会我们一定要利用，而且要马上利用！"威尔逊不明白，道："局长先生的意思是——"

詹姆斯道："马上逮捕他，让他秘密消失！绝不能因为他的存在，动摇大英帝国在西马的统治秩序！至于那些被关押在你矿上的中国人，我们可以说他们从来都没有存在过！"威尔逊大急，道："詹姆斯先生，我抗议！你和怡保警局不能这么做！我们之间是有合约的！他们现在是我的财产，直接关系到我的利益！我可以放弃那个叫华邦彦的中国人，但是这批华工，我却不能——"詹姆斯立即打断他的话，冷冷道："亲爱的威尔逊先生，一旦这些中国人在你的矿山上举行暴动，无论是你的财产，还是你个人的性命，都会遭到巨大威胁！更重要的是，他们将有可能毁掉大英帝国在这里的统治！啊，我的上帝，昨天我才知道，客家人是一群一千七百年来从没有向任何统治者屈服过的中国人，他们认为只有自己才是中国的主人，他们中的每一个人生下来都是战士，就像美国西部或者美洲中南部的印第安人！尤其是这个叫钟梦长的客家领袖，一定要尽快翦除，我今天夜里就动手！"

黄昏时分，玛塔的马车再次在潮记杂货铺门前停下。她再一次警觉地朝空荡荡的街道上瞥了一眼，没发现有人注意她，就迅速地走进门去。张德伦正在吃饭，一惊站起，道："公主怎么这个时候来了！"玛塔急道："我并不知道你和矿山的中国人有没有干系，但我一定要告诉你，明天拂晓，英国警队要全体出动捕杀他们，尤其是一个叫华邦彦的，英国人说他就是外间传得沸沸扬扬的客家领袖，名叫钟梦长！他是他们第一个要捕杀的人！"张德伦手中的饭碗落到地下。玛塔不再看他，匆匆往外去，又回头道："我来向你们传递这个信息，是想得到你们的报答。这一点请你转告那个自称华邦彦的客家领袖！"张德伦一时间大张着嘴，什么话也说不出来，只瞪着眼看她走出去。突然，他醒悟了过来，拉开店门，朝外面警觉地扫视一眼，闪身走了出去。

当晚梦长就得到了玛塔传来的消息，他马上把所有华工都聚集起来，神情严肃道："各位，我并不知道这个消息是由谁、由什么途径被送上山的，但我相信这个消息。英国警局拒绝了我们通过法律诉讼恢复自由的要求，决定明天拂晓就对我们全体实施大规模捕杀。为了死里求生，我们必须马上暴动！"一时间群情激愤，众人都大声道："盟主就发令吧！"

疤脸这时带大个子匆匆走进来。梦长回头看他们，问道："还是没找到单大叔？"二人点头。众人就嚷嚷起来。一华工道："他一定是害怕了，一个人先溜了！"梦长道："肃静！我不这么看！但是单大叔的事是一个信号，他们已经开始动手了，我们也不能再迟疑！全体听令！"

众人立刻肃立听令。梦长郑重道："现在我命令：全体分为三队。第一队由我带领，突袭印度矿警队，缴获枪支弹药，把印度矿警全体控制起来；第二队由方仁宝带领，突袭矿区小楼，控制矿主威尔逊、大卫等英方人员，缴获他们的枪支，限制他们的自由；第三队，由我们家老四邦杰率领，夺占矿山各处哨卡，任务完成后马上带人封锁矿山的唯一进出口，执行警戒，准备对付拂晓前就会赶来的英国警队！"又道："行动时间：半夜子时。顺序：三队同时行动。记住，在所有行动中都要尽量避免伤亡！"大个子叫道："为什么？英国人要将我们置于死地，我们为什么不能下手狠一点儿！"疤脸连忙喝止他："你住嘴，听盟主说！"

梦长接着说道："暴动一旦开始，就会演化成一场真正的战争。我们是客家人，客家人最熟悉的就是打仗。控制矿山上所有英国人和印度矿警后，我们全体立即转向矿山进出口，构筑阵地，做好与英国警察打一场持久战的准备。大家必须明白，一旦我们反客为主，先发制人控制了矿山，怡保警方一定会出动全部力量对付我们，驻守西马的一千多名英军也会开过来和我们作战。在接受我们的要求前，他们一定会用尽一切武力手段逼我们投降。大家的生死在此一战，不管付出多大牺牲，都要顶住他们的进攻，守住矿山，直到让他们相信我们是不可战胜的，接受我们的条件！"

众华工齐声道："得令！"一华工忽然举手。梦长道："你有什么问题？"华工说道："钟梦长知道我们今晚要暴动吗？"疤脸等人立即把目光转向了梦长，梦长停了一停，沉沉道："知道。一旦大战打响，全西马的客家人都会响应他的号令，燃起烽火，控制矿山，随时准备在整个西马发起一场大起义，支援我们！"众人听了都兴奋起来。一名老华工叫道："有钟梦长在，我们什么都不怕了！"

梦长从怀中摸出一块怀表，看时间。众人不再说话，偌大的山洞里，只能听到表针走动的声音越来越响亮。梦长最后看一眼表，将它装到怀里，环顾大家，平静道："时间到，开始行动！"

六

洞外突然响起错杂急促的脚步声，接着是拉奥的叫喊："快，冲进去！"梦余飞快地跑进来，道："大哥，不好了，他们来了！"梦长回头对大家道："他们果然动手了，既是这样，咱们干脆将计就计！大家快回去躺下，做好战斗准备！"众人迅速回到床上躺下，将自制的武器掩藏起来。

大门砰的一声被踢开。拉奥率众矿警持枪涌进来。众华工都做出被惊醒的样子，从铺位上抬头，望着涌进来的矿警。印度矿警们如临大敌，用枪口一一对准铺上的华工。拉奥大喊一声："不准动！搜查！"众人不安地回望梦长，梦长用目光示意众人安静。寂静中，疤脸故意问道："什……什么搜查？"拉奥走上前，一把将他从铺上扯下来，凶狠地叫喊："你们要暴动！把武器交出来，不然全体枪毙！"众人嚷嚷起来："什么暴动？什么武器呀？睡得好好的——"大卫这时也走出来，大声喊道："全体都有，起床，出去，我们要搜查！"众人又回头看梦长，只见梦长从铺位上慢慢爬下来，站在铺边，做出等候命令往外走的样子，众人也纷纷下床，侧立铺前。大卫对众矿警道："带出去！"众矿警向各铺之间的通道走过来，拿枪逼着众人往外走。梦长突然对众人眨一下眼，众人会意，分散站在靠近自己的矿警身旁。

一印度矿警动手拉扯站在通道前的疤脸，喝道："走！"梦长见时机成熟，大喊一声："动手！"梦余啪的一声抛出一把匕首，将灯击灭，洞内瞬间一片漆黑。众华工同时动手，亮出自制武器，冲向众矿警。矿警们寡不敌众，又因靠得太近，无法开枪，被他们迅速擒住，按在地下。梦成、疤脸、大个子已经奔向大卫和拉奥。拉奥大叫一声："开枪！"话没落音，黑暗中早被梦成一脚将他手中枪踢飞，将其放倒，同时亮出一把利刃，逼上他的咽喉，喝道："动一下就要你的命！"大卫见势不好，转身要逃，早被大个子飞奔上去，一把揪住，按倒在地，要摸枪时手却被大个子猛地踩住，不由得惨叫起来。才一会儿，战斗已经结束。梦余重新将灯点燃，梦长放眼望去，只见矿警全被拿下，枪支被缴获。大卫、拉奥被扯起来，还要开口，看到眼前的匕首，又止住了。疤脸看梦长道："怎么处置他们？"梦长道："捆起来，带到矿洞里去！"众人拿出早就准备好的绳子，将大卫拉奥及众矿警捆起来。

梦长回顾众人，道："肃静！乡亲们，战斗已经开始了！事不宜迟，立即照计划行动！"众人答应一声，梦长、疤脸和梦成各带一队，冲出山洞，分散开，融入夜色。

威尔逊这个夜晚并没有睡觉，一直坐在那张巨大的写字台的后面等候拉奥和大卫的消息，这时猛地站起，一把抓起桌面上的手枪。门就在这时被"咣"的一声踢开，疤脸带几名持枪的华工冲进来。威尔逊变色，大叫道："是你们！你们想干什么？"他紧张地用枪指向疤脸。疤脸身后的华工也同时将枪指向他。威尔逊绝望地大叫："不！不！你们这些暴徒！你们要干什么？"他忽然将枪口指向自己的太阳穴，大叫："我要自杀！"疤脸道："威尔逊先生，马上放下武器！不然对我们大家都没有好处！"威尔逊一把将枪放回到写字台上，双手抱头，做疯狂状："不，不，我不接受你们的讹诈，你们要干什么！我是大英帝国的公民，是英国绅士，你们不能以这种方式对待我！"疤脸道："威尔逊先生，本人代表暴动委员会，正式通知你，你被捕了！请你配合我们，回到自己房间里去！"威尔逊歇斯底里地叫道："不！不！你们想干什么？华邦彦在那里！你们的头儿在哪里，我要见他！我不和你们这种下等人说话！"疤脸突然改说英语："请威尔逊先生交出所有武器！"威尔逊对这名会说英语的华工又吃了一惊，哼一声，恨恨看一眼疤脸身后华工手中的枪，走到办公桌后面，从抽屉里又取出一把手枪，砰一声放在桌面上，叫："拿去吧，暴徒！无赖！下贱的猪猡！"疤脸挥手，一华工迅速上前将两把手枪收起。疤脸道："再搜一下！"华工上前，将所有抽屉拉开，又搜出一把手枪。

疤脸目视威尔逊，道："威尔逊先生，我奉暴动委员会之命通知你，今天我们收缴你的武器，并请你接受我们的要求，留在自己卧室里，没有允许不得离开！我们这样做的目的是要保证你的生命安全。一旦我们和你以及英国警方展开谈判并产生了我们期望的结果，你就会重获自由，这些武器也将完璧归赵！"威尔逊疯狂起来，抓自己的头发，大叫："谈判？不！我不和一群暴徒谈判！你们杀死我好了！你们要拿走我的生命，还是我的矿山，你们尽管干好了！"疤脸的语气沉静而强硬，道："威尔逊先生，我还要奉命就今晚的行为对你作出一些解释。第一，我们为什么要选择暴动，想必你比我们还要明白，如果不是你和詹姆斯局长商定今天拂晓就要对我们大开杀戒，我们是不会这样做的，所以，今晚的暴动是被你们逼的！第二，虽然威尔逊先生背着我们，和怡保英国警方联手，要对我们展开大规模捕杀，逼迫我们不得不起来保卫自己的生命，但即便如此，暴动委员会仍然授权我向你表明我们处理这场事件的立场——"

威尔逊又大叫起来："不！不！我不跟你谈！要谈就只跟你们的首领谈，我只跟钟梦来谈，不，我说的是华邦彦！我只跟他谈！"疤脸微微一惊，不动声色道："威尔逊先生，今天正是本暴动委员会的首领华邦彦先生授权给我，代表他本人向你声明，虽然发生了今晚这样的事情，他仍然愿意坚持他对你的提议，只要这场暴动能够解除你和英国警方对我们的大捕杀，他愿意立即停止暴动，坐下来和你以及怡保警局展开谈判。谈判的目标仍然是要通过英国法庭，通过诉讼，解决我们的身份认定，恢复我们的权利和自由。只要威尔逊先生和詹姆斯局长接受我们的要求，并信守约定，暴动即刻可以结束，威尔逊先生可以马上恢复自由！"

威尔逊在疯狂过后开始现出他的另一张冷静、骄横的面孔。"不！这不可能！"他叫道，"本矿主作为英国绅士，绝对不会接受你们用这样的方式和本人讨论你们的权利和前途！"此时他的思路也开始变得清晰起来，"啊，我要正式警告你们，你们今天的行动已经铸成了大错，你们这样做是对大英帝国在西马的法律秩序的公然破坏！你们想用这样的办法改变你们的法律地位，这绝对办不到！詹姆斯局长的警队马上就要来了，蒙哥马利将军统率的驻西马英军马上也会来的！"他大笑起来，"你们等着吧，大英帝国英勇的军队一定会迅速赶来，恢复本矿山的正常秩序！你们这些人都会受到严厉审判！谈判？不，永远不会有谈判的！永远不会！"

疤脸一直耐心地等他喊叫完毕，才胸有成竹道："威尔逊先生，会不会有谈判，那还得等等看。你现在不愿意和我们谈，我们也可以暂时不谈，等你冷静一下再谈。我再说一遍，我们的盟主，就是你说的我们的首领华邦彦先生说过，为了和威尔逊先生以及詹姆斯局长达成通过诉讼恢复我们合法身份的目标，我们应当有充分的耐心。"他回头看身旁两名持枪的华工，"你们俩请威尔逊先生回房间去休息。"一边又回头道，"威尔逊先生，我再重复一遍，现在你是我们的俘虏，得不到允许，你不得擅自离开自己房间！如果违反禁令，我们将不能保证你的生命安全——"威尔逊没有听他说完，已经大步走进自己的卧室，并砰的一声关上了门。两名华工马上持枪守卫在他的卧室前。

七

完成了对整座矿山的占领，梦长在各处部署了警戒，带大个子赶到矿区小楼来。疤脸迎上去道："威尔逊已经控制起来了。你现在要见他吗？"梦长想了想道："不急！"边说边站住了，上上下下打量面前的这座小楼。疤脸问："怎么了？"梦长道："到处都搜遍了，没有找到矿上的炸药库。"大个子笑起来："威尔逊总不会把大批炸药藏在他的小楼里头吧，那样万一出了事，他可就上了天了！"梦长想了想，突然回头道："走，到地下室看看去！我们要在这里坚守，没有枪弹，但不能没有炸药！"边说边带疤脸、大个子走进小楼，一直走向地下室。在这里，他果然发现了一个被铁链子加大锁锁住的大房间。梦长喝令大个子把锁砸开，推门进去，立即被眼前的景象惊呆了。这里堆放着大批炸药，足有十几吨。大个子大叫起来。梦长也被震撼了。疤脸看他一眼，梦长忽然回头看他，道："我现在明白了，这个威尔逊，可能比我们想象的还要疯狂！"说着，转身走了出去。大个人走在最后，马上喊人带枪过来守住这座新发现的炸药库。

梦长让疤脸在小楼留守，自己带大个子赶到矿山入口处，现在这里才是他最关心的地方。梦成正带着大批华工高举火把，用石块在出入口筑起一道高高的路障和射击阵地，他们要按照暴动计划赶在英国人来前把进矿山的路封死。见梦长走过来，梦成急忙上前迎接。梦长道："大哥，我们在构筑路障和阵地！你来看看怎么样！"梦长登上路障，朝前方山下望去，突然回头道："他们人多枪多，我们人多枪少，要充分利用地形和我们现有的武器！"梦成道："这些我已经想到了。"梦长又看周围地形，道："最要紧的是不能让他们靠近我们的阵地，一定要想办法将他们阻止在他们的枪弹射程之外。还有，至少要坚持三天！也许时间会更长！"梦成道："明白了！我们有长期作战的准备！"说完对梦长附耳道："已经通知山下洛阳镇上的张德伦张老板，供给我们足够多的食物。虽然我们的子弹不多，但我已经准备好了，用火龙阵对付他们！"梦长看他："你们还有什么要求？"梦成道："更多的炸药！"大个子插嘴道："炸药不用担心，有的是！"梦成高兴了："真的！"大个子点头。梦长手指前方道："战斗一打响，要让前方三百公尺内彻底变成一片火海！"梦成道："大哥放心！"

梦长又想起了另一件事，回头看梦余道："还是没有单大叔的消息？"梦余道："没有！"忽然一拍脑袋道："想起来了，这事应该去问英国人！大叔的失踪一定和他们有干系！"梦长道："有道理！这件事交给你办！一定想办法找到单大叔，他对我们下一步的行动太重要了。"他接着看表，对梦成道："离拂晓没多久了，告诉大家时刻保持警惕！准备战斗。趁着战斗还没打响，我去见威尔逊先生，大个子，你带刘叔上山，依计而行！"梦余和大个子分头离去，梦长也快步走下了阵地。

八

拂晓时分，洛阳镇上，许多人被吵醒，趴到窗户上向外看去，发现怡保警局局长詹姆斯带领大批英国警察，跑步通过镇街，向威尔逊的矿山而去。忽然这支队伍停住了，原来一名印度矿警从山上逃了出来，拦住詹姆斯的马头，激烈地说了些什么。詹姆斯大惊，对众警察大叫道："他们真的暴动了！他们控制了矿山！我们要去夺回来！前进！"刚刚停下来的队伍又继续前进了。

潮记杂货铺前，一辆马车驰来。车上的姑娘还是玛塔，她忽然停住车，望着奔跑的英国警队。张德伦已经打开门，上前低声地唤了一声"公主"。说话间玛塔已经进入他的铺子。张德伦急忙掩门，奇怪她为什么这个时候到他的铺子里来，刚要开口，玛塔抢先道："张老板，你果然和矿山上的中国人有干系，是你把我的话传给了他们！"张德伦慌忙道："公主，这是哪里话，你误会了……告诉我，矿山上到底发生了什么大事，还有刚才这些英国人，真是要去捕杀矿山上的中国人吗？"玛塔看着他，摇头道："张老板，你不说实话，连我都猜出来了，威尔逊矿山上的华工暴动了！这件事因为我，也因为你！"张德伦还是闪烁其词，又道："公主，你这么早来我这里——"

玛塔却不愿随他改变话题，道："想不到你们中国人还会暴动，原来我以为中国人和我们的人一样，都是任人宰割的牛羊。不过就是来了一位客家领袖，就大不一样了！"张德伦仍然在掩饰，道："公主打算干什么？"玛塔道："我想来亲眼看看，这位中国客家领袖是不是真能和英国人打一仗，我想知道他是不是一位英雄！"张德伦忙道："公主千万不要去看热闹，打仗是要死人的！连我这个男人，听见枪声都害怕！"玛塔鄙夷地看他一眼，转身要走，又回头道："对了，我订的货怎么样了？"张德伦做猛然清醒状，道："哎呀，公主说的还是那批英国产的火枪吧？我说过的，这种货没半年拿不到的！"玛塔越发失望了，道："那就来不及了！——张老板，中国的客家人是什么人？"说完并不等张德伦回答，就往外走。

张德伦想了想，叫住她道："公主等等，你为什么要问——？"玛塔回头激愤道："不用你管，你能回答我吗？"张德伦做踌躇不安状，道："这个……一句话说不清楚。客家人，简而言之，是中国人中最强悍、最不愿意屈服、最能打仗的人！"玛塔大大的黑眼睛盯着他，突然问道："你是不是唐山来的客家人？"张德伦急忙道："不，我不是！我是潮汕人。你看我的招牌，潮记杂货铺。"

玛塔上前一步，热切地望着他道："张老板，不管今天威尔逊矿山上中国人和英国人谁胜谁负，我都想见见刚从唐山来西马的那位客家领袖，他叫钟梦长！他要是有难，我……我愿意帮他！"张德伦诧异道："公主为什么要帮一个素不相识的唐山人？"玛塔道："因为他是一位了不起的大英雄，他一到西马，中国人就不是原先的中国人了，他们就成了一群雄狮，居然敢对英国人发起一场暴动！这个人能帮中国人，将来也一定能帮我和我阿爸！张老板，这件事你能帮我吗？"张德伦连连摆手道："公主，这个恐怕比买枪还难。"玛塔勃然怒起，转身就走。张德伦赶出去叫道："哎，公主，你不要急！我会去打听的！你这是去哪里！"玛塔已经上车，马车迅速驶离，转眼就消失在黎明前的黑暗中。

拂晓时分，威尔逊矿山入口处，一道高高的路障兼射击工事已经垒成。梦成率数十名青壮华工手持缴获的枪支守在工事后面，警惕地望着山下。他们身后，是数百名手持各种自制武器的华工，准备随时冲上来加入战斗。

突然，从山下方向，啪的一声枪响传来，子弹打在路障上，打破了山上山下的寂静。众人一惊，振奋起来。梦成道："准备战斗！"众人举枪向山下瞄准。梦成对一华工道："朝天开一枪，警告他们！"华工枪口向上，朝着山下方向开了一枪。枪声震耳，在山间引起连绵回响。

矿山下，詹姆斯及众英国警察听到枪响，急忙匍匐在地。汉斯叫道："局长先生，他们有枪！"詹姆斯将一只铁皮喇叭筒交给汉斯，道："冲他们喊话！让他们停止暴动，交出武器，释放人质，举手投降！"一名东方面孔的英国警察用汉语喊道："上面的中国人听好了，大英帝国怡保警察当局命令你们停止暴动，放下武器，释放所有人质，举起双手投降，排成一队走下来！"

梦成听到喊话，也将一个纸筒卷的喇叭交给身边一名小个子华工："朝山下喊，说有种就上来练练！"小个子华工用英语喊道："英国鬼子听着，我们的头儿说了，你们要是有种，就上来陪他练练！"众人大笑。这时就见梦长匆匆带大个子、梦余走进阵地，伏下身子警惕地朝下望去。梦成凑近过来，兴奋道："大哥，他们来了！"梦长严肃点头道："让大家注意隐蔽，照计划行事！"梦成道："明白！"

山下路边沟壑里，詹姆斯听到上面的喊话，回头问道："他们说什么？是要投降吗？"手持喇叭的英国警察道："不。他们好像是要你上去和他们单挑！"詹姆斯大怒。汉斯问道："局长先生，我们攻还是不攻？"詹姆斯叫道："开枪，给他们点厉害！"众英国警察噼里啪啦放起枪来。

一时间枪弹雨点般打在路障上。众华工在路障后面低下头去。一名华工中弹，梦长急令众人将他抬下去。梦成气愤道："好哇，还真练呐！老子也不客气！"回头对梦长道："大哥，打吧！"梦长冷静道："不！照计而行！用火攻！"他回头挥一下手，守在路障后方待命的众华工将一个个大草团上泼上油，奋力推上路障。大个子用手中火把点燃草团，草团一个个烧起来，众人奋力将草团推下去，一个个顺着坡路往下滚，越来越快，火焰也越燃越大，很快燃成一个个熊熊燃烧的大火球，排成一队，组成一条壮观的巨型火龙，浩浩荡荡地朝山下英国警察阵地滚过去。

众英国警察仍在胡乱朝上面开枪。汉斯开了一枪，忽见眼前一片明亮，觉得不对，抬头，望见前方滚下来的火龙，大惊，回头叫道："局长先生，快看，那是什么！"排在火龙最前方的一个大火团已经滚下来，撞在路边山石上爆炸，火光四溅，周围的草木立即燃烧起来。接着又是一个大火球迎面滚过来。詹姆斯见势头不对，大叫："撤！"众英国警察爬起来，向后夺路而逃。整条火龙却不愿放过他们，继续往下滚，撞在山石树木上，爆炸成一团团大火，将两边的森林草地燃成一片火海。

詹姆斯带英国警队狼狈不堪，一口气跑到山底，重新伏在地下。众人皆气喘吁吁，回头朝矿山方向望去，发现方才全队的攻击出发阵地已燃成一片浩瀚的火海。汉斯大恐，看詹姆斯，颤声道："局长先生，还还还还要攻吗？"詹姆斯没好气地道："好好守在这里，不准逃跑！中国人要是突围，就开枪！我要去见蒙哥马利将军，求他立即下令，出动大英帝国驻西马的全部军队，来平息这场中国客家人的大暴动！"汉斯虽不情愿，但也只能答应一声，对全队叫道："局长先生命令，大家不准逃跑，各自选择地形地物，守住阵地！"再看时，詹姆斯已经弓着身子爬到后方林子里，上马驰走。

九

梦长见英国人退到山下，局势转稳，命令梦成带众华工不要松懈，坚守阵地，自己和大个子率守在阵地后面的华工们赶回矿区小楼，从地下室里将大批炸药运出来。威尔逊在自己卧室里看见众华工扛炸药从楼里走出，大叫一声，颓然倒坐在地下，面无人色，又发起疯来，流泪大叫："我的矿山完了！我一辈子的心血完了！……他们和詹姆斯一起，要毁掉我的矿山！……"一边喊着，自己的心头也忽然亮起了一片大。

楼下广场上，梦长正看着众人运炸药，忽然一名华工走上前来道："华家大哥，找到单世昌了！"梦长连忙问道："在哪里？快带我去看。"华工道："在一个废矿井里。"说着就带着梦长一路小跑，来到一口竖直的废矿井前，发现梦余已经带着两名华工把单世昌从井底拉了上来，又帮他解开身上的绳索，扯掉堵在嘴上的布条。单世昌大口喘息，慢慢睁开眼道："啊，我是不是已经死了？"梦余笑道："单大叔，你要是死了，过奈何桥时一定忘了喝迷魂汤，因为你这会儿还知道自个儿是谁！"单世昌看到梦长，放声大哭起来，哭了一会儿像是人又活了，道："华家大哥，你们把我扶起来！威尔逊这个王八蛋在哪里？我要揍他！我一定要揍他！他气到我了！他竟然这么对我这样一个中西贯通的绅士，一位读书人！"众人不觉掩口而笑。

梦长笑起来，道："大叔，虽然你被救了，可我还是要把你藏起来，你这会儿还是不能去见威尔逊！"单世昌诧异道："我为什么不能见他！"梦长脸上的笑容消失，道："我们不希望你搅合到今天这场暴动里。只有让你置身事外，事情过后你才有资格做我们的律师！"单世昌忽然明白了他的心思，道："啊，虽然……好吧，华家大哥，我相信你！大家走吧。"众人随梦长扶他离开。

山下，汉斯带英国警队守了一天，到这天天黑，也没见詹姆斯带回蒙哥马利将军率领的驻西马的英军。威尔逊矿山入口处，梦成和守在这里的华工们也感受到了同样的失望。入夜后，梦长带梦成沿路障前后巡视。梦成忽然回头道："大哥！真是奇怪！既不战又不和！英国人这是怎么了？"梦长也在思索，皱眉不语。梦成又问："大哥，为什么蒙哥马利的英国军队也没有赶过来——"梦长打断他道："难道这不是件好事情吗？"梦成不解地看他。梦长道："英军今天不来不代表明天不来，白天不来不代表夜里不来！告诉大家不要麻痹大意！要防备他们和英国警队合兵一处，趁夜发起偷袭！"梦成胸有成竹道："大哥放心！进矿山只有这一条路。不管他们来多少人，我们都能在前方制造出一片火海对付他们！我们人在阵地在！"

梦长点头，朝山下洛阳镇方向望去，沉吟一会儿，忽然开口道："英军没来增援，还有一种可能！"梦成忙看他："什么？"梦长道："没有这样一支英军！"梦成一惊。梦长又道："我刚刚听说，英国人正在进行征服缅甸的战争。他们一个岛国，征服三分之二的世界，只有集中兵力，才能对世界各国实施各个击破！"梦成高兴起来，道："要是真这样就更好了，我们趁机动员三万客家人，组成一支大军，将全西马都拿过来！"梦长猛回头盯他一眼，摇头道："不，他们今天没有一支这样的大军，并不是说明天就不会有！一旦英军结束了对缅甸的战争，一定会回到西马和我们开战，那时客家人仍然会在西马血流成河！"

梦成生气道："我就不明白，你为什么就那么怕客家人血流成河？我们已经血流成河了一千七百年！"梦长不耐烦道："道理我不讲了，总之我不能！"说着转身走下路障，见梦成不愿跟下去，又回头严肃道："我要去见个人。如果我的判断不错，现在我们就有了机会，这也是英国人的机会。我们要继续对英国人施压，拖延下去对我们和他们都不利！我走了，你们要守好阵地！"梦成看他带着大个子离开，一腔怨气无处发泄，回头大声对众人道："大家保持警惕，防备英国人夜间突然发起进攻！"众人齐声答应。

在矿山主峰下一个没人注意的山凹里，梦长直到深夜才等回了刘松龄。后者带来了张德伦的消息：果然英国人在西马的军队早就秘密调往缅甸战场，留下蒙哥马利将军本人在西马，玩的是空城计，对外虚张声势，所以虽然詹姆斯回到怡保后马上去见蒙哥马利，请求他出兵平息威尔逊矿山上的暴乱，蒙哥马利不但没有答应，相反还把詹姆斯也留下来了，不让后者离开自己的军营。梦长沉吟良久，忽然明白了，心情大为放松，道："大叔，这就是说，英国人既没有力量前来平息我们的暴动，但也不愿意示弱，他们这样做，是想用按兵不动的办法给我们施压。好像他们随时可以过来血洗这座矿山。"刘松龄点头。梦长笑道："大叔以为我们下面该怎么做？"刘松龄道："如果华家大哥还想促成和英国人的谈判，让他们接受你们通过诉讼解决自己的身份认定，恢复大家的自由，不但需要坚持暴动，还要继续显示力量，给他施压。"梦长道："张大叔也这么认为？"刘松龄道："张德伦也认为，英国人只认力量，你没有显示出更大的力量和决心，他们宁可让眼下的局面持续下去，但这样下去对你们是不利的。"梦长道："为什么？"刘松龄道："有人说英国人征服世界靠的是什么西方文明，我才不信呢，他们靠的仅仅是他们的军队！英国人是这个世界上最有实力的国家，他们信奉的也只有实力！华家大哥想一想就明白了，要是英国人现在有一支军队在西马，他们一定会毫不迟疑地对你们发起进攻。还有，今天就让他们看到我们的力量，就是将来到了法庭上，他们才会对我们客气些！"见梦长仍在沉默，刘松龄道："我猜一下，华家大哥是不是担心现在过分地展现力量会引起英国人的警觉，将来一旦英军返回西马，对西马所有的客家人不利！"梦长道："不，大叔，如果是那样，也是我们逃不脱的命运。大叔，我想好了，你说得对，就这样办了！"说完他向一直等在主峰顶端的梦余、大个子走去，大声道："点烽火！"

原来这里早就准备好了三堆干柴。梦余、大个子和两名华工将一桶桶油泼上去，一一点火。三堆干柴迅速燃起了三支冲天大火，高高地映亮了夜空。众人欢呼起来。梦长道："现在我可以去见威尔逊了！"

矿区小楼内，威尔逊站在卧室的窗前，惊恐地望着矿区主峰上那三堆冲天燃烧的大火，猛然想到了什么，冲过去用拳头砸门，连声大叫："来人！快来人！"疤脸打开门走进来，平静地看他。威尔逊冲向窗前，手指那三堆大火，绝望地叫喊起来："那是什么！你们又要干什么！"疤脸不回答，走过去将房间里所有的窗子全部推开。威尔逊忽然扑向后窗，一点点瞪大了眼睛，脸上现出无比的惊骇。他现在看清楚了，暗黑的天穹下，整个怡保地区的群山间，这里那里，一座座山头上，都燃起了一丛烽火。烽火越来越多。

矿山入口处的阵地后面，梦成和众人也都站起来，眺望远远近近越燃越多的火光，一阵阵欢呼起来："火！火！这边！这边！看那边！看那边！"梦成激动了，大声叫道："弟兄们，这是天下客家人的共主钟梦长向全西马的客家人发出了号令，现在全西马各矿山的客家乡亲都在回应我们，告诉我们，他们和我们在一起！英国人若不答应我们的要求，三万客家人就将一起揭竿而起，将战火燃遍整个西马！"众人的欢呼声更大了："钟梦长！钟梦长！钟梦长！"

矿区小楼内，威尔逊望着漫山遍野燃起的烽火，回看疤脸，歇斯底里地喊道："他们是什么人？要干什么！快告诉我！"疤脸道："威尔逊先生和英国怡保警局选择了对抗，直到此时仍拒不答应我们的合理要求，我们的盟主不得不号令整个西马的三万客家人同时发起一场大暴动！暴动一起，就不仅仅是威尔逊先生的矿山，整个西马都将成为起义军和大英帝国军警的战场。我要郑重声明，战事一开，我们不认为仍能确保威尔逊先生的生命和产业不受到损害！"威尔逊绝望地大叫一声，双手又去揪头发，喊道："啊——！我受不了了，我要死了！"

门忽然再次被推开，梦长带梦余、大个子走进来。威尔逊看梦长，如梦初醒一般，举起双手，说不出话来。梦长站在那里，用有力的目光严厉地盯着他，并不说话。威尔逊忽然急急把话喊了出来："我同意你们的要求！我承认过去对你们做错了！我答应去说服怡保警局的詹姆斯局长，接受你们的要求！"

梦长与疤脸对视一眼，眉宇间迅速闪过一丝不易察觉的欣慰之情，回头沉沉道："威尔逊先生，请你顺便告诉詹姆斯先生，我们的律师已经选定了，他就是刚刚被你们放进废矿井、现在已经被我们解救出来的单世昌！"

第九章

一

对于怡保英国警局的这座小楼，单世昌是熟悉的，今天之前，他不止一次因各种原因来到这里。但今天他来的原因与过去每一次都不同。

汉斯已经早早地在楼下等他了。"啊。单，你来了！"他第一次主动跟他打招呼，并带他上楼，走向詹姆斯的办公室。想到英国人包括詹姆斯本人都在等待自己这个先前被他们视为奴隶的人，又想到身后有威尔逊矿山上的全体华工和西马的三万客家人给自己撑腰，单世昌第一次扬眉吐气起来，大模大样地走进了那间位于二楼最好位置的熟悉的办公室。詹姆斯抬头看他，吃了一惊似的，眼里马上现出极度的蔑视。单世昌笑道："局长先生好！"詹姆斯仍然不相信似的看他，怒道："单……真的是你！"单世昌拿出一份写好的文书，递向詹姆斯，不卑不亢道："尊贵的局长先生，本律师有幸地通知您，作为威尔逊矿山因海难失事而被非法扣押的中国工人正式委托的律师，本大律师今天代表他们前来履行自己的职责。这是我的授权书！"詹姆斯并不接他的授权书，背身而立，有顷，突然厉声叫道："把他抓起来！"几名英国警察冲进来，抓住单世昌。单世昌大惊，授权书落地，叫道："干什么干什么！放开我！你们没有权力抓我！"

汉斯已经变了脸，对詹姆斯道："局长先生，怎么处置他？关起来吗？"詹姆斯凶狠道："关什么，马上毙了他！"单世昌闻言大惊，叫道："不！局长先生，根据英国法律，本大律师在代理针对国家行政机关的诉讼期间，不受该机关的逮捕！"汉斯毫不理会，示意英国警察将他带走。单世昌心中一动，放声大笑，站立不动。詹姆斯仍不回头，待单世昌笑声止住，才道："单，你笑什么！"单世昌大声道："尊贵的局长先生，不要演戏了！你现在可以杀了本大律师，但你这样做就违背了威尔逊先生代表他自己和暴动一方与你达成的协议，必将承受严重后果，而这样的后果是你承担不起的！"詹姆斯仍不回头，有顷，愤怒地挥一下手。汉斯又示意众英国警察将单世昌放开，离去。

詹姆斯坐回到写字台后面，找出一根雪茄抽起来，仍然不看单世昌，冷冷道："你要说什么？说吧！"单世昌心理上占了上风，却又不说话了。詹姆斯终于忍不住了，恨恨地看他一眼，傲慢道："本局长说过了，你可以讲话了！"单世昌笑道："作为诉讼一方的律师，本大律师不能站着和作为诉讼另一方的局长说话。"詹姆斯的气焰一点点收敛，道："如果你愿意，也可以坐下。"单世昌还是不坐，道："詹姆斯局长本来可以更客气一点。今天本大律师不是你的犯人，而是你的客人和谈判对手。"詹姆斯尽力压住胸中怒气，道："那就……请坐。"单世昌这才大模大样地坐下。

两人尚未交谈，詹姆斯忽然大笑起来。这回轮到单世昌吃惊了，道："局长先生为何如此大笑？"詹姆斯道："啊，我以为和中国人打交道很多年了，对你们已经很了解，今天才知道，你们要的只有一种东西。"单世昌听了，也大笑起来。詹姆斯脸色又难看起来，惊问："你又为什么大笑？"单世昌轻蔑道："本大律师知道局长先生想说的是什么。"詹姆斯面色大冷，用陌生的目光看单世昌，有顷道："好吧，我们可以开始了。请表达你方的诉讼要求。"

单世昌收住笑容，严肃道："既然贵我双方都同意通过法律途径而非武力对抗解决纠纷。第一，我方要求立即撤走威尔逊矿山前对我方构成攻击态势的英国警队。作为对等回报，我方也将拆除矿山入口处的路障，并释放所有人质，恢复矿山的和平。"詹姆斯想了想道："好，这个本局长可以答应。"单世昌又道："第二，既然要通过法律途径解决我的当事人和局长先生及英国警局的纠纷，在怡保英国法庭没有根据法律对此案做出最后判决之前，我方所有当事人及本大律师本人不受英国警方、法庭的逮捕。我方同时声明，只要我方人员出现失踪、被捕、被杀的情况，诉讼马上中止，暴动当即恢复！"詹姆斯这次十分郁闷，想了好久，但还是回答："好吧，这一项本局长也答应了！"单世昌见詹姆斯越来越多地现出了无奈的表情，心里更有底了，道："第三，本方申明，只要此次诉讼完全按照英国法律合法进行，无论法庭做出何种判决，我方当事人都将无条件遵行。我方的唯一要求是：诉讼的另一方即怡保警局也要尊重法律的判决，不得拒不执行！"詹姆斯"嚯"的一声站起，将早已熄灭的雪茄用力摁碎在烟缸里，怒道："你讲完了吗？"单世昌随之站起，庄重道："讲完了。现正在等候局长先生的回复！"

客家人

詹姆斯觉得自己越来越烦躁，越来越难以自制，但他也明白，他的所有烦躁和愤怒其实都不仅仅来自自己要面对的诉讼本身，更多的还来自这个正在他面前突然显出了平等姿态的中国人。他连连地打哈欠，用来抑制自己每秒钟都要喷发出的怒火，维持自己不得不进行的违心的表演，道："啊，你们的要求……你们的要求……没有什么……本局长本可以不答应，但本局长答应了！诉讼就诉讼！你可以走了！"单世昌却不走，又道："我们需要一个正式的文书，以证实贵我双方有过今天这次商谈，并就上面的议题达成了一致！"詹姆斯又有点控制不住了，粗暴地反问："如果本局长不答应呢？"单世昌并没有退缩，沉沉道："那就表明局长先生没有诚意，并不打算接受诉讼可能给你和英国警方带来的法律后果，暴动将不会结束！本大律师的第一份工作，也将就此结束！"说着起身要走。詹姆斯努力把火气往下压，大叫一声："汉斯！汉斯在哪里！"汉斯一脸惊恐地跑进来。詹姆斯道："你，和这个单……和他草拟一份协议，拟好了拿给我看！"单世昌不为所动地站着，脸上现出不易觉察的冷笑，来前他还没想过真会出现这个局面，但现在他看到了。汉斯转身要走，詹姆斯忽然瞥了一眼单世昌稍显得意的样子，怒极攻心，觉得自己再也不想将这场戏演下去了，歇斯底里地大叫道："不！"汉斯又站住，回头迷茫地望他。詹姆斯对单世昌大声道："我什么也不想签！你走吧！"单世昌一句话也不说，转身出门。身后的詹姆斯一发不可收，大喊大叫："你告诉他们，我就是不签！我就是不接受和下贱的中国人上法庭！我不接受！"

这个结果很快就传到了另外两个人耳中。这天的中午，詹姆斯还在一边大喊大叫，一边酗酒，醉眼迷离，汉斯匆匆来报，说蒙哥马利将军和威尔逊先生到了。詹姆斯红着眼睛大叫："我说过了，今天我的工作结束了，谁也不见！"但是被通报的两个人已经走了进来，示意汉斯离开，一起回头朝詹姆斯望去。詹姆斯却迅速转过身，将杯中酒一饮而尽，并不回头。

蒙哥马利与威尔逊对视一眼，笑了笑，坐下来，语带讥讽道："亲爱的局长先生，酒是好东西，但也不可多饮！"威尔逊则去打开了窗子。冷风吹进来，詹姆斯一点点清醒过来，放下酒瓶和酒杯，回头，对蒙哥马利道："啊，将军，是您驾到了！失迎失迎！"蒙哥马利站起，拿起詹姆斯放下的酒瓶，老练地嗅了嗅，取过三个干净酒杯，斟酒，对房间里另外两人道："詹姆斯局长，好酒要与别人分享。来来来，两位绅士，为我们的成功，大家共同干一杯！"詹姆斯一惊，回头道："成功？将军，你说我们成功？不！"蒙哥马利道："兵不血刃，仅凭几句空话，就平息了大英帝国征服西马一百年来最大的一场危机，难道不是伟大的成功？来来来，我闻出来了，你这是上好的法国酒，在西马是难得喝到的。这儿太热，不容易保存！请！"说着举起了自己的酒杯。威尔逊走过来，端起另一杯酒，认真地嗅了嗅，点头道："不错，是好酒！"蒙哥马利将最后一杯酒硬塞进詹姆斯手里，道："詹姆斯先生，以您的薪水，是喝不起这么好的法国酒的，今天我和威尔逊先生所以能在你这里品尝到这么好的酒，全是拜大英帝国拥有西马所赐！不是吗？"詹姆斯深深看蒙哥马利，终于安静下来。三人碰杯，对饮，一时都不再言语。

杯中酒饮尽，蒙哥马利又自己给自己加了半杯，回头道："好了好了，我们三个人，三个英国人，三个英国绅士，三个大英帝国在西马利益的代表，应当坐下来商谈一下，怎么样进行这场和中国人的诉讼，才更符合我们自己和大英帝国的利益！"詹姆斯怒火又在上升，道："可是本局长已经反悔了，并不打算和中国人一起上英国法庭！"威尔逊吃惊地看一眼蒙哥马利，脸色也变了。蒙哥马利回头道："汉斯在哪里？"汉斯推门跑进来："将军！"蒙哥马利道："那份局长先生要和中国律师签的协议，你拟好了吗？"

汉斯看一眼詹姆斯，见后者没有反对的意思，匆匆将两张协议放在桌面上。蒙哥马利又道："把那位中国律师请进来，我知道他根本没有走。"单世昌很快被汉斯重新带进来，看三位英国人，又拘谨起来，收敛了方才对詹姆斯一个人时的怒火，道："各位好！将军好，局长先生好，威尔逊先生好！"詹姆斯不回头。威尔逊也哼了一声，转过脸去不看他。蒙哥马利却一直在微笑，道："来来来，单先生，你可以在这张协议上签字，然后我会请詹姆斯局长先生签字。这样，你们一方和怡保警局一方就达成了协议，诉讼马上可以开始。"

单世昌大喜过望，仍然不敢相信，道："那太好了！谢谢将军，局长先生和威尔逊先生！"他走过去，认真地将两份协议审查了一遍，自己找出一支笔签上自己的名字，然后走开站到一边，目光望向詹姆斯。蒙哥马利和威尔逊的目光也盯住了詹姆斯。墙上的挂钟在走动，一分钟过去了，詹姆斯没有动，但是，接下来他就有了动作。詹姆斯无奈地将杯中酒一饮而尽，走过去，在协议上飞快地签上了自己的名字。

二

单世昌走了，桌上只剩下一份协议。但留下来的三个人眼里还满满的全是单世昌离去时志得意满的神情。蒙哥马利回望詹姆斯和威尔逊，道："先生们，我们可以坐下来，好好谈谈如何把这盘棋下下去吗？"詹姆斯拿出雪茄分给两人，三个人坐下抽起来。

威尔逊一直没有机会开口，这时候得到了机会，吐了个烟圈，缓缓道："亲爱的蒙哥马利将军、局长先生，我们马上就要和中国人进入一场诉讼了。本人现在担心并着急的是，我甚至还不知道詹姆斯局长和你的代理律师将如何对付这些中国人！"说完了，他的目光看向詹姆斯。詹姆斯却不语，只是大口喷着吐雾。蒙哥马利看一眼他道："我不知道威尔逊先生眼下的主意，可是能猜出詹姆斯局长现在的打算。"詹姆斯一惊，听他说下去。蒙哥马利接着道："我们都知道，你手里其实握有明天到法庭上证明这批中国人正式身份的两份内容相同的证明文书。半年前为了追捕一个叫钟梦长的客家领袖，中国皇室的一位要人来过西马，带来了一份当初登船的中国人名册，那上面并没有一个叫钟梦长的人，也没有现在这个叫华邦彦的人！"詹姆斯吃了一惊，心想他怎么什么都知道。蒙哥马利继续道："但在你自己掌握的那份从失事客船船长身上搜到的船上人员名册中，却有华邦彦三兄弟的名字。局长先生肯定早就知道，这个华邦彦，也就是眼下在西马和南洋传得沸沸扬扬的中国客家领袖钟梦长，和他的两个兄弟，是在那条客船离港后才上的船！"

詹姆斯忽然不明白他要说的是什么了。这个蒙哥马利可是真正的贵族出身，他自己这种从底层打拼出来的草莽官员对他们永远有一种不敢直视的心理。他费劲地理自己的思路，努力回到蒙哥马利谈论的事情上来，忽然就明白了，自己方才并没有更不想真正讨论将要开始的法庭诉讼。他想了一忽儿，觉得终于走进去了，道："其他人都好办，明天在法庭上，我的律师将代表我正式宣布，怡保警局刚刚得到中国官府认可的登船人员名册，所有当初合法登船的人员的身份问题都将随这份文件的到来得到解决。不能解决的只有三个人！"蒙哥马利看他，脸上现出赞赏。詹姆斯感觉到了他的鼓励，思路连贯起来，道："自称华邦彦的钟梦长和他的两个弟弟，他们不在这份法律文件提供的合法登船的人员名单之内。根据我国的殖民地法律，由于他们三人没有合法的身份证明，我们会请求法庭判定他们是真正的非法入境者，并以这种罪名将他们驱逐出西马！"他自己也没有想到，一旦开始想这件事，就突然找到了对付钟梦长和全体中国人的办法，心中大喜，脸上颓唐的神情一扫而光。

蒙哥马利却道："不。即使法庭对华邦彦三兄弟做出了驱逐出境的判决，我们也不能允许他们离开！"威尔逊大惊道："将军，这是什么意思，为什么要把这个随时可能带三万中国人造反的人留在西马？"蒙哥马利冷笑道："威尔逊先生，我的话还没有说完。我认为，不但我们需要他留下，就是华邦彦自己，也想留下！"威尔逊越发不解道："将军，这又是什么道理？"蒙哥马利道："两位尊贵的先生，我现在认为，只要大英帝国的军队一天不能回到西马，我国在西马的统治就需要这个中国人帮我们维持。为达到这个目的，我不会轻易放他走！"

威尔逊摇头道："还是不明白！"

蒙哥马利以与自己年龄不相称的麻利动作掐灭手中的雪茄，回头以更强横的语气道："威尔逊先生，现在有一道题目正考验着我们的智慧，这个题目是，不是华邦彦需要我们，而是我们更需要他，让他留在西马，替我们掌控大局！你一定会明白，掌控了华邦彦，就掌控了全西马的中国人；掌控了全西马的中国人，一直不甘心接受大英帝国在西马的殖民现实的苏丹阿里·拉希德就不敢单独造反！"威尔逊和詹姆斯迅速对视一眼，现在他们两人才明白，在促成英国警局和客家人谈判的事情上，蒙哥马利将军和他们的想法有着极大的差异。"现在的问题是，怎么样才能借助这样一场中国人自己要的诉讼，让我们达到这个目的？"威尔逊觉得自己可以放心了，因为他要的只是诉讼，有了诉讼他的矿山就保住了，于是一时间脸上对蒙哥马利将军现出了钦佩的表情。詹姆斯一直没有说话，像是在考量蒙哥马利的话对于自己和英国警局是利是弊，突然，他开口了："啊，威尔逊先生，有件事你和将军阁下都还不太了解。本局长已经和法庭达成默契，只要不出现意外，法庭将依旧以非法入境判决华邦彦有罪，同时判他入狱服刑而不是当即释放！"

威尔逊大声反对，因为这个判决有可能再次引发中国人的暴动。詹姆斯又道："威尔逊先生，有件事本局长要知会你，明天法庭一旦对华邦彦三兄弟做出判决，华邦彦三兄弟的服刑地点还是你的矿山！"威尔逊更加激动了，道："不！这件事你没有和我协商，我不会答应的！"蒙哥马利道："威尔逊先生不要激动。我以为詹姆斯局长这么做，对你并不是一件坏事！"威尔逊举了举手，道："这话怎么解释？"

蒙哥马利又自己点上了一支雪茄，道："威尔逊先生和这位化名华邦彦的中国人，已经是老朋友了。虽然英国法庭将他判为罪犯，让他去你的矿山上服刑，但是威尔逊先生也可以灵活执行这项判决，譬如说不把他当犯人对待，你甚至可以让他代替你的人管理矿山上的华工。这样做不是比你的人用枪逼迫他们做工更简单，也更轻松吗？"威尔逊频频摇头道："不不不。我担心的不是这个。我担心的是这样的判决会让全西马的中国人不满，暴动还是会举行，而我的矿山仍将首当其冲！"蒙哥马利道："不，威尔逊先生，我认为，只要有了诉讼，就不会再有暴动！"

威尔逊真正惊奇了，道："为什么？将军怎么敢肯定——"蒙哥马利望一眼詹姆斯，回视威尔逊道："请问威尔逊先生，三万中国人如果执意要举行暴动，你、我、局长先生真能够阻止他们吗？"威尔逊想了想，摇头。蒙哥马利道："这就对了，事情进展到今天，会出现眼下这样的局面，我们应当感激一个人，他就是钟梦长本人！是他替我们阻止了这场有可能将全西马燃成一片大火的暴动！"威尔逊更激动了："将军，我不明白，为什么？"蒙哥马利脸上现出了沉思的表情，冷笑道："因为什么，我并不十分知道，唯一知道的是他现在异常迷恋英国的法律。我得到的报告是，哪怕在准备暴动期间，钟梦长也没有中断对英国法律的阅读与学习。我现在大体上认为，是英国的法律制度本身，不，是我们大英帝国创造出的全新的文明，深深地吸引了这个人……他非常可能是被这种可以通过诉讼而不是通过流血就能让中国人得到公正判决的前景深深地迷惑了。局长先生，既然这样，我们为什么不充分利用一下这个年轻人的迷惑呢？"

詹姆斯眼睛一亮，他终于有点明白过来了，道："将军的意思是……？"蒙哥马利笑意更浓了，道："继续加大对他的迷惑，让他坚信他现在选择通过诉讼而不是通过暴动寻求公平与正义的路是对的！等候我们战无不胜的远征军回归西马，那时，我们将一举扫荡所有威胁我们在西马的统治地位的中国人和土著马来人！"詹姆斯和威尔逊对视良久，终于明白他在说什么，心悦诚服地点起头，笑起来。

威尔逊已经抽完手中的雪茄，惦记着矿山的事，回头取下帽子和手杖，起身告辞。他刚刚离开，汉斯就一脸惊慌地走进来，道："局……局长先生，汉斯有事要报告！"詹姆斯一惊，脸色一变："怎么了，矿山那边又出事了？"汉斯喘气道："我们的人把中国人的暴动计划全部侦察清楚了。第一步，他们已经在威尔逊先生的矿山上到处埋下了炸药和可燃物，只要我们的警队和大英帝国的军队进入矿山，它们立即引爆整座矿山，将每一条矿洞变成我们的人的坟墓！"蒙哥马利闻言，迅速看一眼詹姆斯，目光警惕起来。汉斯又道："第二步，将威尔逊先生的矿山变成一片火海只是一个信号，全西马的客家人看到这个信号，会立即开始大暴动。他们的第一个攻击目标，就是怡保警局！"詹姆斯听了，脸色陡变，不看蒙哥马利，腮帮子也抖起来。

蒙哥马利挥手让汉斯离开，看詹姆斯，意味深长道："局长先生，本人作为大英帝国驻西马殖民地的最高军事长官，有权醒你，不要意气用事，一切要以大英帝国的利益为重。我告辞了。"詹姆斯回头，满眼泪光道："将军，你的军队回师西马后，打算怎么对付这个人？"蒙哥马利头也不回，斩钉截铁道："他是大英帝国在西马和整个南洋最危险的人，立即从肉体上消灭！"

三

黄昏，威尔逊矿山下，英国警队撤除了封锁线，整队跑步离开。矿山入口处的路障和阵地后面，一华工爬上路障，大叫道："英国人跑了！我们胜利了！"梦成带众人登上路障，大声欢呼："胜利了！我们胜利了！"大家抱在一起，又叫又跳，欢欣无限。梦成急对一名华工道："快去报告我大哥，说英国警队撤了！"华工转身跑下去。

梦长和众人正在矿区小楼的地下室里等候消息，这里已经成了矿山暴动的指挥所。听到报告，他立即对众人道："既然英国人开始执行协议，我们也撤。"说完命令来报的华工："告诉我们家老四，拆除路障，撤出阵地！"大个子叫道："我反对！"梦余等人也随声附和。疤脸刘松龄则深深望着梦长，不说话。梦长道："鸟无翼不飞，人无信不立。为了让英国人相信我们言出必行，我们还要释放所有人质，将缴获的武器发还给他们。"

刘松龄看梦长道："华家大哥，你现在是我们的盟主，我就叫你盟主吧，盟主真的不担心他们重新拿回枪支，会对我们不利？"梦长道："即使他们拿回枪支弹药，也只有二三十人，我们手里有自制的武器，几百人仍然能控制矿山上的局面。"疤脸想了想，道："盟主，你要是下了决心，那就一定有道理，我们照办。但大家也要有些准备，就是他们真的翻脸不认人，我们也要有办法应付。"梦长终于摊

客家人

出了自己的底牌，安抚大家道："为了应付不测，我已经让邦杰带人做了安排。另外，在释放所有人质并将枪支发还给他们前，我要再和矿主威尔逊谈判。如果他的人做出对我们不利的行为，我们就立即中止协议，彻底炸掉矿山，号令全西马的客家人立即起义！"疤脸道："盟主，我是担心，英国人现在答应和我们上法庭诉讼，只是在行缓兵之计，用这个办法阻止我们揭竿而起。万一哪天英军结束了在缅甸的战争，大批开到西马对付我们，我们怎么办？"

众人笑容落去，都神情严峻地看着梦长。梦长想了想看大家道："英国人征服缅甸，然后还要在那里建立殖民秩序，没有三五年时间是办不到的。而我们坚持和英国人用英国法律在英国法庭上解决纠纷，并不是要动摇英国人在西马的统治，事实上是在帮他们维护统治。即使三五年后英军回到西马来，也没有任何理由对我们大开杀戒。几百年了，客家人下南洋，并不是要占有别人的土地，而是要在和当地人民共同开发这里的资源的过程中和他们一起通过劳动致富。对于我们这代人来说，下南洋的目的不只是要积聚财富，聚拢队伍，积蓄力量，等将来时机成熟回去解放我们的国家，我们还有更大的目标，那就是要摸索到一条和过去的路不一样的新路，通过这条新路光复中华！如果英国人明白了这些事，他们就不会再怀疑我们在西马的存在和他们的利益相冲突。事实上，我们正在向他们学习如何在这个全新的世界上做到适者生存。他们真要那么做，就是在毁坏自己的利益！"

这一番话说下来，众人都愣着，半天谁也不说话。刘松龄见状道："盟主的话并没有说完。就是真到了那一天，我们在西马的人也只会多，不会少。现在整个南洋都传遍了，河洛十族新一代盟主钟梦长到了西马，盟主虽然不是钟梦长，可只要我们含糊其词，让大家觉得他就是钟梦长，赶到西马投奔盟主的客家人一定越来越多。三五年内，只要我们的人增加到八万到十万，西马就到处都是我们的人。常驻西马的英军最多时不超过两千，他们就是想做什么，我们也不怕！"

众人依然在沉思。大个子道："我不知道你们说的是不是有道理，我也想不明白，反正我跟着盟主，你说这么办好，就这么办。"梦长对疤脸道："仁宝，还有一件事需要向弟兄们说清楚，我们既然答应通过英国法庭解决我们和怡保警局的纠纷，就要接受英国法庭的判决，不能反悔。现在英国人为了阻止大暴动的发生，一定会自己拿出证据，告诉我们中的人谁是猪仔，要继续留在威尔逊矿山上做苦工，另外一批人则将作为非法入境者被驱逐出境。你们俩当初是卖了猪仔的，现在就要去说服和你们一样要留下来的乡亲，无论如何都要接受判决！"大个子吃一惊，大叫道："盟主，你说什么！万一英国人在法庭上宣判，猪仔还是猪仔，不是猪仔的就自由了，你不会只顾自己，不管我们了吧！那我可不干，我和我叔本来不是猪仔，我们是为了……"他看一眼疤脸，不再说下去，回看梦长道，"到时候就是逃跑，我也要跟你走！"

疤脸也道："盟主，你要是想在判决后离开西马，恐怕没有人会接受判决，留在威尔逊的矿山上做猪仔，他们担心英国人会把他们全害死。"梦长沉吟有顷，道："告诉大家，无论英国法庭做出怎样的判决，我和老四老五都不会离开西马，离开怡保。我们原来是要去婆罗洲亲戚家的种植园的，可是现在，听说那里已经被人焚毁了，所以除了留在西马，和大家在一起同生死共患难，我们也没有别的地方去！"众人听了，都兴奋起来，叫道："原来是这样！太好了！"

大个子又道："哎，你是不是想以自由矿工的身份留在威尔逊矿山上，跟我们在一起，保护大家？"梦长看刘松龄道："刘叔，我的心事你知道！"刘松龄看众人道："各位，盟主真正的想法是想像当年的客家前辈陈玉铭先生那样，留在西马做大港主，积聚财富，成为南洋最有钱的中国人。同时，他也想留在西马，和大家一起，继续寻找到那条能救中国的新路！"

梦成忽然走了进来，道："大哥，单大叔从英国法庭回来了。"梦长连忙起身，迎出去。

四

单世昌走进来，一叠声地嚷嚷道："渴坏了渴坏了！累死我了！"梦长亲自给他倒水，一边问道："大叔，怎么样？"单世昌将一大碗水一饮而尽，抬头看了看众人。疤脸会意，对大家道："我们走吧！让盟主和单大叔谈。"众人离开，梦长让刘松龄留下来。

待梦成最后一个关上门离开，梦长急问："单大叔，说吧，英国法官是怎么说的？"单世昌道："啊，英国法官当面对我说，审判定于三天后上午十时举行，不再延期。又说他们已经接到了英国驻西马最高军事长官蒙哥马利将军的命令，将军要法庭必须严格遵守英国法律，来审理这个案件，并做出公正判决！"梦长大喜，见单世昌脸上并无喜色，道："怎么了大叔，你好像并不是很高兴？"单世昌欲言又止。刘松龄笑道："老单，你怎么了，平常你可不是这样。"单世昌还是不说话。梦长笑着鼓舞他道："大叔，有什么话你都痛快说出来，我们已经把西马的天捅了一个窟窿，现在还怕什么！"单世昌终于开口道："其实也没有什么，就是有一种担心，觉得这一次他们答应得也太痛快了，有些反常。我怕三天后华家大哥和我一起进了法庭，他们突然变卦。"梦长明白了，道："原来大叔是担心他们同意进行诉讼是要设一个圈套，在法庭上把我们俩抓起来。"单世昌想了想道："这件事情太顺利了，顺利得我都有点不敢相信。华家大哥，老刘，到了那一天，不会出现什么意想不到的事情吧？"

刘松龄道："你还想到了什么意外的事情？"单世昌又看梦长道："对了华家大哥，我另外的一个担心是万一法庭的判决与你我原先的想象大不相同，怎么办？我们，不，主是要你，仍然愿意接受吗？"梦长沉思道："大叔，我也想到过可能出现我们现在还想不到的判决，但即便如此，只要没有违反英国法律，我仍然接受！"单世昌顿时现出释然的表情，道："要是这样，我就不担心了。"梦长看他真是疲惫了，感激道："大叔，这些天你辛苦了，本来该让你好好休息，可是不能。明天还得请你去回复英国法官，三天后我们会准时到庭。啊，大叔，到了法庭上，就全靠你了。"

梦长和刘松龄送单世昌出门，梦成疤脸大个子梦成梦余等都走回来。梦长脸上又现出了沉思的表情，回望刘松龄道："刘叔，你觉得还有什么事，是我们现在就应当想到的！"刘松龄半晌不语。梦长见刘松龄不说话，心中一动，看众人道："这件事我决定了！就是有再大的危险，也要去走走这条我们从来没有走过的路，不然永远都不会知道它是不是真正走得通！"他沉吟了一下，"如果真发生了意外，本盟主的指挥权照原计划自动移交给邦杰，他将率领全西马的客家人在这块土地上争取我们生存和发展的权利！"梦成眼中涌出了泪光。

刘松龄突然看梦长道："盟主，我想下山一趟！"梦长点头道："好！"又看梦余："你陪刘叔下山。"刘松龄摆摆手道："这个不用，我一个人目标小，没有人会注意到我。"梦长也不坚持，道："好。刘叔小心！"刘松龄点头，众人看着刘松龄一个人离开。

当天，虽然人质被释放，枪支（只是没有子弹）也还给了印度矿警队，华工们仍然牢牢控制着矿山。晚上，梦成疤脸都要梦长抓紧时间小睡一会儿，以恢复精力，梦长刚刚进入梦乡，突然就听到了来自远方惊天动地的喊杀声。他以为是英国人又杀了回来，惊跳起来，冲出山洞，疤脸大个子梦余也听到了呐喊声，拿起武器随他奔了出去。

梦长带众人登上山顶，眺望山下，只见远处一座马来山寨里，一座座竹木建筑的房子正在熊熊燃烧。隔着很远的空间，他们仍然能看到众多马来女人孩子拼命呼喊着，仓皇逃出山寨。接下来，他们居高临下地看到了另一幅残酷的图景：被大火映亮的寨子里，两拨马来武士互相拼杀起来，其中一拨人力量更强大也更凶暴，另一拨抵挡不住，留下众多尸体落荒而逃。胜利的一方并没有停止屠杀和焚烧，他们将从寨子里搜出来的老弱妇孺一个个斩首，将所有的房子点燃。梦长久久站立，远望这一切，眉头紧皱，不发一语。疤脸忍不住回头看单世昌道："老单，你是西马通，快说说这怎么回事？"

单世昌叹气道："说来就话长了！"大个子道："你就别卖关子了，有话快说。"单世昌不理他，看梦长道："怡保本地的苏丹阿里·拉希德，有一个兄弟，住在山那边，名叫马苏里·拉希德。哥哥是长子，继承苏丹之位时弟弟还很小，其实弟弟是哥哥养大的，弟弟长大成人后，哥哥分给了他一大片领地。本来两弟兄一直都很和睦，但是怡保的英国人为了占有更多矿山，先是和阿里·拉希德谈判，他们的条件非常坏，等于白白拿走人家的土地，人家当然坚决不干，他们就回头挑唆马苏里·拉希德的儿子，名叫乌斯曼，鼓动他父亲和自己的伯父争夺苏丹之位。弟弟有英国人暗中支持，势力大，胆气壮，哥哥老了，有一个女儿叫玛塔，儿子还小，斗不过乌斯曼。这乌斯曼还有一个念想，不但要占有伯父的全部领地，将来成为苏丹，还要娶自己的堂妹玛塔公主……瞧，这不，弟弟的人马干脆杀进哥哥的山寨来了！"众人听了，都生起气来，嚷嚷："又是因为英国人！""原来这些马来土著人的日子，比我们还坏！"疤脸回视梦长，梦长虽满腔怒火，却只是不语。

山下忽然传来了连绵的枪声。疤脸叫道："枪声！只有英国人才有火枪，不会是英国人自己参战了吧！"单世昌摇头道："不会！一定是英国人将火枪卖给了乌斯曼，让他对付自己的伯父和堂妹。哎呀这下可坏了，要是仅凭大刀长矛弓箭，乌斯曼一时半会还灭不了伯父的部族，可要是有了枪，就难说了。"梦余愤怒道："这是什么世道！在中国是这样，到了南洋还是一样，谁手里有家伙，谁就能明火执仗地欺辱人！"大个子看梦长道："盟主，这种事咱们该不该管？"梦长一直无语，这时猛然大声道："都跟我回去！"众人不解地看他，他却已经转身大步离去。

所有人都原地站着不动，看着梦长离去。大个子喊道："盟主，我受不了了！要是在家乡，就是我一个人，也要去打抱不平！"梦长一路走下山去，越来越远。单世昌道："好了好了，你们的盟主已经走了。我说诸位，我看你们的盟主是不想管马来人的事。人家家里闹家窝子的事儿，咱们绝对不参与！大家还是回去睡吧，三天后我们还有自己的大事哪。"

众人愤愤然往山下走。大个子边走边回望马来山寨的火光，嘀咕道："可是看着一方受欺负，我心里还是不好受。"没有人理他，他一脚踢到身边的树上，疼得抱住脚叫起来。

五

怡保英国法庭位于怡保警局的隔壁。这是一座英国风格的大房子。审判已经开始。在审判长和陪审员席的下方，一侧被告席后面，坐着怡保警局的代理律师，另一侧的原告席后面坐着单世昌和原告一方的代表梦长。梦成梦余疤脸大个子等一干人坐在旁听席一侧，旁听席的另一侧是威尔逊大卫等众多英国人。蒙哥马利将军也坐在他们中间，今天他换了便服，用一顶英国草帽半遮住自己的脸。旁听席后面坐满了各色各样的怡保居民：马来人、华人和英国人。这场从没有过的诉讼早已轰动了整个西马，令这座审判大厅里座无虚席，连过道里也站满了人。

法庭内正回响着一片窃窃私语。审判长敲法槌道："肃静！请被告怡保警方的律师宣读一份关键证据！"法庭内安静下来，被告律师起立道："各位法官阁下，陪审员先生，作为大英帝国怡保警察当局的律师，本人首先提请各位注意，我们在这里进行的诉讼不仅事关半年前一批进入大英帝国西马殖民地的中国人的身份认定和他们的前途，更事关这个星球上不同肤色、不同种族、不同宗教的所有人类的天赋人权。因此，虽然本人是被告一方的律师，但仍要代表怡保警方，向各位出示一份刚刚从中国官方得到的、半年前由始发港中国汕头港记录的遇难客轮'南洋号'的合法登船人员名单。同时，本人还要代表怡保警方将它与不久前一位中国要人带来的同样一份来自'南洋号'始发港的登船人员名单出示给尊敬的法官阁下和陪审员先生，并对两份名单进行对比。"他接着又拿出了第三份文件，"我这里还有第三份证据，可以证明这两份名单的中国人应当在这个法庭上重新获得合法身份。这份证据就是我们的一位尊贵的英国公民、一位绅士，也即坐在后面旁听席上的矿主托马斯·威尔逊先生当初与中国蛇头签订的购买契约矿工——中国人称之为猪仔的合同正本。本律师以为，有了这三份可以相互证明的合法文件，目前由原告向被告一方提起的诉讼中有关这批中国人的真实合法身份将不言自明。我现在请求法官阁下准许我分别宣读这三份文件的内容。"

审判长点头道："请求被准许。"被告律师开始宣读手中的文书，道："为了节省时间，我只念这份文件上的契约华工的名单：张德广、马向文、裘守义、方仁宝、方义增……"

旁听席上，大个子捅捅疤脸道："叔，听见了吗？我们在里头呢！"疤脸道："别说话，往下听。"

被告律师放下手中的最后一份文件，道："尊贵的法官阁下，各位陪审员先生，我方要出示的三份文件宣读完毕。"审判长对单世昌道："原告律师，请对被告方出示的证据发表意见！"单世昌激动起来，欲站起发表反对意见，梦长扯住他，与他耳语。审判长又催道："原告方发表意见！"

单世昌站起道："尊贵的法官阁下，各位陪审员先生，作为原告的代理律师，我只能表示遗憾，因为我的委托方的代表，也就是我身边这位尊贵的中国gentleman，他要我违背自己的诉讼意愿，代他向法庭宣布，他们承认被告律师宣读的三份文件的真实性，并认可它们合法有效！"

法庭内起了一阵喧哗："原告承认被告提供的证据合法有效，那还打什么官司！"审判长敲法槌道："如果原告一方不能就本案提供新的证据，下面进入法庭辩论阶段。原告律师。"单世昌站起，神气活现道："尊贵的法官阁下，各位陪审员先生，我想提请法庭注意的是，在被告律师方才提供的三份物证中，都没有原告代表华邦彦先生和另外两位年轻先生华邦杰和华邦雄的名字。作为原告律师，本人认为这是有责任向法庭举证的被告方的极大疏漏，而且不排除这是一种诉讼策略，甚至是一种诉讼陷阱，想置我的委托人于有罪的境地。按照谁提告谁举证的规则，如果怡保警方认定我的委托人和另外两位不在名单之内的年轻先生仍然是非法入境，就请被告方提供像方才证明其他人不是非法入境同样真实可信的证据。本律师提请法官阁下和陪审员先生注意，如果被告方拿不出证据，本诉讼代理人将据此提请法庭，判定被告认定不在对方上述三份物证中的我方三名当事人属于非法入境为无效，并当庭宣布三位当事人为自由人！"旁听席上，疤脸大个子等人热烈鼓掌，众马来人和旁听的华人也鼓起掌来。

审判长敲法槌喊道："肃静！被告律师！"单世昌得意地坐下。被告律师站起道："我的主要意见是：恰恰因为我方刚才已向法庭出示了三份原告方也已认可的物证，我方已经履行了自己的举证责任。遗憾的是，三份真实且有法律效力的物证中均没有记载原告方诉讼代表华邦彦先生和他的两位胞弟的名字。这也从相反的角度提供了证据，说明当'南洋号'离开始发港时，这三位先生不在船上。本方提请法庭严重注意，如果三份真实有效的文件都不能证明这三位先生在这条船上，那么他们是不是非法入境就是很容易做出判断的事情了。本律师还要提请法庭严重注意，如果后来他们出现在这条船上，那他们登船的方式就是可疑的。可以断定，他们并不是用合法手段上船的。由此也就可以断定，他们和刚刚宣读的名单中的中国人不同，这些人是合法进入西马的，他们则不是。当然，还有一种可能，'南洋号'从出发直到在西马外海发生海难，华邦彦先生和他的两位弟弟根本就不在这条船上。那么我们更要问一声，他们是怎么进入西马的。直到今天，他们仍然拿不出进入西马的合法身份证明。如果连这样进入西马的中国人也不算非法入境，还有谁以什么样方式进入西马是非法入境呢？"

法庭上响起一片喧哗。众多英国人热烈地为被告律师鼓掌，叫喊："对！是非法入境！有道理！"旁听席上的中国人和马来人都不鼓掌，担心地望着梦长和律师席上的单世昌。被告律师发言时，单世昌几次要站起来，都被梦长挡下。

梦成和梦余相视一眼，相继匆匆走出法庭。

六

法庭上正在响起一片掌声。旁听席上的英国人都在为方才被告律师的成功演讲兴奋，大力鼓噪，相反，旁听席上的中国人和马来听众却保持着肃静，神情严峻。所有人都注意到此时原告席上，原告律师单世昌正低声跟梦长激烈争论着什么。

法庭外，梦成正要带梦余走回去，身后街道上响起了急骤的马蹄声。两人回头望去，一辆马车驰来，玛塔赶车，车上人是艾玛和刘松龄。梦余惊叫道："那不是刘叔吗？"梦成目不转睛地望着玛塔，梦余道："刘叔怎么来了？赶车的是谁，好眼熟。"梦成猛然想起赶车的人是谁，吃惊道："她怎么来了！"

马车已经在法庭门前停下来，刘松龄下车，对梦成点一下头，问："判了吗？"梦成道："还没有，快了！"两人来不及多说，刘松龄就转身向法庭走去，因为玛塔已经率先走过去。一法警挡住了她。玛塔叫道："让开，我们要进去！"法警摇头："我奉命不能再让任何人进去了！"梦成上前道："为什么不让我们进去，在里面打官司的就是我们？"梦余也道："我们刚刚从里面出来的！"法警还是一脸不愿通融的表情。玛塔突然对他说了一句马来语，道："我是本地苏丹的女儿玛塔公主，他们都是我的人，我必须进去！"法警看了看梦成，也对她说了一句马来语。玛塔点头。法警不情愿地让开路，众人随她走进法庭。

玛塔走进法庭的第一刻即引起了轰动。众多马来人立即站起，对她行垂首礼，还把大片座位让出来，法庭上的英国人也都回头注意到了她，相互窃窃私语。玛塔的目光则从这一刻起就注意到了原告席上的梦长。刘松龄适时对她示意道："公主殿下，请前面坐。"玛塔点头，走到最前面一排座位中坐下来，神情紧张地扫了一眼法庭上的情景，目光马上又回到梦长身上。

审判长大力连续敲击法槌，怒道："肃静！肃静！法警在哪里！维护法庭秩序！"一小队法警出现在法庭里，持枪面对旁听席上的中国人和马来人。法庭上气氛大为紧张，却也因此安静下来。疤脸等人都攥紧了拳头，大个子则悄悄从身后摸出了一把自制的匕首。这时原告席上梦长站起来，对审判长道："审判长阁下，我能发言吗！"一时间，法庭内所有人的目光都投向了他。

审判长对梦长道："华邦彦，你要自己代表原告方发表辩护意见？"单世昌急忙站起拦阻梦长道："不不不，本律师才是原告方的代理律师！"他一边低声激烈地对梦长说了些什么。梦长摇头，对他坚决地说了些话。单世昌脸上现出无奈的表情。

审判长看梦长道："华邦彦，法庭准许你自己代理原告方发表辩护意见！"梦长道："谢谢审判长阁下。各位法官、陪审员先生，我叫华邦彦，既是本案原告方的的代表，也是方才原被告双方发生最大争执的对象之一。"法庭内这一突发的情况让一直藏在法庭旁小房间里的詹姆斯坐不住了，干脆悄悄溜出，隐身在陪审员席后，注视着梦长，想亲耳听清楚梦长要讲什么。

客家人

梦长道："尊敬的法官阁下，陪审员先生，今天来到法庭旁听的各位中国的、英格兰的、马来亚的先生和女士们，在本人正式陈述自己的辩护意见之前，我首先想对本法庭，对怡保英国警察当局、詹姆斯局长本人，以及率领大英帝国军队驻防西马来亚的蒙哥马利将军，表示衷心的尊敬和感谢！"众英国人吃惊不小，面面相觑，不知道他为什么要说这些话。梦长接着道："各位尊贵的先生，你们一定非常惊讶，作为诉讼一方的代表，我为什么首先要对这个法庭、对主持与参与审判的各位先生，对怡保警局、詹姆斯局长和蒙哥马利将军表示感谢。理由非常简单，因为你们接受了我们的诉讼要求，为我们这些来到西马谋生的中国人，进行了今天这样一场诉讼。"说到这里他停顿了一下，似乎是想观察一下这番话会在现场引起怎样的反响。一时间法庭静得没有一丝声响，几乎所有人都被他的话震惊了，每个人都在沉思。

一英国矿主在陪审席上大叫起来："Why（为什么）？"他这一声喊显然表达了所有人心中的疑问。梦长听懂了这句英语，转向对方道："这位先生问Why。我的回答是，因为这场诉讼，无论对于我们还是对于你们，都是历史上的第一次。英国人和中国人，将来还会有马来人，用诉讼的方式而不是用武器和暴力解决我们之间的纠纷。这是第一次，但我希望不是最后一次！"

法庭上现出了瞬间的沉寂，随后，一个人带头鼓掌，那是旁听席前排就坐的玛塔。一侧旁听席上，雷鸣般的掌声随着她响起来。另外一侧，蒙哥马利看一眼身后的威尔逊，示意所有的英国人鼓掌。最后，连陪审席上的英国矿主也有人跟着鼓起掌来。

审判长敲法槌道："肃静！原告继续陈述辩护意见。"法庭上恢复了安静。梦长道："谢谢审判长先生！我接着说完刚才的话。正是因为有了这场诉讼，我对大英帝国今天的强盛，尤其是她对西马殖民地的治理方式，产生了全新的理解和看法，同时也生出了莫大的尊敬！大家会觉得这两件事风马牛不相及，但在我这个中国人看来，这件事的意义非同小可。大家都知道，我们这些中国人之所以会和怡保英国警局发生此次争执，起因就在于一场发生在海上的灾难，先是一伙冒充海盗的贼人用大炮轰击了我们的船，后来我们又遭遇到了台风，这一切共同造成了我们乘坐的客船'南洋号'的倾覆，让本来具有合法身份证明的我们成了没有身份的人。我要指出的是，怡保警局最初对待我们这些不幸的人的方式并不像今天这么公正，他们对我们的态度是粗暴无理的。我们这些在国际法上理应享有难民身份的人被当成非法入境者，先是被扣押，接着被关进威尔逊先生的矿山做苦役。当时我们之所以愿意接受这种非人的待遇，是因为怡保警局答应在半年内从国内搞到我们的身份证明。但事实上他们并没有履行自己的诺言。后面发生的事情大家都知道了，为了重获自由，我们被迫在威尔逊先生的矿山上举行了小规模的暴动，目的从一开始就是为了促成今天这场诉讼。说实话，开始的时候，就连一力主张用诉讼解决这次事件的我本人，也没有多大把握认为被告方会接受我们的提议。但让我方惊喜和欣慰的是，对方接受了！"场内再次热烈鼓掌，经久不息。审判长不得不再次敲法槌道："肃静！原告继续陈述辩护意见。"

梦长等待掌声全部落下去才继续道："当然，有人说被告一方之所以愿意接受我们的诉讼请求，是因为西马的力量对比对中国人有利。但我在这里仍然要说，即便真是如此，我们也要深深表示感谢。原因仍然简单：如果对方不接受，无论是原告一方还是被告一方，接下来都将面对一场大规模战争，无数人会死亡，尸骨遍野，血流成河。我还相信，战争会引来战争，即便一代人的战争结束了，仇恨仍会像种子一样在活下来的人心中生根、开花、结果，向后代人传递，战争将会无休无止。"他又沉默了一瞬。整个法庭鸦雀无声。

梦长直接面对后方旁听席上的英国人道："但是你们没这么做，你们今天在这里和我们进行了一场诉讼，以大英帝国的法律而不是枪弹和刀剑为准绳，以双方可以提供的证据为依据，解决我们之间的纠纷。而且就方才的辩论结果看，我方的诉讼目标大部分已经实现。我要再次感谢詹姆斯局长和怡保警局，主动提供了两份可以相互参照的始发港登船人员名单，使我们这些人中除了我们三兄弟外都有了合法身份。我期待着法庭作出最后判决时，能够让它们变成判决本身。在这些人中间，不属于威尔逊先生契约劳工的人将会被立即释放，恢复自由人身份；属于威尔逊先生契约劳工的将留在矿山上履行自己的合同义务，同时我还想请法庭当众宣布，在两年合约期满后，他们也将自动成为自由人，威尔逊先生不得以英国法律没有准许的方式继续扣押他们为自己的利益服务！"旁听席一侧，中国人和马来人听众中间再次爆发出热烈的掌声。另一侧，众英国人望着蒙哥马利，见他也有气无力地鼓了一下掌，每人也跟着敷衍似的鼓了几下。

良久，掌声再次平息。梦长道："审判长先生，下面的话是说给法庭和怡保警局以及在场的所有英国绅士听的。如果今天的判决能够成为现实，它还会结出另一个果实，这是你们想不到的。这个果实就是让我这样的中国人——在西马有三万我这样的中国人——从此不会再有理由怀疑我们现在置身的这个法庭里尊敬的法官和诸位陪审员先生，当然最主要的还是英国法律的真实和公正，这个果实就是所有这一切——英国法庭、法官、法律——会从现在起赢得我本人和来西马谋生的广大中国人的尊重和信任，相信它们会在今后的日子给予我们法律的保护和公正！"旁听席一侧，蒙哥马利将军突然带头鼓掌，众英国人怔了一下，跟着附和，但这一阵掌声很快就结束了。梦长继续说下去："今天这场诉讼还让我这个中国人清楚地认为，英国之所以强大，可能不仅仅因为你们拥有坚船利炮，强大的工业革命支撑的生产力，以及支撑起它们的科学的力量，更大的可能，还因为你们拥有今天这样的法庭和法律，你们以它们为基础创造出了一种新型的社会秩序！"现场再次变得鸦雀无声。

"各位尊敬的先生们，在这个世界上，再强大的军队也只能以武力服人，但是一旦拥有了今天这样的法庭和法律，并用它创造出全新的社会秩序，后者就可以重新塑造人与人的关系，重新塑造整个社会，最后是最大程度地征服人心，重新塑造一个国家。我之所以要这么说，是因为我认为自己今天终于发现了英国所以能够强大的更深刻的秘密，这个秘密根本不是坚船利炮，而是用法律和建立在法律上的公正治理国家，包括殖民地这样一种方式。我们之所以也对这样的方式满怀敬意，是因为像你们一样，中国人也不想要战争！"

一名英国矿主在旁听席后方大声喊起来："你说完了没有，你说得够多了！"梦长远远地看他一眼，大声道："我就要讲完了。我最后想说的是，我衷心希望今天这个第一次，不会是唯一的一次，也不会是最后的一次。我衷心希望以后它会成为解决我们之间所有纠纷的方式。如果真能这样，你们英国人就在西马这块土地上，建造了一个不同于过去我们见过的世界的真正的新世界。我本人热烈地欢迎这样一个新世界，因为它更接近于我们中国人世代向往的那个天下。"

又一名英国矿主叫起来："中国人世代向往的是什么天下？"梦长道："天下为公的天下！以仁政为本的天下！天下大同的天下！虽然不是人和人都享有同样的物质财富，但法律上的人人平等，也是一种天下大同。"这一次，就连刚才一直没有鼓掌的后排英国人也热烈地鼓起掌来。

审判长也不觉鼓了两下掌，待掌声落，敲法槌道："原告，虽然你方才发表了美好的讲演，但现在法庭辩论的焦点已经变了。法庭辩论的不再是那些已被被告方提供名单确认了合法身份的人，现在的焦点在任何一份名单上都没有记载的你们弟兄三人身上。请你就目前的诉讼焦点发表意见。"众人再次把关切的目光集中投向了梦长。

梦长坦然道："至于我们三兄弟的名字没有出现在被告方提供的三份名单上的原因，我不想再有所隐瞒。在这个已经获得了我信任的法庭上，我愿意讲出全部真相。"

七

法庭上响起一片惊愕的声音。梦余扯一把梦成，道："大哥是不是疯了，他想说什么？"梦成恨恨道："大哥的脑子早就坏了！不管怎么样，等会儿照计行事！"梦余还要说话，被旁边的人制止。众人听梦长又道："事情的全部真相是：本人华邦彦，既拥有中国公民身份，又拥有荷兰人在婆罗洲颁发的自由华人护照。我的弟弟华邦杰，拥有同样一份荷兰护照。只有最小的弟弟邦雄，因为年龄小，只有十二岁，又是第一次随我们从家乡下南洋，没有护照。"

被告律师站起道："审判长阁下，本律师以为，原告讲的不是事实，他正在编造童话！"梦长直接转向被告律师，严肃地道："我方才说过，今天这个法庭已经用它的表现赢得了我的尊敬，我的发言只讲事实。事实是，我刚才讲的两份护照的事不是假的，它是真的，不幸的是，它们在海难中遗失了！"现场再次响起英国人狂乱的嘘声和口哨声。

被告律师神气活现地举手，得到允许后起立道："尊敬的法官阁下，陪审员先生，现在我们走到了风景的中心，童话的中心，还是一个谎言的中心。虽然是中心，但也是它的终结，童话到了这里，突然就结束了，灰姑娘和王子，青蛙和小矮人，森林中的小房子，全都一下子消失，因为什么？一场海难！这就是这位自称为华邦彦的中国人编造的谎话的全部！"他做戏一般摊了摊手，法庭上的英国人再次响起快意的喧嚣，所有的中国人和马来人则气愤不平，沉默地望着他们。

审判长又敲法槌，法庭上重新安静。被告律师接着讲下去："现在我们大家已经明白了，华邦彦先生和他的两个弟弟根本就没有什么护照，他们就是彻头彻尾的非法入境者，理应受到和别人不同的对待，譬如说，依照大英帝国的法律，判处他们三人非法入境，然后入狱服刑，以维护大英帝国西马殖民地的秩序和英国法律的尊严！"

法庭上响起了英国人震耳欲聋的叫喊和快意的掌声。审判长道："肃静！原告，你能拿出证据，推翻对方律师的推论吗？"梦长想了想，坦诚道："我拿不出证据，因为那两份护照，确实在海难中遗失了。"单世昌又要站起来，想想自己已经没什么可说的，泄气皮球一样瘫坐下去，自顾自地嘟哝："完了完了，平生头一场官司就玩砸了！"被告律师用得胜的目光看审判长道："法官阁下，事实已经非常清楚，法庭辩论可以结束了！"

审判长宣布道："法庭辩论结束。原告，因为你拿不出证据支持自己的辩护意见，本法庭依照英国殖民地法律，只能遗憾地判处你和你的两位兄弟非法入境。你们将因此受到法律的制裁。对于本法庭的判决，你和你的兄弟接受吗？"单世昌站起道："不，这样判决不公平！"梦长将他按回在座位上，站起道："审判长先生，虽然这种判决从本质上来说不公平，但只要判决不违背英国法律，我们愿意接受！"法庭上又变得鸦雀无声，所有人都用惊讶的目光望着梦长，这个中国人身上表现出的对英国法律的尊敬让每个人尤其是在场的英国人诧异不已。

就连审判长也似乎被迷惑了，他迟疑了一下，看梦长道："啊，这是不正常的……本审判长想知道的是，为什么你愿意接受你认为从实质上来说不公平、但在法律层面上来说是公平的判决？"梦长平静道："因为我认为，即使是这样一种判决，也比用血流成河解决我们之间的纠纷好得多。"法庭再次出现了一种令人紧张的沉寂，一种暗藏的不安。审判长和两位陪审法官匆匆低声交换一下意见，又看陪审席，刚才那位大嗓门的英国矿主陪审员将一张纸交给审判长。

审判长看纸上的文字，又和两位陪审法官交流了一下，敲法槌道："全体起立！"法庭上所有人都站起来。审判长手持那张纸宣读道："根据法庭辩论的结果，参与本次诉讼的三位法官和全体陪审员一致认定，华邦彦、华邦杰、华邦雄三兄弟被控非法入境罪成立。其余被怡保警局暂时扣押在威尔逊先生矿山上的中国人取得合法身份，其中六百六十人为威尔逊先生的契约工人，法庭判决他们继续留在该矿山上履行合约，另外一百九十人为自由人，于判决生效之日起恢复自由人身份。根据最新修订的英国殖民地法律，华邦彦华邦杰华邦雄三兄弟因为非法入境，判决入狱服刑两年，服刑地点仍在威尔逊先生的矿山上。判决完毕。"说完将法槌重重砸下来。梦长神情大变。

单世昌第一个做出了反应，大喊道："不！不对！即使是判定非法入境，也该是驱逐出境，不是判刑入狱，法庭量刑有错误。我方要上诉！"审判长道："原告律师，本法庭提醒你注意，一个月前英国最高法院对于殖民地法做出了最新修订。为打击非法入境，对非法入境罪的量刑已由驱逐出境改为判刑两到十年。本法庭今天对于华邦彦先生的量刑是最轻的。本判决宣读后立即生效。原告可以上诉到英国本土的最高法院。闭庭！"单世昌仍在大声叫喊："不！等等！我们不接受这个判决！这是个陷阱！"

审判长冷冷看单世昌一眼，道："本法庭提醒原告律师注意自己的言辞！"又对梦长道："华邦彦先生当然可以不接受本法庭的判决，但若是那样，就违背了你本人对被告方怡保警局和本法庭的承诺，即无论法庭做出任何判决，只要不违反英国法律，你都会接受！"梦长神情严峻，一时无语。

法庭内，所有的中国人都望着梦长，神情严峻。疤脸大声道："不能接受这个判决！"大个子也跟着叫道："我们上他们的当了！"审判长喊："肃静！"但他的声音止不住众人的抗议声。良久，梦长大声道："不，我接受！"他的声音压倒了也停止了法庭上所有的喧嚣。现场的英国人都松了一口气，相视，脸上现出轻松的笑容。审判长最后敲一下法槌，道："闭庭！法警扣留华邦彦，交由威尔逊先生带回矿山！"一时间，法庭内所有的英国人都起身欲走，所有的中国人和马来人却仍然站立不动。

两个法警走向梦长，要给他戴上手铐。一个女子的声音从旁听席前排响起来："等一下！不能闭庭！"所有人全都回头望过去，梦长也回头向她望去，认出了她就是半年前他们被押上威尔逊矿山时，曾在洛阳镇上驾马车冲进他们队伍里的马来姑娘，不禁大吃一惊。单世昌也在一旁认出了玛塔，对梦长道："她就是西马土著伊塔人苏丹拉希德殿下的女儿，公主玛塔！"梦长忽然想到了什么，眉头皱紧。

审判长看玛塔道："你是什么人？为什么阻止闭庭？"玛塔道："法官先生，如果现在有人拿出物证，可以证明华邦彦兄弟确实拥有荷兰人发的两份护照，法庭会不会立即做出改判？"全法庭的英国人顿时喧哗起来："怎么回事？""怎么会这样！"审判长有些慌乱了，下意识地回头朝法庭旁小房间望了一眼，马上意识到所有人都在看他，回头道："当然……如果有人拿出证据，证明他们确有荷兰人发的身份证明，根据英国政府和荷兰王国政府之间的协定，华邦彦兄弟就不是非法入境，因为两国殖民地的自由华工可以自由往来。不，你到底是谁？"

玛塔傲然道："本人是伊塔公主玛塔！玛塔·拉希德！"审判长冷冷道："本案与你有关系吗？"玛塔大声道："有！"说着从艾玛手里拿过一个包袱。梦长一下睁大了眼睛，他认出来了，它就是那个当初他从牺牲在天马关下的华表叔身上解下来的印花包袱。梦成梦余在法庭外久等，不见梦长走出来，知道发生了变故，又走进去，看到玛塔手中的印花包袱，也认出来了，大惊失色。

玛塔手托包袱道："法官先生，这个包袱是我的人在怡保海滩上捡到的，里面有华邦彦华邦杰两兄弟的荷兰护照，请法庭查验。"现场所有的英国人都惊呆了，中国人和马来人都悄然现出了狂喜的神情。审判长张了张嘴，一时说不出话来。单世昌大喜，不失时机地喊道："审判长，本律师提请法庭注意！法庭方才说过，只要有证据能证明我的当事人不是非法入境，他们就应当立即得到自由！"审判长远远地将绝望的目光投向离开后又重回旁听席的蒙哥马利将军。蒙哥马利隔着很远的距离与他对视，开始时所有的英国人，后来全体中国人和马来人也都望向了这位英国在西马的最高军事长官。忽然，蒙哥马利坚决地向审判长点一下头。审判长回看法庭，无奈道："好吧。现在继续开庭。法警，把物证呈上来。"

法警从玛塔手中接过那个作为物证的包袱，走回去交给审判长。两份护照从包袱里被取出，在审判长和陪审法官以及重新回到座位上的陪审员之间传递、翻阅。法庭内悄悄响着人们低声的议论。没有人注意到蒙哥马利已经黑着脸再次走进了法庭旁小房间。有顷，汉斯又从小房间里走出，悄悄走向审判长，对他耳语。审判长怔一怔，和陪审法官交流了一下，敲法槌道："现在肃静！全体起立！"庭上所有人再次起立。审判长道："本法庭根据最新出现的证据，根据大英帝国法律，依法重新做出判决：华邦彦华邦杰华邦雄三兄弟非法入境罪不成立，即刻起恢复其自由人身份。判决完毕！闭庭！"法槌落下，法庭内所有英国人都呆住了。在原告席和旁听席的另一侧，却响起了长久的雷鸣般的掌声，所有的华人和马来人都在热烈鼓掌，同时用因意外的胜利引起的巨大感动的目光望着梦长。

梦长眼里也闪烁起了胜利的和感动的光芒，他第一次完全回转身子，把目光投向玛塔。这一刻他发现玛塔也在用一双热烈的有所期待的目光望着他。二人在掌声中不觉对视。忽然，玛塔想到了什么，转身带艾玛向法庭外走去。

八

法庭外，梦长在众人的簇拥中走出，现场欢呼声更加热烈。大个子高举双手大叫："赢了！我们赢了！太好了！"一名华工对梦长道："太悬了，到了最后一会儿，我的心都快跳出来了！"疤脸笑着看梦长道："你那一席话讲得太好了，义正词严，表面上是在恭维他们，其实每句话都在给他们下套！"梦长神情仍然严肃，道："不，我没有给他们下套，也不是恭维他们，我讲的都是真心话！"疤脸诧异。梦长真诚道："以今天的诉讼结果论，英国人和英国法庭值得我说出那些话！"

单世昌好半天才从后面挤上来，欢声叫道："哎，哎，怎么把我忘了？今天在法庭上，要不是我力挽狂澜——"大个子讥讽道："哎，有你什么事儿？是半路上杀出了一个程咬金，给法庭提出了证据，官司才赢了！"梦长被提醒，朝四周望去，道："不错，最应当感谢的人是玛塔公主。公主在哪里？"众人一起朝前方望去，发现玛塔和艾玛已经上了马车。梦余急道："刚说到程咬金，程咬金就要走了！"梦成叫道："大哥，快去谢人家。"

梦长推开众人，大步向玛塔奔去。玛塔的马车已快走起来。艾玛回头望见了梦长，叫道："公主，华邦彦……他过来了！"玛塔道："我现在不要见他。快走。"艾玛闻言挥鞭打马，车走得更快了。玛塔这时却回过头来，看落在车后的刘松龄，大声道："姓刘的中国人，我做了我答应的事情，你们也要做你答应的事，我们可是有协议的！"

梦长追上来，喊道："哎，玛塔公主！公主殿下——"马车已急驰而去。梦长回望刘松龄，神情严厉起来，道："刘叔，怎么回事？她刚才说——"刘松龄道："盟主，这个……咱们回头再说。"梦成等人已经围上来。梦长站着不动，皱眉望着玛塔的马车越来越远，他已经猜出了什么，想发火也不能了，只好道："走吧。回去！"

洛阳镇外，刘松龄对梦长道："盟主，请到张德伦的潮记去，他有话讲。"梦长想了想道："好吧。"众人一起走进潮记杂货铺，张德伦忙起身迎接。梦长单刀直入道："张大叔，刘叔，有什么话就直说吧。"张德伦将梦长梦成刘松龄引进内室，他打开几只木箱，现出里面的英国火枪。梦长大惊，回头道："快盖上，我不要看。"张德伦将箱盖盖上，回头见梦长已经怒冲冲甩帘子走出去。他看一眼梦成和刘松龄，刘松龄冲梦成眨眼。梦成道："两位大叔，别怕他，有我呢！"他急追出去，一步挡在梦长面前，用背部关上门，道："你不能就这样走了！"梦长目眦尽裂，喊道："让开！"梦成道："你要是这么走了，我们所有人都离开你！"梦长怒道："你说什么！"梦成道："路上刘叔把事情全告诉我了，刘叔和张大叔为了救你，好不容易才想出了和伊塔人结盟这么个法子。玛塔公主去法庭为你作证，条件就是回头我们要帮他们对付他的堂兄乌斯曼。如果我们不执行协议，我们就失信了。玛塔公主那边仍可以去法庭提告，撤回原来的证据，或者说这些证据是他们和你一起伪造的。按照英国法律，你就犯下了伪证罪，要判重刑的。"

梦长到底站住了，盯着他问："你这些话都是新学的吧！一定是刘叔教给你的。不过就是你们逼我，我也不会答应的！"梦成大叫道："为什么！"梦长道："为什么我说过多遍了，我们不是为了这个来到西马的。"刘松龄急上前劝解道："好了好了，大家都冷静一点儿。盟主，我和老张没禀告你就办了这件事，也是一时病急乱投医，觉得不这样就无法挽回大局。现在你且告诉我们，为什么就不能执行我们和伊塔人的协议？"梦长回头尽可能耐心道："刘叔，张大叔，感谢两位大叔为我们兄弟和全体客家乡亲做的事情！你们的心是热的，是同胞的心，客家一家亲的心，可你们要我掺合到当地人的内争中去，确实不妥！非常不妥！"梦成又问："为什么？"梦长道："因为在这块土地上，人家才是主人，我们是客人。客人来到主人家，帮助哥哥打弟弟，或者帮助弟弟打哥哥，这可以吗？我们刚刚用诉讼的办法避免了一场和英国人的战争，不是为了马上投入另一场和当地马来人的战争。"张德伦道："华家大哥，听我说两句。我和老刘来到西马多年，亲眼所见，英国人一直不断地蚕食本地苏丹阿里·拉希德殿下的土地，想尽一切坏点子鼓动苏丹两兄弟内战，从中渔利。这已经不是马来伊塔人自己人之间的战争了，而是一场英国人通过伊塔人灭绝伊塔人的残酷战争。盟主，有件事你可能还不知道，从你们来到怡保，进入威尔逊的矿山，直到发起暴动，逼迫英国人接受你们的全部诉求，这里面都有玛塔公主的功劳。事实上，老刘从我这里带回矿山的每一条消息，都是玛塔公主通过自己人从怡保警局得到的。人家一直在帮助我们，就是希望你和我们的人也能在他们的部族生死存亡之际救他们。"梦长吃惊地听他说出这些秘密，不禁沉吟起来。张德伦接着道："盟主，经过刚才在英国法庭上结束的这一场战争，现而今生活在这块土地上的人——英国人、中国人和马来人——都看清楚了，眼下在西马，只有你率领的我们这支中国客家人不怕英国人，有力量出手拯救拉希德苏丹殿下的一家一族，不然不但他们的土地会全被抢走，人口会被杀光或者俘虏后卖到遥远的西印度群岛去，就连苏丹殿下和公主及小王子殿下也都性命难保。那个乌斯曼，苏丹殿下的侄子，无恶不作，现在有英国人撑腰，不把他伯父的部族全部灭亡，他是不会罢手的。"

梦长思考后回头道："那也不行。"梦成生气道："为什么就不行？"梦长不想再和他争论，大声道："我再说一遍，我们来到南洋，是要为客家人、为中国人找一条新路，不管伊塔人怎么闹，那也是他们自己的事。都听好了！不但是我，你们在这里的，有一个算一个，谁也不能卷进去！每一个来到西马的客家兄弟的命都是宝贵的，我不会答应让他们任何一个人在这里牺牲，一个都不行！让开！"说着拉开门，梦成啪一声重新把门关上，大声喊道："不！你不能走！"

一时间两人怒目而视。梦长道："你……给我让开！"张德伦急忙上前劝道："盟主，我有话说。"梦长不理他。张德伦急看一眼刘松龄，道："盟主，我和老刘当初和公主殿下达成协议，不只是要帮助盟主打赢和英国人的官司，我们还有另一层盘算，刚才一乱就忘了说了。"梦长一惊道："什么盘算？"刘松龄道："盟主，难道你忘了自己的话？你曾说过将来一旦恢复自由身，就会留在这里，像当年的客家前辈陈玉铭先生一样做大港主，以西马为基地，建设中国城和中国港，积聚财富和队伍，寻找新的客家领袖，再建一支浩浩荡荡的客家大军，有朝一日回国去，恢复中华——"

梦长举手制止他的话，道："刘叔，不要说了，你们想利用这个机会，在我和阿里·拉希德苏丹之间建立一种特殊的联系？"张德伦接过话头道："以帮助他打败乌斯曼为条件，求他同意盟主租借他的领地，成就盟主做大港主的梦想。"梦长沉吟起来，良久不语。张德伦试探道："盟主，这件事可行吗？"梦成已经激动了，大声道："大哥，千载难逢的机会，我们一定要抓住！"梦长变了脸色，猛回头，目光炯炯道："如果我们这样做了，和一向喜欢制造矛盾、趁火打劫的英国人有什么两样？我们还是把自己变成了英国人！"张德伦道："可要是不这样，盟主要在西马做大港主，就难了。乌斯曼已被英国人攥在手心里，要是任他灭了玛塔公主的族人，这里的土地、矿山和海港就全是英国人的了！"

这时门哗啦一声被推开，玛塔走进来，面色赤红，急怒交加。众人急回头看她。

玛塔环顾众人，与梦长对视一眼，目光最后落到刘松龄脸上，又看张德伦，道："你！还有你！答应我的军队在哪里！我现在就需要这支军队跟我去打仗！"刘松龄和张德伦面呈愧色，不觉看梦长一眼。梦成气愤地将脸扭到一边去。梦长努力让自己镇静下来，对玛塔道："尊敬的公主殿下，这里面可能有些误会。你说的那支军队并不存在，也从来没有存在过。"玛塔回头看刘松龄和张德伦，变色道："张老板，还有你，刘……怎么回事！我们之间是有过约定的。难道你们中国人和英国人一样，说过的话可以不算数？"刘松龄窘得说不出话来，急道："公主殿下，这个这个，你听我解释……"

玛塔失望道："张老板，刘……我原来是多么相信你们！可你们太让我失望。既然你们毁了约，本公主也就不用再守约了。本公主马上就回到英国法庭上去，撤回为这个人提供的证据！"说着手一指梦长，又道："我们的合作到此结束。现在我们之间只剩下生意了，张老板，快把我的枪支弹药给我，我要带它们去打仗！"

张德伦看一眼刘松龄，刘松龄忽然对他眨一下眼。张德伦明白了什么，转身向内室走去。梦长一时大急道："张大叔等等！公主殿下，不，张大叔这里并没有你要的枪支弹药，这笔生意不能成交！"张德伦及众人都大吃一惊，回头看他。玛塔望着梦长，最初的惊讶变成绝望和狂怒，道："为什么？你有什么权力阻碍本公主和张老板做生意！不要忘了，这是谁的土地。"

梦长强硬却平静道："公主，正是因为我们知道这是谁的土地，张老板才不能和你做这笔生意。中国人在这块土地上是客人，我们不想卖武器给尊贵的苏丹殿下兄弟中的任何一方，让你们相互残杀。"玛塔大叫道："你这样做，是在帮我的仇人，看着他们把我们杀光！"梦成突然开口，大声道："不去帮他们打仗，连枪也不让卖他们，你这是犯罪，为虎作伥！"

梦长大怒，吼道："你住口！"又看玛塔，道："公主殿下，他说得不对。恰恰相反，如果我们这么做了，才是真正的犯罪！中国人就成了英国人，向你们两方中的一方提供武器，看着你们自相残杀，从中牟利。"玛塔忽然泪水盈眶，回头对张德伦道："张老板，你也是这个意思？"见张德伦踌躇，玛塔绝望，转身出门。张德伦要送出去，梦长一把抓住他。张德伦道："华家大哥——"梦长一字一字道："我现在代表十族盟主钟梦长宣布，不管外面发生了什么，我们都不能管！"众人听了，一个个全变了脸色。

潮记杂货铺外，艾玛见玛塔走出，急牵马上前，见她满脸泪痕，叫了声："公主……"玛塔接过马缰，愤然道："没有人能帮我们，走！"艾玛刚要上马，猛回头朝镇外木桥上一望，变色道："公主，他们来了！"玛塔急忙上马，叫道："快走！"

两辆马车已经飞快驰进镇子。前面一辆马车上站着一个身形剽悍的伊塔人和一群伊塔武士。那人一眼瞅见玛塔，叫道："她果然在那里。快，抓住她！"玛塔还没有纵马上路，就被下车的众多伊塔武士围了起来。镇街上的店铺响起噼噼啪啪关门板的声音。玛塔被围在核心，冲那人大叫："乌斯曼，你想干什么？"那人大笑，对众武士道："上，抓住她带走！"众武士一拥而上，去抓玛塔和艾玛的马。马上的玛塔艾玛拼命反抗，用马鞭子抽打这些人，一边大叫："不！你们这些强盗！坏蛋！放开我们——！"

潮记杂货铺的店门砰的一声打开，梦长从店内走出，猛抬头看见乌斯曼和他的武士们正在抓玛塔和艾玛，大吃一惊。梦成刘松龄张德伦随他走出，梦成站住，愤怒地看着扑向玛塔和艾玛的的伊塔人。张德伦低声道："那个领头的就是乌斯曼！"梦成看一眼梦长，大声道："大哥！"梦长却转身向矿山方向大步走去。

乌斯曼的人看见梦长等人，愣了一下，见他们不欲管他们的闲事，又加快了动作。很快玛塔艾玛被从马上扯下来，抓在众人手中。乌斯曼大叫道："快！架到车上去！"梦成看着走得越来越远的梦长，又叫了一声："大哥，你管不管？你要不管，我就管了——！"梦长仍然不理不睬，继续朝前走。玛塔艾玛一边挣扎一边被堵上嘴架上马车。街道两旁的门板后面，现出一双双大瞪的眼睛，所有的眼睛都在望着走在街道中央的梦长。梦长意识到了这些目光，却选择了继续大步走自己的路。

马车前，乌斯曼对车夫道："还不快走！"车上的玛塔忽然吐掉堵在嘴上的布条，远远瞥一眼走远的梦长，大声用汉语喊道："钟梦长，救命——！"街道上，所有的人都被这一声喊惊动了心。梦成刘松龄张德伦全都回头朝车上的玛塔看去。乌斯曼和他的武士也被惊住了，相视一眼，乌斯曼道："她在喊什么？"

梦长仍没有回头，但他却站住了，不再往前走。他的情绪激烈，牙关咯咯地响起来。从一间关上了门板的店铺里，一个小女孩子的声音传出来："叔叔，快救公主！公主不答应嫁给乌斯曼，乌斯曼就要把公主当成奴隶卖到古巴去！……她是好人哪！"梦长仍不回头。

梦成从后方再次发出喊声，这一声惊天动地："大哥——！"梦长的心一抖，慢慢转过身来，回头望去。有那么一忽儿，他的眼神显出了迷茫，但是很快就过去了。他向乌斯曼的马车走回来。

整个镇子一下子寂静下来。接着，所有藏在门板后面的人发出了同一个声音——

"救救公主！"

第十章

一

潮记杂货铺前，马车上的玛塔仍在大力挣扎、呼喊。乌斯曼也不理她，跳上马车喊道："快走！"话没落音，他悚然一惊，抬头看去，只见梦长出现在马车前，两只手分别抓住两匹马，马竟不能前行。众伊塔武士大惊，纷纷下车，持刀拉开架势。

乌斯曼变色，下车，几步来到梦长面前，上下打量他，突然恶狠狠地说汉语道："你……想干什么？"梦长朝马车上的玛塔示意，道："放了她！"马车上，玛塔回头看到了这一幕，更大声地喊起来："救命！救命！"梦长身后，街道两旁的店铺响起砰砰啪啪的开门声，一群手持各种武器和工具的华人走出来，聚成一群，向梦长走来。

乌斯曼向四周扫一眼，大惊失色，回看梦长，怒道："你们想干什么？唐山人想管我们的事？这是我们马来人的事，和你们无关！"所有的华人都在梦长身后站住了，等待他的回答。马车上的玛塔泪眼相看梦长，脸上现出殷切的渴望，也止住了叫喊。

一片寂静中，梦长伸出手来，对乌斯曼道："认识一下。你是马苏里·拉希德部族的乌斯曼殿下，对吧？我是从唐山来到西马的自由中国工人华邦彦。我本不想管你们马来人的事，是你做得过分了！你不该这么对待她，她是一位尊贵的公主，是一个女人！"

乌斯曼忽然将手中短刀一下顶上梦长前胸，道："没有落到我手里以前，她还是公主，但现在她落到我手里，就是我的俘虏，我的奴隶！"梦长目光扫一眼刀尖，不以为然道："殿下，我要告诉你我的想法。普天之下的人民都是自由的，无论是中国人还是马来人，谁都不应该是谁的奴隶。我不认为你有权利用这种野蛮手段对待她，何况你还要把她当作一个俘虏，一个可以出卖的奴隶。"乌斯曼手中刀在用力，傲慢道："她已经在我手里了，你想怎么样？"

梦长突然伸出一只手，用两个指头捏住乌斯曼的手腕，悄然用力，乌斯曼脸色

257

陡变，手中刀"当啷"一声掉在地下。梦长冷冷地道："把你的刀捡起来，放了她们，然后离开这里！"乌斯曼胆怯地后退一步，示意一部下过来捡起刀，色厉内荏地看梦长道："你到底是谁？为什么要管我们伊塔人的事！"

梦长背后，众多华人中，一名小女孩高叫起来："他就是钟梦长！从唐山来的我们中国人的盟主！"梦长梦成吃惊，回看众人。周围越聚越多的华人用热烈的拥戴的目光望着梦长，开始有节奏地高喊："钟梦长！钟梦长！钟梦长！"这种呼喊声越来越大胆，也越来越大声，最后变成一场真正的迎接英雄归来式的欢呼。欢呼声中，梦长不动如山，心情激荡。

一伊塔武士悄悄地用马来语对乌斯曼道："殿下，走吧！听说他在全中国都是数一数二的高手。咱们加起来都不是他的对手。"乌斯曼大惊，终于泄气地对众人挥一下手，将玛塔和艾玛从马车上扯下来，随即带众武士上车，亲自夺过鞭子打马，两马车飞快地驰走。

几个女人涌上前，帮玛塔解开身上绳索，纷纷道："公主，你受苦了。公主……"玛塔一双泪眼，感激地望向梦长。梦长一眼也不看她，大步从欢呼的人群中穿过，走向威尔逊矿山方向。众华人紧紧跟在他身后，继续齐声高呼他的名字："钟梦长！钟梦长！钟梦长！"

梦长心情激动，大声道："乡亲们，再说一遍，我叫华邦彦！我也在寻找我们河洛十族的新一代盟主钟梦长！"众人一时都望着他，呼喊声停了下来。还是那个老人喊道："你就是华邦彦！我们拥护你，愿意跟着你走！"梦长不再回答，转身大步向矿山方向走去。一名年轻人的声音从众人声音中响起："你来了我们就有依靠了，就谁也不怕了，我们都愿意跟你走！"梦长听了，仍不回头，越走越远。刘松龄忽然醒悟，对梦成道："快，我们跟他一起回矿山！一定不能让他离开西马！"梦成跟着快走几步，忽然回头看一眼玛塔："大叔，玛塔公主怎么办？她要是这样走了，乌斯曼还会把她劫走的！"

玛塔也在望远走的梦长。艾玛一旁急道："公主，我们怎么办？乌斯曼不会走远的！艾玛害怕！"玛塔忽然大声喊道："唐山人，等一等！你不能这样把我们扔下！"梦长像是没听见一样，脚步越来越快。很快，梦长已经走出镇子。

众人一时间都回头望着玛塔。玛塔似乎在想什么，突然，她像是下了决心，从艾玛手中扯过马缰，飞身上马，向梦长走去的镇外飞驰过去。艾玛急忙上马跟过去。刘松龄想到了什么，急对梦成道："快走！"二人也赶忙飞奔过去，跟出镇子。

镇外一道陡峭的山崖下，梦长快步而行。玛塔艾玛一前一后，飞马而来，拦住梦长。梦长视若无睹，绕过她们的马，继续朝前走。

玛塔咬一下嘴唇，再次催马拦住他，这次她干脆把他挡在了山道边，身后就是悬崖。梦长仿佛第一次抬头看玛塔一眼，生气道："公主殿下，你这是干什么？快把路让开！"玛塔气愤道："唐山人，你不能这么走！你这么走了，我怎么办？乌斯曼没走，他就在那边山路上等着我呢！"梦长冷漠道："即便是那样，也是你们之间的事，不关我们唐山人的事。"玛塔道："方才你要不插手救我，就不是你的事，可你救了，我的事就是你的事了。"梦长不耐烦起来，怒道："方才是方才，现在是现在！让开路，让我走！"说着便从悬崖边上寻路前行。玛塔见状，盛怒之下的她突然一跳下马，快步走向悬崖边的梦长。艾玛惊叫一声："公主小心！"梦长也被迫站住，大惊道："公主——"他的话没说完，玛塔已经扑过来，猛地抱住了立于悬崖边上的他。梦长大为惊慌，叫道："公主危险！"玛塔脸贴脸地盯着他道："唐山人，现在你只要动一下，我们俩就一起坠下去！"梦长没想到玛塔会如此疯狂，一时惊得说不出话来。玛塔道："快像我抱住你一样抱住我，不然我和你一起跳下去！"梦长吼道："你疯了！"玛塔死死盯着他的眼睛，开始抱紧他，向悬崖外用力。梦长大惊失色，急忙抱紧了她，喊："公主，不要——！"玛塔腾出一只手，"呲啦"一声撕开梦长的上衣，露出里面健壮的肌肉。一旁的艾玛看出她要干什么，大叫："公主，不要——！"话音刚落，玛塔已不管不顾，趴上去狠狠地咬了一口。只听"咯吱"一声，鲜血四溅。梦长疼得大叫一声："啊——！"

艾玛身后，刘松龄带梦成跑步赶来，见玛塔如此，大叫："哎呀！不好……不，太好了！"梦成看他一眼道："刘叔，怎么了？"跟在他们身后涌出镇子的大批华人已经热烈地鼓掌欢呼起来。梦成更急躁了，道："到底怎么回事？"刘松龄满脸喜色道："邦杰，公主是个未婚女子，按照伊塔族马来人的规矩，姑娘要是爱上了谁，想和谁成亲，就在谁身上咬一口，这个人要是没有拒绝，就是她的未婚夫，再也不能反悔！"梦成闻言大惊，不觉喊道："我哥成了公主的未婚夫？"刘松龄道："对，这太好了！你大哥一直想像当年的客家前辈陈玉铭先生一样在西马做大港主，做了公主的驸马，这条路就打通了"梦成回过神来，心中大恶道："什么太好了！我哥娶过亲了，我大嫂在老家为我们守着家，我和邦雄自小都是我大嫂带大的，就像我们的亲姐姐一样，不行！我不答应！"

梦长已经听明白了刘松龄的话，回头对玛塔睁大眼睛，沉沉叫道："他们在说什么？你——"话没说完，玛塔已放开梦长回到艾玛身边，嘴角残留着血迹，轻松回头道："唐山人，你也可以反悔。可你要是反悔了，就是这个结果！"她从马鞍上取下箭袋，搭箭上弓，"嗖"的一声射出去，山林中一只鹦鹉应声落地，挣扎几下死去。梦长见了，猛地睁大了眼睛。

玛塔和艾玛上马。玛塔也不看梦长，道："唐山人，不来娶我，只要伊塔族还有一个男人和女人，都会用同样的毒箭射杀你！走！"不等梦长回答，已带着艾玛向前方疾驰而去。梦长看二人沿着悬崖边的山路纵马，忽然又担心起来，道："你们这是去哪里？小心！"玛塔已经纵马驰入山林，回头叫道："去哪里你不用管！我回去会马上禀告父亲，派人来议婚！"

二

潮记杂货铺里，梦长坐着，面色阴沉而愤怒。外面已是大雨倾盆，海一样的山间响着海啸一般的风雨声。刘松龄张德伦一左一右站立在他身旁，讨论刚刚发生的事情。

刘松龄看出事情并不简单，问梦长道："盟主，真的不成？"梦长点头道："他说得对，这事别人成，我不成！"刘松龄和张德伦交换了一下疑惑的目光，还要说什么，门突然被推开，玛塔裹一件黑色斗篷带艾玛和两名中年族人闯进来。张德伦最先看清楚是她，大叫一声："公主！"刘松龄心中陡然大喜，叫道："公主殿下，这么大的雨，你们真的来了！"梦长看着玛塔，慢慢站起来，目光冷峻，却不说话。玛塔并不回避他的目光，盯着他的眼睛，用强硬的语气高声道："唐山人，我说过我会带人来议婚，现在我们来了！我选择的婚事父亲已经答应了，这两位是我们族内的长老，现在你们坐下来商议吧，明天我就要成亲！"她一口气将话说完，也不等梦长回答，就掀开布帘，自己走进内室。

梦长回头，只见两名中年伊塔人望着众人，神情庄重而警觉，后一种感情里明显藏有对此次议婚难以成功后将要发生重大事变的预期。张德伦最早看出了什么，急忙做出热情的样子招呼他们道："两位既然来了，快请坐。"两伊塔人也不客气，在长桌的一边坐下，将一张写好的树皮纸的婚书放在桌上，对梦长庄严道："尊贵的华邦彦先生，您若是答应入赘，做本部族苏丹、尊贵的阿里·拉希德陛下的女婿，公主的丈夫，将会获得尊贵的驸马称号。苏丹殿下还答应，会为公主殿下和驸马举行一场盛大的伊塔族的婚礼，并奉送给公主丰厚的土地、森林和金银珠宝做嫁妆。这是嫁妆清单，请驸马过目。"

刘松龄张德伦将目光投向梦长。梦长不语，也不看那份清单。刘松龄飞快地看了一眼清单，吃了一惊，用力将它推向梦长，示意他一定要看一眼。梦长一把按住他的手，把清单重新推向伊塔人，微微摇头道："不，两位先生，等一等。关于这件事，我要和我们的族人商议，能不能请你们先回避一下。"两伊塔人相视一眼，站起。张德伦忙道："两位跟我这边来。"他把他们引进内室，关上屋门，回头望向梦长。

梦长看他和刘松龄道："张大叔，刘叔，这件事绝对必须马上结束，现在就结束。不管用什么样的方式都要结束！我说过了，我不能！"张德伦看一眼刘松龄，面上残留的笑容悄然褪去，开口道："盟主，我敢说，只要你不答应他们，今天伊塔族阿里·拉希德苏丹的武士们就会血洗了这个镇子。"说完，他"啪"地推开了窗子。

镇外山林间，大批伊塔人手持长矛弓箭，从山林间走出来，将洛阳镇团团围困，所有的弓都搭上了箭，瞄向山下镇子。梦长冲过去打开另一扇窗户，朝另一个方向望去。他又望见了，虽然风雨依旧，从那山林里，也走出了大批手持武器做好战斗准备的伊塔人。

梦长见状大惊道："为什么？他们为什么要这样？"张德伦看刘松龄一眼，道："刘大哥，你讲吧，华家大哥不明白伊塔人的风俗。"刘松龄道："盟主，在伊塔族人心中，公主是全体族人中最尊贵的人，部族最贵重的花，公主看上的人一旦悔婚，在他们看来就是对全族最大的蔑视和污辱！今天，玛塔公主更是拉希德部族伊塔人的骄傲和希望，部族生死存亡的担子都在她一个人身上。为了玛塔公主，他们会倾一族之力和你，和我们，和全西马的客家人展开一场你死我活的血战，哪怕全族牺牲，也要讨回受损害的尊严。"

梦长听了，依旧久久无语。张德伦踌躇一会儿道："在咱们家乡，女人从一而终，那叫贞节烈女，在他们这里不是这么说，但意思一样。公主已经公开表达了你是她爱上的男人，不论出于什么原因你今天不娶她，她这辈子都不会再去爱别的男人了。你不娶他，就毁了她一生，她可是花朵一般的年纪啊！"梦长仍然回头道："可是两位大叔，我真的不能停妻再娶。我要是这么做了——"张德伦还要说什么，被刘松龄止住。梦长让自己平静了些，接着道："两位大叔，这么说吧，我并不喜欢奶奶在我很小的时候指婚给我的媳妇，出门时因为走得匆忙，我和她甚至没来得及同房，可是她毕竟是我的正妻。以我的身份，既然娶了她，就不能再娶别的女人，别人可以娶三妻四妾，但是我，十族华家的掌门人，众兄弟的大哥，不能！这是先人立的规矩！"刘松龄心中一动，故意道："过去只听说河洛十族盟主钟家的长门长男是这个规矩，没想到华家也是这样。"梦长不答。

镇子四周，号角声已经一声长一声短地响起，即使大雨倾盆，仍然不能阻止它们凄厉嘹亮地传到众人的耳中。梦长一惊道："大叔，怎么回事！"张德伦慌了，大急道："盟主，不，邦彦，等到他们吹第三通号角，就要进攻了！这已经是第二通了！"刘松龄也急了，叫："邦彦，你没有时间犹豫了——"梦长激烈地走动起来，又忽然站住，看张德伦道："张大叔，把公主请出来，我有话跟她一个人讲！"话音刚落，内室的布帘哗啦一响，玛塔开门走出来。此时的她已脱去了黑色斗篷，现出一身盛装。玛塔用半是爱慕半是自炫的目光挑衅似的望着梦长，仿佛在说："你瞧，唐山人，我有多美！"

梦长飞快地看她一眼，又将目光避开。但这匆忙的一瞥已经泄露了内心中那一瞬间的惊叹。聪明的玛塔感觉到了，用骄傲的语气道："唐山人，我知道你爱上了我！现在你说话吧！"梦长自责的心已迅速回归平静，望着她道："尊贵的玛塔公主，你想错了。我十分感激你对我的这一份盛情，但是对不起，我不能答应娶你，但我可以答应，帮助你们和乌斯曼的部族结束仇杀！"玛塔脸上现出意外，大声道："什么？你说你要拒绝！"梦长不为所动，耐心道："华邦彦必须友好地提醒公主殿下，你对我的一切并不了解。譬如说，我已经在唐山故乡娶过妻子。我们中国人娶妻生子，历来是父母之命媒妁之言，我们之间的婚姻绝不像公主想的那么简单，可以随便破坏。"玛塔越发诧异道："唐山人，你说你在家乡的妻子，她跟我什么相干？我对那个没兴趣，我有兴趣的是我们的事情！"梦长叹一口气，沉沉道："我说的正是我们两人的事情。按照中国人的传统和习俗，我已经在故乡娶过妻子，就不能再在这里和公主成亲了。"玛塔脸上现出了巨大的失望，道："你撒谎！我知道有不少唐山人都在我们这里娶了马来妻子！"梦长突然不想继续解释下去了，斩钉截铁道："可我不一样！我不能！"玛塔双眼在烛光之下闪闪发亮，泪花忽然就涌出来，道："已经晚了，你已经用你来到我们这里以后的行为，让我爱上了你，而且你已经以我们的方式接受了我对你的爱。你必须和我成亲，入赘我们的部族，你将获得驸马的称号，以及和这个称号相称的尊敬和财富！"梦长急急打断她道："公主殿下，你并没有听明白我的意思！我想说的是，第一，我是一个唐山人，已经在家乡成了亲，不能再在这里成亲，这样做不但是对妻子的不忠，更要紧的还是对祖宗不孝；第二，你们马来人一向将两个人之间有没有爱情视为可否成亲的标准，按照这个标准，我也不能和你成亲！"玛塔大叫："为什么？"梦长的心忽然剧痛起来，目光离开她望向远方，道："因为我从很小的时候起就爱上了一个女子，虽然我们没能成为夫妻，但无论是心灵还是肉体，她才是我真正的妻子。所以，如果我又在这里和你结婚，就是对两个女人的背叛，一个是我明媒正娶的妻子，一个是我真正爱过、现在仍然爱着的女人！"说着已经明显地激动起来。

玛塔呆了半晌，泪水滴下来，道："这么说，你是真的拒绝和我结婚了？"梦长庄重点头道："虽然我不能和公主殿下成亲，但我刚才已经做出了决定。明天，我就会出面约请乌斯曼殿下为一方，公主殿下所在的部族为一方，以一个中国客家人，一个从唐山来到西马来亚的客人的身份，劝解两家罢战言和。我知道，公主选择和我结婚一个重要的原因就是为了能够尽早结束和乌斯曼部落的战争。虽然前一件事情我做不到，但后一件事情我保证帮助公主和阿里·拉希德陛下做到！"玛塔拭去脸上的一滴泪珠，绝望道："是不是在你们唐山人眼里，我们伊塔女人很丑？你根本就没有看上我？"梦长默默看她，有顷才道："不，公主误会了！在我眼里，公主是世界上最漂亮的马来女子！"玛塔也在望他，突然，她转身冲向门外，一直紧随在她身边的艾玛急忙将斗篷重新帮她蒙在身上。玛塔也不回头，背身发出一声呼哨，昂首带艾玛和匆匆从内室赶出的两名伊塔长老步入磅礴大雨之中。梦长刘松龄张德伦急急扑向前后窗户，向镇外望去。天就要黑下来了，他们望见了，随着玛塔的离去，方才已将镇子四面包围起来的大批伊塔武士重新隐入了深林。

三

夜晚来临。潮记杂货铺里，张德伦看着梦长和刘松龄，缓了一口气道："盟主，刘大哥，坐下来吧。事情并没有了结，更大的事情才刚刚开始。"梦长并没有坐下来，他一直面窗站立，目光久久地望着远方浩瀚无涯的群山和森林，神情严峻。刘

263

松龄坐下来，听着渐渐小下去的风雨声，等待着梦长回头。良久，梦长没有回头，却突然开口道："刘叔，张大叔，我本不想掺和进去，但现在不掺合也不成了。"刘松龄急忙道："盟主说得对。不过我一直觉得，这对我们并没有坏处，如果华家大哥还想在西马这里做大港主的话。"梦长又沉默了，走回来和两人坐在一起，看着他们道："两位大叔，马上去安排，我现在就要去乌斯曼的部落。"两人听了，急忙站起，分头走出去安排。

像所有的马来部族一样，乌斯曼部族的山寨也矗立在大山深处的热带雨林之中。当夜梦长带众人纵马奔驰，到达目的地时已是子夜时分。大雨终于停了。高大的圆木寨门紧闭，居高临下。箭楼上站立着值更的伊塔武士。随着他们的到来，山上山下都燃起火把，大声鼓噪起来。梦长回头叫道："弓箭！"疤脸将弓箭递给他。梦长将一封写好的信插在箭镞上，拉满弓，射向高高的寨门。

良久，寨门轰隆隆地打开。一簇簇的火把亮如白昼，两列武士露刃夹道。一伊塔武士道："只准华邦彦带两名随从觐见殿下，不准携带武器。"大个子道："盟主，不让带武器，万一这个乌斯曼居心不良，要害盟主，怎么办？——我跟你去！"梦长笑道："我们是来替两个伊塔部落讲和的，乌斯曼为什么要害我？"他将手中弓箭交还给疤脸，回头带张德伦和刘松龄两人走向了大开的寨门，从众武士架起的刃锋下一路向山中大寨走去。寨门立即就关上了，疤脸大个子及众人被挡在外面。大个子心惊道："坏了，盟主回不来了！"疤脸生气，道："你住嘴！净说不吉利的！"他又回头看大家，"盟主临行前交代过了，如果他出了意外，邦杰就是我们的领袖，全西马的三万客家人都会和我们一起，向乌斯曼讨回公道！"说到这里，众人才不再言语。

这天夜里，乌斯曼并没有在大寨内接待梦长等三人。等两名武士将梦长、张德伦、刘松龄带进大寨前方一座装饰华丽的茅寮，梦长一眼就看见乌斯曼已经在主人的座位上正襟危坐。见三人进来，乌斯曼并不起身，冷眼傲慢地看着梦长，目光中充满了警惕，并不说话。梦长目视乌斯曼，拱手道："殿下请了！"乌斯曼慢慢站起，并不还礼，冷漠道："唐山人，你来干什么？"梦长平静道："殿下一定看过了我的信，来意自然明白。"乌斯曼背身而立，半晌，突然回头道："唐山人，伊塔人是这块土地上的主人，是安拉赐给了我们这块土地，我们自己人之间的事情，和你有什么相干。"

梦长看他，平静道："本来和我没有相干，但是，此事关系到伊塔族马来人的生死存亡，受尊贵的阿里·拉希德苏丹陛下和他们那一族人的委托，同时也是为了殿下一族人的生死存亡，我作为伊塔人的朋友，觉得自己不能不来！"乌斯曼回头冷笑道："也为了我们一族人的生死存亡？"梦长重重点头。

乌斯曼重又坐下，不耐烦道："你到底想说什么？"梦长道："难道这就是伊塔族人待客人的礼节，一直让我们站着讲话吗？"乌斯曼不情愿地对他们三人指了指旁边的草榻。梦长带刘松龄张德伦坐下，正色言道："受阿里·拉希德苏丹陛下的信任和请求，本人以及我的族人，我说的是西马的所有唐山客家人，承诺保护他们的安全。殿下一族与他们为敌，就是与我的族人为敌！"乌斯曼闻言勃然大怒，霍然而起，道："你想威胁我？"梦长淡淡道："不，我想劝和。我想请殿下的父亲，尊贵的马苏里·拉希德殿下，和他的兄长，殿下的伯父，尊贵的阿里·拉希德苏丹陛下坐下来和谈，结束你们之间连绵不绝的战争，不要让伊塔人在这样的战争中继续大批死亡。"乌斯曼瞪大眼睛看他，怒不可遏："唐山人，你为什么要做这件事？不是为了娶我的堂妹玛塔·拉希德为妻，然后吞并她的土地、森林、矿山和海港吧？"梦长不动如山，平静道："殿下想错了。本人以及我的族人想促成你们两个伊塔部族的和谈，帮助双方正式签订一份永远和平相处的法律文书，正是为了不娶你的堂妹玛塔。"乌斯曼愕然，摇头道："这话我不懂！"梦长道："那我就说得更清楚一些。尊贵的阿里·拉希德苏丹陛下的女儿，玛塔·拉希德殿下，为了阻止你们对他们的屠杀，拯救自己的族人，愿意嫁给我、奉送丰厚的嫁妆为条件，和我的族人结成同盟，共同对你们作战！"

乌斯曼心头大震，高举双手大叫道："原来真有此事！你答应了他们，所以才来到我这里，对我发出威胁！不，我不怕！任何人都别想威胁我！"

梦长笑道："殿下又错了。正是因为我不愿意、不能，也不打算娶你的堂妹玛塔·拉希德公主为妻，今天这么晚了，才一定要来这里与殿下见面！"乌斯曼一惊，看着他道："你不打算，也不愿意娶玛塔？"梦长点头道："是的，但是为了实现这个目标，我必须出面结束你们之间的战争。"他的话虽然平和，却充满了力量。乌斯曼长久地思索起来，忽然有所醒悟，回头道："唐山人，你的意思是，如果你能结束我们之间的战争，就可以不必娶玛塔，是这样吗？"梦长笑道："殿下理解得完全正确。"

乌斯曼看了一眼四周的一众武士，冷笑起来，回看梦长道："唐山人，告诉我，你有多少族人在西马？"梦长一字一字道："三万。三万名唐山客家人，全是青壮。但我并不想让我的族人和殿下的族人发生战争，除非殿下逼迫我不得不如此！"乌斯曼脸色急变，大叫道："逼迫你？我？"梦长道："对。因为我已经接受了尊贵的阿里·拉希德苏丹陛下的委托。如果殿下执意不接受和谈，继续对你伯父的部族实施灭绝性的屠杀，就是逼迫我不得不率领自己的族人站在你的敌人一方，与你作战！"

乌斯曼眼睛已经红了，他再也控制不住自己，大喊大叫起来："你……唐山人，你的话讲完了吗？！"梦长站起，刘松龄张德伦随之站起。梦长回看乌斯曼道："我的话讲完了。请殿下三思。"乌斯曼大叫："送客！"梦长道："不。殿下还没有对我的提议作出答复！"乌斯曼大叫道："是不是答应和我的敌人言和，本殿下需要和全伊塔人的真正苏丹，也就是我的父亲商议，过些天你让人来听信吧！"梦长点头，拱手道："殿下，华邦彦告辞。"乌斯曼已经转过身去，不再理他，忽然又转过身来，恨恨道："唐山人，你知道我现在就能让你回不去吗？"梦长平静道："知道！但是殿下不会这么鲁莽的，因为你知道杀了华邦彦，就是主动向西马的三万客家人挑起一场战争，我的人和你的人都会血流成河！"乌斯曼嘴唇哆嗦起来，不再说话。梦长看刘松龄张德伦一眼道："我们走！"二人随他转身向外走时，梦长又回头看乌斯曼道："殿下，我的时间不多，三天内听不到答复，我和我的人只能认为殿下已经拒绝了我的和谈倡议，在阿里·拉希德苏丹陛下的部族、殿下的部族和我的人之间选择了战争！"

梦长没有等到第三天。次日黄昏，乌斯曼就带着本部族的大批武士轰隆隆驰进了洛阳镇。一见他出现，镇上的铺子又响起了砰砰叭叭地上门板的响动。乌斯曼在潮记杂货铺门外下马，走过去一把推开店门。张德伦正要出门，看到了他，大惊道："乌斯曼殿下！"乌斯曼看他道："我认识你！快去告诉华……华邦彦，我马上就要见他！"梦长从内室大步走出，与乌斯曼对视一会，彬彬有礼道："殿下一定是来回话的。请进来！我希望能听到好消息！"乌斯曼并不进门，傲然道："唐山人，我父亲同意和阿里·拉希德讲和，也同意由你做协议的倡议人、签订以及执行的监督人，但我本人有一个条件！"梦长道："殿下请讲！"乌斯曼道："你不能娶我的堂妹玛塔！"说着用极为担心又憎恶的目光恨恨地看着梦长。梦长看他，停了一瞬间才一字字道："这也正是我的愿望！"乌斯曼仍不放心，威胁道："如果你食了言，和约将不再有效！"梦长道："唐山人决不会食言！"两人击掌为约，乌斯曼转身离开，率领他的武士和大队车马像方才来时一样轰隆隆离去。张德伦刘松龄看梦长，喜形于色，梦长望着远去的乌斯曼，神情中却忧色依旧。

四

一夜无话。次日清晨，一个人早早地来到洛阳镇，拍打潮记杂货铺的门板。张德伦赶出来一看，居然是多日不见的单世昌，道："你怎么来了？"单世昌神气活现道："我要不来，你们今天知道要去什么地方？"原来他是梦长为自己和大家请来的向导。果然单世昌带着梦长等人纵马驰向一个他们从没去过的地方，崇山峻岭之间，一条大河奔涌流淌，两侧是茂密的原始森林、大片平坦的河滩地。一道道瀑布从断崖上流下来，泻于重山绿树之间，形成一幅幅风光无限的画图，让众人的心情都大好起来。单世昌更是活跃，一路上对梦长指指点点道："这里就是当年的客家前辈陈玉铭先生开始做大港主的地方。他先是在这里开辟了第一个胡椒种植园，召集南洋和国内的华工们来这里垦荒种胡椒。有了积蓄后，又开始在这里开发林业和矿山。"

梦长忽然发现了什么，猛地勒住马，走向河滩上的一处凸起地。众人随他下马，走过去查看。梦余道："这什么地方呀？"刘松龄捡起一段镂花的窗木，道："好像是座被烧掉的房子的残址。"梦长用询问的目光看单世昌。单世昌道："老刘说对了，听说这里就是陈玉铭先生当年和他的华工建设的新城，名叫中国城。当年的中国城听说好大好大，比现在的怡保还大，后来据说就是因为太大，引起了别人的嫉妒，一场大火，整座城全给烧了，陈先生好像在这之前就离开了，听说是受到了他的敌人的恫吓。他一走，已经在这里定居的华工陆续离开，再加上这一把火，一座繁华几十年的中国城，就剩下了这些残砖断瓦！"

梦长愉快的心情并没有被他讲的这个悲惨的故事所扰乱。就在他们立足的地方，是一片广大的山间旷地，周围的景色一时间让他心旷神怡。他不禁对单世昌刘松龄张德伦大声道："三位大叔，陈玉铭前辈已经做了他该做的事情，现在轮到我们了！"声音里的豪气振奋了众人的心。张德伦故作惊讶道："盟主，你不会是说，你想在这里把中国城重新建起来吧？"梦长道："如果有机会，为什么不呢？"刘松龄道："太好了！多少人来到西马，找不到工作，没有饭吃，又掉头走了；英国人只在这里开矿，要矿工就到国内买猪仔，矿掏空了他们就把人扔下不管，就连怡保，他们都没有心思建设。我们要是真把中国城再建起来，能安置下多少下南洋后无家可归的华人哪！"

张德伦看梦长一眼，道："盟主，重建中国城，不会只是为了安置更多下南洋的中国人吧？"梦余插嘴道："真要是建起了新城，安置了大批中国人，我们就可以在这里开发矿山、森林，还可以开种植园，这里一下子就繁荣起来了。这里繁荣了，本地各马来部落也能得到好处。一个地方，把经济搞起来了，所有人都是有好处的！"

很快众人就随梦长和单世昌爬上了前方的一座山峰，一时都呼呼大喘起来。这里已是群山之巅，众人站立，居高临下俯视脚下的大河。大河汹涌流过群山，汇入一个半圆环的大海湾。梦长对单世昌道："单大叔，前面这个海湾，就是陈玉铭前辈建立的西马第一大港？"单世昌还没说话，刘松龄抢上来道："对，就是它，当时叫中国港。你瞧，四面都是山，只有一个口子出去，差不多像个内湖，难得的天然良港。陈玉铭前辈当年建了中国城，招来成千上万的华工，就地开发木材、锡矿、种植稻米、胡椒，然后就顺着这条大河，将它们运到中国港，装上一条条大船，运往中国和全世界，又从国内把茶叶、丝绸、瓷器，还有咱们中国的书籍运过来，在这里和南洋各地的商人做交易。听说那时候的中国港，是南洋最大的海港，可惜后来和中国城一起荒废了！"

梦余兴奋道："大叔，咱们要是把这个大港也恢复起来，再办一个大大的船队，将国内和这里连通，将来谁想来西马，上船就来了，想回去，上船就回去了，像走亲戚一样方便！那多好哇！"刘松龄道："你这么个小孩，脑筋转得挺快。大港一建，就会成为西马最大的客运、货物中转码头，最大的水陆转运码头，搞得好会成为西马的中心，整个南洋的中心！到时候国内的客家人再下南洋，就不会说，我们去婆罗洲，他们会说，我们去西马的中国港！"梦长心中一动，猛回头看他，欲说什么，又止住了。

梦长猛回头道："三位大叔，如果这里成了西马的中心，那些因各种缘故流散到南洋的客家人，最聪明能干的客家人，也会到这里来吧？"刘松龄迅速看一眼张德伦，张德伦猛醒，明白了他的意思，激动道："盟主，当然！"梦长接着道："还有那些因为各种原因离散的弟兄，万一他们中也有人到了南洋，会不会也到这里

客家人

来？"刘松龄一惊道："盟主，你说的是河洛十族十八兄弟？"梦长没有回答。梦成道："大叔，你也知道河洛十族客家人十八兄弟？"刘松龄也被自己的问题震动了，也不再回答。这时众人听梦长又道："还有，如果这里成了南洋的中心，各种各样的人都会来这里，我们是不是就能从他们中间找到最聪明的客家人，他能帮助我们，不，帮助所有的客家人，找到那条我们一直都在找的救中华的新路！"

梦成踢了踢脚旁的石子，道："大哥，新路不新路不知道，我现在知道的是，只要我们真在这里建起了中国城和中国港，那些当年因为太平天国失败逃到南洋的人，甚至是你一直盼望的一位能够带我们走上一条新路的领袖，比当年的洪秀全更厉害的，说不定就会来到这里。"刘松龄道："盟主，无论有没有这样一位领袖，只要能在这里把下南洋的客家人聚集起来，一旦国内有事，我们就是一支了不起的客家人海外军团，和当年的河洛十族的云上军团一样。盟主，那时你就是军团的主帅。"梦成梦余听了，不觉回头看梦长一眼。他们这个下意识的反应，又被刘松龄和张德伦看在眼里。

有顷，梦长平静地看刘松龄道："不，即便有了这个军团，主帅还是十族盟主钟梦长。"张德伦悄悄瞥一眼刘松龄。刘松龄道："对对，是钟梦长！"梦长看单世昌，将话题引开，道："单大叔，上回你说，在英国，有一个专门教人做生意的学校，在那里学成毕业的人会成为世界各国都承认的高级经理人才。真有这样的学校？"单世昌道："有哇！不止是英国，美国也有，法国也有，反正欺负过我们中国人的洋人的国家里都有这样的学校。"

梦余忽然大叫一声："大哥！"梦长看他道："你朝思暮想都想去这样的学校念书，将来回来做天下最大的生意，是吗？"梦余激动道："大哥，我……你是怎么知道的，我天天做的梦都是这个！"梦长回头看众人，终于宣布道："各位大叔，有件事我讲一下。昨天我跟阿里·拉希德苏丹陛下见过了，陛下感谢我们帮他们和乌斯曼部落签订了和约，结束了战争，提出将我们脚下的伊塔河以及两岸百余里的山林直到海边包括这个海湾一起送给我们。"众人听了，都激动起来，个个满脸喜色。梦长又道："但我没有同意。"众人大惊。单世昌叫道："为什么？傻子！"梦长不以为意，道："因为这不是我们的土地。我跟苏丹陛下说，虽然不接受他的慷慨赠予，但我们愿意和他们的人展开正式谈判，将伊塔河以及两岸百余里的山林直到海边这个海湾租给我们，由我们像一百年前的陈玉铭前辈那样负责开发。"梦成又激动了，道："陛下答应了吗？"梦长道："陛下是个慷慨的人，他说，他虽然没有经历过陈玉铭前辈做大港主时带给伊塔部落的富裕和繁荣，但听说过当年的传说，不但一口就答应了我的请求，还说如果我们做得好，他将来可以把更多的河川以及两边的山林土地矿山租给我们！"刘松龄大喜，脱口而出："少盟主，你要在西马做大盟主的梦想，就要实现了！"梦长心中猛地一动，不回头。张德伦机警地看刘松龄一眼，刘松龄自知失言，避开了他的注视。

梦余忽然搔了搔头，看一眼梦长。梦长看他道："你怎么了？"梦余吞吞吐吐道："大哥，有个消息……我知道已经三天了，可我差点给忘了！"梦长道："什么消息？"梦余道："大前天，我在怡保办事儿，遇上了一个从福建泉州来的乡亲，他说，他和望北哥家是邻居。"梦长一惊，激动起来，道："望北！他都说了什么？望北下了南洋吗？"梦余道："没有。这位乡亲说，望北是为了救他的养父养母，一狠心把自己卖了猪仔，到美国修铁路去了。"梦长大叫一声："美国？"梦余点头。梦长神情阴郁下来，目光也转向了西方。

梦余看他的神情，笑起来道："大哥，求求你，送我去美国的学校学经商吧！你要是把我送去了，说不定能在那里找到望北。"梦长失落道："原来他去了美国！……我就说，要是没出事，他一定不会拖这么久还没有下南洋找我们！……你真的想去美国学做生意？"梦余热切地道："做梦都想，我这一辈子就想做一个商人，在南洋发大财，十年后大哥要回国办大事，我给你提供经费！"梦成踢了他一脚，梦余意识到自己又说漏了嘴，低下头去。

梦长却点头，郑重道："好吧，等这里的事情有了眉目，就安排你去美国。学成学不成不打紧，打紧的是把望北找回来，有了望北，我就什么都不怕了。"梦成又生气了，道："你也太小瞧我们了，我们就不是人？"梦余担心道："哎，大哥，钱打哪里来，去美国上学，是要花钱的。"梦长看张德伦一眼。张德伦笑道："这个你放心，你大哥有办法。"

单世昌咳嗽了一声，道："邦彦，现在只剩下一个问题。"梦长看他道："还有什么问题？"单世昌道："法律，法律问题。"梦成诧异道："法律问题？"单世昌道："邦彦，今天你让我带你和大家到这里来，又看山，又看海，还打算重建中国城和中国港，这都很好。但是，你现在还没有西马土著人或者英国人的身份。"梦长吃惊道："什么，在这里做港主，还要有土著人或者英国人的身份？"单世昌点头，道："没有土著人或者英国人的身份，怡保警局是不会允许你在这里做大港主的。"

梦长脸上的笑容一下就消失了，想了想道："大叔，这样的大事，你怎么才说？快告诉我，我怎么才能弄到土著人或者英国人的身份？"单世昌道："弄英国人的身份太难，基本可以不考虑，倒是土著人身份，不是很难。"梦长又高兴起来，道："大叔，怎么才能尽快替我弄到一个土著人的身份？"单世昌看他一眼道："最简单的办法是，找一个土著女人结婚。"

梦长的脸色又难看起来，半天没说什么。梦成想到什么，忽然用愤怒的目光盯梦长一眼，转身要走。梦长一把抓住他诧异道："你干什么？"梦成叫道："华邦彦！你想干什么？"梦长道："我想干什么了？"梦成道："秃子头上趴苍蝇，明摆着的事儿！你想做大港主是假，想背叛我大嫂，在这里娶一个番婆，这才是真！"梦长生气了："胡说！"梦成继续叫道："说什么对天发誓，永远不娶伊塔公主，都是假！重建中国城，中国港，也是假的！"他也不等梦长回答，挣脱开梦长，转身往山下走。

梦长怒不可遏，三步两步追上去，堵在他面前，怒喝："你把话说清楚了再走！"刘松龄张德伦上前来解劝道："哎，我说，你们两弟兄就不要——"梦长道："大叔，这事你不要管！我这兄弟的脾气你不知道，我要是不现在跟他说清楚，他以后准会没完没了，闹个天翻地覆！"刘松龄张德伦无奈，退到一旁去。

梦长看梦成道："说呀，还有什么话？别藏着掖着了，全说出来！就这一回，说完了以后不准再胡说！"梦成叫道："我说得够清楚了！我问你，不娶玛塔公主，你怎么取得土著身份，怎么能够过英国人那一关，在这里做大港主？"梦长回头看众人，忽然失笑道："各位大叔，他就是这脾气，你们谁能帮我跟他说清楚！"

单世昌道："这事是我引起来的，还是我来吧。"说着上前道："邦杰，你怎么知道你大哥今天都是在骗我们，目的还是要娶玛塔公主？"梦成道："你敢说他不是！"单世昌道："当然不是。告诉你，如果你大哥把这件事交给老单，老单今天回去就办，保证不会是玛塔公主。"

五

果然三天后梦长就听到了消息。这天，他一大早就带梦成刘松龄走上了细雨霏霏的怡保街。梦成边走边看两旁娼寮的招牌，吃惊道："这什么地方？怎么到这里来了？这条街上住的全是娼妓！"梦长也看刘松龄："刘叔，怎么会在这种地方？"刘松龄苦笑道："我也不明白，总之老单说就是这条街。"

单世昌真的站在一所娼寮门外，十分焦急的样子。看到梦长，大喜道："邦彦，这里这里！"梦成忽然捂起肚子大叫："哎哟！哎哟！"梦长不耐烦道："怎么了你！"梦成道："肚子疼！疼死我了！早上吃的什么东西……我想上茅房！"刘松龄回头道："那边倒有一个！"梦成一溜烟地跑过去。

梦长看他跑远，无奈地摇摇头，走上前看单世昌，心烦道："单大叔，怎么在这里？"单世昌道："我可告诉你，这里是谈生意最好的地方，因为谁也不会注意你。将来你在西马做大港主，得学会入乡随俗。"刘松龄道："你不会让邦彦……"单世昌叫道："你这个老刘，说什么呢，我怎么会让邦彦做那种事，我说过了，今天就是谈生意！好了好了，进去吧！"

梦长刘松龄随单世昌走进娼寮的客厅，发现竟是家庭的布置，装饰得十分华丽，却四下无人。单世昌半个主人似的拍了拍巴掌，又叫："法蒂妮！我们都来了，老板还不出来见客！"

帷幕后面，忽然闪身走出一个妖冶的马来女子，眉如翠羽，肌如白雪，腰如束素，齿如含贝，且身段高挑，满头珠玉，且有一种异国的风韵，美得令人心醉。单世昌一下子就眉开眼笑起来，叫道："哎呀，我说我的好人儿，你瞧瞧，叫我们等了这半天！我来介绍，这位就是我说的那位来自唐山的贵客，一位公子，还是一位读书的秀才，才高八斗，出身豪富，那叫一个有钱，姓华名邦彦，就是中华文明之邦的俊彦的意思，万中挑一的人物……"

梦长不等他说完，即对法蒂妮略一拱手道："法蒂妮小姐，幸会。今天我们借你这一方宝地，见一个人，谈点事情，打扰了。"法蒂妮早就在看他，听他对自己说话，不觉脸红了，道："华公子不用客气。单先生说的你要见的人，就是我。"刘松龄悄悄从背后踢单世昌一脚，低声说客家话道："老单，你搞什么名堂！"梦长一惊后迅速让自己平静下来，道："啊，原来是这样。对不起法蒂妮小姐，这里面可能有误会。单大叔，这里说话不大方便，咱们门外去说"边说边一把扯起单世昌，走向门外，生气道："大叔，你原来说给我找的是一个当地马来女人，和她签约，办一张假结婚文书，我们付一点钱，等我获得了土著身份，婚约自动取消。怎么，你说的这个假结婚对象，居然是一个……"刘松龄已经跟出来，气愤道："老单，你这样做可不仁义啊！给邦彦找一个什么人都行，怎么弄一个娼寮的老鸨子！"单世昌急道："哎哎，邦彦，老刘，咱们把话说清楚了！我只是答应帮邦彦找一个愿意做这件事的马来女人，把大事办成，你们可没说她一定是个良家妇女呀。你们就不想想，马来女人和中国女人差不多，良家妇女谁会答应做这种事，只有妓女——"梦长什么都明白了，不想跟他生气，对刘松龄道："刘叔，咱们走吧，这件事不成。单大叔，你说得对，事情怪我一开始没说清楚。不过现在清楚了。你帮我找的这个人我和刘叔都见了，不成。"二人转身要走，单世昌急忙拦住道："等等！怎么不成？"梦长神情严肃起来，道："我不和一个妓女假结婚！"

单世昌再次拦在他们面前，道："我说邦彦，你不能这么说话。头一条，法蒂妮当年确实是妓女，不但是妓女，还是个名妓，可这会儿早就不接客了，只做娼寮的老板，这娼寮也是怡保最有名的。再说她年龄不大，当然年龄和这事没关系；再一条，你和她是假结婚，为的是获取土著人身份，可以得到英国当局的允许，在这里做大港主。法蒂妮这个人你们不了解，她可不是个你们想象中的那种人，她虽然也是个娼寮老鸨子，可是人爽利，讲义气，办事明快，决不拖泥带水，而且懂规矩，办完事拿到钱，你是你她是她，两不相见，再说她也不会说出去，神不知鬼不觉！在西马这种事多了去了！说句不中听的话，这在人家眼里就是一桩生意。古人讲欲做大事不拘小节，小不忍则乱大谋。"梦长坚持道："单大叔，那也不行，我的身份不允许我做这种事！"刘松龄也道："老单，你是不是没脑子？你刚才说这种事多了去了，可邦彦是能做这种事的人吗？眼下在整个西马，他是所有中国人心目中的领袖，更是所有中国人的脸面，你居然要他娶法蒂妮！"单世昌打断他道："哎呀你这个老刘，你怎么也这么不开化！总之邦彦，这件事是你的机会，也是我们大家的机会。说实话吧，让法蒂妮答应这件事，我可费了大力气，嘴皮子都磨薄了三分，你还嫌弃人家，人家不嫌弃你是中国人就不错了！"刘松龄回头看梦长。梦长做激烈思索状，有顷，还是摇头道："还是不行！"梦成不知何时已经出现在他们背后，大叫道："大哥，做得对！你不能干这样的事！"

雨忽然又大下起来，众人往房檐下面站了站。梦长看单世昌道："大叔，不管事情办没办成，我都谢谢你。只是这件事真不行，我们告辞了。"梦成高兴道："对，大哥，我错怪你了！咱们快离开这种乌烟瘴气的地方！"三人转身就走。单世昌留在原地，叫道："哎，哎，邦彦，老刘，邦杰，你们不能这么走。你们这么走我就坐蜡了！我怎么跟法蒂妮交代？我这人在西马的信誉也完了！今天用人家这场子还要钱呢！我可没钱！这人我要丢大了，人家要是再把我告到英国法庭上，我又要去威尔逊矿山上做工还债。"梦长等人已在雨中跑起来，听不见他的话了。

六

大雨仍在下个不停。单世昌冒雨闯进洛阳镇潮记杂货铺，先打了几声喷嚏，一叠声地叫："冻死我了！这雨下的！这哪是人待的地方！我要不是为了你们——"众人看他一副狼狈相，都笑起来。单世昌看他们笑，生气道："笑什么！邦彦，老刘，邦杰，你们三个跑得太快了，我紧赶慢赶，还是没赶上，啊嚏——！"他又打起喷嚏来。众人又要笑，梦长对梦成道："还笑！快给大叔拿件干衣服。"单世昌摆手，胡乱叫道："不不不，我不要。我跟他们说不着！邦彦，你跟我进来！"说着一把拉起梦长进了内室，并关上门。

梦长看单世昌，道："大叔，有什么话你可以在外面说，都是自己人。"单世昌把门栓插上，低声道："不不不，这件事还真不能跟他们讲，这是大事。古书上说得好，但凡是大事，必是策划于密室，甚至独出一人之心，不能跟俗人商量。"梦长皱眉，道："大叔冒着这么大雨赶来，若还是要说法蒂妮小姐那件事——"单世昌叫道："当然还是这件事！你知道你们走后发生了什么吗？"梦长笑道："大叔是不是又帮我找了一个新的结婚对象？"

单世昌激动地在室内走起来，叫："错！还是她！法蒂妮对我说，自打你走进去，她第一眼看见你，就傻了！她一见你，方寸大乱，方寸知道吗？方寸就是心，心这儿大乱！她对我说，她二十几年一直在等的那个命里注定要从远方来的男人、她的主人到了！就是你！为了你，她说她第一可以带全部财产嫁过来，一辈子让你过得像个苏丹。你要是嫌弃她现在的身份，她今天就可以为你关掉生意，一辈子只侍奉你一个人，做中国式的贤妻良母！"

这时内室的门忽然被人咚咚地擂响了。传来梦成的声音："大哥，我是邦杰，让我进去。老单，你又在里面对我哥灌什么迷魂汤呢！"那扇门经不住他这么大力捶打，一晃一晃地要倒掉。单世昌拼命用力顶住门扇，叫道："邦杰，再敲我就生气了！等一会儿，你这会儿不能进来！"梦成不理，还是拼命砸门。

梦长皱了皱眉，走过去，对门外的梦成道："大叔说了，让你不要闹。住手！"砸门声戛然而止。梦长却回头对单世昌严肃道："大叔有话快说，说完咱们出去。"单世昌道："好吧好吧，我长话短说好了。总而言之，法蒂妮小姐说，你就是看不起她做过妓女，不愿意娶她，为了你，也愿意和你假结婚，而且不要咱的钱！"梦长皱紧眉头思索起来，有顷，回头断然道："不行！大叔，这样事不要再说了！"他转身去开门，却被单世昌拦住，道："我知道你不会答应，但是我聪明呀，我忽然间就想出了一个主意，这主意一说出来，法蒂妮就同意了，她真是个好姑娘！"梦长惊讶道："什么主意？"单世昌一时眉飞色舞，道："我说，现在你娶法蒂妮的障碍，就是她目前的身份和她做的这行生意，其实这本来不算什么……不不不，我不说这样的话了！……既然她的身份和职业成了我们做成这件大事的障碍，我们就想办法消除掉它！"梦长脸上现出不明白的神情。单世昌继续道："你甭急，我马上就说完了。后来我就对法蒂妮说，我有一个提议，你要是能接受，你和邦彦结婚的愿望就能实现，要是不行，这件事就吹。她问我什么提议，我就说，在你们结婚前，你先关掉生意，在英国警察当局上缴你经营娼寮的许可证，也就是中国人说的从良，变成良家妇女，那时候你和邦彦若是有缘，你们就真结婚，无缘就假结婚，帮他做成他想做的大事，这以后的事我就不管了。这叫两全其美。你猜怎么着？她答应了！一刻也没犹豫，想都没想，都没过脑子，就答应了！要不说女人都没脑子呢，只要他爱上一个男人，她就over了！"梦长没听懂，愕然道："什么？"单世昌得意道："over就是完了！怎么样？要不我得说我自个儿聪明、会办事，是当今的萧何诸葛卧龙再世呢！——"

梦长再次断然道："不成！"单世昌大为惊愕，道："Why！为什么不成，你倒是给句话！人家可是什么都答应了，什么都愿意舍弃，这不就是天上掉下来最大的一块馅饼，直砸到我们脑袋上，我这会儿还晕着呢，你怎么就不愿意伸手接住呢？"梦长道："单大叔，你请回吧，这件事已经结束了！"一向说话流利的单世昌看着他，顿时结巴起来，道："结……结束了？"梦长斩钉截铁地点一下头。单世昌绝望道："一点商量的余地也没有？"梦长点头。单世昌脸白下来，像被人彻底打败了一样，慢慢地走过去，拉开门栓，走出去。门外的梦成刘松龄张德伦惊讶地看着他，没有人知道发生了什么。单世昌自己也不说话，谁也不看一眼，一径走了出去。

七

风雨又大起来，洛阳镇周围的山间，群瀑重挂，山洪奔涌，汇成一个巨大的、山呼海啸般的轰鸣。一队队人数庞大的矿工队伍从周边的一一座矿山中走出，走向山间这座不起眼的镇子，他们的脚步声成了风雨声中的另一种惊天动地的声响，如同滚滚而来的沉闷雷鸣。很快，最先赶到的从威尔逊矿山上下来的由疤脸大个子率领的一队已经停在潮记杂货铺门外，他们无言站立，任大雨从他们脸上身上河流般流淌。与此同时，镇上的每一扇房门都打开了，一家一家流落此地的中国人走出来。他们中间不但有强壮的男人，还有妇女、老人、孩子，这些人也自动汇入从四面八方赶来的人流之中，向潮记杂货铺涌来，停在一支又一支矿工的队伍身后，壮大了他们的声势。

没有人说话，所有人都伫立在风雨中，神情悲壮庄严，如同一座座雕像。而从远方的山野里，大批华工仍然络绎不绝，顶风冒雨相互搀扶着向这里走来。

梦长早就站在店内一扇窗户外面，望着外面街道上的情景，回头看张德伦和刘松龄，大惊道："两位大叔，怎么回事？"目光逼人。刘松龄张德伦避开了他的目光，只是沉默。梦长急道："大叔，快说话呀，到底是怎么回事？"刘松龄回头，神情冷峻道："邦彦，现在全西马的客家人都在传递一个人的指令，你就没听说！"梦长怔住了，道："指令？谁的指令？什么指令？"张德伦庄严答道："钟梦长的指令。他以河洛十族盟主的名义指令你，河洛十族华家新一代掌门人华邦彦，在玛塔公主和法蒂妮小姐二人中间选择一个人结婚，留在西马，为成就客家人一千七百年没有完成的事业，做大港主！"

一时间梦长脸上现出难以置信的表情，嘴巴张了张合不上，半晌才发声道："钟梦长！是他！"张德伦盯着他，严肃道："如果你真是河洛十族华家新一代掌门人华邦彦，现在就该走出这扇门，到外面去，告诉西马所有的客家乡亲，你已经听到了钟梦长的指令，一定会照着他的指令来做，留在西马，娶了她们两人中的一个，哪儿也不去。不能让乡亲们这么在外头淋着！他们中间还有老人和孩子，会被淋病的！"梦长瞪大眼睛看着他们，忽然间什么都明白了，脸部的肌肉大动起来。

刘松龄又催道："盟主，门外头已经站了好几千人，再这么下去，人会越来越多！全怡保、全西马的客家乡亲都会来的！他们希望你现在就能站出去对他们说出那句话，只要你说一句你会听钟梦长的话，不离开他们，不离开西马，他们就会

客家人

离开！"梦长忽然想到他应当说些什么，话到唇边却又咽了下去。单世昌推门闯进来，道："盟主，不好了，玛塔公主部族的人知道你要走，全族的人马出动，已经把洛阳镇包围了！"梦长这一惊非同小可，他一把推开后窗，朝镇外风雨中的山林望去。他真的望见了，大队伊塔武士再次从山林间现身，人马越聚越多。从众多人中间，跨马走出了玛塔、艾玛以及她的贴身武士队伍。

梦长的心猛然激烈起来，回头看三人道："刘叔，张大叔，单大叔，这是怎么回事？谁告诉他们说我要离开西马？"单世昌生气地看他道："盟主，我们和伊塔人是有约的，你就是要走，也要正式通知人家，不能悄悄离开！"梦长目光转向刘松龄，更激烈了，道："刘叔，你知道是怎么回事？"刘松龄道："我不知道，但是能猜得出来，这么些天过去了，玛塔公主自己已经告诉所有的伊塔人，你是他的丈夫，她是你的妻子，可是我们这一方根本没有一点动作，表示你要娶公主。这对他们来说已是天大的事，现在又听说你要走，他们怎么会不着急，又怎么可能不出现今天这样的局面？"

梦长又看张德伦，焦急道："张大叔，你知道这件事吗！"张德伦也用从来没有过的强硬语气道："我不知道，但是我以为，如果钟梦长真在西马，听说了你正在做的事，一定会不赞成的。无论是哪方面想，你都应当为所有西马的客家人，不，是应当为客家人一千七百年来的事业做一次牺牲！"

梦长猛转身，面色苍白，大声道："三位大叔！不要骗我，我明白这是怎么回事了！我从来没有想过要离开西马，你们这是……这是在逼我！我说过我不能，就是不能，再逼我也不能！来再多的人也不能！我不能和玛塔公主成亲，也不能和法蒂妮小姐假结婚！不错，我是河洛十族客家人，肩上有自己的责任，可我也是个人，我也有自己不能做、不愿意做、做不了的事情！"张德伦的声音凌厉起来，高声道："什么事情是你不能做、不愿意做、做不了的？"梦长高声道："我对乌斯曼殿下发过誓，不娶公主。如果我违了誓，我们这些人和乌斯曼的伊塔人之间，马上就会发生一场战争！我这个客家人的代表就成了一个不守誓言的人，我们客家人也就成了一个不守誓言的族群！"单世昌看一眼刘松龄和张德伦，回头道："邦彦，你可以不娶玛塔，但可以和法蒂妮小姐假结婚。这样，就不会违犯钟梦长的指令了。"梦长忍无可忍，愤然大叫："不要说了！我做不到，就是做不到！我不愿意，不愿意可以解释这一切吗。"

杂货铺外，大雨如故，所有的客家人还站在这里，更多的人仍在汇向镇街。风雨中，一个老人身子一软，倒了下去。身边众人急忙将他扶起，就近扶进镇街的一户人家，其余的人仍然伫立如故。又有一个小女孩倒下去。几名女人急忙将孩子抱起，送进身后的人家。洛阳桥方向，玛塔带领伊塔人的队伍向镇内走来。她一挥手，大批手持武器的伊塔武士已经进入客家人中，将潮记杂货铺团团包围。

天色渐暗，已是黄昏时分。潮记杂货铺内，梦长仍然站在窗前，一脸执拗和悲情。张德伦走出去又走进来，望着他道："邦彦，不管你答应还是不答应，都要出去说句话，乡亲们已经在外面站了一天了。有几个孩子和老人已经倒下去了！"梦长依然咬紧牙关不回头。张德伦又道："还有一件事。公主说了，如果到了天黑你还不出去表达自己不会离开西马，他们就进来劫人！"梦长猛回头瞪他一眼，欲说什么，又止住了。

门外的街道上，一直屹立在风雨中的客家人的队伍里，山崩地陷一般响起了巨大的呼喊声："钟梦长！钟梦长！钟梦长！"众人心头大震，急回头看着梦长。听到这个声音之初，梦长也吃惊地看三人一眼，但也只是一眼，就不再回头，更做出了一种不接受外面的呼喊的姿态与神情。刘松龄愤怒地看一眼单世昌和张德伦示意，三个人也有节奏地呼应起屋外的呼喊："钟梦长！钟梦长！钟梦长！"梦长猛回头看他们，满腔怒火。三人的喊声停止。

梦长大声地叫道："三位大叔，你们知道，我不是钟梦长！"刘松龄看一眼张德伦，回视梦长道："你不是钟梦长，可你是河洛十族的华邦彦！钟梦长是你的盟主，他的号令，你不能不听！"梦长怒道："没有任何证据说钟梦长发出了号令，一定要我娶一个马来女人！"张德伦道："邦彦，我们都知道你不是钟梦长，我们也希望十族盟主钟梦长现身，可是作为十族的兄弟，你真的希望钟梦长在西马现身吗？"单世昌也道："钟梦长不能现身！钟梦长现身就危险了！"梦长面无血色，大吼道："再说一遍，不管你们说什么，我都不会答应的！"

外面街道上，方才山呼海啸般的喊声已经停了下来。疤脸抹一把脸上的雨水，看一眼大个子，又看众人，道："这个要是不行，咱们就换一个口号。""什么？"大个子问。疤脸已经喊起来："驱逐鞑虏，恢复中华！"众人立即随他高喊起来："驱逐鞑虏，恢复中华！驱逐鞑虏，恢复中华！"杂货铺内，这新起的呼喊声让梦长陡然变色。另外三个人听了，一个个热泪盈眶。张德伦拭一把泪花道："邦彦，十族盟主钟梦长有话，要我们传给你，你必须留在西马，为实现客家先人驱逐鞑虏恢复中华的遗言娶伊塔公主，然后在这里以做大港主为掩护，积聚财富，招兵买马，寻找十八兄弟，重建客家人云上军团！"

梦长回过头来看他，这一眼是那么久，屋内的三个中年客家人都被惊呆了。在一片惊天动地的喊声中，梦长耳边又响起了五岁时云上军团海边最后一战时的枪炮声、厮杀声和海涛的轰鸣声。在这些声音里，他又听到了烈士牺牲前喊出的一阵阵"驱逐鞑虏，恢复中华"的誓言。这种超越时空的联想让梦长一时热泪涔涔。他忽然转身，一把拉开屋门，大步走出去。

门外的呼喊声立即就停止了，所有人都望着这个热泪盈眶的梦长。这一刻，就连来自千山万壑的风雨呼啸声也似乎突然停止了，现场变得极为安静，就连雨条子鞭子一样抽打在梦长脸上的声音也清晰可辨。刘松龄匆匆跑出来，撑开一把雨伞为梦长遮雨。张德伦也走出来，将一块油布披在梦长身上。单世昌手中没有东西，也跑上来帮刘松龄把稳雨伞，用自己的身子在一侧帮梦长挡住风雨。梦长回手夺过二人手中的雨伞，将它合上，交给刘松龄，又一把扯下张德伦蒙在自己身上的油布，扔在地下。

他的这些激烈的举动惊动了所有人的心。这时，所有的人都听到了他的声音。梦长大声叫道："乡亲们，我让你们受苦了！华邦彦对不住大家！今天太晚了，快回去吧，我代表十族盟主钟梦长感谢大家，虽然身在南洋，远离故土，仍然没有忘了先人的遗言，驱逐鞑虏，恢复中华！"众人大声喊道："不答应我们的要求，我们不走！"梦长大声回应道："乡亲们，我现在只能说一句话，请大家回去！"众人还在呼喊："你还没说是不是听从十族盟主的命令呢？"

梦长耳边云上军区最后一战的声响低沉了又高涨起来，前方客家人的队列中，老人小孩的面孔模糊了又清晰，终于，他重新开口，大声道："我……好吧，大家要我做的事情，我答应了！"现场一片寂静。忽然，每一双眼睛里都涌出了泪光。一片欢呼响起来："他答应了！他不会走了！他答应了，他不会走了！"欢呼声中，满眼是泪的梦长已经大步走回杂货铺内，并猛地关上了屋门。只有到了这一刻，不屈的眼泪才从他的眼眶小河般地流泄下来。

八

刘松龄等三人很快就走了进来。单世昌从背后道："盟主，我们在等你的一句话。"梦长三下两下拭去泪花，猛回头道："单大叔，请你这就回去，对法蒂妮小姐讲，无论是真结婚，假结婚，也不管她愿意不愿意关掉娼寮，是不是还继续做她的生意，我都签字，和她成亲！"三人相顾大惊。刘松龄惊道："邦彦，你选择的不是玛塔公主！"梦长心乱如麻，答道："当然不是！"张德伦道："为什么？"梦长道："我说过了，我不能！"张德伦迅速和刘松龄交换一下目光，回头道："如果你觉得这样对公主、对你、对我们的事业更好，我们大家也可以接受！"单世昌道："老张，你这是什么话！虽然法蒂妮的事是我帮忙撮合的，但要是在玛塔公主和法蒂妮小姐两个人中间做选择，我还是要说，盟主应当娶的是公主。"梦长已完全冷静下来，道："什么也不要说了，我已经决定了！我也告诉你们一个秘密，这不是我的决定，这是钟梦长的决定！"

众心中这一惊不小，只有他们才知道今天发生的一切是因为什么。此时三个人面面相觑，不知道该不该相信梦长的话。单世昌最早反应过来，看另外两人一眼，故意高声道："哎呀，这太好了，既然是十族盟主的决定，邦彦，你就更应当执行了！各位，我马上走，明天就去见法蒂妮小姐！可公主这边怎么办？"梦长一字字道："我从来没有答应过娶她，而且，我希望公主会明白，只要我不娶他，乌斯曼就不能挑起战争！"张德伦急对单世昌道："好了好了，盟主都说到这里了，你快走吧，去办大事。对了，注意保密，事情没办成前，不能让公主知道！"单世昌点头，匆匆走出去。

第二天一大早法蒂妮就得到了单世昌传来的口信。她情绪激动，立即让人取下娼寮的招牌，收拾起东西来。巨大的和意外的喜悦让这个对梦长一见钟情的马来女子难以自已。侍女卡米拉看她道："小姐，你真的要关掉咱们的生意，嫁给那个唐山人？"法蒂妮不回头，她不想让卡米拉看清她眼里激动和感激的泪水，只坚决地挥一下手道："对！"觉得侍女还要说什么，法蒂妮又抢先道："卡米拉，好姑娘，什么也不要说！我的心乱得很……不，我要嫁给他，一定要嫁给他，他说什么我都答应，我害怕！"她捂住脸哭起来。卡米拉上前来，递给她纱帕，安慰道："小姐，中国人说吉人天相，一切都会好起来的……"法蒂妮终于让自己镇定下来了，她三下两

客家人

下拭去眼泪，露出笑容，道："卡米拉，我真幸福！我高兴，我知道自己遇到了我一直在等待的那个人，虽然他是个唐山人，可他就是我一直在梦想的那个来自远方的主人！自从见过他第一面，我的浑身像着了火！他现在就是把我卖了，就是把我杀了，要我和他一起往火坑里跳，我眼都不眨一下就会跳下去！……不，你不懂得女人爱一个男人的感觉！你还小！""他们今天会来吗？"卡米拉问。"会的。"法蒂妮幸福地叫道，"今天下午就会来签署一份婚书。啊，我……又有点头晕了！不，快把我扶起来，我要准备一下，把最好的食物，还有我的心，全拿出来，款待我的未婚夫……我的主人！"一边说，一边又流下了眼泪。

很快就是午后了。门外忽然响起激烈的脚步声。

九

卡米拉开门，带梦长、单世昌、刘松龄、梦余走进来。法蒂妮已经拭去泪痕，勇敢地转过脸来。梦长与法蒂妮对视一眼，目光迅速避开。单世昌上前急道："法蒂妮小姐，我们到了！"法蒂妮平静如常，道："各位贵客请坐！"单世昌又看了一眼梦长，脸上故作轻松，内心却依然紧张，生怕到了这里梦长还要反悔。

梦长走向一张准备好的圆桌，要坐下来又停住，平静地向法蒂妮点头微笑，道："谢谢法蒂妮小姐。大家都请坐吧！"这一句话，让单世昌和刘松龄都松了口气。法蒂妮面对梦长坐下来。梦余走过来站在梦长身后，悄悄看一眼紧张地侍立在法蒂妮身后的卡米拉，又觉得不好，急忙转过脸去望着别处。卡米拉则不高兴地看他一眼。

单世昌将两份待签的文书从律师包中取出，分别放在梦长和法蒂妮面前，道："法蒂妮小姐，华邦彦先生，这是本律师为两位草拟的婚约。在签下这份文书前，大家都好好看一遍，如有违背双方本意之处，本律师可以马上在上面做出修正！"说着将一支笔递向梦长，低声道："盟主，快签字！"梦长将他的手推回去，道："还是法蒂妮小姐先看一下婚约。"法蒂妮一直低着头，不敢正眼看梦长，这时急急低声对单世昌道："单先生，法蒂妮就不看了，我现在就签！"单世昌坚持道："不不不，本人作为律师和你们的证婚人，有权再次严肃地请你们双方最后一次认真地审查婚约的本书。法蒂妮小姐，这件婚约一旦签了字，就具有了法律效力，每个人都要对它负起法律责任！你还是再仔细看一遍，如果有新的条款要提出来，经过协商双方同意，现在就可以把它加上去！"刘松龄觉得他又多事了，在桌子底下踢了他一脚。

法蒂妮忽然抬头，勇敢地望向梦长，道："尊贵的华邦彦阁下，法蒂妮愿意嫁给你，做你忠实的妻子，一辈子侍奉你，做你的奴仆。法蒂妮只有一个小小的要求，在法蒂妮帮你获得马来人身份后，也请你答应帮我办一件事。"刘松龄大惊，看单世昌道："老单，不是这么回事啊，说好的是假结婚，是一桩生意！"单世昌忙道："对对对，尊贵的法蒂妮小姐，你刚才是说真要嫁给华邦彦先生，这已经超出了我们私下达成的默契——"

梦长举手拦住他，对法蒂妮微笑，道："法蒂妮小姐，没关系，你继续说，那是一件什么事！"刘松龄小声提醒梦长道："邦彦，别的事情不能随便答应！"梦长仍旧不理他，继续道："法蒂妮小姐，请大胆讲出来，如果能够，我愿意接受！"梦余忽然变了脸色，看梦长一眼，转身就往外走。卡米拉生气地看他一眼，哼一声，盯着他一直走出去。单世昌叫道："哎，邦雄，哪里去！"梦余故意大声地说道："外头待着去，这里太臭，快把我熏死了！"

梦长置之不理，脸上仍然保持着微笑，道："法蒂妮小姐请讲！"法蒂妮看单世昌，又看刘松龄，欲言又止。单世昌悻悻然道："法蒂妮小姐，既然华邦彦先生请你讲，你就讲吧！"法蒂妮颤声道："尊贵的先生，我未来的主人，法蒂妮只想在你利用法蒂妮假结婚的办法获得马来人身份后，帮助法蒂妮改变一下自己的身份！"单世昌又叫起来："什么？法蒂妮小姐，做这一门生意是有规矩的，你不该向我们提出超出生意范围的要求！"梦长再次挡住他道："法蒂妮小姐，没关系的，请讲！"法蒂妮匆匆抓过一支笔，在婚约上签上自己的名字，站起，做欲离开状，又回头，已经热泪盈眶。众人一惊，相视。这时就听法蒂妮道："华邦彦先生，从现在起，你就是我的主人了。法蒂妮是你的奴仆。既然我的主人是唐山人，法蒂妮想请我的主人在取得马来人身份后，将法蒂妮的身份变更为唐山人！"她说完这句话，不等回答，就匆匆离开。卡米拉惊叫了一声："小姐——！"再看法蒂妮，已经跑进了自己的房间，并关上了门。

外面客厅里，梦长将那张已由法蒂妮签字的婚约推向单世昌，缓缓站起。单世昌道："哎，邦彦，你还没在上面签字呢，你一签字，它就有了法律效力，我们就可以带它去怡保警局办理新入籍为马来人的身份登记了！"梦长站着思考，有顷，忽然回头道："大叔，先把它收起来，我现在还不能签字！"单世昌愕然道："为什么？"梦长看法蒂妮的房间一眼，急促道："我现在不想解释！"他这时才发觉不见了一个人，"刘叔，梦余呢？""走了！"梦长急躁起来，道："我们走！"说完他转身就走。刘松龄和单世昌迷惑地对视一眼，单世昌道："快走！好不容易才弄成这么个东西，咱得撺出去，让他签字！"

城外山道上，雨又大下起来。梦长一路急奔，才赶上了梦余，一把将他扭转过来，大声道："你干什么？怎么走了？"梦余咬牙切齿道："我恨你！"梦长想了想道："行了，我知道，你和邦杰一样，都恨我！"梦余怒道："我和邦杰不一样！你为了我们能在西马站住脚，为了做大港主，在这里和一个娼寮的老鸨子假结婚，我都没说什么！可是你今天……不该从头到尾，对着那个老鸨子笑！你在家里和我大嫂成亲，一整天都没个笑脸儿！你骗了我和邦杰，你心里想和这个老鸨子做真夫妻！"他转身又跑。梦长追上去，一把将他拉回来，道："你胡说！我从头到尾对着她笑，那是因为你们！"梦余道："因为我们？怎么是因为我们？我可没让你对她笑！"

梦长心中再也无法忍受，对他大声叫喊："就是因为你们！当初奶奶告诉我，我一生下来就不再是我自己的，我是十族人的，客家人的，天下人的！到了这里，你们还告诉我，我不是我自己的，我是你们大家的，是所有西马客家人的！是你们逼我来做这一桩生意！我来了，从头到尾都对我自己说，别一转身跑掉了，让你们失望，因为它只是一桩生意！既然是和人家谈生意，就要像个谈生意的样子！你就要保持笑容！我做到了，可你却对我说，你恨我，我不该对着她笑！"一辆马车从风雨中驰来。车窗里现出玛塔的半张脸，她看见了大雨中激动争吵的梦长和梦余，急对艾玛叫："停！"

马车停下来。玛塔下车。艾玛跟在后面下车，用雨伞替玛塔遮挡风雨。梦长回头看见玛塔，吃了一惊。他发现玛塔正用无比幽怨的目光逼视着他，急忙换了一副表情，故作平静道："啊，是公主！这么大的风雨，你怎么出了山——"单世昌和刘松龄冒雨赶过来，气喘吁吁，吃惊地看着梦长和玛塔，不明白发生了什么事。

梦余已经不管不顾地冲玛塔嚷起来："公主，我大哥要背叛了我大嫂，和怡保城里一个娼寮的老鸨子结婚！要是我大哥一定要在这里娶一个女人才能办大事，我宁愿他娶的是你！"他说完，已经泪流满面，转身大步跑走。

梦长回看玛塔，还没有说什么，玛塔已经逼了上来，轻声道："唐山人，这是真的？"梦长心中起了一种强大的力量，这让他的声音听起来显得倔强而无理：

"公主，我现在是一个自由的中国人，我想做什么，难道还要得到你的准许吗？"玛塔猛地一巴掌打在他脸上。梦长一惊，玛塔转身走向自己的马车。单世昌知道事情坏了，急跟上去，叫道："公主，不要误会！不是真的，是一桩生意，还没签字呢！没签字就不算数！你不要生气——"马车前，玛塔忽然站住，回头看单世昌，问道："那个女人是谁？"单世昌一惊，脱口而出："法蒂妮！"玛塔恨道："原来是她！"单世昌知道自己又错了，要上前拦住她，玛塔已经上车，一把从艾玛手里夺过马鞭，回头就给他一鞭子。单世昌叫了一声，手捂在脸上。玛塔用鞭子打马，马车飞快地向怡保城中驰去。

梦长仰望天空，一任雨水小河一样漫过自己的脸，大吼道："这是为什么？谁能回答我？为什么我是我？我要被你们逼疯了！我一点也不想做这样一个我！"他的悲愤激烈的喊声在风雨交加的山间回响起来，余音不绝。刘松龄和单世昌惊讶地望着这个已经变得认不出来的人。梦长忽然不喊了，他回视二人，变色，大叫道："快，快回去，救法蒂妮小姐！"

第十一章

一

玛塔飞车赶进城里，远远地就见一个地方火光冲天，大惊，大鞭子打马，马车狂奔起来，转眼已到法蒂妮娼寮所在的街道，朝前望去，只见汉斯带着几名英国警察鸣笛赶来，看一眼燃烧的娼寮，手一举却停住了。周围的大批华人和马来人涌来，一名华人大声对汉斯和众英国警察喊："快救火呀！"汉斯耸耸肩道："怎么救，救不了啦！"说着吹响警笛，集合英国警察，跑步离开。

玛塔和艾玛在人群后面跳下车，听到两个马来人正议论道："还好只有法蒂妮和卡米拉没逃出来，其他人都逃出来了！"玛塔猛回头问道："你们说什么？"两个马来人认出了是她，急忙躬身恭敬施礼："公主殿下！"玛塔急道："法蒂妮死了？"两个马来人点头、落泪。玛塔吩咐道："快去救火！"众马来人和华人听了，急忙去救那火，但是已经无济于事。玛塔又问："是怎么发生的？"众马来人看她，又都低头离去，没有人回答。艾玛道："公主，周围的房子都好好的，单单法蒂妮家着了大火，太蹊跷了！"玛塔没有心情回答，环顾四周，目光忽然投向前方一座茅寮，心中一动，开口道："快跟我来！"艾玛一惊，跟着她急急向那座茅寮走去。

这间茅寮的门一直紧闭着。玛塔也不敲门，一把将门推开，直闯进去。门内一个马来女人看见她进来，惊呼了一声，急忙匍匐在地。玛塔并不理她，一径走向二楼一间密室。法蒂妮和卡米拉果然藏在这里，见是她，都大吃了一惊，匆匆匍匐在地。法蒂妮道："公主殿下——"说着就上前吻玛塔的裙脚。玛塔并不看她，厉声道："法蒂妮，谁烧了你的房子？"法蒂妮看她一眼道："殿下……""不想挨鞭子就快说！"玛塔叫道。"是乌斯曼殿下！"法蒂妮哭起来。"他为什么要烧掉你的房子？"玛塔又问，仍然不看她，但是她的眼里已经涌满了泪花。法蒂妮只是哭泣，不愿意说下去。玛塔终于瞥了她一眼，气愤道："你做了什么事，让他要用这样的办法惩罚你？"法蒂妮还是不答，只是哭泣。"啊，我明白了，你想帮他，可乌斯曼不让你这么做！但你还是这样做了！"法蒂妮茫然地看她一眼，不明白她怎么知道了这些事情，但还是重重地点了点头。玛塔回头一眼就看到了堆在法蒂妮身边的那些出远门的包袱。"怎么，你要逃走？"她问。法蒂妮道："回殿下的话，法蒂妮得罪了乌斯曼殿下，不能不逃，不然就是个死！"玛塔仍旧不看她，道："你想逃到哪里去？"法蒂妮道："逃到一个乌斯曼殿下的人找不到的地方去。"玛塔道："城里城外都是他的人，他既然要杀你，你和卡米拉是逃不出去的。这样好了，等一下你们先去我那里躲几天。啊，还有一件事，在城里抓不到你，乌斯曼的人一定会守在文德港，你想从那里乘船离开西马，一定会被他们抓到的！"

法蒂妮重新叩头拜谢下去，又去吻玛塔的裙脚。这期间她终于抬起头看了一眼玛塔，失色道："公主——！"玛塔还是不看她，道："怎么了？""奴仆不知道公主已经出嫁，没有去给公主贺喜！"玛塔停顿了一下，问道："你知道我的丈夫是谁？"法蒂妮道："奴仆不知道。"玛塔道："我的丈夫就是那个你要用签订婚约的方式帮他获得马来人身份的唐山人！"法蒂妮面色惨白，大叫一声道："啊，公主，怎么会是这样？"

玛塔终于让自己平静下来了，她那被忌妒之火灼伤的心仍在疼痛，但已经可以原谅法蒂妮了。"法蒂妮，你不要惊慌，我并不怪罪你，因为你并不知道我和这个唐山人之间的故事，更何况这个唐山人……他并不认可你和他的婚事！"法蒂妮脸色又白了，张张嘴又合上，半晌才道："公主殿下，奴仆不知道他是公主的驸马，要是知道，法蒂妮怎么敢——"玛塔打断她道："不要说下去了！法蒂妮，我问你一句话，你爱她吗？"法蒂妮小声哭起来。玛塔终于用哀怜的目光看她了一眼，泪水也滚了下来，道："你不要哭了。现在还想嫁给她吗？"法蒂妮急忙摇头道："不不不，奴仆不敢！"可说完这句话，她依旧伤心痛哭不已。

很久一阵子，玛塔一直在听这细碎的哭声，忽然道："法蒂妮，我知道你的心了。我也是个女人，你爱上他了，和我一样！可他爱你吗？"法蒂妮老老实实道："奴仆不知道——！"玛塔脱口而出："那你为什么……？"她忽然觉得这话问得多余，有顷，哀声道："他不会爱你的，就像他也不爱我一样。先前我不懂为什么，现在懂了！"法蒂妮道："为什么，难道他没有一颗爱人的心？"玛塔看着窗外，有顷才道："他有，可在这颗爱人的心里面，已经塞进了别的东西，很多很多，其中说不定还有……一个女人！"

客家人

法蒂妮大惊，她的心开始关心面前的这个女人，为她的爱情、婚姻和命运担忧。法蒂妮抬起泪眼道："公主！奴仆……奴仆想知道，唐山人不爱公主，为什么公主还要嫁给他？爱不是嫁给一个男人唯一的理由吗？"玛塔呻吟一般道："只有嫁给这个唐山人，才有力量保住我们的部族。保住了我们的部族，也才能保住所有的伊塔人。乌斯曼不明白这个道理，以为灭了我们，他就可以独占怡保的伊塔领地。他错了，不懂得英国人要的就是我们自相残杀，然后就可以像美国人对付西部的印第安人一样把我们全部消灭，将整个西马全变成他们的土地！法蒂妮，我不如你，你还可以爱你喜欢的人，如果不能爱他，你还可以离开西马，远走高飞，我却不能！——你起来吧！"法蒂妮站起来，来不及拭去泪水，关切道："公主，为什么？"玛塔与她泪眼对视，道："因为……总要有人为我们的部族牺牲！"法蒂妮的心忽然欢叫起来："公主……公主是说，你并不爱唐山人，是吗？"玛塔忽然不说话了，这一刻两个女人都像触碰到刀锋一样触碰到了自己最不能触碰的东西。"不，法蒂妮，什么也不要说了，"玛塔道，她不想对面前这个女人说出自己的痛苦和爱，"瞧，下面有人盯上了我。你现在还不能跟我走。我要先离开这里，等到天黑，让人带你和卡米拉离开，避开文德港，从别处上小船到马六甲，然后再从那里去婆罗洲，再也不要回来！"说完不等法蒂妮回答，就转身离去。法蒂妮来不及叩谢一声，密室的门就"砰"的一声关上了。法蒂妮再也无法忍受，回头瘫倒在地下，和卡米拉拥抱在一起，痛哭起来。

　　梦长等人赶到法蒂妮的娼寮前，整座小楼已全部淹没在火海里。梦长大惊，忽然回头，看见玛塔的马车从他身边疾驰而去。单世昌拦住一个救火的华人问道："法蒂妮小姐，这里怎么了？"华人道："让伊塔王子乌斯曼的人烧了！"梦长闻言冲上前急问："大哥，法蒂妮小姐在哪？她还活着吗？"华人摇头道："法蒂妮小姐，和她的侍女卡米拉，都没有跑得出来！"梦长眼圈一下子就红了。众人吃惊，刚才他还为和这个马来女人签订婚约痛不欲生，现在竟然又为她的死落泪了。梦长这时忽然又想起了什么，回头怒视单世昌道："大叔，法蒂妮是乌斯曼的族人？"单世昌道："不，是玛塔公主的族人！"梦长道："原来乌斯曼杀了玛塔公主的族人！"单世昌害怕地点了点头。梦长眼里喷出怒火，牙关咯咯作响，大喝一声道："我们走！"说完不等别人回答，转身大步离去。刘松龄忽然明白发生了什么，急叫众人一起跟上去。

黄昏时分，梦长已经带众人纵马来到乌斯曼山寨门外。众多火把照耀之下，梦长带刘松龄单世昌再次穿过刀刃架出的夹道，走进乌斯曼的大寨。乌斯曼在众武士的簇拥下凝视梦长，率先开口道："华邦彦，这么晚了，你到我的山寨来，想做什么？"梦长大声道："殿下焚烧了法蒂妮小姐的娼寮，烧死了法蒂妮小姐和她的侍女，而她们是阿里·拉希德陛下的族人！华邦彦和我的族人是你们两族伊塔人和平约定的执行监督人，我今天是兴师问罪来了！"乌斯曼大声冷笑，道："你想怎么样？"梦长道："我只想当面提醒殿下一句，你已经破坏了两族的协定，必须当面向对方做出道歉，保证以后不再犯同样的错误，这件事才能了结！"乌斯曼挑衅道："唐山人，如果我不这么做呢？"梦长道："那你就错了。你这么做会让尊贵的阿里·拉希德陛下的族人有权对我和我的族人提出更多的要求，譬如说，逼迫我和殿下的堂妹玛塔公主联姻！"

　　乌斯曼陡然变了脸色，大怒道："什么？你要和玛塔成亲？"梦长道："我想和法蒂妮小姐结婚，就是为了避免这件事发生，是殿下自己用你的残忍毁了这种安排。殿下的手杀死了法蒂妮小姐，也就毁掉了我在整个西马和任何一名当地人结婚的可能。为了让别人相信我和我的族人对阿里·拉希德陛下及其族人的承诺是有效和真实的，我不可避免地要和玛塔公主联姻！只有这样，全西马的人，不管是我的族人还是伊塔人，才会对你们两族间的和约重拾信心！"

　　乌斯曼一时气急败坏，"嗖"地拔出刀来，上前威胁道："如果是这样，那就是战争！"梦长强硬道："即便是战争，也是殿下首先挑起来的！作为和平协议的监督执行人，我和我的族人必须站在公道和正义一方，站在受欺负受侵害的一方！如果殿下一意孤行，一定要把战争强加在我们一方头上，我们只能接受！"乌斯曼没料到梦长竟是这样的回应，错愕之下色厉内荏道："你……你在威胁我！"梦长冷冷道："不，我是在恢复已被人破坏了的和平！我的话说完了。刘叔，单大叔，我们走！"说完转身就走。乌斯曼慑于梦长的盛怒，一时间只能呆呆地目送梦长三人离去。身旁一武士叫道："殿下，干脆把他们——"这句话惊醒了他，乌斯曼大叫道："来人，把唐山人拿下！"众武士齐声大喊着涌上去，数十支刀锋顿时顶上三人的前胸和后胸。

　　梦长站住了，慢慢回头看乌斯曼，冷冷道："乌斯曼殿下，你想干什么？"梦长的目光是那么凌厉，怒不可遏，像冰又像火，让乌斯曼一时间又胆战起来，结巴

客家人

道："你……我现在就砍了你！"梦长一字字道："你知道我是谁？"乌斯曼极力让自己语气平静下来，道："你你你是谁？你不是华邦彦吗？你手下有三万客家人，可是我不怕！"梦长淡淡道："听说过一个叫钟梦长的人吗？"

乌斯曼看身旁的武士，问："钟梦长是谁？"武士一脸震惊的表情，对他耳语道："如果他是钟梦长，他的族人就不止三万人。所有在马来亚，不，所有身在南洋的客家人，都是他的族人！"乌斯曼变色，嗫嚅道："你是钟梦长？"梦长不答，哈哈大笑。单世昌刘松龄吃了一惊，也猛地用惊讶的目光悄悄盯了他一眼。

正是他们的这一眼彻底改变了乌斯曼的心境，现在他无法不认为面前这个客家人领袖就是传说中全天下客家人的共主，那个连英国人都惧他三分的钟梦长了。虽然这个人身边只有两个手无寸铁的男人，自己手中也没有兵器，但他还是在这个人面前胆怯了。乌斯曼目视梦长良久，猛一转身，不情愿地摆一下手，叫道："走！"身边的武士忙道："殿下有令，放他们走！"顶在三人胸前胸后的刀锋闪开。刘松龄急看梦长一眼，低声道："少盟主快走！"梦长一声大笑，响彻大寨内外："哈哈哈哈——！"他就在这让所有人的心大颤的笑声中一路走出大寨。等三人走出山寨大门，乌斯曼才捂住自己的脸，大叫起来："钟梦长，你为什么是钟梦长？我和你势不两立！"

二

次日拂晓，大队伊塔人马再次包围了洛阳镇。镇上许多人都从门板缝后面看到了，一队伊塔人在单世昌的带领下走进了潮记杂货铺。

刘松龄开口道："尊贵的公主殿下，现在进入正题。还是请你们一方先讲出自己的条件。在什么样的情况下，你们才愿意将你们的人撤回去，避免今天这一场屠杀。"玛塔不再看梦长，只看身边长老道："告诉他们，我们唯一的条件是什么。"一名长老点头，咳嗽一声道："我们的条件只有一个，华邦彦先生和我们尊贵的公主玛塔·拉希德殿下成亲，入赘我们伟大的阿里·拉希德陛下的部族，监督我们和乌斯曼部族的和平协议的执行，一生一世，承认自己是伊塔人，永远率领自己的族人和我们结成同盟，共同对付来自外界的敌人，还要发誓，和我们部族的人民同生共死！"话没落音，梦长猛回头看刘松龄张德伦单世昌三人，怒道："他们要我成为伊塔人！这不可能！"三人交换了一下目光，刘松龄回头对两名伊塔人长老道："我们商量过了，我们同意！"梦长大惊，喊起来："大叔，你说什么？"玛塔已经站起，对身边两长老道："谈判结束了，我们走！"梦长望着她大叫："不，我不同意！"玛塔像是没听见一样，头也不回，率两位长老走了出去。

梦长回头惊愕地望着室内的三人。刘松龄已经猛地关上了内室的门。三人并立，同时对梦长拱手。张德伦道："客家人云上军团钟泾洋大帅旗下营官张德伦，拜见少盟主！"刘松龄道："客家人云上军团钟泾洋大帅旗下哨官刘松龄，拜见少盟主！"单世昌道："河源客家人、客家人云上军团钟泾洋大帅旗下将官单彪之子单世昌，拜见少盟主！"三人说着就要下拜，梦长大惊，急忙上前扶住道："三位大叔，你们是？"三人抬头望他，这一刻，人人泪花晶莹。

张德伦道："少盟主，你不是你自己！"刘松龄道："为了河洛十族的复兴，实现一千七百年来客家先人的遗言，驱逐鞑虏，恢复中华，你要把你的责任扛起来！"梦长热泪盈眶，道："可是——"单世昌打断他道："没有什么可是！你不是你自己，你首先是河洛十族新一代盟主钟梦长！"梦长道："不错，我是十族新一代盟主钟梦长！可也正因为我是钟梦长，才不能和公主成亲！我已经娶过妻子，再娶妻是违背祖训和十族的规条的！还有——"刘松龄不待他说完，道："少盟主，我们会和公主谈，你和她的婚姻，只在西马有效，你们可以不做真正的夫妻！"单世昌摇头道："这恐怕不成！在伊塔人眼里，不但要做真夫妇，还要生养孩子，没有孩子的夫妻，两个人仍然是自由的，谁想离开，随时可以。所以，要让公主的族人相信我们永远不会离开他们，少盟主就一定要和公主做真正的夫妻！"

梦长大声道："这坚决不行！绝对不行！三位前辈，梦长从生下来那一天就不是自己的了，我的肩上有我们的河洛十族，有天下的客家人，我要用一生为十族，为天下客家人，为所有的中国人贡献我的一切，包括生命，怎么可以接受伊塔人的要求，发誓与他们同生共死，率领西马客家人保护他们一辈子呢。还有，今天我还要告诉你们一个秘密，离国远行之时，我和奶奶和十族家乡有了一个十年之约，十年过后，不论我在南洋能不能实现梦想，都要回国去履行一生的使命。我多半会一去不返！"单世昌等三人相顾一惊，都沉默下来。梦长又道："正因为有这个十年之约，即使双方联姻，我也不能保证自己会长久地留在西马或者南洋。当需要我做出选择时，我会毫不犹豫地选择回国履行我的使命，抛弃公主和她的部族！"他的话再次

客家人

惊动了三个人的心，大家相视，思考，一时间都想不出办法来。

梦余忽然从外面闯了进来，叫道："大哥，伊塔人撤了！"梦长推开窗户望去，果见镇外山林中，伊塔人正在离去。梦长回看梦余，问："公主也走了？"梦余点头。梦长沉思良久，终于回头看着三位云上军团的老兵和后人，目光炯炯道："三位大叔，伊塔人有他们的条件，我们也有自己的条件。将我刚才的话讲给公主听吧，如果她听了这些话仍然愿意和我们联姻，我就答应她！"三人听了，神情立马活跃起来。刘松龄叫道："老张，快去把公主追回来！"单世昌自告奋勇道："我也去！"

门外再次响起了杂沓的马蹄声，接着是轻轻的脚步声。梦长一个人站在谈判桌前，听着那个一步步向内室走近的声音，那声音忽然在门前又停住了。过了一会儿，像是又获得了勇气一般，门吱呀一声开了。梦长抬头，见玛塔走进来，看他一眼，又坐回到谈判桌旁她原先坐过的地方。梦长迟疑了一下，也在自己的位置上坐下来，略一沉吟即道："公主殿下，听了我的条件，你现在还真的愿意和我这个人……联姻吗？"玛塔没有马上回答，忽然间梦长有了一种感觉，时间太长了，她拒绝了，他忽然间获得了一种轻松的感觉，但是玛塔已经开口了，只有简短的三个字："我愿意！"梦长像是从梦中被惊醒，变色道："不！你怎么会——"玛塔不说话，隔着室内昏暗的空间望过来，分不清脸上是她惯有的刚毅表情还是一种新起的感动。啊，不，她在流泪！梦长的心颤起来，道："啊，公主殿下，你一定是没有完全理解我的话，我想我应当再详细做些解释。"玛塔小声道："不用了。如果没有别的事情，现在我们就签字。"梦长大急道："不不不。等等！"

玛塔抬起头，这是第二次进到这个房间后又一次与梦长对视，这时的她已经是一个梦长完全不熟悉的人，不再是伊塔的公主，而是……一个痴情的姑娘，一个用热烈的爱情的目光望着他、自己也被爱情之火燃烧起来的少女。但是梦长听见自己仍然在说话："第一条，即使我们联了姻，我也只能向公主保证，我的第一责任是为我的部族、我的人民、我的祖国服务，我只有十年时间留在西马和南洋，十年之后，我会毅然决然地回到我的祖国去！"他马上听到了玛塔热烈的声音："我知道！"梦长的心渐渐恢复了明朗，又道："等一下！第二件事，我必须诚实地告诉殿下，我在唐山有自己的妻子，也有自己喜欢的女人，即使我们联姻，我们的夫妻关系也仅仅是一种名分，我们不会做真正的夫妻，只能是一对假夫妻！"

玛塔的的脸色阴沉下来，但是心还在挣扎，逼视着梦长道："因为她们，你觉得不能再喜欢我，哪怕你觉得我非常漂亮，你爱上了我，也不能，是吗？"梦长的心冷下来，道："不，我并没有爱上公主！"玛塔不再言语了，一时间只是隔着谈判桌默默地望着梦长。梦长忽然觉得自己顶不住这双目光了，他选择了避开，但他知道她的眸子还在盯着自己，甚至能感觉出那目光灼人的热度。

有顷，他听到玛塔说："好吧，还有什么要说吗？"梦长心里如释重负，忽然又起了诧异，回头道："即使做假夫妻，公主也愿意和我联姻？"玛塔坚定道："对！""为什么，我不明白？"这次是梦长叫起来。玛塔的回答又从容又自信："因为你爱我！"梦长大吃一惊，叫道："不！"玛塔的声音仿佛从很远的地方传来："还有，你不懂……无论是在我们伊塔人的语言里，还是伊塔女人的心里，都没有假夫妻这么个词！我们一旦爱上一个人，就会将全部的心、全部的生命交给他！如果你没有别的条件，现在就让他们进来，签字吧！"

梦长愣了半晌，才道："公主，再等一等！"玛塔道："你还有问题？"梦长看着她的眼睛，轻声道："只剩下最后一个。"玛塔道："讲！"梦长道："我明白了，无论我今天讲了多少理由，多少条件，公主为了和我联姻，都会答应的，是吗？"玛塔道："对！""为什么？如果仅仅是为了保护自己的部族，我能理解，但我想听你自己讲出来。"玛塔眼里忽然涌出泪水，道："是为了保护我的部族，我的父王，我的弟弟，但也是为了……我早就爱上了你，从第一次看到你就爱上你了。伊塔女人可以为自己爱的人去死，这个你不明白吗？"说完，她掩面转身冲出了房间。

三

五天后，梦长和玛塔的婚礼在阿里·拉希德苏丹部族的山寨里举行。合婚仪式前，一个伊塔巫师给梦长脸上刺了一个伊塔人的标示符号，随后一帮仆人帮他穿上伊塔人的传统婚礼礼服。婚礼仪式上，玛塔一身盛装，和打扮成伊塔王子的梦长并肩坐在七宝缨络合婚床上。按照传统，新郎必须一直握着新娘的手，接受所有来宾的祝福。在热闹的鼓乐声中，参加婚礼的伊塔人依次走过来，向新人表示祝贺，并献上礼物。玛塔和梦长不时要分开手，合十贴额，含笑向送礼物的亲戚朋友致敬、道谢。

梦长神情平静地经历了眼前的一切，到了这时，他已经把这一桩海外婚礼看成了自己不可逃避的命运的一部分。众多客家领袖也赶来向两位新人献上祝福和礼

客家人

物。刘松龄单世昌张德伦都来了。轮到张德伦时，他上前低声对梦长说了一件事："少盟主和公主的联姻轰动了整个马来半岛。三天的婚礼庆典结束，西马、越南、泰国，荷属南洋，所有的客家领袖都会赶来和少盟主见面，共商在怡保重建中国城和中国港的大事！"梦长心情大震，不觉叫了一声："太好了！"玛塔悄悄看他一眼，目光却变得忧郁。

接下来发生的一件事情，让这个堪称完美的婚礼多了一个插曲。前来祝福的队伍散尽，梦长才发现少了梦成梦余两人。自从洛阳镇上开始商谈他和玛塔的婚事，梦成就躲起来不再见他，昨天为此事他专门交代梦余，一定要找回梦成，让他和乡亲们一起来参加婚礼。现在却连梦余也不见了。想到这里他眉头紧锁，忙喊疤脸带大个子去找。大个子已经跑回来，气喘吁吁道："盟主，不好了！梦成跑了！"

此时梦成正背着自个儿的行李，一个人行走在怡保城通往文德港的山道上。梦余一大早就发现他不见了踪影，再看随身衣物也不翼而飞，知道事情不妙，也不敢告诉梦长，就急急地找，找了好久才有一个人告诉他，看见梦成天刚亮就顺着他们来怡保时走过的大山峡往港口去了。梦余这一惊非同小可，抄近路追过去，果然看到梦成身背行李，正在前面河滩里大步前行。梦余大喊："老四！邦杰！你给我站住！"梦成听见喊声，也不回头，脚下走得更快了。

忽然山谷间响起一阵马蹄声。梦余回头，见梦长仍然身穿伊塔人新郎的服装，飞马赶来，回头急叫："你走不了了，大哥来了！"梦成一把将梦余推倒在草地上，向河边一只独木舟跑去。梦长飞马赶来，驰向水边，一跃下马，从独木舟上揪住梦成，怒不可遏道："你给我回来！"梦成一边奋力反抗一边大叫："干什么，放开我！"梦长怒起，一只手发力，直将梦成从独木舟上提下来，按在河边一棵树上，怒道："为什么一声不吭就走？去哪里？"

梦成两眼是泪，对他怒目而视，大声道："我去哪里你管不着！放开！"梦长把手松开，却挡在他面前，道："说吧，为什么？"梦成一下用力将他推了个趔趄，含泪大叫："我跟你说不着！"趁着转身又朝独木舟上跑去。梦长生起气来，紧跑几步上前，一把抓住他，再不放手，大吼道："说不说你！"梦成不管不顾，大声道："说就说！——我恨你！"梦长一巴掌扇过去，叫："为什么？"梦成被打倒在水中，半天才爬起，突然豹子样扑过来，还梦长一巴掌，大吼："为了我大嫂！"梦长嘴角被打出了血，回手又给他一巴掌。梦成再次被打倒，吐了一口血，大叫：

"啊——！我跟你拼了——！"疯狂地向梦长扑上来，又还给梦长一巴掌，叫道："这一巴掌是为了梅卿！你连她也背叛了！你无耻！"

梦长听到梅卿的名字，一颗心像是被人撕开了一般，剧痛起来，看着梦成血红的眼睛，不觉把高举的手放了下来。梦成却被他彻底激怒了，仍不放过他，看他脸上的刺青，大叫："你这是什么东西！为了一个女人，你让自个儿成了伊塔人！我瞧不起你！"说着"噗"的一声，将口中血吐了梦长一脸。

梦长的拳头攥得咯咯直响，突然举起来。梦成也不躲闪，闭上眼睛道："你打吧，我知你这一拳头下来，就没我这个人了。没有了我，你好在南洋继续胡作非为！"他没有等到想象中的那可怕的一拳，睁开眼，只见梦长两眼是泪，正仇人一样瞪着他。突然，梦长猛地回过头去，大叫："走！走吧！愿意走哪里就走哪儿！再不要回来！"梦成不再说话，回身解开独木舟，跳上去，用一根桨支着石头，划向激流，顺流而下。梦余含泪大叫："老四！你不能这样走！大哥，你怎么了？你怎么让他走了！"梦长站着，牙关咯咯作响，血红着眼睛，却不回头。

山峡间又响起了马蹄声，这次是身着婚服的玛塔飞马赶了过来。一眼望见河心激流独木舟上的梦成，玛塔大喊："邦杰！兄弟，回来——！"梦成闻声回头，含泪喊道："公主，你错了！你不该嫁给他！她不会爱你的，他这种人是不会爱你们女人中任何一个的！"河边浅滩上，梦长终于回过头来，失了魂一样望着越去越远的梦成，大声道："邦杰！你走吧！……你这算什么？你难道不明白，你大哥不是你大哥，你大嫂也不是你大嫂，我们都不是我们自己！你也不是你自己！你要是连这个都不懂，为什么要生做一个客家人！为什么要跟我来到南洋——！"他的眼泪扑簌簌落下来，和脸上的血交汇在一起。有顷，他回身上马，叫道："不行，我一定要把你追回来！"

忽然，他又用手揪住自己的胸口，身子一点点倒下来。梦余大惊，急忙上前抱住他喊道："大哥，你怎么了！"梦长颤声道："我……我心口疼！"玛塔已经驰马过来，下马推开梦余，抱住梦长，含泪看他道："你……你怎么啦！"梦长将她推开，吼道："你站远一点儿！"他像个盲人一样望着远方，仿佛梦成就在自己面前，悲怆大叫："你以为我没有一颗人心吗？你不知道我把她们俩都害苦了，可我这会儿能做什么，我连她们俩是死是活都不知道！我不知我自个儿不是东西吗？我不知道我对不起你大嫂，对不起梅卿吗？"

玛塔哀伤地望大河，发现梦成和他的独木舟已经不见了，只剩下了宽阔汹涌的激流，回头惊恐地看梦长，上前摇晃他，大叫："邦彦，邦彦！你怎么了！"半晌梦长才从那一刻的迷失中清醒过来，目光朝着已经没有了梦成的河面眺望了良久，回头对梦余道："他要去哪里，你知道吗？"梦余道："说是去文德港，到船上去做茶房。"梦长喉咙里发一声响，吐出一口血来。玛塔大惊，上前抱住他，又回头望着大河流去的方向，目光陡然激烈，大声叫道："邦彦！邦彦！是我让你们弟兄分离的！我也一定帮你把他找回来！过了今天，我就去文德港找他！他现在也是我的兄弟了！"梦长缓缓回头，吃惊地望着她，又吐出一口血来。

四

玛塔把梦长扶回山寨，众人已翘首等待了很久。两人被众人簇拥入了洞房，待众人散去，梦长心中烦恶，走向门前，发现门已被锁上，一惊回头道："公主，这违反了我们之间当初的约定！"玛塔忍了许久，突然走过去将门打开，回头道："钟梦长，你要是想走，现在就可以走了。"梦长心中大动，又忍住了，半晌才回首看她道："原来你也以为我就是钟梦长！"玛塔道："我不是以为，你就是钟梦长！"梦长大叫："我不是！"玛塔道："你是！九个月前，一个唐山皇家贵人来到怡保，亲口告诉英国人，你就是钟梦长，华邦彦已经死了！"梦长悄然变色，避开她的逼视，又听玛塔道："这个中国皇家贵人名叫叶赫星，是唐山皇太后的侄子，是一个公爵！"梦长猛回头盯着她道："告诉我，你是怎么知道这些事情的？"玛塔道："我们生活在英国人的压榨之下。所有的伊塔人都正在英国人的压迫下痛苦呻吟。我们的族人正像美国的印第安人一样死去。为了活下去，我们不可能不做些事情，譬如将我们的人派到英国人那里去！"

梦长一下子明白了许多过去不明白的事情，道："原来是这样。告诉我，英国人当时为什么不把我交出去，我是说，交给这个唐山来的叫叶赫星的公爵。"玛塔道："他们已经答应把你交出去了，他们都已经打算和中国公爵谈你的价钱了，但这个名叫叶赫星的公爵并没有守约，他用英国矿主的炸药炸塌了矿山。"梦长不想再细问下去了，只冷冷道："知道了这么多秘密，为什么还要和我成亲？"

玛塔一时热泪涔涔道："知道了你的秘密，玛塔才明白，你在唐山，在整个南洋，对所有客家人的影响力。和你联姻，让你成为伊塔族人，正在被人灭绝的伊塔人就有可能得到你的帮助活下去！"她的语气里充满了激烈。梦长沉吟有顷道："既然英国人知道我是谁，为什么没有阻止我和你结婚？他们不会不明白让西马的唐山人和伊塔人建立血盟，对他们是不利的！"玛塔哼了一声道："不是不想阻止，是眼下他们没有力量。但他们也不是什么事都没做！我和你的联姻已经激怒了乌斯曼，英国人正在利用他在伊塔人两个部族和你们唐山人之间制造大规模仇杀。乌斯曼这个蠢货已经中计，现在，他就正带着他的族人赶来，希望今夜一举将我们两个击杀在圣洁的婚床上！"

梦长慢慢回头，盯着她道："这些事你是自己知道的？"玛塔道："我说过了，伊塔人即将灭绝，我自然有我获得情报的渠道！"梦长再一次避开了她的注视，道："公主做了什么？"玛塔回答："我已经将我的人布署在山寨四周，等他们前来与我们一战！"梦长的语气越来越严厉，道："你还把这个消息告诉了我的人，让他们参与今晚的行动？"玛塔道："我们之间有过盟约，一旦伊塔人遭遇攻击，你们的人理应为我们而战！"

梦长沉吟起来，半晌，下意识地摇了一下头。玛塔怒道："你要反悔！"梦长道："不，公主殿下，我们之间是有过盟约，但目的不是你我两家合手来对付另外一支伊塔人！来人！"一直守在门外不敢离开的梦余立即推门进来，叫一声："大哥！"梦长道："马上知会我们的人和公主部族的人，保持高度警惕，严防有人偷袭苏丹陛下的山寨，但我们的人和他们的人，都不能主动向乌斯曼殿下的伊塔人发起攻击。这是第一件事；第二件事，你马上去请单大叔赶往怡保警局，代表我本人向詹姆斯局长报告此事，让他出面阻止乌斯曼，制止这场屠杀！"梦余开口要问一句什么，梦长立即阻止了他："什么也不要问，马上去办！"梦余答应一声，转身欲走，玛塔一步冲到梦长面前，用手中一把短剑顶住梦长胸口道："钟梦长，今天是你和我联姻的第一天，你就想背叛我们之间的盟约，拒绝利用这个机会为我的父亲和部族消灭乌斯曼，报仇雪恨！我要用伊塔人处理背盟者的法律惩罚你！"梦余大叫："公主不要！"梦长并不躲开，平静看玛塔道："公主想杀我？"玛塔道："现在你还来得及收回刚才的命令，让我的人和你的人照我的吩咐，今晚一举消灭乌斯曼的人马！"梦长道："如果公主和我联姻，就是为了实现今天晚上的目的，你恐怕会失望的，我的人接不到我的命令，是不会只凭公主的一个口信就对乌斯曼殿下的武士动手的！"玛塔回望梦余，梦余点头，她顿时失望起来，叫道："原来……你……一开始就不打算真正帮我们！"梦长道："把剑收起来。我只是不想打仗，但不打仗并不代表不能帮你们！"玛塔突然将剑收起，背过身去道："钟梦长，你和你的人可以离开了！今晚上没有你们，我也要带我的人和乌斯曼的人决战，不是他们活我们死，就是我们活他们死！我们不可能再和他们生活在同一片天空下！"梦长听她言辞刚烈，不觉动容道："公主，钟梦长并没有撕毁盟约，一旦英国警局不愿出面阻止乌斯曼，钟梦长将率领自己的族人出面阻止乌斯曼，但不会出现战争，更不会出现伊塔人之间的又一场大屠杀！"

玛塔闻言回头，她已是泪流满面，哽咽道："为什么你不能替我杀了乌斯曼？"梦长道："公主真想知道？"玛塔点头。梦长迟疑半晌才道："因为他也是伊塔人。"玛塔盯着梦长，泪眼模糊，突然，她走向梦长，头俯在他的怀中，紧紧拥抱他，大声抽泣起来。梦长看梦余道："快去办事！对了，告诉张大叔和刘大叔，要想办法把这个消息迅速传给蒙哥马利将军和威尔逊矿主知道。"梦余这次什么也没问，转眼就不见了。

五

夜色如墨，西马的山野间，乌斯曼率众武士匆匆而行，登上一道山口，居高临下朝前方望去。他不但看到了他伯父阿里·拉希德苏丹的山寨灯火辉煌，还听到了婚礼的音乐仍在一阵阵传来。乌斯曼回看众武士道："趁他们没防备，冲进去，杀死所有中国人，把玛塔抢走，卖到古巴去！至于阿里·拉希德这个老东西，也不要留下，寨子也全烧光！"众人轰然响应。正要冲下山去，汉斯带众英国警察突然从两旁林中现身，挡在他们面前。

乌斯曼大惊，叫道："什么人？要干什么？"汉斯走到前面来，道："乌斯曼殿下，怡保警队队长汉斯奉局长先生之命前来执行公务。你刚才的话我都听见了，那是不行的！"乌斯曼惊诧道："什么！错了！今天夜里的事情是我和你们的詹姆斯局长商量过的，他答应了！"汉斯道："那个我不知道。我知道的是执行詹姆斯局长的命令。如果你们今夜还想从这里走过去，汉斯不会答应！乌斯曼殿下，快带你的人回去！有我们在这里，你们过不去的！"乌斯曼怒极大叫："汉斯，你们局长是个混蛋！他出尔反尔！英国人不要管我们伊塔人自己的事情！让开！"汉斯仍然一动不动道："不，今晚上这件事已经不只是伊塔人自己的事了！"他回头对众警察道："听命令，举枪！谁敢朝前走一步，就开枪！"众警察将枪口齐齐地指向乌斯曼的人，汉斯也将自己的短把火枪枪口指向乌斯曼的脑门。乌斯曼恨恨地看着他，眼里仿佛要迸出火来，良久，狼嗥一般大叫一声："走！"转身带众武士消失在山林之中。

这个夜晚，梦长一直没睡，站在婚房窗前望着远方。子夜时分，远处山野里忽然升起了一处火光。这是疤脸大个子的信号，告诉他乌斯曼已经撤了。玛塔看他神情放松下来，立即猜到了结果，走上前去，从背后轻轻地感激地望着他。她听到梦长道："公主殿下，让你失望了！警报解除了！"玛塔激动道："谢谢你，今晚是你保卫了我、我的家和我的族人！"梦长走向前前，要开门又站住，道："天太晚了，公主歇息吧，我要走了！"玛塔猛地扭过头走向婚床，不再看他。梦长要走，听不到她的回答，不觉回头看她一眼，发现玛塔已经坐回到婚床上，依然不看他，幽幽道："钟梦长，什么样的女人你都不会爱的，你心里只有你的责任，你的族人，你的目标，是这样吗？"梦长心中的伤口再次被撕裂，剧痛起来，让他不觉哼了一声。玛塔又道："告诉我，你爱你家乡的妻子吗？"梦长不回答，心中的剧痛让他没有力量回答。玛塔继续逼问："你不爱你家乡的妻子，只爱另外一个叫梅卿的女人，你把她当成自己真正的妻子，她在哪里？"梦长觉得自己的心又一次裂开了，他用颤抖的手拉开门要往外走，却听到玛塔又在身后道："你也不爱梅卿，不然就不会连她现在在哪里、是死是活都不知道！"

梦长闻言猛地站住，慢慢回头，脸色非常可怕。玛塔看见了这张可怕的脸，突然害怕起来，不觉站起："你……钟梦长，你怎么了？"梦长摇晃了一下，玛塔飞奔过来，将他紧紧抱住，叫道："钟梦长，你怎么了？"梦长身上忽然有了气力，一下将她托起来，喉咙里发出一声类似传说中猛犸巨象那样的低吼。玛塔更害怕了，颤声道："钟梦长，你要干什么？"梦长的声音已经变了，道："你怎么知道我心中没有我在家乡的妻子？我是不喜欢她，可我也不是一点都不心疼她！但是我能做什么？"玛塔颤声道："你可以不娶她！"心中的剧痛又让梦长呻吟了一声，道："我们还只有五岁，就被指婚了。过去十八年间，她被我的奶奶，河洛十族客家人的真正当家人，照自己的样子养育成了十族新一代的女当家人，我怎么能不娶她！"玛塔见他眼里闪出了泪光，不禁大惊，又道："你娶了她，却不爱她，就是害她！她知

客家人

道你不喜欢她吗？她爱你吗？"

　　梦长终于缓缓将她放开，背身道："不爱。她也知道我不喜欢她，可她和我一样，没有选择！"玛塔更惊奇了，道："为什么……就连我们伊塔人，在婚姻上也是自由的，没有任何人可以干涉两个人相爱，这是上天给我们的权利！"梦长一时竟然说不出话来，此时他百感交集，不知道如何向对方解释一切。玛塔的心已经转向了另一个女人，又道："那么梅卿呢？她才是你爱的女人，你又为她做了什么？"梦长渐渐冷静下来，回身看她道："梅卿是我想娶的妻子，我们已经做了夫妻！"玛塔看了他一瞬才道："可你照样抛弃了她。你不爱你在家乡的妻子，你也不爱！"梦长心中又大痛起来，高声反驳道："不！你怎么知道我不爱她！她整个地占有了我的心！"玛塔久久地看他，忽然像是下定了一个决心，毅然道："好了，我们上床吧！"说完就紧握住了他的手。梦长还要避开，玛塔已经逼近一步，抬头看他道："钟梦长，你爱你的妻子，说是尊敬也好，怜悯也好，这也是爱。你也爱梅卿，虽然你不能照顾到她，所以，你也和别的男人一样！"梦长大惊道："你到底想说什么？"玛塔眼里一点点浸出感动与喜悦的泪花，道："我听出来了，你并不像人说的那样是一个铁石心肠的男人，你能怜惜她们，就会怜惜我，怜惜也是爱！……你今晚上不会离开我了，对吧！"梦长忽然浑身颤抖起来，不敢再看她那双美丽、哀怨，其中又涌满了那么多乞求和渴望的眼睛。玛塔此刻依然看透了他的心，道："把一切都放下，今天是我们的婚礼，让自己回归成一个男人！至少这个夜晚，你是我的丈夫，我是你的妻子。让我们像世上最普通的一对新婚夫妇，度过我们的初夜！你能怜惜你在家乡的妻子，怜惜梅卿，就能怜惜玛塔。再说，不亲眼看着你我做了夫妻，我们的族人也是放不过你的！"梦长闻言大惊，朝窗外望去，果见整个山寨里，众多伊塔人手持兵器，举着火把，涌向婚房，里三层外三层，将它围得水泄不通。

　　玛塔上前吻了吻他，又道："梦长，我的亲人，我的丈夫，我的主人，今晚上你不留在我的婚床上，要发生的就不是我们部族和乌斯曼的战争，而是我的族人和你的族人的战争！"梦长的声音又颤抖了，道："公主，为什么一定要这样？"玛塔上前拥抱他，将脸埋在梦长胸前，柔声道："因为他们把你看成了我们部族的保护神。今晚他们不亲眼看到你上我的婚床，所有的人都是不会走的！这是我的命！为了我的族人，我不能拒绝当着他们的面和你这个来自远方的男人上床！……你真的就一点也不爱我吗？"说着抬起脸来看他，双颊也大红了。梦长低头看她，心中忽然像起了大火，又像漫过了温热的水流，他有点支持不住。玛塔猛用力搂住梦长的脖子，把红润的双唇贴过来。而在这一刻，梦长本想推开她的手不受控制地搂住了她纤细的腰。

梦长又觉得自己成了另一个男人，正带着玛塔向婚床走去。猛然，他又站住了，低低地叫了一声："公主——"玛塔睁开迷醉的眼睛看他道："怎么了？"梦长道："还有一件事，必须现在就说！"玛塔道："什么事？"梦长道："一旦做了夫妻，我们就有可能生儿育女！"玛塔脸上现出羞涩的红云，道："当然！我喜欢和你生儿育女！"梦长却一脸严肃道："按照客家人的规矩，客家男人无论走多远，走多久，他在外面生下的所有男孩子都将被送回唐山故乡交给在家乡的正妻抚养，等他们长大后，这些孩子也只会承认养育他的人是自己的母亲。孩子们也许会回到南洋来认自己的妈妈，也许不会。客家人这个传统，是不可以违背的！"

玛塔脸上的笑容一点点落去，有顷，忽然落泪，哽咽道："我……有一个请求。"梦长看着她，等待她说下去。玛塔道："儿子可以送回唐山，可是女儿……女儿给我留下！不然我老了，身边就没有一个亲人了！"她无声地哭起来。这一刻，梦长终于可怜起她来，紧紧地将她抱在怀里。

玛塔抬起泪眼，怜爱地看着他，道："来吧，别人都等着呢。抱我上床，就当我是你的心上人，像一个丈夫爱自己的妻子那样！"

梦长将她抱起，走向婚床，又在床前站住。他的心仍在挣扎。玛塔柔声道："怎么了？"梦长道："如果我不是他，我是我自己，我想说一句没良心的话。"玛塔诧异道："没良心？"梦长盯着她的脸庞，动情道："第一眼看见你时，你的美丽就震惊了我。"玛塔激动起来，胸脯上下起伏，喜不自胜道："真的！你原来……也爱我！"梦长却又不说话了。

玛塔晕满双颊，低声道："快带我上床！什么也别想，今天我就是你唯一的新娘！"

他将她抱上婚床时，那种他不是他，而是另外一个男人的感觉再次统治住了他。但这同时他也明白，即便他知道自己是谁，这个夜晚，这样的一刻，他也离不开这个女人了。

就在这一刻，婚房外，响起了惊天动地的号角声、欢呼声，自制的礼花在连绵不绝的爆炸声中飞向夜空。整个部落的婚典庆祝活动进入了真正的高潮。

六

光阴荏苒，望北被关在天使岛监狱里快有半年了，冬天来临，旧金山纷纷扬扬的雪花飘进了铁栅栏，在地下和华工们身上积了厚厚一层。为了取暖，所有人都挤坐在一起，眼里充满了悲哀和无助。

长久的监禁让望洛神智不再正常。这一天一大早，他又发起疯来，又唱又跳，他先是一副凶神恶煞的模样，到处打人，接着又无比恐惧，趴在地下磕头不已。众人大惊，又害怕又嫌弃地避开他。只有望北用力将他扶到一边去，轻声相劝了半天，望洛才安静下来，重新回归梦乡，而这时，一向坚忍的望北眼里也涌出了两汪泪光。

这边刘二鬼又受不了，爬向望北，大叫道："望北呀，美国人把我们关在这里好几个月了，好人都让他憋疯了，再这样下去我也要疯了！"他忽然真的疯叫起来："啊，那是谁？那件事不是我干的！望北，你的事跟我真没关系，都是二愣干的，我是被逼的！那砒霜也不是真砒霜，是药铺自己配的药耗子的，不然你们都活不到这会儿……都是我那个没出息的兄弟，他找到我，说哥呀，杀了他，有二十万银子，还有一个道台，我分给你一万两……我一时鬼迷心窍，听了他的话……我有罪！我对不起你！对不起大家！我有罪！"边喊边在望北面前磕起头来。望嵩闻言，上前一把将他拽起，大声道："刘二鬼，原来我们在船上中毒，是你和你兄弟捣的鬼！"众人都被惊动，轰然叫道："宰了他！"喊着便涌向刘二鬼，对他拳脚相加。望北突然感到莫名地悲哀，大声喝道："干什么！住手！都到了这一步了，自己人就不要再闹了！要是大家有力气，我们一起站在这里喊，让美国人听见，我们还活着！我们也是人，不能就这样死在这里！"众人丢开刘二鬼，扑向栅栏，摇晃，齐声大喊："我们要出去！我们没有霍乱！我们要离开这里！"巨大的声浪从这里远远地传出，每个人眼里都闪出拼死一搏的光芒。

美国监狱长听到报告，以为发生了监狱暴动，急令警队赶来，伏地上开枪。望北带众华工趴在地下躲避子弹。刘二鬼爬向望北，害怕道："这是美国，造反行不行啊？"望北道："你有别的办法让美国人想起我们吗？"刘二鬼道："没有。"于大宝气愤道："没有你就住嘴！"望北在枪声中鼓舞大家："乡亲们！不要怕！更不要气馁！至少让他们知道我们还活着！等他们一走，我们继续！"于大宝道："对！我们都听望北的，他们来了，我们就趴下，他们走了，我们继续，直到他们愿意派人和我们的人谈判为止！"

喊声停息，枪声也停息下来。

狱门哗啦啦被打开，望北等人目光严峻地看着一群美国狱警持枪闯进来。这些美国人嘴上个个依然捂着大口罩，身上严严实实地裹着防疫服装。刘二鬼大喜，悄声道："望北，你的办法真灵，他们果然搭理我们了！"望北不说话，目光依然冷峻，他知道又一个考验的时刻到了，但必须有人出来为大家的生存付出牺牲。一名狱警已经大声地用英语叫起来："闹事的人是谁，站出来！"众人不觉看一眼望北，刘二鬼已经转身要躲起来。望嵩一把将他一拨，主动上前，挡在望北前面。接着望伊、于大宝、更多的华工全站出来，围拢在望北身边。

望北感激地看大伙一眼，用力拨开众人走出去，面对那名美国狱警道："我！我就是那个组织他们造反的人！"狱警上下打量望北，对他会说英语非常吃惊："你！你会说英语？"

望北道："警官先生，我们要和监狱当局谈判，表达我们对美国政府的诉求。"狱警回头大喊："抓起来，带走！"许多人一直不明白他们在讲什么，但是这一声大家听懂了。望伊大叫一声，喊："不！不能让他们带走望北大哥！"众华工吼起来："对，不能让他们带走望北！他们会害死他的！"望北急忙回头止住大家，大声道："乡亲们，总要有一个人出去和他们谈判！我跟他们走！"众人觉得他的话合理，不再喊了。

望北被带到监狱审讯室，一名美国法庭执法官已坐在那里了，监狱长一旁相陪。执法官抬头看望北，傲慢问道："什么名字？"望北不卑不亢，道："原望北。"执法官见他能听懂英语，打量他一眼道："在'海伦号'上鼓动中国人闯关上岸的人，就是你！"望北点头，无所畏惧。执法官道："你的行为已经违反美国法律，就凭这一点，我现在就可以把你送上美国法庭！"望北淡淡一笑道："我也希望自己能走上美国法庭，向尊敬的法官先生陈述我们受到的不公正待遇。"

执法官和监狱长对视一眼，他开始对这个中国人的镇静感到震惊，有顷又回头道："如果我这么做了，按照美国法律，你有可能被吊死。"望北平静地看他道："我们现在就被你们置于死地了，对死亡我和我的乡亲们早就准备好了。但我相信美国宪法，你们不会这么做的。"执法官的震惊在加深，他久久地凝视望北，突然改变话题道："原望北先生，我可能无法满足你的愿望，因为你和你的同伴是一群正在接受长期隔离的霍乱患者。根据美国法律，你和你的同伴是没有可能走上法庭受审的！"望北这时现出了焦急和失望，大声道："不，先生，你们长期对我们的不公正隔离本身就已经证明我们不是霍乱患者，所以——"执法官不愿让他说下去，急忙打断他道："是不是霍乱患者，仅凭这段时间对你们的强制隔离是无法确定的。如果你们东方人的霍乱存在着更长的潜伏期，或者你们的体质和野兽一样强壮，能扛得住霍乱，今天你们中没有暴发霍乱并不能保证明天不暴发，霍乱不在你们中间暴发不能保证它不在美国土地上暴发。所以，作为执法官，我仍然无法确定你们适合进入美国大陆！"望北终于绝望道："执法官先生，你是不是说，因为你讲的这些原因，我们将会无限期地被隔离在这里，自生自灭，直到最后一个人也死掉？"

执法官深思了一会，他第一次发觉他不能直接回答这个中国人提出的问题，半晌才道："原先生，我个人对你们的处境非常同情。但我的同情不能代替法律。不过刚才你们的监狱长琼斯先生有个提议——"他停顿了一会，目光盯着望北，"——我和琼斯先生都不认为你们是一群极端危险的霍乱患者，我们也想帮你们。但这样做是不合法的。琼斯先生的建议是，为了证实你们并不是霍乱患者，他可以带你们出去做工！"望北陡然激动起来，叫道："什么？做工？真的？"

监狱长坐在旁边一直不说话，这时点头道："准确地说是做黑工。当然了，打黑工是要冒风险的，一旦被警察发现，就将遭遇逮捕，然后被遣返回自己的国家。"望北平静了一些道："我们为什么要答应你们，去做这种没有正式身份的黑工？"监狱长猛地站起，踱步，怒道："第一，刚才执法官先生说过了，我们对你们的处境深表同情，想帮你们尽快摆脱现在的处境；第二，只要你们能到我说的这个采石场去做工，就能证明你们身上还有力气，别人不能做的苦工你们都能干，这样就能让更多人相信你们确实不是霍乱患者，上法庭也可以拿这个作为证据；第三，即使你们的人被警察逮捕并遣返，他们也可以回到自己的国家去，不用再滞留在这个岛上。"他终于停下来，目光阴狠地盯着望北，有顷才道："最后一个原因是美国政府不能永远无偿地养活你们。"望北听完了，沉思良久，才道："如果是这样，我希望我能回去，跟我的乡亲们商量。"

望北被押回监狱，立刻把事情告诉了众人。一时间，人人沉默不语，心中都在掂量其中的利弊。于大宝第一个举手道："我愿意！只要能离开这里，我死都愿意！"众人纷纷举手响应。刘二鬼插嘴道："等等！望北，你刚才说，这样做会有风险？"望北道："对！因为是打黑工，美国警察会逮捕我们，把我们从美国遣返回中国！"刘二鬼嘬了半天牙花子，抬头看望北："这里头有什么不好吗？"望北道："我没觉得这里面有什么不好，但这样的大事，不能不回来和大家商量。总之，至少我现在还看不出这里面有什么陷阱！"

于大宝大声道："那就告诉他们，我们答应！"望北越发显出了沉稳，道："虽然答应，但我还有一句话，我们来到美国这些日子，和美国人打了不少交道，已经懂得了一个道理，美国人是不会平等待我们的！我们能活到这会儿，是因为我们心齐。将来，我们答应他们去做黑工，也还是要这样，一条心，抱成团，不管遇上什么，大家都要在一起，有福同享，有难同当！"一边说，他一边伸出了一只手，众人也都伸出手来，和他的手叠压在一起，叫道："有福同享，有难同当！"

七

次日拂晓，大家还在睡着，一大队狱警再次来到监狱门外，哗啦啦打开栅栏门，对里面的华工喝道："带上你们的东西，快走！"望北等人混乱中被他们押到岛上的小码头时，天色仍旧一片昏暗。于大宝对望北道："快看！"原来小码头上拴着一些小船，每条船上都有一名狱警在持枪等待。众人被分开，数人一组赶上这些小船。望伊惊叫道："他们要把我们带到哪里去？"望北拦住一美国狱警，道："告诉我们，要把我们送到哪里去？"狱警大声道："不准说话，快上船！"望北道："不告诉我们去哪里，我们就不登船！"众人都道："对，我们不登船！"狱警看了一眼身后的执法官，道："送你们去你们同意的地方。"众人看望北一眼，这时才明白昨天说的送他们做黑工的事今天就要执行了。望北道："既是这样，我们就上船。"众人答应："上船！"

望北带于大宝望嵩望伊等人乘坐的小船第一个在夜色中驶过海湾，抵达岸边。众人一时间都屏神静息，望着面前的美国大陆，那里仍然是一片昏暗笼罩下的林莽。船上的狱警催促道："肃静，不要让海岸警卫队发现了你们！我是美国公职人员，不能和你们一起上岸！你们自己上去，顺着小路一直朝前走，十英里左右，有一座采石场，老板是理查德·黑格，他会接待你们的。"望北朝岸上看一看，决然道："弟兄们，除了上岸，我们只有回头路，回去还是天使岛，我们不回去！上岸！"众人答道："上岸！"随他踊跃下船，涉水登岸。后面的船陆续抵岸，船上的人也随着他们下船，猫腰涉水摸到岸上去。

到了岸上就发现他们身边一个美国人也没有了。一名胆小的华工叫起来："望北，这可怎么办？美国人全都乘船回去了！"望北心中忽觉恍然，悄声对众人道："我们有可能又被美国人出卖了，这里是死亡之地，快走！"众人随他蹑手蹑脚快速进入岸边丛林中，那里果然有一条小路。于大宝还在前面张望，忽然间枪声大作，飞蝗般的枪弹就飞了过来，噼里啪啦打在身边的树干上、石头上。一名华工立即就被击中，扑倒在地。于大宝大叫："有人被打死了！"望北急了，大喊："快跑！"众人顾不上死者，冒着纷飞的弹雨奋力朝前方狂奔。跑了一阵子，前方豁然开朗，已是林子尽头，天地间是一片空阔无际的草地，无处躲避。但身后的枪声已经零落，望北无暇多想，只能号令众人和他一起猫腰潜入这片冬天的干草地，继续向前方急奔。

又跑了一个时辰，天色大亮，身后不再飞来枪弹，众人才突然觉得危险消失了，相继扑倒在地，大口喘气，喜极而泣，叫道："我们跑出来了！我们跑出来了！美国警察没有追上来！我没有死，我还活着！"半晌，望北费力地爬起，对望嵩望伊于大宝道："快查查，少了谁没有！"三人爬起来去查人。有顷，三人回来道："望北，查过了，少了十一个！"望伊难过得哭起来，望嵩回头一把捂住了他的嘴。正说话间，望洛斜刺里扑向望北，一下将望北撞倒在地，歇斯底里大叫："都是你！都是你！你害了大家！不是听你的，他们怎么会死！"望嵩于大宝急忙上前将他扯开，望伊也将望北扶了起来。

望嵩给了望洛一巴掌，喝道："你醒醒！别嚎了，想把美国警察再喊过来吗！"望洛一惊，叫一声，甩开望嵩于大宝，转身继续朝前奔走。众华工已成惊弓之鸟，见他又跑，也又跟着跑起来。

一道大山几乎是突然地撞上了他们的眼睛。大山腹部，一片大山坡从中间被开膛破肚，岩层裸露，乱石嶙峋。一大群戴镣铐的囚徒正用双手和最简单的工具开凿出一块块建筑石料。看到突然出现在他们面前的中国人，这些人都住了手，眼里现出吃惊的神情。望北明白，这就是美国监狱长口中的采石场了。

场主黑格带几名膘肥体壮的保镖大模大样地走向望北和他身边的华工，用轻蔑的目光看着众人，道："你们，天使岛来的？"望北点头道："是。"黑格道："好吧，你们跟我来，我要先试工三天。"望北诧异道："还要试工？"黑格道：

"对。必须试工。去年也有一批爱尔兰人，被关到天使岛，也像你们，自愿到这里做工，不到三天，全都跑了！对了，必须告诉你们，本采石场现在采取了更严密的防范措施，四周都架设了铁丝网，你们是不可能再像他们那样从这里逃出去的！"望北站着不动，迫使黑格又回头看他。望北问道："我们在这里工作，有报酬吗？"黑格沉沉地看他一眼，道："有，但你们自己也明白，你们在美国没有正式身份，你们打的是黑工，黑工的报酬当然要低，不到合法工人的三分之一。如果我们谈妥了，现在你们就去领工具，开始工作！"

望北回望大家。望洛不等他开口询问，已经大喊起来："不干！这太欺负人了！说不定就是骗局！美国人合起伙来骗我们替他们做牛做马！"众人不说话，都望着望北。望嵩突然高声道："不，就是这样我们也干！报酬少一点，也是一份工作，总比关死在天使岛的牢里好得多！"众人七嘴八舌附和道："对！就是少一点，我们也不回去！"望北看众人的态度一致，回望黑格道："好吧，我们答应！"

黑格又想起一件事，道："啊，还有，我差点儿忘了，白天我在采石场上供应你们两顿饭，但是晚上你们必须回到天使岛住宿。采石场不为你们提供住宿！"众人惊慌起来，大声嚷嚷："不能再回去了，我可不想让美国警察把我打死！"望北坚定道："我们离开了那里，就不想回去了！我们就住在这里，什么房子都能住，哪怕是山洞！"黑格摇头道："不不不，不是我不想让你们住在采石场上，是美国警察，他们会时不时在夜间突袭矿山，缉查有没有人在这里打黑工。一旦被他们抓到，你们就惨了，我也要坐牢。不不不，这是不可能的！"众人又都紧张地看着望北，望北想了想，断然道："就是这样我们也答应！我们留下！"黑格高兴地对众保镖挥了一下手，一保镖立即对众人甩头道："跟我来！"望北和众人随他走进采石场，很快就领到了工具，分散在山坡上，开始用大锤和凿子开凿石料。

望北刚刚在一个开凿面上站定，还没开始作业，刘二鬼就躲躲闪闪地走过来，将他拉到了一个无人的地方，回头拍一下巴掌，道："你出来吧！"望北一回头，看到一个人闪身走出来，原来是失踪多日的刘二愣！那日和望北他们一起上岸后，刘二愣怕回到船上被揭穿，就偷溜了出去。望北登时大叫起来："二愣，是你！你还活着？怎么也到了这里？"刘二鬼急忙挡在刘二愣前面替他回话道："望北，过去这半年多，二愣其实也和我们一起关在天使岛上！他过去做过对不住你、对不住大伙儿的

❖ 客家人

事，你大人不记小人过，不看僧面看佛面，就饶过了他吧。他说了，以后再也不敢为非作歹了！"望北盯着刘二愣看，不说话。刘二鬼回头给刘二愣一脚，道："还不出来给望北认个错！"刘二愣这时才从刘二鬼身后闪出，面无人色，颤声道："是是是，望北，以后我一定做个好人，做个好人！"望北心中一时像打翻了五味瓶，但他还是止住了，正色道："二愣，你能活着回到大家中间，这很好。现在我们同样沦落天涯，以后只有大家在一起，一条心，才有可能共同找到一条活路！过去的事情都过去了，但以后一定要改过！"刘二愣忙点头道："知道！知道！从今以后，我都听你的！都听你的！"望北转身离去，再回头看时，刘二愣已经急急忙忙地和刘二鬼，像别人一样操动工具干起来。

一天的艰苦劳作后，夜色爬上山坡，黑格吹哨收工。众华工披着一身石粉，聚集在采石场外草地中，看望北的目光里满是恐惧。望北道："乡亲们，我们现在回天使岛，大家要接受早上的教训，靠近海岸时，不要弄出了动静。早上就是因为动静太大让美国人发现了。大家现在都看着我，我们从这里开始就趴在地下往前面爬，爬过这片草地，再爬过前面的林子，到了海岸边就好办了。黑格说，天使岛那边有船接我们过去！"众人点头，望北望了望海边那片可怕的林子，率先在草地里趴下来，朝前爬去。众人跟上他，也潜入草地里爬起来。

这天夜晚他们果然没被美国海岸警卫队发现，有惊无险地爬到岸边。十多艘小船驶来，载着他们重回天使岛监狱。栅栏门一开，众华工涌进去，一个个死人般扑倒在地下。栅栏门在他们身后重新被锁上，没有人回头，每个人都在闭目大声喘息。

八

其后一个月间，望北作为这批华工的领袖，继续天天带着众人两次冲过鬼门关，在黑格的采石场工作。他在工作中表现出的聪明才智，连同坚忍不拔的意志力，早就被黑格注意到了。这天，黑格突然找到他，含糊道："原，听说你很聪明，对任何事都能想出办法。我眼下就遇上了一个难题。我们的城市要建一座伟大的教堂，需要很多很多巨大的石料，这些石料我已经让工人开凿出来，但因为它们太大，太沉重，本想等到春暖花开，海水不像现在这么冷，再用巨大的木筏运到城里去，可现在工地上就要用这些石料，石料运不到就要停工。你有办法帮我在这么寒冷的冬天把石料运到工地上去吗？"望北想了想，点头。黑格大喜道："什么办法？"望北道："如果我们能想出办法，帮你把这些石料运到城里的工地上去，你可以代我们和天使岛监狱当局谈判，让我们留在你的采石场上住宿吗？"黑格耸了耸肩道："虽然我愿意这样，但是我做不到。可如果我不能答应你的要求，你就不会帮我的忙，对吗？"望北盯住他的眼睛，缓缓道："不。即使你做不到，我也帮你。"

黑格愉快地笑起来，道："为什么？"望北平静道："我们想向你们美国人证明，中国人和你们一样聪明。"黑格拍了拍望北的肩膀，道："太好了。那我们现在就开始，怎么样？告诉我你的办法。"望北道："中国古代有很多伟大的建筑，也需要用巨大的石料，这些石料有时也要冬季运输。如果水路不通，我们就制造出一条冰路？"黑格大惊："制造出一条冰路？"望北道："准确地说就是在公路上泼水，让它变成一条冰道，再在冰道上放上圆木，让它可以滚动，这样，放在上面的巨石就可以在这条人造的冰道上由牛和人拉着向前运动，一直到它应当到的工地。"

黑格一拍脑袋，叫道："哎呀，匪夷所思，但确实是伟大的思想。太妙了！还有一件事，到了工地上，没有大的起重机，在这样的冬季，古代的中国人是怎样把一块巨石立到另一块巨石顶上去的？"望北道："中国古代有一种方法，叫做堆土法，就是先把做基础的巨石立起来，然后在他周围堆土，如同一座坡度不大的小山，再用我刚才说的冰道运石的办法把另一块巨石运上坡顶，竖在立起来的巨石上面。"黑格大声道："好，真是奇思妙想。对了，有人说过的，埃及人当年建金字塔就是这么做的。中国果然是文明古国，了不起，原先生，你和你的人也了不起！"望北又道："黑格先生，如果我们帮你们做成了这件事，对你们城市的伟大工程出了力，我还想请你代我们请律师，向美国法庭证明我们这些人没有霍乱，如果有霍乱就不可能参与这项伟大的工程。"黑格不再让他说下去，道："明白了。我不会直接去做这件事，但如果你们能够帮助我们完成这一项伟大的建筑，我会让记者们知道你们来美国的遭遇，让他们接触你们，那时，全美国都会知道他们待你们不公。"

从第二天起，望北就带着众华工，用中国古老的冰路运石的办法，不但把石料顺利地运到了市内工地，还用这个办法帮助起重机缺少的工地完成了巨石的吊装。教堂及时竣工，一时间，整个美国轰动，报纸上大加宣扬这批华工们的贡献。原本怀疑华工有霍乱的大西洋铁路公司因受到美国舆论界的一致谴责，又因为铁路上缺少工人，反而主动出面向州议会施压，要求天使岛监狱归还他们公司的财产。法庭判决他

客家人

们胜诉，但要求这一批华工只有通过了检疫，才能正式进入美国。监狱长无奈，只好安排狱警押送众华工离开天使岛，到旧金山港检疫处通过检疫，正式进入美国。

队伍通过美国海关，进入美国大陆时，于大宝发现望北正回头望天使岛，惊奇地问：“望北，我们好不容易才活着离开了天使岛，你还对它恋恋不舍？”望北道：“我不是在想天使岛，我是在望我们走过的的日子。天使岛的日子虽然艰难，但也给了我们信心。”“什么信心？”“我们中国人，有能力在这新大陆上成功。”于大宝看他一眼，道：“你是说，是我们的聪明才智加上刻苦耐劳帮助我们离开了天使岛，它们也能帮助我们在美国立足，获得成功。”望北重重地点了一下头。于大宝道：“我却在想一个人，我们的盟主梦长。他要是知道我们还活着，不知道会多高兴！”望北道：“我也在想梦长。我不知道他在南洋怎么样了，但愿他一切顺利，已经找到了他要找的那条新路！我有好多话想对他说，在美国，我们也没有忘记，去找他说的那条新路。”

九

西马怡保。一间中国人开的茶馆内，十几名南洋华商领袖身着正装，在一张长桌两侧正襟危坐，神情庄严。梦长由单世昌相伴在主位就座。单世昌率先起身道：“各位乡亲，我介绍一下，这位就是华邦彦先生。河洛十族新一代盟主钟梦长派驻西马的全权代表。”梦长站起，向大家拱手，众人也都站起，一时掌声如雷。

单世昌一一为梦长引见完毕。华商领袖之一梁锦华起身拱手言道：“华先生，单先生，各位老板，各位乡亲，我们都是听说华邦彦先生代表十族盟主钟梦长先生，来到了西马，团聚客家乡亲，在西马恢复陈玉铭先生当年建的中国城和中国港，又接到了单世昌先生受华先生委托寄出的请柬，才丢下自己的生意专程赶来的！多余的话就不说了，华先生要在西马恢复陈玉铭前辈的事业，重现南洋华商的辉煌，让这里再次成为南洋华人谋生的中心，创业的中心，成就所有下南洋华人梦想的基地，我们这些乡亲，都会倾全力给予支持！”梦长再次站起，带头热烈鼓掌。

接下来的一天里，梦长和各位华商领袖商谈了中国城和中国港的投资和建设细节，签订了合约，不觉日落西山，众人仍意犹未尽。次日，梦长来到了伊塔人租给他的海湾，刘松龄梦余已在这里安营扎寨，一座茅棚已经搭起来。梦余把一块写有"中国城"三字的木牌子竖在地上，回头兴奋道："大哥，五年后这里真会出现一座全新的中国城？"梦长信心满满道："什么五年以后，现在，中国城就在这里了！"

梦余看着面前的热烈场面，心头一热，对梦长道："大哥，我又不想去美国留学了，我要留下来帮你建中国城和中国港！"梦长道："胡说！让你去美国念书，是为了将来更好地建设中国城和中国港。再说，你还要去望北呢。要建我们的中国城和中国港，不是有了人有了土地森林海湾就行了，要是那样就太简单了！告诉你一句话，大哥在南洋的时间只有十年，但是中国城和中国港一旦建起来，就不可能只经营十年！"梦余被他吓了一跳，道："大哥，你不会是说，等到那一天，你回国内去做你要做的大事，把中国城和中国港的生意全都留给我管吧！"

梦长回头看一眼欢呼雀跃的华工，半晌才回头认真道："大哥就是这么想的。万一十年间我们找到了这条新路，可以沿着它去实现先人的梦想，我想那也需要一支大军，一笔巨大的财富。我们建中国城和中国港，就是为了这个！"

梦余点头，忽然朝远处一看，回头看了一眼梦长，道："我嫂子来了！"梦长望去，果然看见玛塔带着艾玛纵马驶来。梦长有点诧异，道："你认她是你嫂子了？"梦余忙道："我……不认又怎么样？你都娶了她了，再说，她对我并不坏！"梦长哼了一声，看玛塔下马。梦余要走。梦长一把抓住他，道："你不要走！"说着带梦余迎上前去。玛塔已经下马，将马缰交给艾玛，看着梦长走来。夫妻相见，梦长不高兴道："你怎么来了？我说过的，这段时间你不要过来。"玛塔看一眼梦余，点一下头，看梦长道："我是来告诉你一声，我想去文德港。"梦长道："你去那里干什么？"玛塔道："我去把老四找回来。你建中国城和中国港需要他。"梦长心里难过起来，道："你不用去。他不会回来的。"玛塔倔强道："那我也要去。"梦长道："你会再碰钉子的。"玛塔道："就是再碰钉子，我也要去。"梦长态度粗暴起来，道："我说过不要去，你就不要去！这件事至此为此！"玛塔生气地看他一眼，道："去不去是我的事，我就是来告诉你一声！"说着回头走向艾玛，接过马缰，纵马离开。

梦长上前两步，欲追又站住，大声喊道："哎，你不能这么去！多带上些人……路上小心！"但玛塔和艾玛已经走远。梦长无奈回头，发现梦余正捂住嘴笑。梦长生气道："你笑什么！有什么好笑的！"梦余道："大哥，我现在觉得，你

客家人

给我娶的嫂子，哪一个都很厉害，你根本降不住！"梦长道："胡说！"想了想，把疤脸和大个子喊过去，要他们马上带人尾随玛塔而去，他还是担心玛塔和艾玛路上会遇到乌斯曼和他的人的袭击。梦余见了，也叫："我也去！"梦长想了想道："去吧！什么事你都掺合！"

第二天清晨，一条大船缓缓驶进了文德港。码头上，玛塔早就等在这里，怀里抱着一个包袱，脚边是一个盛食品的大篮子。她一眼就认出了这就是梦成做事的那条船，高兴地站起来，朝大船上招手，大喊道："邦杰！邦杰！是我！我是玛塔——！"

大船已在码头上靠稳。船舷边，众多乘客正在下船。茶房打扮的梦成手提茶壶走过来，嘴里不停地喊："借光借光！"一回头，望见了码头上正在招手喊他的玛塔。梦成一怔，转身钻进距他最近的一个舱室。码头上，玛塔已经看见了他，脸上的笑容落下去。

第十二章

一

夜晚的中国城工地上，荒野里已经搭起许多草棚，燃起了一堆堆篝火，大批新来的华工围坐在篝火旁煮饭吃，气氛热烈。一个男人站起，唱起大胆奔放的客家情歌来：

> 生爱恋来死爱恋，
>
> 两人相好一百年。
>
> 哪个九十九岁死，
>
> 奈何桥下等三年。

众人大声叫好道："好！再来一个！"

又一个男人站了起来，挑战似的唱起另一支客家情歌

在一阵阵热烈的欢笑声中，没有人注意到，疤脸大个子悄然带两名客家青年到了梦长面前，疤脸冲梦长眨了一下眼睛。梦长心中一动，看梦余，二人站起，大步走向一旁林中。疤脸也对两客家青年道："跟我们走！"一青年就问："去哪里？"大个子猛推了二人一把，道："跟着走！什么也甭问！"

两青年疑惑地跟着他们走向林中。月光明亮。众人停住，梦长看疤脸，疤脸会意，回头对两青年道："脱裤子！"两青年中长得矮壮的一位叫道："干什么？怎么又脱？"另一位长得胖胖的一位也叫："白天脱过一回了！"大个子道："叫你们脱你们就脱！少废话！"二人无奈，不情愿地解开腰带，提着裤子不愿放下。疤脸一把扯下矮壮的一位的裤子，将他的屁股转向月光，叫道："盟主！"

梦长朝那人屁股上看去，果见有一个血牙印。大个子又去抓胖胖的一位，后者紧抓裤子不松手，吵着要走，道："不！不！我不脱！"梦长厉声道："脱下来！"疤脸也道："脱，没事！"这另一位才委委屈屈松了手，裤子落在地下。月光立即照出了他屁股上的一个血牙印。

梦长猛然间热泪盈眶。梦余看他一眼，也激动起来。疤脸大个子激动道："盟主——！"两青年疑惑地看着梦长梦余疤脸大个子，眼里现出迷惑的神情。梦长见他们不懂，对疤脸大个子梦余道："来，我们也脱！"四人一时间把裤子全脱下来，露出各自的屁股。两青年脸上现出惊讶神色，大叫道："你们也是——"梦余急在唇前竖起一个指头，嘘了一声。两个人不说话了，脸上的神情又惊讶又激动。梦长道："大家把裤子都穿上吧！"众人各自提上裤子系好。梦长看矮的那个："叫什么名字？"大个子抢先道："他叫矮脚虎！"矮脚虎立即纠正道："不是，我叫王英！"大个子笑道："矮脚虎王英，梁山好汉，从小听说书就知道，你不叫矮脚虎叫什么？"梦长又看胖的那个，道："你呢？"他道："和尚。"众人笑起来。大个子道："怎么叫和尚？"和尚道："我小时候老有病，爹娘就起了这个名字，说是皈依了佛门，菩萨保佑。"梦长问："姓什么？"和尚道："姓花！"众人又笑起来。和尚急了："你们笑什么？我真是姓花！"疤脸道："行，以后我们只叫你和尚，不叫你花和尚！"梦长道："知道你们是谁？"矮脚虎道："当然知道！"和尚也道："那还能忘了！"梦长上前一一拥抱二人，感动道："十八兄弟，现在已经找到了九个，这都一半了！要是望北也能在美国找到几个，用不了几年，我们就能团聚了！"

二

这天上午八九点钟的时候，紧张施工的中国城工地上，疤脸大个子目送梦长梦余刘松龄上马，和新请的工程师一起驰往马上要开工的中国港勘察。忽见多日没来的张德伦纵马驰来，还没下马，就看四人，急道："邦彦在哪里？"疤脸看他惊慌的样子，道："大叔，怎么了？"张德伦道："出大事了！"他取出一封信给疤脸看。疤脸迅速看信，变色道："大叔，信是什么时候送到的？"张德伦道："今天一大早就送到了，约好的时间就在今天中午。"疤脸道："这种事情，不要理它！"大个子却道："这个我听说过，不理是不行的！盟主不去赌场和他解决这件事，我们就输了，照伊塔人的规矩，就要答应信上提出的所有条件。"疤脸看张德伦，张德伦点头。疤脸想了想，又道："大叔，乌斯曼是不是虚张声势？"张德伦断然道："不！伊塔人和中国人一样，把自己说出来的话看得和性命一样重！乌斯曼既然说出了这句话，就不会再收回。快想办法，邦彦一定不能去赴这个赌局！"

疤脸问："为什么？"张德伦道："乌斯曼恨死了邦彦，他认为他不能娶他的堂妹玛塔公主，吞并他伯父的领地，将来做伊塔人的苏丹，都是因为邦彦从中国来到了西马！还有，我一直觉得在他背后有英国人的影子，我们不能不防！"众人看疤脸，梦长不在的时候，他就是众人的主心骨了。大个子已经急了，道："快去报告盟主，还等什么！"疤脸沉吟有顷，断然道："不！"见众人不解，又道："看样子这一关不过是不行，乌斯曼这小子和我们势不两立，不当面和他过一招，过了这道坎，我们就不能在这里建成我们的中国城！"他忽然回头看矮脚虎和和尚，道："没想到这回还真用上你们俩了！天不早了，你们俩，张大叔，我们一起替盟主去赴这个赌局！"

张德伦怀疑道："这个……也不是不行，最多是他们不答应，然后延期，可是你不向邦彦说一声就走，这好吗？"大个子叫起来："叔，我也要去！"疤脸厉声道："你不要去了，工地上还要留人呢，你留下！"回头看张德伦道："大叔，这件事不能让盟主知道，真出了事也是我们干的，和他没有相干，这样英国人就是想对盟主使坏，也不能了！实在不行，我们干脆把乌斯曼干掉，去了这个祸害，英国人也不能再利用他了，我们也给盟主在西马做大事业扫平了道路！最多是拿我们是问，死就死了，怕什么！"众人道："对！只要能让盟主建成中国城和中国港，我们死就死了！"张德伦还在犹豫，道："可是……我觉得这还是不妥当——"疤脸道："当断不断，反受其乱，干了也就干了！大叔，王英，和尚，马上走！"众人各自上马，踏水顺河道奔驰而去。

大个子追了几步，喊道："哎哎，这种事怎么能没我！你们太不够意思了！"见众人已经驰远，生气地道："不带我玩，还是我叔哩！我不高兴了！以后还叫你叔，叫你个蛋吧！"忽然，他听到了背后的马蹄声，原来是梦长带梦余纵马赶了回来。二人下马，看他，梦余吃惊道："哎，你一个人在这儿瞎嘀咕什么呢！"大个子回头对他们发怨声，道："他们，就我叔，还有新来的两个，矮脚虎王英，花和尚，跟着张大叔，一起去怡保了，把我一个人扔下——"梦长一惊道："他们去了怡保？干什么去了？"大个子道："说是乌斯曼设了一个赌局——"梦长一把揪住他，脸色也变了，道："你说他们干什么去了？"大个子忽然反应过来，知道自己把话说漏了，转身挣脱，朝山上跑。梦长大怒，喊："义增，你给我回来！"他三步两步追上去，抓住他道："快说！什么赌局？"大个子还是不说话。梦长生气地丢开他，道："不说是吧，不说你走吧，我也管不了你了！你也不是我的兄弟了！"大个子害怕了，大叫："不！我不走！"梦长道："那就快说！"

大个子不得已道："说是乌斯曼设了一个赌局，本来是约你去赌，你要是不赌，就是认输，照着伊塔人的规矩，你就要答应他的条件！"梦长已经急起来，道："下面的不要说了，怎么赌！"大个子忽然眉飞色舞起来，道："说是一种新赌法，叫做俄罗斯轮盘赌！"梦长大叫："俄罗斯轮盘赌！"梦余不懂，问："大哥，什么是俄罗斯轮盘赌？"梦长已经怒起，道："一不赌钱，二不赌房子赌地，赌的是命！"他看大个子，"他们走多久了！"大个子道："都半天儿了！"梦长大叫："梦余，拉马，我们追上去！"梦余已经明白事态是多么严重，急跑去拉马。三人同时上马，踏着河水，向怡保方向追去。

中午十二点差一刻，怡保海盗赌馆的一间赌室里，乌斯曼已经率几名武士赶到。乌斯曼坐下，令众人里里外外戒备，赌馆里的气氛陡然紧张起来。他只等了几分钟，赌场老板引疤脸张德伦矮脚虎和尚走进来。

乌斯曼看是他们，一惊，站起。疤脸走进来，平静地看他。乌斯曼眼中现出怒火，还没开口，众武士已经迅速将手放在刀柄上。矮脚虎和尚一见，也把手放在兵刃上，双方剑拔弩张，随时都准备出手。赌场老板德伯见状，急忙示意双方镇静。"Stop！Stop！"他喊道，马上改说流利的汉语："各位，这里是赌场，不是战场！我来介绍，这位方仁宝先生，是华邦彦先生的代表。乌斯曼殿下，因为特殊的缘故，华邦彦先生今天不能前来赴约，于是派这位方先生做他的代表赴约，和殿下的代表赌一场！我说的是俄罗斯轮盘赌。各位请入座！"

疤脸听了，也不说话，平静地在赌桌前坐下，看乌斯曼。乌斯曼看他一眼，已经对着德伯大叫起来："不！我不和别人赌，只和华邦彦赌！华邦彦不敢来，他就是认输，按照伊塔人的规矩——"疤脸突然开口打断了他的话："殿下错了！伊塔人有规矩，中国人也有规矩，按照中国人的规矩，主帅出场前，你必须先打败他的马仔，你要是连他的马仔都打不败，作为主帅他是不会出场的！"乌斯曼回头盯着他看，一字一字道："我说过了，我不和除了华邦彦之外的任何人赌命！"疤脸坚持道："殿下，听我说完，按照中国人的规矩，双方主帅出场前，殿下同样可以让自己的手下先出场。我们双方出同样多的人，一对一地赌，谁的人先倒下，同一方的人就补上，接替他继续赌，直到最后，如果双方只剩下各自的主帅，就由华邦彦先生和殿下一对一地赌。如何？"乌斯曼被他的话说得有点晕，摇头让自己清醒，道："不！我愿意现在就一对一地和华邦彦赌命！"疤脸摊摊手道："殿下，我是不是也可以这样理解，你不敢接受我们的方式，是你首先认了输？你用这样的方式认输，我们也乐于就此结束这场赌局！"他说着已经站起，看张德伦矮脚虎和尚道："殿下认输了，我们走！"

乌斯曼看他们走，忽然大叫："不！回来！"疤脸等众人回头看他。乌斯曼看疤脸，恨恨道："好，我答应你。我们一对一地赌！"回头看一武士，道："你先上！"那武士哆嗦一下，迟疑了一会儿，才畏惧地走向赌桌。

乌斯曼又回头看疤脸。疤脸看矮脚虎和和尚，问："你们俩谁先上？"矮脚虎道："我！"和尚道："哥，我先上！"矮脚虎道："兄弟，你用鼻子，不如我！"和尚道："哥，你的耳朵不济！"两人居然吵起来，都变了脸。疤脸上前将他们分开，道："好了，我来做决定，王英先上！"矮脚虎得胜地一笑，走过去坐到赌桌前。德伯变戏法似的从桌下取出一把左轮手枪，放在案上，然后自口袋里取出一盒子弹，从中取出一粒，竖在桌上。

现场气氛再次紧张起来。乌斯曼目光紧张地盯着那一粒子弹。疤脸张德伦则紧张地看矮脚虎。只见矮脚虎冷冷一笑，麻利地取过枪，将子弹装进弹舱，熟练地让转轮飞转，啪一把合上转轮，上膛，枪口顶上自己的太阳穴，看对面第一个出场的伊塔武士，道："我们俩，谁先开第一枪！"武士更慌乱了，回头用求救的眼光看乌斯曼。德伯已经大惊失色，看矮脚虎道："这位先生，请把枪放下！"矮脚虎把枪放回到桌面正中。德伯道："请问你这一手在哪儿学的？"矮脚虎傲慢道："不告诉你。问问乌斯曼殿下的人，他还敢赌吗？"德伯飞快地用一串马来语对乌斯曼翻译了他的话。室内所有的中国人则用胜利的和讥讽的目光望着乌斯曼和他的人。只见乌斯曼目光掠过这些嘲笑的目光，色厉内荏道："赌！当然要赌！"

德伯叹一口气，自语道："这就没办法了！"他游戏一般从衣袋里摸出一只骰子，对赌桌两边对面坐的伊塔武士和矮脚虎道："看好了，单数归你，双数归他。同意吧？"那武士越来越紧张，咽一下口水，又回视乌斯曼。乌斯曼恨恨地点一下头。武士回头道："同意。"德伯又看矮脚虎。矮脚虎道："这是规矩，当然同意！"德伯将骰子投在赌桌上面，骰子乱转，现出一个双数。一直极为紧张的伊塔武

客家人

士长出一口气，得胜地看着矮脚虎，大叫："双数！双数！你先开第一枪！"疤脸张德伦色变，一时都紧张地看着矮脚虎。但见矮脚虎迅速拿起枪，顶上自己的太阳穴，啪地扣响了扳机。这一串动作做得极其连贯，没有丝毫拖泥带水。张德伦"哎呀"一声叫出来，捂住胸口，无力地蹲下去。

枪没有响。矮脚虎微笑着将手中枪放到对方面前，道："兄弟，轮到你了！但愿你的运气和我一样好！"赌室内，所有人的目光都望向坐在他对面的伊塔武士。武士又哆嗦起来，回头看乌斯曼一眼。乌斯曼恨恨地用目光催促他拿起那支枪。武士无奈，要去拿枪，手抖得厉害，枪拿起来又掉在桌面上。疤脸这时也看了一眼矮脚虎和和尚。矮脚虎回给他一个胸有成竹的眼神和微笑。乌斯曼忽然看见了疤脸和矮脚虎之间的目光传递，脸上现出极为惊恐的神情，大叫道："你们干什么？"

矮脚虎道："我们没干什么呀，我们等着你们开枪呢！"和尚也道："对，等着你们开枪呢！快开枪呀！对了，接下来你们恐怕要准备收尸了！"乌斯曼叫道："不，你们……你们作弊！"德伯不高兴了，上前一步道："殿下，要说别的赌法，可以作弊，但这俄罗斯轮盘赌，不可能的！"疤脸见时机成熟，站起道："乌斯曼殿下，如果你想现在结束这场赌局，我们也可以答应，只有一个条件，你们承认输了，并且愿意付出代价！"乌斯曼又是一惊道："什么代价？"疤脸道："你在写给我们盟主的信上说，如果我们输了，盟主要带中国人离开西马，还要将盟主的夫人玛塔公主作为战俘交给你，所有的土地河流山川海港也要属于你，我们答应了；现在你们输了，我们也要求你这么做，把你的所有领地交给我们，带着你的人离开西马！"

乌斯曼大怒，道："不！"他冲上前，凶狠地对赌桌前的伊塔武士吼叫："你怎么了？快把枪拿起来！开枪！"武士浑身大抖，道："殿下，我……我害怕！"乌斯曼一把将他扯开，推倒在地下，拿过手枪，顶上自己的太阳穴，大叫道："我自己来！"众武士发出惊呼："殿下！"乌斯曼已经闭上眼睛，手指开始在扳机上用力。疤脸张德伦矮脚虎和尚微微变色。扳机被扣过了中线。乌斯曼的脸上青筋毕现，汗水成串往下滚落。

德伯也叫了起来："殿下，要不你就别——"乌斯曼停下了，睁眼大叫："不！"他又闭上眼睛，一不做，二不休，用力扣扳机。德伯再次大叫："等等！"乌斯曼睁眼，再次松开扳机："什么事！"德伯道："我就是想问一句，如果殿下输了，我的那条大河找谁来交付给我？"乌斯曼怒道："你是担心我死了你得不到那条大河。我死了，你去找我父亲，他会把你的大河交付给你的，我们伊塔人从来不像你们英国人，说了话不算数！"他再次闭眼，扣动扳机，这次动作很快，扳机再次过了中线，就要打响。矮脚虎和和尚同时下意识地捂上了自己的耳朵。

就在枪将响未响的一刹那，赌室门被"哐当"一声撞开了。梦长带梦余大个子风一样闯进来。他一眼看见乌斯曼枪口对着太阳穴，大叫道："殿下住手！"乌斯曼睁眼看他，扣在扳机上的手指却猛然用力。说时迟那时快，梦长早就一步上前，大叫一声："不要！"挥掌从他太阳穴前将枪打落。手枪就在移开的那一刻发出一声轰鸣，落地。乌斯曼的人发出一声惊呼："啊——！"

疤脸等人已经站起，看梦长，肃立道："盟主！"梦长回身，怒不可遏，对疤脸等人大吼："你们竟敢……你们差点坏了我们的大事！我饶不了你们！"众人忽然明白自己错了，低下头去。梦长回视乌斯曼，发现他脸色苍白，还在看地下那支枪口冒烟的手枪，浑身在打颤。突然，他不看梦长，抬头对自己的人大吼了一声："走！"

三

怡保城外，崇山峻岭之中，一条浅浅的河道的中流，梦长带梦余张德伦疤脸大个子矮脚虎和尚纵马急追。前面就是乌斯曼和他的武士。梦长大叫道："殿下！乌斯曼殿下，等一等！我有话要说！"前方，乌斯曼听到了，问身边的武士："他在喊什么？"一武士道："好像要殿下停下来等一等他，他有要紧的话跟殿下说。"乌斯曼哼了一声，看四周围的地形，突然勒马停下，将马头调转过来，吩咐众人道："戒备！"众武士随他迅速停下，调转马头，露出兵刃，面对踏水驰来的梦长等人排成了冲击斯杀的阵形。梦长率众人赶上来。见乌斯曼和众伊塔武士做好了战斗准备，疤脸大个子矮脚虎和尚也急忙亮出武器。梦长示意他们将手中刀入鞘，看乌斯曼，还没开口，乌斯曼已经率先高声道："华邦彦，用你们中国人的话说，我们冤家路窄，这一会儿你的人少，我的人多，我本可以现在就灭了你！可你今天救了我的命，我们伊塔人知恩图报，我今天也留你一条命，趁着我还没有改变主意，快走！"

梦长大声诚恳道："尊贵的乌斯曼殿下，华邦彦并不想冒犯你。我今天跟你进

客家人

山，一是要向你解释清楚，这件事本人并不知情，如果知情会从一开始就出面阻止我的人来赴这场赌局；二是我一直想找个合适的机会和你相见，我们需要谈一谈！"乌斯曼道："你夺走了我心爱的女人，又要在我们伊塔人的土地上开发中国城和中国港，你和你的人是我的仇敌，为什么你还要和我相见？我们相见的地方只能在你死我活的战场上！"梦长道："这就是我要和殿下见面、要和殿下谈一谈的原因。尊贵的殿下，我要说的第一句话是，中国人和伊塔人，和所有的马来人，不是敌人，而是兄弟。如果你不信我的话，可以回去问问你的父亲，尊贵的马苏里·拉希德殿下和你的族人，在一百年前，英国人还没有来到这块土地上的时候，中国人和马来人是如何相处的，那时虽然也有中国人在这里做大港主，但是马来人，包括你们伊塔人，并没有失去西马的一寸土地，中国人对西马的开发，是对我们和你们双方都有利的事情。我现在做的，正是一百年前我的前辈做的事情，共同开发西马，使我们双方都更有力量捍卫我们在这个星球上生存的权利！"

　　乌斯曼道："你说的这个我不懂，也不想懂！华邦彦，我说过了，今天你救了我一命，我不会欠你的人情，我会放了你，咱们一命抵一命，事情到此已经了结，至于别的事，你说得再多也没有用！我不会相信的！告辞了！"说完也不等梦长再开口，就向自己的人吼了一嗓子："走！"梦长大叫道："不，殿下，华邦彦还有第二句话要说，你等一等——"但乌斯曼已经听不见了，众伊塔武士簇拥着他调转马头，踏水向更深的山里飞驰而去。

　　梦长久久怅然地望着远去的乌斯曼和他的队伍，满眼都是失望。梦余道："大哥，你对这家伙讲道理，那叫对牛弹琴，他听都不听。"张德伦道："不，邦雄，我不这么看，今天这件事，本来是坏事，弄不好会引起中国人和伊塔人的大冲突，但是盟主方才打掉了乌斯曼手中的枪，救了他一条命，他嘴上不服软，可心里是感激的。伊塔人就是这样，恩怨分明，盟主，至少我觉得最近一阵子，不用再担心乌斯曼会和英国人沆瀣一气对付咱们了。"众人听了，都看梦长，他却依然皱着眉头，道："可我本来还想跟他说第二句话。不行，以后我还要见他，一定要见他！现在我们回去吧！"众人听了，随他拨转马头回走。

　　乌斯曼和梦长赌局的结局当然传到了威尔逊和詹姆斯耳中。威尔逊知道詹姆斯大为失望，特意邀请他到自己名下的山林中打猎散心。这天詹姆斯的运气特好，一只只大鸟被他打落下来，累得跟在他身后捡拾猎物的汉斯气喘吁吁。就在这时他们听到了从远方海滨传来的一声声巨响。重新瞄准了一只鸟的詹姆斯要开枪又停下了，眺望远方的山林和大海，但见在他们目光所及的地方，又升起了一团烟尘，直上九天。詹姆斯的快乐立即消失，用忧郁的目光久久地望着那道烟尘。

威尔逊走到他身边来，看他道："局长先生，你在看什么？"詹姆斯道："今天，钟梦长开了他在西马的第一座矿山。"威尔逊看他一眼道："他还要建设南洋最大的中国城，最大的中国港，最大的胡椒种植园，今天开一座矿山，有什么稀奇？"詹姆斯讥讽道："威尔逊先生真的不担心中国人在西马扩展自己的实力？"威尔逊停了片刻才回答道："我当然担心，但是只要这种扩展仍在我们可以接受的范围内，我就不那么太担心！"詹姆斯不高兴地看他一眼，想说什么又止住了。威尔逊继续道："我同意蒙哥马利将军的看法，西马和整个东南亚将来都会是大英帝国的，所以，无论钟梦长今天在这里建设多少城市和港口，我都不担心，也不嫉妒，因为——"詹姆斯打断他道："因为他也许是在为英国人工作？"威尔逊点头。

詹姆斯有一阵子又不说话了。威尔逊又去打了一只鸟，回头看他，道："局长先生，有时候，即使我们是英国人，也要等！"詹姆斯忽然生气了，道："纳尔逊将军是怎么了？他不是百战百胜的名将吗？一个缅甸，居然好几年都搞不定，我真恨——"威尔逊顺着他的目光向北方望去，安慰他道："纳尔逊先生的大军会来的，一定会来的。但是最近一阵子，我倒不这么急地盼他带着大军回西马来了！"詹姆斯一惊道："为什么？"威尔逊道："这一阵子，我一直在想，钟梦长一个被他的皇上派人追杀的罪犯，赤手空拳地亡命西马，不到一年，居然做成了这么大的事……最重要的是，他居然取得了伊塔人苏丹的信任，做到了我们费了多少心力都没有做到的事，让伊塔人的大片保留地进入了商业开发……局长先生，如果我们把眼光放得更长久些，让这个中国人更多地开发出伊塔人的保留地，对我们难道有什么害处吗？"

詹姆斯恶狠狠地看他一眼，道："威尔逊先生真是最优秀的英国商人，想事情的角度与众不同。但是，中国人一旦拥有了自己的中国城和中国港，也就拥有了巨大的经济力量，这种力量是随时可以变成武力的！"

威尔逊不同意他的看法，道："不不不，局长先生，我不这么认为，无论钟梦长在这里进行的经济活动创造出了多大的经济力量，也都在英国西马殖民政府的统治之下。只要他像现在这样迷信英国法律，遵守英国法律，按章交税，他的经济活动

客家人

成果越大，英国殖民地政府得到的税款就越多，而他自己对于英国法律也就会更加迷信，更加反对他的人在西马给殖民政府制造动乱，帮助英国人维护在西马的统治，直到纳尔逊将军的大军征服缅甸后回归西马，那时，他每年上缴的税款，就会变成我们的军费，帮助我们战无不胜的军队帮我们重新夺回西马！——不是现在的西马，而是全部的西马，包括被钟梦长开发的伊塔人保留地在内的西马！"

詹姆斯忽然什么都明白了，两个人继续打鸟，直到离开，再没有提起这个话题。

四

广州西关桃花街，大批清军在军校的率领下轰隆隆奔驰而来。街面上顿时大乱。军校下马，率清军涌向一家商号。商号二楼，一位年老的客家人镇静地望着下面涌进来的大批清军，突然将窗台上一盆兰花推翻，落向楼下。

清军这时已经涌进来。年老客家人回头。军校看他道："你就是林河洲？"年老客家人朗声道："正是。请问有何贵干？"军校道："抓起来！带走！"众兵丁涌上去，将年老客家人抓起来，推向楼下。楼外街道上，那位曾从德国教堂救出梅卿的年轻商人（年老客家人之子）飞马驰来，一眼瞅见窗台上没有兰花，大惊，拨转马头驰走。他一路向广州东大门飞奔，驰出城门，驰向城外一座不为人注意的乡间别墅。

这间别墅内，梅卿正在生产。产痛让她发出一声声凄厉的、不似人声的叫喊。名叫秋菊的中年侍女和接生婆守在她身边，手忙脚乱。接生婆不停地大喊："使劲！再使劲！"秋菊也在叫喊："梅卿小姐，快了，快了！"梅卿大叫一声，昏死过去，一声婴儿的啼鸣顿时在屋内嘹亮起来。接生婆大喜道："生下来了！生下来了！恭喜小姐，是个小子！"

别墅门外，年轻的商人驰马而来。一仆人急忙打开大门。年轻人驰马入内，下马，立即对仆人叫道："关门！"仆人急急关大门。年轻的商人已经跑进房里去。

产房里，梅卿仍然躺着，众人把包好的婴儿给她看。秋菊道："小姐快看，这孩子长得多好！多像你！"梅卿接过孩子，看他的模样，道："不，像他爹！"年轻的商人闯进来，叫："梅卿小姐！"梅卿一惊，要坐起来，叫道："出了什么事！"年轻的商人道："清军已经逮捕了我爹，很快会找到这里，你和孩子必须马上离开！"秋菊惊叫一声，道："小姐刚刚生过孩子！"年轻商人道："不行，事情紧急，梅卿小姐，你必须马上走！"梅卿什么都明白了，看秋菊，果决道："快收拾，咱们走！林家大少爷，我们去哪里？"年轻的商人道："梅卿小姐，把孩子给我，他必须先走！按照客家人的规矩，男人无论在外头和别的女人生多少孩子，男孩子生下来都是必须马上送回去交给他的正妻抚养的。小姐，你也必须这么做，快把孩子给我！"

梅卿更抱紧了孩子："不！"突然她明白这是不可避免了，想了想，叫道："既是这样，我要自己去送孩子！"仆人这时冲了进来，看年轻商人道："大少爷，清军过来了！"年轻的商人想了想，断然道："快准备马车，我和梅卿小姐马上走！"

别墅外，一辆马车赶过来停下。梅卿秋菊抱孩子上车。年轻的商人随之上车，他要亲自赶车离开，又回头对仆人道："点火！"仆人大惊："大少爷要我点了这幢房子？"年轻的商人道："清兵就要来了，快点火！"他挥鞭打马，马车风驰电掣般驰走，转眼就进了山中，车中的梅卿和秋菊再回头朝山下望，发现那座别墅已经被点燃，火光冲天。

这天晚上，叶赫星在自己官署里走来走去，歇斯底里地大叫："什么？房子燃了？怎么这么快！梅卿呢？发现她的尸骨了吗？"张凤翔哆嗦了一下，道："没……没有！"他不敢向叶赫星实话实说。叶赫星让自己冷静一点儿，回头又吼道："我知道她在哪里。她只有两个地方可以逃奔，一是云梦山区，钟梦长和她的老家。二是广州城中，为了逃避我的追杀，她也可能选择老子最意想不到的地方！"张凤翔急上前奉承，道："大人圣明！卑职下面该做什么？"叶赫星道："兵分两路！我带人去云梦山区追赶，你留下，封锁广州城，严加搜查，一个可疑的地方都不要放过。这一次，老子一定生要见人，死要见尸！"

叶赫星看巴什哈道："调集军马，直奔云梦山区！同时知会沿途府道州县，缉拿梅卿！"巴什哈道："喳！"带众人随叶赫星匆匆走出去。

客家人

五

拂晓的云上村，大雾弥漫。钟家内室，凤仪在沉睡。她正在做一个梦，在这个梦里，笼罩在村里村外的大雾化成了笼罩在大海上的大雾。一条不大的船在雾中行驶。同时一个凄厉的如同歌唱的女声也飘过去："梦长……望北……我的亲人……你在哪里……"忽然间，狂风大作，巨浪翻滚，大船倾覆。凤仪大叫一声："梦长——！"两眼是泪，鬓发凌乱，猛地从床上坐起，用一双大睁的恐怖的眼睛望着前方。

钟三奶奶推门走进来，看她，吓了一跳，叫："凤仪，你怎么了！"凤仪痴呆呆地望着她，半晌才清醒过来，扑进三奶奶怀中，大哭道："我做了一个梦，梦长死了！还有望北，他们乘的船沉了！已经没有这两个人了！"钟三奶奶大声安慰她道："凤仪，你胡说什么呢！那是梦！你的梦！"凤仪抬头道："不，我在梦里看得真真儿的！海上好大的浪，整条船都沉了！他们一定死了！"钟三奶奶道："我知道为什么了，梦长都走了十个月了，一片纸也没有给家里寄回来，你朝思暮想的，就化作了梦——"凤仪不再说话，她的眼睛睁得越来越大，越来越大，突然又叫起来了："不，他是死了，一定死了！

天大亮了，钟家大门外。一辆马车驶过来，年轻的商人将车停下，看着。秋菊扶身上已换了重孝的梅卿抱着孩子下车，推一下大门，竟没有关，喊了几声，没人答应。秋菊失望地看一眼梅卿。梅卿道："这就是孩子的家，我们进去！"说着就抱孩子径直走了进去。她们在大门内碰上了闻声跑出来的钟三奶奶。后者还认得梅卿，见了她这副打扮大惊失色。梅卿只简单地说："三奶奶，快去喊凤仪，我有要紧的事要见她！"钟三奶奶听了，飞一样跑出去。

钟家客厅内，梅卿抱婴儿坐着。婴儿身上也戴着重孝。秋菊一旁侍立，神情不安地朝门外张望，小声担心道："小姐，钟家的媳妇会让你把孩子留下吗？"梅卿尚未回答，门外已经响起凤仪和钟三奶奶的脚步声。钟三奶奶及时提醒凤仪道："不管出了什么事，你都要挺住。记住，你现在是钟家的当家女人——"话没说完，凤仪已经一脸寒霜，激动地冲进去。钟三奶奶也跟着冲进了门。

梅卿抱着婴儿站起。凤仪怒容满面，梅卿淡定、悲伤，二人久久对视，多年不见，大家都变了不少。凤仪上下打量浑身戴孝的梅卿，道："真的是你！"梅卿也开口道："凤仪！"凤仪回头看秋菊和钟三奶奶，斩钉截铁道："你们出去，我和这个女人有话要说！"秋菊看一眼梅卿，梅卿点头，示意她和钟三奶奶一同离去，凤仪随手关门，回头吃惊道："说吧，你为谁戴孝？孩子又是怎么回事？"梅卿泪花溢出，尽可能平静道："我为我的丈夫戴孝。这孩子就是我和他的孩子！"凤仪道："你丈夫？"梅卿道："凤仪，你听我一件一件说给你听。我的丈夫就是梦长！"凤仪变色："你胡说！"梅卿道："这是我的孩子，刚生下来三天，他是梦长的骨肉！"凤仪心中一时如同有雷声滚过，大叫道："你说什么？这孩子是他的？原来你和他还生——"梅卿干脆打断她道："凤仪，我丈夫已经在下南洋的路上遇难了！这时我才知道怀了他的孩子，我没有随梦长死就因为这个孩子，三天前我把他生了下来，这是钟家的骨血，照客家人的规矩，这孩子我应该送回来交给你抚养，因为名义上你是他的正妻，现在我把孩子给你送回来了……没有梦长，我也不想活在这个世上了！"

凤仪几乎不能相信自己的耳朵，颤声道："你……你这个不要脸的东西！先把孩子放下。我有话跟你说！"梅卿不知她要干什么，将睡熟的婴儿放在身边床上。凤仪径直走过去，一巴掌重重打在梅卿脸上。梅卿大惊："你……！"凤仪一巴掌一巴掌打下去，自己却泪流满面，疯了一样喊道："我打你这个不要脸的东西！我就是要打你！我为什么要打你，为你刚才说的每一件事打你！我们从小还是朋友呢，可你就这么欺负我！不是你勾引梦长，他就不会那样待我！你还敢和他生了孩子！你这个不要脸的，我就是要打你！"梅卿用两只手挡住自己的脸，不还手，任她打下去。

凤仪一发不可收，对梅卿边打边哭，道："你明知道我从小就是梦长的媳妇，为什么还要勾引她？你一个好好的姑娘家，哪里嫁不了你，为什么偏要抢我的人！你夺走了梦长的心，你在我心上插上一把刀！你是我这一辈子的仇人！"梅卿忽然哭起来。凤仪气又涌上来，道："你还哭！你哭什么？你勾引他也罢了，你还跟他生出了孩子！你生了孩子也罢了，你还把孩子给我抱回来！你抱着孩子回来也就罢了，你还穿着一身的热孝来到我们家！你到底想干什么？你觉得你害我害得还不够吗？"突然她停下手，像是一下明白过来了，"告诉我，他现在哪里？怎么样了？你到底是为谁戴孝？"

梅卿睁开眼看她，哭道："你也是个糊涂女人……我心上的人，我这一辈子就爱过这一个，你的丈夫，我儿子的爹，梦长，他已经不在人世了！我和孩子是为他戴孝！"她再也难以忍受内心的苦痛，一屁股坐下去，放声大哭。凤仪大叫道："不！你胡说！梦长他没有——"她没把这句话说完，就觉得天旋地转，身子晃一下，向后倒去。梅卿大叫一声："凤仪！"起身冲过来抱住凤仪，喊："来人哪！"钟三奶奶和秋菊推开门冲进来。梅卿道："快！她晕过去了！"二人上前，一个帮她抱住凤仪，一个去掐凤仪的人中。凤仪被她们架到一张椅子上，终于长长吐出一口气，睁开眼，都是泪。

秋菊长出了一口气，道："好歹活过来了！"凤仪推开秋菊和钟三奶奶，目光在急寻梅卿，道："不，你的话不是真的……我不信！你有什么证据？"梅卿哭道："我是当面从他的仇人嘴里听到的！不，我是从他最大的仇人眼里看出来的！后来我又看了香港的报纸……千真万确，他不在了！"凤仪双泪长流，有顷，对钟三奶奶大吼道："让她走！我家不欢迎她！走！"

钟三奶奶看梅卿道："你们走吧！"梅卿看凤仪，平静下来，道："凤仪，我是要走的！可走之前我有句话要留下来。孩子是梦长的，从今以后你就是他的娘，他在世上唯一的亲人！我这个生身的娘，再也顾不到他了！"她转身向婴儿走，将他抱起，将脸紧紧贴到婴儿脸上，痛哭起来。凤仪吃惊地望着她，一时间她还难以接受这个婴儿，但是梅卿对孩子难分难舍的感情一点点打动了她的心。

秋菊上前劝梅卿道："小姐，打也打了，撵也撵了，咱们走吧！"她要从梅卿怀里接走婴儿。梅卿不舍，流泪痛哭不止，大叫道："不要从我怀里夺走他！"孩子在两个女人的拉扯中哭起来。凤仪的心突然大痛，不觉叫起："你们别——！"上前一把从二人手中夺过孩子，抱在自己怀里，哄起来。梅卿三下两下拭去眼泪，惊恐地望着凤仪和她怀中的孩子，发现凤仪并没有恶意，情绪才平静下来。

直到婴儿在凤仪怀中重新睡熟，钟三奶奶才从凤仪怀里将他接过去。她看一眼婴儿，对凤仪笑道："你看，真是钟家人，和梦长小时候一样，长着两只招风耳。"梅卿咬牙转身向外走去。秋菊识趣，跟着她走。凤仪忽然叫道："站住！"梅卿站住了，并不回头，这一刻她泪流满面。凤仪道："你个不要脸的，就这样把孩子交给我，走了？"梅卿仍不回头，道："我不是梦长明媒正娶的媳妇，我要是，就名正言顺地留下来，替他守住这个家，养大他的儿子！我不走，难道你走？"凤仪道："你不能就这么走！我有话说！"梅卿一怔，缓缓回头。钟三奶奶拉秋菊一把，二人带婴儿离开。梅卿道："你还有什么话？"凤仪眼中涌出泪花，小声道："你刚才说这个孩子是梦长的，有什么证据？"梅卿道："这还要什么证据，我自个儿就是证据。"凤仪艰难地把下面的话说出来："你刚才说他死了……我不相信！"梅卿伤心地看她，眼泪又落下来，道："凤仪，梦长他确实不在了呀，都不在好几个月了，是他和十族最大的仇人叶赫星在南洋害死了他！我们这两个为他受苦的女人，就不要再吵了！"

凤仪的目光变得咄咄逼人起来，道："不，我不信！你是我的仇人，我凭什么信你的话！他没有那么容易死！你想骗我，你想让我死心是吧？你以为这样，以后我就会把我的男人给忘了，你将来就能和他接着好下去，是不是？……不，我的男人没死，他一定会活着回到这个家里来！"

这时一女人匆匆闯进来，叫道："凤仪，不好！天马关外出现了大队官军！"凤仪大吃一惊，三把两把抹去泪水，立即恢复了十族当家人的本相，道："马上知会十族乡亲，清妖大军又来了，赶快进山！"女人答应一声："知道了！"转身跑走。凤仪再次回头看梅卿，道："可我还是不信我的丈夫会死！客家男人都有九条命，就算这回他真遭了难，也不过死掉一条命，还有八条命呢！"她突然又狮子一样扑向梅卿，向外赶她走，眼泪也滴下来，"快走，我这一辈子被你害惨了，今生今世我都不想再看见你！"

梅卿举步往外走去。凤仪又叫："等等！"梅卿一怔，再次站住，回头看她。凤仪迅速清醒过来，道："还有一句话！你一定要记住！你说孩子是梦长的，我暂且信了！你生了他又不养他，咱们今天就咬个牙印儿，把该说的话说清楚！"梅卿的心大疼起来，流泪道："你还想说什么？"

凤仪认真道："他要真是钟家的骨血，照客家人的规矩，从今以后，他在世上就只有我这一个娘，我才是钟梦长的媳妇，是他孩子的亲娘，你从来都不是孩子的娘，今天出了这个门，你得答应我，一生一世再也别回来！将来孩子长大了，走出去做天大的事，不管你在什么时候什么地方看见他，都不能认他！"梅卿泪水直流，一时说不出话来。凤仪继续说下去："为了孩子，你还要答应，从今以后，不但你不能见我的儿子，你我也不能再见面，就连云梦山区，你也要少回来，不，你不要回来！你要是再回来，我见你一回，就打你一回！见你十回，就打你十回！"梅卿再也听不下去了，猛转身，快步往大门外走。凤仪又叫："等等！我说过要你走了吗？"梅卿又站住了，她上前，三下两下将梅卿身上穿的孝衣扯下来，扔在地下。梅卿大惊道："你……"凤仪泪水直流，恨道："他就是死了，也轮不到你为他穿孝，该为他穿孝的是我，还有他的儿子！你是什么人，敢在我面前为他穿孝！"她拭泪，心又硬起来，"最后一件事！你要敢不听我的话，我就把你和梦长的丑事说出去，让云梦山区的人都知道你是个什么人，让你名声扫地，生不如死！"梅卿道："什么事，你说出来，我才能决定答应还是不答应！"

凤仪用一双执着、狂热、发红的泪眼望着梅卿，一字字道："你今天还要对天发誓，万一我的男人没死，哪一天活着回来了，你们俩一生一世都不能见面！不然……不然……我就……"梅卿泪眼看着凤仪，突然，她猛扑过去，抱住了她。这一刻凤仪也不由自主地抱住了她。两个女人一起失声痛哭起来，埋在心里的长江大河般的悲伤，这时才一同倾泄了出来。

六

钟家内室，树人正在摇篮里大哭。钟母闻声走过来，趴在摇篮上面看他，笑道："哎，你是谁家的孩子？"孩子看她一眼，仍旧哭个不停。钟母将他抱起来摇晃，道："好小子，看你这个样子，不像是个捡回来的，你是我的重孙子吧？是梦长的儿子，我知道了，梦长和凤仪，该给我生个重孙子了！"孩子哭得更厉害了。钟母想了想道："好小子，你是饿了，来来来，老祖宗给你喂奶！"她边说边坐下来，解怀，把干瘪的奶头塞在孩子嘴里。

孩子拼命吮吸起来，没有奶，又哭。钟母继续喂他，道："哎，小子，哭什么，吃呀，吃呀，这里头的白面汤可好喝了！"凤仪一步奔进来，见状大叫一声："奶奶，别摔了他！"钟三奶奶接着跟进来。钟母抬头看凤仪，生气道："你这个女人，怎么把自己生的孩子扔下不管，你跑哪儿去了？"凤仪过来要夺走孩子，道："奶奶，快把他给我，您路都走不稳当，要是把他摔了——"钟母躲开她的手，将孩子放到钟三奶奶怀里，回头看凤仪，声音严厉起来："你跪下，我问你几句话！"凤仪还要去抱孩子。再次被钟母拦住。钟母道："你等一等！我让你跪下！"凤仪着急道："奶奶，叶赫星又打过来了，我们要马上进山。您这是怎么了？"钟母举起拐杖要打她，道："你跪不跪下？"凤仪求援般看一眼钟三奶奶，钟三奶奶提醒她道："凤仪！"凤仪无奈，叹口气跪下来。

钟母看她道："我问你，孩子什么时候生的？是和梦长生的吗？我怎么就没见你大肚子的样子？梦长一直不回家，这孩子你跟谁生的？说实话我就不打你，不说实话我对你行家法！"凤仪叫起屈来，道："奶奶，这哪儿跟哪儿呀！"树人哇哇大哭。凤仪看一眼树人，又要起来。钟母一拐棍打下去，凤仪叫了一声，道："奶奶，不是这样的，孩子是梦长跟别人生的——"钟三奶奶也道："老祖宗，孩子饿了，你就是要打她，也等她喂了孩子再说！"钟母想了想道："也对。如果你养了野汉子，坏了我们钟家的门风，我饶不了你！"她不理凤仪了，捣动着拐棍气呼呼地走出去。凤仪站起来，满脸是泪，对门外越聚越多的女人们喊："快，把奶奶扶着，我们进山！"众人扶起钟母离开。

钟三奶奶看凤仪道："还不快把孩子抱过去？"凤仪冲过去抱过树人哄道："不哭不哭，树人不哭。三奶奶，他这是怎么了？他怎么老哭？"钟三奶奶猛醒，道："饿了！"凤仪情急之中，急忙去解自己的怀。钟三奶奶大惊道："凤仪，你疯了！你可还是个——"凤仪醒悟，脸红，哭起来："三奶奶，我该怎么办？"钟三奶奶道："你抱着他，我去熬米粥。一会儿就好了，带上米粥进山，就饿不着他了。就是用米粥喂，也要养大他。"凤仪焦急道："你快去呀！"钟三奶奶匆匆走出，婴儿越发哭个不止。凤仪摇晃他道："好孩子别哭。你要再哭，娘也要哭了。"见还是无效，她一狠心，背过身去，把衣衫解开，托出乳头来给树人哑。婴儿立马不哭了，狠命吸吮乳头。凤仪疼得一口口倒吸凉气。

一个女人跑过来，喊："凤仪，快走，大伙都等着你们呢！"钟三奶奶端一碗米粥慌慌张张走来，看凤仪，大惊失色，叫："凤仪——"凤仪回头，满眼是泪，忍痛笑道："三奶奶，你瞧，孩子不哭了。"孩子把乳头丢掉，又哭起来。凤仪失望地看着钟三奶奶，又问："米粥好了吗？"钟三奶奶道："好了，快来喂他。"她将粥碗放下，从凤仪怀中接起树人。二人手忙脚乱，一口一口把米粥抹进树人嘴里。树人终于不哭了。

凤仪长长地吐出一口气，掩住衣襟，现出笑容，面上却还挂着疼出的泪滴，道："三奶奶，你看，他吃得多欢实！"钟三奶奶也喜欢起来，道："只要会吃，咱就有办法养大他！"

大门外，一村人都在等待。钟母正对他们大声说话："……和野汉子养了个野孩子，这都抱到我家里来了！我生气！很生气！等梦长回来，要对她行家法！"几个女人笑起来。一女人故意道："老祖宗，万一真是梦长的孩子呢？他们俩不是拜过堂，还入过洞房吗？"钟母做神秘状，道："你们知道啥呀，我知道得最清楚了，我

客家人

孙子不喜欢她，入了洞房，可是他们没有——"钟三奶奶忽然从大门里走出来，看众人。

钟三奶奶看钟母，道："嫂子，你刚才对大家说什么呢？"钟母道："我站在这里跟他们说说话，就不成吗？"钟三奶奶道："成是成，可是不能胡说，树人就是凤仪生的！"她看众人道："乡亲们，咱们钟家有了后代传人了！是个男孩！梦长的！十族有了新一代盟主了！"

众人欢呼起来："太好了！十族有新一代盟主了！钟树人！钟树人！钟树人！"凤仪抱着孩子走出来。欢呼声停下，众人都看着她和她怀中的孩子。凤仪心情忽然明快起来，大声道："乡亲们，快进山！"众人随她向村外急急走去。

十里夺魂谷内，年轻商人赶马车疾行。车内，梅卿目光凝滞地坐着。秋菊看她一眼，害怕道："小姐，你怎么了？你不会真的要……你可不要想不开呀！"远方传来如雷的马蹄声。梅卿猛醒一般抬头看她，自语般道："不，我能不死。为了我的孩子，我要活着。"她大力拍打车窗，对年轻商人喊："停车！"年轻商人停车。梅卿已经做出了决断，道："我们下车，走小路，避开叶赫星的大军，回广州！"年轻商人看她道："梅卿小姐，你回广州太危险了！"梅卿道："就是因为危险，我才要回广州。不但我要回广州，还要马上让叶赫星知道我回到了广州，这样我的儿子留在云梦山区，就平安了！"年轻的商人朝天马关方向倾听，也听到了叶赫星大军赶来的声音，猛回头道："梅卿小姐，天马关已经不能走了！"梅卿匆匆下车，道："前面有条路，我们可以从那里走，把马车扔在这里！"秋菊不明白，问道："小姐这么走了，叶赫星怎么能明白小姐回了广州？"梅卿扯出一件东西扔在马车上，道："他见了它，就会明白我不在云梦山区了。我还要尽快出现在广州，那时他就会知道我回到了广州！"

三人扔下马车，刚刚走进前方不远的一条无名山谷，叶赫星就带着巴什哈阿邻众侍卫及大批清军赶过来。他勒马停下，在被丢弃的马车前前后后察看，又令巴什哈下马，搜查马车。巴什哈很快就从车内找到一块裹婴儿的襁褓，拿过去给叶赫星看："主子，快看！"叶赫星接过襁褓嗅了一下，皱眉，猛醒道："梅卿不在云梦山区，她带着钟梦长的儿子，来了又走了！"阿邻道："主子，她一个刚生过孩子的女人，不会走得太远的，奴才知道她要走的路，我们追上去！"叶赫星道："快！"阿邻前引，叶赫星等带着大队随后，轰隆隆奔进梅卿等三人刚才消失的无名山谷。他们并不知道，梅卿此时正带秋菊和年轻商人躲在无名谷山崖上方一块岩石后面，居高临下地望着他们涌过去，立即回头对二人道："我们回去！"三人重新回到十里夺魂谷内的马车前。年轻商人检查马车，发现并没有被破坏，急对梅卿道："梅卿小姐快上车，我们走！"三人上车，马车顺原路向天马关飞奔而去。

等叶赫星又带众侍卫和大队清兵从无名谷中涌出来，回到十里夺魂谷中，巴什哈最早发现了什么，叫道："主子，马车不见了！"叶赫星当下就明白上了当，大怒道："梅卿一定出了天马关，我们追上去！"众人及他们身后的大军又随他向天马关追过去。这让躲在一侧山脊高处严阵以待的凤仪和众女人十分惊奇。一女人望着驰进又驰出天马关的大队清军，不解道："凤仪，叶赫星怎么又走了！"另一女人也道："我也不明白！"凤仪猛醒，热泪涔涔道："莫非是她，为了孩子——"她没有说下去。

第二天的黄昏，广州城北大门，又是多嘴和哑巴两名清兵值守。年轻商人赶车，匆匆从城外驰来。多嘴看一眼车上的梅卿，对哑巴道："哎，这个人怎么有点面熟？"哑巴也看车中的梅卿，却不说话。马车飞快地穿过城门洞，消失在城内。多嘴猛醒道："哎呀，想起来了，她就是满城的缉拿告示上画的女人，名叫梅卿！"哑巴啪地给他脸上一掌，道："你看错了！不是！"两人厮打起来。一名清军小校听到声音，急忙赶来，骂道："哎，你们俩怎么又打起来了？"多嘴道："我说我刚才看见了告示上的女人进城，他说我看错了，还动手打我！"清军小校大惊道："什么，缉拿告示上的女人进了城？"多嘴点头。清军小校大喊起来："你看清楚了？"多嘴还是点头。哑巴忽然又给了他一拳。多嘴再次大怒，扑过去抓住他道："你又打我！"两人再次厮打起来。清军小校已经顾不上他们了，大喊："快！快去禀报巡抚大人，全城缉拿的女人进了城！快去禀报巡抚大人，全城缉拿的女人进了城！"信息很快到了广东巡抚张凤翔耳中，他吓了一跳，要人把报信的多嘴带去见他。张凤翔看多嘴，不觉大喊："你真看清楚了！"多嘴又是点头。张凤翔大喊："谎报军情，砍你的脑袋！"多嘴仍是点头。张凤翔不敢不信了，回头看身后的师爷，大喊："快写信，六百里加急，送给叶大人，就说他要找的女人回到了广州！"

当夜仍然滞留在天马关外的叶赫星就收到了张凤翔送来的六百里加急。看信后他失声大叫道："梅卿真的回到了广州？有人亲眼看见？"派去送信的军校被吓住了，也大声道："回大人话，有人亲眼看见！"叶赫星想了想，回头对众人大声道："快，回广州！"

广州城内，梅卿由年轻商人相陪，已带秋菊进入一家富商的内宅。一位中年客家男人早在那里等他们，看三人进来，立即站起。年轻商人介绍道："梅卿小姐，我父亲生前交代过，万一他出了事，广州城中客家人的事，就由这位陈叔叔代他打理！"梅卿抬头看中年客家男人，尚未说话，中年客家男人已经开口道："梅卿小姐，欢迎你回到广州。可是这座城市并不安全。现在每一户客家人都受到监视。我们想知道，下一步你打算怎么办？如果需要离开广州，我们马上安排！"

梅卿断然道："不，我要留在广州！"中年客家男人道："那很危险！"梅卿道："我知道危险，但我不怕！我留在广州的时间越长，我儿子在另一个地方就越安全！"中年客家男人见她决心已定，不可动摇，只好说道："如果是这样，我倒有个主意！"梅卿道："什么主意？"中年客家男人道："既是这样，小姐何不在广州嫁人？"梅卿大声道："不！"中年客家男人道："小姐不要误会。我们知道小姐对十族盟主钟梦长先生一往情深，可现在钟先生已经不在了，梅小姐又不是他的正妻，如果嫁了人，梅小姐留在广州就会更安全。"梅卿道："为什么？"中年客家男人道："现在全广州的客家人，尤其是有名的商人，都受到了监视，你留在我这里并不安全，要是你能答应嫁给一个广府人，或者潮汕人，我们对你的安全就会更放心。"梅卿深深看他，有顷道："我明白了，如果我嫁了人，你们也会更安全些。我答应。但是有合适的人吗？"

中年客家男人道："有一个。他曾在一个地方见过小姐一次，对小姐一往情深。他也是商人，广府人，平日并不跟我们客家人有很多往来，暗中却来往甚密。他今年四十岁，听说刚刚死了大夫人，是个鳏夫。梅小姐要是不挑，一嫁过去就可以做当家太太，这家的宅院很深，外人一般进不去，我觉得是个不错的结婚对象。"梅卿一直深深看他，突然下了决心，道："如果这样做能保护我的儿子平安长大……好吧，我嫁！"

七

又是一个夜晚。广州西关一座商家的豪宅内，张灯结彩。没有鼓乐，两队丫头老妈子手提宫灯引导，两位喜娘扶着头顶红盖头的梅卿走进了后宅花园内的涵芳楼，这里已被布设成了新房，红烛高烧，花团锦簇。不多一会儿，新郎打扮的吴老板走进来，他已经四十岁，头都谢了顶。梅卿透过盖头望见他的样子，痛苦地闭上了眼睛。吴老板走过来，看梅卿一眼，并不去揭盖头，有顷，扑一声吹熄了床头的红烛。

一群老妈子这天夜里一直在听房。她们听到了屋里发出的很大的动静，但最后还是一切归于平静。老妈子们悄悄议论的另一件事是说新娘嫁进来时并不知道自己是个二房，尤其不知道大太太虽然疯了，但仍然活着。她们都预感到了，以后新娶的二太太在这个家里的日子将不会一帆风顺。

但是他们的老爷，也就是这一家的当家男人吴老板，显然对新娘子是宠爱的，第二天就带着梅卿坐马车到广州闹市游玩去了。出门不久，神情不怡的梅卿就发现吴老板不停地打起哈欠来，厌恶地看他一眼，道："你怎么了？"吴老板道："啊，你要在车里等一会儿了，我下去吸一个烟泡就回来。"梅卿大惊道："你还会抽大烟？"说着车夫已经把车停在路边，吴老板来不及回答，就拉开车门，下车，一溜烟地奔进一家邻街的大烟馆里去。

梅卿生气地坐在车里等待。正无聊间，一队官兵涌来，行人急急躲避，乱哄哄地喊："看杀人了！杀女革命党！"一队刀斧手过后，果见一辆囚车行来，车上立着一个女子，背插亡命牌，神情凛然。梅卿盯着囚车上的女子看去，囚车上的女子也一眼看到了她，嫣然一笑。梅卿心头一惊。囚车上的女子突然地道："小姐，记住，只有推翻清朝，中国才有希望！"一清兵军校惊慌大叫："住口！"囚车上的女子仰天大笑道："不惜千金买宝刀，貂裘换酒也堪豪。一腔热血无穷恨，洒去犹能化碧涛！化碧涛！走了！走了！"就这几句话，对于梅卿，竟然有了一种醍醐灌顶的功效。囚车转眼就从梅卿眼前走过去，梅卿站起，听到车外正有人议论。一人道："这就是那个有名的女革命党？"另一人道："就是她！在国外读了几年洋书，回来就要造反，可见这外国是去不得的，洋书也是不能读的。"又一人道："多好的一个女孩儿，给我做媳妇多好，可惜杀了！"

梅卿盯着远去的囚车和车上女子的背影，急问车夫道："她到底是谁？"车夫道："听说是西关十六铺巷赵家的小姐，她爹从小就娇惯她，还让她出洋念书。这不，念书回来，心性变了，一心要造反，这下可好，让官府砍了头，全家发配充军黑龙江！"梅卿心中激动起来，仍在问："为什么人一读外国书，就要造反？"车夫茫然道："太太，这你可把我问住了。不知道。也许外国到处都是教人如何造反的书

客家人

吧！"梅卿不再说话，她的心已经倒海翻江般地摇荡起来。

深夜，吴家后宅，一个衣着华丽的疯女人在长长的走廊内奔跑，大喊道："在哪里？在哪里？他又娶的女人在哪里？"两个老妈子见状，忙上前将她带走。但是涵芳楼内的梅卿已经知道了一切，她哪里是受得了骗的人，一把扯落头上的花饰，将新房里的一切都扯烂，扔在地下。做了这一切恨犹未已，又提起一支木棍，将一件珍贵的瓷器"砰"一声打碎。

身旁的李妈一哆嗦，要上前阻拦又不敢，脱口道："新太太，你不能——"梅卿大怒道："住口！什么新太太！喊你们家老爷回来，我要让他亲口告诉我，为什么要骗我？他说过没有太太，太太早死了，怎么又冒出一个大太太来！"李妈跑出去，转眼就回来了，道："回新太太，老爷刚才说了，今晚上他不敢来见你！"梅卿悲愤道："他以为躲过了今天，就能躲过了明天？"用手中的木棍指着另一个瓷器，"这个东西值多少银子？"

李妈急忙上前，用身子挡在瓷器前面，害怕地道："新太太，你不能再砸了，大太太刚才在前面砸了一通，你又在这里接着砸……老爷说，这屋里摆的放的东西全都价值连城，每件最少都值十万银子！"梅卿道："想让我停下来是不是？你让他立马来见我，我有话跟他说，他要是来，我就不砸，他不来，我接着砸！"李妈道："新太太，老爷刚才说了，请你等到天亮，你气消了，他才敢来！"梅卿怒，又举起手中木棍，大声道："你闪开！"李妈哆嗦道："老爷说，新太太要是有话就告诉李妈，李妈就是我，让李妈回头把新太太的话转告老爷，只要新太太不接着砸这些宝贝，他什么都能答应！"梅卿想了想，放下木棍道："此话当真？"李妈道："老爷真是这么说的！老爷还说……新太太的脾气他已经见识过了，就是新太太这会儿想走，他都会答应的！"梅卿道："你去告诉他，我现在就想走，今晚就走，马上就走！"李妈道："新太太，这么晚了，街上都戒了严了，太太能走到哪里去？再说了，新太太是明媒正娶来的，还和我们老爷一张床上做了夫妻，就是走，也要有个说法呀。李妈为新太太想，你也不能这么不明不白走！你就是现在走了，也是他的女人了，你说是不是？"

梅卿听了，觉得有理，丢下木棍，坐下道："我都给气糊涂了。依你说，我现在该怎么办？"李妈马上显摆起自个儿的聪明伶俐来，道："新太太要是讨李妈的主意，李妈就斗胆为新太太打算打算。新太太，李妈觉得，老爷这事儿是做错了，现有婚书和人证在手上,新太太要是天亮了去官府里告吴家骗婚,老爷一定会输官司。李妈再告你一句实话,老爷这会儿已经怕了你了,巴不得立马给你一张休书,让你离开吴家。不过真要这么办,第一我们家老太太不会答应,因为这会让吴家大丢面子,让全广州城的商家看吴家的笑话,第二就是新太太自己,到底是嫁了一回,已经成了老爷的人,所以……所以……"

梅卿专注地看这个正在显示自己市井式聪明的老妈子,越来越冷静,道:"你到底想说什么,都说出来!"李妈道:"新太太,要不怎么说女人命苦呢?不管新太太有多少委屈,生米都已做成了熟饭,你就是这会儿拿到了休书,离开了吴家,也不是清白的身子了,以后不管再嫁到谁家,也都不是初婚了。新太太,不是我多嘴,要说我们吴家,在广州也算不错的人家了。要是新太太能忍下这口气,不妨……不妨……就留下来吧,反正大太太也是个废人,将来这个家,还是你的!"梅卿冷笑道:"明白了,你们家老爷敢骗婚骗到我头上,开初大约就是这么想的。以为把我骗进来,我闹是要闹一场的,可闹过以后,也就只能咽下一口气,可是他和你,都想错了!"李妈一惊。梅卿道:"去告诉你们家老爷,我给他两条路,让他挑。"李妈道:"太太快说,哪两条路?"

梅卿道:"第一条路,放我出洋!"李妈一惊:"出洋?"梅卿道:"对。有了今天的事,你们老爷应当明白,要我和他做夫妻,今生今世是不能了,这件事错在他,不管以什么名义走出这个家,我都会走。他要是不想让这件事张扬开去,可以悄悄地给我一张休书,再拿出一笔银子,送我出洋!"李妈想了想,狡狯地一笑,道:"新太太的意思是,只要老爷答应拿一笔银子送新太太出洋,新太太和我们家老爷解除婚约的事你就可以不声张出去!"梅卿道:"只要他答应送我出洋,负担我在国外的费用,为了大家的体面,我可以不声张。"李妈又道:"刚才新太太说还有第二条路。"梅卿道:"不答应我的要求,我就和他鱼死网破。我在这个家待一天,就砸他一件宝贝!他当然也可以像关大太太一样把我关起来,但你告诉他,他要那样做,我就让人到官府出首,告他胆大包天,竟然敢娶一个朝廷通缉的要犯!"

李妈陡然变色,叫道:"太太,你到底是……"梅卿冷笑道:"你告诉你老爷,我就是官府现在全广州城内挖地三尺也要拿到的要犯梅卿!他可以现在就去官府出首,但他要小心,我可是河洛十族盟主钟梦长的女人,我们客家人从不欺负人,可他要是帮官府捕杀了我,河洛十族大人孩子,但凡还有一个活着,都会追杀他到天涯

客家人

海角，替我报仇！"李妈腿肚子乱抖，道："知道了新太太，河洛十族天下闻名，谁不知道！你老人家稍等一会儿，李妈这就去禀报老爷！"她不等梅卿回答，匆匆往外跑，又回头问："太太要去哪个外国？"

梅卿想了想道："德国！德意志国！"李妈道："去那里干吗？""散心！中国我不想待了！我要出洋散心！留学！""还回来吗？""如果回来，一定是为了砸碎现在这个中国！让她变个样子！"李妈又叫起来："哎呀我的天……知道了！"她转身一溜烟地跑出去。

于是第二天清晨，黄埔港对面的德国教堂内，正在进早餐的穆勒牧师和夫人突然发现门被推开，半年没有消息的梅卿又出现在他们面前。牧师夫妇大吃了一惊，手中的刀叉不觉落下去。梅卿长久地和二人对视，目光中竟没有示弱的表情。牧师忽然用餐巾掩面，小声哭起来。牧师夫人看他，责备道："你怎么了？"牧师回答说："天主是慈悲的，我的孩子，她到底回来了！"梅卿已经走进来，面窗而立，她知道一番盘问是免不了的，可她什么也不想说。牧师夫妇已经起立，紧张地对视一眼。牧师忽然明白了梅卿的心情，道："我的孩子，天主是慈悲的，只要你回头信奉天主，把一生献给天主，向世人传播福音，过去的一切都会被原谅的！"梅卿也不纠正他的误解，走过来，像当年一样坐下，女仆马上端过另一付刀叉，三个人一同进起早餐来，谁也不说话，就像当初梅卿没有离开时一样。

三天后，在吴家的一间小客厅里。李妈和一干人又迎回了梅卿，恭敬地请她在一张书案后面坐下来。李妈将一封写好的文书和一张银票递过来道："太太，这是老爷摁过手印的休书。这是一张银票。太太的嫁妆，除了首饰和衣裳，老爷也让外头的男人们照太太的意思，送到典当行作了价，换成银子，都在这张银票上。老爷说，太太要他答应的事情，他都一一办了。太太手里有了这张休书，以后就不是吴家的人了，这张银票上的银子，足够太太在国外逛个三年五载。"梅卿看了看银票上的数字，看她道："你们老爷怎么会给我这么多银子？"李妈道："太太，这就是老爷的一番心思了。老爷说，太太既然想出国，干脆就多去几年，至少去个三年五载的，日子一长，就没人还会记得他曾经娶过太太这档子事儿了。"梅卿明白了："他害怕了！我知我是客家人。不过……好吧。我答应他。"李妈又拿出一封信，紧张道："太太，这里还有一封信，是一位客家人刚刚送来的。说外头风声太紧，太太出国前就不见了。太太要去德意志国，那里也有客家人开的会馆，带上这封信，遇到难处，可以去找他们。"梅卿打开信，一张银票和信纸一起掉出来。她捡起来看，是一张两千银子的银票。李妈帮她收起来，后退侍立。梅卿想了想道："啊，还有一件事，我出国后，你们老爷要马上去官府出首，告诉他们说误娶了一个叫梅卿的女子，这女子还带着一个婴儿，没想到她不守妇道，让你们老爷给休了！"李妈大惊失色道："太太，这个不会——"梅卿打断她道："听我说完。他还要告诉官府，说这个女人被休了以后就带着孩子去了德国。这时你们老爷才听人说，朝廷正在缉拿的那个女子很像她，不知道是不是，所以赶紧来告官！"

李妈有点明白了，道："新太太，你这是想让我们老爷告诉官府，你已经不在广州了。"梅卿道："不，这样做也是为了帮你们老爷脱罪。纸终究包不住火，难道他想让人哪一天把这件事替他说出去？"李妈马上又害怕起来，道："不不不，还是让我们老爷主动去出首比较好！"

当日中午，广州黄埔港，一条悬挂德国旗的大船停泊在码头上，众多中外旅客正在上船。穆勒夫妇也走出来送梅卿上船。梅卿欲上舷梯，又站住了，回头亲吻牧师夫妇。穆勒又有些泪花花的了，道："啊，我的女儿，天主宽恕走错路的女人，这次到了德国，一定要——"梅卿不想听他说下去，道："知道了知道了，你都说了多少遍了，到了德国，我一定做天主最乖顺的女儿！再见！"说了，提起箱子走上舷梯。

大船鸣笛，驶向港外的大海。一侧船舷边，梅卿走出来，望广州城最后一眼，目光中充满了沉痛与诀别。这时，一个年龄和她相仿的女孩由一个英俊的男子陪着，向她走过来。梅卿是那么出众，已经吸引了这一男一女的注意。女孩主动向梅卿打招呼道："你好！"梅卿回答了一声："你好！"女孩自我介绍道："我叫金丽文，这位是我哥哥，金宏文，好高兴和小姐一起乘这趟船去德国！"梅卿马上喜欢上了这兄妹俩，道："啊，我叫梅卿。"丽文马上道："梅卿，好名字。哥，你瞧，我说我只要上了船，就能遇上朋友，这船还没开，我就遇上了梅卿小姐做我的朋友！梅卿小姐，愿意做我的朋友吗？"梅卿多日来第一次放松地笑起来，道："我们现在已经是朋友了！"

两个女子很自然地拥抱在一起。金宏文一旁微笑道："可是我呢，我能不能做你们的朋友？"梅卿不好意思地笑看丽文。丽文回头，撒娇道："哥，我可刚交了一个朋友，你不要就想从我手里夺了去！"金宏文笑道："不会的。我可以做两位小姐的仆人！"三人笑起来。风吹起了两个女子的长发。金宏文从身上掏出一张报纸来看。丽文道："哥，这是南洋的报纸。有什么新闻？"金宏文将报纸递过来，道："自己看。"丽文念报上的大标题："南洋富商华邦彦在西马大兴土木，建设中国城和中国港。"

梅卿吃了一惊，道："华邦彦？这个名字好熟！"丽文看她道："你认识他？"梅卿想了想，摇头道："我认识一个同名同姓的人，已经去世了。"风将丽文手中的报纸吹落到海里去。丽文看梅卿，笑道："这下看不成了！"大船向远方驶去。梅卿和丽文的目光也由广州城转向前方的大海。金宏文知趣地离开，让两个女孩子可以自由地说话。丽文道："梅小姐，我哥走了，咱们俩说悄悄话。能不能告诉我，你为什么要出洋？"梅卿道："你呢？"丽文道："我哥要出洋，说是要去寻找真理，我只有他一个哥哥，没有别的亲人，只好跟他走。"她看梅卿踌躇，笑道："不方便可以不说。"梅卿倒干脆起来，道："不方便说的我当然不会说，简单讲吧，我原先以为可以为一个人去死，我也做好了为他去死的准备，可是突然间，我的心胸被另一个死去的人打开了。她突然告诉我，像我这样失去了所爱的人，又没有资格和儿子在一起，其实还可以不死！"

丽文吃了一惊，笑道："你结过婚，有过丈夫和孩子？"梅卿也笑了一下，道："我有过喜欢的男人，还有过孩子，可我没有结婚。"丽文无声地大笑起来。梅卿道："笑什么？瞧不起我了？"丽文急道："不不不，我太敬佩你了，你太了不起了！我真高兴遇上了你这么个敢作敢为的朋友！我喜欢你！"两个女孩子拥抱起来，这一刻，她们真的觉得，自己遇上了一生中最好的朋友。

八

天气不错。凤凰山下的小道上，梦成一身船员服装，深一脚浅一脚地行走，扑通一声掉进一个陷坑里，绝望大叫道："哎，哎，怎么了！来人！"一名凤凰山喽啰头目带几名喽啰用一张地网将他从陷坑里架起来。梦成看见了他们，又叫起来："干什么干什么！"喽啰头目道："干什么？知道你到了什么地方吗？"梦成道："当然知道，这是凤凰山！"喽啰头目道："既然知道是凤凰山还乱闯，故意找死来了！弟兄们，架起来，抬上去，剁了他做包子馅！"众人齐声吼一声，算是答应，用地网将他抬起就走。梦成大惊，喊起来："你们不能！我是你们寨主的兄弟，我是钟梦成！"喽啰头目怔了一下，不相信，道："你会是钟梦成？别蒙我们了！弟兄们，快抬上去剁了，好些天没动荤腥，嘴里都淡出鸟来，快抬走！"梦成被抬着走，骂起梦来来："钟梦来！你这个混蛋！你带的什么队伍，你是开野店的孙二娘吗！还吃人肉你！不行，我见你有大事呢！你这个混蛋──！"众人不理他，一路抬上山去。

聚义厅内，梦来正颠来倒去地看一封没拆开的信。一喽啰在旁边惊奇地看着他。梦来生气道："看我干什么？不知道我不识字？快看看，里边说些什么！"二当家的忽然跑进来，道："寨主！"梦来看他道："又有什么事？"二当家的道："巡山的逮住一个朝廷细作！"梦来没好气道："我不是说过，这种事情不要报我，砍了就是了！"二当家的道："可他自称和寨主是兄弟！"梦来道："我没有兄弟！"二当家的道："他说他是河洛十族钟家的老四，名叫钟梦成！"梦来吃了一惊："是他！"二当家的点头："见不见？"梦来怒起，道："他们兄弟只认钟梦长，不认我这个盟主，不见！"

这时他身边的喽啰已经把信拆开，匆匆看了一遍，大喜道："寨主，信是钟梦长的夫人写给寨主，她在信上说，十族盟主钟梦长不在了，她以十族盟主长门之主的身份将十族盟主之位传给寨主，要寨主从此负起盟主之责，她还说──"梦来听了大惊："什么，钟梦长不在了？"喽啰点头。二当家的大喜，道："恭喜寨主，贺喜寨主！"梦来举手道："不要说了，虽然我从来不认钟梦长是十族盟主，可出了这样的事，我一时半会儿还是高兴不起来！二当家的已经嚷嚷起来，对外面喊道："小的们听好了，钟梦长不在了，现在寨主是十族盟主了！"他一把将信从喽啰手中夺过来，小心放回梦来手中，道："大哥一定把这封信好好保留，以后有谁还敢不认大哥这个十族盟主，就把这封信拿出来给他看！大哥做了闻名天下的十族盟主，就是三省和天下客家人的共主，将来不但能号令十族，还能号令天下！还有，大哥成了十族盟主，也就成了云上军团的主帅，就可以在凤凰山上树起大旗，招集亡命，重新组成一支大军，天下一旦有变，就挥兵出山，纵横天下。大哥今日大喜，凤凰山今日大喜！大哥，这可是大事，一定要举行个仪式，山上山下，大力庆贺一番！"

二当家的道："大哥圣明！钟梦成怎么办？"

梦来想了想道："钟梦长死了，没有他大哥了，一定是来投奔我的。"猛抬头看众人，"本人就任十族盟主，一定有人不服，你说我是不是该杀一个钟家的兄弟立威？！"二当家的大惊。梦来道："杀了钟梦成，再布告十族，以后谁敢不听老子的号令，钟梦成就是他的下场！"二当家的哆嗦一下，道："是！"梦来道："等我明天正式就任十族盟主，就封你为客家人云上军团的军师，将来你就好好辅佐我，率一支大军，出山与朝廷决一死战，驱逐鞑虏，恢复中华！"二当家的惊奇道："大哥还没忘了客家先人的遗言？"梦来冷笑道："譬如你做生意，怎么能忘了招牌？驱逐鞑虏，恢复中华，就是我们的招牌！快去办事！"二当家的不说话了，急带一众喽啰走出去。

山寨中一座空房子内，二当家的看着喽啰把梦成带了进来。梦成大叫："你们想干什么，我要见钟梦来！你们的少寨主！"二当家的道："他早就不是少寨主了，他现在就是寨主！啊不，他现在起是十族盟主了！"梦成一惊，失笑道："他怎么会是十族盟主！我大哥才是！"二当家的道："钟梦成，你从哪里来？原先以为你是走投无路，来投奔我们大哥的，这会儿看着又不像，那你来干什么的？"梦成道："我当然有事才上山来，快放开我，带我去见他！"二当家的道："你现在还不认我们大哥是十族盟主？"梦成道："我当然不认，因为他不是！"二当家的看众喽啰："吊起来！"众喽啰一起动手，用绳子将梦成在梁上吊起。梦成大叫："你们这些混蛋！居然敢这样对我！等我见了你们这窝山匪的头，我说的就是梦来，我让他扒了你们的皮！"

二当家的笑道："死到临头，还嘴硬，扒他的裤子！"众喽啰上前扒梦成的裤子。梦成大叫："干什么干什么！你们这些混蛋！"喽啰们还是扒开了梦成的裤子，现出了屁股上的血牙印。二当家的上前看了一眼，抬头看梦成，道："你果然是钟梦成。这就对了，寨主说，你到了这会儿还不认他是十族盟主，就是十族的反叛，先给你一顿鞭子，明天再拉出去砍了！说吧，你还有最后一次机会，认我们寨主是盟主，我还可以去帮你说和说和，保下你的人头！"

梦成怒极，喊："呸！让我认他是盟主，别做梦了！"二当家的道："来，先抽他一顿鞭子！"众喽啰抢起鞭子抽梦成。梦成负痛大喊："钟梦来，你可真混！我怎么会认你是盟主，你不是！大哥还活着，他才是盟主！"

梦来突然闯进来。众人住手。二当家的一惊，道："大哥！"梦来从喽啰手中夺过鞭子，用力给梦成一下子，大怒道："你说什么？"梦成看清了是他，大叫："钟梦来，你这个混蛋！敢这样待我！"梦来道："叫我大哥！"梦成道："不叫！"梦来又给他一鞭子："叫大哥！"梦成又叫："不！"梦来将鞭子扔下，看他道："收回你刚才说的话。钟梦长已经死了。我现在才是十族盟主！连钟梦长的女人都给我写了信，说她男人死了，把十族盟主之位传给我，你怎么敢说，钟梦长还活着！"梦成道："大哥就是还活着，活得好好的！"梦来变色，大吼道："原来你不是来投奔我的，既是这样，你来干什么？为什么要来！你想跟我争夺十族盟主之位吗！"忽然他回头对二当家的道："我不想等到明天让他败我的兴了，这会儿就拉出去给我砍了！"

二当家的故作大声道："钟梦成，你坏了我们盟主的大事，快滚！"梦成看梦来，得胜地叫道："走就走，你当我稀罕来你这土匪窝呀！"梦来回身大叫："钟梦成——！"梦成看他，神情平静。梦来道："钟梦成，钟梦长有什么本事，能做十族盟主？今天你气死我了，我才是十族盟主！你不能走！"回头对身后喽啰道："看刀！"喽啰急忙将他的大刀抱过来。梦来拔刀在手，看梦成道："想下山也可以，赢了我手中这把刀！"众人吃惊，看梦成。梦成思索片刻，仰天大笑。梦来怒："你笑什么？害怕了？"梦成仍在大笑。梦来道："要是害怕，在我面前跪下，认我是十族盟主！"梦成道："钟梦来，都说你好功夫，我还是想和你比划两下！"梦来怒起，吼："你想找死？"梦成道："不想。只想让你知道马王爷三只眼！"梦来道："好，给他一把刀！"二当家的上前相劝："大哥，梦成，还是算了！"梦成笑道："怎么，你怕他会输给我？"梦来变色大叫："住口！还不快给他一把刀！"二当家的还在劝："大哥，都是十八兄弟，伤着谁都不好！"梦来道："放心，我不会杀了他的，今生今世我就是做不了盟主，也不能让钟梦长小看了我！"回头大喊："抬刀过来！"

两喽啰就抬了一把刀过来，交给梦成。两兄弟走进场地中央，对面立。梦来用仇恨的目光盯着梦成。梦成道："老二，认命吧，大哥才是盟主！把旗降下来！"梦来却道："害怕了你可以现在就认输！"梦成道："我怕什么，输了就输了，倒是担心你，万一栽在我手里，就当着你的人出大丑了！"梦来怒道："钟梦成看刀！"二人在场地中央杀成一团。梦来力大，梦成灵活，两人各展功夫，虽然刀刀点到为止，但也招招直指要害。二当家的不觉叫好。众喽啰也跟着大叫："好！好！好！"十几面大鼓也擂得更响。鏖战中，梦成渐觉气力不支，一刀架住梦来的刀："等等！"梦来道："认输了？"梦成缓口气道："不是，就是想腾出工夫来夸你

客家人

一句，老二，你的功夫不赖，不过和大哥比起来，还差那么一点点！"梦来大叫：
"看家伙！"

二人又大战起来。梦成步步后退，被逼向梅花桩阵，又急叫："等等！"梦来
这次不再上当，一刀顶住他的咽喉："叫大哥！"梦成道："老二！"梦来怒吼：
"叫大哥，不然我就——"梦成道："大哥……"梦来高兴道："你到底叫大哥
了！你认输了！"手中刀移开。梦成道："你听错了，我的话还没说完，我是说，大
哥正在南洋建中国城和中国港呢！"一跃上了背后的梅花桩，对梦来挑衅："敢上来
吗？"梦来被戏弄，大怒，跃上梅花桩。众喽啰更兴奋了，大喊："好！好哇！"二
当家的夺过鼓槌，亲自擂鼓。梦成看梦来道："你还真敢上来啊！我告诉你，我从
小学的就是这个，这是我的绝话，你要是不敢比，就下去，我们算打了个平手，我
不让你丢面子，怎么样？"梦来不再听他的，叫："看刀！"二人在梅花桩上各展
轻功，闪展腾挪，杀成一团。梦成渐渐处于下风，梦来一刀逼上他的前胸。梦成一
怔，退无可退，停在那里。

梦来哈哈大笑："钟梦成，快求饶！"梦成笑容褪去，道："钟梦来，杀了
我吧！就是杀了我，你也是个老二，大哥才是大哥！"梦来恨起："你果然不怕
死？"梦成朗声道："生为客家人，敢怕死吗？"二当家的急忙对众喽啰大叫：
"快喊！寨主胜了！寨主胜了！"众喽啰大叫："寨主胜了！寨主胜了！"梦来怒
气难平，回头大叫："什么寨主！我是盟主！"二当家的急忙改口："对，盟主胜
了！盟主胜了！"众喽啰跟着改口："盟主胜了！盟主胜了！"梦成趁机跃上另一组
梅花桩，重新挥刀向梦来杀来。梦成一刀架开，看梦成道："看出来了，你也有一身
功夫！"梦成道："我这一点功夫，和大哥相比，天差地别！"又挥刀杀过来。梦
来再次架住梦成的刀，道："不要替他吹牛，他那两下子，我也见过！"梦成道：
"一定佩服得五体投地，是不是？"两人又杀起来。梦来一刀将梦成逼下梅花桩。梦
成踉跄了一步，方才站住。

梦来下桩，收刀入鞘，对梦成道："下山去吧。到了南洋，告诉钟梦长，他是
他，我是我，我永远不会认他是十族盟主！"梦成将刀交回给二当家的，想了想，
笑道："老二，我走可以，可我碰上了一件难事，你得帮我！"梦来道："住口！
我说过了，我们不是兄弟！"梦成死皮赖脸道："我真是遇上难事了，你一定得帮
我。"梦来不耐烦道："什么事？"梦成道："你得替我回一趟云上村，告诉大

嫂——"梦来道："住口，我没有大嫂！"梦成生气道："怎么没有？我大嫂就是你的大嫂！"两兄弟又吵起来。终于，梦来道："说吧，什么事？"梦成重新现出一张苦脸，道："老二，实话说，我这一趟回来，是不敢回，可又不能不回！"梦来嘴角现出一丝讥讽："什么事让你这么为难？"梦成吞吞吐吐道："我在南洋，和大哥分开了！"梦来打量他，冷笑："明白了，你和钟梦长闹翻了？"梦成点头。梦来开始变得开心："是嘛！怎么回事，你鞍前马后跟着他下南洋，他又不要你了？要是这样，你就认了我这个大哥，留在凤凰山上，让你做二寨主。怎么样！"梦成变脸道："呸！把我想成你了。我是说，他这会儿在西马做大港主，为了这个，背叛了大嫂，娶了一个番婆，我一生气，就跑到船上当起了茶房！"

梦来大笑起来："什么，钟梦长又在外头娶了个番婆？把家里的媳妇扔下不要了？原来他也是一肚子花花肠子！哈哈哈哈！哈哈哈哈——"梦成怒道："不许你笑话大哥！他不是你想的那种人！""那他是什么人？说什么下南洋为客家人寻找一条新路，新路没找到，先给自己找一番婆……哎我说梦成，他都不要你了，你还这么护着他。你可真是他的好奴才！"梦成正色道："够了！我直说了吧，大哥的事我本想跟大嫂写信，可又不知道该怎么说，我其实不愿意回来，真回到云上村，见了大嫂，不说我忍不住，说了她一定给我一顿臭骂，她那个脾气，一生气能把我的皮揭了！这样好不好，这事儿反正你也知道了，你就替我回去跟大嫂说一声，船还在汕头港等着我呢，我走了我走了！"

他转身要走。梦来一把抓住他，道："什么你就走了？你不能走！"梦成道："我真得走，要不我在船上的差事就丢了。""丢了就丢了！""那不成，丢了我就没地方吃饭了。""我说过，我开始喜欢你了，给我留下来做二寨主！"梦成嘻嘻地笑起来："老二，你瞧那是什么——"他手朝旁边的树上一指。梦来上当，丢开他朝树上望去。梦成转身跑向旗杆，掏出匕首，一刀一个，划断两根旗绳，旗杆上方猎猎飘扬的两面大旗登时坠落下来。

梦来大惊，道："抓住他！"梦成已经三下两下，将两面旗撕得粉碎，回头喊一声："告辞！"转身就跑。梦来大叫："敢毁坏我的大旗，抓住他，杀了他！"梦成已经跑下山去。二当家的示意众喽啰不要追。梦来大为生气，喊："你们怎么不去追！快追！"二当家的道："盟主，不要生气，追上了又能怎么着？他弄坏了咱们还有，拿出新的挂上就是了！"梦来听了，怒冲冲走回大寨。

很快二当家的就招呼一众喽啰将两面新旗重新在旗杆上挂起来，又请梦来走出来看。梦来带头鼓掌道："好！好！"众人也跟着鼓掌。二当家的看梦来道："盟主，大旗又竖起来了！从今以后，山外的人都会知道，大哥才是十族盟主了！可梦成说的那件事怎么办？真的要派人去云上村替他传话？"梦来的眉头又皱起来。识字的喽啰一旁插嘴道："盟主，不要传话给云上村。就让钟梦长的媳妇认为她男人已经死了，岂不更好？"梦来道："对，这样最好！传令山上山下，任何人走漏了风声，我割他的舌头！"

九

三天后，云上村钟家河南堂里，空无一人。一封信被扔在地下。钟母颤巍巍走过来，看地下，自语道："这里怎么有封信？"她从地下捡起那封信。凤仪抱着树人从内室走出来，看她道："奶奶，你手里拿的是什么？"钟母道："刚才有个人，鬼鬼祟祟地进了咱家，一转眼就不见了！"凤仪已经看见了那封信，叫起来："奶奶，信！快给我！"钟母道："不，我还没看呢！"她把信拆开，坐下来，慢悠悠地看，忽然大笑。凤仪道："奶奶，谁写来的信，信上写些什么？"钟母道："这是谁报的假信儿，我孙子梦长本来就没死，他在南洋活得好好的呢，撕了吧。"她动手将信一把撕成两半，扔在地下，还用脚踩，吐口水："呸！呸！报假信儿！缺德！缺德！"凤仪大惊，叫："三奶奶，快来！"

钟三奶奶飞快跑进来，看她道："怎么了凤仪？"凤仪将孩子交给她，大叫："快扶奶奶走！"钟三奶奶扶钟母走："老祖宗，外头喜鹊子又打架了，你还不出去管管？"钟母信以为真，道："真的？它们又打架了？快走，咱们去管！"慌慌地走出去。凤仪已经把信捡起来，凑到一起看，脸腾腾地红起来，大叫："人呢！谁送来的信，快拦住他，我要杀了他！"没有人回答她。钟三奶奶又抱孩子赶回来，看凤仪，道："怎么了！谁来的信！"凤仪两眼是泪，坐在地下，哇一声大哭起来。钟三奶奶急了，问："到底怎么了？你倒是说话呀！"凤仪哭道："三奶奶，他还活着，又在南洋娶一个番婆，他心里根本就没有我！"她以手捶地，也不听钟三奶奶说什么，放声大哭，一边又想起什么，急急把身上的孝布扯下来，又哭着脱树人身上的重孝。

钟三奶奶一把拦住她道:"等等!凤仪,凤凰山来的消息,说梦来在山上竖起了两面大旗,一面是十族盟主,一面是云上军团主帅,他还派出了信使,和粤东三合会,各地的长老会,青红帮联络,称他现在就是十族盟主!"凤仪一惊,不哭了,看她。钟三奶奶道:"怎么办?梦长还活着,不能让他这么自行其是!"凤仪想了想又哭起来:"不,三奶奶,他是不是还活着,只凭今天这样一封没头没尾的信,我怎么就信了!万一这是一封假信……都到这种时候了,梦来要做什么让他做好了,至少天下人会知道河洛十族还有人,并没有被叶赫星斩尽杀绝!呜呜呜……梦长这个挨千刀的,他又在南洋娶了女人!"

正闹着,一女人匆匆跑进来,道:"凤仪,不好,出大事了!"凤仪哭声骤停,问:"怎么了?"女人道:"江西发生了大饥荒,湖南发生了兵变,又是讨荒的难民,又是乱兵,都朝云梦山区过来了!"凤仪回看钟三奶奶,这个消息已经惊动了她的心。钟三奶奶道:"凤仪,梦长还活着,他还是十族盟主,你还是十族今天的当家人,这件大事,你还是要管!"凤仪猛地站起,对女人道:"走,看看去!"这一瞬间,她又恢复了十族当家人的本相。

云上村寨墙角楼上,凤仪带一干女人走上来,朝远处眺望。刚才报信的女人指着一个方向对她道:"凤仪,你快看!"凤仪朝她指示的方向望去,广大的山间,燃起一道道冲天的浓烟。她回头看众女人:"谁能告诉我,这是怎么回事!"一女人道:"十几年前在天京城下打败太平天国的湘军,这些年朝廷用不着他们了,接连被裁撤,这些人回到湖南老家,又没田种,又没工做,活不下去,就成了乱兵,他们先到了江西,赶上江西大灾荒,抢不到吃的,就和难民们一起朝我们这边过来了!"又一女人道:"凤仪,我也听说了,其中一股乱兵有上万人,已经进了我们云梦山区!"凤仪着急起来,想了想道:"这一阵子我们大意了!居然让乱兵轻而易举进了云雾山中!"

众女人一时都道:"凤仪,你现在就是盟主,快说话,怎么办?我们一定要保住我们的村子!"凤仪果断道:"马上知会十族族长,住在村外面的乡亲全部搬进村里来!从现在起,十族老幼妇孺,只要是能拿得起烧火棍的,都去负土,把寨门都堵上。十族所有青壮妇女,全部带上武器上寨墙,一天十二个时辰轮流坚守,坚决不让乱兵进村!还要准备武器,把我们的看家本事都使上,一旦乱兵开始攻打村子,就用它们应付!"众女人回答:"明白了!我们快走!"

大家离去后，凤仪对留下的女人道："你们从现在起就留下来坚守寨门！只准进不准出！"又看报信的女人："你现在跟我走，我们出去看看，到底发生了什么。乱兵离我们这里还有多远！"女人答应，二人匆匆下了角楼。寨门旋即被打开。凤仪带报信的女人纵马驰出，奔向前方山野中一个正在燃烧的村子。

夜晚降临，寨墙上方，火把林立。十族所有女人都手持兵器，站立在自己的战位上。凤仪带报信的女人走过来，检查大家手中的武器。她走到一个女弓箭手前，试她手中的弓。女弓箭手大声道："凤仪，放心，没有问题！"凤仪又走向一门土炮。做炮长的女人道："盟主夫人放心，他们敢靠近寨门，我就先轰他们一炮！"凤仪提醒她道："也许他们也有炮，不到发现他们炮阵地的时候，不要开炮！"女人道："知道！"凤仪顺着寨墙朝前方望去，发现每个人都用誓死如归众志成城的目光迎接她，点了一下头，对报信的女人道："走，下去看看。"二人走下寨墙，来到寨门洞前。守在这里的女人上前道："禀报盟主夫人，奉你的令，寨门洞已经全用黄土和石头堵严实了，乱兵就是打破了寨门，也休想进得了村子！"凤仪上前看城门洞，发现那里已经垒满了一袋袋黄土和石头，点头，问道："四座寨门，全都堵实了？"女人回答："全都堵实了，你放心！"凤仪转身欲走，又回头道："光守还不行，我们还要主动出击，让乱兵不敢轻易靠近村子！"身后的女人纷纷道："盟主，你就下令吧！"

凤仪对报信的女人道："你马上带人从寨墙上踏云梯下去，在村前村后的要道路口埋设炸药。当初我男人在家里，用的就是这个办法，不但延迟了清妖对村子的攻击，还早早地就给自己人报了信。快去！"女人响亮地回答了一个是字，转身带人跑走。

凤仪又走向了寨门内的瓮城。瓮城中央是几座化铁炉和大油锅，旁边堆满了干柴。和别处一样，这里也有一群女人待命。见凤仪走进来，一领军的女人迎上来。凤仪道："都准备好了？"女人道："照你的吩咐，都准备好了，乱兵一来，我们就开始化铁水，烧滚烫的热油！""寨门外的柴草也准备好了吗？""准备好了。他们一靠近寨门，我们就将滚油泼下去，将火把投下去，让他们尝尝咱们的烈火大阵！"凤仪终于吐出一口气，道："好，这我就放心了！"

直到深夜，凤仪才疲惫不堪地回到河南堂坐下。钟三奶奶端饭过来，道："快吃点东西吧，一天都不吃东西了！外面的事情都安排好了？"凤仪点头，开始吃东西，忽然想起来，问道："那两个孩子吃饭没有？"钟三奶奶道："吃了，睡了。对了凤仪，你知道，你奶奶见了她们，说了一件事。"凤仪心不在焉道："什么？"钟三奶奶小声道："她说的是疯话，但细想想也是道理。"凤仪看她一眼。钟三奶奶接着说下去："你奶奶说，你为梦来梦回梦成梦余找回来的媳妇年龄太小了，再说也不够，还得再找两个。"凤仪吃一惊，笑了，道："三奶奶，这是哪儿跟哪儿呀！"钟三奶奶正色道："哎，你可不要说这不是你的事。你现在没婆婆，梦来梦回梦成梦余将来的婚姻大事，都是你的事！"凤仪叹气，吃不下去了，道："奶奶当年给梦来梦回梦成都指了婚，可惜这三个女子，没长大都死了。"感叹了一阵，又吃起来。

次日清晨，数千难民汇聚的山间，一列十几口大锅正在煮粥。难民们潮水般向前涌动，将排队领粥的队伍冲乱。凤仪带着十族女族长走过来，一眼望见眼前的景象，站住了。一族长叫道："不好，这会踏死人的！"凤仪眼里涌满泪花，道："怎么办？谁能止住他们？"一群难民已经朝她望过来，喊："钟梦长的媳妇！钟梦长的媳妇！"前面的难民扑通一声跪下去。凤仪急忙迎上前要扶起他们，一边大喊："乡亲们，快起来！我当不起呀！"一老人道："你真是十族盟主钟梦长的媳妇？"凤仪含泪道："大爷，我是！"老人道："那你快给大家讲几句话吧！我们都是奔着你来的呀！你讲了话，大家就安定下来了！"一族长猛醒，道："对凤仪，你快讲几句！"众簇拥凤仪迅速走向一高处，大声道："乡亲们，不要乱！排好队，都会有的！"

一青年难民喊道："你是谁？"凤仪大声道："乡亲们，我就是河洛十族盟主钟家的长门长媳，我的丈夫叫钟梦长！我是凤仪，是梦长的媳妇，梦长今天不在，是我在当家！大家这么远赶来，不能好好款待你们，让你们受苦了！"涌动的难民中响起了一阵呜咽，但总算安定了下来，听她讲话。凤仪又道："乡亲们，大家不要挤！就在昨天夜里，奉奶奶之命，我决定了，把藏在山里等着我丈夫回来做大事的粮食全搬出来了，全都给大家煮粥喝！谁都会有的！大家一定要相信我！"难民们热烈地议论起来，叫："这就好了！这就好了！我们饿不死了！"

又有一难民大声喊道："梦长家的，你们藏的粮食吃光了怎么办？我们不是还要饿死！"凤仪看他，刚强道："这位大哥，粮食吃光了我们就一起上山打野菜，吃树皮，就是大家一起吃观音土，河洛十族，还有我们钟家，也和你们一起吃！大家既然来了，就不要走，要是能活，我们就一起活，就是死，我们也一起死！我们一定要一起想办法，把这个灾年顶过去！只要能熬到早稻成熟，我们就能活下去了！"众人

客家人

一下子就安静了下来，人人眼里含着热泪。凤仪道："好了，排好队，从今天起，我和你们在一起，一步也不离开！"她从身边拿过一只空碗，站到队伍中去。难民们动起来，排成了一支支长长的队伍，现场终于有了秩序。

从这天开始，凤仪就和十族老弱全都留在现场，和难民们一起喝粥。一天，她刚刚打了一碗粥走出来，想起了一件事，对报信的女人道："你快到灾民里去打听，告诉他们我们捡到了两个女孩子，一个叫云荷，一个叫榴莲，看看里面有没有她们的亲人。"报信的女人答应一声，走进灾民中，一个个打听，众灾民摇头。后来凤仪也走进了他们中间，道："她们俩一个叫云荷，一个叫榴莲，一个八岁，一个七岁，有人知道她们是谁家的孩子吗？"众灾民还是摇头。凤仪继续问下去，道："有谁听说过这两个孩子的名字？"大家还是摇头。凤仪转身欲走，身后又传来两个女孩子的哭声。报信的女人走过来，道："那边有两个女孩子，找不到他们的爹娘，正哭呢。"凤仪叹一口气，随她转身走过去。两个女孩子看到凤仪，不哭了。凤仪蹲下去，替她们拭泪，问："你们两个，叫什么？"一个道："我叫美荔。"另一个道："我叫香草。"凤仪又问："你们都多大了？"美荔道："我八岁。"香草道："我六岁了。"凤仪站起，想了想，看报信的女人，道："把她们送我家里去吧，已经有两个了。"女人答应一声，带两个女孩子离去。

十

春天很快就到了。两匹快马在返青的山间奔驰，飞快地穿过村北的寨门，来到钟家门外。河南堂内，凤仪看着两个女人喝水，焦急地问："怎么样了？"一女人抬头道："乱兵被官兵杀退了，不会进入云梦山区了！"另一个道："凤仪，春天来了，乱兵退了，江西的灾民都回家乡了。"凤仪长长地吐出一口气，泪水涌出来，道："感谢老天爷，让我们渡过了这一关！"

半年后的一个清晨，钟家大门外。三对夫妇站在这里，大力拍门。钟母将门打开，看他们道："你们找谁？"一男人道："啊，老人家，你是河洛十族钟家的什么人？"钟母道："不，我不姓钟，我姓华。我叫华翠花。"男人吃一惊，回头看众人："错了错了，这一家不姓钟。咱们去别家问问。"凤仪闻声急走出来，看他们。一中年女人回头，注意地望着凤仪。凤仪道："请问你们是？"刚才开口的男人道："啊，我们想打听河洛十族钟家。"凤仪道："这里就是钟家。"男人道："可是刚才这位老太太——"他看钟母，发现钟母已经背身走回去。凤仪待钟母走远，才回头道："啊，对不起，我奶奶她老了。请问你们找钟家人有什么事？"云荷突然从她身后冲出来，大叫一声："爹！娘！"她扑向一对男女，抱住他们，放声大哭。凤仪一惊，回头看去。榴莲也从院里飞奔而去，扑向云荷抱住的女人，大叫："姑姑！"这一对男女激动地抱住两个孩子，大哭起来，都道："云荷，榴莲，可找到你们了！"凤仪还没来得及做出反应，美荔和香草接着冲出来，分别扑向另外两对夫妇，大叫："爹！娘！你们可来了！"三家人加上四个女孩子，放声大哭起来。

凤仪完全怔住了。钟三奶奶走出来看她，问："凤仪，这是怎么了？"凤仪傻了一样道："三奶奶，我们的好事做到头了，她们的亲人找来了！"这句话惊醒了面前的男女。他们都回头来看凤仪，几个孩子也分别回过头来。一名男人看面前的云荷和榴莲，道："就是这位恩人，救了你们？"两个孩子哽咽着点头。男人立即对身边的女人道："孩子她娘，来，咱们给恩人磕头！"美荔香草的爹娘这时也回过头来，道："对，我们给恩人磕头！"他们分别在凤仪面前跪下来，趴下去磕头，大声道："我们给恩人磕头了，谢谢你救了我们的孩子！"

凤仪眼泪都要流下来了，急忙上前扶起他们的女人，道："各位大叔大婶快请起来！晚辈当不起这样的大礼！你们既然是她们的爹娘，就请进家吧！"

河南堂内，凤仪和三对夫妇分宾主坐下来，钟三奶奶给他们端水。凤仪拭泪道："各位大叔大婶，你们能千里迢迢找到这里来，就是没忘了自己的骨肉。可你们不能马上走，既然来到了钟家，就一定得吃了饭再走！"一男人道："不不不，你们救了我们的孩子，已经是行了大恩大德，不能再麻烦你们！"云荷忽然叫起来："爹，娘，你们说什么呢，我嫂子叫你们吃饭，你们就吃，吃完饭你们走吧，我和榴莲不走！"那对男女听了，吃了一惊，男的就问："什么？你们不走了？"榴莲道："姑父，你不知道，我和云荷这会儿已经是他们家的人了。我嫂子说，等我们长大了，要让我们做他们家媳妇呢！都把女婿给我们找好了！"她的声音忽然小下去，"再说了，在他们家吃得饱！"

三对夫妇忽然什么都明白了。另外两对夫妇看着美荔和香草。美荔走向凤仪，跪下来，道："嫂子，我想跟我爹娘走，可是我也舍不得你，舍不得咱这个家。要不我先跟爹娘走，等我长大了，我再回来，行不行啊嫂子！"香草也无声地走过来，在

客家人

美荔身边跪下。凤仪急忙站起来，将她们扶起，激动道："快起来，好妹妹，你们的话是真的？"美荔香草含泪点头。云荷榴莲也走过来，含泪对凤仪道："嫂子，要不我们也跟他们走，等过些天，我们还回来！"四个人说着一起哭起来。

凤仪眼泪忽然就下来了，一种骨肉分离的苦痛重重地击痛了她的心。她蹲下去紧紧抱住四个女孩子，道："好妹子，嫂子知道了，你们的心意嫂子都知道了！你们还小，既然你们的亲人来了，你们就……就随他们回去吧！就是……就是别忘了这儿还有你们一个家！"云荷首先拭泪，又给凤仪拭泪，道："嫂子，我说过回来，就一定会回来的！"榴莲也道："我也会！"美荔香草回头看各自的父母，都道："爹，娘，长大了我们也想回来，行吗？"那两对夫母相视，其中一个男人急忙上前，对凤仪道："钟家大嫂，真没想到，你们这么高看她们！河洛十族钟家天下闻名，你们这样的门第能救下她们，还要留她们做媳妇，我们这样的小门小户想都不敢想。孩子呢我们先接走，等她们长大了，一定照她们的心愿，让她们回来！"

另一个男人也道："对，这也是我的意思，只要孩子长大了愿意回来，我们不拦着！"凤仪又去看云荷的父母。那男人道："她大嫂，孩子们都这么说了，我们一定记着，就当她们长大了回来报恩吧！"

凤仪再次蹲下来，一个个拥抱四个孩子，强笑道："好妹子，嫂子明白了，你们去吧，嫂子等你们十年。十年以后，只要你们愿意，你们就回来，嫂子等着你们！"她不想再流泪，但眼泪还是又流了下来。

当天夜里，凤仪翻来覆去睡不着，终于睡着了，却做了一个梦，却是关于梦长的。她被梦中的景象惊醒，猛地坐起来，大叫："三奶奶！"钟三奶奶端灯走进来，看一眼熟睡的树人。凤仪大哭起来。钟三奶奶吃惊道："哎，你这孩子，半夜三更地哭什么？"凤仪道："三奶奶，他又去找她了！"钟三奶奶不明白："谁又去找谁了？"凤仪道："梦长，不要脸的，他没死，我梦见活着从南洋回来了，又去找梅卿了！他不能这样对我！"钟三奶奶笑道："你这孩子！我知道怎么回事了！梦长还活着，你的心又活了，又担心他会不会再去找梅卿了！……有件事，我一直不想告你。"凤仪吃一惊，不哭了，问："什么事？是不是梅卿的事？"钟三奶奶道："是。我听说，梅卿在广州嫁人了！"凤仪心中一震："真的？"钟三奶奶道："真的，这事传过来好多日子了！凤仪，梅卿嫁了人，你不用再担心梦长这辈子和她混到一块儿去了，也就不会再做这样的梦了！"

凤仪果然安静下来。钟三奶奶端灯要走。凤仪道："三奶奶等一会儿。"钟三奶奶看她。凤仪道："今年得多开点荒，多打点粮食，藏进山里去。要不梦长真回来了，要兴兵，没有军粮可不成！"钟三奶奶笑看她一眼，胡乱答应道："是。是得多开荒，多打粮食。"她边说边走了进去。过了一会儿再走进去，发现凤仪已经沉沉地睡着了。

客家人

第十三章

一

旧金山火车站里，一列火车停在站台前，冒着蒸气，华工排成一支支长队，登上一节节闷罐车厢。望北挤在队伍中，吃惊地望着出现在他眼前的铁路、火车和车站，这是他第一次看到西方工业文明景象，惊讶地瞪大了眼睛，感慨道："原来这就是铁路！到这儿才知道，铁路是这个样子！"于大宝道："大哥，刚才我问了，美国人叫它太平洋铁路，十几年前就修成了，听说最难修的一段在西部，也是我们华人修的！"刘二鬼已经恢复了工头的身份，站在车厢前催促道："望北快上车！大家快上车！晚了就没有地方了！"

望北挤上车，回头，一时又惊呆了。整个车站广场上，无边无际，全是等待上火车的华工。刘二鬼爬上来，又问："望北，怎么了？看什么呢？"望北道："大叔，怎么会有这么多中国人！他们是从哪里来的！"刘二鬼道："从哪里来的，当然是从中国来的！你以为只有我们福建人卖猪仔？广东广西，浙江山东，两湖两江，全中国每一个和洋鬼子通商的口岸，都在卖猪仔！"望北为眼前的景象深深震慑，心里如同打翻了五味瓶，不知道是个什么滋味。

火车终于驶出了旧金山，穿过广大无边的旷野，在铁道上飞驰，发出巨大的撞击声和一声声长鸣。望北和众人挤坐在一起，透过小窗口朝外面望。望伊用手捂住耳朵，叫道："哎呀，太响了，我都让它吵死了！"一辆客货混装列车从对面驶来，车上载着乘客、木材、矿石和粮食，一节节车厢从望北眼前飞掠而过。登陆美利坚大陆后的时间不长，望北接二连三地看到的全是大工业时代的产物，越来越兴奋、激动。一转眼两天过去了，于大宝道："哎，看什么呢！你都在这里目不转睛地看了大半天了，还有什么好看的！"望北不禁脱口而出："想过没有，就刚才那一列火车，能装多少东西！"于大宝想了想，道："我觉得它能拉走一座山！"望北兴奋地道："一趟车就能拉走一座山，这铁路上每天要跑多少趟火车，能拉走多少座山；一年三百六十五天，光这一条铁路，能拉走多少座山一样多的货！这条铁路修好十几年，它又为美国人拉走拉来多少货物和人！"望洛挤过来，插嘴道："哎我说你这个人，怎么想那么多！美国人拉走多少山，跟中国人什么相干！"望北道："错了，你怎么知道没有相干？就是现在没相干，也不能说以后就没相干！"望洛讽刺道："你这是抬杠，有什么相干，你说出来听听！"

众人都围过来，望北大声道："想想吧，就这会儿，我们中国人还在使用马车、牛车，在我们客家故乡，山里头，还是人背肩挑，最多是独轮车，更多是用船，船也是小船。可人家美国，早十几年前用的就是火车了！古人早就说过，无农不稳，无商不富。一个国家商旅不行，国家就不会富裕，国家不富，老百姓的日子就过不好，过不好就会造反，打仗，血流成河。但造反并不能解决吃饭问题，像我们就只好卖猪仔，九死一生来到美国找活路。这时才发现，中国人的日子过得不好，人家的日子过得好，国富兵强，说不定就因为他们比我们多修了一条铁路！"于大宝笑道："大哥，你这话有点过了，怎么可能因为一条铁路！"

望北又不说话了，继续望车窗外的景象，沉浸在令自己激动的想象中。望伊催促道："说话呀，大家等着听呢！"望北回头道："我刚才把话说了一半，无农不稳，无商不富。中国没有铁路，商人只能用马牛、牛车、大小船只让物产流通，可人家用铁路，一拉就是一座山，这里面会有多大的利，会创造多少财富，你们想想，我们穷，他们富，我们的国家让人家欺负，和缺一条铁路有没有相干！"众人听了，都不笑了，陷入了沉思。只有望伊道："不，你刚才不是在想这个！"

望北承认道："我刚才确实不是在想这个。我是在想我本来是要跟一个人下南洋的，但是阴差阳错，和大家一起来到了美利坚修铁路。被美国人关在天使岛的时候，我有时候会后悔，当初要是跟他一起下南洋就好了，可这会儿我却在想，说不定我来这里，还是对了！"望洛哼一声道："能不能发财还不知道呢，你就说你来对了！话说得早了点。哦，我困了，睡觉睡觉！"望嵩把他挤到一边去，看着望北道："大哥，接着说，我想听！"望北还要说什么，又一列满载的火车从对面开过来，众人的注意力又被新来的火车吸引过去了。望北不再说话，对面的火车在他眼前长久地驶过去，他的心情越来越激动。

二

四天之后，傍晚时分，他们终于抵达美国西部腹地一座叫小花牛镇的山中小镇。这是一座随铁路工程延伸才出现的小镇，街道两旁全是临时建筑，不但有酒馆、旅店，还有妓院。镇街上，大批爱尔兰工人喝得醉醺醺的，东倒西歪地走路。众多白人妓女也在街道上走动，和酒鬼们纠缠。望着新的华工的队伍走进了镇子，爱尔兰工人和白人妓女都停住了自己的活动。队伍里的华工们也都用新奇的目光看着对方和镇街上的景象。

望洛的眼睛忽然就盯上了路边一名个子高挑的白人妓女，人都走过去了仍回头死看。那妓女也一下就盯住了他，做出一个风骚的姿态。他身边的爱尔兰工人目光中突然涌满了憎恶和仇恨，一人"呸"地朝望洛面前的地面上啐了一口。

望洛被激怒了，又不明白，看望北道："他想干什么？想打架？"望北急道："不要理他，快走！"队伍继续朝前走，望洛又忘了朝他挑衅的爱尔兰人，仍回头看那妓女。被望洛盯上的妓女果断地扔掉手指间的烟蒂，要向望洛走来。她身边的爱尔兰人一把将她拽住。妓女大叫："你干什么？放开我！"爱尔兰人蛮横道："你是我的，不许你去碰中国人！他们脏！"妓女怒道："你管不着！"爱尔兰人抬手一巴掌将她打倒，又拽起，接着打下去。白人妓女一声声惨叫。望洛听不下去，忽然回头冲向爱尔兰人，照他脸上就是一拳。爱尔兰人本来就醉了，向后倒地，发出一声巨响。

现场起了一片骚动。所有的爱尔兰人都发出嘘声，叫喊起来。被打倒的爱尔兰人爬起来，对望洛拉开架势。望北急忙拦住望洛，喝道："不要打架！"望洛一把将他扯开，叫道："不是我要打，是他要打！"爱尔兰人已经扑过来。望洛下蹲，躲过他凶猛的一拳，一个扫堂腿踢过去，爱尔兰人像座山一样扑倒在地面上，发出又一声巨响。

现场发出更响亮的惊呼和喧闹，口哨声也响亮起来。两次被打倒的爱尔兰人酒已经醒了，笨拙地爬起，抹去嘴角溢出的血迹，握紧拳头，向望洛一步步走来，拉开了拳击的架势。现场瞬间变得鸦雀无声。望洛刚刚握拳拉开马步，爱尔兰人猛地一个大力出拳的动作，朝望洛打过来。后者猝不及防，面部中拳，直挺挺被向后打倒在地下。众爱尔兰人发出一阵欢呼、啸叫、口哨。望洛眼睛已经红了，也不甘示弱，站起再次握拳，左拳一晃，右拳出击，在爱尔兰人来不及做反应的时间内用尽全身力量打过去。爱尔兰人这次双手捂住小腹，坚持了一会儿，还是再次向后轰然倒地。

现场又响起了惊呼和尖叫。众爱尔兰工人齐声鼓舞倒地的壮汉重新站起。爱尔兰人重新爬起来，猛地从腰间拔出一把匕首。现场又发出一阵惊呼。望北大叫："望洛小心！"一直被这场突发的斗殴惊傻了的刘二鬼忽然清醒过来，对望北大叫："快拦住他们，要出人命的！"刚才被爱尔兰人殴打的妓女也爬起来大叫："要死人了！动刀子了！警察在哪里？警察在哪里？"望北一步上前，挡在望洛面前，面对爱尔兰人的匕首。于大宝见了，大叫一声，斜刺里冲过来，一把抓住爱尔兰人的手脖子，替望北挡住了恶狠狠扎来的匕首。

一队美国警察鸣着笛跑过来。众爱尔兰工人和白人妓女急忙四散而去。和望洛凶狠地打了这一架的爱尔兰人回头看望洛道："中国猪，你等着！"望洛看着爱尔兰人跑走，大笑道："老子天天不睡觉，一年三百六十五天睁着眼等着你小子，有种的不要走！"刘二鬼着急道："快走，警察来了！"望北马上带众人向前面狂奔起来。

距离小镇两里外才是给他们设定的营地。众人来到这里，望见一片用各种废旧木条篷布和硬纸板胡乱搭起来的窝棚，低矮破败，都吃了一惊。铁路公司代表布希已经纵马赶到，并不下马，一眼瞅见刘二鬼，用马鞭指着这片营地道："刘，原来住在这里的爱尔兰人都跑光了！你们就住这儿！"刘二鬼大叫道："可这是什么地方啊，这不能住人！"布希已经纵马离去。

望嵩最先走进一间工棚，转了一圈又走出，失望道："不挡风不挡雨，连个狗窝都不如！"众人都气愤地看刘二鬼。刘二鬼害怕起来，道："哎，哎，我说各位，怎么这么看着我！又不是我要这样！美国鬼子真不是东西，请我们来修铁路，不以礼相待，让我们住这样的地方！"众人气不过，向他围过去。刘二鬼求助地看着望北，道："望北，你快替我说句话呀，我哪知道会是这样！"望北想了想，走上去挡住众人，大声道："弟兄们，不要这样！咱们离乡背井，九死一生来到美国做工，修铁路，没有人求我们来！现在既然来了，这荒山野岭的，美国人就给了我们这样的地方住，我们不住，又能住到哪里去？这会儿我们就是想走，也走不出美国了！"众人大声嚷嚷起来，一时间哭的闹的都有。于大宝又把刘二鬼揪了出来，恨道："都是你！开始说得天花乱坠，把大家骗到这鬼地方，现在他们拿我们不当人，就得拿你是

客家人

问！"众人附和道："对，都怪他！""这样的地方我们坚决不住！"望洛忽然又发现了别的问题，叫道："不行，这地方地势太低了，一下雨大家非喂了美国鱼不可！"刘二鬼急对望北道："望北，求你了！我也知道这地方不能住，可我们今天才到这里，人生地不熟，那个洋鬼子又走了，你让我去哪找他去？你快劝劝大家，你的话他们都听，不管怎么样，今晚上住下，明天我再去跟他们理论！"望北想想道："好吧，刘叔，那今晚我们就先住下，明天你一定要去跟他们交涉。望洛说得对，这里地势低，一下雨就完了，不能住在这儿。"刘二鬼忙点头答应。望北回头对众人道："弟兄们，今晚先将就着住下，刘大叔已经答应了，明天和他们交涉，给我们换个地方！"众人唉声叹气，各自带行李找合适的工棚，将就着住进去。

可能是终于到了地方的原因，华工们胡乱吃了点路上没吃完的干粮，很快都在工棚里睡着了。望北正要朦胧睡去，忽听到一阵轰隆隆的声音，卷地而来。他推了一下身边的于大宝，道："快醒醒，什么声音？"众人醒来。望嵩大叫道："这是马蹄声！有马队！"望北忽然觉得不好，跳起来冲出工棚，就见一队爱尔兰人手持火把，纵马向营地驰来，急回头变色道："快把大家喊起来，有人来劫营！"

说时迟那时快，爱尔兰人的马队已经驶进营地，大声喧哗着，将一筒筒油泼向工棚，又将火把投上去。一座座工棚迅速燃烧起来。不久前刚刚在镇上和望洛打过架的爱尔兰人纵马冲在最前面，马身撞上了从工棚里惊慌奔出的华工们，他依旧怒不可遏，举枪向奔跑的华工开枪。在他身后，一个个纵马驰来又驰去的爱尔兰人也跟着开枪。一时枪声大作，众华工四散而逃。爱尔兰人撒下传单，呼啸着狂奔而去。营地里则遍地火起。

望北刚刚被于大宝一把推进一个石坑里，躲过了爱尔兰人的枪弹，这时急忙站起，对身后众人大喊："爱尔兰人走了，快喊我们的人灭火，把行李抢出来！"众人四散奔去，大喊："快灭火！抢行李！"众人醒悟，冲进各自工棚里抢行李，大火却越烧越旺，照亮了漆黑的夜空。

望伊从地下捡起一张传单，递给望北道："这是什么？"望北借助火光看了一眼，道："爱尔兰人的传单，他们威胁我们，要赶我们走！他们说，我们不走，他们就把我们杀光！"于大宝激愤道："我们千辛万苦来到这里，一块洋钱也没挣到，就赶我们走？我们不走！"众人也都义愤填膺，喊："我们不走！""对，我们不走！"忽然，大家都回头望去，原来从小花牛镇方向传来了巨大的响声。望北听出这次还是马蹄声、枪声，不过比刚才爱尔兰人劫营的马队闹出的动静要大很多，仿佛整个大地都在震动，到处都在响枪。他的心不禁更紧地揪起来，转身带众人奔向营地前的小山，朝小花牛镇方向眺望。

远远望去，小花牛镇上也燃起了熊熊大火，但刚才大起的枪声和滚雷般袭来的马蹄声却渐渐消失了。刘二愣不知从哪里冒出头来，大叫道："哎呀喂，不得了了！出大乱子了！印第安人……！印第安人打进了镇子！把爱尔兰人的房子都点着了！"望北猛回头喝道："二愣，你说什么？"众人都回头看刘二愣。刘二愣吓了一跳，结巴道："我没说什么……我是说，是印第安人——"

他话没说完，望洛就上前一把揪住他，叫道："什么印第安人！你还知道什么？快说！"刘二愣颤声道："我……也是在火车上听说的，美国人在这里修铁路，占了印第安人的地盘，印第安人不干，时不时地就来镇上放火，杀人，不让爱尔兰人留在这里修铁路。爱尔兰人跑的跑，死的死，才轮到我们中国人来修铁路！原以为是假的，原来是真的！"望洛揪住他不放手，咬牙切齿道："什么？你说美国人不是让我们来修铁路，竟是让我们来这里送死？"刘二愣恐惧地点头，又喊："不，你放开我，我什么都不知道！"

望洛丢下刘二愣，回头对望北道："大爷我不干了！让他们把我送回去，我不想在这里送死！你们谁想留谁留吧，我要走，一定要走！"他转身抓起铺盖卷就走。望北目光沉沉，对望嵩望伊道："抓住他！不能让他走！"望嵩望伊上前抓住望洛，叫道："这是美国，你昏了头了，就是你要走，能走到哪里去！"望洛疯一样挣扎，又和他们厮打，大声道："不！你们让我走！反正你们俩也不认我这个大哥，不愿跟我走了！我就是死也不死在这个地方！"于大宝冲上去给他一巴掌，将他打醒。望洛哭道："你，干什么！"于大宝忍无可忍道："你住嘴！别嚷嚷！要走就走好了，这里不多你这一根葱！望嵩望伊放开他，让他走！走哇！这会儿就走！"望北听不下去了，冲过来对于大宝叫道："你住口！这是美国西部，荒山野岭，不是爱尔兰人就是印第安人，你让他走到哪里去！你想让他做印第安人的俘虏吗？"望洛愣住，忽然蹲下去，呜呜地大声号啕起来。

一时间众人静静地听着望洛的哭声，谁也不说话。良久才有一华工道："可我们怎么办呢，这哪是来修铁路，这是到了狼巢虎穴，一边是爱尔兰人，要我们的命，一边是印第安人，也会要我们的命，我们还怎么活呀！"说着就抽泣起来，这声音迅速传染开来。望北神情悲愤,沉痛道:"乡亲们,不要怕!今天这个夜晚没有白过,一个夜晚没过完就让我们明白了我们的处境。明天,我就和刘叔一起去见美国人,和他们谈判!让我们在这里修铁路可以,但他们一定要保证我们的生命安全,不然,我们就不开工!"

三

次日清晨,望北和刘二鬼走进了小花牛镇警察所,与铁路公司代表布希和警长汤玛斯对面坐下。望北将一份传单放在桌面上,推给布希和汤玛斯,道:"布希先生,警长先生,我们并不是无中生有,也不是诬告,这就是昨晚上爱尔兰人袭击我们营地时留下的证据。他们在这份传单上警告我们,这里是他们的,如果我们不离开,就要全部杀死我们!"

布希看了一遍传单,将它推向警长汤玛斯。汤玛斯一言不发。布希想了想,看望北和刘二鬼道:"作为铁路公司的代表,我有一个问题。如果我们把这里的爱尔兰工人全部遣散,你们中国人真能把所有的工作都承担起来吗?"刘二鬼一怔,道:"什么,让我们把全部修路的工作都扛起来?"布希点头。刘二鬼喉头抽搐一下,没有回答,只是看着望北。

望北站起来,凛然道:"不!尊敬的布希先生,我们这些人之所以会跨过半个地球,来到这里工作,是因为贵公司和中国官府签有合同。根据合同,你们应当在我们到达美国后立即为我们提供一切适合工作的条件,可是因为爱尔兰人的到来,你们毁了约,将我们无理关押近一年之久。事实上,不是我们抢了爱尔兰人的工作,是他们抢了我们的工作。现在你们发现他们不行,才重新让我们进入美国,来到这里工作。既然是工作,就一定要有适合我们工作的条件!"

布希打断他道:"你们想要什么条件?"望北道:"首先要保证我们的生命安全,不然一切都不要再谈!至于爱尔兰人,那是贵公司的问题,我想谁该为目前这种状况负责,贵公司和布希先生一定比我们更清楚。"布希沉吟有顷,反问道:"如果本公司不能承担这笔费用,一定要你们和爱尔兰人一起工作,你们仍然会拒绝开工吗?"

望北毅然道:"对。原因不言自明。贵公司不能保证我们的人不会继续受到爱尔兰人的袭击，我们的生命安全没有保障！"刘二鬼头上开始出汗，在下面悄悄拉扯望北，低声说汉语道："望北，我们不能老是不上工，不上工我们怎么办？我已经赔大发了！"

布希与警长注意地听他们俩对话。布希道："你们在说什么？"望北回头道："啊，我方的这位代表刚才同意我的看法，如果不能保证我们的生命安全，决不开工！"警长失望地看布希一眼，回头道："你们还有别的要求吗？"望北："有！"布希冷冷地看他，简短道："你们还有什么要求？"望北道："印第安人！你们不但要保证阻止爱尔兰人袭击我们，还要保证印第安人不像昨天夜里袭击爱尔兰人一样袭击我们！"

警长"嚯"的一声站起，指着窗外道："这个你不用担心，朝外面看！"望北和刘二鬼走到窗前，朝街道上看去，发现大队美军正从远处开来，走上小花牛镇的街道，开向远方的深山。望北的心随着无数美国军靴沉重地踏在大地上的巨大声响颤动起来，回看警长道："他们这是要开到哪里去？"警长哼了一声，厉声道："美国政府和人民绝对不会容忍印第安人肆意向我们发动袭击，他们是要去报复印第安人！"刘二鬼惊叫道："什么？他们这是要去报复印第安人？"警长恶狠狠道："对付美国土地上的野蛮人，只有让他们死亡！"望北回头，继续看通过小镇的美军，发现这支队伍越来越多，军容盛大，先前还只有步兵，这会儿又多了炮车和炮兵，他们脚下的步履和炮车的车轮声汇聚在一起，震耳欲聋，像海浪拍击海边岸崖一样发出巨响，冲击着望北的耳膜。

待最后一队美军走过，双方重新坐下，警长看布希，首先开口道："布希先生，谈判可以结束了吗？"布希看望北和刘二鬼，继续施压道："我们真的不能达成协议？"刘二鬼脸色苍白，又从下面扯望北的衣襟。望北不动如山，盯着布希的眼睛坚决道："布希先生，如果达不成协议，那也不是我方的责任。我还是那句话，如果连我们的生命安全都不能保证，我们怎么能为贵公司开始工作？"警长站起来，往外走。望北看一眼刘二鬼，站起来道："大叔，我们也走！"

布希有点急了，叫："等等！公司同意保护你们的生命安全！"刘二鬼回头，又惊又喜，看望北，却发现他神情依旧。这时二人又听布希道："好吧，公司出钱让爱尔兰人离开，这段工程全部交给你们！可你们也要保证能够承担起全部工作。不然，我们会像今天遣散全部爱尔兰人一样遣散你们！"望北和刘二鬼平静地交换了一下目光，回头看布希，庄重道："我们同意！"

警长听了这些话，又走回来，看望北和刘二鬼，冷冷道："本警长的职责是维护本地的法律秩序。现在本警长代表美国政府，对你们宣布两条禁令！第一条，为避免和居住在这里的美国人发生纠纷，所有中国人只能居住在镇外营地里，除购买食物的人员之外，所有人不经允许不得进入本镇！第二条，中国人不得和白种女人交往，尤其是不能和她们上床。如果发生了这种事情，受伤害的父亲和丈夫有权对他开枪，美国法律保护合法自卫的公民！再说一遍，这是美国，你们不是客人，只是做工的人！——好了，现在你们可以离开了！"

望北并没有马上离开，看警长道："警长先生，我们也有话要说！"警长用冰冷的蓝眼睛审视着他。望北义正词严道："我们可以约束自己人，除购买食物和生活用品的人外不得进入镇子，但是警长也要答应我们，约束所有的美国人，包括爱尔兰人，不得进入我们的营地。不然，我们也不能保证他们的生命安全！"警长想了想，哑然一笑道："好吧！这样公平！"望北和刘二鬼转身欲走，布希急道："哎，不要忘了，从明天起开始上工！"望北点点头，和刘二鬼走出警察所，走上刚刚走过大队美军的街道。

四

第二天是正式开工的日子，众人都非常兴奋。这一阶段的工作是土工作业，构筑路基，人人都非常卖力，干得汗流浃背。因为心情愉快，不少人边干还边唱起家乡的歌谣来。这样的情景让赶来监工的布希也一展眉头，高兴起来。他开始意识到，选择中国人承担以后的全部工程或许是做对了。

干了两个时辰的光景，刘二鬼吹哨子道："歇一会儿！"众人放下工具喝水，望伊忽然回头大叫道："快看！"众人顺他的目光望去，只见大队美军正押着一队被绑成长长一串的印第安男女老弱沿着一道幽深的山谷走过来。所有的华工都站起来，看这支见头不见尾的队伍走过来。队伍中，一名戴着羽毛头饰的印第安男人忽然用仇恨的目光朝望北死盯了一眼。望北心头一震。他忽然明白了，因为他们正在帮美国人修这条铁路，印第安人把他们也恨上了。

望伊则目不转睛地看着队伍中的印第安老人、孩子和年轻女人。他们行走不快，被美国士兵用枪托和马鞭殴打着，驱赶着往前走。一名年轻的印第安女孩注意到望伊正在看她，黑亮的眸子向望伊闪了一下，现出悲哀和求救的神情。望伊难过地背过脸去，不敢再看她一眼。

　　长长的队伍走过去，刘二鬼吹哨子，大家又都干起来。他忽然想起了什么，对望北道："望北，给我个人去镇子买粮食。"望北道："大家进一回镇子不容易，不是说好了排队吗？今天轮到谁了？"刘二愣蹿上前道："我！"刘二鬼皱眉道："望北，他不能去！我不想让他去，换个人吧！"刘二愣生气道："我怎么就不能去！"刘二鬼怒道："我说你不能去你就不能去！快去干活！"刘二愣怏怏地走回去，一路嘟嘟哝哝。刘二鬼解释道："这里人生地不熟，我是怕他认识了镇子里的美国人，又干出我们想不到的勾当来！"望北点头道："大叔虑得是，二愣不去，下面轮到谁了？"望洛走过来道："我。"刘二鬼看他一眼，又看望北，欲言又止，目光迟疑。望洛不高兴了，道："怎么了？你兄弟不去，下面就是我。望北，你们做事要守规矩，不然就不能怪别人不听招呼。"望北想了想道："好吧，你跟大叔去。可是要记住，我们和美国警长有过约定的，今天除了你和刘叔两个人，不能有第三个人进入镇子，还有，不能招惹白种女人！"望洛心中大喜，嘴上却道："瞧你说的，我是那种人吗？"望伊一旁听了，悄声道："是不是那种人，也难说。"望洛回头怒道："你说什么？"望伊急忙离开。望北看刘二鬼道："刘叔，你们快去快回，不要在镇子上逗留。"望洛不再言语，随刘二鬼离开工地。

　　二人到了小花牛镇，吃了一惊。原来这里的街头上，美国人正在出售十几名戴着脚镣手铐的印第安人，一大群白人围着，指指戳戳地议论。在这些印第安人中，二人认出了刚才从工地上走过的印第安首领和那个年轻的印第安女孩。只见那长着一张大嘴的白人人贩子指着这印第安女孩子，不停地大喊道："瞧瞧，看看！多结实的肉！多有力气的胳膊腿！还有这牙，就像四岁口的马一样！一看就能生育，才一百美元！比买非洲的黑奴便宜多了！你买回去种棉花，再配上了黑小子，一年保准给你一个小黑奴，那你就赚大发了！才一百美元！"众多白人就上前，像摸货物一样去摸印第安女孩子身体各处。印第安女孩子大声哀叫起来，被束缚在旁边一根木桩上的印第安首领忽然吼叫了一声，拖着脚下的铁链挣扎着扑向这些白人奴隶贩子。人贩子现出生气的样子，回头扬起手中一根驯马的大鞭子，一鞭子就在印第安首领脸上抽出了一道血痕。印第安首领号叫一声，向后倒去，围观的白人发出愉快的惊呼。人贩子让人将印第安首领拴紧，回头继续叫卖那个印第安女孩。望洛不再管刘二鬼，只顾自己挤进人群里观看，目光盯上印第安女孩赤裸高耸的双乳，不觉咽下一口唾沫。

刘二鬼半天才从人群中找见他，从背后喊道："快走，去办正事，在这里干什么！"望洛不舍道："不不，让我多看一会儿！"刘二鬼见拉他不走，道："要不你在这里看，我先去买东西，你等会儿去找我！"望洛不回头，敷衍道："哎，好，你去吧！"刘二鬼摇头离开。更多的人挤过来，将望洛从人圈中挤出去。望洛大叫："哎，挤什么！我还想看呢！"继续拼命挤进去。不想一个人早就发现了他，忽然从背后拉住了他的手。望洛回头，目光一亮，原来是到小花牛镇那天夜里在街道上看见的白人妓女。望洛心动起来，笑道："你叫什么，要干什么？"那妓女道："我叫琳达，中国人，你说我要干什么？"说着转身扭动着臀部离开。望洛的魂早没有了，瞅一眼左右，发现没人注意自己，急急地跟过去。

刘二鬼在镇上杂货店里买好了东西，坐下来等望洛，左等也不来，右等也不来，抬头看日已西斜，跳起来骂道："这个狗日的，我就知道一让他进镇子就要生事，都这时候了还不来找我，一定是出事了！"望洛一下子出现在他背后，低声道："老刘！"刘二鬼吓一跳，回头骂道："你这个鬼，还知道回来！快背上东西，咱们走！你看啥时候了！"望洛背起一袋粮食，扑通一声坐在地下。刘二鬼起疑，看他，问道："你怎么这个样子了？刚才干什么去了？没干什么坏事儿吧？"望洛又爬起来，重新背起那袋粮食，强嘴道："我干什么了？我什么都没干，就看了一阵子卖印第安人！走吧！哎哟，这么沉哪！"刘二鬼并不相信他的话，但也不再说什么，背起另外一袋粮食，跟着他趔趔趄趄地往镇外走。

夜晚，众华工在营地里吃着简单的晚餐，一边聚在一起说话。于大宝对望北道："美国这种破地方，比起咱们家乡还不如，荒山野岭，几百里连个人都见不着，怪不得爱尔兰人都跑光了！"望嵩道："就这种地方，还有人说它到处都能淘到黄金！"望北放下饭碗，又想起事情来。众人看他，笑："你又想什么呢？"望北也笑了道："这一阵子我一直在想美国这个国家是怎么生长起来的。现在有点明白了。譬如这里，以前确实是荒山野岭，可是修铁路的工人来了，马上就出现了一座镇子。等铁路修通，来的人越来越多，这里的森林、土地、矿山得到开发，需要更多的人，他们来到这里，人口就更多了，因为资源得到开发，这个地方会马上富裕起来，镇子呢越来越大，有一天，说不定会变成咱们见过的旧金山那么大！美国这个国家，就是这样生长起来的！"

夜幕降临，刘二愣和望洛又在商量合伙刺杀望北。望洛伺机下手，望嵩、望伊一直在防备他。望北又有于大宝保护，望洛难以得逞。

拂晓，望嵩望伊终于沉沉睡去，一夜没睡的望洛悄悄从他们身上迈过去，刚溜出工棚，和刘二愣撞了个满怀。刘二愣急道："怎么样了？"望洛道："夜里没得手。对了，他身边有个于大宝，得想办法把于大宝引出来。"刘二愣想了想道："有办法！"望洛道："快去，把于大宝引出来，别惊醒了望北，我进去动手。"说着他藏起来，看刘二愣走向望北于大宝的工棚，低声喊："大宝，大宝！"转瞬间于大宝就走了出来。只见刘二愣对他嘀咕了一句什么，于大宝就急急随他向前方小山上走过去。望洛见了心中大跳，急忙蹑手蹑脚地走向工棚前，伸手去撩门帘，门帘忽然开了，一个人走了出来，原来是望北！望洛大惊失色，不觉后退了一步。

望北看他道："你怎么了？"望洛支吾道："没……"望北的心却不在他身上，抬头朝小镇方向望去，道："听！镇子上是怎么了！"望洛随他望去，果然从小花牛镇方向传来巨大的声响和火光，枪声阵阵，人喊马嘶。刘二鬼忽然跑过来，大叫道："望北，弟兄们，不好了，出大事了！"望北忙道："刘叔！什么大事！"刘二鬼道："印第安人造反了！被美国大兵俘虏的印第安首领在镇子里越狱，带着他的人造反了！"于大宝叫一声："他们会不会杀到我们这里来！"望北急道："快招呼大伙躲避！"众人就吆喝起来，胡乱抱行李随望北向前面山上跑去。这边刘二愣跟着大家后边跑了几步，站住了，悄悄溜回营地。

这时就见从小花牛镇方向，印第安首领纵马奔出，边回头开枪，边朝华工营地方向驰来。众多印第安人手持火把和夺来的枪支跟随在他身后。接着就是一批美国步兵跟出了镇子，边追击边开枪。但印第安人很快就逃出了他们的射程，冲进华工营地，将手中的火把纷纷投向工棚，转瞬间整个营地就燃烧起来。

望北带众人在山上居高临下望着下面的大火，都大叫起来。于大宝冲动地对望北道："这帮印第安人太可恶了！我们又没惹他们，干吗烧我们的营地！我的家当都让他们烧了！我们下山跟他们拼了！"众人大声呼应。望北急道："不能下去！他们手里有枪！"于大宝已经带怒火熊熊的华工们冲下山，望北情急之中，也只能跟着大家奔下去。

营地内，刘二愣正在刘二鬼的工棚里乱翻，忽然他扒到了刘二鬼的银包，大喜，抱在怀里要走，印第安首领突然率人冲进来。刘二愣一惊，下意识把银子抱在怀里，颤声喊道："你们要干什么？"印第安首长对手下武士努一下嘴，众武士上前，抓住他拖出去。刘二愣怀里的银子撒了一地，印第安人也不去捡，带着刘二愣大声呼啸着离去。等望北和大家冲进营地，印第安人已经远去。望洛远远望见刘二愣被捆成一团放在马背上，变色大叫道："不好了！二愣让印第安人掳走了！"刘二鬼看了叫苦道："哎呀我的天哪！你们快追上去把他抢回来呀！"他向望北和众人作揖，望北还没开口，身后又响起了枪声。众人回头望去，见追击的美国步兵冲过来，就地卧倒，对准从山上不断奔跑下来的华工。望北一时急了眼，冲美国兵大叫："别开枪，我们是中国工人！"边喊边勇敢地迎着美国兵的枪口走上去。一名美国军官举手对美国兵道："不要射击！"回头看望北道："印第安人哪里去了？"望北手朝印第安人离开的方向一指。美国军官喊道："追！"众美国兵又爬起来，随他向前追了一阵又赶回，重新包围了这片营地。众人又害怕起来，都看望北道："又怎么了！"这时望北才发现小花牛镇上的美国警长从美国兵身后出现了，下马，把另一匹马上的美国妓女琳达扯下来，向前推搡了一下。琳达踉跄一下，站稳了，朝众华工们望去。

美国警长走上前看望北道："原望北，你的人毁了我们之间的约定。"又回头对琳达道："下贱的婊子，他是谁，找出来！"望北愕然，上前道："警长先生，你在说什么，我不明白！"美国警长冷冷道："我和你们之间有过约定，为了避免中国人和美国人之间的纠纷，你的人除了购买食物和生活必需品一概不能进入小花牛镇。我们还约定，肮脏的中国人不能和白人女人上床，可是你的人睡了她！"说着，他又向前推一把琳达。

华工们嚷嚷起来："谁干的？""怎么能这么干？""这不是找死嘛！"望北不说话，神情严峻起来。这时现场所有人就听到了琳达大声道："我是自己的，我是自由人，谁给钱我就跟谁上床，你管得着吗？"美国警长抬手给她一巴掌。琳达嘴角流血，目光在华工中扫过。人群中，望洛脸色大变，急忙低下头去。望嵩望伊一惊，悄悄盯了他一眼。美国军官挥一下手，众美国兵举枪向众华工瞄准。华工们大恐，有胆小的叫起来："不要开枪！"于大宝看一眼一言不发的望北，向大伙怒道："别害怕，有就是有，没有就是没有！"这时就见美国警长一手抓住琳达，一手持枪，向华工们走过来。琳达走了两步又站住了。美国警长恶狠狠地盯着她道：

"走过去，一个一个地认，把那个肮脏的中国人认出来！不然我要以破坏本地治安的罪名拘留你，让你烂在监狱里！"琳达终于拭一把嘴角的血，迈步向华工们走来。胆怯的华工们自动让出了一条路，美国警长带琳达从他们中间走过，看着她一个个地辨认两旁华工的脸。华工们则一个个憎恶地避开她的目光。琳达终于来到望洛面前。二人相互凝视，望洛渐渐面无人色。琳达忽然冲他勇敢地一笑，朝前面走过去。望洛闭上眼睛大口喘起气来。

二人走到了队伍尽头。琳达对美国警长摇头。美国警长怒道："没有？"琳达点头。美国警长难以置信道："真的没有？"琳达再次点头。美国警长又急又怒，大吼道："怎么可能，一定在他们中间！"

望北终于等到了机会，从众人中站了出来，大声道："警长先生，我抗议！"美国警长愕然。望北越发大义凛然："我代表所有华工，向小花牛镇警察当局和铁路公司一方提出抗议！"美国警长恼羞成怒道："你抗议什么！"望北道："第一，我抗议警长今天用无中生有的罪名污蔑我的人破坏我们之间的约定；第二，正如警长先生刚才说的，我们之间有过约定，小花牛镇警察当局和铁路公司一方负责保护我们这些人的生命安全，可你们没有做到，就在刚才，你们从镇子里放出的印第安人掳走了我们的人！"美国警长诧异道："什么？印第安人掳走了你们的人？"说着忽然看一眼琳达，恍然道："我明白了！那个睡了你的中国人让印第安人掳走了！"望北见他把这两件事联系到一起，也不说话，美国警长回头看他道："你们的人违反约定睡了白人的女人，这个人被印第安人掳走了。如果这就是事实，我们就扯平了！我们走！"他回头招呼美国军官，带众美国兵收枪离开。

直到这些美国人走远，刘二鬼才追了几步，大叫道："哎，哎，你们不能走哇！我兄弟怎么办！你们得去救他呀！快去追印第安人，把他救回来呀！"琳达跟在美国人身后离开，忽然回头用目光在人群中寻找望洛。望洛急忙低下头，避开她的目光。琳达眼中现出一丝轻蔑，回头大步走向镇子，一边大声唱起了一支华工们听不懂的美国西部歌谣。

五

众人取水救火，重新搭建工棚，把营地重新建好，一天时间已经过去。第二天拂晓，望北再次被从小花牛镇方向响起的隆隆脚步声吵醒，和于大宝等人冲出去。

营地外的山谷间，大批美国兵正向深山里开去，前面看不见队伍的头，后面看不见队伍的尾。刘二鬼注意到队伍里有了更多的大炮和炮兵，叫道："我的天哪，他们这又是去哪里打仗！又要去剿灭谁？"于大宝道："还有谁，一定是印第安人！"望北醒悟道："不把印第安人从前面的山里全部赶走，这条铁路就修不成！"望洛看他一眼，讥讽道："前天有人还认为美国这个国家是靠修铁路成长起来的呢！原来修铁路之前，他们还要先杀人，把印第安人灭掉，才能修铁路！美国就是这样成长起来的！"望北不说话。众人一时间七嘴八舌地议论起来，都说美国人为了修铁路不把印第安人当人，这一仗印第安人又要血流成河了！于大宝回头看望北，怒道："你在船上读过《美国宪法》，还有什么《独立宣言》，上面说得好听，人人生而平等，可在他们眼里，这印第安人就该被全部杀光，这是什么平等！"望嵩道："平等是有的，那是对他们美国人自己！"望北神情痛苦，忽然开口道："我们在这个时候来到美国，它是好还是坏，现在的美国是野蛮还是文明，是最好的时代还是最坏的时代，我们并不知道！但这就是我们看到的新世界，一个新国家就是这样成长起来了！不但有铁路，还有对印第安人的大规模灭绝性屠杀！这就是他们的立国之路，强国之路！我们可以讨厌这样的强国之路，但却无法回避它，更需要问一句，为什么会是这样！"他的话说得这么沉痛，所有的人忽然间都不说话了。

之后的一个夜晚，华工们忙了一天，又聚在一起吃东西。于大宝看一眼天空，担忧道："这天阴沉沉的，不会要下雨吧？"望嵩道："我倒是盼着下雨，来了这些天，就没见下过一滴雨。我还在想，他们这个地方和咱们中国是不是不一样，不会下雨！"望洛的目光不觉又转向了小花牛镇。望嵩用警告的目光瞪了他一眼，望洛急忙将目光收回。刘二鬼忽然兴致勃勃地走回来，笑道："哎，听说没有，美国兵大胜，前面山里的印第安部落全被剿灭了，咱们往前面修铁路，再也不会碰上印第安人了！"几个华工高兴地欢呼起来。望北却默默放下了手中的饭碗，目光转向远方山中，神情中又现出痛苦。刘二鬼又道："哎，你们为什么不问问我过来干什么？"

望伊不屑地看他一眼，嘲笑道："你来能有什么好事儿！"几名华工已经端碗凑过去嚷嚷："什么好事儿！"刘二鬼的目光一个个扫过众人，大声道："给你们这群吃货发工钱！"众人轰然发声，大叫道："真的假的！"刘二鬼拿腔作调地说："啊，是这样。我在老家时就说过，这美国洋大人和其他国家的洋大人不一样。人家请你做工，说付给你工钱，那就一定付给你工钱。人家还不是每月发，人家是按礼拜发！怎么样，跟我漂洋过海来到美国，你们撞了大运了吧！"望嵩大喊："发多少！"众人跟着喊。刘二鬼叫道："安静！小子们，告诉你们，我都没见过这么慷慨的洋大人！一礼拜他们给你们每人十美元！"大家不知道十美元是多少，面面相觑。刘二鬼道："美国钱就是美元，美元就是美国的洋钱！一美元就是一块大洋！一礼拜给你们十块大洋，你们发财了！"众人高兴道："十块大洋！"刘二鬼道："肃静！"众人立刻安静下来。刘二鬼又道："可话又说过来了，这十块大洋，我不能全发给你们。为什么？我跟你们讲讲道理。你们在家乡和我有合约，我替你们每个人交了官府的报名费，来美国的船费，船上的伙食费，还有，像望北，你还从我手里拿走了两大块定银，还有我替你们从银庄贷款的利息，乱七八糟加起来，你们每个人都欠我好几百块美元！"众人闻言色变。于大宝叫道："什么什么，闹了半天，我们还欠你的？你这工钱，到底发还是不发？"刘二鬼道："别吵！发当然是要发，不发你们拿什么吃饭？你们饿死了还做什么工？我是要跟你们每个人说清楚，这每个礼拜十块大洋，我要从中扣出七块，当作你们还我的钱。剩下三块发给你们。三块也不少了，谁要嫌少，谁就这会儿自己回中国去！"望嵩大叫："七块！你也太狠了！"于大宝也叫："你不该叫刘二鬼，该改名叫吸血鬼，吸我们的血！"刘二鬼道："你们就知足吧！不是来到美利坚，遍地都是黄金，摊上个美国老板还算大方，你们能每礼拜拿到三块洋钱？做梦！是我带你们来到美国，才挣到了钱，活下一条命，不是我你们中间不知多少人都饿死了！还有谁吵？吵吧，再吵我一块钱也不发给你们！"于大宝见望北一直一言不发，威胁刘二鬼道："你就不怕我们把你做了？"刘二鬼道："于大宝，你还甬这么说，跟你们走这一趟，我老刘也是九死一生，就是这会儿，这把老骨头能不能回到中国，我也不敢想。我都到这步田地了，还怕死吗？我老刘怕死怕一辈子了，这会儿反倒不怕了！不是要做了我吗？来吧，你小子有种，现在就来！"

于大宝大怒，嚯地站起。望北一把扯住于大宝，正色道："好了，大叔，什么也甬说了，发钱吧！"刘二鬼缓一口气道："望北，还是你！要不大家怎么都信服你呢！这才叫明事理！好，我这就把钱发给大家，每人三大块，拿到手里沉甸甸，摔到地上次棱棱响，愿领就领，不愿意领，我给你们存着！"众人听了马上一起涌上去，每个人都伸出手，嚷嚷道："我这就要！拿到手里才是钱！快发钱吧！"刘二鬼被挤在中间推来推去，急道："不要挤！排队！望北，你来帮我，你识字，我这里有个纸本子，你替大家记下，让领了钱的人画押，省得以后又不认账。好了好了，现在发钱！"

他打开钱袋子，先从里面掏出一小纸本子和一支笔，递给望北；又从里面掏出洋钱，三块三块地发给众人，嘴里还念念有词："这是你的！这是你狗日的！我的鸦片烟呀！我心疼得受不了了！"望北坐下来，将每个人的名字写上，然后让大家画押。

拿到工钱的人走回工棚，人人兴奋。于大宝把鹰洋放到灯下反复观察，道："哎，你们说，这怎么看着不像真钱哪！"望洛把一块鹰洋放在嘴里咬，叫道："哎呀，是真的！"望嵩看于大宝道："是不像中国的钱，这是洋钱！比中国的钱更值钱呢。"忽然一华工扑通一声跪下了，双手向天，大声哭道："爹，娘，儿子挣到钱了！儿子这就给你寄回家里去救命！"众人听着，想到自己家里的亲人，都不禁唏嘘起来。

望北走进工棚。望伊问他道："望北大哥，这钱你打算怎么花？"望北目光湿润，半晌说不出话。望伊道："大哥，我知道，你又在想家乡的爹娘和妹子了！"望北强颜欢笑，道："啊，我没有。我刚才想过了，每礼拜留下一块半钱吃饭，剩下一块半，攒起来，攒够十块钱，就给家里寄回去！"于大宝叫道："一块半钱，做七天的伙食费，你疯了！这么重的活儿，你会饿死自个儿的！"望北道："自打上了船，来到美国，家里的信儿一点也不知道，被美国人关在监狱的最后几个月，我老是梦见爹娘饿死了，我妹子莲花头上插上草标，在街头卖身，为的是有钱买棺材给爹娘下葬……"他说不下去了，哽咽起来。

望嵩上前安慰道："望北哥，别难受，再难受亲人也都在地球那一面呢，你在这里难受也没用，出门在外，还是要爱惜自个儿的身子骨，不然还怎么挣钱。"望北不哭了，拭泪道："不，我是在想，在这里省点儿，不过是少吃两口，家里头我爹我娘还有莲花，说不定自打我走就揭不开锅了！"他又看大家道："你们谁还要往家里寄钱，说一下地址，我记下来，赶明儿一起托人送到美国邮局里去，寄回唐山老家！"

望嵩道："我留一块钱做伙食费，把剩下的两块钱寄回去，我吃得少！"望洛道："不行，一块钱吃一个礼拜太少了！你不要命了！"望嵩坚持道："望北大哥说得对，少吃一点饿不死我，把省下的钱寄回来，一家人就饿不死！"于大宝环顾大家，问道："哎，哎，你们都这样吗！"众人点头，于大宝忽然泄了气，道："你们都这样，我也省一点吧，我每礼拜吃两块，省下一块寄回家。望北大哥，我先说我家的地址，你记下来！"众人也都凑过来，望北拿过纸本子，一个个地记下他们老家的地址。

一丝笛声这时忽然在营地里响起。笛子是中国的，曲调也是中国的，笛声一响，就惊动了所有人的心，望北也不觉停下了手中的笔，朝曲声响起的方向回望。每个人都不再说话，都静静地听这月色下时而嘹亮时而低沉的笛音。它的格调是那么悲凉，充满了思乡的情调，让每个人的心都颤了起来，思绪瞬间飞向了遥远的故乡。一向不流泪的望嵩忽然哽咽了一声，再回头看时，每个人眼里都涌出了明亮的泪花。

六

这天夜晚他们睡得很好。笛声落去，营地内万籁俱寂，只有虫鸣声声，不少人睡着了手里仍攥着那宝贵的三块洋钱，脸上现出甜蜜的笑容，那时他们在梦中和亲人们说着热烈的话语。

没想到睡到半夜，忽然电闪雷鸣，大雨倾盆而至。望北被雨声惊醒，急急跑出工棚，朝夜空看去。刘二鬼忽然冒雨跑过来，叫喊道："望北，下雨了，快把人喊起来上工地！"望北大惊道："上工地，这个时候？"刘二鬼道："保护刚修好的路基，不然让山水一冲，干过的活就白干了！"山中忽然传来巨大的声响。望北一惊，叫道："大叔，这什么声音？"刘二鬼焦急道："管它是什么！快让人都上工地！每个人一天八方，要是让山水冲了，完不成定量，美国人不但不会给我们开工钱，还要罚我这个包工头呢！那时候我就得吃鸦片烟了！"众华工都跑过来，看见望北和刘二鬼，道："你们俩怎么了，在这儿站着！"刘二鬼歇斯底里喊叫："都给我上工地，不能让山水冲了工地！"望北仍在专注地倾听那一阵来自远山正在逼近的可怕的声响。刘二鬼忽然也在风雨中听到了那声响，紧张起来，叫道："这什么声音？这什么声音？"望北猛然醒悟，变色道："山洪！山洪下来了！咱们工棚地势太低，快喊醒大家，赶紧跑！上山！"刘二鬼叫："什么？不能跑！跑了工地怎么办！"

客家人

远处的山洪已经汹涌而来。望北顾不上刘二鬼了，回头跑向每一座工棚，大叫："山洪下来了！快上山！"刘二鬼回头看到汹涌而下的山洪，大叫一声，一转眼就不见了。营地内一片大乱，众华工纷纷从工棚里冲出，朝山上狂奔。人人都在大呼小叫。

脚下的水已经没过膝盖，望北也开始朝山上跑去，忽见有人半道折回来，一把抓住大叫："不要回去！快上山！"被抓住的华工在风雨中哭喊："我的工钱！还有铺盖！"望北"啪"地给他一巴掌，大叫："你不要命了，快走！"拼命拉起他向山上奔去。狂风暴雨中，山洪涌下来，排成丈把高的浪头，向营地扑来。望北带着被他抓住的华工，在湍急的洪水中艰难地向山的高处游去。

这一夜直到第二天黎明，所有人都蹲在被洪水包围的一小块山顶上，湿漉漉地抱在一起，抵御着风寒雨冷。天亮时，众人朝山下望去，发现工地和营地成了一片汪洋。洪水仍在浩浩荡荡地涌流，水面上漂着一具具死难华工的尸体。有人至死手里都抓着一根从故乡带来的竹笛。所有的人欲哭无泪。沉默中一名华工忽然开口："怪不得爱尔兰人都逃光了！他们宁肯饿死也不在这里给美国人修铁路！又是印第安人，又是爱尔兰人，现在又来了山洪，这哪里是铁路工地，这分明就是死地，是坟场！我们活不下去了！"于大宝恨恨道："有人说美国人的铁路下面垫的不是枕木，是中国人的尸骨，我开始还不信！这会儿我信了！"没有人回答他。望北站着，怀中紧紧抱住望伊，眼里含着悲愤的光芒。这个时候，他不是不想说点什么，是不知道该说什么，才能安慰和鼓舞这些倍感凄惨的乡亲。

他们想不到的是洪水来得快退得也快，这天中午它就下去了。一天后营地已恢复了原貌，刘二鬼又带着大家回到工地上，重新修筑一片狼藉的路基。布希带着铁路工程师罗伯特和工程师助手保罗向他们走来，一时间众人都回头看他们。刘二鬼上前迎接布希，望北则用新奇的目光注意着第一次出现的罗伯特和他的助手。

罗伯特和布希，以及布希的妻子一起到山上勘察。他们挑了望洛一起去。望洛贪图美色，与布希妻子发生关系。布希开枪，望洛骗了众人的钱逃走了。

七

布希再次陪美籍意大利工程师罗伯特带保罗重新出现在工地上，已经是这一年的深秋。酒气熏天的保罗一下马就扑通一声摔倒在地下，半天也没有爬起来，罗伯特见怪不怪地叹一口气。望北边工作边注意地看着罗伯特，他已经不是第一次对身边的华工们道："就这么一个普普通通的美国人，居然会修一条长长的铁路，帮助美国快速地成长起来，太了不起了！我们中国不缺我们这样的人，缺的正是他这样的人！"

罗伯特和布希在工地上总共待了不到一刻钟。先是刘二鬼和布希交谈了一阵子，想了想，走过去把望北喊到罗伯特面前。罗伯特看他，目光冷淡，道："你叫什么名字？"望北的一颗心忽然大跳起来，道："原望北。"罗伯特又上下打量他，道："你读过书？"望北抵制住内心的激动，道："读过一点。"罗伯特故意不看他，道："一加一等于多少？"望北勃然变色，转身就走。布希急道："回来！"望北站住，回头看罗伯特，愤怒道："罗伯特先生，你想侮辱中国人吗？"罗伯特不为所动，又看了他一眼，道："那就换一个问题。知道勾股定理吗？"望北不喜欢他的态度，但也不想被他看低，用流利的英语道："在一个直角三角形中，如果勾是3，股是4，那么弦就是5，说得复杂一点，就是勾的平方加股的平方等于弦的平方！这就是勾股定理！"布希吃了一惊的样子，抬头看罗伯特，却发现后者已经转身，走向自己的马。刘二鬼忙追上去道："哎，哎，罗先生要是还不满意，我们这里就没人了，望北是我们里头最好的！"罗伯特站住了，回头道："明天让他跟我进山！"说着已经上马，沿着路基朝深山里走过去。有顷，布希让人帮他将保罗扶上马，跟着罗伯特离开。

望北一直望着罗伯特在暮气中越走越远。刘二鬼走回来道："罗伯特要你明天跟他进山，你愿意吗？"于大宝等人叫道："不愿意！"刘二鬼道："为什么？"于大宝道："瞧他那瞧不起人的样子，我们不侍候！"刘二鬼看望北道："望北，你怎么不说话？"于大宝抢着道："你要他说什么？问什么一加一等于几，你愿意跟着一个这样的洋鬼子，听他天天侮辱我们中国人？"望北忽然回头，断然道："明天我跟他进山！"刘二鬼高兴道："太好了。不过，为什么？"望北道："我想明白他怎么就学会了修铁路！"众吃惊地看他，又面面相觑，一时间都说不出话来。

望北第二天就随望嵩来到山里的工程师营地。罗伯特见二人来到，从帐篷里走出来，脸色阴沉，将一支枪交给望嵩，道："你留下来看守营地，保罗指靠不上了！"望嵩朝他的帐篷看一眼，知道保罗又喝醉了。罗伯特又将另一支枪交给望

客家人

北，道："布希回铁路公司去了，今天你一个人跟我进山。"望北见他的态度依旧，什么话也没说，就接过枪背在身上，收拾东西准备进山。罗伯特上了马又回头，用厌恶的目光看望北道："啊，在咱们一起工作前，有几句话我想还是说出来好！"望北道："您请讲！"罗伯特道："我选你做我的助手，不是因为我喜欢中国人！不不不，我不喜欢你们，也不喜欢你。一起工作之前，我想让你明白这个。"望北神情平静，道："我已经明白了。"罗伯特又道："啊，我刚才讲话，并不需要你回答。"望嵩胸中一股无名火腾的一声蹿上来，刚要说话，罗伯特已策马走起来。望嵩待他走远，生气道："这个意大利洋鬼子！比别的美国鬼子还可恶！"望北没说什么，拉起驮马跟上去。望嵩看他走远，突然担心起来。望北这时像是猜出了他的内心，又回头冲他挥一下手，道："别担心，没事儿，我扛得住！"望嵩还要说什么，远处山林间响起一声长长的狼嗥，他急忙回身拉枪栓，将子弹上膛，向狼嗥的方向执行警戒。

中午，罗伯特才带望北赶到勘察地点，开始工作。有一阵子罗伯特一直望着面前峰峦连绵的高山，皱着眉头，很生气的样子。望北将煮好的咖啡提过来，倒在杯子里，要递给他，罗伯特接过来，放在地下。望北站立在他身边，看着他如何工作。罗伯特暴躁道："别站在我身边。我说过，我工作的时候，不想被人打扰！"望北看他一眼，转身走回到篝火旁坐下，一口一口喝刚烧开的水。有顷，他再次回望罗伯特，发现后者坐下来又站起，仍旧愁眉不展地望着前方的群山。

这一天直到黄昏，罗伯特基本上都是一个人坐在那儿，皱着眉头朝前方的大山眺望。望北再次将一杯热牛奶端过来，放在他手边的工作台上，道："天太晚了，该回营地了。"罗伯特赌气地站起来，大声喊道："不！我不回去！三天了，我还是没想出办法来！我不走了，晚上我就坐在这里！坐一夜！"望北不理他，转身走回篝火旁坐下去，想了想又站起，收拢枯枝，重新将篝火燃旺。罗伯特回头看他，大声道："你走！我说我留下，没说让你留下，你回营地去！马上走！"望北不答，继续在篝火上加上更多的树枝。罗伯特越发生气了，吼起来："我说过了！我一个人留下来，你给我走！我要惩罚自己，不要你陪着我！"望北终于站起来，看他一眼，收拾用具放在驮马上，拉起缰绳离开。罗伯特望着他越来越远，更生气了，回头在篝火边打开一个睡囊，钻进去，闭上眼睛，又睡不着，重新爬出来，坐回到篝火边去。

夜幕降临。罗伯特仍然在篝火边坐着，愤怒地望着隐入夜幕中的山野。远处忽然响起了一声声狼嗥，凄厉恐怖。罗伯特哆嗦了一下，站起来，在枪里装弹药，上膛，放在身边，重新回头坐下，又不放心，站起来，举枪冲着狼嗥的方向"砰"地开了一枪。枪声在空旷的山谷里久久回响。忽然，他回过头去，听到了一人一马涉水的声音，大喊："谁？"没有人回答。人和马涉水的声音越来越响。罗伯特越发惊恐，喊："谁？不然我开枪了！"望北拉驮马重新出现在篝火映亮的地方，站住，平静道："罗伯特先生，是我，原望北。"罗伯特松了口气，收枪道："怎么是你？"望北忽然生起气来，道："罗伯特先生，你到底愿意跟我说话了！怎么是我！当然是我！我是半道上听到狼叫才折回来的！我并不是同情你，但我是你的助手，这山里有狼！据说前面山里还有印第安人，见了白人，有一个杀一个！我不能让你一个人留在这里！"罗伯特看他一眼，不说话了。

望北从驮马上卸下东西，在篝火旁将自己的睡具拿出来铺好，也将枪上了弹药，放在身边。罗伯特仍然一副很生气的样子，不时看望北一眼，又走回去坐下，故意不看望北。望北也不理他，钻进睡具里睡去。过了一会儿，罗伯特到底受不了，从篝火边站起来道："好吧，我们回去！"望北仍旧不理他。罗伯特又生气了，叫："哎，我说了，我们回去！"一边动手收拾自己的睡具和工具。望北爬起来收拾睡具，重新装到驮马上，还是不理他。两人各拉一匹马，在高一声低一声的狼嗥声中沿来路走回去。

两人赶回营地已是深夜。望嵩一直没睡，听到声响急忙持枪迎上去，接过罗伯特的马，回头担心地看望北一眼。望北冲他淡淡一笑，什么也不说。望嵩一直悬着的心忽然落了下来。

罗伯特进了帐篷很快又走出来，问望嵩道："保罗呢？"望嵩咽一口唾液，不说话。罗伯特大叫："他是不是跑了？"望嵩道："他给先生留下了一封信。"罗伯特大怒，夺过望嵩手中的枪，冲夜空开了一枪。枪声再次引来了远山狼群的长嗥。罗伯特将枪扔回给望嵩，快步走进帐篷，转眼已经手拿一封信激动地冲出来，摇晃着，歇斯底里大喊："逃兵！可耻！叛徒！逃兵！可耻！"他将保罗的信撕得粉碎，撒向天空，狂怒不止，对望北望嵩喊道："你们也走！都走好了，剩下我一个人，也要把这条铁路修通！"望北不理会他的大喊大叫，开始从驮马上卸载。望嵩忽然看懂了什么，走过来帮望北卸载。二人都不说话，让罗伯特突然感到了羞愧，抱住头，转身跑回帐篷里去。

望嵩打水走进帐篷，放下让望北洗脸，一边问："他今天是怎么了？"望北还没来得及回答，罗伯特又风一样冲进来，大声叫道："你们为什么也不理我？是不是也要走？"望北一直洗脸，不回头。罗伯特大喊："快说话，原，为什么你不说话？"望北终于抬头，不卑不亢道："罗伯特先生，你真的要我说话吗？"罗伯特歇斯底里喊道："你要干什么？为什么要用不说话来惩罚我？你不喜欢我，你们都不喜欢我！可我就是这种人！不喜欢你们也可以走！走！都走！让我一个人留下来！"望北冷静地看着他，有顷才道："罗伯特先生，我们不走！"罗伯特的激情突然消解，面如死灰，有气无力，摆手道："走吧！走！铁路修不下去了，这条铁路完了！你们为什么还不走？"说完他转身就走。望嵩大惊道："罗伯特先生，等等！你说什么？回去？铁路不修了？"

罗伯特回头看着他，一字一字道："他们原先设计的路线有问题，非要从这里通过，因为这里是印第安人的土地！他们想更多地占有印第安人的土地！但前面的山太大了，铁路无论如何也不能在规定时间内修过去，我不知道怎么组织施工！"望嵩看望北一眼，明白罗伯特这些话是说给他听的，更是说给望北听的。但望北接着洗脸，并不理会。

罗伯特离开后再一次冲动地走回来，看着望北，嘴唇颤抖，要说什么，想了想又放弃了，转身又走。望北平静地看着他，忽然开口道："罗伯特先生还有话要说？"罗伯特站住，停了一下才回头道："原，我不明白，你怎么不激动！你怎么不喊？铁路修不成了，我们的工作完了！我的心血，你们的劳动，全都变得没有任何价值！你们中国人为什么不痛苦，不喊叫，你们为什么不哭？"他的眼里忽然涌出了泪花，又为自己的激动羞愧，转身大步往外走。望北忽然大声道："三天了，罗伯特先生一直没有工作，刚才您又说铁路完了，我们无法在规定时间内把铁路修通，我可不可以知道，究竟遇到了什么事？"罗伯特又站住了，恼怒道："我三天没工作，是因为我不能工作！你问我为什么！可我说出为什么你听得懂吗？你们中国人没有科学知识，你就是知道勾股定理又怎么样？你帮不了我，帮不了这条铁路！没有人能帮我！没有人！"最后一句他已经是在大吼，说完转身就走，又站住，大声自责道："我在干什么？我在和两个中国人谈我的痛苦！因为这里实在没有别的人可以倾诉我的痛苦！"又慢慢转回头，泪眼怒视望北道："铁路要从前面这座大山中间修过去，就要打穿它，从山的腹部……从这里打通一条隧道，美国还没有这么长的隧道……如果不能打通这条隧道，明年春天，罗得斯庇尔先生的铁路公司就将失去修筑这段铁路的优先权，他的竞争对手就将拿走这段铁路的修筑权。"望北飞快地看望嵩一眼，回头问："然后呢？"罗伯特火气又蹿上来了，仿佛这会儿才看清望北，道："然后……什么然后！失去了修筑权，公司就失去了美国政府无偿提供的土地，没有土地，公司就失去了所有权益，罗得斯庇尔先生就会破产！我就要被解雇，一家三口就要饿死。还有你们，为这条铁路工作的中国人也会失去工作，我不知道你们靠什么度过这个寒冷的冬天！"

望北的心已经揪起来，和望嵩对视一眼，急问："为什么罗伯特先生会认为明年三月前我们打不通这段隧道！"罗伯特激动地道："因为时间！时间不允许！现在是八月，即使我让施工队伍从大山的两端同时凿进，也不可能在明年三月完成这条超长的铁路隧道？还有，很快就是冬季，美国西部有十分漫长和寒冷的冬季，山里的极端低温是零下四十摄氏度，我到哪儿去找能在这么冷的冬天开凿铁路隧道的工人，你们中国人能吗？就是你们能，也凿不通这么长的一条隧道！"他像看仇人一样逼视着望北，良久，见望北不回答，转身走向自己的帐篷，再也没回头。

夜深沉。望北望嵩已经睡下，望嵩伸手将马灯拧小。望北闭上眼睛，又睁开。望嵩睁眼看他，道："睡不着？"望北不说话，两人静静地躺着，听着夜间广大无边的寂静，远方，仍然时不时地传来一声狼嗥。望嵩又开口道："想什么呢？"望北道："我在想，要是罗得斯庇尔先生的大西洋公司破产了，我们好不容易在美国得到的工作机会就没有了。罗伯特先生说得对，我们这么多人，怎么熬过这个冬天？"望嵩坐起来道："你这么一说我也紧张了，我们九死一生才来到美国，差点死在天使岛美国人的监狱里，现在到了这里，刚刚挣到钱，要是再失了业，一时半会儿找不到工作，无家可归，遇上一个零下四十度的冬天，大家就还是个死！"望北道："所以我在想，一定要帮罗伯特先生，帮罗得斯庇尔先生的铁路公司在明年三月前打通这条铁路隧道，把铁路修通。"望嵩道："真能这样，我们这些人就能得救。可是我们能吗？"望北道："我已经想到了一个主意，但就是不知道行不行。"望嵩兴奋起来，道："什么主意，快说！"望北道："我还没有想好，还要再想一想，想好了明天早上去告诉罗伯特先生。"

客家人

次日黎明，一声狼嗥让望嵩睁开眼睛，朝身边一看，望北的铺已经空了。他急急地爬起来，向帐篷外跑去，一眼看到望北在一块巨石上坐着，目不转睛地望着北方的群山。望嵩跑过来，坐在他身边，急急道："怎么了？想好了吗？"望北摇头："没有。虽然没想好，但也要告诉罗伯特先生。"望嵩大喜道："你还是想好了！你那么聪明，一定会想出办法，让我们大家平安度过这个冬天！"望北已经一把扯起他，道："走，去见罗伯特！"望嵩随他站起，大步走向罗伯特的帐篷。

罗伯特帐篷内，意大利人酩酊大醉，躺在床上，一个空酒瓶滚在地下。虽是醉态，他的眼窝里仍汪着泪水。望北在外头拍打门帘，喊道："罗伯特先生！罗伯特先生！你起来了吗？"没有回答。望嵩也上前拍打，喊："罗伯特先生快起来！望北想出主意来了！我们都不会失业了！"罗伯特慢慢睁开眼睛，先是茫然地听着门帘外的声音，忽然，他跳起来，一把扯开门帘冲出去。

望北吃惊地望着这个几乎一夜之间垮下来的人，罗伯特眼窝深陷，形容枯槁，蓬头垢面，用可怕的眼神盯着望北，叫道："快说！你想到了什么主意？"望北道："罗伯特先生，我在想，要是公司多招些工人，多增加几个工作面，这条隧道说不定能按时凿通！"罗伯特道："胡说！铁路隧道只能从大山深腹中开凿，一侧是大山，一侧是深涧，增加工作面？不可能！"望北道："就是这件事我没有想好！我也知道不可能，但如果我们把它变成可能，隧道就能修通！"罗伯特不停地摇头，让自己清醒过来，一边自言自语："不，不，增加工作面……让我想想……除非从山顶上向下打竖井，再把渣石运到山顶上倒掉，这样做工程量极大，得不偿失……根本不可能再增加工作面。不可能！"望北心中大动，道："为什么我们不能想办法在山的一侧，面向大山涧的一面，开凿你说的那种井……不，不是竖井，应当说是横井……再通过这些横井，从新开的工作面上出渣石，直接倾倒进山涧里去？"

罗伯特大惊，深深看他，此刻他已经完全清醒，又像过去那个人了，大声肯定道："不！你这个想法我也想过，可是面向大山涧的一面全是绝壁，人无法下到半山腰中去，而且也太危险了，等于是在绝壁上开凿工作面，打横井，这怎么可能？谁愿意这么干？没人愿意这么干，除非他不想活了！"望北看看望嵩，回头决然道："罗伯特先生，要是可行，我们中国人，愿意干！"罗伯特心中升起了希望之火，但仍然不敢相信，上下看他们道："不不不，美国人不行，爱尔兰人不行，你们中国人也不行！我不能拿任何人的生命在冰天雪地的绝壁上冒险，那是疯狂！完全的疯狂！只有上帝才能做那样的工作！人是不行的！……不过，原，如果你们真能做到这个，我们就能在明年三月修成这段铁路！"

望北与望嵩对视，望嵩目光明亮，点头。望北更加坚定，回视罗伯特道："我们能！""真的！"罗伯特几乎是喊了出来。望北又道："但我们有条件！"罗伯特忙道："快说！一切都可以商量！"望北激烈道："罗伯特先生也知道这项工程非常艰难，一定会死人。万一有人伤残，我希望公司能给他们本人和家人发放抚恤金！"罗伯特急忙大声道："这个我直接跟罗得斯庇尔谈，他会答应的！"望北想了想，又道："考虑到我们要在零下四十度的严寒里不顾生死开凿隧道，希望公司届时能增加我们的工资，同时保证我们的安全！"罗伯特警觉地看他，道："增加工资的事可以商量，但是保证安全，是什么意思！"望北道："山里有狼群，还有印第安人，我们担心他们会向我们发起袭击！"罗伯特释然了，道："明白了。我会向罗得斯庇尔先生提出要求，要他给我们装备武器，把我们武装成一支军队！"望北放心道："我没有问题了！"罗伯特彻底激动了，忘掉了自己原来设定的距离，对望北大为亲热，道："来来来，原，坐下坐下，我们一起把刚才说的想法画出来！啊，你刚才为你们中国人提出了那么多要求，你个人就没有什么要求向罗得斯庇尔先生提出来吗？"望北看他，笑道："罗伯特先生，我刚才的要求里就包含了我个人对公司的要求。我对罗得斯庇尔先生没有什么和大家不同的要求，倒是想冒昧地对罗伯特先生提一个要求！"罗伯特诧异道："对我？你想对我提出什么要求？"望北道："罗伯特先生，我想请求你同意，从今以后，让我一直和你一起工作，做你的学生，跟你学习，将来也做一名铁路工程师！"罗伯特意外地看他，笑容落去，半晌才开口问道："为什么？"望北道："铁路已经改变美国，并且还在改变美国。"罗伯特看着他道："你也想将来回中国修铁路？"望北点头。罗伯特想了想敷衍道："啊，这件事以后再说。我们今天就从这里回去，然后你和我一起去圣弗朗西斯科，见罗得斯庇尔先生，和他谈判。"望嵩看望北，认为他会有点失望，但是发现他没有，仍旧愉快地回答罗伯特道："好的，先生！"

九

半年多的时间过后，西马怡保地区，接近西海岸的地方，一座新的中国城初具

客家人

规模。中心区街道两旁，鳞次栉比全是一排排新建的木头房子，既有中华风格的大屋顶，也有马来风格的筒形墙壁圆帽形屋顶，甚至还建了一所客家人的圆形围屋。临街的房子都做成了店铺，许多店铺鸣鞭炮开业，闻讯赶来的众多伊塔人和华人走进走出，笑语欢声，客家音乐和伊塔人的独弦琴的演奏声也在这里飘散开来。

中国城建成的消息惊动了玛塔，这天一大早她就从山寨里赶过来。梦长陪她沿街道走过去，后面跟着已自动成了梦长保镖的大个子以及替玛塔赶车的艾玛。玛塔兴奋地望着两旁的新建筑，赞道："真没想到，你这么快就把一座城市建起来了！"大个子笑着上前插话："公主朝前面看，按照我们之间的约定，盟主专门让人在城中心区规划了唐人街和伊塔人街，前面就是伊塔人街的入口。伊塔乡亲现在就可以搬到这里来定居、经商、做工，干什么都可以！"玛塔心中感动，站住了，深情地望着自己的丈夫，道："谢谢你。"梦长笑道："干吗要谢我？"玛塔道："因为你履行了承诺，要用这样一座中国城，帮助伊塔人和中国人共同劳动，创造财富，让我们的人也和你们的人一起富裕！"梦长还没回答，大个子又插嘴道："公主，盟主说过，像我们这些中国客家人一样，伊塔人要改变命运，也要走出大山，接触新世界，在物竞天择的战争中学会打赢战争的方法，做自己和这个新世界的主人！"玛塔看他，笑道："义增，没想到你现在跟着盟主也学得满嘴新名词了！"

梦长皱眉头看着前方空荡荡的伊塔人街，道："可直到现在，还没有一个伊塔乡亲下山来到这里开店！"玛塔看他，她已经听出他话有中话。梦长看她道："我听到一个消息，不知道是不是真的，乌斯曼殿下让他的人警告所有的伊塔人，包括公主殿下部族的人，谁都不能到中国城经商、工作和安家！"玛塔悄然怒起，道："怎么又是他？既是这样，我自己就先在这里开一个店！"回头对艾玛道："你听见了吗？告诉他们，我的店明天就要开业！"艾玛答应。梦长笑了，道："明天公主你的店一开张，我第一个登门照顾你的生意！"玛塔道："我的东西可是贵得很！你付得起价钱吗？"梦长笑道："要是没钱，我就把自己抵押给公主！"玛塔渐渐地有些难以自持，道："你能抵押一辈子吗？"梦长的笑容顿时落去，他望向别处，不再说话。

梦余就在这时跑过来，道："大哥，公主！"玛塔不理他，将脸转到一边去。梦余笑一下，急对梦长道："大哥，老四的船到了文德港，下午就走！"梦长道："真的！那你快去准备，下午我们去文德港送你走！"梦余这时回看一眼玛塔，道："那我去收拾了！"玛塔还是不理梦余。梦余看梦长一眼，转身跑走。

梦长想了想，回头道："公主请上车！"玛塔戒备道："干吗？"梦长道："想请公主跟我去一个地方！"玛塔想到了什么，看他，变色道："你想让我陪你去见乌斯曼！"梦长点头。玛塔扭头倔强道："我不去！"梦长严肃道："公主一定要去。中国城是为中国人和全体伊塔人准备的，只有乌斯曼部落的人也来这里工作，做生意，居住，我的愿望才能够实现！"玛塔回头看他道："我听说你已经去过了两次，乌斯曼都闭门不见，为什么还要带我去碰钉子？"梦长道："中国有句古话：精诚所至，金石为开。乌斯曼不愿见我，是他对我还有成见和敌意。要实现我的心愿，无论如何我都要再去，一次不成两次，三次五次，十次八次，直到他愿意见我！"玛塔想了想，半天才道："你真的不知道他为什么不愿意见你？"梦长点头道："知道。""什么？""公主是觉得他还在为公主嫁给我恨公主，更恨我，所以才不愿意见我。""既是这样，你为什么还要带上我去！"梦长道："公主，乌斯曼今天是你叔父部落伊塔人的真正领袖，我不相信他的心胸这么狭隘，前几次我去见他，他之所以不见，可能是出于另外的原因。"玛塔默默看他，道："你是说，我今天和你一起去了，乌斯曼就会明白，邀请他的人下山也是我的意思。"梦长点头。玛塔半天才开口道："可我这么做了，所有的伊塔人都会认为，是我这个受害者，首先向他提议和解！"梦长再次点头。玛塔眼里浮出泪光，问："损害者是他，为什么要我首先走到他面前，请求他同意我们之间真正实现和解。"梦长道："因为你是尊贵的公主。你为了所有伊塔人的利益可以不计前嫌，用自己的心胸和行为去感动乌斯曼。"玛塔道："可万一我去了，他仍然不愿意见我们呢？"梦长道："也许会这样。但这没有什么。我们接着去。虽然坚冰不可能一下子融化，但只要天地间一直是春天，再厚的冰也会变成春水流淌！"玛塔终于被说服了，看他，眼神又迷离起来，道："你真是越来越会说话了！"虽然还是不情愿，但终归是转身上了马车。梦长高兴起来，和大个子一起上马。

梦长再次来到山寨前求见的消息很快被报知乌斯曼。后者听了，走来走去，神情依旧满是疑惧和激愤，突然回头道："不，告诉他，我还是不见！"一武士道："殿下，这次不是华邦彦一个人来的，公主也来了！"乌斯曼诧异道："什么，她也来了？她来了我也不见！"武士见他越发急躁起来，又上前奏报："可是……公主说，你今天不见，他们就不走！"乌斯曼愈怒，大喊大叫道："不走就给我放箭！告诉华邦彦和她，乌斯曼和他们不共戴天，不管他们说什么好听的话我都不会听的！什么中国城，我的人一个也不会到那里去，永远也不会去！不但我不会去，所有去那里的伊塔人我都要惩罚，都要惩罚！"突然，他停住喊叫，道："我亲自去见他们！"

乌斯曼带众武士走上寨门高处，居高临下望出去。他还只望见寨门前的梦长和玛塔一眼，就猛地转身欲走。梦长已经望见了他，大喊道："乌斯曼殿下留步！作为中国城的建设者，今天我和公主一起来，是想再次告诉殿下，虽然山下的新城名叫中国城，可他的主人不是中国人，包括殿下部落的伊塔人在内的所有伊塔人也是中国城的主人！殿下今天可以不见我们，但我们还会继续来邀请殿下和殿下部落的伊塔人到中国城居住和工作，我们中国人，想和伊塔人一起走出大山，走出闭塞，加入到新世界的生存战争中去，不然我们和你们一样都不会再有继续生存的机会！"寨门高处，乌斯曼听不下去，对众武士道："放箭！"众武士齐声答应。一武士急道："可是殿下，放箭会伤了玛塔公主！"乌斯曼大怒，道："你们不会不伤着她吗？"说完匆匆离开寨门。众武士弯弓搭箭，欲向寨门外放射。刚才那名武士道："殿下有令，不准伤了公主！"众人会意，故意将箭头抬头，放出去。

玛塔见一阵箭雨飞来，急忙拦在梦长面前，叫道："不好，他们放箭了！快走！"梦长急急道："公主快走！我掩护你！"玛塔来了气，大叫道："不，我偏偏不走，看他们哪个敢射我！"梦长大急，抱玛塔上车。玛塔一边挣扎，一边回头对梦长怒气冲冲道："乌斯曼顽固不化，我早就说过，他听不懂你的话，你这一番心思，全是白费！"梦长上马，一边掩护玛塔的马调头离开，一边回头道："公主不能这么说，虽然改变一个人的心是没那么容易，但我们还是要做！"马车已经奔驰起来，玛塔仍在车里大声问道："为什么？我不明白！"梦长策马追上去，认真道："因为乌斯曼和公主一样，也是受欺凌受压迫正在被灭绝的伊塔人！"玛塔不说话了，一行人匆匆奔下山去。

当天下午梦长、玛塔、大个子就纵马带梦余赶到了文德港。梦成的大船已经靠上了码头。梦成提茶壶走出，一眼看见码头上的三个人，急忙闪在一边，有顷，又趴下去悄悄朝下面望。

码头上，梦余朝船上喊："老四，我都看见你了，大哥和公主都来了，快下来！"梦成却道："不，你上来！我不下去！"梦余又叫了几声，见他还是固执地守在船上不下来，回头看梦长玛塔，道："大哥，公主，他不是不想下来，是没脸下来见你们。"玛塔再次把脸扭到了一边去。梦长见开船的时间快到了，一旁催促道："你们也够了，上船吧。"梦余听了，拭泪离开二人，提起行李上船。

直到大船远去，梦长和玛塔等人才离开文德港，纵马赶回中国城。众人行至万山深处，乌斯曼的武士队伍忽然从两侧山林中涌出，挡住去路。大个子一惊，拔刀在手，就要催马上前，被梦长拦住。这时玛塔已经纵马上前，挡在梦长面前，对乌斯曼大喊道："乌斯曼，你要干什么？"乌斯曼从众武士中走出，骄横道："我今天只和华邦彦讲话。"梦长拍马上前，拱手，不卑不亢道："殿下今天有何指教？"乌斯曼冷冷道："华邦彦，上次你去见我，说你的中国城和中国港对我的人开放，他们可以随便去居住和工作，现在你的话还算数吗？"梦长心中大震，大声道："当然算数！"乌斯曼道："我就是来告诉你，这件事我答应了。"梦长兴奋道："殿下能答应这件事真是太好了！华邦彦代表中国城和中国港的所有中国人和苏丹陛下部族的伊塔族人，欢迎殿下的族人到中国城和中国港工作。我再次郑重宣布，他们将享有和所有中国人以及苏丹陛下部族伊塔人同样的尊重和工作、生活权利！"乌斯曼挥一下手，打断他的话，狠狠道："华邦彦，我现在不想听你说什么，只想看你做什么。如果我的人在你那里受到了虐待，我会毁了你的中国城和中国港！走了！"他发出一声呼哨，众武士随他调转马头，就要驰去。梦长忽然大叫一声："殿下等一等！华邦彦还有话说！"乌斯曼回头道："华邦彦，不要说了，乌斯曼是不会和你结盟的。走！"他说完这句话，不等梦长再说什么，就率领众武士踏着马蹄下汹涌的山溪水，轰隆隆离去。

梦长望着他们远去，脸上渐渐现出一种难得的轻松和平静的表情。玛塔生气地看他一眼，纵马就走。梦长吃一惊，打马赶上去拦住她的马头，不解地问道："你怎么了？"玛塔道："你上当了，我不会相信乌斯曼的话！"说完纵马又走。梦长再次赶上去，大声问道："为什么？"玛塔道："因为他只听英国人的。"说完又走。梦长打马急追，大声道："如果是这样，岂不是更好？那就是说，英国人也认为乌斯曼的族人下山到中国城居住和工作是件好事！"玛塔摇头道："我劝你还是不要这么高兴，因为英国人是不值得你信赖的！"说完再次纵马驰走。

梦长脸上的笑容落下去。他停在那里，默默望着玛塔一路狂奔而去。

客家人

第十四章

一

隆冬时分，气温降到了零下三十九摄氏度，山上山下悬挂着丈把长的冰挂。在将要开凿的铁路隧道入口前，一支华工的队伍列队站立。望北面向大家，高声道："乡亲们，有人说这里冰天雪地，活儿不是人干的，他说得对，正因为我们能干别人都干不了的活儿，我们才有了机会！也只有这样，我们才能让美国人知道我们中国人，知道无论多难的工作我们都可以完成！我们千辛万苦来到美国，就是为了得到这份工作！一句话，干好了今天的工作，就不但能保住饭碗，还会赢得美国人的信任，将来才会有更多的工作，实现我们来美国时的梦想。大家说，我们行吗？"众人大声回答："我们行！"一边高举手中的工具。望北回顾一直站在一边的罗伯特。罗伯特冲他竖起了大拇指。望北回视众人，叫道："前进！"队伍分成几路，顶风冒雪，向山上行进。

从这一天开始，一溜十几只吊笼从风雪弥漫的山顶悬挂下来，停在悬崖绝壁腰部。每只吊笼里都有几名华工，眉眼上结满了冰霜，他们在那儿奋力用铁锤钢钎打出炮眼，填进炸药，然后点燃，一起撤离，在那里炸出一个个立足点来。然后再以这些立足点为依托，向大山的腹部打入横井，和从山脊线上垂直打下的竖井连接起来，然后再从这些连接点展开左右两个作业面，在山里开出一道纵向的铁路隧道来。风雪声虽然猛烈，但在这些崖壁上，锤子钢钎的丁当声，此起彼伏的爆炸声，人们大声的叫喊和工作时英勇的歌唱，从来没有被暴风雪的肆虐声所淹没。

一个风停雪住的白天，绝壁下的山涧内，罗伯特陪布希等铁路公司方的要人纵马冒雪驰来。罗伯特勒马停下，对布希等人指示着山上的那些吊笼，激动道："你们看，这些中国人！"布希等人放眼朝绝壁上望去，不觉发出阵阵惊呼："怎么会这样？中国人是不是疯了？"罗伯特道："他们没有疯！为了明年三月前完成这段铁路，他们命都不要了，将来铁路建成，一定要记住他们！"

一名白人忽然叫起来："快看，那里，雪崩了！"众人都朝他指示的方向望去。果然，从绝壁顶端，巨大的雪团山崩一般塌降下来，同时发出惊天动地的轰鸣，砸向山腰间工作的一个个吊笼。

望北望嵩正在附近悬崖下一个吊笼里工作，听见远处响起雪崩的轰隆声，望北大叫："雪崩了！不好！"二人向那个方向望去，只见山一样的崩雪落下来，瞬间将山腰间十几个吊笼砸落、吞没。山涧中，布希脸色苍白，大叫一声："雪崩了，快走！"话没说完就已经纵马逃离。众人见状，也跟着他纵马惊慌逃走。只有罗伯特一个人面对正在滚落下来的雪团，仍留在原地，拉住受惊的马团团乱转，拼命向逃走的美国人大喊："不要走，救人要紧！救中国人哪！"风雪声又狂烈起来，与雪崩的声音汇合成一种巨大的、震天动地的恐怖声浪，吞噬了他的喊声。等雪崩终于停止，罗伯特再朝山涧出口处望去，发现布希等人早已逃得看不见了。

望北已经带着众华工向雪崩处奔来，现场响起一片哭喊声。望北满眼是泪，大叫道："不要哭！快挖！生要见人！死要见尸！"众人奋不顾身，扑向雪中挖起来。有顷，一华工大叫："这里有一个！"望北急扑过来，众人动手，挖出一只吊笼，七手八脚将它打开，将里面的两个人抬出来。望北急扑到二人身上，发现已经没有了呼吸，含泪急叫道："快，学洋鬼子，做人工呼吸！"望嵩扑上去按压一死者的胸脯，望北扑到另一人身上，口对口地做人工呼吸。半晌，两个人相继停止了工作，相视一眼，周围的人流下泪来。

一名华工扑到死者身上，大哭道："叔啊，你怎么就——"这一声喊让周围的华工哭成了一片。不远处忽然又传来了喊声："望北，快来，又挖出了一个！"望北和望嵩抹一把泪水，又朝那边奔去。

一天过后，雪山脚下，隧道入口处，已垒起了十几座新坟，每座坟前都立着一块临时的木头墓碑。上面写着遇难者的名字。望北带着所有华工站在坟前，给死者上祭。望嵩将三碗酒一碗一碗递给望北，望北一碗一碗洒在坟前雪地上。每个人的眼里都含着泪花。

望北大声哽咽道："乡亲们，我们这些活着的人，会永远记住你们的！你们和我们一样，为了生计，从遥远的故乡，九死一生来到这里，替美国人修建铁路，你们也是在替自己和自己的家人，替我们中国人实现自己的梦想，可是你们倒下了！"他说不下去了，让自己停顿下来，平静一些才接着说下去。"乡亲们，走出国门我们才明白，世界变化了，不再是我们的客家先人告诉我们的那个世界了，我们中国人需要改变，我们是第一批走出来认识到这件事的人，我们现在枕冰卧雪，披荆斩棘，不只是为了谋得自己和家人的生存，还要睁开眼来看这个新的世界，找寻到中华生存之路……从这个意义上，你们不是一般的遇难工友，你们是倒在中国复兴之路上的第一批先烈！我代表所有的工友，所有的乡亲，向你们致敬！"他一边说，一边跪拜下来，叩头下去。众华工也随着他跪拜，叩头。

仪式将近结束时，众人忽然回过头去，原来是罗伯特眼睛红红地出现在他们身后。望北道："以后我们要常来这里看望他们。不要忘了他们。散了吧。"众人欲散去，罗伯特忽然叫了一声："等等！"望北忽然明白了什么，回头对望嵩示意，将一碗酒递给罗伯特。罗伯特两眼是泪，学着望北的动作，将酒洒在众死者的墓前，忽然高声用不流利的汉语大声说道："中国人，好样的！和我们……我们意大利人一样！"话没说完，他已经孩子一样大声痛哭起来。

又是一个夜晚，木克楞里，众人已经入睡。望伊一身冰雪，抱着枪从屋外走进来，回手关门，急急地走向火塘烤火，一边拍打望嵩道："哎，起来，该你上哨了！"望嵩迷迷糊糊爬起来，穿衣提枪往外走，望伊已经钻进了被窝，回头道："出去看看火，别让它灭了。"望嵩模糊地应一声，动手开门，一阵风雪扑面打来，他下意识地将门"砰"一声关上。他并没有完全醒来，就地坐下，重新闭上了眼睛。

木克楞外，营地防御工事内，最后一堆篝火也被风雪扑灭。刚才还在肆虐的暴风雪再次停息，月色重新铺满山头。一队印第安武士出现在往常狼群现身的山脊上，居高临下向山涧中的营地望过来。有顷，印第安首领拔刀朝营地一指，口里发出了"啾啾"的恐怖的喊叫。一时间，众武士们也"啾啾"地发出了呼喊，跟随首领纵马向山下杀来。

木克楞内，望嵩终于在一片阒寂中听到了什么响动，持枪走出，揉眼睛，警觉地朝前方望去。月光下，他望见了纵马叫喊着狂奔而来的印第安人。望嵩一惊，睡意全消，大叫道："不好！印第安人——！"接着就朝天鸣了一枪。

枪声惊醒了望北及木克楞内的众人。望北知道不好，一跃而起，边穿衣服边开口问道："什么声音？望嵩在哪里？"望伊揉着眼睛道："是不是狼群又来了！"望嵩猛推门冲进来，大喊道："印第安人！印第安人来了！"罗伯特大惊道："什么？印第安人！"望嵩歇斯底里地喊道："对！他们奔我们营地来了！"罗伯特最先反应过来，大叫："快！拿起武器，保卫营地！"望北被提醒，叫："大家准备战斗！"众人急忙爬起，抄起各种工具往外涌。望北和罗伯特也各抄起一根铁杵，奔出木克楞。

营地前方，印第安武士已经奔驰过来，高举刀矛，嘴里那种"啾啾"的叫喊更响亮了。华工们立即大乱，有人喊道："快跑！"不少人回头就跑，刘二鬼一头钻进雪堆里，只将屁股露在外边。印第安首领已经跃过鹿砦和壕沟，冲进营地，挥刀向迎面上前的望嵩杀来，一名小印第安武士在后面紧紧跟随着他。望嵩刚要举枪射击，印第安首领一刀砍在枪杆上，望嵩两手一麻，手中枪落地。他叫了一声，就地滚进一个雪坑，回头寻枪，发现已被一名印第安武士从马上探身捡走。这时就见于大宝抢动一根车轴般大小的檩条，挡住了印第安首领，救出望嵩。转眼之际印第安首领已率自己的队伍转过头追杀四散奔逃的华工，营地里只剩下望北望嵩于大宝带几名华工就地和印第安武士对垒，眼看着要被包围起来。站在一边不知道自己该做什么的罗伯特忽然明白他们不是印第安人的对手，大急，叫道："原，快让大家上山！进林子！"望北被提醒，回头大喊："大家快进林子！"众华工不再四散躲避，一起转身逃向营地前方的树林子。罗伯特的喊声惊动了那名一直跟随印第安首领的小印第安武士，他叫了一声，纵马挥刀向罗伯特杀来。印第安首领一见，也急忙拨转马头跟过来。望北一眼看见，大叫道："罗伯特先生，小心！"罗伯特见小印第安武士逼近，转身要跑，却滑了一跤，倒在地下。小印第安武士举刀要砍下去，被赶上来的印第安首领挡住。后者弯腰去将罗伯特提上马，疾驰向前，丢给几名印第安武士。小印第安武士又拨转马头，朝望北杀来。望北要逃，被雪绊倒，印第安首领纵马赶来，用手中短矛隔开小印第安武士，一把将望北擒上马去。

众印第安武士聚拢过来，围住望北和印第安首领，嘴里发出"啾啾"的叫喊，欢呼他们取得的胜利。印第安首领又将望北重重丢在地下，让众印第安武士下马将他捆起来，扔到马上。罗伯特此时也被另一名印第安武士扔上马。印第安首领打一声呼哨，众印第安人回头用火把将营地中的所有建筑点着，纵马随印第安首领疾驰而去。

望嵩在树林子边缘看着从燃烧的营地中驰走的印第安人，大叫："他们掳走了望北！他们把望北掳走了！"于大宝冲出来，大叫道："我们冲出去，把望北追回来！"他要冲下去，被望嵩紧紧抱住。后者流泪大叫："没有用的！没有枪，我们对付不了他们！"于大宝一把推开他，大声喝问："你的枪呢？"望嵩道："也被他们抢走了！"望伊泪流满面，大声呵责道："你真没用！"众人大呼小叫，山下的营地已经燃烧成了一支冲天的火炬。

于大宝回头叫道："活下来的谁是客家人，站出来！"众人靠拢过来，齐声道："大家都是客家人！"于大宝激动言道："是客家人就好！我们必须救望北！"一名华工道："我们也想救他，可是——"于大宝打断他，喝道："不要说我们不能！不能也要救！因为望北……不是一般的客家人！"众华工诧异，都问："他是什么人？"望嵩急上前拦住于大宝话头道："他是什么人大家还不清楚？他是我们的主心骨，没有望北，我们早就死在海上了！为了大家能在美国活下来，一定要救回望北！"众人大声附和道："说得对！一定要救回望北！"

二

又一个夜晚来临了。印第安人营地中央空地上，一堆篝火在冲天燃烧。随着印第安皮鼓被"嘭嘭"敲响，众多印第安武士手持武器，围着篝火开始了他们的舞蹈和叫喊。那位剽悍不屈的印第安人首领大步向篝火走来，目光严厉、悲愤而凶狠。舞蹈的武士随着他的到来自动排成两队站立，这时就见两名武士一手持刀，一手架着望洛向首领走来，望洛的脸上已被划上了印第安人的青色花纹图腾标记。这一刻，印第安鼓被擂得更响，众武士同时发出极为恐怖的叫喊："啾啾！啾啾！啾啾！"

原来望洛逃跑途中被印第安人抓了起来。

突然从心底涌起的极度的恐怖让望洛大力挣扎起来，叫喊："不！不！我不要！我不想死！"他突然又明白过来，换成了刚刚学会的印第安语，"我不想死！我要活着！"众武士将他丢在首领面前。望洛像一摊泥一样瘫在地下，仍在大声求饶："我不想死！我要活着！我……"众武士舞蹈着走来，一边叫喊，一边轮流用手中武器对他做一个击杀的动作，他们的神情中一直充满着愤怒、残忍、狂热和报复的快感。望洛的心已经绝望了，他一直在流泪，哀求的声音也越来越低："不，我不想死……我想活着！"印第安人首领突然一把将他提起来。望洛大惊恐，颤抖道："你……"印第安人首领用印第安语道："你要逃跑？去白人那里告密？把他们引过来?"望洛听懂了,急忙点头,又摇头,大叫:"不!我没有!"一名印第安武士冲过来,大喊:"杀了他!"众武士也发出了更为恐怖的叫喊:"啾啾!啾啾!"那名一直守在首领身后的小印第安武士也在叫喊:"啾啾!啾啾!"望洛大叫道:"不要杀我!"印第安人首领沉吟有顷,摇头,看众武士道:"关起来!"众印第安武士愤怒地上前,将望洛架起拖走。望洛仍在大叫:"不,不,我没有!我没逃跑!"但很明显,他已经不像原来那么惊恐了。

印第安鼓声已经远去,关押望北和罗伯特的地窖口忽然被打开。昏睡中的望北罗伯特醒来,朝上面望去。一个东西被扔进来,咚地一声落在地上。地窖口转瞬间被重新压上巨石,然后是一阵迅速离去的脚步声。望北快速爬过去,借助那一线模糊的月光反复看望洛的脸,大惊道:"你是望洛!"望洛睁眼、抬头,也是一惊:"望北!"他扑过来,抱住望北,放声大哭。两个人紧紧抱在一起。望北道:"望洛,别哭,你怎么也到了这里!"望洛哭道:"我早就到了这里!离开你们后我就到了这里,掉进了印第安人的陷阱,做了俘虏!"他大哭不止。望北看他脸上的印第安人标记,道:"你这脸上怎么回事?"望洛道:"我想活命,不让他们杀我,就求了他们,让我加入他们,然后……然后就成了这个样子!"望北更吃惊了,看着他道:"印第安人愿意让你加入他们?"望洛哭着点头。望北沉思起来,自语道:"原来是这样!"罗伯特认出了望洛,却坐在远远的地方,用冷淡的目光望着他们,不移身过来。

这个夜晚,印第安营地外的山林中,于大宝正带着十几名持枪的华工寻寻觅觅地行走,枪是发生了印第安人袭击事件后铁路公司配下来的。忽然,他们听到了马蹄声。于大宝拨开树丛朝山谷中望去,一眼就望见了正在谷底奔驰的印第安人的队伍。一名华工道:"大宝,他们这是朝我们营地去了!"于大宝迅速做出了决定,道:"回去,我们和留守在营地里的望嵩他们来个里应外合,打印第安人一个措手不及!"众人点头,匆匆沿原路折回。

拂晓时分,带着留守的华工们持枪守在营地防御工事后面的望嵩等人都睡熟了。一阵声音让望伊猛醒过来,大叫道:"什么声音?"望嵩醒来,侧耳听去,道:"没什么呀,是风!"望伊变色道:"不,是马蹄声!"一名华工已经望见了向营地驶来的印第安人,大叫道:"印第安人来了!"望嵩沉着道:"不要慌!告诉大家,现在我们有枪了,准备战斗!"阵地上所有人都醒过来,持枪瞄向距营地越来越

客家人

近的印第安人马队。

营地外，山涧中，雪路上，印第安首领率众武士纵马舞刀奔驰而来，马蹄声惊天动地。那名小印第安武士也在其中一匹马上，所有人口中依旧发出那种极为恐怖的叫喊："啾啾！啾啾！"望嵩大喊："准备战斗！朝着他们的马放枪！"众人噼里啪啦，朝前方放了一阵枪。随着枪声，众印第安武士落入坠马坑。印第安人首领的马也被绊马索绊倒，连人带马摔进了坠马坑内。

营地外山头上，于大宝已经带众人赶过来，朝营地方向看一眼，大叫道："打起来了！我们抄他们的后路！"众人持枪向山下杀去，边奔跑边开枪。于大宝忽然想起来，大喊："不要朝人开枪，朝马开枪，要捉活的！"他边喊边顺着雪坡滑下来，对着迎面驰来的一匹马开了一枪。营地内，阵地后面，望嵩对望伊大叫："炸弹！"望伊答应一声，对两名炸弹手示意，三人抬着一个炸弹筐冲出战壕，点燃药捻，一个个将炸弹扔过去。炸弹在坠马坑四周爆炸开来。没有跌进坠马坑的印第安武士急忙勒马回奔，几名印第安武士将印第安首领从坠马坑里救出去。印第安首领重新上马，发出"啾啾"的声响，率众武士退走。

营地外的坠马坑里，望伊和几名华工正把那名小印第安武士摁住。小印第安武士嘴里发出叫喊，拼命挣扎。于大宝率众人赶回来，举枪瞄向小印第安人，骂道："都闪开，我毙了这个兔崽子！"望嵩赶过来，一把打掉他手中的枪大叫："大宝，不要开枪！我们要的是俘虏！"说着对望伊等人大叫："带走！"众人押着小印第安武士爬出坠马坑，走回营地，带进木克楞，将他绑在桌子腿上。望嵩走向小印第安武士，开口道："你，听得懂我说话吗？"印第安孩子瞪眼看他，不说话。于大宝看望嵩道："他怎么听得懂中国话，你对他说美国话！"望嵩开始对小印第安武士说英语："你听得懂英语吗？"小印第安武士还是不说话。刘二鬼猛地推门奔过来，大喊："人呢？印第安人呢？"于大宝回头看他一眼，生气道："哎我说老刘，打仗的时候你藏哪去了？这会儿我们抓了俘虏，你倒冒出来了！"刘二鬼道："大宝，你别老找我的麻烦！我是出来告诉你们，赶紧把这印第安人放回去，他们记仇！刚才他们不过是败了一阵，并不是输了，印第安人和我们中国人一样，是不会服输的！我们抓了他们的人，他们一定会回来！哎哟，刚才吓死我了！望嵩，大宝，趁着印第安人没来，快放了他！"

于大宝生气道："胡说！你快滚远一点儿！不但不能放，还要继续抓！多抓他几个，就有可能把望北和罗伯特救回来了！"刘二鬼道："哎呀不是我说你们，望北和罗伯特这会儿恐怕早就不在了！印第安人跟美国人血海深仇，好不容易抓到两个，还不立马砍了他们，还会给你留下？不不不，我劝你们，还是赶快把这印第安人放了，让他回去告诉他们的人，我们不是美国人，是中国人，和他们无冤无仇，放过我们，不要再来找我们的麻烦了！"于大宝一把揪住刘二鬼，大声道："刘二鬼，你这个鬼！你说什么？望北不在了？"刘二鬼挣扎道："大宝，你这是干什么，我不过是帮着大伙儿说句实话，这也是为大伙儿好！这是美国，我们来做工挣钱的，和印第安人打什么仗！"于大宝目眦尽裂道："你再敢说一句望北不在了，我就宰了你！"望嵩上前道："大宝，放开他！刘叔说得也不是一点道理也没有！"于大宝丢开刘二鬼，回头又和望嵩干上了，怒道："什么道理！你说给我听！你是不是也和他穿一条裤子了！"望嵩生气道："你冷静点儿！我和他穿什么一条裤子！我是说，刘叔说我们不该和印第安人打仗，这话在理！"于大宝道："不该打仗？我们已经打起来了！不是我们要打，是印第安人要打，他们掳走了望北和罗伯特！"望嵩尽可能平心静气道："你说得都对！我们是被迫跟印第安人打仗，但是这仗不能继续打下去！"于大宝不服道："不打下去，怎么救望北回来！无论如何也要救望北和罗伯特，也是你当着大伙儿的面说出的话！"望嵩道："对，是我说的话，望北和罗伯特先生只要活着，我们就一定要救他们回来！现在我们要想的是，怎么救他们回来！"

　　于大宝冷静下来，看小印第安武士，道："你是说，用他？和印第安人交换战俘？他们懂得这一套把戏吗？"望嵩想了想道："他们也许不懂，但我们手里有他们的人。大宝，各位弟兄，刘叔刚才说得对，我们现在就把这小印第安人放走，让他回去告诉印第安人的首领，传达我们的意思，我们不想和他们打仗，我们是来美国做工的中国人，他们抓走我们的人是不对的，应当放还回来。还有，我们也同情他们的遭遇，但是冤有头债有主，他们应当去和美国人理论，不要来找我们的麻烦！大家说对不对！"众华工议论道："说得对！是这个道理！是美国人输理！"于大宝道："打住！"众人停止议论看他。于大宝看望嵩道："你说得好听，可印第安人听不懂我们的话，他们已经认定我们给美国人修铁路就是帮美国人害他们，谁又能把你把刚才的话说给他们听，让我们和他们息兵罢战，握手言和，从此两不相犯！你能吗？"望嵩深深看他，有顷道："你不要激我，为了救望北，我可以和俘虏一起深入虎穴,去印第安人那儿跟他们谈和,救出望北和罗伯特!"望伊大叫:"不!你不能——!"望嵩道:"为什么?"望伊道:"为什么!印第安人是野蛮人!万一他们不分青红皂白把你抓起来,砍了头,怎么办!美国人已经把他们逼上了绝路,听说现在他们对白人是抓住一个杀一个!"望嵩道:"即便是这样,我也要去。如果他们不和我们谈和,执意要灭掉我们,我也要向他们表达我们的决心!要是他们逼我们铁了心和他们开战,我们一旦应战,他们并不一定是我们的对手!"

刘二鬼出来打圆场道:"这样好了!我还会几句印第安话,我跟这印第安孩子说几句话,把我们的意思告诉他,然后放他回去。望嵩就不要去了,谁知道他们能干出什么事来!不过,这孩子回去后怎么跟他们的首领讲,首领听不听得懂这些话,就说不准了!"

他们没有注意到,在他们讲刚才那些话的时候,被拴在桌腿上的小印第安人的眼珠一直滴溜溜地转着,盯着所有人的动作,神情中没有一点畏惧。望嵩看刘二鬼道:"刘叔,现在你把我们要做的事情,告诉这印第安孩子吧。"刘二鬼道:"好的,我试试。不过得让大家出去。这么多人不成。"于大宝听了,挥手,带众人走出去。

也不知刘二鬼和小印第安人留在木克楞里都谈了什么,不大一会儿,刘二鬼就走出去,告诉望嵩于大宝等人:"妥当了,那小子答应了!我们小看他了,这小子不但会说印第安语,还会说英语呢!"他特别告诉望嵩:"但他有个要求,马上就走!"望嵩回看于大宝,道:"既是这样,我现在就带上他走!"他回顾望伊:"去,给那小子吃点东西,然后让他跟我走!"

三

山越走越深,林子也更密。小印第安武士带着望嵩沿着一条没有人走过的小路匆匆前行,在他们身后,一箭之地。望伊带一名华工持枪悄悄跟行。基卡普越走越快。望嵩怀疑地看他道:"基卡普,慢一点儿,这里没有路!"基卡普不理他,走得更快了。望嵩大喊:"基卡普!慢点儿!"基卡普干脆奔跑起来。望嵩再喊:"站住!"基卡普已转眼消失在了林中。望嵩停下了,大声道:"基卡普,别跑!回来!"在他身后,和望伊一起跟来的华工对望伊道:"望伊,不好!!"望伊道:

"快，保护望嵩！" 二人欲往前行，忽然听到一声印第安人连续的口哨声："啾啾啾啾——！"随后望嵩周围的山林中涌出了大批印第安武士。基卡普也重新出现，带这些印第安武士从四面向望嵩合围过来。后面林中，华工急看望伊道："望伊，快开枪，救出望嵩！"二人举枪，瞄准，手指开始摸索扳机。前方，众印第安武士嘴里发出"啾啾"的叫喊，抓住了望嵩。望嵩挣扎道："放开我！"他突然意识到什么，猛转身望向望伊二人所在的地方，大喊："别开枪！"枪声已经响起来，只听"砰"的一声，一名印第安武士臂部中弹，鲜血四溅。众印第安人大噪，向响枪的方向奔去。望嵩再次大喊："快走！"身边的一名印第安武士一把捂住他的嘴，将他放倒在地。后面林子里，望伊听到了望嵩的叫喊，停止射击，眼里涌出泪光。身边的华工拉他一把道："印第安人过来了，他们人多，我们快走！"望伊依然不走，他一把拉起望伊，向后方狂奔而去。印第安武士已经涌过来，嘴里狂啸着追向前去。一时间，望伊和华工在前面狂奔，印第安武士在后面紧追不舍，双方的距离越来越近。望伊绝望地对华工大喊："我们分开跑！不要全落到他们手里！"华工在奔跑中点头，两人分开。望伊转身，与追过来的印第安人相遇，再转身，众印第安武士扑上来将他擒住，扯起来带走。

他们身后的林子里，被子弹击伤的印第安武士臂上的伤口已被包扎好。几名印第安武士将望嵩从地下提起，回望被押过来的望伊。望嵩与望伊相见，刚要喊什么，各自被身后一名印第安武士捂住了嘴。被击伤的印第安武士提刀走来，将刃锋瞄准望嵩。望伊一眼看见，用力挣扎，摆脱印第安武士的手，大叫："不！"印第安武士一刀向望嵩捅过去。望伊绝望地大叫："哥——！"望嵩猛地闭上眼睛。小印第安武士眼疾手快，从后面扑上去，抱住印第安武士，夺下他的刀，激动地用印第安语对他说了一通什么。印第安武士恨恨不平，插刀入鞘，对众人摆一下头。众印第安武士这才"啾啾"地叫着，将两把刀逼上望嵩望伊的喉头，押着望嵩望伊向前方走去。

印第安人的地窖内，又过了一天，望北罗伯特与望洛坐在一起，望北忽然想起了一个话题，看望洛道："望洛，告诉我们，都五天了，印第安人为什么没杀我们？"望洛吃了一惊似的，看他和罗伯特，道："你说什么？印第安人并不乱杀人！"望北一惊道："什么？他们从不乱杀人？"望洛点头道："譬如说，他们认出我不是美国人以后，就没有杀我，还放开了我，让我随便在他们营地里走。就是有一条，他们不准我离开营地！"望北心里豁然开朗，道："他们是害怕你走出去，暴露了营地的位置，引来美国兵的袭击！"望洛点头，又想起了什么，道："知道他们为什么要把我变成他们的样子？"望北道："为什么？"望洛道："因为我告诉他们，我是中国人！"看望北做出一个不明白的表情，望洛又道："他们的话我这会儿懂得也不多，可来了这么久，还是学会了一些。我听出来了，他们说，他们的先人就是从东方、从中国来的。"罗伯特一直在旁边听着，这时脱口而出："胡说！"望洛看他道："我没有胡说！我都听出来了，他们的话里，有好多和我们客家话一样！"望北心中大动，道："例如——！"望洛道："比方说男人，他们说han，就是汉，汉子；说话，他们说tan，就是谈呀；我，他们说an，就是俺呀；你，他，他们说yi，就是我们客家话中的伊呀！"望北深深地被激动了："真的！"望洛越发来了情绪，道："还有呢。太阳，日，他们说kin，和我们客家话一样啊；说太阳红红的，我们客家话说赤赤的，他们也说chachak，像不像我们的话？我就是这样，学会了好多他们的话！"望北更吃惊了，道："你说什么，你会说他们的话！"望洛又泄了气，道："会是会一些，更多的还不会。会的根本不用学，你对他们说客家话，他们听着听着就明白了。你把他们的话当成我们客家话听，听着听着也明白了！"望北大叫："天哪！"望洛又道："仔细看我的脸，这上面是什么？"望北仔细看去，道："印第安人的图腾？"望洛道："再看！"望北摇头："不明白。"望洛道："连你这读过书的都不明白，我就更不明白了。可他们说，既然我是中国人，脸上也该像他们一样，有这么一个东西。我不想让他们在我脸上动刀子，可是害怕，就听了他们的，结果你看，我就成了这个样子！"

望北想了一会儿，忽然大叫道："我明白了！这些印第安人的图腾，居然是变形的饕餮纹！"现在是望洛反问他了："什么是饕餮纹？"望北道："饕餮是一种想象中的怪兽，多出现在商代的青铜器上，有人说它可能是商人的图腾。这么说，他们真有可能是中国人！"罗伯特也被激动了，第二次开了口："你们在说什么？"望北激动地看他道："罗伯特先生，望洛告诉我，他在这里，用我们客家话，学会了和印第安人沟通！"地窖口忽然又有了很大的动静，三个人停止说话，朝上面望去。巨石被打开，又有两个人被扔下来，沉重地摔在地下，随后巨石又重新移回来盖住地窖口。望北急急爬过来，看那两个一动不动的人，道："你们是谁？"望嵩抬头道："望北大哥，你真的还活着！"望北大惊，看望嵩和望伊："望嵩，望伊，原来是你们！"

当天黄昏，在木克楞里，于大宝刘二鬼和从山里逃回去的华工对面站立，华工讲了他亲眼看到的事情。于大宝变色道："什么！望嵩望伊都被他们抓走了？"华工哭着道："对！望伊为了救望嵩，开枪打伤了一名印第安人，为了让我逃回来，他要我和他分开，我逃掉了，他却让印第安人给抓到了！"于大宝大怒，一把抓住他逼问道："印第安人到底杀了他们没有！"华工道："不知道，我没看见，可我觉得凶多吉少！"于大宝转身冲身后的一名华工大叫："全体上阵地！印第安人马上就要来了！我们这次要真打，为望北望嵩望伊报仇！"边喊边率先冲出去。众人随他冲出，又把刘二鬼一个人留了下来。刘二鬼哆嗦道："我的天神呢，我说嘛，去那里等于是送死嘛……美国人怎么了，他们怎么能见死不救……我还得去躲起来！保住这条老命要紧！"

拂晓时分，营地外阵地上，在堑壕里坚守了一夜的于大宝和华工们都睡熟了。突然于大宝猛醒，他听到了一种声音，大叫道："马蹄声！印第安人来了！准备战斗！"阵地上所有人都被他唤醒，持枪瞄准了出现在营地外的印第安人。营地外山谷中，印第安首领再次率众武士纵马奔驰而来，一时间马蹄声惊天动地，那名小印第安武士也再次出现在他身边的一匹马上，所有人口中再次发出"啾啾"的恐怖的叫喊。华工阵地上，于大宝大喊："射击！"一华工回头："打人还是打马！"于大宝眼睛已经红了，大喊："人也打，马也打！"印第安人已经逼近了，众人开始噼里啪啦地放枪。冲在最前面的几名印第安武士中枪或被绊马索绊倒，人马纷纷倒地。后面的调转马头要退回去。印第安首领见状，大怒，打马，亲率后续人马杀来。折转马头回奔的印第安武士也被裹挟着杀回来，那名小印第安武士又跟在印第安首领身后，大喊大叫着纵马驰来。于大宝看得真切，再下令道："开枪！"众人再次放枪。但印第安首领率领的印第安武士还是在枪声中越过绊马索地段，奔驰过来，但他们没能过得了第二道防御阵地，一个个连人带马落入坠马坑中。紧跟在印第安首领身后的小印第安武士基卡普的马也跟随着印第安首领，落入了坠马坑，后面的印第安武士见了，纷纷退走，退走的他们又有人被击中，倒下马来。阵地上，于大宝不觉站起，兴奋道："太好了！"回头对一名华工喊："炸弹！快！"华工指挥众人抬着炸弹筐冲出战壕，将炸弹取出，点燃药捻扔出去。于大宝在激奋中，也冲出来取炸弹，点燃，扔进坠马坑中。

一发发土炸弹在坠马坑中爆炸开来，跌进坑底的印第安武士被炸飞起来。混乱中，印第安首领挣扎着要爬起来，一枚炸弹从天而降，小印第安武士基卡普大叫一声："han！"在印第安语中，han也是丈夫、父亲的意思，他是在喊自己的父亲，一边奋力扑向印第安首领，要替他阻挡继续飞来的炸弹。一枚炸弹落下来爆炸。小印第安武士被高高炸飞起来，落入大火中。印第安首领却在烟火和持续不断的爆炸中疯一样地寻找他。他终于找到了他，将死去的基卡普抱起，颤巍巍地回头，沿坠马坑的斜坡向上走去。

炸弹仍然雨点般落下来，在他身前身后爆炸。他全然不顾，继续朝上走。几名印第安武士奔来，其中一个欲从他怀中接过死去的基卡普，被他愤怒地推倒，继续朝上面走。一名印第安武士忽然发出一声叫喊，众人迅速围在他身边，团团环卫着他，抵御着飞来爆炸的炸弹，保护印第安首领从坠马坑里走上去。

坠马坑上方，印第安首领终于抱着小印第安武士走上来，站住，但他身边已经不再有印第安武士。这一刻他显得那么孤独。他本来似乎还要继续朝前方走回去的，却突然回头，朝身后华工们的阵地望去。这一瞬间，于大宝和众华工们望见了——或者觉得自己望见了——他的眼睛里不但有泪水，而且有无边无际的痛苦、疯狂、执着和深仇大恨。于大宝的目光透过准星望过去，忽然，他望见了印第安首领怀中的基卡普，大叫一声道："停止射击！"众人停止射击，诧异地看他，喊："为什么？为什么不打了？"于大宝激动起来，道："基卡普……基卡普死了！"坠马坑上，印第安首领仍然用血红的目光朝华工们坚守的阵地上望着。枪声已经停息，战场上一切声音似乎都消失了，只有战火还在燃烧。良久，他终于转身，一个人抱着基卡普的尸体走了回去。于大宝和众华工长久地望着这个痛苦走回去的孤单身影。一名华工突然道："我们不该下手这么重。我们把他们打惨了！"于大宝道："可他们也许已经杀了望北望嵩望伊和罗伯特先生！"这时，一种说不出的悲伤，让他的眼泪也滚滚地落下来。

深夜，在印第安人的地窖里，望北正在问望嵩望伊被印第安人俘虏的原因："你是说，你送印第安孩子回来，是要见他们首领，和他们谈和？"望嵩道："对！我想告诉他，我们是中国人，不是美国人，我们同情他们的遭遇，我们之间不该开战，应当谈和！"望洛在一旁讥讽道："可他们还是抓了你们，把你们扔到这地窖里来了！"望北想了想道："不。望嵩他们还是做对了。至少，我们没有杀掉那个印第安孩子。这个行动会告诉印第安首领，我们不是他们的敌人！"地窖上方忽然响起了隆隆的脚步声。望洛陡然变色道："不好，有人来了！"众人急抬头朝地窖口望去，只见巨石被打开，一个梯子顺下来，几名印第安武士下来，不容分说，将众人架起来。望洛用印第安语大叫："干什么干什么？"印第安武士回答道："出去！出去！"望嵩也被架起来，看望洛道："你对他们说什么？"望洛道："我说他们的话，他们要带我们出去！"望嵩望伊罗伯特急看望北。望北已被架起来走到梯子前，众印第安武士推搡着他顺梯子往上走。突然，他回过头看望洛望嵩望伊罗伯特，道："继续谈和！"望洛一惊，看望嵩。望嵩道："明白了！"一边说着，一边已被众印第安武士架出地窖。

这一夜注定是不平静的。印第安人营地中心广场上，几丛大火在燃烧。望北罗伯特望嵩望伊望洛已被分别绑在杀人桩上。众印第安武士环绕着他们，发出可怕的喊叫，同时用武器做出各种威胁动作。望洛看望北，大惊慌道："望北，他们这是要杀我们！为什么！我们什么也没做呀！冤枉——！"印第安首领居住的中心茅舍内，失去了儿子的印第安首领正走来走去，他愤怒，疯狂，歇斯底里。一印第安武士走进来，对他说了一句什么，他愤怒地做出一个砍头的动作。印第安武士点头，转身走出。印第安首领怒仍不息。中心广场上，杀人桩前，五名印第安武士很快持刀走过来，一对一地面对着望北罗伯特望嵩望伊望洛站住，举起了手中的印第安短刀。望洛心胆俱裂，大叫："不！我不想死！"望北急看望洛一眼，道："快告诉他们，我们要谈和！"望洛猛醒，用印第安语大喊："住手！我们要谈和！"众印第安武士手中刀悬在众人头顶上，回看方才见印第安首领领命的印第安武士。后者大步走来，红着眼睛盯着望洛，用印第安语大叫："你说什么？"望洛看望北一眼，用印第安语大叫道："我们要谈和！要见你们的首领！我们不要再战！这对你们有好处！对我们也有好处！"红眼睛的印第安武士想了想，转身离开，现场所有的人也都望着他大步走回印第安首领居住的中心茅舍。望嵩望伊甚至闭上了眼睛。忽然，他们又望见那名印第安武士重新走出了中心茅舍，回到杀人桩前，大声说了句什么，众印第安武士将望北罗伯特望嵩望伊望洛等人解下来，押进中心茅舍。印第安人首领头也不回，只用印第安语大喝一声："怎么谈和？"望北急看望洛。望洛已经听明白了，道："啊，他说，怎么谈？"望北到了这时反倒镇静下来，道："你先代表我们问问他们，我们要做什么，他们才不再袭击我们的营地，杀死我们的同胞！"望洛急急地用印第安语将他的话说给印第安首领听。印第安首领终于回过头来，大声愤怒地说印第安语道："离开我们的地盘，不再帮美国人修这条铁路！美国人要修铁路也行，让他们绕道！"众人又看望洛。望洛想了想才道："他的意思是让我们离开这里，还说让美国人的铁路绕道！快答应他们！"望北想了想道："不！让美国人的铁路改道，我们做不到！我们做不到的事就不能随便承诺，那会失信于他们！"望洛急道："哎呀你怎么这么死脑筋，做不到也不是我们的事，快答应他们，让我们走！"印第安首领忽然又对望洛说了一通印第安语。望北等人又看望洛。望洛道："哎哟坏了，他说，如果我们答应了他们的条件，也只能放一个人走，去和美国人谈判，其他的人必须全部留下来做人质。"他的话音未落，印第安首领又激愤地说了一通印第安语。望洛脸色全变了，哭腔道："望北，他威胁我们说，要是我们不能和他们达成协议，让美国人的铁路改道，离开他们的土地，我们留下的每个人都得死！"众人再看望北。望北的决心反而更坚定了，道："望洛，你告诉他，让美国人的铁路改道，这做不到！但我们可以代表他们去和美国人谈判，劝美国人以后不再侵犯印第安人的土地，也不再派出军队杀戮他们的人民！"

罗伯特忽然将头扭到一边去。望北看他道："罗伯特先生——"罗伯特忽然大声气愤道："这个你也做不到！你不是美国人，也不了解美国人！"望北和他说英语道："可这样做对美国人同样有利。如果他们继续坚持对印第安人动武，印第安人也会和他们战斗到底，就像今天一样。只要他们不将最后一个印第安人杀死，这条铁路线就不会安宁！和印第安人握手言和，他们可以得到永远的和平！"罗伯特不再说话。望北明白并没有说服他。望洛这边已经迅速地将他的意思说给印第安首领听。印第安首领重新激烈地走动起来，大声说印第安语："不！不！不！休想！"但他又突然站住了，道："告诉他，我答应！不要再屠杀我的人民，不要再侵占印第安人的土地！我们只想得到和平！"这一刻，所有人都看到从他倔强不屈的脸上，流下了屈辱的泪水。

望洛急急地将他的话翻译给望北听："望北，他答应了！他答应了！太好了，我们可以不死了！"不等望北回答，他就扭头向印第安首领叫喊："快放了我们！让我们走！"印第安首领快步走过来，一把将望嵩从众人中扯出，盯着他，说印第安语道："是你送基卡普回来的？"望嵩听不懂他的话，看望洛。望洛道："他在问你，是不是你把他的儿子基卡普送回来的？"望嵩点头道："是我！"望洛看印第安首领道："是他！"印第安首领对印第安武士说印第安语道："送他走！"又看望北等人："带走，关起来！"印第安武士上前，分别抓住众人。望洛又慌了，喊："干什么干什么？我也要走！我也要走！"望北看他。望洛哭道："他们只让望嵩一个人走，因为望嵩曾经送他的儿子回来，他只信任他，我们还要被他关起来！"众印第安武士已将他们推出去。

第二天上午，在华工营地里，木克楞中，望嵩已经在面对布希和一名美国军官了。他告诉他们："印第安人的条件是不再反对这条铁路从他们的土地上穿过，但要美国政府保证，不再继续侵占他们的土地，也不要再杀死他们的人民，他们想要的只有和平！"布希看美国军官，二人会意地一笑，回头道："啊，你现在就可以回去告诉他，我们代表本州议会和政府答应他们的条件，将和平还给他们！"望嵩喜出望外道："太好了！我马上回去！"布希点头。望嵩转身往外走出去，立即上马，奔向印第安营地。美国军官看着他驰远，回到木克楞中叫道："来人！"一美国兵跑进来："长官！"美国军官道："盯着他，发现印第安人的营地，马上回来报告！"美国兵答应："是的，长官！"

又是黄昏，山谷间，大批美国军队在通过，他们的军靴又在雪地上踏出惊天动地的声响。这天深夜，位置已经暴露的印第安人营地遭到了大批美国兵的突袭，一时间营地内外枪声四起，印第安人惊慌四散。大批美国兵已经冲进来，对每一名印第安人开枪。枪声和喊叫声也阵阵传进了地窖，望北罗伯特等都站起来。罗伯特在喊叫："怎么了怎么了？"望北道："不好，我们要赶快出去！"众人搭成人梯子，用力推开压在地窖口上面的巨石，居然成功了。大家爬出去，立即被眼前的场面惊呆了。整个营地都在燃烧，印第安首领率最后的几名印第安武士和美军英勇搏斗，他杀死了一个美国兵，一名美国军官朝他连开数枪，印第安首领仍然将最后的标枪投向他，才向后轰然倒下去。他死不瞑目，死后仍然眼睛大睁，望着高远的夜空。美国军官下马走过来，继续朝他脸上开枪，其余的美国兵继续对最后几名印第安武士穷追不舍，一枪一个将他们击毙。望伊猛地扑向望嵩怀里，不忍再看。望嵩两眼是泪，大惊道："怎么会这样，怎么会这样！是我害了他们！美国人背信弃义，他们怎么能这样！"罗伯特激动地望着眼前的景象，道："望北，看到这一幕，你在想什么？"望北激动道："我现在才明白，当一个文明对另一个文明具有绝对优势时，仁慈和和平是不会有的！"罗伯特道："还要跟我学做铁路工程师吗？"望北看他道："罗伯特先生，你答应了？"罗伯特一动不动地站着，忽然落泪，大声地："我答应了！"望北忽然回头，又看望嵩道："望洛哪去了！"望嵩一惊，拭泪道；"刚才还在这里呢！"望伊看望北，欲言又止。望北道："望伊，怎么了？"望伊道："望洛……恐怕是又跑了！昨天他对我说，要是能活下去，他也不回去修铁路，他说，上次他要从印第安人这里逃走，就是想到加利福尼亚去淘金，在那里能发大财！"望北痛悔道："是我错了！我已经想到了，但还是疏忽了，没盯住他！"

四

三年后的一天，在美国中部一列奔驰的客车上，罗伯特和西装革履的望北对面坐着。望北兴奋地望着车厢内西装革履或身着华服的美国男女。罗伯特看表道："在芝加哥办完事，你跟我回纽约，我都整整十个月没回家了，玛丽，我的太太，还有我的女儿来信说，快要不认识我了。"望北道："我就不去了吧，我还是赶回去，我和老师都离开了，工地上就没有人照顾了！"这三年来，他一直跟着罗伯特学习修铁路，现在已经成了他不可须臾离开的助手。但是罗伯特很认真，道："不，你一定要跟我去。"望北笑道："为什么？"罗伯特道："你不是要了解美国人在一块陌生的土地上，怎么把一个全新的国家建设起来吗？到了芝加哥你还看不清楚，只有到了纽约，你才会明白！"望北振奋道："太好了！我改主意了，我跟老师一起去纽约！"罗伯特想了想，又微笑道："我的女儿詹尼弗，一直对我有一个中国助手和学生感到不可思议，她以为中国人都是她在漫画书中看到的那种形象。你去了，我们会吓她一跳的！"望北笑了，道："老师，我来美国四年了，这四年的经历改变了我，你的女儿看不到她想看到的中国人，说不定会失望的！"两人都愉快地笑起来。罗伯特忽然想起了一件事，看望北道："原，还有件事情，说出来你怕是要失望。"望北看他。罗伯特道："你请公司的人帮你去加利福尼亚找你的兄弟原望洛，在旧金山找刘二愣，他们最近终于给了回信儿，说找了，没有任何信息！"望北听了，笑容落下去。

罗伯特看他道："啊，你别难过。我说过，今天的美国，是最好的时代，也是最坏的时代。美国人，欧洲人，印第安人，还有你们中国人，都来到了这里。铁路延伸到哪里，哪里就有了文明，可是在铁路没有延伸到的地方，仍是完全的赤裸裸的野蛮。我刚刚听说，在加利福尼亚那个地方，有一个化名西部罗宾汉的白人，专门洗劫淘金的中国人，就在最近旧金山的报纸上，还登出了一则消息，说他一次将抓到的五名中国人拴在一起，将他们全都割了喉！"望北听了，心中难过，目光转向窗外。罗伯特体贴地看着他道："原，不要太难过，你不是要了解美国吗？这就是美国，你和你的兄弟的历史，也是美国史。"望北回头看着他，努力保持内心的平静，道："老师，你放心，我不会因为这样的消息气馁的。只要我没有得到他们死亡的可靠证据，仍然会继续找他们的！"

<h2 style="text-align:center">五</h2>

　　纽约。罗伯特家门外，罗伯特夫人玛丽和女儿詹尼弗站在门廊下等待。十六岁的詹尼弗神情活跃、焦急、兴奋。玛丽嗔爱地看她，道："詹尼弗！"詹尼弗道："妈妈，我们家真的要来一个中国人吗？我爸爸真的要带一个中国人来咱们家吗？"玛丽道："詹尼弗，乖女儿，你都问了多少遍了，你怎么了！"詹尼弗脸红了，道："妈妈，中国人！我还是不敢相信，我不敢相信我们家会来一个中国人！"玛丽道："中国人也是和我们一样的人，不用害怕！"詹尼弗道："我不是害怕，我就是……"玛丽道："那还是害怕。来，到我怀里来！"詹尼弗乖巧地钻进玛丽怀里。突然，她回过头去。

　　一辆马车停下来，罗伯特和望北下车。两个人向玛丽和詹尼弗望过去。詹尼弗一下推开母亲，向罗伯特扑过去，大叫："爸爸——！"望北从车上卸行李，含笑望着这一家人的团聚。罗伯特一下将詹尼弗抱起来，雨点般地在她额头上亲着，叫："我的乖女儿！我的好女儿！詹尼弗，想爸爸了吗？"詹尼弗也在小鸡啄米式地亲着罗伯特，叫："想！想死了！爸爸你真坏，一直说要回来，说了半年，才回来，你把我和妈妈忘了！"罗伯特幸福地大笑，道："不，不，不对！我没有忘，我天天都想着你们！"玛丽走来，加入了他们的拥抱。罗伯特又回头和太太拥抱、亲吻。望北回头，一件件行李拿下来，付了车钱，打发车夫离开。詹尼弗伏在罗伯特怀中，眼睛却一直盯着望北，小声道："爸爸，他就是你说的那个中国人？"罗伯特回看一眼望北："对！他就是我信中说的那个中国人，我的中国同事和学生！原，来，我来介绍一下。这位是我的太太玛丽，这就我的女儿，我的心肝宝贝，詹尼弗！"

　　望北取下帽子，彬彬有礼道："罗伯特太太，詹尼弗小姐。我是原望北。打扰你们了！"玛丽含笑向望北点一下头，算是回答。詹尼弗听望北说流利的英语，越发惊讶，继续伏在罗伯特耳边，悄声问："爸爸，他怎么会是中国人？他不是！"罗伯特又看一眼望北，笑道："快跟客人打招呼，没有礼貌！"詹尼弗离开罗伯特，草草对望北做一个施礼的动作，重新回到母亲怀抱里，继续看望北。罗伯特和望北对视一眼，都回头看她，大笑起来。罗伯特道："原，我的女儿还不习惯一个中国人像你现在的样子，不过她很快就会习惯的，走，我们进去！"望北答应一声，二人提起行李，走进小院的栅栏门。玛丽和詹尼弗被留在外面，从背后望着一路走进房子去的两个男人，不觉对视一笑。玛丽小声问："我的女儿，现在还怕他吗？"詹尼弗勇敢起来，道："妈妈，我没怕他！"玛丽放心了，道："走，进去！"

中午，在罗伯特家小小的餐厅内，望北和这一家人坐在一起吃饭。詹尼弗依然坐在母亲身边，基本不吃东西，一直悄悄地用兴奋、胆怯、惊奇交织的目光望着熟练地使用刀叉的望北。玛丽悄悄地动了她一下，示意她这么做对客人是不礼貌的。詹尼弗突然伏到玛丽耳边，悄声道："妈妈，你看他，也会用刀叉！"玛丽担心地瞧一眼罗伯特和望北。罗伯特和望北相视一眼，再也忍不住，望着詹尼弗，放声大笑。詹尼弗猛地脸红了，放下餐具，转身离开。玛丽站起来道："詹尼弗！"詹尼弗已经跑出去。罗伯特和望北不笑了。望北看玛丽道："对不起，罗伯特太太。"玛丽道："哦，原先生，这不怪你，詹尼弗还是小孩子，她对你的到来充满了好奇。"她转身喊着詹尼弗的名字，跟出去。罗伯特幽默地看了一眼望北，道："原，看样子，要我的女儿接受一个美国化的中国人，还有点困难。我们还要住几天，她会习惯的。"

餐后，在罗伯特家不大的客房里，望北动手从行李箱里把日用的东西取出来。有人敲门。望北停下来道："啊，门开着呢。请进。"门忽然被推开了。望北回头，发现詹尼弗站在门前，她的神情显示，她是鼓起勇气来的。望北忙道："啊，是詹尼弗小姐，你有事吗？请进！"詹尼弗并不进来，道："原先生，我……我不怕你！"望北笑着道："詹尼弗小姐，你看我像个怪物吗？你为什么要怕我呢？"詹尼弗紧绷的情绪松弛下来，迟疑了一会儿，脸红道："原，你愿意陪我到花园里去吗？"望北一惊，笑道："为什么？对不起，我正在整理我的东西。"詹尼弗道："我爸和我妈说，我不敢来见你。你瞧，我来了！"望北又笑起来："原来是这样。我应当怎么做呢？"詹尼弗道："让我挽着你，就像一位淑女挽着一位体面的绅士，到我们家的花园里去散步。这样我爸爸和我妈妈就不会认为我不敢接近你了。"望北想了想，道："好吧。"他合上行李箱，整理了一下衣装，走过去，架起左臂。詹尼弗一下就领会了他的动作，勇敢地挽住了他的手臂。望北笑看她道："就这么下楼？"詹尼弗挑战地看他一眼道："你害怕了？"望北笑道："我是大人，我害怕什么？"詹尼弗道："那就好，走！"望北以一种游戏的心情，挽着她下楼，走进罗伯特家的小花园内散步。在这里，詹尼弗一直紧张的心情放松了，注意地望着他道："原先生，爸爸来信说，你是个和别的中国人不一样的中国人，你非常爱学习，爱你的国家，爱你的同胞，是吗？"望北沉吟一下道："原来罗伯特先生是这样向詹尼弗小姐介绍我的。哦，是的，来到美国，我发现需要我学习的东西太多了。但我并不觉得我和别的中国人有很大的不同——"詹尼弗道："在爱学习上和别的中国人没有不同？"望北不想和她进行认真的谈话，笑一下道："哦，我是想说，爱学习好像不是一种恶习。"詹尼弗摇一下头道："我们家有个邻居，也是个中国人，是个怪老头儿，他常对我说，中国人最大的缺点，不，最大的罪过，就是不爱学习！"

望北心情不痛快起来，道："是吗？关于中国人，詹尼弗小姐还听说过些什么？"詹尼弗笑起来，道："你们头顶上都长了一根长长的小辫子，还有，你们吃动物的眼睛。"望北笑容落下去，望了她一瞬，站住了，不说话，一个人朝前走。詹尼弗意识到他的不悦，上前，再次主动挽起望北的臂膀，换了一个话题："原先生，我们家的小花园漂亮吗？"这个友好的举动和她的话让望北的心重新温暖起来，道："啊，很漂亮，不，是太漂亮了！"两个人不知不觉就亲近起来，继续在花园里走动，而詹尼弗也开始信任地依偎着望北朝前走。两人在花园中心的一座意大利式拱门下停下来，詹尼弗用异常的目光望着望北。望北笑道："怎么，见我头上没有一条辫子，穿一身西装，还是觉得不习惯，不像中国人，我是不是让詹尼弗小姐失望了？"詹尼弗也笑了，害羞道："啊，原，我可以叫你的名字吗？"望北道："当然可以。"詹尼弗调皮地笑道："你的名字叫望北！"望北道："对，是叫望北。"詹尼弗道："你们中国人的名字真怪，名字不在前面，倒在后面，姓在前面，为什么？"望北道："这个一句话说不清楚，你愿意知道，以后我可以专门讲给你听。"

罗伯特家二楼窗后。玛丽担心地望着花园里走动着的望北和詹尼弗。罗伯特道："哦，我的太太，别担心。中国人是友善的，他吃不了你女儿的。"玛丽还是有点担心，道："可是看着我的女儿挽着一个中国人在我的花园里散步，我还是觉得——"罗伯特道："如果小伙子是意大利人呢？"玛丽冲他笑一下道："可他不是意大利人。"罗伯特道："别害怕，据我所知，中国人是世界上性情最温和、内心最善良的。你不用担心他会伤害你的女儿，也不用担心你的女儿会爱上他。"玛丽道："为什么？詹尼弗现在满脑子都是新奇的东西。自从你来信说要把一个中国人带到家里来做客，她白天夜里想的说的就全是这个中国人！"罗伯特不在意道："哦，她还小呢，才十六岁，你不用担心她会和这个中国人私奔。"两人坐下来喝茶，但玛丽还是非常担心自己的女儿，不时朝窗外望一眼。

花园内，詹尼弗又停下来，用沉思的目光望着望北。望北笑道："詹尼弗小姐又想到了什么？"詹尼弗道："啊，原先生，其实我们家也是移民，虽然成了这个国家的公民，但还是觉得自己是意大利人。对了，爸爸早就告诉过我，意大利人和中国人是亲戚！"望北吃了一惊，想起罗伯特也说起过这件事，笑道："因为你们家的人六百年前就到中国经过商，还留下了经商的记录？"詹尼弗吃了一惊，笑起来："怎么，你都知道了？一定是爸爸告诉你的。啊，我们也许不能叫做亲戚，但也不只是朋友，对了，爸爸一定没告诉你，我妈妈家的远祖中还出过一个人，这个人自称从陆路到过遥远的中国，还写了一本书，叫《马可波罗游记》！"望北大惊喜道："什么，你们家和元代到过中国的马可波罗是亲戚？"詹尼弗道："怎么，你不相信？我妈妈娘家就是波罗，和马可波罗是一家人！他的名字是不是让你感到亲切？"望北诚恳道："啊，是的，亲切，因为他和他的书，对中国人表达的是友善。"詹尼弗神情活跃起来，道："我读过我母亲家这位远祖的书，书里头有关中国的印象真让我着迷。还是十三世纪，你们就有了世界上最漂亮的宫殿和国都，最美丽的运河和花园，还有全世界最大的商港和全球航运的大船。从那时候起，我就有了一个愿望，长大了一定到中国去一趟，看看这个国家，因为——"望北看她迟疑，明白了，道："因为有人怀疑马可波罗是个骗子，从来没到过中国，他的书是瞎编的。"詹尼弗点头道："还有人告诉我，中国其实是个非常肮脏非常穷的地方，天天都有大量的穷人饿死，官府却什么也不做……对不起，我的话是不是又让你生气了？"望北的心又沉痛起来，道："没有……因为你说出了事实。"詹尼弗又惊奇了，道："哪些是事实？我母亲远祖写的书是事实，还是我刚才的话是事实？"望北站住了，道："十三世纪中国就有了世界上最大的城市、港口和全球航行的大船，今天却成了一个非常贫穷的国家，每天都有大量穷人饿死，官府什么事也不做，这些全都是事实。"詹尼弗看出了这个话题对望北来说不愉快，想了想，换了一个话题："啊，望北，听爸爸说，这几年你天天和他在一起，做他的助手，跟他学习，帮他解决铁路工程上遇到的困难，爸爸夸你太聪明了，跟你在一起工作他感到非常轻松，比过去轻松多了，又感到有压力——"望北笑道："有压力？为什么？"詹尼弗眼里现出一丝忧色，道："爸爸说，他过去和别的助手在一起，从来没有这样的感觉，对，危机感……会想到自己有一天被自己的老板炒掉，现在的职位被你取代，丢掉饭碗，那时我们一家人也许就要租不起这座房子，被赶回意大利去了……对不起望北，当然这不是你的问题，这只是爸爸自己的问题，你做的一切都是对的，因为在这个到处都是机会又到处都是骗子的国家，竞争是普遍的，优胜劣汰也是符合新教精神的，它和我们犹太教里上帝兼具严厉与慈悲两种品德并不矛盾！"

望北听了，默默看她，有顷，才诚恳道："啊，詹尼弗小姐，三年来，罗伯特先生就像父亲一样，教会我许多东西，他很严厉，又敬业，我非常尊敬他，也非常感激他，羡慕你有一位这么伟大的父亲。你放心，中国人把知恩图报视作一种美德，我永远不会取代你父亲现在的职位，让你们失去经济来源，再回意大利去的。"詹尼弗放心地笑起来，道："望北，你愿意陪我上街走一走吗？我妈妈总是担心我，不让我一个人上街。"望北也快乐起来，道："好哇，我也正想到纽约的大街上转一转呢！"詹尼弗一转身就跑走，回房里叽叽喳喳好说歹说才让母亲答应了她，马上又飞一般地下楼，重新挽起望北的臂膀，和他一同出家门，上了出租马车，向纽约的闹市区驰去。

这天他们在纽约市的商业区走了好几条街区，詹尼弗越来越高兴。后来两个人又提议到十四街区走一走，詹尼弗告诉望北，那里是纽约最著名的游玩的地方，卖什么的都有。两人刚刚走进那个街区，就见前面街道上围着一大群人，正在大声喧哗。詹尼弗想也没想就拉着望北挤进去，这才发现人群中央是一片空场地，场地中央站着脸上划着印第安图案、只穿着印第安草裙、几乎赤身裸体的一个印第安人。他的脚上被捆着铁链子，铁链子的一端系在身后的铁桩上。一个白人手拿一张十美元的美钞，向周围里三层外三层的闲人吆喝道："来来来，快来看快来瞧，这是我新买的印第安人，他力大无穷，曾经一拳打死过一头熊！哪一个上来打倒他，我给他十美元！他打倒了你，你给我十美元！来来来，有缺钱的没有？十美元！十美元哪！"话没落音，只见一个闲人跳进场内，和印第安人挥拳头对打起来。围观的人疯了一样兴奋，对闲人叫喊："打他！打他！打印第安人！"

詹尼弗要拉望北挤出去，忽然又回过头来，原来印第安人被一拳打倒在地下，脸上鲜血淋漓。詹尼弗又拉一把望北，道："太悲惨了，咱们走！"望北要随她走，忽然躺在地下的印第安人用中国话大叫："望北！大哥！我是望洛！快来救我！"望北闻声变色，奋力推开身边的人挤进去，伏下身去认真盯着他看，目光一亮，扑上去大叫道："望洛！你真是望洛！"望洛大哭道："是我，我是望洛，快救我！"边哭边死死抱住望北，再也不撒手。

那名牵着望洛摆场子的白人走过来，推一把望北，叫道："哎，你要干什么？"望北回头道："先生，他不是印第安人，他是中国人，是我的兄弟，你没有权利这样对他。"白人哼一声道："他是你的兄弟？不！不！他是我用十美元从一个马贩子手里买来的，他就是印第安人，是我的财产！"望洛更加抱紧了望北，惨声大叫："不，我不是！望北，我可找到你了！我不让你走，你一定得救我！"詹尼弗挤到他们面前，看望洛，又问望北，道："他是谁？"望北道："是我一直在找的兄弟！"他回头看白人，"说吧，你要多少钱，才能让我把他带走？"白人道："我现在没有工作，他是我的全部财产！失去了他我就要破产！你拿出一百美元，带他走！"望北吓了一跳，道："一百美元太多了，我身上没这么多钱！"白人一把将望洛从他怀里扯回来，凶狠道："那就免谈！走！"望洛又大叫起来："不，望北！不要让他把我带走！求求你！你不救我，我就死定了！"望北又冲上前去，对白人道："先生，我现在确实没有一百美元，我只有七十美元，你把他卖给我吧！我求你了！"白人道："七十美元，不！不！不！"詹尼弗突然上前，对望北道："我有三十美元！"边说边从手里一个小巧的钱包里把三张十元美钞掏了出来。一时间，所有的人都不说话了。

六

罗伯特家的餐厅里，望洛坐在餐桌前，狼吞虎咽地吃着摆放在他面前的食物。望北和罗伯特一家站在身边看着他。詹尼弗忽然盯了一眼罗伯特。罗伯特会意，一家三口离去，关上门，以便望北和望洛说话。这边，望洛转眼间已经风卷残云般吃光了所有食物，又将盘子舔了一遍，仍然意犹未尽。

望北终于坐了下来，看他道："说吧！"望洛在恢复了精气神儿的同时也恢复了常态，道："望北，你能让我先睡一觉吗？有话等我睡舒坦了再说行不行？"望北想了想，道："好吧。"没想到望洛又道："给我准备了客房吗？最好能洗个热水澡。他们给我准备了热水吗？"望北生气道："你跟我住一起，没有多余的床给你！想洗澡有冷水浴，没有热水！"望洛脸上现出鄙夷的神情道："那他们在美国就是穷人。"望北突然大喝一声："快走！"望洛也不在意，跟着他上楼，进入客房。

没想到他这一睡就是三天，也醒，醒过来就是大吃，吃完了再睡。终于，望北忍不住了，大声将他喊醒，道："起来！你不能再睡了！"望洛翻过身来看他道："不就是想问我话吗？不就是想知道我这两年是怎么过来的吗？"望北道："我想知道你从印第安人部落里逃走以后去了哪里，怎么成了现在的样子。你不是去了加利福尼亚吗？"望洛坐起来道："啊，没有！我太倒霉了，半道上就被白人当成印第安人抓住了。我被他们带到蒙大拿州跟一群黑奴一起去挖煤。后来我生病了，被他们扔出去，一个白人买走了我，再后来……再后来就是你看见我的那个样子了！"望北凝视着望洛，等待他说下去，但是望洛又睡下去了。望北一把将他扯起来，叫道："说呀！接着说！"望洛道："都说完了，没什么说的了。"望北道："怎么没有了？说说你和刘二愣做的事。上次在印第安人的地窖里你告诉我，你在那里见过二愣！"望洛迷惑地看他，道："你到底想知道什么？"望北大喊："所有的一切！"望洛想了想道："不错，我在印第安人营地里见过二愣，可这个王八蛋，他装作不认识我，可是到了夜里，他要我跟他一起跑，到加利福尼亚去淘金。我听了他的话，结果他跑了，我被印第安人抓回来，不是我机灵，小命就没了！这个有人生没人养的东西，他害死我了！"望北心中大动，不觉喊起来："这么说二愣还活着！"望洛乜斜着眼看他道："你还关心他？你是天下最笨的傻子！"望北心中大震，看他，等待他说下去。望洛道："当初在泉州，摸到你家门上去杀你的就是他，把你逼着跳海上了大船的也是他，上船第一天夜里就要杀了你的人也是他，不是我当时一把抓住了他的手，你早就玩完了！还能站在这里跟我说话！"

望北道："这些我都知道！"望洛一吃惊道："你都知道？为什么不还手？你这个人越来越让我不明白！"望北道："很简单，先前是想知道为什么，后来是因为我发觉，我，你，二愣，于大宝、望嵩和望伊，我们都是河洛十族十八兄弟！"望洛变色，几乎要从床上跳起来："什么！你是河洛十族十八兄弟？！"望北点头，道："你和二愣走了以后，我非常后悔，没有早一点把这件事告诉你们。要是我早点说了，也许你们就不会跑了！"望洛不相信，叫道："你把裤子脱下来！"望北生气道："这是罗伯特先生家里，大白天的，怎么能在这里脱裤子！"

望洛下床去关门，回头道："你要是不脱，我就不信！"望北不得已，迅速将裤子脱下来，向望洛展示屁股上的血牙印。望洛越发吃惊道："哎呀我的天哪，你真是——"望北理好裤子，回头道："我是河洛十族原家的嫡长孙，新一代河洛十族的副盟主！"望洛还是不相信，只是瞪着眼睛，喊："我的天哪——"望北已经严厉起来，道："明白了我是谁，你是谁，从今以后，要听我的招呼，不经我允许，不准再胡作非为，更不准说离开就离开！"

有一会儿，望洛一直痴痴地望着望北。望北道："怎么了，你？"望洛道："望北，你知道刘二愣为什么一直在追杀你？"望北道："知道。我还知道为了这个有人割了他的一只耳朵，还许给了他二十万银子，外加一个道台，可怜二愣太傻，居然相信了。"望洛摇头道："什么，你认为这是假的？那个割了他耳朵的人，朝廷的大官，什么慈禧太后的亲侄子，叶赫星，说事成之后给他二十万银子一个道台，是假的？骗他的？"望北沉痛道："有一天把二愣找回来，我要告诉他，我，梦长，还有你们，在叶赫星眼里，全是钦犯，我们和他们之间有的只是血海深仇。我现在一直在做准备，在美国学到本事后回国，用美国人的办法做恢复中华的大事，但是朝廷不会允许我们这么做的，他们会立即逮捕我们！"望洛道："那……怎么办？"望北道："想办法，一定要想办法！在国内，我们认为要驱逐的鞑虏就是当今统治中国的满洲人，但是到了美国，我的眼界开了，才发现在其他民族眼里，我们和他们一样都是中国人，如果中国沉沦，他们就要和我们一起沉沦，如果中华灭亡，他们就要和我们一起灭亡！我在想，一定要找一个合适的人，帮我们把这些道理讲给朝廷、慈禧太后、叶赫星们听！当然，我们这边，也要讲给梦长和天下所有的客家人听。今天的世界已经不是过去的世界了，世界的大势是工业化，新文明正在无情地消灭旧文明，中国需要的不是又一场太平天国改朝换代的革命，而是一场美国式的革命，修铁路，工业化，解放生产力和人，走向富强！只有走这样的路，才能真正实现先人驱逐鞑虏恢复中华的遗言！"望洛摇头道："我还是听不懂！"望北深深看他道："听不懂没关系，以后会懂的。你还跑吗？"望洛大声惊慌道："不！这回你就是打死我，我也不离开你们了！"

这天，望北为了弄清楚美国人是怎么通过证券公司募集修铁路的股东和资金，和罗伯特一起去了证券交易所。回来时，詹尼弗在门前迎接两人，她看了看望北，脸忽然红了，道："望北，住在我们家隔壁的那个奇怪的中国老人，有点疯癫，说要见你们，请你们现在就过去！你愿意过去见他吗？"望北诧异道："一位中国老人？他叫什么？"詹尼弗道："密斯特容。容闳。"望北大叫一声："天哪！是他！"回头对望洛道："快走！"望洛畏缩道："我这副嘴脸，还是不去了，我怕吓住他！"望北也不强迫，看詹尼弗一眼，詹尼弗会意，急急引他向隔壁的住宅走去。

一位身量不高的中国老人为他们开了门。詹尼弗告辞，老人也不挽留，把望北带进自己家那间非常西洋化的客厅，但客厅里的家具却是中国式的。老人见望北表情激动，笑道："来来来，坐下。对了，关于我这老头子，你都知道些什么？"望北急急道："前辈祖籍广东香山县南屏村，七岁随令尊前往澳门，入读英国办的马礼逊纪念学校，十四岁随学校转往香港就读，十九岁时前往美国留学，三年后考入耶鲁学院，成为第一个就读于耶鲁的中国人，四年后毕业，获得文学士学位，回到中国，先后在广州美国公使馆、香港高等审判厅、上海海关做事，后来还在上海宝顺洋行经营过丝茶生意。前辈是中国第一代走出国门的人。"容闳看他，道："后来呢？后来这个第一个留学美国耶鲁的中国人做了什么？"望北笑道："前辈要考我呢。前辈回到祖国后，一心想把自己在美国留学的成功经验复制到别的同胞身上，让更多的人像自己一样汲取西方文明成果，变古老的中国为少年中国。同治八年，你向大清朝廷提出选派大批幼童出洋留学的条陈，得到支持。"容闳道："罢罢罢，幼童留学的事情后来发展成什么局面，你知道吗？"望北笑容落去，道："虽然不顺利，前辈还是在以后的三年间将90名中国幼童带到了美国读书，前辈曾经有个庞大的计划，要把这件事一直办下去，坚持一百年，为中华造就一大批人才！可很快这件事就不了了之了，朝廷食了言，前辈只能挂冠而去！"容闳大叫道："不，不是这样的，这是我的敌人散布的谣言，即使我受排挤，被架空，却没有退缩，我在坚持，是他们不让我干了，把我不明不白地撵走了！"他走来走去，突然回头道："啊，我请你来，是想问一件事。你是从美国西部铁路工地上过来的？"望北道："对！晚辈来到美国已经四年，一直跟罗伯特先生在西部的铁路工地上工作。"容闳道："太好了，我想找

客家人

你打听一个人。"望北道："前辈要打听的人是谁？"容闳道："原望北！"望北大叫："原——"就说不下去了。容闳诧异道："怎么，你认识他？怎么这么看着我！"望北道："晚辈就是原望北！"容闳惊叫道："什么！你就是原望北？"望北激动地点头。容闳一把抓住他，道："你是河洛十族客家人？"望北点头。

容闳看了看窗外，低声激动道："你还是十族副盟主原家的新一代掌门人，十族新一代的副盟主？"望北目光严峻道："前辈怎么会知道这些事！"容闳不答，少顷，突然开口道："驱逐鞑虏！"望北一愣，回道："恢复中华！"容闳就地转了一圈，道："楚虽三户——"望北道："亡秦必楚！"容闳大喜，看着他道："我的天哪！原来你真是望北！这才叫踏破铁鞋无觅处，得来全不废功夫！真的，我不是在做梦！"望北激动得热泪盈眶，道："原来前辈也是客家人？"容闳道："我当然是客家人！正因为我是客家人，我这些年才不顾朝廷中人的排揎、挤兑甚至陷害，要把中国学生输送到美国来读书！"望北大惊道："原来前辈一力倡导大批中国人赴美国留学，是要用这种力法，实现客家先人的遗言！"容闳道："驱逐鞑虏，恢复中华，是客家先人的遗言，也是先人们的梦想，你不会像许多人一样，认为我这个客家人选择和清政府合作，是背叛先人的遗言，和我们不共戴天的仇敌同流合污吧？啊，不少人这么看我，骂我，认为我是客家人的叛徒，这也是我选择住在美国的原因之一……望北，驱逐鞑虏，恢复中华，谁是鞑虏，当然是清王朝，我们汉人过去把所有入主中原的北方民族视为鞑虏，可是到了美国，站在这个星球的另一面，你就会发觉，我们当年说的鞑虏，在外国人眼里也是中国人——"望北大叫一声："前辈——"容闳看他道："怎么了？"望北道："前辈说下去，晚辈想听。"容闳道："今天的中国面对着五千年没有过的变局，如果我们这些中华衣冠后人不能有所作为，这个国家就将不复存在，包括我们客家人在内，所有的中国人都将像今天的美国印第安人一样失去自己的土地、家园、人民、历史、语言……为什么用这种眼光看着我，我是个怪物吗？"望北激动道："不，前辈讲得太好了，这也是晚辈到了美国才悟出的道理！"容闳冲动地抓住他的手："那你觉得我说得对？"望北道："前辈说得对极了！"容闳道："这么说你也赞成我的话了？我们今天应当作的不是恢复客家先人心目中的那个中华，而是和所有中国人，包括大清朝廷一起奋起，保卫我们所有民族共同的祖国、家园、人民、土地、历史和语言？！"望北激动难言，喉头在抽搐。容闳又道："不，不，你不要马上回答我，我知道，客家人在过去的一千七百年间，一次次被北方异族赶出自己的家园，要我们接受那些当年占有我们土地的人，认为他们也是中国人，是不容易的。但是，时势比人强，无论我们是不是仍然牢记一千多年来的旧恨新仇，他们现在都不再是我们最危险的敌人了，最危险的敌人，有可能用他们的文明取代我们的文明，将中国人变成美国黑奴或者美国印第安人的人是西方的列强！"望北又叫道："前辈，晚辈也是这么想的。"容闳道："太好了太好了，这么想的却不敢说出来，怕让人说我们离经叛道，怕被人看成了客家人的叛徒，望北，我好久都没见过一个像你这样愿意对客家人的未来、中国的未来进行新思考的客家年轻人了，坐下坐下，我们好好谈一天！"他拉住望北的手坐下来，道："对了，你来了几年了？四年了，你讲过的，那以后呢，以后你打算怎么办？"

望北道："晚辈打算在美国再留一年，把该学的东西全部学到手，然后就想办法回国，用在美国学习的知识，改变今天的中国，将她从灭亡的道路上救出来！"容闳道："好大的口气！告诉我，你用什么样的办法改变今天的中国！"望北胸有成竹道："修铁路！"容闳先是吃了一惊，接着大笑。望北看他道："前辈为何发笑！"容闳又站起来，走来走去，道："修铁路！哈！修铁路！你真的以为，修铁路就能够救中国？"望北站起，严肃道："对，晚辈认为，修铁路就能救中国！"容闳注意到了他的认真和严肃，站住了看他，道："那你仔细说说，修铁路怎么就能救得了中国！"

望北道："前辈多年生活在美国，一定知道铁路对于美国这个新国家建立和迅速实现富强的意义！"容闳道："我当然知道！从我来到美国到现在，几十年了，铁路从无到有，铁路修到哪里，移民就到了哪里，哪里就有了新城市，新矿山，新的工业也随之发展起来，工业化完成的过程，就是美国这个国家迅速站稳脚跟、成为西方列强的一员的过程。贸易，对了，关键在于铁路不但推动了生产，更重要的是它推动了贸易，国内贸易和海外贸易，使这个新国家迅速走向以商业立国、富国的道路！铁路，哈！铁路！但是在中国，你以为这种事情能做得成吗？"望北道："明人胡寄垣有一副名联，晚辈一直记得！"容闳道："让我想想！上联是：有志者，事竟成，破釜沉舟，百二秦关终属楚！"望北接着说下联："苦心人，天不负，卧薪尝胆，三千越甲可吞吴！"

容闳盯着他道："我这一辈子，好为大言的人见得多了。自鸦片战争失败，大清政府的几代所谓名臣，出于救亡图存的目的，给中国开了多少药方，可是中国还是中国！你告诉我，为什么修铁路就能保卫中国，像李鸿章那样花钱组建北洋水师，像张之洞开办汉阳制造局造枪造炮就不行？"望北道："前辈问得好！晚辈以为，在当今的时代，一个国家要富强，根本在于实现工业化，没有工业化就没有大生产，没有大生产就没有巨大的商业和贸易，没有巨大的财富。为什么要从修铁路开始保卫中国，前辈刚才已经说到了，简单一句话，就是它能够给一个国家带来工业化！"容闳深深看他，道："说得好！有了工业化的大生产才会有巨大的商业和海外贸易，然后才是巨大的利润，回头投入再生产，产生更大的利润！可你还是没回答我的问题，怎么才能在中国建成美国这样的铁路网——没有铁路网，仅是一条铁路，那也是不行的！"

望北道："这正是晚辈来到纽约的目的之一。不瞒前辈，晚辈这几年在西部，已经学到了修铁路的知识和技能，这次去到芝加哥，又来到纽约，是想从制度上考察一下，美国人是怎么从一穷二白两手空空开始，把今天这么庞大的铁路网修建起来的！"容闳道："搞清楚了吗？"望北信心满满道："基本上搞清楚了。建一条铁路，第一是投资，有了足够的投资，没有铁路就会有铁路！"容闳道："听我邻居家的小女孩说，你今天去了纽约证券交易所。美国人是用股份有限公司的办法解决投资问题的。"望北道："还有一个土地问题。"容闳道："这个问题在美国很好解决，因为铁路沿线，大多是无主的土地，要不就是印第安人的土地，将印第安人消灭了，把土地拿过来就行了，在中国却不行。中国人每隔若干年就要起一次暴动，改朝换代，起因就是土地。"望北道："这个问题晚辈也想了。其实在美国，铁路也要经过一些有主的土地，办法仍然很简单，一是政府用别处的土地和他进行置换，二是铁路公司出钱将它买回来。"容闳道："不不不，据我所知，美国投资者愿意集资去修建铁路，是因为政府有好的土地奖赏政策，这个在中国是办不到的。"望北道："这正是晚辈想向前辈请教的事情。在当今中国，任何事情没有朝廷的首肯和官府的支持是做不成的，但这只是事情的一面，事情的另一面是，朝廷是不是也有人已经认识到中国必须改变，用美国人的办法改变，修铁路，工业化，直到走向富强！"容闳沉默下来。望北紧逼不舍，道："有，还是没有？"

容闳道："有是有的，但昏庸无知醉生梦死的人更多！"望北继续紧逼不舍："这也正是晚辈想求前辈的地方。前辈一生为开辟中国走向世界之路，披荆斩棘，筚路蓝缕，付出了巨大辛劳，才在朝廷、地方官府和百姓中拥有了巨大影响。晚辈斗胆以为，说服朝廷中人认识到前辈刚才讲出的道理，让他们接受这些道理，是前辈的责任！"容闳道："不不不，我已经老了，能做的事情都做了，但是却一事无成，我已经做不了你说的这种大事了。"望北热烈道："晚辈记得顾炎武的话：天下兴亡，匹夫有责。林则徐有两句诗：苟利国家生死以，岂因祸福避趋之。前辈是我们客家人中第一代走出国门看世界的人，有责任将这样的大事扛起来！"容闳现出了生气的样子，道："你这个年轻人，你怎么搞的，你来到我这里，就这么一会儿工夫，你居然把我的心都给撩拨起来了。说吧，除了这件事，你是不是还有别的事要我去做？"望北道："有！晚辈身为河洛十族副盟主，一直以来都被朝廷视为钦犯，即使到了美国，也还在被人追杀。我即便想一年后回中国修铁路，朝廷第一有可能不允许我回国，第二我一旦回国，仍然可能立即遭遇逮捕、砍头！"

容闳忽然想起一件事情，叫道："哎呀！你瞧瞧我，只顾得和你谈话，居然把最要紧的事忘了！来人！"一女仆走进来。容闳道："快去把昨天来过的人喊来，马上！"女仆答应，走出去。望北微微一惊，道："前辈要见的人是谁？"容闳道："见了面你就知道了，他今天凑巧也到了老朽家里，对了，他不是来美国追杀你的！"正说着，女仆打开门，一个后生走进来，一身西装，青春年少。望北与他对视，两人相互已经认不出来了。容闳看二人，诧异道："怎么，你们不认识？"后生目光一亮，他认出来了，大叫道："望北哥！"望北还是没认出他。后生又道："我是梦余，钟家的老五！你把我忘了！"望北陡然激动起来，大叫道："你是梦余？你是梦长的——"梦余已经扑过来，抱住望北，大叫道："望北哥，我可找到你了，三年了，你让我找得好苦！"望北扶住他的肩膀仔细端详，不相信地道："梦余，你真是钟家的老五梦余？"梦余道："我是！"望北眼角现出泪花，叫道："认出来了，你是梦余，可当年我见你时，你还是个小屁孩呢，都长大了！"梦余受屈一般大叫："望北哥，我都十七了！"容闳转身带女仆走出去，让他们谈话。望北急道："快，梦余，坐下来，让哥好好看看你！不，快说说，你大哥怎么样了？你最近有他的消息吗？"梦余掏出一封信道："望北哥，这是我大哥刚从南洋写来的，你看了，就知道他在哪里，做什么，做得怎么样了？"望北飞快地看信，猛抬头，精神大振，道："原来梦长在西马……这才几年呀，他就成了那里的大港主，经营起西马最大的中国城和中国港，他太了不起了！"梦余道："望北哥，我大哥带我们的人建造的中国城，眼下成了西马聚集华人和马来人最多的城市，我们建的中国港，眼下也成了南洋吞吐量第二大的港口，超过了英国人控制的文德港！"望北按捺不住心中的激动，站起来，道："太好了！听了真让人兴奋！梦长几年间就取得了这么大的成绩，我真惭愧！快说，你是怎么来到美国的？"梦余道："啊，我来三年了，我大哥让我到美国，第一件事是念书，读美国的商科，把西方人做生意的本事都学到；第二件事就是找到你！我大哥让你也到南洋去，他说，只有你们俩在一起，才能做成他想做的大事！"

望北沉吟起来，有顷道："当初我们分开时，你大哥说，一定要找到一条新路，现在他认为自己找到了吗？"梦余道："他一直在找，好像觉得找到了。他现在一边在西马做大港主，和伊塔人共同开发当地的土地山川河流港口，一边下劲儿学习一切和英国器物、制度、文化相关的知识，同时严格遵守英国法律，一切都照着英国人的办法管理我们的事业。他把我派到美国来学习商科也是出于同一想法。他觉得，英国人能够统治当今三分之二的世界，一定是有原因的，有些原因我们虽然一下子还不明白，有些也不赞成，但至少我们要弄明白他们是怎么成功的。他还认为，如果英国人能够成功，中国人就也能用这些办法成功！"望北点头道："梦长能这么想，就和我现在的想法差不太远了！我们想到一块儿了！"梦余道："望北哥，我大哥说，只要找到你，马上请你离开美国到南洋去！他天天都盼着你去呢！"望北冷静下来，摇头道："不！我刚才是说，在寻找新路这个大目标上，我们的方向大体上是一致的，但具体到路怎么走，我也有自己的想法！"梦余挠了挠头，不解地看他。望北道："这样吧，我写信给你大哥，详细把我这几年在美国的经历、感受、思想，全告诉他。你大哥看了信，就会明白我为什么不能马上去南洋。"梦余忽然想起了什么，啊了一声道："望北哥，我就要毕业了，大哥让我马上回西马，我已经买好了船票，明天就走。你把信写好，我亲自帮你带给我大哥！"望北高兴道："这就更好了！我这就回去写信！"说完来不及向容闳告别，就离开了，直奔罗伯特家的客房，坐下写信。

七

一夜无眠的望北带望洛来到纽约港，送梦余上船。望北将一个包袱交给梦余，嘱咐道："梦余，信和我手抄的郑观应先生的《盛世危言》都在里头，你一定要亲手交给你大哥。"又道："另外你告诉梦长，我和罗伯特先生还有一份铁路建筑合同没有完成，不过这已经不重要了，容老先生已经给国内写信，让朝廷撤消对我、对整个河洛十族十八兄弟的缉捕令，让我和十八兄弟将来都能回国修中国的第一条铁路。只要拿到赦免令，我一天都不会耽搁，立马就辞职回国！你告诉梦长，那时我希望他不要犹豫，马上回国和我会合，我们一起修第一条铁路，为恢复中华走出一条金光大道！"

梦余笑道："望北哥，我大哥可是朝思暮想，要你下南洋帮他呢！"望北不理会他的话，只顾自己说自己的，道："还有一件事，告诉梦长，我在美国已经找到十八兄弟中的五个，加上我就是六个，其中一个和我们不在一起，但我已经听说了他的消息，据说他在旧金山，我很快就去那里把他找回来。到时候，我会带他们一起回国去！"梦余道："太好了！我大哥在南洋也找到了四个，加上他和梦成，也是六个，十八兄弟现在已经找到十二个了，加上我，就是十三太保了！"望北笑着拍了下他的肩膀，道："上船吧。"梦余道："不，让我最后望一眼美国。"说着他真的抬头朝前方望了一眼，转身上船。

在纽约的最后一天拂晓，望北应约陪罗伯特一家去犹太教堂做礼拜，站在圣坛前，听着唱诗班唱诗，詹尼弗不觉望一眼神情专注的望北。罗伯特夫人注意到了詹尼弗对望北的关切，不禁皱眉。礼拜结束，天已经大亮，詹尼弗挎着望北的胳膊走出教堂。望北忽然站住，看詹尼弗。詹尼弗并不回避他的目光，盯着他道："望北先生，你要走了吗？"望北道："是的。来纽约日子不短了，我和罗伯特先生要回西部修建另一条铁路。"詹尼弗道："不，我听说，你有可能不会和爸爸一起修完这段铁路了，你要回中国。"眼神里满是哀怨。望北沉默，但还是重重地点了点头。

两人继续朝前走去。詹尼弗再次停住脚步，回头看他，道："为什么？难道在美国挣得不够多？爸爸说了，这次他要正式向老板提出来，聘你为助理工程师，拿和他差不多的工钱。"望北目光望着远方，道："亲爱的詹尼弗小姐，我要回中国不是因为工钱。"詹尼弗道："那是为了什么？"望北沉重道："中国需要铁路。"詹尼弗沉思地望他一眼，默默陪他继续朝前走。望北忽然又站住，他知道有些话是非说不可的，于是道："詹尼弗小姐，我要回国让你不高兴了？"詹尼弗道："不。"望北道："可你并不高兴。"詹尼弗道："我是为你担心。你的那个兄弟，原望洛，还有容闳先生，都告诉过我，你在中国是一名当局要缉拿的钦犯。"望北目光惆怅

客家人

起来，道："詹尼弗小姐想知道为什么吗？"詹尼弗眼睛明亮起来，道："啊，当然。我想知道关于望北先生的一切。"望北道："简单地说，我是中国的客家人，有点像当年被迫离开故乡的犹太人。"詹尼弗神情肃穆起来，盯着他道："你们也有过被人赶离故乡，举族成为奴隶，然后悲惨地在全世界到处流浪的历史？"望北点头道："差不多吧。"詹尼弗道："我有点明白了，为什么会在你身上看到父亲的影子。他沉默，努力，坚强，勇敢，爱学习，更重要的是信仰坚定。我父亲是一位真正的犹太绅士，而望北先生，我也知道了，你是一位真正的——"望北看她道："客家人。"詹尼弗道："不，是客家绅士。" 望北脸上现出轻松的笑容，伸出手道："来，詹尼弗小姐，我们拉个手告别。自从我来到纽约，一直受到詹尼弗小姐的关心和帮助，谢谢你！"詹尼弗欲伸手又收回，调皮道："不，我可不想和你告别，那样会让我觉得你真要回中国了，詹尼弗再也见不到望北先生了！"但她还是把手伸过来，和望北拉了一下，马上分开。望北心中轻松了，道："好了，我们回去吧，罗伯特先生和太太都在等了。"詹尼弗有些难以抑制自己的情感，重新挽住望北的臂膀，朝前方的罗伯特夫妇走去。

一辆出租马车停在罗伯特家门外，行李已经装到车上。就要上车的时候，玛丽忽然看一眼望北，道："原先生，你们要走了，我能单独跟你说几句话吗？"望北看罗伯特一眼，回头道："当然。"玛丽转身带望北走回去。詹尼弗看着他们，担心起来。罗伯特走到她身边，悄声道："别担心，乖女儿，你妈妈吃不了原的。"这边玛丽已经带望北走进了罗伯特家的小客厅。玛丽回头道："原先生请坐。"望北忙说："啊，罗伯特太太，罗伯特先生等着我呢，谢谢您这些天对望北的款待，您让我在这里重新有了一种回到家的感觉。太太有话请讲，我就不坐了。"玛丽望着窗外，半晌才回头道："原先生，我们全家都很喜欢你。我的丈夫更是对你赞不绝口，说你是一位真正的中国绅士，可是……我的女儿还很小。"望北突然明白她在说什么了，哑然失笑道："尊敬的罗伯特太太，望北非常尊敬詹尼弗小姐，她非常漂亮，也非常可爱，更重要的是她也像您和罗伯特先生一样有一颗金子般善良的心。望北永远会做她的好朋友，好叔叔！"玛丽吃了一惊："好叔叔？"望北道："对。"玛丽仍然担心道："可你们的年龄差距并不大，我还是有点担心——"望北道："罗伯特太太不用担心，因为我可能很快就要离开美国回中国了。啊，还有，我可以以我的名誉保证，不会做任何您和罗伯特先生不赞成的事情。"

二人重新走出来时，众人发现玛丽脸上的忧虑已经消失。詹尼弗敏感地看着自己的母亲，又看望北。罗伯特与玛丽交换目光，回头对望北道："原，我们走吧！"望北示意望洛上车，詹尼弗忽然意识到什么，突然上前，拥抱望北，亲吻他的脸腮。望北看一眼罗伯特夫妇，坦然微笑，对詹尼弗道："谢谢詹尼弗小姐，再见！"詹尼弗难以割舍道："再见！"她走回到母亲身边，看望北和罗伯特上马车。马车离去，母女二人向车上人招手，詹尼弗眼里忽然闪出泪花，回头扑在母亲怀里。玛丽紧紧抱住她。车上，望洛回视一眼詹尼弗，又看望北，欲言又止。望北却望着别处，故意做出什么也没看见的表情。

　　三人当天就登上了西行的火车。白天三人也无话，夜里，望洛已经睡去，罗伯特却坐到望北对面来。望北知道他有话要说，将目光从窗外转回来。罗伯特忽然道："原，我有点后悔，觉得不该带你到我们家来。"望北坦诚地看他道："老师，你是说詹尼弗小姐。"罗伯特点头道："我的女儿有点早熟，像她妈妈，我们十六岁就恋爱，后来就有了她。原，我知道你不是有意的，但你可能已经成了我女儿的初恋。"望北忽然觉得自己的心在大跳，镇静了一下才道："老师，我非常尊敬您，也非常尊敬您的太太和詹尼弗小姐。如果真是这样，我感到抱歉。"罗伯特忙道："不，我说过了，这和你没关系。作为父亲，我也不会反对我女儿爱上一个她认为值得爱的人，但是——"他顿了顿，看望北一眼。望北忽然明白了，道："老师，你误会了。我的意思是，不是詹尼弗小姐不值得我爱，而是……如果容闳先生替我做的事情顺利，我可能很快就要回国。另外，我在国内有未婚妻。"罗伯特吃了一惊，睁大眼睛问道："什么，你在国内——"望北点头道："她叫梅卿，我们的婚姻是部族的长老在我们很小时指定的，对于我们来说就是法律，虽然我们还没有正式成亲，但在族谱上，我们就是一生一世的夫妻，而且不准离异。"罗伯特激动起来了，道："原来中国人对于婚姻，也是那么忠贞，像我们犹太人一样！"望北点点头，想起梅卿，又忽然想起了凤仪，心中居然有了那么强烈的痛苦。他扭头看窗外美国原野中的夜色，不再言语。

八

　　这趟列车一路西行，三天后罗伯特下了车，望北却告诉他，他和望洛要到旧金山去一趟。罗伯特知道他们有事，也没有多问。

望北和望洛到了旧金山却并没有找到刘二愣。

两天后，美国西部一座四等小火车站上，客车停下，望北望洛下车。同一条月台上，另一列从东方开来的客车也停下了。望洛朝这列火车看去，吃了一惊，捅了捅望北，道："快看，那是谁。"望北朝他指示的方向看去，惊喜道："罗伯特先生！他怎么来了！他来接谁？"话没落音，新停下来的列车上，车门开处，玛丽和詹尼弗走下来，先后扑过去和罗伯特先生拥抱，行亲吻礼。詹尼弗的目光朝旁边一望，欢喜地惊叫起来："爸爸，望北！"罗伯特夫妇听了，急回头朝望北望洛站立的方向望去。望北心里也高兴起来，一把拉起望洛道："太巧了，走，过去！"两人向罗伯特一家快走过去。詹尼弗忽然离开父亲的怀抱，朝望北奔跑过来。玛丽脸色一下就白了，吃惊地看丈夫道："罗伯特，原怎么也在这里！"罗伯特忽然明白了："啊，想起来了，他们这是从旧金山回来了，真是巧遇！"二人看詹尼弗和望北。望北已经惊喜地叫起来："詹尼弗小姐！"詹尼弗已经奔过去，扑向望北，用力拥抱他，一厢情愿道："我就知道，爸爸接到我们的电报，一定会告诉你，你也一定会来接我们！"望北一惊道："詹尼弗小姐，对不起，让你失望了，我——"詹尼弗吃一惊道："怎么，你不是来接我们的？"望北解释道："啊，是这样的，我和望洛刚从旧金山回来。"詹尼弗听了，脸上的笑容换成了失望，慢慢放开了他。

罗伯特夫妇提着行李走过来。詹尼弗回头不好意思地看罗伯特："爸爸。"边说边默默地从父亲手中接过自己的手提箱，回到母亲身边去。罗伯特装作什么也没看见的样子，仍旧满面春风地看望北、望洛，道："你们从旧金山回来了？找到那个坏人了吗？"望北听了，心里的紧张情绪一下就消失了，笑道："老师说的是二愣。找是找到了，可是没能带他回来。"罗伯特用早就知道的口吻道："我早就说过，他不会愿意回来跟我们一起修铁路，吃苦头的，当初我就劝你不要去。"他不再谈这件事，回看妻子和女儿道："好了，我们走吧！"望北急忙上前两步，从玛丽手中接过手提箱，又看了一眼望洛，道："还不去帮帮詹尼弗小姐？"望洛听了，咧开嘴笑起来，上前从詹尼弗手中抢过手提箱。

夜晚，在一处正在修建的新铁路工地上，望北坐在自己的帐篷里记当天的日记。于大宝在旁边烧水。望洛无聊地站着，看望北道："你又写什么呀，写那些东西有什么用？不当吃也不当喝。对了，我出去一会儿。"望北点一下头，忽然想起来，看他道："你不要走远了，这里离最近的镇子也有八十英里。还有，罗伯特先生特别提醒过，这山里真有狼！"望洛并不相信，看他一眼道："我哪儿也不去。回来跟你们一起修铁路，我觉得气闷，就是想出去透透气儿。"边说边走了出去。于大宝看他走，回头看一眼望北。望北已经站起来，对他道："你出去，悄悄跟着他。"于大宝道："你还是对他不放心。"望北也不解释："别多想，叫你去你就去。"于大宝笑一下，走出去。望北摇一下头，坐下继续写自己的日记。

一段新修的铁路上，于大宝站住了，看着前方的望洛。望洛的目光望着山脚下另一座帐篷。于大宝也朝那座帐篷望去。他看见了，詹尼弗从帐篷里走出来，翻过已铺上铁轨的路基，朝着望北的帐篷走过去，又突然回头望去。二人顺着詹尼弗的目光望向罗伯特一家的帐篷，只见罗伯特从帐篷里走出来，手里提着一杆枪。他一眼也不看于大宝和望洛，冲着二人头顶的天空就开了一枪。

枪声在群山间引起回响，望洛脸色苍白，拉起于大宝就走。于大宝叫道："干吗干吗，哎，罗伯特为什么开枪？"望洛也不回答。于大宝再看他时，望洛已经匆匆回到了自己的帐篷。回望罗伯特，他发现意大利人朝望洛离去的方向看一眼，转身离开。听到枪声的玛丽从帐篷里走出，罗伯特一句话也没说，只是搂住自己的妻子，带她重新走回帐篷。

詹尼弗面前的帐篷里，这一声枪响也惊动了望北，他急急放下手中的羽毛笔和记事本往外走，詹尼弗已经一掀篷帘走进来。望北一惊道："詹尼弗小姐！"詹尼弗道："望北，我可以进来吗？"望北道："啊，我刚才听到了枪声，谁开枪？"詹尼弗道："是爹地。他想打一只鸟给我和妈妈做晚餐。"望北放心下来，道："啊，请进。"詹尼弗走进帐篷，看着这里的一切。望北一时有点手忙脚乱，不好意思道："哎呀，这里太乱，也脏，你随便坐吧。啊，詹尼弗小姐有事吗？"詹尼弗不坐，回避着他的目光道："没事就不能来拜访一下吗？"望北笑道："当然可以。"他用自己的口缸给詹尼弗小姐倒水递过去，道："这是我自己的杯子，刚刚洗过，不脏，你喝水。"詹尼弗接过水又放下，目不转睛地望着他。望北有些不自在了，忽然心动，大叫道："詹尼弗小姐，是不是容闳先生托你捎信来了？"詹尼弗惊讶道："你怎么知道的！"望北激动道："那就是真的了？快，信在哪里？我一直在等这封信！"詹尼弗从背后拿出一封信，晃了一下道："信在这儿，不过……它也许带来的不是你希望的消息！"望北脸上的笑容落下去："詹尼弗小姐，快把信给我……你

客家人

的话什么意思？"詹尼弗忽然回过头去，她不愿意让望北看到她内心的欢欣，道："望北，容闳老头儿把你的事告诉过我，他说，他已经接到了中国朝廷的回信。你可能这一生都得留在美国，回不到自己的祖国了！"

望北急道："你说什么？为什么？"詹尼弗把信递给他，激动的目光一刻也没有再离开。望北的心已经不在她身上了，他匆匆拆信，一目十行地看下去，神情大变。詹尼弗不觉担心起来，道："你怎么了？"望北不理他，走到篷窗前去，一时间心情激动而又沉痛。詹尼弗被他这一刻的情绪变化吓住了，走上前去，小声道："望北……望北先生！你怎么了？你为什么要这样？到底发生了什么？"望北像个石人一样站在那里，已经听不见她的话了。"望北，我的斡旋被拒绝了，"他的耳边已经再次响起了容闳的声音（其实是容闳信中的文字），"今天我接到了大清驻美国公使正式转达的回函。太后和皇上仍然认为，三省山区河洛十族客家人，尤其是河洛十族十八兄弟，是朝廷最凶恶的敌人，而钟梦长和你，则被列为他们中的第一、第二号钦犯……望北，我可能一片好心却办了一件坏事，朝廷不但不同意赦免你和河洛十族十八兄弟，还因此知道了你和你的几位兄弟目前生活在美国的消息，指令大清驻美公使馆向美国政府提出交涉，要对方协助逮捕你们并且解送回国受死。望北，这就是你的一腔爱国之情得到的回答。朝廷方面一定会派人在美国对你们，尤其是对你本人进行缉捕和追杀，我建议你像我一样，马上申请入籍美利坚合众国，同时声明放弃中国国籍。这样，你就是美国公民，中国政府就不再能对你行使任何权利了……事到如今，这是我能为你提出的最好的建议了……"望北久久地听着这个声音，忽然意识到了什么，回过头来，发觉詹尼弗正用一双惊恐和关切的目光注视着他。他尽可能地调整自己的情绪，道："啊，詹尼弗小姐，你还没走？"詹尼弗的声音在颤抖："啊，望北，你没事吧？"望北越来越平静，道："我没事。谢谢你从纽约给我带来这么一封极为重要的信。"见詹尼弗的表情仍然紧张，望北不觉现出一个笑容。正是最后的这个笑容，让詹尼弗的心放松下来，忽然迅速地看一眼望北，脸红了。望北的心又警觉起来，却仍旧不动声色道："詹尼弗小姐，天不早了，没有别的事，你请回吧！"詹尼弗一惊，看他一眼又低下头去，回避他的注视，道："爹地说了，无论你什么时候提出加入美国国籍，他都会和公司老板一起，为你提供担保！"望北心情猛地又激动起来，一时间竟然觉得没有合适的话可对这位情窦初开的少女讲。詹尼弗又一次抬头看他，道："还有，妈妈和我……也希望你能永远留在美国。"她说完了最后一句话，一眼也不敢再看望北，转身离开。望北的心又大热起来，感动地望着她一步步向帐篷外走。突然，詹尼弗又停了下来，不回头，小声道："望北，知道妈妈为什么要带我来西部看爸爸吗？"望北无语，他已经想到了一种可能，又不敢相信。詹尼弗慢慢回头道："妈妈是为了我。是我要求妈妈带我来的。"见望北不说话，她继续说下去："妈妈说，我今年只有十七岁，还小。爸爸说，这段铁路要修两年。再过两年，我就十九岁了，就可以为自己作主了。如果你一生不能再回中国，也就不可能再和你在中国的未婚妻结婚。你在美国，她在中国，都应该重新拥有自己的生活和幸福。你不再是她的，她也不再是你的。对不起，我可能说了疯话，我走了。"她说完了，掀开门帘要走。望北忽然从巨大的震惊和感动中清醒过来，急道："詹尼弗小姐等一下，我有话要说！"

詹尼弗停下来，回头看他，一时间他看到她的眼里现出了只有痴情的少女在面对自己的初恋时才会有的巨大的恐怖。望北不让自己看她，道："詹尼弗小姐，谢谢您刚才那些话。作为一位叔叔，罗伯特先生的助手和学生，我觉得我现在就应当告诉你，即使我不能马上回中国，也不会申请加入美国国籍，一辈子留在美国。"詹尼弗大惊道："为什么？我听爸爸说，只要有两名美国公民做担保，中国人也可以加入美国国籍，为什么不能？爸爸说，有不少中国人已经加入了美国国籍。"望北终于能够正视她了，庄重道："可我不是这些中国人！詹尼弗小姐，说心里话，如果我能够，我愿意留下来加入美国国籍，永远和你们这样一个善良的美国家族做朋友，可是我不能！从我生下来那天，我就失去了这个权利！"詹尼弗叫起来："我不明白！"望北道："你不可能明白，因为我不是自由的中国人！"詹尼弗道："想起来了，你说过，你是中国人中的客家人！"望北点头，注意到詹尼弗的泪水已经涌上眼帘，再一次把目光移开去。"望北先生，可不可以告诉我，为什么你是中国人中的客家人，就不再是一个自由的中国人。"他又听到了她的话，接着是自己的声音："因为……这不是一句话能说得清楚的。我打个比方好了。譬如你们犹太民族历史上的摩西，当整个民族都失去自由时，他能够放弃自己的责任，只顾自己的幸福，不带整个民族出埃及吗？"詹尼弗忽然明白了，颤声道："我明白了，你要做中国人的摩西？"望北点头又摇头道："我一个人也许做不了摩西那么伟大的事业，但是客家人作为一个整体，一千七百年来一直对我们的民族承担着摩西那样的责任，今天这份责任已经落到我们这一代肩头了……亲爱的詹尼弗小姐，你不会真的认为我和我的兄弟

客家人

可以为了自己的生命安全和幸福，放弃这样的责任吧？"詹尼弗静静地站着，她的心已经被说服了，但她也体会到了巨大的绝望，眼泪扑簌簌落下来，转身快步跑出去。

第二天一大早，一辆马车载着罗伯特一家，摇摇晃晃地驰出了营地。马车上，詹尼弗脸色苍白，如同病人。罗伯特担心地看一眼自己的女儿，玛丽则将女儿轻轻抱在怀里。望北的帐篷前，众人看着马车走远。

第十五章

一

　　拂晓，怡保中国城大港主宽大的办公室里，梦长放下已经读了一夜的手抄本《盛世危言》，又看望北的来信。忽然，他回头大喊一声："邦雄！"梦余闻声走进来，看他。梦长站起，手里举着望北的信，看他道："望北在信中说，他也在美国为我们救中国找到了一条新路，这条新路居然是修铁路，为了这个他竟然不愿意马上到南洋来。你什么看法？"梦余深深看他，道："大哥，你不会认为望北大哥的想法一点也不靠谱吧？"梦长大声道："我是在问你！"梦余抗声道："望北大哥的信我看过了，他所以会得出这个结论，是有原因的。我在美国三年多，亲眼看到了印第安人的遭遇，也看到了铁路带给美国的变化。我以为他的想法是有道理的！"梦长心情沉重起来，回望窗外的远山，有顷回头道："你也像他一样，认为印第安人的今天，就是中国人的明天？"梦余道："如果我们不迅速找到一条路，弃旧图新，追赶世界大势，一定会那样！"

　　梦长一掌击在案上，大喊道："不能！"梦余被他的怒气吓了一跳，想了想，走过去倒了杯水给他，道："大哥，你冷静一点。我都走三年了，你的脾气倒见长了！"梦长平静了一些，沉痛道："你知道我为什么说不能？因为我们中国人不像印第安人那样一盘散沙，可以任由美国人对他们各个击破。而且，我们中国地大物博，人口众多，就是有人想像美国人屠杀印第安人那样杀尽中国人，占有中国人的土地，也没有那么容易！"梦余久久地看他，忽然改变话题道："大哥，你看了一夜郑观应先生的书，就没从中体会到望北大哥的一番心思吗？"梦长听了，不再说话。梦余语气激烈起来，道："郑先生的这本《盛世危言》我在回国的船上读了。我以为郑先生说得对，中国人当然不会像美国印第安人那样被屠杀，但是西方列强也可以通过商战加兵战的方式，将中国变成他们的殖民地，将所有的中国人变成他们的奴隶，就像现在的印度一样。那时，中国人虽然没灭绝，但是中华已经不存在了，因为没有了

客家人

自己的祖国、土地、语言和人民！"

梦长盯着他道："既然你说到了郑观应先生的书，那就说说，你看了这本书，有什么想法？它说了什么？"梦余道："简单说就是一句话：商战胜于兵战！"见梦长沉吟不语，梦余又道："郑先生说，中国人从鸦片战争后跟西方列强打了这么多年仗，屡战屡败，过去一般认为原因是我们中国没有西方人船坚炮利——"梦长激烈道："难道不是？"梦余声音又高起来，道："郑先生认为不是。他在这本书里也说到了世界大势。郑先生说，中国屡战屡败的原因是我们不知道世界大势早就变了，只知兵战而不懂今天的世界进入了商战的时代！西方列强对我国实行的兵战实质上却是商战，兵战只是商战的一部分，是为商战开辟道路的手段！"

梦长呻吟一般地叫了一声："商战！"在屋里踱起步来，眉头紧锁，忽然回头道："可是郑先生没有讲到，这一切从哪里开始，怎么开始？"梦余困惑地看着他，没有听明白他在想什么。梦长道："别以为你大哥只会在这里种胡椒，这三年你大哥也没闲着，也在读书。英国人在开始走向全世界进行商战之前，就有了蒸汽机，有了工业革命；有蒸汽机之前，他们还在英国进行了圈地运动，剥夺了大批平民，积聚了第一桶金，为蒸汽机的出现、商人阶级的出现、工业革命的开始铺平了道路！"梦余诧异道："第一桶金？"梦长道："望北说美国人通过修铁路的办法实现了工业化和国富兵强，他并不知道，美国人是踩在英国人工业革命的肩头上开始自己国家的工业化的。哪怕朝廷不阻止他回国修铁路，中国人想复制美国人的成功，如果没有民间资本的支撑，也是做不成的！"

梦余这次听懂了他的意思，也陷入沉思，有顷道："大哥，你说你自己这些年做的，就是在积聚民间资本，积聚第一桶金？"梦长道："大清王朝把中国治理得民困国穷，朝不保夕，风雨飘摇。中国无论是要和西方列强进行商战，还是兵战，都要首先实现工业化，但工业化靠不上他们，只能靠民间资本的壮大，靠我们这些人！"梦余恍然，高兴起来道："大哥，原来你这几年也真没闲着。你是不是从带大家在这里建中国城，中国港，扩张我们的商业利益……不，从琢磨在这里做大港主开始，就早就明白了这件事——"梦长打断他道："不，你大哥并没有这么聪明，早先我这么做只是想积聚一笔巨款，万一在南洋找不到救中国的新路，就带上它回国重举义旗，再走先人的老路……想到刚才的一切也是这一两年的事。"梦余满心欢喜道："大哥，我明白你的意思了！你比望北大哥站得还要高！你是说，即便他要回国修铁路救中国的路数是对的，也需要你将来用巨大的资金来支持他！"梦长道："救中国的路不止是修铁路这一条，所有可以帮助我们投入世界性的大商战的事情都是救中国的路。但是在这一天到来前，你我，还有我们的弟兄们，首先要在南洋，在英国人的势力范围里，用英国人的一套办法，打好我们的这一场商战，在这个没有硝烟和流血漂杵的战场上获得胜利，积累起这帮助中国走向工业化，不，走向参与世界性大商战的第一桶金！"梦余热血沸腾起来，叫道："大哥，现在要我做什么？"梦长双手放在他的肩上，凝重道："你在美国学了三年，带回来的是美国人的商业目光。从今天起，你帮我对中国城、中国港的所有经营方式进行一番检讨，我想知道我哪些地方做对了，哪些地方不对，哪些地方甚至犯了大错！"

梦余大声道："得令！"于是接下来的几天，他夜以继日，埋头查看中国城中国港建成后几年的商业账册。一天夜晚，梦长正面窗而坐，手捧一杯茶，想着如何给望北回信，梦余"砰"的一声把门推开，怒冲冲地走进来，回手关上门看梦长，讥讽道："大哥，你过得好安逸呀！"梦长看他道："别阴阳怪气的，学得跟老四一样！有什么话就说！"梦余道："没什么说的，中国城、中国港，关张吧！"梦长勃然变色，站起来，生气道："让你去美国上学，花的钱让我都心疼死了！这就是学成回来对我说的话？"梦余见他真生了气，沉默了半晌才道："要我说话也行，但你不能生气，更不能一生气就动拳头揍人！"梦长道："你大哥也老了，不会动不动就打人了！快说！"

梦余道："那好，我可真说了。你可甭让我吓住了！在我看来，中国城中国港目前的形势根本不像你说的那样大好，不但不好，而且十分危险，极其危险，简直是危若累卵，就要大祸临头，一败涂地！"梦长怒起，脱口而出："胡说！"梦余道："是你让我说的！从建设中国城和中国港开始，大哥就犯了一个大错！"见梦长盯着他，不说话，梦余继续大着胆子讲下去："从一开始，大哥的心胸就太小，谋略不周。头一个大错，就是排斥英国人，不和英国人合作，从商战的第一天起便给自己、给中国城和中国港树立了一个强大的、我们目前还没有力量战胜的敌人！"梦长还是不说话。梦余又道："到美国读了几年书，我才明白今天的世界谁是老大。我以为大哥也知道，可现在发现你不知道，简直是井底之蛙，坐井观天，你这样的人怎么能成就大事！"

梦长终于忍不住了，道："哎，你胡说什么！信不信我揍你！"梦余两手一摊

客家人

道："瞧，你又来了！你读了郑观应先生的书，应当明白全世界现在已经成了一个商战的大战场，战场上硝烟弥漫，枪弹纷飞，死的人一摞一摞的，可你并不知道谁是战争的真正操纵者和最后获胜的人！"梦长问道："谁？"梦余道："至少在全世界三分之二的地方，操纵、主导这场战争的都是英国人。你在西马的土地上，不和世界大商战战场上最强大的一方结盟，却让自己成了他们的对手和强敌。从战略上说，一开始就错了！"梦长的脸色一点点变得难看，几乎是吼出了一句话："你……到底想说什么？"梦余欲说还止，梦长又大喝了一声，道："说呀，话到了嘴边了，怎么不说？"

梦余脸上一副豁出去的表情，道："说出来就说出来！大哥不适合再做大港主，为了避免我们的事业一败涂地，大哥现在最好让出现在这个位置，同时宣布离开西马，从这里消失，这里的事业换一个新人来做，这个人要做的第一件事，就是想办法和英国人修好，让英国人入股参与中国港和中国城的建设与经营！甚至连中国城中国港这样的名字，都要改掉！"

二

疤脸等人在外面听到屋内争吵，一股脑涌进来，刚好听到梦余在讲话，瞬间大哗。大个子大声道："老五，你太狂了！盟主不能这么做！"矮脚虎王英道："你说盟主不行，要换人？换谁？你行吗？"和尚接口道："对，你行吗？"疤脸一直盯着梦长和梦余，想说什么，却又忍住了。

梦长冷冷看梦余道："怎么不回答大家的话？我不行，我从一开始就犯了大错，现在我就把中国城和中国港交给你打理，你行吗？"梦余看他一眼，不答。梦长大怒，拍桌子，叫道："说呀！"梦余小声嘀咕道："大哥不是真心的，我不想回答。"梦长看着他，让自己的心一点点平静下来，道："我是真心的，你说吧！"大个子叫道："盟主，不要！"众人惊愕之中，听梦余道："大哥真愿意把中国城和中国港交给我来打理，我当然会做得比你强！"众人发出一阵惊呼。

梦长不看梦余，有顷，缓缓道："你是不是也像有些人认为的那样，我坚持不和英国人合作，早晚会和他们发生一场战争？"梦余道："大哥，不是早晚，战争早就开始了，你却没有觉察。"一直没有开口的疤脸突然插嘴："老五，你这样说连我也不赞成了，盟主从第一天起就没有放松警觉。为了让中国城和中国港立于不败之地，我们联络了玛塔公主的伊塔人和我们一起合作，又前往乌斯曼的山寨，说服他那一族伊塔人下山。现在，不但公主一族的伊塔人和我们成了同盟，乌斯曼一族的伊塔人至少也不再公开与我们为敌。我觉得，现在西马的形势，不是我们被孤立，是英国人被孤立了！"大个子忽然想起了什么，也道："老五，你走这几年，盟主一直都在招集下南洋的客家人到中国城和中国港来工作，现在这里已经有八万客家人！八万人，你想一想，一旦我们揭竿而起，要多大一支英军才能打败我们！"

梦余耐心等他们说完，才道："各位哥哥，虽然大哥和你们这几年做了许多大事，但我认为在战略上你们还错了！无论我们眼下在西马多强大，在英国人遍布全球的大商战的棋盘上，我们都不算什么。要想让我们的事业立于不败之地，只能顺势而为，不能逆流而上。大哥，望北大哥的话是对的，世界大势，浩浩荡荡，顺之者昌，逆之者亡！"众人听了，神情全都肃穆起来，看着梦长。

梦长背向众人，面窗而立，良久，才突然回头，开口道："邦雄，如果我真把中国城中国港交给你，你会怎么做？"众人又一次发出惊呼。梦余语气斩截，道："立即从根本上改变目前的经营策略，化敌为友，而且刻不容缓！"梦长想了想又道："我问的不是这个，我是在问你怎么做。"梦余道："大哥真下决心让我接管中国城和中国港，我第一件事就是主动上门和英国人谈判，即使放弃一部分利益，也要尽快实现在商业上和他们结盟的目标，造成你中有我，我中有你的局面！"

众人再次发出惊呼。疤脸道："邦雄，你怎么了？你就这么急着要把我们披荆斩棘开辟出来的中国城中国港拱手送给英国人？"大个子道："我们辛辛苦苦建了这座城，开发了西马最大的海港，英国人是什么货色，他们见我们做成了这么大的事业，脸都青了，一直想找条缝下蛆，可惜找不到！你在美国都学到了什么，不会是吃里扒外吧！"

梦长目光严厉起来，道："都别嚷嚷，让他说完！"梦余接着道："大哥，你让我去美国读商科，不是只要我学习西方当代商业管理和经营的一般知识，也想让我拥有和西方一流实业家参与全球商业大博弈的眼光、胸怀和手段吧！你前两天还说，哪怕是为了帮望北大哥回国修铁路救中国，也要很大很大的一桶金，你真想为他，也为我们自己将来用投入大商战的办法救中国积聚起这样一笔钱吗！"梦长不觉点头。梦余受到鼓励，大声道："大家听好了，我下面的话没有一点个人情绪，纯粹是站在一个现代企业经营者的立场上说话！"众人催他快说。梦余一字字道："我主张和英国人合作，是要造成你中有我我中有你利益不可分割的局面，至少在眼前这个世界上，英国人不可能在商战中失败，那我们也就不可能失败。"他停顿了一下，又道："即便从最坏的角度看，这样做我们至少也可以自救，不会在一场随时可能到来的大战中一败涂地，输得干干净净！"

和尚完全没听懂他在说什么，叫道："你说要紧的，别扯闲篇！"梦余不理他，看别人道："中国有句古语，卧榻之旁，岂容他人酣睡。可英国人就这么做了，三年多了，英国人对我们在这里经营中国城和中国港获得巨大利益一声不吭，为什么？仅仅是因为我们依照他们的法律按时交税吗？"疤脸看梦长皱眉不语，看梦余道："你说他们为什么？"梦余道："我认为，英国人之所以一声不吭，不对我们动手，不是他们不想，更不是因为我们年年月月向他们交税，原因仅仅在于他们眼下还不能！英国虽然号称国力强大，军队能征善战，但兵员数量毕竟有限，他们可以在世界上无往而不胜，但世界毕竟太大，他们占有的地盘太辽阔，就是他们可以随便收拾谁，那也得等到他们的大兵腾出手来！"梦长闻言色变，疤脸注意到了。和尚插嘴道："老五你就干脆说有一天英国人会用军队抢走中国城和中国港好了！干吗浪费这么多口水，还没把事情说清白！"梦余看梦长，意识到梦长的内心沉重而又激烈。有顷，梦长开口道："依你看，只有马上主动求英国人来参股，才能避免这场战争？万一他们狮子大开口呢！"梦余道："大哥，你和他们接触过？"梦长不情愿地点头，众人都吃惊地看他。梦余道："如果大哥授我全权，我会重新和他们谈判。但有件事必须现在就说清楚，我们处于弱势地位，即使他们要我们出让高出二分之一的股份，我也可能答应！"梦长忽然又激愤起来，道："如果他们要三分之二的股份呢？"众人再次大惊。疤脸看梦长，郑重道："港主，不行！投资中国城和中国港的全是南洋华商，大家所以踊跃参股，是因为港主事先有言，要将中国城和中国港建成西马最大的华人工商业中心和商港，在西马开辟出一片完全不受制于他人的自由贸易的天地。允许英资进来分享大部分股权，港主就违约了，所有的南洋华商都会选择退股！"

梦长目光沉沉投向梦余，道："我再问你，要是你说的这条道儿走不通，你还有别的主意吗？"梦余想了想道："大哥，要想避开危险，上策仍然是引进英资，和英国人二分其利甚至让出三分之二的利！"梦长生气道："我问你还有没有中策和下策！"梦余道："没有中策，只有下策。"梦长道："那就说你的下策！"梦余迟疑了一下，道："三十六计，走为上。"众人再次大惊失色，面面相觑。大个子叫道："走？往哪儿走？"和尚道："港主带我们辛辛苦苦才打下了天下——"梦长举手制止他们，看梦余道："说下去！"梦余不顾众人的鄙夷和敌视，只看梦长道："如果不能和英国人合作，化敌为友以自保，又没有人能保证一旦有了机会英国人不会对我们下手，那就只剩下一条路可走，不至于让我们输个精光！"

疤脸已经听懂了，看梦长道："港主，老五是说，我们不能把鸡蛋都放到一个篮子里。为避免将来一败涂地，现在就该考虑把资金转移出西马，到英国人的手够不着的地方，开办新的实业！"梦余点头道："对！而且这件事要做得天衣无缝，不能让英国人知道。这些新开辟的实业，种植园、矿山，港口，要以别人的名字注册，中国城和中国港不能和它发生商业上的往来，以免引起英国人的猜疑！"

梦长脸色苍白，长久地不看他，又道："你还有别的主意吗？"梦余道："有！"梦长道："什么？"梦余道："如果不能和英国人合作，就要从现在起准备和英国人开战，做好自卫准备，防备英国人随时对我们动手！"梦长忍无可忍，回头，怒不可遏道："你要我现在就去买一大批枪，把八万客家人全都武装起来吗？"梦余这次勇敢起来，迎着他的目光道："大哥要是真有这么多钱，我一点都不反对！"梦长愈怒，咆哮道："我要是听了你的，就违犯了英国殖民地法律，英国人就更有了理由对我们动手！……不，我要是打算这么做，干嘛还到南洋来，我在老家、在云梦山区直接拉队伍不就得了！"众人看他被激怒，不敢再说什么，疤脸示意众人离开。矮脚虎边走边对梦余做一个鬼脸，揶揄他。梦余怒道："你——！"也气哼哼地跟在众人后面走出去。

离开梦长，梦余便连夜去了洛阳镇，找张德伦商议在苏门答腊开橡胶园的事，并道："我想请大叔陪我到婆罗洲和苏门答腊去，这件事情要做，我们就悄悄地把它做大，趁着大哥手里有点钱，我们多置一些产业，而且，这些产业，一定要和英国人、荷兰人合作经营。对了，还不能让我大哥知道！"张德伦看他道："盟主知道邦雄少爷的想法？"梦余心虚道："不知道！"张德伦笑起来。梦余恳求道："大叔，求你了，这件事天知地知你知我知，其他人一概不知，包括我大哥。你一定要答应我！"张德伦道："南洋华商都知道盟主不与英国人荷兰人同流合污，邦雄少爷这么做到底为什么？"梦余道："不让我大哥知道，是因为要和英国人、荷兰人合作做这件事的人是我而不是我大哥。还有，就是我，也不能公开出面，大叔要帮我物色几个人，以他们的名义悄悄地和英国人、荷兰人合作。"张德伦想了一会，点头道："邦雄少爷年纪不大，做事这么有心胸，有谋划，有担当，是盟主和我们大家之福！行，明天我就把铺子关了，跟你一起去荷属南洋！那里我有些朋友，可以助一臂之力！"梦余高兴道："我早就知道大叔关键时刻是个能做大事的人！还有一件事！听说大哥在你那里藏了一笔钱？"张德伦不说话了。梦余道："我还听说，大叔和俄国的军火贩子有生意上的往来。"张德伦还是不说话，梦余有些急了，道："大叔要是真想帮我大哥，以防万一，就不要告诉他，拿出一部分钱从这个俄罗斯军火贩子手里买一部分枪弹藏起来，这件事也只能悄悄地做，不让我大哥知道！"张德伦岔开话题道："我们明天就走？"梦余深深看他一眼，突然什么都明白了，又是欣喜又是感动，道："对，说走就走，明天就上路！"

三

　　五年过后，西历公元一八九二年夏末的一个夜晚，大批英国警察突然赶来，关闭了西马最大的港口文德港。数十条从缅甸开来的运兵船缓缓停靠在码头上。老迈却依旧精神矍铄的蒙哥马利将军一身戎装，跨马立在码头上，看着大批从征服缅甸的战场上归来的英军下船，在沙滩上和近岸林间集结。从大船的底舱，一门门最新式的后膛炮也被推上了码头。为了不惊动马来人和中国人，蒙哥马利命令所有英军全部于夜间上岸，秘密进入营区，并且一律不得出营，英军归来的消息被严密封锁。

　　天亮时怡保警局局长詹姆斯和矿山主威尔逊已经出现在怡保英军军营蒙哥马利将军的办公室内。蒙哥马利起身欢迎道："局长先生！威尔逊先生！你们来得好快！"詹姆斯迫不及待道："亲爱的将军，八年了，我们眼睁睁地看着华邦彦，不，钟梦长，带领八万中国客家人，在西马我们的地盘上，扩展中国人的势力，建城市，开矿山，种胡椒，经营西马最大的商港，还建起了南洋最大的商船队……我们让他做得那么得意，如鱼得水，一动也不动，一声也不吭，就是为了等待这一天的到来！本局长向将军报告，就在方才，我已经下令怡保英国警察全部停止休假，到警局集合，今天夜里，我就要动手！"蒙哥马利早就明白了他们的来意，微微一笑道："原来两位为这件事而来！"詹姆斯道："啊，将军！本局长以为，在这件事情上，我和将军当年就达成了共识！"威尔逊也上前道："将军，我听说，这次回师西马的英军不是当初离开西马的那一支，那一支才有一千八百人，这次回师西马的英军有三万人！将军一定是想好了，要借这支刚刚在缅甸取得决定性胜利的大军，一举将西马的中国人势力，连同残存的伊塔人势力一起，扫灭干净！"蒙哥马利看一眼威尔逊，却只对詹姆斯道："局长先生，我们当年是达成过共识，但今晚就要动手这件事，我却不能答应。"詹姆斯一惊，不解道："为什么？"蒙哥马利道："因为我军还没有做好所有的准备！"詹姆斯舞动双手，不屑道："不不不，尊敬的将军阁下，我觉得不需要什么准备，有了从缅甸战场上回援的三万英军，加上怡保警察，对付那些中国人和阿里·拉希德部族的伊塔人，足够了。兵贵神速，我们应当在他们还不知道英军大批进入西马时立即对他们开战，打他们一个措手不及！"

蒙哥马利仍然淡淡道："局长先生，不！"詹姆斯更激动了，道："我不明白！"威尔逊马上也跟了一句："我也不明白！"蒙哥马利盛气凌人道："局长先生，虽然我们在这件事情上有过共识，但是如何进行一场针对中国人和残余的伊塔人的战争，是今晚上动手还是选择一个更合适的时机进行，用什么样的方式动手，所有这些重大的事情，都没有达成过任何协议。本人反对今晚就对中国人展开攻击，尤其反对由英军和英国警察直接对中国城和中国港发起攻击！"詹姆斯听了，吃惊道："将军，没有三万英军投入这场战争，我们赢不了钟梦长。八年前他在西马能号令的中国客家人还只有三万，现在，仅仅集结在他新建的中国城和中国港的中国人就有了八万之多。尽管没有现代化的兵器，但毕竟他有了八万人！一旦给了他们时间，让他把自己的人武装起来，足以在西马和我们展开一场真正的战争！……啊，还有，如果今晚不动手，我相信明天钟梦长就会得知英军大举进入西马的消息！"蒙哥马利安慰他道："局长先生不要担心，三万英军一定会投入新的西马之战，而且会在战争中充当主角。但是就英国人征服殖民地的传统论，我们一直不欣赏和敌人一对一地单挑，我们的战略和战术总是尽可能多地联络起同盟者和我们一起作战！

威尔逊听了，急忙上前言道："将军，这件事我们已经在做了。我奉詹姆斯局长之命，已经和乌斯曼·拉希德暗中进行了联络。"蒙哥马利冷冷道："我听说他和他的部落似乎已经不愿意和我们联手了？"威尔逊急道："不不不，虽然钟梦长这些年在中国城和中国港为乌斯曼的伊塔人提供了很多的劳动机会，并且开放中国城任他们居住，赢得了很多乌斯曼伊塔人的心，但乌斯曼自己却没有和钟梦长和解，因为——"蒙哥马利不待他说完,就抢过了话头对詹姆斯道:"去警告这个伊塔人,只要他能坚定不移,和我们合作,待我们联手从西马铲除中国人的力量以后,中国人和他的伯父现在拥有的一切土地、山川、河流、港口、财富,都是他的!"威尔逊又抢了上来,道:"将军,这件事一直是由我来做的,我今晚就让人去和他谈判。他会答应的!其实就他本人而言,是愿意今晚就动手的,而且和我们谈好了一个方案!"说着,他对蒙哥马利低声耳语了一番。蒙哥马利听完了,脸上恢复了淡然的表情,道:"将乌斯曼的伊塔人扯进来,让他们打先锋,这个主意好。先让他们打起来,我们再出去平息乱局,恢复西马的法律秩序,就师出有名了!这就是我的本意。但是钟梦长仍有一个最大的敌人,太遗憾了,你们两位竟都没有想到!"詹姆斯还没反应过来,威尔逊猛醒道:"当年来西马缉拿钟梦长的中国公爵?"蒙哥马利嘴角现出讥讽,道:"不只是他本人,还有他身后的中国朝廷!"

四

这个夜里,在阿里·拉希德部族的山寨里,整个部族都处在一种紧张和喜悦相交织的期待中。随着在产房里痛苦挣扎了一整天的玛塔大叫一声,昏厥过去,一声婴啼响起。艾玛欢喜地哭起来,叫道:"公主,男孩!是个男孩!"玛塔醒来,缓缓睁开眼睛,疲惫而幸福道:"快告诉他……不,等一等!把孩子抱过来!"艾玛和接生婆把孩子包好抱过来给她。玛塔亲吻了一下婴儿,含泪道:"先不要告诉他!他说过,如果生下来是男孩,照客家人的规矩,是要送回家乡去的!对,我们把这个孩子藏起来!"艾玛吃一惊道:"藏起来?"玛塔还没回答,一带刀的侍女就匆匆走进来,对玛塔耳语了一句什么。玛塔陡然变色,大声道:"西尔玛她人呢?"侍女道:"回警局去了!"玛塔此时已顾不上自己产后虚弱,要坐起来,又晕眩过去。艾玛大叫道:"公主!"玛塔睁开眼,两眼是泪,对女仆道:"快……快去中国城,告诉他!快去呀,不要管我,无论如何也要让他活下去!"侍女答应一声,转身跑出。

这天夜里,赶在玛塔派去报信的人到达之前,从怡保的崇山峻岭间,还有一匹快马飞驰进入了中国城,一直驰进了大港主办公的院子。梦长此时仍在办公室里看当天的账目,疤脸大个子和尚矮脚虎都守在院子里。忽见梦成赶回来,众人呼啦一声围上去。梦成一脸焦急道："都让开，我要见他！"众人看他上了二楼，"咣当"一声将门推开，梦长一惊抬头，看是梦成，大叫一声："老四，你回来了！"梦成无视他的热烈，大叫道："不好了，叶赫星！叶赫星到了怡保！"后面这个名字梦长已经好久没听到了，不禁心头一震，道："你说什么？"众人跟进来，忙让他坐下来细说。梦成气喘吁吁，一口气将大个子端来的一大碗水喝下去，大声道："我们是一个月前从广州启航。叶赫星和他的那些手下包了头等舱，平日不出舱门，我不去那里待候，见不着他。可他带来的那一队人，穿虽是便装，还是让我起了疑，因为他们每人都暗中带着一把洋枪！下船时我故意提着水壶从他面前走过，一下就认出了他！我跟着他们下了船，天黑前亲眼看到他们住进了一家旅馆，然后他就带人进了怡保警局！"

梦长心中此时已是大惊，但仍然问了一句："你看清楚了，真是叶赫星？"梦成急道："当然是他！别的人我可以忘掉，这个叶赫星，扒了皮我也能认清他的骨头！"众人看梦长沉思，都焦急起来，大个子喊："盟主！叶赫星二下南洋，一定是冲着你来的。"梦长只是不语。疤脸道："盟主，事情紧急——"梦长猛回头逼视梦成道："你是怎么想的，叶赫星怎么会不早不晚这个时候突然来到怡保？"梦成一下就明白了他的心思，道："我一开始也很吃惊，直到看他带人进了怡保警局，我忽然明白了，他就是英国人招来的，英国人早就知道你是谁，这是要用叶赫星来对付你和我们！"众人大吃一惊，看梦长道："对，有道理！"梦长生气道："胡说！英国人为什么要这么做？"梦成道："我的话你总是不信！当年你带领大家暴动，占领威尔逊的矿山，要和英国人在他们的法庭上解决我们和他们的纠纷，英国人没有动手；以后你在这里建中国城和中国港，他们也没有动手，是因为那时他们没有力量，不是他们不愿意这么做。可今天情势不同了，他们现在有力量对付我们了！"梦长更加气愤了，大声道："可三个月过去了，移驻西马的三万英军却什么也没有做！"

一直在旁边听着没开口的梦余忽然道："大哥，英国人很狡猾，三万英军移驻西马三个月，什么也没做，会不会就是在等叶赫星？"疤脸吸了一口冷气，猛回头看梦长道："要是这样，事情可就大了！"

梦长仍在摇头，固执道："这更不靠谱了！英国人唯利是图；没有利益的事他们打死也不会做的！和叶赫星、朝廷搞在一起，用武力对付我们，会给他们带来什么利益？"梦余还要开口，被大个子抢上前，大声道："哎，你们这些人，为什么不

客家人

能把叶赫星和英国人分开，叶赫星是叶赫星，英国人是英国人。说不定叶还是自个儿来的呢，港主在西马建中国城和中国港，闹得惊天动地，他从别处听到了消息，就带着人来了，这也说得通啊！"疤脸想了想，看梦长道："盟主，即便义增的话有道理，我们也要快点想出办法来对付叶赫星！"梦长只是紧皱眉头，仍是不说话。

中国城外，叶赫星带巴什哈众侍卫及洋枪队已经赶来，一名英国警察为他们做向导。巴什哈手指前方道："主子，他们说，前面就是中国城！"叶赫星看英国警察一眼，对方点头。叶赫星回头示意，让队伍停下来。叶赫星道："铁良过来！"洋枪队长铁良跑上前来，刚要喊："奴才铁良——"叶赫星不让他说下去，就吩咐道："铁良，咱们来到怡保的消息，钟梦长做梦也不会知道！有道是擒贼擒王，等会儿我们进城，先把钟梦长住的地方包围起来，我们进去，你的人埋伏在外面，万一我们失手，钟梦长要越墙逃走，你们就开枪。记住，能不打死就不打死，我想捉个活的，回国献给太后。"铁良诺诺。叶赫星挥一下手，英国警察在前方引路，众人随他乘着夜暗悄悄摸进中国城。

港主办公室内，见众人不说话，矮脚虎受不了了，叫道："哎呀我说港主，叶赫星跟英国人勾结的事儿，就不用想了，不管有没有这档子事，只要叶赫星来了，我们就要有所防备，现在就要想办法对付他。"和尚拍拍腰间的枪，道："我说你们这些人，叶赫星来了，不就是开打嘛！兵来将挡，水来土掩，他敢带人来威胁港主，让和尚去收拾他！"梦成看他一眼，冷冷道："不要把话说得这么轻巧！叶赫星武功高强，手下全是大内高手，不仅武功了得，打起枪来百步穿杨。何况这次他还带来了整整一支洋枪队！"大个子不满地看他道："你这个人，长他人的威风，灭自己人的志气！港主，快说，怎么对付这个姓叶的？只要这里头没有英国人掺和，对付他和他的人，咱们有的是办法！"疤脸看看梦长还在皱着眉头思索，着急道："各位，这样吧，事情还没有闹清楚之前，港主快去躲一躲，我们留下来对付叶赫星！邦杰邦雄，快带港主走！"梦余听了，对梦成使一个眼色，二人上前架起梦长，叫："大哥快走！"梦长用力将二人推开，大声道："不！事情没有明朗之前，我哪里也不去！"梦成怒极了，大吼道："你还是不相信我……这么优柔寡断，你能做成什么大事！好，你不走我走！"说完他转身就走，毫不理会梦余的叫喊，一路冲下楼，上马离去。梦余拦不住他，失望地走回来，梦长一直面窗激烈思索，这时忽然回头道："不再管老四，他要走就走好了！各位兄弟，今晚的事情没有那么简单！第一，这么大的事情，我不能轻举妄动，我还需要一个证明，一个肯定或者否定叶赫星来西马和英国人有关的证明；第二，如果事情是真的，整个西马的天就要大变！仁宝，你快去请刘叔和张大叔，我要和他们商量大事！"疤脸答应一声，快步下楼，上马而去。

此时叶赫星带着自己的队伍已经摸进梦长住处外的林子。叶赫星对铁良挥一下手，铁良随即带队伍就地散开，将前面这座有着一幢大房子的院子四面包围，卧倒做好战斗准备。叶赫星则带着巴什哈和众侍卫快速离开林子，向前面的院墙摸去。到了墙根下，他率先纵身一跃，悄无声息地贴上了墙头，目光朝前面大房子望去，只一眼就透过打开的窗户看见了大房子二楼港主办公室内的梦长。叶赫星激动起来，自语道："果然是他！钟梦长！别来无恙，我们这一对冤家，今天又见面了！"巴什哈和众侍卫随他上墙，举枪瞄向梦长。叶赫星伸手将众人的枪口压下去，道："我说过要捉活的回去，给太后一个大惊喜！"话没落音，他从背后听到了一匹快马向这里驰来的声音，急对众人道："不要动，有人来了！"

五

一匹快马果然飞驰而来，进了院子。二楼港主办公室内，梦长和众人听到马蹄声，都走到窗前朝楼下看。马上人已经滚鞍下马，跑步向楼上奔来。梦余心中大动，首先开口对梦长道："是杰尔希。大哥，公主她今天要生，不知道怎么样了？"说话间玛塔的侍女杰尔希已经推门冲进来，对梦长道："恭喜驸马，公主生了！"梦长刹那间把叶赫星的事抛到脑后，大喜道："生了？太好了，快说，生了个啥？"侍女上前，急急对梦长耳语一番。梦长变色，猛回头朝窗外围墙方向望去，叫道："原来是真的！"

就在这时响起了一声枪响。"砰——！"梦长身边的侍女一声喊没有出唇，已经鲜血飞溅，倒向梦余。梦长以一个常人难以想象的动作，迅速回头一个甩手的动作，将灯打灭。黑暗中众人叫起来："外头有刺客！"梦长镇静道："不是刺客，是叶赫星！"虽然刚才二人仅仅隔着长长的夜暗模糊地对视了一眼，梦长却已经看到已经近在咫尺的叶赫星，叶赫星也在侍女杰尔希刚才向梦长耳语的那一瞬间立即就明白发生了什么事，不觉就对着杰尔希打响了第一枪。大房子内，和尚已经一把拔出左轮手枪，摸向窗前，朝外面"砰"地开了一枪。叶赫星没想到对方手里也有枪，竟被这一枪震得从墙上滑下去。巴什哈和众侍卫见状，一时间胡乱开枪，居然大打起来。叶赫星再次纵身附上墙，望见前面的大房子一片漆黑，恨恨道："封锁这座房子的所有窗户和出口，发现要离开的人一律击毙！"巴什哈和众侍卫得令，枪声更加猛烈起来。

大房子二楼港主办公室内，梦长带众人隐身在窗后，听着弹雨飞来，噼里啪啦打在窗户和室内的墙壁上，众人中只有和尚手里有一支枪，不时还击一下。

大个子梦余这边已带梦长移向身后的窗户。梦长猛地站起，一掌将它击开。大个子叫："我先出去！"他话没落音，就要站起。梦长一把将他扯下来。大个子道："怎么了？"梦长道："房子已被包围了！"梦余有点慌了，在黑暗中看梦长道："怎么办？我们还出得去吗？"梦长仍旧镇静，道："我们守在房子里，等他们打进来，再趁乱找机会冲出去！"他回头又对矮脚虎喊了一句："节省弹药，停止射击！"

再说梦成方才负气而去，并没有走远。刚刚出城，忽然听到城内响起枪声，大惊失色，飞马赶回，拔出一把枪，对着正在越墙而入的叶赫星等人就是一枪。叶赫星大惊，急忙趴下去躲闪。众侍卫则回头向院墙外的梦成开枪。梦成下马，就地卧倒，一个人向他们频频还击。梦成的突然加入打乱了叶赫星的阵脚，让现场的局面复杂起来，缓解了对大房子内梦长等人的压力。

大房子内。梦长忽然想到了什么，在黑暗中摸索起来。矮脚虎却在问和尚："外面怎么了，谁在打枪！"和尚茫然道："我怎么知道，反正不是我开的枪！"梦长从一个地方摸索出一只布囊，掏出里面的炸药团，想了想，摇头道："太平的日子过了这么久，把它都忘了！"他伏在地下打火，点燃引线，朝窗外扔出去。"轰——！"炸药团在叶赫星等人中间爆炸，火光腾起。梦余借火光看清了那只旧布囊，大叫道："大哥，你还留着它呢！"说完就要从前面窗户跳出去。梦长一把拉住他，道："不要！"说着又掏出一个炸药团，点火，从另一侧窗户扔出去，一直落到围墙外爆炸开来，那里立即响起一阵喊叫，埋伏在那里的铁良的洋枪队挨了炸，也胡乱开起枪来。梦余惊道："果然这边也有埋伏！"梦长又从布囊中取出一团炸药，点火，朝叶赫星这边窗外扔下去。趁炸药再次爆炸，众侍卫大呼小叫之际，他才一把拉起梦余，从窗户飞身而下。

叶赫星刚刚挨了一颗炸弹，躲在一大盆花草下，忽见又一团炸弹飞出来，急忙躲避，转眼间炸弹爆炸，他回头一瞥，就见两个人影从二楼窗内跳出，直落在自己面前。他这一惊不小，紧接着就发现居然与跳下来的一个人脸贴脸站着，四目相视。这一瞬间两个人都愣住了。但这一瞬过后，叶赫星举枪顶住梦长前胸，梦余则将手中刀顶住了叶赫星咽喉。巴什哈和众侍卫见了大惊，借助被炸弹打燃的火光的映照，持枪向三人逼近过来。

梦长并不畏惧，冷冷道："叶赫星，果然是你！"叶赫星狞笑道："钟梦长，又见面了！"梦余道："少废话，放我们走，不然杀了你！"叶赫星道："你杀了我，我也不会放走了他！"一边就喝令周围傻了一样站着的侍卫："还不下手！"巴什哈叫道："动手！"众侍卫欲上前，一个人忽然在他们背后一声呐喊："谁敢动手！"众人回头，只见和尚手持一支左轮手枪，指向他们中的每一个人。众侍卫急看叶赫星。叶赫星见讨不了好处，忽然看梦长道："钟梦长，好汉不吃眼前亏，老子今天可以放你走！"边说边将手中枪口从梦长胸前移开。躲在围墙外一棵大树上的梦成见了，忽然一声大喊："大哥，这里走！"叶赫星巴什哈及众侍卫听到喊声，不觉回头看了一眼。说时迟那时快，等他们再回头看时，梦长已经一个箭步上了围墙，如履平地一般，转瞬即逝。梦余见了，急对大个子矮脚虎和尚道："快走！"众人迅速跃上围墙消逝。叶赫星这才反应过来，猛回头对众侍卫道："还不开枪！"说完率先对最后一个离开的和尚开枪。众侍卫反应过来，对着跃上围墙的和尚砰砰叭叭一阵乱枪。院墙外，梦长回头大叫："和尚！"和尚已经一头从墙上栽下来。矮脚虎急忙回身大叫，喊："和尚！"和尚又一个鲤鱼打挺站起，大笑道："他们想打中我，没那么容易！"梦长矮脚虎松了一口气。梦长急道："快走！"众人向前面林中急奔过去。已在林中埋伏很久的铁良早就看到了他们，对众洋枪手道："快，开枪！"一洋枪手瞄了半天，老是瞄不准，胡乱扣响扳机，"砰"地开了一枪。正在奔走的和尚脸上的笑容猛地凝固。这胡乱的一枪击中他的胸膛，一刹那间，和尚胸前炸起了一朵血的花朵！

矮脚虎回头大叫："和尚——！"梦长变色，大叫："和尚——！"林中洋枪队乱枪齐发。他们看着和尚扑通一声倒地。梦长大叫："卧倒！有埋伏！"众卧倒下去。与他们会合在一起的梦成见情势危急，急对大个子和梦余道："我们中了埋伏，危险！你们俩，快带大哥走！"梦长大叫："不！我要去救和尚！"大个子急看梦余道："动手！"二人上前将梦长架起，冒着弹雨奔向一侧林中。梦长仍在回头大

客家人

叫："和尚！"在他们身后，矮脚虎冒着弹雨爬向倒下的和尚，抱住他。和尚眼里仍然现出顽童般的笑意，道："哥，真没想到，还是让他们打中了！"说着，吐出一口血，闭上眼睛死去。对面林中，铁良带着洋枪队冲过来。梦成急对矮脚虎道："王英，快走！"矮脚虎流泪大叫："不，不能把和尚丢下！我要给和尚报仇！"院墙内，叶赫星已带巴什哈和众侍卫扑上院墙。叶赫星道："快开枪！"众人从墙顶上开枪。梦成情急，冒死用力将矮脚虎抱起，大叫："快走！"两个人在弹雨中大叫着翻滚着离去。子弹一直在他们前前后后左左右右落地，但他们还是滚了出去，逃进林中。

叶赫星带巴什哈及众侍卫冲过来。巴什哈喊："打死了一个！"叶赫星看一眼面前地下的和尚，突然弯下腰去，扒开裤子看了一眼。他看到了和尚屁股上那个血牙印，又猛地将它盖上。铁良带人冲过来，看叶赫星道："主子，让钟梦长给跑了！"叶赫星道："不！我们已经赢了钟梦长一阵！追！"边说边率众人向林中追去。

就在梦长等人逃出中国城之际，按照和英国人的约定，乌斯曼也率领着大批本部族的武士杀进了中国城，四处放火。整座新城很快成了一片火海，刚刚在这里定居的居民们携儿带女，四散奔逃。乌斯曼还不解恨，又杀向了中国港，将它付之一炬。一直在怡保警局等候消息的詹姆斯接到报告，生气对英国警察队长汉斯道："快去阻止他，烧了中国城就行了，中国港就不要动手了！还有，快去知会蒙哥马利将军，本警局和中国官府合作，终于查明华邦彦的真实身份是中国政府一直在缉拿的钦犯钟梦长。今天夜里发生的事情是，由于身份暴露，钟梦长不愿意放弃已经得到的一切，居然令其手下放火焚烧了中国城！此人是中国城被焚毁的主要嫌疑人，现已逃进阿里·拉希德的山寨。本局长请求他立即出动英国军队，围剿阿里·拉希德部族，抓获罪犯！"汉斯大声答应了一声："是！"詹姆斯想了想又道："马上派人贴出告示，将钟梦长的真实身份及他焚毁中国城，造成大批中国人和伊塔人无家可归的罪行公布于众，还要悬赏一百英镑，缉拿钟梦长！"

下半夜的时候，怡保英军军营里，蒙哥马利一身戎装，跨马看着大队英军跑步离开军营，一边下令道："动作要快！封锁所有离开西马的道路和港口，不要走了钟梦长！"

阿里·拉希德山寨前的一座高冈上，梦长带着梦余大个子纵马驰来。疤脸带刘松龄张德伦迎上来道："港主快看，我们的中国城！"梦长回望远处燃烧中的中国城，见它已经烧成了一片火海，映亮了西马的夜空。大个子的目光又转向了海滨，大叫："中国港！"众人回望中国港，果见那里也燃烧起来，远远地还能听到中国人和伊塔人四处逃散的呼喊。大个子流泪道："我们的中国城、中国港，毁了！"疤脸道："多年的心血，一夜之间，化成一场大火！"众人都忍不住哭起来。梦长牙关紧闭，又发出那种恐怖的"咯吱吱"的响声，这极端痛苦的声音惊动了每一个人的心！

<h2 align="center">六</h2>

一夜的喧嚷过后，曙色初现的中国港内，一张告示贴在街头，众多从山上逃回来的中国人和伊塔人都在看这张告示。一位识字的老华人念道："经怡保警方和中国政府共同查明，大港主华邦彦，本名钟梦长，是中国政府多年来一直在通缉的头号钦犯，多年来化名华邦彦藏身于西马，欺蒙伊塔人和中国人——"一名年轻的华人大声惊呼道："什么，他就是钟梦长！"另一华人道："怪不得他能做成这么大的事业！"老华人摇了一下头，众人安静下来，他接着念下去："因中国政府派员前来怡保缉拿该犯，该犯眼看多年来在西马经营的一切都将不复为自己所有，于是下令放火焚烧中国城——"众人听了，立即嚷嚷道："这怎么可能！我亲眼看见是乌斯曼的人放的火！英国人颠倒黑白，污蔑！……"远处一阵马蹄声响起，众回头望去，只见一名伊塔女子飞马驰来，将这张刚刚贴上不久的告示一把扯走，飞驰而去。

扯走这张告示的是玛塔的侍女艾玛。她将这张告示带回山寨，交给玛塔。玛塔来见梦长。梦长将告示看了，又给众人看过，一时间群情激愤。疤脸想了想道："港主，现在一切都明了了，英国人和叶赫星、乌斯曼一起设计，制造了已经发生的一切。他们的目的就是邦雄说的，将中国人在西马的势力彻底清除，将你从这里赶走，独占西马！"又道："盟主，这些年来你一直相信英国人会遵守自己的法律。可现在他们自己撕破了这层纸，露出了真面目！"大个子大声道："什么也甭说了，他们要置我们于死地，忍无可忍，无须再忍，起义吧！"一名侍女匆匆赶来，对玛塔耳语一番。玛塔一惊。梦长看她道："怎么了？"玛塔道："西尔玛被英国人逮捕前送出了最后一个情报。英军驻西马最高司令蒙哥马利将军已经出动驻西马的全部三万

客家人

英军，包围我们部族，目前已经完成了进攻部署，打算今晚就向我父亲发出最后通牒！"众人急叫："什么最后通牒？"玛塔道："英国人说，我的丈夫是中国政府通缉的重犯钟梦长，又犯了指使人放火焚烧中国城和中国港的重罪，触犯了英国殖民地法律。他们知道他藏在我们部族里，要我们马上把他交出去，由英国法庭审判，不然就对本部族展开一场战争！"大个子叫道："英国人到了这时候还要打法律的幌子！太不要脸了！"刘松龄看张德伦一眼，张德伦庄重地冲他点头。张德伦道："少盟主，我们俩想正式求得你的同意，回归客家人云上军团！"梦长眼里忽然涌满泪水。梦余眼里也涌满泪水。刘松龄道："少盟主，不要这样！想想客家人一千七百年来遭受过多少次失败。英国人仗着他们有三万久经战阵且握有新式武器的军队，以为凭这样的优势就可以灭了我们，于是他们就筹划阴谋，和乌斯曼叶赫星合手，想一举将我们灭掉。他们太小看了我们！只要少盟主发出号令，全西马的客家人马上会揭竿而起，团聚在少盟主身边，组成一支新的客家人云上军团，将西马变成一片火海，我们和英国人、叶赫星的人，乌斯曼的伊塔人，谁胜谁负，还不知道呢！"众人轰然响应："对，我们起义，和英国人决一死战！"梦余忽然回头看张德伦一眼。张德伦会意。梦余回头道："大哥，张大叔有话要说！"梦长看张德伦。张德伦道："我不是要为少盟主出主意，我是想说一件事。五年前，梦余少爷刚刚从美国回来，曾和少盟主发生过一场争论，争论的结果是什么我不想在这里说，但梦余少爷就在此时帮少盟主做了一件大事！"

众人吃惊道："什么大事！"张德伦道："梦余少爷那时就料到了今天这件事早晚都要发生，他私下作主，让我通过一个常打交道的俄罗斯军火商购买了一批枪支和子弹！现在这批武器，正好派上大用场！"疤脸大喊："太好了！有多少？"张德伦看梦长。梦长道："这里都是自己人，说吧！"张德伦道："三百支枪，五万发子弹！"疤脸道："盟主，太好了！有了八万客家大军，再有了这些武器，我们就可以在西马的土地和英国人好好地较量一番，刘叔刚才说得好，我们和英国人、叶赫星的人、乌斯曼的伊塔人，鹿死谁手，还不知道呢！"

梦长猛然回头，看梦余，道："除了奋起应战，你真的没有别的办法了吗？"梦余心中大动："大哥——"梦长道："五年了，那件事我一次也没有过问，事情办得怎么样了？"梦余飞快地看一眼张德伦，回头道："照你的意思办了！"梦长回头看大家，有顷才道："不到万不得已，我们还是不能要这样一场战争。谁还有主意，能够避免这场战争？"大个子又叫："盟主，你要是还这么想，会冷了大家的心！"疤脸也叫道："盟主，是战是和，不是你一个人的事！"梦长勃然大怒，道："住口！让我号令全西马的客家人起义容易，但一旦起义开始，会有什么结果，你们想过吗？"大个子道："会有什么结果，大不了鱼死网破罢了！"疤脸也道："盟主，我再说一遍，不是我们要这场战争，是英国人要这场战争！"梦长道："我想知道的就是这个！我们不要这场战争，是英国人要这场战争！在这样的局面下，我们还有没有可能避免这场战争！"大个子又道："为什么？我也再说一遍，人家把刀架到你脖子上了——"梦长激烈地打断他，道："对，你说得不错，我想知道的就是，英国人把刀架到我们脖子上了，我们是不是仍然可以避免这场战争！"疤脸道："我不明白！盟主口口声声说要避免这场战争，我们为什么要避免这场战争？"梦长更加激动了，道："那我告诉你，只要有了这场战争，我们多年在西马经营的一切全都要毁掉，八万客家兄弟将在这里受到三万英军的大屠杀！我们也许一时间可以成为西马的主人，但英军是有援助的，我们只能孤军作战，最后的结局现在就可以想象得到，我们没有胜算！"

众人又沉默起来。疤脸突然开口道："我不同意！"梦长吃惊道："为什么？"疤脸道："盟主过去就是因为太相信英国人会遵守自己的法律，我们才落到了今天的境地，难道现在你还相信英国人会遵守他们的法律？"梦长不说话了。疤脸又道："还有。就是邦雄的话对，我们也不能听他的。"梦长又吃了一惊，道："为什么？"疤脸道："公主和公主部族的伊塔人怎么办？当年公主嫁给盟主，是为了和中国人结成血盟，得到我们的保护！当初我们答应过公主和公主部族的伊塔人，一旦英国人和乌斯曼对他们发起攻击，我们就会断然出手站在他们一边保护他们。如果今天我们退缩，中国人，客家人，在西马还有什么信誉！你这位万人敬仰的中国客家领袖，在所有的中国人和伊塔人眼中，还有什么信誉！"

一时间大家又都不说话了。梦长的牙关再次格格响起来，猛然回头道："你们大家真的都同意起义？"众人道："对！"只有梦余一个人不说话。刘松龄道："盟主，英国人处心积虑地逼我们入死地，不起义我们也要失去一切，起义大不了还是失去一切，更何况这件事关系到公主殿下和公主部族的存亡。如果我们轻易认输，公主殿下的部族就一定会遭到乌斯曼部族和英军的大屠杀，苏丹陛下、公主殿下和他的人民将会成为乌斯曼和英国人的战俘，遭受屠杀和奴役！"梦长激烈道：

客家人

"不要再说了！我答应了，立即重建客家人云上军团，号令所有客家人起义！"张德伦松了一口气。梦长神情严峻，道："张大叔，刘叔，请两位前辈马上以我的名义传令全西马所有的客家人，立即在西马起义！起义的时间，就定在今天夜晚酉时，各处燃烽火为号！"

二人答应一声，转身离去。一直没有开口的玛塔突然开口："等等！"众人看他，张、刘二人也停下来。玛塔看梦长道："这么大的事情，为什么就不问问我？我不同意！"梦长大惊，愤怒道："你不同意？"玛塔一把拉起他道："你跟我进来！"梦长要拒绝，但她已转身走进内室。梦长想了想，跟进去，回手"砰"一声关上了屋门。

内室里，夫妻二人对面站立。梦长目眦尽裂，一开口就大叫起来："你说什么？你不同意！我是十族盟主，我的话就是命令，你怎么敢当着众人说你不同意！为什么？"玛塔用严厉的目光盯着他，道："因为你心中并不愿意带领十几万客家人在西马起义！别人不敢说出来，我替你说出来吧！你当年万里迢迢下南洋，千辛万苦在西马建设中国城和中国港，都不是为了有一天和英国人在这里决一死战。你不愿意现在为了帮助我们牺牲掉你已经聚集起来的队伍！"梦长大声反驳："不！你这样说不公平！我已经决定立即起义了！"玛塔道："这就是我为什么要说不同意的原因。"梦长又在咬牙，又回头："为什么？"玛塔道："因为你已经想出了主意，可以避免这场战争！"梦长大叫："我没有！"玛塔坚持道："你想出来了！不愿意承认罢了！如果你不好意思说出来，我替你说出来！你明明知道即使起义，八万客家人加上我的部族也无法战胜强大的英军，明明知道你来到南洋聚集起这样一支队伍不是为了现在让他们牺牲在这里，刚才还知道了如果能避免这场战争，反而有可能保护自己和所有南洋华商的利益，最后，你甚至都想到了一种避免这场战争的办法！"梦长还是不愿承认，大声道："不，我没有——"玛塔道："你想到了！你也明明知道即使你起义也保护不了我的部族和我的人民，可你还要这么做，不是疯了吗！"梦长的心大痛起来，道："可是……我不能不这样做！"玛塔突然上前紧紧拥抱他，流泪道："邦彦，不，我早知道你是钟梦长，可我仍然觉得你是邦彦，我的丈夫，我的亲人！……走吧，英国人，还有中国朝廷来的人，要抓的是你一个人，只要你走了，没有了战争，你就牺牲自己的利益保护了所有在西马的客家人，保护了帮助过你的南洋华商在西马的利益……我知道你的心了，最后打动你，让你不顾一切决定起义的是我！你担心如果你不起义，一个人离开西马，英国人，不，首先是乌斯曼的人，会对我的部族展开大屠杀。你这样做，是因为你心中放不下对玛塔、对我们的部族的诺言！"梦长痛苦地避开她的目光，呻吟一般道："不，不是这样的！"玛塔抬起一双泪眼道："玛塔已经和你做了多年夫妻，不是当年那个只记得自己部族存亡的女人了。玛塔现在明白你是谁，为什么来到南洋，来到玛塔的身边，违心地娶了玛塔，在西马建设了中国城和中国港！"梦长的牙齿又咯咯响起来，这一刻，他已经不知道怎么反驳她了。玛塔抽泣了一会儿，毅然道："邦彦，不，梦长，我的丈夫，你不是你一个人的，你像我一样，不属于你自己，你属于你的人民，属于中国，玛塔不能为了自己和本部族的利益，明知你阻止不了乌斯曼的人对我们进行屠杀奴役，也要留下你！你离开故乡来到南洋，是为了有一天能够带领一支大军回中国去，完成你要用一生去完成的大事！"

　　梦长内心受到强烈震撼，再也扛不住，大声道："不要说了！"玛塔大声叫起来，道："不，亲人，让玛塔说完，也许过了今天，玛塔就再没有机会说完它了！"梦长终于能够低下眼睛看她了。玛塔亲了一下他道："你走吧，离开我们，离开西马。中国城和中国港没有了，你自己也在西马成了西马人所共知的重犯——"梦长颤声道："可是……可是我走了，你怎么办？他们会怎么对待你和你的部族！"玛塔一把捂住了他的嘴，道："你走了，我的部族一定会遭遇大难。父亲会被迫退位，人民会成为乌斯曼的战俘和奴隶，土地山川海港会被英国人作为战利品占有，我自己也会遭到乌斯曼的污辱，最后被他当成奴隶卖到古巴去！可即使是这样，你也要走！我想要你走！"梦长不觉落泪道："公主为什么要这样？"玛塔离开他，走到一边去，让自己平静，突然回头道："我的话都说完了，你走吧！"

　　梦长道："不，我不能这么走！"玛塔看他，道："想让我说出更残酷的话吗？"梦长道："公主还有什么话没说出来？我想听！"玛塔一字一字道："我现在才明白，仅仅靠今天的你，加上所有的客家人，都救不了我们！"梦长心中大震："公主！"玛塔继续无情地说下去："不但救不了我们，你的人和我们的人还会遭受极大的牺牲，血流成河，尸骨如山！"梦长道："可是——"玛塔厉声道："不要打断我！乌斯曼不明白，当他和英国人一起灭亡了我的部族之后，他的部族也会成为英国人的奴隶，他的土地山川海港也会成为英国人的财富……这就是英国人带给我们伊塔人的命运，我们太弱小了，只能接受灭亡。但你们不是，你的祖国是个大国，有无数的人民，如果你和你的人真能在南洋找到一条救中国的路，一条你说的新路，有一天实现了恢复中华的梦想，也许不但能改变你们那个民族像我们今天一样受欺凌的命运，还有可能改变当今这个把弱肉强食当成法律的世界！"

梦长意识到在她的话语中，自己的心正在冷却，化成一团冰。玛塔又道："还有一件事，刚刚生的孩子是个男孩。本来想瞒过你，说他是女孩，但现在我不想瞒你了。带他走吧，由你来将他养大，成为像他父亲那样的人！"梦长忽然觉得不该再待下去了，他要走，又猛地回头，说出了最后一句话："可公主你自己怎么办？有什么打算？"玛塔一直没有回头看他，这时也回过头来，看他，流泪道："作为奴隶活下去！等到有一天，和你团聚！"

<h2 style="text-align:center">七</h2>

玛塔和梦长从内室走出来时，众人都吃惊地望着他们。梦长避开众人的目光，久久不语，他还难以相信自己真能说出刚才玛塔让他说出的话。梦余已经感觉到了什么，叫道："大哥……"刘松龄也叫了一声："少盟主！"最后是众人一起喊道："盟主！"梦长猛回头看他们，大声道："我改主意了。起义取消了。为了不给英国人对全西马的客家人和公主部族趁机进行大屠杀的借口，我离开西马！"

众人大惊失色。大个子道："什么？不起义了！怎么能这么儿戏！"刘松龄也道："少盟主，为什么？"梦长终于能够严肃地盯着每一个人了，道："公主说得对，钟梦长不是为了这场战争来到西马的，我没有权力让一支未来的客家人大军今天就牺牲在西马，更无权拒绝公主的决定，让她的部族哪怕作为奴隶继续活下去，直到一个光明的世界出世！"众人哑然，面面相觑，他们终于明白刚才在内室里发生了什么。大个子蹲下去，小声哭起来。

忽然疤脸匆匆从外面跑进来，看大家一眼，又急看梦长道："盟主，有新情报，英国人和乌斯曼的人收紧了包围圈，我们和山外的联络，被切断了！"大个子听了这话，不再哭泣，拭泪站起。疤脸看大家的形容，大骇道："你们怎么了？"大个子道："盟主反悔了！不起义了！"疤脸变色，看梦长。梦长道："现在我终于明白了，为什么英国人和乌斯曼的人将我们团团围困以后，没有立即发起攻击。他们一定是在等待什么！"张德伦猛醒："等待我们起义！"梦长点头道："对！那时他们就可以以平息暴动为理由，对全西马的华人和公主部族的伊塔人展开大屠杀。公主说得对，虽然我们有八万客家人，三百支枪，可要是和三万拥有火枪和大炮的英军作战，却一定没有胜算！"

众人低下头来，落下泪来，因为梦长说出了真相。有顷，刘松龄抬头道："少盟主，你真的做出了决定，要离开西马？"梦长点头道："刘叔，各位，钟梦长一个人离开西马，起义没有举行，英国人密谋的大屠杀就失去了由头，多年来我们在这里聚集的客家大军会被保留下来，将来一旦国内有事，我们仍能以它为基础组成新的云上军团，杀回国内战场！"张德伦也看梦长道："少盟主，这是你最后的决定吗？"梦长再次点头。刘松龄断然看大家道："少盟主既然已经做出了决定，那就是最后的决定。"他回看梦长，道："请问少盟主什么时候离开西马？到哪里去？怎么走？时间紧急，要马上做出决定！"梦长道："啊，我刚才说过了，我一个人走。你们都不要走，就是要走，也不要一起走，以免目标太大。"疤脸叫起来："不行，盟主身边不能没人保护！我们是你的兄弟，你到哪里去，我们就跟你到哪里去！"梦余道："大哥，你一定要走，我也没办法，我跟你走。"大个子听了急道："还有我呢！我说过了，这一辈子，盟主走到哪里，我就跟到哪里！我们同生共死！"张德伦看梦长道："盟主夫人，你就下令吧！"

梦长道："好吧。梦余，你不走，留下隐蔽起来，和刘叔和张大叔一起善后。几年前我不愿意接受你的主意，现在你可以联络所有在中国城和中国港投资的南洋华商，照着自己的想法去做。虽然中国城和中国港毁了，但相关合约还在，种植园和矿山还在，所有投资的南洋华商在法律上仍然对它们拥有权利！"梦余落泪，道："知道了！"梦长上前，帮他拭去眼泪，又道："记住，我今天走了，以后还会回来的，我们只是被打败了一次，并没有被彻底打败。无论如何，到了我们离家十年后回国的时候，我们都需要重新聚集起一笔财富！"梦余猛醒道："大哥，我一定努力，争取不让你失望！"梦长又回头看疤脸，疤脸泪花涌出。梦长道："仁宝，你心思缜密，想事周到。让义增一个人跟我走就行了。你留下来协助梦余。你还有另一个任务，尽可能想办法代替我保护公主和她的族人！"疤脸拭泪，慷慨道："方仁宝遵命！"梦长把目光转向刘松龄和张德伦，道："两位大叔，现在还没有多少人知道你们的身份，你们也留下，一是代我暗中继续掌管咱们的队伍，不要让人心散了；二是协助梦余和仁宝为中国城和中国港善后。钟梦长的离开不是逃亡，只是退却。从退却

客家人

的时候开始，我们就要做好卷土重来的准备！"二人含泪大声道："明白了，少盟主！"

玛塔所住的山寨前，梦长和玛塔拥抱在一起，热烈吻别。众人不忍多看，都背过脸去。玛塔突然推开梦长，道："够了！"艾玛含泪将襁褓中的婴儿交给玛塔。玛塔亲吻了一下婴儿，交给梦长，大声道："孩子，跟你爹走吧！你爹是个大英雄，将来你也要成为一个大英雄！妈妈顾不上你了！"梦长接过婴儿，看玛塔道："孩子就要离开妈妈了，赐给他一个名字吧。"玛塔道："我听说，你在家乡的儿子名叫树人，就叫他立人吧！"梦长道："好。立人，你现在有名字了。钟立人。"他将孩子交给大个子，回视玛塔，从身上拿出一份刚刚写下的文书，道："公主，钟梦长就此一去，有可能长期沦落天涯，再也不能保护公主，为了公主的安危，我写下了这份解除婚姻关系的文书。我走后，一旦英国人和叶赫星为难公主，你可以向他们拿出这份文书，证明你和钟梦长早就是路人了！"玛塔变色，回头一巴掌打在梦长脸上。梦长一惊。玛塔落泪道："你要和我解除婚姻关系？"张德伦上前解释："公主，时间紧急，盟主这样做也是为了公主的安危，公主就接受了吧？"玛塔不看他，只对梦长说话："钟梦长，你记好了，伊塔女人从来不和自己的丈夫离婚，我可以死，但不会抛弃自己的丈夫！"梦长重新将她抱在怀里，大声道："公主，记住我的话，钟梦长和玛塔永远是夫妻！如果命运还能让我们重逢——"玛塔一把捂上了他的嘴，道："不要再说了，有前面这句话就够了！"张德伦替她从梦长手中接过文书，对梦长道："盟主，快走！"梦长离开玛塔，回头对他和刘松龄拱手，道："两位大叔，我们就此告别！"二人拱手。张德伦道："盟主一路平安！"刘松龄道："有了地方，快些写信给我们，让我们放心！"梦长点头。疤脸看梦余道："我们去送送盟主！"梦余点头。梦长对梦余疤脸大个子道："我们走！"玛塔看他大步离去，猛地回头和艾玛抱在了一起。

一行人离了山寨，往前走了数里之遥，就到了伊塔河边。梦长疤脸大个子梦余登上独木舟，他们要将梦长送到河的对岸。独木舟驶向中流时，梦长不觉回首朝阿里·拉希德部族的山寨望去，不知为什么，他忽然觉得他可能再也不会回到这里来了。山寨前的一座山头上，玛塔带着艾玛急急奔上来，立在最高处，远远望着越来越远的梦长，身后是伊塔山区的原始风光，高山大河，白云长空。艾玛用悲伤的目光望一眼自己的主人。听玛塔大声喊道："立人，孩子，别忘了妈！……有一天一定要回来，救你的妈妈！钟梦长，无论我们今生今世还能不能重逢，我们都是夫妻！……"她的声音在群山间回荡，艾玛的眼泪长江大河般流了下来。

八

夜，叶赫星带巴什哈回到住宿的旅店。众侍卫上前迎接。一侍卫禀道："主子，全怡保都打听遍了，没有任何钟梦长的消息。"叶赫星自己也奔走了一天，一无所获，听到此言，勃然大怒道："没有他的消息，你们就这么高兴！"众人听了，都低头不敢言语。叶赫星迈步走向楼梯。一名侍卫看巴什哈，低声道："哎，今晚上不会有事了吧？"叶赫星听见了，站住了，回头看他们。众人急忙俯首肃立，道："主子！"叶赫星大声道："都猜一猜，钟梦长去了哪里。"众人不答，面面相觑。叶赫星更生气了，喊："问你们话呢！"一侍卫灵机一动道："主子，有消息说钟梦长逃出了西马。"叶赫星复怒道："这个我已经知道了，我是问，他会逃到哪里去？"一名侍卫忽然道："主子，我看不见得。西马这么大，到处是深山老林，他往那里一躲，就不好找了！"巴什哈道："会不会逃回国内？"先前那名侍卫道："不会。国内一直在通缉他，戒备森严，他敢逃回去？"一位一直没开口的侍卫道："会不会逃到南洋别的地方去了，譬如说……婆罗洲？"

叶赫星立即盯上了他，道："你说他逃到了婆罗洲？凭什么！"这名侍卫道："主子，奴才只是瞎蒙。"叶赫星大声道："不，你不是瞎蒙！你蒙得好！第一，钟梦长已经逃出了西马，真没想到他会这么聪明，但他就这么聪明！他这么一逃，英国人在西马剿灭所有客家人和阿里·拉希德部族伊塔人的如意算盘就落了空！但是钟梦长也不会逃回国内去，英国人封锁了西马所有港口，他上不了去国内的大船，只能随便从一个海滩上小船逃到南洋各岛上去，譬如说婆罗洲！"巴什哈松了一口气道："钟梦长逃去了婆罗洲，我们住在这里，就无事可干了！"叶赫星道："胡说！钟梦长不是一个人，他身边还有十八兄弟。但他不可能把所有人都带走，有一个人他再也带不走了！"巴什哈吃惊道："哪一个？"叶赫星道："死人！被我们打死的人，他带不走了！知道我说这话的意思吗？"众人互视，道："不……知道。"叶赫星道："钟梦长也许走了，也许根本没走。也许他走了，他手下的十八兄弟没走。客家人有个规矩，你们不知道。他们记仇。你杀了他们的人，他们一定会复仇，不然就不是客家人了。我们杀了他们的一个弟兄，就是钟梦长不会来找本大爷复仇，他手下的弟兄也不会善罢甘休！"众侍卫紧张起来，环顾四周。巴什哈道："主子是不是说，他们今晚上会到这里来？"叶赫星要走，又回头怒视他："我说过今晚他们一定会来吗？我说过了吗？"巴什哈低头。叶赫星又道："我是说，钟梦长不会来，但他的弟兄可能来，但也可能不来！不管来还是不来，你们都要小心提防！啊，我累了，要去睡了！"众人齐声答应："喳！"正要散去，叶赫星又回头道："就是睡觉，也要睁着一只眼睛！"众人又叉手站住，叫道："喳！"

夜深了，叶赫星一个人坐在房间黑暗处假寐。月光照亮了大床上的被褥，那里被伪装成了有人睡觉的样子。突然，他睁开了眼睛，目光投向紧闭的房门，因为一点点声音正从那里传过来，叶赫星镇静地看着那一点被月光微微映亮的刀尖正悄悄拨开屋门，嘴角现出一丝冷笑。门被无声地打开，矮脚虎持枪闪身进来。叶赫星一动不动，嘴角的冷笑却越来越重。矮脚虎朝床上看去。叶赫星突然开口："床上没人，在这儿呢！"矮脚虎大惊，猛回头。窗外的梦成突然大喊一声："有埋伏！"叶赫星抬手就给了矮脚虎一枪，"砰——！"睁眼再看，矮脚虎就地一个滚翻，人已经出了房门。

这时窗外的梦成也开了枪，"砰——！"随着枪响，叶赫星一个滚翻离开，子弹穿透了刚刚空出来的座位。滚在地下的叶赫星回手就给窗外的梦成一枪。"砰——！"门忽然被撞开，巴什哈带众侍卫涌进来。叶赫星站起。巴什哈大叫："主子，刺客在哪里！"叶赫星怒道："跑了！快去追！"众人转身就朝外走。叶赫星又叫："回来！"众人又回头看他。叶赫星道："不用追了，追不上了。都回去睡觉！"巴什哈不明白："主子……"叶赫星道："记住，从我们打死他的一个兄弟那天起，在这个世界上，钟梦长的十八兄弟，每一个都是爷我的死敌了！知道为什么要你们活捉钟梦长吗？"众人摇头道："不知道。"叶赫星道："昨天晚上在他的中国城，我本可以一枪毙了钟梦长。但要是这么快毙了他，他的十八兄弟，我就是走遍天下也找不见！只有让他活着，活捉了他，他的十八兄弟才会来救他，我也才能不用走遍天下把河洛十族最后的十八个男人斩尽杀绝！"众人含糊地回答："明白了！"巴什哈道："主子，是不是以后再遇上这样的机会，也只能将钟梦长击伤，但不能要他的命！"叶赫星又大怒，道："我这么说了吗！"巴什哈嗫嚅。叶赫星道："不知道该怎么做吧？"巴什哈自己扇了自己一个嘴巴。叶赫星道："真到了那种时候，你们就开枪，不能活捉，就一枪要了他的命。至于剩下的十六个兄弟，其实我也不用担心，他们一定会为了给钟梦长复仇自己走来会我的……真是怪了，我以前居然没想到这个。蠢！"众人不觉附和："是蠢！"叶赫星大叫："混账！"众急忙跪下："主子，奴才们失言！"叶赫星忽然又喜悦起来："起来！这样也好，要不我这一辈子，活着干什么？这下子就有事情干了！起来！"众人不敢再说话，爬起来看他。叶赫星道："还不走！"众人获得大赦一般离去。

怡保城外林中，淡漠的月光下，梦成正帮矮脚虎包扎手臂上的伤口。矮脚虎气愤难平，道："没想到中了他的埋伏！"梦成道："怪我不好，早该想到叶赫星会有防备！"矮脚虎看手中的转轮枪，将它扔在地下。梦成道："干吗把枪扔了？"矮脚虎道："没有子弹，连一根棍子都不如！"梦成道："还是留下，子弹我们想办法去弄！"他把枪捡回来，交还矮脚虎。矮脚虎哭起来。梦成道："你哭什么？"矮脚虎道："我们怎么办？连叶赫星都说，港主已经逃出了西马，我们无家可归了！"梦成想了想道："你想去找他？"矮脚虎道："当然！他是我们十八兄弟的头儿，不去找他找谁？"梦成道："其实想找到他，也不难！"矮脚虎道："怎么不难？你说得轻巧！"梦成道："跟着叶赫星，就能找到他！"

矮脚虎一惊，破涕为笑道："哎呀！对呀！叶赫星没抓到盟主，一定不会善罢甘休，我们在暗处盯着他，跟着他走就行！"梦成道："找不到我大哥，我们就不对他们动手，等他带我们找到了我大哥——"矮脚虎抢上来道："等他带我们找到了盟主，我们也不要现身，我们就在暗处盯着他们，要等他们对盟主下手，我们再在他们背后下手！"梦成笑道："螳螂捕蝉，黄雀在后！"矮脚虎道："还有一个好处，我们俩可以谁的号令也不听。我们就是我们自己，自由自在！"梦成高兴起来，叫道："一言为定！我们走！"

九

这样一个中午，天朗气清。马苏里·拉希德山寨外的崇山峻岭中，乌斯曼部族的伊塔武士正押着玛塔一族的大批被缚住双手的族人迤逦走来。忽然，一串马蹄声从后面响起，乌斯曼纵马驰过玛塔身边。玛塔用厌恶的目光回视他一眼，继续朝前走。一直走在她身边的艾玛更紧地靠近她，用自己的身子将她和乌斯曼隔开。乌斯曼催马赶上来，看玛塔道："我让人告诉你的话，你听到了吗？"玛塔回答："听到了。但我不会答应的。"边说边继续一步步朝前走。乌斯曼怒起，对众武士催促道："让他们快走！"众武士闻言，对玛塔族人扬起了鞭子，喝道："快走！"队伍的速度明显地加快了。

当天玛塔和艾玛就被迫和自己的族人分开，单独关进一间特殊的监牢。艾玛陪玛塔闭目而坐，不大一会儿，门忽然被打开，乌斯曼带人走了进来。玛塔睁眼看他，厌恶道："乌斯曼，又是你！"乌斯曼用仇恨的目光盯着她，半晌不说话。玛塔平静道："杀了我吧。我都准备好了。要不就卖了我。只求你做件好事，哪怕是要卖我去古巴做奴隶，也能让我和我的族人在一起！"乌斯曼道："我说过，只要你答应嫁给我，还可以活下去。"玛塔不再说话，重新闭上眼睛。乌斯曼绝望道："你真不想活了吗？"玛塔并不睁眼，道："不想了。从送走我丈夫那一刻起，就准备好了。你可以动手了！"乌斯曼牙关紧咬，要说什么，突然放弃，转身离去。众武士随他轰隆隆走出，门"砰"的一声重新关上。艾玛震惊地望着玛塔，哭起来："公主，你真的要——"玛塔道："艾玛，安静。不就是死吗？这没什么。我们来自这块土地，也要归于这块土地。"她视死如归的态度让艾玛突然平静下来。

夜来临。乌斯曼山寨内，两排伊塔武士高举火把，立在一座悬崖顶端，发出阵阵恐怖的啸叫。两名武士押着玛塔走来。乌斯曼站在悬崖边上监刑，从一开始就用仇恨和痛苦交织的目光盯着一步步走向悬崖边的玛塔。玛塔神情不变，在悬崖边站住，最后望一眼前方被无边无际的夜幕笼罩的群山，重新闭上了眼睛。在她的身边，众武士的死亡啸叫声更加响亮，更加激烈了。玛塔等了一会儿，忽然回望乌斯曼，大怒道："乌斯曼，为什么还不动手！快让他们动手！"乌斯曼举起手来又落下去，大声道："你……真的就不想回头了吗？"玛塔道："快动手！"乌斯曼彻底绝望了，骤然举起手来。几名武士立即上前，将玛塔抬举起，走向悬崖边。玛塔的目光最后望一眼无边的夜空，慢慢闭上眼睛。乌斯曼忽然又大叫："等等！"众武士停下脚步。乌斯曼大声道："现在宣布放弃和你丈夫的婚姻，我还可以饶过你！"玛塔重新睁开眼睛，斩钉截铁道："不！"众武士发出了更有力的叫喊："杀死她！杀死她！"乌斯曼猛地闭上眼睛。一名武士对悬崖边的武士举手示意，武士们继续走向悬崖边，终于停下来。

一串马蹄声忽然由远而近响起。乌斯曼猛地睁开了眼睛，惊恐地回头望去。

悬崖边举手执行坠崖刑的那名武士的手就没有落下去。一时间众人都回头朝山下望去。一名武士飞马驰来,神情焦急,奔向乌斯曼,匆匆说了一句什么,乌斯曼陡然变色,大叫道:"来人在哪里?"报信的武士道:"在殿下的大寨里。"乌斯曼道:"走!"一名武士将一匹马牵上来,他和武士上马,驰向山下。悬崖上的武士扭头回望他们,身后的啸叫声也停息了。

乌斯曼的大寨里,刘松龄一袭黑衣,背身而立。门忽然被推开,乌斯曼带报信的武士闯进来。刘松龄回头。乌斯曼恶狠狠地盯着他道:"你就是那个……来替钟梦长捎话的人?"刘松龄道:"对。我就是那个替钟梦长捎话的人!"乌斯曼道:"你有什么话说?"刘松龄道:"来自唐山的河洛十族客家人的盟主,名闻中外的客家人云上军团的主帅,全西马、全南洋客家人的领袖,全中国客家人的宗主钟梦长,让我捎话给殿下,虽然他和他身边的几个人离开了西马,但是他的人,他说的是所有的客家人,都没有离开西马!"乌斯曼大惊道:"什么意思?钟梦长想说什么?"刘松龄道:"殿下,钟梦长说,从公主和他成亲那一天起,公主就不止是伊塔人的公主,还是客家人的女人了。伤害一个手无寸铁的女人,殿下是在羞辱普天之下所有的客家人,向客家人云上军团,向全西马、全南洋、全中国的客家人宣战!"乌斯曼神情大变,道:"你……你在威胁我,我不怕!"刘松龄道:"钟梦长还让我代他传话给殿下,请殿下三思,什么人今天最希望伊塔人和伊塔人、伊塔人和西马的中国客家人之间自相残杀?"乌斯曼深深看刘松龄一眼,大声道:"送客!"报信的武士对刘松龄道:"请!"刘松龄最后看一眼乌斯曼,再无多余的话,转身大步走出,神情激烈。乌斯曼看着他离开,久久站立,牙关咯咯直响。报信的武士走回来,看他道:"殿下,怎么办?"乌斯曼腮部的肌肉在强有力地搐动,迟疑了半晌,突然大叫:"把她带回来!我不让她死!我要剥夺她的公主称号,让她像最卑贱的奴隶一样活着!——快去!"武士听了,转身跑走。

又是一个清晨,乌斯曼部落的监房里,玛塔在艾玛怀里慢慢睁开眼睛。艾玛惊喜道:"公主,你醒了!"玛塔看着她道:"我死了吗?"监房门忽然被打开。昨晚报信的武士走进来,看她道:"传乌斯曼殿下话,玛塔的公主殿下尊号被褫夺。从今以后,你和你的族人都是马苏里·拉希德苏丹殿下的奴隶。你现在可以带着他们回自己的山寨去了!"艾玛闻言大惊,看玛塔一眼,不相信自己的耳朵。玛塔忽然大叫一声:"艾玛,扶我起来!"艾玛急急扶她站立。玛塔一刻也没有迟疑:"我们

客家人

走！”报信的武士急忙让开路，看她们走出去。门外，玛塔迎着阳光站住，眯细眼睛望一下一碧无垠的蓝天。艾玛泪水盈眶，叫道："公主，好蓝的天！"

玛塔回看跟出来的武士，厉声道："我的族人在哪里，把他们还给我，让我们走！"艾玛回头一望，发现众多族人已经从身后的山洞里走出来，叫道："公主，他们在那里！"玛塔回头望去，泪水涌出，叫道："我们……回去！"众人没有欢呼，但都现出了笑脸，随着玛塔，迤逦向山下寨门走去。

寨门上方，乌斯曼用痛苦和仇恨的目光望着走出去的玛塔及其族人。一名武士看他，道："殿下，怎么让他们走了，不是说要统统卖到古巴去吗？"乌斯曼恨恨地回头看他一眼，一句话也不答，转身匆匆离开。武士回头朝寨门外望去，他发现已经走出去的玛塔又站住了。艾玛和他的族人看她。艾玛又叫起来："公主，怎么了？"玛塔目视远方，泪水盈眶，大声道："是他……还是他，救了我们！"众族人喊起来："谁？"玛塔大声道："我的丈夫！他留在西马，不一定能救我们，可他走了，却救了我们！他用他的离开又一次保护了我们！"众人都明白了，随她朝着东方的大海望去。那里，一轮朝日正在海上缓缓升起。

第十六章

一

一条大船停靠在南洋苏门答腊岛巨港市的码头上。梦长带梦余、疤脸、大个子抱着立人率先下船。梦长警觉地朝四周围一望，不觉吐出一口气，对梦余道："除了这里，听说你背着我还开了几处种植园和矿山，有这件事吗？"梦余矢口否认道："没有！当初你就让我弄一处，我怎么敢违抗你的命令，那不是在老虎头上挠痒痒吗？"梦长道："现在想来，你要是当初不听我的，就好了！"梦余忙道："大哥，你的话当真？"梦长警觉地回头道："快说，瞒着我还干了些什么？"梦余含糊道："大哥，也没有弄几处，总共有十几处吧。大哥呀，还是你英明，要不是当初你让我早早地在这苏门答腊岛行狡兔三窟之计，我们眼下真是一无所有了！"梦长高兴地看梦余，道："老五，干得好！狡兔三窟，我们现在有十几窟，你想带我们到哪里去？"梦余摇头道："大哥，哪里都不能去！"梦长大惊道："为什么？这里是苏门答腊，我们出了英国人的地盘，去哪里都应该是安全的！"梦余低头道："大哥，我把事情办砸了。"梦长急问："怎么回事？"梦余道："我们的产业虽然有十几处，可都是和英国人、荷兰人合股做的。大哥去了那里，英国人荷兰人马上就会知道产业真正的主人是谁，你就不安全了！"梦长皱眉想了想，拍了拍他的肩膀，断然道："不怕，我们还有地方去。我们去见何继仁先生，他是这里的华商总会会长！"说着又朝周围看了看，见其中没有可疑的人，才带众人朝码头外走去。

巨港是一座港口直连着市区的城市，码头并不繁华，货物胡乱堆在码头上，几个荷兰人指挥工人装货卸货，工人们全身黝黑，干枯瘦弱，并不注意下船的旅客。梦长一路走去，偶尔听到工人们的几句交谈，发觉竟也是客家话。出于安全上的考虑，他也不便上前相问，只带着众人朝前走。

眼看就要走出码头了，路边的一块告示牌吸引了梦长的注意，那里贴着一张通缉文书，上面附有被通缉者的画像，很多当地人都在看。梦余眼明，忽然低低叫了一声："大哥，那上面画的像是你！"梦长心中悚然一惊，再朝那边一瞥，只见几名荷兰警察已经瞅见了自己，其中一个队长模样的人对其他人示意，众警察立马离开告示，向他所在的地方快步走来，梦长脚步猛地收住，盯住荷兰警察，脑子里飞快地明白了已经发生的事情，正要想法子逃脱，大个子忽然在他身后叫道："怕什么，这里不是西马，没有人认识我们！"梦长眼里只有越来越近的警察，眼角余光迅速扫过周围，要带众人离开却又发现身边并没有可逃之路。

这时忽见两名南洋打扮的女人从背后推开荷兰警察向他们奔来。梦长看了来人一眼大惊道："法蒂妮小姐！"疤脸也叫："真是她！"法蒂妮冲到众荷兰警察前面，猛地扑上来，将梦长紧紧抱住，卡米拉也心领神会，在一旁护住梦长。众人看她们身后的荷兰警察，又看法蒂妮，愕然不解间，梦长已经完全明白了，低声激动道："法蒂妮小姐！卡米拉——！"法蒂妮急悄声道："华先生不要说话，快跟法蒂妮离开这里。"她拥抱住梦长不放手，半遮半掩地推他避开主路，向一侧的小路上走去。梦长迅速领悟了她的意思，对身后众人丢一个眼色，众人便匆匆随他们走上小路。卡米拉没有走，她仍然站在主路中间，假意东张西望，挡住了荷兰警察。那些荷兰警察已经奔过来，看她，又越过她朝离开的梦长等人张望。卡米拉一拉头巾遮挡他们的眼，故作亲热道："先生，苏门答腊最好的娼楼，愿意跟我走吗？"警察头目生气地看她一眼，又朝越走越远的梦长法蒂妮等人瞅了一眼，道："疯了，妓女跑到码头上拉客，妨碍公务！"要回头追梦长等人，大批刚刚下船的乘客已经涌过来，于是急对众警察道："快！拦住下船的人，一个个检查！"卡米拉机警地闪身跑开，回看众荷兰警察，已经向前奔向码头下船的人们。她一转身，就跑掉不见了。

二

巨港城中，法蒂妮的娼寮里，卡米拉正配合她用糊状的米粉喂立人。立人大口吞吃着米粉糊糊，刚才还在哇哇大哭，这会儿已经安静下来。梦长望着这位形容已经变了不少的伊塔女子，感动道："法蒂妮小姐，谢谢你！华邦彦当初给你带来了灾难，今天又是你在码头上发现了那张通缉令，帮了我，不然现在我已经在荷兰人的监狱里了！"法蒂妮用幽怨和激动的目光望他一眼，并不说话，只是低头小心将米粉糊糊一勺勺喂进立人的小嘴里。看梦长一直在等待自己解释，她才忽然抬起头来，道："我今天是偶然带卡米拉路过码头，就看见了那张告示，不是我要救你，是天意让我们又见面了。"说着，不觉抱立人站起，背过身去，她不想让梦长看到自己激动的泪花。卡米拉见了，也伤感起来。

忽然就响起了敲门声。卡米拉麻利跑过去，转眼就将梦余、疤脸、大个子引了进来。梦长急看他们，道："怎么样？何继仁先生找到了吗？"梦余忽然哽咽了一声，哭起来。梦长大惊道："怎么了？"疤脸道："盟主，快出去看看吧，这里的中国城被人点着了，一片火海！"梦长大惊，转身跑出。法蒂妮不觉喊了一声："华先生——！"梦余疤脸大个子随梦长奔出。法蒂妮急将立人交给卡米拉，也跟着跑了出去。

已经乱成一团的巨港的街道上，梦长带梦余疤脸大个子逆着逃离的人群急急奔走。法蒂妮在他们后方紧紧跟上来。在有名的中国城出入口处，梦长远远地站住了，众人随之站住，睁大眼睛，朝前方望去。一场大火正在燃烧，中国城的大牌坊也在大火中坍塌下来，更多的中国人正扶老携幼从城中逃出来，哭声遍地。梦长震惊地看着这一切，无法相信自己的眼睛，喃喃道："怎么会这样！怎么会这样！"忽见一名华商提着一只皮箱，带着夫人孩子从大火中奔出，边走边回头，泪流满面。蓦然，他的目光和梦长相遇，梦长冲过去，大叫道："何继仁先生！"华商放下皮箱，激动地大叫道："华先生！"两个人紧紧拥抱在一起。何继仁道："你怎么到了苏门答腊？"梦长道："遇到了一点麻烦，想到你这里避一避，没想到——"

何继仁回望焚烧中的中国城，摇头道："太不巧了！你瞧，三十年的心血，数十万银子的产业，让人一把火就这样烧光了，就剩下一只箱子，几件衣服……"他的眼里一时涌满了火光和被火光映得血红的泪水。梦长也满眼是泪，道："何先生，谁干的？"何继仁道："荷兰人！啊，你可能还不知道，眼下全世界都在排华，南洋各岛，到处都在焚烧中国城！"梦长吃了一惊，望着眼前越来越猛烈的大火，大声诧异道："排华？为什么？"何继仁痛心道："因为我们比他们做得好，他们就认为我们抢了他们的商业利益。啊，你读过郑观应先生的一本手抄本的书吗？"梦长猛醒，大声道："《盛世危言》？"何继仁道："对！郑先生说，眼下的世界大势，是一场遍及全球的大商战，借助统治力量在全世界排华，焚烧全世界的唐人街，将中国人从自己辛辛苦苦开垦和经营的种植园和矿山赶走，大量屠杀中国人，是他们正在对中国人

客家人

进行的这场大商战的最邪恶的部分！"

梦长已经明白了一切，他的心在流血，沉吟有顷道："何先生打算怎么办？"何继仁道："回国。到了这种时候还能怎么办，中国虽然不好，但无论好歹也是我们最后能投奔的地方，那里才是我们的安身立命之地！华先生，我不能招待你了，正好有条船要回国，我要赶去搭船，晚了就没有位置了！"二人拱手告辞，梦长不舍道："何先生，后会有期！"

何继仁走了几步又回头道："啊，我忘了问了，你的中国城和中国港怎么样了？"梦长喉头抽搐一下，道："没有了，让人烧了！"何继仁道："果然也是这样。走了！"梦长挥手道："一路顺风！"何继仁带家人匆匆离去；梦长眼里滴下泪来。

更多的人正从中国城涌出，哭喊声惊天动地。梦余抽泣了一声，道："大哥，回去吧！别看了！"梦长像被催眠一样回头，随众人夹在逃难的人群中踽踽而行，街道上到处涌动着无家可归的华人，哭声如同惊雷一样响彻整座城市。善良的法蒂妮一直悄悄跟在梦长身后，用同情和爱的目光望着他，一边帮他警惕着随时可能出现的荷兰警察。梦长忽然在一家坐在路边地下的华人面前蹲下去，问道："这位乡亲，今晚上有地方落脚吗？以后打算怎么办？"华人道："不知道。"梦长指着码头方向道："码头上有条船，可以回国去！"华人流泪，半晌才道："没有船资，什么都烧光了，怎么回去！"梦长动手从衣袋里摸出所有的洋元，交到华人手中，道："对不起，太少了，帮不上大忙。"回头对梦余等人道："你们谁口袋里有钱，都拿出来，我们帮不了所有的人，能帮一家也好！"梦余疤脸大个子在口袋里乱摸，只有不多几块洋元，也都递到华人手中。华人站起来，连连鞠躬道："谢谢。谢谢你们。"法蒂妮忽然从身后冲过来，默默取下腕上的一只金镯子，放进华人手里。华人有些吃惊地看着她，但还是说了句："谢谢你！"又坐下去。

一队荷兰警察突然逼近地出现在众人身后。梦长认出了领头的就是方才在码头上看见过他的警察队长。二人几乎面对面互视片刻，法蒂妮害怕起来，冲过来一把拉起梦长跑进身旁的巷子。警察看了一眼手中的通缉令，如梦方醒道："钟梦长，是他！快追！"众警察听了，鸣起警笛，一窝蜂向前追去。梦余疤脸大个子一惊，互视一眼，急忙横过身子挡在巷口，与人拥挤着，大喊大叫，拦住了众警察的去路。荷兰警察队长大急，冲天开了一枪，大叫："快让开！"枪声驱散了近处的人，梦余大个子也被推开，看着众荷兰警察追进了狭窄的巷子。

这时一直坐在路边地下的华人忽然大喜起来，抓住梦余，激动道："他就是钟梦长？十族客家人的盟主！"疤脸一惊，拉起梦余大个子叫道："快走！"华人盯着他们，大叫："别走，我也是客家人！"他要追上去，但疤脸梦余大个子已跑得看不见了。

毕竟法蒂妮路熟，在那条曲折迂回的小巷子里左转右转，就带梦长躲进了路边一家娼寮，很快又从这家娼寮的后门离开，藏进了另一家娼寮，直到夜深才回到了位于城市另一侧的法蒂妮家。梦余疤脸大个子正等得冒火，见二人平安回来，才都松了一口气。大个子回想白天发生的事情，后怕道："没想到盟主还没到，英国人就通过荷兰人追杀到了这里，他们倒是快！"梦余道："大哥，我们白天回来时仔细看了路边的告示，英国人控诉你的罪名有好多项，其中最重的是杀人罪、纵火罪和破坏公私财物罪，每一个罪名都可以判你绞刑！"梦长的牙关一时又咯咯响起来。疤脸道："欲加之罪，何患无词！盟主就是为了避免西马血流成河才主动放弃起义，逃到了这里，他们还是诬告他杀人放火外加破坏公私财物！"他一时又看梦长道："荷兰警察今天在这里发现你以后，已经在全城展开了大搜捕。巨港城市太小了，又失去了中国城和中国人做掩护，盟主不能继续留在这里！"梦长思索片刻，回头看法蒂妮道："法蒂妮小姐，谢谢你今天又一次救了我！我不能继续待下去了，想马上离开这里！"法蒂妮听了，一直因梦长的到来容光焕发的脸猛地黯淡起来，扭过头去。梦长不看他，对疤脸道："来，帮我化化装！明天早上我就要离开！"法蒂妮听了，回头道："这个我来吧！化装可是女人的强项，你们男人会什么！"众人看了，都闪开，看她走过来，开始为梦长化装。

下半夜的光景，化好装的梦长站起，看一眼大个子和后者怀中的立人，回头与梦余疤脸郑重告别，道："荷兰警察已在这里发现了我，从现在起，整个南洋都不安全了，为了不连累我们更多的人，我只好带立人和大个子离开，有了地方会马上捎信给你们！"说完回视法蒂妮，感激道："法蒂妮小姐，大恩不言谢，这次华邦彦大难不死，多亏了您！但愿我们还有相见之期！"法蒂妮脸上努力现出一个笑容，但泪水还是抑制不住，早溢了出来。忽然，她的目光落到大个子怀中的立人身上，走上前去将立人抱过来道："孩子留下吧，你们两个男人，带着他不方便！"梦长眼中现出了更多的感动，道："把他留下来，法蒂妮小姐会更不方便！"法蒂妮诚恳道：

客家人

"只要华先生信得过法蒂妮，法蒂妮就代华先生暂时收养这个孩子，我和孩子、卡米拉一起等你回来！"梦长一时犹豫起来。梦余急道："大哥，这倒是个办法。让法蒂妮小姐暂时把立人留下，等日后风声不那么紧了，你再回来接走他。"梦长看一眼法蒂妮，竟看到她的眼里默默现出的恳求，心一下热起来，一咬牙背过脸去，点头道："好吧。法蒂妮小姐，谢谢您。时间不会长的，一旦有了落脚的地方，我马上会安排人回来把孩子接走！"法蒂妮听了，脸上油然现出了欣喜，小心把孩子交给卡米拉，回头道："华先生，能告诉法蒂妮你要去哪里吗？"

梦余听了，急拦住话头道："啊，我大哥是不会离开巨港太远的！"说了就对梦长使一个眼色。梦长却对他和众人道："不，我改主意了。我要离开苏门答腊！"大个子叫道："为什么？ 这里有地方可躲，又到处都是原始森林，为什么还要满世界乱跑？当初你让老五行狡兔三窟之计不就是为了这一天？"梦长迟了一会儿才痛心道："现在全世界的中国城都在焚烧，中国人都在被驱逐。我们在西马的事业已经失败了，保住苏门答腊的这些产业，眼下比保住我的命还要紧！"众人听了，都不再说话了。

痴心的法蒂妮最后又问了一句："华先生，也许我不应该……可是……您不愿意留在苏门答腊，真的还有地方去吗？要是没有，法蒂妮这里也不是不能……"她没有把话说完，眼泪就又落了下来。梦余又想去阻拦，梦长推开他，答道："亲爱的法蒂妮小姐，我有地方可去。南洋这里我已经不能待下去了。我想去夏威夷，那里有我的一位朋友，也是著名的华商。夏威夷是美国的地盘，也许不会发生排华的事情，我想去那里躲一阵子。"法蒂妮听了，忽然想到了什么，顾不上拭去脸上的泪珠，拍手道："啊，我想起来了，明天天一亮就有一班客船去火奴鲁鲁。法蒂妮去码头送华先生上船！"梦长听了，高兴道："太好了！"回看大个子，"做好准备，天一亮我们就走！"

三

拂晓。巨港码头内，又有一条大船鸣笛缓缓靠岸。中部高级客舱里，叶赫星看了看巴什哈和众侍卫，突然道："下船！"巴什哈一惊，道："在这里？"叶赫星坚持道："下船！"巴什哈叫起来："主子，这是苏门答腊的巨港，不是婆罗洲！"

叶赫星怒起："混账，我说过一定要去婆罗洲吗？"众侍卫面面相觑。叶赫星看他们道："谁能猜出来我为什么要带你们在这里下船？"众人相视，都不说话。一侍卫鼓起勇气道："奴才想猜一猜！"叶赫星道："说。"侍卫道："西马的英国人已经向南洋的荷兰人发出了协助缉拿钟梦长的照会，如果我是钟梦长，一定会避开人烟稠密的婆罗洲，到人烟稀少的苏门答腊来！"叶赫星哼了一声："你是说，钟梦长这会儿说不定就在苏门答腊？"侍卫点头。叶赫星道："你只猜对了一半，还有一半，有没有人能猜得出来？"巴什哈心中一动，道："主子，奴才能猜！"叶赫星上下打量他，道："说。"巴什哈道："主子突然改变初衷，不去婆罗洲，改在苏门答腊下船，是想甩掉紧跟在我们身后的刺客！"叶赫星并不为自己的心思被众人猜出来高兴，看巴什哈一眼，道："下船！"众侍卫转身往外走，巴什哈又回头道："主子把铁良的洋枪队甩在西马，就带我们几个人来，是不是少了点儿！"叶赫星瞪他一眼，道："你怕了？"巴什哈哆嗦了一下，不敢再说话了。

就在他们身后另一间空的舱室里，矮脚虎耳朵贴在舱壁上，正偷听叶赫星等人的对话。忽然，他回头看梦成，大惊道："他们要下船！"梦成一惊道："胡说，他们要去婆罗洲！"这时二人已经听到了隆隆的脚步声。矮脚虎道："他们已经下船了。"梦成一下从铺上跳下来，道："快走，我们也下船！"矮脚虎道："可是——"梦成道："没什么可是！敌变我变！"二人走向门前，矮脚虎忽然掏枪出来，拉开一条门缝，瞄准从舱门内走出的叶赫星。梦成一把将他的手按下去，悄声喊："干什么？"矮脚虎怒道："你不要拦我！我还是忍不住，现在就杀了他，为和尚报仇！"梦成死死摁住他的手道："不能在这里下手。他们人多枪多，会把我们自己也赔进去的！"矮脚虎道："赔就赔！"梦成道："你怎么忘了，我们现在找不到我大哥，得让他活着，带我们找到我大哥！"矮脚虎："我说过了，盟主不会在苏门答腊！"梦成道："万一在呢？"说到这里，矮脚虎才不情愿地将枪藏好。

不多一会儿，叶赫星已带巴什哈和众侍卫上岸，忽然抬头朝前方眺望，站住不动了。巴什哈道："主子看什么？"叶赫星道："到了这会儿谁还敢说我是瞎打胡撞？钟梦长来了！"众大惊道："钟梦长？"边说边看到一辆马车驶进码头，停下来。马车上，法蒂妮陪梦长大个子下车。梦长忽然下意识地抬头向前看了一眼，也在第一时间内看到了叶赫星，神情一变，脱口道："叶赫星！"大个子一惊道："谁？"梦长已经一把将法蒂妮推到一边正在涌动的下船的人群中去。法蒂妮大叫："华——"对面，叶赫星已经拔枪，对众侍卫道："上，抓住钟梦长！"梦长转身要走，叶赫星等人已经围上来，几把枪同时指向了他和大个子。

一时间码头上枪声四起，刚刚下船的客人大喊着挤成一团，一片大乱。大个子悄悄退出战场，拉一把躲在马车后面的法蒂妮，二人上马车，车夫调头，马车飞驰而去。叶赫星听到响动，回头望见马车离开，心中一动，对众侍卫大叫："快，跟上马车，钟梦长走了！"他顾不上前方躲在货堆后的梦成和矮脚虎，回头率侍卫们追来。

马车穿过半个城市回到娼寮，法蒂妮和大个子推门进去，只见卡米拉和疤脸梦余正在一起喂立人吃米粥。疤脸见他们一脸惊慌，而且只有大个子一人回来，都失色道："法蒂妮小姐，义增，你们怎么——！"法蒂妮一时瘫在软榻上，说不出话来。大个子一边喘气一边瞪着眼看他们道："盟主回来没有？"三人面面相觑，道："没有。"梦余见事情不对，跳起来问："到底发生了什么事？我大哥在哪里？"大个子道："我们在码头上和叶赫星撞上了，枪响过后盟主就不见了！"疤脸闻言大叫道："快！老五，义增，带上家伙去寻找盟主！"法蒂妮这时才缓过气来，道："等等！我看见他了，枪一响华先生就藏在一堆货物后面，他没有事的！没有我他上不了船，他一定会回来的！"

这时，楼梯上忽然响起了脚步声。法蒂妮大喜道："华先生回来了！"她一闪身，门开了，梦长进门，还没来得及开口，她已经情不自禁，猛地扑向梦长怀中，紧紧拥抱住他，浑身颤抖，眼泪也下来了。众人都松一口气，看着二人。梦余扭过脸去，不愿意看下去。半晌，梦长才推开法蒂妮，一个个看众人道："法蒂妮小姐，快告诉我，你和义增是怎么回来的？"大个子道："我们趁乱上了马车，快马加鞭赶回来的。"梦长一惊，叫苦道："不好！叶赫星和他的人来过没有？"法蒂妮刚想说话，楼梯上再次响起脚步声。梦长回头叫道："他们来了！"梦余道："大哥快走！"大个子恍然大悟，道："坏了，是我们把他们引到这里来的！"话音没落，门已经被撞开，叶赫星带人冲进来，六支枪逼上每一个人的胸膛。众人一步步后退，被逼到了墙上。

叶赫星冷笑道："不要动！把手举起来！"众人看梦长。梦长慢慢举起双手。叶赫星在他口袋里摸索，掏出了自己的枪，回看法蒂妮，又看梦长，点头道："钟梦长，你果然在这里！我真替你害臊，到了南洋过了几年，这样一座马来婊子的淫窟

457

也能成为你的落脚藏身之地！可惜了，人算不如天算——"门"砰"的一声被再次推开，梦成矮脚虎出现在门口，举起双枪大喊："不准动！谁动打死谁！"众人又是一惊，一时都朝梦成矮脚虎望去，大个子大喜，叫道："邦杰！矮脚虎！你们来得太巧了！"叶赫星猛转身，欲对矮脚虎开枪，但已经迟了，他和矮脚虎的枪同时响起。室内一片烟雾腾起，梦成大叫："大哥快走！"众随着大叫："盟主快走！"梦长也大叫："大家快走！"说话之间，疤脸梦余大个子已相继从窗口跃出去。梦长随后一个箭步，跃向窗口，回头一眼瞥见墙角处紧抱立人的卡米拉，他大叫一声："卡米拉——！"又跳下来，冲向卡米拉。臀部被矮脚虎一枪击伤的叶赫星这时正躺在地下，忽然听到一声叫喊，忍住伤口剧痛，回头对梦长举枪。贴墙站立躲避枪弹的法蒂妮一眼瞅见，下意识地上前挡住枪口，大叫道："不——！"叶赫星的枪响了。法蒂妮胸口中弹，头向后一仰，倒在梦长怀里。梦长大叫："法蒂妮小姐——"法蒂妮最后用手捂住汩汩流血的胸口，声音已经微弱，仍在尽最后的力气叫喊："华先生快走！"

梦长泪水涌出，大叫："不！"叶赫星再次持枪瞄准，倒在地下的巴什哈也爬起来，枪口指向梦长。梦长见状，大吼一声，手托法蒂妮跃起，飞向窗口。叶赫星巴什哈枪响，再睁眼透过烟雾望过去，抱住法蒂妮跃上窗口的梦长已经不见了踪影。

这时梦成和矮脚虎已被众侍卫在枪战中一步步逼到一层楼梯下。矮脚虎不依不饶，仍要向着楼上开枪，发现已经没了子弹。梦成一把拉住他道："好汉不吃眼前亏，我们快走！"二人腾身出门。

梦长将法蒂妮抱进远处的树丛，法蒂妮目光已经混浊，仍然痴情地望着梦长。梦长心中悲痛至极，大声哽咽道："法蒂妮小姐，为了我，你不该这样……钟梦长不配你这样！"法蒂妮气力渐失，张口要说话，却发不出声音。梦长把耳朵凑近她苍白的嘴唇，听她颤声道："华先生，不要这么说……法蒂妮和你是签了婚书的……虽然我们没有做一天的夫妻，可是照伊塔人的传统，我已经成了你的妻子，这颗心一生都不能再给别人……"说着，她的手伸向胸前，从贴身处扯出一张浸满血的文书，正是她和梦长当初签下的婚约。梦长心如刀绞，眼中闪出泪光，大声道："法蒂妮小姐，我……"法蒂妮突然又有了气力，伸出手拭去梦长眼角的泪花，断续道："华先生……你是位英雄……不要哭……离开西马……我以为再也不能做你的妻子……为你去死了……是你又给了我机会……法蒂妮很幸运……因为我仍然能为我的丈夫去死……像一个好女人那样去死……"说到最后，她脸色一变，猛地闭上了眼睛。

四

法蒂妮娼寮二楼房间里，灯火仍然亮着。叶赫星在众人的帮助下，草草包扎了臀部的大伤口，一回头，看见卡米拉仍然抱紧立人，缩在房间一角，用恐惧的目光望着他。叶赫星忽然放声大笑。卡米拉听了，越发现出了惊恐的眼神，将立人抱得更紧。

叶赫星对巴什哈道："把我扶起来！"众人上前扶他站起，走向卡米拉。叶赫星道："你叫什么名字？"卡米拉颤声道："卡……米拉。"叶赫星道："卡米拉，多好听的名字。告诉我，卡米拉，这是谁的孩子？"卡米拉心中一动，叫道："卡米拉自己的孩子。"叶赫星伸手将襁褓打开，看了一眼，大叫道："你撒谎！这是钟梦长的孩子！钟梦长和西马的伊塔公主生的孩子！"卡米拉恐惧地摇摇头。叶赫星冷笑道："你撒谎哎，把孩子带走！"

巴什哈上前抢夺孩子，卡米拉大叫："不！还我孩子！"她奋不顾身地去抢，被两侍卫抓住，拖出房间。一名侍卫跪下去，让叶赫星趴在他背上，在众人的护卫下走出娼寮。卡米拉也被他们带出来，回头看去，巴什哈已经放起火来。叶赫星趴在侍卫背上，回望燃烧起来的娼寮，眼中没有欢乐，只有痛恨。卡米拉一路挣扎，这时大叫道："不要！你们毁了法蒂妮小姐的家！"藏在楼前花丛中的梦成一眼望见叶赫星，对矮脚虎道："不好，他们带走了卡米拉和立人！"矮脚虎道："只可惜没有子弹了，要不然——"他一边说，手一边在浑身上下到处摸索，忽然摸出了一发子弹，兴奋起来，激动地将它装进弹舱。梦成见了，一把将枪从他手里夺过来，大叫道："一定要把立人夺回来！"说着瞄准已经走过去的叶赫星，"砰"地开了一枪。叶赫星应声大叫，腾出一只手来再次捂住屁股，道："哎呀！又打着我的屁股了！"巴什哈和众人急忙带他趴下，回头向身后的花丛中还击，立人也被扔在一边。卡米拉趁乱将他抱起，慢慢爬向身边的树丛。一名侍卫回头发现，大叫道："主子，钟梦长的儿子又被抢走了！"叶赫星忍痛大叫："快去抢回来！"众侍卫都看巴什哈，巴什哈听着对面已经没有了枪声，壮着胆子道："留一个人和我一起把主子背回去，其余的人去追那个伊塔女人！"四名侍卫答应一声，一个背着叶赫星和巴什哈离开，其余三个朝卡米拉逃走的方向追去。

梦成矮脚虎早已看到发生的一切，移身过来，藏在树丛中。矮脚虎对梦成道："我们怎么办？没有子弹了！"梦成想了想道："一定要保住卡米拉和立人！没有子弹还有拳脚！"矮脚虎叫了一声，高兴道："对了，把看家的本事忘了，跟他们练练！"三名侍卫刚刚走进树丛，二人突然在他们面前站起，一阵拳脚，三名侍卫猝不及防，全部被打倒，枪也被踢飞。梦成一声招呼："走！"二人转眼就不见了。三名侍卫爬起，找到自己的枪，向梦成矮脚虎逃走的方向频频射击，却不敢再追赶过去。

梦成矮脚虎在树丛深处找到卡米拉，惊喜道："太好了！卡米拉，谢谢你！立人在哪里？"卡米拉将立人抱给两个人看。矮脚虎吃惊道："这小子天生是个做大事的，这样的阵势，他也不哭，睡成了这样！"梦成见立人在，放心了，道："此地不可久留，快走！"卡米拉道："法蒂妮小姐怎么样了？"梦成半晌才道："法蒂妮小姐……死了！"卡米拉闻言大叫一声："什么？她在哪里？我要去看她！"说着身子就软了下去。梦成矮脚虎急忙架起她，抱住立人，匆匆离去。

叶赫星当晚寄宿在市内一家上等旅馆的二楼，出于安全方面的考虑，他让老板赶走了所有顾客和杂役，整幢小楼只有他和几名侍卫租用。正所谓无巧不成书，当晚梦成和矮脚虎以为要用一夜时间寻遍全城旅馆，才能找到叶赫星，没想到才到第二家旅馆，就发现了目标。二人闪身进了旅馆一楼，藏身楼梯下，抬头望去，只见一名大内侍卫持枪在二楼叶赫星住宿的套间门外走动，目光警觉地注视着楼上楼下。此前他们已经打听清楚，二楼是一间大套间，一个很大的起居室连着一间更大的卧室，叶赫星和巴什哈及他的另外三名侍卫都在套间里。忽听脚步声响亮，原来是二楼的侍卫正向楼梯口走来。二人急忙隐身在灯影下，待脚步声远去，才重新抬起头来。

二楼上的侍卫听到楼下有脚步声，不觉喊一声："谁？"矮脚虎以为被发现，转身朝楼门外跑去。侍卫急顺着楼梯走下来查看，见楼门大开，不觉追出楼去。梦成趁机翻身上二楼，三步两步已悄声移至到了房间门外，背靠门谛听了一瞬间，听不到任何动静。忽然，他又听到了刚刚下楼的侍卫从楼梯上走回来的声音。梦成无处躲避，一咬牙推开虚掩的屋门闪身走进去，同时猛地向前出枪。侍卫走回来，左右看了一遍，见没有动静，又放心地重新来回走动起来。

梦成此时已置身旅馆套间外面的大起居间，他没想到这里居然开着灯，却没有人，能听到的是从里面大卧室发出的叶赫星的呻吟和叫喊。起居间和大卧室之间有一道门，门上挂着门帘，梦成一不做二不休，壮着胆子走过去，用枪将门帘挑出一条缝，朝里面望过去，一眼望见了大床上仍在一声声叫喊的叶赫星！忽然，他注意到巴什哈向外面走过来，梦成一惊，急闪身躲在一家具后面。巴什哈走到大起居间，取过一样东西又进去。梦成缓一口气，探身出来，再一次透过门帘缝望见了叶赫星，新仇旧恨让他怒火腾起，顾不得自己置身绝境，猛地举起枪来，目光透过准星瞄向床上的叶赫星，手指一点点在扳机上用力。他知道自己只有一次机会，必须要确保万无一失，心里默默念诵道："法蒂妮小姐，和尚兄弟，死在叶赫星手下的十族乡亲们，梦成为你们报仇来了！叶赫星，你今天终于落到了我的枪口下！"

忽然他的目光聚焦在叶赫星裸露的臀部的某个地方，那里距离刚刚被包扎好的两个弹坑极近，似乎与别处有所不同。他盯着那个地方望去，目光渐渐清晰，那是一个血牙印！梦成勃然变色，扳机上正在用力的手指不觉停住。他以为自己看错了，迅速让自己心情平复，重新聚精会神朝那个方向望去，又一次望见了那个血牙印！叶赫星的目光陡然从大床上直望过来，大叫："有刺客！"他一边喊，顺手抓过床头的枪，回头给了梦成一枪。

房间里顿时大乱。众侍卫从套间内和门外冲过来。一时枪声大作，硝烟弥漫。待枪声停止，巴什哈扶叶赫星下床走到起居间，室内早就没有了梦成。一名侍卫捡起丢在地下的手枪，叫道："主子，枪！"叶赫星不看枪，仍盯着地下看。又一名侍卫大叫："主子，血！我们把钟梦长打伤了！"叶赫星顺着一滴滴血迹朝前方看去，目光骤然指向一扇半开的窗户，大叫一声："那里！"众侍卫奔向这扇窗户，居高临下看去。庭院里黑乎乎的一片，除了树木，什么人也没有。

这天上午，在巨港的郊外，一座新坟已经完成，梦长带梦余疤脸大个子来到坟前，按伊塔人的风俗献上各种热带水果和鲜花作为祭品，同时还按中国客家人的风俗摆放着香烛纸马和仙逝的人的牌位。牌位上写着一行汉字："恩人法蒂妮·西尔玛小姐之灵位。"卡米拉站在新坟的一侧，含泪看着梦长带着众人向坟墓深深地做最后的三鞠躬。疤脸道："盟主，时辰不早了，快走吧。"梦长转身欲去，卡米拉突然开口道："华先生等一下！"梦长回身看她。卡米拉道："华先生不能就这么走！法蒂妮小姐是为华先生死的，虽然华先生不愿意承认你和小姐是夫妻，可在小姐心中，你就是她今生在世间唯一的丈夫！"听了这一番话，那一直在梦长心中被压抑着的痛苦猛地升腾起来。卡米拉又道："华先生，卡米拉不会逼华先生承认小姐是你的妻子，只是……只是想替小姐做件事儿，小姐不能就这样死。卡米拉难过！"她哭起来。梦余等人一时间都看梦长。梦长转身面向法蒂妮的坟，单膝跪下道："法蒂妮小姐，你对钟梦长恩重如山，我们虽没有做过一天夫妻，但从今天起，钟梦长正式宣告，你就是我的妻！"他俯首下去，磕了三个头。卡米拉大惊，道："华先生，你真的——"

梦余的眼泪早就下来了，扯一把大个子，道："来，我们也给大嫂行个礼！"疤脸大个子走过来，和梦余站在一起，对法蒂妮的坟行礼。卡米拉突然在法蒂妮的坟前跪下来，大声道："小姐，你听到了吧，华先生已经宣布你们是夫妻了！你的心愿实现了！"她大哭起来。梦余上前将她扶起，众人一步三回头地离去。

海滩上，一条渔船早就等候在那里。卡米拉带梦长带梦余疤脸大个子走向渔船，梦长忍不住又朝这座城市回望一眼。梦余看他道："大哥，上船吧，老四和矮脚虎已经带立人走了，现在我想明白了，他们一定是为了减轻大哥的负担才带立人走的！"梦长不说话，仍然看了最后一眼，才转身走上渔船。众人随他上船。渔民打扮的当地人划起桨来，渔船驶向大海。梦长向岸上的卡米拉招手，道："卡米拉，好姑娘，再见了！我们后会有期！"卡米拉在岸上向他们招手，含泪大声道："华先生一帆风顺，卡米拉会一直留在这里，守在法蒂妮小姐身边，等华先生回来！"

五

这艘渔船将梦长一行人带离巨港，在苏门答腊岛另外一处港口。他们弃去渔船，乘上一条大船，漂洋过海驶向夏威夷。几天过后，一直在舱内沉沉大睡的梦长忽然听到梦余的叫喊："大哥，火奴鲁鲁！火奴鲁鲁到了！"火奴鲁鲁是夏威夷的首府，梦长听了，急忙起身下铺，精神也振作起来。

众人随船上乘客下船时，一切似乎都还正常。走上了码头，梦余猛抬头朝前方望去，叫了一声："大哥！"梦长朝前方望去，隔着逶迤的群山，他看到山那边的天空一片火红，无数的人正向从城市那边向码头涌来。梦长来过这里，猛然想到了什么，变色道："快走！山那边就是中国城！"

他们逆着人流走过一道山口，梦长猛地站住。中国城就在眼前，在燃烧。大批难民哭喊着从城中逃出，从他们身边涌过去。一个孩子大喊："爹，娘，你们在哪

客家人

里？"一女人发疯般从火中奔出，扬手向天，叫道："天哪，活不下去了！这可怎么活呀！"她一路奔过去，跳进不远处的海湾。

梦长一时说不出话来，整个人似乎僵在了那里。疤脸看他一眼，突然大声痛苦道："怎么这里也要焚烧中国城！我们一路上走过来，苏门答腊在焚烧中国城，婆罗洲在焚烧中国城，可这是夏威夷，是美国呀，这里不是南洋！"梦长大叫一声："走，进城！"众人吃惊地看他。梦长红着眼睛大喊："看我干什么，快进城！"众人随他奔进城内去，忽然又站住了，梦长发现一名华商正向他奔过来。华商大叫："华邦彦先生！"梦长认出他来了，叫道："梁锦华先生！"二人冲过去，紧紧拥抱在一起。

大火就在他们身边熊熊燃烧，但二人的脸上仍然现出了久别重逢的笑容。梁锦华看梦长道："我知道了，你是来找我的！"梦长点头。梁锦华又道："你从西马逃出来，先去了南洋各岛！"梦长点头。"那里怎么样？"梁锦华又问。梦长一直倔强地让自己脸上保持着笑容，道："从苏门答腊的巨港，到婆罗洲的古晋，整个南洋，每一座中国城都在燃烧！"梁锦华脸上的笑容顿时凝固了，自语一般道："我以为只有美国人这样做，没想到，英国人、荷兰人也这么做！"梦长机械地点头。"啊，你的事我都听说了，英国人、荷兰人都在追捕你，你在到处逃亡！"梦长道："对，这不，现在逃到了你这里！只是没有想到，美国也在焚烧中国城！"梁锦华半晌不说话，好久才道："你错了！我也错了，我们都不知道，这是一个浪潮，全世界都在排华。你更不知道的是美国首当其冲！"梦长瞪目道："首当其冲？"梁锦华道："虽然全世界到处都在排华，但在所有排华的国家和地区，只有美国国会正式通过了专门的排华法案，排华的浪潮比全世界任何地方都要疯狂。因为焚烧中国城，驱赶中国人，夺走中国人的财产，是法律允许和鼓励的！"梦余一直在旁边听，这时痛心地叫起来："大叔，华人到底做了什么，让他们这样！"梁锦华看他一眼道："小兄弟，华人什么也没有做。华人千辛万苦走出国门，到异国他乡谋生，时时提心吊胆，处处谨小慎微，只求能活下来，可还是不行，他们就是不能看到你好好地活下去！"疤脸愤然道："这里面一定有原因，不然为什么美国没有通过排斥别的国家移民的法案，只有排华的法案和风潮！"梦余回头代梁锦华回答道："我知道什么原因，我在美国待过。华人太勤劳，太能吃苦，你给他一块石头，他都能在上面开出花来……不管什么地方，只要容许华人落脚谋生，马上就能创造出大笔财富，成为当地经济发展的火车头！"疤脸不解道："发展当地经济，应当受到奖励，怎么能成为排华的原因！"梦余道："你是客人，人家是主人，主人怎么能容忍客人成为本地经济的主宰！"疤脸想了想又道："鸦片战争后，外国人大量进入中国，主宰我们的经济，中国人为什么不能像他们一样将他们排斥出去？"梁锦华悲愤道："这位兄弟，你问得好！这话问到了根子上！为什么，因为中国是个弱国，任人欺凌，中国人在海外，就只能像没有父母的儿女，任人欺凌。"他的目光重新转回向梦长，"华先生，你刚刚走遍了半个地球，都看见了，国外每一个公开排华的地方，都有一个中国政府不敢得罪的外国强权在背后支持当地人反华……我算看透了，只要我们的国家、我们的父母之邦不够强大，不能保护海外的华人，我们这些人永远都只能任人欺凌，永远都没有出头之日！"说完，他蹲下去，也不顾众人都站在他面前，竟然抱着头号啕大哭起来。哭了一阵，站起来提起身边的旅行箱，也不跟梦长招呼一声，就带着自己的家小，匆匆离去了。

这一天过得飞快，暮色几乎是一转眼就来临了。大个子担心地看了一眼一天来一直石像般原地伫立的梦长，道："盟主，你都站了一天了，也不说话，也不说走，到底怎么着？夏威夷我们也不能待了，走吧！"疤脸道："走，说得轻巧，为逃避英国人和荷兰人追捕，盟主带我们已经走了半个世界，还能走到哪里去！"忽然，众人都看见了，梦长的眼泪断线珠子一般滚落下来。梦余急道："大哥，不要这样！这不是你的错！"疤脸道："盟主，这里没人收留我们也难不倒我们！就是住野地，住山洞，我们也活得下去！实在不行我们就回国，回云梦山区，卧薪尝胆，重新积聚力量，回头再来！"大个子也道："盟主你可甭哭，你一哭我的心就疼死了，我也要哭了！没人帮我们也不怕，我们活就一起活，死就一起死！"

像方才突然流泪，梦长的眼泪又匆匆停止了。他回头看大家一眼，道："不，我不是为我们走投无路落泪，我是在想，这些年我还是错了！我居然相信了英国人的话，相信了他们的文明，相信自己真的已经为恢复中华找到了一条新路！"众人吃惊地看他，忽然又听梦长大声道："如果我们自己的母国不强大，不，是我们自己不能让她重新站起来独立于世界民族之林，世界上所有的法律、制度、文明，都不能保护我们，所有的法律、制度、文明，都会在我们面前变成赤裸裸的弱肉强食！没有一个强大的、有尊严的中国，这个世界上就没有中国人的立足之地！望北在这件事上说对了，我们就会像美国的印第安人一样，被从自己的土地上赶尽杀绝！"众人默默地听他说完了这番痛彻骨髓的话，都流下泪来。

梦长目光转向东方的大海，担忧道："整个美国都在排华，不知道望北他们怎么样了！"众人的目光随他转向东方，都为望北和他身边的兄弟以及和他一样到美国做工的华人担心起来。有顷，疤脸忽然想起来什么，回头道："盟主，我们怎么办？不管到哪里去，我们总得去个地方！"梦长回头，深深盯住梦余。梦余心慌起来。梦长盯住他不放，道："是不是还有地方可以去，你没告诉我们？"梦余吞吞吐吐道："是……还有个地方。"疤脸、大个子齐声叫起来："有地方还不快说！"梦余不情愿道："婆罗洲的山打根，离山打根一百多里，华表叔当年的胡椒园。"梦长吃惊道："什么，怎么会是它？"梦余不敢抬头，道："啊，华表叔牺牲时把胡椒园留给了我们，我没禀报大哥，就让张大叔作主售给了别人。实际上，这个别人就是我。"

大个子一下将梦余举起来，大叫道："太好了，老五，你了不起，居然还留了这么一手，连盟主都瞒住了！"梦长没有喜色，又道："你怎么没在那里和英国人荷兰人合作？"梦余道："不是我不想，是英国人荷兰人不干。"疤脸诧异道："为什么？"梦余道："那块土地和婆罗洲的原住民塔尔塔尔人为邻，据说他们吃人，招不到工人，所以到这会儿还荒着呢！"疤脸道："荒着呢什么意思，别是什么也没有吧？"梦余道："我也三年没去了，原先有座房子，现在不知道倒了没有。"大个子抱怨道："哎呀我的天哪，什么也没有，还要天天和吃人的土著做邻居！"众人还要嚷嚷，梦长忽然道："我们就去那里！"大个子愕然道："真到那里去？"梦长道："我小时候就在华表叔的胡椒园里长大，从没听说过塔尔塔尔人吃人。那里山高皇帝远，荷兰人不容易发现我们。还有一件事，我要告诉大家，从现在起我们的目光要转向国内！离开中国已经八年，再有两年，无论我们能不能真的找到一条新路，都要回去！"大个子看疤脸一眼，脸上现出了愉快的表情，叫道："太好了！我天天都想回去，重新把云上军团的大旗打起来，跟盟主一起纵横天下，杀他一个痛快！"梦余看他一眼，对梦长道："大哥，走吧，码头上正好有一条回南洋的船！"

众人连夜赶回码头，艰难地挤上那条下南洋的大船。大船启航后梦长没有马上进舱，又在船舷上站住，回头向北方的大海长久地眺望。梦余看他道："大哥，怎么了？"梦长半晌才道："梦成要是带立人回家，也差不多该到了！"众人听了，都不觉抬头向北方望去。

六

　　婆罗洲东北部的山打根地区，群山连绵，绿水奔流，林莽遍地，荆棘丛生。梦长带梦余疤脸大个子顺着一条若隐若现的小道，拨开丛丛榛莽走过来。大个子站住，拭汗，放眼朝前方望去，道："盟主，"老五，是不是走错了，这儿没有什么胡椒种植园啊！"梦余打开手提箱，从里面拿出一张手绘的地图，反复比照，道："没错，就是这里！"众人茫然四顾，看到的仍然只是些荒草野树。梦余回头看梦长，再次肯定道："大哥，就是这里，只是荒芜得太久，房子也塌了，咱们快去找找，一定能找到！"梦长一直往前方看，这时终于开口道："前面应当就是当初我和华表叔住过的房子，大家快去找！"

　　众人继续朝前方山坡上寻去。在密密麻麻的藤蔓植物的覆盖下，一座坍塌的旧房子显现出来。梦余疤脸走在前头，这时回头呼喊："快来，在这里！"梦长带大个子快步走过去，拨开层层绿色，看倒塌的房子，点头道："对，就是这里！"大个子失望道："这里什么都没有了，房子也没有，怎么住呀！"梦长沉吟不语。梦余不安地看他，道："大哥，是我没把事情办好。"梦长道："这怪不得你。"看大家道："没什么，我们留下来！自己动手重开胡椒园。大家到处去找一找，一定还有活下来的胡椒树，说不定哪里还能找到工具！"梦余忽然想起了什么："大哥，刚才路过的镇子离这儿不很远，真要留下来，我和义增回去买点工具，再买一点过日子的家伙！"梦长道："很好！"大个子还在朝周围张望，叫："哎呀我的天哪……这荒山野岭的，真要在这里住下来？"梦长正色道："华表叔当年刚到时也是这个样子，南洋所有的胡椒园都是在荒山野岭里开出来的！梦余，义增，你们俩去镇上买东西，我和仁宝搭篷子，今晚先凑合着安顿下来。明天起，我们就动手，重新把胡椒种植园开出来！"大个子回头道："这么大一片荒山，都开出来？"梦长道："对，都要开出来！啊，大家不要担心，过了这一阵子，风声不那么紧了，我们就悄悄知会西马的乡亲，愿意来的都到这里来，和我们一起把这里的几座大山全开出来。如果有可能，将来我们在这里建一个南洋最大的胡椒园！"

　　他一边说，一边已经开始动手拨开藤蔓，从旧房子里抽出可以搭棚子的木料。众人都注意到了梦长心情的变化。大个子一边拉梦余朝山下走，一边偷偷嘀咕，笑："哎，瞧见没有，一到了这里，说起开辟胡椒园，盟主的心情就不一样了！他天生就是个做事业的主儿！"梦余道："咱们快走！天黑前还要赶回来。也不知道这地方有没有邮局，我得把大哥在船上写给望北哥的信发出去！"疤脸冲他们喊："别忘了买口锅，火柴，马灯，还有……还有就是开山的家伙什！"二人回头答道："忘不了！"

时近午后，在那座旧房子前面，一座茅寮搭建起来。梦长继续带众人动手砍去四周的灌木丛。梦余回头朝深山方向远望，又想起了一件事，低声道："哎，大哥，我在山下镇子上买东西，那里也有华人。他们说，你们可真胆大，敢在那里开胡椒园！"说到这里他停住了。梦长道："我知道你想说什么！又是塔尔塔尔人吃人的事情对吗？我早说过，当年我和华表叔在这里住了十几年，也没听说塔尔塔尔人吃人！……干活吧，天黑前一定要把这块地方清理出来！"众人听了，又干起来。

拂晓时分，梦余尚在梦中，忽然听到一种奇怪的声响："嚯！嚯！嚯！嚯！"他以为是又返回的巨蜂嗡嗡声，而且越来越响亮，近乎雷鸣，猛然醒来，睁眼看去，只见茅寮内外被火把照得亮如白昼，发出那种声音的不是巨蜂而是一群涌进茅寮的当地土著塔尔塔尔人的武士！

梦长疤脸大个子已在睡梦中被抓住，什么也来不及做，就被捆上了。他们挣扎，大叫："干什么？什么人？"塔尔塔尔人中一个首领模样的人摆一下头，众武士将众人推出去。嘴里仍然整齐地发出那种恐怖的叫喊："嚯！嚯！嚯！嚯！"梦余大声看梦长道："大哥，他们是什么人，要干什么！"梦长用吃惊的目光望着塔尔塔尔人，不回答。疤脸想起来，喊："塔尔塔尔人？"梦长点头。大个子大叫道："他们不会是要把我们吃了吧！"梦长不答。塔尔塔尔人的声音却更加响亮了："嚯！嚯！嚯！嚯！"推着他们走出去。

塔尔塔尔人的山寨位于茫茫森林之海的深部，山寨中央是一大块空地，一座酋长大茅寮立于山寨正中央，众多较小的茅寮一圈圈众星拱卫北斗一样拱卫着它。相当多的塔尔塔尔人——多到梦长等人难以想象的程度——包括大批女人和孩子——正听着一声一声的胜利鼓的召唤涌到空地上来。将梦长梦余疤脸大个子押到这里的众塔尔塔尔武士已将他们在空地中央的几个高杆上用绳索高高吊起来。梦长梦余疤脸大个人从高杆上朝下面看去，望着所有塔尔塔尔人的眼中都闪烁着兴奋和胜利之光，嘴里也像他们的武士一样发出那种既像仇恨又像是欢乐的叫喊："嚯！嚯！嚯！嚯！"

几名长老模样的塔尔塔尔人已从酋长大茅寮里走出，站在空地中央，抬头望向高杆上的梦长等人。其中一人忽然激烈地对武士首领说了一句什么。武士首领回头打一声呼哨，广场四周，几口装满油的大锅被点燃，一时间火光冲天。

高杆上，梦长将绝望的目光转向天空。天空一片蔚蓝。梦余方才一直不停地流泪，这时忽然大声道："大哥，是我错了！"梦长回头看他一眼。梦余道："其实在火奴鲁鲁的时候，我就想告诉你，其实不去苏门答腊，也不到山打根来，还有地方可去！"梦长道："你说什么？还有地方？"梦余道："当初大哥让我在苏门答腊开一所胶园，作为退步之地，其实我没听大哥的，除了苏门答腊，我还在爪哇岛，在苏拉威西岛，在婆罗洲，各开了一座胡椒园和一座胶园。在火奴鲁鲁时我就想告诉你，可我没有，我只说了山打根这里。大哥，仁宝，义增，是我把大家害了！"

大个子叫起苦来："你真是的！怎么能——"他说不下去了。梦长却感动起来，大声道："梦余，你说的事情都是真的？我们在南洋还有这么多的财富？"梦余道："是的大哥，我错了！"梦长道："不，你做得好！这就是说，就是没有了我们，活下来的人仍然拥有一笔财富，我们这些人下南洋，就没有全失败！"梦余又哭起来，道："可是大哥，我本来是可以救你和大家的！只要不来山打根——"疤脸打断他道："不，邦雄，不是你错了，是我和义增错了，我们已经听说这里有吃人的土著，可我们相信了盟主的话，没有提前做好防备，保护盟主！错的是我们！"

梦长大声对三人道："不，梦余，仁宝，义增，什么都甭说了，你们都没有错，我也没错！客家人为了实现先人的遗言，一代又一代人牺牲，有的牺牲在战场上，有的也会像我们今天这样死，这又算得了什么！我今天只想问你们一句话，你们，后悔了吗？"三人相视，回头，大声道："不！"梦长道："可是我后悔！你们是我的兄弟，我本来应当保护好你们，可我没有做到！"到了这时，疤脸不再悲伤，也不再恐惧，反而哈哈大笑起来，高声道："盟主，不说了！告诉我们，到了这会儿，我们弟兄还能干些什么？"大个子道："对，盟主说吧，咱们还能干什么！"梦长胸中涌起一团激昂豪迈之气，大叫道："到了这会儿，还能干什么？除了唱歌！对，咱们唱歌吧！唱客家山歌！到南洋来了八年，我们还没有痛痛快快地唱一回客家山歌呢！"疤脸大笑道："好，盟主！咱们就在临死前唱唱客家山歌，让这帮土著开开眼！唱哪一首？"梦余也破涕为笑道："三位哥哥，咱们就要死了，唱一首客家英雄慷慨赴死的山歌吧！"疤脸道："盟主，你先领一句，我们跟着！"梦长也不推辞，用尽全身的力气，大声吼出了一句客家山歌——

客家人

生莫愁来死莫愁——

这歌声粗犷苍凉，一下就惊动了在场的所有塔尔塔尔人。空场上的喧嚣声忽然就停下了。疤脸大笑道："盟主，瞧我的！"一边说，一边用尽力气吼出这首山歌的下一句——

且从生死问因由——

梦余也大笑起来，用力接唱道——

六十花甲从头算——

大个子不甘落后，接着吼出了最后一句——

哪有几人白了头

高杆下面，一直在兴奋喊叫的众多塔尔塔尔人早就变得无声无息。包括几名长老在内，都望着吊在高杆上的人窃窃私语起来。一名织锦的塔尔塔尔妇女忽然推开众人，向大茅寮跑去。有顷，又有人将武士首领喊进了大茅寮。梦长等四人见状，也停下了歌声。忽然就见那名武士首领又从大茅寮里急急跑出来，赶回空地中央，大喊了一声什么，众武士急忙动手，将梦长等人从高杆上放下。一名塔尔塔男人走过来，用不熟悉的汉语对梦长道："我，是这里的汉语通译，你们跟我来！我们的大酋长要见你们！"

七

大海之滨，高山之巅。从这里可以越过波涛汹涌的太平洋，眺望遥远的北方。丛林之中，现出了一座墓园，里面是二十八座坟墓，墓碑和墓冢上爬满了厚厚的藤蔓和青苔。那名塔尔塔尔通译陪着梦长梦余疤脸大个子及本部落的大酋长、武士首领走上来。站在这里，梦长的目光第一眼就像撞墙一样猛烈地撞上了北方大海中碧蓝的波涌。

塔尔塔尔人大酋长神情庄重，对通译讲了一通土话。塔尔塔尔人通译点一下头，回头看梦长，手指向大海，讲汉语道："这是北方，当年漂洋过海逃到我们这里来的唐山人，死后一定要埋在这里。他们说，从这里可以望见自己的祖国和家乡。他们的首领钟泾洋大帅还说，将来他的儿子一定会来到这里，找到他们，带他们叶落归根！"

梦长走向墓园，扒开了第一座墓碑上的藤蔓，一字一字地辨认下去："大唐山太平天国客家云上军团主帅一等忠烈将军钟讳泾洋大人、大唐山太平天国客家云上军团二等忠义将军钟门方氏大孺人之墓。"看到这里，梦长脸色巨变，大叫一声："爹！娘！"他扑通一声跪下去，痛哭失声："爹，娘，我是梦长！你们的儿子梦长终于找到你们了！你们让儿子好找，原来你们在这里呀！……"梦余反应过来，急奔过来大叫："大哥！"他一回头也看清了墓碑上的字迹，扑倒在地，哭道："爹！娘！我是梦余！梦余来了！原来……原来我就是在这里出生的！"在他的身边，梦长一口血喷出来，昏倒过去，头重重地磕在墓碑上。疤脸大个子梦余急忙上前扶住他，大喊道："大哥！""盟主，你怎么了——！"塔尔塔尔人通译见状，也赶过来，和三人一起扶起梦长。梦长微微睁开眼睛，满眼是泪，看梦余疤脸大个子道："快！快去一个个地看，我们找到他们了！找到他们了！"他又一口口吐起血来。

　　当日，就在那座位于海边山顶上的墓园内，梦长带着梦余疤脸大个子走过来，在每一座墓前放上一只用山里盛开的野花精心扎制的花环。梦长在父母的墓前长跪不起，痛哭不止。梦余也匍匐在他身边痛哭。疤脸看大个子一眼，二人走过来，分别将二人扶起。疤脸道："盟主告诉过我，你带众兄弟下南洋的目的之一，就是想找到令尊泾洋大帅和令堂的埋骨之处，现在你的目标实现了。"他迟疑了一下，又道："另外，我刚才和他们的大酋长谈过，他们让我转告你三句话。第一句，因为泾洋大帅当年把他们当兄弟，还帮助过他们，他们不反对我们在华表叔原先租用的地方重开胡椒种植园；第二句，他要我向你澄清一个误会，塔尔塔尔人并不吃人，他们之所以在带我们来的路上放置那些人头骨，是为了吓阻无休无止来抢他们土地的荷兰人！"说到这里，他不再说下去，梦长却盯着他的眼睛，道："第三句你还没说，是什么？"疤脸犹豫了一下才道："泾洋大帅临终前留下过话，他的子孙如果不能实现先人的梦想，他宁愿长久地留在这块异国的土地上！"梦长如同胸口又遭受了一记重拳，心大痛，流泪，回头大声望墓碑道："爹，娘，你们的话儿子记住了！就是还会遇到一百回挫折，儿子也不会回头，一定要实现先人的梦想，把爹娘迎回中国去！"

　　第二天他们就离开塔尔塔尔人的山寨，回到了准备重新开垦胡椒园的地方。这天梦余下山去了一趟，回来时拿出一封信，对梦长道："大哥，望北哥来信了。他说，美国本土的大规模排华风潮，最近愈演愈烈了！"梦长吃了一惊，担心起来：

客家人

"什么！愈演愈烈！他们安全吗？"梦余将信交给他看，道："他们在铁路工地上，眼下还好！"梦长看信，沉吟，激动起来。众人担心地看着他。有顷，他突然回头，对梦余道："给望北写信，我们回国！不要等到十年了，现在就回，十八兄弟全回。既然在国外找不到救中国的新路，我们就回国去找！对了，梦余，想办法把我们在南洋剩余的产业变现出一笔钱，我们一起走！"梦余呆呆地看他，半晌才道："现在？"梦长道："对！离开中国八年了，我终于明白了一件事！救中国的路不在海外，还是在中国！"

第十七章

一

这一天，美国纽约，号称全美最繁华的中国城也在燃烧。望北带望洛匆匆赶来，大吃一惊站住，朝前方望去。在熊熊大火的映照下，二人看见一座座店铺正在坍塌，再仔细看去，他们居然看到了一个个被吊死在树上的中国人。望洛浑身哆嗦起来，大叫："望北，快走！"望北来不及回答，身后已经响起急促的马蹄声。二人急忙躲进一座废墟，趴在窗下，探出脑袋朝外面窥视，只见一队持枪的白人飞马驰来。一群华人大叫着从火光中奔出，一个白人勒马，向着华人开枪。跑在最前面的华人倒在地下。马上的白人哈哈大笑，疾驰离去。

纽约港，大批携家带口的华工正排成长长的队伍，保持着死一样的沉寂，上了一条条客船。许多人回头朝身后的美国望去。一女孩趴在年轻的母亲怀里，轻声道："娘，咱们还回来吗？"年轻的母亲摇头、落泪。望北和望洛急奔过来，惊讶地站住了，望着这广大的华人的人流。望北心情悲愤、沉重。望洛道："这有什么看的，他们都是中国人，这是要回中国去！"望北猛回头，痛斥他道："你怎么能说得这么轻松！他们是要回中国去！不，他们这是在逃回中国！"望洛不愿意和他计较，道："算了，你就是再难受，也帮不了他们，还是快走吧，你忘了为什么来纽约了！"他好说歹说，才把望北拉走。

两个人终于来到了那条熟悉的小街上。在罗伯特的旧居前，望北站住了。他再次看见的这幢房子大门紧闭，门前挂着寻租的招牌。望洛发现他黯然神伤，道："罗伯特先生一家早就离开纽约了，你们失去联系也好几年了，是他主动跟你断绝了联络，你就别难过了！我们是来找容闳先生，还是快去见那老头儿吧！说不定他那里有罗伯特先生家的消息！"望北突然回了他一句："我写信问过，他也没有。"原来几年前，罗伯特先生被铁路公司辞退，由望北接替他的工作。他们已经失去联系几年了。望洛叹一口气，摇头，望北已经走向隔壁的容闳家。

客家人

容闳家的客厅里，乱糟糟的一片，能带走的东西都打了包，胡乱摆在地下。容闳白发蓬乱，眼睛血红，一副疯狂的样子，望着被女仆领进来的望北和望洛。开口道："好了。望北你来了，来得好，我想到了你会来！就是为了等你，我才没走！"

　　望北又吃了一惊，看他道："为了等我？"容闳用通红的眼睛盯着他道："对！不是为了等你，我还留在这个国家做什么？为抗议美国政府犯下的暴行，我已经向合众国的总统递交了信函，放弃合众国国籍，恢复中国国籍。在这个艰难时刻，我要和我的同胞站在一起！"望洛插话道："哎，容老头，你不是真疯了吧？多少人为了一个美国国籍，什么事都愿意做！"容闳听了，猛地用拐杖指向望洛的胸膛，道："你住口！把我当成什么人了！我怎么会是他们！出去！望北留下，你，出去！"望洛尴尬起来，看望北，道："你瞧，这老头儿不识逗，我不过是说句实话，他还急了！"容闳又用拐杖捅他，不依不饶道："出去！"望北看望洛，道："你先出去！"望洛哼一声，道："出去就出去！眼下你连美国人都不是了，还牛什么！"他走出去又回头，喊："望北，我们应当马上申请美国国籍，只有这样才会安全！"望北已经忍无可忍，大吼道："出去！"望洛这才哼了一声走出。望北回头看容闳道："容老先生请原谅！"容闳举手，不让他再说下去，转身打开一个抽屉，取出一封信交给望北，道："哦，你一定是来打听罗伯特一家的消息的。他们六年前就搬走了，以后一直杳无音信，前几天他们的女儿，詹妮弗，现在是大姑娘了，突然来到我家，说他们一家人和她自己都惦记着你，她给你留下了这封信，让我转交。拿去吧，里面一定会有好消息。"

　　望北掩饰着突然兴奋起来的心情，看容闳道："容先生，你真要回国？"容闳神情忽然黯淡下来："啊，船票都订好了，等不等得到你，我明天都要走！"望北看他，突然道："容先生，我不是来找罗伯特先生的，我是来见你的！"容闳一惊道："来见我？为什么！"望北慢慢拿出一封信，递给容闳，道："请您先看看这封信！"容闳飞快地看完了那封已被打开的信，抬头吃惊道："什么？河洛十族盟主钟梦长，要你带着自己的弟兄回中国？"望北点头，心情沉重起来。现在容闳的注意力全部转移到望北身上了，道："可是你怎么能回去？不但是你，钟梦长也不能回去，你们河洛十族十八兄弟都不能回去，只要回到中国，你们就会马上被逮捕，杀头！"望北看着他，诚恳道："正因为这个，我才从美国西部来到纽约，见容老先生！"容闳深深看着望北，他的神情表明，他又迅速地恢复为原来那个清醒睿智的老人。有顷，他开口道："六年过去了，你仍然没有放弃你的想法，要带你的人回去修铁路，救中国？"望北重重点头，道："在美国的日子越长，修的铁路越多，我越是相信我的判断，只有走这条路，才能救中国！"容闳摇头道："不，是美国人的排华暴行让你来找我的，你也想离开这个野蛮、血腥、到处都是暴行的国家！"望北承认道："对！"容闳道："你还是想让我帮你出主意，想办法，排除回国的障碍，回去施展你的抱负？"望北道："是！"

容闳道："完全明白了。望北，可刚刚这封钟梦长给你的信不是这么写的！这封信让我知道，原来全世界都在排华，钟梦长在西马的产业，也被英国人付之一炬——"望北心中大痛起来，道："梦长认为在国外已经找不到恢复中华的新路，只能回国内去找！"容闳盯着他道："你同意他的看法吗？"望北声音高亢起来，道："我不同意！"容闳道："你认为仍然可以不通过内战、流血，就能救中国？"望北道："对，前辈，我坚信是这样！梦长在南洋没有找到的新路，我在美国找到了！""用修铁路的办法救中国？""修铁路只是一个开端，以它来带动中国的工业化，实现中国的富强！"容闳深深看他，忽然激动了，道："要是这样，我回国后就有事情做了！本来还在想，我老了，就是回国，也做不了什么事！我不是不想为国家做事，是眼下的中国政府太腐朽，太愚昧，我回去了只剩下一件事，就是和它一起灭亡！现在好了，至少我可以回去向朝廷和地方的大员游说，说在美国还有一个你，你有办法，可以通过修铁路救中国！而他们要做的事情并不多，就是给你一张赦免令，不再认为你是钦犯，让你自由回国！"

望北心中兴奋起来，道："前辈的话说到我心坎上去了，我从西部来到这里，想求前辈的就是这件事。还有，我急着回国，是因为我担心，梦长一旦回国，会重走我们客家人的老路！"容闳道："重建客家人云上军团，揭竿而起，在中国南方重新燃起战火？"望北的心情又沉重起来，道："如果他认为对于我们客家人来说，这个世界上根本没有新路，就一定会回头走血流成河的旧路！这恰恰是我最担心的！前辈，眼下的中国奄奄一息，再也经不起一场太平天国式的内战了，再有一场内战，我们和朝廷将会在列强的瓜分图谋下同归于尽，这个世界上再也不会有中国！"容闳深深盯着他，忽然转过身去。望北惊道："前辈，怎么了？我说错话了吗？"容闳不说话，大滴的眼泪正顺着他苍老的面容流淌。望北更不安了，道："前辈——"容闳让

客家人

自己平静，拭泪，转身道："望北，不，我没事儿，我就是有些……有些感动。你没来的时候，我心里充满了绝望和疯狂，我知道我要离开美国了，可我不舍得离开这我曾经热爱过的国家，中国，那可不是一个我愿意回去的地方……我非常矛盾，我已经疯了！为什么？因为我觉得我活得没有希望，不是我个人没有希望，我已经老了，风烛残年，随时可能油尽灯枯，是我觉得中国没有希望，我为了这个每天夜里一个人偷偷地哭……但我刚才听到了你的话！你改变了我的看法，中国不会亡，因为还有你，还有客家人！"望北庄重拱手道："那就拜托前辈了，前辈回到国内，一定帮望北尽快回中国去，阻止梦长，从修铁路开始，改变中国！"

容闳神情也肃穆起来，还礼道："一言为定！望北，你再耐着性子等些日子！说服朝廷发出赦免令，让你回国阻止钟梦长，修铁路救中国，现在成了我晚年能为中国做的最后一件事，要是做不成这件事，我死不瞑目！"望北又激动起来，道："如果我们真能走这条路救了中国，日后全体中华后代子孙都会在心里说一声，谢谢你，容老前辈！"他突然在容闳面前跪下来。容闳急忙将他扶起，大声道："不！不要这样！事实上，是我想给你跪下！说一句谢谢！"

二

华盛顿。一处高级住宅区内，望北望洛寻寻觅觅地走过来。望北看手中的信封，又看前面一座西班牙风格的洋房花园住宅前的门牌，高兴道："华盛顿，杰斐逊街，1089号……就是这里！"望北望洛目不转睛地望着眼前的大宅，他已经被这座漂亮的宅邸彻底地震慑了，半晌才道："哎呀，不会吧！一定是找错了！这房子也太漂亮了，我的眼都给它晃花了！罗伯特不过是个铁路工程师，住得起这样的房子？"就在这时，他忽然不叫了，只见一位漂亮的小姐，纵马从园中飞驰过来。望北只看了一眼，就认出了她，大喜道："詹尼弗小姐！"在一身骑马装的勾勒下，长大成人的詹尼弗身姿婀娜，青春靓丽，从第一刻起就深深吸引了他的目光。望洛看望北一眼，注意到他整个人似乎都变了，无论是目光，神情，都显示出了对这位鲜花般盛开的犹太姑娘的赞美。他嫉妒地吹了一声口哨。

望北不满地看他一眼，道："干什么你？"望洛口哨声停止，道："没干什么。我就是想提醒某个人，别看到眼里拔不出来。"詹尼弗驰马过来，只说了一句："原……望北先生，你到底来了！"脸就红了，一时间，她用那么热烈而欢乐的目光盯着面前似乎突然从天而降的人，像是在看一个奇迹，一个久违的梦。忽然，她意识到这样是不好的，立即下马，朝远处一个地方望一眼，躲开望北和望洛的目光，自我解嘲道："你要是再不来，我爸爸和他的合伙人就要在全国报纸上登寻人启事了！"望北吃一惊，不解道："为什么？对了，罗伯特先生还好吗？他有什么大事，要登报找我！"詹尼弗一直躲避着他的目光，忽然不想在这里谈下去了，急急道："还是先进来吧。"

一个管家模样的男人快步走过来。詹尼弗看他一眼，正色道："他们两位是我爸爸的客人，啊，也是我的客人，贵客。把他们请进去，先安排住下，我把马送回去就来！"管家答应一声，看望北望洛："请进！"詹尼弗上马欲走，又情不自禁回头看了望北一眼，脸不觉又红了。望洛将一切都看在眼里，又吹了一声口哨。望北急回头瞪他，望洛忙做乖顺状，随他走进去。二人再看詹尼弗，已经飞马驰进了大宅深处。管家带望北望洛走进大宅，回头道："两位请稍候，我马上去请罗伯特先生！"望北点头道："好的。"他兴奋地打量这个美轮美奂极其奢华的西洋式大客厅，一时间觉得金碧辉煌，眼睛都不够用了。罗伯特已经从二楼的楼梯上奔下来，欢喜大叫："原！望北！"望北也激动起来，叫道："先生！老师！"

三

中午，罗伯特大宅内的餐厅里，罗伯特一家正和望北望洛一起进餐，他们的身后是管家和两名衣着整洁的侍者。处在热烈的爱情中的詹尼弗频频将目光投向望北。罗伯特夫妇注意到了女儿的情绪，担心地看着她和望北。望北似乎一直在专心致志且兴致很高地对付自己盘中的那一大块牛排，在所有时间内只回答罗伯特太太和罗伯特本人偶尔就自己的行程和工作提出的零星问题。午餐中间只发生过一次他和詹尼弗的交流：詹尼弗见望北吃光了盘里的土豆泥，忽然站起，亲自拿过盛过土豆泥的餐具，走去给望北加上一勺。望北急道："谢谢。"

餐后罗伯特就望北要请教的铁路工程施工改革方面的问题交流了一通，望北就是为了这个才来到华盛顿的。结束后罗伯特夫妇回去卧室里小憩，望北留在小客厅里，坐下看一份报纸，目光陡然痛苦起来。这时詹尼弗端两杯咖啡进门，将其中一杯放到望北面前。她敏感地注意到了望北的情绪，想活跃一下气氛，道："怎么了，爱学习的中国人，在这张喜欢撒谎的报纸上看到了什么？"望北这时才意识到她的到来，急忙站起，一边回避她热辣辣的目光，一边道："这次它可没撒谎。今天这张报纸上说，刚刚过去的一个月内，在华盛顿州被白人私刑处死的中国人就有七十八名！"詹尼弗听了，笑容敛去，又紧张又羞涩地看他一眼，道："啊，爸爸正要我跟你讨论这件事呢。……爸爸说，为了你的安全，当然，还有我，我们的前途，他建议你现在就入籍美国。"

望北一惊，惊讶地看她。詹尼弗羞涩地避开了他的目光。望北的心陡然大热，这一刻他似乎明白了什么，但也不敢确定……望北把目光移开，不看眼前这位美国姑娘。

完全被感动起来的心已经报起警来，要他一定要在这个时刻说些什么，不然他就将深深地伤害面前这位美丽的姑娘和她善良的一家，而这是他最不愿意的，因为这一家人在他的生命中那么重要，几乎就是他在美国全部的亲人。

望北骤然觉得那个时刻到了，错过这个时刻，一切都将继续错下去，他不能！他忽然回头望着她，叫："詹尼弗小姐，等一下，我有话想说。"詹尼弗站住了，没有回头，她是那么紧张，手中的咖啡杯也轻轻抖起来。望北心旌摇荡，一时想说的话竟然没能够出唇，因为他知道这时说出来会多么深地伤害到她！詹尼弗一直在等，一直在等……终于，她像是失望了，又像是得到了解脱，继续往外走。望北终于想出该如何说出自己的话了，他大声道："詹尼弗小姐，我刚才……我刚才是想说，谢谢您。我还要当面向罗伯特先生和太太表示感谢。你们一家人，都有一颗金子般的心！"詹尼弗听了，高兴起来，回头，用热烈的爱恋的目光看他，道："那是不是说……你答应了？"

望北道："不，詹尼弗小姐，改变国籍，永远做一个美国人，这对我来说是件大事，很难一下就做出决定，希望你能理解。"他注意到詹尼弗的目光一下就黯淡了，她转身欲走，但这几步走得那么艰难……很快她又在门前站住了，缓慢地回过头来，颤声道："为了我，也不行吗？"这句话是那么痛苦，那么绝望，竟让望北再不能说出新的话来。人生中极为重要的一瞬间就这样过去了，等他再想说出些宽慰她的话时，詹尼弗已经快步走了出去。

罗伯特很快就怀抱着一堆资料走进来。望北站起，与他对视。罗伯特惊讶地看他，道："你怎么了？"望北一时不知道该怎么回答。罗伯特也没有等他回答，兴奋道："啊，望北，你要的资料我帮你翻出来了，你可以多在我家住几天，慢慢地读！"望北接过资料，就趴下去一本本地翻看起来，很快又抬头感动道："谢谢老师，这些资料正是我要的，你又帮了我大忙！"罗伯特认真道："原，你要是真能把你的想法全部完成，就创造了新的铁路施工法，就像我和爱迪生先生发明的电灯将照亮全世界一样，你的这项发明也将改变人类修筑铁路的方式和速度，你就是铁路施工这一学科中的罗伯特和爱迪生！能帮你一点忙，是我的荣幸！"望北已经迅速将资料收起来，他的心里已经果断做了决定：离开！马上离开恩人一家！只有这样才能更小地伤害到詹尼弗和罗伯特夫妇！"啊，对不起了老师！"他对罗伯特叫道，"工地上事情太多，一天都离不开我，我想现在就告辞，回工地去！"

罗伯特看他一眼，脸上的笑容落去，转过身，装成无所谓的样子，去书架上翻出一本书来，回头道："为什么那么急，是因为詹尼弗吗？"望北急道："啊，不是。"罗伯特在手中的书页上加了一个书签，放回书架上，深深看他，道："好吧。我等着你的决定。詹尼弗也会等你，我们一家人都会等你，并且尊重你最后做出的决定！不过今天你走不了，今天已经没有火车了，你明天走吧！"这一瞬间，望北明白刚才在这个客厅里发生过的事情罗伯特夫妇都是知道的，在这个崇尚民主的家庭里他们先是尊重了女儿的选择，现在又尊重了自己的选择，虽然他们仍然希望他能够改变自己的决定。望北的心再一次被感动了，道："谢谢老师！谢谢罗伯特太太！谢谢你们！"

夜来临。罗伯特家的客房内，望北并没能马上睡着。他干脆爬起来，重新穿好衣服，开门走出去。大宅后面就是花园，一个白色的身影孤单地坐着。望北走进来，一眼望见，吃一惊，想回去时又站住，因为詹尼弗已经看到了他，站起来，正默默望他。望北心里忽然难过起来，为着这位痴情的女孩。詹尼弗默默走上来，看他，主动挽起了他的臂膀，二人也无言，顺着月光斑驳的篱路向前走去。有顷，二人站住了，对视。詹尼弗道："密斯特原，为什么要拒绝我，是因为我不够好吗？"望北摇头，离开她，一个人向前走。詹尼弗伤感地望着他。望北站住，不回头，他忽然意识到这样一场对话是命中注定的，逃不掉的，为了身后的女孩，他也不应该逃。"啊，亲爱的詹尼弗小姐，不，不是的……如果我能够，如果我是一个自由人，我一定现在、马上、立刻就跪在你的面前……求婚！"他回答道，"知道为什么吗？因为你有一颗金子般的心，而且……而且你爱上的是一个在美国这块土地上饱受歧视的中国人！"詹尼弗激动起来，走上来，两个人又并肩向前走了一阵，再次站住。詹尼弗道："可是在我眼里，你并不是一个普通的中国人，你说过，你是一个中国客家人，像我们犹太人一样，失去了自己的家园，在全世界流浪。密斯特原，就从那天起，我一直觉得我们是一样的人。"

　　望北突然明白姑娘是出于什么原因爱上他了，他回过头来看她，一时间想说很多很多的话，但又觉得说出来对她只有伤害，于是又止住，什么也没说，继续朝前走。詹尼弗走了几步又停下，抬头看着他道："密斯特原，我可以问你一个私密的问题吗？"望北迟疑了一下道："请吧。"詹尼弗道："你爱过吗？"望北没有直接回答，沉默了一会儿才道："为什么会想到问这个？"詹尼弗伤心道："除了这个，我想不出另外的原因，会让你拒绝詹尼弗和我们全家人对您的爱。"望北的目光忽然转向身后，向远方眺望。詹尼弗吃惊地看他一眼，不明白他在想什么。望北道："那是东方吗？"詹尼弗点头："对，是东方。"这一刻，望北耳边已经响起凤仪当年的歌声——

　　　　哥是天上一条龙，

　　　　妹是地下花一丛。

　　　　龙不翻身不下雨，

　　　　雨不洒花花不红。

　　望北久久沉浸在这久违的歌声中了，心潮激荡。詹尼弗默默地看他，脸上现出越来越重的惊讶与痛苦。望北忽然从幻觉中醒过来，看她一眼，回答道："爱过。"詹尼弗听了，又朝前走了起来，望北跟上去。她忽然道："她是你在家乡的未婚妻？"望北心像被刀刃划了一下，痛起来，摇头。詹尼弗不舍道："那就是另外还有一个人，你在家乡的意中人，你认为她才是你的未婚妻。你对她有过承诺，不愿背叛她，是吗？"望北的心忽然又被那刀锋一下下划起来，忍痛道："不，她是别人的妻子，今生今世都不会再成为我的妻子了。另外，我确实有一个未婚妻，这件事我好像告诉过你。"詹尼弗道："是告诉过我，可你让我觉得，你并不爱她。现在我明白了，你爱的是你的意中人。"望北的语气陡然激烈起来，道："可以这么说吧。不过，虽然我和我的未婚妻没有爱情，我现在甚至都不知道她身在何处，是死是活，但在我们客家人的族谱上，她仍然是我的未婚妻。"詹尼弗直直地盯着他，过了许久，忽然松一口气道："如果是这样，按照美国法律，你并没有义务一定要和她结婚，也不应当对她的生活负有责任，反过来说她也一样。不是吗？"望北摇头道："但在客家人的习俗中，我对她仍然负有责任，也就是说，只要我活着，在名分上，她一生一世都是我的妻子。无论我置身何处，都有责任找到她，娶她为妻，和她相互扶助，生儿育女，奉祀先人，传宗接代。"

詹尼弗的目光又迷惑而且痛苦起来，道："原，人活在世上最大的幸福，是爱你爱的人并且被你爱的人所爱。只有相爱的人在一起，人间才是天堂。你说过她并不爱你，你也不爱她，这样的婚姻是不幸的，也是不道德的，因为它没有爱，你不觉得是这样吗？"望北没等她话音落地就激烈起来，回答道："现在我是这么认为的，但是——"詹尼弗也激烈起来，还是说完了要说的话："所以你其实也明白，加入美国国籍，留在美国生活，成为一个真正的自由人，接受詹尼弗和我们全家人对你的爱，不应该成为问题！"望北没等她继续说下去，就突然回过头来道："詹尼弗小姐，天太晚了，我们该回去了。"詹尼弗失望地看着他。她看到，望北已经离开她，原路大步走了回去。

回到客房里的望北又站住了。他明白，他必须马上走，不然他也可能要改变自己的心意了。但是走之前，他还必须为詹尼弗、为这样一个善良的家庭做一件事。他想了想，坐下写起信来。

次日晨，罗伯特家的院子里，一辆马车早早地赶过来。罗伯特夫妇站在大宅前的台阶上，默默地望着望北望洛装行李上车。登车时望北下意识地朝二楼一个阳台望了一眼，他以为他会在那里看到詹尼弗小姐为他送行的身影。但是没有，他松了一口气，但是不知道为什么，心上的那道伤口居然也猛地大痛起来。

他不知道，在二楼那个阳台后面，詹尼弗正在房间里流泪读他留下的书信——

亲爱的詹尼弗小姐，请允许我用写信的方式跟你交谈……我一直想告诉你，我不是一个自由的人。不是说我在婚姻和爱情上没有自由，没有自由的是我的心。

如果詹尼弗小姐能够理解犹太历史上的摩西，也许就能理解我。我现在觉得，如果有自由，摩西也不愿意让自己成为犹太历史上的摩西。

他是因为自己的人民需要一个摩西，才不得不挺身而出，让自己成为那样一个摩西的。成为摩西是要成为一个牺牲者，摩西也是一个人，只要他还是个人，就不会愿意让自己成为一个牺牲者。

同样，原望北也不愿成为中国人中间的摩西。

我深深知道自己身单力薄，承担不起这么伟大的责任，但我一直在问自己，如果没有另外一个人可以担起这份责任，如果这个人就是你，你怎么能够逃避？

这封信我写了一夜，也想了一夜，我能不能逃避，能不能不做中国人的摩西，最后的结论是，我不能。没有别人能够阻止我成为你希望我成为的人，得到我人生中可以得到的最大的幸福。能阻止我的是我自己。

因为我的心，它告诉我，如果我那么做了，它是不会幸福的。而一个不幸福的人，也不可能带给詹尼弗小姐幸福。

原望北

西历纪元一千八百九十三年五月十日夜

四

容闳的信很快就到了美国。西部铁路工地营地里，于大宝望洛望嵩望伊都围在望北身边，见他看完了信，目光凝重，都急急开口打听起来。望洛道："快说，容老头儿信上说什么？"于大宝也道："对，我们可以回国了吗？"望北看大家道："容老前辈信上说，他得到的信息是矛盾的。一个是，慈禧太后答应让我回国，愿意发出赦免令；另一个信息是，有人告诉他，让我们回国可能是设下了一个将我们一网打尽的圈套！"

望嵩大叫道："原来是个圈套！我们不回去！"众人跟着嚷嚷道："对，不回去！"望北思虑良久，突然开口道："不！我们回去！"于大宝惊奇道："还是要回去？为什么？万一真是圈套怎么办！"望北看着他道："真是圈套也要回去！龙潭虎穴，也要回去！"望洛大叫起来："那是为什么？你不想要脑袋，我还想要呢！"望北看他，又看众人，严肃道："梦长昨天又来信了，甲午战败的消息传到南洋的那一天，他就准备带那里的十八兄弟启程回国了！"望洛不为所动，道："那又怎么样？他是他，我们是我们！"望北道："我要回去，不是因为他又以十族盟主的身份给我们发出了回国的命令，而是要回去阻止他！"望嵩目光一亮："阻止他重新组织云上军团，揭竿而起？"望北道："你们都没听说孙文革命党的事吗？我担心梦长会受到这个人的诱惑，和他们搞在一起，走错了路，再让河洛十族和天下客家人血流成河！"

望伊一直没说话，这时开口道："孙文这个人我也听说过，都叫他孙大炮，听说是个在夏威夷长大的中国人！"望嵩反驳道："你说得不对！"看望北道："我知道，这个孙文是广东香山人！"于大宝听了高兴："香山人，香山被称为纯客家人，那不也是我们客家人吗？"望洛忽然想起什么，慢慢从怀里掏出一张传单来，看大家道："你们看，这是什么？"望北将传单接过来，看了一眼，兴奋道："《兴中会宣言》！"望洛得意道："对！这次你让我去旧金山找二愣，在一家华人开的旅店里得到的！"望北看完传单，迅速将它递给于大宝等人传看，神情越发激动。

五

广州。两广总督张凤翔的外书房里，容闳一个人站着等待，已经很着急了。李大总管忽然走来，故作谦卑道："容老先生久等了！来人，帮老先生换茶！"容闳挡住，道："茶就不要换了，李大总管，麻烦你去禀报一声大帅，算上今天，老朽三天来了三次，大帅要是今天还是不能见老朽——"李大总管打断他道："容老先生，小人这就再去通报，大帅这一阵子也真是忙……您稍候！"他一边说，一边又匆匆离去。

与外书室只隔着高高一道厚墙的内书房里，张凤翔正在看一份簿册，簿册上写着几个字：《铁路策议》。他的心情明显不好，边看边皱着眉头。李大总管匆匆走来，躬身禀道："大帅，容老头儿等急了，要走呢！"张凤翔挥了一下手，不说话。李大总管点一下头，要走了，又回头，提醒道："可他走了，明天还会来的！"张凤翔终于合上了那份簿册，看他道："老李，这个东西我看了，原来修铁路要花这么多银子！"李大总管点头。张凤翔面现愠色，大声道："甲午战败，割地赔款，国库空虚，民困财乏，哪里有这么多银子搞这种不急之务！"他说着，一把将簿册扔到一边去。李大总管急道："可是大帅……"张凤翔瞪他一眼，道："你想说什么？"李大总管嗫嚅道："大帅，正是因为修铁路要很多银子，国库又不能提供，小人以为大帅才有用武之地！"张凤翔听出此话大有来历，要走又回头盯着他道：

客家人

"此话怎讲？"李大总管道："大帅难道忘了一句话，羊毛出在羊身上吗？"

张凤翔道："羊？谁是羊？"李大总管道："铁路是为大清修的，天下人就是羊！修一条铁路，虽然用银子的数额巨大，可我大清人口庞大，分到各家各户，不就不大了吗！"张凤翔一下就明白了，道："你是说，把它分添到每户人家每年的田赋里头？"李大总管道："不止是田赋，还有行商税、坐商税、住宅税、河捐、林捐、渔捐、船捐，厘捐，渡口捐，这里那里，都加那么一点，这笔银子就有了！"张凤翔沉吟起来，有顷，自语道："虽然好，但不能由本官首倡，得找个人做这件事！"李大总管笑道："已经有这个人了！所以小人还是以为，大帅今天一定要见见容闳老头儿，促成原望北回国扛起这件大事！"张凤翔看他一眼，还在犹豫。李大总管道："大帅是不是担心，如果原望北回国，太后和叶大人翻脸，将他当作钦犯砍了头？大帅，小人以为，即使真是如此，也与大帅没有干系！"张凤翔道："怎么没有干系？"

李大总管道："大帅想一想啊，回国修铁路，是容闳老头儿代原望北提出来的，大帅身为两广洋务派的领袖，一力支持，奏请太后老佛爷赦免原望北的死罪，准他回国倡修铁路。不料事出意外，太后的侄子早就暗生杀心，仍将原望北以钦犯罪名捕杀。大帅闻知此事，大惊失色，急往营救，但还是迟了——"张凤翔打断他道："这些戏码当然可以演，但没有了原望北，谁替本官挑头修这条铁路？"李大总管笑一下，道："大帅，三条腿的羊不多见，两条腿的人有的是！一旦叶大人杀了原望北，大帅一定向太后力陈，原望北可杀，铁路不可不建。小人听说，甲午战败之后，人心思变，就连太后痛定思痛之后也热心洋务，一定不敢再冒被天下人口诛笔伐之险，阻止大帅继续用自己的人修铁路！"张凤翔还在摇头。李大总管道："大帅还犹豫什么？"张凤翔道："你说天下人是羊，即使是羊，也瘦得不成样子了！民为邦本，本固邦宁。连年内忧外患，赋税本来就重，再加上苛捐杂税，这头羊除了一层皮，哪里还有毛！万一因为修铁路强行摊银入田赋，引起民乱，大清国还撑得下去吗？"

李大总管道："大帅，这件事小人也替大帅谋划好了。可以不叫摊银入田赋，咱们也学点洋办法，叫做入股行不行？铁路是一大股份公司，这些添加进田赋的银子，可以认作每户人家的铁路股份，如此所有的百姓就都成了铁路股东。大帅再告诉他们，将来铁路修成，开始赢利，他们都将得到分红！"张凤翔看他道："铁路真能赢利？你这么说不是骗鬼吗？"李大总管笑道："大帅，能不能赢利，原望北在，他是公司总理，原望北万一不在，继任人是总理，那时就是公司欠全体百姓的股份银子，不是官府欠百姓的股份银子，即便真的血本无归，也和官府没什么干系，和大帅更是无干。老百姓就是要闹，也只会向铁路公司闹去，何况——"这些话张凤翔听进去了，重新坐下去道："有点意思，说下去！"李大总管道："大帅，你看一般市井小民，几家合伙做生意，你出二两，我出三两，生意做得不好，互相扯皮打架，闹得不可开交。可是一旦生意要垮，正打架的人马上又合起伙来，对付要搞垮他生意的人。所以小人以为，要是真能让大帅治下的百姓都成了铁路股东，一有风吹草动，大帅让人振臂一呼，百姓们为了自己的股银和利息，不但不会和铁路公司为难，相反还会齐心协力地保护铁路和铁路公司。还有，只要铁路修不好，这些已经入股的百姓会继续一年又一年心甘情愿地让你剪他的羊毛，为的是铁路早一点修好了运营，他们能够从中回本获利。大帅不认为这桩生意我们不但可以净赢不赔，还会做得很大吗？"张凤翔听了，站起来道："你不明白我的心思。大清风雨飘摇，万一这件事弄不好，成了压垮大清这头骆驼的最后一根稻草呢？"

李大总管不说话了。张凤翔等了一会儿，回头看他："你怎么不说话了？"李大总管道："小人不敢说！"张凤翔催他快说。李大总管道："如果大清这头骆驼早晚会被最后一根稻草压垮，大人不让原望北回来修铁路，就能救得了它吗？"张凤翔忽然明白他真正要说的是什么了，急忙举手道："行了，不要说了！我们去见容闳！"李大总管站着不动，又道："大帅！"张凤翔看他。李大总管道："大帅只有一件事需要担心。原望北借回国修铁路之名，行重新团聚河洛十族十八兄弟、举旗造反之实！"张凤翔变色，想了想道："这个……我们也去见容老头儿，才说得清楚！"

外书房里，等得焦躁的容闳在地下连敲拐杖，要走，忽然听到了脚步声，回头看去，只见张凤翔带着李大总管匆匆走进来，一进门就作揖，连声叫道："容老先生，得罪得罪！请坐请坐！来人，快给容老先生上好茶！就是上次皇上赏的高山云雾茶！"李大总管作势答应着往外跑。张凤翔又回头，道："容老前辈请坐，俗务缠身，让你久等，张凤翔死罪！"他亲手扶容闳坐下，自己才回身落座。

李大总管亲自捧茶上来，高声叫道："容老先生请用茶！"容闳道："大帅，老朽三天来了三趟，不是为了喝大帅的好茶——"张凤翔故作惊醒状，道："哎

客家人

呀，老前辈，我想起来了……你说的还是那个在美国修铁路的人的事吧，你想帮他在衙门里谋一个差事，对吗？我会考虑的，这点面子，我会给的！"容闳急了，道："错了，大帅，错了！"张凤翔故作吃惊道："错了？"容闳道："老朽不是要帮这个人在大帅衙门里谋一份差事，这个人在美国已经十年，学会了修铁路的全套本领，还发明了一套新的铁路施工法，成了美国最有名的铁路工程师之一。虽然他有了如此高的地位，但他不忘自己的国家，一生的最大愿望就是——"张凤翔没让他继续说下去，急举手道："老前辈不要说了，我真想起来了，这个人叫原望北，河洛十族客家人的副盟主，是个钦犯！"容闳拍手道："哎呀我的天，大帅到底想起来了！"

张凤翔道："我记得上次已经让他——"一指李大总管，"——将太后的旨意禀报给前辈了，怎的，前辈还是想——"容闳道："可是大帅，虽然上次这位李大总管告诉老朽，太后答应赦免原望北，允准他回国修铁路，可是朝廷并没有发出正式的赦免状。李大总管还说，大帅还有一句话——"张凤翔装糊涂道："还有什么一句什么话？"容闳道："朝廷这么着，也许是设下了一个把原望北和河洛十族十八兄弟骗回国一网打尽的圈套！"张凤翔做吃惊状，回看李大总管道："老李，本官说过这句话吗？太后一国之主，一言九鼎，既然说过了要赦免原望北，怎么还会设什么圈套？后头的话你对容老前辈说过？"李大总管做含混状："大帅，事情过去这么久，小人也记不清楚了！"张凤翔做痛斥状，道："怎么记不清楚？你这个人，胡乱猜测圣意的毛病老也改不了！还不退下！"李大总管急忙退出。张凤翔回头又做痛恨状，道："容老前辈，这个人我一直想撵走，但又一直没能找到个合适的人替他，于是就耽搁了下来……但还是要把他撵走，今天就撵，留下不知道哪天会给我捅出多大的娄子！"

容闳心里舒服多了，道："大帅，这种事也怪不得李大总管不信。河洛十族和朝廷有血海深仇，不共戴天，别说是李大总管，就是老朽，如果太后或者皇上不能给原望北颁发一张正式的赦免状，仅凭大人的一句话，也不敢告诉望北，让他回国！"张凤翔欲擒故纵道："那就算了，中国这么大，多一个人不多，少一个人不少，就让他继续待在美国吧！"容闳又急起来，道："不！大帅！此人与众不同。他在美国学了一身的本事，本来可以留在那里，享受富足的生活，但他不忘故国，立志回来为国家服务，这样的人才不是太多，而是太少，太少了！"张凤翔做意兴阑珊状："老前辈，说来说去，他不还想回来在官府里谋一个差事吗？"容闳更急了，道："大帅又错了，准确地说，他是想回中国来筹建自己的铁路公司，用民间的钱，帮中国修铁路！"张凤翔忽然站起，喊："来人！"李大总管又匆匆走回来："大人！"张凤翔皱眉道："怎么还是你？本官衙门里就没有别的可使唤的人了吗？"李大总管俯首道："是，小人这就下去！"张凤翔喝道："站住！"李大总管站住。张凤翔道："今天有人给本官送来了几条上好的河豚，你进去告诉厨子，好好弄弄，本官要留容老先生吃饭！"

李大总管答应了，却不走，拿眼睛瞄容闳。容闳将拐杖在地下敲了敲，愤然站起，往外走。张凤翔急忙赶上前拦阻道："容老先生别走！本官不是有意冒犯老前辈，本官也想让前辈高兴。可是头一条，这修铁路的事，哪里是本官管得了的？一定要回禀太后。眼下朝廷刚刚打了败仗，割地赔款，别说太后不答应，就是答应了，哪里又拿得出钱来做这等事！第二条，前辈刚说这个人回国后要自己开公司，用民间的钱为国家修铁路。本官不才，但也被人高抬为中国南方洋务派领袖之一。修一条铁路要花多少银子，本官还是有所耳闻的，这个人竟敢说他不要朝廷一文钱修一条铁路，本官如何敢信？前辈要本官答应这样的事，不是让本官难做吗？"容闳回头道："大帅，看来还是老朽错了，老朽没把话说清楚。此人所以说他愿意回国自筹资金修铁路，不花费官府的银子，并不是虚言！"张凤翔道："怎么？这人富可敌国，家里有一座银山，或者他有什么魔法，可以让银子从天上掉下来？"容闳神情严肃起来，道："大帅不要开玩笑。他不会什么魔法，但他可以用办股份公司的形式，广泛在民间募集资金，修这么一条铁路！"张凤翔大笑起来，道："前辈，这就更不靠谱了。在我大清，做这么大的事，朝廷若是不恩准，地方官府不带头，什么事情办得起来！没有官府的鼎力相助和官府的担保，民间哪个有钱人敢把钱投到这么大的事情里去？罢了罢了，咱们不说这事了，说点别的！老李，快去准备饭！对了前辈，原望北身为河洛十族副盟主，却忘了十族和朝廷间的血海深仇，撒一个这么大的谎求得朝廷赦免，不会是别有居心，修铁路只是个幌子吧？"

容闳断然道："不！大帅错了！原望北虽然是河洛十族客家人，却有一腔爱中国之心。在美国时老朽和他有过接触，像老朽一样，他作为一代客家人的新领袖，经过长时间西方文化的浸染，目睹当今世界大势，他对待朝廷的态度也发生了根本变化。"张凤翔不以为然道："什么变化？不再一心推翻大清了？"容闳正色道：

客家人

"对。到了美国，他才明白，现在中国人面对的敌人，不是大清朝廷，而是一心要灭亡中国的列强，所有的中国人，不管是汉人还是满洲人都是同胞，应当一起驱逐西方列强，恢复中华独立与自由，让它重新成为富强的国家，自立于世界民族之林！"张凤翔想了想，神情也严肃起来，慷慨道："本官也想驱逐西方列强，恢复中华的独立与自由，让它重新成为富强幸福之国！但话是好说的，做起来就难了！他有什么灵丹妙方吗？还有，前辈愿意为这个人担保，此人回国后不会和河洛十族十八兄弟重新团聚在一起，举旗造反？"容闳听了，整个人都转回身，看他道："老朽今天来见大帅，想听的就是这么一句话。大帅，老朽愿意以脑袋和合族大小三千四百余口的性命担保此人不会回国造反，朝廷可以同样保证永远不再将此人视为钦犯，必欲诛之而后快吗？"张凤翔心中大震，不语。容闳又道："刚才大帅说他要回来救中国，有什么灵丹妙方，我以为他还真有！"张凤翔心中又是一震，回头看他。容闳道："望北在美国十年，不但学到了修铁路的全部本领，更重要的是他还认为自己为鸦片战争后屡战屡败、甲午战败后眼看就要亡国灭种的中国人找到了一条复兴之路，这条路简单说起来就是从修铁路开始，带动全中国的工业化，从而实现富国强兵，民族自存，中华复兴！大帅如果能奏请朝廷让此人回国，实现他的抱负，也许中国就真能得救！中国能够得救，大清也就得救了！"

张凤翔心中如同惊雷在滚动，道："从修铁路开始，带动全中国的工业化？什么意思？"容闳看他不懂，耐心道："工业化，简单地说，就是在社会生产的各个领域，变农业手工劳动为工业化生产。我举美国的例子，在美国，一条铁路伸向荒山野岭，那里马上就会出现城市和矿山，有了城市和矿山，就会有工厂，有金属冶炼业和机械制造业等重工业。有了它们，就会大批生产各种机器，用于农业和所有轻工业，就有了整个国家的工业化。工业化带给美国这么个刚刚从殖民地独立出来的国家的是生产力的大解放，随后是巨大的财富，工业化带给美国人的是一个在短短一百余年就迅速富强成为西方霸权之一的美国！啊，我还没说人的解放呢，工业化还会带来人的创造力的解放，带来科学技术的突飞猛进，人们不但重复大量制造上帝创造出来的东西，还开始大量创造上帝都没有创造出来的东西？"张凤翔不觉叫起来："创造上帝都没有创造出来的东西？"容闳点头，道："工业化会将原来大量束缚在土地上的人解放出来，因为有了更多的财富，这些人会受到更好的教育，他们中最聪明的人去投身科学研究，创造出世界上原本没有的东西，为人类所使用，譬如说火车本身，再比如说电话、电灯、电报！"张凤翔做恭敬聆听状，道："前辈，讲下去讲下去！"容闳道："我讲完了！"张凤翔道："一个字，好！一句话，既然本官被人戴上了一顶洋务派的帽子，既然前辈相信本官……我就姑且相信前辈对原望北这个人的介绍好了。本官今天就给太后写奏折，请求她亲下懿旨，令美国公使馆代表朝廷给原望北发放赦免状，允谁他回国！"容闳不觉热泪盈眶，道："看来外界所言不虚，大帅果然是中国南方的洋务派领袖，热心洋务救国！老朽代原望北和天下客家人谢你了！"他突然对张凤翔拱手。张凤翔急忙还礼并止住他："不敢当不敢当。对了前辈，您代原望北谢本官也就罢了，为何还要代天下客家人谢谢本官？"容闳道："老朽也是客家人。一千七百年了，客家人一代代血流成河，就是为了救中国。现在大帅允许原望北回国走另一条路，不唯可以救中国，也可以自为榜样，将天下客家人引向一条不必再血流成河就能救中国的路，从此以后客家人也许再不用代代举旗造反，尸骨成山。老朽怎么能不对大帅心怀感激！"

张凤翔庄重还礼，道："前辈若是能答应留下吃便饭，就请留下，若是不能，就请回府。为了前辈方才这一席话，本官不惜身败名裂，粉身碎骨，也要恭请太后为原望北，不，为天下人，也为天下客家人，下这样一道懿旨！"容闳再次拱手，道："谢谢！老朽就不打扰了，老朽要马上回去发电报给原望北，有大帅鼎力相助，他回国实现自己抱负的日子不远了！告辞！"张凤翔急道："来人，送容老前辈！"李大总管急忙答应一声。容闳走了一步又回头，道："大帅这里有了消息，马上让老朽知道！据我所知，原望北现在就停留在华盛顿，赦免状一到，他就会马上买船票踏上归国之途！"张凤翔点头道："前辈少安毋躁，现在京城和广州有了电报这种玩意儿，多不过三日，太后一定就会有懿旨！"他看着容闳蹒跚离去，嘴角悄然现出一丝阴冷的笑容，又喊了一声："前辈慢走！"

北京紫禁城内，慈禧正襟危坐，神情冷峻。李鸿章、袁世凯躬身而入，跪拜，大声唱颂道："臣李鸿章袁世凯叩见太后！太后吉祥！"慈禧道："平身！给李鸿章赐座！"二人谢过太后起身，李莲英帮李鸿章搬过一个矮几，让李鸿章落座，袁世凯站立。慈禧又道："李鸿章、袁世凯！"李鸿章急忙起立，与袁世凯同声答应："臣在！"慈禧从身边拿过一份电报，道："你们俩看看这份电报！两广总督张凤翔的密奏，他居然要本官，不，要皇上给河洛十族副盟主原望北正式发一张赦免状，允许他回国修铁路！"李莲英将电报接过来，双手躬身捧给李鸿章。李鸿章看完电

客家人

报，传给袁世凯。袁世凯一目十行地浏览完毕，恭恭敬敬地交还给李莲英，李莲英又将它放还到慈禧身边。

慈禧看二人道："怎么讲？"李鸿章沉吟不语。慈禧道："袁世凯，你先说！"袁世凯急忙上前，躬身道："启禀太后，臣以为，张凤翔的奏请可以恩准！"李鸿章仍旧不动声色。慈禧怒道："什么！你要我诏令天下，赦免我叶赫那拉一门的死敌？你们难道不知道，我们叶赫那拉家和河洛十族客家人有血海深仇？我的亲弟弟，唯一的弟弟，还有我的侄子文涛，多好的孩子……当年他们为国殉难时，我曾对先皇、对我叶赫那拉列祖列宗发过誓，今生今世，只要我还活着，就一定要将河洛十族客家人斩尽杀绝！"袁世凯低头，不再说话。慈禧回视李鸿章，怒道："李鸿章，你怎么一言不发？"李鸿章再次躬身站起，低头道："回太后话。臣和袁世凯想法相同，认为太后应当给原望北发赦免状，准许他回国！"慈禧气极，站起道："我想起来了，你一个，袁世凯一个，张之洞一个，还有一个刘坤一，再加上这个张凤翔，就是有口皆碑的大清五大洋务派。张凤翔上折子奏请赦免原望北，一定事先跟你们几位都打过招呼了，所以你们俩今天才敢在我这里和他沆瀣一气！"二人急忙匍匐在地，不敢言语。

慈禧久立，方回头道："起来吧，为什么又都不说话了？"李鸿章伏地不起，袁世凯看他一眼，也不好起来。李鸿章道："恭喜太后，贺喜太后！河洛十族客家人世世代代与朝廷为敌，不知悔改，今日其副盟主主动要求赦免，保证不再聚众造反，回国助我大清修筑铁路，臣以为若不是太后不念旧恶，以德治国，恩泽广布，使原望北等人被圣德感化，决心重新做人，是不可能发生的事情。同这件事相比，他回国后是不是真能把铁路修起来并不重要。多年以来，粤闽赣三省交界处的河洛十族客家人一直是朝廷的心头大患，眼下国势危殆，列强环伺，只要天下不乱，臣等尚可支持，一旦河洛十族客家人再像他们的前辈一样趁机举旗造反，蛊惑百姓，动摇天下，则天下存亡，未为可知。太后让人发出一张赦免状，这一心腹大患就能得到消除，不费一兵一马，能让大清江山转危为安，臣以为这是太后之福，天下之福！"慈禧回看袁世凯。袁世凯也道："臣袁世凯恭喜太后，贺喜太后！"

慈禧道："袁世凯，你又因为什么恭喜本宫？"袁世凯道："恭喜太后为了大清的万世江山，不念旧仇，用一张赦免状，化干戈为玉帛，扶大厦于将倾，挽狂澜于既倒，千秋万代，河洛十族客家人再也不会与朝廷为敌！后世子孙将世世代代感受太后的功德！"慈禧又生起气来，道："你胡说些什么？本宫还没有说要给原望北赦免状呢！"袁世凯道："臣以为，今天太后召唤李大人和臣进宫，就是说这件事太后已经定了！"慈禧被他说中了心事，却不愿意承认："为什么？"袁世凯急道："臣以为，太后若拒绝给原望北颁发赦免状，就不会召唤李大人和臣！"慈禧沉默良久，忽然叫了一声："来人！"李莲英答应："奴才在！"慈禧道："李莲英，带袁世凯去军机处拟旨，用电报发给张凤翔，让他告诉容闳，他奏请的事本宫准了！"李莲英袁世凯同声回应："喳！"

慈禧又道："等等！把电报同时转给叶赫星。也让他知道，本宫的主意变了，他在广州的差事不再是缉捕和诛杀河洛十族十八兄弟，而是要想方设法，和河洛十族两大盟主钟梦长原望北握手言和，协助张凤翔怀柔河洛十族，改变他们对朝廷的仇恨之心，从根儿上消除南方这一最大乱源，让他们全都变成大清的顺民！"李莲英答应一声："喳！"李鸿章袁世凯大声唱颂道："太后圣明，大清中兴，指日可待！"李莲英要走出去了又为难，回头道："太后，星大爷的脾气……太后要是真想让他协助张凤翔大人办成此事，一定要说几句重话，不然——"慈禧道："那就在给他的电报上加上几句，要是他不听本宫的招呼，擅自妄为，坏了我怀柔客家人的大计，酿成南方不稳，天下大乱，我要新账老账一块儿算，割他的人头！"李莲英大声道："喳！"

电报当日就到了广州两广总督张凤翔的手中。张凤翔看电报，长思不语。李大总管看他，不放心道："大帅，太后什么旨意？"张凤翔从思绪中走出，回头道："去告诉容闳老头儿，三天后原望北可以在大清驻美公使馆得到朝廷正式的赦免状，之后他就可以放心地回国了！"李大总管高兴道："原来是这样，太好了！只是——""什么？"李大总管道："虽然容闳老头儿以本人和全族三千多口的性命替他做了担保，小人还是有一点不放心。万一原望北回国修铁路是掩人耳目，最后还是要回来造反，怎么办？"张凤翔道："这点我们不用担心，自会有人替我们盯着他！"李大总管一惊道："大帅说的是叶——"张凤翔冷下脸来，看他道："每句话都要问得那么清楚吗？"李大总管急忙退后，道："是！"

广东按察使司衙门里，叶赫星这时也正兴致勃勃地看着一台电报机哒哒地打出一条报文来。巴什哈和已经老迈的阿邻站在他身后。叶赫星道："哎这洋玩意儿还真有点儿意思，从京城到广州这么远，通过一根铁丝，开动这玩意儿，太后的旨意说传过来就传过来了！你们谁知道，这东西又是哪家洋鬼子发明的？"巴什哈道："好像是美国人！"叶赫星不高兴了，道："怎么又是美国人！"他要走开，电报机停，报务员迅速将一条报带翻译成文字，恭恭敬敬地呈上来，道："大人，电报译完了。"叶赫星接过报文看，开始时还挺高兴，忽然皱眉，大怒，将报文扔在地下，对报务员大吼："滚出去！"报务员急忙离去。巴什哈道："主子，怎么了？"叶赫星大叫："老太太脑袋让门挤了！要不就是吃错了太医院的药，疯了！她居然……居然相信河洛十族原望北的一派胡言！"巴什哈将报文捡起来，放在案上。叶赫星愈怒，大喊大叫道："叶赫星和河洛十族不共戴天！要我和我的一生一世的仇敌握手言和，配合张凤翔这个狗总督，怀柔河洛十族，让他们全都变成大清的顺民！我呸！"巴什哈大惊："什么，太后要主子和河洛十族握手言和？"叶赫星道："对！握手言和！化干戈为玉帛！还说我的差事变了，不但不能再抓钟梦长和原望北，将河洛十族十八兄弟斩尽杀绝，为了稳定大局，一旦他们回国，还要保护他们，和他们交朋友！"巴什哈的嘴张开了合不上："什什什么？太后让主子和谁谁谁……交朋友？"叶赫星恨道："还有呢！老太太还说，我要是不听她的话，无论钟梦长还是原望北，只要死一个，坏了她的大计，就要割老子的头！"

这边一波未平，那边一名侍卫又匆匆引铁良走了进来，对叶赫星施礼道："奴才铁良见过主子！"叶赫星气不打一处来，看他："你怎么来了？"铁良从袖筒里掏出一封信，双手呈上来，道："爷，我们留在南洋的人，来信了！"叶赫星一惊，心情大变，接信过来，打开匆匆读完，回头盯着铁良，半晌，阴森道："你的这两个人，可靠吗？"铁良道："绝对可靠。"叶赫星大叫起来："拿什么担保他们可靠？"铁良道："奴才拿脑袋担保他们绝对可靠！"叶赫星哈哈大笑。铁良面呈紧张之色。叶赫星忽然又不笑了，道："如果你真敢拿脑袋担保，信上的消息就是真的！钟梦长很可能也要带他的十八兄弟回国了！——你们谁能告诉我，这是什么消息！"众人面面相觑，巴什哈第一个反应过来，大喜道："奴才以为，钟梦长带他的十八兄弟回国，主子十年来一直等待的机会到了！"叶赫星又看铁良，逼问道："你呢？"铁良道："奴才以为，钟梦长突然决定带他的十八兄弟回国，也许证明了另一个消息。孙文近期要在广州举事的情报是真的。"叶赫星变色道："胡说！这两股匪人，一个在南洋，一个在中国香港、日本，怎么会搞在一起？"铁良还要说什么，叶赫星又道："你们还忘了一个人！原望北！原望北刚刚提出要回国修铁路，钟梦长就要从南洋回国，这是什么意思？"铁良心中大动，试探道："主子是说，原望北在明处，钟梦长在暗处？原望北打着回国修铁路的幌子麻痹朝廷和太后，钟梦长趁机悄悄回国，和孙文合为一股！"叶赫星看他，恨恨道："我还没有想到孙文。我只是在想，钟梦长原望北这么干，在兵法上叫做瞒天过海。"巴什哈自作聪明道："不，这叫明修栈道，暗度陈仓！"叶赫星看他一眼，讥讽道："你还长能耐了！连香蕉都知道剥了皮吃了！但他们的对手是老子，无论他们瞒天过海还是明修栈道暗度陈仓，老子都不怕！"铁良道："可是太后有旨——"叶赫星长思，忽然又回头，哈哈大笑，盯着众人道："三十六计还有一计！"巴什哈道："主子，什么计？"叶赫星道："将计就计！"铁良猛醒："主子是要顺水推舟，表面上做出样子，与钟梦长原望北握手言和，其实暗中——"叶赫星猛举手道："什么也不要说了！老子这回好好陪他们玩玩，太后不要我动他们，我就不动他们！太后要我和他们交朋友，老子就和他们好好地交一回朋友！"巴什哈不放心道："主子，万一他们玩阴的，原望北根本不是回国修铁路，钟梦长和他回国，正是要和孙文乱党合为一股，在广州起事呢？"叶赫星冷笑道："巴什哈呀巴什哈，我刚刚夸过你聪明，你马上又长心眼了！好！……阿邻！"

　　一直没说话的阿邻上前一步，叉手道："奴才在！"叶赫星看他道："云梦山区近来有动静吗？"阿邻道："回主子话，没有！"叶赫星哼了一声道："知道这些年我为什么留下云上村和凤凰山上的钟梦来匪徒不剿吗？"阿邻道："奴才以为，主子一直留着他们不剿，是为了将他们作诱饵，给钟梦长原望北留下一个家，引诱他们有一天带着十八兄弟回国，一举剿灭！"巴什哈道："可太后这会儿又不让主子杀钟梦长原望北，要对他们行怀柔之策。"叶赫星回头瞪他一眼，道："闭嘴！"他回头看阿邻，哼一声又道："还是你聪明……甲午海战，李鸿章这个老贼旗下的北洋水师一败涂地，朝廷里还有一个袁世凯，大奸似忠，我大清王朝从此进入了风雨飘摇之秋。钟梦长回国，孙文乱党又要在广州起事，平静多年的云梦山区也会重新动荡起来……钟梦长回国后不管会不会和孙文革命党合为一股，都一定会回云梦山区他的老巢。——知道该做什么吗？"阿邻急道："知道！主子一直将奴才留在三河坝镇，就是为了这一天！"

　　叶赫星道："明白就好！铁良！"铁良上前一步道："奴才在！"叶赫星盯着他道："广州是大清在南中国的门户，失去广州，全国震动，大清的基业就会土崩瓦解！我们这些八旗子孙将死无葬身之地！所以，我一直认为，保住广州，不是保住大清的半壁江山，而是她的一统山河！"铁良应了一声："喳！"叶赫星又道："不但钟梦长原望北近日会回到广州，孙文也会带着他的党羽潜入广州，不管他们会不会合为一股，对老子来说都一样，他们就是一股！"铁良抬头道："主子，奴才明白了！只有给钟梦长原望北扣上造反的帽子，主子才好下手。"叶赫星大叫道："错了，什么帽子，他们就是反贼，就是孙文一党，而且，你要想办法弄得铁证如山！"铁良答道："明白了！"巴什哈忽然想到了一件事，叫："主子——"叶赫星看他："你又想起了哪一条？"巴什哈道："主子，咱们不怕原望北回国修铁路是假，那就太好了，可万一他是真的，怎么办？"叶赫星道："那有什么难的？弄成假的！"巴什哈道："可太后懿旨说得清楚，万一逼他们真造起反来，动摇了天下——"叶赫星大怒道："住口！你这是什么话？我要是没猜错，这一次要我和钟梦长原望北和好，一定不是老太太的心思，这是袁世凯的心思，李鸿章的心思……什么动摇天下，天下已经被他们动摇了，甲午战败是最大的动摇。现在要重新安定天下，首先就得铲除大清最危险的敌人河洛十族客家人，孙文乱党倒在其次。李鸿章，袁世凯，你们可以在朝廷里摆布太后，可老子在广州不会听任你们摆布。今天要救大清，普天下也就是老子一人了，待我将计就计，一举荡平河洛十族十八兄弟，将孙文乱党一网打尽，消除了南方动乱的火种，再回京一枪一个，将两个奸贼干掉，为大清铲除心腹大患！这一回，我不会再让自己失手了！"

铁良道："主子，我们怎么干？"叶赫星想了想道："按兵不动！"铁良一惊。叶赫星又道："不是什么事都不做，表面上做出什么事也没有的样子，给孙文和钟梦长原望北两股匪人一种天下太平的错觉。在暗处，你要把所有的人都布置出去，尤其是连通香港和南洋的港口，一天十二个时辰都给我盯紧了！来往客商最多的沿江一带酒肆茶楼，大小客栈，每一处都给我安插至少一名坐探，发现可疑的人立即禀报！古人讲擒贼擒王，一般的匪众算不得什么，只要能一举抓到孙文钟梦长原望北这三个匪酋，让匪众群龙无首，他们就完了，星大爷就在最危急的关头力挽狂澜，做了北京城里那些大人物做不了的事，用一个小手指头轻轻地就稳住了大清风雨飘摇的江山社稷！"铁良唱颂道："主子圣明！"叶赫星想了想又道："从你的洋枪队里拨出一支，成立快速行动小队，交给巴什哈，跟随本大爷行动！无论何时，在广州任何地方发现了孙文和钟梦长，马上禀报，我会立即带这支小队伍捕杀他们！"铁良巴什哈同时大声回答："喳！"叶赫星意犹未已，原地转了一圈又回头道："你们还要仿佛无心地把太后的旨意散播开去，就说国势艰危，太后不念旧恶，一心和河洛十族化干戈为玉帛，特别下旨给老子，不得再将河洛十族十八兄弟尤其是他们的首领钟梦长原望北视为钦犯，还要老子和他们交朋友！……老子要是走运，钟梦长原望北中了爷的道儿，不再提防地回到广州，老子这一网下去，捞的鱼就大了去了！"见众人脸上仍挂着不安，他忽然又生气了，大叫："怎么都是这么一副脸色！怕我这么干了太后不高兴砍了老子的头？……啊，那咱们走着瞧！等我杀了钟梦长原望北和他的十八兄弟，将孙文乱党一网打尽，举兵云梦山区，将河洛十族客家人斩尽杀绝，一举将她心头的两个大患除掉……那时叶赫星忠心已尽，凭一己之力还给她一个转危为安的大清国，老太太要是还为这个不高兴，要砍老子的头，老子眼都不眨一下，跪下去让她砍！老子这回还就要为国尽忠了！……愣着干什么，去办差！"众人听了，如蒙大赦，急忙答应、离开。

六

西马阿里·拉希德部族残破的山寨里，一身下等伊塔女人打扮的玛塔和艾玛在一起劳作，忽然听到脚步声响，二人一惊，抬头看见梦成、刘松龄、张德伦三人出现在门外。梦成眼泪快要下来了，叫道："嫂子！"刘、张二人也激动道："公主殿下！"玛塔慢慢站起，做梦一般看着三人。梦成上前行家礼，趴下磕头，哭道："嫂子，你受苦了！我来晚了！"玛塔上前，猛地抱起梦成，一声"兄弟"出口，就哭起来。刘松龄在一旁急道："公主殿下不要哭，盟主在南洋有了新的安身之地，让我们来禀告公主，若是公主愿意去团聚，就让四少爷和我们来安排！"玛塔大喜道："真的？"梦成点头。玛塔拭泪，脸上现出笑容，想了想道："不，邦杰，你和刘叔、张大叔来了，你们没有忘了我，你还……你终于认了我是你的嫂子，玛塔就心满意足了，你们走，我走不了，乌斯曼不会让我走的！"张德伦道："公主殿下，这件事只有我们几个人知道，乌斯曼殿下已经答应让我们护送你和艾玛悄悄离开西马，去和盟主团聚。还有一件事公主可能不知道，当初也是乌斯曼殿下网开一面，盟主才成功地逃出了西马！"玛塔闻言大喜，也不细问，就和艾玛匆匆收拾身后的衣物，随众人走出。

客家人

当日梦成已在文德港将玛塔和艾玛安置在大船中一间刚刚空出的舱室内，道："嫂子，你们就住这里，刘叔和张大叔就住隔壁，我离你们这儿也近。船今晚上就走。"玛塔点点头，环顾这间小舱室，想到马上要和梦长见面，忽然生出隔世之感。梦成离开，和矮脚虎一起去打扫别的客舱，忽然就从一个铺位下发现了一只提箱，吃惊道："哎，这是谁的？"想也没想就拉开舱门朝外面大喊："哎，哪位客人的东西，落船上了！"

矮脚虎闻声走过来，蹲下去就要打开提箱。梦成连忙喝止，道："干什么？那是客人的东西！"矮脚虎道："客人的东西我们也得看一看，不然随便什么人上来把它领走了，真主人回头来找，算你的还是算我的？"梦成看他，笑道："没想到这些日子你屁颠屁颠地跟着我，还学聪明了，对，打开看看！"矮脚虎打开提箱，二人朝里面看去，提箱里居然全是一沓沓油印的纸。矮脚虎拿起一张要看，被梦成夺走，道："你又不识字，看什么看！"边说边一目十行地看下去，嘴里就断续念出声来："《兴中会纲领》。驱除鞑虏，恢复中华，创立合众政府……"念到这里，他大吃一惊，忙对矮脚虎道："快，把东西收起来！"矮脚虎不解道："怎么了，你脸都白了！"梦成一把将提箱合上，推到铺下去，又猛地关上门，回头对矮脚虎道："什么话也别说！好好在这里待着，丢东西的人一定会找回来的！"

矮脚虎见状，知道事情不对，低声道："到底怎么了，快说清楚！"梦成压低嗓门道："你在船上这么久，就没听人说起过兴中会？"矮脚虎摇头。梦成气馁道："没有就算了！总之等会儿这个人上来了，我们俩一起动手，把他拿下！"矮脚虎道："干什么？人家丢了东西，回来拿，我们干吗要把他拿下？再说了，他丢的又不是金子。要是金银财宝，那就两说了！"说着咧嘴笑起来。梦成道："你怎么这么无耻，说起金银财宝，你就眉开眼笑。告诉你，这些东西，可比金银财宝要紧！"

矮脚虎还要说什么，忽然听到有人大力打门。二人回头，只听舱外一个焦急的声音道："快开门！谁在里头，我的东西落里面了！"梦成对矮脚虎使个眼色。矮脚虎点头，呲牙一笑。梦成站起，一把拉开舱门，一个男人就冲了进来。梦成猛地关上舱门，矮脚虎上前一把抓住他。那人大叫一声，用力将他甩开，占据了舱室一角，看二人，怒道："你们，什么人？"矮脚虎看梦成道："没想到今天还碰上行家了？你一边去，我一个人对付他！"

那人居然也笑起来，道："这么说我在南洋还碰上传说中的英雄好汉了？"梦成只是不语。矮脚虎也笑道："听这话，你也不是十分孤陋寡闻，还知道南洋有英雄！是现在乖乖地束手就擒，还是练两招？"那人大笑，慷慨道："古人有云，不打不成交！既然如此，那就恭敬不如从命！"矮脚虎喝道："那就别废话，接招！"说着挥拳抢上去，两人一来一往，就在这间狭小的舱室内对打了十几个回合，居然不分胜负。矮脚虎不觉架住对方的拳道："果然会两下子，说不定真练过！"那人也道："你也不差，虽不是什么大英雄，但也不是小毛贼！"矮脚虎道："你这是夸我，还是骂我？"那人笑道："怕了就换另一个上来。没想到，我这两下子，在南洋还能应付！"矮脚虎看梦成道："老四，他要你上呢！你敢吗？"梦成一直在观察这个对打架本身越来越感兴趣的年轻人，突然开口道："不，他可以走了！"那人闻言，收势，大笑道："怎么，你们真的放我走？"梦成道："对，你走吧！"那人抱拳道："两位英雄，今天虽然和这位英雄没有分出胜负，但在下也领教了！有道是人外有人，天外有天，英雄不问出处。在下还有事情要办，不能奉陪了，后会有期！"说着他不再看梦成和矮脚虎，提起提箱就走。

梦成忽然又上前挡住了他的去路，道："且慢！"那人一惊，道："两位英雄还要干什么？"梦成道："把手里东西放下！"那人诧异道："我干吗放下？这是我的东西！"矮脚虎道："谁能证明是你的东西？"那人焦躁起来，道："这是什么话，我自己的东西还要什么人证明？快让开！"矮脚虎假意道："把箱子打开，看看里面是什么东西，是不是你的，才能把它带走！"那人听了脸上笑容落去，把箱子抱紧在怀里护住，道："不行！我这箱子里的东西不方便给外人看！"梦成故意道："不会是不敢给别人看吧！"那人勃然变色，道："两位是什么人？莫非本人不在时，打开看过箱子里的东西！"

矮脚虎蛮横道："看了又怎样，不看又怎样？"那人道："如果两位英雄看了，就请忘掉这件事，你们什么也没看见！"梦成道："可我们已经看见了，怎么办？"那人悄然怒起，道："两位想怎么办！"矮脚虎道："我们想让你跟我们走！"那人看他们，缓缓道："那恐怕不能。除非两位赢了我手中这只枪！"话音刚落，他已经飞快地从腰后拔出一支短枪来，对向梦成和矮脚虎。梦成回看一眼矮脚虎，突然故意哈哈大笑起来。矮脚虎心中明白，也看梦成，一同大笑。那人不明就里，吃惊之间，梦成早飞起一脚，将他手中枪踢飞。矮脚虎一把接过手枪。

那人惊慌道："你们……要干什么？"矮脚虎手里玩弄着手枪，赞赏道："不错，好枪，比我过去玩过的漂亮多了！"突然将枪口指着那人，喝道："说吧，你到底是谁？"那人只恨恨地看着他们，不再说话，更不看枪口。梦成见他一副宁死不屈的样子，开口道："你是兴中会的什么人？"那人又是一惊，迟了一会儿才道："什么兴中会？"梦成道："不要以为我们不识字！"那人似乎明白了什么，仰天大笑道："怎么，两位是朝廷派到南洋来缉拿我兴中会革命志士的密探？"梦成冷静道："是不是朝廷密探，只有说出你的身份，才能告诉你！"那人也爽快，傲然道："革命党人行不更名，坐不改姓，从走上这条道路那天起，就没有想过寿终正寝！陆皓东，广东香山人氏，兴中会会员，今日奉本会大总理之命，前来南洋，结交英雄豪杰，组织队伍，回国投身起义。既然两位看了我箱中文件，自然明白我是什么人，一生的信仰和目标是什么，你们若是朝廷密探，本人恭喜二位，现在就可以带着本人和这箱中之物回国领赏了！"矮脚虎不觉看梦成一眼。梦成道："带你回国领赏不忙，告诉我们，你来南洋，准备和什么人联络！"陆皓东道："这个说出来也无妨！本人奉本会大总理孙文先生之命，走遍南洋各岛，首先要找的人，就是朝廷费了九牛二虎之力，费九年之久，仍不能在南洋缉拿到的河洛十族盟主、河洛十族十八兄弟之首、客家人云上军团主帅钟梦长钟大帅！这位大英雄现在藏身南洋，化名华邦彦！"

矮脚虎听了此话，心中大喜，不觉看梦成一眼。梦成盯着陆皓东，突然道："陆壮士，知道我们是什么人？"陆皓东见他脸色凝重，惊道："两位是什么人？"梦成道："驱逐鞑虏！"陆皓东下意识道："恢复中华！"梦成想了想再次开口："楚虽三户！"陆皓东更是吃惊，急道："亡秦必楚！原来两位就是河洛十族客家人？"矮脚虎看梦成道："老四，可以告诉他吗？"梦成点头。矮脚虎道："这位就是河洛十族盟主钟梦长之弟，钟家的老四钟梦成！"陆皓东惊喜交加，道："什么？这位就是钟家四爷？"梦成拱手道："在下正是钟梦成！陆先生，你真是兴中会的人，到南洋来寻找我大哥的？"陆皓东大叫："是！太好了！天哪，这才叫做不打不相识呢！四爷，快告诉陆皓东，十族盟主钟梦长钟大帅现在何处，我奉本会大总理之命，在南洋各地找了两个月，一点线索也没有，今天真是踏破铁鞋无觅处，得来全不费功夫。快带我去见他，我马上要见到他，有大事商议！"

矮脚虎脱口就道："盟主不在这里，盟主在——"梦成急忙拦住他的话头，道："我大哥行踪不定，他现在在哪里，连我们也不知道。陆先生有什么话，不妨对我们说出来，我们想办法把你的话转告给他。你看如何？"陆皓东有点失望，但还是马上道："这样也好！咱们下船，找个地方好好谈谈！"矮脚虎不是十分情愿地将手中枪还给陆皓东。梦成道："陆先生请！"陆皓东点头，提起箱子，和二人一起走了出去。

半个月后，一条大型渔船在山打根一处偏僻的海边靠岸。梦成矮脚虎刘松龄张德伦扶玛塔艾玛下船登岸。艾玛抬头朝前方望去，叫道："公主，那是不是驸马！"玛塔顺着他的目光望去，只见梦长带梦余纵马驰来，越来越近。玛塔眼泪涌出，哽咽道："是他！是他！"梦长下马，飞奔过来，紧紧抱住玛塔，悲喜交加道："公主！我们又见面了！"玛塔身子一软，倒在他的怀中，半晌才睁开眼，泪水盈眶道："没想到今生今世，我们还能在这里团聚！"众人不忍看二人落泪，都转过脸去。梦长一把将玛塔抱起，上马疾驰而去。梦余看众人道："各位大叔大哥，还有艾玛，咱们也走！"

两年的时间，梦长的山打根胡椒园已经很有规模。梦长抱着玛塔一路纵马驶来，玛塔回身紧紧抱住她，一刻也不舍得松手，仿佛一松手就会再次失去他。那马一直驰进胡椒园深处的丛林才慢慢站住。玛塔睁眼道："这是什么地方？"梦长道："公主刚才不愿意睁开眼，我们早就进了我在这里新开的胡椒种植园！"玛塔痴情地凝视他道："你要带我到哪里去？"梦长忘情道："不知道。"玛塔重新闭上眼睛，任那马载着他们二人继续朝前走。梦长伤心道："公主，你受苦了！"玛塔再次将泪眼睁开，道："有了这一天，受多少苦都是值得的！"那马忽然又站住了。玛塔闭上眼睛不愿睁开，道："怎么它又不走了？"梦长道："公主想让我带你去哪里？"玛塔道："天涯海角。只有我们两个人在一起。"梦长放眼四顾，伤感道："这里已经是天涯海角。哪里还有天涯海角！"玛塔道："不，你到了哪里，哪里就不再是天涯海角！"二人长久地激吻起来。

那马又停下来了。二人分开，大喘气。梦长抱玛塔下马，道："我们就要到了，我把你放下来吧。"玛塔仍不愿睁眼，道："不。就这么抱着我，像新婚时那样抱着我，带我回家。"梦长心中忽然大疼，道："回家？现在我们浪迹天涯，哪里还有家呀！"玛塔陶醉道："只要有你，玛塔就有家！"梦长抱着她朝前走。有顷，又站住了。玛塔忽然意识到他的心情就在这一刻突然变了，睁开眼看他道："你怎么了？"梦长回避道："我们走错路了。不过没什么。老四他们已经到庄园了，我们从这边一条小路回去！"玛塔眼里早流出泪来，道："你现在心里想的已经不是我了，对不对？"梦长不语。玛塔忽然叫道："放我下来！"梦长放她下来。玛塔一巴掌打在他脸上，生气地朝前面的丛林深处走。梦长一惊道："公主，你——"玛塔回头，伤心道："钟梦长，为了我，多留些日子！"梦长道："你在说什么？"玛塔大声痛苦道："你要走了，要回中国了！这一次离开，一生一世，我再也见不到我的丈夫了，是吗？"梦长不愿意承认这件事，故意大声道："你说什么？我还没说回中国呢！"玛塔的泪大串大串滚下来，道："可你的心已经回中国了！我千里迢迢来到婆罗洲，你见了我，就刚才那一会儿，心里全是我，我觉得自个儿幸福极了，无论为你受了多少苦，都值了！可过了那一会儿，你的心就变了！"梦长被她说中了心事，不说话。玛塔继续道："刚见到我那会儿，你的心是热的，我知道；可这一会儿你的心又变冷了，又是一颗为了你的事业将玛塔无情地甩在一边的心了！你敢说不是！"梦长不愿意听她再责备下去，心中陡然怒起，一不做二不休，快步上前将她抓住，重新抱起，回头上马，疾驰而去。玛塔在他怀里重新闭上双眼，突然，她又扑上去抱住梦长，激情地吻起来。梦长再次驻马，和她激吻。两个人都感觉到了，这不是一次久别重逢的热吻，而是又一次生离死别的激吻，伴随着两个人的泪水和悲伤。

当日晚些时候，梦长从梦成口中听完了有关陆皓东的事，又看了兴中会的传单，思索良久，才回头望着梦成刘松龄张德伦等人，严厉道："驱除鞑虏，恢复中国，创立合众政府……我问你们，兴中会的这位总理孙文先生，是不是客家人？"众人相视一眼，都吃了一惊。刘松龄道："盟主怎么知道孙文是客家人！"梦长道："驱除鞑虏，恢复中国，创立合众政府，这其中的驱除鞑虏，恢复中国，和客家人世代相传的先人的遗言，差着两个字，意思却一样！不，这两句话就是从我们客家人世代相传的密语中来的！"矮脚虎一拍脑袋，道："盟主这么一说，我也觉得像！"梦长激动起来，道："如果孙文先生不是客家人，怎么会用这两句话作为兴中会的纲领！不，他一定是客家人！"梦成猛然想起一件事，道："大哥，我问过陆皓东，他说孙先生的家乡是广东香山南朗镇翠亨村。香山是一个客家人聚居的县，孙先生不是客家人，又是什么人？"张德伦一直在沉吟，这时看梦长道："盟主，关于这位孙先生和兴中会，我也听说过一些传言，不止孙先生是客家人，兴中会的主要领袖，据说也都是客家人。就连四少爷和王英兄弟遇见的陆皓东先生，也是客家人！"梦长一刻也没有迟疑，回头看梦成道："这位陆皓东先生现在哪里？我要马上见到他！"梦成看矮脚虎一眼，不安道："大哥，我和王英都觉得这个陆先生太年轻，我们又是第一次和兴中会的人接触，不敢贸然带他到这里来见大哥！"梦长想了想道："此人这么年轻就能办如此大事，和孙文先生一起创办兴中会，代表孙先生来南洋联络各路英雄，说明他了不得。甘罗十二岁为上卿，自古英雄出少年，年轻不该是你们阻止他来见我的理由。"

矮脚虎欲言又止，看梦成。梦长道："王英兄弟想说什么？"矮脚虎道："不止是你们家老四，连我也觉得这个人办事有点靠不住！"梦长诧异道："怎么靠不住？"梦成抢上来道："他奉孙文先生之命来南洋联络各位华商领袖，第一个要联络的就是大哥，在文德港下船时，居然能把自己携带的兴中会传单遗失在船舱里！"矮脚虎也道："这么丢三落四的人，办起事来一定不缜密。盟主，我们怎么能让这样的人来见你！"疤脸这时也插嘴道："盟主，我也听人说，就连孙文先生自己，兴中会的总理，今年也才二十八岁……二十八岁的人，真能做成他们说的大事？"

梦长长久地皱眉沉吟起来。一时间所有的人都望着他。良久，梦长回身对梦余道："望北的信在哪里？"梦余回头拿出望北的信交给他。梦长坐下来重读这封信，有顷站起来，果断道："告诉大家，这封信是早上刚刚收到的。望北在信上说，他已经从美国率众弟兄启程回国了！我们只有马上启程，才能赶在他前面回到广州！"众人一惊，见他态度坚定，都不敢劝阻，只有梦余大着胆子开口提醒他道："大哥，我大嫂，啊，公主今天刚到！"梦长逼视他一眼，又回头看众人，道："我们必须明天就走，我要确保能赶在望北回国的第一天在广州见到他。我要告诉望北，功夫不负苦心人，虽然我想在南洋找到的那条救中国的新路没找到，但现在我们找到了一位能带领客家人打赢最后一仗、实现中华复兴的领袖！我还要以十族盟主的身份说服他，和我一起去见这位领袖，参与大事！"梦余诧异道："大哥，你说的这位领袖是谁？"梦长沉沉道："就是领导兴中会的这位孙文先生！"

大个子一愣，道："盟主，不对吧，你连他的面也没见过一次，怎么能断定这个孙文就是那个能带领客家人复兴中华的领袖！"众人也都悄声议论起来。张德伦急道："大家别吵。盟主，你是怎么想的，告诉我们大家！"梦长道："一千七百年来，驱逐鞑虏，恢复中华，一直是十族客家人世代相传的密语，后来所有的客家人也都知道了，但是没有大事，谁也不会把它讲出来。包括当年的太平天国各位领袖，谁都没有想过这两句话竟能成为鼓舞天下人心，继而为恢复中华而战的纲领和号角！但

客家人

是这个年方二十八岁的孙文先生就想到了！"众人面面相觑，一时间都在思考他的话。梦长又看大家道："刘叔，张大叔，兄弟们，甲午战败，中华民族到了存亡危急之秋，这位孙文先生能将这两句客家密语作为兴中会的纲领，公开喊出来，不只是客家人，天下所有中国人都会受到它的鼓舞和召唤，拔剑而起，参与到拯救中华的最后一战中去！……我们常说的领袖是什么人？不就是那种能够走在时代前列，识天时，明大势，知人心，一句口号就能把天下人鼓舞、组织起来，成为一支浩浩荡荡的大军，和他一起去作战、直到实现救中华的伟大目标的人吗？！我们不认这样的人作领袖，要认什么人的做领袖！"众人听了，都附和道："对！是这个道理！说得对！"

梦长又急躁起来，看梦余道："我们用明天一天的时间准备，后天就启程！"梦余不说话。众吃惊道："明天？"梦长道："难道你们还有什么妻小、产业，难以割舍吗？"众人都笑起来。大个子道："我们没有，就怕有人有！"众人又笑起来。梦余忽然叫起来："不行！大哥，来不及的！"梦长回看他："什么来不及？"梦余道："大哥要我把南洋的产业全部盘出去，一天时间能做什么，就是一个月，半年，都不一定来得及！"梦长生气道："可孙先生的人马上就要在国内组织起义，我们不能等！现在有多少钱？"梦余道："钱是有一点……"梦长盯着他道："不是只有一点吧？这次回国要做大事，有多少全部带走！"他又看梦成："陆先生要我到哪里去见孙先生！"梦成猛然想了起来，道："广州！我和陆先生约好，大哥带我们回到广州，兴中会会派出密使和我们联络，那时大哥就可以见到孙先生了！"梦长想了想，看梦余道："好！我们先把现有的钱带走，你留下把南洋的产业尽快盘出去，起义以后就是战争，我们需要这笔钱！再说我们当初在南洋做实业，开矿山，种胶树，开胡椒园，就是为了这一天！"张德伦听了，飞快地看了梦余一眼。梦余还要说什么，梦长却不再理他。

这时刘松龄想起了另一件事，急道："盟主，我们在西马还有一支队伍，需要时我和老张回去，马上可以组成一支新的客家人云上军团，随盟主回国起义！"梦长想了想道："这个不忙！等到我们回到广州见到孙先生，把情况都搞明白了，再给两位大叔发信，带我们的队伍回国参加起义！"刘松龄点点头，不说话了。梦长回头见梦余和张德伦正在悄悄低语，道："你们在说什么？"梦余趁机道："大哥，还有件事要禀报！"梦长皱一下眉头道："你还有什么事？"梦余道："我把你刚才交代给我的事托给张大叔了！"梦长大惊道："为什么？"梦余道："大叔的身份到现在还没有暴露，我们现有的产业多数都在苏门答腊，原来就是以大叔的名义办的，所以他比我更适合做这件事。我呢，跟你一起回去！"梦长看张德伦，道："张大叔，是这样吗？"张德伦道："盟主，张德伦老了，不能回去和盟主一起杀敌，五少爷能和盟主一起回去，时刻保卫盟主，我和老刘留在南洋也放心点！你就让五少爷和你一起走吧！"梦长还没回答，刘松龄早吃了一惊，看张德伦，叫道："你说什么，这次我是要跟盟主一起回国的！"梦长回头对他重申刚才的部署，道："不，刘叔，你留下掌握我们在西马的队伍，等我的号令，这比跟我们一起回去还要重要。"众人也一起劝他，刘松龄终于无奈道："好吧。我只能听盟主的，是吧！"大家都笑起来。

梦长正色道："好，就这样定了，大家各自去准备！"众人答应一声，散去。

第二天一大早，梦成和矮脚虎就走了，他们要提前赶回古晋的大船上做好准备迎接梦长一行。又过了一天，梦长带梦余疤脸大个子离开胡椒园，没有走向古晋，却走向了深山，进入塔尔塔尔人的山寨。他们将从这里出发，走陆路越过婆罗洲中部的原始森林，赶到古晋去。

在塔尔塔尔山寨里，塔尔塔尔人的大酋长和梦长各举一杯酒，碰杯，一饮而尽，在他们的身后，一队塔尔塔尔武士早立在梦长等人身后，做好了和他们一起出发的准备。玛塔艾玛张德伦刘松龄站在一侧，流泪望着这场让所有人都伤感的告别。塔尔塔尔大酋长大声道："钟先生，你和你的父亲一样，是一位勇士。为了你的人民能在你的剑下得到解放，作为朋友，我的人愿意一路上帮助你避开所有的急流险滩和野兽，爬过高山，穿过密林，一直走到你想去的地方！"梦长将酒杯交还给塔尔塔尔侍者，拱手道："谢谢大酋长！钟梦长永远不会忘记你这位忠诚的朋友！更不会忘记视我们如同亲人的塔尔塔尔兄弟姐妹！告辞！但愿我们后会有期！"他一刻也没有拖延，就回头看一眼梦余疤脸大个子，大声道："上路！"那队塔尔塔尔人武士率先举步，梦长随后带众兄弟跟上去，玛塔忽然大叫一声："梦长！"梦长回头。玛塔从艾玛手里拿过一张文书，上前道："你还记得它吗？"梦长看它道："这是什么？"玛塔道："这是你当初抛弃玛塔离开西马时留给我的离婚文书。你走了，玛塔要留下来，替你经管这里的胡椒园，等你回来！这是你的东西，现在还给你！"梦长接过文书看一眼，内心汹涌澎湃，道："公主殿下，钟梦长还是想把这份离婚文书交还给你，请公主替我收着它。今生今世，如果我们还有相见之期，钟梦长和公主就仍是夫

客家人

妻，如果不是这样，有了这份文书，公主殿下就是自由的！公主殿下，请你在分别时不要让钟梦长流泪，这些年公主对钟梦长的恩情，钟梦长至死不忘！再见了！忘掉我吧！"他说着已将文书放回到玛塔怀里，回头，义无反顾地对众人喝了一声："走！"

塔尔塔尔山寨边的一座高峰上，玛塔艾玛和刘松龄张德伦爬上来，居高临下向前方望去。山峰下的一条小路上，梦长等人和塔尔塔尔武士的队伍在行进。玛塔的眼泪流下来，回头对艾玛道："把它给我！"艾玛将离婚文书交给玛塔，玛塔一点点将它撕成碎片，向着山下撒去。刘松龄张德伦大惊道："公主殿下！"玛塔也不回答，只让手中雪片般的碎纸片随风飘向山下的队伍。山路上的梦余猛回头向天空望去，大叫："大哥快看！"碎纸片已经纷纷扬扬落下来。大个子伸手去接，又看梦长道："盟主，公主把离婚文书给撕了！"梦余目光湿润，道："不，大哥，公主把离婚文书还给你了！"疤脸停下脚步，流泪道："盟主，公主是要告诉你，她和你永远都是夫妻，无论你什么时候回来，这里都有一个家在等你！"梦长也站住了，伸手接住几片白蝴蝶般飘飞的碎纸屑，将它们紧紧攥在手里，有顷，又将它们装进衣袋，流泪大声对众人道："走！"山峰上，玛塔泪眼看刘松龄张德伦："两位大叔，他还会回来吗？"刘松龄道；"公主殿下，会的！"玛塔道："不，他只有一颗中国的心，不会再回来了！"张德伦道："公主殿下，盟主一定会回来！"玛塔抬头看他，问："为什么？"张德伦道："盟主两种情况下一定会回来，一是革命再次受到挫折，无立足之地，他会回来；二是革命成功，盟主完成了驱逐鞑虏恢复中华的目标，他也会回来！"玛塔不解道："完成了驱逐鞑虏恢复中华的目标，他一生的梦想都实现了，为什么还会回来！"刘松龄道："因为这里有公主殿下！正因为有您，南洋也成了他的家，他的第二故乡！"玛塔哭道："大叔，我错了，我应当跟他一起走！"刘松龄张德伦大惊："公主！"玛塔道："你们不要叫我公主了！玛塔也是个女人，现在才明白，我应当跟他走，他到哪，我就到哪！他活着，我就活着，他死了，我就跟他一起死！我的丈夫在哪里，我的家就在哪里！"梦长一行已经没入原始森林，她再也看不见他了，大哭起来，扑倒在艾玛怀里，晕了过去。

一个月后的一天夜晚，一条大船已经从古晋港启航。船上一舱室内，梦长、梦余、疤脸、大个子、梦成、矮脚虎又聚集在了一起。大个子叫："关门关门，海上风大，吹着我了！"梦成看一眼梦长，道："大哥——"梦长知道他有事要说，道：

"说吧，什么事？"梦成道："我和王英从山打根回来后，在古晋港又见到了陆皓东先生！"梦长大喜道："陆先生？他现在哪里？""回广州了！""可惜，为什么不留下他？"梦成道："他说不能等你们了，因为孙先生有急信来，要他马上赶回广州，领导起义！"梦长沉吟道："这么说，兴中会领导广州起义的事定下来了！"梦成点头。众人都心情大快，道："太好了！真要起义了！"梦长又看梦成，道："陆先生说过没有，准备怎么起义？"梦成道："陆先生说，兴中会为了组织这场大起义，已经联络到了足够的武装力量，到了日子，各路大军齐聚广州，听号令起事，一举占领广州，宣布它为新共和政府的首都，招兵买马，组成一支大军，展开北伐，同时传檄全国爱国志士在各地起义，推翻清政府，驱除鞑虏，恢复中国！"梦长用钦佩、惊讶、兴奋的目光看梦成，道："太好了，孙先生了不起，连北伐都想到了！"疤脸也兴奋道："到了那时，我们的客家人云上军团就有用武之地了！"梦长又看梦成，道："陆先生还说了些什么？"梦成道："他以孙先生的名义，请大哥率领我们的人去广州与孙先生会合，共谋大事！"

梦长目光庄重起来，自语一般道："我想到过孙先生是做大事的人，却没想到动作会这么快！其实我是应当想到的！甲午海战大败，中国面临亡国灭种的危险，天下的志士仁人个个奋起，人人都愿意为救亡牺牲，大清王朝空前衰弱，天时地利人和加在一起，一场革命不在南方爆发，也要在北方爆发！梦成，船什么时候能到广州，我们一到，就和陆先生联络，我要见孙先生，告诉他，我们河洛十族十八兄弟，不，客家人云上军团，听从兴中会的调遣！"梦成道："要是海上没有大风浪，船一个月就能到广州！"梦长掐指算了算，看梦余道："我们在原始森林里走了两个月，再在海上走一个月，三个月，差不多能和望北他们同时回到广州！广州那边有人接应吗？"梦余点头。梦长又道："可惜来不及联络刘叔和张大叔了，应当把我们在西马的队伍带回去，参加起义！"疤脸比较冷静，道："盟主，我觉得这事不急，等我们到了广州，和望北他们会合一处，你们两个去见过孙先生，看清楚那里的情势，真有大事发生，再回头召唤西马的队伍回来也赶得上！"梦长道："你说得对。是我又心急了！恨不得今天就把队伍拉回国内，明天起义，后天革命成功！"

梦成看大家道："大哥，你们一路走来，风餐露宿，都累了，歇着吧！"梦长回头让大家回自己铺位上去歇息，道："一到广州，就没有时间歇着了！"众答应一声散去。大个子爬上一个上铺又回头道："盟主，回到广州，我们回不回云梦山区，回不回云上村？"众人一时间起了故园之思，都回头看梦长。梦长道："当然要回云梦山区。不要忘了，那里我们还有一支队伍呢！万一时间太紧，等不及联络西马的队伍，我们就用那支队伍！"梦成道："大哥是说老二？"梦长道："对！"梦成不说话了。梦长道："怎么了？"梦成道："不怎么。大家快歇着吧。"他边说边和矮脚虎离去。梦余忽然想起一个人来，道："大哥，你离开都十年了，怎么着也该回去看看我大嫂了。还有奶奶，三奶奶，十族的乡亲！你带我们下南洋，家里全靠我大嫂支撑！这些年，最苦的人是她！"梦长的心猛地沉了下去，不说话。梦余爬上自己的铺位，又回头道："对了，别忘了树人和立人都在家里，我大嫂都替你养着呢，树人还没有见过你这个爹呢！"大家都等着梦长说话，但是梦长一直没有再说出话来。

第十八章

一

经过三个月的航行，望北等人终于抵达黄埔港。走下舷梯，九年来第一次踏上故国的土地，众人皆激动难言。容闳已在码头前迎接望北。望北大声道："容老先生——！"边喊边快步走向通关处，被清军官兵拦阻。容闳急上前对一清军小校低声说了些什么，清军小校看望北道："你就是原望北？"望北点头。清军小校道："虽然有大帅之令，但卑职还是要查你的赦免状，以免放错了人！"望北早将赦免状拿在手中，交给他看。清军小校看毕还给他，对身边如临大敌的清兵叫道："大帅有令，放这些人上岸！"众清兵闪开，望北等过了关卡，大步走向容闳。

容闳上前，和望北拥抱，眼含泪花道："望北，我的朋友，欢迎你们回国！住的地方我给你们安排好了！你的这些朋友暂时住在白鹤潭饭店，你跟我住到家里去。那里离两广总督府很近，去见张大帅也方便些！"见望北诧异，又道："就是现任两广总督张凤翔大帅，两榜进士出身，当今大清最著名的洋务派之一，你能得到太后的允准回国修铁路，几乎全靠他一人之力！"望北心中大为兴奋，道："太好了！一路上我都在想，回国修铁路，第一件事就是要请您老带我去见两广这个最大的官，争取不到他的支持，第一道门坎就过不去。"容闳诧异："第一道门坎？"望北道："第一道门坎是要成立铁路公司。按大清现行律条，成立民营铁路公司，招募股本，必须得到当地官府的首肯。"容闳见事关重大，码头上人杂，道："这个……咱们回去细谈。"望北看容闳道："容老先生，回国这两年，你老人家越见清减了！"容闳笑道："不要这么看我，我虽然是瘦了些，可精气神儿比在美国时好多了！走走走，上车！多少大事，都等着你回来商量哪！对了，有一件大事，马上就得让你知道！"望北一惊，容闳却不再说下去，拉他走向码头出口外的马车。望北又站住道："等等，容老前辈，望北是个急性子，你快告诉我，是什么大事？"容闳道："真的这会儿就说！"望北严肃地道："和我要做的事业有关系吗？"容闳

客家人

道："太有关系了！"望北道："那就更得请老先生马上告诉望北了！"

容闳将他拉到一旁，躲开来来往往的人，低声道："张大帅前天忽然把老朽叫到他的衙门，拿出一份朝廷的邸报抄件，是一份太后发给他的侄子、广东按察使叶赫星大人的电报。太后说，国势艰危，她和皇上决心不念旧恶，和河洛十族客家人以及天下客家人化干戈为玉帛，特别下旨给叶大人，不得再将河洛十族十八兄弟尤其是首领钟梦长和你视为钦犯，太后还要叶大人和你们兄弟交朋友，共谋复兴大清的大业！"望北大惊道："老前辈，这是真的？"容闳点头道："千真万确！老实说，开头我还不信，但是后来，我自己又弄到了一份从叶大人衙门里传出来的电报原件的抄件，那上面说得更清楚，回家以后我拿给你看！"望北呆呆地站在那里，半晌才道："如果是这样，中国就真的有希望！原望北和天下的有志之士，就真有机会救中国了！"容闳拉着他道："快走。"

众人从码头出口挤出来，就见一个卖荔枝的小贩从一旁走过来。望伊行在最后，小贩忽然道："先生等等。"望伊停下看他，诧异道："你喊我？"小贩将一个字条塞进望伊手心，低声道："请把它交给原望北先生。"望伊机警，急忙悄声问道："你是谁？"小贩道："不要问我是谁。看到这张纸条，他就知道我是谁了！"说完匆匆离去。望伊吃惊地望着他走远，再看手中的字条，原来是草草一行墨字：西关珠江巷大榕树客栈109房间，下面是一个洛阳鼎形状的花押。望伊大惊，见小贩走远，迅速将字条攒在手里，快步跟上队伍，将字条塞进望北手里。望北看了手中的字条，激动起来，自语道："他们这么快，已经到了！"众人诧异地看他，望北忙看容闳，把话岔开道："啊，一个朋友，说也要回中国，他已经到了。"容闳点头，带众人上马车离去。

几匹快马这时也到了码头，便装的叶赫星带巴什哈和几名侍卫下马。通关处的清兵小校急上前行礼，低声道："奴才禀报大人，原望北回到了广州！"叶赫星道："真的？"小校道："千真万确，容闳老头来接的他们。奴才亲自查验了他的赦免状！"巴什哈激动道："主子，快！"叶赫星道："干什么？"巴什哈道："抓住他呀？"叶赫星哼一声："抓他干什么？"巴什哈一惊道："奴才……奴才不明白！"叶赫星道："这个人不用抓，他是我们钓钩上的饵！"巴什哈猛醒："明白了，奴才让铁良赶紧派人盯住他！"叶赫星点头，喝了一声："快去！"巴什哈对身后一侍卫附耳说了句什么，侍卫转身跑走。叶赫星又看清兵小校，道："发现钟梦长的踪迹了吗？"小校道："没有！"叶赫星自语道："钟梦长不会从这里进广州的！"忽然他又回头看了一眼码头对面的德国教堂，对巴什哈等人道："盯住这个地方，十年前，钟梦长就是藏到这里，逃脱了老子的缉捕！"众人急回答："喳！"

珠江边上的一座私宅前，一辆马车停下，这里就是容闳的家。容闳带望北下车，走进客厅，道："来来来，你看一看，这就是我回国后的家！怎么样！"望北认真看了一眼道："比美国的家差一点，但还是不错，到底是故乡，自己的家！"容闳回看跟进来的佣人道："都安置好了吗？"佣人道："安置好了。"边说边将两杯咖啡放在茶几上离开。容闳回头道："望北，请坐。老朽虽然一直盼着你能够早日回国，但说实话你回来得这么快，我还没有想到，所以，就格外高兴！"望北也道："再次见到容老先生，晚辈也格外高兴。容老先生快说吧，我们什么时候可以去见张大帅！"容闳道："张大帅这两天不在广州，你们刚回国，旅途疲惫，先歇两天。老朽倒是觉得，有一个人，你应当去见一下！"望北一惊："谁？"容闳道："太后的内侄，广东按察使叶赫星，这个人，听说连皇上也怕他三分！"望北沉思起来。容闳看他，道："我知道，此人十八岁出道后做的第一件事，就是率二十万大军血洗云梦山区，这些年又一直在追杀你们河洛十族十八兄弟，你们和他有血海深仇。但是，老朽还是以为，要实现修铁路救中国的宏愿，你应当与这个人摒弃前嫌，握手交好！"

望北道："前辈是说，要想做成这件大事，见张大帅还在其次，真正要过的坎其实是这位叶大人！"容闳道："正是。半个中国的人都知道，在岭南这块地面上，真正的总督是这位叶大人，而不是张大帅。但是张大帅是洋务派，是支持我们的力量，也是不能得罪的！"望北道："我明白。可是这位叶大人，愿意见我吗？"容闳道："我想他的本意，肯定是不愿见的，更不想和他的仇敌交友，但是既然有了太后那份措辞严厉的懿旨，他就是不想见、不想和，也不敢公开抗旨。老朽觉得你应当抓住眼下的机会，主动去见这位大人，和他交朋友，尽可能用我们的真诚，我们的道理去说服他，改变他，让他明白帮助你完成这件大事，就能救中国，而现在的中国就是大清。如果你能把他改变过来，我以为这件事就成功了一大半！

望北受到鼓舞，激动道："明白了，望北最近就去登门拜见这位大人！"容闳的神情却又迟疑起来。望北道："容老前辈还有什么事没有告诉望北？"容闳道："啊，是这么回事，我不知道该不该告诉你，因为我自己也是听说。"望北急道：

"到底是什么事？和我们的事相干吗？"容闳道："当然相干！有人说——"他看了望北一眼，突然下决心说出来，"——广州可能正在酝酿一场革命！"望北刚刚呷了一口咖啡，还没咽下去，就吐了出来，猛地站起："革命！"容闳笑道："坐下坐下。今日中国，内忧外患，加上刚刚战败于一个蕞尔小国的日本，民怨沸腾，对朝廷失望至极，发生一场革命也是可以想见的！但这件事却对你回国来要做的事业不利！"望北看他，一时心旌大摇，就有些走神。容闳看他道："怎么啦？这个消息吓住你了？"望北很快回过神来，道："啊，容老先生，那倒不是。我刚刚是想到了另一件事。"容闳看他："什么事，能告诉我吗？"望北回避道："这件事和我们马上要商量的事无关。还是说我们的事吧！"容闳听了不满道："我们的事，我们的事，可广州最近要是真的发生了革命，我们的事就做不成了！要不这样，筹组铁路公司、修建华南第一条民营铁路的事你先放一放，等局势稳定下来再说！"望北摇头，断然道："不，恰恰相反，听了您刚才的消息，我觉得这件事更要刻不容缓地干起来！"容闳脸上现出惊讶。望北又道："啊，请容先生原谅，等会儿我要去见那位朋友，他比我早到了几天，说服这个朋友加入到我们中间来，和我们事业的成败关系重大。现在请前辈告诉我，什么时间张大帅回广州，见过了叶大人，我们何时可以正式去拜会张大帅，请总督衙门批准我着手筹建铁路公司。"

容闳深深看他一眼又避开，道："啊，这样吧，我马上让人去总督府约见大帅衙门里的李大总管，和他商议，争取大帅回辕后立即安排时间见你。当然，老朽也会陪你一起去见他。毕竟你是我介绍给他的，在大清官场上，老朽还算是他的前辈，他不敢不给老朽一点面子。"

望北一刻也没有停，立即站起道："那就辛苦前辈了。见过这位朋友后，我会天天留在府上等候。望北失陪了！"容闳又想了想，才道："本来还有些事要商量，但是看你的样子，一定急着见你的朋友，好吧，你先去，回来以后我们再谈。"

二

离开容家，望北什么人也没带，一个人坐上马车，照着地址，急匆匆赶往广州西关，在珠江巷口下车，看着马车离开，寻寻觅觅进入了这条熙熙攘攘的街巷。在他身后，一辆黄包车也停下来。一名密探下了车，朝前面望一眼望北，跟着走进去。望北很快就看到了大榕树客栈的招牌，正要走进去，忽然就见两个男人闪身而出，从两旁将他架起就走。望北大惊，认出其中一人是梦成，张口欲喊，梦成低声道："不要说话！"三人迅速进入客栈大门，穿过天井，转眼已走出了后门。望北朝两旁看，发现这里是一条僻静无人的巷子，看梦成道："这是怎么回事？"一顶小轿突然出现在他面前。梦成道："上轿！"望北诧异道："怎么，你们不住在这里！"两人不答，把望北塞进小轿，抬起就走。出了巷口，前面却是一辆黄包车，三人中两人上车，和梦成在一起的那名大个子拉起黄包车就走，转过几道曲曲折折的巷子，望北发现他的面前出现了大片的芦苇，都半浸在珠江水中，而四周皆是一片广阔的野江滩，蒹葭遍地，杳无人烟。

黄包车早就停下，望北和梦成下车，只见江边苇丛深处，横着一条渔船。一个男人正在船头向他招手。尽管已分别了十年，望北还是一眼就认出了他，激动起来，大叫："梦长！"大步向渔船奔跑过去。梦长也从船上跳到水中，扑过来迎接望北。二人的奔跑跳跃激起了大朵大朵的水花，他们在水中相遇，热烈拥抱。船上的梦余疤脸大个子和苇滩中的梦成矮脚虎都原地站着，激动地望着他们的重聚。

梦长和望北泪眼相视，激动难言，半晌梦长才道："望北，我们又见面了！"望北道："是！梦长，十年了，又见面了！"梦长抓住他的胳膊摇晃，笑道："出国十年，吃美国的洋面包，长结实了！"望北也道："你也不错，越发像个号令千军万马上阵杀敌的盟主了！"梦长拉着他往渔船上走，一边着急地问道："弟兄们都回来了？"望北道："能找到的全回来了！"梦长大喜道："太好了！快到船上去，我们找个地方说件大事！"望北也看他道："我也有一件天大的事，急着和你商量！"二人并不放手，边说边快步涉水走向江水中的渔船，跟过来的梦成矮脚虎也跑过来，在他们之前先上了船。渔船很快启航，向珠江中流去。半个时辰过后，船向东南行至江心一岛，靠上去，梦长带望北下船，走进苇丛深处的一座废弃的独立家屋，众兄弟也急忙跟进来，分别守住门窗。

梦长已带望北走进了内中的一个房间。望北看室内景象，回望梦长道："回到广州，你就住在这里？"梦长道："比起刚下南洋住的地方，这里好多了。"他走向后窗，指示望北看外面的苇滩、珠江和那条送他们到这里来的渔船，又道："最重要的是，一有异常，随时可以从水路离开！"望北心中大动，道："你这次回来，不是

客家人

从黄埔港下的船？"梦长道："今天我仍然是朝廷的钦犯，怎么会从那里下船！"望北直视着他的眼睛，道："上次你写信到美国，要我带弟兄们回国随你参加孙文领导的革命，这是真的？"梦长有点诧异，道："当然！你怎么这么问！"望北道："我今天一回来，就听说近期广州就要爆发革命，也是真的？"梦长点头道："接到我的信，你立即带弟兄们如期回国，参加革命，这让我觉得，虽然分别了十年，你还是原来的你，你没有变！你的心和我的心一样，还是热的，我们又可以在一起战斗了！"望北的神情越来越严峻了，又道："梦长，快告诉我，这是一场什么革命，谁在领导？谁来参加？要达成什么目标？还有，你跟革命党的人见过面了！"

梦长皱眉道："我也刚回到国内三天，因为要等你，还没有去和兴中会的人接头，但这不妨碍我告诉你，领导这场革命的人是谁，目标是什么。望北，这将是中国历史上又一场以驱逐鞑虏恢复中华为最高目标的革命，领导这场革命的是孙逸仙先生和他的战友。我还要告诉你，孙先生是客家人，他的一位同志名叫陆皓东，也是客家人，据陆先生说，兴中会的众多中坚力量也是客家人！你问我都有谁来参加革命，我想既然有那么多客家人领导这场革命，相信赶来参加的必是众多客家人的队伍！望北，我现在觉得，它非常可能是又一场以客家人为主力的革命或者战争！"望北内心越来越失望了，道："梦长，再请你告诉我，这场革命的后果是什么？它真能推翻大清王朝？或者又是一场太平天国式的战争，给中国带来新的一场浩劫，让无数中国人血流成河，却什么事情也成不了，只会削弱中国的力量，帮助西方列强，灭亡中国！"梦长心中大惊，深深看他，有顷才道："望北，你说什么？这场革命只会加速旧中国的灭亡，迎来新中华的诞生！身为十族副盟主，你不会拒绝参加客家人的这场战争吧？"望北想了想，直接把自己的决定说了出来："是的，我不想参加这场一定会让客家人再一次血流成河的战争。不但如此，我还想劝你不要带着河洛十族和我们十八兄弟参加！"梦长笑容全失，悄然怒起："你说什么？"望北道："我说我来就是为了劝你不要参加这场会让客家人再一次血流成河的革命！"

梦长痛苦道："难道我想错了，今天站在我面前已不是十年来我一直梦想着重逢的原望北？革命当然要流血！怎么，你想选择背叛？"望北道："这不是背叛！十年前离开家乡时，你曾语重心长信誓旦旦地对我说，客家人一千七百年揭竿而起血流成河的旧路再也不能走下去了！我们出国去，以十年为期，一定要在海外找到一条新路！十年了，我们见面了，可你告诉我，你仍然要带我们去走一条血流成河尸骨成山的旧路！我觉得，这才是……才是背叛！"梦长一时目眦尽裂，道："你说我背叛？"望北一点点从激愤中冷静下来，看他道："梦长，我说背叛，是说今天的你背叛了你自己曾经有过的觉悟、信念和理想！"梦长心中涌起巨大的失落、伤感和愤怒，道："那么你告诉我，十年了，你在美国找到那条新路了吗？"望北热烈道："这就是今天我急着见你的原因！这条新路我先前在信里对你不止一次说过——"梦长不觉讥讽道："修一条铁路，用它来救中国？"望北道："你不必用这样的腔调跟我说话！简单地说，修铁路只是一个开端，是为了将中国引向美国式的工业化大生产，财富的大量涌流——"梦长没让他再说下去，就打断了他，道："打住，你这些话我早就熟悉了。我只问你，美国人实现你说的一切，用了多久？"望北想了想道："一百多年。"梦长激烈道："眼下西方列强正在瓜分中国，大清王朝虚弱到了这种地步，一阵风都能刮倒，还能支撑一百年？若是等不到你实现自己的愿望它就崩塌了呢？如果西方列强根本不会给你这么久的时间，甚至根本不允许你走通这条路，中国就灭亡了呢？！"

望北耐心道："梦长，正是因为时不我待，我今天才赶来要阻止你，要你和我一起做！你说得对，中国虚弱到现在这个样子，连一个蕞尔小国日本也战不过，她还怎么能经得起一场革命和内乱！一场新的太平天国式的革命和内乱不仅不能救中国，反而会毁掉她最后的一线生机，会加速中国的灭亡，给列强可乘之机！那时，你，我们河洛十族，所有参与这场革命的人，都会成为历史的罪人！而我们这个民族，就会像美国的印第安人一样——"梦长大怒道："住口！如果你能说服我，我当然也可以跟你走，但你现在说服不了我！"望北也喊起来："为什么？"梦长道："因为我清清楚楚地知道，你选择的路在美国行得通，但在中国行不通！"望北道："你错了，世界大势，浩浩荡荡，顺之者昌，逆之者亡！中国也在变，她要不变，我们就推动她变！"梦长道："世界大势，浩浩荡荡，顺之者昌，逆之者亡，这话孙文先生也说过，可他却在领导一场客家人的革命！"望北道："他错了，你也错了！现在的世界大势是一种新的文明取代世界上所有旧的文明。中华要恢复，一定要接受新的文明！"梦长讥讽道："你说的中国，是大清朝廷吗！"望北并不回避，道："对，也包括大清朝廷，但绝不只是大清朝廷！梦长，时代在变，大清朝廷也在变！"梦长被再次激怒，道："你有什么证据，可以证明他们在变？"望北道："慈禧太后这次让中国驻美国公使馆为我颁发赦免状，不再视我们是钦犯，让我带着弟兄们回国修铁路，就是一个证据！"

梦长变色道："什么，你和大清朝廷……和慈禧太后……都勾搭上了！慈禧太后还为你颁发了赦免状？你知道你这么做，是什么行为吗？"望北不为所动，道："梦长，你不想听我说完吗！"梦长一字一字道："原望北，你可想好了再说！"望北一不做二不休道："梦长，十年了，走出中国，我看到了世界，也从世界看到了中国，我有一句心里话一直想对你说！"梦长讥讽道："现在你可以说了！"望北道："中国不只是我们客家人的中国！"梦长怒道："那她是谁的中国？"望北道："所有生活在这块土地上的中国人的中国！"梦长牙齿格格响起来，道："包括慈禧的大清朝廷？"望北道："对，包括大清朝廷！"梦长道："就凭你这一句话，我就可以认定你是十族的叛逆！"望北毫不畏惧，道："我的话没说完！虽然我认定大清朝廷也是中国，但在我心里，他们并不算什么！中国在原望北心里比慈禧的中国大得太多了！原望北心中的中国包括了生活在这块土地上的所有炎黄子孙，还有我们的所有先人和后人！"因为激动，说出这句话时他的眼里突然溢出了泪光。

梦长被他的话和眼泪深深震动了，他久久地盯着望北，突然道："你怎么知道这不是一个圈套！现在真正统治广东的不是两广总督张凤翔，而是慈禧的侄子，和我们有血海深仇的叶赫星，他会同意你在他的地盘上修铁路？"望北让自己平静一些，道："梦长，慈禧的大清朝廷已经同意我回国修铁路，在广东地方，两广总督张凤翔张大帅是出名的洋务派，也支持我。我虽然还没有见到叶赫星，但我明天就会去见他。还有一件事我要告诉你，我今天听说，慈禧太后为了我修铁路的事，专门给叶赫星发了电报，要他放弃对你、我和我们十八兄弟的追杀，化干戈为玉帛，和我们握手言和！"梦长大惊，一时间面色苍白："握手言和？和我们？"望北点头。梦长道："你你你说下去！既然已经说出来了，你就全部说完！我还真想知道你现在是什么心思！"

望北道："好吧。梦长，如果今天我还能从你这里离开，明天，我就会为筹建铁路公司的事主动去见叶赫星，天下人都知道，他是河洛十族的死敌，可他也是真正的两广总督，我要争取他的支持，开始做我要做的大事！"梦长道："如果这一切都是圈套，为了诱骗我们十八兄弟上钩，你明天去见了叶赫星，就回不来了，你这是自投罗网！"望北道："即使是自投罗网，我也要去！""为什么？"梦长又大叫起来。"十年前我们分手时你对我说过，我们从生下来那天起就不是自由的，我们的命就是为天下人牺牲。如果我不亲身试一回，怎么能相信慈禧太后真要和我们和解？叶赫星真要和我们握手言和，风雨飘摇的中国真会因为朝廷的改变重现一线生机！"望北大声道。

梦长久久沉吟，深深看他，又道："说说你的计划。"望北道："等我去见了叶赫星，无论是因为慈禧太后有旨，还是其他原因，只要叶赫星没有杀我，同意我在岭南修建铁路，我在信中跟你提过的容闳老先生就会安排我和两广总督张凤翔见面，此人答应对我鼎力相助，那时我第一个目标——筹建铁路公司——就实现了！""往下说！""公司一旦办起来，下面的事情就好做了，我会严格按照美国民营铁路公司的章程往下走。首先，我会通过美国和国内的报馆以及上海的证券交易所发出募股公告，招商入股，筹措建铁路需要的大批资金；其次，我会向两广总督张凤翔请求政府支持。"梦长惊讶地看他一眼："政府支持？"望北向他解释："所谓政府支持，就是政府无偿地为铁路公司划拨修铁路所需要的土地。一旦修铁路的土地落实了，我会马上组织勘察设计队伍，对铁路要经过的地区实施工程勘察和设计，为正式施工做好准备。——对了梦长，在这个过程中，我还希望得到你的支持！"梦长又是一惊："我的支持？"望北道："对。修一条铁路，需要的资金量是巨大的。你在南洋经营实业，虽然遭遇过重大挫折，但我相信以你的能力，一定还能拿出一大笔资金入股我的公司，不，不是我的，而是我们的，我们的公司，做公司的大股东。梦长，这件事非常关键，只有成为公司的大股东，我们才能在董事会里拥有发言权和决定权，中国民间第一条铁路才有可能按照我们的设想、我们的意愿完成！"梦长突然叫了一声："等等！"望北看他。梦长想了想又道："不，你接着讲，简单些！"望北说下去："一旦有了资金、土地和开工许可，我们就可以招集大批生计无着的百姓参加铁路工程，我有了铁路工人，他们也有了活路。接下去我们会一步步按国外民营铁路股份公司的办法做。我计划三年内在国内建成第一条民营铁路并投入运营。铁路一旦投入运营，所有的民间投资人都会得到回报，回报本身又会鼓舞更多的投资者加入投资，支持我开工第二条、第三条铁路。梦长，这第一条铁路只是一个试验，如果成功，我们就筹划在全中国修建美国式的铁路网，从北方到南方，从东方到西方，来它个三纵三横，将来的中国，也会像今日的美国一样，没有火车到不了的地方！"见梦长不语，望北受到了鼓舞，一口气说下去："一旦建成了铁路网，就会像在美国一样，带动全国人口的大流动，全国资源的大开发，新城市大量出现，在每一条铁路的沿线，都会出现无数的矿山、工厂，按照美国的经验，首先发展起来的应当是采矿业，煤矿，铁矿，接下来迅速发展起来的一定是钢铁工业，它的发展会带动机械制造业的大发展，我们也要在这些行业里成立股份公司，生产各式各样的机械，包括火车机车和轮船蒸汽机。最重要的是这一切会形成示范效应。古人言，天下熙熙，皆为利来，天下攘攘，皆为利往，我们的成功将会让天下人群起而效仿之。我相信，不要二十年，中国就能实现初步的工业化。中国的面积和美国差不多，又有比美国更富余的劳动人口，一旦路走对了，工业化进程一定会比他们快三倍，不，五倍！一旦走上了工业化的路程，我们实现富强的速度也会比他们快三倍、五倍。国富了自然兵强，兵强自然可以实现我们驱逐鞑虏恢复中华的梦想！"

梦长深深望他，仍旧不语。望北心中热起来，又用欢快的声音说起来："我还忘了说美国的经历给我的另一个启发，这是另一条强国富民之路，那就是发明创造。一旦我们投资铁路和矿山、冶炼业、机械制造业赚到钱，就把它投入到现代科学教育和发明创造中去，现代科学教育能开发人的聪明才智，中国人一旦有了科学的头脑，就会像美国人爱迪生和他的合伙人罗伯特先生发明电灯，美籍苏格兰人贝尔发明电话，美国人莫尔斯发明电报，美国人史蒂芬孙制造第一台蒸气机车那样，发明出上帝都没有造出来过的东西，它们会大大改变人类生活，让全世界人民过得更幸福，同时会给发明者和他的国家赢得广大的商机，创造巨大的财富！"说到这里，梦长仍然不说话，只是沉思，望北停了一下，热烈道："这就是我的计划，也是我的全部梦想，我在美国找的救中国的新路！它是不是很完整？我们一起来做！用我的技术和在美国学到的现代经营管理理念，用你的资金、影响力和组织能力，客家人那么聪明，到海外去做生意，许多人都取得了巨大成功，我们为什么不能把聪明才智转移到这条救中国的新路上来！只要我们这么做了，无论是西方列强的坚船利炮还是国际资本，都阻挡不了中国人在经济上的崛起。鸦片战争以后他们侵略中国，之所以屡战屡胜，根本上说是他们拥有工业化生产的巨大能力，中国人拥有的只是分散的原始的小农经济，我们不是失败在没有坚船利炮上，我们失败在没有工业化大生产能力上！梦长，这才是当今世界国家与国家、民族与民族间的生死大战，这里的胜败才是最终的胜败！梦长，只要我们能在这场战争中获胜，中国人一代代盼望的独立、富强就来了！"

梦长忽然背身过去，望着窗外的苇丛和珠江，久久沉默起来。望北深深地望着他，用热切的目光期盼着他的回答。突然，他注意到梦长回过头来了。梦长道："望北，听了你的话，我想起了过去十年漂泊南洋的岁月。曾有过一段时间，我也相信自己找到了新路，全数照搬英国人的政治、经济、法律制度和资本主义商业模式，在他们所说的物竞天择、适者生存的经济战争中，靠我们的勤劳和聪明才智战胜对手，闯出一条成功之路，将它移植回中国，不再用革命和战争实现中华的复兴！可是后来，全世界华人的遭遇擦亮了我的眼睛！"望北大惊："全世界华人的遭遇？"梦长点头，沉痛道："首先是我自己的遭遇，我的中国城和中国港，我和众多兄弟、南洋华商多年的心血，一夜之间，化作一场大火！背后的操纵者就是给了我们法律和新商业模式的英国人！我带着弟兄们逃亡南洋诸岛和夏威夷，看到的是一座座中国城正在焚烧，大批华商被驱逐……操纵这一切的是同样带给我们法律和新商业模式的荷兰人和美国人！我相信在美国，你也看到过中国城被焚烧，大批无辜华侨像美国印第安人一样被驱逐，被杀死……望北，是他们，我们曾经认为是我们老师的人，让我明白了，在当今这个世界上，不管我们多么想照他们设定的游戏法则来玩，他们都不会答应的，我曾经认定的新路并不存在！不是我们不愿意走这条新路，是已在竞争中取得优势的他们不允许我们走这条路！每当我们想这么做的时候他们就会撕破自己的假面具，用他们拥有的经济和军事力量直截了当地毁掉我们走西方之路富国强兵的梦！望北，中国不是英国，也不是美国，我现在觉得，无论我们多么想将他们的成功之路复制到中国来，到头来都是一场梦！"望北大声惊骇道："梦长，你为什么要这么想？"梦长道："是啊，为什么？我想啊想，最后想明白了，因为中国失去了独立！政府破产，大清朝廷为保住自己的皇位不再在乎中国是不是被瓜分，中华民族会不会成为他人的奴隶。外国人已经成了中国的主宰，他们正在加快步伐瓜分中国，将我们的家园变为他们的殖民地，以求得他们利益的最大化，就像英国人在西马一步步将土著人的领地全部剥夺走一样。他们可以让自己拥有在殖民地上用剥削、奴役的手段获得巨大经济利益的自由，却不会让殖民地百姓同样拥有通过自由的经济竞争从他们压迫下翻身解放的自由！在这件事上，我们和他们的根本利益是冲突的，不可调和的！"

望北大声道："梦长，这就是你对当今世界大势的结论？"梦长道："对！望北，英国之所以最早成为世界的统治者，是因为它是自由和独立的；美国之所以会在短短一个世纪成为列强之一，也是因为通过独立战争赢得了独立和自由！只要民族不能独立，中国人不能主宰自己的命运，你我复兴中华的梦想就不可能实现！就是因为这个，我今天才认定中国需要一场新的驱逐鞑虏恢复中华的革命，即使要重走血流成河尸骨如山的旧路也在所不惜！而且，今天我还认为，只有这场革命成功了，中国人重新成为自己国家的主人，你想通过工业化实现中华复兴的梦想才会成为现实！"望北的声音颤抖起来，道："梦长，可你怎么能保证，这场新的革命就一定会成功，不会将中国带入万劫不复的深渊？"梦长猛地回头直视着他，道："我今天当然不能保证革命一定会成功！我今天知道的只是哪怕它不成功，我也必须带领我们的人去做，就像我们的先人明知不一定成功也要世世代代去牺牲一样，因为它是今天通向民族复兴的唯一道路，唯一希望！望北，放弃你的幻想，回来吧，和我一起战斗！"望北摇头道："列强目前是在瓜分中国，但至少中国目前仍然不像印度或者西马，是某一个列强的完全殖民地，中国今天形式上仍然保持着独立，中国朝廷和地方官府仍然保持着独立的行政权和司法权，如果我能够得到朝廷和当地官府的支持，我为什么一定要相信你的话，认为自己没有任何成功的机会！"梦长突然心烦了，大声道："我说过了，你不可能成功！"望北却越来越坚定，道："我也说过了，即使真是这样我也要去试一试！如果失败了，不过是我原望北一个人的失败，可它一旦成功，我就带领客家人和中国走出了用战争解决民族生存问题的旧路！"梦长看出已无法说服他，心中不快，道："你是铁了心，不愿回头了？"望北道："为了中华的复兴，原望北就是失败一千次，死一万次，又有什么！相反，今天我要是听了你的话，退缩了，不去试一试这条路是不是走得通，一辈子我都会瞧不起自己，我会因为自己没有勇敢地去做这件也许能够成功的大事羞愧至死！"梦长的目光陡然锋利起来，大声道："十族世世代代是有盟约的！我是十族盟主，现在就以盟主的身份命令你，放弃你现在的偏执，带着弟兄们回到我身边来，投入革命！"望北也冷冷道："梦长，方才见面时，你问我在美国十年都学会了什么，我当时就想告诉你，我学会了做一个自由人！结盟造反这种习俗太古老，太落后，也太愚昧了！如果你一定要逼我，我现在就可以宣布和十族盟约决裂，从今天起，原望北要做一个正在到来的新中华、新世界的自由人！"梦长的目光像是要喷出火来，道："原望北，你这是想和我，和河洛十族分道扬镳！我警告你，你这样做，也是和你们原家世世代代战死沙场的先人决裂！对待叛逆，十族盟约律有明条！"望北面色苍白，但仍然毫不退让，道："梦长，你现在就可以以盟主的身份照十族盟约处置我！"

梦长大叫："来人！把他拿下！"梦余疤脸大个子冲进来，看望北，又看梦长。梦长重复道："把他拿下！"梦余喊起来："大哥——！"梦长将怒火移向了他，大叫："你敢不听我的帅令！拿下！"疤脸大个子急忙上前，将望北拿下。梦长怒道："带出去！按十族处置反叛的律条砍头，回来报我！"梦余大叫："大哥，你不能——！"梦长已不看他，吼道："带出去！"见疤脸大个子仍然站着不动，他猛地回头看他们，大叫道："你们两个也想和他一样做十族的叛逆吗？带出去！"大个子胆怯地看一眼疤脸，二人架起望北就往外走。望北突然大声冷笑起来。梦余惊恐地看着梦长，叫："大哥，你不能这样——"梦长愈发大怒，吼道："带走！"

疤脸大个子到了此时，也不敢再停留，只得将望北推出屋门，一直推到屋后苇丛中。望北仍在大声冷笑。大个子看他一眼，道："望北，这是盟主的命令，怪不得我们俩！"望北此时仍旧大声冷笑不止。大个子看疤脸，道："叔，你的刀快不快，我的刀有点钝。就是要砍望北的头，他也是十八兄弟，我们得让他死得痛快一点。"疤脸生气道："你住口！"他频频回头朝身后屋内张望。大个子急了，道："哎，你到底动不动手啊！"疤脸又生气地看他一眼，道："你就不能等一等！万一盟主改主意了呢？"

屋内，梦长久久伫立。梦余一直在背后用惊恐的目光望着他，半晌终于又鼓起了勇气，道："大哥，你真的要杀望北？"梦长不答。梦成矮脚虎忽然闯进来。梦余急道："四哥，快劝劝大哥，大哥说望北是反叛，要砍了他的头呢！"梦成大叫："大哥——！"梦长回头道："等等！"三人吃惊地看他。梦长红着眼睛盯着他们，一字字道："你们愿意听望北的，放弃革命，和大清朝廷同流合污，随他去修铁路吗？"矮脚虎立刻叫道："不！"梦成也跟着摇头，梦余道："我也不愿意！可是——"话没说完，梦长道："出去告诉义增和仁宝，带他回来！"梦余大喜过望，叫道："大哥，你不杀他了？"梦长道："我让你带他回来！"梦余答应一声，飞一般跑出去。

转瞬梦余疤脸大个子就带望北重新走了进来。梦长对众人道："你们都出去！"众人不放心地丢下望北，退出房间。望北平静地望着梦长，一时间，两人都没有说话。过了一会儿，望北突然热泪盈眶，先热烈地开了口："梦长，你一定是想明白了，改主意了。实现我的梦想，我确实需要你，不但需要你的资金，更需要你和河洛十族十八兄弟的支持。没有你们，我不知道自己能走多远！"梦长背身不看他，冷冷道："原望北，你被河洛十族驱逐了！从现在起，你不是河洛十族副盟主，不是原家后人，更不是十八兄弟！趁我还没有改变主意，马上走！"巨大的失望让望北变色，大声道："梦长，你不能——！"梦长怒吼："走！"望北又叫："梦长——"梦长道："你可以离开，可是你从美国带回来的兄弟，要还给我！"望北叫起来："这不可能！他们都是非常好的铁路工程师，我需要他们留下帮我修铁路！"梦长又叫："来人！"梦余疤脸大个子转眼又跑进来。梦长不看望北，道："送他走！还有，你们都听着！从今天起，原望北已被我从十族中驱逐，任何人不得再认他为河洛十族副盟主和十八兄弟，以后他是生是死，都和我们无关！——让他走！"众人闻言心头大震，一时间都把目光投向望北。望北也愣在原地，又猛然醒悟，急抱拳道："各位兄弟，后会有期！"说完转身大步朝门外走去。梦成矮脚虎急急跟出去送他。

梦长心中郁闷，大怒不止，回头对梦余疤脸大个子道："马上离开这里！以后我不想到这个地方来了！"众人匆匆收拾东西，准备离开。这时，送望北上岸的梦成矮脚虎已经赶回来。梦长一边带众人涉水上船，一边对梦成道："明天就按陆先生留给你的地址带我去见他，然后去见孙先生。"梦成点头答应。矮脚虎忽然回头看梦长道："盟主，我有句话想说！"梦长道："说！"矮脚虎有点没把握的样子，看梦成一眼又回头，吞吞吐吐道："头一回我和老四跟这姓陆的见面，我就觉得他有点不大靠谱！至少是行事不够缜密！"梦长心情恶劣，瞪他道："你想说什么？"矮脚虎一时鼓起勇气，道："盟主，我是想说，明天最好让我和老四一起去那个地方和姓陆的先接上头，查明没有危险，再带盟主去也不迟！"疤脸听了，也附和道："盟主，这样好。"梦长沉吟有顷，才道："也好，虽然我们刚到广州，不了解大局，但这里的味道还是闻见了！"大个子道："味道？什么味道！"梦长道："山雨欲来风满楼！开船！"渔船破浪而去。梦长将疤脸拉到一边，对他耳语了一句什么。疤脸一惊，点头道："明白了！"

望北一个人站在珠江岸边，亲眼看到那条载有梦长和诸兄弟的渔船离去，才点点头，在心中自语道："梦长，谢谢你！虽然你还不理解我，但你还是给了我机会……这就是说，你仍然想找到另外一条救中国的路！"望着那条船越走越远，他没有停留，急急赶回从美国回来的兄弟暂住的白鹤潭旅店。

三

望北这时已经回到了白鹤潭旅店。天已经黑下来，望嵩于大宝在外头找了一阵，没有找见人，刚刚走回来，见望北自己回来，和望伊一起急忙站起，都道："大哥，你可回来了！"望北看他们神色不对，道："怎么了？"于大宝先开口道："你出去一天，我们还以为出事了呢？怎么了，见到梦长了？"望北点头。三人兴奋，乱嚷起来。望嵩道："盟主在哪里？怎么不来见我们！"望北急忙在唇前竖起一个指头："嘘——！"众人的声音顿时小了下去。望北神情沉痛，半天才道："他不会来了！"于大宝急道："为什么？我可是急着想见他呢！他是盟主啊！"望北道："原因在我。是我眼下还无法说服他和我们同走一条路！"于大宝有点厌烦了，道："又是路？什么路？"望北正视他，严肃道："救中国的新路！"听了他的话，面前的三人大致明白了，相视一眼，兴奋的神情落去。望北又道："从现在起，我们只能暂时把梦长忘掉，去走自己的路！"

望嵩忽然叫了起来："对了望北大哥，你不在时容老先生来过！"望北一惊道："什么事？"于大宝将事情告诉他："说是两广总督张凤翔张大帅提前回了广州，容老先生想陪你先去见一见他，再让你去见叶赫星，说这么做更安全。"望北果断道："这样好，今天太晚了，明天天一亮我就去见容老先生，和他一起去见张大帅。现在望伊留在家等望洛和二愣，我和望嵩大宝一起出去找他们。找不到明天接着找，找到以后告诉他们，明天我不回来，谁都不要再出去！我们马上就要有大事做了！"三人答应，望嵩于大宝便随望北出去寻找望洛刘二愣。找了半夜仍没找到，只好回来睡下。

次日早晨望北安排望嵩于大宝继续出门寻找望洛和刘二愣，自己早早地就赶去见容闳。容闳也没让他停留，径直带他上马车，赶去了两广总督府。二人在外客厅里坐等，屋内条案上摆的西洋大座钟"当当"响过两次，也不见人出来。望北不觉心焦，站起来。容闳看他，安慰道："少安毋躁，回到中国，学会等候这些官员，就是能耐。"望北重新坐下来，道："明白了。为了把事情办成，我能等！"

外客厅里，望北已经等不下去了，站起来道："前辈——"容闳站起，拉住他道："望北，我说过了，回到中国就得讲中国的事理！圣人说诚心正意修身齐家治国平天下，这里面修身最重要，要修到宠辱不惊，物我两忘的境地，才能在中国做一点事！"他还要说下去，忽然听到脚步声，李大总管走进来道："两位，大帅到！"望北容闳回头看去，张凤翔已经带着一个西装革履的青年进门了。这青年是他四姨太的侄子古适之，去美国留学刚回来，学的是经济。张凤翔又恢复了热情可亲之态，急步趋前对容闳叫道："得罪得罪，朝廷来了公事，怠慢容老前辈了！还不快上茶！"

很快宾主就重新坐下。容闳道："大帅，老朽来介绍一下，这位就是我多次跟你说过的青年才俊，刚从美国学成归来的铁路工程师原望北原先生。"望北起立躬身拱手道："原望北见过大帅！"张凤翔淡淡看他一眼道："哦，罢了，坐坐坐。"马上回看容闳，道："容老先生，你瞧这些洋学生，回到中国，行个中国礼也不会了……啊，你是前辈，你老担保的人来见我，让他自己来就行了，你还要亲劳大驾，不敢当不敢当。"说着见古适之也跟着众人坐下，急瞪了他一眼。古适之忙离座侧立。

张凤翔一时又回头看望北，以一种客气和随便的态度笑道："你也坐吧，不要客气。刚才容老先生说你是美国学成回国，铁路工程师，是呀是呀，这些年从西方学成回国的人是越来越多了，每人回来都自认为是人才，都有一番雄图伟略，要做大事业，其实都不过是想让本帅帮忙找一个饭碗。你说说吧，听说你和别人不一样，想让本帅为你做点儿什么？"张凤翔表面的亲切迅速赢得了望北的好感，后者再次躬身拱手道："回大帅话，今天是望北回国后第一次来拜见大帅。大帅如此亲民，原望北如沐春风。事实上，望北所以能平安回到中国，也全靠了大帅。今天望北来谒见大帅的目的想必大帅早就知道了。望北是个急性子，今天来拜见的目的只有一个，就是想和大帅谈一谈成立国内第一家民营铁路公司的事。望北一心回国修铁路，救中国，这是一件中国人从没有做过的大事，缺了官府的支持是做不成的。第一件事，是征得大帅的帮忙，上奏朝廷首肯，使望北的铁路公司得以成立；第二件事，是想和大帅商量一下路该怎么走。美国人在美国修铁路，美国政府的政策是两句话，一句叫民间投资，另一句叫政府支持，所谓政府支持，就是政府无偿地为铁路公司划拨沿线的土地——"张凤翔没有再让他说下去，就站了起来，叫道："打住打住！"他看一眼容闳，笑起来，"容老先生，请告诉这位年轻的先生，即使他说的真是一件利国利民的好事，也没有那么急！"望北急道："不，大帅，不是不急，是很急！"张凤翔再次举手制止他说下去，道："哎，不要急不要急，听本官把为什么不能急说给你听。啊，原望北，你是叫原望北吧？你为什么要来，容老先生为什么要带你来，其中的意思本帅都明白。你在美国时告诉容老前辈，说你一心想回中国修铁路，救中国，不再视朝廷和大清为仇敌，正因为你有了这些承诺，本官又担了一个洋务派的虚名，也是救国之心过于急切，于是不计后果，以身家性命担保，向朝廷奏请，给你发放赦免状，允许你回国。但修铁路不是一件小事，这样的大事，本帅虽然官居两广总督，人皆以为位高权重，但其实并不能作主，真要开始做这件事，你应当先去走走另外一个人的路子，这点意思，好像李大总管传过话给容老先生。莫非容老先生没有告诉你？"

望北急看一下容闳，点头道："大帅的提醒，容老先生已经告诉望北了。"容闳也道："啊，大帅，是这样的，望北本想今天就去拜见叶赫星叶大人，是听说大帅提前回到广州，为了感激大帅一力保荐他回国实现自己的志向，才随老朽先来拜见大帅，表达感谢之情！"张凤翔坐下了又再次站起，道："啊，要是这样，本官就心领了。容老前辈，本官以为，所有的事情，还是等这位年轻的原先生见过叶大人之后再谈。如何？"容闳看了一眼望北，目光里有了一点失望。望北却对张凤翔再次躬身拱手道："谢大帅指点。望北受教了。今天来不及了，明天一大早，望北就去拜见叶大人。容老先生，我们不多打扰了吧！"容闳看张凤翔，道："大帅，老朽告辞！"张凤翔忽然又坐下来，笑道："来来来，坐下坐下。既然原先生明天才去见叶大人，现在倒可以聊一聊了。啊，修铁路可不是件小事，刚才你也说了，第一要大量的土地。古人云普天之下，莫非王土，率土之滨，莫非王臣，天下的土地都是皇上的，真要做这件事，本官先要给朝廷上奏折，求得太后和皇上恩准。这是其一。其二，即使太后和皇上恩准，也只是答应我们，可以在广东修中国第一条铁路，你刚才好像是说，在美国，政府都是无偿地给铁路公司划拨土地，可这在中国是万万不能的！在中国，就是荒山野岭，也都是有主的，每一小块土地都是老百姓的命根子，让政府无偿划拨土地，你想都不要想！历朝历代乱民造反，哪一次不是为了土地！其三，修铁路本身需要大批的银子，既然朝廷和官府不可能无偿划拨给你土地，这些土地最好的情况下也只能用银子赎买。我刚才说了，土地是老百姓的命根子，你就是想买，他也不会卖，最后只有强买，十之八九会激起民变，就是有官府弹压，逼他们就范，为了失地百姓的生计，你也至少要拿出不小的一笔银子安置他们。一项修铁路的银子，一项买土地的银子，加起来会是个什么数目！啊，还有一件事，近年来列强逼迫，国运艰难，民不聊生，如果原先生打算要朝廷或者地方官府出银子帮你修铁路，民间集资只是个幌子，你现在就不要想这件事了！"

他这一番话说下来，别人还没有来得及开口，古适之突然脱口而出："大帅，钱的事完全可以通过——"张凤翔回头怒视他一眼，古适之闭口。望北看一眼容闳，回头坦然道："启禀大帅！原望北回国前，就和容先生以及美国的朋友探讨过这件事。原望北这里草拟了一份筹建铁路公司的呈文，想法全在上面，大帅说的所有问题都有解决的办法！请大帅过目！"

他从袖中取出呈文，李大总管上前接过来。双手奉给张凤翔。张凤翔随手翻了一翻，心情忽然不悦，扔到一旁，站起，道："啊，原先生，你觉得你明天能说服叶大人吗？"望北想了想，坚定道："大帅，我觉得能！"张凤翔又不高兴了，看他道："你怎么就知道你能！"望北又想了一下，道："因为叶大人既是太后的内亲，又是朝廷的柱石，不能不为大清的江山社稷考虑！"张凤翔脸上的和气一点点消失，忽然想起了什么似的，站起，虚虚拱了一下手道："哦，容老先生，还有这位胸有大志的原先生，本官还有些烦冗的公务要马上办理，就不再虚留两位了。送客！"

望北和容闳站起。望北对这次正谈得越来越好的会见突然结束有点惊讶，于是就多看了容闳一眼。容闳也测不准张凤翔的心思，只能拱手道："大帅，望北的呈文老朽是看过的，老朽以为值得大帅稍加过目！"张凤翔强忍着性子道："哦，本帅一定看，一定看。李大总管代本帅送客。"李大总管忙道："容老先生，原先生，请！"望北和容闳对张凤翔拱手，口称："谢大帅。告辞！"张凤翔的心情忽然又好了一点，虚与委蛇道："用洋话说就是再见。两位慢走！对了，原先生，见过叶大人，再谈其他的事情。"望北又回头道："谢大帅！"张凤翔望着二人出门，走远，回头瞥了一眼望北的呈文，看古适之，脸上只剩下了倦恶，道："这个东西，你先替本帅看看！"

珠江边一条闹市上，望嵩于大宝走过来，站住，东张西望。望嵩道："广州这么大，到哪儿找这两个小子啊！"于大宝道："我看这两人一定是成心，说不定早算计好了，人一回到广州就撒脚丫子跑掉，不跟着我们玩了！"忽然，疤脸大个子出现在他们旁边，两人用力撞了他们一下，走过去。于大宝生气道："哎，这两小子干什么，哪有这么走路的！"望嵩也生气了，道："跟上去，揍这俩小子！"回头望去，疤脸回头扫了他们一眼，拉着大个子进了一条小巷。望嵩心中一动，拉起于大宝就跟了进去。小巷很深，且无人，疤脸大个子一直在走，突然回头，又迎着跟进来的于大宝望嵩走来。四人相遇，于大宝一把抓住大个子，道："小子，想干什么？"疤脸道："放手。望北的人吗？"于大宝一惊，放开手道："你们什么人？"疤脸道："什么人我就不说了，有一个你们想见的人让我们告诉你们一声：从现在起，留在望北身边，不准离开，好好保护他，若是望北有难，马上送消息出去，求人救他！"望嵩听了，心里响起一串惊雷，上前一步道："你们到底是什么人，说的是什么，我们凭什么要相信你们？"大个子笑一下道："信不信由不得你们，除非你们不是十八兄弟！"于大宝望嵩大惊，互视，疤脸大个子已经转身快步离去。于大宝要追上去，望嵩一把抓住了他，看着疤脸大个子走出了巷子，激动道："我知道他们是谁了！"于大宝也道："我也猜出来了！"

四

一条大船停在黄埔港码头上，船上挂着德国国旗。一身洋装的梅卿及宏文、丽文兄妹走下舷梯，走上码头。梅卿向这座久违的城市深情地望去，一眼就望见了码头对面的德国教堂。她的目光停在教堂二楼自己住过的房间的窗户上，不觉隐隐激动。这时丽文也看宏文，激动道："哥，到广州了！"宏文也在望广州城，道："将来这座城市的名字要大写在中国历史上！"丽文笑道："为什么？"宏文道："因为它是中国革命的首义之都！"两辆黄包车已迅速来到他们面前，一黄包车夫对梅卿发暗语道："太太要去看干亲家吗？"梅卿点头道："是啊，知道去荔花街的路吗？"黄包车夫不再回答，看着三人上车，拉起便走。一名便衣巡捕随即从暗处走出来，盯着离去的黄包车，回头招手，又有一辆黄包车飞快地来到他身边。巡捕上车，道："快，跟上前面的黄包车！"

广州双门底，十九世纪末已是繁华的商业区。王氏书舍就位于此处，取闹中取静之意。兴中会广州起义指挥部就设在这里。两车夫拉黄包车过来，停下，左右一望，示意梅卿宏文丽文下车。三人会意，下车，叩响院门。院门迅速开了一条缝，梅卿上前比划了一番，门开，三人走进去，那扇门马上又关上了，门外的黄包车迅速离开，紧跟而来的便衣巡捕已经跟过来，记下门牌号码，随即离去。

书舍二楼小客厅内，起义总指挥陆皓东迎接梅卿、宏文和丽文，高声道："欢迎三位从海外归来。事情紧急，我也不客套了，现在就给三位布置任务。梅卿等一下，宏文丽文，你们俩今天出发，一个去北江，一个去西江……跟我来！"他还是快人快语，雷厉风行，说着便带宏文丽文走进一个小内室，只将梅卿一个人留在外间。梅卿站着，一边环顾这个房间，一边等待。不大一会儿，陆皓东已陪宏文丽文从内室走出，站住，拱手道："两位一路平安！我就不送了……梅卿，进来吧！"梅卿回头和宏文丽文告别："两位再会！"丽文看宏文和梅卿，笑道："你们两个要不要正式告别一下，我可以走开！"宏文看梅卿一眼，故意责备丽文："小丫头，胡说什么！走吧！"梅卿微笑地看着他们下楼，从楼上向他们招手："再见！"院门外，宏文丽文刚刚走出，丽文就道："哥，你比较失败耶！明明喜欢她，为什么不敢开口向她求婚？"宏文想了想道："你小丫头懂什么。马上就要起事了，谈这件事不是时候！"丽文发嗔道："以后别再叫我小丫头了，我也不小了。黄包车——！"一辆黄包车跑过来。丽文回看宏文一眼，道："哥，我先走了。"宏文道："走吧。啊，这次是你一个人。一定要小心。"丽文道："知道，总是小看我。哎，等到什么时候，你才向梅卿求婚呀？"宏文正色道："我还不敢肯定她也像我爱她一样爱我。"一边对车夫道："走吧！"他看着黄包车走远，回头招呼另一辆黄包车过来，上车，对车夫说了句什么，车夫拉他朝相反方向离去。对面一棵大树后，一直盯着他们的便衣巡捕看左边去的丽文，又看右边去的宏文，着急起来，打一声呼哨，两名便衣马上跑来。前面这位对他们各指一个方向，两人分别招呼黄包车，追踪宏文丽文而去。前面这位继续留下来，目不转睛地盯紧对面的书舍。

　　书舍二楼小客厅里，陆皓东正在给梅卿倒水，一边看她，道："听说你是三省山区河洛十族客家人？"梅卿坐着饮水，点头。陆皓东沉吟有顷，又看她道："真是踏破铁鞋无觅处，得来全不费功夫。有一件很要紧的事，我这里正找不到一个合适的人去做，你回来太好了！这件事你做最合适！"梅卿兴奋道："什么事？"陆皓东道："一位出身三省山区的客家领袖，经过我们的动员，近日从南洋回广州参加起义，可能已经来到广州，正等我们的人主动去联络。此人在岭南各省客家人中享有巨大威望，孙先生为了争取他参加此次的起义，特意让我下过一趟南洋。"梅卿道："是吗？他叫什么名字？"陆皓东道："他的真名我还不能告诉你。只能告诉一个和他联络的暗语。这不是不信任你，是会中的要求，希望你能理解并且接受。"梅卿道："我接受。"陆皓东又道："暗语你应当熟悉。"梅卿心中一动："我知道。"她又像进大门时那样对陆皓东比划了暗语。陆皓东高兴道："对，就是它！不要搞反了！"梅卿道："不会！不过——"陆皓东急看她道："梅卿同志还有问题，尽可能讲出来！"梅卿道："不是问题，我是想说，我们河洛十族客家人其实有自己的暗语。"陆皓东盯着她道："驱逐鞑虏，恢复中华？"梅卿道："对！"陆皓东道："可这两句暗语，现在已经成了兴中会的纲领，天下人尽知！"梅卿道："明白了。我怎么去联络这位客家领袖？"陆皓东道："我离开南洋时，曾给他们留下过一个到广州后接头的地址，但现在这个地址不能用了。广州巡捕盯上了它。但此事这位客家领袖还不知道。你必须在他赶去这个地址接头时截住他，将他引到这里来。"梅卿点头道："可我怎么能认出他，他又怎么能认出我？我不可能到了那里，对每个要进去的人这么比划一通！"说着她又比划起来。陆皓东摆手道："不不不。我已经让人在那里做了一个标记。相信这位客家领袖足够聪明，一眼就能看出我们发出的警示，不再进那座房子。这时，他会马上回头寻找我们的人。我相信你和他，会通过我们的密语迅速认出对方。"梅卿释然道："明白了，我会一天到晚守在那里，等候这个人。"陆皓东道："在广州有地方住吗？没有可以暂时住在这里。"梅卿道："不，我有地方住。"陆皓东道："好吧，话不多说了，就这样。祝你成功！"陆皓东将一个纸条递给她："这是地址。"梅卿接过来，匆匆看一遍，记在心里，还给他："走了！"陆皓东将纸条点燃，送梅卿往外走。到了门前，梅卿又回过头问道："孙先生到了广州吗？"陆皓东看她，沉吟了一下，还是把话说了出来："没有。经过起义委员会研究决定，不到最后一天，孙先生不能进入广州！"梅卿道："明白了！再见！"

此时的白鹤潭旅馆内，正在为望北应不应该去见叶赫星发生着一场争论。望北站立，神情严峻，容闳望嵩望伊于大宝站在一旁望着他。于大宝道："万一你去了，真是个圈套，你就回不来了！"望嵩也道："为什么明知有可能自投罗网也要去！"望北激烈起来，道："因为必须去！"于大宝回望容闳道："容老先生，还是你替我们劝劝他，我们真是不放心，叶赫星那里是龙潭虎穴！"容闳想了想，看望北，也犹豫起来，道："我现在也不知道该怎么办了！我们昨天已经见过了张凤翔，他的态度非常明朗，你不去见叶赫星，他什么都不敢帮我们，可是今天真让你去，我也和他们一样，又不放心了！"望北安慰他道："前辈，不要担心，昨天我就对张大帅说了，我有办法说服叶大人，只要他不希望大清王朝马上就在一场革命中土崩瓦解！"说完了，他不再看容闳，又看望嵩望伊于大宝道："好了，你们什么也不用说了，望洛二愣一直没回来，今天你们俩还去找！"望嵩想了想道："你一定要去，我和大宝陪你去！"于大宝也道："对，我们陪你去！"望北坚持道："不！我说过了，今天就我一个人去！如果真是个圈套，落进圈套的也就只有我一个！如果不是圈套，我一个人也没有事！你们俩还是去找望洛和二愣，他们是我们的兄弟，就是跑了也要找回来！"说着回看容闳，拱手道："容老先生，晚辈去了！"于大宝心中一动，猛地站起道："大哥，万一有人要我们陪你去闯这道鬼门关呢！"望北回头，突然醒悟了，盯着他道："就是那样，你们也不能去！就连容老先生，今天也不要陪我去！因为不需要那样做！"他真正想说的是，万一出了事情，他不想让更多的人和他一起牺牲。望伊落泪道："大哥，万一你真的一去不返，我们怎么办？"望北再次正色道："如果叶赫星在乎大清的天下，我就不会一去不返，万一他不是，我再没有回来，你们就去见梦长，告诉他，原望北谢谢他给了我机会，即使叶赫星杀了我，也不能说我选择的这条路就是错的！"众人还要说什么，他又马上制止了他们，道："什么都不要再说了。我走了！"众人看他走出门去，于大宝望嵩望伊回头。望嵩道："大宝，我们怎么办？"于大宝道："我们三个人，暗中跟着他！"望伊道："对，我们走！"三人说着回望容闳。容闳道："也好，我回家等着，一有消息，你们马上来告诉我。真要是出了事，我可以马上去见张大帅，让他立即给太后打电报，让叶赫星刀下留人！"三人一起拱手道："谢谢前辈，我们走了！"容闳道："等等！我跟你们一起走。"

广州闹市区的一条街道上，梅卿正在快步行走。一巡探从街边一巷子口走出，盯住她，跟踪上去。望北乘黄包车行来，放眼望去，忽然望见了走在街对面人行道上的梅卿，一时间吃惊地睁大了眼睛。他不敢相信这是真的，试探地叫了一声："梅卿——！"街道对面的梅卿一惊，站住，左右看一眼，没看到望北，继续快步前行。望北不觉大叫："真是梅卿！"他急令车夫停下，匆匆付了车费，越过街道，急追过去。望嵩望伊于大宝随即就赶过来，看见望北，望伊大惊道："他这是怎么了？"于大宝道："好像是看见熟人了！"望嵩道："走！跟着他！"三人转身跟了过去。街对面，梅卿忽然意识到有人追踪，急回头看一眼，没有发现目标，就急急转身进入了一条偏僻小街。望北见了，马上紧跟进去，在背后喊："梅卿！你是不是梅卿——！"梅卿转身又走进一条小巷。望北又紧追过来。在他们身后，一直跟踪梅卿的巡探也悄悄追上来。梅卿已经出了小巷，来到珠江边，有意放慢脚步，回头看去。望北已经出现在巷口，目光一下又寻找到了江边的梅卿，奔过去。梅卿要走，又站住了，猛回头，目光逼视着紧追过来的望北。望北站在梅卿面前，大喘气，心中激动，叫道："梅卿，果然是你！"梅卿深深看他，突然也认出了他，诧异道："你是……望北！"望北急道："不错！是我！十年了，没想到我会在这里见到你！"梅卿哪里有心思见他，急着要离开，道："原来你还活着！你走开！我们现在一点关系也没有，你为什么追踪我？你吓住我了！"望北看了一眼左右，道："梅卿，这里不是说话的地方，十年不见，咱们应当找个地方叙谈叙谈！"梅卿道："叙谈什么，我说过了，我们之间什么关系也没有。我还有急事，走了！"她转身要走。望北哪里能放过她？一把抓住她道："不！"梅卿严厉地看他一眼道："把手拿开！"望北急忙放开手。梅卿转身又走。望北再次上前拦住她，固执道："不，梅卿，十年了，今天好不容易才见到你，我有话要同你说！虽然你一直不承认我是你的丈夫，可你我都是十族客家人，我们的婚姻关系是写在族谱上的……尽管当初你和梦长有过那样一段感情，但是我不怪你！"梅卿见他们俩已经开始引起路人的注意，怒道："原望北，放开我！"望北道："梅卿，我不是想缠住你，我刚刚从美国回来，我对旧式婚姻也是有看法的，就是为了结束我们之间不幸的婚姻关系，也要谈一谈！"

那名巡捕一路沿巷子追到巷口，一眼就看到了对面江边的梅卿和望北。在他的身后，望嵩望伊于大宝也追了过来。于大宝一把拦住二人，指指前面藏身墙角的巡探。望伊道："他什么人？干吗总盯着望北大哥？"于大宝道："不知道。看上去就不是好东西！"望嵩道："你想怎么着？"于大宝道："这一阵子没练过手了，有点痒！"三人突然上前，将巡探摁住，扑通一声摔在地下。巡探大惊，拔枪道："巡探！什么人？干什么？"于大宝变色，大叫："广州巡探！快走！"三人转身就跑，奔进又一条更小的巷子。巡探追进来，追了一阵子，看不到人，停下，一惊，醒悟了，转身跑回去，再朝珠江边上看，望北和梅卿已经不见。他生气地骂了自己一句，回头，啪地一下立正，原来是叶赫星带巴什哈铁良及众侍卫赶到了这里。铁良看他道："你不是张千吗？怎么在这里！"巡探目光忽然转向前方，手一指，大叫道："她在那里，好像是和自己人接上头了！"原来刚才梅卿为了摆脱望北，大步跑进了江边另一条巷子，现在又从一条巷子里赶出来，重新上江边大道。一转眼望北也从这条巷子里追出来，喊道："梅卿，你不要跑，我就一句话，说完就走！"

客家人

梅卿不得已站住了，怒视他道："原望北，我说过有急事，你这么缠着我，到底想干什么？"望北诚恳道："梅卿，十年了，你就是不承认，我也是你的丈夫，我想知道你现在过得怎么样。有没有和别人结婚，是不是一个人在孤零零过日子。一句话，你需不需要我的帮助！如果需要——"梅卿转身又走。望北再次上前拦住她道："等等，我的话还没说完。你可以不承认我这个丈夫，我也不会勉强你，我们的婚姻对双方其实都是个束缚。即使要结束这段婚姻，我们也要把话说清楚。对了，我还有事要告诉你，梦长回来了！"此话一出口不打紧，梅卿顿时大惊，颤声道："什么？梦长……他还活着？"望北也吃了一惊："怎么，他当然活着！"梅卿激动起来，道："胡说，他十年前就死了，下南洋的路上死的！"望北大叫道："没有，他还活着！"梅卿的头开始晕眩，大叫道："真的！你没骗我！"望北道："我干吗要骗你？你有事，我也有事，这样好了，你住哪儿，给我个地址，我的正事办完，就去见你。如果你真的不需要我，我们就写一个结束婚姻关系的文书。"梅卿完全听不进别的话了，大叫："快告诉我，他在哪里！"望北道："我现在也不知道他在哪里。只知道他在广州！但是，他不是回来找你的，他回来是要继续造反！作为你名义上的丈夫，你可以不回到我身边来，但我还是有义务提醒你，决不能再跟他纠缠到一块儿去。否则死路一条！"

梅卿已完全被他带来的消息激动了，不能自已，转身就走。望北又是一惊，大叫道："梅卿，你哪里去？"梅卿已经完全控制不了自己了，回头流泪道："我去找他！我去找梦长！"望北再次上前拦住她，道："你不能去！我不能再让你去找他，他会害了你！"梅卿猛地从身上摸出一把小手枪，瞄准望北，道："原望北，再敢缠着我，我就开枪！"见望北吃了一惊，梅卿推开他，转身就跑。望北紧追了两步，见已经追不上她，大叫道："梅卿，你不能这么走！只要我们一天不解除婚姻关系，我就要关心你，对你负责！还有，我还有一件大事，要告诉你！"他没有再喊下去，因为梅卿已经跑进了前面一条深深的巷子，看不见了。

叶赫星一直远远地站在他们身后不远处，盯着梅卿，突然他大叫起来："天哪！原来是她！"巴什哈道："谁？"叶赫星一把揪住巡捕，道："快说！刚你跟丢的革命党，是不是她？"巡捕点头："是……是她！"叶赫星一时竟歇斯底里起来，大喊："快追！"边喊边带领众人向梅卿跑走的方向追过去。在刚才那个巷口，望嵩望伊于大宝早看到了江边发生的事情，于大宝急道："望北大哥惹上麻烦了，快去救他！"三人突然飞奔而出，在叶赫星奔过来时将望北横着扑倒在江边苇丛中。此时叶赫星眼里只剩下梅卿，哪里还顾得上别人，居然带众随从盲人一般奔过去。苇丛中，望北仍旧频频回头看去。于大宝大叫："还不快走！"望北挣扎，望着叶赫星等人冲进梅卿逃走的巷口，叫起来："他们是什么人！梅卿危险，我要去救她！"于大宝和望嵩哪里还容得了他逃走，架起来将他拖进更深的苇丛。

五

　　梦长带众兄弟照着陆皓东给的地址走向闹市中的一间铺子，一掌柜突然走出门来挡住他们，看梦长道："先生想买点什么？"梦长道："啊，我是来看我的干亲家的！"掌柜道："你的干亲家生病了，已经不住在这里了！"梦长心中大惊。掌柜一边吆喝一边走回去："有上好的西洋百货啊，新到的意大利天鹅绒，快来买呀！"梦成等吃惊地看梦长。梦长迅速扫一眼四周，低声道："暗语不对，我们快走！"四人转身离开。分散躲在周围的两名巡捕马上跟上来。梦长一把将帽子拉低，道："有尾巴，快走！"众人加快步子，混进熙熙攘攘的人群，进入一条僻静的小街。两名巡捕也紧紧跟了上来。疤脸见前后无人，低声道："盟主，露一手怎么样？"梦长道："不要打草惊蛇，快走！"大个子看巡捕越来越近，站住道："你们走，我一个人对付他们！"梦成道："我也留下！"矮脚虎道："不，我留下！"疤脸道："梦成矮脚虎保护盟主走，我和义增留下！"梦长迅速做出决断："就这样！"带着梦成矮脚虎快步走出了巷子。疤脸、大个子原地留下，做出蹲下去提鞋的样子。两名巡捕奔过来，二人回手发力，将他们打倒在地。一巡捕欲拔枪，疤脸眼疾手快，一脚将枪踢飞。另一巡捕刚要掏枪，那枪已到了大个子手中。两名巡捕被摁在地下动不得，大叫道："你们，什么人？"疤脸故意装糊涂道："你们是什么路数？粤北长老会的吧！"两巡捕果然生起气来："什么长老会，我们是广州巡捕！"疤脸看大个子，道："哎，坏了，不是长老会的！"二人松开两巡捕，疤脸又道："不是长老会的盯我们的梢干什么！"两巡捕爬起来，看他们道："你们到底是什么人？"疤脸道："人过留名，雁过留声，自然是粤东三合会的！"一巡捕摸了摸被摔肿的脸，叫道："你们是粤东三合会的？"疤脸道："当然！原来二位是广州巡捕，误会了！"他做拱手状。两巡捕相视，道："弄错了！哎，把枪还给我们！咱们大路朝天，各走一边！"大个子不情愿地把枪还给巡捕，另一名巡捕也将地下的枪捡起。两巡捕猛地同时将枪口对准二人："三合会的也不行，你们打了我们，到局子里说去！"疤脸大个子同时飞脚，又将他们手中枪踢飞，疤脸道："义增，快走！"二人飞奔而去。两巡捕从地下把枪捡起来，想了想，也不追赶。

疤脸大个子很快追上了梦长等人，原来他们并没走远，就在街头等待接应他们。众人一起走上一条通珠江的街道。梦长看梦成道："陆先生还说了别的接头地点吗？"梦成道："没有。"矮脚虎道："这可怎么办？"梦成朝街对面看一眼，站住了，大叫："大哥，那是不是梅卿！"梦长猛回头望去，陡然变色。梅卿正快步从街对面跑过去，一边频频回头朝珠江边张望。梦余也在叫："大哥，是她！是梅卿！"疤脸将目光朝梅卿后方只瞥了一眼，就叫起来："盟主，是叶赫星！"梦成急回头看去，果见叶赫星正带着众随从急急追来，目不斜视地望着前方的梅卿，一边还在大叫："快！抓住她！"梦成看梦长，发现这一刻他的神情完全变了。

疤脸也在看梦长，叫道："盟主，梅卿还活着！"大个子也叫："叶赫星要抓的就是她！"梦成猛回头再看梦长，道："大哥，叶赫星为什么要抓梅卿？"突然，众人听到梦长的牙关格格响起来。疤脸色变，提醒道："盟主，我们还有大事！"梦余道："大哥，她是梅卿，我们不能不管！"梦长突然拔出枪来，"砰"地对上空放了一枪。

枪声响亮，街道上立马一片大乱，行人四散奔逃。叶赫星在人群中横冲直撞，大怒，喊："快让开！让开！"梦长回头，急急在大乱的街面上寻找梅卿。忽然，他看见她了。梦成急叫："大哥，快去救梅卿！"梦长一刻也没有耽搁，回头道："等会儿在住的地方会合！"没容众人回答，他已经奔过去，推开乱跑的路人，奔向前方的梅卿。梦成忽然大叫一声："快，保护我大哥！"众人醒悟，拼命挤进人群中制造混乱，挡住叶赫星等人。叶赫星被堵在路中心，怒极，举枪连放了三枪，大叫："快闪开！不闪开格杀勿论！"街道上的众多百姓纷纷逃走。梦成矮脚虎也被挤到路边去。矮脚虎突然拔枪，瞄准叶赫星。梦成一把将他的枪口压下去。矮脚虎怒道："你——"梦成道："你不能！"矮脚虎道："你干什么？他就是十八兄弟，也成了我们的仇人！"梦成道："只要我大哥不开口，就是不能！"疤脸大个子这时也朝他们挤了过来。大个子看他们，道："你们俩怎么啦？"矮脚虎看梦成，二人不再说话。忽然，梦成又叫起来："快走，保护我大哥！"

梅卿已经跑进一段长长的小街。两面都是高墙，除了前方街口，再没有另一个出口。梦长大步追进去。叶赫星马上带人从后面追了过来。忽然，他站住了，眯细眼朝梦长看去。巴什哈也认出了梦长，叫："主子！"叶赫星大叫："是他！是钟梦长！"他大喊起来："快抓住他！开枪！"众人噼里啪啦朝梦长开起枪来。叶赫星清醒过来，又叫："别打死了他，我要活口！"

子弹纷纷飞向梦长，也飞向梅卿。梅卿在弹雨中狂奔，大叫起来："啊——啊——啊……"梦长几个大步追上来，大叫："梅卿！"梅卿回头，一刹那愣住了，大叫："梦长——！"身子迅速软了下去。梦长一步上前抱住她，道："梅卿！是我！是我呀！"梅卿在他怀里睁开眼来，流泪道："你真的还活着！"梦长激动道："我活着！活着！"远处又传来了叶赫星歇斯底里的叫喊："抓住他！开枪！"又一波子弹打过来。梅卿猛醒，看一眼两边高墙，回头流泪叫道："快走，我跑不动了！别管我！"梦长大叫："不！——他们为什么要抓你！"梅卿大声道："不要问了！我走不了了，你快走！"梦长也是急了，看一眼身边的高墙，抱起梅卿，倒退几步，猛地向前，脚蹬着墙壁，竟一路急奔，转眼就上了高墙。梦成带众人飞奔过来，藏在路边树丛里，朝前方望去，一个个瞪大了眼睛。大个子道："我方才是不是眼花了，看错了！"疤脸道："飞檐走壁，过去只是听说过，没想到盟主真会这一手！"梦成激动不已，叫："快躲开，叶赫星的人过来了！"率先追过来的巴什哈惊骇地瞪大了眼睛，不相信事情是真的！叶赫星转眼就跟了过来，他也看见了登上墙顶的梦长，惊恐地瞪大了眼睛，大叫："愣着干什么，开枪！"众人开枪。高墙上的梦长早就身影一闪，消失不见。

眼看着将梦长和梅卿逼上了死路，转眼又让他们跑了，叶赫星完全被气疯了，对着铁良巴什哈大声咆哮："封锁这片园子，封锁这片街区，关城门，封锁广州城，城内绿营全体出动，城外新军进城，全城大搜捕，挖地三尺，也要把他找到！"众人齐声答应："喳！"这时一个人跑过来，大喊："梅卿！你在哪里！梅卿——！"巴什哈一眼瞅见他，清醒过来一般，大叫："是他！刚才和女革命党在一起，他们是一伙的！"极度狂躁中的叶赫星大叫："抓起来砍了！"众人上前抓住望北。望北挣扎起来，看一眼叶赫星，大叫道："你是广东按察使叶赫星叶大人！你不能杀我！我是河洛十族副盟主原望北！是太后给了赦免状的原望北！"叶赫星回头，深深看他，脑瓜一下清醒过来，又大吃了一惊，叫道："你就是原望北？"望北道："对，我就是原望北！"巴什哈道："主子，怎么处置这个革命党？"望北大叫："不，你们弄错了，我不是革命党！我是从美国回国修铁路的原望北！你们不能杀我！"叶赫星望着他，怒不可遏，道："老子早就知道，太后让人给骗了！河洛十族客家人是不会和朝廷握手言和的，更不会投降。你原望北回国，是要和钟梦长合为一股，和孙文革命党合为一股，扯旗造反！——快！给我带回去审，让他说出和女革命党的关系，和孙文乱党的关系，还有，女革命党的下落，钟梦长的下落！孙文的下落！"众人推着望北往前走。望北再次回头大叫："不！叶大人，我不是革命党！也不认识孙文！望北今天本来是要去你的衙门见你！我有大事要跟你谈！"叶赫星哪里还听得下去，一摆手，众人将望北的嘴捂起来拖走。这一幕也被随后跟来的于大宝望嵩望伊看到，于大宝急道："不好，快回去告诉容老先生，让他找张大帅，救望北！"

六

时近黄昏，广州城大北门前，两名清兵守卫持枪站立，吃惊地望着大队新军从城外跑步进入城内。这二人一名因为喜爱说话，人称多嘴，另一个不喜欢说话，被人称作哑巴。多嘴道："这是怎么了？城里出了什么事？"哑巴不说话。多嘴只好去跟刚刚走过来的另一名清兵说话。另一名清兵也是个爱说话的人，道："发现了河洛十族盟主钟梦长！正抓他呢！"多嘴一惊道："钟梦长？"哑巴猛地回头，高兴道："河洛十族盟主钟梦长？真是他？"多嘴看他道："哑巴，你平日里一天都不说一句话，这会儿怎么不哑巴了？"哑巴不说话了，重新持枪立定站好。有顷，大队新军进城完毕，多嘴大喊："关城门——！"哑巴走去关城门，二人又一起上了大闩，多嘴又在门后加上一把沉重的大铁锁。这时他发觉哑巴有点心神不宁，不时朝城内看一眼。多嘴道："你怎么了？老看什么？"哑巴做无事状，不说话。多嘴转身，又回头，忽然给了他一巴掌，道："说话！"哑巴马上还他一巴掌。多嘴大惊，捂脸道："你敢打我？"哑巴还是不说话。多嘴又给了他一巴掌。哑巴迅速还给他一巴掌。两个人终于大打起来。一清军小校跑过来，喊："怎么了怎么了，快给我住手！又为什么？"哑巴不说话，笑，拭去嘴角的血。多嘴道："因为什么？我想让他说话，他就是不说！我恨死他这个不说话了！"清军小校道："这就是你的不是了。都知道他不喜欢说话，你非逼他说话，你还先动手，不跟你打起来才怪了！好了好了，叶大人有令，全城戒严，哪里走漏了反贼，他的脑袋就得搬家，真到了那种时候，大家都说不成话了！"说着，一队清兵已经冲进来，在城门洞内站好，三步一哨，戒备森严。

夜色苍茫。城中一条僻静小巷内，梦长抱梅卿奔来。忽然，他站住了，回头谛听了一会儿，不再有追赶的脚步声，终于放下了梅卿。梅卿仍然抱紧他的脖颈，用炽烈的、死后复生般的目光望着他。梦长心中波涛汹涌，呻吟一般道："梅卿……"梅卿恨恨地看他，突然扑上去咬他。梦长疼得叫起来，身后突然又响起脚步声，梦长急带她闪身贴墙站住。原来是几个人抬着一顶小轿走过去。梦长松一口气，朝四外观望。梅卿这时才抬起头来，如在梦中一般道："这是什么地方？"梦长道："不知道。"梅卿却认出来了，道："我知道是什么地方！"梦长道："什么地方？"梅卿道："不要问，我们进去！"远处追赶的人声和脚步声又近了，梦长再次抱起梅卿，纵身一跃，过了围墙。原来这就是当年梅卿误嫁的吴家后园，做过她和吴老板新房的涵芳楼依旧孤零零地立在园中，因为多年无人居住，楼和整个园子显得僻深荒凉。梅卿拉着梦长的手朝前走。梦长站住，警觉道："这到底是什么地方？"梅卿道："别管是什么地方，先进去躲一躲再说！"二人走到楼前，梦长推门，发现门锁着，他绕到旁边一面窗前，稍稍用力，就将一扇窗子托起，帮梅卿爬进去，自己也跟着跳了进去。

梅卿已在暗中凭记忆找到一盒洋火柴，轻轻擦亮，点燃一支红烛，房间里立即亮了起来。二人吃惊地望着这个十年前被梅卿打得稀烂的新房，梅卿发觉当初的景象一点都没有改变。梦长又要问什么，梅卿已经扑上来，紧紧地抱住他叫道："不要管这是什么地方！原来你没有死！"她又落下泪来。梦长回应了她的热烈，道："我怎么会死，我一直好好的！"梅卿哭道："可是十年前，你下南洋后三个月，有人从南洋回来，亲口告诉我，你和你带去的兄弟都死了，你们乘坐的大船遭遇了海难，他还说亲眼看见了你的尸体……原来是假的！"梦长紧紧地抱住她道："不，海难是真的！但我没有死……我明白了，这就是你把树人送回云上村后再没了消息的原因。告诉我，这十年里你是怎么过的？你一直在哪里？和什么人在一起？"梅卿责怪道："你真想知道？十年了，你没有死，可你为什么不去找我？你一次也没有找过我是不是？你一点也不惦记我的死活是不是？这些年了，梅卿是死是活一点也不在你的

客家人

心里！"梦长痛苦道："不！十年了，我在南洋，一直在打听，可是没有任何人知道你的消息——！"梅卿忽然打断他道："假的！你在骗我！"梦长道："即使我没有找你，也是因为身不由已。即使我不能找你，十年里，三千多个日日夜夜，我也没有忘记过你！"梅卿回头盯着他的脸，道："真的？"梦长道："当然是真的！你还要我对天发誓吗？"梅卿紧逼不舍道："心里只有我一个，就没有过别的女人？"梦长一时语塞，含糊道："不，为了我的事业，我的理想，我肩负的责任，有过。但你始终藏在我心里！"梅卿紧盯着他，半晌才伤心道："真的想知道这十年里我是怎么活过来的？"梦长道："当然想知道。十年了，你一直杳无音信，所有下南洋的人都不知道你在哪里，活着还是死了，我当然——"梅卿再次抢过话头道："以为我一定死了，是不是？"梦长轻轻放开她，道："我说实话，是的。虽然我觉得你死了，可还是盼着会出现奇迹，我一回到国内，马上就能像今天一样，在随便一个什么地方，突然看到你还活着！"梅卿道："真想知道我就告诉你。这个地方曾经是我的家。当初我那么傻，居然相信了一个仇人的话，你已经死了……我因为怀了你的孩子，背叛了我的养父母，就是德国教堂的牧师和他的夫人，被他们赶出来，我的一位表姑妈收留了我，生下了树人。我把他送回云上村后，姑妈替我做主，让我嫁给了这户人家，姓吴，是广州西关的商人，这里就是我的新房！"梦长吃惊地看屋内的一切，心里骤然大痛起来，回头道："后来呢？"梅卿道："很快我就发现他骗了我，他的大老婆并没死。我打烂了这里的一切，讨到了一纸休书，回到教堂，牧师夫妇原谅了我的行为，让我去德国做修女。"梦长越来越吃惊地看她，又问："再后来呢？"梅卿却不再谈下去了，道："十年了，没想到这里的情形一点都没变。看来当年姑妈说得对，他真的对我一往情深！"梦长脸上现出巨大的痛苦之情。梅卿突然回头，盯着他道："说吧，说说你，十年了，怎么过来的，今天怎么又回到了广州！我想起来了，你是河洛十族的盟主，不会是在南洋又招集了军马，要回来带客家人造反吧？"梦长回避她的目光，缓缓言道："不，十年了，钟梦长已经不是当初那个人了。当前我被官兵所迫，不得已去了南洋。这十年里，我在南洋开种植园，小有成就，这次是回国为我的胡椒和橡胶找买主来了，没想到居然在广州大街上遇上了你！"梅卿脸上现出了失望，难以置信道："什么，下南洋十年，你居然……不想再带十族人造反了！你成了另外一个人？"

这里的一切都是那么静寂，连地虫子的叫声都极为响亮。但是忽然间，像是从天上回了人间，他们又听到远处传来了大批巡捕和绿营兵奔跑的脚步声。梅卿猛地扎进梦长怀中，紧紧抱住他。梦长道："他们不会找到这里来吧？"梅卿道："不会。吴家虽然是个商人，但在广州城中也是有头有脸的人家，官兵一般不会进到内宅里搜查。"巡捕和绿营兵的脚步声一时间又消失了。梦长放开她，走过去悄悄撩起一点窗帘，朝外面望。这里地势高，从这里，他隐约看到了院墙外面街道上三步一岗五步一哨的绿营兵。他放下窗帘回头道："看样子我们暂时不能离开这里了！"梅卿脸上忽然现出了无限的柔情和期望，道："走不了就不走！你有很要紧的事吗？"梦长犹豫一下，道："我……没有！"梅卿重新抱紧梦长，痴情地望着他道："梦长，你没有要紧的事，可是我有，但我就是有，今天夜里也走不了！十年了，老天没有让你死，又让我们在这里相遇，今夜不让我们离开……这是不是天意？"梦长的心大颤起来，叫道："梅卿！"二人冲动地拥抱，激吻起来。

即便在这时，梦长仍然心怀警觉，不时朝屋外瞥一眼。梅卿已经闭上了眼睛，道："梦长，十年了，你还能像……像十年前那天夜里，你和凤仪成亲那天夜里，在村头的磨房里……像那时候一样爱我吗？"梦长被她的热情感染，颤声道："梅卿，我……爱你！"梅卿道："梦长，你知道我是你的什么人？"梦长呻吟一般道："梅卿……"梅卿道："十年了，虽然也有别人追求过我，虽然我认为你死了，可是在我心里，你仍是我一生一世的丈夫，虽然你有了凤仪，可我觉得，我才是你的妻！"梦长重新睁开眼睛，感动地盯着她那如同两泓清水般的眼眸，只会叫道："梅卿……啊，我的梅卿！"梅卿已经轻声叫起来："梦长，把我抱起来，把你的妻子抱起来，把这间新房当成我们自己的新房。那里有一张婚床，就当是我们自己的婚床！"她已经听到梦长的牙关就像十年前那个磨房之夜一样发出了咯咯的声响，催促道："快呀！如果你十年间真的一直记得我，心里没有别的女人，现在就把我抱起来，让我在这间新房里，真正地做一回你的新娘！"忽然，梦长大叫道："梅卿，我爱你！"说着猛地将她抱起，大步走向婚床。

这个夜晚，望北却被叶赫星的人带进了广东按察使司，绑在行刑台上。众打手一鞭子一鞭子打下去，每一鞭子落下，望北都要大叫一声："叶赫星！我要见你！"铁良听了，举手让打手们停下，走上去道："原望北，你刚才喊什么？"望北道："我……我在喊叶赫星！就是你们的叶大人！从一开始我就告诉你们，我是原望北，是太后亲自颁发了赦免状，让我从美国回来修铁路救中国的原望北！"

叶赫星突然带巴什哈走进来，冷笑道："原望北，你刚才在喊本官！"望北道："对，我在喊你！原望北不是革命党，更跟你们要抓的革命党没有关系，太后颁发给我赦免状，是要我回来修铁路救中国，不是被你当作革命党吊在这里受苦！"叶赫星道："原望北，本官今天亲眼在珠江边上看到你和一个女革命党接头，这个女革命党后来和你的同党钟梦长一起逃走，至今本官还在满城搜捕这两个人！你怎么敢说你不是他们一伙的！"望北大叫："不！大人错了！我和梅卿见面，是因为……是因为我是……她的丈夫！"叶赫星大惊道："什么，你是这个女乱党的丈夫？"望北道："虽然我们没做过真正的夫妻，她这些年在哪里，做什么，我都不知道，可我确实是她的丈夫！"叶赫星道："这老子就不明白了，你怎么会是她的丈夫？"望北道："小的时候，我们经十族盟主指婚，成了夫妻！如果你对客家人的习俗稍有了解，就不会不明白！"叶赫星大叫道："可她就是革命党！"望北道："她是个女人，怎么可能是革命党，除非你们把天下人全逼成了革命党！"

　　叶赫星来回踱步，大声道："你信不信她都是革命党！原望北，不要耍花招了！老子今天亲眼所见，你和这个女革命党接头，被老子发现，女革命党逃走，钟梦长在半道上接应……这一切联系在一起，你还敢说你们不是一伙？原望北，你打着回国修铁路的名目，骗了太后，现在还想骗过本官，让老子相信你们河洛十族十八兄弟真会放下屠刀，立地成佛，再不犯上作乱，你们以为这样老子就会放松警惕，躺到床上睡大觉，让你们轻轻松松地和孙文革命党合为一股，在广州兴兵造反？原望北，你们把本官太当成傻瓜了！老子就是睡着了也对你们睁着一只眼呢！别说太后，就是全天下的人都相信你们会改弦易辙，老子也不信！死到临头了还不快把你知道的全说出来！惹恼了老子，老子叫你看不到明天的太阳！"

　　望北闻言，冷冷大笑。叶赫星变色，道："原望北，你笑什么？"望北道："叶赫星！叶大人，看来不是你错了，竟是原望北错了！我实在不该相信大清朝廷给我的赦免令是真的，更不该相信大清的官员从上到下会像我一样一心想救中国！包括你这个皇亲国戚！"叶赫星不听他再说下去了，回头对铁良道："这个人什么都不会说的，拉出去砍了！"望北听了，不再说话。叶赫星朝外走了两步又回头，道："哎，你怎么不喊了？要死的人，最后喊两声吧！"望北道："不！"叶赫星道："为什么？"望北平静道："不需要了！大清一定要亡，中国一定要亡，我个人的生死又算得了什么！"叶赫星盯着他看了半晌，道："我还真要问你了，你怎么知道，你死了大清就一定要灭亡！"望北道："因为再不会有另一个原望北，认为可以通过修铁路的方式，在中国实现工业化，用富国强兵的方式救中国！中国人要是不想中国亡，只剩下最后一条路！"叶赫星道："一条什么路？" 望北道："天下人包括我们客家人，再一次揭竿而起，燃起一场大火，大清朝廷将会在这场大火中灭亡，列强环伺的中国也会在这场大火中灭亡！"叶赫星转身往外走。望北大叫："叶赫星，放下我！"叶赫星头也不回，一径走出去。

铁良巴什哈急急跟出门外，叫："主子——"叶赫星回头道："不是他疯了就是我疯了！"他盯着巴什哈，"你，马上拿我的帖子去总督衙门，见张凤翔那个老坏蛋。你就问他，真的可以相信原望北说的话吗？只要他说不可以相信，那就什么话也不要问，立马把此人砍了！"铁良巴什哈答应一声："喳！"叶赫星背手大步走去，铁良忽然想起什么，喊："主子——！" 叶赫星又回头："什么事？"铁良对他附耳说了几句什么。叶赫星勃然变色，道："什么？钟梦长将原望北从河洛十族十八兄弟中驱逐了！"铁良点头。叶赫星一把抓住他，叫道："报错了消息，我砍了你！"铁良道："奴才不敢！真是下面在市井里打听到的，千真万确！"叶赫星松开了他，沉吟有顷，对巴什哈道："快办你的差去！"

七

深夜，广东按察使司内，叶赫星正在翻看那份呈文。巴什哈铁良一旁侍立，看他。叶赫星不停要吸溜嘴。巴什哈道："主子，你怎么了？"叶赫星"啪"一声把呈文合上，道："牙疼！牙疼还看不出来？"铁良道："总督大人说，既然查明河洛十族反贼原望北是乱党一伙，大人就该当机立断，将他就地正法！"叶赫星背身而立，慢慢转身，道："去，把原望北带到这里来！"铁良看巴什哈。叶赫星大怒："快去呀！"二人急忙答应："喳！"

不多一会望北已被巴什哈铁良带进一间斗室。只见叶赫星背身面对案上的百胜刀站立。巴什哈叫道："主子，反贼原望北带到！"叶赫星不回头，道："松绑！看座！上茶！"巴什哈铁良一惊，一时不知发生了什么事情。叶赫星猛回头："要本大爷再说一遍吗？"二人急忙动手，帮望北松绑，又取下脚镣。叶赫星挥手让他们离去，对望北道："请坐！"自己回头坐下。望北已经看到了案上的呈文，一惊道：“请问大人，它怎么会在大人这里！”叶赫星哼一声道：“本官和总督大人是同僚，你呈送给他的东西，我就不能看一眼吗？”见望北不坐，他叫起来：“让你坐你怎么不坐，坐！”望北愤然道：“大人方才还要砍原望北的头，这会儿又将原望北视作座上宾，在大人说明白为什么之前，原望北宁愿站着！”叶赫星哼一声道：“愿意站着你就站着！原望北，祝贺你，被钟梦长从河洛十族十八兄弟中赶了出来！”望北听了，勃然变色。叶赫星笑道：“什么，我还真开了眼了，这件事居然是真的？”望北面色凝重，不说话。

叶赫星深深看他，突然改变话题：“原望北，我来问你，身为河洛十族副盟主，十八兄弟之一，你似乎更应当跟随钟梦长，趁着大清甲午战败，又到了存亡危急之秋，再次纠集客家人揭竿而起，怎么想起要去集民间资金修铁路！本官不明白！”望北声音一点点高亢激烈起来，道：“大人真的愿意听？就是愿意听，你听得进去吗？就是听得进去，大人愿意帮忙玉成此事吗？不能帮原望北玉成此事，大人又何必要知道此事的原委！”叶赫星不为所动，道：“原望北，有一句话是这么说的，天下事都有意外。”望北眉梢一动：“意外？”叶赫星深深盯着他道：“意外就是你能说服我！不然，本官今晚还是要将你就地正法！”望北道：“你不能这么做，我有朝廷颁发的赦免状！”叶赫星哈哈大笑，又陡然变色：“可现在经本官查明，你欺骗了朝廷，自己就是乱党，我有权对你先斩后奏！”望北盯着他道：“本人愿意冒今天这样的风险，从美国回到中国，并且和河洛十族盟主钟梦长分道扬镳，执意在中国筹建第一个民营的铁路公司，仅仅是为了一件事！”叶赫星道：“什么事？”望北一字字道：“制止一场随时都会在天下燃烧起来、造成大清朝和中国灭亡的大火！”

叶赫星心中大震，不觉站起，“此话怎讲？”望北道：“大人自己刚才还说，大清甲午战败，又到了存亡危急之秋。眼下天下人心动摇，列强虎视眈眈，百姓水深火热，就如五湖四海布满了干柴，只要一点火星，大火就将燃遍大江南北，长城内外！”叶赫星大怒，道：“既然大乱就在眼前，你还修什么铁路！你居然敢当面戏弄本官，你看我像是个弱智的样子吗？”望北道：“不仅天下大局危若累卵，就在近期，一场大乱或者就要在大人治下的广州发生！大人今日将广州全城戒备，搜捕革命党，不就是为了防范这场大火？大人，我说对了吗？”叶赫星道：“乱党贼子，抓起来砍头就是了……你难道有什么锦囊妙计，可以制止这场大乱？”望北道：“也许马上开始在华南修一条铁路，就能制止这场大乱！"叶赫星再次被激怒："修一条铁路，怎么就能制止大乱！铁路和大乱有什么相干！一派胡言！"望北道："大人放眼天下，有多少无法活命的百姓。就说我们华南，由于列强侵略，土地兼并，四业破产，多少人流离失所，无法活命，这些人，就是我说的干柴，只要有人点火，就会燃烧！"叶赫星大喊道："这和你说修条铁路就能制止大乱，又有什么干系？"望北道："如果我们动作快一点，赶在大乱前将众多无地之民招募到铁路工地上做工，如果铁路公司开张后便会有更多的矿山、工厂开工，大量吸收无业百姓就业，哪怕仅仅是吸收其中一部分，也就给天下无法生存的百姓指明一条不造反也能活命的道路！一家人有一人就业，全家就能活命，一家人就不会造反。大人，我想把这第一条铁路的线路就选在汕头通往三省山区我的故乡之间，这里是客家人聚居之地，只要将众多无地可耕的客家人招募到铁路工地上来，一场新的大乱或许就会被制止！"叶赫星久久望他，半晌不发言，终于回头，道："原望北，你就没想过，你这样做，是对你们河洛十族客家人的背叛！"望北道："你错了！我这么做，恰恰是要将河洛十族和天下客家人从一场一定会血流成河的战争中救出来！"

叶赫星长久地沉默下去，忽然又回头，道："告诉我，你打算怎么修这样一条铁路？"望北道："呈文上已经写了，照搬美国人建铁路的章程。民间集资，政府支持，这个办法在美国行之有效，在中国也一定会成功！"叶赫星道："民间怎么集资，政府怎么援助？"望北道："这些也都写在呈文上，大人要是认真看，一定会明白的！"叶赫星想了想，大叫："来人！"巴什哈转眼就跑进来。叶赫星道："马上去请总督大人！"

天快亮了，广东按察使司衙门里，叶赫星才带着巴什哈铁良走回来。望北看他。叶赫星也久久盯着望北，不说话。望北道："叶大人要处死原望北了吗？"叶赫星忽然开口道："原望北，你知道吗？两广总督张凤翔刚才来本官衙门里为你讲了好话！"望北并不为他这话所感动，因为他不知道面前这个人下面要做什么。叶赫星道："但我不信他那些话！他今晚上所以要讲那些话，是受了高人指点。有人告诉过他，只有这么说话，他的脑袋才能保得住！"望北听了，默默点头道："那就是说，叶大人还是要杀原望北？"叶赫星回头喊："巴什哈！"巴什哈急答："奴才在！"叶赫星道："用咱们自己的电报机，发电报奏明太后，就说叶赫星要在粤东的汕头港直到闽粤赣三省山区修一条铁路玩玩，让太后责成军机处给两广总督张凤翔下旨，由张凤翔亲自负责征用沿线土地，无偿划拨给原望北的公司！"说完了回头看望北一眼，道："原望北，如果我发现你是在骗我——"望北听了他方才的话，一时间竟没有过分的意外和欣喜，拱手道："原望北代天下人谢叶大人！大人不用担心，如果做不成此事，原望北的一生就失败了。原望北并不介意个人的生死存亡，但我在意天下人包括我们河洛十族客家人的生死存亡，在意我泱泱中华的生死存亡。为了这个目标，原望北将会和我的事业共存亡！"叶赫星听了，不置可否，突然挥了一下手，对巴什哈大声道："送他出去！"

望北一出广东按察使司大门就被一直藏在外面的于大宝望嵩望伊从隐蔽处冲出来抱住了。众人齐声大叫："大哥，你出来了！"望北一惊，看他们道："你们怎么在这里？"于大宝泪眼婆娑道："自你被叶赫星抓进去，我们去见过容闳先生，要他救你，以后就一直守在这里，他们再不放你出来，我们就准备进去救你了！"望北想了想道："谢谢大家，现在不用了，我出来了，咱们回去吧！"众人边说边走动起来。望嵩道："大哥，叶赫星怎么又把你放了？真想不到！"望北不说话。望伊道："叶赫星把大哥放了，一定有他放的理由！"望嵩道："你胡说什么，大哥和他之间，会有什么话说？"望北站住了，回头一一看众人，突然热泪盈眶，道："我现在才明白，和慈禧太后给我颁发赦免状是一样的理由，他也不想让中国——对他们来说就是大清——灭亡！"见众人还是不解，他又道："叶赫星不但放了我，还答应支持我们筹建铁路公司，修建华南第一条民营的铁路！"众人面面相觑，不敢相信。望伊忽然想起一件事来，道："对了大哥，叶赫星的人正全城追捕梦长呢！"望北一惊道："真的！"众人点头，脸色严峻起来。望北忽然激动了，又站住，道："对，梦长！我们也要找到梦长！一旦找到他，我就要说服他，放弃那条血流成河的路，回头来和我们修铁路！"众人不解，看他时，他已经重新大步朝前快走起来。

八

拂晓的第一缕光线照在珠江江心岛上。苇丛中的独立家屋内，疤脸大个子都在焦急等待。梦成矮脚虎梦余相继走回来。疤脸急上前一步问："怎么样？打听到盟主消息了吗？"梦余道："没有！"梦成也道："我们也没有打听到消息！"梦余呜咽了一声："大哥他不会——"梦成生气道："你打住！"疤脸道："大家不要急！盟主一身好功夫，我们都亲眼看见了，他和梅卿一定没事，现在叶赫星全城搜捕盟主，盟主一定是梅卿藏在一个什么地方。"大个子也道："这话有道理，我也正在这儿琢磨呢，要是盟主出事了，叶赫星一定会解除全城的戒严，重新大开城门！"梦成道："可一点信息也没有，我还是不放心！"梦余道："我也不放心！"疤脸看大家道："天快亮了。天一亮我们分散全城去找！"矮脚虎道："没一点头绪，怎么找？"疤脸道："怎么没有头绪？我们悄悄盯着大街上的官兵和巡探，他们往哪里去，盟主就一定在哪里！"梦成道："说得好，让官兵替我们带路！"疤脸又道："盟主说过，一个地方不能待两个晚上，这里也不能待了，明天我们要另找一个栖身之处！"梦成道："这件事交给我和矮脚虎。趁天还没大亮，大家抓紧睡一会儿吧。"

中午时分，梦成、矮脚虎出现在正对着大北门城门洞的一条小街里，见一队清兵跑过来，急忙藏进路边花园墙内。看着清兵跑过去，矮脚虎回头道："老四，眼下最要紧的是给咱们自己先找个窝。"梦成道："我也想马上找个窝，可哪里找去呀！"矮脚虎将目光投向小街尽头，道："前面什么地方？"梦成道："广州城的大北门，再出去就是城外了。"大北门城门洞前，哑巴又将裤子脱下来，屁股撅向对面的小街方向。多嘴又不干了："哎哎，你犯什么毛病啊，打住打住！"哑巴这次不但不理他，还干脆脱掉了裤子，在裤缝里寻觅起来，屁股仍然对着对面小街。多嘴大怒，道："哎，你也太不像话了！又想跟老子打架是不是？"哑巴猛回头，冲他做出一个威胁的姿势，继续在裤子里寻觅。多嘴气不过，想了想也把裤子褪下来，故意把屁股撅到多嘴眼前去，在裤缝里抓虱子。哑巴回头一看，要发作，又怔住了。他发现多嘴屁股上有一个血牙印，张大嘴半天没合上，想了想，猛然拿自己的腚去蹭哑巴的脸。多嘴一惊，后退一步，也在他屁股上看到了那个鲜红的血牙印，不觉大惊，急急提起裤子，看哑巴，嘴唇哆嗦起来，道："你也是……"哑巴也在看，笑，仍旧不说话。多嘴瞪眼瞅他，突然然喊出声来："驱逐鞑虏！"

哑巴终于开口："恢复中华！"多嘴道："哎哟，你居然是——！"哑巴道："你骂人，我还要揍你！"多嘴心里无限欢喜起来，道："好好好，我不骂你。你真是……十八兄弟？"哑巴点头。多嘴不知道怎么和他亲热了，叫道："快把裤子提起来！"哑巴固执道："不！"多嘴看他，猛醒："你不是在逮虱子？你在等钟梦长？"哑巴点头。多嘴又生气了，道："你说话呀！"哑巴道："说什么？"多嘴

客家人

道："你就一天到晚对着那条街撅着你的屁股就能等到钟梦长了，这会儿全城都在抓他，他会跑到这里来，认出你屁股上的记号？"哑巴点头。多嘴道："不行的兄弟，你总不能一天一天在这里撅着吧？"哑巴继续固执地点头。多嘴道："行，我服了你了！这么办吧，咱们俩轮流，你撅一会儿，我换你。就说逮虱子好了！"不想哑巴又开了口："不行，你也得脱！"多嘴笑道："两个人一块脱？不站哨了？"哑巴点头。多嘴心一热，道："脱就脱！我这裤子里还真有虱子！"他重新脱下裤子，回头，梦成矮脚虎突然出现在他们面前。多嘴急忙把裤子提起来，系好。梦成矮脚虎神情极为激动，将二人挤进城门洞里。多嘴大惊道："你们干什么？什么人？"梦成示意他们不要声张，看矮脚虎一眼，二人迅速褪下裤子，将屁股撅向二人。哑巴先叫起来："哎呀！"多嘴跟着大叫："哎呀！你们也是——"哑巴拉一下他，二人做镇静状。梦成矮脚虎把裤子提起来。哑巴再次发声："驱逐鞑虏——！"梦成："恢复中华！"哑巴又道："十八兄弟？"矮脚虎道："你们也是？"四人激动，拥抱在一起。多嘴忽然止住，道："等等！你们俩谁是钟梦长？"梦成矮脚虎相视，矮脚虎突然对梦成一指："他是！"哑巴大喜过望，道："你是盟主！"多嘴也高兴起来，叫："盟主，真是你！"梦成生气地看矮脚虎一眼，回头道："错了，我是钟家的老四梦成！"哑巴失望，看一眼多嘴又回头："盟主在哪里？"梦成看矮脚虎："我们也正在找他呢！"多嘴脸上的笑容落去："让官府给抓去了？"梦成道："不，看今天城里的情形，官兵还没有抓到他！"哑巴道："对，要是抓到了，这城里的戒严也就解除了，城门也开了！"多嘴松一口气，看梦成和矮脚虎，又高兴起来："这会儿要我们俩做什么？"梦成道："赶快给我们城里的弟兄找个落脚之处！"哑巴听了，马上道："这好办呀，我家里养父养母都死了，又没娶媳妇，就我一个人，到我家藏着去！"多嘴也道："我也是一个人，可我没家。"梦成迅速做出决断，看哑巴道："那就去你家！你叫什么？"多嘴马上回答："我叫多嘴，他叫哑巴。"哑巴生气道："胡说，我有大名，我大号陈得福！"多嘴道："弄了半天我们还是本家，我大号陈得贵！"梦成回头朝身后看一眼，道："行了，得福，快带我们去你家！得贵留下，万一人问起得福哪去了——"多嘴忙道："我知道怎么编瞎话应付他们。就说这小子窜稀了，上茅房掉茅坑里淹死了！"哑巴道："去！"四人笑。多嘴看着哑巴带梦成矮脚虎离去。

又一个黎明来临。吴老板家后园的涵芳楼里，梦长梅卿相拥着沉沉大睡。梅卿最先睁开眼睛，痴情地看梦长。梦长的眼睛也睁开。二人对视良久，梦长道："我们在这里几天了？"梅卿重新抱紧了他，道："不知道。三天了吧。"梦长道："三天了，日子过得真快。"梅卿道："别动，就这样抱着我，直到世界末日。"她重新抱紧梦长，闭上眼睛。梦长心情激动起来，道："哎，醒醒，还记得我们怎么认识的吗？"梅卿道："当然记得。人家才五岁，你从战场上回家，就把人家的心钩走了。"梦长半晌才道："不，是你用一支客家情歌，把我的心给钩走了。"梅卿不说话了。忽然，梦长再次听到五岁时在村边水磨房前听到的那支客家情歌。梅卿已经低低地在自己耳边唱起来——

生爱恋来死爱恋，

两人相好一百年。

哪个九十九岁死，

奈何桥下等三年。

梦长沉浸在梅卿的歌声里了，并且又在这歌声中沉沉地睡去。中午时分，涵芳楼外，突然有两个人蹑手蹑脚地走过来。这是吴老板和李妈。二人趴在楼门前，朝里面又是望又是听。半晌，吴老板回头道："没什么动静啊。"李妈道："不能。老爷，有小丫头子说，这两天从这里走过，听到里头好像有说话声。这么多年房子闲在这里没人住，会不会是闹鬼呀！"吴老板是个不信鬼的，道："胡说！"李妈又道："哎，老爷快看，那块窗户，好像是被打开了！"吴老板想了想道："这就不是鬼了，一定是人！"两人从被打开的窗户处往里面瞅去，突然就看见了在床上相拥而眠的梦长和梅卿。吴老板吃了一惊，道："是她！"李妈道："谁？"吴老板已经在唇前竖起了指头："嘘！"站了一会儿，他摆摆手，什么也没做，就带着李妈离开。

直到傍晚，梦长和梅卿才又一次醒过来。梅卿用幽怨的目光望着梦长，道："都十年了，既然你还活着，为什么没打发人回国来找我……我在你心里，是不是一点位置都没有？"梦长已经有点厌倦了，道："你又来了，不是这样的——"梅卿不依不饶，道："还有树人，他现在怎么样了？你是什么时候知道我为你生了一个儿子？"梦长心痛起来，半晌才道："啊，树人……我是后来才知道有这个孩子的，今年他都十岁了，我还没有见过他呢！"梅卿落泪道："我天天都想念我的孩子，可我和凤仪有过约定——"梦长一惊道："什么约定？"梅卿道："她帮我养大树人，但我不能再去认孩子，让他知道我是他的亲娘！"她大恸起来，"我就是现在看见他，他也一定不认得我这个亲娘了！"梦长长久无语，这样一个时刻，他自己的心也在流血，不知道该如何安慰她。梅卿忽然想起了什么，猛地推开梦长坐起来，叫道："哎哟，我忘了大事了！"梦长道："什么大事？"梅卿怒气再起，看他，冷冷道："我的大事干嘛要告诉你？反正我在你心里没有一点位置。十年了，从来没有想过回国找我！"梦长生气道："我根本不知道你在哪里，是不是在国内，是不是又结婚了，或者——"梅卿打断他的话，道："告诉我，你是什么时候回到广州的，那天为什么恰好出现在那个地方，不是你，我就被叶赫星抓到了！"梦长不回答，反问道："我也正想问你这件事呢。叶赫星为什么要抓你？"梅卿道："这件事和你无干。对了，你的胡椒，还有橡胶，找到买主了吗？"她突然听到一个响动，猛地扑进梦长怀中，回头朝楼门外看去，低声叫道："有人！"梦长已经警觉起来，抱紧了她，侧耳听去。这次他也听到了一个清晰的敲门声。梦长急叫："不好，快走！"二人迅速穿衣下床。

涵芳楼外，李妈打着灯笼，提着一只食盒，站在吴老板身后。吴老板又轻轻地敲了一下门。门猛然被打开，梦长一闪身擒住吴老板脖子，手枪顶在太阳穴上，低声叫道："不要动！"李妈手里的灯笼啪一声落地，转身要跑。梦长手中枪回头指向了她。李妈害怕地站住，道："别开枪，我……"梦长身后的梅卿已经看清了她，叫道："李妈！"李妈回头叫了一声："太太——！"梦长把指着她的枪放下，道："进来说话！"李妈胆怯地看梅卿。梅卿道："李妈别怕，进来！"李妈哆哆嗦嗦走进来。门外的食盒和灯笼也被提进去，梦长也挟持着吴老板进门。楼门迅速被关上。

室内，梦长仍然擒住吴老板脖子不放松，厉声道："你是谁？"吴老板连声道："别误会。别误会。梅卿，快救我，告诉他我是谁！"梅卿道："放开他。他就是这一家的主人，吴老板！"梦长放开吴老板，看梅卿一眼。梅卿却一眼也不看吴老板。吴老板谄媚地看一眼梦长，又看梅卿，道："梅卿，还有这位……这位英雄，你们不要害怕。白天我就知道你们俩在这里了！"梅卿心中大惊，猛回头逼视他道："你要做什么？"吴老板道："哦，不要误会。我并没有把这件事告诉任何人，只有李妈和我两个知道。两位，我没有恶意，你们瞧，我为两位带吃的来了！"梦长听了，将手枪收起，看他，道："既是这样，就谢谢你了。"吴老板拱手道："这位英雄，你什么也不要说，我已经猜出你是谁，又是梅卿的什么人了。"一转眼又回头看梅卿道："梅卿，我想告诉你一件事，我太太，就是我那个二十年前就发了疯的原配，她的罪受够了，上天已经把她召回去了，多少人让我续弦，我都没娶……虽然我们只做了一夜的夫妻，但这些年里我一直想的都是你……告诉我，你什么时候回国的，现在做什么，你和他又是怎么进来的，你们是不是想留下常住？"梅卿一下子重新恢复了当年对他的盛气凌人的态度："我什么时候回国的，现在做什么，都和你无关。至于这个地方我会不会时常来住一下，也许会的。不过这件事只能你和李妈两个人知道。但我和你早就没什么相干了。你是你，我是我！"吴老板沉默了一下道："梅卿，你告诉我实话，你和这位英雄一样，也入了革命党？"梅卿吃惊地看梦长一眼，回头道："是革命党怎么样，不是革命党又怎么样？"吴老板知道自己的话又说错了，忙道："是是是，呸，瞧我这张嘴，你说得对，你是革命党如何，不是革命党又如何，这样的事情我本来不该问。"他又回头看梦长，道："钟先生，我虽说不是客家人，但我是潮州人，和你们三省山区客家人是邻居，早就知道你是个盖世英雄。你和梅卿能一起躲到我家来我非常荣幸。外面官兵正满城捉拿你们，你们藏在这里很好，至少在广州商界，我老吴还有点面子，一般他们搜不到这里来。"说着他又看一眼梅卿，"梅卿，房子本来就是为你建的，你走后再没有人住过，现在我把它还给你。你和这位英雄想什么时候来住就什么时候来住，不想住了就走，不用跟我打招呼。我只有一个小小请求——"梅卿警觉地看他，道："什么？"吴老板道："时常让我过来看你们一眼，我不会打扰你们的，这……总行吧？"梅卿飞快地看梦长一眼。见梦长不说话，梅卿马上回头，道："我要是不答应，你刚才的话，是不是就不算数了？"吴老板又急道："不不不。我不是那个意思。我不坚持刚才那个要求了。是的，你们如果都是革命党，我怎么能要求时常见你们！不能！"

一时间梅卿和梦长都不说话了。吴老板忽然意识到他该走了，也不再说话，提起灯笼，招呼李妈就往外走。梅卿道："等等。"吴老板回头。梅卿用命令的口吻道："天亮后我想出门见一个朋友，外面不好走，你安排一辆车，送我到要去的地方。"吴老板想了想，又高兴起来，道："好的好的。我去安排。"说着，见梅卿再无话，和李妈一起离去。梅卿看着他的背影，重新锁上门，猛回头看梦长。这一刻，梦长注意到她满眼是泪，心中大动，道："梅卿，你怎么了！"梅卿上前，轻轻吻了他一下，拭泪，背身道："梦长，我们又在一起过了三天，就像把一生的好日子都过完了。明天我有要紧的事要走，以后咱们可能再也见不到了！"梦长盯着她看，良久才道："梅卿，原来你是革命党？"梅卿回避他的注视，急急道："这个和你没关系。你什么也不要问。来，咱们再坐一会儿，离天亮还早呢……对了，你真的是为了卖胡椒和橡胶回到广州的？"梦长不坐，更急切地看着她道："不，告诉我，你真的是革命党？"梅卿沉默了，过了一会儿突然回头，道："梦长，十年了，发生的事情太多，我们每个人的生活都有了太大的变化，我现在是什么人，你不要问，问我也不会告诉你的！"梦长越来越激烈了，道："这等于你已经告诉了我，你现在真是革命党！"梅卿也急了，激烈道："我说过了，我是什么人你不要问！"

梦长盯着他道："梅卿，我在南洋，虽然只是个种植园主，可是关于国内的革命党，我还是知道一些事情的。"梅卿猛回头吃惊地看他，道："你都知道什么？"梦长道："知道兴中会，知道孙文先生，读过他为兴中会成立写的宣言。我认为，他就是我下南洋一直想寻找却没有找到的那位比太平天国的领袖更了不起的客家领袖，一位可以带领今天的客家人打赢恢复中华最后一仗的那个大英雄！"梅卿心中大动，久久地望着他，突然避开了他的注视，道："天亮我就走，不会回来了。你要和我一起离开吗？"梦长想了想道："我正想说这件事呢！"梅卿道："你可以和我一起坐吴老板的马车走。你想到哪里去？"梦长故意道："我和客人约好的见面地点是西关外状元街的田家老铺。我去过了一次，可那里的老板说，他的干亲家有病了，没来见我！"

梅卿变色，大叫一声："梦长！"梦长忽然发暗号，左手竖大拇指，右手摸右眉。梅卿迅速回暗号：右手竖大拇指，左手摸左眉。梦长大叫："梅卿！"梅卿站在那里走不动路了，叫："梦长！原来你就是我要找的南洋回来的客家领袖！"梦长也在叫喊："你就是孙先生派出来和我接头的革命党！"梅卿猛扑上去抱住梦长，道："原来你也是革命党！"梦长用力抱紧他，热烈地和她亲吻，喘息道："梅卿，照你们革命党的称呼，我们现在是同志了！"梅卿透不过气来，但还是叫了一声："钟梦长同志！"梦长也叫："梅卿同志！"二人再次热烈亲吻，紧紧拥抱，不愿意放开。

九

拂晓，吴家后园外的小街上，铁良带着大批新军和巡捕跑步赶到。随后叶赫星也带着巴什哈及众侍卫赶过来。远望仍在夜色中的涵芳楼。铁良禀道："主子，钟梦长梅卿就在那间屋子里！"叶赫星道："怎么发现的？"铁良道："三天前我的人就在这一带把他们跟丢了，这几天我让他们在这里暗察密访，最后发现了这间房子，要进去搜，主人不让，我刚才把他抓起来，一审，他就招了！"叶赫星道："带过来！"几名侍卫很快将吴老板提过来，扑通一声扔在叶赫星面前。吴老板五体投地，浑身打战，磕头哀求道："大人饶命！"叶赫星冷笑道："不要害怕，钟梦长和梅卿都在里头？"吴老板含糊起来："这个……"叶赫星喝道："拉去砍了！"吴老板大叫："不要杀我！他们是在里头！不关我的事！不要杀我！"众侍卫拖起吴老板就走。

铁良看一眼叶赫星，道："主子，动手吧！"叶赫星道："钟梦长武功高强，前几天你们也都看到了，人手少了肯定不成！"铁良胸有成竹道："主子不要担心，这件事奴才已经想到了，我已经代主子下令，把进城的新军调过来一个营，这一次，我们用一个营的洋枪对付钟梦长一个！"叶赫星高兴起来，回头赞赏地看他一眼道："好吧！既是这样，那就上！"铁良听了，向前方挥一下手，一直在等待的新军和巡捕冲过小街，攀爬围墙，跳进吴家的后园。

涵芳楼内，梦长和梅卿仍然拥抱在一起。忽然，梦长听到了楼外的响动，变色道："不好！我犯了大错！"梅卿道："怎么了？"梦长道："你听！"梅卿这时也听到了大批新军及巡捕翻墙入园的声音，一把将梦长推向身后的窗户，叫道："梦长，不要管我了，快走！你比我重要！"她说着忽然从身上摸出一个纸条，交给梦长，道："这是密写的地址，将它弄湿了放在火上烤，就能看见字迹！陆皓东先生就在那里等你！"楼外园子里，大批新军正向涵芳楼涌来，更多的新军趴在围墙上，出枪瞄准。梦长迅速跃至窗后，朝外面一看，回头一把抱起梅卿，道："不行，走不了了，我们被包围了！"梅卿急道："怎么办？"梦长拔枪在手，道："你找地方躲起来，我们先在房子里抵挡一阵，再想办法离开！"边说边踢下一扇窗户，对着最先奔过来的新军"砰"地开了一枪。一名清军应声倒地，跟在后面的就地卧倒，噼里啪啦开起火来。楼外小街上，更多的清兵继续涌来。叶赫星大声吼道："快！快！给我上！谁抓住了钟梦长，我奖他十万

客家人

银子！"众清兵越聚越多，干脆推倒围墙，涌进园子。

忽然一团被点燃的炸药从小街后面的林子里扔出，在前面的清军中轰然炸开，烟火升腾，清兵大乱。接着，炸药团一个接着一个雨点般飞来，一时浓烟四起，火光冲天。清军大批死伤，其余的则大叫着抱头四散躲开。如此猛烈的炸弹攻击场面让叶赫星大惊，昏暗中他一时也分辨不出炸弹是从哪里来的，先是被人扑倒趴下躲避，很快又爬起来四顾，大叫："怎么回事！快去查看！"巴什哈跑步过去，转眼又跑回来，道："主子，有人从背后树林子里向我们的人扔炸弹！"叶赫星猛醒道："一定是钟梦长的同党，十八兄弟！我们在找钟梦长，他们也在找！——快派人捉拿！"说着又是一声枪响，子弹擦着他的头顶飞过去，叶赫星扑通一声倒地，大惊失色，回头看去，大叫道："不好！这边还有反贼！给我拿下！"一名侍卫对身边的清兵大叫："快！进林子搜！捉拿反贼！"众清兵随他涌进林子。树林子里，矮脚虎见这一枪没有击中叶赫星，后悔起来，要再瞄准，被梦成一把将枪口抬起，道："你干什么？"矮脚虎道："你不要拦我，我还是要干掉他，为和尚报仇！"梦成道："你难道不知道他是——"矮脚虎怒道："他就是十八兄弟，也是叛逆！盟主说过，只要是叛逆，人人得以诛杀！"他又要开枪，被梦成一把挡住，叫道："快走，清兵来了！"两人急急离去。另外一边，负责扔炸弹的梦余疤脸大个子也在大批清军的压迫下转身逃走。

但这一连串的袭击还是暂时缓解了涵芳楼内外的危急局面。一直藏身楼内一扇窗后与园内新军对峙的梦长听到外面的激烈爆炸声和枪声，心情不觉大震。梅卿已经扑上来，大叫道："外面谁打枪？"梦长道："一定是梦成他们！这几天他们一定也在找我，现在知道我们被包围了，他们会拼死冲进来掩护我们离开！"话没落音，他一眼瞅见外面一个清兵靠近，"砰"地又开了一枪。梅卿道："你快趁这个机会走！"说着奋力将梦长推向旁边一扇窗户。梦长大叫："梅卿，你要干什么？"梅卿转身走向楼门，回头严肃道："如果咱们俩只能有一个人活下来，那个人也应当是你！革命需要你和你的云上军团！永别了！"说完她哗啦一声拉开屋门。梦长大叫："你疯了！"梅卿道："还不快走！"她含泪最后看梦长一眼，大步走出了楼门。梦长大叫一声："梅卿——！"泪如雨下。

天已经大亮，涵芳楼后的小街上，叶赫星被众侍卫扶起，忽见铁良跑来，很激动的样子，大声道："主子，抓到了！"叶赫星大喜，道："抓到了钟梦长！"铁良愣了一下，道："不，是个女的，梅卿！"叶赫星失望，大叫："钟梦长呢！"铁良道："还没有！"叶赫星朝前方涵芳楼望去，恨意再起："怎么抓到的？"铁良道："自觉走投无路，她自己走出来的！"叶赫星猛回头盯着他问："钟梦长呢？"铁良道："钟梦长没有！"叶赫星一巴掌打在铁良脸上，陡然变色，大喊："钟梦长要逃！快！包围那座房子！一只鸟也不让它飞出去！"铁良捂脸，大叫："喳！"转身跑走。

转眼一辆囚车就被众清军押过来，梅卿被推向囚车，回望涵芳楼，大声唱起了一支客家情歌——

　　高山点火（你就）不怕风，

　　大海行船（你就）不怕龙。

　　阿哥有心去造反，

　　今生（就）不怕路难行。

众清兵大叫起来："不要唱了！再唱毙了你！"囚车隆隆而去，梅卿的歌声仍在持续。叶赫星怒极，大叫："快，强攻！占领前面那幢楼！"一直被梦长打趴在园内的清军听到号令，一拥而起，冲进了楼门。不大一会儿，他自己也在铁良陪伴下进了这座小楼。正在到处乱翻东西的清兵见了，急忙退走，叶赫星怒容满面，楼上楼下乱走，又回头歇斯底里地对铁良吼："真的都搜遍了？！"铁良道："回主子话，都搜遍了，就差把房子拆了！"叶赫星听了，猛回头直视他，道："你说对了，是得把这座房子拆了，我今天布下的是天罗地网，他根本就没有离开这座房子！"铁良吓了一跳，吃惊地看着他，大叫一声："主子！"叶赫星不理他，故意大声道："我说了，把这座房子给我点了！"说完了，他站着不走，亲眼看着一名清兵持火把冲进来，将房子点燃。

涵芳楼后墙茂密的凌霄花叶丛中，梦长一只脚尖抵着下方的窗棂角，两个手指将自己吊在屋檐的横桁下，一动不动。透过凌霄花叶片，他望见了关押梅卿的囚车辚辚而去，听到了梅卿的歌声，眼里涌满了泪光！忽然，他回过头去，一眼发现整幢楼都燃烧起来，凶猛的火舌正从他脚下的几面窗户里喷出。灼人的热流扑来，让他额上浸出一层层汗珠，但他仍在坚持，坚持。大火更大了，从楼内楼外，四面八方向他扑来，梦长目眦尽裂，大吼一声，身子在墙面上猛地弯成弓形，箭一样从屋檐下弹出去，直飞到两丈开外的园墙上，踩着趴在那里据枪瞄准的众清兵的头飞奔而去，一转

客家人

身就登上了小街对面的林梢。清兵们大声惊呼起来。一清军小校大叫："钟梦长！钟梦长跑了！"涵芳楼外的叶赫星听到喊声，急回头望去，这一刻，他又一次望见了梦长在重重包围下奇迹般逃脱的身影，大叫道："开枪！为什么不开枪！"众清兵从巨大的惊愕反应过来，对着梦长逃去的方向胡乱放枪，但是转眼之间，梦长已经不见了。

当夜，还是珠江江心岛，独立家屋之内，一个人坐着等待，他就是梦长。忽然他听到了熟悉的脚步声，站起来，转眼梦成就带梦余疤脸大个子矮脚虎赶进来。众人扑向梦长，大叫："盟主！"梦成流出了眼泪："大哥！你还活着！"梦长一一看他们，道："不是你们在外围动手，今天我就出不来了！"梦余急问："梅卿姐怎么样了？"梦长道："为了救我，她主动走出，吸引官兵的注意，给了我闪身出屋，在房檐下躲藏起来的机会！"梦成哭起来："大哥，我们要救梅卿！"众人也道："对，我们一定要救梅卿！"梦长道："是要救她！可广州府大牢戒备森严，就算我们几个人想劫狱，也不可能成功！"众沉默下来。梦长又痛苦道："何况这也不是梅卿舍身救我的初衷！"见众人脸上现出诧异的神色，他又道："重逢了三天我才知道，梅卿就是兴中会安排到田家老铺与我们接头的人！"众人发出一声惊呼。梦长已从身上取出那个字条，噙一口水喷上去，将字条放在灯火上烤干，一行字迹渐渐显现出来。梦余抢先念出了声："海珠路三十五巷451号。"梦长回头看去："谁知道它在什么地方？"众人面面相觑，摇头。梦长道："必须马上找到这个地方，和陆皓东先生见面，把梅卿被捕的消息告诉他，我们要和革命党合兵一处，营救梅卿！"众人响应。梦成道："大哥，这个地方已经让清妖抄过一次了，不能久待，我和矮脚虎又找到了一个藏身之处，还找到了两位兄弟！"梦长道："真的？太好了！我们马上走！"他们离开江心岛，刚刚上岸，马上就躲起来，原来一支清兵马队隆隆地跑步过来，驰向城外的广州府大牢。

这一队人正是叶赫星和他的护卫军马。下半夜的光景，叶赫星已带自己的人开进广州牢大牢，走进了关押梅卿的死囚室。叶赫星对梅卿怒目相视，道："梅卿小姐，我们又见面了！这一面见得不容易，十年了！"梅卿看着他，突然冷冷大笑，却不语。叶赫星道："不要笑了！说吧，十年前，是你在德国教堂开枪，救了反贼钟梦长？"梅卿仍大笑不止，不语。叶赫星狂躁起来，又大叫："今天又是你，放走了钟梦长？"梅卿继续大笑不止。叶赫星变色道："打住！不要笑了！老子问你呢，反贼钟梦长在哪里，谁是他的同党，快说！"梅卿突然用尽力气将口水吐向叶赫星，继续大笑。叶赫星也不擦拭脸上的口水，大叫道："拉出去！正法！"

典狱长带人冲进来，示意众狱卒架起梅卿就朝外走。梅卿泪流满面，却依然大笑。铁良上前私声道："主子，现在就将她正法？"叶赫星回头，将怒气撒到他头上，咆哮道："怎么，不可以吗？"铁良哆嗦一下道："奴才以为，还是要将她留下来，就是得不到口供——"叶赫星道："你想说什么？"铁良大着胆子道："这个女人是为救钟梦长被我们抓到的，只要她不死，钟梦长一定会回头来救她！"叶赫星大叫起来："钟梦长敢来劫狱？"铁良道："劫狱不一定，但把这女人留下来，可以放长线钓大鱼！"叶赫星疯一样大叫："要是老子不想这么办呢！老子这一辈子，就喜欢以牙还牙，老子不想有什么君子的雅量，老子睚眦必报！钟梦长今天已落到我手里，不是她我今天就赢定了！是她将大爷我的大功毁于一旦！杀了她！"

狱内刑场上，梅卿已被推向了行刑墙，两狱卒让她面墙而立。梅卿拼命转身。狱卒叫道："你站好了！"梅卿大声道："不，我要亲眼看一看自己是怎么死的！我想看看你们这些革命的敌人是怎么杀死一个女人、一个革命者的！"狱卒无奈，让她转身面对行刑者，然后跑开，梅卿泪落如雨，却仍然在大笑。

刑场另一端，射击位置上，铁良大叫："准备行刑！"众行刑者迅速跑步上来，列队举枪瞄准。行刑墙前，梅卿看他们一眼，不愿意闭上眼睛，笑声响入云霄。铁良举手，就要落下来，发出开枪的口令，叶赫星突然带巴什哈冲进来，推开身边的行刑者，一把夺过他手中的枪，对着梅卿就"砰"地开了一枪。子弹"啪"一声打在梅卿左耳边的墙上，炸出一个弹坑。

梅卿一惊，刚刚闭上的眼睛又睁开。她以为对方没有射中，又大笑起来。叶赫星再次开枪，子弹打在梅卿右耳边墙上，又炸出一个弹坑。梅卿的笑声戛然而止，再次闭上眼睛，咬紧牙关坚持。叶赫星"呼呼啪啪"一连开了十几枪，中间换了好几支枪，铁良等人都看呆了，脸色一点点发白。所有的子弹全都打在梅卿身边，每一声枪响，梅卿的身子都像中弹一样颤抖一下。枪声终于停息，叶赫星将手中枪扔回铁良，怒气稍见平息，对牢头道："关进死牢！上脚镣！加双岗！不让任何人见到她！"牢头带众狱卒赶到行刑墙那边去，架起梅卿离开。梅卿浑身瘫软，已经失去了知觉。

第十九章

一

次日黎明，在哑巴家的地窖室，梦长被哑巴化装成了一个乞丐。众人都站在一旁看。哑巴显然非常欣赏自己的作品："怎么样？像个要饭的吧？"梦余大怒，道："陈得福，你把我大哥弄成什么样子了！什么像个乞丐，简直比乞丐还要乞丐！"梦长道："这样最好。眼下是非常时期，在广州城里，什么人都可能引起清妖军警的注意，只有乞丐不会！"梦成道："大哥，天大亮了，我们走吧！"多嘴道："不行不行。盟主，哪有这么早上大街讨吃的乞丐？"梦长道："说得不错。来，咱们坐下来。得福，得贵，我要问你们一件事，广州府大牢里有没有我们的人？"多嘴看哑巴道："有吗？"哑巴道："好像没有。"梦长看多嘴。多嘴道："盟主是想进大狱救梅卿？"梦长神情陡然痛苦起来。多嘴看他，有顷，毅然道："这样吧，我们俩去想办法，争取在广州府大牢里串通一个眼线，好里外传递消息，照顾梅卿！不过要花点这个！"他摸出一块银圆来。梦长回看梦余。梦余会意，对多嘴道："好吧，这件事你找我。"梦长看多嘴，又补了一句："要快！"多嘴道："只要有银子，明天我就能进去！"

天大亮了，双门底王氏书舍兴中会起义指挥部，完成了任务的宏文丽文兄妹走进来，与陆皓东相见。二人已经知道了梅卿被捕的消息，看陆皓东道："消息千真万确。怎么办？"陆皓东沉吟良久，道："梅卿值得我们信任，而且她知道的事情不多，现在要紧的是有人接手她的工作，尽快联络到钟梦长先生，执行孙先生和起义委员会的计划。"宏文道："怎么联络？"陆皓东道："没有别的办法，只能再次冒险去田家老铺和钟先生见面。"丽文想起了街市上的传闻，道："有人说梅卿被捕，就和钟梦长先生有关。"陆皓东听了一惊，道："要是这样，钟先生一定和她接上了头，知道了这个联络点。今天我要出城见一位西江方向来的大人物，抽不出身来留在这里等钟先生，两位分头行动，一位留下来在这里等钟先生来见，一位去田家老铺！"宏文看一眼丽文，道："你留下，我去田家老铺迎候钟先生！"丽文道："不，哥，你留下，我是女孩子，我去田家老铺，不容易引起别人注意！"陆皓东当机立断道："事不宜迟，就这样定了！两位快分头行动！"宏文又看丽文，道："我送你出门！"看二人离去，陆皓东也穿外衣准备出门。

书舍门外的街道上，化装成乞丐的梦长沿街边走来，远远望见书舍紧闭的院门，在心里默对了一下门牌号码，要走过去，又警觉地朝四外一看。院门就在这时开启了一条缝，一个模样清丽的女子走出来，招呼黄包车过来，上车离去。梦长身边，一名便衣巡捕忽然对另一个便衣巡捕打了一声呼哨，后一个立马也喊过一辆黄包车，坐上去，紧紧跟上去。梦长心中一惊，想了想，改变主意不再向书舍大门走，反而回头撩开大步，紧随两辆黄包车而去。

转眼他们已经出了闹市，来到城中一段僻静的林间道路上。坐在第一辆黄包车上的丽文已经发现身后有人跟踪，急对车夫道："快，甩开后面的人！"车夫不觉加快了脚步。后面车上的便衣巡捕见了，也对车夫喊："快，跟上前面的车！"一时间两辆车都飞跑起来。早已抄小路赶到前面来的梦长忽然现身，吹了一声口哨。梦成等人从林中闪身而出，扑向两辆黄包车，将车夫和车上的丽文及便衣巡捕一同拿下，捂住嘴拖进林子。大个子将一把匕首横在便衣巡捕脖子上，大声道："老实点儿，不然就给你放血！"便衣巡捕大惊，道："你们什么人？"疤脸道："没见过打劫吗？银子钱全掏出来！"便衣巡捕大怒，道："快放开我！我是广东按察使司的巡捕，你们这些强盗，劫到老子头上来了！"大个子用力给了他一巴掌，道："给老子住嘴！你就是天王老子，爷没饭吃了也要打劫！拿钱来！"疤脸动手从巡捕身上搜出枪和一把银圆，对大个子眨一下眼。大个子故意看他道："捆上扔河里去吧，省得他们多嘴！"巡捕变色，趴下磕头道："两位爷手下留情，我家里有八十岁的老母，我要是死了她也活不了，小的有情后报！"疤脸和大个子不容分说，把他捆得如同一个粽子，拖过去放在一处水塘边。被堵上嘴的便衣巡捕发出惊恐的呜呜声。大个子道："大哥，你不能动，一动就滚河里去了，淹死了不能怪我们。"看疤脸，一笑："叔，咱们走！"

另一侧林子里，矮脚虎也用枪顶着两名黄包车车夫，道："不要动啊，动了给你们开瓢！"两车夫胆怯道："不动不动，只要大爷饶了小的命。"梦成梦余架着丽文走向林子深处，丽文挣扎，看梦长道："你们什么人，快放开我！"梦长看四外

客家人

无人，示意梦成梦余放开她。丽文心中一惊，看梦长道："你是——"梦长对梦成示意，梦成会意，对丽文演示联络暗号。丽文大惊，迅速回联络暗号，看梦长，突然猜出来了，大喜道："你是钟先生！"梦长点头，道："你是陆先生的人？"丽文道："我叫金丽文，听说梅卿被捕，陆先生派我去田家老铺与钟先生接头，没想到我们这样见了面！"梦成深深地看着丽文，心忽然大动起来。丽文意识到了什么，回头盯着他看一眼，又回头看梦长，忽然笑了一下，叫："钟先生！我们是不是见过，这么面熟？"梦长也盯着她，笑道："金小姐看我面熟，我看你也有点面熟，这有点奇怪，不过这样好，这样就不生疏了。太好了，原来你就是陆先生派来和我们联络的人！快带我去见孙先生和陆先生！我有好多话要向孙先生请教！"忽然想起了什么，笑容落去，道："还有一件事，刚才那个接络点不能再回去了，那里已被监视了！"丽文闻声大惊："原来是这样！钟先生，这件事太重要，必须马上通知陆先生！不，得马上想办法让我们的同志从那里撤出来！"梦长想了想道："有办法！"他看了一眼天色，"白天不要打草惊蛇，晚上我们一起将在门外蹲守的清妖拿下，金小姐进去通知兴中会的同志迅速撤出去，如何！"丽文爽快地答应道："一言为定！不过我还是现在就回去，让大家有所准备，我们半夜子时见！"梦长默默点头，他对这个女孩子的干练成熟已经有了好感，不觉又微笑起来，道："好。梦成，你护送金小姐回去！然后留在那里，等到半夜子时，我们一起动手！"梦成飞快地看一眼丽文，目光马上移开，道："大哥，换个人吧，干这种差事我不行！"丽文这时才注意地看了一眼梦成。梦长道："不行，就是你！"梦成无奈，不看丽文，道："好吧，金小姐，咱们走。"梦余瞥一眼梦成和丽文，想到了什么，又觉得不可能。再看他们，二人已经离开。林子外，梦成丽文上了同一辆黄包车，车夫拉车离开。梦成不敢看丽文，有意坐开一点。丽文觉得好笑，故意向他坐过来一点。梦成又让开一点。丽文开口道："你叫什么？"梦成有点结巴了，道："钟……梦成。"丽文停了一会儿，突然冲他开起玩笑来："哎，我有病会传染你吗？"梦成忽然明白了，看她一眼，故意向她身边挤过去。丽文笑了，也不让开。黄包车载着他们，飞快地朝前奔去。

夜半子时，双门底王氏书舍外的小街上，两名巡捕仍在蹲守。梦长带梦余、疤脸、大个子、矮脚虎突然从暗处出现，将二人拿下，捆上塞住嘴扔在路边。梦余对着书舍院门吹了一声口哨，院门大开。几辆黄包车旋风般过来，陆皓东宏文丽文梦成等出门上车，匆匆而去。梦长对众人道："我们也撤！"梦余忽然回头道："大哥，听，什么声音？"梦长侧耳听去，突然一个旱地拔葱，上了屋顶，放眼朝远处望去，就见一队队巡捕、绿营、新军正朝这边奔来。众人还在看他时，梦长已纵身下地。众人道："大哥！盟主，怎么了！"梦长道："全城大搜捕！义增，你跑得快，快追上去告诉陆先生，不要去我们约定的地方了，赶快由大北门出城，那里有我们的人！"大个子听了点头，快步向前面的黄包车追去。梦长一回头，招呼众人随他从另一条巷口离去。一转眼大队清兵就涌进这条街道，包围并涌进书舍。叶赫星带巴什哈铁良众侍卫走进二楼客厅，用手试了一下杯里残茶，想了想，冷笑道："今夜全城大搜捕，就是要打草惊蛇，让他们不敢再待在城里！这会儿，他们一定奔某一座城门去了！铁良，传令所有城门，无论是谁，今夜要出城，都给我拿下再说！"铁良答应一声，匆匆出门传令。

　　半个时辰后，梦长等人已在大北门一侧与陆皓东等人会合。梦长带他们将身子贴紧在城墙内侧，以夜色为掩护，看着一队队清军从他们面前的道路上跑过去，随后挥一下手，带众人悄悄摸进大北门城门洞内。多嘴和哑巴已在这里等待，见他们进来，急忙打开城门大锁，将城门拉开一条缝，放梦长陆皓东等鱼贯出城，回头重新关城门并上了锁。这时二人相视，都松一口气。哑巴要走，发现多嘴仍然站着，目光中现出惊奇，却还是不说话。多嘴将手中钥匙递给哑巴，道："兄弟，这把钥匙，你接过去。"哑巴不说话，也不接钥匙，只用疑惑的目光看他。多嘴又道："你接不接？我明天我就要进广州府大狱里当差了，这座城门，我只能交给你！"哑巴嘴角现出一丝嘲笑，不说话，伸手就去抢他手中的钥匙。多嘴的手立马又缩回来，道："我说你这小子，你听没听我刚才在说什么，就要这把钥匙。"哑巴听了，转身就走。多嘴一把抓住他道："我就要走了，你小子能不能开口说句话？"哑巴看他，还是不说话。多嘴生气了，道："我告诉你一件事，上次我对盟主吹了牛，说能在广州府大狱里安插一名眼线，暗中照顾并保护梅卿，还能通风报信。忙了半天，差不多成功了，后来就觉得不行。我只能自个儿进去。"哑巴眼里现出极大的惊诧，但还是不说话。多嘴憋不住了，央求道："哎呀我说兄弟，我真的要走了，那广州府大狱什么地方，那是龙潭虎穴，我这一去就可能回不来了，你就不能说句话送送我？"到了这时他已经不指望哑巴能说话了，但后者偏偏就在这时说了句："能。"多嘴感动起来，道："到底是好兄弟，我说清楚了你就开了尊口，行了，你只要开了口，就算是

客家人

送我一程了！"哑巴一把将他手里的钥匙抢过来，塞在自己腰里，笑道："我哪里是要送你，我要钥匙！走你的好了！"多嘴生气道："你这个东西，我——"哑巴冲他一笑。多嘴叹气，道："算了，告诉你，这件事你知我知，不要让第三个人知道，连盟主也不要知道！"哑巴忽然又开了口："为什么？"多嘴道："为了保密！神不知鬼不觉，我们十八兄弟就有人打进了戒备森严的广州府大狱！"看哑巴还是一副不明白的神情，叹一口气，没有再说下去，就大步离开了。

再说梦长等人跟随陆皓东，匆匆逃到广州城外，上了珠江边上的一条大船。大船开向江心，二人这时才热烈拥抱在一起。梦长道："陆先生，我终于找到你了！"陆皓东也道："钟先生，我们终于见面了！坐下来谈！"两个人坐下来。梦长心急，道："陆先生，快告诉我，孙先生在哪里，我和我的人，要加入兴中会！"陆皓东道："孙先生还在日本。他是本会的领袖，本会起义委员会做出过决定，不到起义之日，孙先生不能进入广州！至于钟先生加入兴中会的事，孙先生和本会已经同意。只要举行一个简单的仪式，你和你的人就是兴中会的人了！"梦长大喜道："太好了！钟梦长离乡十年，下南洋寻找救国救民的道路，一直没有成功，是读到陆先生带到南洋的兴中会宣言和章程，才明白日后的路该怎么走！陆先生说吧，为实现兴中会纲领中所说的'驱除鞑虏恢复中华创立合众政府'的目标，孙先生和会中同志要求我和河洛十族做什么？"

陆皓东道："孙先生和会中同志正在酝酿，近日就在广州起义。孙先生一向仰慕河洛十族客家人云上军团，我们希望钟梦长同志能马上回到云梦山区去重建云上军团，按照起义计划秘密将队伍带到广州，参加起义！"梦长道："明白了！钟梦长一定听从孙先生和起义委员会的指挥。只是——"说到这里，他停顿下来，没有说下去。陆皓东道："钟先生要是有什么疑惑之处，可以明白地讲出来！"梦长想了想，沉痛道："我想说的是梅卿，她是为了救我才主动选择了牺牲——"陆皓东马上明白了他的意思，道："梦长同志，我们也关心梅卿同志，但现在起义是第一位的大事，我认为，如果我们动作迅速，起义就能在不长的时间内成功，广州就会掌握在我们手中，营救梅卿同志的事自然就一并解决了！"梦长痛苦地望着他，尽力抑制自己的情感，有顷才道："好吧，我接受。钟梦长马上就带自己的弟兄回云梦山区，一定尽快带队伍过来参加广州的起义！"陆皓东听了非常高兴，又低声道："事不宜迟，指挥所决定起义在十天后举行，所以钟先生的动作要快！"梦长担忧道："十天时间太短了，我本来还有一支队伍，但眼下还在南洋，来不及了！"陆皓东惊奇道："怎么，钟先生的队伍不在云梦山区？我们听说云梦山区就有一支队伍，号称客家人云上军团！"

梦余听了，对梦长附耳说了几句什么。梦长不觉皱一下眉头，抬头对陆皓东道："啊，我知道了，起义是天大的事，这件事我会处理的。今天我就回云上军团，无论如何，都会尽快带一支队伍回广州。"他回头看梦余，道："考虑到起义之后一定还要北伐两江两淮和中原，你马上写信给西马，要刘松龄、张德伦两位大叔准备收拢我们的队伍，随时听令回国！"梦余点头答应。陆皓东及宏文丽文听了，都十分激动。陆皓东道："原来钟先生在南洋还有一支队伍，太好了，钟先生连起义成功后北伐中原的事都想到了，真是位天生的统帅，我要向孙先生建议，由你来做将来的北伐军大帅！"梦长慷慨道："这就不必了。驱逐鞑虏，恢复中华，是客家先人的遗言，身为客家后人，钟梦长率十族客家人做北伐中原的先锋，责无旁贷，统帅还是由孙文先生担当，眼下再没有比孙先生更有号召力的统帅了！"说着陆皓东已经伸出手来，两人热烈握手。陆皓东道："钟先生说得好！孙先生做统帅，钟先生做前敌总指挥。钟先生，我们一言为定！"梦长信誓旦旦道："一言为定！"陆皓东又回头看一眼丽文，对梦长道："啊，梅卿同志出狱之前，由金丽文同志负责你和起义委员会之间的联系！"梦长看了看丽文，丽文冲他一笑，点头。

江岸上，梦成矮脚虎负责警戒。两人站在一起，注视地观察着四周的动静。珠江江面上，只有星星点点的渔火，岸上一片寂静，只能听到风吹草丛的沙沙声。矮脚虎忽然回头对梦成道："哎，那件事，你要不说，我可要对盟主说了！"梦成随口道："哪件事？"矮脚虎道："你知道是哪件事，不是你，我早就为和尚报了仇了！"梦成神情严峻起来，道："不，不要说！"矮脚虎道："为什么？我说过了，他就是十八兄弟，也是个反叛，告诉了盟主，让他下令处决了他，为和尚报仇，为天下除害！"梦成沉吟道："你只知道他是十八兄弟，还不知道——"矮脚虎见他话说一半又不说了，道："不知道什么？"梦成被他逼得没有退路，只得道："我……我不能说！"矮脚虎威胁道："你不说我就告诉盟主，说你吃里扒外，和十族叛逆串通一气，祸害十八兄弟！"梦成大急，瞪眼看他道："你胡说什么！我真不能说！"矮脚虎看出他心里还有秘密，于是不再强求，将目光望向江上大船。

梦成知道他的脾气，回头真会把事情对梦长说出来，无奈道："好好好，我告诉你，但是你不能告诉别人！"矮脚虎不动声色道："你说吧！"梦成道："那天我在叶赫星屁股上不止看到了一个血牙印，还有……还有一块红色胎记！"矮脚虎诧异道："那又怎么样？"梦成道："小时候大嫂和奶奶都告诉过我，我们家老三梦回，屁股上就有一块红色胎记！"矮脚虎倒吸了一口冷气，结巴起来："你说他——"梦成道："对，我现在觉得，叶赫星有可能就是我们家老三梦回！"矮脚虎变色道："胡说！"梦成道："当年十八兄弟一同逃出云梦山区，在三河坝镇失散，我被好心人捡到送回了家，梦回却没了下落，过了这么些年，居然让我发现他当初是被和我们有血海深仇的叶赫那拉家捡去了，抚养长大，成了十八兄弟和十族最凶恶的敌人！这样一种遭遇，连我也不敢相信！"矮脚虎还是难以相信他的话，只是一叠声地道："怎么会这样！怎么会这样！"梦成一直望着远方，过了好久才痛苦道："虽然他成了那样一个人，可他仍然是我们的兄弟，他成了这样一个人不是他的过错，要怪就怪他的命不好，为了这个，我才不忍心杀他！"矮脚虎也沉吟下来，良久回头道："真是这样，那就更应当让盟主知道！"梦成大叫："不！大哥身为十族盟主，知道了这件事，哪怕牺牲生命，也会大义灭亲，他甚至会亲自出马对梦回执行十族律条！大哥一身武功，梦回也不差，让亲哥哥杀死亲弟弟，我做不到！"他眼睛里突然闪烁起了明亮的泪光。

　　但他们已经没有时间再说下去了。大船已经靠了岸，梦长带梦余下船，与船头的陆皓东等人挥手告别，看着大船再次驶回江中离开。梦成带矮脚虎上前，看梦长道："大哥，和陆先生谈得怎么样？"梦长变了一个人一样，大声高兴道："都谈好了！起义在十天后举行！你和王英兄弟马上赶回云梦山区，知会你大嫂，我很快就回去带队伍。路过凤凰山，也替我把这件事告诉梦来，现在我再从西马招呼队伍来不及了，我要以他的队伍为基础重建云上军团，参加广州起义！"梦成听了，欲说什么，又止住了。梦长见他神色有异，道："你怎么了？"梦成道："大哥，有件事我一直没告诉你，梦来在凤凰山上自称盟主，竖起客家人云上军团的大旗，自称大帅，你要是回去接管他的队伍，我担心——"梦长打断他道："这件事你不要管，到时我自有办法。还有别的事吗？"梦成犹豫了一下，又坚决道："有！"梦长盯着他的眼睛道："说！"

　　梦成正色道："从我和矮脚虎第一次见到陆先生，就觉得这个人革命意志坚定，不怕死，是个好的革命家，可他做事毛躁，在广东发动起义这么大的事，孙先生让他做总指挥，大哥觉得靠谱吗？"梦长听了，不觉变色，喝道："不要这么说陆先生！起义是孙先生领导的，我们不该随便怀疑陆先生做总指挥的资格和能力！"梦成又道："譬如说十天后举行起义这件事，就太仓促了，我觉得就像是儿戏！"梦长听这些话不入眼，怒道："你胡说什么，起义已经箭在弦上，就是想阻止也不能了，再说我们也不该干扰孙先生的决心！"梦成一并将自己内心的想法都说了出来："大哥，也许根本就不是孙先生的决心，只是起义指挥部这些人的决心。至于能不能阻止，我认为不是不能，是你不想！"梦长被他弄得有点晕了，道："你到底想说什么？"梦成道："只要我们客家人云上军团不到，起义就有可能被阻止！"

梦长深深看他，摇头道："老四，你把我们客家人云上军团看得太重要了，今天我看出来了，无论有没有我们，陆先生他们也要按时发动广州起义。"梦成吃惊道："难道除了我们客家人云上军团，他们还联络了很多队伍？从哪里联络到的？都是些什么队伍？"梦长道："这个陆先生没讲，我也不方便问。"梦成想了想又道："既然是同盟军，要一起起事，为什么不把所有事情都告诉大哥，他还要隐瞒什么？"梦长看他道："陆先生好像不是故意隐瞒。我的感觉是，这些队伍是有的，出于保密，他眼下不方便说给我听，到时候会告诉我的！"梦成听了，再也说不出什么，看矮脚虎，发现矮脚虎也在看他。梦长见他俩互相使眼色，诧异道："你们俩干什么？"梦成掩饰道："没什么。矮脚虎，我们现在就走！"梦长点头，看着二人转身离去。梦余忽然叫起来，道："大哥，我们都走了，梅卿怎么办！"梦长的心再一次被揪痛了，迟一会儿才硬着心肠道："总指挥已经做出了决定，起义第一，救梅卿的事一并解决，我们必须听从！"众人听了，一时都不说话。梦余见梦长回头望向广州城，心中一动，脱口而出道："大哥，你是不是在想望北？"梦长不答。梦余又道："你这会儿一定在想，要是望北哥也能和你一起参加广州起义——"梦长猛地回头打断他道："什么也不要说了！我们马上回广州城，带上行李，准备晚上启程，回云梦山区去！仁宝，你和义增两个人还有一件事，回城后要想个什么办法，把梅卿被捕的消息通知望北，然后还到珠江江心岛的独立家屋里来，我们在那里会合，一起启程！"疤脸吃了一惊："把梅卿的事告诉望北？"梦长："对！但不要让他知道是我让你们告诉他的！"大个子想了想道："这件事倒好办！我们可以把事情交给得贵和得福两个兄弟去办！"梦长的心情明显不好，不愿再和他们讨论此事，简单道："好了，就这样，分别行动吧！"

二

广州城中，一条闹中取静的小街上，噼里啪啦地炸响了一挂长鞭。望北带着望嵩望伊于大宝等人将一块写有"云汕铁路股份有限公司筹备处"的牌匾挂到门外。特意赶来贺喜的容闳向望北拱手，大声道："恭喜恭喜！中国第一家民营铁路公司成立了！三皇五帝到如今，这可是头一回！"望北拱手还礼道："多亏了容老先生。不过眼下还只是个筹备处，铁路公司能不能成立起来，还要等总督衙门的批复呢。"容闳鼓励他道："只要开了头，后面的事情就好办了！看你这招牌上，云汕铁路指的就是云梦山区通汕头的铁路吧？"望北笑道："对，就是这个意思。容老先生请，里面看茶！"他陪容闳往公司大门走，蓦然回头，看到一个人走来，不觉大叫："二愣！"二愣推开人群，扑过来抱住他，放声大哭。众人都围过来看他。望北也紧紧抱住二愣，悲喜交加道："二愣，你可回来了！这几天你和望洛到哪里去了，让我们好找！"抬头朝他身后望，"望洛呢？怎么不见他？"刘二愣哭腔道："望洛可能不在了，那天我和他出门去找你，被人绑了票，我好不容易撒了个谎，说回来见你，能拿到钱，就回头去赎望洛，可我都离开他们那里两天了，也没回去，望洛他恐怕……"于大宝勃然大怒，一把揪住他道："你这小子到底干了什么？你们两个被绑票，你一个人撒谎跑出来，把望洛给害死了？你这个祸害？我……我要揍你！"望嵩望伊也扑上去，道："对，揍他！"望伊说着，已经哭起来。望北急拦住众人，大声道："好了，别吵！二愣快说，望洛这会儿在哪里，我们去救他！"

刘二愣一屁股坐地下，一把鼻涕一把泪地哭起来："啊，我是被他们蒙着眼放出来的，在山里走了两天才回到城里，望洛到底在哪里我也不知道……"他忽然又抬头大叫起来，"你们不该这么待我，我也是死里逃生，没办法呀，要是你们不留我，我就走！"他作势站起来要走。望北猛地抱住他道："不，二愣，你不能走！你能回来就好了，望洛我们会去找的！望嵩望伊，快扶他进去歇着！"望嵩望伊心中大不愿意，但还是对二愣道："走吧！"二愣低眉顺眼地随二人走进公司大门。于大宝回看望北。望北怅然地望着远方，痛苦道："望洛，你在哪里！"于大宝生气道："大哥，别为望洛操心，要是他真没了，你也不要心疼。我不信刘二愣的话，什么绑票，说不定就是自个儿想跑，半道上让人劫了！现在把铁路公司建起来，才是大事！"容闳也道："对，望北，中午你就要去总督府和张大帅商量铁路公司的事，今天的会见关乎到将来铁路公司建设资金如何筹措，公司由谁掌控，怎么运行，这才是你现在要想的事，不能分一点心。至于望洛的事当然不能不管，你交给大宝他们好了！"望北痛苦地看于大宝道："大宝，也只能这样了！记住我的话，不管望洛有多不好，他也是我们的兄弟，一定要去找他，生要见人，死要见尸！"

一个星期后望北果然拿到了一份总督府关于修建云汕铁路相关事宜的答复。总理室里，望北神情焦急，众弟兄都围着他，闷闷地坐着。忽然望伊陪容闳走了进来。望北急迎上去，道："容老先生，你可来了！"容闳吃惊道："出了什么事？"望北将一份文书递过来："容老先生，这是大帅的代表古适之先生送来的，是大帅的答复，他坚持要我们出银子购地，地价又高得离谱，不然就不答应公司成立。公司不能成立，铁路自然就修不成了！"容闳快速地看了一遍文书，放下，气愤道："走，我们去见他，跟他面谈。这么高的地价，就是美国的铁路大亨来了，也修不起这条铁路！"望北摇头道："我已经去过一次，可是衙门里的人告诉我，不同意大帅的条件，就是前辈亲自带我去，他也不会见我们的！"容闳越发生气了，道："他怎么能这样！不，老朽还是要带你去，现在就去。他要是不见，我们就击鼓！然后直闯他的内宅！即便是在官场上，他也是晚辈。再说我们还有尚方宝剑！"望北吃一惊："尚方宝剑？""你不要忘了，你回来修铁路是太后恩准的，这就是我们的尚方宝剑！走！"他边说边拉起望北就走。

总督府大门外，容闳带望北众兄弟下车，朝大门内硬闯。众清兵上前拦住他们道："干什么干什么？"容闳道："我是容闳！要见总督大人！"一清兵小校上前看容闳，道："你是容老先生？"容闳道："对，我就是容闳，快去通报！"小校道："你就是容老先生也不行！大帅说了，今日有要紧公务，不见客！"容闳怒起，道："我今天要是非进去不可呢？快闪开，让我们进去！"众人跟着他冲击清兵防卫线，喊："让我们进去！让我们进去！"小校大叫："来人！把闹事的人抓起来！"说着就从大门内赶出一队清兵，将望北望伊望嵩于大宝刘二愣抓住。容闳大怒，道："这是你们逼我，我要击鼓！"他冲向衙门大门一侧，抢过鼓槌，大力击鼓。鼓声沉重响亮，一时间，所有的人都被他的激愤行为惊呆了。

总督府官厅里，李大总管古适之二人匆匆走过来。李大总管问："谁击鼓？"古适之道："说是容闳老头儿带着原望北来了，大帅不见他就击鼓鸣冤！"李大总管看他道："让他们进来？"古适之点头道："是时候了，可以让他们进来！"李大总管当即传令，放容闳等人进来。

　　见众人走进了大门，李大总管急带古适之迎上去，拱手道："哎呀得罪得罪，容老先生，您老大驾光临，有失远迎——"容闳打断他道："李大总管不要客气，老朽今天不顾失礼，亲带原望北先生来见大帅，是出于一腔义愤。这么说吧，请两位帮忙通报，老朽今天一定要见到总督大人！"李大总管道："容老先生，原先生，少安毋躁。"看一眼望伊望嵩于大宝刘二愣："这几位是不是先请出去？"望北回看四人，道："你们在外面等着！"望嵩望伊于大宝担心地看他，不愿意离开。望北道："不妨事的，快走。"三人这才带着刘二愣离开。李大总管道："容老先生，原先生，总督大人已经知道原先生今天可能会来，他确实有要紧公务不能见你们，但他想让这位年轻的古适之先生作为他的代表见你们，原先生有什么话可以和古先生谈。总督大人说，这和跟他面谈是一样的！"望北看容闳，容闳无奈点头。望北回看古适之，道："好吧。"李大总管盯了一眼古适之，道："啊，容老先生，原先生，你们谈，在下回避了。"

　　众看着他匆匆离去，古适之将二人引进官厅，道："啊，容老先生原先生请坐。大帅说，如果原先生今天还是为修铁路的事来的，那就不要谈了！"望北大惊道："为什么？太后已经下旨，责成总督大人协助本人办好这件大事，总督大人怎么能半途而废——"古适之举手制止他，道："不是大帅推诿，是大帅为国家着想，如果原先生拿不出购地的银子，这件事绝对不能办，因为若是办了，天下一定大乱，这个局面是没人收拾得了的！"望北看一眼容闳，回头道："原望北理解大帅的意思，也在考虑拿出部分资金买地，但地价实在太高！"古适之现出不耐烦的神情，道："原先生，大帅就是因此不愿见你，因为见也无益！不过原先生，不才倒是替你想出了一个主意，只是……只是不才是大帅身边的人，反倒不好自己向大帅讲了！"望北心中一动，激动道："古先生有什么好主意，快请讲！"古适之热心起来，道："大帅身为一方大吏，国之干城，凡事无不要从稳定大局考虑。原先生回国，想帮大清修一条铁路，当然很好，但若是由此事酿出了一场民变，继而造成全局动荡，那就不是好事而是坏事了！"望北努力理解他的意思，道："古先生，原望北回国修铁路是为了救国，如果你有什么好主意，能够两全其美，我一定听您的！"

　　古适之道："大帅定下那么高的地价，让原先生出银子购买，也是出于无奈。没有这么高的地价，老百姓谁会把他的命根子土地卖给你修铁路？作为一方大员，他当然要为一方百姓的利益考虑。但是不才以为，修铁路也是造福一方的事，所以这件事一定要办。怎么办呢？不才在美国学了几年股票，觉得完全可以通过扩大公司股份，募集更多投资来解决。"望北道："这个道理我也明白，但是地价太高，就是我想募集这么多的银子，一时也做不到！"古适之现出更多精明的神色，道："我有一个主意，可以帮原先生解决这个难题！"容闳插上话来道："什么主意，古先生快讲。你要是能帮望北过了这道坎，你就是他的恩人，不，是天下人的恩人！"古适之左右看了一眼，忽然放低声音道："中国有句古话，解铃还需系铃人。这个坎是大帅给原先生垒下的，原先生何不就请大帅帮您过这道坎！"望北猛醒，回望容闳。容闳也点头道："有道理。古先生快讲，望北怎么做才能让大帅答应帮他过这道坎？"古适之迟疑了许久才道："两位千万不要说主意是不才出的。容老前辈，原先生，二位何不请大帅出面，帮你们招募更多的股东入股？"望北忽有所悟，心中震动，与容闳对视，又回头看古适之，道："古先生请告诉望北，如果在下这么做了，大帅会答应吗？如果大帅答应，他又会以什么样的方式帮望北招募到更多的股东？"古适之冷笑一声，道："其实大帅什么也不用做，只让两广地方各府道州县下令给编户百姓，说明修铁路是为民造福，要求在每年两季的田赋里加征一点银子，将它变成铁路公司的股份银，同时发给大家股票作为凭证，担保一旦铁路修成，就按公司章程按时给大家发放红利，如果想退股，就到市场上把自己的股票出卖了即可。"望北越发吃惊，不觉大喜道："古先生原来是个行家。这个办法当然可以，但是买地的资金过于庞大，就是铁路修成后有些红利，由于股本太大，股东能分到手的红利也是很微薄的。"古适之听了冷笑，道："原先生，所有投资股票生意的人，如果仅仅靠公司红利发财，那他就不用做这门生意了。股票价格的起起伏伏本身就能让投资者获得大利。"

望北越来越被他的专业知识和谈吐所迷惑，道："现在才听出来，原来古先生是个做股票生意的行家？"

古适之正色道："不才在美国读的就是股票和企业经营管理。"望北越来越兴奋了，脱口而出道："太好了！在下公司里正缺一个像古先生这样的行家帮我！"容闳暗中扯了一下望北。望北醒悟，改口道："古先生，真是听君一席话，胜读十年书。我能不能请古先生先帮我拟一个章程，我们再一起斟酌是不是可行。如果可行，我们再一起呈送大帅，请大帅首肯？"古适之洒脱地一笑道："不才其实就要

客家人

到上海证交所就职了，薪水还是可观的。不过原先生一腔热血，回国修铁路，救中国，不才深感敬佩，能帮您一点忙是不才的荣幸。"他从袖口里掏出几页纸，"原先生要的东西不才已经写好了，你拿去过目吧！"望北心中越发吃惊，双手接了过来。

当日回到公司筹建处，望北和容闳同看古适之新拟的公司章程。望北神情严峻，看容闳道："前辈，这个东西一定是古先生和大帅商量过的！"容闳点头，忧郁道："加征田赋入股铁路公司，让所有老百姓都变成公司股东，这会加重各级官府对无辜百姓的盘剥，恶名却要铁路公司扛着。这叫黄鼠狼给鸡拜年，没安好心！"望北不完全同意他的想法，摇头道："我不这么看这件事！从一开始，张大帅对我们修铁路救中国就是支持的！他是有名的洋务派，但也是封疆大吏，一方诸侯，做事不能不考虑大局。就是古先生的这个建议，我也觉得，不在于别人是不是安了坏心，而在于我们能不能把铁路修成功。如果成功，铁路能够赢利，天下百姓被搜刮的银子就有了着落，无论是出卖股票，还是逐年分享公司的红利，他们都不会吃亏。要是我们将来把铁路经营得好，他们还能靠这个长期得利！"

于大宝等人在一旁听了半天，终于明白了。于大宝道："对！是这个道理！"刘二愣却冷笑。望伊看他，不悦道："你笑什么。"刘二愣不语。望北严肃道："二愣，有什么话你也说出来。"刘二愣道："我的话说出来会不中听，还是不说吧。"望伊道："你这个人，整天阴阳怪气，有话就说出来，这里又没有外人！"刘二愣道："那我可说了！我一说，你们就不修这条铁路了！"于大宝道："这是什么话，快说！"刘二愣道："望北，你要是答应了这么办，我敢保证，这条铁路，一辈子也修不成功！"望北变色道："为什么？"刘二愣道："这太简单了，你想啊。我要是地方官，好不容易天上掉馅饼，可以用修铁路的名义向老百姓多征税，我还会让这个好事结束吗？你们可能要问了，怎么样才能不让它结束，那太简单了，永远不让铁路修好，自然就有理由一年一年继续加征铁路税了！"

望嵩皱眉道："二愣，你听错了，这不是铁路税，这叫加征田赋入股！"刘二愣冷笑道："那还不一样，都是多收银子！"众人一时间都说不出话来，回头看望北。望北心情恶劣起来，道："二愣说得不错，但也不全对。只要我们按期把铁路修好，让它赢利，地方官员就没有理由继续加征田赋！"刘二愣也不说话，只是看着他冷笑。容闳看望北道："你同意接受张大帅加征田赋入股的提议了？"望北久久沉吟，突然道："不，这是大事，答复古先生之前，我要先见一个人！"望嵩醒悟：
"大哥要去见——"望北迅速止住了他的话："不要说了！今天我就去见他！"

三

珠江江心岛独立家屋里，梦长和梦余扒出了埋在这里的行囊，准备连夜离开。
疤脸忽然闯进来道："盟主，走不了了，有人要见你！"梦长一惊，回头道："是
望北？"疤脸点头。梦长略一沉吟，点头道："带他上船，我们还是要马上从这里
离开！"不多一会，一条船已经离开江心岛驶向大江，顺流东去。船舱里，望北被
揭去了眼上的黑纱，梦长从侧舱里走出来，站在众兄弟中间，皱着眉头看他。望北
一眼看见他，大喜，叫道："梦长！"梦长岿然屹立，神情冰冷，并不走过去，半
晌才道："是你要见我？"望北热切道："是！我有要紧的事跟你谈！"梦长道：
"说吧！"望北看众人道："我想跟你一个人讲！"梦长示意众人离开，回头道：
"说吧！你的事情怎么样了！"望北热切道："我就是为这件事来的！我需要你的帮
助！"梦长沉吟不语。船舱外，梦成梦余疤脸大个子矮脚虎迎着江风站立。大个子
道："这家伙来干什么？他不会是来熄火的吧？"矮脚虎道："他要是敢这么干，我
就先灭了他！"梦成道："大家不要激动，我们听大哥的！"疤脸也道："对，我们
听盟主的！"船舱内，望北已快速地讲出了一切，用急切和渴望的目光望着梦长。梦
长神情凝重，半晌才道："你就是为这件事来的？"望北道："对！如果我不接受张
大帅的建议，购地款就无法筹措，没有购地款，这件事就做不下去了！"梦长道：
"做不下去就带领弟兄们回来！"望北失望道："梦长，你真的希望我失败吗？我一
直觉得，我不是为自己一个人，是为我们两个人，在坚持走这条路！"梦长回头，
目光锋利起来："为我们两个人？"望北道："梦长，你真的放弃了自己多年认定
的目标，不愿意再去寻找一条新路了？你现在又是追随孙文和兴中会走揭竿而起的
道路，万一再失败了呢？"梦长盯着他道："失败了就失败了！我们又不是没有败
过！失败了就继续卧薪尝胆，积蓄力量，从头再来！"望北的心又热切起来，道：
"可你今天支持了我，我就有可能成功！"

梦长的目光又投向了舱外的江面，良久，忽然回头道："望北，我在南洋是有
些实业，但也不会有那么多钱，可以支持你买地。何况我现在觉得，张凤翔提出摊银

客家人

入亩，全民做铁路公司的股东，只是他盘剥百姓的手段，他既然给你设了这道坎，你不答应，他是不会让你过去的！"望北道："这一点我也想过，可他现在是两广总督，主管着这里的民政，而且，从开始到现在，他是最支持我的人。如果我连他也要怀疑，就什么事也做不成了！"梦长又沉默了，半晌终于回头道："我可以支援你一部分资金，就当作入股你的铁路公司好了，可这件事要保密，将来我让梦余出面和你交涉，打理相关的股东事务。"望北大喜道："太好了梦长，有了你的支持，广大南洋华商一定会改变态度，追随你入股我的公司，那样向海外征股就容易多了！"梦长脸上一点笑容也没有，道："如果就是这件事，你可以走了！"

望北忽然警觉起来，看他道："你是不是要离开广州？"梦长不回答。望北心中已经明白了，大叫道："你是不是要回家乡去重建云上军团，到广州来参加孙文的革命！"梦长激烈地打断了他，道："你我已经分道扬镳，我的事已经和你没有干系！"望北突然泪花晶莹，道："怎么没有干系！在这个世上，你就是我，我就是你，没有你，谁来率领河洛十族，没有你，我一个人活在世上做什么？你是天生的领袖，没有了你，我也做不成自己要做的大事！"梦长已经不想再耽搁下去了，叫道："来人！"梦成等人拥进来。梦长看梦余道："等会儿船靠了岸，你跟他一起下船，以后由你负责我和他商定的事。"梦余一惊道："什么，你不会也要——"梦长立马大声打断了他的话："我说了，送客！"疤脸、大个子看望北道："走吧！跟我们下船！"望北要走，又不舍地看着梦长，大叫："梦长，听我的话，你不要那样做！就是为了保护我正在走的新路，你也不要参加革命党的暴动！没有云上军团，仅靠一小群革命党，他们成不了大事！"梦长听不下去，厉声道："原望北，你已经声明离开十族，今天来见我只是谈生意，现在我们谈完了，你可以走了！"他背身不再看他，又对众人喝道："靠岸！送客！要我再说一遍吗！"众人看望北，也不客气，道："请吧！"望北一步三回头地离开，梦余跟着他走。梦长却再也没有回头。船很快就靠了岸。众人离开了又走回来，发现梦长仍像方才那样站着，问："走了吗？"众人道："走了。"梦成道："梦余也跟望北走了。"梦长道："开船，回云梦山区！"船再次离岸，加快航速驶向江心，顺流东去。

深夜，望北回到公司筹建处，情绪激动。望嵩望伊于大宝刘二愣都走过来看他，见梦余坐着，都过来和他相见。望北突然回头，对于大宝望嵩道："我决定了，还是送梦余兄弟走！"梦余猛地站起，神态大异。望北看他道："梦余不要多想，为了预防不测，你还是先离开！我要——"于大宝担心道："大哥，你在说什么？"望北道："你们去送梦余兄弟出城，望伊二愣马上随我去见总督大人！梦余，你出得去城吗？"梦余点头。望嵩吃惊道："大哥，你这么晚了去见总督大人，要干什么？人家见你吗？"望北回头看他，沉沉道："我有要紧的事跟他谈。梦长愿意入股铁路公司，靠他在南洋的号召力，我们有可能不用摊银入亩全民做股东就能解决购地款的问题！"梦余要走又回头，怀疑道："望北哥，我大哥认为，你这个提议会断了那帮贪官污吏的财路，张凤翔不会同意的。还有——"望北马上听懂了他的意思，打断他道："你现在最担心的还是张大帅、叶大人、朝廷，首先朝廷不会答应让你大哥在我的的公司入股？"梦余点头。望北沉吟，有顷道："让你大哥入股我的公司，是我的提议，如果这个提议不被张大帅接受，我也就用它测出了这个人的真实居心！至于朝廷和张大帅、叶大人不让梦长入股我的公司，在这件事情上我会坚持到底的，再说只要他们答应我可以在海外募股，事实上是无法干涉我募集任何人的资金入股的！"望伊在一旁道："大哥，我说一句。我看这两件事都很玄。如果张大帅、叶赫星、朝廷，两件事都反对，这条铁路我们还修吗？"望北慨然道："当然要修！从美国回来的时候，我发过誓，不管多难都要修！但我们可以不在这里修！"刘二愣一惊道："不在这里修？"望北道："为了工程勘测上的事，我前些天写信给也是从美国回来的詹天佑工程师，向他请教。他回信说，现在国内各省，四川、湖南、湖北、河南、河北，都想修自己的铁路，只是苦于没有技术人才和资金，我们可以带资金到那些地方去修铁路！"说着他完全冷静下来，对梦余道："兄弟，我不是不想留下你帮我，是留你在这里，我无法保证你的安全。还有，我惦记梦长，他身边需要更多的人！"

梦余感动起来，道："望北哥，我知道你的心了，我们之间的事已经谈完，你这里什么时候需要这笔股银，我会写信给西马的自己人，让他们依照约定打款过来。至于我自己，我更愿意时刻守在我大哥身边。望北哥，诸位兄弟，你们多保重，梦余走了！各位不要送，我自有办法出城，后会有期！"望北不放心道："真的不要送？"梦余道："真的不要。一个人都不要跟出去。告辞了！"看他坚持，望北和众兄弟只能点头。待他出了门，望北又回头对众人道："好了，我们也走！"众跟着他往外走，刘二愣忽然捂着肚子叫起来："哎呀！哎呀！肚子疼！望北，我不能陪你去了！"众人厌恶地看他。望嵩道："你就是懒驴上磨屎尿多！"望北道："好吧，你在家歇着，我们走！"等众人走出，二愣又不叫了，眼珠一转，也悄悄溜了出去。

深夜，广东按察使司衙门内，巴什哈一路跑进内室，对赤裸着躺在床上熟睡的叶赫星喊："主子！主子！"叶赫星一惊坐起，以极快的速度扯过一把刀，架在巴什哈脖子上。巴什哈吓一跳，不敢动，颤声道："主子，是奴才！"叶赫星完全醒过来，哼一声，收刀入鞘，道："是你，什么事！"巴什哈对他耳语。叶赫星一把揪住他道："真的？钟梦长要在原望北的铁路公司入股？要是传错了信，老子要你的人头！"巴什哈道："主子，是刘二愣亲耳听原望北说的！"叶赫星放开他，呆呆地坐着，忽然放声大笑。巴什哈又道："主子，那张凤翔这边——"叶赫星立即打断他道："马上打发人去见张凤翔老儿，告诉他，不管原望北提出什么条件，都答应他！就是跪下来求，也不能让原望北到别的地方去修这条铁路！"巴什哈眨眼道："主子，奴才不明白！"叶赫星道："你什么时候明白过？不要你明白，要你去办差！"巴什哈答应一声，匆匆离去。

叶赫星已经没有了睡意，就那么赤裸着下床，来回走动，沉吟，喊："来人！"一名侍卫进门，看他浑身赤裸，吓了一大跳。叶赫星瞪眼道："怎么，没看见过光腚男人？让师爷进来，拟电报给太后，就说老子真的要和钟梦长握手言和了！"这个时辰，两广总督府里，张凤翔也没睡，正在外书房里画一张画了半年还没有画完的画。李大总管忽然走进来，道："大帅！"张凤翔画笔不停，道："和原望北谈得怎么样了？"李大总管道："叶大人那里来人了！"张凤翔一惊，看他道："这么晚了，他那里来人说什么？"李大总管道："要大帅无条件接受原望北的条件，还说——"张凤翔生气了："你怎么了！"李大总管道："下面的话小人不敢讲！"张凤翔已经明白了大概，道："他就是个畜生，畜生讲的话我会当真吗？你讲就是了！"

李大总管这才把下面的话说了出来："叶大人的原话……他要大帅就是跪地下求，也不能让原望北到别的省去修这条铁路！"

张凤翔回头将手里刚刚端起的一杯茶摔在地下，大怒，道："这件事他又是怎么知道的！我是两广总督，他是按察使，论品级官职，我是他的上司，他却处处掣肘于我！这条铁路修不修，怎么修，太后让我全权办理，他还要时不时地插一脚！我今天还不听他的了！去，告诉适之，原望北不答应摊银入亩，全民入股，我就不答应他成立铁路公司，向海内外募股，当然也不会下令各地官府协助他征地！还有那个钟梦长，是个钦犯，乱党首领，怎么能让他入股，那不是给自己找麻烦吗？我不答应，坚决不答应！谁逼也不答应！"李大总管忽然看他一眼，道："大帅想过没有，万一叶大人传过来的不是他的意思，而是太后的意思呢？"

张凤翔听了，越发发作道："什么太后的意思？太后怎么会知道今天晚上刚发生的事！"李大总管却和他的看法不同，道："大帅，叶大人打发来人说，一定要让钟梦长入股，就是太后的意思。太后当初下过懿旨，逼着叶大人和钟梦长握手言和！"张凤翔不再大喘气，半晌才无力道："好吧，你们去办，但是摊银入亩，全民做股东，这件事我一定坚持！坚持到底！"李大总管也松了一口气，道："明白！小人会告诉表少爷，在别的地方一点点让步，至于摊银入亩，他要让原望北明白，这是我们最后的坚持，这一条不答应，别的一概免谈！"张凤翔摆手道："去吧！"李大总管匆匆离去。

翌日，望北正在公司焦急地等待，望嵩走进来，将一封信交给他，道："古先生的信，大帅最后的条件。"望北拆信后看了一遍，抬头对容闳和众兄弟道："他还是那两条，一是坚持摊银入亩，全民入股，说只有这样，才能保证有充裕的购地银子，不至于造成大乱；二是一旦摊银入亩，官府就有权选出代表进入公司管理层，代表两广百姓的利益，而且，这个人对公司的运营尤其是资金流向还要拥有最后的决定权。"容闳听了紧张起来，道："信上有没有说，张大帅打算用谁做他的代表？"望北答道："信上写了，张大帅准备指派古先生为他的代表，但他不说这是他的代表，也不说是官府的代表，只说是两广股民的代表，并且一定要古先生出任公司的财务总理。"容闳松一口气道："我还以为他要这个人出任公司总理呢，吓我一大跳。望北，你现在怎么想？"

望北道："古先生这个人出任公司的财务总理没有问题，他很专业，懂得西方股份公司的运作和管理，我本来就想聘请他到公司工作。真正的问题还是摊银入亩本身，梦长的担心是对的，如果大帅没有别的图谋，摊银入亩这个主意就比明显的强行摊派好得多，至少将来百姓们还有望拿回自己的本银，甚至还能得到利息。梦长真正担心的是这个口子一开，会成为各地官府盘剥百姓的又一工具！"容闳听了，叹息道："你还是想拒绝，是吗？"望北沉吟起来，忽然回头道："有一个办法，能将危险降低到最小。"众人齐声问道："什么办法！"望北道："加强铁路的修建速度，早点让它投入运营，那样，地方官府就是想用摊银入亩的办法长期横征暴敛，也不能了！"众人听了面面相觑，都看容闳。容闳看望北，道："我明白了，你还是准备接受对方的条件？"望北激动起来，原地走来走去，忽然站住了，道："我不愿意接受！可是又不能不接受！为了我的梦想，就是明知是火炕，是陷阱，我也要跳！因为……梦长已经回云梦山区了！"众人大吃一惊。容闳道："钟梦长回云梦山区做什么？"望北猛回头看他，正色道："一名客家领袖，在广州就要发生革命的当儿突然回到国内，又从广州回到了云梦山区，你想一想，他是去做什么！"容闳大悟："革命！他回去是再一次揭竿而起？"望北点头，突然对望嵩道："告诉张大帅那里来的人，我签字！"容闳眼中不觉涌出泪花，道："望北，你这是在赌自己的一生！"望北眼中也涌出了泪花，道："为了走通一条新路，我愿意拿这条命来赌！成败荣辱，原望北只能在所不惜！"

次日中午，张凤翔挤出时间，专门在书房里见了古适之和李大总管，道："原望北真的答应了？"古适之和李大总管相视，兴奋道："答应了！"张凤翔还是不敢相信，道："都答应了？连百分之三十的股份都答应了？"古适之道："答应了！不过是以公司全民股保障金的形式签的，大帅对这一部分股份拥有最后的裁决权和使用权！"张凤翔还不放心，又道："空口无凭可不行！"李大总管道："那不会！表少爷已经代大帅跟原望北签了合同！"古适之也道："这合同是有法律效力的。如果将来他想反悔，大帅就可以派人拿他，逼他履行！"张凤翔这才完全放心了，道："好，你们下去吧！"

夜里，张凤翔照例又在四姨太房里睡着了，打鼾。四姨太一边打扇，一边打瞌睡。张凤翔猛地从梦中惊醒，歇斯底里地大叫："不行！快把适之叫过来！"四姨太半醒半睡之间，被吓得一跟斗从床上摔下来，爬起来喊："你怎么了！"张凤翔睁大恐怖的眼睛，喊道："不行！这个合同不能签，这么签了本帅的脑袋就要搬家！快叫你那娘家侄子！"上夜的老妈子闻声匆匆跑进来。四姨太气急败坏地叫："快把适之这小兔崽子叫过来，他帮大帅办了什么错事了！"老妈子答应一声跑走，不多一时又把古适之带进来。后者战战兢兢地看一眼怒目而视的张凤翔，结巴起来："大大大帅，怎怎怎么啦？"张凤翔已经平静多了，看他道："天亮了去见原望北，那个合同，签坏了，我要毁约！"古适之大惊，继续结巴下去："为为为为……什么！"张凤翔怒道："我忘了一件大事！"古适之还在结巴："还还还有什么……大大大事！"张凤翔瞪眼看着他道："人怎么办！沿线失去了土地的百姓，会成为流民！流民你懂吗？他们卖地的一点钱很快会花光，那时他们生计无着，为了活命，就会铤而走险！这些人为数不少，一旦有反贼煽动，顷刻之间就会起一支大军！太后不会怪罪叶赫星，可她第一个会拿本帅的人头是问！你做的这件事，是要让本帅人头落地！"古适之脸色苍白，道："大大大帅……这件事还可以从长计议！"张凤翔又气急败坏起来，骂道："计议个屁！解铃还需系铃人，天一亮你就去见原望北，这件事，不成！走！"古适之还要说什么，四姨太怒看一眼他，道："还不快走？"见古适之离去，张凤翔哼一声，重新躺下。四姨太忙上前献媚道："大帅，别跟他小孩子一般见识，他见过什么，不过是在美国读了几年书，就——"张凤翔余怒不息，冲她大喝一声："睡觉！"扑一声吹熄了床头的烛火。

古适之忽然在窗外喊起来："大帅！大帅！这件事已经解决了！"张凤翔一惊坐起，叫："点灯！"老妈子马上端另一支烛火进来。张凤翔道："叫他回来！"老妈子答应一声走出，转眼。古适之就重新走了进来，"扑通"一声跪下，道："大帅，不才方才被吓糊涂了，流民的事，原望北已经替大帅想到了，合同上已经写了一条！"张凤翔吃一惊："怎么回事？"古适之道："大帅一定没想到，原望北所以答应我们的条件，其中一个原因，就是他想帮大帅和叶大人阻拦一场革命！"张凤翔生气道："什么话！"古适之道："近来广州城内外沸沸扬扬，都说孙文革命党要起事，原望北认为，一旦广州有大事发生，三省客家人定会闻风而动。他急着成立公司，宣布铁路开工，是要在沿线招募大批失地百姓进公司工作，一来可解决他们的生计，二来可以阻止这些人追随孙文乱党起事！"

张凤翔呆呆地看着他，突然倒头睡去。古适之和四姨太面面相觑。张凤翔已经重新打起了鼾。

四

再说次日上午，粤东的群山之间，奔流不息的韩江之上，一条客船逆流向三河坝镇方向缓缓驶来。梦长走上船头，向前方眺望。梦余疤脸大个子走到他身边，梦余激动道："大哥，十年了，又回到故乡来了！"三河坝镇上，早就等在码头上的巴什哈也正用一只单筒望远镜朝韩江下游方向眺望，忽然，他将望远镜交给了阿邻，紧

客家人

张道："来了！"阿邻也用望远镜朝前方望了一阵，回头问清兵小校道："是这条船吗？"小校道："好像是！"阿邻道："什么是好像是！"小校道："喳！就是这条船！我们在船上有眼线，钟梦长一上船，他就放鸽子回来报信了！"巴什哈看阿邻道："我这会儿怎么了，腿有点儿哆嗦！"阿邻不屑地看他一眼，回头对众清兵道："快藏好，不要露出了马脚。船一靠码头，马上动手！"众清兵齐声答道："喳！"

距离镇子不远，一条江汉子口上，一条打鱼的小船划了过来，船上的矮脚虎对带众多凤凰山喽啰及众多竹排隐藏在水边苇丛中的梦成大声道："来了！"梦成闻声挥了一下手，众喽啰在篙上用力，竹排驶出江汉子，驶向大江中流，塞满江面，挡住了大船的航道。客船上，船长在驾驶室大吃一惊，急忙鸣笛，大声对舵手道："快停！这是怎么了！这么多竹排从哪里来的！"舵手闻声急忙停机，让大船停下。这一幕情景也被三河坝镇码头上的阿邻用望远镜望见了，大声道："哪来的这么多竹排！……不好！我疏忽了！前边的江汉子！有人要在我们之前动手劫走钟梦长！"巴什哈道："你说什么！"阿邻来不及理他，急对清兵小校道："快跟我来，不要跑了钟梦长！"众清兵立马跟着他离开码头，出镇子，沿江岸奔向前方的江汉子。

这时客船已停在中流，矮脚虎划动小船，早已靠上了大船。梦余朝小船上看去，大惊，叫道："大哥，是矮脚虎！"小船上，矮脚虎也在大叫："盟主，弟兄们，快到我船上来！"梦长听到三河坝镇码头上响起的清兵的鼓噪，醒悟，对众人道："快带上行李，上小船！"众人会意，匆匆回船舱提行李出来，下到小船上去。那边江岸上，阿邻率众绿营兵已经向江汉子扑来。阿邻边跑边不停地催促身后的清兵，大喊："快！快！不要跑了钟梦长！"梦长等人乘坐的小船几乎在他们同时进入江汉子。小船靠岸，梦长等人匆匆下船，梦成等人也划竹排上岸，早已等候在这里的几名凤凰山喽啰牵马过来。带队的喽啰向梦长拱手道："小的见过钟先生！凤凰山寨主让小的前来迎接钟先生！三河坝镇的清兵已经过来了，快上马！"梦余听了生气，道："什么凤凰山寨主，梦来为什么不亲自前来迎接盟主！"喽啰为难地看他一眼，回头倾听正在赶过来的清兵的呐喊，急道："总之还是快上马，清兵过来了！"梦长点头，急对众人道："快上马，进凤凰山！"众人上马，凤凰山喽啰前方带路，沿一条林中小路飞驰而去。他们前脚刚走，阿邻已经带清兵杀过来，冲在前头的清兵小校看一眼地下的马蹄，失望道："爷，他们已经走了！"阿邻下马查看河边小船，并不急着追赶。巴什哈打马追上来，看阿邻道："钟梦长抓到了吗？"阿邻回头看他，想了想道："巴什哈，赶快派人星夜回广州禀告主子，就说钟梦长已带人逃回到了云梦山区！"巴什哈听了，变色道："怎么会这样！知道了！"边说边上马驰走。阿邻对众清兵下令："马上封锁所有出山的路口！在主子的大军到来之前，就是一只鸟，也不让他飞出去！"

正午时分，在凤凰山喽啰的带领下，梦长等一众人等终于驰马来到一处山间。矮脚虎手指前方道："盟主，看那里！"梦长朝前方看去，果然山坳里孤零零地出现了一座独立家屋。凤凰山喽啰勒马，拱手道："钟先生请！我们寨主说，进山寨路途太遥远，就请你去前面和他相见！"梦长心中一惊，却没说话。梦余又生气了，道："什么，梦来居然不让盟主上凤凰山？"梦长拦住他道："罢了。我去见他！"凤凰山喽啰听了，打一声呼哨，率跟随的众喽啰首先打马驰向独立家屋。梦长看一眼众弟兄，道："我们也过去！"众人也无奈，打马随他驰向独立家屋。独立家屋前，梦长等人下马，随梦长推门走进去。只见梦来和二当家的早就稳稳坐在那里，目视梦长，也不开口，也不直立，神情中只有抵触之意。众人看了生气，都看梦长。梦长沉沉道："梦来，果然是你！"梦来听了，慢慢站起。二当家的随之站起。梦来道："钟梦长，你果然回来了！"梦余气不过，大声责备道："老二，大哥是盟主！离开故乡十年，好不容易回来，你竟然不亲自前往三河坝镇迎接，还不让他上凤凰山！你现在这副样子，想干什么？"梦来看梦余一眼，点头道："你是梦余，十年不见，你长高了！你们都出去，钟梦长这次回来，一定有话要和本盟主说！"一时间大家都看梦长。梦长道："好吧，大家先出去，我是有要紧的话和梦来谈！"众转身离开时，梦余仍然气愤难平，回头恨恨地盯梦来，还要说什么，被梦成挡住。二当家的也要走，梦来道："你不要走！"二当家的看他一眼。这时就听梦来对梦长道："他是我在山上找到的自己兄弟，大名秦琼，和当年瓦岗寨的秦琼一个名字！现在做了我的二当家。二当家的，这就是钟梦长，自称十族盟主，可你知道，他不是，我才是十族盟主！"二当家的急向梦长拱手："十八兄弟秦琼见过钟大哥！"

梦长眉梢一动，对二当家的略一点头，道："罢了。秦琼兄弟，你请先出去一下！"看着二当家离开，目光才转向梦来，道："老二，十年了，我回来了！"梦来讥讽道："你回来了，可你并没有带回一支队伍！如果你想回来和我争做盟主，

客家人

休想！"梦长正色道："钟梦长不是为争盟主之位回来的！十年前在云上村家中分手。你曾说过，你虽然不承认我是盟主，但只要我十年后回来，要重建云上军团，去实现先人的遗言，你绝对不会与我为敌。现在这话还算数吗？"梦来微微一惊道："怎么，你这次回来，真要重建云上军团，杀出云梦山区？"梦长点头道："离开故乡十年，虽然我的梦想一个个破碎，但至少我实现了其中一个！"梦来深深地看他，等待他说下去。梦长道："我找到了那个比太平天国所有领袖更伟大、更了不起的英雄！这位客家人姓孙名文，字逸仙，有个化名叫中山樵，所以有人也叫他孙中山。就是这个人，近期要在广州发动另一次起义，推倒风雨飘摇的大清王朝。我们等待的这一天，到了！"梦来一直在凝视他，此时突然回头，朝远方瞭望。梦长继续激动地说下去："孙先生的革命党名叫兴中会。作为十族盟主，我已代表包括十八兄弟在内的十族男女老幼宣誓加入其中。为实现先人的遗言，你我现在都要唯孙先生和革命党马首是瞻！"

梦来并不回头，迟疑了一刻，突然道："你想要我干什么？"梦长盯着他道："我已经让梦成和王英提前回来转达了我的意思，以凤凰山的队伍为基本队，号令云梦山区河洛十族青年重建云上军团，听孙先生的号令秘密潜往广州，参加起义！"梦来猛然回头，道："原来你也加入了兴中会！"梦长大惊，脱口道："怎么，你也知道孙先生和兴中会？"梦来看他，半晌才道："你刚才说你代表十族乡亲加入兴中会。你错了，你可以代表别人，但你不能代表我这个真正的十族盟主。告诉你，钟梦来和凤凰山的弟兄早在你之前就加入了兴中会！正在等待一名来自广州的信使，带给我革命党的指示，这个人就是你！"梦长心中大为振奋，脸上第一次现出了笑容，道："原来是这样！梦来，来前我并不知道你也是兴中会中人，不明白我这个信使要和谁接头，原来是你，这太好了！"梦来没有响应他内心的巨大欢欣，仍旧冷冷道："等等！虽然你我都入了革命党，钟梦来也会照革命党的意思和你一起重建云上军团，去参加广州起义，但不是说我因此就会认可你是十族盟主！除了在这件事上合作，在别的事情上你仍然是你，我还是我！因为这个，我今天才不能让你踏上凤凰山！这件事现在就要对你说清楚！"

梦长深深看他，良久，突然开口："好吧！只要革命能够成功，中华能够再造，你可以不承认我是十族盟主！"梦来并没有放松内心的警惕，道："回家去吧！你媳妇已在家里等你十年了！你一走我就在云梦山区以十族盟主名义招兵买马，训练队伍，把云上军团重建起来！等你们两口子团聚了，我会带这支队伍下山，还在这个地方与你会合，听孙先生之令前往广州，参加起义！"梦长也不多言，庄重道："我们一言为定！"梦来道："一言为定！"

云上村中，凤仪已经接到了梦长要回来的消息，一个人站在河南堂里，形容大变。钟母拄着拐棍走过来，歪头看她，道："凤仪，你怎么了？"凤仪神情怔怔地，半晌才道："奶奶，他……他要回来了！"钟母听不明白，又问："谁要回来了？"凤仪看她一眼，忽然清醒过来，觉得不该和她讨论这件事，不再说话。钟母生了气，拄着拐棍要离开，嘴里絮絮叨叨道："我知道谁要回来了！我早就说过，他会回来的！我的儿子，怎么会不回来！不回来怎么重建云上军团，出山杀敌！"她突然回头，将手对着凤仪的脸划拉了一下，似乎正面对着千军万马，大声道："孩子们，我的儿子泾洋，你们的大帅回来了，他就要重建云上军团，带着你们出山杀敌了！"凤仪的心一下就被惊动了，害怕地看着她离去。钟三奶奶端着簸箕走过来，见钟母旁若无人地从她身边边喊叫边走过去，看凤仪，吃惊道："怎么了，你奶奶都快一年没说话了，这是在喊什么？"凤仪忽然落下泪来。钟三奶奶更惊奇了，道："到底怎么了？"凤仪道："三奶奶，他要回来了！"钟三奶奶道："谁？"凤仪道："他！梦成昨天到了凤凰山，捎信说他近日就要带他的弟兄们回家。刚才又有人骑快马捎信来，说他正在回家的路上！"钟三奶奶大惊，一把将手里端的簸箕扔了，大叫："你是说梦长要回来！"凤仪点头。钟三奶奶道："哎哟，你怎么不早说！你等了他十年，他到底回来了！怎么了你！这是多大的喜事，你这些年并没有白等！他回来你们两口子就可以圆房了，你怎么不高兴！"凤仪转身扑向钟三奶奶，放声大哭，一时间哭得惊天动地。钟三奶奶明白了她的心思，边抚慰她边道："哎，哎，你这个女人，哭什么！赶快把这个喜信儿告诉全家的人，不，是全村的人！告诉十族每一户人家说我们的盟主回来了！……还有你，赶紧去捯饬捯饬，换件鲜亮点儿的衣裳，你男人回来了，你不能让他看见你这副邋遢样子！"

凤仪猛地止住了哭声，抬头看她，倔强道："不！我才不稀罕他回来呢！这十年里，他在外头跟两个女人瞎混，一个梅卿，一个番婆，生下两个孩子，全给我送回来，让我养活，让我受苦！他们在外头快活，让我在家里代行盟主之责！不是他，我怎么能受这么多罪！他回来了好，我要跟他算账！我要问问他，我也是个女人，他干吗要这样对我！他不是我男人，他是我这一生的冤家对头！三奶奶，等他回来，我要和他拼命！"钟三奶奶一巴掌拍在她脸上。凤仪大惊，道："三奶奶！"钟三奶奶又后悔了，道："哎哟凤仪，我不该打你！这样的事也常有，男人下南洋一去几十年，都说死了，突然回来了，女人一下就喜欢疯了，就跟你这会儿一个样子！……这会儿你好点儿了吧！你可千万不能疯掉了，你要是疯了，他还会娶别的女人，那你这些年，就白替他受苦了！"凤仪听了，真的平静下来。

村街上已是一片欢腾的景象。十族老幼都簇拥到这里来，夹道欢迎梦长带着众兄弟从南洋归来。树人挤到前面去看，忽然就看到几名十族老人已经陪着梦长和他带回来的人在锣鼓和鞭炮声中穿过人群走过来。梦长等人不停地向赶来迎接的乡亲们招手，喊叫每个人的名字，大声和他们寒暄，叫喊："乡亲们好！大家好！"他还看到了他认识的四叔梦成，跟在梦长身后向大家招手寒暄，热泪盈眶，其他人则跟在梦长身后，高高兴兴地享受着这难得的礼遇。乡亲们忽然有节奏地呼喊起来："盟主！盟主！盟主！……"梦长忽然站住，趴下去，亲吻故乡的土地。这一刻，树人又望见了，几乎每个归来的人眼里都涌出了泪花。忽然，他不愿意再看这一幕了，转身又从人群中挤出去。

五

钟家河南堂内，钟母端坐。梦长由十族长者簇拥着，在钟母面前跪下磕头，大声道："奶奶，我回来了！梦长回来了！"众人再一次热泪盈眶。钟母原本闭着眼睛，这时忽然大声道："给先人上香、磕头！"梦长爬起，从十族长者手中接过燃着的香，给先人牌位上香，跪拜叩头。梦成梦余等兄弟也随他趴下磕头。外面唢呐声鞭炮声仍然响成一片。十族乡亲们则拥挤在门外，朝里面观看。立人的小脑袋忽然也从堵在门口的大人裤裆下钻了出来，用轻蔑的目光看着前面被众长者搀扶起来的梦长三兄弟。这时他又听到钟母大声开口道："泾洋，你回来了，你媳妇怎么没有回来？"梦长大吃一惊，道："奶奶，我是梦长！是你的孙子！"

钟母仍然闭着眼睛，道："我知道你是泾洋，你们不要骗我，泾洋没有死！他媳妇也没死！你们骗了我这么多年，我不相信！我不相信！"说着她已经站起来，拄着拐棍向门外走。众人不觉为她让开了路。梦长看她，忽然落了泪，大声道："奶奶，梦长已经在南洋找到了我爹我娘，可是他们不能回来了，梦长今天回来了，就是我爹我娘回来了！"众人听了大惊，都回头看他。钟母已经走到门前，回头厉声道："可你的队伍呢？你的云上军团呢？你回来了，朝廷大军也要来了，你做好准备了吗？你能带着云上军团杀出山外，为十族先人报仇吗？"众人听了，觉得这又不像疯话，又都回头向梦长望去。梦长--时哑然，没有说出话来。钟母明显地失望了，大声愤怒地对众人道："快闪开，让我出去！河洛十族败了，生下的孩子，一代不如一代！"众人尴尬地闪开路让她走出去，回看梦长。突然间，所有人都吃惊地听到了从梦长齿间发出的咯吱咯吱的响声。梦余忽然注意到一个人不在，大声道："大嫂……我大嫂呢？她怎么不在？"众人看钟三奶奶，钟三奶奶道："你大嫂在自己屋里。"众人听了，都朝旁边的内室看去，又看梦长，不说话了。

从街道上的喧闹声一响起来，凤仪就快步走回这间内室里来了。这间屋里早就焕然一新，十年前新婚时的被褥帷幔都重新被铺挂上，墙上还新贴了一个大红的喜字。她自己则换上了新婚时的嫁衣，面对婚床而立，两眼是泪，手里紧握着一个槌衣的棒槌。刚才家里那么热闹，一阵阵的喧嚣和欢笑声传进来，她一直一动不动地站着，如同一座含泪的雕像。忽然屋门大响了一下，她吓了一跳，浑身马上一阵阵大颤起来。却是树人，溜进来气愤地看她道："娘，是我！"凤仪呼出了一口气，不再颤抖，不说话，也不回头。树人伤心道："娘，你真要认他！我爹怎么办？"凤仪心中吃了一惊，仍然没有回头。树人道："你要是让他进这个屋，就不是我娘了！我爹将来回来，看你怎么办！"凤仪还是不说话，眼泪却滚滚而下。树人又道："你要是不听我的，我就不是你的儿子！"这句话声音那么大，说得那么决绝，让凤仪惊心，回头看时，树人已转身奔出，接着是一声关门的巨响，惊天动地。凤仪的心又硬起来，重新向婚床回头，抓棒槌的手更有力了。

河南堂里，客人已经散尽，只剩下梦长梦成梦余和钟三奶奶。立人仍旧在门框边用仇恨的目光看着梦长。钟三奶奶看一眼梦长道："还愣着干什么，还不进去，瞅瞅你媳妇。这十年你不在家，这个家，还有十族，全靠她了……可是苦了她！去呀！"梦长一回头看见了立人，吃惊道："三奶奶，这是谁？"钟三奶奶诧异道："这是你儿子呀！立人！快进来，见见你爹！"立人转身就跑，跑几步又回头吐口水在地下，道："呸！他才不是我爹呢，他是树人的爹！"梦长吃惊地看着他跑远，对钟三奶奶笑，道："三奶奶，这小子长这么大了！他刚才说什么！"钟三奶奶道："小孩子家说个话没轻没重，别管他，快去瞅瞅你媳妇！"见梦长还在犹豫，她忽然

客家人

对梦成梦余道："你们两个出去！"看着梦成梦余走出，她忽然关门，回头对梦长举起了巴掌。梦长被她的动作吓了一跳，道："三奶奶，你要打我！"钟三奶奶恨道："我打死你的心都有。你不好好地下南洋，在外头都干了些什么！你跟家里这一个没圆房就走了，到了外头勾搭上一个又一个女人，生了一个又一个孩子，还给她送回家里来，你这不是欺负她吗！也就是凤仪，换个别人，譬如说梅卿，受得了？不跟你拼命才怪呢！"梦长脸上的笑容陡然消失，道："三奶奶，别说了！我去见她！我是欠她的，太多了！"说着，他转身走向内室。钟三奶奶见了，急忙小心退出。

梦长来到内室门前站住，让自己平静，故意咳嗽一声，没话找话地喊："啊，我进来了啊！"内室里的凤仪不说话，眼中怒火愈旺，将手里的棒槌攥得更紧更有力。梦长在门前听不到回答，又道："那我进去了。"凤仪仍然不回答。这时她就听背后"嗯啦"一声响，门被推开，梦长走了进来。这一声响竟让凤仪浑身刮大风似的颤起来。梦长站住，看一眼背着他而立的凤仪，又看室内的陈设，吃了一惊，忽然明白了什么，再看凤仪，又咳嗽，道："我回来了！"凤仪还是不回答，不回头，这时她只能感觉到自己浑身抖得更厉害了。梦长想了想，向前走一步靠近她，又道："我回来了！"想了想又补上一句，道："我离开家十年，你受苦了！"他自己也没想到这最后一句话竟有那么大的力量，让凤仪猛地转过身，对他怒目而视，眼泪长江大河一般滚落下来。这一刻她手里的棒槌也在抖。她想把它举起来又没有力量，咣当一声，棒槌掉到了地下。梦长看棒槌，吃了一惊，突然什么都明白了，上前一步抱住凤仪。凤仪两手一下掐住了他的脖子，死命往外推，大喊："放开我！你出去！我不要你回来！你是我什么人！钟梦长，你滚出去！"她的声音越来越大，越来越坚执，也越来越痛，梦长却更紧地抱住她，将她完全托举了起来。

夜幕降临。内室里，一只大木盆里放满了热水，凤仪在盆中沐浴。突然，一支情歌悄悄地在她心头回响起来。她用双手捂住了脸，沉浸在久违的激动中。词还是原来的词，但在她的想象中，唱歌的人却不是梦长，而是她心里一直不能忘却的望北——

> 生爱恋来死爱恋，
>
> 两人相好一百年。
>
> 哪个九十九岁死，
>
> 奈何桥下等三年。

歌声终于远去。凤仪捂在脸上的双手落下来，她又回到了现实中，两串眼泪跟着滚下，这时她的脸上已经没有了欢欣，只有无边无际的惆怅。草草完成沐浴，将浴盆移走，她重新穿好嫁衣，侧身坐在婚床边。她觉得自己这一刻的心情里居然连一点欢喜也没有了，有的只是悲伤和恐惧。梦长开门进来，下意识地看她一眼。正是这一眼让凤仪害怕起来，下意识地站起，背身对他。内心也十分纠结的梦长原地站了一会儿，但还是快步走过来，眼睛望着别处，果断开口道："天不早了，睡吧！"凤仪并没有响应他，仍旧一动不动地站着。她的体态让他猛然感觉到了一种抗拒，甚至是一种拒绝。梦长忽然就有点撑不住了，回身在窗前驻足，不愿意回头看她。这样过了一会儿，凤仪心中忽然浮出一件事，回头严厉地盯着他，道："梅卿在哪里？你……还有她的信儿吗？"梦长的心像是猛地被人划了一刀，一瞬间梅卿在广州为救他主动冲出吴家后园涵芳楼的情景在他眼前闪过，他的神情立即变得异常可怕起来。凤仪警惕地盯着他的脸看，声音骤然高亢："你怎么不说话！……你们这会儿还勾搭着吗！"梦长觉得喘不过气来了，大声制止她道："别说了！"凤仪被激怒，道："你……到了这会儿，你心里还是只有她！"梦长脱口而出："你胡说什么！梅卿她这会儿——"凤仪没容他说下去，新仇旧恨一时全涌上来，扑上来抓住他，大力摇晃，满眼是泪，道："你……你这个没良心的！你们在外头乱搞，生出孩子让我给你们养着！我为了养大树人，我……他是个狼崽子，连我的血都吸出来了！……我好命苦啊，我以为你们分开了，原来没有！到这会儿了还合起手来，欺负我一个可怜的女人！你还是人吗！"她大哭起来，长江大河般发泄十年来憋在心里的委屈。梦长一直坚忍着听着她的哭叫，忍受着她的撒泼，不说一句话。但是忽然间，他的眼里涌满了痛苦和愤怒的泪水，一下将凤仪推开，大声喊道："好了！够了！你是不是什么都想知道？那我都告诉你！十年了，我们没见过面！她在德国，我在南洋，怎么能见到！我们是前不久在广州撞见的！她成了革命党，我也成了革命党，还有你，我们全家，整个河洛十族，都成了革命党！……我告诉你她现在在哪里，她在官府的大牢里！就是前不久，我们俩被官兵堵在一间房子里，她为了救我，主动走出去让叶赫星的人抓住，我才有机会逃出来！现在你什么都明白了吧！你闹呀，接着闹呀！"窗外，钟三奶奶、梦成、梦余、树人、立人又在偷听。树人忽然回头看了立人一眼。立人道："你看我干什么！"树人道："正说你亲娘的事呢！"立人眼里噙着眼泪，道："才不会呢。那个被官兵抓进大牢的人不是我娘，她是你娘！"弟兄俩还要说下去，屋里两个人的争吵忽然又停了。钟三奶奶看树人和立人道："都是你们俩，你们这一吵，他们倒不吵了！"立人忽然大声冲窗户里面喊道："娘，树人说得不对，你才是我的亲娘，那个关在大牢里的，是树人的亲娘，对不对！"内室里的两个人听见了，相视一眼，都不再说什么了。

夜深了，窗外偷听的人也不再发出声响。终于平静下来的凤仪以为他们都走了，拭去脸上的残泪，走到床前，三下两下将被子拉开，不看梦长，道："天不早了，睡吧。"梦长仍旧沉浸在思念梅卿的苦痛中，不回头。凤仪又看他一眼，恨恨道："她就是再好，这会儿也在广州官府的大牢里呢！你要是有能耐，这会儿就把我送进去，把她给换出来！不能，就不要再想她了！你这会儿是在我屋里！"梦长听了，大手在脸上抹一把，坐到床边去，开始脱鞋脱衣服。凤仪等了一会儿，一只手也开始一颗颗解开红嫁衣上的纽扣。窗外，钟三奶奶侧耳听了一会儿，急对众人招手，小声道："走吧走吧！"梦成梦余等人随她转身欲走。忽然，梦成神情大动。梦余看他，道："你又怎么啦？"梦成道："听！马蹄声！"正在脱衣的梦长也听到了，下意识地住了手，忽然又急急地把衣服鞋袜重新穿好。凤仪吃惊地看着他，解衣的手也停了下来。梦长什么也不解释，穿好衣服站起来就往外走。凤仪猛地冲过去，背身挡住门，大声道："钟梦长，你今天夜里要是敢走出这间屋子，我就跟你拼了！"梦长心里已经急起来，一把将她扯开，开门大步走出。凤仪跌倒在地下，哭起来。

村外路口，凤凰山二当家的已经飞马驰进了村子。梦长和众弟兄们刚刚重新在河南堂里聚齐，梦成已经带二当家的走进来，只见后者大喘着气道："钟家大哥，三省十万大军已经包围了云梦山区！消息是从三河坝镇传上山的，绝对可靠！寨主让我传话给你，有一路清兵这会儿离云上村只有十几里路了！再过半个时辰就会赶到！"凤仪和钟三奶奶已经赶过来。梦长逼视二当家的，道："三省十万大军，就是为了我一个人？"二当家的点头，道："我们寨主说，为了云梦山区和十族乡亲，也为了云上军团的重建，你最好马上离开云上村，还要让官军知道你已经离开！"凤仪大惊，叫道："什么？你还要走！"梦长不理她，对二当家的道："我离开云上村非常容易，但是大事怎么办？你们寨主还是不愿意让我上你们的凤凰山？"二当家的道："寨主说，既然他答应你把重建云上军团的大事扛起来，你就不要插手了，他一个人就能将大事办好！你去了凤凰山，会把十万官兵引向山寨，反倒会毁了他正在做的大事！"梦长怒起，牙关又下意识地响起来。二当家的又道："钟大哥，愿意听小弟一言吗？你其实有一个最好的地方可去。"梦长看他道："请讲！"二当家的道："这地方就是广州，你要是能马上回广州去，包围云梦山区的十万大军就会失去目标，云梦山区、十族乡亲和我们凤凰山就能再次逃过一场大难！"梦成上前，一把揪住他道："你喊他什么？大哥？他是盟主！"二当家的冷笑道："放开我！他是不是盟主，好像不该在这种时候争执！"梦长大声道："放开秦琼兄弟！"梦成放开二当家的，回头看梦长道："大哥，不成！奉命回来组建云上军团的是你，不是他梦来！这件大事没完，我们怎么能回广州！"一时众人都看梦长。梦长当即下决心道："我们走！现在就走！"他回看凤仪一眼，道："你也赶快知会十族乡亲，保护好奶奶，连夜离开云上村，躲到山上去！"凤仪惊慌起来："我——"梦长断然道："什么也不要说了！事不宜迟，梦成梦余王英仁宝义增，快收拾东西，我们走！"说完，他一眼也不看满眼都是痛苦的凤仪，就大步往外走。凤仪大叫："等等！"梦长回头，眼里又出现了每到这种时刻就会现出的残酷神情，大声道："什么也不要说了！我会回来的！"众人随他轰隆隆走出去。钟三奶奶上前，紧紧抱住凤仪。凤仪两眼是泪，用仇恨地眼光看着离去的梦长，大声喊道："钟梦长，你给我听好了！我知道你心里想的是谁！你到了今儿还是不愿意跟我圆房！……我告诉你，我也不愿意！十年了，我心里想的也不是你！我想的是另一个男人！他才是我想要的男人！"树人立人听了，跑进来扑向凤仪，双双大叫："娘！"

众人已经走到二门外，但都听到了凤仪的叫喊。梦长并不理会，只要大家快走。矮脚虎忽然又站住了，道："盟主，往哪儿走！真要回广州？"梦长沉吟之际，村北山后猛然响起一声巨响。梦余道："大哥，我们埋在后山路口的炸药响了！"梦长道："他们果然来得快！我们迎着他们走！"大个子吃惊："盟主，迎着他们？"疤脸已经明白，道："盟主是想让他们亲眼看见并相信他已经离开了云梦山区！"河南堂内，凤仪浑身颤抖，看他们越走越远。钟三奶奶大声提醒她道："好了好了，你喊也喊了，闹也闹了，梦长也走了，别忘了你现在又是十族的领袖了！"在她身边，树人和立人又互相推搡起来。凤仪大声道："你们又干什么！"立人道："娘，树人说立人不是娘亲生的，说我娘被关在广州府大牢里了！他才是娘和娘喜欢的男人生的！"钟三奶奶道："胡说！凤仪，快发令啊！"凤仪满眼是泪，道："三奶奶，快让人点烽火，通知十族乡亲上山！树人立人，快把祖奶奶找回来，带她上山！"

六

云上村后的山道上，一片漆黑。阿邻巴什哈率众多清兵涌来，间或有一团火光炸起。梦长带着梦成梦余疤脸大个子矮脚虎迎面出现，望见近在咫尺的清兵，众人都站住了，看梦长，道："盟主，怎么办！"梦长目眦尽裂道："没有别的路可走，杀出一条血路！"众答应了一声："明白！"随即散开，拔刀迎敌。梦长回头示意梦余和大个子，二人点头，分别把一只布囊移向胸前，掏出火药团点燃了，擎在手中，大个子叫一声："看我的！"用力将手中的火药团扔向前方的清兵大队。梦余也将一个点燃的火药团扔向清兵。两团火药在清军大队中炸响，腾起两团烟火。梦长大叫："冲过去！"众人高声呐喊，杀向阿邻巴什哈率领的清兵。阿邻巴什哈早就趴在地下，一见此情，急忙跃起，大叫："上！顶住！快顶住！"众清兵爬起，呐喊着向梦长等人迎来，双方杀成一团。巴什哈一眼看见梦长，大叫："钟梦长！他就是钟梦长！快抓住他！不要让他跑了！"梦成一见大急，停下手中刀，拔枪在手，对着巴什哈就开了一枪。巴什哈胳膊中弹，大叫一声倒在地下。阿邻拔枪瞄准梦长。梦余大叫："大哥！小心！"阿邻的枪声已响，梦长大叫一声，向后倒去。众弟兄急忙上前抱住他。梦长大叫："撤！"梦成吃一惊："撤？"梦长低声道："快走！"梦成醒悟，对众人大叫道："盟主负伤了！快保护盟主，撤！"众弟兄将梦长抬起。梦成矮脚虎两把枪断后，频频向清兵开火。阿邻及众清兵急忙重新趴在地下，眼睁睁地看着众弟兄带梦长退入后面的密林。密林中，众人将梦长放下来。疤脸急上前问："盟主，伤到哪里了，重不重！"梦长已经站起，道："我没事儿！清妖已经看见我负伤了！快走！"转眼间阿邻就带清兵呐喊着杀过来，在林子里站住，四面寻觅。一清兵小校看了看四周，道："爷，前面有条小路，可通山外，反贼一定是从这里逃走了！"阿邻道："快追！"说着，带众清兵呐喊着顺小道追去。梦长带众人并没有走远，听后面的呐喊声渐近，急忙带众人在一座山崖下躲起来，待阿邻率众清兵呼啸着奔过来，回头重新走上另一条小路。

天亮前他们来到一座山口前。前方一片平静。大个子道："盟主，这里没人，快走！"梦成警觉道："不，清妖一定把所有出山的大路小路都堵死，绝不会漏过这里！"众人回看梦长，梦长想了想，突然对梦余道："你和老四从小一起在云梦山区长大，道儿熟。马上想办法出山，回广州去见陆皓东先生，就说钟梦长主意变了，我想留在云梦山区！"众人大惊，正疑虑间，梦长又道："弟兄们，叶赫星这次再次调集十万大军，将云梦山区围得铁桶一般，不只是想抓到我，将我们兄弟一网打尽，他这么做，也是为了解广州之困！他可能以为，只要钟梦长和客家人云上军团不离开云梦山区，革命党就不可能在广州起义！"疤脸道："他现在行的是围魏救赵之计？"梦长点头道："可他没有想到，兴中会还联络了别的力量。梦余，回广州后告诉陆先生，既然岭南四省的兵力齐聚云梦山区，广州必然空虚，机会到了，钟梦长建议孙文先生立即起义！"梦余心中震撼，道："大哥，明白了！"梦长又抬头朝前方看了看谷口，道："等会儿大哥带众弟兄从这里突围出山，你留下！前面有清军埋伏，我们会故意中他们的埋伏，然后退回，还要卖个破绽，让叶赫星知道钟梦长没有走出云梦山区，继续放心大胆地使用大军在这里围剿我们。等我们把埋伏在这里的清兵引出来，你再悄悄出山，直奔广州！"梦余含泪道："明白了大哥。只是这么一来，云梦山区的乡亲们又要遭殃了！"梦长断然道："别说了，为了打赢驱逐鞑虏恢复中华的最后一仗，河洛十族宁愿承受这样的牺牲！"说完不等梦余回答，即回头道："弟兄们，把我抬起来，往前走！"众人迟疑，面面相觑。矮脚虎道："盟主，这太危险了！"梦长脸上再次现出他这一时期常常显现出的残酷神情，喝道："动手！"众人只好上前，将他抬起。梦长回头看一眼梦余，道："到了广州，告诉孙先生和陆先生，如果我不在了，梦来就是新一代十族盟主和云上军团的新主帅！……我们走！"众人抬起他走出林子，走下山谷，快步朝山口奔去。

两边的树林中里忽然响起枪声，埋伏在这里的清兵现身，呐喊着向山下杀来。梦长见了，急对众人道："撤！梦成王英断后！"众人抬着他向后撤回山上林中，梦成矮脚虎留在后面，向逼近的清兵频频开枪。转眼间梦长等人已经消失在林中。阿邻和胳膊负伤的巴什哈已经纵马驰来。一名清兵小校上前施礼，道："总爷！"阿邻道："你们真在这里发现了钟梦长？"清兵小校道："回总爷，是！"阿邻道："他确实负了重伤？"清兵小校道："千真万确！奴才亲眼看见几个人抬着他想从这里出山！"巴什哈道："看走了眼，杀你的头！"清兵小校哆嗦一下，看阿邻。阿邻回头对巴什哈道："马上派人禀报主子，钟梦长身负重伤，被困在云梦山区！"巴什哈答应，阿邻带着众清兵又向山上林中追去。

梦余就趁这个时机，悄悄从藏身处爬起，走一条不是路的小路，下悬崖，泅水过了汀江，绕道赶往广州。三天后他已经出现在广州城外珠江边的苇丛中，与藏在此处的一条渔船上的陆皓东相见。二人在船上热烈握手。梦余眼泪都快下来了，道："陆先生！"陆皓东道："应当叫同志！梦余同志，你带来了什么消息！"梦余把临行前梦长交代他的话一五一十说给陆皓东听。陆皓东皱眉道："明白了！重建云上军团的事怎么样了！这才是孙先生和本会同志最为关心的！"梦余道："事情正在进行，一切顺利，只要本会领袖一声令下，重建的云上军团马上可以秘密开赴到广州参加起义！"陆皓东迟疑有顷才道："梦余同志，虽然你很辛苦，但是你还不能休息，必须马上赶回去，因为起义的日期有变！"梦余一惊道："什么？日子又变了？"陆皓东突然生气起来，看着他，坚定道："这次定了就是真定了，再不会改变了！不管发生什么事，起义都要在半个月后如期举行！梦余同志，马上回去通知梦长同志，即刻带云上军团秘密赶到广州来参加起义，不可迟误！"梦余又问："半个月后……真的不会再改变了？"陆皓东突然显出一种内在的烦躁和激烈，大声道："对，半个月后，不管准备得怎么样，都要起义！不能一拖再拖，就是会失败，也要起义！"

三天后梦余已经回到了三河坝镇，按照梦长的交代，到镇子中心素来热闹的春来茶馆相见。一进门他就被老板引到了后面的一间密间，原来梦长兄弟几天前逃出了山，就一直躲避在这里，等候梦余的消息。听了梦余的禀报，梦长的牙关又不觉咯吱咯吱响起来。疤脸怀疑道："盟主，半个月起义，他们真的准备好了吗？"矮脚虎也道："盟主，我还是觉得这件事不大靠谱。"梦长什么话也不说，良久，突然回头道："我们走，上凤凰山！"众人一惊，都看他。梦成道："大哥，梦来不会让你上凤凰山的！"梦长道："不让我们上山，我们不会闯吗！"疤脸看梦成和矮脚虎道："你们两个上过凤凰山，应该知道怎么上得去！"矮脚虎看梦成一眼，道："从前面山门是上不去的！"梦成道："后山有条小道，有一次我和王英就是从那里逃走的！"梦长道："好！天亮后我们就行动！"

次日黎明，梦成矮脚虎带梦长等人从凤凰山后山的一面绝壁下手抓藤蔓攀援而上。众人停在一道短垣后面，伏身朝前方望去。梦余对梦长叫道："大哥快看！云上军团！"梦长朝前方望去，只见山寨演兵场上，一面云上军团的大旗迎风猎猎飘扬，梦来、二当家的正带着队伍演练武艺，众将士捉对儿厮杀，喊声震地。梦来志得意满，大声给众人鼓劲道："大家听好了，我们现在不是凤凰山的土匪！我们是客家人云上军团！好好练起来！练好了将来跟我闯荡天下，我们不会一辈子被困在这里做山大王！山外的天下，也有我们的份儿！"众人听了，回看梦长。梦长低声道："照原先的安排行动！"众人点头。他猛挥一下手，众人跃过短垣，齐齐地扑向演兵场。等梦来和二当家的听到脚步声，要回头，两人已分别被疤脸大个子和梦成矮脚虎擒住。二人大惊，回头望见众人。梦来瞠目大叫："钟梦长，怎么是你？要干什么！"演兵场上，众将士也停住手，朝这边看来。梦长看梦来一眼，严厉道："梦来，作为十族盟主，今天我要接管云上军团，带他们下山！"梦来道："钟梦长！你不能——"大个子一把将他的嘴堵上。二当家的趁机猛地从梦成矮脚虎手中挣脱，大声道："弟兄们，有人劫持盟主！快把他们抓起来！"云上军团将士哗然。一名凤凰山喽啰喊："大家上啊！"众人听了，提起刀枪向梦长等人奔来。梦长猛转身过去，从胸前扯出洛阳鼎，高高举起，喝令："站住！"众人停下，看他手中的东西。梦长大声道："河洛十族的弟兄都看清楚了，这就是洛阳鼎！河洛十族盟主的符信！我是钟梦长！十族盟主兼云上军团主帅！梦来自称盟主，阻碍云上军团下山参加广州起义，已被我拿下！按照十族旧规，不听盟主号令者，斩！"疤脸等人也大声助威："对，不听盟主号令者斩！"他们的气势镇住了现场所有的人。一名中年人盯着洛阳鼎看了看，回头大叫道："不错，是洛阳鼎，他才是十族盟主！……见过盟主！"他说着丢下手中刀，单膝对梦长跪下。众将士见了，都陆续跟着他走过来，单膝跪下行礼，都道："见过盟主！"

梦长上前，将第一个跪下的中年人扶起，大声道："各位快请起！钟梦长今天有一句话要告诉大家！大家听好了！只要大家今天跟我一起下山，打赢这最后的一仗，我们客家人一千七百多年驱逐鞑虏恢复中华的遗愿就要实现！河洛十族的兄弟们，全天下的客家兄弟们，只要你们认得洛阳鼎，认我这个十族盟主和天下客家人的共主，今天就跟我一起下山！"众将士热血沸腾起来，站起，振臂高呼："下山！下山！驱逐鞑虏！恢复中华！驱逐鞑虏！恢复中华！"

梦长心情激荡，回头对疤脸大个子道："放开梦来！"大个子道："盟主，不能放开他！这小子武功了得，放开了他，你都不一定是他的对手！"梦长大声道："放开！"大个子仍不放心，看疤脸，疤脸道："盟主让放开，自有道理！"两人放开梦来。梦来缓了一口气，看梦长，冷冷大笑。梦长严厉地看他，道："梦来，你

客家人

也是兴中会的会员，现在起义的日子已定，为了尽快带云上军团下山去广州参加起义，我不得不这样做！"梦来道："钟梦长，别以为你赢了！只要没有我的令，你今天休想带众弟兄下山！"梦长道："说吧，我要答应你什么条件，你才会答应随我带队伍下山！"

梦来道："钟梦长，钟梦来是加入了革命党，但我这么做，一不是飞蛾扑火，自寻死路，二不是一门心思要替别人做炮灰！做革命党我的弟兄们也要吃饭！云上军团几百号人，没有银子怎么下山！"梦成皱眉，大叫："你说什么！"梦来只对梦长说话，道："钟梦长，你就不要瞒我了！我在山外也有眼线，他们告诉我，兴中会在东、西、北江和两湖约请各地哥老会、三合会、大刀会的人马去广州参加起义，都是花了大银子的。我并不是不想带队伍随你下山，我是纳闷为什么没人到凤凰山上跟我说银子的事儿！客家人云上军团难道不要吃饭？我的弟兄们的命就没有那些帮会武装的命值钱？我们的命就不需要花银子来买？"梦长听了，心中大惊，一把将他扯到一边去，低声逼问："什么东江西江北江两湖的帮会武装？孙先生打算请这些地方帮会武装帮他起义？"梦来冷笑道："你以为孙先生手下真有一支浩浩荡荡的大军，能帮他打天下？"梦长道："帮会武装怎么可能帮助本会革命成功！孙先生和本会的领袖一定不会这么做！你信口胡言！"梦来道："如果我的话是真的，你还要马上带山上这支队伍下山吗？"梦长想了想，断然道："如果事情不像你讲的那样，我会带这支队伍下山；如果是你讲的那样，我更要马上带这支队伍下山！"梦来大惑："为什么！"梦长道："因为……如果你的话是真的，革命就处在巨大的危险中！"梦来道："我现在就告诉你，事情就是真的——"梦长不再让他说下去，激烈思考中的他猛然回头，道："梦来，望北已经不是河洛十族的副盟主，我现在以盟主的身份，任命你为云上军团的副帅，同时要求你，因为事情紧急，马上和我一起带队伍下山，前往广州，挽救革命！"梦来摇头道："钟梦长，我的养父于四爷当年给我留下了遗言。他说，只要是大义所在，钟梦来和凤凰山的队伍一定不计生死。这次你一定要带云上军团去广州，钟梦来明知事情不成，但我还是会舍命相陪，但是让我做你的副帅，承认你的盟主之位，你还是现在就砍我的头好了！"梦长牙齿又咯吱咯吱响起来。梦来说："钟梦长，要不我们堂堂正正地在凤凰山上比试一场，你要是赢了我，就是十族盟主，但你要是赢不了我——"梦成听不下去了，上前道："大哥，事情这么急，不要再理会他的胡搅蛮缠！"梦长眼睛盯着梦来，忽然伸出了一只手，冷冷道："我现在把手伸在这里，你用尽气力，要是能把它翻过去，你就是十族盟主、云上军团的主帅！"梦来看了他手一眼，变色道："钟梦长，你小看我！"梦长道："你不敢？"梦来道："有什么不敢的！"

他一把抓住了梦长的手，暗中用力。梦长不动声色，眼睛却死死盯住了梦来的眼睛。

现场气氛骤然紧张起来。所有人都站着，一动不动，看着这两兄弟较力。梦来脸上开始还保持着一丝冷笑，但在用力过程中，笑容渐渐化作愤怒和惊讶。梦长则一直保持着原有的镇定和平静的神情。忽然，梦来松开了梦长的手，转身就走。梦长回手一把抓住他的手，暗暗开始用力。梦来大惊，回头低声道："钟梦长，你不要赶尽杀绝！"梦长严厉道："马上下令，大开山门，放我和弟兄们带云上军团下山！"梦来越来越感觉到他手上的力量，负痛道："这个……你就是想现在走，也不方便，一定要等到天黑以后！"梦长道："你也要随我一起下山，因为我赢了你，我是盟主，你是十八兄弟，云上军团需要你这个副帅！"梦来坚忍地承受着他手上的力量，终于勉强回答道："放开我的手……我答应你还不行嘛！"

夜色初降，凤凰山大寨前的演兵场上，梦长梦来及众弟兄面对列队的云上军团站立。梦余看梦长道："大哥，时辰到！"梦长看一眼梦来。梦来忽然想起了什么，道："等等，我还要回去，再看一眼我爹留下的锦囊！"梦成不耐烦："怎么这么啰唆！"梦长道："快一点！"梦来也不答话，带着二当家的和识字的喽啰一同离开，走进大寨，他再次从喽啰手中接过锦囊，取出了一张纸条。喽啰看了纸条上的字，又看梦来，道："寨主，今天这一张上面的话有点奇怪！"梦来急问："怎么奇怪？"喽啰道："只有八个字。成则为王，败则为寇！"梦来道："什么意思？"二当家的摇头："我也不明白！"梦来想了想，猛醒道："我明白！二当家的，你留下！我爹是说，万一革命不成，我们还是要回来做山大王，因此，凤凰山一定要保住！"二当家的拱手，看他走回演兵场，大声喊道："开——山——门！"两喽啰奔下山去，大开山门，一名喽啰放下吊桥。梦长梦来等人上马，率领云上军团高举大旗火把浩浩荡荡涌下山去。

第二十章

一

这天傍晚，梦长已经带着梦成梦余疤脸大个子矮脚虎出现在广州大北门外熙熙攘攘的街道上。虽是城外，但这里仍旧酒楼茶肆林立，热闹异常。梦长目光警觉，在一家小客栈前停下来，四外瞅一眼，见没人注意，便走了进去，直接走上二楼的一个房间。梦来已经到了，见他进来，不觉站起。梦长看他道："人都住下了？"梦来道："住下了。人太多，我把他们分散安置在几个小客栈里！"梦长见他有话要说的意思，看他一眼道："有什么话要说说出来！"梦来忽然拉开窗帘，朝下面街道上一指："瞧，不但我们到了，各地帮会的人也都到了，那一个就是粤东三合会黄大龙头手下的蒋师爷！"梦长默默看了一会儿，皱眉，重新拉上窗帘，回头对梦来和众人道："啊，告诉弟兄们，现在广州城外人太杂，所有人轻易不要离开客栈，随时做好参加起义的准备！"发现梦来又在看他，他又回头道："你不用担心，天亮后城门一开，我就进城去问个究竟！"又道："我进城期间，你来掌控队伍！"梦来听了，答应道："知道了！"

次日清晨，大北门开启，一大队清兵从城门洞里涌出，在城门外列队，如临大敌，哑巴也在其中。这时就见梦长一身商人打扮，带梦成梦余随着入城的人向他们走来。哑巴心中一震，暗中和梦长对视一眼，梦长不动声色地对他点一下头。一名清兵小校亲自上前盘查梦长。梦长伸直双臂，让清兵搜身。清兵小校一边盘问："这么早进城干什么？"梦长道："办点货。"清兵小校又道："去哪里办货？"梦长道："西关马家老行。"哑巴见他一直纠缠不清，突然上前道："总爷，这老板我认识，常从城外进城办货。"清兵已经搜遍了梦长全身，什么也没发现，看清兵小校。哑巴挥手道："走吧。"他又看梦长身后的梦成和梦余："你们是什么人？"梦长回头道："啊，他是我铺子里的伙计！"众清兵又在二人身上乱摸一阵，还是什么也没有发现。哑巴看清兵小校。后者终于挥手："走！"哑巴看梦长三兄弟穿过城门洞，向城里走，忽然叫起来："哎哟，哎哟！"清兵小校道："你这个哑巴，今天真是反常，刚才一开口就说了那么多话，这会儿又怎么了？"哑巴只是叫，又道："昨晚上……吃坏了……跑肚！"清兵小校急忙捂住了鼻子，道："还不快走！"哑巴急忙捂着肚子跑向城门洞里去。

大北门内一条小街上，梦长梦成梦余走着，突然梦长站住了，回头看，哑巴正紧紧走来。四人找一个僻静处站定，梦长看哑巴道："得福，有情况？"哑巴抹一把头上的细汗，道："昨晚上听人说，原本在云梦山区围堵盟主的广东新军和绿营昨天已开始悄悄返回广州！"梦长大吃一惊道："消息可靠！"哑巴点头。梦长看梦成梦余一眼，回头对哑巴道："这个消息太重要了！我要马上去见陆先生。好兄弟，你去吧！"哑巴点头，看着三人匆匆走远。

兄弟三人很快就到了双门底王氏书舍，在院门前站住，敲门。门开了一条缝，现出了丽文半张脸。梦长对她点头。门开，三人无声地走进去。院门马上关上。密室中，梦长与陆皓东热烈握手。陆皓东道："钟先生请坐，我一直在等你！云上军团到了吗？"梦长道："昨晚就到了！"陆皓东道："太好了，起义的日子最后一次确定，九月初九！就是明天！"梦长一惊，道："明天？"陆皓东看他道："对！——怎么了？"梦长回避他的目光，道："孙先生到了广州吗？我有大事要告诉他！"陆皓东沉吟不语，神情既激动，又有些悲慨。梦长看他一眼道："我明白了，也许这不是我该问的！陆先生，这件事由你报告孙先生也成，但重要的是必须让孙先生马上知道！"陆皓东吃一惊，激烈道："什么大事？不管出了什么大事，明天也要起义，就是天塌下来，也要起义！这个日子，决不能再变！"梦长道："叶赫星也许判断出了我们的用意，广东一省的新军和绿营已经接到了他的密令，昨天已经从云梦山区离开，正在火速返回广州。如果来得快，后天拂晓他们就可能进入广州城！"陆皓东明显不愿意相信这样的消息，在屋子里走动起来，回头道："钟先生，你这消息可靠？"梦长道："绝对可靠！"

陆皓东又站住了，道："好好好，我们都冷静些，再冷静些。后天拂晓……对！就是他们后天拂晓能够赶到，也晚了，革命军已经占领了广州城！"梦长想起一件事情来，看他道："陆先生，你说的革命军都是些什么队伍？他们真能帮助我们一举起义成功？"陆皓东热烈道："他们都是来自两广两湖的英雄豪杰，再加上会中同志一百多人，人人都写了遗书，要做敢死队，包括本人在内，如不成功，绝不苟

客家人

活！我们一定能够成功！"梦长道："可我在城外见到的却是各地来的绿林。有人告诉我，这些人是本会花钱雇来的！"陆皓东不高兴道："不要这么说这些英雄！他们来到广州，要吃要喝，要住客栈，对付洋枪洋炮武装起来的官兵，也要买枪买弹，不能老用大刀片子解决，我们花些钱是应该的！为了革命成功，我们一个同志卖了自家的一幢洋楼，孙先生更是走遍全世界，在爱国华侨中筹集经费，还有你，钟梦长同志，也为本次起义贡献了一大笔经费，真是雪中送炭……我们没有权利再拖延下去，也没有权利不成功！"他反复念叨最后两句话，一边激动地走来走去。梦长突然不想再和他说下去了，道："虽然如此，我还是希望陆先生把我的话转告给孙先生！"陆皓东突然面对他站住，道："孙先生一旦进入广州，我会的！梦长同志还有什么事！"梦长道："梅卿。战斗一旦打响，一定要安排人打进广州府大牢，救出梅卿！"陆皓东认真道："我说过了，只要我们一举占领了广州城，解救梅卿同志就是题中之义！还有什么？"梦长道："最后一件事，你可能忘了。如果一定要起义，就请现在给我们任务！"陆皓东缓了一口气，拉他坐下来，道："啊，钟先生请坐……我有点激动……起义迫在眉睫……情况是这样的，具体负责起义准备工作的是香港的同志，他们已经到了三天。另外除了你的队伍，各地的队伍也都到了。按照计划，今天白天，至迟晚上，就会有大批枪弹从香港运进广州。现在由会中同志组成的敢死队，城外的各路英雄豪杰，都在等这批武器。有了它们，起义才能开始，我有点着急，就是因为这个！"

梦长再次大惊，道："什么，起义明天就要举行，现在大家手里还没有武器？！"陆皓东又站起来，像刚才那样走来走去，如同自语一般大声道："会有的，一定会有的！"忽然又回头，盯着梦长道："现在谈谈你们的任务。客家人云上军团历史上声名赫赫，在所有参与起义的队伍中也被认为最有战斗力。因此孙先生决定，你们这支队伍要由起义总指挥也就是我本人亲自掌握。梦长同志，你和你的队伍共有两项任务。第一项，明天的某一时刻，起义开始，由会中同志组成的敢死队在城内发难，万一某个地方进展不顺利，牺牲太大，马上会有会中同志打开城门，引导你的队伍入城，向顽抗的城内清军主力发起决定性进攻，一举歼灭他们，使我尽早控制全城！"梦长神情严峻起来，站起，庄重道："明白了！"陆皓东又道："第二项任务，如果会中同志在城内进展顺利，不需要你的队伍入城，云上军团就在城外担任我军的总预备队。会中领袖现在非常担心城外的新军、绿营和广东水师。起义打响后，万一他们向城内发起反扑，原定就地拦截的各地绿林武装挡不住，云上军团必须负责起阻击清军的任务，并设法击垮他们，保证起义的最后胜利！"梦长点头道："这个……也明白了！"陆皓东突然又想起了什么，道："还有！刚才钟先生说叶赫星已经命令广东新军和绿营星夜赶回广州，这个情报我还刚刚从你这儿得到。如果真是这样……一旦他们后天拂晓赶到，云上军团还需要担任主要的阻击任务，将他们挡在城外，为会中同志占领广州全城、赢得全国响应争取更多时间。本会将会利用这段时间促成广东新军和绿营的哗变，使局面向有利于我们的方向转移！"梦长的神情更严肃了，慷慨道："明白！"陆皓东又道："梦长同志，你肩上的担子很重，无论是孙先生还是会中各位领袖，都对你和云上军团寄予了巨大期望。说句俗一点的，中山先生和我把宝都押在你身上了！成败在于一举，不成功就成仁！我还要到另一个地方去，那里正在制造炸弹，我不放心，要去看看！我先走一步！"说完了又交代丽文："战斗打响后，由你负责带一个小队秘密赶往广州府大狱营救梅卿同志！"丽文点头。

陆皓东再一次回头，道："钟先生，我走了！"梦长突然开口："陆先生，请原谅，我还有一件事想问一下，中山先生明天是不是也会进入广州参加起义！"陆皓东没有回答他的问题，只简单地跟他握了一下手，道："梦长同志，革命成功后见！丽文，我走以后，你送钟先生走！"丽文点头，再看陆皓东，已经转身走出去。听着远去的脚步声，梦长脸上的神情越发严峻。丽文看他一眼道："钟先生，我们也走吧！"梦长忽然道："不对！"丽文一惊道："什么不对？"梦长道："陆先生太马虎了，明天就要起义，可刚才并没有告诉我起义的具体时间！"丽文解释道："啊，这个还定不下来。明天早上钟先生还需要再进一趟城，到这里见我，我会代表总指挥听取你的报告，同时把起义的确切时间通知你。"梦长不懂，道："为什么起义的确切时间现在还不能确定？"丽文道："因为香港运来的武器。这批武器原定今天到。没有这批武器，起义就不能举行。但是这批武器能不能到，今天什么时候能到，武器到了广州，什么时候能从码头上运回总指挥部发给大家，还是未知数。兴中会第一次起事，我们承认自己没有经验。"梦长完全明白了，道："懂了。只有等到这批武器发放到了所有人手中，起义时间才能最后定下来！"丽文道："对！钟先生，走吧，我送你们出去！"梦长转身欲走，又忍不住盯住丽文看了一眼。丽文笑起来，道："钟先生，怎么了？"梦长掩饰道："没什么，走吧！"二人出了门，梦长不觉又看了她一眼。丽文感觉到了，站住，又笑起来，道："钟先生是不是还有什么不明白的问题？不明白就开口，我会把我知道的情况全都告诉你。"梦长也站住了，迟疑一下道："不，金小姐请原谅。我刚才想起了另一件事情。"丽文微笑着看他。梦长看出了她眼中的疑问，道："我还是说出来吧，金小姐不要以为我在有意和你套近乎！"丽文笑了笑道："你请讲，我不介意！"

梦长道："金小姐是汉人吗？"丽文诧异道："钟先生怎么问起这个？"梦长道："你不要误会，据我所知，有不少满洲人都有汉姓，他们把自己的汉姓称做金。我不过是随便问一句。"丽文迟疑了一下道："不，我是汉人。"梦长的心不觉就平静了下来，道："啊，我走了！"丽文道："钟先生，你刚才想说什么？你还没说呢！"梦长含糊道："没……没什么。今天是我第二次见金小姐。我想起了一个人。"丽文立即盯住了他，问："谁？"梦长神情一下显得痛苦起来，道："我母亲。"丽文微微一惊。梦长解释道："金小姐不要误会。我是说，你长得像我小时候记忆中的母亲。我是说像她年轻的时候。"见丽文听了这话站住了，不再往前走，他接着说下去道："我母亲离开我时还很年轻。另外我还有一个妹妹，生下来三个月就被遗弃在战场上。她比我小四岁，比我两个弟弟梦来梦回大一岁，要是活下来，也是你这个年龄。"丽文默默看他，莞尔一笑道："钟先生以为我就是你当年失散的妹妹？"梦长忽然觉得自己唐突了，道："对不起。告辞了！"他没有等丽文出门送他，就转身顺楼梯走下去，和在一楼等候他的梦成梦余会面，拉开院门往外走，一直都没有回头。丽文站在二楼的走廊上，望着他们走出院门，忽然激动起来，要喊一句什么，又止住了。

宏文从另一房间中走出来，笑望走廊下的丽文。丽文回头，有点发窘，娇声道："哥，你笑什么？"宏文道："这墙太薄，你和钟梦长的话我听到了。他差点把你认作他当年丢失的妹妹了！"丽文脸红起来："万一我真是呢？"宏文道："如果你是，你就是河洛十族钟家的大小姐了。"丽文让自己平静，又高兴起来，笑他道："哥，你吃醋了？对！你吃醋了你吃醋了！"她孩子气地扑上去，抱住宏文。宏文道："好了好了，这么大了，还这么爱撒娇。看你将来离开了我这个哥……"丽文一把捂住他的嘴道："不许说！"宏文拿下她的手，道："你刚才没有告诉钟梦长你是旗人，做得很对。"丽文道："是嘛，那是你要我这么做的，我可不想隐瞒自己的旗人身份。"宏文不想再说这件事，道："好了，钟先生走了，咱们也要各自出门了！”二人各自走回自己的房间，在门前，他忽然想起什么，回头看自己的妹妹，发现丽文也在自己房间门口回头看他。宏文欲言又止。丽文又笑，道："想说什么，说！"宏文笑道："没什么！"丽文坚持："不！一定得说！"

宏文道："中山先生终于同意我参加攻击敢死队了。我们这一队的任务，是突袭总督衙门，控制总督张凤翔和他的家眷，要他以总督的身份下令城内城外所有清军放下武器投降！"丽文脸上的笑容骤落，道："不！我不信！中山先生多次说过，你是本会的理论家，不准你参加敢死队！"宏文道："中山先生开始是不同意，但在我反复向他讲明理由后，他还是同意了。我告诉他，虽然我们今天进行的革命必须借重光复汉族这类民族主义的口号，但以长远眼光看，推翻大清王朝，要复兴的是中华各个民族，其中也包括满族！我愿意做第一个满族的烈士，牺牲在再造中华的起义中。我的理由是，将来革命胜利了，后人就可以说，参与其事的不是只有汉族和其他民族的烈士，也有满族的烈士，满洲人在复兴中华的的战争中并没有缺席！"丽文跑过去紧紧抱住他，脸贴上他的胸口，默默流泪。宏文安慰她道："好了好了，我不过是这么说说，也许起义成功，中华光复，我什么事儿也没有！对了，我现在的心情是——"丽文抬头，用含泪的目光看他。宏文道："我这会儿真是在想，要是你能在我之外还能认一个钟梦长这样的哥哥，我就放心了，万一我明天去了回不来，日后就有人照顾你了！"

丽文又上前捂他的嘴，泪光晶莹道："不准胡说！你一定要活到胜利之后！"宏文笑道："好好好！我一定活着！哎，刚才你带梦长进去和陆皓东谈话，我在楼下见了钟家的老四和老五，老四叫梦成，他突然问你嫁了没有！好像是对你有了意思！"丽文勃然变色，道："哥！这是什么时候！再说……我对他也没兴趣！"说着，她已经放开宏文，飞快地走回自己的房间，"砰"一声关上了屋门。宏文笑着，摇一下头，也走回了自己房间。

二

梦长带梦成梦余出城，回到客栈里，已是黄昏。众人都在焦急等待，见他进来，忙站起相见，只有梦来坐着不动。梦长道："来来来，我向大家讲一下有关起义的事情和我们的任务！"梦来忽然道："不要讲了，不会有起义了！"梦成早就受不

客家人

了他了，怒道："钟梦来，大战在即，你说这样的话，就不怕乱了军心？按照云上军团军规，战前扰乱军心者斩！"梦长心下诧异，拦住他道："不，让梦来说完！"梦来道："钟梦长，你进城一整天，我可一整天都在会各地的绿林朋友。就刚才，北江的一支队伍撤走了！"梦长大惊，道："为什么！"梦来道："他们的头领韩大脑壳告诉我，虽然佣金已经拿到，可是革命党一直许诺发给他们的枪支弹药这会儿还没到。明天就要起事，怎么来得及？又听说城内城外官兵加强戒备，他们觉得事情不妙，天没黑就脚底板抹油，溜了！"梦余气愤道："一场革命就要爆发，个别投机的家伙要溜，也不算什么，你怎么敢说没有起义了！"梦来冷冷道："如果今天半夜子时枪支弹药到不了，城外所有的绿林队伍都会撤走。这会儿连城门都关了，就是武器到了城内，怎么运到城外来，挡住不让这些人走？"

梦余还要说什么，梦长举手制止，大声道："都不要再说了！梦来的消息非常重要！我要马上回城，向总指挥报告这个情况。无论如何，总指挥部都一定要在半夜子时前把武器发到他们手中，把这些队伍留下来！啊，有件事我要告诉大家，总指挥说了，不管发生什么情况，起义都会举行！"众人听了，都振奋起来。疤脸道："盟主，不管发生什么情况，这什么意思？"梦长正色道："不要问了！梦来梦成仁宝，今天夜里你们分头掌控队伍，做好一切准备，等候城里的命令出动，参加起义！"梦成疤脸领命，梦来却还是坐着不动。梦长回头看他一眼，走过去将脖子上的洛阳鼎取下来，道："我去去就回。万一我回不来，你就是十族盟主和云上军团主帅！这个符信，先交给你保存！"梦成一惊道："大哥，不要——"梦来却已麻利接过了洛阳鼎，对梦成哼了一声，道："钟梦成，你大哥都这么信任我，你怕什么！还怕我抢了他的盟主之位？"边说边将洛阳鼎挂到了自己脖子上。梦长回头道："梦余，义增。跟我走！"

大北门外已是夜色浓重，梦长梦余大个子走来，梦余对着紧闭的城门学了一声鸟叫。不多一会儿，城门悄悄开启一点缝，三人闪身进城。城门内，哑巴在黑暗中道："盟主，怎么这个时候还要进城？"大个子道："哑巴，你这些日子可是变成多嘴了，不该问的不要问！"梦长却对哑巴道："我有急事要连夜进城。得福，今天夜里你别睡了，留下为我们守住这座城门，队伍随时可能从这里进城！"哑巴高兴起来道："明白！"三人很快来到双门底王氏书舍。只见院里院外，陆皓东的房间内外，各式各样打扮的人进进出出。陆皓东正在同时对几个人大声讲话，嗓门嘶哑：

"不行！你们的任务不能改变！……你不能参加，我说过了！你要继续隐蔽！……你问我要武器，我哪里有武器！……你要继续等！我也在等！"忽然梦长看见丽文匆匆从外面走进来，上二楼，走进陆皓东的房间。陆皓东急回身看她，道："你回来了？怎么样！"丽文自己倒了杯水一饮而尽，大喘气道："香港那边的船还是没到！"陆皓东大叫起来："怎么会这样！怎么会这样！运武器的船怎么还不到！所有的人都在等！"他这时才看到刚刚出现在房间里的梦长，勃然变色，对众人道："各位暂时请到别的房间等。我有大事要和这位先生谈！"众人听了，纷纷抱怨着离开。梦长关门，将城外发生的事情告诉陆皓东。陆皓东大惊，道："什么，已经有队伍离开？不可能！我们是签了生死文书的！"梦长道："陆先生，我听到这个消息马上进城来，是想告诉你，一些队伍走了就走了，只要有武器，我半夜子时可以带自己的队伍进城支援城中的敢死队！云上军团可以在起义中承担更大的责任！"陆皓东仰天大叫道："武器！武器！我也在等武器！……钟先生，不，梦长同志，你一定要有耐心！还有我们大家，一定要有耐心！武器会来的，一定会来的！一定会来的！"他不觉团团转起来。丽文示意梦长坐下来，陆皓东自己却匆匆走了出去。

深夜，双门底王氏书舍内，陆皓东出去了很久还没回来。梦长坐着等待，梦余大个子在一边打瞌睡。室内一只座钟突然"当当"地响起来，时针已经指向凌晨四点。丽文忽然闪身进来。梦长猛地站起，道："金小姐，天快亮了，起义的时间最后定下来没有，我必须马上知道，天亮前要赶回城外去掌握队伍！"丽文道："总指挥和会中领袖彻夜都在等待香港方面的电报，但直到这一会儿，电报还是没来！"梦余惊醒过来，道："电报没来什么意思！"丽文道："电报没来，就是说香港方面的同志是不是能按计划把武器运到广州，谁也说不好！"梦长道："怎么会这样？起义就要开始，连这样的大事还都不能确定！金小姐，万一武器到不了广州，起义是不是无法举行？"丽文点头。梦长一颗心忽然沉重起来，想了想，猛地站起道："不行！要是这样，我也要连夜出城！"丽文急道："为什么？"梦长道："如果起义不能如期举行，我也必须尽快带队伍离开广州，因为大批清军就要回来了！"丽文大声道："钟先生等一等，我正有大事要跟你商量！"说着看了一眼梦余大个子。梦长会意，对二人道："你们先回避一下。"二人离开，梦长亲自去关门，回头道："金小姐这里还有什么大事，快说！"丽文道："钟先生，虽然总指挥不愿意承认起义有可能被迫取消，但他还是觉得有件事不能不事先做出安排！"梦长心中越来越吃惊，

客家人

道："什么事？"丽文道："总指挥想给钟先生一个新任务！如果你答应了，还必须马上出城去准备！"梦长见她神情凝重，急道："讲！"丽文道："总指挥希望你和你的队伍能在广州通香港的水旱道路上安排车船轿马。起义万一天折，孙先生必须马上离开广州，转移到香港去！"梦长大惊，脱口而出道："什么，孙先生已经到了广州？"丽文点头道："总指挥决定将这件事交给你和你的队伍，可见事情多么紧张，对钟先生又是多么信任！钟先生，现在我们全会同志都只能寄希望于你来保护孙先生了，一定不要辜负全会同志的重托！"梦长心里什么都明白了，庄重道："知道了！我马上出城安排！"

他边说边急急向门前走去，忽然又回头道："金小姐，有件事请你马上报告总指挥，今天这栋房子里来了太多的人，好像都是来领武器的，让他们一直等下去，出出进进，非常容易被广州巡捕发觉！我甚至认为已经被发觉了！因此我建议总指挥部马上搬家！"丽文道："现在要改变已经不能了！所有参与起义的人接到的命令都是在今天这个时候到这里来领取武器，接受任务，搬走怎么行？"梦长道："即使如此，也要马上采取措施！至少人来了就不要再让他们离开！我不是怀疑自己的同志，我是担心万一有清妖的奸细混进来，提前得到了起义的消息，孙先生和各位会中领袖会有危险！"丽文点头道："钟先生提醒得好，我这就去见总指挥！"梦长踌躇了一下，又道："就是总指挥部不能搬走，孙先生也要马上离开这里，秘密转移到安全的地方去！！我强烈建议总指挥接受我的这个建议，而且要快，一刻也不能耽搁！"丽文面色苍白，点头道："孙先生回广州的消息没有多少人知道，而且他也不在这里！"梦长听了，这才放心一点，转身走出。丽文定了定神，也跟着他快步走出去。

拂晓时分，梦长等人回到城外客栈房间中。疤脸站起迎接，在他耳边低声说了几句。梦长大惊："什么，梦来把队伍带走了？"疤脸点头。梦长道："没有我的命令，他怎么敢——"梦成愤怒地看他一眼道："是你把事情办错了，临走时根本不该把盟主符信交给他！过了半夜子时，他见各地来的绿林好汉都走了，就对大家说不会有起义了，要带队伍回凤凰山，我和仁宝拦他，梦来让人把我们绑起来，又拿出了盟主符信给全体将士看，说你已经授予他全权，他现在是代你发号施令。这样，队伍就跟他走了！"梦长大叫了一声："不好！"疤脸看他道："盟主刚从城里带回了什么消息？起义真的要取消？"梦长道："不！起义并没有取消，可是总指挥命令我们，马上在广州通香港的水旱两路安排车船轿马，准备保护孙先生撤退。这件事必须马上办！"梦余道："梦来把队伍都带走了，怎么办！"梦成道："不怕！梦来走了还有我们！如果起义真的不能举行，孙先生又陷入了险境，我们几个人也要去救他离开广州城！"

梦长忽然回头对梦余道："老五，你马上租一匹马去追梦来，传我的令，命他立即带队伍赶回来！"梦余心中不愿意，道："是！可是梦来——"梦长脱下手指上一个玉扳指，道："这个东西是我们钟家第一代先人率十族从中原南迁时戴过的，它是一只扳指，更是紧急情况下调动兵马的虎符！梦来要是阻拦全军回师广州，你就将它出示给全军将士，夺回兵权，带兵杀回来！"梦余接过扳指戴到手指上，笑一下，道："有点大。大哥，明白了！我走了！"梦长看着他离开，又急回头看众人道："各位弟兄，我们也要做好起义不能举行，队伍带不回来，必须由我们救孙先生离开广州的准备！"众人齐声道："明白了！"

梦长又对疤脸道："仁宝，你马上在城外安排车船轿马，一旦我们保护孙先生出城，立即可以带他离开！"疤脸领命而去。梦长又看梦成道："你快回城里找金小姐，让她转告总指挥，我们这边事情都安排好了。一旦起义不能举行，你马上和金小姐一起保护孙先生出大北门，我们都会在城外接应！"梦成点头，匆匆离去。梦长看其余人道："剩余的人跟我留在这里，等待最后消息，万一情势危急，我们就进城，救出孙先生！起义可以失败，但是孙先生决不能出事！"众人同仇敌忾地吼了一嗓子："是！"

三

拂晓，广东按察使司内，铁良带两名形象猥琐的中年人站着。叶赫星一目十行地看一封电报，猛抬头，脸色铁青道："英国驻港总督致电本官，说港英警察当局查获了孙文革命党从日本运抵香港的一大批枪械，这批枪械的最后目的地是广州城！"铁良和两名中年人对视一眼，后者本已苍白的脸色更难看了。叶赫星看其中之一，道："你就是省河缉捕统带李家焯？"李家焯急道："卑职见过大人！"叶赫星瞥了一眼另一个："他就是朱湘？"李家焯又急道："对，他就是朱湘！"叶赫星看朱湘，厉声道："你给本官带来了什么消息？"朱湘"扑通"一声跪下，道：

"大……大人！学生朱湘，有个弟弟朱淇，生了癫狂之病，违背我这做哥哥的训示，秘密加入了革命党——"叶赫星打断他道："这些我都知道了，说要紧的！"朱湘更慌乱了，道："明白……学生因害怕他的事情连累全家，早几天就禀报了李家焯大人，李大人让我盯紧了我弟弟，学生不敢违背大人旨意，就处处跟着他！本以为没有大事，没想到——"他眨巴了一下眼睛，忽然清醒起来，大声道："大人，你们刚才说的事情他们今天就要举行！"

叶赫星炸雷一般吼道："你真的敢肯定他们今天起事？"朱湘点头，道："是！大人，昨晚上学生的弟弟朱淇，和他的同党去了双门底王氏书舍聚集。学生悄悄跟着混进去，幸好没人发现。学生不进去还好，一进去就发现，他们的人都在那里等待香港来的武器，准备天亮就动手！"叶赫星不听则已，听了一把揪住他的前胸，大声道："此话当真？"朱湘道："学生不敢有半句虚言！"叶赫星松开他，大声道："走！"铁良迅速示意二人退出。叶赫星仰天大笑，又大哭三声。铁良面色苍白，瞪大眼睛看他，道："主子！你——"叶赫星反倒沉静下来，道："这是天意！我大清命不该绝！"看铁良一眼，又吼起来，"愣着干什么？传我的令，全城戒严，城内城外的巡捕、新军、绿营全体出动，把这批乱臣贼子一网打尽！"铁良答应一声要走，叶赫星又道："等等！你是不是说过，孙文曾经对他的党羽发誓，起事之日，他人一定会在广州！"铁良一惊道："回主子话，是！"叶赫星大叫："我敢断定，孙文现在一定就在城内！拿孙文！"铁良大叫："喳！"叶赫星想了想又大声道："带上刚才那个来报告的举人，让他带路！"铁良又叫了一声："喳！"叶赫星忽然又道："革命党要举事，钟梦长不在城内和孙文合为一股，就在城外。派人传密令给巴什哈，让他知会从云梦山区回师广州的军马，到了以后立即在城外张网，围堵所有从城内向城外逃窜的革命党！这一次，老子要把这些乱臣贼子一锅烩！"

此时双门底王氏书舍院里，大批革命党敢死队员已在楼下等得焦急，嚷嚷起来。有的道："这是怎么了，到底武器到了什么地方？"有的道："天要亮了，武器还没有消息！我们去见总指挥！"其中一人试图安抚大家的情绪，道："大家安静，总指挥正与会中领袖商议下一步怎么办呢！"这句话引起了更多的不满，众人都道："怎么还商议个没完！"一边喊一边朝楼上亮着灯的房间里张望。

其实楼上房间里，陆皓东和几位兴中会的领袖也在焦急地等待。一名与会者坐不住，启开一扇窗子，居然望见东方黑沉沉的天幕上，已经现出了第一线晨曦。众人相视一眼，脸上的神色更加焦急了。这时丽文推门而入，道："香港电报！"众闻声而起。陆皓东飞快地接过电报，迅速扫了一遍，变色，抬头道："各位，我会从日本秘密购买的武器运往广州前在香港被查扣，港督下令严查省港间来往的船只，又向两广总督张凤翔和广东按察使叶赫星发电报知会了此事。香港方面的同志在电报上用密语讲，武器来不了了！"众人听了大惊，面面相觑，情绪激烈，纷纷喊道："怎么能这样！""香港方面怎么搞的！"陆皓东急看丽文，低声问："孙先生怎么说？起义的事怎么办？"丽文道："孙先生让我转达他的意见，武器来不了，起义就无法举行。两广总督张凤翔和广东将军兼四省按察使叶赫星既已知道我会今日有可能起事的消息，等不到天大亮就会在全城展开大搜捕。他提议起义指挥部立即通过决议，停止起义，迅速安排会中同志和各地绿林义士撤离，保存实力，等待时机，再谋大举！"陆皓东听了，生气地将一把短枪掏出来放在案上，看众人道："事到如今，只能这样了！各位，执行吧！"众人听了也无话，纷纷离开房间，转眼房间里只剩下了陆皓东和丽文。陆皓东道："马上保护孙先生离开广州！"丽文点头回答："是！"她转身走出屋门，看到楼下院中，聚集在这里等待的敢死队队员和各路绿林领袖已纷纷离去。她快步走回自己房间，一直在这里等待的梦成霍然站起。丽文严肃看他一眼道："钟先生！"梦成已经知道事情不好，急道："不要叫我先生，我叫梦成！"丽文道："好，梦成同志，总指挥已发出命令，根据孙先生建议，起义改期，聚集在城中的同志分头撤退！我和你两个人马上去见孙先生，火速带他出城！"梦成道："明白了！快走！"正说着，陆皓东也匆匆走了出来，抓住梦成的手，大声道："梦成同志，出城后转告梦长同志，拜托了！"梦成看他，庄重道："总指挥放心，我们一定能把孙先生平安地护送出城，然后秘密送抵香港！"陆皓东道："好！再见！告诉梦长同志，此次起义不成，不要泄气！总结经验，接受教训，下次再来！"梦成吃了一惊，道："怎么，总指挥不跟我们一起走？"陆皓东面呈慷慨之色，笑道："起义虽然取消，可这里还是指挥部，也许还有会中同志不了解事态发展，赶到这里来！不要为我担心！我在广州熟得很，不会落到他们手里的！等到最后一名同志离开后我就走！"梦成丽文互视一眼，分别与他握手，互道珍重。梦成看丽文一眼："快走！"丽文又看陆皓东道："总指挥，我们走了！"陆皓东点头，看二人走出，自己也走出去，在自己房间坐下来。

梦成和丽文来到街口，朝周围张望。矮脚虎和大个子忽然从路边钻出来，低

客家人

声叫道："梦成！"梦成大惊道："你们怎么会在这里？"矮脚虎道："你一夜不归，盟主得不到消息，不放心，让我们进来看看！"忽然大个子侧耳听去，道："你们听！"梦成矮脚虎凝神听去，这时他们听到了越来越响亮的脚步声和马蹄声。梦成变色道："是清妖大队向这儿来了！金小姐快躲起来！"众人迅速越墙进入街边一座院子，伏身在墙上朝外面看去。果然大队清兵赶来，涌进小街，向王氏书舍方向奔去。丽文开口叫道："不好！总指挥他——"梦成一把捂住她的嘴，低声道："总指挥也许已经走了！叶赫星已经在全城行动，我们快去救孙先生出城！"

此时的大北门外，哑巴正抱着大枪坐在城门洞里打瞌睡，忽然一个人推醒了他，哑巴一惊醒来，居然是久没见面的多嘴。他正要喊，二人忽然同时听到大队清军从城内跑步过来，急回头看去。只见一队清兵赶到城门洞内外站立，如临大敌。多嘴大惊，看哑巴道："怎么了这是！"哑巴看他道："你是怎么回事儿？不是去了广州府大牢了吗？"多嘴道："是去了，可是没能成功。在伙房里做了几天牢饭，又让人家给撵了出来。这不，又想回来和你一起守城门了！"哑巴回看越来越多的清兵，突然道："我明白了，不会有起义了！梦成矮脚虎大个子还没出城，怎么办？"多嘴问他："盟主怎么嘱咐你的？"哑巴道："盟主让我守住这座城门！"多嘴道："那咱们就一起守住，真到了时候，就是舍出命，也要把自己的弟兄救出城！"哑巴道："现在吹牛可不算，到时候看真的！"多嘴笑道："你今天终于不哑巴了！"

珠江边上一条幽静的小街上，梦成矮脚虎大个子带着丽文匆匆走来。大队清军正从对面涌来，丽文迅速示意众人贴墙站定，看着清军越来越多地跑过去。梦成看丽文一眼，低声道："金小姐，孙先生就在这一带？"丽文点头。矮脚虎道："清妖全城戒严，现在天已大亮，就是想救孙先生出城，也难了！"梦成生气地看他一眼，道："你什么意思！难道放下不救孙先生不成？"大个子道："你们俩别吵！清兵这么多，就我们几个人，要救孙先生，肯定不成！我倒有个主意！"梦成不相信地看他："你还有主意？"大个子不高兴道："小看人了不是？"丽文急道："方先生快讲，你有什么主意！"大个子看梦成道："我们几个人里，你的武功最高，马上陪金小姐去见孙先生，然后就留在他身边保护他。我和王英这就出城禀报盟主，让他想办法救孙先生出城！"矮脚虎怀疑道："这成吗？我们俩走了，四面都是官兵，梦成一个人怎么保护金小姐从这里走过去见孙先生！"丽文忽然开口道："我有办法。王英同志，方先生，你们俩快想办法出城！一定要请钟先生想办法救孙先生！"矮脚虎大个子看梦成。梦成道："王英，义增，你们这会儿趁天还不大亮赶快出城，见了我大哥，就说我的意思，白天不方便，入了夜你们和我大哥一起摸进城，与金小姐和我会合，想办法保护孙先生出城！"大个子道："晚上盟主进了城，到哪里去和你们会合？"梦成回头看丽文。丽文想了想道："这样吧，明天拂晓，我们会让钟先生找到我们的！"矮脚虎大个子听了，点头，闪身离开。

大批清兵仍在面前的街道上奔走。梦成回望丽文，不觉激动道："我们怎么走？"丽文忽然回头。从他们身后的巷子里，一名黄包车夫睡眼惺忪地拉车走出来。丽文心中一动，猛地抱住梦成，"哎呀"、"哎呀"地叫起来。梦成吃了一惊，看她。丽文低声急促道："我们俩扮成夫妻。快抱住我，就说我得了急病，要去看医生！"梦成会意，急忙抱住她，对黄包车喊道："大哥，快，我老婆得了急病，要去看大夫！"黄包车夫被惊动，睡意全消，快步将黄包车拉过放下，梦成抱起丽文上车，车夫拉车急急出了巷子。丽文在车上紧张地抱住梦成，仍在不停地叫喊。梦成不觉大为激动，紧紧抱住她。黄包车飞一样地在一条条小巷子里拐来拐去，虽然遇上了几次清兵，却没有受到阻拦，载着两人一路直奔东山方向而去。

双门底王氏书舍院已被包围得铁桶一般，铁良匆匆赶来，下马，对兵士们吆喝："快把大门砸开，还等什么！"众兵士动起手来，院门轰然倒地。铁良带一干人马涌上二楼，冲进一个房间。只见一个男人正背对着他们，将一册文件一页页撕下来，放进一个燃着火苗的字纸盆里烧掉。他非常镇静，听到背后的脚步声，一边继续焚烧名册，一边回头端起残茶来喝一口，大声道："好茶！"直到将最后一页名册放在火盆里烧尽，这才回头看铁良和众清兵一眼，莞尔一笑道："你们终于来了，可惜来晚了一步！"说着再饮一口残茶，坐下，大声道："好茶！"铁良变色，大叫："快，把那火弄灭，他在毁灭证物！"众清兵涌上去，将陆皓东抓住，又去火盆里抢那正在燃烧的残纸，已经来不及了。陆皓东稳稳站住，哈哈大笑。铁良大叫："你……笑什么！"陆皓东道："知道你们为什么能抓住陆皓东吗？我本来已经离开了，可我又回来了！要革命就要流血，本人作为起义总指挥，没有使革命成功，但是有幸成为第一个牺牲者，足矣！"铁良大叫："带走！"众清兵拉起陆皓东就走，陆皓东仍在大笑，声震云天。

黎明时分，矮脚虎大个子也来到了大北门对面的小街里，一眼看见对面城门洞内外清兵三步一岗五步一哨，戒备森严，矮脚虎叫苦道："怎么这么多官兵！大个

客家人

子，这条路走不通了！"大个子看一看天色，发恨道："走不通也得走！我们一定得赶快出城！救孙先生要紧！"矮脚虎道："我也知道要出城，可怎么出得去呀！"大个子道："实在不行就硬闯！"矮脚虎道："我们俩就这么突然冒出来，一路杀过去？"大个子道："有自己人在城门洞里掩护，我们突然杀过去，打他们一个措手不及，等清兵明白过来，我们已经出城了！"矮脚虎想了想道："虽然我这一辈子都喜欢胡闹，可是今天看来，你比我还喜欢！要是我们俩今天闯不过去，都死了，知道别人会说我们什么？"大个子道："什么？"矮脚虎道："会说两个最笨的人合伙，干了一件最蠢最鲁莽最大胆的事！"大个子咧开嘴无声地大笑，道："能干出别人都干不出来的最蠢最鲁莽最大胆的事，我们就是死了，也出名了！"矮脚虎也笑起来，道："咱们俩真是天生的一对。准备家伙，直闯过去！"他边说边拔出枪来。大个子则将原本背在身后的布囊移到胸前，掏出炸药和藏在竹筒内的火媒。矮脚虎喊了一声："上！"二人突然冲出街口，呐喊着向城门洞冲去："啊——！快开城门，老子们要出城——！"喊着大个子已经扔出一团点着的炸药。他们的呐喊声和扔过来的一个冒烟的东西让众清兵一时怔住，还没有反应过来，爆炸声就訇然而起，一团烟火腾起，两名清兵被炸翻，其余的纷纷趴在地下。清兵小校大叫："革命党！快挡住他们——！"矮脚虎大个子已经冲到城门洞前。几名清兵正要捡起刀枪拦截，矮脚虎一枪一个，转眼已经撂倒了两名清兵，清兵纷纷叫喊着后退，矮脚虎大个子则一路杀进了城门洞。城门洞内，二人的喊杀声和清兵的呐喊早已惊动了多嘴和哑巴，二人急透过城门内的烟火看去，忽然就看见了杀进城门洞的矮脚虎和大个子。多嘴和哑巴同时喊起来："王英！""义增！"矮脚虎大个子已经杀过来，看见他们，大喊："快开城门！"多嘴哑巴相视一眼，同时醒悟，多嘴急回头取下大锁，哑巴顺手拉开了城门。在他们身后，清兵小校已经带众清兵呐喊着杀过来。矮脚虎再回头开枪，却发现枪里没了子弹，急忙拔刀和大个子并肩回头奋力抵抗。多嘴哑巴一时忘情，也歇斯底里地大喊起来，挺起刀枪抵挡清兵。矮脚虎大个子趁机转身从城门缝里溜出去逃走。二人到了城门外，要走，矮脚虎忽然回头看大个子一眼。大个子道："怎么了？"矮脚虎道："得福得贵怎么办！"大个子醒悟："快带他们一起走！"矮脚虎听了，立马转身，从大开的城门缝里，一把将哑巴拽了出来。哑巴回头看他一眼，大喊："还有得贵！快救他——！"三人呐喊着回头，猛推城门。城门忽然大开，三人看见多嘴已被众清兵拿住。清兵小校带着清兵大队追杀出来。哑巴一见，大叫：

"得贵——!"清兵小校也看见了他们,大喊:"杀——!"众清兵跟着呐喊,杀出城门。矮脚虎一把抓住哑巴,道:"得福快走!"哑巴挣扎,大喊道:"不,要救得贵——!"被众清兵抓住的多嘴含泪大喊:"得福快走,不要管我——!"眼看着众多清兵逼近,矮脚虎大个子对视一眼,架起哑巴就走。哑巴仍在回头大叫:"得贵——!"多嘴看着他们走远,大叫道:"得福,弟兄们,告诉盟主,别以为我什么时候都会多嘴,得贵什么都不会说的!"说到这里,他"咔嚓"一声咬断了自己的舌头,鲜血四溅。哑巴最后一次回头,悲愤大叫:"得贵——!"矮脚虎大个子抓紧了他,带他逃进城河外茫茫的芦苇丛中,不见了。

四

这天清晨,广州府大牢里,满嘴是血的多嘴被众清兵押到行刑墙前。叶赫星在众人的簇拥下走进来。行刑墙前,多嘴哈哈大笑。叶赫星对他怒目而视。早上在大北门内亲手抓住多嘴的清兵小校上前禀道:"大人,就是他!为了不说口供,刚被奴才抓住就一口咬断了自己的舌头!"叶赫星怒不可遏,大叫:"杀!"行刑队跑步上前,举枪,开火,枪声震耳。多嘴在笑声中头一歪,闭上了眼睛,脸上却仍旧残留着大义凛然的笑容。叶赫星怒火不息,不停地大叫:"把他的人头割下来,悬挂到大北门城头上去!我要把抓到的所有革命党的人头都悬挂出去,让他们知道造反的下场!快!"这时就见铁良匆匆跑过来,对他耳语一句什么。叶赫星听了,歇斯底里地吼道:"快审!一定要他开口!孙文现在城中什么地方,钟梦长是在城中还是在城外!我要将他们一网打尽!"铁良被他的神情吓住了,也不觉大叫:"喳!"转眼跑向了刑讯室。

刑讯室内,陆皓东鲜血淋漓,已经被绑在行刑台上。铁良带打手走过来,站在他面前,大声咆哮:"陆皓东,你死到临头,还敢不说实话吗?快说,孙文在哪里!钟梦长在哪里!你们的同党都在哪里!"陆皓东大笑起来,声震寰宇:"要我说实话,笔墨伺候!"众打手看铁良。铁良道:"给他!"转眼间一套文房四宝摆到了陆皓东面前。陆皓东拖着伤腿和哗哗作响的铁镣,稳稳坐下来,挥笔写道:"本人陆皓东,广东香山县翠亨乡人,与同学孙文先生,目睹清政府腐败专制,官吏贪婪庸懦,西方列强阴谋窥伺,种种情状,饮恨泣血,不能自已。凭吊中原,荆榛满目,国

客家人

之将亡，其恨何如！此次起事，均由本人策划与组织，与他人无涉。至于本人从事革命之目标，一言以蔽之，废灭清朝，光复中华！今日事虽不成，能为中华复兴而死，吾心大快！"他写完了，将手中笔扔到地下，站起，大笑，看铁良道："拿去吧，这就是我的供词！要说的话已经说完，请快行刑！"一打手急将陆皓东的"供词"递给铁良看了一遍，道："爷，怎么办，还审吗？"铁良变色，什么也不说，转身带着"供词"走出去。陆皓东仍大笑不止。叶赫星看了陆皓东的"供词"，两眼通红，疯狂大喊："杀——！"

广州城外，一片苇丛中停着一条渔船，梦长疤脸和大个子矮脚虎哑巴聚在一起。梦长回望城中，神情严峻激烈："失去了大北门，唯一一条进出城的路被堵死，孙先生更危险了！为了救他，我必须马上亲自进城！"矮脚虎道："盟主，眼下叶赫星正在全城大搜捕，要抓孙先生和你，你现在还要进城？"梦长道："正因为情况危急，我才要进城！我的命算不了什么，中国不能失去了孙先生！"哑巴也道："盟主，城墙这么高，不走城门，你怎么进得去呀！"众人看他一眼，都不说话。过了一会儿，疤脸道："就是进去，也要等天黑下来。"梦长生气地看他道："为什么？"疤脸道："为了孙先生！现在盟主是救孙先生脱险的唯一希望。你白天进城，万一被发现，被盯上，孙先生就真的危险了！还有，在今天的广州城里怎么救孙先生，也需要想一想。"梦长听了，不再言语。

深夜的广州城外，梦长带众兄弟从一片苇丛中爬出，悄悄摸到一段城墙下。众人仰面看夜色中高耸的城头。梦长回视一眼疤脸道："仁宝，梦余去追梦来和我们的队伍，还没有回来，说不定是出事了。我进城后，城外的事情都交给你。明天拂晓，你和各位弟兄带上车船轿马，在小东门外等候接应我和孙先生！"疤脸不放心道："明白了！盟主，你一个人深入虎穴，一定要小心！"梦长道："知道了！明天拂晓见！"众人离开一点，看他全身运气，突然低声一吼，从城墙下一溜烟走上了城墙顶部，并且迅速消失。

这天夜里，两广总督府里，张凤翔仍然坐在书房里读一卷古文。忽然他觉得哪儿有什么不对，喊了一声："来人！"没人回答，他心中那种不正常的感觉猛地强大起来，刚要回头，一个蒙面人突然从背后出现，将一把匕首横在他的脖颈上。张凤翔大惊，一动也不敢动，低声道："谁？"蒙面人不语。张凤翔道："知道这是什么地方？进得来你就出不去！"蒙面人这时开了口道："能进得来，我就出得去！"张凤翔害怕起来，试探道："你想干什么？想要我的命？"蒙面人道："不！只想要你答应一件事，明天拂晓打开一座城门，让要出城的人出得去，进城的人进得来！"张凤翔忽然猜出了他是谁，道："我知道了，你是钟梦长！革命党里面，有这等武功的人，只有你一个！"梦长道："大帅如此明白，就不要本人废话了！"张凤翔忽然虚张声势道："钟梦长，本官现在只要喊一嗓子，你就走不了！"梦长不为所动，道："我当然走不了，可你只要喊这一嗓子，你，你的独生子，还有你宠爱的四姨太，也不见得就能活到明天！"张凤翔的心一下就慌了，道："你干了什么！"梦长飞起一掌，将案上一盏茶壶击飞，"砰"地打在屋门上。那门居然"哗啦"一声开启，从门外滚进被捆的四姨太和一个九岁的男孩子，都堵着嘴。张凤翔大惊失色，想了想道："说吧，钟先生想带孙文先生从哪座城门出城？"梦长道："随便哪一座城门。"张凤翔道："好吧，你们明天拂晓，走小东门，那里守城门的绿营管带是我的人。但是事情要做得机密，神不知鬼不觉，不要连累了本官！"他边说边动手写了一张帖子，想了想又道："不，我自己打发人送过去，这样对你们出城也有好处，可以避免误会！"

　　距离天亮只有两个时辰了。广州城中一座洋房的走廊里，梦成守在窗后，警惕地盯着前方街道上跑过的又一队清兵。丽文匆匆从一个房间里走出，看梦成一眼，道："这里越来越危险了，必须马上护送孙先生离开！"梦成道："外面官兵太多，这会儿走不出去！"丽文道："可孙先生说，他绝不能再待下去了，一定要走！"梦成沉吟有顷，突然回头："不要着急，我大哥这会儿一定到了城里，正在找我们！"丽文振奋道："你能肯定？"梦成道："当然！孙先生直到这个时候还被困在城内，不能脱险，我大哥会比我们还要着急！"丽文又道："可我们出不去。就是出去了，广州城这么大，怎么找得到他？他也很难找得到我们！还有——"梦成截住她的话道："你是想说，叶赫星全城戒严，就是我大哥进来找到我们，也很难带孙先生出城！"丽文点头。梦成道："这你就小看我大哥了，他只要今晚进了城，即使一时想不出办法找到我们，也一定能想出办法让我们知道他在哪里！"丽文听了大喜，道："真的？这就好了！知道了他在哪里，我们去找他！"

　　他们不知道，梦长此时已经到了小东门内街，将身子悬挂在屋檐下暗影中，朝前方不远处的城门望去。那里也是三步一岗五步一哨，清兵林立。他皱眉想了想，手一松，悄然落地，拔出枪来，朝天一连开了三枪，然后从容将枪收起，跃上屋顶消失。一队清兵随后就奔跑过来。一名清兵管带朝屋顶上望去，大叫："他在那里，开枪！"众清兵噼里啪啦开起枪来。激烈的枪声一阵阵传遍全城，也传到了梦成丽文所在的洋房。梦成心情大震，回看丽文道："金小姐，响枪的是什么地方！"丽文朝窗外望去，道："好像是小东门！"梦成道："明天拂晓，我们带孙先生从小东门出城！"丽文吃惊道："你说什么？"梦成道："我大哥刚才用枪声引来官兵的枪声，他是要告诉我们，他就在那里！明天拂晓我们可以护送孙先生从小东门出城！"丽文激动道："我们现在就去小东门和钟先生会合，如何？"梦成道："不，你留下安排孙先生明天拂晓出城，我一个人去见我大哥！"丽文看他道："你要小心！"梦成答了一声"明白！"身子已跃出窗外。丽文看他下楼，梦成忽然手攀窗棂，回头看丽文一眼。不知道为什么，丽文脸上一下就大热起来。梦成道："金小姐，我是个直性子人，有句话想说出来，可现在不是说的时候！"丽文急道："那就别说！"梦成点头，手指松开，身子落下去。丽文一直望着他在夜色中消失，才猛地捂住了自己发烫的脸。一个声音就在这时叫起来："金小姐！"丽文答应一声："来了！"但她并没有马上走，她又在这里站了一会儿，久久望着梦成消失的方向，让自己完全平静下来，才大步走了回去。

　　拂晓，小东门内，一辆马车向城门洞方向驶来，车上挂着总督府的灯笼，上面那个大大的"张"字格外醒目。一名早就等在这里的清兵管带见了，急对众清兵道："开城门！"城门被打开之际，马车也进入了城门洞。突然，清兵管带大叫一声："拿下反贼！"众清兵一拥而上，将马车包围。车中的梦成一把将丽文按倒在身下，拔枪向两侧车窗外射击。马车则冲开清兵，继续向大开的城门奔驰而去。埋伏在城门外的疤脸大个子矮脚虎哑巴听到枪声，疤脸急道："出事了！快去接应盟主和孙先生！"众人跃起，向城门奔过去。城门洞内，众清兵噼里啪啦地向飞驰的马车开起枪来。车中的梦成一手死死将丽文按在身下，一手继续开枪。突然，一发子弹击中了梦成的胸膛，鲜血四溅。马车失控，"砰"一声撞上旁边的城墙，停下来。丽文大叫："梦成，你负伤了！"梦成一把打开车门，将她推向城门方向，大叫："金小姐快走！"丽文摔倒在马车下。清兵的枪弹一发发打在她身边，她下意识地躲避，仍然望着车上的梦成，大叫："梦成……"梦成的枪里早就没有了子弹，忍痛对她叫道："快走！不要管我！"清兵管带见了，大叫道："他没有子弹了！上！抓住他们！一个也不要让他们跑掉——！"众清兵听了，向马车涌来。混乱中，一辆马车从众清兵已经忘记的城内突然飞驰而来。梦长站在马车车辕上，一手持鞭，一手持枪，带马车驰向大开的城门。这辆马车本身被围得严严实实，从外面看不见里面的人。等清兵管带和众清兵被车轮和马蹄声惊动，回头望去，马车已经飞过他们，驰近城门前梦成的马车。只见车上的梦长一个探身，从地下将丽文拉起，马车则继续风驰电掣般朝城门外飞驰而去。清兵管带猛然醒悟，大喊："关城门——！"两清兵欲上前关城门，梦长回手一枪一个，将他们击倒。这时就有几个方才躺在城门内的清兵爬起来，动手去关城门。城门"吱呀"地叫着就要被关上，马车则离城门越来越近，眼看着就要撞上，车上的丽文惊骇地大叫起来："啊——！"

这时城门被重新推开了。疤脸率、大个子、矮脚虎冲进来，向城门后面的清兵挥刀杀过来，马车就在这惊险的一瞬间飞驰了出去。疤脸急对众人大喊："快撤！"众人也不恋战，匆忙随马车而去。丽文含泪回头大叫："梦成——！快救梦成——！"梦长牙关紧咬道："来不及了！救孙先生要紧！"马车继续飞奔。丽文大哭道："他是为了救我……凭他的武功，本是可以冲出来的！我要去救他——"梦长一只手死死抓住她，满眼是泪道："不！你跟我走——！"丽文心中大惊，看他一眼，想起了什么，突然就不哭了。城门洞内，众清兵涌向了梦成的马车。车中的梦成哈哈大笑，冷不丁从清兵管带手中夺过一支枪，对准自己，就要扣扳机，又被众清兵抢了回去。清兵管带大叫："拿住他！"众清兵一拥而上，将梦成拖下来。梦成嘴里吐着血泡，躺在地下，仍在大叫："快杀了我！快杀了我——！"清兵管带道："抬走！"

五

广州远郊的山林中，梦来正率领云上军团潜行。梦余被捆上，嘴里塞着东西，跟在梦来身边，跌跌撞撞地走。梦来回头看他走得辛苦，笑道："梦余兄弟，回凤凰山前，只好委屈你一阵子！其实我不想这样，这也是没办法，回到凤凰山，我再给你赔不是！"梦余挣扎起来，愤怒地向他发出呜呜的叫喊。一名喽啰忽然站住，对梦来道："寨主，有个人过来了！"梦来恨道："什么寨主，从今以后，要叫盟主！"喽啰道："是，盟主，有个人过来了！"梦来手一挥，让大队停下，在两侧山林里隐蔽。抬头望去，只见一个只剩一只胳膊的男人冒冒失失地从前面林间小路里跑过来，一边东张西望。梦来对喽啰努一下嘴，后者会意，在望洛跑过来时腿一伸，望洛被绊倒在地。众喽啰发一起喊，上前将他拿住，拖起来。

望洛看他们，大叫："放开我！你们是什么人！"梦来走出来，道："你先告诉我，你是什么人！"望洛道："老子是河洛十族客家人十八兄弟，你们这些土匪快放开我，不然我们盟主钟梦长知道了，要你们好看！"梦来吃了一惊，不相信道："你也是河洛十族十八兄弟？"望洛越发乍着胆子道："当然！"梦来想了想，忽然开口道："扒他的裤子！"众喽啰听了动手。望洛大叫："干什么干什么！"裤子已被扒下来，露出屁股上的血牙印。梦来迅速和梦余交换了一下目光，被堵住嘴的梦余点头。梦来回头道："替他拉上裤子，放开！"众喽啰不明就里，帮望洛提上裤子，将他放开。望洛得意起来，看梦来道："我就知道，只要我说出我是钟梦长的人，你们就得放了我！"梦来突然冷下脸来，大叫道："叫什么名字！快说！"望洛继续骄狂下去，冷眼看他道："哎，你是什么人？我干嘛要告诉你？我有大事，急着回广州禀告盟主，顾不上跟你们废话！"说着就要走。梦来一把拉住他道："我就是你说的河洛十族盟主！"望洛听了，摇头笑道："你？不像！"梦来一把掏出洛阳鼎给他看，道："认识这个吗？这叫洛阳鼎，是十族盟主的符信！钟梦长已经不是盟主了，钟梦来才是！"

没想到望洛听了大喜，道："你是钟梦来？凤凰山的山大王？你现在真是十族盟主了？"众喽啰齐声大喝："呔！你是什么人！还不快拜见盟主！"梦余忽然在一边呜呜地叫起来，挣扎。望洛看一眼梦余，胆怯起来，回看梦来道："好说好说。钟梦来，如果你真是新盟主，我就把这个天大的消息告诉你好了！我叫原望洛！前些日子刚刚跟随我大哥原望北从美国回来——"梦来听了又是一惊，打断他的话道："原来你是原望北的人？"望洛道："我是他的人，又不是。我和我们的几位弟兄，望嵩、望伊、于大宝，随望北回国修铁路，我不愿意干，近日听说十族盟主到了广州，我想和革命党一起起事，就偷跑出来，在半路上，我知道了一件大事！"梦来已经警觉起来，道："什么大事！"望洛道："从云梦山区开回来大批清军，很快就到这里了！"梦来一把抓住他道："原望洛，你说什么，我们前面就是从云梦山区赶回广州的大批清兵！"望洛听了听，来不及更多解释，回头一指道："就在前面不远，你们这会儿已经被包围了！"梦来大惊道："你要是谎报军情，我立马砍了你！"望洛道："千真万确！"众喽啰听了，嚷嚷起来："盟主，我们寡不敌众，撤吧！"梦来朝四外望去，道："他们到得这么快！撤是不成了，只有趁他们没防备，突然冲杀过去，才有一线生路！"他当机立断，回头大声道："全军听令，跟我一鼓作气冲过去，杀出一条血路，回凤凰山！"众将士举起手中刀枪，高呼起来："杀过去！杀过去！杀过去！"梦来又看了梦余一眼，道："松绑！"两喽啰上前帮梦余松绑，扯下嘴上的东西。梦来道："梦余兄弟，大队清兵要过来了，我们全军杀过去，你跟我走吧，我们一起回凤凰山！"梦余趁他不防，一把抢过他脖子上的洛阳鼎，扯下来，转身就跑进了林子。众喽啰大惊："盟主！"梦来大怒，拔枪，冲着跑向林间的梦余就是一枪。梦余被脚下的树根绊倒，躲过了这一枪，爬起来又跑。众喽啰道："追吧！"望洛回头又看身后，惊慌道："不要管他了，清兵已经来了！"众朝前方望，果然发现大批清军正源源不绝地从前面的林间涌出来。梦来已经不能理会跑走的梦余了，恨恨地回头看望洛，道："你跟我上凤凰山落草，还是自便？"望洛道："跟你上凤凰山落草？我本来是要找寻十族盟主的，既然你现在是盟主，我就跟着你好了！"梦来不愿再听下去，拔刀对全军将士大喊："弟兄们，两军相逢勇者胜！冲过去，杀清妖呀——！"全军随他举起刀枪，呐喊着冲出林子，向前方出现的清兵大队杀过去。正在行进的清军大队突然遭到攻击，猝不及防，顿时大乱。梦来趁机又大喊："弟兄们，不要恋战，杀开一条血路，冲过去——！"

与清军大队一起纵马前行的巴什哈听前面杀声大起，又见众清兵纷纷逃回，大惊，急看身边的清军将领，喊："这是怎么回事！快拦住他们！"话没落音，就见梦来率领大批人马直朝自己呐喊着杀来。巴什哈一眼就认出了梦来，大叫："钟梦来！"他是见识过梦来的武功的，一时心胆俱裂，拨转马头就走。他这一走不打紧，带动整个清军大队四散而逃。梦来杀将过来，见清军大溃，哈哈大笑，也不追赶。望洛瞅冷子从地下捡起一把枪，看梦来，故作勇敢状，道："盟主，怎么办，要不要派我带他们追上去，杀这帮清兵一个落花流水？"梦来想了想道："不用了！给他们留条活命！我们快走！"全军一路呼啸，继续顺着这条已经杀开的血路，向前奔去。

梦余从梦来手中逃脱后，一路沿山间小道向广州方向急奔。突然，他站住了，在山下林间一条大道上，他看到梦长亲自赶车，和众兄弟一起保护着一辆马车飞驰而来。梦余奔下山去大叫："大哥——！"梦长没有停车，一把拉他上车，急问道："梦来呢，云上军团在哪里！为什么不回头接应我们！"梦余哭道："梦来叛变

客家人

了，不听大哥的号令，执意要带队伍回凤凰山！我刚才趁着他们和官兵遭遇，才逃出来的，梦来还打了我一枪！"梦长已经听到了前方大起的杀声，忽然又回头，从广州城方向，也听到了清兵追杀的呐喊。矮脚虎道："前面是官兵，后面也是官兵，我们被包了饺子，怎么办？"众人一时间都看梦长。梦长咬牙道："我们向前走！跟上梦来！云上军团一定能杀出一条血路，帮我们保护孙先生突出重围！"众人听了都点头，马车又重新向前疾驰起来，很快进了云上军团和清兵大战过的林子。放眼望去，只是山道两旁，到处是被击毙的官兵的尸体。巴什哈和清军官兵趴在两边林子里，眼睛一直惊恐地盯着梦来带云上军团奔去的方向，没有人注意到这时又有一辆马车从他们身后飞奔过来。赶车的梦长已经看到了两侧近在咫尺的大批清军，不觉血脉喷张，大声怒吼道："杀——！"护卫在马车两旁的大个子等人也跟着雷鸣般大喊："杀——！"林中的巴什哈被这喊声震慑，一时竟没有做出任何反应，眼睁睁地看着马车和梦长等人从自己前面几尺远的路上奔驰了过去，转眼就消逝在前方山林中，不见了。

马车继续飞驰。前方山林中，已带云上军团冲出重围的梦来也听到了这辆马车越来越近的响声。梦来回头，吃惊地望去。梦长已经在山下看到了他，大叫："梦来！停下来！"梦来心中一阵大乱，回头道："开枪！"众人站着不动，惊讶地看着他。梦来瞪目大叫："开枪呀！我说过，为了十族大义，我可以带队伍和他一起参加起义，但现在起义失败了，我要和他分道扬镳，各走各的路！开枪，不要让他跟上我们！"见还是没人响应。梦来大怒，回头看见望洛，道："你不需要给本盟主交一个投名状吗？开枪！让他知道我们不再欢迎他！"望洛看了看他，突然举枪，朝山下马车"砰"地扣响了扳机。这一发子弹从梦长耳边飞过，"啪"地打在身后马车的顶篷上。梦长大惊，急将车停下，怒喊道："哪里开枪！"大个子道："是梦来的人，是他们开的枪！"梦长难以置信道："居然敢对自己人开枪，反了他们！"再次抬头，他已经发现云上军团正迅速消失。矮脚虎已经大叫起来："盟主，梦来的人敢对盟主开枪，就是反叛，我们追上去，灭了他们！"大个子也道："梦来这样做，摆明了不想让我们跟他回凤凰山，不夺回云上军团，我们就回不了凤凰山？"见梦长沉思，梦余急道："大哥，快走，不回凤凰山，我们可以回云梦山区！"梦长回顾后面的清兵，突然开口道："不。我们到这里，孙先生已经安全了！起义失败了，让梦来带云上军团回归凤凰山好了！眼下我们要做的最要紧的事，一是保护孙先生平安抵达香港，二是掩护云上军团回归云梦山区！"众人听了不解，他却不再解释，将马车调头，驶向另外一条山谷。

巴什哈这时已带清兵大声呐喊着追赶上来。经过方才的一阵惊慌失措，现在他已经判明了形势，断定方才在云上军团之后奔向前方山谷的马车上不但载有梦长，车里还一定坐着更重要的人物，那就是革命党的首领孙文。巴什哈突然意识到他为叶赫星立大功的机会到了，大着胆子以叶赫星之名命令全军重新展开，从四面八方向梦长驱车进入的山谷包围过去。山谷中，一直在奔驰的梦长听到了十万清军满山满谷的杀声，忽然停车。梦余马上朝一侧山上望去，大叫："大哥快看，清军已经上来了！"矮脚虎朝另一侧山林中望去，也叫起来："那边也有！"梦长站立在车辕上四顾，发现前后左右到处都有大批清军在行动。他忽然松了一口气，脸上现出了欢喜的神情。众人看他，都道："盟主，怎么了！""我们被包围了，你怎么还高兴！"梦长道："包围我们的不但有从云梦山区撤回来的清军，还有从广州城赶过来的清军，这就是说，我们成功了！大家分头突围！"矮脚虎回头叫道："保护盟主！"这时梦长已经带众人丢下马车，向一侧山林中突围过去。一阵激烈的枪声过后，他们已经消失在茫茫无际的山林之中。从后面一路追上来的巴什哈的目光一直盯着前面那辆停在山谷中的马车，梦长等人刚走，他就带一队清军顺山谷杀过来，将马车团团围住。巴什哈并不下马，他用刀尖挑起车帘朝里面望去，猛然回头大叫："上当了！车里没有孙文！快包围这片山林，一定要抓住钟梦长！"吩咐了这一切后他没有停留，当即丢下大军，单人匹马飞奔回到广州，把自己在回奔广州的山路上遭遇钟梦长的事情禀报给叶赫星。叶赫星听了，一巴掌打在他的脸上，大叫道："你上当了！从你看见那辆马车起，车里就没有孙文了。孙文一定是在被钟梦长救出广州城后立即就离开了马车，走另外的路走了。钟梦长所以要继续赶车一路向东追赶钟梦来的客家人云上军团，是要迷惑我们，掩护孙文逃脱！结果，他把你也给迷惑了！"巴什哈到了这时才什么都明白过来，趴在地下磕头，大声道："奴才该死！奴才中了钟梦长的诡计！"

铁良一旁劝道："主子息怒！我们到底还是抓住了一个，据说是钟梦长的四弟钟梦成！此人被我们打成了重伤，主子再不出去看看，他就死了！"叶赫星状似疯狂，回头看他，大叫："钟梦成？我不看！让他死！不，拉出去砍了！人头挂到城头上去！所有的反贼都这样处置，他也不能例外！"铁良领命，走到院子里去。梦成

客家人

血肉模糊，被人放在一张门板上，停在地下。铁良对守在这里的清兵道："主子有令，拉出去砍了，人头挂到城头上去！"众清兵不敢怠慢，抬起昏迷不醒的梦成就往外走。这时就见月仙由侍女云儿搀扶着走过来。铁良急带众人退至路侧，躬身行礼道："奴才见过福晋！"月仙答应着，朝门板上的梦成瞥了一眼，惊住了。云儿躲在月仙身后，颤声道："主子，你瞧，是个死人！"铁良急忙上前挡住二人的视线，道："启禀主子，是个该死的乱党。"又回头喝令众清兵："还不快抬走，惊吓了福晋，要你们的脑袋！"众清兵急抬梦成要走。月仙的目光却久久地停在梦成脸上，心中电光石火般一闪，不觉大叫了一声："等等——！"众清兵站住，愕然不解地看她。月仙战战兢兢地走过来，掏出丝帕擦拭梦成的额头，头一晕，要倒下去。云儿叫一声"主子——！"扑上来抱住她。月仙睁开眼，对铁良道："刀下……刀下留人！"铁良吓一跳，道："福晋，你你你你说什么？"月仙道："我说刀下留人！快，把人给我抬到后面去！"铁良越发惊讶，但也无奈，急挥手让众清兵照月仙的吩咐，将梦成抬向官署后堂，自己一转眼跑回去向叶赫星禀报。

叶赫星这时正坐在自己的大堂上，给一名师爷下指示，道："发电报给太后，你就写：叶赫星平息革命党广州暴动，大获全胜！除孙文侥幸逃脱外，其主要党羽陆皓东以下三百多人悉数被扑杀。革命党有此一败，十年内难以再起。叶赫星有此一胜，保我大清江山十年内稳如泰山！"师爷看他一眼，小心道："大人，真这么写？"叶赫星怒道："就这么写！"师爷不敢多言，转身离去。铁良已经走进来多时，见他正在处理公务，不敢打扰，只是神色不安地看着叶赫星。叶赫星看着师爷走远，这才回头看到了他，怒道："又怎么了！不去处置乱党，怎么又回来了？"铁良急忙上前耳语。叶赫星大惊道："什么！这见了鬼了！带我去看！"

二人走进后堂，只见黑压压的一片老妈子丫头站立，鸦雀无声。堂中摆放的一张软榻上，梦成仍旧昏迷不醒地躺着，伤口已经得到包扎。云儿正用筷子撬开他的嘴，月仙亲自一匙一匙将人参汤喂进他嘴里。忽然众丫环回头看见了叶赫星，吓了一跳，唿啦一声全从侧门跑了出去。月仙受惊，回头一眼看到叶赫星，手中碗"啪"的一声落地。叶赫星愤怒地看她一眼，一句话不说，就大步朝梦成冲来。月仙大叫一声，伸开双臂拦在梦成面前，喊道："你甭过来！你过来我就自杀！"一边说一边就从身边拿起一把刀，横在自己脖子上，手也大抖起来。叶赫星不觉停下脚步，叫道："把刀放下！你要干什么！你疯了！"月仙手中刀"当啷"一声落地，仍旧反身护住梦成，歇斯底里道："你不能杀他！你要杀他，连我一块杀了好了！"叶赫星焦躁不安起来，在屋里走来走去，回头叫道："他到底是谁！你要干什么？"忽然想到了什么，用凛厉的目光扫一眼铁良巴什哈和云儿，三人知趣，匆匆退出门外。这时他才看月仙一眼，怒道："好了，你可以说实话了！"

　　月仙流出眼泪，道："你真的想知道他是谁？我⋯⋯告诉你好了，他是我的儿子，名叫文沚！他才是叶赫那拉家的后人！"叶赫星心中这一惊非同小可，头顶上如同爆了一声炸雷，当即令他团团乱转起来⋯⋯半晌，他让自己平静了一些，回头怒不可遏道："他是文沚，我是谁！"月仙道："你是谁我怎么知道！我只知道你是被他调包换来的孩子！⋯⋯你小时候就知道你自己是谁！"叶赫星越发烦躁起来，叫道："你是疯子，我从小时候就知道你是个疯子！我才是你的儿子，他不是！他是河洛十族盟主钟家的老四，名叫钟梦成！"月仙仍然保持着与梦成同生共死的形容，叫道："不管他现在叫什么，他就是文沚，我的儿子！"叶赫星要大喊又不能，低声吼道："你有什么证据，说他是你的儿子！"月仙道："就凭他额头上的这个坑。这是小时候，有一天，云儿抱着他玩，不小心，让他一头撞到桌子角上撞出来的，后来一直都没有长平。就凭这个，我就知道，他是我的儿子！"叶赫星气极，哼一声，讥讽道："就凭这个，你就认了他是你的儿子，万一你错了呢！"月仙脸色一红，道："我不会错，我刚才还扒下了他的裤子，看了他的裆——"叶赫星咆哮起来："他的裆又怎么着了！"月仙要说又不好说，不说又不能不说，吞吞吐吐道："他的裆⋯⋯他的裆里有记号，只有做娘的才会知道的记号！"说着又大叫起来："你一定要问得这么清楚吗！"叶赫星勃然变色，转身回头，一脚踢开屋门，大步走出去。月仙见了，又叫了一声，身子软下来，伏在软榻上大声喘息。忽然她闭上的眼睛又睁开了，叫起来："文沚——！"原来就在这时，梦成一直紧闭的眼睛正一点点地睁开。

六

　　门外院子里。铁良巴什哈胆战心惊地看着从后堂走出的叶赫星。巴什哈叫道："主子⋯⋯"叶赫星一脚踢上去，大吼："滚开！这会儿谁也别惹我——！"铁良巴什哈急忙伏地，不敢抬头。叶赫星仰天大叫一声："啊——！"这一刻，他只能用

客家人

这样一声惊天动地的吼叫发泄自己内心的苦楚。忽然，他又看了一眼匍匐在地的巴什哈和铁良，叫道："你们俩……你们刚才听到了什么？"二人急道："奴才什么也没听到！"叶赫星想了想道："没听到就对了，可是不幸的很，你们听到了！"二人吓得哆嗦起来，不敢言语。只听叶赫星又道："听到了就听到了！听到了就要小心你们的脑袋，只要有一点消息从你们这里透出去，你们就吃不了这一份皇粮了！"他没有再说下去，忽然大声痛苦道："她是疯子！年轻时她就疯了！一辈子都是疯子！她的话一句也不要信！"巴什哈铁良急忙回答："喳！"再抬头，发现叶赫星已大步离去。

从这一刻，月仙再没有离开后堂，更一刻也不离开梦成的身边。夜里，梦成已经睡熟，月仙也趴在他身边睡着了。云儿脚步轻轻地走过来，唤醒她道："主子歇一会儿去吧，云儿在这里守着，也是一样的！"月仙一惊，急道："不！我怕他趁我不在，让人把他带走！他是头狼，六亲不认，能做出这样的事！"云儿回顾左右无人，悄声道："云儿让人问过了，大少爷已经睡下了！"月仙松一口气，打哈欠道："那好，你在这儿守着，我躺一会儿就来。"两名丫头急忙上前来扶她离开。云儿看她走出，在她坐过的地方坐下来，也不觉打了一个哈欠。

门就在这时"哗啦"一声被推开了。云儿一惊，睡意全消，回头看一眼，不禁失声大叫："大少爷——！"叶赫星带巴什哈走过来看一眼熟睡的梦成，对云儿摆手让她离开。云儿道："不，大少爷，主子说——"叶赫星看她一眼道："你放心，我不会怎么着他的！"云儿站着不动。叶赫星道："你走不走？巴什哈，把她给我捆起来，扔马棚里去！"云儿发抖道："可是大少爷——"叶赫星又道："我说过了，我不会对他怎么样的，快走！"云儿道："可是主子那里——"叶赫星怒道："别惹我发火，我发了火今天就能把你卖给人牙子！快走！我不会待很久的，话说完了就走！"二人看着云儿一步一回头地离开，巴什哈知趣，也要走，叶赫星忽道："你留下！"巴什哈胆颤道："主子……"叶赫星道："你留下做个见证！"他走向软榻，盯着梦成看。梦中的梦成被惊醒，一点点睁开眼，看清了站在他面前盯着看自己的人是谁，嘴角忽然现出一丝冷笑，道："叶赫星，是你……"叶赫星道："钟梦成，我们又见面了！真可惜，我们这一次会这样见面！"梦成道："没什么可惜的，钟梦成求仁得仁，死有何憾！只是我要为你惋惜，活着助纣为虐，死了遗臭万年，不值！"叶赫星深深地盯着他，冷笑，道："钟梦成，现在我明白了，什么叫道不同不相为谋！你和我生下来就不是走一条路的人！我们这一生本来也可以不认识，可是我们的命偏不这么安排，不但让我们一次次相见，今天还让你落到了我手里！这是不是天意？"梦成嘴角现出一丝讥讽，道："真没想到，杀人魔王叶赫星会和一个就要被他杀头的客家志士说上这么一段话！叶赫星，你知道我是谁，我也知道你是谁，我们相知太深，就不要啰唆了，动手吧！"

叶赫星道："既然你这么明白，我就成全你！来人！"巴什哈急趋前道："奴才在！"叶赫星道："带他走，该怎么做，都明白吧！"巴什哈一怔："主子……"叶赫星勃然怒起："难道你不明白？"巴什哈急道："喳！奴才明白！"回头打开屋门，喊："来人，把他带走！"梦成大笑起来，声震寰宇。几名亲兵进门，将梦成架起抬走。梦成的笑声一直在持续。巴什哈要走却没有马上走，回看一眼叶赫星，低声道："主子的意思……悄悄地灭了他？"叶赫星道："不。"巴什哈一惊，又看他。叶赫星道："你难道还没认出来？我们在南洋，就是他摸进老子住的旅店，举枪瞄准了老子；前些天，我们在广州城中搜捕反贼钟梦长和梅卿，又是他带人突然从背后对老子开了枪——"巴什哈急道："奴才想起来了，他就是主子说的一直跟在主子身后打黑枪的人！"叶赫星道："可他并没有打死叶赫星！有过这么多机会，他都没有打死老子！我问你，他的枪法就这么臭？！"

巴什哈心中这一惊非同小可，道："主子，你是说他每次都故意手下留情——"叶赫星道："我什么也没说！"巴什哈看他，不敢再说话。叶赫星陡然变色，回头看他道："你在想什么？"巴什哈急忙低头道："奴才没敢多想什么！"叶赫星道："不！你想了，你在想他也许认为我也是——"他没有说下去，巴什哈也无语。叶赫星忽然又道："他要是那么想就错了！星大爷永远是叶赫那拉家的人！星大爷永远和大清朝一心一体！星大爷是大清王朝最后的一根擎天的柱石！"见巴什哈仍然无语，叶赫星终于吼起来："怎么还不去办差！"巴什哈抬头用可怜的目光看他，道："福晋那边怎么办——"叶赫星又平静下来，道："记住，我说过了，我额娘疯了！不是一年半载，她已经疯了二十八年！疯到不认自个儿的亲生儿子！这件事到此为止，我要马上送她回京，不能让她再待在广州给我添乱！还有，为了不让我额娘的病情加重，你自己带人去云梦山区，把钟梦成送还给他的亲人！"巴什哈心中又打了一个炸雷，叫道："主子，这个……"叶赫星提高一点声音道："叶赫星知恩图报，他既然几次枪下留情，哪怕是错以为叶赫星也是河洛土族的人，老子这次也不想难为他。但要让他知道，有过这一次，我们之间的恩怨情仇全清了，下一次再让我抓到他，他就死定了！"

巴什哈终于吐出了一口气，道："明白了主子！奴才这就去办差，一定会把这件事做得天衣无缝，一点消息都不让它传到外面去！"叶赫星又交代："有人问起钟梦成的事，就说死了！还有，下令福建江西广西三省将军，撤回包围云梦山区的大军！"巴什哈又是一惊，道："主子……"叶赫星咬牙切齿道："这样做是为了钟梦长！钟梦长这次又从我设下的天罗地网里逃走了！我要留下云梦山区，留下他的家，继续放长线钓大鱼！"巴什哈大声回答："喳！"他看叶赫星，见对方再也无话，才转身匆匆走出去。

五天后的一个深夜，云上村钟家大门外，几个蒙面人将一副担架抬过来，无声地放在门前台阶下，转身消失。担架上的梦成醒过来，挣扎着爬下担架，向台阶爬去，无力地打门，喊道："嫂子……嫂子……开门！是我！梦成回来了！"有顷，大门忽然打开，听到了喊声的凤仪提着灯笼跑出来，看清了地下的梦成，扑上去叫道："老四，梦成，真的是你！"梦成又叫了一声："嫂子！"就倒在她怀里了。凤仪紧紧抱住他，浑身颤抖道："梦成，好兄弟，你怎么样了？你大哥，还有梦余，怎么样了？"梦成再一次睁开眼，嘴角现出一丝笑容，道："嫂子，我大哥和梦余没事儿，他们保护孙先生，逃出去了！"说着头一沉，又昏了过去。凤仪回头大叫："来人！"钟三奶奶立人树人都跑出来，大家七手八脚，把梦成弄进大门里去。

巴什哈等人藏在暗影中看到了这一切，连夜赶回广州。

这天早晨，叶赫星刚刚起床，正在看一份电报，一名师爷旁边侍候。叶赫星大喜，手舞足蹈道："哈哈，姑妈夸奖我了！叶赫星有此大功，姑妈要在京城赏我一处大宅子！"一眼看到巴什哈，道："你回来了？怎么样？"巴什哈见有外人在场，只是点头，也不言语。铁良忽然匆匆走进来，神情大变，立在一边，看着叶赫星。叶赫星生气道："你又怎么了！"铁良几步上前，对他耳语了一番。叶赫星脸色陡然变了，一把抓住他大吼："他现在在什么地方！"铁良道："已经打进了死牢！"叶赫星不敢相信，盯着他道："真的是他！"铁良道："看着像！奴才也不敢认定就是他！"到了这时，叶赫星的情绪才松弛下来，想了想又诧异道："怎么逮到的？"铁良道："主子神机妙算，判定孙文要偷渡，进入香港，早让奴才们在那里设下了陷阱。钟梦长为了掩护孙文过河，被我们的人打伤了脚。其实人昨天就被抓到了，混在

617

被抓的几个人里面，没人认出他来。今天奴才去了，就把他认出来了！"叶赫星又大叫："快，带我去认他！"

这天，广州府大狱里，一间死牢的铁门被轰隆隆打开。开门的狱卒退后，叶赫星带巴什哈、铁良走进去。就见一个浑身是血、被铁链捆住手脚的人用双肘顶住墙，硬扎扎地站起来，和叶赫星冷眼对视。叶赫星认出了他是梦长，心中欢快，大叫道："钟梦长，真的是你！"梦长道："是我！"叶赫星忽然就地转了一圈，猛回头，歇斯底里大叫："不，你不是他！"梦长不说话。叶赫星又大声狂笑道："钟梦长，原来真是你！我等了你十好几年，抓了你十好几年，每次你都能逃脱，我还以为一生一世都抓不到你呢！可是老天有眼，今天你还是落到了我的手里！"梦长神情平静，不发一言。叶赫星眼泪都快要出来了，看着他，又大声道："说吧，离开这个世界之前，还有什么话要说，什么愿望要实现！或者想吃点什么东西，快说出来，我都愿意满足！"梦长大声冷笑道："叶赫星，你以为你抓到了钟梦长，大清王朝就不会灭亡了吗？快杀了钟梦长吧！你杀了钟梦长，不过是让钟梦长卸下了一生的担当！自然会有别人承担起钟梦长的责任！倒是你，还有风雨飘摇的大清王朝，一旦崩塌，就再也没有机会了！"叶赫星闻言变色，大叫："拉出去，就地正法！我一分钟都不想让他再活在世上！"

众狱卒冲上来，从两边架起梦长。梦长哈哈大笑，随他们往外走。叶赫星胆战心惊地望着他。在门前，梦长忽然又回头，冲叶赫星一笑。叶赫星浑身打了一个冷战，大叫："快，杀了他！"他的喊声在梦长视死如归的大笑中显得那么怯懦、可怜。梦长的大笑声一直在继续。

他们就这么长久地相互望着，杀人者色厉内荏，胆战心惊，被杀者大义凛然，豪气干云。

词曰（调寄《山亭柳》）：

天净花荣，觉阑远筝停。推梦枕，步诗楹。世外一声飘坠，始惊炎去凉生。举目前园苍翠，依旧晴明。　　恨韶光不孚人愿，匆匆又起肃秋听。西风渐，雁南升。纵有缠绵心事，也随逝水流萍。且待残酒去了，还赋英名。

　　第一部终　二〇一四年十二月三十一日改定，京西升虚邑

客家人

图书在版编目（CIP）数据

客家人 / 朱秀海著. — 南昌：百花洲文艺出版社,2015.10
ISBN 978-7-5500-1574-6

Ⅰ.①客⋯　Ⅱ.①朱⋯　Ⅲ.①长篇小说 – 中国 – 当代　Ⅳ.①I247.5

中国版本图书馆CIP数据核字(2015)第268237号

客家人

朱秀海　著

出 版 人	姚雪雪
责任编辑	张　越　童子乐
特约编辑	周天明　陈　然
书籍设计	方　方
制　　作	何　丹
出版发行	百花洲文艺出版社
社　　址	南昌市红谷滩新区世贸路898号博能中心20楼
邮　　编	330038
经　　销	全国新华书店
印　　刷	江西千叶彩印有限公司
开　　本	850mm×1168mm　1/16　印张　39
版　　次	2016年4月第1版第1次印刷
字　　数	600千字
书　　号	ISBN 978-7-5500-1574-6
定　　价	68.00元

赣版权登字　05-2015-425
版权所有，侵权必究

邮购联系　0791–86895108
网　　址　http://www.bhzwy.com
图书若有印装错误，影响阅读，可向承印厂联系调换。